周啟成　崔富章
朱宏達　張金泉　注譯
水渭松　伍方南

劉正浩　陳滿銘
沈秋雄　黃俊郎
黃志民　周鳳五　校閱
高桂惠

新譯昭明文選（三）

三民書局

國家圖書館出版品預行編目資料

新譯昭明文選／周啟成等注譯;劉正浩等校閱.——二版四刷.——臺北市：三民，2022
冊；　公分.——(古籍今注新譯叢書)

978-957-14-2562-7（平裝）
1.昭明文選—注釋

830.1

古籍今注新譯叢書

新譯昭明文選（三）

注譯者｜周啟成　崔富章　朱宏達　張金泉
水渭松　伍方南
校閱者｜劉正浩　陳滿銘　沈秋雄　黃俊郎
黃志民　周鳳五　高桂惠

發行人｜劉振強
出版者｜三民書局股份有限公司
地　址｜臺北市復興北路386號（復北門市）
臺北市重慶南路一段61號（重南門市）
電　話｜(02)25006600
網　址｜三民網路書店 https://www.sanmin.com.tw

出版日期｜初版一刷 1997年4月
二版一刷 2010年6月
二版四刷 2022年5月
書籍編號｜S031300
ISBN｜978-957-14-2562-7

三民書局

新譯昭明文選 目次

第三冊

卷三七

表

卷三八

序

卷四六

卷三二

騷

離騷經

【作　者】屈原，名平，戰國楚人。初輔佐懷王，做過左徒、三閭大夫。博聞強記，明於治亂，嫻於辭令，入則與王圖議國事，以出號令，出則接待賓客，應對諸侯，深得懷王信任。他主張彰明法度，舉賢授能，實行美政，聯齊抗秦。懷王命其草擬憲令，為同列上官大夫靳尚所讒，懷王不察，遂被疏遠。後因秦國以武力相威脅，懷王不得已，復用屈原使齊，恢復邦交。不久懷王又受騙親秦，屈原再遭排斥，放逐漢北。頃襄王即位，屈原又為令尹子蘭譖讒，放逐於江南沅、湘一帶。流放中屈原眷懷國事，行吟澤畔，寫下不少光輝詩篇。頃襄王二十一年秦兵攻楚，破郢都，屈原悲憤絕望，相傳於是年夏曆五月五日投汨羅江而死。《漢書・藝文志》載屈原賦有二十五篇。今所見最早注本為東漢王逸《楚辭章句》，但其中篇章後世多有爭論，比較公認的屈原的作品有〈離騷〉、〈九章〉、〈九歌〉、〈天問〉等。屈原採用楚國方言，利用楚國民歌形式，創造了楚辭體。他的詩作思想深刻，感情熾烈，想像豐富，文采壯麗，不但卓絕於一代，而且對後世文學創作也產生重大影響。

【題　解】本篇命題之義，自漢以來，說者不一。劉安說：「〈離騷〉者，猶離憂也。」（〈離騷傳〉語，見司馬遷《史記・屈原賈生列傳》）東漢班固說：「離，遭也；騷，憂也。明己遭憂作辭也。」（〈離騷贊序〉）是以「離」通「罹」，以「騷」為「憂」。稍後於班固的王逸則說：「離，別也；騷，愁也。」（《楚辭章句・離騷小序》是以「離」為別離，與班固小異。姜亮夫說：「近三十年來，細繹屈子全部作品，定〈離騷〉之作創於懷王疏遠之時……則王叔師釋離為別，此如後世別愁之比而已，於義為最湛深，當從之。」（《重訂屈原賦校注》）。〈離騷〉是屈原的代表作，全詩三百七十多句，二千四百多字，由三個大段共十四章組成。第一大段自起首至「豈余心之可懲」，凡五章，回首往事，總述己志；第二大段自「女嬃之嬋媛兮」至「余焉能忍與此終古」，凡四章，借女嬃勸告、重華陳詞、叩天閽、求下女，進一步闡述「舉賢授能」之美政理想及其執著的追求精神；第三大段自「索藑茅以筳篿兮」至篇末，凡五章，設想靈氛、巫咸之譬喻勸導，矛盾重重，欲去國遠行，而在升騰遠遊之中，「忽臨睨夫舊鄉」，遂欲效法彭咸，隱遁於高陽氏發祥地崑崙流沙之中，以等待明時。

帝高陽❶之苗裔❷兮，朕❸皇考❹曰伯庸❺。攝提❻貞❼于孟陬❽兮，惟❾庚寅❿吾以降⓫。皇⓬覽⓭揆⓮余于初度⓯兮，肇⓰錫⓱余以嘉⓲名：名余曰正則兮，字余曰靈均⓳。紛⓴吾既有此內美㉑兮，又重㉒之以修能㉓。扈㉔江離㉕與辟㉖芷㉗兮，紉㉘秋蘭㉙以為佩㉚。汨㉛余若將不及兮，恐年歲之不吾與㉜。朝搴㉝阰㉞之木蘭㉟兮，夕攬㊱洲之宿莽㊲。日月忽㊳其不淹㊴兮，春與秋其代序㊵。惟㊶草木之零落㊷兮，恐美人㊸之遲暮㊹。不撫㊺壯㊻而棄穢㊼兮，何不改乎此度㊽？乘騏驥㊾以馳騁兮，來㊿吾導夫先路(51)！

【章旨】第一大段第一章自敘世系、皇考、生辰、名字，並表明及時自修、輔佐楚君的心志。

【注　釋】❶帝高陽　帝，王者死而有廟主之稱。高陽，遠古帝王顓頊的稱號。❷苗裔　此指遠孫，後代子孫。楚之始祖熊繹是顓頊之後，傳至熊通，生子瑕，受封於屈，遂以屈為氏，屈原即其後代。❸朕　我。秦始皇以前凡人都可自稱朕。❹皇考　已死的父親。皇，大；美。❺伯庸　屈原父親的字。❻攝提　即攝提格，古代紀年的術語，相當於寅年。❼貞　正；當。❽孟陬　正月。❾惟　句首語氣詞。❿庚寅　正月的一天。楚民間習慣上之吉宜日。⓫降　降生。⓬皇　指皇考。⓭覽　觀察；端相。⓮揆　估量；測度。⓯初度　初生時節。指生庚年月。⓰肇　始。⓱錫　通「賜」。⓲嘉　美好。⓳名余曰二句　屈原交代自己的名與字。屈原名「平」，「原」是字。正則，指公正而有法則。隱含「平」的意思。靈均，指靈善（高）而均一（平）。隱含「原」（高平為原）的意思。⓴紛　盛多的樣子。㉑內美　內在的美質。指生庚年月皆不平凡。㉒重　再；加上。㉓修能　長才。指辦事的能力。修，長。能，才能。㉔扈　披在身上。楚地方言。㉕離　香草名。一名蘼蕪。㉖辟　偏僻；幽僻。㉗芷　香草名。即白芷。㉘紉　結；連接；聯綴。㉙蘭　蘭花。秋天開花。㉚佩　指佩帶在身上的裝飾品。㉛汨　水流迅疾的樣子。這兒是說時光快得像流水一般。㉜與　等待。㉝搴　拔取。㉞阰　山名。一說：泛指大土崗子。㉟木蘭　香樹名。㊱攬　採。㊲宿莽　經冬不枯的草。㊳忽　倏忽。快速的樣子。㊴淹　久留。㊵代序　代謝；轉換。㊶惟　思念。㊷零落　掉下來。㊸美人　指楚懷王。㊹遲暮　年老。遲，晚。㊺撫　撫循；撫慰。㊻壯　貞幹之夫；貞壯之士。㊼穢　指穢惡的小人。㊽改乎此度　改這種態度。此度，指不能「撫壯」、「棄穢」的態度。㊾騏驥　騏和驥，都是駿馬。比喻賢才。㊿來　招邀之詞。(51)先路　聖王之道。

【語　譯】我是老祖宗高陽氏的後代子孫，我逝去的父親叫做伯庸。屬寅那年當著正月的時候，庚寅那一天我出生了。先父看我的生庚年月都吉祥，於是賜給我美好的名字：名叫正則，字叫靈均。我已經有這許多的先天美質，更自修好實際的辦事才能。我披了一身的蘼蕪和白芷，又串綴起秋天的蘭草作為佩飾。光陰像是水一般地流啊，好似追不上，我耽心年華不等待我。早晨我登上山崗，拔取木蘭，晚間又跑到水洲去採擷宿莽。時光倏忽而過，不肯久留，春去秋來，四季更相代謝。想想那草木都會零落，君王啊，我更怕你老之將至。你不去愛撫貞幹之才、摒棄讒佞小人，為什麼不能改一改這種不好的態度？來吧，請跨上千里馬，勇往直前，我願為前驅，引你奔向聖王之路！

昔三后❶之純粹❷兮，固眾芳❸之所在❹。雜❺申❻椒❼與菌桂❽兮，豈維❾紉夫蕙茝❿？彼堯舜之耿介⓫兮，既遵道而得路；何桀紂之昌披⓬兮，夫⓭唯捷徑⓮以窘步⓯！惟黨人⓰之偷樂⓱兮，路幽昧⓲以險隘⓳；豈余身之憚⓴殃㉑兮，恐皇輿㉒之敗績㉓！忽㉔奔走以先後㉕兮，及㉖前王之踵㉗武㉘；荃㉙不察余之忠情㉚兮，反信讒㉛而齊怒㉜。余固知謇謇㉝之為患兮，忍而不能舍也。指九天㉞以為正㉟兮，夫唯靈脩㊱之故也！初既與余成言㊲兮，後悔遁㊳而有他㊴；余既不難㊵夫離別㊶兮，傷靈脩之數化㊷。

【章旨】第二章引古帝王以為鑑戒，並交代自己忠誠無二卻不為楚君所諒的情形。

【注釋】❶三后　楚之先君。約指祝融、鬻熊、熊繹，或鬻熊、熊繹、莊王。舊說指夏禹、商湯、周文王，也可通。后，君。❷純粹　指品德醇正無疵。❸眾芳　喻群賢。❹在　猶言集中於一處。❺雜　集；聚集。❻申　地名。❼椒　花椒。❽菌桂　香木名。桂的一種，有人說就是肉桂。❾維　通「唯」。獨。❿蕙茝　蕙和茝，都是香草。⓫耿介　光明正大。⓬昌披　一作「猖披」。穿衣而不繫帶的樣子。引申為放縱自恣。⓭夫　彼。⓮捷徑　邪出的小路。⓯窘步　猶言寸步難行，走投無路。窘，窮迫。⓰黨人　指包圍在楚懷王左右結黨營私的小人。⓱偷樂　苟且偷安。⓲幽昧　昏暗不明。⓳險隘　危險狹隘。⓴憚　畏懼。㉑殃　災禍。㉒皇輿　譬喻國家。皇，君。輿，車。㉓敗績　戰車翻覆。喻君國傾危。㉔忽　迅疾的樣子。猶言「匆忙地」。㉕奔走以先後　等於說效力左右。㉖及　追蹤；趕上。㉗踵　腳後跟。㉘武　足跡。㉙荃　香草名。喻懷王。㉚忠情　忠信之情。一說：當作「中情」。指內心。㉛讒　用言語誣害好人。這裡指讒言。㉜齊怒　疾怒，馬上惱怒起來。齊，通「疾」。疾速的意思。一本作「齌」，是後起的字，唐寫本仍作「齊」。㉝謇謇　忠貞貌。㉞九天　指八方之天與中央之天。㉟正　平。指公正的判斷。一說是驗證、立誓。㊱靈脩　能神明遠見者。此指楚懷王。靈，神。脩，遠。

㊲成言　有成約；把話說定。㊳遁　隱匿；推託。㊴他　他志；另外的打算。㊵難　憚；畏懼。㊶離別　被懷王疏遠而離去。㊷數化　懷王屢次改變主意。數，屢次。化，變化。

【語　譯】從前我們楚國的三君是多麼地純正精良，賢能的人才都團結在身旁，豈只把蕙茝等香草結續成索？更聚集有椒桂等香木，濃郁而芬芳。那堯舜是多麼地光明正大，遵循正確方向，獲得康莊大路；何以桀紂會這般狂亂妄行，專走邪出的小路而弄得寸步難行！想起朝廷上結黨營私、苟且偷安的小人，把國家的前程搞得既黑暗又危險；哪裡是我自身懼怕遭到災禍，而是惟恐國家社稷有傾覆滅亡的大難！我匆忙地奔走在王車的左右前後，追蹤前王的足跡；君王不詳察我的耿耿忠心，反而聽信讒言而馬上惱怒。我也知道犯顏直諫難免招來禍患，可是想忍耐卻又自制不住。對著九天，我敢發誓，一切都是為了君王的緣故！開始與我有成約在先，後來卻反悔推託而生出別樣打算；我本不怕被疏遠而別離，傷心的是君王屢屢改變他的主意。

余既滋❶蘭之九畹❷兮，又樹❸蕙之百畝。畦留夷與揭車兮，雜杜衡與芳芷❹。冀❺枝葉之峻茂❻兮，願竢❼時乎吾將刈❽。雖萎絕❾其亦何傷兮，哀眾芳❿之蕪穢⓫！眾⓬皆競進⓭以貪婪兮，憑不猒乎求索⓮。羌⓯內恕己以量人⓰兮，各興心⓱而嫉妒。忽馳騖⓲以追逐兮，非余心之所急。老冉冉⓳其將至兮，恐修名⓴之不立。朝飲木蘭之墜露㉑兮，夕餐秋菊之落英㉒。苟余情其信姱㉓以練要㉔兮，長顑頷㉕亦何傷！擥㉖木根以結茝兮，貫㉗薜荔㉘之落㉙蘂㉚。矯㉛菌桂以紉蕙兮，索㉜胡繩㉝之纚纚㉞。謇㉟吾法㊱夫前修㊲兮，非時俗之所服㊳；雖不周㊴於今之人兮，願依彭咸㊵之遺則㊶！

【章旨】第三章追敘自己為宗國培植人才、勵精圖治，而與讒佞黨人周旋的經過，並且表明了自己堅持理想的心跡。

【注釋】❶滋 栽植。❷畹 十二畝。一說：二十畝，一說：三十畝。❸樹 種。❹畦留夷二句 畦，田隴。此處作動詞用。猶言「一隴一隴地種植著」。一說：五十畝為一畦。留夷，芍藥。揭車，一名乞輿，白花。杜衡，俗名馬蹄香。似葵而香。芷，香草名。留夷、揭車、杜衡、芳芷都是香草，用以喻賢才。❺冀 希望。❻峻茂 高大茂盛。❼竢 等待。❽刈 收穫。❾萎絕 枯萎凋落。❿眾芳 指蘭、蕙、留夷、揭車、杜衡、芳芷等。喻所培植的人才。⓫蕪穢 指植物的荒蕪。喻賢才變質，與小人同流合汙。⓬眾 指眾小人。⓭競進 爭相追逐利祿權勢。⓮憑不猒乎求索 指所有的雖已充盈，猶復求索，不知滿足。憑，滿。猒，飽。求索，貪求不已。⓯羌 楚方言，發語詞。⓰恕己以量人 原諒自己，揣度別人。恕，寬恕。量，猜度。⓱興心 生起壞心腸。⓲馳騖 奔馳。騖，急馳。⓳冉冉 漸漸。⓴修名 美名。㉑墜露 欲墜之露。墜、溥古雙聲，墜露即溥露。㉒落英 初生之英。落，始。英，花。㉓信姱 的確美好。㉔練要 精練要約。㉕顑頷 餓得面黃飢瘦的樣子。㉖擥 同「攬」。撮持。㉗貫 貫串。㉘薜荔 香草。㉙落 始。㉚蘂 同「蕊」。㉛矯 舉；取用。㉜索 作動詞用，擰成繩子。㉝胡繩 香草名。蔓生，莖可做繩索。㉞纚纚 形容以繩串物、長而下垂的樣子。㉟謇 句首語氣詞。㊱法 效法。㊲前修 前代的賢人。㊳服 用；佩。㊴周 合。㊵彭咸 即彭祖、彭鏗。高陽氏五傳後裔，屈原之遠祖。殷末賢大夫，因忠貞直諫，不被採納，遂遁流沙，歸隱崑崙（詳參汪瑗《楚辭集解》）。㊶遺則 留下的榜樣。

【語譯】我曾經栽植了九大塊地的蘭花，又種下百畝的芳蕙。還有一隴一隴的留夷與揭車，其間更夾雜著杜衡與芳芷。我期望它們長得高大茂盛，等到成熟的季節，我將收割。即使它們遭受摧折而萎絕，我也不傷心，可哀的倒是它們變質而蕪穢！群小爭相追逐利祿權勢，已經中飽私囊還是不知足地索取。自己寬恕自己，專去計較別人，各生各的私心，而對他人嫉妒。群小急於追逐權勢財利，這些都非我心中所急的事。光陰荏苒，總有變老的時候，我耽心的是美名不能建立。早晨我啜飲木蘭上的露珠，傍晚我又吃進初開的秋菊。只要我的心靈的確美好又精誠專一，就是長期受折磨而面黃飢瘦也不在乎！我拿香木根結上芳芷，貫串起薜荔初生的蕊。取菌桂來繫著芳蕙，用胡繩的葉搓成長長的繩索。我效法前代的賢人，不為世俗所用；雖與今之群小不合，我願依照彭咸所留下的榜樣行事！

長太息❶以掩涕❷兮，哀人生之多艱！余雖❸好修姱以鞿羈❹兮，謇朝誶❺而夕替❻。既替余以蕙纕❼兮，又申❽之以攬茝❾。亦余心之所善兮，雖九死❿其猶未悔！怨靈脩之浩蕩⓫兮，終不察夫人心⓬。眾女⓭嫉余之蛾眉⓮兮，謠⓯諑⓰謂余以善淫⓱。固時俗之工巧⓲兮，偭⓳規矩⓴而改錯㉑；背㉒繩墨㉓以追㉔曲兮，競周容㉕以為度㉖。忳鬱邑㉗余侘傺㉘兮，吾獨窮困乎此時也。寧溘㉙死以流亡㉚兮，余不忍為此態㉛也！鷙鳥㉜之不群㉝兮，自前世而固然。何方圜㉞之能周㉟兮，夫孰異道而相安！屈心而抑㊱志兮，忍尤㊲而攘㊳詬㊴；伏㊵清白㊶以死直㊷兮，固前聖之所厚㊸。

【章　旨】第四章寫自己被群小所排擠，而矢志不屈，發出「九死未悔」、「伏清白以死直」的誓言。

【注　釋】❶太息　歎氣。❷掩涕　拭淚。❸雖　同「唯」。❹鞿羈　在這裡用作動詞，牽累之意。屈原以馬受羈束比喻自己束身供職。鞿，馬口上的韁繩。羈，馬絡頭。❺誶　諫。一說：誶，讓。謂譖毀。❻替　廢。指自己被廢棄。❼蕙纕　蕙草做的佩帶。纕，佩帶。❽申　重複；加上。❾攬茝　蘭茝。「攬茝」與「蕙纕」對文，「攬」當係「蘭」之誤。❿九死　等於說死多次。「九」字不是指實數。⓫浩蕩　放蕩自恣，不深思熟慮的樣子。⓬人心　屈原的用心。⓭眾女　喻眾佞倖小人。

⓮蛾眉　形狀如蠶蛾之眉的眉毛，形容貌美。這裡喻屈原的品行才幹。⓯謠　謠言。⓰諑　誣衊。⓱善淫　善為淫邪。⓲工巧　善於取巧。⓳偭　背棄。⓴規矩　這裡指法度。規，定圓形的工具。矩，定方形的工具。㉑改錯　改變安排。錯，通「措」。措施。㉒背　違反。㉓繩墨　匠人用來打直線的工具。即墨斗。此處指正直之道。㉔追　隨。㉕周容　苟合取容。㉖度　法度；法則。此處指時俗之行為準則。㉗忳鬱邑　是三字狀語。即前面一個形容詞，後面跟著一個聯綿詞或疊音詞，這是楚辭中常見的結構。忳，心頭結聚不舒之貌。鬱邑，雙聲聯綿詞。苦悶煩惱、怨抑不申的神態。㉘侘傺　不得志的樣子。㉙溘　忽然。㉚流亡　隨水流去。㉛此態　指群小讒佞之態。㉜鷙鳥　指鷹鸇一類性情猛烈的鳥。以喻個性剛強忠正的人。㉝不群　不與（眾鳥）同群。比喻忠貞自守，不同流合汙。㉞圜　通「圓」。㉟周　合，相合。㊱抑　按壓。㊲尤　過，罪過。㊳攘　囊，取。指不推辭，忍受。㊴詬　恥辱。㊵伏　伏膺；服膺。伏、服同音通用。㊶清白　清白之志。㊷死直　為忠直而死。㊸厚　重；看重。

【語　譯】我長歎一聲，擦了擦淚眼，可哀啊！人生竟如此艱難。只因我居身芳潔，動循禮法，結果是早晨讒言才送進，傍晚我便被疏遠。我既因為佩帶芳蕙被遺棄，我偏偏加上蘭茝作飾佩。這是我心中認為美善的事呵，縱然死再多次，我也不懊悔！我埋怨靈脩放縱自身，始終不細察我的用心。他左右的佞倖之臣嫉妒我的美質，反造謠誣衊，說我是淫邪的人。趨時媚俗之人本來就善於取巧，丟開規矩而別出花招。他們追求邪曲，背棄了繩墨標引的正直之道，競相苟合取容以為法度。煩悶不舒呵我悵然呆立，此時只有我一個人走投無路。寧願立即死去隨水飄流，我決不忍心去學小人讒佞之態！剛猛之鳥不與俗鳥同群，自古以來就是這樣。方的圓的如何能相合，又哪裡有不同路的人會生活在一起！委曲自己的心，強按下個人意志，忍受著小人加給我的罪名和恥辱；堅守著清白之志為忠直而死，這本來就是先聖先哲最為看重的。

悔相❶道❷之不察❸兮，延❹佇❺乎吾將反❻。回❼朕車以復路❽兮，及行迷❾之未遠。步❿余馬於蘭皋⓫兮，馳椒丘⓬且焉止息⓭。進⓮不入⓯以離尤⓰兮，退⓱

將復修吾初服⓲。製芰⓳荷⓴以為衣兮，集芙蓉㉑以為裳。不吾知其亦已兮，苟㉒余情㉓其信㉔芳。高余冠之岌岌㉕兮，長余佩之陸離㉖。芳㉗與澤㉘其雜糅㉙兮，唯㉚昭質㉛其猶未虧。忽㉜反顧㉝以遊目㉞兮，將往觀乎四荒㉟。佩繽紛㊱其繁飾㊲兮，芳菲菲㊳其彌章㊴。人生各有所樂兮，余獨好修以為常。雖體解㊵吾猶未變兮，豈余心之可懲㊶！

【章旨】第五章，寫自己設想獨善其身而終不肯，志意亦終不能屈。

【注釋】❶相　視；看。❷道　道路。❸察　審。仔細地考察。❹延　長久。❺佇　跂足而望，遲遲不去。❻反　同「返」。❼回　轉過來。❽復路　回到舊路上去；走回頭路。❾行迷　迷路。❿步　慢慢走。這裡為使動用法，使馬慢行。⓫蘭皋　有蘭的皋。皋，水邊的地。⓬椒丘　種植椒木的山丘。⓭且焉止息　暫且在那裡休息。焉，於此；在這裡。⓮進　仕進。指進身於君前。⓯不入　不為楚君所用。入，納。⓰離尤　獲罪。離，通「罹」。遭遇。尤，過失。⓱退　退隱。⓲初服　未仕前的服飾。喻指自己原來的志趣。即夙志、初衷。⓳芰　菱。此指菱葉。⓴荷　荷葉。㉑芙蓉　荷花。㉒苟　只要。㉓情　情實。指內心。㉔信　真正。㉕岌岌　高聳的樣子。㉖陸離　美好的樣子。㉗芳　香草的芬芳。指芳潔其衣裳。㉘澤　玉佩的光澤。指澤潤其冠佩。㉙雜糅　（香澤）聚合交集。㉚唯　發語詞。㉛昭質　光明純潔的品質。㉜忽　疾貌。㉝反顧　回頭看。㉞遊目　縱目遠眺。㉟四荒　四方荒遠之地。荒，遠。㊱繽紛　盛多的樣子。㊲繁飾　飾物繁多。㊳芳菲　香氣很盛。㊴彌章　愈加顯著。章，通「彰」。㊵體解　肢解。古代的一種酷刑。㊶懲　受創而知戒。怨悔的意思。

【語譯】後悔自己尋找道路時未曾仔細察看，久久地駐足觀望呵我將歸返。轉過我的車回復到原路，趁著迷路還不是很遠。讓我的馬在長著蘭草的水邊慢行，又跑到種著芳椒的小山休息一番。進仕於朝廷卻不被信用，反而遭到罪戾，我將退隱，繼續修持原有的品行。收拾菱葉、荷葉製成綠衣，採集荷花做成朱裳。別人不理解我，那也罷了，只要我的心是真正芬芳。使我的帽子高高聳起，使我的佩帶又長又美麗。芳潔和澤潤聚合於一身，光明純潔的品質猶未虧損。我忽然回頭縱目遠望，打算到四方荒遠之地觀覽。我的佩帶是如此的繁盛，芳氣勃勃，愈來愈明顯。人生各有各的愛好，我獨愛修潔以為常。即使身體被肢解，我也不變，難道我的志向會因受挫而戒止！

女嬃❶之嬋媛❷兮，申申❸其詈❹予；曰：「鮌❺婞直❻以亡身❼兮，終然❽殀❾乎羽❿之野。汝何博⓫謇⓬而好修兮，紛獨有此姱節⓭？薋⓮菉葹⓯以盈室兮，判⓰獨離而不服⓱。眾不可戶說⓲兮，孰云察余⓳之中情？世並舉⓴而好朋㉑兮，夫何煢㉒獨㉓而不予聽㉔？」

【章　旨】第二大段第一章（總第六章），設為女嬃勸責之詞，以興起下文，作進一步的深思和探索。

【注　釋】❶女嬃　楚人對婦女之通稱。由文意觀之，指女伴中之長者。文中女嬃勸責、靈氛占卜、巫咸降神，皆假設之辭，反覆申明己志，並非實有其事。❷嬋媛　通「嘽咺」。喘息之意。此指呼吸急促。❸申申　重；狠狠地。❹詈　責罵。❺鮌　即鯀。禹之父。❻婞直　剛愎任性。❼亡身　即忘身。不顧自身之安危。亡，同「忘」。❽終然　終於。❾殀　當作「夭」。夭遏；囚繫。❿羽　羽山。神話中地名。⓫博　廣泛。⓬謇　直言；秉性忠直。⓭姱節　美好的節操。⓮薋　積聚。⓯菉葹　皆草名。普通的草，喻眾人所尚。⓰判　分別；區別。⓱服　佩用。⓲戶說　挨家挨戶說明己之心志。⓳余　女嬃代屈原自指。⓴舉　起。㉑朋　朋黨。㉒煢　孤；苦。㉓獨　獨處。㉔不予聽　不聽予。即不聽我的話。予，女嬃自謂。

【語　譯】女嬃憤激地喘著大氣，狠狠地責罵我；說：「鮌剛愎任性，不顧自身之安危，終於被囚繫在羽山之野。你為什麼秉性忠貞，對任何事都直言不諱？又喜好修飾，獨具這麼多美好的節操？積聚菉葹一類的草，堆得滿屋都是，你卻拋開它們，獨個兒不肯佩用。對眾人不能挨家挨戶去說明，又有誰能詳察自己的本心？世上的人都好成群結黨，你為什麼孤苦獨處而不聽我的話呢？」

依前聖之節中❶兮，喟❷憑❸心而歷茲❹。濟❺沅湘❻以南征❼兮，就重華❽而陳詞❾：「啟❿〈九辯〉與〈九歌〉⓫兮，夏⓬康娛⓭以自縱；不顧難⓮以圖⓯後兮，五子⓰用失乎⓱家巷⓲。羿⓳淫遊⓴以佚㉑田㉒兮，又好射夫封狐㉓；固亂流㉔其鮮終㉕兮，浞又貪夫厥家㉖。澆身被服強圉兮，縱欲而不忍㉗；日康娛而自忘㉘兮，厥㉙首用夫㉚顛隕㉛。夏桀之常違㉜兮，乃遂焉㉝而逢殃；后㉞辛㉟之菹醢㊱兮，殷宗㊲用而不長。湯禹嚴㊳而祗敬㊴兮，周㊵論道㊶而莫差㊷；舉賢㊸而授能㊹兮，循繩墨㊺而不頗㊻。皇天無私阿㊼兮，覽人德焉錯㊽輔㊾；夫維聖哲以茂行㊿兮，苟(51)得用(52)此下土(53)。瞻前而顧後兮，相觀人之計極(54)；夫孰非義而可用兮，孰非善而可服(55)？」阽(56)余身而危死(57)兮，覽余初(58)其猶未悔；不量鑿(59)而正枘(60)兮，固前修以菹醢。曾(61)歔欷(62)余鬱邑(63)兮，哀朕時(64)之不當(65)；攬茹蕙(66)以掩涕兮，霑(67)余襟之浪浪(68)。

【章　旨】第二大段第二章（總第七章），因上文設言女嬃之詈，遂列舉亡國之主與聖賢之君，說明自古以來得道則興、失道則亡之理，以見己所以不敢一日忘忠正之忱而阿諛媚世之故，並希望從舜那裡得到指示。

【注　釋】❶節中　節度中和。❷喟　歎息。❸憑　憤懣。❹歷茲　至此；至今。❺濟　渡過。❻沅湘　沅水、湘水。都是今湖南省境內流入洞庭湖的大河。❼征　行。❽重華　舜之號。❾陳詞　陳述自己的言語。❿啟　夏啟。禹之子，繼禹為君。⓫九辯與九歌　皆天帝樂名。據《山海經》所載，夏啟曾登天把〈九辯〉、〈九歌〉等天樂偷下來用之於人間。⓬夏大。⓭康娛　耽安逸，圖享樂。⓮難　危難。⓯圖　謀；考慮。⓰五子　指夏啟的五個兒子。⓱用失乎　因而；於是乎。失，衍文當刪。⓲家巷　內鬨；內亂。夏啟十年至十一年間，五個兒子發動叛亂，亂平以後，小兒子武觀被放逐到西河。夏啟十五年，武觀又在西河發動叛亂。這裡的「家巷」，即指叛亂而言。⓳羿　相傳為夏時有窮國的國君，曾起兵推翻夏啟之子太康。⓴淫遊　過度遊樂。㉑佚　放縱。㉒田　打獵。㉓封狐　泛指大的野獸。封，大。㉔亂流　亂逆之流。㉕鮮終　很少有好結果。㉖浞又貪夫厥家　相傳寒浞貪戀羿妻，故使逢蒙把羿射死，將其妻據為己有。浞，人名，即寒浞。厥家，其家。指羿的妻室。㉗澆身被服強圉兮二句　傳說澆這個人勇猛有力，曾起兵滅了斟灌、斟尋二族，殺死逃在那裡的夏相（太康之侄、仲康之子），後來又被夏相之子少康所殺。澆即奡，寒浞之子。「被」同「披」。「被服」即「披服」，「身上具有」的意思。強圉，強暴有力。忍，克制。㉘自忘　忘其身之危險。㉙厥　其。指澆。㉚用夫　因此。㉛顛隕　墜落。㉜常違　違常。指其行事違反常道。㉝遂焉　終於。㉞后　君王。㉟辛　商紂之名。㊱菹醢　古代酷刑之一。把人剁碎做成肉醬。㊲殷宗　指殷王朝。宗，宗祀。㊳嚴　一本作「儼」。畏；嚴肅。㊴祗敬　指商湯、夏禹畏天敬賢而言。祗，敬。㊵周　指周之文王、武王。㊶論道　講論道義。㊷莫差　沒有過失。㊸舉賢　推舉選拔賢人。㊹授能　把職務交給有才能的人。㊺繩墨　規矩。㊻頗　偏私。㊼阿　偏袒；袒護。㊽錯　通「措」。措置；具體實施。㊾輔　佐；助；輔助。㊿茂行　美行。(51)苟　尚。(52)用　享。(53)下土　指天下。(54)相觀人之計極　此承上言，覽察往古興亡之事，以推斷成敗之極則。相觀，觀察；注意。計極，即極計。猶言極則。(55)服　用；行。(56)阽　臨近危險之境。(57)危死　幾近於死。(58)初　初志；初心。(59)鑿　器物上的孔眼。是安插榫頭的。(60)枘　榫頭。(61)曾　通「層」。重累不已之意。(62)歔欷　哀泣之聲。(63)鬱邑　煩憂苦悶。(64)時　時世。(65)不當　沒遇上（好時代）。當，值。(66)茹蕙　柔軟的蕙草。茹，柔。(67)霑　浸溼。(68)浪浪　（淚珠）流個不住。

【語　譯】我遵循前代聖賢中正的榜樣並無偏差，可歎的是心中憤懣直到如今。渡過沅水、湘水往南而行，向重華陳述自己的言語：「夏啟從天上偷來〈九辯〉、〈九歌〉，放縱自己，大大地尋歡作樂；不顧危難，不慮後果，五個兒子於是乎發動叛亂。后羿過度遊樂，縱情打獵，特別喜歡射殺大野獸以取樂；淫亂之徒本來就少有好結果，寒浞又在打主意，想圖謀羿的妻室。澆身強暴有力，縱欲胡為，而不能自止；天天享樂而忘了自己面臨的危險，他的腦袋因此落了地。夏桀行事違反常道，終於遭到了禍殃；辛紂把人剁成肉醬，殷商的宗祀因而不長。夏禹、商湯畏天敬賢，周文王、武王講論道義沒有差錯；推舉賢者，授職能人，遵循規矩，一點也不偏頗。皇天是不偏袒任何人的，祂看到誰有德就輔助誰；只有聖明而德行美好者，才可能享有天下。看一看前朝後代的興亡，推斷人世間成敗之極則；哪個不義、不善的國君，能在世上行得通呢？」我自身已臨近危急死亡，但考察我的初衷仍無所悔恨；不度量鑿眼而削正榫頭，這便是前代賢人所以要被剁成肉醬的原因。我連連歎氣，憂煩苦悶，哀傷自己生不逢辰；拿柔軟的蕙草來揩抹鼻涕，淚珠兒卻滾滾而下，沾溼了衣襟。

跪敷❶衽❷以陳詞兮，耿❸吾既得此中正❹。駟玉虬以乘鷖❺兮，溘❻埃風❼余
上征。朝發軔❽於蒼梧❾兮，夕余至乎縣圃❿。欲少留此靈瑣⓫兮，日忽忽其將
暮。吾令羲和⓬弭節⓭兮，望崦嵫⓮而勿迫⓯。路曼曼⓰其修⓱遠兮，吾將上下而
求索。飲⓲余馬於咸池⓳兮，總⓴余轡乎扶桑㉑。折若木㉒以拂日㉓兮，聊㉔逍遙㉕
以相羊㉖。前望舒㉗使先驅兮，後飛廉㉘使奔屬㉙。鸞皇㉚為余先戒㉛兮，雷師㉜告
余以未具㉝。吾令鳳鳥㉞飛騰兮，又繼之以日夜。飄風㉟屯㊱其相離㊲兮，帥㊳雲
霓而來御㊴。紛㊵總總㊶其離合㊷兮，斑㊸陸離㊹其上下㊺。吾令帝閽㊻開關㊼兮，

倚閶闔[48]而望予。時曖曖[49]其將罷[50]兮，結[51]幽蘭而延佇[52]。世溷濁[53]而不分兮，好蔽[54]美而嫉妒。

【章　旨】第二大段第三章（總第八章），寫自己就重華陳詞之後，繼續上下求索，一天的行程之後，欲見天帝而不得。

【注　釋】[1]敷　鋪；展開。[2]衽　衣的前襟。[3]耿　明。[4]中正　中正之道。[5]駟玉虬以乘鷖　以玉虬為馬，以鷖為車來乘坐。駟，四匹馬駕一輛車。這兒是以虬代馬，四匹虬駕一輛車。虬，傳說中的一種龍。鷖，鳳凰一類的鳥。[6]溘　奄忽；忽然。[7]埃風　夾著塵埃的大風。[8]發軔　啟程。軔，止住車輪轉動的木頭。[9]蒼梧　九嶷山。在今湖南寧遠東南。傳說舜死於蒼梧之野，葬在九嶷山。[10]縣圃　傳說中崑崙山有三級，縣圃在中級，是神人所居之地。縣，同「懸」。[11]靈瑣　即靈藪。指縣圃。（聞一多說）[12]羲和　神話中的人物。相傳他給太陽駕車。[13]弭節　駐車。[14]崦嵫　神話中山名。相傳為日落之處。[15]迫　迫近。[16]曼曼　同「漫漫」。[17]修　長。[18]飲　給牲畜水喝。[19]咸池　神話中水名。相傳是太陽洗浴的地方。[20]總　繫結。[21]扶桑　神話中的樹名。相傳為太陽初升之處。實際上是日出東方時雲霞現象之植物化。日落西方時亦有近似之雲霞現象，故文獻中的「扶桑」有東、西之別。這兒寫的是西扶桑，而所寫的「咸池」亦在西方（一說：即天池）。[22]若木　即「扶桑」。[23]拂日　擋住太陽，不讓它西落。拂，逆。[24]聊　姑且。[25]逍遙　一作須臾。義存於聲，優游自得的樣子。[26]相羊　通「徜徉」。徘徊、浮游無所據之貌。[27]望舒　神話中的人物。相傳是給月神駕車的。[28]飛廉　神話中的風神。[29]屬　跟隨。[30]鸞皇　鳳一類的兩種靈鳥。皇，通「凰」。[31]先戒　先行而戒備。[32]雷師　雷神。[33]未具　行裝尚未準備妥當。[34]鳳鳥　指鳳車（以鳳為車）。即上文的「乘鷖」。[35]飄風　旋風。[36]屯　結聚。[37]離　通「麗」。附著。[38]帥　通「率」。率領。[39]御　通「迓」。迎接。[40]紛　盛貌。[41]總總　叢簇聚集之貌。[42]離合　形容雲霓被風吹得忽離忽合。[43]斑　亂貌。形容五光十色的樣子。[44]陸離　參差錯綜之貌。[45]上下　指雲霓忽高忽低，飄浮不定。[46]帝閽　為天帝守門的人。[47]關　門閂。[48]閶闔　天門。[49]曖曖　日光昏暗。指天色漸晚。[50]罷　極；盡；完結。[51]結　編結。[52]延佇　長時間站立，遲疑不去。[53]溷濁　混亂汙穢。[54]蔽　遮蔽。

【語譯】我鋪開衣襟，跪著陳詞一番，明確地感到已得了中正之道。把四匹玉虬駕在飾有彩鳳的車子上，我就趁著一陣大風上天。早晨從安葬舜帝的蒼梧出發，向晚便到了崑崙懸圃之側。我本想在此稍作勾留，但太陽西沈，一片暮色。我命令羲和駐車慢行，望著日落的崦嵫而不要迫近。道路是這樣的漫長啊，我將上上下下去追求探索。讓我的馬在咸池之上飲水，把我手裡的韁轡結在扶桑上。折一枝若木阻擋太陽下落，聊且遊戲徘徊一晌。我叫月神望舒在前面開路，又叫風師飛廉緊跟在後邊奔跑。鸞皇為我作警戒，但雷師告訴我行裝尚未具備。我命令鳳車騰空飛行，夜間亦不稍停。旋風結聚著向我的鳳車靠攏，率領著雲霞遠道來迎。美盛的儀仗忽離忽合，五光十色，上下飄浮。我命令天帝的守門人把門開放，他倚著天門只向我望望。時光漸暗，將近黃昏，我結好蘭佩在那兒佇立徜徉。感歎著人世間溷亂汙濁而不分明，都喜歡障蔽人家的美質而心生嫉妒。

朝吾將濟於白水①兮，登閬風②而緤③馬；忽反顧以流涕兮，哀高丘④之無女⑤。溘吾遊此春宮⑥兮，折瓊枝⑦以繼佩；及榮華⑧之未落兮，相下女⑨之可貽。吾令豐隆⑩乘雲兮，求宓妃⑪之所在；解佩纕⑫以結言⑬兮，吾令蹇脩以為理⑭。紛總總其離合兮，忽緯繣⑮其難遷⑯；夕歸次⑰於窮石⑱兮，朝濯髮乎洧盤⑲。保⑳厥㉑美以驕傲兮，日康娛以淫遊；雖信美而無禮兮，來㉒違棄㉓而改求。覽相觀於四極㉔兮，周流乎天余乃下；望瑤臺㉕之偃蹇㉖兮，見有娀之佚女㉗。吾令鴆㉘為媒兮，鴆告余以不好；雄鳩之鳴逝兮，余猶惡㉙其佻巧㉚。心猶豫而狐疑兮，欲自適㉛而不可；鳳皇㉜既受詒㉝兮，恐高辛㉞之先我㉟。欲遠集㊱

而無所止兮，聊浮遊㊲以逍遙；及少康㊳之未家㊴兮，留有虞㊵之二姚㊶。理弱而媒拙兮，恐導言㊷之不固㊸；世溷濁而嫉賢兮，好蔽美而稱惡㊹。閨中㊺既已邃遠㊻兮，哲王又不寤㊼；懷朕情而不發㊽兮，余焉能忍與此終古㊾！

【章　旨】第二段第四章（總第九章）。自「就重華而陳詞」之後，屈原在想像中周遊太空：第一天叩帝閽而遭拒，第二天則下索佚女（宓妃、有娀之佚女簡狄、有虞之二姚等）也受到挫折。一般認為：上叩帝閽是隱喻求見楚王，下求佚女則是隱喻尋求志同道合的人，結果是都歸於失敗。

【注　釋】①白水　神話中水名。傳說源出崑崙山。②閬風　神話中地名。在崑崙山上。③緤　繫；拴。④高丘　泛指天門外之高山。⑤女　神女。⑥春宮　東方青帝之宮。一說：仙苑之稱。即懸圃、閬風之屬。（劉夢鵬說）⑦瓊枝　玉樹的枝。⑧榮華　都是花。指瓊枝上的花。⑨下女　指宓妃、簡狄、有虞之二姚。⑩豐隆　神話中的雲神。⑪宓妃　神話中人名。相傳為伏羲氏之女。⑫佩纕　佩飾。⑬結言　訂盟結誓；訂約。⑭蹇脩以為理　以蹇脩為媒。蹇脩，人名。理，使者；媒人。一說：以聲樂為使。（章太炎《菿漢閒話》）⑮緯繣　乖戾；彆彆扭扭。⑯遷　遷就。⑰次　止宿。⑱窮石　神話中地名。⑲洧盤　神話中水名。⑳保　恃；仗著。㉑厥　指宓妃。㉒來　招呼從者之詞。一說：乃。㉓違棄　拋開。㉔四極　天之四極。㉕瑤臺　玉臺。㉖偃蹇　高貌。㉗有娀之佚女　指帝嚳之妃、契之母，名簡狄，商朝之始祖。有娀，國名。佚，通「昳」。佚女，美女。㉘鴆　鳥名。傳說其羽有毒，置於酒中，可致人死命。㉙惡　厭惡。㉚佻巧　指口吻輕薄，巧而不實。㉛適　往。㉜鳳皇　通「鳳凰」。㉝受詒　受帝嚳之委託。詒，託。㉞高辛　即帝嚳。㉟先我　在我之先娶到有娀之佚女（簡狄）。相傳簡狄吞玄鳥之卵而生契，為商人之始祖。㊱集　本指鳥棲於木。有棲止之意。與下面的「止」同義而變文。㊲浮遊　飄蕩。㊳少康　夏后相之子。㊴未家　未娶家室。㊵有虞　國名。姚姓，舜之後裔。㊶二姚　有虞國君的兩個女兒。據舊史所載，寒浞使澆殺夏后相，少康逃至有虞國，有虞國君就把兩個女兒嫁給他。少康就借助有虞的力量，殺死了澆，中興夏朝。㊷導言　媒人說合時通達雙方意向的話語。導，通。㊸固　成。㊹稱惡　指抬舉邪惡之人，稱揚邪佞。稱，舉。㊺閨中　上述諸美女之代稱。㊻邃遠　深遠。以喻宓妃之屬不可求。㊼哲王又不寤　指天帝不能察司閽壅蔽之罪。哲，智。寤，覺。㊽發 伸，抒洩。㊾終古 永久。

【語 譯】我將在清晨渡過白水，登上閬風之後把馬拴住；忽然我回過了頭，淚落如雨，可哀啊！這天門外的高山上竟無神女。我飛快地遊到東方青帝之宮，把折得的瓊枝結在佩帶之中；趁著它的花葉尚未墜落，選擇那人間的美女或可贈送。我命令豐隆駕起雲彩，尋求宓妃之所在；解下我的佩飾作為信物，又命令蹇脩去做媒介。在豐隆、蹇脩忙於奔走的時候，宓妃竟變得彆彆扭扭，難以遷就；她傍晚回到窮石去過夜，早間又跑到洧盤去洗頭。仗著她的美麗向人驕傲，每天只知道快樂放蕩，到處亂跑；她縱然美麗，卻沒有禮教，我決定拋開她再去別處尋找。我向天之四極縱目察看，在天上周遊一遍才下到人間；望著那高聳的瑤臺，我看見有娀氏的美女在上邊。我命令鴆去做媒，鴆卻惡狠狠地說她不好；雄鳩鳴叫著要去說媒，可是我討厭牠過於輕佻。我心中猶豫，疑惑不定，想自己去說又感到不行；聽說鳳凰已經接受委託，恐怕高辛氏在我之前已去定了情。我想到遠方去又無處止宿，姑且優游逍遙；趁少康尚未成家，還留著有虞氏的姊妹二姚。但我的媒人笨拙無能，恐怕他的傳話不會有成；人世混濁而嫉妒賢良，都喜歡隱蔽美好而稱揚邪佞。閨中深遠，求女不得啊，天帝哲王又不能覺察司閽壅蔽之凶險；滿懷忠貞之情而無可抒發，我怎能忍受這種處境，直到永遠呢！

索❶瓊茅❷以❸筳篿❹兮，命靈氛❺為余占之。曰❻：「兩美其必合兮，孰信❼修而慕❽之？思九州之博大兮，豈唯是❾其有女？」曰❿：「勉⓫遠逝而無狐疑兮，孰求美而釋⓬女⓭？何所⓮獨無芳草⓯兮，爾何懷乎故宇⓰？世⓱幽昧⓲以眩曜⓳兮，孰云察余⓴之善惡？人好惡其㉑不同兮，惟此黨人其獨異：戶服㉒艾㉓以盈㉔要㉕兮，謂幽蘭其不可佩。覽察草木其猶未得兮，豈珵㉖美之能當㉗？蘇㉘糞壤㉙以充㉚幃㉛兮，謂申椒其不芳！」

【章　旨】第三大段第一章（總第十章），寫屈原問卜於靈氛，結果靈氛指出當時楚國黨人不辨賢愚、顛倒是非，勸他去國遠逝。

【注　釋】❶索　取。❷瓊茅　舊說是一種靈草。即可用來占卜的茅草。瓊，一作「藑」。❸以　與。❹筳篿　竹片之類，占卜之具。❺靈氛　傳說為古之善占卜者。靈，巫。氛，巫者之名。❻曰　以下四句是屈原問卜之詞。一說：為靈氛占卜結果之詞。❼信　真，果真。❽慕　愛；求。❾是　此，此地。指楚國。一說：指宓妃、簡狄、二姚所居之地。❿曰　以下至本段末為靈氛之答詞。⓫勉　勉力；努力。⓬釋　放過。⓭女　通「汝」。指屈原。⓮所　處所。⓯芳草　比喻所求之「女」。⓰故宇　舊居。⓱世　世通。指楚國的世俗。⓲幽昧　昏暗。⓳眩曜　惑亂貌。⓴余　靈氛代屈原自稱。㉑其　豈。㉒戶服　（黨人）家家佩服。㉓艾　蒿艾；惡草。㉔盈　滿。㉕要　通「腰」。㉖珵　美玉。㉗當　宜；當其所值。指識其貴重、美質。㉘蘇　取。㉙糞壤　糞土。㉚充　填滿。㉛幃　身上所佩的香囊。

【語　譯】討取瓊茅與竹片，命靈氛為我占算。問說：「雖說兩美必合，誰是那真正的修潔之人而愛慕我呢？天下九州是多麼博大，難道只有那幾處地方有美女？」靈氛告訴我：「你還是勉力遠行，不要猶豫，有誰尋求美才會放過你而去？何處沒有芳草啊，你又何必單單眷戀故宇？世道昏暗又惑亂，誰又能體察自己的善惡？人情之好惡豈有大的差異，唯有這些結黨營私的小人與眾不同：家家佩服蒿艾而且填滿腰帶，反說幽蘭是不可佩之物。這般小人對草木都不能得到正確的認識，對美玉的估價豈能恰當？他們取糞土填滿香囊，反而說申椒並不芬芳！」

欲從靈氛之吉占兮，心猶豫而狐疑。巫咸❶將夕降❷兮，懷❸椒❹糈❺而要❻

之。百神翳❼其備❽降兮，九疑❾繽❿其並迎。皇⓫剡剡⓬其揚靈⓭兮，告余以吉故⓮。曰⓯：「勉升降以上下⓰兮，求矩矱⓱之所同。湯、禹儼⓲而求合⓳兮，摯⓴、皋繇㉑而能調㉒。苟中情㉓其好修兮，何必用㉔夫行媒？說㉕操㉖築㉗於傅巖㉘兮，武丁㉙用而不疑；呂望㉚之鼓刀㉛兮，遭㉜周文㉝而得舉㉞；甯戚㉟之謳歌兮，齊桓聞以該輔㊱。及年歲之未晏㊲兮，時亦猶其未央㊳；恐鵜鴃㊴之先鳴兮，使百草㊵為之不芳！」

【章　旨】第三大段第二章（總第十一章），上章寫靈氛勸屈原勉力遠行，屈原仍猶豫狐疑，本章則寫巫咸舉前世君臣遇合之事為例，勸屈原姑待明時賢主。

【注　釋】❶巫咸　上古神巫。❷降　降神。❸懷　包藏；帶著。❹椒　花椒。❺糈　精米。❻要　迎候。❼翳　蔽。形容降下的神很多。❽備　悉；全都。❾九疑　九嶷山之神。❿繽　盛貌。⓫皇　光彩貌。⓬剡剡　光彩閃閃的樣子。一說：「皇剡剡」為一聯綿詞。剡，當作「欻」，或作「歘」，此字之誤。皇剡剡，即恍惚惚。⓭揚靈　發其光靈。⓮吉故　前事之吉者。故，故事。⓯曰　此下至本段末，是巫咸的話。⓰勉升降以上下　「升降」與「上下」，其意相同，姑且俯仰浮沈、暫留於此，不必遠逝，含忍以待時機的意思。⓱矩矱　比喻法度、準則。⓲儼　敬。指律己嚴正。⓳求合　訪求志同道合之臣。⓴摯　伊尹名。商湯的賢相。㉑皋繇　即皋陶。夏禹的賢臣。㉒調　和合。㉓中情　中心情實。㉔用　借助。㉕說　即傅說。殷高宗之賢相。㉖操　操持；拿著。㉗築　版築。築土牆用的工具。㉘傅巖　地名。在今山西省平陸縣東三十五里。㉙武丁　即殷高宗。相傳高宗夢得聖人，以其形像求訪，因得築牆之傳說，登以為公，而殷室大興。㉚呂望　即歷史人物呂尚。本姓姜氏，從其封姓呂。曾被稱為太公望，故又叫呂望，亦喚作姜太公。㉛鼓刀　擺弄屠刀。傳說姜太公曾在朝歌當過屠夫，宰牛為生，有「下屠屠牛，上屠屠國」之名言。鼓，鳴。㉜遭　遇。㉝周文　周文王。㉞舉　用。㉟甯戚　春秋時衛人。傳說他經商於齊，宿於東門之外，桓公夜出，甯戚正在飼牛，便用手叩牛角而歌，慨歎自己懷才不遇。齊桓公聽到以後，知其賢，舉用為卿。㊱該輔　備輔佐。該，備。㊲晏　晚。㊳央　盡。㊴鵜鴃　鳥名。即杜鵑。杜鵑之鳴，以夏初之時最甚，正是落花時節。㊵百草　各種花草。

【語　譯】我想按照靈氛占的好卦作遠行，心裡卻總是疑惑不定。巫咸將在今夜降臨，我懷著花椒精米去邀請。百神遮天蔽日齊下降，九嶷之神也紛然相迎。光彩閃閃大地顯靈，告訴我許多君臣遇合的好事情。巫咸說：「姑且上下應付，與世浮沈，以尋求那些和你遵循同樣準則的人。湯、禹律己嚴正，虛心求賢，得到伊尹、皋繇而和合協調。只要衷心愛好優美的品質，又何必借助媒人往來說合？傳說本是築牆的奴隸，殷高宗毫不猶豫地用他為相；呂望本是朝歌的屠夫，遇著周文王而得到舉用；甯戚一面餵牛，一面唱歌，齊桓公聽到了就舉用為卿。趁著年紀還不算老啊，時間也還來得及；唯恐鵜鴃先叫起來啊，那萬紫千紅的花草不再芬芳！」

何瓊佩❶之偃蹇❷兮，眾薆然❸而蔽之。惟此黨人之不諒❹兮，恐嫉妒而折之。時繽紛❺其變易兮，又何可以淹❻留？蘭芷變而不芳兮，荃蕙化而為茅❼。何昔日之芳草兮，今直❽為此蕭艾也！豈其有他故兮，莫好修之害❾也！余以蘭❿為可恃兮，羌⓫無實而容長⓬；委⓭厥美而從俗兮，苟⓮得列⓯乎眾芳。椒⓰專佞⓱以慢慆⓲兮，樧⓳又欲充夫⓴佩幃㉑。既干進而務入㉒兮，又何芳之能祗㉓！固時俗之從流兮，又孰能無變化？覽椒蘭其若茲㉔兮，又況㉕揭車與江離！惟茲佩㉖之可貴兮，委㉗厥美而歷茲㉘；芳菲菲而難虧㉙兮，芬至今猶未沫㉚。和㉛調㉜度㉝

以自娛兮，聊浮游而求女；及余飾之方壯兮，周流觀乎上下。

【章　旨】第三大段第三章（總第十二章）。繼上章寫巫咸勸屈原不要遠逝後，寫屈原答巫咸之詞，說明所以不可留之故。

【注　釋】❶瓊佩　佩玉。比喻美德。❷偃蹇　盛多的樣子。❸薆然　遮掩、隱蔽的樣子。❹不諒　不誠信。諒，底本作「亮」，據汲古閣本校改。❺繽紛　紛亂。❻淹　久。❼茅　惡草。❽直　變易太甚之意。❾莫好修之害　即不好修之害。莫，莫有；不。❿蘭　蘭草。這兒隱喻所收之賢才而變節者。⓫羌　乃。⓬容長　指虛有其表。容，外表。長，美好。⓭委　棄。⓮苟　苟且。⓯列　底本作「引」，據汲古閣本校改。⓰椒　花椒。這兒隱喻所培養之賢才而變節者。⓱佞　諂諛。⓲慢慆　傲慢無禮。⓳樧　亦椒類。⓴夫　底本作「其」，據汲古閣本校改。㉑幃　香囊。㉒干進而務入　指投機鑽營以求進身。干、務，皆作「求」解。進、入，向上爬。㉓祗　振。「祗」與「振」聲近，二字古多通用。㉔若茲　如此。㉕況　何況。㉖茲佩　此佩。指屈原的佩飾。㉗委　棄；被丟棄。㉘歷茲　至此。㉙虧　減少；虧損。㉚沬　作「已」解。猶言「中斷」、「泯滅」、「晦暗」。㉛和　諧。這兒是使動用法，即使之和諧。㉜調　身上佩玉發出的音響。㉝度　步伐整齊。

【語　譯】我身上的佩玉是何等盛多，眾人卻把它遮蔽得暗淡無光。那結黨營私的小人真是險詐不可測啊，我怕他們嫉妒而更遭折挫之殃。時世紛亂變易無常，我又怎麼能在此久留？蘭和芷變得不再芳香，荃和蕙化成了茅草一樣。何以往日的芳草，今天竟變作了白蒿！這難道有什麼別的緣故，都是自己不愛好修飾的禍害！我一向以為蘭花靠得住，哪曉得它也是徒有其表；丟棄自己的美質而隨從俗流，苟且地列名於群芳。椒專門諂上驕下，傲慢無禮，樧呢又一心想著去填充上司的香囊。既已老想著投機鑽營往上爬，又怎能自振自己的芬芳！時俗本來就是從惡如流的啊，又有誰能夠不起變化？看看椒與蘭尚且如此，更何況揭車與江蘺！惟有我的佩飾是可貴的啊，故見棄於時而至此；芳香馥郁，難以虧損，芬芳至今猶未泯滅。讓我調整玉音和步伐的節奏，姑且飄蕩一番，以尋求美女；趁著我的佩飾正當壯盛之時，我要周遊觀訪，遍於上下四方。

靈氛既告余以吉占兮，歷❶吉日乎吾將行。折瓊枝以為羞❷兮，精❸瓊爢❹以為粻❺。為余駕飛龍兮，雜❻瑤❼象❽以為車。何離心❾之可同兮，吾將遠逝以自疏。邅❿吾道夫崑崙兮，路修遠以周流。揚⓫雲霓⓬之晻藹⓭兮，鳴玉鸞⓮之啾啾⓯。

朝發軔於天津⓰兮，夕余至乎西極⓱。鳳皇翼⓲其承⓳旂⓴兮，高翱翔之翼翼㉑。忽吾行此流沙㉒兮，遵赤水㉓而容與㉔。麾㉕蛟龍使梁㉖津兮，詔㉗西皇㉘使涉㉙予。路修遠以多艱兮，騰㉚眾車使徑待㉛。路不周㉜以左轉兮，指西海㉝以為期㉞。屯㉟余車其千乘兮，齊玉軑㊱而並馳。駕八龍之婉婉㊲兮，載雲旗之委移㊳。抑志而弭節㊴兮，神高馳之邈邈㊵。奏〈九歌〉㊶而舞〈韶〉㊷兮，聊假㊸日以媮㊹樂。陟升㊺皇㊻之赫戲㊼兮，忽臨睨㊽夫舊鄉㊾。僕夫悲余馬懷㊿兮，蜷局(51)顧(52)而不行。

【章　旨】第三大段第四章（總第十三章）。上章寫「時繽紛其變易兮，又何可以淹留?」本章寫「遠逝以自疏」：「朝發軔於天津兮，夕余至乎西極」，行流沙，遵赤水，麾蛟龍，詔西皇，路不周，指西海……但當他在晨曦中看到了「舊鄉」——高陽氏的發祥之地崑崙時，則僕悲馬懷，眷戀而難行。

【注　釋】❶歷　選。❷羞　脯；食物。❸精　鑿。❹瓊爢　玉屑。❺粻　糧食。❻雜　兼用。❼瑤　玉石。❽象　象牙。❾離心　謂上下無與己同心者。❿邅　楚方言。轉道。⓫揚　舉；揚起。⓬雲霓　雲霞。以雲霞為旌旗。⓭晻藹　旌旗蔽日貌。⓮玉鸞　玉鈴。⓯啾啾　象聲詞。指鸞鈴的鳴聲。⓰天津　天河。在天空的東極箕、斗二星之間。⓱西極　天空的西頭。⓲翼　翅翼開張的樣子。⓳承　接。⓴旂　旗。指雲旗。即上句之「雲霓」。㉑翼翼　從容有節、閒暇自得的樣子。㉒流

沙　神話中的西方沙漠之地。據說即西海居延澤。㉓赤水　神話中水名。據說源出崑崙山。㉔容與　游戲貌。㉕麾　指揮。㉖梁　橋。這裡是以蛟龍為橋梁的意思。㉗詔　告；命令。㉘西皇　傳說中的古帝少皞。㉙涉　渡過。㉚騰　告，傳令；吩咐。㉛徑待　一直跟著。待，洪興祖校一本作「侍」。是。㉜不周　不周山。神話中山名。傳說在崑崙山西北，屬崑崙山脈。㉝西海　傳說中最西方的海，當位於崑崙山脈範圍。㉞期　目的地。㉟屯　聚集。㊱軑　楚方言。車輪。㊲婉婉　同「蜿蜿」。蜿蜒之意。形容龍的形體擺動。㊳委移　卷曲而延伸的樣子。形容雲旗飄動。㊴抑志而弭節　指旌旗和車馬都停住不走。志，通「幟」。指雲旗。弭，止。節，度；節奏。指八龍。㊵神高馳之邈邈　指身雖不行，而思維仍在活動，想得很遠，無法控制。神，神思；思緒。邈邈，遠貌。㊶九歌　傳說中的天帝之樂，是夏啟偷來人間的。一說：禹樂。㊷韶　即〈九韶〉。傳說是虞舜時的樂舞。㊸假　借。㊹媮　通「愉」。與「樂」同義。㊺陟升　都是上升的意思。㊻皇　皇天。㊼赫戲　光明貌。戲，同「曦」。㊽睨　旁視。㊾舊鄉　指崑崙言。蓋高陽發祥於崑崙，以寄情於先人生息之地，為奔投崑崙之一種冀望情緒。㊿懷　傷；悲傷。(51)蜷局　拳曲。形容詰曲不伸的狀詞。(52)顧　回顧；流連之意。

【語　譯】靈氛既已告訴我占得吉祥的徵兆，我便選擇個好日子準備遠行。折下瓊枝來做菜肴，舂細玉屑當做食糧。替我把飛龍駕上套子，用美玉和象牙鑲成車輛。離心離德的人怎麼能合到一起，我將遠行以自求疏放。

我把路轉向崑崙方向，路途雖長，我繼續周遊。舉起雲霓彩旗，遮天蔽日，鸞鳥般的玉鈴啾啾地鳴響。早晨從天河發車啟程，傍晚便到了極遠的西方。鳳凰展翅，連接著雲霞，在高空從容有節地翱翔。忽然間我發現走到流沙地方，沿著赤水自在徜徉。指揮蛟龍替我在河津上架一座橋梁，詔告西皇渡我到河對方。路途遙遠多艱險，傳令眾車緊跟勿誤。路過不周山又向左轉，以西海為最終的目的地。聚集起我的上千輛車子，對齊了車輪並列奔馳。八條龍駕一輛車蜿蜒向前，載著雲霞般的大旗隨風飄動。按下旗幟，八龍也停住不走，而我的神思卻愈加遠走高飛。演奏〈九歌〉又跳起〈韶〉舞，且借著這點時光娛樂一會兒。天庭之上一片光明啊，我忽然看到了下方的舊鄉。僕夫悲戚，馬也思歸啊，都蜷縮回顧不肯前行。

亂❶曰：已矣哉❷！國無人莫我知兮，又何懷乎故都❸？既莫足與為美政❹

兮，吾將從彭咸之所居❺！

【章旨】第三大段第五章（總第十四章），收束全篇，直陳本意，以明己志。

【注釋】❶亂　本是樂節之名，樂歌之卒章，即樂歌結束時的齊奏合唱，後世稱之為「尾聲」。楚辭源於樂歌，此「亂曰」，即全篇之結語，王逸謂「發理詞指，總撮其要」。❷已矣哉　算了吧。❸故都　指郢都。❹美政　屈原的政治理想，行美德，施善政。❺從彭咸之所居　姜亮夫先生以為懷故都是本意，睨舊鄉（崑崙）是寄情之言；蓋以寄情於先人生息之地，為奔投崑崙之一種冀望情緒。〈離騷〉作於被懷王疏遠之時，辭雖哀痛而意則宏放。多數注釋者據彭咸投水而死的傳說，認定屈原此時已決心投水死節，不可從。但汪瑗等以彭咸隱遁崑崙流沙之傳說來否定屈原後來投汨羅而死之史實，亦屬矯枉過正之論。

【語譯】亂云：算了吧！楚國無賢人，沒有誰知道我的心，我又何必懷戀郢都？既然沒有人能跟我一起使政治修明，我將到彭咸所居住的地方去！

九歌 四首

【作者】屈原，見頁一五三九。

【題解】漢代的王逸說：「昔楚國南郢之邑、沅湘之間，其俗信鬼而好祠，其祠必作歌鼓舞以樂諸神。」〈九歌〉就是在這樣的文化土壤裡產生的民歌，南楚民間流行的祭祀成套樂歌，後經屈原修飾潤色，這就是我們今天所看到的〈九歌〉。「九」是個虛數，實際內容是十一篇。前十篇祭十種神靈，可歸納為三種類型：㈠天神——東皇太一（天神中最尊貴之神，是諸神之領袖）、雲中君（月神）、東君（日神）、大司命（主壽命之神）、少司命（主子嗣之神）；㈡地祇——湘君、湘夫人（湘水之神）、河伯（河神）、山鬼（山神）；㈢人鬼——國殤（陣亡將士之魂，即戰神）。最後一篇〈禮魂〉為送神之歌舞。

姜亮夫先生說：「此雖被以祭祀之名，其實祭壇即劇場，古民眾以社為聚會之所，度〈九歌〉亦沅湘之民，集於鄉社，搬演其心目中之天神英雄故事……古無戲劇之名，遂以祭祀概稱之。」（《屈原賦校注》）「祠神」、「樂神」的實質是樂民、樂人，故〈九歌〉中多男女相悅之詞，且〈東君〉和〈雲中君〉、〈大司命〉和〈少司命〉、〈湘君〉和〈湘夫人〉、〈河伯〉和〈山鬼〉，相互配成夫婦之神，大有人神戀愛之氣氛，淒迷縹緲，意味無窮，對後世的文學、繪畫、音樂創作都發生了深遠的影響。

東皇太一

吉日兮辰良❶，穆❷將愉❸兮❹上皇❺。撫長劍兮玉珥❻，璆鏘❼鳴兮琳琅❽。
瑤席❾兮玉瑱❿，盍⓫將⓬把兮瓊芳⓭。蕙肴蒸⓮兮蘭藉⓯，奠桂酒兮椒漿。揚枹⓰
兮拊⓱鼓，疏緩節⓲兮安歌⓳，陳⓴竽瑟㉑兮浩倡㉒，靈㉓偃蹇㉔兮姣服㉕，芳菲菲㉖
兮滿堂㉗。五音㉘紛㉙兮繁會㉚，君㉛欣欣㉜兮樂康！

【章　旨】太一，星名。天之尊神。祠在楚東，以配東帝，故云「東皇」。本篇為祭東皇太一的歌舞詞。「吉日兮辰良，穆將愉兮上皇」，唱了這兩句就開始舞起來，展示了靈巫的裝束、祭堂的陳設、祭品的芳潔和音樂的繁盛，可視為總的迎神曲。

【注　釋】❶辰良　良辰；好辰光。❷穆　肅穆；恭敬。❸愉　同「娛」。娛悅。❹兮　〈九歌〉各篇的「兮」，往往嵌在句子中間，起介詞、代詞、歎詞的作用。與〈離騷〉諸篇中的「兮」字用法不同。❺上皇　東皇太一。❻玉珥　玉飾的劍把。❼璆鏘　佩玉相碰發出的聲音。❽琳琅　美玉。❾瑤席　䔄草編的墊席。瑤，通「䔄」。香草名。❿玉瑱　壓席子的玉器。瑱，同「鎮」。壓。⓫盍　發語詞。⓬將　拿的意思。與「把」為同義複詞。⓭瓊芳　玉樹的花枝。⓮肴蒸　即

「肴脀」。祭祀用的肉。指整個肘子。⑮藉　用東西墊襯。⑯枹　同「桴」。鼓槌。⑰拊　拍；擊。⑱疏緩節　指歌舞的節拍稀疏緩慢。疏，稀。⑲安歌　歌者意態安詳。⑳陳　列。㉑竽瑟　伴奏的樂器。㉒浩倡　大聲歌唱。倡，同「唱」。㉓靈　這裡指迎神的女巫。一說：「靈」指東皇太一。㉔偃蹇　舞貌。指迎神女巫。一說：高貌。指主神。㉕姣服　漂亮服裝。㉖芳菲菲　女巫起舞時散發出來的香氣。㉗滿堂　形容舞者眾多。㉘五音　指宮、商、角、徵、羽五音。㉙紛　盛貌。㉚繁會　錯雜；交響。㉛君　指主神東皇太一。㉜欣欣　愉快。

【語　譯】吉祥的好日子又逢良辰，虔誠恭敬地娛樂天神。我們手持長劍的把柄，身上佩玉琳琅，發出璆鏘鳴音。蕙草編的墊席上壓著玉瑱，手持玉樹的花朵。蕙草包裹的祭肉又墊襯著芳蘭，敬斟起一杯桂酒還有椒漿。揚起槌兒來擊鼓，舒緩的舞姿伴隨著沈穩的歌唱，竽瑟齊奏，織成一片交響之聲。女巫穿著美麗的衣裳翩翩起舞，濃郁的芳香充滿一堂。樂聲飛揚錯雜齊響，神啊，你是多麼地愉快、安康！

雲中君

浴①蘭湯②兮沐③芳④，華采衣兮若英⑤。靈⑥連蜷⑦兮既留⑧，爛昭昭兮未央⑨。蹇⑩將憺⑪兮壽宮⑫，與日月兮齊光。龍駕⑬兮帝服⑭，聊翱游⑮兮周章⑯。

靈皇皇⑰兮既降，猋⑱遠舉兮雲中。覽冀州⑲兮有餘，橫⑳四海㉑兮焉㉒窮㉓。思夫㉔君㉕兮太息㉖，極勞心兮忡忡㉗！

【章　旨】雲中君，月神。本篇即祭月神的歌舞詞，描敘祭者沐浴以招神，神降臨為時短暫，又返回雲中，於是祭者為之歎息、思念的情形。王逸認為此詩是祭雲神。

【注　釋】①浴　洗身體。②蘭湯　以蘭煮湯。指其芳潔。③沐　洗頭髮。④芳　芳澤；蘭澤。沐浴皆用蘭，此變蘭言芳以避重複。一說：芳謂白芷。❺若英　若木之英。「若木」者，與東方之「扶桑」同類，實太陽西沈時霞氣之見於西方者。❻靈　指雲中君。❼連蜷　行遲。巫迎神導引貌。❽留　止。指降神。神下降到巫的身上。❾爛昭昭兮未央　指其光昭昭然未甚大。爛，小光。昭昭，小明貌。未央，未大。央，已；大；甚。❿蹇　發語詞。一說：蹇，停也。⓫憺　安；定。⓬壽宮　供神之處。即神之寢堂或寢廟。⓭龍駕　以龍引車。⓮帝服　衣青黃五彩之色，與五帝同服。⓯翱游　翱翔。⓰周章　盤桓；周流往來。一說：周章猶倜儻、跌宕。⓱皇皇　同「煌煌」。光大貌。⓲猋　快速。一說：扶搖謂之猋（《爾雅・釋天》）。⓳冀州　古代分中國為九州：冀、兗、青、徐、揚、荊、豫、梁、雍。冀州居首，後因以代指中國。⓴橫　充；光被。㉑四海　泛指九州之外的天地。㉒焉　何。㉓窮　極；盡。㉔夫　彼。㉕君　指雲中君。一說：雲中君與東君為一對配偶神，「夫君」蓋雲中君思念東君之詞。㉖太息　歎氣。㉗爞爞　同「忡忡」。憂慮；心神不定。

【語譯】我沐浴過芳馨馥郁的蘭湯，我把晚霞般的花兒飾在彩衣上。神靈呵！你夭夭矯矯地既已降臨，光輝昭昭然尚未大放。你將安享在供神的寢堂，你的光輝有如太陽和月亮。坐著龍車，穿著五彩的天帝服裝，你暫且還要翱翔盤旋一晌。神靈閃著耀眼的光芒降下，剎那間又遠舉高飛，回到天上。你的光明不僅照亮中土，更光被四海，無窮無疆。神呵，我想念你而長聲歎息，心神不定，極度憂傷！

湘君

君❶不行兮夷猶❷，蹇誰留❸兮中洲❹？美要眇❺兮宜修❻，沛❼吾乘兮桂舟❽。令沅湘兮無波，使江水兮安流❾。望夫❿君⓫兮歸⓬來，吹參差兮誰思⓭？駕飛龍⓮兮北征，邅⓯吾道兮洞庭。薜荔拍⓰兮蕙綢⓱，荃⓲橈⓳兮蘭旌⓴。望涔陽㉑兮極浦㉒，橫大江兮揚靈㉓。揚靈兮未極㉔，女嬋媛兮為余太息㉕。橫流涕兮潺湲㉖，隱㉗思君㉘兮陫側㉙。桂櫂㉚兮蘭枻㉛，斲冰兮積雪㉜。采薜荔兮水中，搴[33]芙蓉[34]兮木末[35]。心不同兮媒[36]勞[37]，恩不甚[38]兮輕絕。石瀨[39]兮淺淺[40]，飛龍[41]兮翩翩。交[42]不忠[43]兮怨長，期[44]不信兮告余以不閒！朝騁鶩[45]兮江皋[46]，夕弭節[47]兮北渚[48]。鳥次[49]兮屋上，水周兮堂下[50]。捐[51]余玦[52]兮江中，遺[53]余佩[54]兮澧[55]浦。采芳洲兮杜若，將以遺[56]兮下女[57]。時[58]不可兮再得，聊逍遙兮容與[59]。

【章　旨】〈湘君〉和〈湘夫人〉是楚人祭祀湘水神的歌舞詞。湘水神是一對配偶神，男稱湘君，女稱湘夫人。據傳說：舜巡行南方，死於蒼梧之野，二妃（娥皇、女英）追蹤至洞庭湖濱，投湘水而死。當地人民立祠祭祀，把她們當成湘水女神，舜則成了湘水男神。追本溯源，最初的湘水神跟日神、月神一樣，是初民自然崇拜的產物。後來因舜及二妃的傳說與楚地蒼梧山、湘水、洞庭湖的密切聯繫，湘水神和舜及二妃的傳說就融合在一起了。從兩首詩的內容看，的確寫的是一對配偶神的具有悲劇氣氛的戀愛故事。

本篇內容，由女巫扮湘夫人迎神，由男巫扮湘君，兩人對舞對唱。

【注　釋】❶君　指湘君。❷夷猶　即猶夷、猶豫。❸誰留　為誰而留。留，待。❹中洲　洲中。❺要眇　美好貌；瞇目媚視貌。❻宜修　善於修飾。一說：「修」乃「笑」之訛。❼沛　行貌；順流暢行貌。❽桂舟　以桂木為舟。❾令沅湘二句　命令沅、湘之水不要揚波，使江水平穩流去。沅湘，沅水、湘水。「令」和「使」都是水神的口氣。❿夫　彼。⓫君　湘君。⓬歸　一本作「未」。⓭吹參差兮誰思　以上八句為女巫扮湘夫人所唱。參差，一作「篸筡」。即排簫。古樂器。相傳為舜所造，其狀如鳳翼之參差不齊，故名「參差」。誰思，思誰。⓮飛龍　龍馬。這兒指龍舟。⓯邅　轉彎；轉道。⓰薜荔拍　以薜荔搏飾四壁。薜荔，蔓生香草。拍，搏壁；以席搏壁。即今之壁衣。此謂舟之閣閭搏壁。⓱蕙綢　以蕙草縛屋。蕙，亦香草。綢，縛束。⓲荃　一作「蓀」。香草。⓳橈　小楫；船槳。⓴旌　旌旗。㉑涔陽　地名。涔陽浦，在今湖南省涔水北岸，澧縣附近，位於洞庭湖和長江之間。㉒極浦　遠灘。㉓揚靈　乘舲疾行。揚，飛揚。靈，艫，「舲」之或體。有屋的船。㉔極　至。㉕女嬋媛兮為余太息　以上八句為扮湘君的男巫所唱。女，指湘夫人。㉖潺湲　水流不斷的樣子。㉗隱　痛。㉘君　指湘君。㉙陫側　通「悱惻」。悲苦；傷心。㉚櫂　同「棹」。船槳。㉛栧　同「枻」。短槳。一說：船旁板。㉜斲冰兮積雪　指划船之速，破水而去，如斲冰；激起浪花，翻騰如積雪。斲，鑿。冰、雪，形容水光的空明澄澈，非實指。㉝搴　拔取。㉞芙蓉　荷花。㉟木末　樹梢。㊱媒　媒人。㊲勞　徒勞。㊳甚　很；很深。㊴石瀨　石灘上的急流。㊵淺淺　水流迅疾貌。㊶飛龍　龍船。㊷交　相交。㊸忠　厚。㊹期　約期相會。㊺騁騖　奔走。㊻江皋　江邊。㊼弭節　停船。弭，停止。㊽渚　水中小洲。㊾次　棲宿。㊿水周兮堂下　以上十六句為女巫扮湘夫人所唱。周，環繞。(51)捐　捨棄。(52)玦　玉器，狀如環而有缺口。(53)遺　丟下；留下。(54)佩　佩玉。(55)澧　澧水，湖南省境內流入洞庭湖的大河。(56)遺　贈予。(57)下女　指湘夫人。(58)時　會面的時機。(59)聊逍遙兮容與　以上六句為男巫扮湘君所唱。聊，姑且。容與，徘徊；漫步。

【語譯】（湘夫人）湘君猶豫遲疑，大概還沒動身，您留在洲上等待誰？我容貌美麗，裝扮又適宜，乘著桂舟順流而下去赴約會。命令沅水湘水不要起波瀾，使江水平穩地流去。盼望湘君快歸來，我吹著參差，對誰思念？（湘君）我駕著龍舟北行，迴轉我的道路向著洞庭。用薜荔搏壁，用蕙草縛屋子，以荃香作橈，以芳蘭作旗幟。望著涔陽之遠灘，橫渡大江，揚起風帆。我飛揚而去的船還未到達呵，湘夫人急得喘著粗氣歎息。（湘夫人）我涕泣橫流，似不斷的流水，痛苦地思念湘君呵，是多麼傷心！我搖著桂棹和蘭枻，船兒破水而行，捲起浪花如雪。如同向水裡去採陸生的薜荔，又到樹梢去採水生的荷花。如果心意不同，媒人只是徒勞。恩愛不深，就容易情絕。如同石灘上的急流很快逝去，飛龍駕的船兒輕飄飄地滑動。交情不厚則容易埋怨，約期不守信啊，您竟告訴我不得閒空！早上我匆匆地駛過江流和水澤，傍晚把船停在北渚。只有鳥兒棲息在屋上，流水環繞著堂垂。（湘君）我把玉玦拋向江水之中，又把玉佩丟到澧水之浦。我還要採摘那芳洲上的杜若，我將把它們贈給湘夫人。年華一去不復還啊，我姑且徘徊一晌，耐心等待。

湘夫人

帝子❶降❷兮北渚❸，目眇眇❹兮愁予❺。嫋嫋❻兮秋風，洞庭❼波❽兮木葉❾下。登白薠❿兮騁望⓫，與佳⓬期⓭兮夕張⓮。鳥萃⓯兮蘋⓰中，罾何為兮木上⓱？沅⓲有芷兮澧⓳有蘭，思公子⓴兮未敢言。慌忽㉑兮遠望，觀流水兮潺湲㉒。麋㉓何為兮庭㉔中，蛟㉕何為兮水裔㉖？朝馳余馬兮江皋，夕濟兮西澨㉗。聞佳人㉘兮召予，將騰駕㉙兮偕逝㉚。築室兮水中，葺㉛之兮㉜荷蓋㉝。蓀壁㉞兮紫壇㉟，播㊱芳椒兮成堂㊲。桂棟㊳兮蘭橑㊴，辛夷㊵楣㊶兮葯房㊷。罔㊸薜荔兮為帷㊹，擗㊺蕙櫋㊻兮既張㊼。白玉兮為鎮㊽，疏㊾石蘭㊿兮(51)為芳。芷葺兮荷屋(52)，繚(53)之兮杜衡(54)。合(55)百草兮實(56)庭，建(57)芳馨(58)兮廡(59)門。九嶷(60)繽(61)兮並迎，靈之來兮如雲(62)。捐(63)余袂(64)兮江中，遺(65)余褋(66)兮澧浦。搴(67)汀洲(68)兮杜若，將以遺(69)兮遠者(70)。時不可兮驟(71)得，聊逍遙兮容與(72)。

【章旨】本篇是祭祀湘水女神的歌舞詞，跟〈湘君〉形成一個整體。兩篇結構大致相同，語氣上彼此相對，相互呼應，由男巫扮湘君迎神，女巫扮湘夫人，兩人對舞對唱。

【注釋】❶帝子　堯帝之子娥皇、女英。即湘夫人。❷降　降臨。❸北渚　即〈湘君〉篇中「夕弭節兮北渚」。❹眇眇　望眼欲穿之貌。❺愁予　愁憂；憂愁。予，通「忬」。憂。❻嫋嫋　秋風搖木貌。❼洞庭　洞庭湖。❽波　泛起微波。❾木

葉　樹葉子。⑩白蘋　蘋草。秋季生長於湖澤間，雁以之為食。⑪騁望　縱目遠望。⑫佳　佳人。指湘夫人。⑬期　約會的日期。⑭張　陳設。⑮萃　集；聚集。⑯蘋　水草。⑰罾何為兮木上　以上八句為男巫扮湘君所唱。罾，魚網。⑱沅　沅水。⑲澧　澧水。⑳公子　指湘君。㉑慌忽　一作「荒忽」。即恍惚。看不分明。㉒觀流水兮潺湲　以上四句為女巫扮湘夫人所唱。潺湲，水流不斷貌。㉓麋　獸名。即駝鹿。㉔庭　庭院。㉕蛟　龍一類的動物。㉖水裔　水邊。㉗澨　水涯。㉘佳人　湘夫人。㉙騰駕　騰起車駕。㉚偕逝　（與湘夫人）同往。㉛葺　原指用茅草蓋屋頂。這兒泛指蓋房頂。㉜兮　底本「兮」下有「以」字，衍文當刪。㉝荷蓋　用荷葉蓋屋頂。㉞荃壁　編荃草為壁。一說：以荃草飾牆壁。荃，一作「蓀」。香草。㉟紫壇　以紫貝鋪砌庭院。紫，紫貝。壇，庭院。一說：「壇」指庭院中的花壇。㊱播　布；播散。㊲成堂　洪興祖引一本作「盈堂」。滿堂。㊳桂棟　桂木做棟梁。㊴蘭橑　用木蘭做椽子。㊵辛夷　香木。㊶楣　門上橫木。㊷葯房　用白芷做臥室。葯，白芷。房，臥室。㊸罔　通「网」。這裡是編結的意思。㊹帷　幔帳。㊺擗　用手分開。㊻櫋　屋聯。即今室中之隔扇。㊼既張　已經陳設起來。㊽鎮　一作「瑱」。壓座席之物。㊾疏　散布；陳列。㊿石蘭　香草。即山蘭。(51)兮　底本作「以」。據《補注》本校改。(52)芷葺兮荷屋　白芷覆蓋在荷葉做的屋頂上。(53)繚　繞；束。(54)杜衡　香草。(55)合　集合；匯集。(56)實　充實。(57)建　陳列；設置。(58)馨　香之遠者。(59)廡　廳堂四周的廊屋。一說：豐盛的意思。與上句「實」字相對。(60)九嶷　山名。即蒼梧山，湘君居處。這裡代指九嶷山諸神。(61)繽　眾多。(62)靈之來兮如雲　以上二十二句為男巫扮湘君所唱。靈，指九嶷諸神。(63)捐　捨棄。(64)袂　衣袖。(65)遺　丟下。(66)褋　單裙。(67)搴　拔取。(68)汀洲　水中平地。(69)遺　贈予。(70)遠者　指湘君。(71)驟　數；屢次。(72)聊逍遙兮容與　以上六句為女巫扮湘夫人所唱。

【語譯】（湘君）湘夫人降臨在北渚，我望眼欲穿啊滿懷愁緒。秋風嫋嫋地吹起來，洞庭湖面皺起波紋，樹葉紛紛飄去。站在白蘋叢中縱目張望，與佳人約好了黃昏時光。鳥兒為什麼聚集在水草中，魚網為何掛在樹梢上？（湘夫人）沅水邊有白芷啊澧水岸生澤蘭，我多麼想念公子啊，可是不敢明言。遠處是渺茫一片，看不清爽，眼前是流水潺潺，隻影孤單。（湘君）駝鹿為何在庭院中，蛟龍為何在水邊？拂曉我騎馬奔馳在江畔，傍晚我渡過西方的水涯。聽到佳人在召喚啊，我飛騰起車駕立刻前往。我願在水中建造一所住房，屋頂蓋上荷葉，發出陣陣清香。荃草為四壁，紫貝鋪庭院，又散播花椒，使芳香滿堂。加上桂樹作棟梁，木蘭當椽子，辛夷作門楣白芷的臥房。編結薜荔成幔帳，隔扇有蕙草之香。更有那白玉的鎮席，空氣中石蘭的氣息芬芳。荷頂上再覆蓋白芷，四周圍杜衡繞牆。匯集百草，充實庭院。擺設芳馨，布滿門廊。九嶷山諸神紛起並迎，神靈眾多如同雲霞一樣。(湘夫人)把我的衣袖拋到江心，把我的裙子丟到澧水之津。我又去採水洲上的杜若，我將把它們贈給遠方的湘君。年華一去不可再得啊，我姑且徘徊一晌，耐心地等待。

卷二三

九歌二首

【作者】屈原，見頁一五三九。

【題解】見頁一五六二。

少司命

秋蘭❶兮❷蘼蕪❸，羅生❹兮堂下。綠葉兮素華❺，芳菲菲兮襲予❻。夫人❼自有兮美子❽，蓀何以兮愁苦❾？秋蘭兮青青❿，綠葉兮紫莖。滿堂兮美人⓫，忽獨與余⓬兮目成⓭。入不言兮出不辭，乘回風⓮兮載雲旗⓯。悲莫悲兮生別離⓰，樂莫樂兮新相知⓱。荷衣兮蕙帶，儵⓲而來兮忽而逝。夕宿兮帝郊⓳，君⓴誰須㉑兮雲之際？與汝遊兮九河，衝飆起兮水揚波㉒。與汝㉓沐㉔兮咸池㉕，晞㉖汝髮兮陽之阿㉗。望美人㉘兮未來，臨風怳兮浩歌㉙！孔蓋㉚兮翠旍㉛，登九天㉜兮撫㉝彗星㉞。竦㉟長劍兮擁㊱幼艾㊲，荃獨宜兮為民正㊳。

【章旨】司命為主宰壽命之神。大司命總管人類的生死，少司命專司兒童的命運。〈大司命〉和〈少司命〉為古代沅湘流域祭祀司命神的歌舞詞。本篇為大司命思念少司命之詞，由扮大司命的男巫和迎神女巫對唱對舞，以表情意。而少司命終篇不見，僅於對答句中寄以悱惻之情，這是一種特別寫法。

【注釋】❶秋蘭　蘭草。秋天開淡紫色小花。古以為生子之祥。❷兮　與；和。❸蘪蕪　通「蘼蕪」。香草名。蘼蕪之根主治婦人無子。❹羅生　羅列並生。❺素華　白花。蘪蕪七、八月間開白花，其葉倍香。❻芳菲菲兮襲予　以上四句為男巫扮大司命所唱。菲菲，勃勃。襲，侵襲；及。予，大司命自稱。❼夫人　指少司命。❽美子　美好的男子；女子心目中之美男子。❾蓀何以兮愁苦　以上二句為迎神女巫所唱。蓀，指大司命。何以兮愁苦，何必因此而愁苦。❿青青　通「菁菁」。繁盛貌。⓫美人　指群巫。⓬余　大司命自稱。⓭目成　兩心相悅，眉目傳情。⓮回風　旋風。⓯雲旗　以雲為旗。⓰生別離　生生的離別。⓱新相知　新結交的知心人。⓲儵　同「倏」。疾速、忽然的意思。⓳帝郊　天帝之郊。⓴君　指少司命。㉑誰須　待誰。須，待。㉒與汝遊兮二句　此兩句為〈河伯〉篇語句誤入者，當刪。㉓汝　指少司命。㉔沐　洗頭髮。㉕咸池　神話中水名。太陽洗澡的地方。㉖晞　晾乾。㉗陽之阿　即陽谷（亦寫作「暘谷」、「湯谷」）。神話中地名。太陽升起的地方。㉘美人　指少司命。即前二句中的「汝」。㉙臨風怳兮浩歌　以上十八句為男巫扮大司命所唱。怳，狂。浩歌，大聲唱歌。㉚孔蓋　孔雀羽毛做的車蓋。㉛翠旍　翡翠鳥羽毛做的旌旗。㉜九天　九重天。㉝撫　持；按撫。㉞彗星　俗稱掃帚星。古人認為是妖星。㉟竦　挺出。㊱擁　護衛。㊲幼艾　少年男女。㊳荃獨宜兮為民正　以上四句為迎神女巫所唱。荃，一作「蓀」。指大司命。正，古人稱官長為正。

【語譯】秋蘭和蘪蕪，並列生於堂下。綠葉襯著白花，芬芳勃勃，陣陣襲我。少司命自有心目中的美男子，你何必因此而愁苦？秋蘭啊多茂盛，綠葉伴著紫莖。滿堂都是美人，少司命獨與我眉目傳情。但她進到堂中無話語，出去也不告辭，乘著旋風又以雲彩為旗。悲莫悲於生別離，樂莫樂於新相知。荷花做成衣服，蕙草紮成飄帶，忽然而去了，忽然又回來。晚間宿在天帝之郊，你在雲彩裡把誰等待？我想跟你在咸池裡洗澡，在暘谷晾曬你的秀髮。我盼望的美人啊，她沒有來，在疾風中我發狂般地高歌！儀仗盛美，有孔雀毛做的車蓋、翡翠的旗，登上九天按住那掃帚星。挺著長劍護衛著少年男女們，大司命啊，你適合做人民的主宰。

山鬼

若❶有人❷兮山之阿❸，被❹薜荔❺兮帶❻女蘿❼。既含睇❽兮又宜笑，子慕予兮善窈窕⑨。乘赤豹兮從⑩文貍⑪，辛夷車兮結桂旗⑫。被石蘭⑬兮帶杜衡⑭，折芳馨⑮兮遺所思⑯。余⑰處幽篁⑱兮終不見天，路險難兮獨後來⑲。表獨立兮山之上，雲容容兮而在下⑳。杳㉑冥冥㉒兮羌㉓晝晦㉔，東風飄兮神靈雨㉕。留靈脩㉖兮憺㉗忘歸，歲㉘既晏㉙兮孰華㉚予㉛？采三秀㉜兮於山間，石磊磊㉝兮葛蔓蔓㉞。怨公子㉟兮悵忘歸，君㊱思我兮不得閒！山中人㊲兮芳杜若㊳，飲石泉㊴兮蔭松柏㊵。君思我兮然疑作㊶。雷填填㊷兮雨冥冥，猨㊸啾啾㊹兮狖㊺夜鳴。風颯颯㊻兮木蕭蕭㊼，思公子兮徒離憂㊽。

【章旨】山鬼，即山神，詩人賦予山神以人的性格，由一位既嬌且媚、宜笑宜嗔的美麗少女扮演。篇中除一部分描寫山鬼的姿容裝束外，都作山鬼思念愛人的語氣，歌頌了山鬼對愛情的忠貞，反映了楚地人民的愛情生活。

【注釋】①若　發語詞。②人　指山鬼。③山之阿　山之深處。阿，曲隅。④被　同「披」。⑤薜荔　蔓生香草。⑥帶　繫著。⑦女蘿　又名兔絲、松蘿。一種蔓生植物。⑧含睇　指兩目含情而視。睇，微微斜視。⑨子慕予兮善窈窕　以上四句描寫山鬼的服飾和儀態之美。子，山鬼稱自己所思慕的對象。予，山鬼自稱。⑩從　跟隨。使動用法。⑪文貍　毛色有花紋的野貓。⑫辛夷車兮結桂旗　以上兩句寫山鬼之威儀。辛夷車，用辛夷做成的車。辛夷，香木。結，編織。桂旗，用桂枝做的旗。⑬石蘭　蘭草的一種。⑭杜衡　又名馬蹄草。⑮芳馨　泛指以上所說的香草。⑯遺所思　贈送給所思念的人。⑰余　山鬼自稱。⑱幽篁　竹林深處。篁，竹林。⑲後來　來晚了。⑳表獨立二句　兩句寫山峰之高峻，雲彩迴旋在山腰。表，特出的意思。容容，通「溶溶」。水流貌。此處形容雲氣飄動。㉑杳　深遠貌。㉒冥冥　黑暗。㉓羌　將。㉔晝晦　白天變得昏暗。㉕神靈雨　雨神降雨。㉖靈脩　山鬼所思念的對象。㉗憺　安。安樂的樣子。㉘歲　年歲。㉙晏　晚。㉚華　同「花」。一說：通「姱」。美。使動用法。㉛予　山鬼自稱。㉜三秀　靈芝草的別名。㉝磊磊　石塊重疊的樣子。㉞葛蔓　葛草蔓延的狀態。㉟公子　指山鬼思念之人。㊱君　指公子。㊲山中人　山鬼自稱。㊳芳杜若　是說像杜若一樣芳香。杜若，香草。㊴飲石泉　飲石泉之水。㊵蔭松柏　居松柏之陰。㊶君思我兮然疑作　此句之上疑脫漏一句。君，山鬼思念之人。然疑作，使我疑信參半。然，肯定。疑，懷疑。㊷填填　雷聲。㊸猨　即「猿」字。㊹啾啾　猿的哀叫聲。㊺狖　黑色的長尾猿。㊻颯颯　風聲。㊼蕭蕭　風吹樹木發出的聲音。㊽思公子兮徒離憂　以上十五句寫山谷間陰雨情狀與山鬼對愛人之思念。徒，白白地。離憂，自找憂愁。離，通「罹」。

【語　譯】彷彿有個人出現在山坡的角落，穿著薜荔衣，長長的帶子是女蘿。秋波含情微微笑，你傾慕我啊，性情溫柔，姿容又窈窕。我駕著赤豹，隨從在後面的是文狸，用辛夷香木做車，拿桂花枝編旗。車頂罩著石蘭，拿杜衡當帶繫，折取芬馨的花草贈給我所思念的公子。我住在竹林深處看不見天日，路途又險又難走，所以來得遲。我獨自一個人站立在高山之上，雲氣飄拂在我的腳下。天色暗下來，白日變得昏黑，東風吹了起來，神靈也灑下雨點沙沙。留下戀人讓他安然忘歸吧，年歲已遲暮，有誰能使我再華美？我在山間採摘靈芝，踩著亂石越過藤蔓。怨恨公子還沒來，使我惆悵忘歸，你一定也思念我吧，可是抽不出一點點時間！我這個山裡人像杜若般的芬芳，喝的石泉水，宿在松柏下，潔淨又清爽。公子你想我嗎？我是疑信參半。雷聲隆隆，細雨濛濛，天黑下來了，猿猴在啾啾地哀鳴。風聲颯颯，草木蕭蕭，心裡想著你啊，我一個人神魂顛倒。

九　章

涉江

【作　者】屈原，見頁一五三九。

【題　解】漢初，淮南王劉安（西元前一七九～前一二二年）及其賓客輯屈原一生中不同時期、不同地域所作的九篇文章成為一卷，總題為〈九章〉，其實是章自為篇，篇自為義，不相聯貫，但其內容都跟屈原的身世、行誼有關。在全部屈原作品中，〈九章〉跟〈離騷〉屬於一類。〈離騷〉是屈原綜合性的自敘和抒情，〈九章〉則是具體的片斷生活記錄和心情的反映。〈涉江〉是〈九章〉的一篇，是屈原自陵陽渡江入溆浦時的作品，是篇記行記實的文章，反覆申明自己倔強孤傲的性格和不與腐朽勢力妥協的決心。

余幼好此奇服❶兮，年既老而不衰❷。帶長鋏❸之陸離❹兮，冠切雲❺之崔嵬❻。被❼明月❽兮佩寶璐❾。世溷濁而莫余知❿兮，吾方高馳而不顧。駕青虬⓫兮驂白螭⓬，吾與重華⓭遊兮瑤之圃⓮。登崑崙兮食玉英⓯。與天地兮比壽，與日月兮齊光。哀南夷⓰之莫吾知兮，旦余濟乎江⓱湘⓲。

乘⓳鄂渚⓴而反顧㉑兮，欸㉒秋冬之緒風㉓。步余馬兮山皋，邸㉔余車兮方林㉕。乘舲船㉖余上㉗沅㉘兮，齊㉙吳㉚榜㉛以擊汰㉜。船容與㉝而不進兮，淹回水㉞而疑滯㉟。朝發枉渚㊱兮，夕宿辰陽㊲。苟余心其端直㊳兮，雖僻遠之何傷？

入溆浦㊴余儃佪㊵兮，迷不知吾所如。深林杳㊶以冥冥㊷兮，乃猿狖㊸之所居。山峻高以蔽日兮，下幽晦以多雨。霰㊹雪紛其無垠兮，雲霏霏㊺而承㊻宇㊼。

哀吾生之無樂兮，幽獨處乎山中。吾不能變心而從俗兮，固將愁苦而終窮！

接輿㊽髡首㊾兮，桑扈㊿臝行(51)。忠不必用兮，賢不必以(52)。伍子(53)逢殃兮，比干(54)葅醢(55)。與前世而皆然兮，吾又何怨乎今之人。余將董(56)道而不豫(57)兮，固將重昏(58)而終身。

【注釋】①奇服 與世殊異之服。喻志行不凡。②衰 懈；衰退。③長鋏 長劍。④陸離 光彩輝煥貌。⑤切雲 高冠。⑥崔嵬 高峻貌。⑦被 同「披」。指披在肩背之上。⑧明月 夜光珠。⑨璐 美玉名。⑩莫余知 即莫知余。沒有誰了解我。⑪虬 龍類。見前〈離騷〉注。⑫螭 蛟龍一類。⑬重華 舜名。⑭瑤之圃 美玉園圃。喻指天帝所居美麗的花園。⑮玉英 玉苗。一說：玉有英華之色，故稱玉食為玉英。⑯南夷 指漵浦以西的民族。⑰江 長江。⑱湘 湘江。⑲乘 登。⑳鄂渚 地名。在今武昌西郊長江中。㉑反顧 回頭看來路。㉒欸 歎。㉓緒風 大風。㉔邸 通「抵」。停車。㉕方林 地名。㉖舲船 有窗的小船。㉗上 溯流而上。㉘沅 沅水。今湖南省境內流入洞庭湖的一條大河。㉙齊 同時並舉。㉚吳 大。㉛榜 棹；船槳。㉜汰 水波。㉝容與 緩慢；猶豫不前的樣子。㉞回水 迴旋的水流。指逆流。㉟疑滯 通「凝滯」。停滯不前。㊱枉渚 地名。在湖南武陵。㊲辰陽 地名。在今湖南辰溪。㊳端直 端正忠直。㊴漵浦 地名。在湖南漵浦。㊵儃佪 徘徊不前。㊶杳 幽深的樣子。㊷冥冥 昏暗的樣子。㊸狖 黑色長尾猿。㊹霰 小雪粒。㊺霏霏 紛紛。㊻承 接。㊼宇 屋宇。㊽接輿 人名。楚國人。佯狂隱逸。㊾髡首 剃掉頭髮。髡，原是一種刑罰。接輿無罪，憤世佯狂，殘身剃髮。㊿桑扈 人名。佯狂隱逸之人。(51)臝行 赤身裸體而行。臝，同「裸」。(52)以 用。(53)伍子 人名。即伍員。字子胥，春秋時吳國賢臣，忠言直諫，被吳王夫差逼死。(54)比干 人名。商末賢臣，被紂王殘殺。(55)葅醢 古代酷刑。把人剁成肉醬。(56)董 正。(57)豫 猶豫。(58)重昏 陷於重重昏暗之中。

【語譯】我自小就喜歡奇異的服飾，年歲已老仍不見衰減。佩帶著長劍，光彩輝煥，頭戴著切雲冠，高峻崔嵬。身披夜明珠，腰綴美玉。世間混濁，沒有誰了解我，我將遠走高馳，不再回顧。駕轅的是青虬，拉套的是白螭，我同舜帝重華一道遊天帝的美玉園圃。我登上崑崙，食用白玉之英。與天地同壽，與日月齊光。我哀歎辰陽溆浦那兒的南夷不了解我啊，天一亮，我就得渡過長江、湘水朝那邊飄蕩。

登上鄂渚，我回頭看看來路，秋冬的大風令人倍感悽涼。我把馬兒放開在山灣小跑，我的車子停在方林。我乘著有窗的小船溯沅水而上，大槳齊劃，擊起波瀾。但是船啊慢吞吞地不向前進，在逆流中迴旋凝滯。早晨從枉渚出發，晚間止宿在辰陽。只要我的心是正直的啊，就是走向荒僻遙遠又有什麼損傷！

進入溆浦後，我徘徊不前，心中迷亂，不知該往哪裡去。森林幽深而昏暗，乃是猿猴與長尾猿的居處。高山峻嶺把太陽遮蔽，山的下面陰晦而多雨。小雪粒、大雪花飄飛無際，烏雲沈沈，連接著屋宇。哀痛我這一生毫無歡樂啊，獨自一個人幽處山中。我不能改變志向而從俗啊，當然要愁苦困窮到底！

佯狂的接輿，自己剃光了頭，憤世嫉俗的桑扈，赤身裸體而行。忠臣不一定被重用，賢人也不一定被敬重。所以伍子胥忠而遭殃啊，比干更被砍成肉醬。從前也都是這個樣啊，我又有什麼好怨恨今世之人。我將遵循正道而毫不猶豫啊，當然要終生陷入重重黑暗中。

卜居

【作　者】屈原，見頁一五三九。

【題　解】卜，占卦。居，處，在此指處世之道。自東漢王逸以來，〈卜居〉相傳為屈原所作。實際上，本篇應是楚國人在屈原死後為悼念他而記載下來的有關傳說，通體氣機流暢，跟屈原自抒憤懣之情，顯然不同。全文採用問答體，一問一答之間揭露了社會的黑暗腐敗，歌頌了屈原堅持真理，不與世俗同流合汙的鬥爭精神。開頭和結尾的敘述，完全是散文寫法；中間用駢偶和散行句參錯組成，用韻也比較自由，是從楚辭演化為漢賦的過渡期間的作品。

屈原既放❶三年，不得復見❷。竭智❸盡忠，蔽鄣於讒❹。心煩意亂，不知所從。乃往見太卜❺鄭詹尹❻，曰：「余有所疑，願因❼先生決❽之。」詹尹乃端策拂龜❾，曰：「君將何以教之❿？」

【章旨】屈原外居待放已滿三年，仍不見召還，心煩意亂，於是求太卜鄭詹尹為之占卦。

【注釋】❶放　疏放；外居待放。《荀子・大略》楊倞注：「古臣有罪，待放於境，三年不敢去。與之環，則還；與之玦，則絕。」❷見　指見到楚懷王。❸竭智　竭盡智慧。❹讒　讒言。這裡指讒佞小人。❺太卜　官名。卜官之長。❻鄭詹尹　卜官姓名。❼因　借；靠。❽決　決斷；決定。❾端策拂龜　把策擺端正，再拂去龜殼上的塵土，準備占卜。策，蓍草。龜，龜殼。蓍草和龜殼都是占卜工具。❿君將何以教之　你要占卜什麼事呢。

【語譯】屈原外居待放已滿三年，楚王仍不召見。他竭盡智慧與忠誠，還是敵不住佞倖小人的讒言。他心煩意亂，不知道應該怎麼辦。於是他尋訪太卜鄭詹尹，對他說：「我心中困惑，希望靠著你的卦數來決斷。」鄭詹尹當即拂去龜殼上的塵土，又把蓍草擺得正正端端，說：「請問你有什麼事情要卜占？」

屈原曰：「吾寧❶悃悃款款❷，朴以忠❸乎？將送往勞來❹，斯無窮❺乎？寧誅鋤草茅，以力耕乎？將遊大人❻，以成名乎？寧正言不諱，以危身乎？將從俗富貴，以媮生❼乎？寧超然高舉，以保真❽乎？將哫訾栗斯，喔咿嚅唲❾，以事婦人❿乎？寧廉潔正直，以自清乎？將突梯⓫滑稽⓬，如脂⓭如韋⓮，以絜楹⓯乎？

寧昂昂⑯若千里之駒乎？將氾氾⑰若水中之鳧⑱，與波上下，偷⑲以全吾軀乎？寧與騏驥⑳抗㉑軛㉒乎？將隨駑馬之跡乎？寧與黃鵠㉓比翼㉔乎？將與雞鶩㉕爭食乎？此孰吉孰凶？何去何從？世溷㉖濁而不清：蟬翼為重，千鈞為輕；黃鐘㉗毀棄，瓦釜㉘雷鳴㉙；讒人高張㉚，賢士無名㉛。吁嗟嘿嘿㉜兮，誰知吾之廉貞！」

【章旨】屈原向太卜提出了十六種處世態度，八正八反，而歸結為世混濁不清，是非顛倒，吉凶不明。屈原不肯與世俗同流合汙的高尚情操，由此愈顯鮮明。

【注釋】❶寧 「寧……將……」，即「寧願……還是……」的意思。❷悃悃款款 誠誠懇懇，心志純一。❸朴以忠 樸實而忠誠。❹送往勞來 指到處逢迎周旋。勞，慰勞。指歡迎接待。❺無窮 無往而不通。❻遊大人 往來於「大人」之間。指逢迎達官貴人。❼媮生 身安樂。媮，同「愉」。❽真 天真自然之本性。❾哫訾粟斯喔咿嚅唲 這四個詞都是連綿字，摹擬強作笑顏以承人意的樣子。粟，底本作「慄」，據洪興祖《楚辭考異》所引一本改。❿婦人 指楚懷王寵姬鄭袖。她干預朝政，主張聯秦。⓫突梯 連綿字。圓滑貌。一說：梯，通「盜」。突盜，詐欺之意。⓬滑稽 連綿字。圓轉的樣子。⓭脂 脂膏。⓮韋 熟皮。⓯絜楹 比喻圓轉。與世浮沈，趨炎附勢。絜，測量圓的東西叫絜（戴震說）。楹，柱子。量柱子時必須順著圓面測量。絜，底本作「潔」，據洪興祖《考異》引《文選》五臣本改。一說：絜楹，當作「絜盈」，猶言處盈、持盈。保全富貴之意。（姜亮夫《屈原賦校注》）⓰昂昂 志行高亢，不甘向人低頭的樣子。⓱氾氾 洪興祖《考異》引一本作「泛泛」。浮游無定的樣子。⓲鳧 野鴨。「鳧」字下原有「乎」字，據洪興祖《考異》引一本刪。⓳偷 苟且。⓴騏驥 皆好馬。㉑抗 一作「亢」。舉。㉒軛 車轅前頭駕馬的部分。㉓黃鵠 大鳥。一舉千里。㉔比翼 並翅齊飛。㉕鶩 鴨。㉖溷 濁的意思。㉗黃鐘 六律之一。器最大而聲最宏，為群樂之領袖。㉘瓦釜 陶土製的鍋。㉙雷鳴 雷一般地發出聲響。㉚高張 侈大。指在高位。㉛無名 沒有名位。指不被任用。㉜嘿嘿 一本作「默默」。閉口不說話。一說：嘿嘿，不自得之義。

【語譯】屈原說：「我寧願誠懇純一、老實而忠厚呢？還是曲為周旋，無往而不通呢？我寧願像農夫一樣鏟鋤草茅，努力耕種呢？還是去拜謁達官貴人以成大名？我寧願犯顏直諫，導致自身危殆呢？還是隨俗富貴，求得身家安逸呢？我寧願遠走高飛，以保持純真的稟性呢，還是唯唯諾諾，強作笑顏，去奉承婦人呢？我寧願廉潔正直，以自求清白呢？還是圓滑世故，像脂膏和熟皮一般柔順，以保持高官厚祿呢？我寧願像志行高亢的千里馬呢？還是像水裡的野鴨浮游無定、隨波逐流、苟且偷生呢？我寧願與騏驥良馬並駕齊驅呢？還是跟在駑馬屁股後面慢慢蹭呢？我寧願跟一舉千里的黃鵠比翼齊飛呢？還是混同雞鴨去爭食呢？上述處世之道，哪種吉祥，哪種凶險？請問我當何去何從？這世道真是混濁不清：鳴蟬的翅本是最輕的，反以為重；千鈞重器，反被以為是最輕的；宏亮的黃鐘大樂遭毀棄，本非樂器的瓦釜卻震天地響；讒佞小人居高位，賢達志士處草野。可歎呀，我還能說什麼，又有誰知曉我的廉潔和忠貞！」

詹尹乃釋❶策而謝❷，曰：「夫尺有所短，寸有所長❸。物有所不足，智有所不明❹。數❺有所不逮❻，神有所不通。用君❼之心，行君之意。龜策誠不能知此事❽。」

【章　旨】鄭詹尹聽了屈原提的問題，推辭道：「龜策誠不能知此事。」並勉勵屈原按自己的心意處世。

【注　釋】❶釋　捨；放下。❷謝　辭謝；推辭。❸尺有所短二句　尺長於寸，然為尺而不足，則有所短；寸短於尺，然為寸而有餘，則有所長。（朱熹《楚辭集注》）❹物有所不足二句　物有欠缺不全的地方，人的智慧有不明事理的地方。❺數　術數；卦數。這裡指占卦。❻逮　達到。❼君　指屈原。❽此事　指屈原提出的許多疑難問題。

【語　譯】鄭詹尹於是放下手裡的蓍草，推辭道：「尺長於寸，但是當一尺還不夠的時候，就算有所短；寸短於尺，但是當一寸已經有餘的時候，就算有所長。一切事物都有欠缺不全的地方，人的智慧也有不能明理的時候。卦數有不能達到的地方，神靈也有不能通曉的時候。用你的心，行你的意，占卜實在不能解決你提的問題。」

漁父

【作者】原題作屈原，見頁一五三九。

【題解】本篇是屈原死後，楚國人為悼念他而記載下來的有關傳說。自東漢王逸以來，相傳為屈原作品。其實，王逸的〈小序〉已存在矛盾：「〈漁父〉者，屈原之所作也。屈原放逐，在江湘之間，憂愁歎吟，儀容變易，而漁父避世隱身，釣魚江濱，欣然自樂，時遇屈原川澤之域，怪而問之，遂相應答。楚人思念屈原，因敘其辭以相傳焉。」屈原跟漁父「相應答」，由思念屈原的楚人「敘其辭以相傳焉」，可見〈漁父〉並非屈原自作。全文以假設問答的方式，歌頌了屈原「深思高舉」的非凡氣度，及其「寧赴湘流，葬身江魚之腹中」而不與世俗同流合汙的高尚品質。「世人皆濁我獨清，眾人皆醉我獨醒」，被傳為千古名句。漁父，漁翁。一說是避世的隱者。父，男子的美稱。

屈原既放，遊於江潭❶，行吟澤畔❷；顏❸色❹憔悴，形❺容❻枯槁❼。漁父見而問之曰：「子非三閭大夫❽歟？何故至於斯❾？」屈原曰：「世人皆濁我獨清，眾人皆醉我獨醒，是以見❿放。」

【章旨】屈原流放於江湖之間，對漁父說：我被逐的原因是「世人皆濁我獨清，眾人皆醉我獨醒」。

【注釋】❶江潭 泛指江湖之間。潭，水淵。❷澤畔 水邊。❸顏 眉目之間。❹色 顏氣（臉色）。❺形 身形。❻容 容貌。❼槁 枯乾。❽三閭大夫 楚國官名。主管昭、屈、景王族三姓事物。❾斯 這裡；這個地步。❿見 被。

【語譯】屈原既被流放，獨行於江湖之間，行吟於水澤之畔；顏色憔悴，形容枯槁。漁父見了他，問道：「您不是三閭大夫嗎？為什麼弄到這個地步？」屈原回答說：「世俗之人都溷濁而我獨自清白，眾人都醉了而我獨自醒著，不能與世俗同流合汙，因此被放逐了。」

漁父曰：「聖人不凝滯❶於物，而能與世推移❷。世人❸皆濁，何不淈❹其泥而揚其波？眾人皆醉，何不餔❺其糟❻而歠❼其醨❽？何故深思❾高舉❿，自令放⓫為⓬？」屈原曰：「吾聞之：新沐⓭者必彈冠⓮，新浴⓯者必振衣⓰；安能以身之察察⓱，受物之汶汶⓲者乎？寧赴湘流，葬於江魚腹中，安能以皓皓⓳之白，蒙世俗之塵埃乎？」

【章旨】漁父勸屈原隨俗方圓，順時應變，不必深思高舉，招致放逐。屈原回答「寧赴湘流，葬於江魚腹中」，也不與世俗同流合汙。

【注釋】❶凝滯 凍結不流；固執不變。❷與世推移 隨俗方圓，順時應變。❸人 底本無，據汲古閣本《楚辭》增。❹淈 渾濁。這兒是弄渾濁、攪渾的意思。❺餔 吃。❻糟 酒糟。❼歠 同「啜」。喝。❽醨 薄酒。❾深思 憂國憂民。❿高舉 行高於眾，忠直獨行。⓫自令放 自己招致放逐。⓬為 句末語氣詞。表示疑問。⓭沐 洗頭。⓮彈冠 彈掉帽上的灰塵。⓯浴 洗澡。⓰振衣 抖落衣上的灰塵。⓱察察 清潔；潔白。⓲汶汶 通「惛惛」。昏暗不明。此指汙垢。⓳皓皓 潔白的樣子。

【語　譯】漁父說：「聖人從不用凝滯不變的觀點看待事物，而能隨俗方圓，順時應變。既然世人都溷濁，您為何不攪起水底的泥而推波揚濁？既然眾人皆醉，您為何不連酒糟也吃掉，並且把殘剩的薄酒一飲而盡？為什麼要憂國憂民，獨行不群，自己招致放逐呢？」屈原說：「我聽說：剛洗過頭的人要彈彈冠上的灰塵，剛洗過澡的人要抖一抖自己的衣服；怎麼能讓潔淨的身體，受到塵垢的玷汙？我寧願跳入湘江，葬身魚腹之中，怎能把乾乾淨淨的形體，蒙受那世俗的塵埃？」

漁父莞爾❶而笑，鼓❷枻❸而去。乃歌曰：「滄浪❹之水清兮，可以濯❺我纓❻；滄浪之水濁兮，可以濯我足。」遂去，不復與言。

【章　旨】漁父借〈滄浪歌〉闡發「不凝滯於物，而與世推移」之宗旨。

【注　釋】❶莞爾　微笑的樣子。❷鼓　拍打。❸枻　船旁板。❹滄浪　水名。❺濯　洗滌。❻纓　帽帶子。

【語　譯】漁父微微一笑，敲著船舷離去。口中唱道：「滄浪之水清的時候，可以洗我的帽纓子；滄浪之水濁的時候，可以洗我的雙腳。」遂即走遠了，不再跟屈原說話。

九　辯　五首

【作　者】宋玉，戰國楚的辭賦家，關於他生平的史料甚少，《史記・屈原列傳》記載說：「屈原既死之後，楚有宋玉、唐勒、景差之徒者，皆好辭而以賦見稱；然皆祖屈原之從容辭令，終莫敢直諫。」《新序・雜事》、《韓詩外傳》、《襄陽耆舊傳》等書也保存了幾則關於宋玉的軼事，都不過說他曾事楚襄王（《新序・雜事第一》一則作事楚威王），未被重用。王逸在《楚辭章句》中說他是屈原的弟子，為楚大夫，然無別的佐證，恐不可信。宋玉的賦，《漢書·藝文志》載十六篇，今傳《楚辭章句》中〈九辯〉等九篇，《文選》中〈風賦〉等四篇，共十三篇，一般認為，〈九辯〉一文最可信是宋玉所作，其他諸篇都值得懷疑。又《古文苑》中也收了五篇題為宋玉所作的賦，然此書晚出，就更不可信了。

【題　解】〈九辯〉為宋玉所作。據《史記》、劉向《新序》等書記載：宋玉是稍後於屈原的楚國詩人，受過屈原的直接影響；並和屈原一樣，具有不平失意之情。然而宋玉畢竟缺乏屈原那種抗爭苦鬥的精神，雖能「從容辭令」，但「終莫敢直諫」。〈九辯〉是宋玉的代表作，凡二百五十五句，在楚辭中是僅次於〈離騷〉的長篇政治抒情詩。篇中對楚國朝廷中群小當權、堵塞賢路、君王昏庸、不辨是非的黑暗現實作了相當的批評揭露，並由此而表達出對國家前途的焦慮。但他對這種情況，並沒有表現出多少抗爭情緒，而僅僅是抒發了自己懷才不遇的怨歎和悲愁。在藝術上，〈九辯〉以秋氣、秋色、秋聲、秋容為襯托，把蕭瑟冷落的秋景與自己幽怨哀傷的感情交織在一起，創造了一種情景交融的境界。其秋景描繪，歷來為人所稱道。「九辯」一詞，和「九歌」一樣，原是流傳在楚國的古樂曲名，在〈離騷〉、〈天問〉中都曾出現過。宋玉〈九辯〉這一標題，僅僅是借用了古樂曲名，而不是作品內容的概括。

其一

悲哉，秋之為氣❶也！蕭瑟❷兮，草木搖落而變衰。憭慄兮，若在遠行❸。

登山臨水兮，送❹將歸。泬寥❺兮，天高而氣清❻。寂漻❼兮，收潦❽而水清❾。

憯悽增欷❿兮，薄寒⓫之中人⓬。愴怳⓭懭悢⓮兮，去故而就新⓯。坎廩⓰兮，貧士失職⓱而志不平。廓落⓲兮，羈旅⓳而無友生⓴。惆悵㉑兮，而私自憐。燕翩翩㉒

其辭歸兮，蟬寂寞而無聲。鴈廱廱㉓而南游兮，鵾雞㉔啁哳㉕而鳴。獨申旦㉖而不寐兮，哀蟋蟀之宵征㉗。時亹亹㉘而過中㉙兮，蹇㉚淹留㉛而無成。

【章　旨】此為第一章，以秋景起興，抒發自己孤寂失意之情。

【注　釋】❶秋之為氣　秋天所形成的氣氛。❷蕭瑟　秋風吹動草木的聲音。❸憭慄兮二句　心情淒涼，好像人在遠行之中。憭慄，淒涼。❹送　送別。❺泬寥　空曠清朗的樣子。❻清　與下句重複，古本作「瀨」，可從。《說文》：「瀨，冷寒也。楚人謂冷曰瀨。」❼寂漻　寂無人聲。❽收潦　匯集雨後的積水。❾水清　川水夏日渾濁而秋天清澈。❿增欷　加重歎息。⓫薄寒　深秋的輕寒。⓬中人　侵人。中，動詞。侵襲。⓭愴怳　失意、惆悵的樣子。⓮懭悢　聯綿詞。與「愴怳」同意。愴怳、懭悢放在一起，是聯綿詞疊用，起強調作用。⓯去故而就新　指別離。⓰坎廩　一本作「坎壈」。即坎坷之意。⓱失職　失去官職。⓲廓落　孤獨空虛的樣子。⓳羈旅　作客他鄉。⓴友生　朋友。㉑惆悵　形容一種空虛迷惘的悲涼心情。㉒翩翩　輕快飛舞的樣子。㉓廱廱　形容鳴聲和諧。㉔鵾雞　一種似鶴的鳥。㉕啁哳　形容聲音繁雜而細碎。㉖申旦　通宵達旦。㉗宵征　晚間行動。指蟋蟀在晚上鳴叫。㉘亹亹　行進不停的樣子。㉙過中　過了中年。㉚蹇　通「謇」。楚方言，發語詞。㉛淹留　久留。

【語　譯】悲傷呀！秋天這種氣息！風聲蕭瑟啊，草木凋殘而變成枯萎。心情淒涼啊，好像人在遠行之中。又像登山臨水，送人歸去，而自己更加傷感。曠蕩空虛啊，天空高遠而氣息清冷。寂靜空冥啊，江河水落而水流澄清。愴痛而倍增悲泣啊，輕寒是那樣傷人。失意不得志啊，那些離開故鄉而新到異地的人。貧窮困乏啊，那些貧士失去官職而心意不平。孤單寂寞啊，那些寄居異地而沒有朋友的人們，——空虛迷惘啊，而我在這裡私自哀憐。燕子辭別而翩翩飛回啊，而寒蟬卻寂寞無聲。大鴈和鳴，飛往南方啊，而鵾雞卻在聲聲悲鳴。孤獨失眠，通宵達旦啊，蟋蟀夜鳴，使人心煩。時光荏苒，年事過半啊，久留在外，無所成就。

其二

悲憂窮蹙❶兮獨處廓❷，有美一人❸兮心不繹❹。去鄉離家兮來遠客，超❺逍遙❻兮今焉薄❼。專❽思君兮不可化❾，君不知兮可奈何？蓄怨兮積思❿，心煩憺兮忘食事⓫。願一見⓬兮道余意，君之心兮與余異。車駕兮朅⓭而歸，不得見兮心傷悲。倚結軨⓮兮太息⓯，涕潺湲⓰兮霑⓱軾⓲。慷慨⓳絕⓴兮不得，中㉑瞀㉒亂兮迷惑。私自憐兮何極㉓，心怦怦㉔兮諒直㉕。

【章　旨】此為第二章，寫獨處曠野不得見君王的苦悶。

【注　釋】❶窮蹙　處境窮困。❷廓　孤寂空虛。❸有美一人　宋玉自謂。美，指德行美好。❹繹　通「懌」。愉快。❺超　遠。❻逍遙　徘徊。❼薄　通「泊」。止；到。❽專　一心一意。❾化　改變。❿蓄怨兮積思　指累積怨恨。思，哀傷。⓫心煩憺兮忘食事　指心情長久鬱悶煩亂，忘了吃飯。⓬一見　指一見君王。⓭朅　離去。⓮結軨　橫直交結的車欄。古代車箱前面和左右兩面都有欄木，橫直交結，故云。⓯太息　歎氣。⓰潺湲　水流不斷的樣子。這裡借以形容流淚之多。⓱霑　霑溼。⓲軾　古代車箱前供人憑倚的橫木。⓳慷慨　憤激不平。⓴絕　斷。㉑中　內心。㉒瞀　煩亂。㉓極　終了。㉔怦怦　形容心跳。㉕諒直　誠實正直。

【語　譯】有一位美人悲憂窮迫啊，獨處在空曠之地，心有鬱結解不開。離別家鄉啊，來此遠方作客，路途遙遠啊，不知將漂泊何方。一心一意思念君王啊，信念堅定不可移易，君王不了解啊，又該怎麼辦？積滿了怨恨，積滿了愁緒，心中煩憂啊，忘記了吃飯。想和君王再見一面啊，說明我的心意，可惜那君王卻與我不同心。車子已駕好，準備離開這裡回歸故里，但不能見到君王，心裡仍然傷悲。倚靠著車上的結軨長歎，淚水潺湲流下，霑溼了車前橫木。心情悲憤激昂，想和君王決絕，卻又割捨不得，心中煩惱，一片迷亂。私下裡自我傷感，哪裡有個完結啊，心跳激動，皆因自己誠實正直。

其三

皇天平分四時兮，竊獨悲此凜秋❶。白露❷既下百草❸兮，奄❹離披❺此梧楸❻。去白日之昭昭❼兮，襲❽長夜之悠悠❾。離芳藹❿之方壯兮，余萎約⓫而悲愁。秋既先戒⓬以白露兮，冬又申⓭之以嚴霜。收恢臺⓮之孟夏兮，然⓯欲傺⓰而沈藏⓱。葉菸邑⓲而無色兮，枝煩挐⓳而交橫⓴。顏㉑淫溢㉒而將罷㉓兮，柯㉔彷彿㉕而萎黃㉖。萷㉗櫹槮㉘之可哀兮，形銷鑠㉙而瘀傷㉚。惟㉛其㉜紛糅㉝而將落兮，恨其失時㉞而無當㉟。擥㊱騑㊲轡而下節㊳兮，聊逍遙以相佯。歲忽忽而遒㊴盡兮，恐余壽之弗將㊵。悼余生之不時㊶兮，逢此世之俇攘㊷。澹㊸容與㊹而獨倚㊺兮，蟋蟀鳴此西堂。心怵惕㊻而震盪兮，何所憂之多方㊼？仰明月而太息兮，步㊽列星而極明㊾。

【章旨】此為第三章，以秋天樹木凋零為喻，抒發自己生不逢時之恨。

【注釋】❶凜秋　寒秋。❷白露　專指秋天的露水。❸下百草　使百草凋零。下，動詞。❹奄　忽然。❺離披　分散的樣子。❻梧楸　梧桐和楸樹。均為落葉喬木。❼昭昭　光明；明亮。❽襲　入。❾悠悠　漫長的樣子。❿芳藹　芳菲而繁盛。

形容人的壯年。⑪萎約　萎縮；枯萎而約縮。⑫戒　警戒。⑬申　重；加上。⑭恢臺　繁盛。⑮然　乃；於是。下文「然中路而迷惑兮」、「然惆悵而自悲」、「然惆悵而無冀」、「然露曀而莫建」、「然潢洋而不可帶」、「然潢洋而不遇兮」的「然」，都作乃、於是解。⑯欿傺　枯萎；凋落。欿，同「坎」。⑰沈藏　隱蔽；埋藏。⑱菸邑　黯淡的樣子。⑲煩挐　紛亂。⑳交橫　縱橫交錯。㉑顏　指樹葉的顏色。㉒淫溢　過度；過甚。㉓罷　通「疲」。㉔柯　樹枝。㉕彷彿　猶言模糊。指不鮮明的枯黃顏色。㉖萎黃　枯黃。㉗萷　同「梢」。樹梢。㉘櫹槮　樹枝無葉孤立而上聳的樣子。㉙銷鑠　銷毀。㉚瘀傷　樹木失去生命力而枯殘損傷。㉛惟　思。㉜其　指草木。㉝紛糅　眾雜。指敗葉衰草相雜。㉞失時　失去了壯盛之時。㉟當　遇合；際遇。㊱擥　持。㊲騑　在兩邊拉車的馬。古代一車三馬或四馬，中間的叫服，兩邊的叫騑，也叫驂。㊳下節　按節；停鞭。㊴遒　迫近。㊵將　長。㊶不時　沒有碰上好時機。㊷俇攘　紛擾不寧的樣子。㊸澹　本指水波徐緩的樣子，此用以修飾「容與」。㊹容與　閒散的樣子。㊺倚　立。㊻怵惕　憂懼。㊼多方　頭緒多。㊽步　指徘徊。㊾極明　到天亮。

【語譯】天將一年平分為四季，我獨獨在這個寒冷的秋天私自悲傷。白露已經降落到百草，忽然又凋零了這梧桐和楸樹。炎炎夏日從此逝去，漫漫秋夜接踵而來。自己的盛壯之年已離去不返，剩下的只是萎縮的體貌、悲愁的心情。秋天已用白露來發出警告，冬天更加上嚴霜的摧殘。旺盛的生氣從此收起，萬物都將凋落隱藏。樹葉敗落，已沒了色澤，枝條繁亂，縱橫交錯。樹葉枯謝要零落了，一枝枝衰敗，顏色枯黃。哀憐樹梢空禿上聳，形銷骨立而內損傷。想那紛然交錯的樹木都將在秋風中落盡樹葉，真遺憾它們已失去了壯盛之年而終無好的遭遇。我拿住轡繩而按節徐行，姑且逍遙遊蕩。年歲忽忽將逝盡，怕我的壽命不能久長。哀歎我生不逢時，沒了希望，遭遇亂世，紛紛擾擾。我漫步而行，倚立於欄杆，耳聽蟋蟀鳴於西堂。心中既恐懼又不安，我為何多憂傷、多思端？只有仰望明月而歎息，夜深在星光下徘徊到天亮。

其四

竊❶悲夫❷蕙華❸之曾敷❹兮，紛❺旖旎❻乎都房❼。何曾華❽之無實❾兮，從風雨而飛颺⑩。以為君⑪獨服⑫此蕙兮，羌無以異於眾芳⑬。閔⑭奇思⑮之不通⑯兮，將去君而高翔。心閔憐之慘悽兮，願一見而有明⑰。重⑱無怨⑲而生離⑳兮，中結軫㉑而增傷。豈不鬱陶㉒而思君兮？君之門以九重㉓。猛犬狺狺㉔而迎吠兮，關㉕梁㉖閉而不通。皇天淫溢㉗而秋霖㉘兮，后土㉙何時而得乾？塊㉚獨守此無㉛澤㉜兮，仰浮雲而永歎㉝。

【章　旨】此為第四章，以蕙花的遭遇自比，抒發自己不被君王重用之悲歎。

【注　釋】❶竊　私自。❷夫　指示代詞。那。❸蕙華　蕙草的花。❹曾敷　曾經開放。❺紛　眾多的樣子。❻旖旎　繁盛的樣子。❼都房　猶言華屋。都，華麗。❽曾華　一重重的花朵。❾實　果實。❿飛颺　飄散。⓫君　君王。此指楚王。⓬服　佩帶。⓭眾芳　一般的花。⓮閔　同「憫」。傷念；哀憐。⓯奇思　出眾的思想。⓰不通　不能上通君王。⓱有明　有所表述，以明心跡。⓲重　深念。⓳無怨　行為無可埋怨。等於說無罪。⓴生離　被拋棄。㉑結軫　鬱結沈痛。軫，通「紾」。心頭扭結。㉒鬱陶　憂思蓄積滿胸。㉓九重　指君門重重，君王難見。㉔狺狺　犬吠聲。㉕關　門關。㉖梁　橋梁。㉗淫溢　過度。這裡指下雨過多。㉘霖　久下不停的雨。㉙后土　大地。㉚塊　孤獨。㉛無　通「蕪」。荒蕪。㉜澤　聚水的窪地。㉝永歎　長歎。

【語　譯】我私自悲歎那曾經開放的蕙花，紛然繁盛於都城宮苑之中。怎麼竟重重疊疊，只開花而沒有結果，都隨著風雨而飛散了。我以為君王只佩用這種蕙花，沒想到竟然和看待一般花草沒有什麼區別。我自傷有一些好的意見不能上通於君王，只好準備離開他而遠走高飛。心中憂傷而悲痛，真希望一見君王，自明心跡。我深念自己是無罪而遭流放，因此心中悲痛凝結，而倍增感傷。難道我不憂思積結而想念君王嗎？可惜君王的門有九重。猛犬迎門爭吠，關口、橋梁都閉而不通。秋天久雨，江湖水溢，地上何時才能乾呢？我孑然守著這荒蕪的沼澤，仰望浮雲而長歎。

其五

何時俗❶之工巧❷兮，背繩墨❸而改錯❹。卻❺騏驥❻而不乘兮，策駑駘❼而取路❽。當世豈無騏驥兮？誠莫之能善御❾。見執轡者❿非其人兮，故駶跳⓫而遠去。鳧⓬鴈皆唼⓭夫粱⓮藻⓯兮，鳳愈飄翔而高舉。圜鑿⓰而方枘⓱兮，吾固知其鉏鋙⓲而難入。眾鳥⓳皆有所登棲兮，鳳⓴獨遑遑㉑而無所集㉒。願銜枚㉓而無言兮，嘗被㉔君之渥洽㉕。太公㉖九十乃顯榮兮，誠未遇其匹㉗合。謂騏驥兮安歸㉘？謂鳳皇兮安棲㉙？變古易俗兮世衰，今之相者㉚兮舉肥㉛。騏驥伏匿㉜而不見兮，鳳皇高飛而不下。鳥獸猶知懷德㉝兮，何云賢士之不處㉞？驥不驟㉟進而求服㊱兮，鳳亦不貪餧而妄食。君棄遠而不察兮，雖願忠其焉得㊲？欲寂寞而絕端㊳兮，竊不敢忘初之厚德。獨悲愁其傷人㊴兮，馮㊵鬱鬱㊶其何極㊷！

【章　旨】此為第五章揭露時俗工巧，批評君王昏庸，以說明賢士退隱避世的原因。按：〈九辯〉全文共九章，此僅錄五章，後四章《文選》不錄。

【注　釋】❶時俗　當時的社會風氣。❷工巧　善於取巧。❸繩墨　木工用的墨斗墨線，是定直線的工具。這裡比喻規矩或法度。❹錯　通「措」。指正常的措施。❺卻　拒絕。❻騏驥　千里馬。比喻賢士。❼駑駘　劣馬。比喻小人。❽取路　上路；趕路。❾御　駕御。❿執轡者　拿馬轡繩的人。即騎馬者。⓫駶跳　跳躍。⓬鳧　野鴨。⓭唼　水鳥或魚類吞食東西。⓮粱　粟米。⓯藻　水草。⓰圜鑿　圓的插孔。⓱方枘　方的榫頭。⓲鉏鋙　同「齟齬」。互相牴觸，彼此不合。⓳眾鳥　比喻群小。⓴鳳　鳳凰。比喻賢士。㉑遑遑　匆忙不安的樣子。㉒集　棲止。㉓銜枚　古代行軍為了保密，常令士卒口銜一根木製短筷似的東西，以防說話。這裡是借用，表示將緘口不言。㉔被　蒙受。㉕渥洽　深厚的恩澤。㉖太公　姜太公。姜尚。㉗匹　配。㉘安歸　歸向何處。㉙安棲　棲息哪裡。㉚相者　指相馬的人。㉛舉肥　推薦肥馬。馬的好壞不在肥瘦，而相馬者忽視瘦馬；士之優劣不在貧富，而用人者忽視貧士。㉜伏匿　隱藏。㉝懷德　懷恩報德。㉞不處　不肯處於朝廷之上。㉟驟　快跑。㊱服　駕；乘。㊲焉得　怎麼能。㊳絕端　丟開不想。絕，斷。端，思緒。指自己對君王的眷戀之情。㊴傷人　傷身。㊵馮　憤懣。㊶鬱鬱　愁悶鬱結的樣子。㊷何極　哪裡才是盡頭。

【語　譯】怎麼世俗之人是那樣善於投機取巧？他們背棄繩墨，改變常規。拒絕好馬不乘，趕著劣馬上路。當代難道沒有好馬嗎？實在是沒有人能夠好好駕馭牠們。好馬因為看到拿轡繩的是不會駕馬的人，所以站立不定，跳躍而遠去。野鴨和雁都來吃米吃草，鳳凰就更加遠走高飛了。圓形的斧孔，方形的枘，我知道二者是互相抵觸而難於插入的。眾鳥都有飛登和棲息之處，鳳凰卻獨自匆匆忙忙地，沒有地方棲止。我想在嘴裡銜一根橫木不說話，但想到曾受君王深恩，所以又不忍心這樣。姜太公九十歲才顯耀榮華，那是因為在此之前，他實在沒有遇到相投合的賢君。問騏驥啊，歸向哪裡？問鳳凰啊，投向何方？古道變了，時俗改了，世道衰敗了，現在相馬的只知道挑選肥馬。於是騏驥隱藏而不見，鳳凰高飛而不下。鳥獸也知道懷念有德的人，怎麼說賢士不願居於朝廷呢？良馬不會為了想要快跑而要求駕車，鳳凰也不肯為了貪圖餵食而亂吃東西。君王遠棄我而不辨善惡，我雖然願盡忠心，又怎麼能夠？想要靜默無言，和楚王斷絕關係，可是私下又不敢忘記當初對我的厚德。獨自悲愁而損傷身體，憤懣結積，如何是終了！

招　魂

【作　者】原題作宋玉，見頁一五八五。

【題　解】〈招魂〉是楚辭中的一篇，關於此篇的作者歷來有兩種說法。司馬遷認為此篇是屈原的作品。而楚辭的最早注釋者王逸認為是宋玉所作，宋玉哀憐屈原遭到放逐，生命將沒，所以為屈原招魂，希望他能延其年壽。在贊成司馬遷說的人們中，又有屈原招懷王之魂和屈原自招其魂二說。近來學術界的看法漸趨一致，都認為是屈原所作，所招之魂當指楚懷王。因為從篇中所描寫的被招魂魄的生活享受看，其宮室之壯偉、陳設之精美、女樂之富麗、肴饌之珍奇，都合於一位國君的身分，絕不是大夫所能企及。

楚懷王被秦人拘禁三年，死在秦國。頃襄王即位，只知享樂，任用奸佞，朝政日亂。屈原被放逐於江南，滿懷委曲，又痛心國事，於是創作了此篇，為死於異國的懷王招魂。招魂是楚國的民俗，可以為死者招魂，也可為生者招魂，近百年來湖南省農村尚有此種風俗的遺留。屈原倣照民間招魂辭的寫法，前為序，後為亂辭，中間一大段則託巫陽之口來招懷王之魂。巫陽的招魂辭首先對於四方上下的災禍恐怖作了令人驚心動魄的描寫，要魂魄千萬不要到那些地方去；繼而又細緻地描寫了楚國宮廷的豪華與幸福，呼籲魂魄趕快返歸故居。招魂辭每隔一句用一個「些」字做語尾，這又是楚國巫覡禁咒語的舊習。

本篇在文字風格上與〈離騷〉、〈九章〉等不完全一樣，描寫四方上下的險惡和宮廷生活的靡麗都發露無遺，竭盡鋪張之能事，這可能與招魂辭的傳統寫法有關。只有到了最後亂辭部分以作者個人身分抒情時，似又恢復了屈原本來蘊藉含蓄的風格。〈招魂〉中段這種鋪寫的方法，對於後來漢賦的寫作起了直接的影響。

朕❶幼清以廉潔兮，身服❷義而未沬❸。主❹此盛德兮，牽於俗而蕪穢。上❺

無所考此盛德兮，長離❻殃而愁苦。帝❼告巫陽❽曰：「有人❾在下，我欲輔❿之。魂魄離散，汝筮⓫予之。」巫陽對曰：「掌夢⓬！上帝其命難從。若必筮予之，恐後之謝⓭，不能復用。」

【章旨】此為全篇之序，交代為楚懷王招魂的緣由。

【注釋】❶朕 我。❷服 實行。❸沬 停止。❹主 保持。❺上 指君主。❻離 通「罹」。遭受。❼帝 天帝。❽巫陽 神話中的女巫，名陽。❾有人 指楚懷王。❿輔 佑助。⓫筮 古時用蓍草占吉凶的方法。此謂占卦問楚懷王的魂魄在何處。⓬掌夢 掌管占夢。⓭謝 謂死者軀體已經朽壞。

【語譯】我自小就清白而廉潔，親身實行仁義從未懈怠停止。我保持著這些美德，卻受世俗牽累而被汙穢。君主不來考察我的這些美德，我長期遭難而心情愁苦。天帝對巫陽說：「下界有個人，我想要佑助他。他的魂魄離散，我命你占卦尋魂給予他。」巫陽回答說：「我只管占夢，上帝啊！您的命令我難以執行。如果一定要我占卦把魂尋給他，只怕時間晚了，他的軀體朽壞，不能復生了。」

巫陽焉乃❶下招❷曰：「魂兮來歸！去❸君之恆幹❹，何為兮四方些❺？舍❻君之樂處，而離❼彼不祥❽些！魂兮歸來！東方不可以託❾些！長人❿千仞⓫，惟魂是索⓬些。十日代出⓭，流金⓮鑠⓯石些；彼皆習⓰之，魂往必釋⓱些。歸來歸來，不可以託些。魂兮歸來，南方不可以止⓲些。雕題黑齒⓳，得人肉而祀，以其骨為醢⑳些。蝮蛇㉑蓁蓁㉒，封狐㉓千里㉔些。雄虺㉕九首，往來倏忽㉖，吞人以益其心㉗些。歸來歸來，不可以久淫㉘些。魂兮歸來，西方之害，流沙㉙千里些；旋入雷淵㉚，爢散㉛而不可止些；幸而得脫，其外曠宇㉜些。赤蟻㉝若象，玄蠭㉞若壺㉟些。五穀不生，藂菅㊱是食些。其土爛人㊲，求水無所得些。彷徉㊳無所倚，廣大無所極㊴些。歸來歸來，往恐自遺賊㊵些。魂兮歸來，北方不可以止些！

增冰㊶峨峨，飛雪千里些。歸來歸來，不可以久些。魂兮歸來，君無㊷上天些，虎豹九關㊸，啄㊹害下人㊺些。一夫九首，拔木九千㊻些。豺狼從目㊼，往來侁侁㊽些；懸人㊾以嬉㊿，投之深淵些；致命(51)於帝，然後得瞑(52)些。歸來歸來，往(53)恐危身些。魂兮歸來，君無下此幽都(54)些。土伯(55)九約(56)，其角觺觺(57)些，敦脄(58)血拇(59)，逐人駓駓(60)些。參目(61)虎首，其身若牛些。此皆甘人(62)。歸來歸來，恐自遺災些。魂兮歸來，入修門(63)些。工祝(64)招君，背行(65)先些。秦篝(66)齊縷(67)，鄭綿絡(68)些；招具(69)該備(70)，永嘯呼些。魂兮歸來，反故居些！

【章　旨】形容四方上下的險惡恐怖，呼喚靈魂儘快歸來。

【注　釋】❶焉乃　於是。❷下招　降臨下界招魂。❸去　離。❹恒幹　魂魄經常寄託的軀幹。❺些　語助詞。洪興祖曰：「凡禁咒句尾皆稱些，乃楚人舊俗。」❻舍　同「捨」。棄。❼離　同「罹」。遭遇。❽不祥　不吉祥。指下文所形容的上下四方的險惡事物。❾託　寄居；託身。❿長人　巨人。古代傳說在東海之外，大荒之中，有大人之國（見《山海經．大荒東經》）。⓫仞　按周制為八尺，漢制為七尺，東漢末為五尺六寸。⓬惟魂是索　專門求人魂魄而食之。索，搜索。⓭十日代出　古代傳說東方扶桑木上有十日，輪替而出。⓮流金　金屬為酷日曬熔而成為流動的液體。⓯鑠　銷熔。⓰習　習慣。⓱釋　消釋。⓲止　久留。⓳雕題黑齒　額上刺花紋，牙齒染黑。⓴醢　肉醬。㉑蝮蛇　毒蛇名。體灰褐色，有斑紋。㉒蓁蓁　集聚貌。㉓封狐　大狐。㉔千里　遍布千里。一說：大狐長千里。㉕虺　傳說中的大蛇。㉖儵忽　疾速貌。㉗吞人以益其心　吞人魂魄以增益其毒性。㉘淫　滯留。㉙流沙　傳說中西方沙漠地帶，沙經常流動。㉚雷淵　神話中的深淵。㉛靡散　粉碎。㉜曠宇　曠遠的荒野。㉝赤蟻　赤色巨蟻。㉞玄蠭　黑色大蜂。傳說出崑崙山。㉟壺　通「瓠」。葫蘆。㊱叢菅　叢生的茅草。㊲其土爛人　言西方之地溫暑而熱，焦爛人身。㊳彷徉　徘徊不定。㊴極　窮盡。㊵自遺賊　給自己帶來傷害。遺，給予。賊，害。㊶增冰　厚冰。增，通「層」。㊷無　通「毋」。不要。㊸虎豹九關　謂天門九重，都有神虎豹管其開閉。㊹啄　咬齧。㊺下人　下界之人。㊻一夫九首二句　一個巨人生著九個頭，一日能拔起幾千株樹。九，虛數，極言其多。㊼從目　豎生的眼睛。從，同「縱」。㊽侁侁　眾多貌。一謂行走之聲。㊾懸人　把人倒拎起來。㊿嬉　調戲弄。51致命　復命。52瞑　閉目而眠。53往　指上天。54幽都　后土之神所居地下都城。55土伯　地府的君主。56九約　九屈。指土伯的身體彎彎曲曲。一說：通「糾鑰」。把關的意思。57觺觺　銳利貌。58敦脄　厚背。59拇　手足大指。此指指爪。60駓駓　跑得快的樣子。61參目　長著三隻眼睛。62甘人　把吃人當作美味。63修門　楚國郢都城門。64工祝　能幹的巫師。工，巧。祝，男巫。65背行　倒退而行。66秦篝　秦地出產的竹籠，內裝被招魂者的衣服。67齊縷　齊地出產的線，繫在篝上，便於提挈。68鄭綿絡　鄭地所產的網絡，用來罩在篝外。綿，纏結。絡，網絡。69招具　招魂的用具。70該備　齊備。

【語　譯】巫陽於是降臨下界招魂，呼喚道：「魂魄啊，歸來吧！離開您經常寄寓的軀幹，為什麼遊蕩四方？拋開了安樂之處，就會遇到那些不吉祥的事物！魂魄啊，歸來吧！東方不可以寄居！那裡巨人高千仞，專門搜尋人的魂魄來吃。十個太陽輪替照耀，金屬熔為液體，石頭銷毀；巨人們早已習慣炎熱，您的魂魄去了一定會消釋。歸來吧，歸來吧，東方不可以託身。魂魄啊，歸來吧，南方不可以久留。那裡的野人額上刺紋，牙齒染黑，用人肉來祭祀，把人骨做成醬。蝮蛇集聚，大狐遍布千里。九個頭的大毒蛇，來往如飛，吞人魂魄來增加牠的毒性。歸來吧，歸來吧，南方不可久久滯留。魂魄啊，歸來吧，西方有災害，流沙橫亙千里；

如果捲入深深的雷淵，粉身碎骨還不停止；即使幸而得以脫身，外面也是曠遠的荒野。紅蟻大如象，黑蜂好似葫蘆。那裡不長五穀，只能以叢生的茅草充飢。那裡的熱土，令人焦爛，口渴找不到水喝。遊來蕩去，沒有依靠，原野廣闊，沒有邊際。歸來吧，歸來吧，到西方去恐怕會給您自己帶來傷害。魂魄啊，歸來吧，北方也不可停留！厚冰高高聳起，千里大雪紛飛。歸來吧，歸來吧，北方不可久留。魂魄啊，歸來吧，您不要上天去，天門九重都有虎豹看守，咬齧殘害下界來的人。一個巨人生著九個頭，一天能拔樹幾千株。豺狼的眼睛豎生，成群結隊來來往往；把捉到的人先倒拎起來戲弄，然後投入深淵之中；向天帝復命已畢，然後閉目而眠。歸來吧，歸來吧，上天恐怕會危害您自身。魂魄啊，歸來吧，您不要下到地府去。地府君王身體彎彎曲曲，他的角銳利無比，背肉很厚，指爪沾著血跡，追起人來跑得飛快。三目虎頭，身體如牛，都把吃人當作美味。歸來吧，歸來吧，恐怕您會給自己帶來災害。魂魄啊，歸來吧，進入郢都的修門吧。能幹的巫師來招您的魂，倒退著在前面引導。秦國出產的竹籠上繫齊國出產的線，鄭國出產的網絡罩在外面；招魂的用具都已齊備，長聲呼喚您。魂魄啊，歸來吧，回到您舊日居住的地方吧！

「天地四方，多賊姦[1]些。像設君室[2]，靜閒安些。高堂邃宇，檻層軒[3]些。層臺累榭[4]，臨高山些。網戶[5]朱綴[6]，刻方連[7]些。冬有突廈[8]，夏室寒些。川谷[9]徑復[10]，流潺湲[11]些。光[12]風轉蕙[13]，氾[14]崇蘭[15]些。經堂入奧[16]，朱塵[17]筵[18]些。砥室[19]翠翹[20]，絓[21]曲瓊[22]些。翡翠珠被[23]，爛[24]齊光些。蒻[25]阿[26]拂壁[27]，羅幬[28]張些。纂組綺縞[29]，結琦璜[30]些。室中之觀，多珍怪些。蘭膏[31]明燭，華容[32]備些。二八[33]侍宿，射[34]遞代些。九侯淑女[35]，多迅眾[36]些。盛鬋[37]不同制[38]，實[39]

滿宮些。容態好比(40)，順彌代(41)些。弱顏(42)固植(43)，謇(44)其有意(45)些。姱容修態(46)，絙(47)洞房(48)些。蛾眉(49)曼睩(50)，目騰光些。靡(51)顏膩(52)理，遺視(53)矊(54)些。離榭(55)修幕(56)，侍君之閒些。翡帷翠幬，飾高堂些。紅壁沙版(57)，玄玉之梁(58)些。仰觀刻桷(59)，畫龍蛇些。坐堂伏檻(60)，臨曲池(61)些。芙蓉始發，雜芰荷(62)些。紫莖屏風(63)，文(64)緣波些。文異豹飾(65)，侍陂陀(66)些。軒(67)輬(68)既低(69)，步騎(70)羅些。蘭薄(71)戶樹(72)，瓊木(73)籬些。魂兮歸來，何遠為些！

【章　旨】形容楚國宮室的精美及後宮侍女的冶容，呼喚魂魄歸來。

【注　釋】(1)賊姦　指前面所述種種險惡害人之物。賊，害。姦，惡。(2)像設君室　言倣照舊居設置屋室。像，倣照；取法。設，設置。(3)檻層軒　此言宮室下有欄杆，上有重重樓板。檻，欄杆。軒，樓板。(4)榭　建在臺上的屋子。(5)網戶　帶著鏤空網狀花格的門。(6)朱綴　紅色相連的花紋。綴，連。(7)刻方連　雕刻方形相連的圖案。(8)突夏　深邃而避寒風的居室。突，深。夏，大屋。(9)川谷　河水溪流。(10)徑復　往來曲折。(11)潺湲　流水之聲。(12)光　指陽光。(13)轉蕙　搖動蕙草。轉，搖。蕙，香草名。蘭的一種。(14)氾　洋溢。(15)崇蘭　叢生的蘭草。崇，通「叢」。(16)奧　指內室。(17)朱塵　紅色承塵。(18)筵　竹製坐席。(19)砥室　用磨平石板做牆壁的房間。(20)翠翹　翠鳥的尾羽，用作裝飾。(21)絓　懸掛。(22)曲瓊　玉鉤。(23)翡翠珠被　床上被子飾以翡翠鳥羽和珠璣。(24)爛　燦爛。(25)蒻　本指嫩的香蒲，這裡作細嫩解。(26)阿　通「絅」。細繒。(27)拂壁　遮在牆壁上為壁衣。(28)羅幬　羅帳。(29)纂組綺縞　指帳幔上作裝飾的四種不同顏色的絲帶。赤色的稱纂，雜色的稱組，有花紋的稱綺，素色的稱縞。(30)琦璜　琦，美玉。璜，半圓形玉。(31)蘭膏　加了香料的油脂，用來製燭，燃時有香氣。(32)華容　美麗的容貌。指美人。(33)二八　二列美女，每列八人。(34)射　厭。(35)九侯淑女　出身貴族的女子。九侯，列侯。淑，善。(36)多迅眾　果真多。迅，通「洵」。的確。一說：迅眾，猶出眾。(37)盛鬋　豐盛濃密的鬢髮。鬋，下垂的鬢髮。(38)不同

制　指頭髮梳的不同樣式。㊴實　充實。㊵容態好比　姿容美好，態度親密。比，親。㊶順彌代　承順上意，久則相代。㊷弱顏　柔嫩的容顏。㊸固植　心志堅定。㊹謇　寡言貌。㊺有意　有情。㊻姱容修態　容態美好。姱、修，都是美好的意思。㊼絙　通「亙」。連貫。㊽洞房　幽深的內室。㊾蛾眉　比喻女子眉毛如蠶蛾的觸角一樣。㊿曼睩　柔婉地掃視。睩，眼珠轉動。(51)靡　細緻。(52)膩　柔滑。(53)遺視　竊視。(54)矊　脈脈含情之狀。(55)離榭　宮外的臺榭。(56)修幕　大帳幕。游獵時所設。(57)沙版　用朱砂塗過的門窗鑲板。(58)玄玉之梁　用黑漆漆成的屋梁，光澤如玉。(59)刻桷　雕刻的方形椽子。(60)檻　欄杆。(61)曲池　紆曲的水池。(62)芰荷　菱葉與荷葉。(63)紫莖屏風　屏風，水葵，一名莕菜，白莖紫葉。這裡的紫莖是泛說。(64)文　指波紋。(65)文異豹飾　謂衛士都穿著文采奇異的虎豹皮為衣飾的服裝。(66)陂陀　不平坦的山坡。(67)軒　有篷的輕車。(68)輬　臥車，有窗戶。(69)低　通「抵」。到達。(70)步騎　步行和騎馬的隨從。(71)蘭薄　叢生的蘭草。薄，草木叢生處。(72)戶樹　種在門前。樹，種。(73)瓊木　泛指珍貴樹木。

【語　譯】「天上地下和四方，有許多險惡害人之物。倣照您的舊居設置的居室，寧靜寬敞而安樂。高高廳堂，深深屋宇，下有欄杆，上有重重樓板。重重疊疊的臺榭，俯對著高山。門上鏤有朱紅色網狀花格，刻著方形圖案連續不斷。冬有深邃避寒的廣廈，夏有涼爽的居室。園內溪流往來曲折，發出潺潺水聲。陽光之下和風吹動蕙草，蘭叢之中飄起陣陣芬芳。經過廳堂進入內室，只見上有紅色承塵，下鋪竹席。四壁是磨平石板，翠鳥尾羽用作裝飾，精美的玉鉤高高懸掛。床上被子綴有翡翠鳥羽和珠璣，一齊發出燦爛的光輝。輕柔的細繒蒙在壁上，羅帳高張。帳幔之上有各色絲帶，還結有琦璜等美玉。室中所見，有許多珍奇之物。日暮之時點起香脂製成的明燭，美人齊聚於前。十六個美女侍候過夜，君王略厭就行輪替。出身列侯的淑女，個個容貌出眾。濃密的鬢髮梳出不同樣式，充滿了後宮之中。她們姿容美好，態度親密，承順上意，久則相代。容顏嬌嫩卻心志堅貞，寡言少語但情意綿綿。這些容態美好的佳人，連貫地進入幽深的內室。蛾眉之下雙目柔婉地掃視，目光炯炯照人。臉龐細緻，肌膚柔滑，脈脈含情地朝人竊視。在離宮臺榭，在大帳幕中，當君主閒暇之時，時有她們在旁陪侍。翡翠鳥羽裝飾的帷帳，裝飾著高高的廳堂。紅色牆壁、朱砂塗抹門窗鑲板，黑漆漆過的屋梁，光澤如玉。仰看雕刻精美的方椽，上有生動的龍蛇。坐在堂上，憑靠欄杆，下臨紆曲的池水。芙蓉才開放，夾雜在菱葉荷葉之間。水葵白莖紫葉，隨著波浪池水泛起漣漪。衛士身穿奇異的虎豹皮紋服裝，侍立在山坡之上。軒車輬車抵達這裡，步行騎馬的隨從羅列四周。蘭叢種在門前，珍木圍成籬笆。魂魄啊，歸來吧，為什麼在遠方逗留！

「室家遂宗[1]，食多方[2]些。稻粢[3]穱[4]麥，挐[5]黃粱些。大苦[6]鹹酸，辛甘行[7]些。肥牛之腱[8]，臑若[9]芳些。和[10]酸若[11]苦，陳吳羹[12]些。胹鼈[13]炮[14]羔，有柘漿[15]些。鵠酸[16]臇鳧[17]，煎鴻[18]鶬[19]些。露[20]雞臛[21]蠵[22]，厲而不爽[23]些。粔籹[24]蜜餌[25]，有餦餭[26]些。瑤漿[27]蜜勺[28]，實[29]羽觴[30]些。挫糟[31]凍飲[32]，酎[33]清涼些。華酌[34]既陳，有瓊漿[35]些。歸來歸來，反故室，敬而無妨[36]些。肴[37]羞[38]未通[39]，女樂[40]羅些。陳鐘[41]按鼓[42]，造新歌[43]些。〈涉江〉、〈采菱〉，發〈揚荷〉[44]些。美人既醉，朱顏酡[45]些。娭光[46]眇視[47]，目曾波[48]些。被[49]文[50]服纖[51]，麗而不奇些。長髮曼鬋[52]，豔陸離[53]些。二八齊容[54]，起鄭舞[55]些。衽若交竿[56]，撫案下[57]些。竽瑟[58]狂會[59]，搷[60]鳴鼓些。宮庭震驚，發〈激楚〉[61]些。吳歈蔡謳[62]，奏大呂[63]些。士女雜坐，亂而不分些。放[64]陳組纓[65]，班[66]其相紛些。鄭衛妖玩[67]，來雜陳些。〈激楚〉之結，獨秀先些[68]。菎蔽[69]象棊[70]，有六簙[71]些。分曹[72]並進[73]，遒[74]相迫[75]些。成梟[76]而牟[77]，呼五白[78]些。晉制[79]犀比[80]，費[81]白日些。鏗[82]鐘搖簴[83]，揳(84)梓瑟(85)些。娛酒(86)不廢(87)，沈日夜些。蘭膏明燭，華鐙(88)錯(89)些。結撰(90)至思(91)，蘭芳(92)假(93)些。人有所極(94)，同心賦(95)些。酎飲(96)既盡歡，樂先故(97)些。魂兮歸來，反故居些！」

【章　旨】描寫楚國酒食之美和歌舞賽戲之樂，呼喚魂魄返回故居，享受豪華安樂的生活。

【注　釋】❶室家遂宗　全家族的人聚集在一起。室家，家族。宗，聚。❷多方　多種多樣。❸粢　小米。❹穱　一種早熟的麥。❺挐　摻雜。❻大苦　很苦之味。王逸注說指豉。❼行　用。❽腱　蹄筋。❾臑若　熟爛。❿和　調和。⓫若　與。⓬吳羹　按吳地做法煮成的湯。羹，用肉、菜等做成的濃湯。⓭濡鼈　炖甲魚。⓮炮　一種烹調方法，連毛裹物而燒。⓯柘漿　甘蔗汁。柘，通「蔗」。⓰鵠酸　一作「酸鵠」。加醋烹製的天鵝肉。鵠，天鵝。⓱臇鳧　用濃湯炖野鴨。臇，少汁的羹。鳧，野鴨。⓲鴻　大雁。⓳鶬　即鶬鶴。⓴露　一種烹調方法。亦有人譯為「鹵」。(21)臛　不加菜的羹。一說：紅燒。(22)蠵　大龜。(23)厲而不爽　味道濃烈而不敗壞胃口。爽，敗。(24)粔籹　一種用蜜和米麵油煎出來的餅。(25)蜜餌　摻蜜的米粉糕。(26)餦餭　飴糖之類。(27)瑤漿　指美酒。(28)蜜勺　和蜜而飲。勺，和。(29)實　滿。(30)羽觴　酒杯。形狀像雀，有翼，所以叫羽觴。(31)挫糟　除去酒糟。(32)凍飲　冰鎮後取飲。這是盛夏時的飲法。(33)酎　醇酒。(34)華酌　雕刻著花紋的酒斗。酌，舀酒用的酒斗。(35)瓊漿　指美酒。(36)敬而無妨　人人尊敬你而無禍害。妨，害。(37)肴　魚肉等做的葷菜。(38)羞　指美味食品。(39)通　遍。(40)女樂　女子歌舞隊。(41)陳鐘　撞鐘。(42)桉鼓　擊鼓。桉，通「按」。(43)造新歌　演唱新創作的歌曲。(44)涉江二句　〈涉江〉、〈采菱〉、〈揚荷〉都是楚地歌曲。(45)酡　酒後臉紅。(46)娭光　美人目光流利活潑，帶有挑逗的意思。娭，同「嬉」。戲樂。(47)眇視　眯目含情而視。(48)目曾波　目光好似層層水波。曾，通「層」。(49)被　通「披」。(50)文　謂綺繡之服。(51)纖　細。指輕軟的絲織服裝。(52)曼鬋　長長的鬢髮。(53)陸離　光采多的樣子。(54)齊容　一樣的裝扮。(55)鄭舞　鄭國之舞。(56)衽若交竿　形容舞女便旋其體，甩動長袖，長袖相鉤，如交竹竿。衽，衣袖。(57)撫案下　形容舞蹈結束時，舞女們隨著音樂節奏手臂低撫，徐徐退下。(58)竽瑟　竽，古管樂器。瑟，古撥弦樂器。(59)狂會　並奏。(60)搷　擊。(61)激楚　楚地一種激昂的歌曲。(62)吳歈蔡謳　吳國、蔡國的歌曲。歈、謳，都指歌。(63)大呂　古樂調名。十二律之第二律。(64)放　解開。(65)組纓組，擊玉或印的絲帶。纓，冠帶。66班　座位的次序。67妖玩　妖媚女子。一說：指新奇的雜耍、幻術等。68激楚之結二句　謂〈激楚〉的結尾最為動聽，超過前奏諸曲。69菎蔽　玉製或玉鑲飾的籌碼。菎，通「琨」。美玉。70象棊　象牙做的棋子。71六簙　也作「六博」。古代的一種博戲，兩人相博，共十二個棋子，六黑六白，每人六個。72曹　伴侶。指下棋對手。73進　運子進攻。74遒　急。75迫　逼迫。76成梟　使自己的棋子成為梟棋。梟棋，古博棋的術語。博棋對局時，雙方輪流擲骰子，得了彩的才能走棋，棋子走到一定的位置，便豎起來，稱為梟棋。77牟　取。78五白　五顆骰子擲成一種特彩，雙方都希望出現五白以取勝，所以大呼五白。79晉制　晉國製造。80犀比　一種博具，以犀角為飾。一說：指帶鉤。81費　光亮貌。82鏗　撞。83搖簴　簴是掛鐘的木架，撞鐘則木架搖動。84揳　撫；彈奏。85梓瑟　梓木製成的瑟。86娛酒　飲酒取樂。87不廢　不止。88華鐙　裝飾精美的燈。一說：明亮的燈。89錯　雕鏤塗金。一說：通「措」。置。90結撰　構思撰著。指酒後賦詩。91至思　用心思考。92蘭芳　指優美的詞藻。93假　借。94極　指人們的興致達到極點。95賦　誦讀詩作。96酎飲　飲酒作樂。97樂先故　使祖先和故舊之人得到歡樂。

【語　譯】「全家族的人聚集在一起，擺出的食品多種多樣。稻米、小米和各種麥子，摻雜著黃粱。濃苦、鹹、酸，再加上辣味和甜味。肥牛的蹄筋，熟爛而芳香。調和酸味與苦味，做成吳地風味的羹湯。清炖甲魚，炮製羊羔，還有甘蔗汁。醋烹天鵝，濃湯炖野鴨，油煎大雁和鶬鶴。鹵雞和海龜羹，味道濃烈而不敗壞胃口。油煎的甜點，摻蜜的米粉糕，還有精製的飴糖。美酒和蜜，裝滿了雀形的酒杯。除去酒糟舀醇酒，冰鎮後取飲是多麼清涼。刻著花紋的酒斗已經擺好，美酒好似玉液瓊漿。歸來吧，歸來吧，返回您的故居，既受尊敬又無禍害。魚肉美味還未上齊，歌舞女子已經排列開。撞鐘擊鼓，演唱新創作的歌曲。唱了〈涉江〉、〈采蔆〉，又唱〈揚荷〉。美人喝醉了，臉上泛起了紅暈。眯目而視，目光逗人，好似層層水波。身穿輕軟文繡的絲綢服裝，美麗而不怪異。長長的頭髮，垂垂的雙鬢，十分嬌豔，光采照人。二列美女各有八名，一樣的裝扮，跳起了鄭國之舞。衣袖相鉤，如交竹竿，然後手臂低撫，合著音樂節奏退下。竽和瑟縱情合奏，更擊起聲音宏亮的大鼓。整個宮庭都為之震動，激昂的〈激楚〉高唱起來。又唱了吳、蔡的歌謠，演奏大呂雅調。男男女女雜坐在一起，混亂而不分。解開綬帶、冠纓，脫衣卸冠，座次也雜亂無章。鄭衛的妖媚女子，也來雜處在一起。〈激楚〉的結尾最為動聽，超過了前面演唱的諸曲。玉製的籌碼，象牙做的棋子，用來進行六簿之戲。分為對手運子進攻，互相緊緊逼迫。都在努力爭取成為梟棋，一邊擲骰一邊大呼五白。晉國所製博具犀比，陽光下閃耀著光亮。撞起樂鐘，鐘架搖動，彈起梓木所製的瑟。飲酒取樂不停止，夜以繼日沈湎其中。燃起香脂明燭，華美的燈具雕鏤塗金。用盡心思寫作詩篇，多多借助華麗的詞藻。人們的興致達到極點，一同誦讀才寫成的詩篇。飲酒作樂盡情歡娛，使祖先和故舊都得到快樂。魂魄啊，歸來吧，返回到您的故居吧！」

亂❶曰：獻歲❷發春❸兮，汩❹吾❺南征❻些。菉蘋齊葉❼兮，白芷❽生些。路貫❾廬江❿兮，左⓫長薄⓬；倚⓭沼⓮畦⓯瀛⓰兮，遙望博⓱。青驪⓲結駟⓳兮，齊千乘⓴；懸火㉑延起㉒兮，玄顏㉓蒸㉔。步㉕及驟處㉖兮，誘㉗騁先。抑騖若通㉘兮，引車右還。與王趨㉙夢㉚兮，課㉛後先。君王㉜親發㉝兮，憚㉞青兕㉟。朱明㊱承夜兮，時不見淹㊲；皋㊳蘭被徑兮，斯路漸㊴。湛湛㊵江水兮，上有楓；目極千里兮，傷春心。魂兮歸來，哀江南！

【章　旨】敘述作者此時孤獨的處境和憂傷的心情，回憶昔日與君王射獵雲夢澤時的情景，呼喚懷王魂魄歸來。

【注　釋】❶亂　古代樂歌中的尾聲。❷獻歲　進入新的一年。獻，進。❸發春　春氣奮揚。❹汩　疾。❺吾　作者自稱。❻南征　被放逐而南行。❼菉蘋齊葉　綠蘋的葉子正好長齊。菉，通「綠」。蘋，水草名。又稱四葉菜。❽白芷　香草名。❾貫　通過。❿廬江　水名。今人譚其驤認為在今湖北宜城北。⓫左　東行。⓬長薄　地名。⓭倚　沿著。⓮沼　池塘。

⑮畦　指一塊塊水田。⑯瀛　沼澤。楚人方言。⑰遙望博　展望一片曠遠。這裡所寫的沼澤地當指雲夢澤。⑱青驪　青黑色的馬。⑲駟　一車駕四馬。⑳齊千乘　千乘齊發。㉑懸火　指火把。㉒延起　言獵火在野澤中延燒，以驅趕野獸，以便圍獵。㉓玄顏　指天色被火光映照得黑裡透紅的樣子。㉔蒸　煙火上升。㉕步　指步行的從獵者。㉖驟處　車馬所到之處。㉗誘　前導者。㉘抑騖若通　謂狩獵隊伍停止或馳騖都順利通暢。抑，止。若，順。㉙趨　奔向。㉚夢　古代湖名。在長江之南，與江北的雲澤合稱雲夢澤。㉛課　比試。㉜君王　指楚懷王。㉝親發　親自射箭。㉞憚　通「殫」。斃。㉟兕　古代一種類似大犀牛的野獸。㊱朱明　又紅又亮。指太陽。㊲淹　久留。㊳皋　澤。㊴漸　遮沒。㊵湛湛　水清而深之貌。

【語　譯】尾聲唱道：進入新的一年，春氣奮揚，我匆忙地往南方去。綠蘋的葉子正好在水面長齊，白芷也在生長。穿過廬江，東行過了長薄；沿著一路池塘、水田、沼澤而行，遙望是一片曠野。回想當年：用四匹青黑色的馬駕車，成千輛車一齊出發；高舉火把，延燒獵火，天色被火光映照得黑裡透紅。步卒趕到與車馬聚合，前導又飛馬領先。大隊停止或馳行都順利暢通，車隊又向西轉彎。隨著大王奔向江南的夢澤，大家比一比先後。大王親自挽弓射箭，青兕中箭倒斃。白天接著黑夜，時光不肯淹留；如今澤蘭覆蓋著道路，這條路被漸漸遮沒。江水清清，岸邊種著楓樹；舉目望盡千里，春色使我傷心。魂魄啊，歸來吧，哀憐這等待您的江南故地吧！

招隱士

【作　者】劉安，沛（今江蘇沛縣）人。西漢高祖劉邦之孫，淮南厲王劉長之子。文帝八年封為阜陵侯，後進封淮南王。劉安為人素有政治野心，籠絡民心，整治武器，賂遺郡國，覬覦帝位。王后太子也橫行不法。元狩元年其孫建憤父不害不得封侯，使人告發劉安謀反。武帝命丞相、廷尉審理，劉安恐陰謀敗露，乃決定搶先發難。結果為謀士伍被告發，劉安自殺，王國被廢。劉安好讀書，擅寫作，《漢書・藝文志》著錄其賦八十二篇，多已散佚。曾招致賓客方術之士數千人，著《內書》、《外書》及《中篇》，今存《內書》（即《淮南子》)。這些賓客還創作了大量辭賦，也多散佚，今存〈招隱士〉一篇，據王逸《楚辭章句》說，是淮南小山所作。小山，即小山之徒，是淮南王劉安門客中一部分人的集體稱呼。

【題　解】 此篇王逸認為是「閔傷屈原」之作，殊不足信。王夫之認為是代淮南王招致山谷潛隱之士，看來比較符合題旨。作者用鋪敘的手法著重描寫了山林的可怖：怪石嶙峋，樹木纏結，猿猴悲嘯，虎豹熊羆咆哮橫行。因而那位隱居山中的「王孫」就只得攀援桂樹而暫且滯留，處境之孤獨和岌岌可危，可想而知。於是作者在篇末強調指出，「王孫」不可在山中久留，還是歸來的好。「歸來」自是指投入淮南王幕中。古代文學作品中歌頌隱士之樂的甚多，而與之唱反調，描寫隱士生活之險惡不足取的卻甚少，這是一篇例外。本篇文辭清麗，含意深沈，別具一格。篇中「王孫遊兮不歸，春草生兮萋萋」二句，是二千年來人們傳誦的名句。

桂樹叢生兮山之幽，偃蹇連卷❶兮枝相繚。山氣巃嵸❷兮石嵯峨，谿谷嶄巖❸兮水曾波❹。猿狖❺群嘯兮虎豹嗥，攀援桂枝兮聊淹留。王孫❻遊兮不歸，春草生兮萋萋❼。歲暮❽兮不自聊❾，蟪蛄❿鳴兮啾啾。

坱兮軋⓫，山曲岪⓬，心淹留兮洞荒忽⓭。罔兮沕⓮，憭兮慄⓯，虎豹穴⓰，叢薄深林⓱兮人上慄⓲。嶔岑碕礒⓳兮碅磳磈硊⓴。樹輪㉑相糾兮，林木茷骫㉒。青莎㉓雜樹兮薠草㉔靃靡㉕。白鹿麏㉖麚㉗兮或騰或倚㉘，狀貌崟崟兮峨峨㉙，淒淒兮漇漇㉚。獼猴兮熊羆㉛，慕類㉜兮以悲。攀援桂枝兮聊淹留。虎豹鬥兮熊羆咆，禽獸駭兮亡㉝其曹㉞。王孫兮歸來！山中兮不可以久留。

【注　釋】❶偃蹇連卷　都是屈曲貌。❷隴嵷　雲氣積聚之貌。❸嶄巖　險峻貌。嶄，通「巉」。❹曾波　波紋層疊。曾，通「層」。❺猿狖　泛指猿猴。狖，黑色長尾猿。❻王孫　本為古代貴族子弟的通稱。此指所招隱士。❼萋萋　草茂盛貌。❽歲暮　年老。❾不自聊　心中煩憂。❿蟪蛄　夏蟬。⓫坱兮軋　即坱軋。霧氣暗昧貌。⓬曲岪　山勢盤曲。⓭洞荒忽　恐懼而恍惚不安。洞，通「恫」。恐懼。荒忽，通「恍惚」。⓮罔兮沕　惘然失意之狀。罔，通「惘」。⓯憭兮慄　恐懼戰慄。⓰岤　通「穴」。⓱叢薄深林　草木叢深之處的幽深樹林。⓲人上慄　人上山經過時心中恐懼。⓳嶔崟碕礒　形容山、石之狀。嶔崟，是說山之高聳。碕礒，是說石之不平整。⓴碅磈磳硊　都是形容石頭雜錯各異之狀。㉑樹輪　樹的橫枝。㉒茷骫　枝葉盤曲貌。茷，胡刻李善注本作「茇」，據五臣注本改。㉓莎　一種秋草名。㉔薠草　秋草名。㉕靃靡　隨風飄拂貌。㉖麕　獐子。㉗麚　雄鹿。㉘倚　停立。㉙崟崟兮峨峨　形容鹿角高聳的樣子。㉚淒淒兮漇漇　形容鹿獐毛色濡澤之狀。㉛羆　馬熊。熊的一種。㉜慕類　思慕同類。㉝亡　失。㉞曹　同伴。

【語　譯】桂樹叢生在大山的幽深之處，樹幹屈曲枝條糾結。山中雲氣鬱集，怪石嵯峨，谿谷深險，波紋層層。猿猴成群悲嘯，虎豹咆哮，只有攀住桂樹，暫且滯留。王孫遠遊還不回來，春草已生，長得多麼茂盛。年齒已老，心中煩憂，夏蟬啾啾而鳴。

雲霧暗昧，山勢盤曲，心中想要逗留，卻又恐懼不安。惘然失意，害怕戰慄，虎豹在這裡盤踞，人走過草叢森林，心中感到恐懼。峰巒聳立，巨石嶙峋。樹木橫枝互相糾纏，枝葉盤旋。青莎雜生在林木之間，薠草隨風飄拂。白鹿、麕、麚，有的跳躍，有的停立，頭上的角高高聳起，毛色油光水亮。獼猴、熊、羆，思慕同類而悲啼。只得攀住桂枝，暫且滯留。虎豹相鬥，熊羆咆哮，禽獸驚駭，失去了伴侶。王孫啊，歸來吧！深山之中不可久留。

卷三四

七

七　發 八首

【作　者】枚乘（西元前？～前一四〇年），字叔，淮陰（今屬江蘇）人。西漢辭賦家。他生活在文景時代，先在吳王劉濞宮中任郎中，後在梁孝王宮廷做文學侍從。《漢書．藝文志》載其有賦九篇，現存〈七發〉、〈柳賦〉、〈菟園賦〉三篇，但載於《古文苑》的後兩篇，後人疑為偽作，只有〈七發〉是可靠的，是他僅存的作品。

【題　解】〈七發〉是枚乘針對吳王及貴族們糜爛腐朽的生活方式而作。其用意是勸戒膏粱子弟不要放縱自己的嗜欲，啟發他們走正道。全文八段：第一段是序文，假託吳客探問楚太子的病，認為太子的病源在生活過於安逸，並非藥石針灸所能根治，應當由「世之君子」用「要言妙道」從思想上來治療。接著藉吳客用七件事啟發太子，以資諷諫。二到四段，分別寫音樂、飲食、車馬、宮苑等奢侈享受，太子都無動於衷；五、六段談到田獵、觀濤，太子才漸有起色，但還不能振作起來；最後談到要方術之士和太子「論天下之精微，理萬物之是非」時，太子才精神大振，「據几而起」，出了一身透汗，霍然病痛了。

〈七發〉的問世，標志著漢賦的正式形成。從楚辭到漢賦，它是一篇承前啟後的作品。〈七發〉這種結構體制後來成為賦中的一個專體，就稱之為「七」，如傅毅的〈七激〉、張衡的〈七辯〉、曹植的〈七啟〉等近二十篇，但成就都不及〈七發〉。

其一

楚太子有疾，而吳客往問之，曰：「伏聞太子玉體不安，亦少間❶乎？」太子曰：「憊❷！謹謝客。」客因稱曰：「今時天下安寧，四宇❸和平，太子方富於年❹。意者❺久耽❻安樂，日夜無極❼，邪氣❽襲逆❾，中若結轖❿。紛屯澹淡⓫，噓唏⓬煩酲⓭，惕惕怵怵⓮，臥不得瞑。虛中重聽，惡聞人聲；精神越渫⓯，百病咸生。聰明眩曜⓰，悅怒不平⓱；久執不廢⓲，大命乃傾⓳。太子豈有是乎？」太子曰：「謹謝客。賴君之力，時時有之，然未至於是也。」客曰：「今夫貴人之子，必宮居而閨處，內有保母，外有傅父⓴，欲交㉑無所。飲食則溫淳甘膬㉒，脭㉓醲㉔肥厚；衣裳則雜遝㉕曼煖㉖，燂爍㉗熱暑；雖有金石之堅，猶將銷鑠而挺解㉘也，況其在筋骨之間乎哉！故曰：縱耳目之欲，恣㉙支體㉚之安者，傷血脈之和。且夫出輿入輦，命曰蹶痿㉛之機㉜；洞房㉝清宮，命曰寒熱之媒㉞；皓齒娥眉㉟，命曰伐性㊱之斧；甘脆肥膿，命曰腐腸之藥。今太子膚色靡曼㊲，四支委隨㊳，筋骨挺解，血脈淫濯㊴，手足墮窳㊵；越女侍前，齊姬奉後；往來游讌㊶，縱恣乎曲房隱間之中。此甘餐毒藥，戲猛獸之爪牙也。所從來者㊷至深遠，淹滯㊸永久而不廢，雖令扁鵲治內，巫咸㊹治外，尚何及哉！今如太子之病者，獨宜世之君子，博見強識，承間㊺語事，變度易意㊻，常無離側，以為羽翼。淹沈㊼之樂，浩唐㊽之心，遁佚㊾之志，其奚由至哉！」太子曰：「諾。病已，請事此言㊿。」客曰：「今太子之病，可無藥石針刺灸療而已，可以要言妙道說而去也。不欲聞之乎？」太子曰：「僕願聞之。」

【章旨】本段可以視為全文敘事之緣起。借吳客探問楚太子的病情，揭示出楚太子的病根是在於享樂過度、縱欲不已，從而說明楚太子的病只有聽君子談論「要言妙道」才能治好。

【注釋】❶少間　病稍微好些。間，病情好轉。❷憊　疲乏。❸四宇　四方。❹方富於年　來年正多；年紀正輕。❺意者　料想。❻耽　沈迷。❼無極　不止。❽邪氣　古醫學稱能使人致病的自然因素為「邪」或「邪氣」。❾襲逆　侵入。❿轖　通「塞」。阻塞。⓫紛屯澹淡　心思煩亂不安的樣子。⓬噓唏　亦作「歔欷」。歎息聲。⓭煩酲　內心煩躁，就像酒醉一樣。⓮惕惕怵怵　憂懼惶恐、心驚膽戰的樣子。⓯越渫　渙散。謂精神不能集中。⓰聰明眩曜　聽覺和視覺錯亂。⓱悅怒不平　喜怒無常。⓲久執不廢　長此以往而不制止。⓳傾　覆滅。⓴傅父　師傅。㉑交　交結朋友。㉒甘膬　鮮美脆嫩。膬，同「脆」。㉓脭　肥肉。㉔醲　濃郁的酒。㉕雜遝　眾多貌。㉖曼煖　輕柔暖和。曼，輕細。煖，同「暖」。㉗燂爍　火熱。㉘挺解　分解；散弛。挺，與「解」同義。㉙恣　放縱。㉚支體　肢體。㉛蹶痿　肢體癱瘓不能行走。㉜機　徵兆。㉝洞房　幽深的房間。㉞媒　媒介。㉟皓齒娥眉　指美女。㊱伐性　摧殘性命。㊲靡曼　細嫩有光澤，為病態的女性美。㊳委隨　不靈活。隨，通「惰」。㊴淫濯　指血管膨脹硬化。淫，過度。濯，大。㊵墮窳　軟弱無力。㊶醼　聚飲。通作「讌」、「宴」。㊷所從來者　這裡指得病的由來。㊸淹滯　拖延。㊹巫咸　神巫。傳說他能通過祝禱替人治病。㊺承間　乘機。㊻變度易意　改變生活方式和思想感情。㊼淹沈　沈溺。㊽浩唐　放蕩。唐，通「蕩」。㊾遁佚　放縱。佚，通「逸」。㊿請事此言　一定按照這話行事。

【語　譯】楚國的太子生病了，一位吳國的客人去問候他，客人說：「聽說太子貴體欠安，是不是好一點了呢？」太子說：「還疲乏得很，謝謝你關心。」客人就趁機說：「現在天下安寧，四方和平，太子正值少壯之年。或許您長期貪戀安樂，日夜沒有節制，以致邪氣侵犯，好像在胸中糾結阻塞。使您心慌意亂，六神無主，長噓短歎，煩躁得好像醉酒似的，憂懼惶恐，想睡覺都閉不上眼睛。您身體虛弱，兩耳重聽，厭惡人聲；精神渙散，各種病痛都已產生。聽覺和視覺全錯亂了，情緒變得喜怒無常；長此下去，不加制止，生命就難保了。太子您是不是有這樣的感覺呢？」太子說：「謝謝你。我仰仗君王的福氣，雖常常有些病痛，但還不到這樣的程度。」客人說：「如今貴族子弟，必定住在深宮內宅，內有保母照料，外有師傅陪伴，要想結交朋友也沒有機會。吃喝的是味道濃厚而甘甜脆嫩的珍饈，以及肥美的肉、濃郁的酒；穿著的是眾多輕柔暖和的衣服，火熱得像置身炎夏；即使有如金石那樣堅強的身體，也是要銷熔而解體的，何況是血肉之軀呢！所以說：放縱耳目的嗜欲，貪戀身體的安逸，就要傷害血脈的和暢。而且，進出都坐車輛，叫做癱瘓的徵兆；幽深和清涼的房屋，叫做寒熱病的媒介；妖姬美女，叫做砍伐性命的斧頭；各種美味食品，叫做腐爛腸胃的毒藥。如今太子皮膚細嫩蒼白，四肢運動不靈，筋骨鬆弛，血脈不通，手腳無力；只好由越國的美女伺候於前，齊國的佳人侍奉於後，往來遊玩宴飲，在幽深的房子、隱蔽的密室裡縱情取樂。這簡直是自己甘心去吃毒藥，去跟猛獸的爪牙戲耍呀。得病的由來非常深遠，又長期拖延著毫不悔改，即使請扁鵲來治療，巫咸來禱祝，又哪裡來得及呢！現在像太子這樣的病，只該讓世上的君子，憑他見聞廣博，強於記憶，抓住機會和您談論事理，改變您的思想和行為，並且常在您的身邊，做您的輔佐。那麼，使您沈溺已久的娛樂，放蕩的心思，縱逸的欲望，將從哪裡產生呢！」太子說：「好，等我病好以後，一定照你的話去做。」客人說：「如今太子的病，可以不用藥石針灸就治得好，而用談論中肯之言、精妙的道理來根除。您不想聽聽嗎？」太子說：「我願意聽。」

其二

客曰：「龍門❶之桐❷，高百尺而無枝❸。中鬱結❹之輪菌❺，根扶疏❻以分離。上有千仞❼之峰，下臨百丈之溪。湍流❽遡波❾，又澹淡❿之。其根半死半生。冬則烈風漂霰⓫飛雪之所激也，夏則雷霆霹靂之所感也。朝則鸝黃、鳱鴠鳴焉；暮則羈雌、迷鳥⓬宿焉。獨鵠⓭號乎其上，鵾雞哀鳴翔乎其下。於是背秋涉冬，使琴摯⓮斫斬以為琴。野繭之絲以為弦，孤子之鉤以為隱⓯，九寡⓰之珥⓱以為約⓲。使師堂⓳操〈暢〉⓴，伯子牙㉑為之歌。歌曰：『麥秀蔪兮㉒雉朝飛，向虛壑㉓兮背槁槐，依絕區㉔兮臨回溪。』飛鳥聞之，翕㉕翼而不能去。野獸聞之，垂耳而不能行。蚑蟜、螻蟻㉖聞之，柱喙㉗而不能前。此亦天下之至悲㉘也，太子能強起聽之乎？」太子曰：「僕病，未能也。」

【章　旨】用誇張的手法鋪寫哀樂之美妙。然而最佳的器材，最高明的琴師，演奏出最哀怨動聽的音樂，連禽獸小動物都聞而感動，卻不能打動楚太子的心。

【注　釋】❶龍門　山名。在今陝西韓城、山西河津之間。❷桐　木名。質堅細而輕，宜於製琴。❸無枝　謂主幹挺直，無旁枝。❹鬱結　積聚緊密。❺輪菌　紋理盤曲的樣子。❻扶疏　根枝繁盛分布的樣子。❼仞　古七尺為仞。❽湍流　急流。❾遡波　逆流。❿澹淡　水波動盪的樣子。這裡借作沖激、搖蕩之意。⓫漂霰　飄揚的雪珠。漂，通「飄」。⓬羈雌迷鳥　失去配偶的雌鳥和迷失方向的鳥。⓭鵠　天鵝。⓮琴摯　春秋時魯國的太師，也稱太師摯或師摯，是主管音樂的官，善彈琴，因稱琴摯。⓯隱　琴上的一種裝飾品。⓰九寡　春秋時魯國的女琴師。傳說她是有九個兒子的寡母，見《列女傳・魯之母師》。⑰珥　耳上所戴的珍珠。⑱約　琴徽。琴上指示音階的圓形標誌。⑲師堂　即師襄，字子京。孔子曾向他學琴。見《韓詩外傳》。⑳暢　相傳是帝堯時的一種琴曲。㉑伯子牙　即俞伯牙。春秋時著名的琴師。㉒麥秀蔪兮　指麥子結穗生芒時。秀，植物結穗。蔪，麥芒。㉓虛壑　空谷。㉔絕區　斷絕的崖岸。㉕翕　合攏。㉖蚑蟜螻蟻　皆小蟲名。㉗柱喙　張開嘴。柱，原作「拄」，據《考異》改。柱，張也。㉘至悲　最悲傷感人的音樂。

【語　譯】客人說：「龍門山的桐樹，主幹高達百尺還沒有分枝。中心紋理密集盤曲，樹根向四方分散，上有千仞的高峰，下臨百丈的深溪，急流逆波又不斷沖激搖蕩它。它的根已經半死半生了，因為冬天有猛烈的寒風挾著霰、雪刺激它，夏天有疾雷閃電震撼它。早晨有黃鶯、鳱鴠在樹上高鳴，黃昏有喪偶的雌鳥和迷途的孤鳥在樹上棲宿。孤獨的黃鵠在上面啼號，鶤雞哀叫著在下面飛翔。於是在秋去冬來的時候，叫最善彈琴的師摯把它砍下來做成琴，用野繭的絲做琴弦，用孤兒的帶鉤做琴隱，用撫育九子寡母耳環上的珍珠做琴徽。然後叫師堂彈奏叫做〈暢〉的曲子，叫俞伯牙配合唱歌。歌詞是：『麥穗吐芒的時候啊，野雞在早晨飛過。面對著空谷啊，離開了枯槐。循著懸崖峭壁啊，俯視著迂迴的溪流。』飛鳥聽了，合攏翅膀不能離去。野獸聽了，垂下耳朵不能再走。蚑、蟜、螻、蟻等小蟲聽了，張開嘴不能前進。這是天下最悲愴動人的音樂，太子您能夠勉強起來聽聽嗎？」太子說：「我有病，還不能夠。」

其三

客曰：「犓牛❶之腴❷，菜以筍蒲❸。肥狗之和❹，冒❺以山膚❻。楚苗之食❼，安胡❽之飯，摶❾之不解❿，一啜而散⓫。於是使伊尹⓬煎熬，易牙⓭調和，熊蹯⓮之臑⓯，勺藥之醬⓰。薄耆⓱之炙⓲，鮮鯉之鱠⓳，秋黃之蘇⓴，白露之茹㉑。蘭英之酒㉒，酌以滌口㉓。山梁㉔之餐，豢豹之胎㉕。小飯大歠㉖，如湯㉗沃雪。此亦天下之至美也。太子能強起嘗之乎？」太子曰：「僕病，未能也。」

【章 旨】進一步用誇張的手法，鋪寫山珍海味的鮮美。然而最珍貴的作料，最高明的廚師，烹製出美味佳肴，卻不能引起楚太子的食欲。

【注 釋】❶犓牛 用切細的草料精心飼養的牛。❷腴 腹部肥肉。❸菜以筍蒲 搭配上筍和蒲菜。❹和 指用美味調和的羹湯。❺冒 同「帽」。覆蓋；鋪在上面。❻山膚 即石耳。一種著生於岩石上的葉狀地衣。❼楚苗之食 楚地苗山出粳稻，可為主食。指南方的米飯。❽安胡 又稱彫胡。即菰米。❾摶 用手團成塊。❿不解 不散。形容其黏。⓫一啜而散 意謂一到口裡就化了。啜，吃。⓬伊尹 商湯宰相。傳說他善於烹飪。⓭易牙 春秋時齊國人。相傳他以善於烹調得到齊桓公的寵幸。⓮熊蹯 熊掌。⓯臑 原作「臑」，據《考異》改。臑，即胹，把肉類煮爛。⓰勺藥之醬 句意謂把酸鹹五味調和在一起，中加芍藥所製成的醬。勺藥，即芍藥。古人認為它有「和五臟、避毒氣」的作用。⓱薄耆 用獸脊肉切成的薄片。⓲炙 烤肉。⓳鱠 細切的魚肉。⓴蘇 紫蘇。古時用來調味。㉑茹 蔬菜。㉒蘭英之酒 用蘭花浸泡的香酒。㉓滌口 漱口。㉔山梁 野雞的代稱。㉕豢豹之胎 畜養的豹的胎。豹胎是佳肴中的珍品。㉖歠 飲。㉗湯 沸水。

【語 譯】客人說：「煮熟犓牛腹部的肥肉，配上筍和蒲菜。用肥狗的肉做成的羹湯，撒上一層石耳菜。用楚產的粳稻及菰米煮成的飯，摶成緊緊的飯團，但一到嘴裡就立刻化散。於是叫伊尹來烹飪，易牙來調味，把熊掌燉得爛熟，再加上用芍藥調和的醬。用獸脊肉片做成的烤肉，細切的新鮮鯉魚，再配上秋天變黃的紫蘇，經過霜露的蔬菜。這時可把用蘭花浸泡的酒，舀來漱漱口。再嚐嚐野雞的肉、豹子的胎。最後少吃些飯，多喝點羹湯，就像把滾水澆在白雪上那樣非常爽快。這也是天下最可口的珍饈了，太子您能夠勉強起來嚐嚐嗎？」太子說：「我有病，還不能夠。」

其四

客曰：「鍾、岱❶之牡❷，齒至之車❸，前似飛鳥❹，後類距虛❺。穱麥❻服處❼，躁中煩外❽。羈堅轡❾，附易路❿。於是伯樂⓫相其前後，王良⓬、造父⓭為之御，秦缺、樓季⓮為之右⓯——此兩人者，馬佚能止之，車覆能起之。於是使射千鎰之重⓰，爭千里之逐。此亦天下之至駿⓱也。太子能強起乘之乎？」太子曰：「僕病，未能也。」

【章旨】進一步用誇張的手法，鋪寫車馬之快速。然而堅固的車輛，超群的駿馬，在最優秀御者的駕馭下，展示了高明的技藝，仍不能引起楚太子的興趣。

【注釋】❶鍾岱　是春秋趙國產馬之地。其地今已不能確指。❷牡　指雄馬。❸齒至之車　年齡到最壯盛時便去駕車。之，去；就。❹飛鳥　當作「飛梟」。駿馬名。❺距虛　本為善於奔馳的獸，借作千里馬名。❻穱麥　尚未成熟的麥粒，是促馬發育的飼料。穱，同「䊔」、「穛」。尚未成熟的穀物。❼服處　飼養。❽躁中煩外　謂馬既肥壯，性情剛烈，不服駕馭，急於奔馳。❾羈堅轡　套上堅實轡繩。❿附易路　遵循平坦的道路。⓫伯樂　春秋秦穆公時人，善相馬。⓬王良　春秋晉國的大夫，替趙簡子御車，因稱御良。⓭造父　周穆王的御者，據說曾駕八駿馬載穆王周遊天下。⓮秦缺樓季　古代二勇士名。⓯右　古代每車可乘三人，尊者居中，御者在左；智勇之士在右，稱為戎右或車右，省稱右。⓰射千鎰之重　爭逐高達千鎰的重賞。射，爭逐。鎰，重量單位。金二十兩為一鎰。⓱駿　良馬。這裡兼指車而言。指最快的車馬。

【語譯】客人說：「鍾、岱等地的雄馬，到了壯盛的年齡便去駕車，跑在前頭像飛梟，跑在後面的像距虛。用早割的穱麥來飼養，肥壯的馬都具有急躁的性子。給牠們套上堅固的轡頭，沿著平坦的大道奔馳。讓像伯樂那樣善於相馬的人前後視察，讓像王良、造父那樣善御的人給您駕車，再讓像秦缺、樓季之類的勇士擔任您的車右——秦、樓這兩個人能制止失控的馬，能扶起顛覆的車。然後可以和人家作千里之遙的競賽，爭逐千鎰的重賞。這是天下最快速的車馬啊！太子您能夠打起精神來乘坐嗎？」太子說：「我有病，還不能夠。」

其五

客曰：「既登景夷之臺[1]，南望荊山[2]，北望汝海[3]，左江右湖[4]，其樂無有。於是使博辯之士[5]，原本山川[6]，極命草木[7]，比物屬事[8]，離辭連類[9]。浮遊覽觀[10]，乃下置酒於虞懷[11]之宮，連廊四注[12]，臺城層構[13]，紛紜玄綠[14]。輦道邪交[15]，黃[16]池紆曲。溷章、白鷺，孔鳥、鶤鵠，鵷鶵、鵁鶄[17]，翠鬣紫纓[18]。螭龍[19]德牧[20]，邕邕[21]群鳴。陽魚[22]騰躍，奮翼振鱗。漃漻薵蓼[23]，蔓草[24]芳苓[25]。女桑[26]河柳，素葉紫莖。苗松[27]、豫章[28]，條上造天[29]。梧桐、並閭[30]，極望[31]成林。眾芳芬鬱[32]，亂[33]於五風[34]；從容猗靡[35]，消息[36]陽陰[37]。列坐縱酒，蕩樂娛心。景春[38]佐酒，杜連[39]理音。滋味雜陳，肴糅錯該[40]。練色[41]娛目，流聲[42]悅耳。於是乃發〈激楚〉[43]之結風[44]，揚鄭、衛[45]之皓樂[46]，使先施、徵舒、陽文、段干、吳娃、閭娵、傅予[47]之徒，雜裾[48]垂髾[49]，目窕[50]心與[51]；揄流波[52]，雜杜若[53]。蒙清塵[54]，被蘭澤[55]，嬿服[56]而御[57]。此亦天下之靡麗[58]皓侈[59]廣博[60]之樂也。太子能強起遊乎？」太子曰：「僕病，未能也。」

【章　旨】進一步以誇張的手法，鋪寫遊觀聲色之樂。然而遍覽天下美麗的自然景觀，以及亭臺樓閣，奇花異草，珍禽游魚；兼之有聲樂美女侍奉助興，也不能引起楚太子的興趣。

【注　釋】❶景夷之臺　即章華臺。春秋時楚靈王所築的樓臺，在今湖北監利北。❷荊山　在今湖北南漳西。❸汝海　指汝水。源出今河南嵩縣，東南流入淮河。汝水在荊山東，則登臺無法南望荊山，疑文字或敘述有誤。❹左江右湖　江，長江。湖，洞庭湖。❺博辯之士　學識淵博而又善於辭令的人。❻原本山川　原原本本說明山川地理。❼極命草木　詳盡地指出草木的名稱。❽比物屬事　將同類事物排比聯繫起來。屬，連綴。❾離辭連類　連綴文辭，分門別類地加以敘述。離，通「麗」。附麗，連綴之意。❿浮遊覽觀　徘徊觀賞。⓫虞懷　宮名。⓬連廊四注　許多走廊相互連貫，四通八達。⓭臺城層構　有樓臺的城層層相疊。⓮紛紜玄綠　建築物上黑色、綠色的彩飾繽紛奪目。⓯輦道邪交　行車的大道縱橫交錯。⓰黃　通「潢」。積水池。在此指護城河。⓱溷章白鷺三句　都是鳥名。孔鳥，即孔雀。鵷鶵，一種鸞鳳之類高冠彩羽的珍禽。鵁鶄，水鳥名。頂有紅毛如冠，俗稱赤頭鷺。⓲翠鬣紫纓　綠的頭毛，紫的環頸毛。⓳螭龍　謂雌雄。螭，雌龍。⓴德牧　鳳凰首文曰德，見《山海經・中山經》。黑腹之牛曰牧，見《爾雅・釋畜》。在此分指鳥頭上和腹上的花紋。㉑邕邕　群鳥和鳴的聲音。㉒陽魚　古人以魚類屬陽，故稱魚為陽魚。㉓溆漻蔞蓼　水清淨處生蔞、蓼二草。㉔蔓草　細莖的草。㉕芩　香草名。㉖女桑　柔嫩的桑樹。㉗苗松　苗山之景松。㉘豫章　樟木。㉙造天　高達天際。㉚並閭　棕櫚樹。㉛極望　極盡目力遠望。㉜芬鬱　形容香氣濃郁。㉝亂　混雜。㉞五風　東西南北中五方之風。即來自四面八方的風。㉟猗靡　隨風飄舞的樣子。㊱消息　指隱顯。㊲陽陰　指葉的正反兩面。㊳景春　人名。善於辭令，戰國時縱橫家。㊴杜連　又名田連。古代善鼓琴者。㊵肴糅錯該　各種用魚肉料理的佳餚錯雜齊備。㊶練色　經過精選的美色。即美好的色彩。練，通「揀」。㊷流聲　流行的音樂。㊸激楚　曲調激切昂揚的楚國歌曲名。㊹結風　指歌曲的尾聲。㊺鄭衛　春秋時以創造新聲而聞名的兩個國家。㊻皓樂　美妙的音樂。皓，善。㊼先施徵舒句　都是古代的美女。先施，即西施。㊽雜裾　五采的衣服。雜，同「襍」。五色相合。裾，衣服的前後襟。㊾垂髾　古代女子一種後垂呈燕尾形的髮髻。㊿窕　同「挑」。挑逗。(51)與　許可。(52)揄流波　揚起如水波的眼光。(53)雜杜若　雜有杜若的芳香。杜若，香草名。(54)蒙清塵　身上好像蒙著一層薄霧。(55)蘭澤　一種用蘭花浸漬成的香油。56嫵服　便服。57御　侍奉。58靡麗　美妙無比。59皓侈　豪華。皓，通「浩」。60廣博　盛大。

【語　譯】客人說：「登上了景夷臺，南望荊山，北望汝水，左邊是長江，右邊是洞庭湖，那樂趣是天下所沒有的。這時可以叫博學有辯才的人，陳說山川的本原，遍舉草木的名稱，把事物排比歸納，再連綴文辭分門別類地加以敘述。在徘徊觀賞之後，便下臺到虞懷宮中擺設酒宴。交錯的長廊四通八達，有樓臺的高城一層一層地重疊著，上面以黑、綠為主調的彩飾繽紛奪目。行車的大道縱橫交錯，護城河紆曲盤旋。各種珍禽有溷章、白鷺、孔雀、鶤雞、天鵝、鵷鶵、鵁鶄。有的頭後有翠羽，有的頸上有紫環。雌鳥雄鳥頭頂和腹部各有美麗的花紋，成群地嗈嗈鳴叫；游魚在水上翻騰跳躍；牠們紛紛地張鱗振翅，大顯神通。水清淨處生長著薵、蓼，還有細莖的蔓草和芳香的苓草。也有柔嫩的小桑樹及河邊的垂柳，前者生出白嫩的葉片，後者長著紫色的莖幹。苗松和樟木，枝條高達天際。梧桐和棕櫚，極目遠望，已連成一片無邊無際的密林。各種濃郁的芳香被四面八方的風混雜在一起；樹枝舒緩地隨風飄舞，樹葉也忽隱忽現，忽正忽反。這時候一同入席暢飲，樂聲大作快人心意；讓景春那樣善於辭令的人來助興，讓田連那樣善於彈琴的人來奏樂。各色美味陳列在面前，各種佳餚無不具備。再用精選的色彩和流行的音樂，使人賞心悅目。於是奏完〈激楚〉一曲激切昂揚的尾聲，又響起鄭、衛的美妙的樂曲，讓像西施、徵舒、陽文、段干、吳娃、閭娵、傅予之類的美女，穿著五彩的衣服，梳著低垂燕尾形的髮髻，用媚眼挑逗，芳心暗許；她們揚起水波似的眼光，還帶著杜若的芬芳。好像是籠罩在一層薄霧裡，塗著清香的蘭油，穿著便服來侍候。這也是天下最美妙豪華、排場盛大的娛樂了，太子您能夠勉強起來玩樂嗎？」太子說：「我有病，還不能夠。」

其六

客曰：「將為太子馴騏驥❶之馬，駕飛軨❷之輿，乘牡駿之乘❸；右夏服❹之勁箭❺，左烏號之雕弓❻。遊涉❼乎雲林❽，周馳乎蘭澤❾，弭節❿乎江潯⓫。掩青蘋⑫，遊清風⑬。陶⑭陽氣⑮，蕩春心。逐狡獸，集輕禽⑯。於是極犬馬之才⑰，困野獸之足。窮相⑱御⑲之智巧。恐虎豹，慴⑳鷙鳥。逐馬鳴鑣㉑，魚跨麋角㉒，履遊㉓麕㉔兔，蹈踐㉕麖鹿。汗流沫墜，冤伏陵窘㉖，無創而死者，固足充後乘㉗矣。此校獵之至壯也。太子能強起遊乎？」太子曰：「僕病，未能也。」然陽氣㉘見㉙於眉宇㉚之間，侵淫㉛而上，幾滿大宅㉜。

客見太子有悅色，遂推而進之曰：「冥火薄天㉝，兵車雷運㉞，旍旗㉟偃蹇㊱，羽毛㊲肅紛㊳；馳騁角逐，慕味爭先㊴。徼墨廣博㊵，觀望之有圻㊶。純粹全犧㊷，獻之公門。」太子曰：「善，願復聞之。」

客曰：「未既㊸。於是榛林深澤㊹，煙雲闇莫㊺，兕㊻虎並作㊼。毅武孔猛㊽，袒裼身薄㊾。白刃磑磑㊿，矛戟交錯。收獲掌功[51]，賞賜金帛。掩蘋肆若[52]，為牧人席[53]。旨酒嘉肴，羞炰膾炙[54]，以御賓客。涌觸[55]並起，動心驚耳[56]。誠必不悔[57]，決絕以諾[58]。貞信之色，形於金石[59]。高歌陳唱[60]，萬歲無斁[61]。此真太子之所喜也。能強起而遊乎？」太子曰：「僕甚願從，直恐為諸大夫累[62]耳。」然而有起色矣。

【章 旨】進一步以誇張手法鋪寫畋獵的壯觀。然而以最優良的車馬，最精巧的弓箭，發揮出最佳的捕獵的智慧和技巧，獲得了豐富的野味，仍不能引起太子的興趣。所不同者，太子口頭上說「不能」，眉宇間卻流露出喜色。因而吳客更進一步敘述了兩個狩獵的驚險場面，終於使太子答應「願從」，臉上也有了「起色」。

【注 釋】❶騏驥 良馬。❷飛軨 車軸兩端的飾物。以寬八寸長及地的橘紅色粗綢二幅製成，上面畫著龍或虎、鹿，繫車軸兩端，車行如展翅而飛。古代君主、太子、公卿的車乘才飾有此物。❸乘牡駿之乘 此句前一個「乘」字是動詞，乘坐之意。末一個「乘」字是名詞，指四匹馬拉的車。牡駿，駿馬。牡，「壯」字之誤。❹夏服 夏后氏的箭囊。服，通「箙」。❺勁箭 鋒利的箭。❻烏號之雕弓 相傳是黃帝使用的寶弓。烏號，木名。即桑柘。其材堅勁。雕，繪飾。❼遊涉 隨意經過。❽雲林 雲夢澤的叢林中。古時楚國的雲夢是一片沼澤地帶，方八、九百里。位處今湖北沿江兩岸，湖北安陸以南，枝江以東，及湖南華容以北，皆其地。❾蘭澤 生長蘭草的窪地。❿弭節 緩慢行進。⓫潯 江邊。⓬掩青蘋 指車馬行駛時壓倒青蘋。蘋，植物名。似萍而大，根生淺水泥中。⓭遊清風 迎著清風。遊，五臣本作「遡」，當從之。⓮陶 舒暢；舒展。⓯陽氣 指人在春天的心情，與「春心」為互文。⓰集輕禽 密集的箭射中輕捷的飛鳥。⓱極犬馬之才 謂使犬馬充分施展其才能。⓲相 指相馬的人。一說：相，有導意。指嚮導而言。⓳御 指駕車的人。⓴慴 使之畏懼。㉑鑣 馬口中嚼鐵露在外面的部分。或繫有鑾鈴，馬行動時就能作響。㉒魚跨麋角 句意為使魚、麋受驚而跳躍碰撞。角，角力；相撞。㉓履遊 踐踏。㉔麕 和下句的「麖」，都是鹿類野獸。㉕蹈踐 踐踏。㉖兔伏陵窘 指野獸被迫得不能逃走，只得窘困無力地屈伏於地。兔，屈。陵，促。窘，迫。㉗後乘 隨從的車子。㉘陽氣 喜氣；喜色。㉙見 同「現」。㉚眉宇 眉額。㉛侵淫 逐漸。㉜大宅 借指整個的臉。㉝冥火薄天 夜色中火光沖天。薄，通「迫」。㉞雷運 是說車運行時，其聲如雷。㉟旍旗 旌旗。㊱偃蹇 高聳貌。㊲羽毛 翠羽和犛牛尾，旗竿頂端的飾物。毛，通「旄」。㊳肅紛 整齊而繁多的樣子。㊴慕味爭先 謂獵人貪戀美味，個個奮勇爭先。㊵徼墨廣博 意謂因攔圍禽獸而焚燒的野地非常廣闊。徼，同「邀」。遮攔。墨，燒黑的野地。㊶圻 邊界。㊷純粹全犧 指毛色純粹而肢體完整、供作祭祀的鳥獸。㊸未既 未完。㊹榛林深澤 叢林和深遠的沼澤。聚木為榛。㊺闇莫 昏暗。莫，漠。㊻兕 獨角的野牛。㊼並作 並起；齊出。㊽孔猛 非常強悍。孔，甚。㊾袒裼身薄 謂光著膀子去搏鬥。袒裼，赤膊。㊿磑磑 形容刀光雪亮的樣子。磑，同「皚」。(51)收獲掌功 謂捕獵的多少，有專人記功論賞。掌，主管。❺❷掩蘋肆若　壓倒青蘋，鋪上芬芳的乾草。肆，陳列。杜，本謂杜若，此借為有香味的乾草。❺❸為牧人席　為牧人設席宴飲。牧人，官名。掌牧畜。在此指參加狩獵的官員。❺❹羞炰膾炙　「炰羞炙膾」的倒裝句。炰，同「炮」。與炙皆謂燒烤。羞、膾，皆謂肉類。❺❺湧觸　義不可通。五臣本作「湧觴」。觴，酒杯。湧觴，滿杯。❺❻動心驚耳　指賓客的言辭豪壯，令人驚訝感動。❺❼誠必不悔　忠誠不二，語無反悔。誠必，與「決絕」相對為文。❺❽決絕以諾　謂已經許諾的，就決計實行。以，同「已」。❺❾形於金石　像刻鏤在金石上似的。❻⓪陳唱　表示倡導。陳，示。唱，導。今通作「倡」。❻❶斁　終；止。❻❷累　累贅。

【語譯】客人說：「我打算為您馴服駿馬，駕飾有飛軨的豪華馬車；您乘坐在四匹健馬拉的車子上，右邊帶著夏后氏箭囊裡同款式的勁箭，左邊帶著和黃帝烏號之弓相似的雕弓，經過雲夢澤中的林地，圍繞著長滿蘭草的窪地奔馳，到江邊才緩緩地行進。您一路上壓倒青蘋，迎著清風，使您充滿春意的心情，得以舒展奔放。然後去追趕狡猾的野獸，用連發的箭射輕捷的飛鳥。這時也讓獵犬和駿馬充分施展出才能，使野獸的腳困乏萬分。也讓嚮導和駕車的人竭盡他們的智慧和技巧，使虎豹惶恐，鷙鳥害怕。緊追不捨的馬使得鑾鈴噹噹響，水中的魚嚇得跳出水面，麋鹿也嚇得相互碰撞，踢倒了麢兔，踐踏了麖鹿。這些動物都流著汗水和口沫，窘困無力地伏在地上，沒有受傷而嚇死的，足以裝滿隨在後面的車輛。這是規模最壯烈的田獵了，太子您能夠勉強起來參加嗎？」太子說：「我有病，還不能夠。」但他的眉宇間已露出喜色，這喜色漸漸地布滿了整個臉。

客人見太子面有喜色，就更進一步說：「到晚上火光沖天，兵車發著隆隆的雷聲來來往往，旌旗高聳，裝飾著的羽毛和犛牛尾，整齊而繁多。人人馳騁較量，因為想得到野味而奮勇爭先。為圍捕野獸而焚燒過的獵場非常廣闊，遠遠望去才可以看到邊緣。最後選擇毛色純粹、肢體完整的犧牲，獻入王公的家門。」太子說：「好啊！我願意再聽下去。」

客人說：「我還沒有說完呢！那時茂密的叢林和深遠的大澤，煙霧瀰漫，一片昏暗，兕虎一起跑了出來。獵人非常勇毅兇猛，打著赤膊迫近搏鬥。一時刀光閃閃，矛戟交錯。有人按獵物多少記功，並賞賜金銀和絹帛。於是壓倒了青蘋，再鋪下芬芳的乾草，給參加狩獵的官員布置了筵席。有美酒和佳餚，各色烤肉，用以款待賓客。賓客們酌滿的酒杯一起舉起來，同時發著令人既感動又驚訝的豪語。這些話忠誠不二，毫無反悔的餘地，已經許諾的就決計實行。忠誠可靠的表情，像鏤刻在金石上一樣，不容懷疑。有人高聲歌唱以示倡導，大眾歡呼萬歲聲長久不息。這一定是太子所喜愛的，您能勉強起來玩玩嗎？」太子說：「我很願意跟你們一起打獵，但只怕要拖累你們呢。」可是看起來太子的病已經有起色了。

其七

將以八月之望[1]，與諸侯遠方交遊兄弟，並往觀濤乎廣陵[2]之曲江[3]。至則未見濤之形也，徒觀水力之所到，則卹然[4]足以駭矣。觀其[5]所駕軼[6]者，所擢拔[7]者，所揚汩[8]者，所溫汾[9]者，所滌汔[10]者，雖有心略[11]辭給[12]，固未能縷形[13]其所由然[14]也。怳兮忽兮[15]，聊兮慄兮[16]，混汩汩兮[17]；忽兮慌兮，俶兮儻兮[18]，浩瀇瀁[19]兮，慌曠曠兮[20]。秉意[21]乎南山[22]，通望乎東海[23]；虹洞兮蒼天[24]，極慮[25]乎崖涘[26]。流攬[27]無窮，歸神日母[28]。汩[29]乘流而下降兮，或不知其所止；或紛紜其流折兮，忽繆[30]往而不來。臨朱汜[31]而遠逝兮，中虛煩而益怠[32]。莫離散而發曙兮，內存心而自持[33]。於是澡概[34]胸中，灑練[35]五藏[36]，澹澉[37]手足，頮濯[38]髮齒。揄棄[39]恬怠[40]，輸寫[41]淟濁[42]，分決[43]狐疑[44]，發皇耳目[45]。當是之時，雖有淹病滯疾[46]，猶將伸傴[47]起躄[48]，發瞽[49]披聾[50]而觀望之也；況直渺小[51]煩懣[52]，酲醲[53]病酒之徒哉？故曰發蒙[54]解惑[55]，不足以言也。」太子曰：「善，然則濤何氣[56]哉？」

客曰：「不記也。然聞於師曰，似神而非者三：疾雷聞百里；江水逆流，海水上潮[57]；山出內[58]雲，日夜不止。衍溢[59]漂疾[60]，波湧而濤起。其始起也，洪淋淋[61]焉，若白鷺之下翔。其少進也，浩浩溰溰[62]，如素車白馬帷蓋[63]之張[64]。其波湧而雲亂，擾擾焉如三軍[65]之騰裝[66]。其旁作而奔起也，飄飄焉如輕車[67]之勒兵[68]。六駕蛟龍，附從太白[69]。純馳[70]浩蜺[71]，前後駱驛[72]。顒顒卬卬[73]，椐椐彊彊[74]，莘莘將將[75]。壁壘重堅，沓雜[76]似軍行[77]。訇隱匈礚[78]，軋盤湧裔[79]，原不可當。觀其兩傍，則滂渤怫鬱，闇漠感突[80]，上擊下律[81]，有似勇壯之卒，突怒而無畏。蹈壁衝津[82]，窮曲隨隈[83]，踰岸出追[84]。遇者死，當者壞。初發乎或圍[85]之津涯[86]，荄軫谷分[87]。迴翔[88]青篾[89]，銜枚[90]檀桓[91]。弭節[92]伍子之山[93]，通厲[94]骨母[95]之場。凌赤岸[96]，篲扶桑[97]，橫奔似雷行。誠奮厥武，如振如怒。沌沌渾渾[98]，狀如奔馬。混混庉庉[99]，聲如雷鼓。發怒庢沓[100]，清升[101]踰跇[102]，侯波[103]奮振，合戰於藉藉[104]之口[105]。鳥不及飛，魚不及回，獸不及走。紛紛翼翼，波湧雲亂。蕩取南山，背擊北岸。覆虧丘陵，平夷西畔。險險戲戲[106]，崩壞陂池[107]，決勝乃罷。瀄汩[108]潺湲[109]，披揚流灑[110]，橫暴之極，魚鼈失勢，顛倒偃側[111]，沋沋湲湲⑫，蒲伏⑬連延⑭。神物怪疑，不可勝言。直使人踣⑮焉，洄闇淒愴⑯焉，此天下怪異詭觀⑰也。太子能強起觀之乎？」太子曰：「僕病，未能也。」

【章旨】繼續以誇張的手法，從各個不同的角度寫出曲江之濤的形狀、聲音、氣勢和作用。潮水湧來時的各種怪異詭觀，無不繪聲繪色，想像豐富，辭藻華麗，足以使人一新耳目。但楚太子仍藉口「有病」，表示自己不能前往觀濤。

【注釋】❶望　陰曆每月十五日稱「望」。八月十五月滿而潮水最盛。❷廣陵　今江蘇揚州。❸曲江　揚州城外的一段長江。今潮水已不及此。❹卹然　憂懼的樣子。❺其　指水力。❻駕軼　駕陵；超越。❼擢拔　提拔。❽揚汩　播揚擾亂。汩，各本譌作「汩」，下「汩汩」同，今正。❾溫汾　迴旋。❿滌汔　滌蕩；沖刷。⓫心略　心計。⓬辭給　言辭敏捷；辯才。⓭縷形　詳盡細緻地描述。⓮所由然　所以如此之故。⓯怳兮忽兮　怳，同「恍」。忽，同「惚」。怳惚，模糊不真切的樣子。⓰聊兮慄兮　聊慄。驚懼戰慄的樣子。⓱混汩汩兮　浪濤相合，洪流滾滾的樣子。⓲俶兮儻兮　俶，同「倜」。倜儻，突出的樣子。形容浪濤突起。⓳濆瀇　同「汪洋」。水廣闊無邊的樣子。⓴慌曠曠兮　慌，昏；模糊不清。曠曠，廣大無邊的樣子。㉑秉意　執意；集中注意力。㉒南山　江濤發源地。㉓通望乎東海　謂可以一直望到東海。東海，洪水來源處。㉔虹洞兮蒼天　謂水天相連。虹洞，同「澒洞」。相連的樣子。㉕極慮　窮思極想。㉖崖涘　邊際。㉗流攬　同「流覽」。周流觀覽；展望四方。㉘歸神日母　注意力集中到日出的東方。古人認為日為陽德之母，故稱日母。㉙汩　水流迅速的樣子。㉚繆　糾結。㉛朱汜　地名。不詳其處。一說：南方的水涯。㉜中虛煩而益怠　謂觀潮者看到江潮退逝後，內心感到空虛煩亂，更加倦怠。虛煩，空虛煩亂。㉝莫離散二句　謂潮水從薄暮時離散，直到第二天天亮時再度發生，才算把激盪的心收起來，控制住自己。莫，同「暮」。㉞澡概　洗濯。概，通「漑」。㉟灑練　洗滌；沖刷。㊱藏　通「臟」。㊲澹澉　蕩滌。㊳頮濯　洗滌。頮，洗面。㊴揄棄　揚棄；驅除。㊵恬怠　懶散。㊶寫　同「瀉」。㊷澳濁　汙濁。㊸分決　分辨決定。㊹狐疑　疑慮。㊺發皇耳目　使人耳目聰明。皇，明。㊻淹病滯疾　久治不愈的慢性病。㊼伸傴　將駝背伸直。㊽起躄　提起跛腳。㊾發瞽　張開瞎眼。㊿披聾　開啟失聰的耳朵。51渺小　微小。52煩懣　煩悶。53酲醲　沈醉。54發蒙　啟發愚昧。55解

惑　解除迷惑。(56)氣　氣象；景象。(57)海水上潮　江水海潮逆行倒灌。(58)內　同「納」。(59)衍溢　平滿的樣子。(60)漂疾　水流急速。漂，疾速的意思。(61)淋淋　山洪奔流而下的樣子。(62)浩浩溰溰　白茫茫的一片。浩，通「皓」。溰，同「皚」。(63)帷蓋　帳幕和篷蓋。(64)張　張設；支架。(65)三軍　古代以一萬二千五百人為一軍，諸侯大國可建立三軍，後世借指數量龐大的軍隊。(66)騰裝　奮起而束裝急進。(67)輕車　輕便的戰車。(68)勒兵　指揮軍隊。(69)太白　河伯；河神。一說：指帥旗，與「附從」意不合，非是。(70)純馳　直馳。(71)浩蜺　白色的霓虹。浩，通「皓」。蜺，同「霓」。(72)駱驛　同「絡繹」。連續不斷。(73)顒顒卬卬　波濤高大的樣子。(74)椐椐彊彊　後浪推前浪的樣子。(75)莘莘將將　波濤沖激的樣子。(76)沓雜　眾多的樣子。(77)軍行　軍隊的行列。(78)訇隱匈磕　波濤撞擊所發出的聲音。(79)軋盤涌裔　形容江濤翻滾沸騰的樣子。(80)滂渤怫鬱二句　形容大水湧流而受阻，浪濤互相激盪，一片昏暗的樣子。感，通「撼」。(81)律　通「硉」。石從高處滾下。這裡形容浪頭從半空落下的樣子。(82)蹈壁衝津　拍打岸壁，衝擊渡口。(83)窮曲隨隈　沿著彎曲的邊岸，波濤無所不到。(84)追　五臣本作「塠」。同「堆」。指沙堆。(85)或圍　地名。所在今不可考。(86)津涯　水邊。(87)荄軫谷分　逢山隴而回轉，遇川谷而分流。荄，通「陔」。山隴。軫，轉。(88)迴翔　迴旋緩進。(89)青篾　地名。(90)銜枚　這裡喻波濤無聲地前進。枚，狀如箸。古代行軍時令士兵銜在口中，禁止發聲，悄悄進兵。(91)檀桓　地名。(92)弭節　緩行。(93)伍子之山　即伍子山。因紀念伍子胥而得名。(94)通厲　遠奔。(95)骨母　骨，「胥」之譌字。胥母，古吳國山名。有子胥祠。(96)赤岸　地名。這裡似乎是指很遠的地方。(97)篲扶桑　篲，掃帚。此借作動詞。扶桑，傳說中日出之處。在此亦借指遠地。(98)沌沌渾渾　指浪濤滾滾，前後相隨。(99)混混庉庉　波濤的聲音。(100)庢沓　指江濤受阻礙而湧起。庢，通「窒」。沓，水從釜中沸出。(101)清升　清波揚起。(102)踰跜　超越。指清波一浪超過一浪。(103)侯波　指陽侯（水神名）之波。即大浪。(104)藉藉　地名。(105)口　港口。(106)險險戲戲　險峻的樣子。戲，通「巇」。(107)陂池　指堤岸。池，通「陁」。(108)瀄汩　波濤激盪的樣子。(109)潺湲　水流的樣子。(110)披揚流灑　浪花四濺。(111)偃側　仰臥；傾斜。(112)沇沇湲湲　魚鼈顛倒狼狽的樣子。(113)蒲伏　同「匍匐」。這裡指魚鼈努力掙扎。(114)連延　連續不斷。(115)踣　跌倒。(116)洄闇悽愴　失去理智，心境悲傷。洄闇，驚駭失智的樣子。(117)詭觀　奇景。

【語　譯】我們將要在八月十五日，同諸侯和遠方來的朋友兄弟們一起到廣陵的曲江觀濤。初到時還不曾見到濤的形狀，不過只看水力所到之處，已足令人心驚膽戰。看那水力所駕陵的，所提拔的，所播亂的，所旋轉的，所沖刷的種種情狀，縱然是有心計和辯才的人，也一定不能詳細說明那是什麼道理。江濤初起令人心神恍惚，驚恐戰慄，只見洪流滾滾而來。人在心神恍惚之中，忽見浪頭突起，忽又汪洋一片，茫然無際。再把注意力集中在南山，一直望到東海，但見海水與蒼天相連，心中極力想像著它的邊際。觀覽四方無窮無盡的美景，然後注意到日出的東方，只見有的浪頭迅速地乘流而下，不知要奔到何處才停止；有的紛亂曲折地奔瀉，忽然又糾結著一去不回頭。浪濤衝到朱汜然後遠去，使人心中頓感空虛煩亂，更加疲怠。從黃昏時晚潮消散，直到第二天天亮時早潮再起，才算把激盪的心收起來，控制住自己。這時胸中受到滌蕩，五臟受到沖刷，洗淨了手腳，沐刷了頭髮和牙齒。驅除了懶散，排除了汙濁，消解了疑慮，使耳目聰明。在這時候即使患有久治不愈的疾病，也要把駝背伸直，提起跛腳，張開瞎眼，開啟聾耳來觀看它；何況只有小小的煩悶、沈醉病酒的人呢？所以說觀看怒潮，可以啟發昏蒙、解除迷惑，就不消說了。」太子說：「好啊！那麼江濤究竟是怎樣的一種氣象呢？」

客人說：「那是沒有記載的。但聽我老師說過，濤有三個似有神助而非神助的特點：轟隆隆的聲音像疾雷一樣響徹百里是其一；江水逆流，海水倒灌是其二；山中雲氣吞吐，日夜不息是其三。初時江水平滿而流得極快，然後波濤湧起。開始的時候像山洪那樣傾瀉而下，如同是一群白鷺在慢慢向下滑翔。再進一步，就白茫茫一片，像無數白車白馬高張著白的帷蓋奔馳而來。那波濤洶湧，好像天空的亂雲；紛紛擾擾，就如三軍奮起，束裝急進。當浪頭從旁邊突然奔起，飄飄然就像將領乘著輕便的戰車在指揮軍隊。六條駕車的蛟龍，追隨著河神向前。只見一條白色的霓虹在奔馳，前後絡繹不絕。波濤高聳，後浪推著前浪，互相碰撞沖激。像是堅固的壁壘重重，也像眾多的軍隊行列在挺進。濤聲轟隆，潮水翻滾，原本就勢不可當啊。再看靠近兩岸的地方，怒潮洶湧，翻騰互撞，一片昏暗。它們忽然向上衝擊，忽然似滾石從高處落下，好像是勇壯的戰士，憤怒爭先，毫不畏懼。它們踏上岸壁，衝擊渡口，沿著江水的彎曲處深入，直到盡頭，又跨出崖岸，越過沙堆。遭遇者死亡，阻擋者崩潰。起初江濤從或圍水邊出發，沿途逢山隴而回轉，遇川谷而分流。它們盤旋緩行於青篾，到檀桓時沈默無聲，到伍子山下減速緩行，又遠赴胥母祭祀伍子胥的壇場。潮頭又侵凌赤岸，掃蕩扶桑，一路橫行像迅雷狂奔。真正的發揮出威力，如雷擊如暴怒。浪濤滾滾，如萬馬奔騰。潮聲震耳，有如雷霆。起初江濤因受阻而發怒，過一會兒清流一波又一波地揚升，大浪也猛然興起，在叫做藉藉的港口舉行會戰。這時鳥來不及飛去，魚來不及轉身，野獸來不及逃走。紛紛忙忙，像波湧雲飛那樣混亂。它們激盪著衝向南山，又突然回頭衝擊北岸。傾覆損毀了東方的丘陵，削平了西岸。浪頭險峻，直到沖壞堤防，決定勝敗才罷休。然後波濤激盪流行，浪花四濺，橫暴到了極點，魚鼈不能自主，顛三倒四，或仰面朝天，或傾斜不正，狼狽難行；只有不斷地匍匐掙扎。這連神奇靈異的東西也會覺得驚異迷惑，難以盡言。但看到了簡直能使人昏倒，失魂落魄，心生悲愴。這是天下少有的奇景，太子您能夠勉強起來去看看嗎？」太子說：

「我有病，還不能去啊！」

其八

客曰：「將為太子奏❶方術之士❷，有資略❸者，若莊周、魏牟、楊朱、墨翟、便蜎、詹何之倫。使之論天下之精微❹，理萬物之是非❺。孔、老覽觀❻，孟子持籌❼而算之，萬不失一。此亦天下要言妙道也。太子豈欲聞之乎？」於是太子據几❽而起曰：「渙乎❾若一聽聖人辯士之言。」涊然❿汗出，霍然⓫病已。

【章　旨】吳客最後以要言妙道終於說動了楚太子，使他出了一身大汗，病就好了。因為他引導楚太子超脫感官享受，去追求更高級的精神享受，走上「正道」，才根治了貴族子弟因腐化生活而引起的種種疾病。

【注　釋】❶奏　進。❷方術之士　博學而有理論的人。方術，道術。❸資略　才智。❹精微　精深微妙的道理。❺理萬物之是非　辨別天下萬事萬物的是非。❻覽觀　審閱評斷。❼籌　古代計算數目的工具。即籌碼。❽據几　撐扶著几案。❾渙

乎 豁然開朗的樣子。⑩涊然 汗出透的樣子。⑪霍然 迅速解散的樣子。形容輕鬆愉快的感覺。

【語 譯】客人說：「我要向太子推薦有道術、有才智的人，如莊周、魏牟、楊朱、墨翟、便蜎、詹何之類，讓他們談論天下最精深的道理，辨別萬事萬物的是非。再讓孔丘和老聃來審察評斷，讓孟軻拿籌碼來詳加稽核，絕對萬無一失。這是天下最扼要最微妙的理論了，太子您可要聽聽嗎？」於是太子撐扶著几案站了起來，說：「我的心豁然開朗了，好像已經聽到了聖人和辯士的言論。」他出了一身透汗，忽然之間，舊病全消了。

七啟 八首并序

【作 者】曹植（西元一九二～二三二年），字子健，沛國譙（今安徽亳縣）人。曹操第三子。少有文才，善為詩文，為曹操所寵愛，曾幾次欲立為太子。後因「任性而行，不自雕勵，飲酒不節」，失掉了曹操的歡心。曹丕稱帝後，備受猜忌和打擊，屢遭貶爵，多次改換封地。曹叡即位，其處境依然如故，寂寂無歡，最後鬱鬱而死。因曾封陳王，死後諡思，故世稱陳思王。原有集三十卷，已散佚，宋人輯有《曹子建集》。現存詩歌八十餘首，辭賦、散文四十餘篇。曹植是建安最傑出的詩人，他的作品可分前後兩期。前期是曹操在世時，他生活優裕，志滿意得，作品主要是抒發建功立業的豪情壯志，情調開朗樂觀。後期是曹丕即位之後的時期，由於處境的變化，逐漸體會到民生的疾苦因而作品題材廣泛，內容深厚，格調沈鬱悲壯，藝術成就更加卓越。

【題 解】〈七啟〉和曹植其他的賦作相同，也是「觸物而作」，大約寫於建安十五年左右。當時曹操平定袁紹，統治冀州，在漢獻帝的旗號下，復取荊州。為了進一步發展統一事業，爭取士族與之合作，於建安十五年發布〈求賢令〉，提出「唯才是舉」的原則，藉以網羅人才，充實曹魏政權的力量。曹植當時正受曹操寵愛，便熱烈響應求賢的號召，通過「七」體，借鏡機子和玄微子的問答，說明只有改變隱居遁世的觀點，配合曹魏集團的統一大業，積極投身朝廷政治，才能「翼帝霸世，同量乾坤」，建立豐功偉業。

文章通過鏡機子來表達作者的觀點，以隱居山野的玄微子作為網羅說服的對象。鏡機子跋涉攀登才找到身處荒嶺絕頂的玄微子，但一開始不能說服玄微子，改變他的思想，於是再通過飲食、服飾、羽獵、宮館、聲色、遊俠、聖宰功績等七方面的誇耀和論證，來規勸玄微子。玄微子一直不為所動，直到鏡機子說到聖宰功績時，才決定改變人生，效勞朝廷。作者想藉由〈七啟〉，達到為魏王招募賢才的目的，是很明顯的。

其一

昔枚乘❶作〈七發〉，傅毅❷作〈七激〉，張衡❸作〈七辯〉，崔駰❹作〈七依〉，辭各美麗。余有慕之焉，遂作〈七啟〉，並命王粲❺作焉。

玄微子❻隱居大荒之庭❼，飛遯❽離俗❾，澄神定靈❿，輕祿傲貴，與物⓫無營⓬。耽虛好靜⓭，羨此永生⓮。獨馳思乎天雲之際⓯，無物象⓰而能傾⓱。於是鏡機子聞而往說焉。駕超野⓲之駟⓳，乘追風⓴之輿，經迥漠㉑，出幽墟，入乎泱漭之野㉒，遂屆玄微子之所居。其居也：左激水㉓，右高岑㉔，背洞壑，對芳林㉕。冠皮弁㉖，被文裘㉗。出山岫㉘之潛㉙穴，倚峻崖㉚而嬉遊。志飄飄焉，嶢嶢㉛焉，似若狹六合㉜而隘九州，若將飛而未逝，若舉翼而中留㉝。於是鏡機子攀葛藟㉞而登，距㉟巖而立，順風而稱㊱曰：「予聞君子不遯俗㊲而遺㊳名，智士不背世㊴而滅勳。今吾子棄道㊵藝㊶之華，遺仁義之英，耗㊷精神乎虛廓㊸，廢人事㊹之紀經㊺。譬若畫形於無象，造響於無聲㊻，未之思乎？何所規之不通也。」

玄微子俯而應之曰：「譆[47]！有是言乎？夫太極之初[48]，混沌未分，萬物紛錯[49]，與道俱隆[50]。蓋有形必朽，有跡必窮；芒芒[51]元氣[52]，誰知其終？名穢我身，位累[53]我躬。竊慕古人之所志，仰老莊之遺風，假靈龜以託喻，寧掉尾於塗中[54]。」

鏡機子曰：「夫辯言之豔[55]，能使窮澤[56]生流，枯木發榮，庶[57]感靈而激[58]神，況近在乎人情？僕將為吾子[59]說遊觀之至娛，演[60]聲色之妖靡[61]，論變化之至妙，敷道德之宏麗，願聞之乎？」玄微子曰：「吾子整身[62]倦世[63]，探隱[64]拯沈[65]，不遠遐路[66]，幸見光臨[67]，將敬滌耳，以聽玉音[68]。」

【章　旨】本段是文章的緣起。具有道家思想的玄微子隱居大荒之庭，身處荒嶺絕頂，遯世離俗，擯斥一切榮辱富貴，虛無清靜，逍遙自由，以此長生。這時具有儒家思想的鏡機子不顧迢迢遠路，跋涉攀登來到大荒之庭，意欲說服玄微子。雙方經過一番客氣的陳說和交鋒後，似乎誰也不能說服誰。於是鏡機子只得重新準備，通過飲食、服飾、羽獵、宮館、聲色、遊俠、聖宰功績等七個方面的誇耀和論證，來改變玄微子的主張，從而達到為魏王招募賢才的目的。

【注　釋】❶枚乘　西漢辭賦家，他的代表作〈七發〉，奠下了「七體」的初基。❷傅毅　（西元？～九〇年）字武仲，扶風茂陵（今陝西興平）人。東漢章帝任蘭臺令史，拜郎中，與班固、賈逵共校祕書，後為軍司馬。他的〈七激〉，據《後漢書》本傳稱，是為了諷刺明帝「求賢不篤」而作。今見於《藝文類聚》，係節錄。❸張衡　（西元七八～一三九年）南陽西鄂人（今河南南陽），是東漢傑出的科學家和文學家。他的〈七辯〉今存殘篇，見嚴可均《全後漢文》。❹崔駰　（西元？～九二年）字亭伯，與班固、傅毅齊名，而不求仕進。他的〈七依〉，今存殘篇，見《全後漢文》。❺王粲　（西元一七七～二一七年）字仲宣，山陰高平（今山東鄒縣西南）人。建安七子之一，其詩賦成就為七子之冠。代表作為〈登樓賦〉。〈七釋〉為歸曹以後所作，今存殘篇，見《藝文類聚》。❻玄微子　作者虛擬的具有道家思想的隱士。玄微，幽玄精微。❼大荒之庭　這裡指邊遠的地方。《山海經・大荒西經》：「大荒之中，有山名大荒之山，日月所入。……是謂大荒之野。」❽飛遯　遠走高飛之意。遯，隱退。語本《易・遯》：「上九，肥遯，無不利。」疏：「唯上九最在外極，無應於內；心無疑顧，是遯之最優，故曰肥遯。」❾離俗　脫離世俗社會。❿澄神定靈　使心靈恬靜，不受外物干擾。⓫物　萬物。⓬營　謀求；爭取。⓭好靜　愛好恬靜的人生哲理。⓮永生　長生。⓯天雲之際　天與雲會合之處。比喻最高境界。⓰物象　事物的形象。即事物。⓱傾　傾動；打動。⓲超野　超越曠野。比喻神駿。⓳駟　四匹駕車的馬。⓴追風　迅速如風。㉑迥漠　遼闊的沙漠。㉒泱漭之野　空曠的原野。泱漭，廣大的樣子。㉓激水　湍急的流水。㉔高岑　小巧的孤峰。山小而高稱岑。㉕芳林　春天的樹林。㉖皮弁　白鹿皮製成的帽子。㉗文裘　文（有花紋的）狐皮連綴而成的皮衣。㉘岫　山有穴稱岫。㉙潛　幽深貌。㉚峻崖　險峻的山崖。㉛嶢嶢　高貌。㉜六合　指天地四方。㉝留　中止。㉞葛藟　葛和藟皆蔓生植物。藟，即藤。㉟距　至。㊱稱　說。㊲遯俗　逃避世俗之人。㊳遺　棄。㊴背世　拋棄世俗之人。㊵道　道德。先王用以教導人民者。㊶藝　學藝。指禮、樂、射、御、書、數。㊷耗　消。㊸虛廓　虛誕。指空虛荒唐的思想。㊹人事　人生當做的事情。㊺紀經　綱常；法度。㊻畫形於無象二句　意謂像因形生，響隨聲發，欲無聲而造響，圖像而無形，如何可能。㊼譆　怨歎的聲音。㊽太極之初　指天地未分以前的原始時期。太極，原始混沌的元氣。陰陽、天地、萬物均由此化生。㊾紛錯　紛亂錯雜。㊿與道俱隆　謂萬物隨自然運轉之規律而豐盛。隆，盛；多。51芒芒　廣大貌。52元氣　指太極元氣。參見㊽。53累　拖累。54假靈龜二句　意謂寧可自由自在地生活在林野，不願受束縛於廟堂。《莊子・秋水》云：「莊子釣於濮水，楚王使大夫往聘。莊子曰：『吾聞楚有神龜，死已三千歲矣，王巾笥而藏之廟堂之上。此龜者，寧其死為留骨而貴乎？寧其生而曳尾於塗中乎？』大夫曰：『寧生而曳尾塗中。』莊子曰：『往矣！吾將曳尾於塗中。』」55豔　華麗。56窮澤　乾涸的湖泊。57庶　庶幾；也許。58激　感。59吾子　古人對於對方尊敬而親信的稱呼。60演　推衍；闡發。61妖靡　指聲色的豔麗輕柔。62整身　整飭自身的行為。63倦世　厭倦於人間之世。64探隱　探望隱士。65拯沈　拯救沈溺於困境中的人。66不遠遐路　謂不以遐路為遠。67光臨　謂人來之敬詞。68玉音　對人言論的敬稱。猶高論。玉，喻其貴重。

【語　譯】從前枚乘作〈七發〉、傅毅作〈七激〉、張衡作〈七辯〉、崔駰作〈七依〉，文辭美麗，各有特色，我很敬慕他們，便寫了〈七啟〉，同時令王粲也寫一篇。

玄微子隱居在遠方的荒野之中，遠走高飛，離開世俗社會，心靈恬靜，神志專一，傲視富貴，與世無爭。深好虛無清靜的人生哲理，很想得到長生。他的思想獨自馳騁於最高的境界，沒有東西能使他的心意傾倒。於是鏡機子聽說了，就想前往遊說。他駕馭著神駿的四馬，乘坐著追風的輕車，經過遼闊的沙漠，離開僻靜的廢墟，進入空曠的荒野，便來到玄微子居住的地方。玄微子居住的地方：左邊是湍急的流水，右邊是小巧的孤峰，背對著幽深的山谷，面臨著青翠的春林。他戴著白鹿皮做成的帽子，穿著文狐皮製成的皮衣。從山間隱蔽的洞穴中出來，倚靠著險峻的山崖遊樂。他的志趣飄揚高舉，似乎覺得宇宙九州過於狹隘，彷彿是將要飛翔而沒有前進，又像要張開翅膀而中途停止。這時候鏡機子攀著葛藤登山，到山巖頂上就站在那兒，順著風說：「我聽說君子不會逃避世俗而拋棄美譽，有智慧的人不會違背時勢而絕念於功勳。而今您拋棄了道德和學藝的精粹，忘掉仁義的英華，把精神消耗在空虛荒唐的思想上，毀棄了做人的法度。好比是無形而欲畫像，無聲而要製造回響，怎麼可能呢？您恐怕沒有想到這一點吧，為什麼所謀求的如此不合情理呢。」玄微子頭也不抬就回答說：「嚇！有這種話嗎？原始天地未分的時候，元氣混沌一片，萬物紛亂地錯雜在一起，都隨著自然的規律而與日俱增。凡是有形體的東西，必將腐朽；所有的行蹤，必有窮盡；但是那廣大的元氣，誰知道它的終極呢？盛名和爵位，只會弄髒、拖累我的身體。我私心仰慕古人所嚮往的，崇拜老莊遺留下來的風尚，藉供奉於廟堂的靈龜，寄寓我的思想，我寧願自由自在地生存於草野。」

鏡機子說：「辯辭華麗，能使乾涸的湖泊產生流水，使枯樹開花，也許還能感動神靈，更何況是就近對於人的感情呢？我打算給您解說遊觀之樂的極致，闡揚聲色之豔麗輕柔，議論萬物變化極其高妙的境界，陳述道德的恢宏偉大。您願意聽聽嗎？」玄微子說：「您整飭自身的行動，對人世感到厭倦，探望隱逸之士，拯救陷於困境的人，不避長途，使我有幸承蒙大駕光臨。我將洗耳恭聽您的高論。」

其二

鏡機子曰：「芳菰❶精粺❷，霜蓄❸露葵❹，玄熊❺素膚❻，肥豢❼膿肌❽。蟬翼之割❾，剖纖析微；累如疊縠❿，離若散雪，輕隨風飛，刃不轉⓫切。山鵽⓬斥鷃⓭，珠翠⓮之珍。寒⓯芳苓⓰之巢龜，膾⓱西海之飛鱗⓲，臛⓳江東之潛鼉⓴，臇㉑漢南之鳴鶉㉒。糅㉓以芳㉔酸，甘和既醇㉕。玄冥㉖適鹹，蓐收㉗調辛。紫蘭丹椒，施和㉘必節㉙，滋味既殊，遺芳射越㉚。乃㉛有春清縹酒㉜，康狄㉝所營。應化則變㉞，感氣㉟而成。彈徵㊱則苦發，叩宮㊲則甘生。於是盛以翠樽㊳，酌㊴以雕觴㊵，浮蟻㊶鼎沸㊷，酷烈馨香，可以和神㊸，可以娛腸㊹。此肴饌之妙也，子能從我而食之乎？」玄微子曰：「予甘藜藿㊺，未暇此食也。」

【章　旨】鏡機子欲以飲食說動玄微子，讓他改變清心寡欲的生活方式。但玄微子甘願粗茶淡飯，不要山珍海味。文章先述食品之珍貴，次述烹調之高明，再述佳肴美酒於人體之功用。層次清晰，極盡誇飾。

【注　釋】❶菰　植物名。生水邊，芽嫩可食，其實如米，曰雕胡。❷精粺　經過加工的精米。❸霜蓄　經霜後的菜。即冬菜。❹露葵　露水浸潤以後的葵菜。❺玄熊　黑熊。❻素膚　白色皮膚。❼豢　犬豕曰豢。❽膿肌　肥肉。❾蟬翼之割　喻割削之薄。❿疊縠　折疊的輕紗。縠，其薄如霧的縐紗。⓫轉　移動。⓬山鵽　羽毛淺黃色，花紋如母雉的山雞。俗稱「沙雞」。⓭斥鷃　鳥名。即鵪。俗稱鵪鶉，肉味美。其飛不滿尺，故稱「尺鷃」。通作「斥鷃」。⓮珠翠　指蚌肉及翠鳥肉。都是名貴的食品。⓯寒　指煎、煮一類烹調方法。⓰苓　同「蓮」。五臣本作「蓮」。傳說有一種神龜，常巢居於芳蓮之上。

⑰膾　細切的肉。⑱飛鱗　文鰩魚。又名飛魚。⑲臛　肉羹。在此借為動詞，謂烹飪肉羹。⑳潛鼉　揚子鱷稱「鼉」，長二米餘，背面的角質鱗有六橫列。背部暗褐色，具黃斑和黃條，腹面灰色，有黃灰色小斑和橫條。以其性喜潛伏池沼底部，故稱「潛鼉」。㉑臇　也作「𦠆」。少汁的肉羹。在此亦借為動詞。㉒鶉　鳥名。㉓糅　雜。㉔芳　芳重之物。指山椒，即花椒。㉕醇　不加水的厚酒。㉖玄冥　北方神名。北方於五行配水、於五味配鹹。見《禮記‧月令》、《書‧洪範》。適，調理。㉗蓐收　西方神名。西方於五行配金、於五味配辛。㉘和　這裡指調味品。㉙必節　定有節度。謂恰到好處。㉚射越　指香氣四溢。㉛乃　又。㉜春清縹酒　指春酒。清，謂清澈。縹，綠色而微白。㉝康狄　杜康和儀狄。傳說是古代發明釀酒的人。㉞應化則變　意指東風至，則酒便發酵而泛溢。應，應和。化，造化；大自然生成萬物的功能。㉟氣　指氣候。㊱徵　五音之一。據《禮記‧月令》：「孟夏之月，其音徵，其味苦。」㊲宮　五音之一。據《禮記‧月令》：「中央土，其音宮，其味甘。」於時在季夏之後，孟秋之前。㊳翠樽　翠玉製的酒器。㊴酌　飲酒。㊵雕觴　雕有花紋的酒杯。㊶浮蟻　亦稱「浮蛆」。浮在酒面上的泡沫。㊷鼎沸　如鼎水之沸騰。㊸和神　謂使人精神平和。㊹娛腸　謂使人腸胃舒暢。㊺藜藿　皆野菜名。可以煮羹。在此指粗劣的飯菜。

【語　譯】鏡機子說：「芳香的雕胡精米，經霜露打過的冬菜和葵，黑熊去毛後皮膚潔白，豬狗的肉很肥美。薄如蟬翼的切片，剖析到肌理纖維；累積起來像是折疊的輕紗，分開來恰如片片飄雪，輕得能隨風飛揚，不用再移刀割切。既有沙雞、鵪鶉，又有珍貴的蚌和翠鳥肉。煎煮巢居於蓮花上的神龜，細切出產於西海的飛魚，用江東的揚子鱷做成肉羹，用漢南的鳴鶉做成臇。加上芳香的花椒與酸醋，和上醇酒的美味。讓北方之神玄冥來調理鹹淡，西方之神蓐收來配和辛辣。無論紫蘭還是丹椒，使用調味品都有節度。滋味已經不同尋常，又復香氣四溢。又有清澈淡綠的春酒，是像杜康、儀狄之類的名師所釀造。新釀的酒順應著造化而改變，在一定氣候條件下才能釀成。孟夏彈奏徵音時就生苦味，夏秋之交叩擊宮音時則生甜味。這時，便可用翠玉的酒樽來盛酒，以雕花的酒杯來喝酒了。酒面上的泡沫似鼎水正在沸騰，散發出濃烈的芳香，可以使人的精神平和，可以使腸胃舒暢。這是最精妙的佳肴美饌，您能跟我去嚐嚐嗎？」玄微子說：「我喜歡粗茶淡飯，沒有功夫去嚐這些東西了。」

其三

鏡機子曰：「步光❶之劍，華藻❷繁縟❸，飾以文犀❹，雕❺以翠綠❻，綴以驪龍之珠❼，錯❽以荊山之玉❾。陸斷犀象，未足稱雋❿；隨波截鴻⓫，水不漸刃⓬。九旒之冕⓭，散曜⓮垂文⓯。華組之纓⓰，從風⓱紛紜⓲。佩則結綠、懸黎⓳，寶之妙微⓴，符采㉑照爛㉒，流景㉓揚煇㉔。黼黻㉕之服，紗縠㉖之裳，金華之舄㉗，動趾遺光㉘。繁飾參差，微鮮若霜㉙。緄㉚佩綢繆㉛，或雕或錯，薰以幽㉜若㉝，流芳肆㉞布㉟。雍容㊱閒步㊲，周旋馳燿㊳。南威㊴為之解顏，西施為之巧笑。此容飾之妙也，子能從我而服之乎？」玄微子曰：「予好毛褐㊵，未暇此服也。」

【章旨】鏡機子欲以華美的服飾說服玄微子，讓他改變清心寡欲的思想。但玄微子寧願穿粗陋的毛布衣，也不願去精心打扮。文章先述佩劍，再述禮帽、禮服和珠鞋，層次清楚，各有特色。

【注釋】❶步光　寶劍名。相傳為句踐所佩帶。❷華藻　華美的采飾。❸繁縟　繁密。❹文犀　有文理的犀角。❺雕　雕飾。❻翠綠　指翡翠、碧瑱等美玉。❼驪龍之珠　極其珍貴的明珠。傳說出自深淵中驪龍頷下。❽錯　間雜。❾荊山之玉　極其珍貴的寶玉。和氏璧即出於楚山。❿雋　美。⓫鴻　水鳥。⓬水不漸刃　謂劍上滴水不沾，極言劍體之精純與刃之鋒利。⓭九旒之冕　旒，冕前所懸繫之珠串，天子十二，諸侯為九。冕，古代帝王、諸侯及卿大夫所戴的禮帽。⓮散曜　散發著晶瑩的光輝。⓯垂文　懸掛著有文采的珍珠。⓰華組之纓　織有花紋的帽帶。纓，帽帶。⓱從風　隨風。⓲紛紜　飄動之貌。⓳結綠懸黎　古代寶玉之名。⓴妙微　精美之極。㉑符采　玉之文理與光采。㉒照爛　光明燦爛。㉓流景　流光；閃動的光。㉔煇 同「輝」。光輝。㉕黼黻 古代繡在禮服上的花紋。黼，黑白相間如斧形。黻，青黑相間作亞形。㉖紗縠 絲織衣料。輕者為紗，縐者為縠。㉗舄 鞋。古代一種複底鞋。㉘遺光 餘光。㉙微鮮若霜 美妙鮮明，如霜之潔白。㉚緄 通「琨」。美玉。㉛綢繆 交連。㉜幽 幽香。㉝若 杜若。香草名。㉞肆 展放。㉟布 分布。㊱雍容 舒緩之貌。㊲閒步 徐行。㊳周旋馳燿 謂全身生光。周旋，謂迴旋身體。㊴南威 與下句之「西施」皆為古代有名的美人。㊵毛褐 毛布。

【語譯】鏡機子說：「佩著步光寶劍，文采華美繁密，裝飾著有文理的犀角，雕琢著翡翠、碧玉，點綴著驪龍之明珠，夾雜著荊山的寶玉。劍鋒只能在陸上截斷犀牛和大象不足稱美；隨著波浪起伏斬斷鴻雁，鋒刃上滴水不沾才叫希奇。頭戴飾有旒的禮帽，懸掛著的珍珠散發出晶瑩的光輝。織有花紋的帽帶也隨風飄動。身上佩帶的則是結綠、懸黎之類的美玉，都是精美絕倫的寶物，紋理和光采輝煌燦爛，散發著閃爍的光輝。穿的是繡著黼黻的禮服，薄紗縐縠裁成的下裳，刺有金色花紋的複底鞋，一走動就留下無限光采。多樣的裝飾品交相輝映，鮮明如霜。用琨玉串成的佩交相連結：有的雕鏤成形，有的刻上花紋。這些衣物再用清香的杜若熏烤，無不芬芳四溢。穿在身上緩緩徐行，旋轉身體便光輝閃爍，縱使南威、西施那樣的美女，也會因此開顏巧笑。這是儀容服飾的美妙，您能跟我去穿戴嗎？」玄微子說：「我喜歡穿簡陋的粗服，沒有空閒去穿這些了。」

其四

鏡機子曰：「馳騁足用蕩思❶，遊獵可以娛情。僕將為吾子駕雲龍❷之飛駟❸，飾玉輅❹之繁纓❺。垂宛虹❻之長緌❼，抗❽招搖❾之華旍❿。捷⓫忘歸⓬之矢，秉繁弱⓭之弓。忽躡景⓮而輕騖⓯，逸奔驥而超遺風⓰。於是磎⓱填谷塞，榛⓲藪⓳平夷⓴。緣山置罝㉑，彌野㉒張罘。下無漏跡，上無逸㉓飛。鳥集獸屯㉔，然後會圍㉕。獠徒㉖雲布，武騎霧散㉗。丹旗燿㉘野，戈殳㉙皓旰㉚。曳文狐，掩狡兔，捎㉛鷫鷞㉜，拂振鷺㉝。當軌見藉㉞，值足遇踐㉟。飛軒㊱電逝㊲，獸隨㊳輪轉。翼不暇張，足不及騰；動觸飛鋒㊴，舉㊵掛輕罾㊶。搜林索險，探薄㊷窮阻㊸，騰山赴壑，風厲焱舉㊹。機㊺不虛發，中必飲羽㊻。於是人稠網密，地逼勢脅㊼。哮闞之獸㊽，張牙奮鬣㊾，志在觸突㊿，猛氣不慴(51)。乃使北宮(52)、東郭(53)之疇，生抽豹尾，分裂貙(54)肩；形不抗手，骨不隱拳(55)。批熊碎掌(56)，拉虎摧斑(57)。野無毛類(58)，林無羽群(59)。積獸如陵，飛翮(60)成雲(61)。於是駴鍾(62)鳴鼓，收旌弛(63)旆，頓綱縱網(64)，罷獠(65)迴邁(66)，駿騄(67)齊驤(68)，揚鑾(69)飛沫(70)。俯倚金較(71)，仰撫翠蓋(72)，雍容(73)暇豫(74)，娛志方外(75)。此羽獵之妙也，子能從我而觀之乎？」玄微子曰：「予樂恬靜，未暇此觀也。」

【章　旨】鏡機子欲以狩獵之妙說服玄微子，讓他改變生活方式，但玄微子性喜恬淡安靜，不願去觀看驚心動魄的狩獵場面。文章先述獵手乘坐的馬車之精良、手持弓箭之銳利，再述獵手技藝高超，最後述捕獵之豐碩成果。極其生動，引人入勝。

【注　釋】❶蕩思　搖蕩情思。❷雲龍　即龍。❸飛駟　馳騁如飛的四匹馬。❹玉輅　以玉裝飾的車輛。❺繁纓　繁，通「鞶」。繫於馬腹的大帶。纓，繫於馬頸的皮帶。❻宛虹　彎曲如虹。❼綏　有虞氏的旌旗。❽抗　舉。❾招搖　星名。即北斗第七星搖光。在此指北斗星。❿華旍　即華旌。因旌旗上畫有招搖之形，故名。⓫捷　同「插」。⓬忘歸　古良箭名。

⑬繁弱　亦作「蕃弱」。古良弓名。⑭躡景　古良馬名。躡，急追。景，同「影」。言其輕快疾速，能追趕日影。⑮輕快地奔馳。⑯逸奔驥而超遺風　逸、超，皆過的意思。驥、遺風，皆古代千里馬之名。⑰磎　山谷。同「谿」。⑱榛　大片的叢林。⑲藪　草茂水淺的沼澤。⑳夷　平。㉑罝　與下句之「罘」，皆捕獸的網。㉒彌野　遍野。㉓逸　逃。㉔屯　聚。㉕會圍　合圍。㉖獠徒　與下句「武騎」，均指獵手。獠，獵。㉗霧散　與上句「雲布」，俱形容人員由密集而分散。㉘燿　同「耀」。㉙戈殳　泛指武器。戈，平頭戟。殳，長杖。或以積竹為之。㉚皓旰　盛多之貌。㉛捎　與下句之「拂」，皆掠擊之意。㉜鶤鵝　鳥名。㉝振鷺　飛著的鷺鷥。㉞見藉　言被車輪輾平。㉟值足遇踐　謂遭馬蹄踐踏。踐，踐踏。㊱飛軒　飛車。㊲電逝　形容車行迅疾，如電光之逝去。㊳隨　逐；從。㊴飛鋒　謂箭。㊵舉　高飛。㊶輕罶　指張布在空中之細網。罶，用竿支架的網。㊷薄　草叢生稱薄。㊸阻　險阻。㊹猋舉　火花四射。㊺機　弩上發箭的扳機。此借指弩。㊻飲羽　即沒羽。謂箭深入獸體，至於箭末羽毛亦隱沒不見。㊼勢脅　形勢緊迫。㊽哮闞之獸　咆哮憤怒的野獸。這裡指虎豹。㊾鬣　這裡指動物頸上的長毛。㊿觸突　衝撞突圍。(51)慴　恐懼；害怕。慴，同「懾」。(52)北宮　北宮黝。古代勇士。(53)東郭　原指勇士居地。這裡借指勇士。(54)貙　同「貙」。猛獸名。大如狗，似貍。(55)形不抗手二句　謂獸之軀體及骸骨禁不住武士之打擊而碎裂。抗、隱，皆抵禦之意。(56)批熊碎掌　批，側手擊。熊掌有力，碎掌，形容武士壯健多力。(57)拉虎摧斑　拉、摧，皆折斷之意。斑，虎皮上的斑紋。(58)毛類　獸類。(59)羽群　鳥群。(60)飛翮　指被打散的鳥羽在空中飄蕩。翮，羽毛中央的主莖。借指羽毛。(61)成雲　形容極多。(62)駴鍾　又重又快地擊鐘。駴，同「駭」。(63)弛　解。(64)頓綱縱網　頓，捨；丟下。縱，緩；放鬆。(65)罷獠　停止狩獵。罷，各本作「羆」，此從《考異》。(66)邁　前進。(67)駿騄　皆良馬名。(68)驤　奔馳。(69)揚鑾　響起車鈴。(70)飛沫　馬飛濺的口沫。(71)金較　車廂兩旁的橫木，前端有曲銅鉤。古代稱銅為金，故云。較，同「較」。(72)翠蓋　翠鳥羽作裝飾的車蓋。(73)雍容　儀態溫文。(74)暇豫　安閒快樂。(75)方外　世外。即超然於禮教世俗之外。

【語　譯】鏡機子說：「馳騁足以搖蕩心思，遊獵可以歡娛情懷。我將用四匹像雲龍般飛馳的駿馬替您駕車，馬車上裝飾著美玉，駿馬配備著華麗的帶飾。懸掛著彎曲如虹的長旗，高舉著繪有招搖星的彩旗。箙中插著名叫忘歸的利箭，手裡握著號稱繁弱的良弓。我忽然騎著躡景馬輕快的奔馳，一會兒便超越了赤驥，勝過了遺風。這時填塞了山谷，削平了樹叢和草澤。沿山布網，遍野張羅。下無漏網的獸跡，上無逃逸的飛鳥。禽鳥和野獸都聚集在一起，然後從四方會合圍捕。只見全副武裝的獵手，或徒步，或騎馬，像濃雲密霧般分散開來。紅旗照耀山野，兵杖如林。有人拖著有文采的狐狸，有人襲捕狡猾的野兔。也有人掠擊飛著的鸕鶿和鷺鷥。鳥獸擋在輪前就被輾平，遇到馬蹄就被踏碎。飛車如電光逝去，野獸被追趕得跟著車輪轉。鳥來不及張開翅膀，獸來不及騰躍；一動就被飛箭射中，一飛就掛在張於空中的細網。於是獵手們再到草木叢生和險阻之地去搜索，登上高山，奔入深壑。如同風勢凌厲、火花疾射，弩不虛發，箭必沒羽。這時獵人眾多，羅網稠密，地方狹窄，形勢緊迫。咆哮怒吼的野獸，張著利齒，豎起鬃毛，一心衝撞突圍，勇猛異常，毫不畏懼。於是指派如北宮、東郭之類的勇士上陣，活生生抽出豹尾，撕下貙腿；猛獸的身體和骨骼，都經不住武士的手撕和拳擊而支離破碎。武士們側手擊熊就打碎熊掌，猛力折虎就拉斷虎皮。直至四野沒有獸類，林中沒有鳥群才罷手。這時地上野獸的屍體堆積如山，空中飛散的鳥羽形成了濃雲。於是便緊急地擊鐘鳴鼓，收起旌旗；丟下網上的粗繩，放鬆羅網。停止狩獵走上歸途，駿馬也一齊奔馳，車鈴振響，馬口飛沫。車上的貴人或低頭倚靠著車廂兩旁的金較，或抬頭撫弄著用翠羽裝飾的車篷。儀態文雅，安閒快樂，滿心歡喜，超然世外。這是狩獵的美妙，您能跟隨我去瞧瞧嗎？」玄微子回答說：「我性喜恬淡安靜，沒有工夫去看這些了。」

其五

鏡機子曰：「閑宮❶顯敞❷，雲屋❸皓旰❹，崇❺景山之高基❻，迎❼清風而立觀❽。彤軒❾紫柱❿，文榱⓫華梁⓬，綺井⓭含葩⓮，金墀⓯玉箱⓰。溫房⓱則冬服絺綌⓲，清室⓳則中夏⓴含霜㉑。華閣㉒緣雲㉓，飛陛㉔凌虛，頫眺㉕流星，仰觀八隅㉖，升龍攀而不逮，渺㉗天際㉘而高居㉙。繁巧㉚神怪㉛，變名㉜異形，班輸㉝無所措㉞其斧斤，離婁㉟為之失睛㊱。麗草交植㊲，殊品詭類㊳，綠葉朱榮，熙天㊴

曜日。素水盈沼㊵，樹木成林。飛翮㊶凌高㊷，鱗甲㊸隱深。於是逍遙暇豫，忽若忘歸。乃使任子垂釣㊹，魏氏發機㊺。芳餌沈水，輕繳㊻弋飛㊼。落翳㊽雲之翔鳥，援㊾九淵㊿之靈龜。然後採菱華，擢51水蘋52，尋珠蚌，戲鮫人53。諷〈漢廣〉54之所詠。覿55遊女於水濱：燿56神景57於中沚58，被輕縠之59纖羅；遺60芳烈61而靖步62，抗63皓手而清歌64。歌曰：『望雲際兮有好仇65，天路長兮往無由66。佩蘭蕙兮為誰脩67？宴婉68絕兮我心愁。』此宮館69之妙也，子能從我而居之乎？」玄微子曰：「予耽70巖穴71，未暇此居也。」

【章　旨】鏡機子欲以宮室居住之妙說服玄微子，但玄微子仍以性喜隱居為由加以謝絕。文章先述宮室寬敞華美，冷暖適人。再述宮室所處環境之幽美，繼述居者之各種娛樂活動，最後記居者之豔遇。也是層層深入，極盡誇張之能事。

【注　釋】❶閑宮　寬大的宮室。❷顯敞　謂屋高且寬敞。❸雲屋　高聳入雲的房屋。❹皓旰　即皓旰。光亮貌。❺崇立。❻景山之高基　基若景山。景，高大。言極高。❼迎　面向。❽立觀　建立臺榭。❾彤軒　紅漆欄檻。❿紫柱　紫色屋柱。⓫文榱　繪有圖案的椽子——架屋瓦的木條。⓬華梁　飾以彩繪的屋梁。⓭綺井　即藻井。繪有文采，由下向上逐漸凹入縮小的天花板樣式。⓮含葩　藻井中央的平面上畫有荷花和水草等圖飾。⓯金墀　用黃金塗飾的階面。⓰玉箱　即玉房。⓱溫房　溫暖的偏房。房，指正室兩側的房間。⓲冬服絺綌　形容溫室之暖和。絺綌，細粗葛布。綌，同「綌」。⓳清室　清涼的房間。⓴中夏　盛暑之時。㉑含霜　藏霜。㉒華閣　華麗的閣道。閣道是樓閣間的凌空通道。一說：華麗的樓閣。㉓緣雲　接近雲。極言其高峻。㉔飛陛　臺階凌空直上，故稱。㉕頫眺　俯視。頫，同「俯」。㉖八隅　八方。㉗渺　遠貌。

㉘天際 天邊。㉙居 蹲。同「踞」。㉚巧 指巧飾。㉛恠 俗「怪」字。奇異。㉜變名 五臣本作「變容」。指不同於尋常的容貌。㉝班輸 公輸班。或稱魯班。古代最著名的工匠。㉞措 運用。㉟離婁 即離朱。古代傳說中視力最強的人。㊱失睛 謂眼花而不能把東西看清楚。㊲交植 交錯種植。㊳詭類 異類。㊴熙天 光照上天。㊵沼 水池。㊶飛翮 飛鳥。㊷淩高 升入高空。淩，通「夌」。侵犯之意。㊸鱗甲 指魚鱉之類。㊹任子垂釣 《莊子・外物》：「任公子為大鉤巨緇（按：黑色釣絲），五十犗（閹牛）以為餌，蹲乎會稽，投竿東海，旦旦而釣，期年不得魚。已而大魚食之，牽巨鉤䤪（通「陷」）沒而下，鶩揚而奮鬐（通「鰭」），白波若山。」㊺魏氏發機 魏氏扳動機弩。相傳后羿善射，三傳而至大魏，即魏氏。㊻輕繳 繫在箭末的絲繩。㊼弋飛 古人獵取鳥類，繫繳於箭末，及射中，則收繳而取鳥，謂之弋。飛，指鳥類。㊽翳 遮蔽。㊾援 牽引。㊿九淵 九重之淵。謂水的最深處。(51)擢 取。(52)水蘋 即青蘋。植物名。葉有長柄，柄端四片小葉成田字形，生淺水中。(53)鮫人 亦作「蛟人」。傳說中的怪人，眼能泣珠，居於水底。(54)漢廣 《詩・周南》篇名。李善注：「《韓詩》序曰：〈漢廣〉悅人也。詩曰：『漢有遊女，不可求思。』薛君曰：遊女，謂漢神也。」(55)覿 遇見。(56)燿 光明照耀。(57)神景 即〈洛神賦〉中的神光。(58)中沚 小渚之中。《爾雅・釋水》：「水中可居者曰洲，小洲曰渚，小渚曰沚。」(59)之 與。(60)遺 留。(61)芳烈 濃郁的馨香。(62)靖步 安步；徐行。(63)抗 舉。(64)清歌 不用樂器伴奏而歌唱。(65)好仇 理想的配偶。佳偶曰仇。(66)無由 無路可循。(67)脩 修飾。脩，通「修」。(68)宴婉 五臣本作「嬿婉」。舉止安閒和順的樣子。這裡借指追求的配偶。(69)宮館 豪華的宮殿館舍。(70)耽 嗜；喜好。(71)巖穴 隱者所居之處。

【語　譯】鏡機子說：「寬敞的宮室，高聳而明亮，先奠定高大如山的基址，再迎著清風建築宮觀。紅漆的欄檻，紫色的屋柱，雕繪著花紋的椽子和屋梁，畫有花草的藻井，還有黃金的階墀和滿綴美玉的房間。溫暖的偏房裡，冬天只要穿葛布裁製的夏服，清涼的房間中，盛夏時彷彿藏著秋霜。華麗的閣道，逼近天空的白雲，臺階淩空直上，似欲插翅飛去。這裡低頭可見流星飛逝，抬頭可看八方極遠之地，飛龍攀登不到此地，宮殿高聳在遙遠的天邊。各種神奇的巧飾，改變了事物的狀貌，就是公輸班也沒有地方運用他的刀斧，離朱也因此而眼花撩亂。這裡還種植著各種美麗的花草，品種特殊，不同一般，綠葉紅花，光天耀日。白水盈池，叢木成林。飛鳥高翔，魚鱉沈潛。此時頓覺悠閒自得，樂而忘返。就讓任公子那樣善於釣魚的人垂釣，使魏氏那樣善於射箭的人射獵。芳香的魚餌沈入水中，繫著輕繳的箭射向飛鳥，射落遮蔽浮雲的翔鳥，牽引出深淵裡的靈龜。然後採摘菱花，拔取青蘋，撫玩珠蚌，戲弄鮫人。吟詠著〈漢廣〉之詩，在水濱彷彿遇見了水中的女神：神光照耀著小島，身披輕細的綾羅；她們輕移蓮步，留下一片濃郁的馨香，又舉起白淨的纖手而清唱。她們唱道：『遠望天涯，有理想的配偶啊，天路漫長，想去卻無路可循。身佩蘭蕙，是為誰修飾啊？與他隔絕，使我滿心憂愁。』這是宮館的美妙，您能跟我去住嗎？」玄微子說：「我性喜隱居巖穴，沒有工夫住這種宮館了。」

其六

鏡機子曰：「既遊觀中原，逍遙閑宮，情放志蕩，淫樂未終。亦將有才人❶妙妓❷，遺世❸越俗❹，揚北里❺之流聲❻，紹❼陽阿❽之妙曲。爾乃御文軒❾，臨洞庭❿，琴瑟交揮⓫，左篪⓬右笙⓭，鐘鼓俱振⓮，簫管齊鳴。然後姣人⓯乃被文縠⓰之華袿⓱，振⓲輕綺之飄飖⓳，戴金搖⓴之熠燿㉑，揚翠羽之雙翹㉒。揮㉓流芳，耀飛文㉔，歷盤鼓㉕，煥繽紛。長裾㉖隨風㉗，悲歌入雲。蹻捷㉘若飛，蹈虛遠蹠㉙，凌躍超驤㉚，蜿蟬㉛揮霍㉜，翔爾鴻翥，濈然鳧沒㉝。縱輕體以迅赴，景追形而不逮㉞。飛聲激塵㉟，依違厲響㊱。才捷若神，形難為象㊲。於是為歡未渫㊳，白日西頹㊴。散樂㊵變飾㊶，微步㊷中閨。玄眉㊸弛㊹兮鉛華㊺落，收亂髮兮拂蘭澤㊻，形㊼媠服㊽兮揚幽若㊾。紅顏宜笑，睇眄㊿流光(51)。時與吾子，攜手同行。踐(52)飛除(53)，即閑房(54)，華燭爛，幄幙(55)張(56)。動朱脣，發清商(57)，揚羅袂，振華裳。九秋58之夕，為歡未央59。此聲色之妙也，子能從我而遊之乎？」玄微子曰：「予願清虛60，未暇此遊也。」

【章　旨】鏡機子欲以聲樂女色改變玄微子的思想，但玄微子甘願淡泊自持，不為美妙的音樂、舞蹈和纏綿的柔情而動心。文章寫聲色之美，刻畫細膩，引人入勝。

【注　釋】❶才人　有才藝的人。❷妙妓　美好的歌舞女郎。❸遺世　絕世。❹越俗　超俗。❺北里　商紂時的舞曲名。❻流聲　經久不絕的樂聲。❼紹　繼承。❽陽阿　古曲名。❾文軒　有文采圖飾的篷車。❿洞庭　廣闊的庭院。⓫交揮　交互彈奏。五臣本作「交彈」。⓬篪　竹製單管橫吹樂器。專用於雅樂。⓭笙　簧管樂器。⓮振　奮起。⓯姣人　美人。⓰文縠　織有花紋的縐紗一類的絲織品。⓱袿　婦女的上衣。⓲振　抖動。⓳飄颻　形容長裙飄動之貌。⓴金搖　婦女頭上的裝飾物。用金製鳳凰形，下懸五色玉，行動則玉搖蕩，又名步搖。㉑熠燿　光采鮮明。㉒揚翠羽之雙翹　指舞伎頭上插有兩支翠鳥的長翎雙雙翹起。㉓揮　散。㉔耀飛文　謂舞伎身上佩帶之飾物，動時發出閃爍之光采。㉕盤鼓　即傅毅〈舞賦〉之「般鼓」，一種調節舞步的鼓曲，失傳已久。漢魏時流行〈七盤舞〉，地上放置七盤，舞伎遍歷其間，並翹足擊鼓，以鼓聲作舞蹈時之節拍。㉖長裾　當從五臣本作「長袖」。指舞衣之長袖。㉗隨風　言舞時長袖從風飄動。㉘蹻捷　身手輕巧敏捷。㉙蹈虛遠蹠　形容舞伎在七盤之間跳躍，彷彿足不踏地，跨步極長之貌。蹠，跳躍。㉚淩躍超驤　高躍遠馳。㉛蜿蟬　猶「蜿蜒」。形容轉折迴旋之舞態。㉜揮霍　輕捷迅急之貌。㉝翔爾鴻翥二句　前一句描繪引身飛躍之態，下一句則形容俯身下伏之狀。翔，展翅旋飛。翥，飛舉。濈然，迅疾貌。鳧沒，如鳧沒入水中。㉞縱輕體二句　形容動作至為迅疾，達於高妙之境。體，身軀。景，同「影」。不逮，不及。㉟激塵　言高亢的歌聲揚起灰塵。〈七略〉：「漢興，善歌者魯人虞公，發聲動梁上塵。」㊱依違厲響　言灰塵隨高亢的歌聲而蕩漾。「依違」，乍合乍離。厲，疾；高亢。㊲形難為象　謂對舞蹈的形象極難作出具體之描繪。㊳渫　歇；止。㊴西頹　西下。㊵散樂　當從五臣本作「樂散」。指樂隊解散。㊶變飾　更易裝飾。㊷微步　緩步。㊸玄眉　黛眉。黛，古代女子畫眉用的青黑色顏料。㊹弛　解脫。㊺鈆華　古代婦女化妝用的粉。鈆，同「鉛」。㊻蘭澤　用蘭花浸漬的香油，用以潤髮。㊼形　展示。㊽嫿服　美麗的服裝。㊾幽若　幽蘭和杜若。皆香草。㊿睇

眄　斜視貌。51流光　謂閃閃發光，如水波流動。形容嬌羞之態。52踐　踏。53飛除　猶「飛陛」。謂高階。54閑房　寬闊的閨房。55幄幙　或作「羅幬」。即羅帷。56張　施設。57清商　清越的商聲。商為五音之一。這裡借指優美的歌聲。58九秋　深秋。59未央　未盡。60清虛　清靜澹泊。

【語　譯】鏡機子說：「已經遊歷了中原，在寬敞的宮室裡逍遙自在，情意恣縱，放蕩的娛樂尚未了結。又有才藝之人和歌舞妙妓出來獻藝，他們俱都絕世超俗，唱起了歷久不衰的北里之曲，繼承了陽阿之曲的美聲。至於駕馭著華美的篷車，來到廣闊的庭院，但聞琴瑟交彈，左篪右笙，鐘鼓之聲大作，管樂之器齊鳴。然後佳人披著文縠裁製的華麗短袿，抖動著薄綺縫成的長裙飄然來到。她們頭戴光采鮮明的金步搖，插著兩支高翹的翠鳥長翎。滿身散發出香氣，身上的裝飾品閃閃發光。她們依序經過預設的盤和鼓跳起了〈七盤舞〉，光芒四射，五采繽紛。長袖隨風飄動，悲歌衝上雲霄。舞藝輕巧敏捷，如在飛翔，騰空而起，跨著長步。高躍遠馳，曲折蜿蜒而輕捷迅速。一會兒像鴻雁高舉而飛翔，一會兒似鳧鳥霎時沈沒水中。放縱輕盈的身軀快速趨前，快到連影子也追不上她們的形體。她們高歌的聲浪沖激著梁上的塵土，使飛揚的塵土隨著高亢的歌聲在空中蕩漾。她們舞蹈的才情敏捷如神，那形象很難用筆墨描繪。這時候作樂的豪情尚未止息，但已日落西山。遣散樂隊之後，女郎們更換了裝飾，在閨房裡細步款行。擦去眉黛，洗盡鉛華，把散亂的頭髮梳好，抹上芬芳的髮油。穿出美麗的服裝，散發出幽蘭、杜若的香氣。她們的紅顏，笑起來更加嬌豔，羞答答地斜眼看人，那眼波尤其閃亮誘人。這時候如能和您攜手同行，踏過高高的臺階，進入寬敞的閨房，裡面花燭燦爛，帷帳高張。美女們有的開啟紅脣，唱著動聽的歌曲；有的舉起綺羅的長袖，拂動華麗的衣裳。在這深秋之夜，真是歡樂未盡啊。這是音樂女色的美妙，您能跟我一起去玩賞嗎？」玄微子說：「我情願清虛自守，沒有空去玩賞這些了。」

其七

鏡機子曰：「予聞君子樂奮節❶以顯義❷，烈士甘危軀以成仁❸。是以雄俊❹之徒，交黨結倫❺，重氣輕命❻，感分❼遺身❽。故田光❾伏劍於北燕❿，公叔⓫畢命於西秦。果毅⓬輕斷⓭，虎步谷風⓮。威慴⓯萬乘⓰，華夏⓱稱雄……」詞未及終，而玄微子曰：「善！」鏡機子曰：「此乃遊俠之徒耳，未足稱妙也；若夫田文⓲、無忌⓳之儔，乃上古之俊⓴公子也。皆飛仁揚義，騰躍㉑道藝㉒，遊心無方㉓，抗㉔志雲際㉕，陵轢㉖諸侯，驅馳當世㉗。揮㉘袂則九野㉙生風，慷慨㉚則氣成虹蜺。吾子當此之時，能從我而友之乎？」玄微子曰：「予亮願㉛焉，然方於大道，有累，如何？」

【章　旨】鏡機子先以遊俠之事蹟說動了玄微子，再以孟嘗君、信陵君的仁義之心和豪邁氣勢，使玄微子心悅誠服而心嚮往之。但玄微子這時還未能與一向遵奉的「大道」徹底決裂。

【注　釋】❶奮節　發揚氣節。❷顯義　使道義凸顯。❸成仁　成全仁德。《論語．衛靈公》：「子曰：『志士仁人無求生以害仁，有殺身以成仁。』」❹雄俊　才能出眾。❺交黨結倫　成群結黨。❻重氣輕命　重氣節，輕生命。❼感分　謂懷念同志的情分。❽遺身　忘身。❾田光　戰國時燕國的俠士，為激勵荊軻刺秦王而以劍自刎。❿北燕　燕在中國之北，故曰。⓫公叔　人名。書傳不載，當是荊軻之字。⓬果毅　果斷剛毅。⓭輕斷　輕易作出決定。⓮虎步谷風　比喻勇猛的行動所引起的響應。李善注：「李陵詩曰：『幸託不肖身，且當猛虎步。』《春秋元命苞》曰：『猛虎嘯而谷風起，類相動也。』」

⑮慴　驚懼。⑯萬乘　這裡指擁有兵車萬乘之主。即大國的國君。⑰華夏　中國。⑱田文　即孟嘗君。齊公子，姓田名文。⑲無忌　魏公子名。即信陵君。孟嘗君、信陵君都是戰國著名的四公子之一。⑳俊　美才出眾。㉑騰躍　奔馳跳躍。㉒道藝　道德與學藝。㉓遊心無方　用心無常。方，指固定的方向、處所。㉔抗　舉。㉕雲際　比喻極高的境界。㉖陵轢　欺蔑。㉗驅馳當世　謂驅使當世之人隨之奔走。㉘揮　奮。㉙九野　古代指中央與八方。㉚慷慨　意氣激昂；情緒激動。㉛亮願　非常願意。亮，誠信。

【語　譯】鏡機子說：「我聽說君子喜歡發揚自己的氣節以凸顯道義，壯士甘願危害自己的身軀而成仁取義。所以才能出眾之人成群結黨，重氣節，輕生命，為懷念同志的情分而獻出自己的生命。所以田光在北燕伏劍自刎以激勵荊軻去刺殺秦王，荊軻就在西秦結束了自己的生命。性情果斷剛毅，就可以輕易作出決定；採取勇猛如虎的行動，自然引起激烈如風的響應。這強大的威力使大國之君都畏懼喪氣。這些人在中國稱得上是英雄豪傑了……」話還沒有說完，玄微子就說：「好啊！」鏡機子說：「這只是遊俠之類的人，還算不得美好；像那孟嘗君、信陵君之類的人，才是古代才智出眾的公子。他們都宣揚仁義，顯示道德學藝，用心無常。他們志氣高上雲天，蔑視諸侯，驅使當世之人隨他奔走。他們一揮袖，則四面八方都要颳起狂風，他們一情緒激動，則氣概化作長虹。您在這種時候，能跟我一起去和他們作朋友嗎？」玄微子說：「我非常願意，但比起我遵奉的大道，有所不便，怎麼辦呢？」

其八

鏡機子曰：「世有聖宰❶，翼帝❷霸世❸，同量乾坤❹，等曜日月❺，玄化❻參神❼，與靈合契❽。惠澤播於黎苗❾，威靈❿震⓫乎無外⓬，超隆平⓭於殷周，踵⓮羲皇⓯而齊⓰泰⓱。顯朝⓲惟清⓳，王道⓴遐㉑均㉒，民望㉓如草，我澤㉔如春㉕。

河濱無洗耳之士㉖，喬嶽㉗無巢居㉘之民；是以俊乂㉙來仕，觀國之光㉚。舉不遺才，進㉛各異方㉜。讚典禮㉝於辟雍㉞，講㉟文德㊱於明堂㊲，正流俗之華說㊳，綜㊴孔氏之舊章㊵。散樂移風㊶，國富民康。神應㊷休臻㊸，屢獲嘉祥㊹。故甘露㊺紛而晨降，景星㊻宵而舒光。觀遊龍㊼於神淵，聆鳴鳳於高岡㊽。此霸道㊾之至隆㊿，而雍熙(51)之盛際(52)。然主上(53)猶尚以沈恩(54)之未廣，懼聲教(55)之未厲(56)，採英奇於仄陋(57)，宣皇明(58)於巖穴。此甯子商歌之秋(59)，而呂望(60)所以投(61)綸(62)而逝(63)也。吾子為太和(64)之民，不欲仕陶唐之世(65)乎？」

於是玄微子攘袂(66)而興(67)曰：「韙(68)哉，言乎！近者吾子所述華淫(69)，欲以厲(70)我，只攪予心(71)。至聞天下穆清(72)，明君莅(73)國，覽盈虛(74)之正義(75)，知頑素(76)之迷惑。今予廓爾(77)，身輕若飛；願反初服(78)，從子而歸。」

【章　旨】鏡機子從政治清明、禮教盛行和恩澤厚施於民等方面，論證當今聖宰（指曹操）的功績，從而說服了玄微子，使他放棄隱居生活，改變了人生理想，表示願為當朝效力。作者至此才點明了本文寫作的目的。

【注　釋】❶聖宰　指曹操。曹操於建安十三年夏六月為丞相，故子建稱他為聖宰。❷翼帝　輔佐漢獻帝劉協。❸霸世　把持王者之政教。❹同量乾坤　謂恩澤廣被，與天地的法度相同。❺等曜日月　功業彪炳與日月同光。曜，明。❻玄化　最精深奧妙的教化。言君主修文訓武，法天而行，仁澤廣被，天下喜樂。❼參神　類似神靈。❽合契　謂意旨相合，如合符契。

❾黎苗　猶夷狄。皆古代偏遠地區種族名。❿威靈　聲威。⓫震　驚動。⓬無外　猶天下。王者統一天下，無復內外之別。⓭隆平　昇平之世。⓮踵　繼。⓯羲皇　即伏羲。⓰齊　平等。⓱泰　太平。⓲顯朝　盛名的朝廷。古人對本朝的美稱。⓳唯清　唯，語助詞。清，謂清靜和平。⓴王道　王者以仁義治天下之大道，與「霸道」相對。㉑遐　遠。㉒均　同。㉓望　仰望。㉔澤　德澤。㉕如春　喻如春天那樣長育萬物。㉖洗耳之士　指許由。皇甫謐《高士傳》云：「許由，字武仲，堯聞，致天下而讓焉；乃遁於中岳潁水之陽、箕山之下隱。堯又召為九州長，由不欲聞之，洗耳於潁水濱。時其友巢父牽犢欲飲之，見由洗耳，問其故。對曰：『堯欲召我為九州長，惡聞其聲，是故洗耳。』」㉗喬嶽　喬岳；高山。㉘巢居　巢父。皇甫謐《高士傳》云：「巢父者，堯時隱人。山居不營世利，年老以樹為巢，而寢其上，時人號曰巢父。」㉙俊乂　指有才德的人。才德過千人為俊，百人為乂。㉚觀國之光　謂朝於天子。語出《易·觀》。㉛進　入仕。㉜異方　來自不同的地方。㉝典禮　制度和禮儀。㉞辟雍　古代天子為貴族子弟所設立的大學。㉟講　論。㊱文德　指禮樂教化。㊲明堂　古代天子宣明政教的地方。㊳華說　華而不實的言論。㊴綜　整理。㊵舊章　舊日的典章制度。㊶散樂移風　謂推展音樂教育，以轉變社會之風尚。㊷應　響應。㊸休臻　福祿降臨。㊹嘉祥　吉祥的徵兆。㊺甘露　甘美的露水。與下句「景星」，都是吉祥的徵兆。古人以為甘露降則天下平。㊻景星　也稱瑞星、德星。《史記·天官書》：「天精而見景星。景星者，德星也。其狀無常，常出於有道之國。」㊼遊龍　與下句「鳴鳳」，亦為瑞應。㊽聆鳴鳳於高岡　《詩·卷阿》：「鳳皇鳴矣，於彼高岡。」岡，山脊。㊾霸道　這裡指曹操以武力、權謀削平群雄而尊王室的治術。㊿至隆　最高的境界。(51)雍熙　和諧繁榮。(52)盛際　偉大的時代。(53)主上　指漢獻帝劉協。(54)沈恩　深恩。(55)聲教　聲威與教化。(56)厲　高。(57)仄陋　同「側陋」。地位微賤的人。不在朝廷謂之側，居處褊隘故曰陋。(58)皇明　指天子求賢之詔。明，指英明之意。(59)甯子商歌之秋　春秋時衛人甯戚修德不用，曾於齊東門外悲歌車下，齊桓公聞之，慨然而悟，以為客卿。商歌，猶悲歌。商為五音之一，其聲悲涼。秋，猶時。(60)呂望　即太公望，周初人。姜姓，呂氏；名尚。相傳年老不遇，釣於渭濱，周文王出獵相遇，與語大悅，曰：「吾太公望子久矣！」因號為「太公望」，同載而歸，立為師。(61)投　棄。(62)綸　釣線。(63)逝　進；出仕。(64)太和　太平。(65)陶唐之世　堯之世。相傳堯初居於陶（今山東定陶西北），後封於唐，都平陽（今山西臨汾西南），故以陶唐為代。(66)攘袂　捋袖出臂，激動奮起之狀。(67)興　起。(68)韡　美。(69)華淫　浮華誇大，不切實際。(70)厲　勸勉。(71)只攪予心　語出《詩·小雅·何人斯》。攪，亂。(72)穆清　和睦安定。(73)莅　臨視；治理。(74)盈虛　盛衰。(75)正義　正道。(76)頑素　愚蠢的本質。自謙之辭，言但有質樸，而無治人之才。(77)廓爾　開明貌。(78)初服　未隱居時的服裝。這裡指隱居前的人生理想。

【語　譯】鏡機子說：「當今有聖明的宰相，輔佐漢帝，把持著當今的政教，恩澤廣被，與天地同德；功業彪炳，和日月爭光。精妙的教化，上比神靈；與神意完全符合。恩惠廣播於夷狄，聲威震動了天下。超過了殷周的昇平之世，追繼伏羲而共享太平。我聖明的朝廷清靜和平，王道流行，遠近均同，黎民引頸相望有如隨風之草，我宰相的恩澤彷彿春天長育萬物。河邊沒有許由之類的清高之士，高山絕無巢父那樣的隱居之人；所以賢才都來朝廷效力，朝見天子。又遍舉賢才，分別來自不同的地方。在太學裡讚述禮儀制度，在明堂上講論禮樂教化，糾正一般人華而不實的言論，整理孔子傳授的舊日典章。推展音樂教育，轉移社會風氣，使國家富強，人民安康。於是神靈響應，福祿降臨，吉祥徵兆屢屢出現。所以甘露紛紛在早晨落下，瑞星於夜空閃光。在神奇的深淵中可見遊龍戲水，在高岡上可聽鳳凰鳴唱。這是當今宰相平藩尊王，把霸道推行到最高境界，也是國家繁榮和睦，最偉大時代。但君王還以為深恩不夠廣泛，擔心聲威教化的水準不高，因此在地位微賤的人群中選取優異的人才，把天子英明的美意傳到他們隱居的巖穴之地。這正是甯戚之類的人悲歌干主的時候；也是呂望當年拋棄釣竿出仕的原因。您身為太平時代的人民，難道不想在陶唐般的盛世裡擔任一官半職嗎？」這時玄微子激動地捋袖露臂，站起來說：「您說的多麼好啊！您前面講的還是浮華誇大的言論，想用以勉勵我，只能使我思想混亂。直到聽說如今天下和睦安定，明君臨朝治國；瞭解國家盛衰的正道，才知道頑固的我所受的迷惑。如今我的心豁然開朗，頓覺身輕如燕；我願意穿回隱居以前的服裝，跟您一起回到現實的世界。」

卷三五

七命 八首

【作　者】張協，字景陽，西晉文學家，安平（今河北深縣）人。生卒年不詳，約與陸機、左思等同時。曾官河間內史，後為黃門侍郎，託疾不赴，隱居不仕，以吟詠自娛。與兄張載、弟張亢俱有詩文名，並稱「三張」。原有集，後散佚，明人輯有《張景陽集》。

【題　解】〈七命〉是張協辭賦的代表作，《晉書》本傳載其全文，並稱：「於時天下已亂，所在寇盜，協遂棄絕人事，屏居草澤，守道不競，以屬詠自娛，擬諸文士作〈七命〉……世以為工。」〈七命〉繼承了〈七發〉以後「七體」的基本形式：虛擬人名，凡成八章，前有序文，後述七事。與某些模擬〈七發〉的作品相比，〈七命〉具有較深的思想內容。大意是：殉華大夫聽說沖漠公子「嘉遯龍盤，翫世高蹈」，就前去勸導他。殉華大夫用「音樂之美妙」、「宮室之華美」、「宴居之浩麗」、「田遊之壯觀」、「希世之神兵」、「天下之雋乘」及「豐宴盛器」六事，來誘導沖漠公子，都未能改變他歸隱山林的初衷而投身世俗。最後，當殉華大夫講到晉帝功德圓滿，「皇風載韙，時聖道醇」的大治圖景，沖漠公子才「蹶然而興」、「請尋後塵」。作者就這樣借助沖漠公子，表現了對理想社會的追求，希望能有堯舜時那樣的大治之世。而作者所處之世，是「天下已亂，所在寇盜」；作者本人也已「棄絕人事，屏居草澤，守道不競，以屬詠自娛」；但他在本文中作如此違背現實的描寫，歌頌晉朝的功德教化，其諷刺意味已十分明顯。

其一

沖漠公子❶含華隱曜❷，嘉遯❸龍盤❹，翫世❺高蹈❻。遊心❼於浩然❽，玩❾志❿乎眾妙⓫。絕景乎大荒之遐阻，吞響乎幽山之窮奧⓬。

於是殉華大夫[13]聞而造[14]焉。乃勑[15]雲輅[16]，驂[17]飛黃[18]。越奔沙[19]，輾[20]流霜[21]。凌扶搖之風[22]，躡[23]堅冰之津[24]。旌拂霄埒，軌出蒼垠[25]。天清泠[26]而無霞，野曠朗[27]而無塵[28]。臨[29]重岫[30]而攬[31]轡[32]，顧石室而迴輪[33]。遂適[34]沖漠之所居。

其居也，崢嶸幽藹[35]，蕭瑟虛玄[36]。溟海[37]渾濩[38]湧[39]其後，嶰谷[40]嘐嘈[41]張[42]其前。尋竹[43]竦[44]莖蔭[45]其壑，百籟[46]群鳴蘢其山。衝飆[47]發而迴日[48]，飛礫[49]起而灑[50]天。於是登絕巘[51]，遡[52]長風[53]，陳[54]辯惑[55]之辭，命[56]公子於巖[57]中，曰：

「蓋聞聖人不卷[58]道而背[59]時[60]，智士[61]不遺[62]身而匿跡[63]。生必耀華名於玉牒，沒則勒洪伐於金冊[64]。今公子違世[65]陸沈[66]，避地[67]獨竄[68]。有生[69]之歡[70]滅[71]，資[72]父之義[73]廢[74]。愁洽百年，苦溢千歲[75]。何異促鱗[76]之游汀濘[77]，短羽[78]之棲翳薈[79]？今將榮[80]子以天人之大寶[81]，悅[82]子以縱性之至娛[83]；窮地而遊，中天而居[84]；傾[85]四海[86]之歡，殫[87]九州[88]之腴[89]。鑽[90]屈轂之瓠[91]，解疏屬之拘[92]。子欲之乎？」公子曰：「大夫不遺[93]，來萃[94]荒外[95]。雖在不敏[96]，敬聽嘉[97]話。」

【章旨】本段寫沖漠公子懷絕世之高才，隱居高蹈。殉華大夫前往勸導他，希望沖漠公子回到世俗社會，享受榮華富貴；可以說是全篇的序曲。

【注釋】❶沖漠公子　虛構的人名。沖漠，沖虛恬漠。❷含華隱曜　謂含藏華美之德行，潛隱其光耀。❸嘉遯　謂守道而退隱避世。❹龍盤　像龍那樣盤曲不動。喻才能非常而隱居不仕。❺翫世　五臣本作「越世」，《晉書》本傳作「超世」。意謂超越時俗。❻高蹈　猶遠行。指遠離世俗而隱居。《左傳・哀公二十一年》：「魯人之皐，數年不覺，使我高蹈。」❼遊心　遨遊心志。即「留心」之意。❽浩然　謂大道。《孟子・公孫丑上》：「（孟子）曰：『我知言，我善養吾浩然之氣。』敢問何謂浩然之氣？曰：『難言也，其為氣也，至大至剛，以直養而無害，則塞於天地之間。』」❾玩　玩味。❿志　心志。⓫眾妙　萬物的玄理。《老子・一章》：「玄之又玄，眾妙之門。」⓬絕景二句　意謂沖漠公子滅其蹤影於邊遠險阻之地，吞其聲音於深山極深之處。絕景，猶絕跡。使不見其蹤影。絕，滅。景，同「影」。大荒，指邊遠之地。《山海經・大荒西經》：「大荒之中，有山名曰大荒之山，日月所入……是謂大荒之野。」遐，遠。阻，險阻。窮，極。奧，深。⓭殉華大夫　虛擬的人名。殉華，不惜生命以求榮華富貴。⓮造　往訪。⓯勑　同「敕」。整飭。五臣本作「整」。⓰雲輅　繪飾雲彩的車。⓱驂　本指同駕一輛車的三匹馬，在此借為駕馭之意。⓲飛黃　傳說中的神馬。⓳奔沙　流動的沙丘。⓴輾　通「碾」。滾壓。㉑流霜　飛霜。㉒凌扶搖之風　意謂乘風疾行。凌，五臣本作「陵」，皆與「夌」通。本義為超越、高居其上，假借為乘坐之意。扶搖之風，盤旋而上的暴風。《莊子・逍遙遊》：「摶扶搖而上者九萬里。」㉓躡　以足踩踏。㉔堅冰之津　結堅厚之冰的渡口。指寒冷之地。津，渡口。㉕旌拂霄堮二句　意謂由於駕風乘空而行，所以旌旗拂於雲霄之崖，車跡出於蒼天之畔。旌，旗。霄堮，雲霄的邊際。堮，垠；崖岸。軌，車跡。垠，畔；邊際。㉖清泠　晴朗而清涼的樣子。㉗曠朗　曠遠、明朗。㉘無塵　無塵埃。反襯無人居住。㉙臨　到。㉚重岫　重疊的山峰。㉛攬　持；收攏。㉜轡　馬韁。㉝迴輪　回車。㉞適　往；到。㉟崢嶸幽藹　因山勢高峻或樹木茂盛而顯出深邃幽暗的樣子。㊱蕭瑟虛玄　寂靜的樣子。㊲溟海　神話中的海。東方朔〈十洲記〉：「蓬丘，蓬萊山是也。……周迴五千里，外別有圓海繞山。圓海水正黑，而謂之冥海也。……蓋太上真人所居，唯飛仙有能到其處耳。」㊳渾濩　水湧聲。㊴湧　湧流。㊵嶰谷　崑崙北方山谷名。㊶嘈嘈　山谷深空貌。㊷張　布列。㊸尋竹　一種高大的竹。見《山海經・大荒北經》。㊹竦　直立。㊺蔭　遮蔽。㊻百籟　自然界發出的各種聲音。㊼衝飆　急風。㊽迴日　使太陽倒行折回。㊾飛礫　飛舞的小石子。㊿灑　散落。(51)絕巘　極高的山峰。(52)遡　向；面對。(53)長風　大風；勁風。(54)陳　陳說。(55)辯惑　分辯疑惑。(56)命　告。(57)巖　石窟；石室。(58)卷　隱藏。(59)背　背離。(60)時　時勢。(61)智士　有智能之士。(62)遺　棄。(63)匿跡　隱藏形跡。(64)生必耀華二句　意謂生死必須垂名記功於史冊，以傳於後世。耀，光耀。華，華名，美名。玉牒，典冊。指國史。牒，供書寫的木片。沒，通「歿」。死。勒，雕刻。洪，大。伐，功勞。金冊，記錄功勳的典冊。(65)違世　避世；與世俗違離。(66)陸沈　無水而自沈。喻避世隱居。(67)避

地　逃避於他處。68竄　隱藏。69有生　人生。70歡　歡娛。71滅　消失。72資　取。《孝經・士章》：「資於事父以事母而愛同，資於事父以事君而敬同。」73義　指君臣應守的道義。74廢　棄。75愁洽百年二句　意謂憂心多於百年，痛苦盈滿於千歲。言時間之久遠。洽，多。溢，滿。76促鱗　小魚。77汀濘　淺水。78短羽　小鳥。79翳薈　草木茂盛之地。80榮　光榮；榮耀。81天人之大寶　指榮華富貴。天人，天地人間。大寶，最寶貴的東西。82悅　使……高興。83縱性之至娛　指聲色滋味。縱性，放縱性情。至，極。娛，歡樂。84窮地而遊二句　意謂所遊處甚大，所居處甚高。窮地，遍地。中天，空中。指高處。《列子・周穆王》：「(穆王) 執化人之袪，騰而上者，中天乃止。」居，停留。85傾　竭盡；全部。86四海　天下。87殫　盡。88九州　天下。古分天下為冀、豫、雍、揚、兗、徐、梁、青、荊九州。89腴　指肥美的食物。90鑽　刺；穿孔；剖開。91屈轂之瓠　喻無用的人或難治的事物。這裡意謂讓沖漠公子成為有用的人，不致埋沒。屈轂，人名。戰國宋人，曾用堅厚不能剖用的瓠作比喻，諷刺齊國居士田仲的無用。瓠，葫蘆。嫩時可吃，老時可剖外殼作盛物器。92解疏屬之拘　意謂解除沖漠公子這種生活上的束縛。疏屬，山名。即雕山，又名雕陰山，在今陝西綏德。《山海經・海內西經》：「貳負殺窫窳，帝乃梏之疏屬之山，桎其右足，反縛兩手與髮。」解，解除；放開。拘，桎梏；拘羈。93遺　嫌棄。94萃　集；停留。引申為到達之意。95荒外　八荒之外。指荒遠之地。96不敏　不才；愚鈍。自謙之詞。97嘉　善；美。

【語　譯】沖漠公子懷藏著華美的德行而收斂他的光耀，謹守善道而隱居，像龍盤曲在深淵之中，超越世俗，到遠方隱居。他的心志遨遊於無垠的大道之中，品味著萬物的玄理。他藏身於邊遠險阻之地，聲音沈寂於幽山極深之處。

於是殉華大夫聽說了便前往拜訪他。整理好繪有雲彩的華車，駕著飛黃那樣的神馬。超越流動的沙丘，碾過寒霜。好像乘著旋風疾行，踏過結有堅冰的渡口。旌旗飄拂著雲霄的邊際，車跡超出蒼天之涯畔。天空是那麼的清爽寒涼，沒有一絲雲霞，原野是那麼的曠遠明朗，絕無塵埃。來到重疊的山巒之前，攬住馬轡，回頭看到那隱居的石室，於是掉轉車頭，就到了沖漠公子所居住的地方。

那隱居之地，山勢高峻，樹木茂盛，幽深而寂靜。溟海浪濤澎湃，在後面湧流。嶰谷險峻深空，布列其前。高大的尋竹，挺立著莖竿，遮蔽了深壑。自然界的聲響群集而鳴，簡直震聾了群山的耳朵。狂風突起，吹得太陽退回。砂礫飛舞，灑滿天空。於是登上極高的山峰，面迎勁風，陳述辯析疑惑的言辭，在巖穴中勸告沖漠公子，說：「我聽說聖德之人，不隱藏自己的道術而背離時勢。才智之士不遺棄自身而隱藏形跡。活著一定要讓自己的美名照耀青史，死後就使自己的大功銘刻於書勳的典冊。如今公子卻避世隱居，逃到異鄉獨自潛伏。人生的歡樂消失了，君臣的道義也廢棄了。憂心超越百年，痛苦盈溢千歲。這與小魚游於淺灘，小鳥棲息在草木叢中，有什麼不同呢？如今我要拿世間的富貴榮華來使您感到榮耀，用放縱性情的聲色美味讓您覺得快樂；漫遊天涯海角，登高而居；盡享天下的歡樂，遍嘗人間的美味。剖開您那無用的『屈轂之瓠』，使成為有用的器具；解除您身心上一切束縛，使您能造福於社會。您願意嗎？」沖漠公子道：「承大夫不遺棄我，來到這極為荒僻的地方。我雖愚鈍，也願恭聽您的高論。」

其二

大夫曰：「寒山①之桐②，出自太冥③。含黃鐘④以吐幹⑤，據蒼岑而孤生⑥。既乃瓊巘⑦嶒崚⑧，金岸⑨崥崹⑩；左當風谷⑪，右臨雲溪⑫；上無凌虛之巢，下無跖實之蹊⑬。搖刖⑭峻挺⑮，茗邈⑯苕嶢⑰。晞三春之溢露，遡九秋之鳴飆⑱；零雪⑲寫⑳其根，霏霜㉑封㉒其條。木既繁而後綠，草未素而先彫㉓。於是構㉔雲梯，陟㉕崢嶸㉖，剪㉗蕤賓㉘之陽㉙柯，剖㉚大呂㉛之陰㉜莖。營匠㉝斲㉞其樸㉟，伶倫㊱均㊲其聲。器㊳舉㊴樂奏，促調㊵高張㊶；音朗㊷號鍾㊸，韻清㊹繞梁㊺。追㊻逸㊼響於八風㊽，採奇律於歸昌㊾；啟中黃之少宮，發蓐收之變商㊿。

「若乃(51)龍火(52)西頹(53)，暄氣初收(54)；飛霜迎節(55)，高風(56)送秋。羈旅(57)懷土(58)之徒，流宕(59)百罹(60)之疇(61)，撫(62)促柱(63)則酸鼻，揮(64)危弦(65)則涕流。若乃追清哇(66)，赴(67)嚴節(68)。奏〈綠水〉(69)，吐〈白雪〉(70)，〈激楚〉迴，〈流風〉結(71)。悲蓂莢(72)之朝落，悼望舒(73)之夕缺。縈(74)釐(75)為之擗摽(76)，孀老(77)為之嗚咽；王子(78)拂(79)纓(80)而傾耳(81)，六馬噓天(82)而仰秣(83)。此蓋(84)音曲之至妙(85)，子豈(86)能從我而聽之乎？」公子曰：「余病，未能也。」

【章　旨】承序曲之意，殉華大夫用世間至妙的音樂勸沖漠公子棄隱歸俗；但公子無動於衷。文章極意渲染了音樂的動聽和感人。

【注　釋】❶寒山　傳說中的北方山名。❷桐　樹名。其材宜製琴瑟。❸太冥　指北方。北方極陰，故稱。冥，幽暗。❹黃鐘　古樂十二律中的第一律，聲調最宏大響亮。在此借為樂律的總稱。❺幹　樹木的主莖。❻據蒼岑而孤生　據，依靠。蒼岑，青山。岑，又高又尖的山。孤生，孤獨地生長。古人認為高山孤桐，最適合製琴。❼瓊巘　如瓊玉的山峰。❽嶒崚　山勢高峻不平貌。❾金岸　金黃色的水岸。❿崥崹　山勢漸趨平緩貌。一說：山勢高險貌。⓫風谷　生風的山谷。⓬雲溪　起雲的溪流。⓭上無凌虛二句　意謂上無飛鳥之巢穴，下無獸足踏出的小徑。是鳥獸都不能到達的絕境。凌虛，升入空中。在此指飛鳥而言。跖，同「蹠」。踐踏。實，謂地。⓮搖刖　傾危貌。謂峭壁高聳，望之搖搖欲墜，如用刀斧砍斷。刖，砍斷。⓯峻挺　高峻挺拔。⓰茗邈　高遠貌。⓱苕嶢　高聳貌。⓲晞三春二句　意謂桐木之葉，吸乾春露，迎著秋天呼嘯而過的寒風。晞，使乾燥。三春，謂孟春、仲春、季春。指整個春季。溢露，豐富的露水。溯，向；迎。九秋，秋季的九十天。指整個秋季。飆，風。⓳零雪　慢慢飄落的雪。零，徐雨。借為徐徐降落之意。⓴寫　同「瀉」。傾倒。㉑霏霜　飛霜。霏，雨雪貌。借為飄飛之意。㉒封　包裹。㉓木既繁二句　意謂眾木既繁茂而桐葉始綠，秋草未衰而桐葉先凋。木，泛指樹木。

繁，茂盛。綠，調桐葉始綠。素，白；衰落。彫，通「凋」。㉔構　建造。㉕陟　登。㉖崢嶸　指高峻的山。㉗剪　採伐。㉘蕤賓　古樂十二律之一。李善注：「《禮記》曰：仲夏之月（農曆五月），律中蕤賓。」㉙陽　山南。㉚剖　析；用刀破開。㉛大呂　古樂十二律之一。李善注：「《禮記》又曰：季冬之月（農曆十二月），律中大呂。」㉜陰　山北。㉝營匠　善於製作琴瑟的工匠。㉞斲　斫；砍削。㉟樸　未加過工的木材。㊱伶倫　善音者之稱。人名，善音律，相傳是十二律的發明者。㊲均　均衡；調合。㊳器　樂器。在此指琴瑟。㊴舉　完成。㊵促調　急促的曲調。㊶高張　昂揚。㊷朗　響亮。㊸號鍾　古琴名。㊹清　純淨。㊺繞梁　古琴名。㊻追　追隨；模仿。㊼逸　通「軼」。超絕。與後句的「奇」相對。㊽八風　八方之風。在此指八風形成的天籟。㊾歸昌　本謂鳳凰棲樹而鳴，但在此指鳳鳴之聲。漢劉向《說苑·辨物》：「夫鳳……飛鳴曰上翔，集鳴曰歸昌。」㊿啟中黃二句　言此琴七音俱備。啟，發出；奏出。中黃，樂調名。指宮聲。五方之中，五色之黃，五音之宮，皆配五行之土。少宮，樂調名。宮聲的變調。蓐收，本西方神名。《左傳·昭公二十九年》：「故有五行之官……金正曰蓐收。」五音之商，配五行之金，故在此指商聲而言。變商，樂調名。商聲的變調。《廣雅·釋樂》：「神農氏琴長三尺六寸六分，上有五弦，曰宮、商、角、徵、羽。文王增二弦，曰少宮、少商。」(51)若乃　語轉詞。猶「至於」。用於句首，另起一事。(52)龍火　龍，指東方蒼龍七宿。火，指「大火」。即蒼龍七宿中的「心」宿。(53)西頹　向西沈落。每年農曆七、八月，龍火西沈，氣候轉冷。(54)暄氣初收　謂秋天來臨。暄氣，陽氣；暑氣。(55)節　指二十四節氣中的霜降，在農曆九月中。(56)高風　指強勁的北風。劉向〈九歎·遠遊〉：「遡高風以低佪兮，覽周流於朔方。」(57)羈旅　長久旅居他鄉。(58)懷土　懷戀故土。(59)流宕　流浪；漂泊。(60)百罹　遭遇各種憂患。(61)疇　通「儔」。同類的人。與上句的「徒」同意。(62)撫　撫弄；彈奏。(63)促柱　急弦。移近支弦的柱（今稱「馬子」），使鳴弦縮短，聲音高而急促。(64)揮　撥；彈。(65)危弦　發音高而急促的弦。危，高。(66)清哇　輕靡的樂聲。(67)赴　配合；隨著。(68)嚴節　急促的節奏。(69)綠水　可合樂歌唱的古詩。(70)白雪　古曲名。宋玉〈對楚王問〉：「客有歌於郢中者，其始曰〈下里〉、〈巴人〉，國中屬而和者數千人……其為〈陽春〉、〈白雪〉，國中屬而和者，不過數十人。」(71)激楚迴二句　〈激楚〉、〈流風〉都是歌曲名。迴，回蕩。結，盤旋。(72)蓂莢　古代傳說中一種能生莢果的瑞草，古人視為太平盛世的祥兆。此草堯時夾階而生，月朔始生一莢，月半共生十五莢，十六日以後，日落一莢，及晦而盡；月小則一莢焦而不落。見《竹書紀年·上·陶唐氏》。(73)望舒　月神的御者。此處指月亮。(74)煢　孤獨的。(75)釐　通「嫠」。寡婦。(76)擗摽　拊心而悲。(77)孀老　喪夫的老婦。(78)王子　指仙人王子喬。善音律，吹笙則鳳鳴。(79)拂　捋；撫摸。(80)纓　冠帶。(81)傾耳　側耳細聽。(82)噓天　向天唏噓。(83)仰秣　謂馬仰頭啣秣以傾聽樂曲。秣，餵馬的草料。(84)蓋 疑而未定之詞。大概之意。(85)至妙 極妙之境。(86)豈 疑問之詞。或許之意。

【語譯】殉華大夫說：「寒山上的桐樹，出產於極其陰冷的北方。它含蘊著五音六律而冒出枝幹，依靠著青山而孤獨地生長著。那如瓊玉的青山高低起伏，金黃色的水岸逐漸平緩；左對生風的山谷，右臨起雲的溪流；山上沒有飛鳥的窠巢，山下沒有野獸踏出的小徑。山勢搖搖欲墜，壁立如削，高峻挺拔，又高又遠地聳立著。桐葉吸乾了春季的繁露，迎向秋季呼嘯而過的寒風；飄落的雪花傾倒在它的根柢，飛霜又包裹住它的枝條。一般的樹已經茂盛了，桐葉才開始變綠；秋草尚未衰黃，桐葉卻領先凋零。於是建造雲梯，登上那高峻的山峰，採伐仲夏含有蕤賓之律的山南之枝，剖分季冬含有大呂之律的山北之幹。良匠砍削這些木材製成琴，媲美伶倫的樂師調和其音律。琴具完成，樂聲揚起，音調急促而高昂；聲音比古琴號鍾更響亮，韻律比古琴繞梁更清新。追隨八風形成的無與倫比的天籟，從鳳鳴聲中採擷奇妙的音律；七音俱全，能彈出自宮調衍生的少宮，發出從商調分化的變商。

「至於心宿向西沈落，暑氣開始收斂了；飛霜先迎來叫做『霜降』的節氣，強勁的北風又送走了秋天。羈留異鄉、懷戀故土之徒，流浪漂泊，遍遭憂苦之輩，撫弄著音高而促的琴弦，莫不鼻酸流淚。至於奏起輕靡的樂聲，配合急促的節奏。奏起〈淥水〉之曲，唱著〈白雪〉之歌，〈激楚〉歌聲回蕩，〈流風〉一曲盤旋。看到蓂莢清晨墜落，令人生悲；仰望明月夜晚虧缺，也使人哀悼。孤獨的寡婦因此拊心而悲，喪夫的老嫗為此嗚咽哀泣；連仙人王子喬也會撫弄著帽帶傾耳細聽，為他駕車的六馬亦向天唏噓，仰首啣秣而忘食。這是世間最美妙的音樂，您也許能與我一起去聽聽吧？」沖漠公子道：「我有病，不能夠啊！」

其三

大夫曰：「蘭宮❶祕宇❷，雕堂❸綺櫳❹；雲屏❺爛汗❻，瓊壁❼青蔥❽。應門❾八襲❿，琁臺⓫九重；表⓬以百常⓭之闕⓮，圜⓯以萬雉⓰之墉⓱。爾乃⓲嶢⓳

榭(20)迎風，秀出(21)中天(22)；翠觀岑青，雕閣霞連(23)；長翼臨雲，飛陛凌山(24)；望玉繩(25)而結(26)極(27)，承(28)倒景(29)而開軒(30)。頳(31)素(32)炳煥(33)，枌(34)栱(35)嵯峨(36)；陰虯負檐，陽馬承阿(37)；錯(38)以瑤英(39)，鏤(40)以金華(41)。方疏含秀，圓井吐葩(42)。重殿疊起，交綺(43)對(44)幌(45)。幽堂晝密(46)，明室夜朗(47)；焦螟飛而風生，尺蠖動而成響(48)。若乃目厭(49)常玩(50)，體倦(51)帷幄(52)，攜(53)公子而雙遊，時娛觀(54)於林麓(55)。登翠阜(56)，臨丹谷(57)；華草錦繁，飛采(58)星燭；陽葉(59)春青，陰條(60)秋綠；華實代新(61)，承(62)意恣歡(63)。仰折神⿱艹囂(64)，俯採朝蘭；遡(65)蕙風(66)於衡(67)薄(68)，眷(69)椒塗(70)於瑤壇(71)。爾乃浮三翼(72)，戲(73)中沚(74)。潛鰓(75)駭，驚翰(76)起；沈絲結(77)，飛矰(78)理(79)；掛(80)歸翮(81)於赤霄之表(82)，出華鱗(83)於紫淵(84)之裡(85)。然後縱棹(86)隨風(87)，弭(88)楫(89)乘波(90)。吹孤竹(91)，拊(92)雲和(93)；淵客(94)唱〈淮南〉(95)之曲，榜人(96)奏〈採菱〉(97)之歌。歌曰：『乘鳧舟(98)兮，為水嬉(99)；臨(100)芳洲(101)兮，拔靈芝(102)。樂以忘戚(103)，遊(104)以卒時(105)；窮夜為日(106)，畢歲為期(107)。』此蓋宴居(108)之浩麗(109)，子豈能從我而處(110)之乎？」公子曰：「余病，未能也。」

【章　旨】殉華大夫以宮室的華麗和遨遊山水之間的歡樂，來打動沖漠公子，以引起他對豪華、安樂生活的追求；公子同樣無動於衷。

【注釋】❶蘭宮　芳香高雅的宮室。❷祕宇　深宮。❸雕堂　雕飾華美的廳堂。❹綺櫳　刻鏤花紋的窗櫺。❺雲屏　雕畫雲霞之屏風。❻爛汗　光采分布貌。❼瓊壁　鑲著瓊玉的牆壁。❽青蔥　蔥綠的玉色。❾應門　宮廷朝南的正門。❿襲　層；重。⓫琁臺　美玉砌的高臺。⓬表　立為標記。⓭百常　極言其高。古代八尺為尋，倍尋為常。⓮闕　古代宮門前兩側的望樓。⓯圜　圍繞。⓰萬雉　極言城牆之長。古代以城牆長三丈高一丈為一雉。⓱墉　城牆。⓲爾乃　至於；於是。⓳嶢　高。⓴榭　建築在高臺上的房屋。㉑秀出　特出；突出。㉒中天　半空中。㉓翠觀二句　意謂翠色樓觀如山岑之青，雕畫的閣道如雲霞之相連。岑，山。觀，臺榭。閣，二樓中懸空的通道。㉔長翼二句　意謂屋簷如鳥翼之臨雲，高聳的臺階似越過的山峰。長翼，指亭臺樓榭的飛簷。臨，靠近。飛陛，高聳入雲的臺階。凌，通「夌」。超越。㉕玉繩　北斗七星第五星。㉖結　構建。㉗極　棟；大梁。㉘承　接。㉙倒景　指天上最高的地方。以其處於日月之上，日月反從下照，因而出現倒影。景，同「影」。㉚軒　長廊之軒。㉛頳　赤色。㉜素　白色。㉝炳煥　光輝燦爛；光芒四射。㉞枌　通「棼」。複屋之棟。㉟栱　斗栱。立柱和橫梁之間成弓形的承重結構。㊱嵯峨　山高峻貌。此處指建築物之高。㊲陰虬二句　意謂把木石刻作虬、馬之象以負荷、承接屋簷或屋棟。虬，龍的一種。虬為陰物，故稱陰虬。檐，同「簷」。馬為陽物，故稱陽馬。阿，指屋棟。㊳錯　鑲嵌。㊴瑤英　即玉英。美玉的一種。㊵鏤　雕刻；裝飾。㊶金華　有華彩的美金。㊷方疏二句　意謂方形窗包含著花卉，屋頂圓形的藻井，吐露出荷花。古代藻井皆畫荷花、水藻為飾。疏，窗。秀，花。葩，花。在此指蓮花。㊸交綺　指綺窗。㊹對　相對。㊺幌　帷幔；窗帘。㊻密　幽深。㊼朗　高敞。㊽焦螟二句　意謂宮室幽靜深邃，即便小蟲飛動也會生風發響。焦螟，傳說中一種極小的昆蟲。《列子・湯問》：「江浦之間生麼蟲，其名曰焦螟，群飛而集於蚊睫，弗相觸也。」尺蠖，尺蠖蛾的幼蟲。行則屈伸其體，如以尺量布，故名。㊾厭　厭倦。㊿常玩　平常供玩賞的東西。指舞樂。(51)倦　勞。(52)帷幄　宮室的帷幕。此處借指宮室。(53)攜　帶領。(54)娛觀　因欣賞景象而歡娛。觀，欣賞。(55)林麓　山腳下的樹林。(56)阜　小山。(57)丹谷　岩壁呈丹紅色的山谷。(58)飛采　光采飛揚。(59)陽葉　生在山南的樹葉。(60)陰條　生在山北的樹枝。指松、柏、竹之類耐寒的長青樹。(61)華實代新　春花與秋實更代而新。(62)承　任；秉承。(63)恣歡　使人盡情歡樂。(64)神虈　香草名。即白芷。(65)遡　向；迎。(66)蕙風　芳香之風。蕙，香草名。(67)衡　同「蘅」。香草名。(68)薄　草木叢生的地方。(69)眷　眷顧。(70)椒塗　種有椒樹的道路。椒，香木名。(71)瑤壇　玉階。壇，猶階。(72)三翼　統指船舶。古代船長十丈稱大翼，九丈六尺稱中翼，九丈稱小翼，合稱「三翼」。(73)戲　嬉戲。(74)中沚　水中小沙洲上。一說：池中。沚，猶池。(75)潛鰓　潛游水中的魚。(76)驚翰　驚飛的錦雞。翰，通「鶾」。錦雞。又稱山雞或天雞。(77)沈絲結　沈入水中的釣線、魚網已經結好。

78飛矰 尾部繫有絲線，用以弋射飛鳥的箭。79理 已整理好。80掛 牽掛住。指射中。81歸翮 回巢的鳥。翮，羽毛中間的硬管。此處借指鳥。82表 外。83華鱗 指美麗的魚。84紫淵 深淵。水深，故呈紫色。85裡 內。與「表」相對。86縱棹 划船。棹，划船撥水的工具。此處借指船。87隨風 指船隨風飄蕩。88弭 停止。89楫 槳。90乘波 在波浪上前進。91孤竹 一種獨生的竹，用以製管笛。此處借指管笛等管樂器。92拊 彈。93雲和 山名。盛產美木，用以製琴瑟，聲音清亮。此處借指琴瑟等弦樂器。94淵客 船夫。95淮南 曲名。96榜人 船夫。97採菱 曲名。98鳧舟 鳧形之船。鳧，野鴨。99水嬉 在水上嬉戲。100臨 到。101芳洲 水中有芳草的小洲。102靈芝 菌類植物，古以為瑞草。《晉書・樂志下》：「神石吐瑞，靈芝自敷。」103戚 憂傷。104遊 遊觀賞玩。105卒時 度過時日。106窮夜為日 謂夜以繼日。窮，盡。日，白天。107畢歲為期 以全年為期。即年年如此之意。畢歲，終年；全年。期，期限。108宴居 閒居；安居。109浩麗 大美。110處 居住。

【語譯】大夫說道：「芳香的宮室，幽深的殿宇，雕飾華麗的廳堂，刻鏤花紋的窗櫺；畫著雲彩的屏風光采四射，嵌有瓊玉的牆壁一片青蔥。正門八道，玉臺九層；外面建立高達百常的望樓為標記，環繞著長達萬雉的城牆。至於高峻的臺榭迎風而立、突出半空；翡翠的樓臺如青山那麼碧綠，雕飾花紋的閣道如彩霞相連；樓臺的飛簷猶如鳥翼靠近雲霄，高聳的臺階好像要越過的山峰；仰望玉繩星架構屋脊，承接倒影在長廊上開窗。各種建築紅白相間，光采四射，棟梁斗栱猶如高山嵯峨；木雕的陰虯負載起房簷，陽馬承受著屋棟；鑲嵌著美麗的玉英，加上用美金刻鏤的飾物。方窗中包含著花卉圖案，圓形的藻井裡吐露出蓮花，層層殿宇重疊而起，綺窗上的絲帘兩兩相對。幽靜的殿堂白天顯得深邃，光亮的居室夜晚依然明朗；即便是小小的焦螟、尺蠖，一飛一動也都能生風發響。如果眼睛厭煩了那些經常玩賞的舞樂，久處宮室之中感到身體倦怠，就可以帶著公子，雙雙出遊，時時為觀賞林麓景象而感到愉悅。登上蒼翠的山崗，面臨丹紅色的山谷；花草似錦繡那樣繁華，流動的色彩如星光那樣閃耀；山南的樹葉到春天已經轉青，山北的樹枝入秋天才開始變綠；花與果實交替更新，順著人的心意，使人盡情歡樂。仰頭可攀折芬芳的白芷，俯身可採取帶露的朝蘭；在香草中，迎著芳香的微風；在玉階上，眷顧那種植椒樹的大路。於是又泛舟江流，到小洲上去嬉戲。沈在水中的游魚個個害怕，受驚的錦雞紛紛飛起；下水的魚網已經編成，飛箭尾部的絲線已整理好；射下雲霄之外歸巢的鳥，釣起深淵中美麗的魚。然後划著船乘風前進；放下槳隨波逐流。吹起了管笛，彈起了琴瑟；水手唱起〈淮南〉之曲，船伕奏起〈採菱〉之歌。唱道：『乘著鳧形的小船呵，在水中嬉戲；來到有芳草的小洲呵，拔取靈芝。樂而忘憂，遊樂度日，夜以繼日，年年如此。』這就是安居極美妙的生活，您可能跟我住在這裡嗎？」公子答道：「我有病，不能夠啊。」

其四

大夫曰：「若乃白商❶素節❷，月既授衣❸。天凝❹地閉❺，風厲❻霜飛。柔條夕勁❼，密葉晨稀❽。將因❾氣❿以效殺⓫，臨金郊⓬而講師⓭。爾乃列輕武⓮，整戎剛，建⓯雲髦⓰，啟⓱雄芒⓲。駕紅陽⓳之飛燕⓴，驂㉑唐公㉒之驌驦㉓。屯㉔羽隊㉕於外林㉖，縱㉗輕翼㉘於中荒㉙。爾乃布飛羉，張修罠㉚，陵黃岑，掛青巒㉛；畫長豁以為限，帶流谿以為關㉜。既乃內無疏蹊，外無漏跡㉝。叩鉦數校，舉麾旌獲㉞。彀㉟金機㊱，馳㊲鳴鏑㊳；剪㊴剛豪㊵，落勁翮㊶。車騎競㊷騖㊸，騁武齊轍㊹；翕忽揮霍，雲迴風烈㊺；聲動響飛，形移景發；舉戈林竦，揮鋒電滅㊻。仰㊼傾㊽雲巢，俯殫㊾地穴㊿。乃有圓文(51)之犴(52)，班題(53)之貜(54)。鼓鬣(55)風生，怒目電睒(56)；口齩霜刃，足撥飛鋒(57)；甗(58)林蹶(59)石，扣(60)跋(61)幽叢(62)。於是飛黃(63)奮銳(64)，賁石(65)逞技(66)。蹙(67)封狶(68)，僨(69)馮豕(70)；拉(71)甝䖘(72)，挫(73)獬廌(74)。勾(75)爪摧，鋸牙[76]捭[77]。瀾漫狼藉，傾榛倒壑[78]；殞齒掛山，僵踣掩澤[79]；藪為毛林，隰為丹薄[80]。於是撤圍頓[81]罔[82]，卷旆收鳶[83]。虞人[84]數[85]獸，林衡[86]計鮮[87]。論最[88]犒[89]勤[90]，息[91]馬韜弦[92]。肴駟連鑣，酒駕方軒[93]；千鐘[94]雷醽[95]，萬燧[96]星繁[97]。陵阜霑流膏，谿谷厭芳煙[98]。歡極樂殫，迴節[99]而旋[100]。此亦田遊之壯觀，子豈能從我而為之乎？」公子曰：「余病，未能也！」

【章　旨】殉華大夫以田獵的壯觀來誘導沖漠公子棄隱歸俗，公子仍無動於衷。文章竭力鋪寫田獵的場面，可謂筆墨獨具。

【注　釋】❶白商　指秋天。據五行家說：五色之白，五音之商，五季之秋，皆配五行之金。《禮記·月令》：「孟秋之月……其音商。」❷素節　草木凋零的季節。指秋天。❸授衣　指農曆九月。《詩·豳風·七月》：「九月授衣。」即將入冬，故授予寒衣。❹天凝　天氣凝結。❺地閉　大地冰封。❻厲　猛烈。❼夕勁　一夕之間變得剛硬。❽晨稀　一朝之間變得稀少。言突然轉變。❾因　趁。❿氣　指秋季肅殺之氣。⓫效殺　致力於殺。指打獵。《禮記·月令》：「季秋之月……是月也，天子乃教於田獵。」⓬金郊　即西郊。西方於五行屬金。⓭講師　講武教戰。師，指軍旅之事。古代兵農合一，利用四時農隙田獵教戰。⓮輕武　與下句之「戎剛」為古代的四種戰車。⓯建　立。⓰雲髦　一種以犛牛尾為飾的旌旗。髦，通「犛」。⓱啟　開。⓲雄芒　雄戟的鋒芒。芒，通「鋩」。雄戟，古兵器。⓳紅陽　疑人名。⓴飛燕　駿馬名。㉑驂　御。㉒唐公　指春秋時楚附庸唐國之君唐成公。㉓驌驦　駿馬名。亦作「肅爽」。《左傳·定公三年》：「唐成公如楚，有兩肅爽馬，子常欲之，弗與。」《博物志·卷四》：「唐公有驌驦。」㉔屯　聚。㉕羽隊　持弓箭的軍隊。箭末有羽，故名。㉖外林　郊外的樹林。㉗縱　放開。㉘輕翼　軍隊左右兩翼的輕兵。㉙中荒　山林叢荒之中。㉚爾乃二句　罽，捕野豬的網。《爾雅·釋器》：「彘罟謂之罽。」罠，捕鳥獸的網。《晉書》本傳所引以上兩句倒置。當從《晉書》以「罽」、「巒」為韻。㉛陵黃岑二句　意謂在高峰、山巒之間遍布羅網。黃岑，高峰。李周翰注：「黃者，謂山居上侵黃道日行處。」青巒，青翠的山巒。㉜畫

長谿二句　意謂以長長的山谷作為限制，以環繞在周圍流動的澗水作為關卡，防止禽獸逃跑。畫，劃分。谿，通「谷」。限，限制。帶，圍繞。谿，澗水。㉝既乃二句　意謂防守周密，禽獸無法逃逸。疏蹊，通道。漏跡，漏網的獸跡。㉞叩鉦二句　指行獵前所作的約定：擊鉦則停止前進，清點狩獵的成果，舉起旌旗表示獵有所獲。叩，擊。鉦，古時軍中用以號令士卒靜止的銅製打擊樂器。數校，計數；清點人數。校，計。舉麾，舉起旌旗。旌獲，表明獵獲禽獸。㉟彀　張弓弩。㊱金機　弩上銅製的扳機。㊲馳　施放；發射。㊳鳴鏑　響箭。㊴剪　殺。㊵剛豪　野獸項脊上的鬃毛。指猛獸。㊶勁翮　強勁的翅膀。指能高飛的鳥。㊷競　爭。㊸鶩　急馳。㊹駢武句　謂戰車和騎士的行列整齊。駢，並列。武，足跡。齊，整齊畫一。轍，車輪的行跡。㊺翕忽二句　謂飛奔急亂，如風起雲湧。翕忽，疾速貌。揮霍，奔放；灑脫。迴，翻滾。烈，猛烈。㊻舉戈二句　林竦，(戈戟)如林木聳立，喻多。電滅，如閃電消失，喻速。見出「揮」之有力。㊼仰　指向上。㊽傾　使傾覆。㊾殫　盡。㊿地穴　地下的獸穴。51圓文　圓形的花紋。52豣　獸名。53班題　有斑文的額。班，通「斑」。54豵　獸名。55鼓鬣　豎起鬃毛。56瞛　目光明亮貌。57足撥飛鋒　撥，格除；擋開。飛鋒，指飛箭。此句以上四句謂獸與人相搏的情形。58甗　獸以鼻搖物。胡克家《考異》：「按：『甗』當作『鼿』，各本皆誤。」59蹶　用腳推物。60扣　擊；撞。61跋　踐踏。62幽叢　幽深的草木叢。63飛黃　古代力士飛廉和中黃伯的合稱。《史記・秦本紀》：「蜚廉生惡來，惡來有力，蜚廉善走，父子皆因材力事殷紂。」蜚廉，即「飛廉」。《尸子・下》：「中黃伯曰：余左執太行之獶，而右搏雕虎。」64銳　勇氣；勇力。65賁石　指孟賁、石蕃二勇士。《尸子・下》：「孟賁水行不避蛟龍，陸行不避兕虎。」夫差使公孫聖占夢，聖曰：「占之不吉。」王怒，使力士石蕃以鐵椎椎殺聖。事見《吳越春秋・夫差內傳》。李善注引張華《博物志》曰：「石蕃，衛臣也，有勇力，背負千二百斤沙。」66技　技巧。67蹵　同「蹴」。踢。68封豨　大野豬。封，大。豨，南楚人謂野豬為豨。69僨　使僵仆。70馮豕　指大的野豬。馮，大豕；野豬。71拉　摧折。72甝虪　甝，白虎。虪，黑虎。73挫　折斷；摧折。74獬廌　獸名。似鹿而一角。75勾　曲。76鋸牙　鋸齒狀的牙。77捭　分開。78瀾漫二句　謂禽獸四處倒斃，死傷多。瀾漫，分散雜亂貌。狼藉，散亂不整貌。謂禽獸死傷狼藉。傾、倒，皆謂倒斃。榛，叢木。壑，山谷。79殞胔二句　謂禽獸零落的肉掛於山林，僵仆的屍體掩蔽了川澤。殞胔，墜落的肉。殞，通「隕」。80藪為二句　謂藪澤中的叢林掛滿毛羽，低溼之地的草木因染禽獸之血而成為赤色，極言禽獸死傷之眾。丹薄，紅色的草叢。81頓　整頓；收拾。82罔　同「網」。泛指捕禽獸魚類的網。83鳶　老鷹。84虞人　古代掌管山澤田獵的官。85數　計數。86林衡　古代掌管巡守林木的官。87鮮　新殺的鳥獸。88最　指最有功勞的人。89犒　以酒食慰勞；犒賞。90勤　勤苦的人。91息　使歇息。92韜弦　把弓收入弓套。指藏弓。韜，弓套。弦，弓弦。在此借指弓。93肴駟二句　意謂以馬嚼子相連的四匹馬載著佳肴，以并行的車子裝著美酒。用以犒勞打獵的士卒。肴駟，運送肴饌的四匹馬。鑣，馬銜；馬嚼子。酒駕，運送美酒的車駕。方，并行。軒，車。94鐘　通「鍾」。盛酒器。95電醑　指飲酒快，閃電似的一忽兒就飲盡了。電，閃電似的。醑，《說文》：「飲酒盡也。」96燧　火把；火炬。97星繁　如星星一樣繁多。98陵皐二句　意謂由於在山上論功犒勞，禽獸油膏染遍了山皐，舉火所產生的香煙充滿谿谷。陵皐，山皐。霑，同「沾」。染。流膏，滑膩的脂膏。厭，通「饜」。滿。99迴節　持節而回。古時使臣執符節以為信物。100旋　凱旋而歸。

【語　譯】大夫說：「到了深秋季節，氣候轉冷，天寒地凍，寒風凜冽，嚴霜飄飛。柔軟的枝條一夜之間變得剛勁，濃密的樹葉一朝之間變得稀疏。於是就趁著這個節候的肅殺之氣舉行田獵，到西郊去講武教戰。於是把各種兵車排列整齊，樹起軍旗，抽出兵刃。駕馭的駿馬有如紅陽的飛燕，唐成公的驌驦。在山林外屯駐著弓箭手的隊伍，在荒野中散開左右兩翼的輕兵。於是散布天羅，張開地網，覆在高山，掛於青巒；把長長的山谷當作界限，以環繞在周圍流動的澗水作為關卡。這樣裡面既沒有通道可走，外面也沒有漏網的獸跡可尋。於是先立下擊鉦止步，清點成果；舉起旌旗，表示獵有所擒獲的規定。然後就張滿強弩，發射響箭；殺死有硬豪的獸，射落高飛的鳥。車馬爭相馳騁，騎士並列，戰車齊發；迅速奔放，風起雲湧；回響隨聲而發，物影隨形而動。舉起的戈矛，猶如林木竦立；揮舞的刀劍，寒光如閃電那樣疾逝。向上則使高處的巢穴傾覆，向下則捕盡地穴中的走獸。又有帶圓形花紋的豜，也有白額的豵。那些野獸豎起鬃毛則能生風，睜目怒視則如電光閃現；牠們用口咬那如霜的白刃，用腳撥開如飛的刀鋒；鼻撼林木，足踢岩石，在敲打踐踏著幽深的草叢。於是如飛、黃、賁、石那樣的勇士，便振奮他們的勇氣，施展他們的武藝。踢倒巨大的野豬，摧折猛虎，重創獬廌。彎曲的利爪折斷了，如鋸齒的利牙被分開了。死傷的禽獸散亂雜陳，有的傾斜在叢木之旁，有的倒斃於山谷之中；零落的皮肉掛在山林上，僵仆的屍體掩蔽了川澤；藪澤之中的叢林掛滿毛羽，低溼之地的草叢被禽獸的血染成紅色。於是解除包圍，收拾羅網，捲起旌旗，收回獵鷹。命虞人清數獵獲的禽獸，讓林衡計算新鮮的野味。評選成績最好的人，犒賞勤苦的人。讓馬匹歇息，把弓箭收藏起來。用連鑣的駟馬載著佳肴，並行的車輛裝著美酒；千鍾美酒，閃電似的一飲而盡，千萬火把如繁星點點。山崗上霑染了滑膩的脂膏，谿谷裡充滿了芳香的煙氳。竭盡田獵的歡樂，然後回駕凱旋。這是田獵的壯觀景象，您可能跟我一起去參加嗎？」公子回答道：「我有病，還不能啊！」

其五

大夫曰：「楚之陽劍，歐冶所營①。邪谿②之鋌③，赤山④之精⑤；銷⑥踰⑦羊頭⑧，鏷⑨越鍛成⑩。乃鍊⑪乃鑠⑫，萬辟⑬千灌⑭。豐隆⑮奮椎⑯，飛廉⑰扇炭。神器⑱化成⑲，陽文⑳陰縵㉑；流綺㉒星連㉓，浮綵㉔豔發㉕；光㉖如散電㉗，質如耀雪㉘；霜鍔水凝，冰刃露潔㉙；形㉚冠㉛豪曹㉜，名㉝珍㉞巨闕㉟。指鄭則三軍白首，麾晉則千里流血㊱。豈徒水截蛟鴻，陸灑奔駟，斷浮翮以為工，絕重甲而稱利云而已哉㊲！若其靈寶㊳，則舒辟㊴無方㊵，奇鋒異模㊶。形㊷震㊸薛蜀㊹，光駭風胡。價兼三鄉，聲貴二都㊺。或馳名傾秦，或夜飛去吳㊻。是以功冠萬載，威曜無窮㊼。揮㊽之者無前㊾，擁㊿之者身雄(51)；可以從(52)服(53)九國(54)，橫制(55)八戎(56)；爪牙景附，函夏承風(57)。此蓋希世(58)之神兵(59)，子豈能從我而服(60)之乎？」公子曰：「余病，未能也！」

【章旨】殉華大夫以寶劍的神異威力來勸誘沖漠公子，公子亦無動於衷。作者對神劍的鋒利，也極盡其渲染之能事。

【注　釋】❶楚之陽劍二句　陽劍，劍名。即干將。歐冶，鑄劍名匠。《越絕書·越絕外傳記寶劍》：「楚王召風胡子而問之曰：『寡人聞吳有干將、越有歐冶子……寡人願齎邦之重寶，皆以奉子，因吳王請此二人作鐵劍，可乎？』」營，鑄造。❷邪谿　溪名。即若耶谿。邪，六臣本作「耶」。若耶，山名。在浙江紹興東南，下有若耶谿，相傳春秋歐冶子鑄劍時，溪涸而出銅。❸鋌　銅鐵的礦石。❹赤山　即赤堇山。在浙江奉化東。山中產錫，相傳歐冶子曾於此鑄劍。❺精　指品質最好的銅鐵或錫。❻銷　生鐵。❼踰　與下句之「越」，皆超過之意。❽羊頭　指極為鋒利三稜形的箭鏃。《淮南子·修務》：「苗山之鋌，羊頭之銷，雖水斷龍舟，陸剸兕甲，莫之服帶。」《方言·九》：「凡箭鏃……三鐮者謂之羊頭。」❾鏷　未經冶煉的銅鐵。❿鍛成　指鍛鑄完成的劍。⓫鍊　冶鍊。⓬鑠　鎔化。⓭辟　謂折疊。⓮灌　鑄。⓯豐隆　雷神。《淮南子·天文》：「季春之月，豐隆乃出，以將其雨。」⓰奮椎　用力揮椎錘打。⓱飛廉　風神。〈離騷〉：「前望舒使先驅兮，後飛廉使奔屬。」⓲神器　指寶劍。⓳化成　謂自然化育而成。《莊子·大宗師》：「今以天地為大鑪，以造化為大冶。」⓴陽文　謂陽劍雕飾花紋。㉑陰縵　謂陰劍平滑如無花的繒帛。㉒流綺　流動的綺紋。織素為文曰綺。㉓星連　謂上與眾星相連。㉔浮綵　浮掠的光采。綵，彩色絲織物。㉕豔發　發出光豔。㉖光　謂劍光。㉗散電　散射的電光。㉘耀雪　耀眼的白雪。㉙霜鍔二句　意謂劍刃如冰霜，似清水凝結而成，似白露一般明潔。鍔，刀刃。㉚形　外形。㉛冠　勝過。㉜豪曹　寶劍名。㉝名　聲名。㉞珍　貴重。㉟巨闕　寶劍名。㊱指鄭二句　《越絕書·越絕外傳記寶劍》：「楚王……作為鐵劍三枚……晉鄭王聞而求之，不得，興師圍楚之城，三年不解。……於是楚王聞之，引泰阿之劍，登城而麾之，三軍破敗，士卒迷惑，流血千里……晉鄭之頭畢白。」三軍，指大國擁有的軍隊。周制以一萬二千五百人為一軍，諸侯大國三軍，次國二軍，小國一軍。㊲豈徒水截蛟鴻四句　意謂豈只是水中斬殺蛟龍、鴻雁，陸上砍碎奔騰的駟馬、空中截斷飛鳥的翅膀才算工夫，能穿透雙重的鎧甲，才算鋒利而已。截，斬斷。鴻，即大雁。灑，斫碎。工，工夫；技術。㊳靈寶　神妙而可寶貴。㊴舒辟　中舒收卷。㊵無方　無常。㊶模　形狀。㊷形　外形。㊸震　使之震驚。㊹薛蜀　與下文「風胡」，皆為古代知劍之人。㊺價兼三鄉二句　意謂此劍價值連城，聲高於當世。價，價值。兼，兩倍。聲，聲望。貴，高。㊻或馳名二句　《越絕書·越絕外傳記寶劍》：「闔閭無道，子女死，殺生以送之，湛盧之劍去之如水，行秦過楚，楚王臥而寤，得吳王湛盧之劍……秦王聞而求，不得，興師擊楚，曰：『與我湛盧之劍，還師去汝。』楚王不與。」劉良注：「此乃先去吳，而後傾秦；今先云秦者，蓋取韻也。」傾，傾慕。去，離去。㊼功冠萬載二句　意謂此劍之功勞可居萬年之首位，威風光耀無窮。曜，光耀。㊽揮　揮舞。㊾無前　沒有能上前阻擋的人。㊿擁　擁有。(51)身雄　可使自身成為一方霸主。(52)從　通「縱」。與下句之「橫」相對。南北曰縱，東西曰橫。(53)服　降服；戰勝。(54)九國　指齊、楚、燕、趙、韓、魏、宋、衛、中山。(55)制　制服。(56)八戎　八方之戎。即所有的戎狄之人。(57)爪牙二句　意謂使得天下勇士如影隨形似的歸附，中原各國望風而服。爪牙，指勇武之士。景附，言如影之隨形而歸附。景，同「影」。函夏，指中國。函，包容。夏，諸夏；各諸侯之國。承風，順風而服。(58)希世　世所罕有。(59)神兵　神異的兵器。(60)服　佩帶。

【語　譯】殉華大夫道：「楚國的陽劍，是歐冶子所鑄造。採取若耶谿的銅鐵礦石、赤堇山的精銅精鐵；品質遠勝過製造羊頭的生鐵，超越鍛鑄成形的寶劍。於是加以冶鍊鎔化、千錘百鍊，反覆灌鑄。雷神豐隆用力舉椎錘打，風伯飛廉扇炭鼓風。神劍因自然化育而成，陽劍雕飾著花紋，陰劍則平滑如縵；流蕩的綺紋如同天上的群星相連，浮掠的光采熠熠生豔；劍光如散射的電光，質地如耀眼的白雪；似霜的劍鋒如清水凝成，如冰的刀刃似白露般明潔；外形勝過名劍豪曹，聲名貴於巨闕寶劍。此劍指向鄭軍，則三軍將士盡皆白頭；揮向晉軍，則血流千里。豈只是水中斬斷蛟龍鴻雁、陸上砍碎奔騰的駟馬、空中截除飛鳥的翅膀才算工夫，能穿透雙重鎧甲才算鋒利而已嗎！至於此劍的神妙可貴，則在可以舒捲伸縮，變幻無常，具有奇特的劍鋒和形狀。它的外形震驚了薛燭，光芒嚇壞了風胡。它的聲價倍於三鄉，重於二都。有時聲名遠播傾倒了秦國君主，有時晚上飛離吳國投奔楚王。因此它建立的功業數得上是萬年第一，聲威將光耀無窮。只要揮舞著它，就無人敢上前阻擋，擁有著它就可使自己雄霸一方；可憑它降服縱約的九國，制服連橫的八方戎狄；使得天下可為爪牙的勇士如影隨形似的歸附，中原各國望風服順。這是世上罕有的神異兵器，您可願跟我去佩帶嗎？」沖漠公子答道：「我有病，還不能啊！」

其六

大夫曰：「天驥❶之駿❷，逸態超越❸。稟❹氣❺靈淵❻，受精❼皎月❽。眸矚黑照，玄采紺發❾。沫❿如揮⓫紅⓬，汗如振血⓭。秦青⓮不能識其眾⓯尺⓰，方堙⓱

不能睹⑱其若滅⑲。爾乃巾⑳雲軒㉑，踐朝霧。赴春衢㉒，整㉓秋御㉔。蚪踊螭騰，驎超龍翥㉕，望山載㉖奔，視林載赴㉗。氣盛怒發，星㉘飛電駭㉙。志凌九州，勢越四海。景不及形，塵不暇起㉚；浮箭㉛未移，再踐㉜千里。爾乃踰天垠，越地隔㉝，過汗漫之所不遊，躡章亥之所未跡㉞。陽烏為之頓羽㉟，夸父為之投策㊱。斯蓋天下之雋乘㊲，子豈能從我而御㊳之乎？」公子曰：「余病，未能也！」

【章　旨】殉華大夫以非同凡響的神馬來吸引沖漠公子，以轉變他的思想，可是公子仍然無動於衷。神馬的雄駿在本章得到了生動的刻畫。

【注　釋】❶天驥　天馬；神馬。❷駿　通「峻」。高大。❸逸態超越　奇逸之態，超越眾馬。❹稟　承受。❺氣　精氣。❻靈淵　傳說中龍馬所生之淵池。❼精　精氣。❽皎月　明月。相傳馬受月精而生。❾眸矑二句　意謂天馬的眼珠黑白分明，毛色則黑色光采中透出青赤色的光澤。眸，瞳孔，其色黑。矑，目上視曰矑。此指眼白。黑照，黑白分明。照，明、白之意。玄采，黑色光采。紺發，深青透紅之色。❿沫　流沫。指馬面上流出的汗水。沫，洗面。⓫揮　與下句之「振」，皆揮灑、散發之意。⓬紅　指血。⓭汗如振血　大宛多善馬，汗出如血。見《史記．大宛傳》。⓮秦青　秦牙、管青。古代善相馬者。《呂氏春秋．觀表》：「古之善相馬者……管青相膹肳（按：同「脣吻」）……秦牙相前，贊君相後。凡此十人者，皆天下之良工也。」《淮南子．齊俗》：「伯樂、韓風、秦牙、管青，所相各異，其知馬一也。」⓯眾　指眾相。即各種異相。⓰尺　尺寸。⓱方堙　人名。即九方堙，古善相馬。⓲睹　見。⓳若滅　言良馬疾行若滅。滅，消失。⓴巾　飾。㉑雲軒　雲車。㉒衢　四通八達之路。㉓整　整理。㉔秋御　指秋天使用的車乘。謂秋日出遊。御，用。㉕蚪踊螭騰二句　蚪、螭，都是龍的一種。驎，傳說中的神獸。踊、騰、超，都是跳躍之意。翥，飛。㉖載　相當於「則」。㉗赴　與上句之「奔」，皆趨向之意。㉘星　流星。㉙駭　驚。㉚志淩四句　此四句極言馬行之快速。志，心志。勢，氣勢。九州、四海，皆指天下。景，同「影」。不暇，不及。㉛浮箭　古計時漏壺中的標尺。㉜再踐　又行。㉝踰天垠越地隔　言超越天地邊界。

垠、隔，皆指邊界。㉞過汗漫二句　過，訪。汗漫，人名。善疾行遠遊者。《淮南子・道應》：「吾與汗漫期於九垓之外，吾不可久駐。」章亥，指大章與豎亥，皆善行者。《淮南子・墬形》：「禹乃使大章步自東極，至於西極，二億三萬三千五百里七十五步；使豎亥步自北極，至於南極，二億三萬三千五百里七十五步。」以上四句意謂天馬行過這三人所未到過的地方。㉟陽烏句　意謂太陽因馬行疾速而靜止不動。陽烏，傳說太陽中的三足神烏。頓羽，垂其羽翼，不復飛翔。㊱夸父句　意謂夸父因馬行疾速而棄杖投降。夸父，古神話中與日競走的英雄。策，杖。㊲雋乘　卓越的驅馬。雋，通「俊」。乘，謂四馬。㊳御　駕御。

【語　譯】大夫說：「高大的神馬，奇逸的神態非同凡響。牠們稟承了靈淵和明月的精氣，牠們的瞳孔和眼白黑白分明，全身的黑毛中又透露著青赤的光澤。牠們臉上的流沫有如散發出來的紅漿，身上流出的汗水猶如揮灑出來的鮮血。秦牙、管青之類善於相馬的人不能認知神馬的各種異相和尺寸，九方堙之類的人也無法看見牠們那一閃而逝宛如消失的身影。於是裝飾好雲車，駛入朝霧之中。或奔赴春季青蔥的大道，或在秋天驅車遨遊。神馬如龍飛麟躍，奔向遠山，投入森林。氣勢旺盛奮發，如流星飛馳，如閃電驚逝。牠們有踏遍九州的壯志，經歷四海的氣勢。影子趕不上牠們的形體，塵土也來不及在牠們蹄下飛揚，時間未曾有片刻流逝，牠們又已飛奔千里。於是牠們超越天地的邊界，造訪汗漫都未曾遊歷的地方，大章、豎亥足跡都未到達的處所。太陽因為牠們的快速而停頓下來，夸父也因為牠們的快速而棄杖投降。這是天下最優異的四匹駿馬，您是否能跟我去駕御呢？」公子說：「我有病，還不能啊！」

其七

大夫曰：「大梁❶之黍，瓊山之禾❷，唐稷❸播其根❹，農帝❺嘗其華❻。爾乃六禽❼殊珍❽，四膳❾異肴❿，窮海之錯⓫，極陸之毛⓬。伊公⓭爨鼎⓮，庖子⓯揮刀。味重九沸⓰，和⓱兼⓲勺藥⓳。晨鳧露鵠，霜鵽黃雀⓴，圜案星亂，方丈華錯㉑。封㉒

熊之蹯[23]，翰音[24]之跖[25]；鷰[26]髀[27]猩脣，髦殘[28]象白[29]；靈淵[30]之龜，萊黃[31]之鮐[32]；丹穴[33]之鷚[34]，玄豹之胎。燀[35]以秋橙[36]，酤[37]以春梅[38]。接以商王[39]之箸[40]，承以帝辛之杯。范公[41]之鱗[42]，出自九溪[43]，赬[44]尾丹鰓，紫翼[45]青鬐[46]。爾乃命支離[47]，飛霜鍔[48]。紅肌綺[49]散[50]，素膚雪落；婁子之豪，不能厠其細，秋蟬之翼，不足擬其薄[51]。繁肴既闋[52]，亦有寒羞[53]：商山[54]之果[55]，漢皐[56]之榛[57]；析[58]龍眼[59]之房，剖椰子[60]之殼[61]。芳旨[62]萬選[63]，承意[64]代[65]奏[66]。乃有荊南[67]烏程[68]，豫北[69]竹葉[70]。浮蟻[71]星沸[72]，飛華蓱接[73]。玄石[74]嘗其味，儀氏[75]進其法。傾罍[76]一朝，可以流湎[77]千日；單醪[78]投川，可使三軍告捷。斯人神之所歆羨，觀聽之所煒曄也[79]。子豈能強[80]起而御[81]之乎？」公子曰：「耽[82]口爽[83]之饌[84]，甘[85]腊毒[86]之味，服腐腸之藥[87]，御[88]亡國之器[89]，雖子大夫之所榮[90]，故[91]亦吾人之所畏。余病，未能也！」

【章旨】殉華大夫以世間難得的奇肴異饈、山珍海味來勸誘沖漠公子，公子則批評為害人之物。文章對古代各種食品的原料、烹調的方法和當時的名酒，都有具體的描繪。

【注釋】❶大梁　郡名。出產黍。❷瓊山之禾　瓊山，指崑崙山。《山海經・海內西經》：「崑崙之上有木禾，長五尋，大五圍。」❸唐稷　唐堯時的后稷，堯曾命他播種百穀。見《書・堯典》。❹根　根源；種子。❺農帝　指神農氏。他曾嘗百草之實，教人食穀。❻華　同「花」。苗。❼六禽　《周禮・天官・庖人》注：雁、鶉、鷃、雉、鳩、鴿。❽珍　珍奇的食物。❾四膳　四季所食之物：孟春食麥與羊，孟夏食菽與雞，孟秋食麻與犬，孟冬食黍與彘。見《禮記・月令》。❿肴魚肉之類的食品。⑪海之錯　海中所生的各種海味。錯，雜。⑫陸之毛　陸地上所生的各種山珍。⑬伊公　伊尹。⑭爨鼎　在鼎下燒火煮食物。爨，炊。鼎，煮食物的器具。圓腹，上有兩耳，下具三足，兼有鍋灶之用。《史記．殷本紀》：「阿衡（伊尹）欲干湯而無由，乃為有莘氏媵臣，負鼎俎以滋味說湯，致於王道。」⑮庖子　指庖丁。解牛數千，所用的刀十九年不壞。見《莊子．養生主》。⑯味重九沸　多次燒沸，滋味變得濃厚。⑰和　調調和五味。⑱兼　配合。⑲勺藥　即芍藥。藥草名。其根為調味品，可補五味之不足。⑳晨鳧露鵠霜鶵黃雀　都是禽鳥。鳧為野鴨，鵠即天鵝，鶵指鶵鳩。黃雀，鳥名。鳴聲清脆。㉑圜案二句　意謂盛有菜肴的圖案如繁星之雜亂，放在方丈的筵席上如百花交錯。極言肴饌之豐盛。圜案，圓形有足的托盤。圜，通「圓」。星亂，言若繁星之雜亂。方丈，指陳列食物一方丈大的筵席。華錯，如百花交錯。華，同「花」。㉒封　大。㉓蹯　足掌。㉔翰音　雞。㉕跖　足；爪。㉖鷰　同「燕」。㉗髀　大腿。此指腿上之肉。㉘髦殘　煮熟的犛牛肉。髦，通「犛」。殘，煮肉。㉙象白　煮象肉。白，煮肉。㉚靈淵　深淵。㉛萊黃　地名。指古東萊郡之黃縣。㉜鮐　海魚名。又稱河豚。㉝丹穴　山名。有鳳皇。見《山海經．南山經》。㉞鷚　通「雛」。指鳳雛。《說文．隹部》：「雛，鳥大雛也。」㉟燀　煮。㊱秋橙　秋熟的橙子。㊲酟　調味。㊳春梅　春熟的梅子。㊴商王　與下文之「帝辛」，皆指商王紂，名辛，號紂。他曾作象箸、玉杯，養成奢侈之習，因而亡國。㊵箸　筷子。㊶范公　指春秋時越大夫范蠡，佐越王句踐滅吳後，隱退經商致富。據說他善養鯉魚，增加很多財富。㊷鱗　指鯉魚。㊸九溪　魚池名。相傳范公以六畝地為池，中有九洲，故名。㊹頳　紅色。㊺翼　魚翅；魚的胸鰭。㊻鬐　指魚的脊鰭。㊼支離　人名。即支離益。善屠，技能屠龍。見《莊子．列禦寇》。㊽霜鍔　白刃。此指利刀。㊾綺　輕薄有花紋的絲織品。㊿散　散落。(51)婁子四句　謂廚人所切割的魚肉，比離婁百步之外看到的毫毛尖端還要細小，比秋蟬的翼還要單薄。婁子，即離婁。相傳他是黃帝時人，能於百步之外望見秋毫之末。廁，比。擬，比擬。(52)闋　盡；吃完。(53)寒羞　生冷的果品。即下言果榛、龍眼之類。羞，同「饈」。美味的食品。(54)商山　山名。在今陝西商縣東，秦、漢之際有四位年高德劭的長者隱居於此，世稱「四皓」。(55)果　指商山四皓吃過的果品。(56)漢皋　漢水之濱。(57)榛　橘類果實。(58)析　剖開。(59)龍眼　水果名。又名桂圓、福圓。球形，種子外有白色果肉，多汁，味甘甜。肉外覆有薄殼。(60)椰子　椰樹的果實，橢圓形堅硬的厚殼中，充滿清涼甘美的汁液。(61)殼　與上句之「房」，皆指果殼。(62)芳旨　指芳香甘美的食物。(63)選　選擇。(64)承意　秉承人意。(65)代　更替；輪流。(66)奏　進獻。(67)荊南　荊州南部。(68)烏程　美酒名。(69)豫北　豫州北部。(70)竹葉　即竹葉清（或作「青」）。美酒名。(71)浮蟻　浮在酒面上的泡沫。張衡〈南都賦〉：「醪敷徑寸，浮蟻若蓱。」(72)星沸　言泡沫乍隱乍現，如繁星閃爍，鼎水沸騰。(73)飛華蓱接　言酒上的泡沫又如飛落的花瓣、如浮萍相連接。華，同「花」。蓱，同「萍」。(74)玄石　人名。知酒味。(75)儀氏　指儀狄。相傳夏禹時發明釀酒的人。見《戰國策・魏策二》。(76)罍　大型酒器。(77)流湎　沈醉。(78)單醪　一簞之酒。李善注：「《黃石公記》曰：黃良將之用兵也，人有饋一簞之醪，投河，令眾迎流而飲之。夫一簞之醪，不味一河，而三軍為致死者，以滋味及之也。」單，同「簞」。瓢。《方言・五》：「蠡，陳、楚、宋、衛之間或謂之簞。」醪，酒。(79)斯人神二句　意謂佳味美酒是人神都貪愛的，即使是看到的或聽到的人也以為盛事。歆羨，貪愛。煒曄，光明盛大貌。曄，同「燁」。(80)強　勉強；勉力。(81)御　用。指飲食。(82)耽　樂；沈溺。(83)口爽　使口舌喪失辨味的能力。爽，差失。(84)饌　食物。(85)甘　以為滋味甘美。(86)腊毒　有毒的乾肉。《易・噬嗑》：「噬腊肉，遇毒。」(87)腐腸之藥　枚乘〈七發〉：「甘脆肥膿，命曰腐腸之藥。」(88)御　用。(89)亡國之器　即上文象箸、玉杯之類。(90)榮　以為榮耀。(91)故　但；卻。

【語　譯】大夫說：「大梁所產的黍，崑崙所生的木禾，堯時的后稷播下種子，神農親口嚐其苗。至於用六禽烹製的珍奇食物，四季不同的特異佳肴，用盡了海中所生的各種海味，陸地出產的山珍。讓伊尹之類的人烹飪，庖丁之類的人操刀。讓湯汁再三沸騰滋味變得濃厚，調和五味又加上芍藥。晨飛的野鴨和露宿的天鵝，霜中的鷫鳩及善鳴的黃雀，盛在圓形托盤中的菜肴如繁星紛陳，在方丈的筵席上如百花雜錯。大熊之掌，雄雞之爪；鷰鳥的腿，猩猩的脣，煮熟的犛牛和象的肉；深淵的大龜，萊郡黃縣的河豚；丹穴山的鳳雛，黑豹的胚胎。用秋熟的橙子一起煮，再以春熟的梅子調味。用商紂用的玉箸接過菜肴，再盛在他用的玉杯裡。從九溪池中釣出范蠡所養的鯉魚，赤尾朱鯤，紫色的魚翅、青藍的脊鰭。於是讓支離益之類的人飛舞起如霜的利刃。粉紅的肌肉如文綺飄散，雪白的表皮如雪花降落；所切割的魚肉，比離婁百步外看見的毫毛尖端還要細小，比秋蟬的兩翼還要單薄。豐盛的佳肴已經吃完，還有生冷的果品：有來自商雒山的水果，漢水濱的榛子；剝開龍眼的硬皮，剖分椰子的厚殼。芳香甘美的食物經過千挑萬選，迎合人意輪流進獻。又有荊南的烏程酒、豫北的竹葉清，酒面的泡沫乍隱乍現如繁星閃爍，又如花瓣散落、浮萍相連。玄石嘗過它的味道，儀狄獻出他的祕方。一旦喝上一罍，可以沈醉千日；舀上一瓢倒進河川，可使鼓舞三軍而取得勝利。這佳肴美酒是人神所共欣羨的，即便看見或聽到的人也以為是人間盛事。您可能勉強起來嚐嚐嗎？」公子回答道：「沈溺傷害味覺的佳肴，欣賞含毒乾肉的美味，貪吃腐蝕腸胃的藥物，使用亡國的器具，雖是您覺得榮耀的事，卻是我們這種人所畏懼的。我有病，還不能啊！」

其八

大夫曰：「蓋有晉(1)之融(2)皇風(3)，金華啟徵(4)，大人(5)有作(6)，繼明代照(7)，配天(8)光宅(9)。其基德(10)也，隆(11)於姬公(12)之處岐(13)；其垂(14)仁也，富乎有殷(15)之在亳(16)。南箕(17)之風，不能暢(18)其化(19)；離畢(20)之雲，無以豐其澤(21)。皇道煥炳(22)，帝載(23)緝熙(24)；導(25)氣(26)以樂，宣德(27)以詩(28)。教(29)清於雲官之世，治(30)穆(31)乎鳥紀(32)之時。王猷(33)四塞(34)，函夏(35)謐寧(36)。丹冥(37)投烽(38)，青徼(39)釋警(40)。卻(41)馬(42)於糞車(43)之轅(44)，銘(45)德(46)於昆吾(47)之鼎。群萌(48)反素(49)，時文(50)載郁(51)。耕父推畔(52)，魚豎讓陸(53)。樵夫恥危冠之飾(54)，輿臺笑短後之服(55)。六合(56)時邕(57)，巍巍(58)蕩蕩(59)！玄齠巷歌(60)，黃髮擊壤(61)，解羲皇(62)之繩(63)，錯(64)陶唐之象(65)。若乃華裔(66)之夷(67)，流荒(68)之貊(69)，語不傳於輶軒(70)，地不被(71)乎正朔(72)，莫不駿奔(73)稽顙(74)，委質(75)重譯(76)。於時昆蚑(77)感惠(78)，無思(79)不擾(80)。苑(81)戲九尾之禽(82)，囿棲(83)三足之烏(84)；鳴鳳在林，夥(85)於黃帝之園(86)；有龍游淵，盈於孔甲(87)之沼(88)。萬物烟熅(89)，天地交泰(90)。義懷靡內，化感無外(91)。林無被褐，山無韋帶(92)，皆象刻於百工，兆發乎靈蔡[93]，搢紳[94]濟濟[95]，軒冕[96]藹藹。功與造化[97]爭流[98]，德與二儀[99]比大……」言未終，公子蹶然[100]而興[101]，曰：「鄙夫[102]固陋[103]，守此狂狷[104]。蓋理有毀之，而爭寶之訟解[105]；言有怒之，而齊王之疾痊[106]。向[107]子誘我以聾耳之樂[108]，棲我以蔀家之屋[109]。田遊馳蕩，利刃駿足。既老氏[110]之攸[111]戒[112]，非吾人之所欲。故靡得[113]應[114]子。至聞皇風載[115]韙[116]，時聖[117]道醇[118]，舉實為秋，摛藻為春[119]，下有可封之民，上有大哉之君。余雖不敏[120]，請尋後塵[121]。」

【章　旨】沖漠公子對物質享受毫不動心，但當殉華大夫描述了當今晉朝功德圓滿、天下大治的景象後，卻深受感動，決心放棄隱逸的生活，欲入世而有所作為。作者身處晉之亂世，不得不歸隱山林；這裡作如此違反現實的議論，其諷刺之意是很明白的。

【注　釋】❶有晉　晉朝。有，名詞詞頭。❷融　開朗。❸皇風　光大之風。皇，大。❹金華啟徵　秦、漢方士以為歷代王朝按五行金、木、水、火、土相生相剋之理交替興起，稱為五德。晉以金德完成王業，故云金華啟徵。金華，金花。啟，開。徵，預兆。❺大人　聖人。指天子。❻作　興起。❼繼明代照　繼承古代聖王之明德，造福於天下。繼、代義同。照，明照；造福。❽配天　德配上天。❾光宅　廣有天下。光，通「廣」。宅，宅而有之。❿基德　以德為本。⓫隆　盛。⓬姬公　指周文王。⓭處岐　居岐。文王曾行德政於岐山之陽（南），被後世當作聖君的典範。岐山，在今陝西岐山縣境。⓮垂　指留傳後世。⓯有殷　指商朝。商湯初起於亳，有寬仁之德，與堯、舜、禹、文王並稱聖賢。⓰亳　地名。商湯時都城，在今河南商邱縣境。⓱南箕　星名。主風。⓲暢　通暢；普遍。⓳化　指晉帝之教化。⓴離畢　離，附著；靠近。畢，星名。主雨。李善注：「《春秋緯》：月失其行，離於箕者風，離於畢者雨也。」㉑無以豐其澤　此句以上四句，意謂自然之風，不及其教化之普遍，自然之雨，不及其恩澤之豐盛。言晉帝以其德教取代天工。豐，豐盛。澤，指晉帝之恩澤。㉒煥炳　光明燦爛。㉓帝載　帝王的事業。《書・舜典》：「咨，四岳！有能奮庸，熙帝之載。」㉔緝熙　《詩・大雅，文王》：「穆穆文王，於緝熙敬止。」戴震《毛鄭詩考正》：「緝熙者，但言繼續不絕而已。」一說：光明貌。㉕導　引導。㉖氣　指人類中正和平的本性。㉗宣德　宣揚聖明的德教。㉘詩　詩歌。㉙教　教化。㉚治　政治。㉛穆　美好。㉜鳥紀　《左傳・昭公十七年》：「昔者黃帝氏以雲紀，故為雲師而雲名……我高祖少皞摯之立也，鳳鳥適至，故紀於鳥，為鳥師而鳥名。」此處雲官、鳥紀，借指黃帝、少皞之盛世。㉝王猷　王道。㉞四塞　充滿四方。㉟函夏　指全中國。㊱謐寧　安定。㊲丹冥　指南方遙遠之處。丹，赤色。指南方。冥，謂朱冥之野，傳說中的南方之地。㊳投烽　拋棄烽火。言不復設防。㊴青徼　指東方邊遠之地。徼，邊界。㊵釋警　解除戒備。㊶卻　使退回。㊷馬　五臣本作「走馬」。指善跑的戰馬。《老子・四十六章》：「天下有道，卻走馬以糞；天下無道，戎馬生於郊。」㊸糞車　拉肥料的車。㊹轅　車前駕馬的兩根直木。㊺銘　刻記。㊻德　功德。㊼昆吳　即昆吾。地名。夏后啟使蜚廉鑄鼎的地方。見《墨子・耕柱》。㊽萌　指人民。《說文・民部》：「民，眾萌也。」㊾反素　恢復樸素純真的本性。反，通「返」。㊿時文　指當時的禮樂。(51)載郁　載，則。郁，郁郁；文采盛美的樣子。(52)耕父推畔　李善注：「《文子》曰：黃帝之化天下，田者讓畔。」耕父，農夫。推，推讓。畔，田界。(53)魚豎讓陸　李善注：「《淮南子》曰：黃帝化天下，漁者不爭坻。」魚豎，指捕魚的人。陸，指水中的小洲。(54)危冠之飾　指武士的裝扮。危冠，武士戴的高冠。《莊子・盜跖》：「使子路去其危冠，解其長劍，而受教於子。」(55)輿臺句　輿臺，古代把人分為十等，輿為第六，臺為第十，輿、臺均為地位低微的人。《左傳・昭公七年》：「天有十日，人有十等……故王臣公，公臣大夫，大夫臣士，士臣皁，皁臣輿，輿臣隸，隸臣獠，獠臣僕，僕臣臺。」短後服，指後幅較短的衣服。武士穿之，便於動作。《莊子・說劍》：「吾王所見劍士，皆蓬頭突鬢垂冠，曼胡之纓，短後之衣。」以上二句，意謂今當太平盛世，不再需要那種劍士。(56)六合　指上下四方、普天之下。(57)時邕　和善。時，善。邕，同「雍」。和睦。(58)巍巍　高大貌。指功高。(59)蕩蕩　廣遠貌。指德廣。(60)玄齠巷歌　李善注：「《列子》：堯理天下，乃微服遊康衢，聞兒童謠曰：『立我蒸民，莫匪爾極。不識不知，順帝之則。』」玄齠，黑髮。指孩童。齠，通「髫」。頭髮。(61)黃髮擊壤　相傳堯時有老人擊壤而歌曰：「日出而作，日入而息，鑿井而飲，耕田而食，帝何力於我哉！」黃髮，指老人。(62)羲皇　即伏羲氏。上古五帝之一。(63)繩　指法度。(64)錯　通「措」。置；擱置；廢棄。(65)陶唐之象　本指堯所頒布之〈象刑〉，此借指刑法。陶唐，陶唐氏堯。象，刑法。(66)華裔　中國的邊遠之地。裔，指邊地。(67)夷　古對東方少數民族之稱。(68)流荒　指邊遠之地。《書・禹貢》：「五百里荒服：三百里蠻，二百里流。」(69)貊　古對北方少數民族之稱。(70)輶軒　輕車。李善注：「《風俗通》：秦、周常以八月輶軒，使採異代方言，藏之祕府。」(71)被　及。(72)正朔　指帝王所頒布的曆法。正，農曆正月，一年之始。朔，農曆初一，一月之始。(73)駿奔　疾奔。(74)稽顙　行跪拜禮，以額觸地。良久始起，是古代最恭敬的叩首方式。稽，遲留。顙，額。(75)委質　委，置。質，通「贄」。初見時所送的見面禮。古代稱臣於人，必於初見時置贄於主上之庭中。(76)重譯　輾轉翻譯。(77)昆蚑　昆蟲。(78)感惠　感懷恩惠。(79)思　語助詞。無義。(80)擾　馴服；服從。(81)苑　與下句之「囿」，皆為畜養鳥獸之所。(82)九尾之禽　指九尾狐。禽，走獸之總名。李善注：「《春秋元命苞》：天命文王以九尾狐。」(83)棲　鳥類歇息。(84)三足之烏　傳說中的瑞鳥。(85)夥　多。(86)黃帝之園　李善注：「《禮瑞命記》：黃帝服黃服，戴黃冠，齋於宮，鳳乃蔽日而來，止帝園，食竹實，棲帝梧桐，終不去。」(87)孔甲　夏帝少康之後九世君。相傳上帝曾賜他黃河之龍及漢水之龍雌雄各一對。見《左傳・昭公二十九年》。(88)沼　池；澤。(89)烟熅　陰陽二氣互相感應的樣子。(90)天地交泰　天地之氣交合而萬物順利生長。泰，通；順利。(91)義懷靡內二句　意謂晉帝仁義的心懷無微不至，教化所及，無遠不到。《莊子・天下》：「至大無外，謂之大一；至小無內，謂之小一。」(92)林無被褐二句　意謂晉帝網羅人才，山林中已沒有隱逸者。被褐，指穿著粗布衣服的人。即隱士。韋帶，古代貧賤之人所繫的無飾皮帶。此處指束韋帶的隱逸之士。(93)象刻於百工二句　意謂晉帝如高宗、文王，求賢若渴，那些有賢德的高士皆被羅致。象刻於百工，相傳殷高宗夢得傳說，醒後使百官刻其肖像，求之於野。見《書・說命・序》及孔安國傳。象，通「像」。百工，百官。兆發乎靈蔡，指周文王出獵，卜官告以將得霸王之輔。後果得姜太公於渭水之陽，同載而歸，立以為師。見《史記・齊世家》。兆，龜甲經鑽鑿火灼後形成的裂紋，古人藉以占吉凶。發，出現。靈蔡，占卜用的大龜。此指其甲殼。(94)搢紳　插笏於紳。古之仕者，垂紳插笏，故稱士大夫為搢紳。搢，插。紳，束在腰間一頭下垂的大帶。(95)濟濟　與下句中之「藹藹」，皆美盛貌。(96)軒冕　指公卿。軒，有帷幕的馬車。冕，禮帽。皆古代公卿所服乘。(97)造化　指創造化育萬物的造物主。(98)爭流　比較高下。流，流品；等級。(99)二儀　指天地。(100)蹶然　疾起貌。(101)興　起。(102)鄙夫　即鄙人。自我的謙稱。(103)固陋　淺陋。(104)狂狷　指輕狂狷介之道。《論語・子路》：「狂者進取，狷者有所不為也。」此處指隱居之事。(105)蓋理有毀之二句　李善注：「《莊子后解》曰：庚市子，聖人無慾者也。人有爭財相門者，庚市子毀玉於其閒，而門者止。」寶，財寶。訟，爭訟。爭財曰訟。(106)言有怒之二句　齊閔王病痟，使人至宋迎文摯。文摯視王疾，謂太子曰：「王病，得怒當愈；愈則殺摯，如何？」太子曰：「臣當與母共請於王，必不殺子矣。」文摯往，不解屨登床，履王衣，問王之疾。王怒，叱而起，病即瘳。將生烹文摯，太子與后請，不得，遂烹文摯。事見《呂氏春秋・至忠》。怒之，使人發怒。齊王，指齊閔王。疾痊，病愈。以上四句，意在說明殉華大夫的誘導有此作用。(107)向　先前。

108 聾耳之樂　《老子・十二章》：「五色令人目盲，五音令人耳聾，五味令人口爽，馳騁畋獵令人心發狂，難得之貨令人行妨；是以聖人為腹不為目，故去彼致此。」109 蔀家之屋　豪華的房屋。蔀，遮蔽光明的簾幕。《易・豐・上六》：「豐其屋，蔀其家。」110 老氏　指老子李耳。111 攸　相當於「所」。112 戒　戒除；棄絕。113 靡得　無以；不能。114 應　應和；對答。115 載　相當於「則」。116 韙　善。117 時聖　當今聖主。118 道醇　道德醇厚不虛華。酒厚曰醇。119 舉實二句　意謂選賢舉能猶如秋取果實，發揚文教有似春花怒放。舉實，選取果實。比喻選拔人才。李善注：「《韓詩外傳》：魏文侯之時，子質仕而獲罪，謂簡主：『吾不復樹德。』簡主曰：『夫春樹桃李，夏以得蔭其下，秋得食其實。今子樹其非人也。』」摛藻，舒展文采。比喻發揚文教。120 敏　聰明。121 請尋後塵　意謂願追隨殉華大夫之後。尋，跟隨。後塵，在車馬後面揚起的塵土。

【語譯】大夫說：「我大晉發揚光大的雄風，先有金花開啟了祥兆。明主興起，繼承古聖先王的美德，臨照天下，真是德配上天，廣有大地。他能以德為根本，比周文王處身岐山下的時候還興盛；他留傳後世的恩德，也比商湯在亳的時候更富厚。南箕之星所帶來的風，不能比他的教化更通暢，月球靠近畢星所形成的雲雨，不能比他的恩澤更豐盛。我皇的道德光明燦爛，吾王的事業永垂不朽；以音樂導引中和的性情，用詩歌宣播聖明的德教。使皇朝的教化比黃帝時代更清明，政治比少皞之世更美好。王道充滿四方，中國一片安寧。遙遠的南方邊地拋棄了烽火，東方邊遠之地也解除了戒備。戰馬退回到糞車的轅中，功德銘刻在銅鑄的鼎上。百姓恢復了樸素純真的本性，禮樂制度則文采郁郁，無比昌盛。農夫相互推讓田地的邊界，漁人互相辭讓無主的沙洲。樵夫以穿戴高冠之類的服飾為恥，貧賤的人也嘲笑那種後幅短缺的武士衣裝。此時天下是多麼美好和睦，皇帝的功德是多麼高大廣闊！黑髮孩童唱起了街巷童謠，黃髮老人擊壤而歌，讚頌聖主解除了伏羲氏制定的法度，廢棄了唐堯象徵性的刑罰。至於華夏邊遠地方的夷人，荒遠之地的蠻貊之人，他們的語言不通於華夏，他們生活的地區也不用歷代帝王頒布的曆法，現在無不疾奔而來，稽顙拜伏，呈獻見面禮物，透過重重輾轉的翻譯前來朝見。此時鳥獸昆蟲也感受到聖主的恩惠，無不馴服。林苑裡有九尾神狐戲嬉著；園囿中有三足神烏棲息著；林中的鳴鳳，比黃帝園囿中的還多，群龍游於深淵，比孔甲的池沼還要滿。天下萬物陰陽互相感應，天地之氣融合使牠們順利生長。聖主仁義的心懷無微不至，教化無遠不到。山林之中沒有披短褐、束韋帶的隱者，都因其賢能被聖主所羅致，垂紳插笏的士大夫和乘軒戴冕的公卿，濟濟一堂。王朝的功德可與造物主爭個高下，與天地比較大小……」殉華大夫言猶未盡，沖漠公子已奮身而起，道：「鄙人見識淺陋，只知道固執這輕狂狷介的小道。處理財物糾紛時，有人先毀了寶物，可使爭奪它的訴訟平息；說話時，有人先用言語激怒他，齊王的疾病因而痊愈。剛才您用可使人耳聾的音樂誘導我，讓我去居住那帷幕重重的豪華宮室，加上遊獵馳騁，利劍駿馬，這些既是老子早就戒絕的，也非我輩想要的，所以我沒有辦法回應您。等到聽說皇家的教化美善，當今的聖王道德醇厚，舉用賢能如採取秋實，發揚文教如春花怒放；下有可以分封的人民，上有偉大的君主。我雖不夠聰明，請允許我追隨您的後塵。」

詔

詔

【作　者】漢武帝，名徹（西元前一五六～前八七年），景帝子。西元前一四〇年即位，在位五十四年。武帝承景帝之業，對內實行政治經濟改革，對外一意用兵，擊退匈奴，開拓疆土。思想上則罷黜百家，獨尊儒術，倡行仁義。使西漢一代成為一個文化、政治、經濟、軍事極為昌盛的時期。

漢武帝雄才大略，重視人才，本文意在說明他對徵求賢良的看法。

【題　解】詔，是古代一種上告於下的文體；秦漢以後，則專指皇帝頒發的命令文告。詔和奏議相對，詔是皇帝向臣民發布命令文告，奏議則是臣子向皇帝陳述意見、建議、方案或反映情況所作的報告。

本詔頒於元封五年（西元前一〇六年），是在「初置刺史部十三州，名臣文武欲盡」（語見《漢書・武帝紀》）的情況下發布的。武帝要求各州郡考察吏士，如有才能優異的非常之人就推薦上來，並委以重任。同時說明才能優異的傑出人才，有時會放蕩不循規矩，為世俗所譏議，對他們應善加任用，不能只求全責備。這個觀點無疑是非常正確的。

詔曰：蓋有非常之功，必待非常之人；故馬或奔踶❶而致千里，士或有負俗❷之累而立功名。夫泛駕❸之馬，跅弛❹之士，亦在御❺之而已。其令州縣察吏民有茂才❻異等❼，可為將相及使❽絕國❾者。

【注釋】❶奔踶　謂馬乘時即奔跑，立時則踢人或互踢。踶，踢。《莊子・馬蹄》：「夫馬，……喜則交頸相靡，怒則分背相踶。」❷負俗　謂被世俗所譏議。❸泛駕　使車駕翻覆。言馬有餘力。泛，通「覂」。反覆。❹跅弛　謂行為放蕩，不守規矩。顏師古注：「跅者，跅落無檢局也。弛者，於廢不遵禮度也。」❺御　駕馭；使用。❻茂才　美好的才能。原作「秀才」，避光武帝劉秀諱改。❼異等　超等軼群，不與凡同也。❽使　出使。❾絕國　極遠之國。

【語譯】詔書說：想建立非凡的功業，必須有非凡的人才；所以有的馬除了奔跑也會踢人，卻能到達千里之外；有的士人遭世俗譏議，卻能建立功名。那些能傾覆車駕的駿馬，放蕩不守規矩的才士，也在於如何駕馭他們罷了。命令各州縣首長，在官吏百姓中選拔才能優異，可以擔任朝廷將相及出使遠方國家的突出人才。

賢良詔

【作者】漢武帝，見頁一六八二。

【題解】本詔頒於元光元年（西元前一三四年）五月。

漢武帝希望自己能弘揚先帝德業，開創太平盛世，與堯舜禹湯文武等聖王同列，因而詔令朝中賢良對策，各述聞見，以供參考。文載《漢書．武帝紀》。賢良指董仲舒、公孫弘等。

《文選》錄武帝二詔，文雖簡短卻多用排句，善於類比；見識深遠，意在務實；與其他引經據典，重在說教的詔告不同。

朕❶聞昔在唐虞❷，畫象❸而民不犯❹，日月所燭❺，罔不率俾❻。周之成康❼，刑措不用❽，德❾及鳥獸，教❿通⓫四海。海外⓬肅慎⓭、北發⓮、渠搜⓯、氐、羌⓰來⓱服⓲。星辰不孛⓳，日月不蝕⓴，山陵不崩㉑，川谷不塞㉒，麟鳳在郊藪㉓，河洛出圖書㉔。嗚呼！何施㉕而臻㉖此乎？今朕獲奉宗廟㉗，夙㉘興㉙以求，夜寐㉚以思，若涉淵水㉛，未知所濟㉜。猗歟偉歟㉝！何行而可以彰㉞先帝之洪業㉟休德㊱，上參堯舜㊲，下配㊳三王㊴？朕之不敏，不能遠德㊵，此子大夫㊶之所睹聞也。賢良明於古今王事之體㊷，受策㊸察㊹問，咸以書對，著之於篇㊺，朕親覽焉。

【注釋】❶朕　皇帝自稱。《史記．始皇本紀》李斯議：「臣等昧死上尊號，王曰『泰皇』，命為『制』，令為『詔』，天子自曰『朕』。」❷唐虞　唐，陶唐氏堯。虞，有虞氏舜。❸畫象　相傳上古無肉刑，但畫犯人之衣服，象徵五刑，謂之「畫象」或「象刑」。《漢書．武帝紀》顏師古注引《白虎通》：「畫象者，其衣服象五刑也。」❹不犯　不敢犯罪。❺日月所燭　謂日月所能照到的地方，相當於普天之下。燭，照。❻罔不率俾　謂民無不循其教化而供其使用。罔，無。率，循。

俾，使。❼成康　周成王誦、周康王釗。成康之治，周代的太平盛世。❽刑措不用　李善注：「《紀年》曰：成康之際，天下安寧，刑措四十年不用。」措，擱置。❾德　德澤。❿教　教化。⓫通　遍及。⓬海外　古人認為中國四周環海，故稱中國以外之地為海外。⓭肅慎　古民族名。分布於黑龍江、松花江流域。唐虞曰息慎，周曰肅慎。漢晉時的挹婁，南北朝的勿吉，隋唐的靺鞨，五代時的女真，皆出於肅慎。慎，《漢書・武帝紀》作「眘」，音義同。⓮北發　古部族名。《逸周書・王會》：「發人麃麃者，若鹿迅走。」《漢書・韓安國傳》：「北發、月支，可得而臣。」肅慎、北發、渠搜、氐、羌，皆承「海外」言之，皆當為部族名。⓯渠搜　古部族名。分布於大宛北界，在葱嶺以西。⓰氐羌　氐，古代西北部族名。羌，古代西方部族名。⓱來　《漢書》作「徠」。往來之「來」，古借來麰之「來」為之，後造「徠」以為本字。⓲服　歸順。⓳星辰不孛　意謂沒有彗星出現。星辰，眾星之總名。光芒四射曰孛。古稱彗星出現為星孛。⓴蝕　日、月、地球運行到成一直線位置時，發生月影遮蔽太陽或地影遮蔽月球的現象。㉑崩　倒塌。㉒塞　堵塞。㉓藪　水淺草茂的大澤。㉔河洛出圖書《易・繫辭上》：「河出圖，洛出書，聖人則之。」相傳伏羲時龍馬出於河，大禹時神龜出於洛，各負圖文一組，謂之〈河圖〉、〈洛書〉。伏羲據〈河圖〉作八卦，大禹法〈洛書〉作〈洪範〉九疇——九種治國之大法（見《漢書・五行志・上》引劉歆說）；故古人以河洛出圖書為聖王受命、天下太平之祥兆。㉕施　行。㉖臻　至；達到。㉗奉宗廟　指繼承香火，即謂繼承皇位。奉，奉祀。㉘夙　清早。㉙興　起。㉚夜寐　夜深而寐。㉛淵水　深水。㉜未知所濟　不知渡過淵水的辦法。濟，渡。㉝猗歟偉歟　猗，美。偉，大。歟，感歎詞。㉞彰　明。㉟洪業　大業。㊱休德　美德。㊲絫堯舜　與堯舜並列為三。絫，俗「參」字。㊳配　匹配。㊴三王　夏禹、商湯、周武王。㊵遠德　遠播德澤。㊶子大夫　古代君主對大夫的敬稱。子，人之美稱。大夫，官稱。㊷體　事物的法式規矩。㊸策　策書。漢代皇帝命令之一種。㊹察　明瞭。㊺篇　指竹簡。

【語　譯】我聽說過去堯舜之時，只制定〈象刑〉，百姓就不敢犯罪，日月照得到的地方，人民無不受教聽命。周代成康之世，刑法擱置不用，恩德澤惠及鳥獸，教化暢達天下，海外地區的肅慎、北發、渠搜、氐、羌，皆來歸服。星辰中沒有彗星出現，日月沒有虧蝕，山陵從不崩塌，河流山谷未嘗壅塞。麒麟鳳凰，萃集於郊野或藪澤。黃河、洛水都有龍馬、神龜負著圖、書出現的祥兆。啊！他們做了什麼竟達到這種地步呢？而今我得以奉祀宗廟，早起孜孜以求，晚睡岌岌以思，彷彿是足涉深淵，不知如何渡過。美好啊！偉大啊！如何做才可彰顯先帝的大業和美德，上與堯舜相比，下與三王匹配呢？我不聰敏，不能遠播先王的德澤，這是各位大夫所看到或聽到的。賢良之臣明曉古今聖王的法式、規矩，請接受我的策書並明瞭我的問題，都用文字回答，寫在簡冊上，我將親自閱覽。

冊

冊魏公九錫文

【作　者】潘勖，字元茂，陳留中牟人。以善文辭聞名當世。漢獻帝建安二十年，遷東海相。未發，留拜尚書左丞。其年病卒，時年五十餘。

【題　解】本文為漢獻帝冊封曹操為魏公並加九錫的策命文書，時在建安十八年（西元二一三年）五月丙申。

本文起首總提「授君典禮」，繼之逐條敘列曹操拯王室、討群凶、定四夷、撫黎民的種種功德，以為「封魏公加九錫」的原因；最後諄諄叮囑，以「對揚我高祖之休命」相託。全文引用不少《尚書》、《左傳》的辭句，寫得典雅懿美。並多採用排句，列敘曹操挽救漢王室於將墜的高功隆德，並比之於伊尹、周公，把曹操的功業抬高到無以復加的地位。

曹操在東漢末本是以割據起家，最後消滅群雄，與吳、蜀鼎足而立。並於建安時期獨攬了漢室大權，挾天子以令諸侯。《後漢書．孝獻帝紀》云：「曹操自立為魏公，加九錫。」由此可知，獻帝如此隆重授典，實是無可奈何之事。

制詔❶使持節丞相領冀州牧武平侯❷：

朕❸以❹不德，少遭閔❺凶❻，越❼在西土❽，遷於唐、衛❾。當此之時，若綴旒❿然，宗廟乏祀⓫，社稷⓬無位；群凶覬覦⓭，分裂諸夏⓮，一人尺土⓯，朕無獲焉⓰，即我高祖之命⓱將墜於地。朕用⓲夙興⓳假寐⓴，震悼[21]於厥[22]心，曰唯祖唯父，股肱先正[23]，其[24]孰能恤[25]朕躬[26]！乃誘[27]天衷[28]，誕育[29]丞相，保乂[30]我皇家，弘濟[31]於艱難，朕實賴[32]之。今將授君典禮[33]，其敬聽朕命。

【章　旨】總述冊封曹操為魏公的原因及當時的背景。漢獻帝時，群凶覬覦，漢室將頹。丞相曹操力挽頹局，因授以典禮。

【注　釋】❶制詔　皇帝的命令。《史記・秦始皇紀》：「命為制，詔為令。」❷使持節丞相句　以曹操的官銜、封號指曹操。使持節，持節的使臣。節，符節，古使臣執以為信之物。劉良曰：「持，執也。執節出外，令得專前事，以示天子之信，以明重臣之忠節也。」領，統領。李善注：「《魏志》曰：建安元年（西元一九六年），天子假太祖節鉞，封武平侯。建安九年（西元二〇四年）領冀州牧也。」建安十三年（西元二〇八年）以曹操為丞相。❸朕　獻帝自稱。❹以　因。❺閔　通「憫」。憂傷。這裡指憂傷的事。❻凶　不幸之事。中平六年（西元一八九年）獻帝九歲，靈帝駕崩。❼越　奔越；遠走。❽西土　指長安。初平元年（西元一九〇年）獻帝為董卓所逼，由洛陽遷都長安。❾遷於唐衛　此指興平二年（西元一九五年）獻帝車駕離長安東歸，輾轉遷徙事。遷，遷徙。唐，周成王封弟叔虞於唐，在今山西翼城一帶。衛，周武王封弟康叔於衛，在今河南淇縣一帶。❿綴旒　指君主為臣下挾持，東西漂流。《後漢書・張衡傳》：「夫戰國交爭，戎車競驅，君若綴旒，人無所麗。」旒，旌旗上的飄帶。⓫宗廟乏祀　謂宗廟得不到祭祀。⓬社稷　社，古代土地之神。稷，古代五穀之神。⓭覬覦　非分的想望或企圖。⓮分裂諸夏　本句五臣本作「連帶城邑」。⓯一人尺土　《三國志・魏書・武帝紀》引作「率土之民」。⓰朕無獲焉　謂皇帝空有虛名，一無所有。⓱命　天命。⓲用　因而。⓳夙興　早起。⓴假寐　不脫衣服而睡。㉑震悼　震驚、哀痛。㉒厥　其；我的。㉓曰唯二句　語本《書・文侯之命》：「曰唯祖唯父，其伊恤朕躬！」曰、唯，皆語助詞。祖、父，指祖輩、父輩的諸侯。股肱，喻左右輔助得力的人。股，大腿。肱，上臂。先正，先代之臣，謂公卿大夫。㉔其　表祈求語氣詞。㉕恤　憂憫。㉖朕躬　皇帝自稱。躬，自身。㉗誘　發。㉘天衷　天意。㉙誕育　生育。㉚保乂　保衛、治理。㉛弘濟　廣泛救助，使脫離危難。弘，大。㉜賴　依賴。㉝典禮　常規禮儀。

【語　譯】茲命令使持節丞相領冀州牧武平侯：

我因沒有才德，少小即遭受憂傷不幸的事，奔走到西方的長安，遷徙於唐衛的故地。在這個時候，我猶如附屬的旌旒，大權旁落，東西漂泊。宗廟得不到祭祀，社稷也無處祭祀；眾多凶惡之人，覬覦王位，分裂中國，縱使一個人民、一尺土地我都無法得到；就是我高祖皇帝所受的天命，也將墜落於地。我因而天明即起，和衣而眠，內心充滿震驚、悲痛。我祖輩父輩的諸侯，和前代佐命的公卿大夫，請你們誰來憐恤我吧！於是感動了上天憐憫之心，誕生了丞相，保衛治理我大漢皇家，使國家度過了危難，我全依賴您了。如今將授予您古代隆重常禮，希望您恭肅地聽從我的命令。

昔者董卓初興國難❶，群后失位以謀王室❷，君❸則攝進❹，首啟戎行❺，此君之忠於本朝也。後及黃巾反易天常❻，侵我三州❼，延於平民，君又討之，剪除其跡，以寧東夏❽，此又君之功也。韓暹、楊奉，專用威命❾，又賴君動，克黜其難，遂建許都，造我京畿❿，設官兆祀⓫，不失舊物⓬，天地鬼神於是獲乂⓭，此又君之功也。袁術僭逆⓮，肆於淮南，懾憚⓯君靈⓰；用不顯⓱謀，蘄陽之役，橋蕤授首[18]，稜威[19]南厲[20]，術以[21]殞[22]潰[23]，此又君之功也。迴戈東指，呂布就戮[24]，乘軒將反，張揚沮斃，眭固伏罪，張繡稽服[25]，此又君之功也。袁紹逆常，謀危社稷，憑恃其眾，稱兵內侮[26]，當此之時，王師寡弱，天下寒心，莫有固志[27]，君執大節，精貫白日[28]，奮其武怒，運諸神策，致屆官渡，大殲醜類，俾我國家拯於危墜[29]，此又君之功也。濟師洪河，拓定四州[30]，袁譚[31]、高幹[32]，咸梟其首[33]，海盜奔迸[34]，黑山順軌[35]，此又君之功也。烏丸[36]三種[37]，崇亂二世[38]，袁尚因之，逼據塞北，束馬懸車，一征而滅[39]，此又君之功也。劉表[40]背誕[41]，不供貢職[42]，王師首路[43]，威風先逝，百城八郡[44]，交臂屈膝[45]，此又君之功也。馬超[46]成宜，同惡相濟[47]，濱據河潼[48]，求逞所欲，殄[49]之渭南，獻馘[50]萬計[51]，遂定邊城，撫[52]和[53]戎狄，此又君之功也。鮮卑[54]、丁令[55]，重譯[56]而至，箄于白屋[57]，請吏[58]帥職[59]，此又君之功也。君有定天下之功，重以明德[60]，班敘[61]海內，宣美風俗[62]，旁施勤教[63]，恤慎刑獄[64]。吏無苛政，民不回慝[65]，敦崇帝族[66]，援繼絕世[67]。舊德前功，罔不咸秩[68]，雖伊尹[69]格於皇天[70]，周公光[71]於四海，方之[72]蔑如[73]也。

【章　旨】歷敘曹操平定內亂，外禦夷狄，以捍衛漢室的功績，雖功高如伊尹、周公之輔弼之臣，也不能與之相比。

【注　釋】❶董卓初興國難　卓字仲穎，臨洮（今甘肅岷縣）人，漢靈帝時為前將軍。中平六年（西元一八九年）靈帝死，大將軍何進召董卓引兵到洛陽，逐走袁紹，廢少帝劉辯，殺何太后，立漢獻帝，自為相國。次年，卓逼獻帝遷都長安。又次年，自為太師，位諸侯之上。篡位的意圖日益明顯，終於初平三年，為王允、呂布所殺。❷群后失位以謀王室　意謂列國諸侯暫離自身之職位，共同謀救漢室之難，發兵討伐董卓。群后，此指列國諸侯。失位，五臣本作「釋位」：意指暫離其職位。謀，謀救。慮難曰謀。王室，皇家：漢室。❸君　指曹操。❹攝進　謂奉獻忠誠。引進而持之曰攝。❺首啟戎行　率先出兵。啟，開始。戎行，軍隊。獻帝初平元年（西元一九〇年），曹操響應袁紹討伐董卓，進兵滎陽汴水（今河南滎陽東北）。❻反易天常　違背天道。易，違反。指漢靈帝中平元年（西元一八四年）張角率眾作亂，皆頭戴黃巾，時稱「黃巾賊」。❼三州　指青州、兗州、幽州。《後漢書・獻帝紀》：「黃巾轉寇勃海（屬幽州），公孫瓚與戰於東光。」又：「青州黃巾擊殺兗州刺史劉岱於東平。」❽剪除其跡二句　意謂曹操掃除黃巾賊的足跡，安定了洛陽。東夏，即洛陽。《後漢書・獻帝紀》初平三年（西元一九二年）：「東郡太守曹操大破黃巾於壽張，降之。」❾韓暹二句　韓暹、楊奉，均為董卓之部將，因破李權、郭汜有功。獻帝建安元年（西元一九六年），韓暹為大將軍，楊奉為軍騎將軍，專權於一時。❿又賴君勳四句　意謂曹操逼走韓暹，保衛京都，並於建安元年（西元一九六年）遷都許昌。《三國志・魏書・武帝紀》：曹操「至洛陽，衛京都，暹遁走。……洛陽殘破，董昭等勸太祖（曹操）都許」。京畿，國都所轄的地區。⓫設官兆祀　謂建設官署，立壇祭祀。兆，指古代設於四郊的祭壇四周的界限。據《三國志・魏書・武帝紀》，獻帝遷都許昌後，宗廟社稷制度始立。⓬舊物　前代的典章制度。⓭獲乂　得到治理。乂，治理。指能按時祭祀。⓮袁術僭逆　僭逆，超越本分而違背天常。指董卓被殺以後，袁術於獻帝建安二年（西元一九七年）據江淮之地，僭號稱帝，建都壽春（今安徽壽縣），成為南方最大的割據者。袁術，字公路，汝南汝陽（今河南商水縣西北）人。靈帝時為虎賁中郎將。⓯慴憚　懼怕。⓰君靈　君（指曹操）的聲威。⓱丕顯　丕，偉大。顯，明。⓲蘄陽二句　《後漢書・袁術傳》：「曹操乃自征之，術聞，大駭，即走渡淮，留張勳、橋蕤於蘄陽以拒操，（操）擊破斬蕤，而勳退走。」時在建安四年（西元一九九年）。蘄陽，東漢末為蘄春縣，晉避諱改稱蘄陽，在今湖北蘄春西北。⓳稜威　威勢。⓴南厲　使淮南之逆懼曹操之嚴厲。㉑以　因。㉒殞　殞命；身死。㉓潰　全軍潰敗。㉔迴戈二句　意謂曹操轉向東征呂布於徐州，並斬之。據《三國志・魏書・武帝紀》，建安三年九月，曹操東征呂布於下邳，呂布手下的宋憲、魏續等執陳宮，舉城投降，遂生擒布、宮，皆殺之。呂布，字奉先，五原九原（今綏遠五原）人。因與王允誅殺董卓之功，為奮威將軍，封溫侯，為兗州牧。㉕乘軒將反四句　謂曹操先後用計斬殺張揚、眭固，並使張繡降服。《三國志・

魏書・張楊傳》：「楊素與呂布善，太祖之圍布，楊欲救之不能，乃出兵東市遙為之勢，其將楊醜殺楊以應太祖，楊將眭固殺醜，將其眾，欲北合袁紹。太祖遣史渙邀擊，破之於犬城，斬固。」《三國志・魏書・張繡傳》：「張繡，武威祖厲人，驃騎將軍濟族子也……（濟死），繡領其眾，屯宛，與劉表合。太祖南征，軍淯水，繡等舉眾降。」張揚，《三國志・魏書》本傳作張楊。字稚叔，雲中（今綏遠托克托）人。董卓時為建議將軍。沮斃，敗亡而死。沮，敗壞。稽服，稽首降服。㉖袁紹四句　意謂建安二年，袁術自稱天子，袁紹自為大將軍（見《後漢書・獻帝紀》）。四年，曾率軍十餘萬，欲攻許都（見《三國志・魏書・武帝紀》）。袁紹，字本初，汝南汝陽人。靈帝時為佐軍校尉。逆常，違背天常。危，危害。稱兵，舉兵。內侮，指侵侮漢室。㉗天下二句　謂天下人人恐懼，不知如何是好。寒心，指因恐懼而驚心。固志，堅定的意志。㉘君執二句　《戰國策・魏四》：「夫專諸之刺王僚也，彗星襲月；聶政之刺韓傀也，白虹貫日。」後人附會為精誠感天之說。此句言曹操之精誠感天，人所共見。執，懷持。大節，效忠漢室的節操。精，精誠。貫，貫通。白日，太陽。㉙奮其武怒五句　謂曹操以劣勢兵力，在官渡大敗地廣兵強的袁紹。事在建安五年（西元二〇〇年）。致屆，以致到達。官渡，在今河南中牟東北。武怒，威武憤怒。神策，神妙的計策。醜類，此蔑稱袁紹反曹的集團。俾，使。危墜，危亡。㉚濟師洪河二句　意謂曹操軍隊乘勝渡過黃河，平定青州、冀州、幽州、并州。經十一年戰爭，北方袁紹全部潰滅。洪河，大河。指黃河。拓定，開拓平定。㉛袁譚　袁紹長子，字顯思。袁紹使他為青州刺史。建安十年（西元二〇五年），曹操攻殺之。㉜高幹　袁紹甥，袁紹使他為并州刺史。建安十一年（西元二〇六年）曹操親征，高幹逃向荊州，被人捕殺。㉝梟其首　斬其首而懸於木上以示眾。㉞海盜奔迸　《三國志・魏書・武帝紀》：「建安十一年（西元二〇六年）秋八月，公東征海賊管承至淳于，遣樂進、李典擊破之，承走入海島。」奔迸，逃散。㉟黑山順軌　《三國志・魏書・武帝紀》：「建安十年（西元二〇五年），夏四月，黑山賊張燕率其眾十餘萬降，封為列侯。」亦見《後漢書・獻帝紀》。順軌，指降服。㊱烏丸　即烏桓。古代北方少數民族名，為東胡族的一支。㊲三種　謂多族。據《三國志・魏志・烏丸傳》：漢末有遼西烏丸、上谷烏丸、遼東屬國烏丸、右北平烏丸。後遼西烏丸大人丘力居之從子蹋（或作「蹹」）頓總攝三王部眾，皆從其教令。而袁紹皆立為單于。㊳崇亂二世　崇亂，重亂。二世，兩代。從漢末遼西烏丸大人丘力居等到丘力居從子蹋頓，已為亂兩代。㊴袁尚因之四句　《三國志・魏書・武帝紀》：曹操征烏丸，「引軍出盧龍塞，塞外道絕不通，乃塹山堙谷五百餘里」。袁尚，袁紹第三子，字顯甫。曹操破袁紹，袁尚亡歸蹋頓，企圖憑其勢力，復圖冀州。後曹操征烏丸，斬蹋頓，袁尚逃往遼東，為遼東太守公孫康所殺。因，依靠。塞北，古代長城以北地區。束馬懸車，此指行山路時，包裹馬足，懸鉤車輛，以防滑落。形容經歷險阻。征，征討。(40)劉表（西元一四二～二〇八年）東漢山陽高平（今山東金鄉西北）人。獻帝初平元年（西元一九〇年）任荊州刺史，據有今湖南、湖北的大部分地區，是當時較大的割據勢力。他死後，子劉琮降曹。(41)背誕　違命放縱，不受節制。(42)不供貢職　不向朝廷進貢。職、貢意同。(43)首路　向路；上路。(44)百城八郡　一百座城，八個郡，約指劉表所據之地。(45)交臂屈膝　指建安十三年（西元二〇八年）劉琮投降曹操。交臂，交叉兩臂而自縛。(46)馬超　字孟起，扶風茂陵（今陝西興平東北）人，隨父馬騰起兵，為曹操所敗，先後投靠張魯、劉備，領涼州牧，封斄鄉侯。《三國志・魏書・武帝紀》建安十六年（西元二一一年）三月：「馬超遂與韓遂、楊秋、李堪、成宜等叛，遣曹仁討之，超等屯潼關。……秋，七月，公西征……斬成宜、李堪等，遂、超等走涼州……。」(47)同惡相濟　指惡人狼狽為奸。濟，助。(48)濱據河潼　占據濱臨黃河的潼關。(49)殄　滅絕。(50)馘　古代戰爭中，殺死敵人，割下左耳以計功。此處指所割的左耳。(51)萬計　用萬來計數。(52)撫　安撫。(53)和　和好；和睦相處。(54)鮮卑　漢時北方少數民族名。(55)丁令　即丁靈。古民族名。漢時為匈奴屬國，游牧於中國北部和西北部廣大地區。(56)重譯　輾轉翻譯。(57)箄于白屋　箄于，李善注：「張茂先《博物志》曰：北方五狄：一曰匈奴，二曰穢貊，三曰密吉，四曰箄于，五曰白屋。然白屋，今之靺鞨也。箄于，今之契丹也，本並以『箄于』為『單于』，疑字誤也。」(58)請吏　請漢為之設置官吏。(59)帥職　循例進貢。帥，遵循。(60)明德　美德。(61)班敘　次列；使民長幼有序。敘，通「序」。《國語・齊語》：「班序顛毛，以為民紀統。」(62)宣美風俗　宣揚善良風俗使民德淳美。(63)旁施勤教　廣泛施惠，勤於教化。(64)恤慎刑獄　指懷憐恤之心謹慎處理刑罰。(65)回慝　邪惡之念。(66)敦崇帝族　尊重皇帝的宗族。敦、崇，皆尊重、崇尚之意。(67)援繼絕世　謂援助即將滅絕的後嗣，使能繼承先人之業。世，通「嗣」。(68)舊德二句　意謂您（曹操）對漢廷的恩德與功勞，皆可一一序列。秩，次序。(69)伊尹　名摯，佐湯伐夏。湯死，孫太甲無道，伊尹逐之桐宮，三年後迎之復位。(70)格於皇天　謂精誠感動天帝，使之降臨。格，感通。(71)光　照耀。《書・洛誥上》：「唯公德明，光於上下。」(72)方之　比之於曹操。(73)蔑如　細小的樣子。蔑，細小。如，詞尾。《三國志・魏書・武帝紀》引作「蔑如」，不如之意。亦通。

【語　譯】從前董卓首先造成國家的災難，眾多諸侯暫時離開職位，共同謀救王室。您則奉獻忠誠，率先出兵，這就是您忠於本朝的表現。後來遇到黃巾賊，違背天道，侵奪我三州之地，禍難延及平民百姓，您又討伐他們，消滅了他們，安定了我國的東部，這也是您的功勞。韓暹與楊奉，擅用天子的權威命令，又依賴您的功勳，才解除這場災難，於是建都許昌，營造京畿，設置官署，建立祭壇，使先王的文物制度不致喪失，天地鬼神從此得到祭祀，這也是您的功勞。袁術僭越逆行，肆虐於淮南，懼怕您的威靈；而您運用偉大明智的謀略，蘄陽之役，橋蕤獻出他的頭顱，威勢震驚淮南，袁術因而身死兵潰，這也是您的功勞啊。您又轉向東征徐州，呂布被殺喪生。乘車將返之時，張揚也敗亡斃命。眭固伏罪領死，張繡叩首乞降；這也是您的功勞啊。袁紹違背天道，圖謀危害國家，憑藉他兵多將廣，舉兵內侵。在這時候，王室軍隊人少勢弱，天下的人莫不膽戰心驚，不知如何是好。您秉持勤王的大節，精氣貫通白日，振奮您的威武憤怒，用於神機妙算，以致到達官渡，大舉殲滅叛賊，使我們國家在危亡之際得到拯救，這也是您的功勞啊。您又率軍橫渡大河，拓展疆域，平定了青、冀、幽、并四州。袁譚、高幹都被梟首示眾，海盜奔逃四散，黑山之寇也順服王朝，這也是您的功勞啊。烏丸各部，大亂兩代。袁尚依靠他們，就近占據塞北之地，您下令包裹馬足，鉤吊車輛，歷盡艱險，一舉把他消滅，這也是您的功勞啊。劉表違命放縱，不向王室進貢。您率領王師上路，威風早已流傳，百城八郡的人，交臂自縛，屈膝而降，這也是您的功勞啊。馬超、成宜，狼狽為奸，竊據濱臨黃河的潼關，希望為所欲為。可是您把他們滅絕於渭水之南，獻馘數以萬計，於是安定了邊城，招撫了西戎北狄，與他們和睦相處，這也是您的功勞啊。鮮卑、丁令，透過輾轉翻譯前來朝賀。箄于、白屋，請求朝廷派員前往治理，並遵照規定進貢，這也是您的功勞啊！您有平定天下的功勞，加上美好的德性，使天下的人民長幼有序；宣揚善良的風俗，使民德淳美；廣泛施惠，勤於教化；心懷憐恤，謹慎處理刑罰。於是官吏無苛政，百姓不邪惡，尊重皇帝的宗族，援助即將絕滅的後嗣，使他能繼承先人的事業。您既往的德澤與功勳，無不清晰有序，歷歷可數，即使像伊尹之功感通皇天，周公之德光耀於四海，比起您的功德也微不足道。

朕聞先王❶並建明德❷，胙❸之以土，分之以民，崇❹其寵章❺，備其禮物，所以藩衛❻王室，左右❼厥世❽也。其在周成❾，管、蔡不靖❿，懲難⓫念功⓬，乃使邵康公[13]錫齊太公[14]履[15]，東至於海，西至於河[16]，南至於穆陵[17]，北至於無棣[18]。五侯九伯[19]，實得征之[20]；世胙太師，以表東海[21]。爰[22]及[23]襄王[24]，亦有楚人，不供王職[25]；又命晉文[26]登[27]為侯伯[28]，錫以二輅、虎賁、鈇鉞、秬鬯、弓矢[29]；大啟南陽[30]，世[31]作盟主[32]。故周室之不壞，繄[33]二國是賴[34]。今君稱丕顯德[35]，明[36]保[37]朕躬，奉荅天命[38]，導揚[39]弘烈[40]，綏[41]爰[42]九域[43]，罔不率俾[44]，功高於伊、周[45]，而賞卑[46]乎齊、晉[47]，朕甚恧[48]焉。朕以渺身[49]，託[50]於兆民[51]之上，永思厥[52]艱，若涉淵水[53]，非君攸[54]濟[55]，朕無任[56]焉。今以冀州[57]之河東、河內、魏郡、趙國、中山、鉅鹿、常山、安平、甘陵、平原凡十郡，封君為魏公。使使持節御史大夫慮[58]，授君印綬[59]冊書[60]，金虎符[61]第一至第五、竹使符[62]第一至第十。錫君玄土[63]，苴[64]以白茅[65]，爰契爾龜[66]，用建[67]冢社[68]。昔在周室，畢公、毛公[69]，入為卿佐[70]；周、邵[71]師保[72]，出為二伯[73]；外內之任[74]，君實宜之。其以丞相領冀州牧如故；今更下傳璽[75]，肅[76]將[77]朕命，以允[78]華夏[79]；其上故傳武平侯印綬[80]。今又加君九錫[81]，其敬聽後命[82]：以[83]君經緯[84]禮律[85]，為民軌儀[86]，使安職[87]業[88]，無或[89]遷[90]志；是用[91]錫君大輅、戎輅各一，玄牡[92]二駟[93]。君勸分[94]務本[95]，嗇[96]民昏作[97]，粟帛滯積[98]，大業[99]唯[100]興[101]；是用錫君袞冕之服[102]，赤舄[103]

副[104]焉。君敦尚[105]謙讓[106]，俾[107]民興行[108]，少長[109]有禮，上下咸和[110]；是用錫君軒懸之樂，六佾之舞[111]。君翼[112]宣[113]風化[114]，爰發[115]四方，遠人[116]回面[117]，華夏充實[118]；是用錫君朱戶[119]以居。居研[120]其明哲[121]，思帝所難[122]，官才任賢[123]，群善必舉[124]；是用錫君納陛以登[125]。君秉[126]國之均[127]，正色[128]處中[129]，纖毫[130]之惡，靡[131]不抑退[132]；是用錫君虎賁之士[133]三百人。君糾虔[134]天刑[135]，章[136]厥[137]有罪；犯關[138]干紀[139]，莫不誅殛[140]；是用錫君鈇鉞[141]各一。君龍驤虎視[142]，旁眺[143]八維[144]，揜[145]討[146]逆節[147]，折衝[148]四海；是用錫君彤弓[149]一，彤矢百，玈弓[150]十，玈矢千。君以溫恭[151]為基[152]，孝友[153]為德[154]，明、允、篤、誠[155]，感乎朕思[156]；是用錫君秬鬯一卣[157]、珪瓚[158]副焉。魏國置[159]丞相以下群卿百僚[160]，皆如漢初諸王之制。君往[161]欽[162]哉，敬服朕命，簡[163]恤[164]爾眾，時亮[165]庶[166]功，用[167]終[168]爾顯德，對揚[169]我高祖[170]之休命[171]。

【章　旨】援齊太公、晉文公輔弼周室而受賞的先例，冊封曹操為魏公，加以九錫。並一一說明其涵義，以示嘉勉。

【注　釋】❶先王　古代的聖王。❷並建明德　普建德性美好之人為諸侯。《左傳．文公六年》云：「古之王者，知命之不長，是以並建聖哲。」隱公八年云：「天子建德，因生以賜姓，胙之土而命之氏。」定公四年云：「昔武王克商，成王定之，選建明德，以蕃屏周。」❸胙　賜予。❹崇　尊崇。❺寵章　榮耀的標幟。❻蕃衛　保衛。蕃，通「藩」。❼左右　同「佐佑」。輔翼。❽厥世　其世。指當代的帝王。❾周成　周成王。❿管蔡不靖　謂周成王少，周公攝政，武王子管叔鮮和蔡叔度疑周公將不利於成王，便發動叛亂。靖，安。⑪懲難　以曾經遭受到的禍難為鑒戒。⑫念功　感念其功德。⑬邵康公　即召公。名奭，謚康。⑭齊太公　即姜太公。名尚，字子牙，佐武王滅紂，為齊之始封君。⑮履　所踐履之地。指其封地。⑯東至於海二句　謂東至東海（今之黃海），西至當時之黃河。⑰穆陵　地名。在今山東臨朐東南之穆陵關。⑱無棣　在今河北鹽山縣南。⑲五侯九伯　統指天下諸侯之國。俞樾《群經平議》說。⑳實得征之　《左傳》作「女實征之」。以上七句本《左傳・僖公四年》管仲語。㉑世胙太師二句　見《左傳・襄公十四年》。胙，通「祚」。賜。表，使之光顯。㉒爰　發語詞。㉓及　到。㉔襄王　周襄王。㉕亦有楚人二句　謂周襄王時，楚成王不向王室進貢。事見《左傳・僖公四年》。㉖晉文　晉文公重耳。㉗登　提升。㉘侯伯　諸侯之長。《左傳・僖公二十八年》：「王命尹氏及王子虎、內史叔興父策命晉侯為侯伯。」㉙錫以句　錫，通「賜」。二輅，大輅；戎輅。即祭祀所乘的禮車和戎車。二輅皆附有服裝與配備。虎賁，勇士；武士。鈇鉞，皆刑戮之具。鈇，鍘刀。鉞，似斧，而刃向上下揚起。《禮記・王制》：「諸侯賜弓矢，然後征；賜鈇鉞，然後殺。」秬鬯，用黑黍（秬）及鬱草合釀之酒，芬芳條暢，古人用以降神。弓矢，弓箭。事見《左傳・僖公二十八年》。㉚大啟南陽　啟，開。此指開疆拓土。南陽，約在今河南濟源、淇縣之間。其地在黃河之北、太行山之南，故晉名之曰南陽。事見《左傳・僖公二十五年》。㉛世　世代相承。㉜盟主　諸侯會盟的主持人；同盟諸侯的領袖。㉝緊　語助詞。㉞二國是賴　「賴二國」的倒裝句。二國，指齊和晉。是，表示受詞提前的副詞。賴，依靠。㉟稱丕顯德　《書・洛誥》：「王若曰：『公明保予沖子，公稱丕顯德。……』」稱，發揚。丕，偉大。顯，光明。德，德性。㊱明　勉力。㊲保　輔佐。㊳奉荅天命　遵奉並報答上天的命令。《書・洛誥》：「奉荅天命，和恆四方民。」奉，遵奉。荅，通「答」。報答。㊴導揚　導引、弘揚。㊵弘烈　大業。㊶綏　安撫。㊷爰　於。㊸九域　九州；天下。㊹罔不率俾　語出《書・君奭》。無不循度而可使。即無不順從。罔，無。率，遵循。俾，使。㊺伊周　伊尹、周公旦。㊻卑　低。㊼齊晉　指齊太公、晉文公。㊽恧　慚愧。㊾渺身　獻帝自謙之稱。渺，微小。㊿託　寄託；寄居。(51)兆民　古代天子稱其人民。萬億曰兆。(52)厥　其。(53)淵水　深水。(54)攸　所。(55)濟　輔助。(56)無任　無可委任之人。(57)冀州　約有今河北、河南南部、山東北部之地，治所在今河北臨漳西南。(58)使使持節句　《三國志・魏書・武帝紀》：建安十八年（西元二一三年）五月丙申，「天子使御史大夫郗慮持節策命公為魏公」。(59)綬　繫印的絲帶。(60)冊書　古代帝王詔命臣下的文書。(61)金虎符　銅製的虎形兵符，分兩半，帝與將帥各執一半，用以為發兵信物。(62)竹使符　竹製的箭形符信，半留京師，半與郡國，為朝廷授予郡國守相的信物。(63)玄土　黑土。古代天子的社壇以五色土為之：東方青，南方赤，西方白，北方黑，上覆以黃土。諸侯受封，各取方土，苴以白茅，以為諸侯之社。冀州在北方，故取其玄土。64苴　包裹。65白茅　多年生草，其地下莖潔白有節，古代常用以包裹祭品。66爰契爾龜　指以龜甲占卜凶吉，並將卜問之事與結果刻於卜兆之旁。爰，於是。契，刻。爾，你的。龜，龜甲。67建　立。68冢社　社廟，諸侯祀社（土神）之所。69畢公毛公　畢公高，毛公伯明，皆周文王子，為諸侯。70入為卿佐　入朝為輔佐天子執政的卿士。71周邵　周公旦、召公奭。72師保　周公為太師，召公為太保。古代太師、太保、太傅合稱三公，是輔助帝王的最高官員。73出為二伯　指周武王封周公旦於魯，封召公奭於燕；成王時出任東西二伯，分治天下：自陝以西，召公主之；自陝以東，周公主之。伯，諸侯之長。74任　職責。75下傳璽　謂頒發魏國公的印章。諸侯有傳信（乘驛站車馬的憑證）乃得在傳舍（驛站）止宿。傳信為尺五寸木，封以國璽，故稱國璽為傳璽。76肅　恭敬。77將　奉行。78允　誠信。79華夏　中國。80其上故傳句　謂上呈原有的武平侯印綬。曹操受封武平侯，時在建安元年（西元一九六年）九月。81九錫　傳說古代帝王尊禮大臣所賜的九種器物。其說不一，下文的車馬、衣服、棐則、朱戶、納陛、虎賁、弓矢、斧鉞、秬鬯九事，用《禮緯含文嘉》說。82後命　後來的命令。即以下的命令。對前命而言。83以　因。84經緯　制定。85禮律　禮儀與法令。86軌儀　法則。87職　官事。88業　指士、農、工、商所從事的工作。89或　有人。90遷　改變。91是用　是以；因此。92玄牡　黑色雄馬。93二駟　四馬為駟。二駟，八匹馬。94勸分　勉勵人們各守本分。95務本　致力於農業生產。96嗇　愛。97昬作　勉力耕作。98滯積　積聚。99大業　王業。100唯　以；因而。101興　振興。102袞冕之服　袞衣和冠冕，古代帝王公侯的禮服。服，服飾。103赤舄　古代帝王公侯所穿的紅色複底禮鞋。104副　相配。105敦尚　尊崇。106謙讓　謙遜；退讓。107俾　使。108興行　奮起實行。109少長　年少者和年長者。110和　和睦。111錫君軒縣之樂二句　指賜曹操以諸侯之樂舞。軒懸，諸侯陳列樂器如編鐘、編磬之類，懸掛在東西北三面。《周禮‧春官‧小胥》：「王宮縣，諸侯軒縣。」注：「宮縣，四面縣；軒縣，去其一面。」謂去南面。懸，通「縣」。六佾之舞，古代舞蹈，八人為一行，一行叫一佾。天子用八佾，諸侯用六，大夫用四。112翼　輔助。113宣　宣播。114風化　教化。115發　散發。116遠人　遠方邊地的人。指四夷。117回面　回頭向內。指臣服、歸順。118華夏充實　中國殷實富裕。119朱戶　天子宮室紅色的門扇。賞賜有功大臣或諸侯，以表禮遇尊重。120研　探討；尋求。121明哲　指明智的人。122難　指難以決定的事。123官才任賢　任用有才智賢德之人為官。124群善必舉　謂眾多的賢人必定得到舉用。125納陛以登　鑿殿基為登升的階級，納於簷下，不使露天而升。是天子對有特殊功勛者的賞賜。126秉　執掌。127均　通「鈞」。本指陶人製器所用的轉盤，此指權力。128正色　表情端莊嚴肅。129處中　處理事情十分公允、中正。130纖毫　極其細微。131靡　無。132抑退　阻止；斥退。133虎賁之士　勇士；武士。134糾虔　敬察。糾，糾察。虔，恭敬。135天刑　天子的刑法。136章　通「彰」。使顯明。137厥　其。138犯關　觸犯國家關禁。139干紀　違反國家綱紀。140誅殛　誅殺；殺死。誅、殛意同。141鈇鉞　鈇與鉞。刑戮之具。參見29。142龍驤虎視　志氣高遠、顧盼自雄的樣子。143旁眺　四顧。144八維　四方和四隅合稱八維。泛指天下。145揜　通「掩」。掩襲；乘人不備加以襲擊。146討　討伐。147逆節　指違逆法度的人。148折衝　使敵人的幢車折回。衝，通「幢」。陷陣車。149彤弓　與下「彤矢」，朱紅色的弓、箭。《荀子・大略》：「天子雕弓，諸侯彤弓，大夫黑弓。」150玈弓　與下「玈矢」，黑色的弓、箭。151溫恭　溫和恭敬。152基基礎。153孝友　孝順父母、友愛兄弟。154德　德性；天性。155明允篤誠　語見《左傳・文公十八年》。孔疏：「明者，達也；曉解事務，照見幽微也。允者，信也；終始不愆，言行相副也。篤者，厚也；志性良謹、交遊款密也。誠者；實也；秉心純直，布行貞實也。」156思　心。157卣　盛鬯酒的禮器，斂口橢圓形，大腹，圈足，有蓋與提梁。158珪瓚　玉瓚的一種。祼祭用以盛灌鬯酒之勺，以珪為柄者稱珪瓚。159置　設置。160僚　官吏。161往　前往魏國。162欽　敬謹。163簡　考察。164恤　體恤。165亮　信。166庶　眾。167用　以。168終　成就。169對揚　報答發揚。170高祖　漢高祖劉邦。171休命　美善的命令。《書・說命下》：「敢對揚天子之休命。」

【語　譯】我聽說先代帝王都封建有美德的人為諸侯，賜給他們土地，分給他們百姓，使他們榮耀的標幟受人尊崇，使他們的禮器服飾完備，因為要讓他們作為王室的屏障，輔翼王朝，保衛當代的帝王啊。在周成王之時，管叔、蔡叔不安分守己，周天子以曾遭受到的禍難為鑒戒，感念靖難的功德，便派召康公賞賜齊太公一片封地：東到海濱，西到黃河，南到穆陵，北到無棣。天下的諸侯有罪，都可以專命征討，世代賜以太師之位，而光顯於東海之濱。到周襄王時，又有楚國人不向王室進貢，又命令晉文公升為侯伯，賜給戎車和禮車、勇士、鈇鉞、秬鬯、弓箭，於是晉國在南陽開闢一大片疆土，世代作諸侯盟主。因此周王室能夠不衰敗下去，全靠著齊晉二國。如今您發揚偉大光明的美德，勉力保護我，遵奉報答上天的命令，弘揚大業，安撫天下的人，使他們無不順從。您的功德高於伊尹、周公，而得到的賞賜低於齊太公和晉文公，我覺得非常慚愧。我以微末之身寄託於兆民之上，常思為君的艱難，如渡過深淵，不是您從旁協助，我就沒有可委任的人了。現在我把冀州的河東、河內、魏郡、趙國、中山、鉅鹿、常山、安平、甘陵、平原共十個郡，封給您為魏公。

並派使持節御史太夫郗慮，授予您印綬和冊書，金虎符第一至第五，竹使符第一至第十，賞您太社上的黑土，包以白茅，您可以契龜占卜，用以建造冢社。從前在周朝時，畢公、毛公、入朝擔任輔佐天子的卿士；周公、召公在朝擔任師保，出任東、西二伯；而朝廷內外的重任，您都適合擔當。命您仍以丞相的官銜兼任冀州牧；如今更頒下傳璽，希望恭敬地奉行我的命令，以取信於天下。同時請上呈原來的傳璽武平侯印綬。如今再加賜九錫給您，望您敬聽以下的命令，因您能制定各種禮儀法令，作為人民遵循的法則、儀制，使臣民都安於職守和行業，沒有人見異思遷；所以賜給您大輅、戎輅各一輛，黑色雄馬八匹。您勉勵人民安守本分，致力於農業生產，愛惜農民努力耕作，糧食布帛大批積聚，王業因而振興，所以賜給您袞冕的服飾，並配上赤舄一雙。您崇尚謙讓，使人們奮起實行，無論年少者還是年長者都遵守禮法，在上位和在下位的人全和睦共處，所以賜給您軒懸的樂器，六佾的舞者。您輔助宣傳王朝的教化，散發於四方，使得遠方的吏狄臣服，中國人人富足，所以賜給您紅漆大門的住宅。您能尋求明智的人，思考帝王難以決定的事，使有才智的人居官，任用賢明的人，所有的善士都被推舉入朝；所以賜您納陛以供登殿。您執掌國家之大權，態度端莊嚴肅；處事公允中正，有絲毫過惡，無不加以阻遏斥退；所以賞賜給您虎賁三百人。您敬察上天的刑法，使那些有罪的人惡名昭彰；觸犯關禁、違反法紀的人，無不加以誅滅；所以賜給您鈇和鉞各一具。您志氣高遠，顧盼自雄，遍觀天下四方，突襲討伐違逆法度的人，挫敗海內的敵人；所以賜給您彤弓一張，彤矢百支；黑弓十張，黑矢千支。您以溫和恭敬為做人的根本，孝順友愛作為天賦的德性，明達事理，言行相副，待人篤厚，秉心純直，使我內心十分感動；所以賞賜給您秬鬯一卣，配以珪瓚。魏國設置丞相以下群卿百官，皆依漢初諸侯王設官的制度。您前往就國，恭謹行事，敬聽我的命令，仔細考察並體恤您的臣民，時時信驗眾多的功業，成就您光明之德，用以報答發揚我高祖所受的美命。

卷三十六

令

宣德皇后令

【作　者】任昉（西元四六〇～五〇八年），字彥昇，南朝樂安博昌（今山東壽光）人。早慧，十六歲舉秀才第一，仕宋、齊、梁三代。梁時任義興、新安太守等職。文章之美，冠絕一時，與沈約有「任筆沈詩」之稱。原集已散佚，明人輯有《任彥昇集》。

【題　解】本文是作者任彥昇代宣德皇后勸勉蕭衍受封的文章。據《南齊書・皇后傳》，宣德皇后即文安王王后，諱寶明。永明十一年為皇太孫太妃。鬱林即位，尊為皇太后，稱宣德宮。永元三年梁王定京邑，迎后入宮稱制，至禪位。唐李善注以為本令是宣德皇后勸蕭衍受梁公之封，而五臣以為勸衍受禪之令。

本令和任昉的其他應用文一樣，寫得簡練樸素，善用典故，通脫流暢，說理透徹，而毫不追求浮華綺麗。

宣德皇后敬問具位❶。夫功在不賞，故庸勳之典蓋闕❷；施侔造物，則謝德之途已寡也❸。要❹不得不彊❺為之名❻，使荃宰❼有寄❽。

【章　旨】推崇蕭衍之功德已是難以酬謝，今封梁公，不過是勉強為之。

【注釋】❶具位　具瞻之位。指三公宰相。語本《詩・小雅・節南山》：「赫赫師尹，民具爾瞻。」❷功在不賞二句　謂功勳太大而無以賞賜，酬報功勳之制度因而闕略。庸勳，謂酬庸有功勳者。庸，酬。《左傳・僖公二十四年》：「庸勳、親親、暱近、尊賢，德之大者也。」典，制度。闕，闕略。❸施侔造物二句　謂恩施高隆，等同於造物之道，那麼酬謝之路已很少。意即無法酬謝。施，恩施；德澤。侔，等同。造物，自然之道；法則。❹要　總要。❺彊　勉強。❻名　酬謝之名。❼荃宰　指君臣。荃，〈離騷〉：「荃不察余之中情兮。」王逸注曰：「荃，香草，以喻君也。」宰，臣。❽寄　寄託。

【語譯】宣德皇后恭敬地命令您。功勳太大以致無以賞賜，酬報功勳的制度就會因而闕略；德澤深厚，等同於造物者，那麼酬謝恩德的辦法已經很少。但還是不能不勉強行酬功之名，使得君臣上下各有寄託。

公❶實天生德❷，齊聖廣淵❸。不改參辰❹，而九星❺仰止❻；不易日月，而二儀❼貞觀❽。在昔晦明❾，隱鱗戢翼❿。博通群籍，而讓齒乎一卷之師⓫；劍氣⓬凌雲，而屈⓭跡於萬夫之下。辯析⓮天口⓯，而似不能言⓰；文擅雕龍⓱，而成則削藁⓲。爰在弱冠⓳，首應弓旌⓴。客游梁朝㉑，則聲華籍甚㉒；薦㉓名宰府㉔，則延譽㉕自高。隆昌㉖季年，勤王始著㉗。建武㉘惟新㉙，締構斯在㉚。功隆賞薄，嘉㉛庸㉜莫疇㉝。一馬之田㉞，介山之志㉟愈厲㊱；六百之秩㊲，大樹之號㊳斯存。及擁旄㊴司部㊵，代馬㊶不敢南牧；推轂㊷樊鄧㊸，胡塵㊹罕嘗夕起。惟彼狡童㊺，窮凶極虐㊻，衣冠㊼泯㊽絕，禮樂崩喪。既而鞠旅㊾誓眾㊿，言謀(51)王室。白羽(52)一麾，黃鳥(53)底定(54)；甲既鱗下，車亦瓦裂(55)；致天之屆(56)，拱揖(57)群后(58)。豐功厚利，無得而稱59。是以祥光60揔61至，休氣62四塞；五老游河，飛星入昴63。

【章旨】稱述蕭衍的才德、謙讓之懷及外定邊地、內平凶虐的豐功偉業，以為「立名」之由。

【注釋】❶公　指蕭衍。❷天生德　天生之德。《漢書・敘傳下》：「皇矣漢祖，纂堯之緒，寔天生德，聰明神武。」❸齊聖廣淵　《左傳・文公十八年》：「齊、聖、廣、淵、明、允、篤、誠。」齊，中。指率心由道，舉措皆中。聖，通。指博達眾務，庶事盡通。廣，寬。指器宇宏大，度量寬弘。淵，深。指知能周備、思慮深遠。❹不改參辰　指不改變參辰的運行。參、辰，皆星宿名。兩不相見。辰星即商星。❺九星　日、月、星辰、四時、歲合稱九星。一說：四時和金、木、水、火、土五星之合稱。❻仰止　仰望；景慕。《詩・小雅・車舝》：「高山仰止，景行行之。」❼二儀　指天地。❽貞觀　指澄清宇內，恢宏正道。《易・繫辭下》：「天地之道，貞觀者也。」❾晦明　藏明於晦。❿隱鱗戢翼　指蕭衍低微時如龍鳳隱藏鱗翼似的暗藏德能。戢，收斂。⓫讓齒乎一卷之師　能推尊教導一卷書的老師。讓，謙讓。齒，次列。⓬劍氣　此指勇氣。⓭屈　屈居；屈處。⓮辯析　辯論分析。⓯天口　《七略》：「齊田駢好談論，故齊人為語曰：『天口駢。』」⓰似不能言　《論語・鄉黨》：「孔子於鄉黨，恂恂如也，似不能言者。」⓱雕龍　喻善於文辭。戰國齊人騶衍喜言天事，善閎辯。騶奭「采騶衍之術以紀文」。齊人因稱衍為「談天衍」，奭為「雕龍奭」。見《史記・孟荀列傳》。⓲削藁　即削草。古代大臣封事奏上，削滅草稿，以示慎密。⓳弱冠　古男子年二十而冠。因以為二十歲之別稱。⓴弓旌　古代徵聘之禮。用弓招士，用旌招大夫。㉑客游梁朝　漢梁孝王來朝，從遊說之士，司馬相如見了喜歡他，便客遊梁朝。事見《漢書・司馬相如傳》。此處以司馬相如、枚乘之徒客遊梁孝王門下而聲名籍甚來比蕭衍。㉒籍甚　聲名甚盛。㉓薦　進。㉔宰府　指蕭衍遷衛將軍王儉東閣祭酒事。㉕延譽　播揚聲名。㉖隆昌　齊鬱林王年號。在位僅七個月。㉗勤王始著　衍當時除太子庶子、給事黃門侍郎，以定策勳封建陽縣男。見《梁書・武帝紀》。勤王，為王事盡力。著，顯。㉘建武　齊明帝蕭鸞年號。㉙惟新　初年。㉚締構斯在　指有存社稷、周王室之功。締構，指蕭衍於建武二年擊退魏軍入侵事。締，造。構，築。㉛嘉　善。㉜庸　功。㉝疇　通「酬」。報。㉞一馬之田　一馬可耕之田。㉟介山之志　指讓祿隱退的心願。晉文公重耳賞從亡者，介之推不言祿、不居功，偕母隱於山中而死。晉文公求之不獲，以緜上為之田，曰：「以志吾過，且旌善人。」所隱之山，後改名介山。事見《左傳・僖公二十四年》。㊱厲　高遠。㊲六百之秩　指六百石微薄的俸祿。《漢書・卷七二》：「(琅邪邴漢）兄子曼容，養志自修，為官不肯過六百石，輒自免去，其名過出於漢。」㊳大樹之號　大樹將軍的名號。漢馮異每所止舍，諸將並坐論功，而異常獨屏樹下，不共論功，軍中號曰「大樹將軍」。事見《後漢書・馮岑賈列傳》。㊴擁旄　執旌旄。指統領。㊵司部　司州。在今河南信陽一帶。㊶代馬　古代漢北產的駿馬。㊷推轂　古代君王遣將，必跪而推其車轂。此指出兵。㊸樊鄧　兩城名。均在今湖北襄陽北。㊹胡塵　魏兵馬騎激起的塵土。㊺狡童　《尚書大傳》微子歌曰：「彼狡童兮，不我好兮。」鄭注以狡童為紂。此處借指東昏侯。㊻窮凶極虐　東昏侯即位後，親小人，殺蕭衍之兄弟，故云。虐，殘暴。㊼衣冠　古人衣冠各有禮制，士以上皆有冠。此處指文明禮教、斯文。㊽泯　滅。㊾鞠旅　告旅；誓師。《詩・小雅・采芑》：「陳師鞠旅。」鞠，告。即誓師的意思。旅，五百人為一旅。㊿誓眾　誓誡眾士。(51)言謀　謀劃。(52)白羽　指白旄。(53)黃鳥　黃鳥旗。李善注引《鬻子》曰：「武王率兵車以伐紂，紂虎旅百萬，陣於商郊，起自黃鳥，至於赤斧，三軍之士靡不變色。武王乃命太公把白旄以麾之，紂軍反走。」(54)厎定　平定。《書・禹貢》：「震澤厎定。」厎，致。(55)甲既鱗下二句　《尚書大傳》：「武王伐紂，戰於牧野，紂之卒輻分，紂之車瓦裂，紂之甲鱗下。」(56)致天之屆　行使上天的誅伐。《詩・魯頌・閟宮》：「致天之屆，于牧之野。」致，招致。屆，同「殛」。誅戮。(57)拱揖　拱手以揖。(58)群后　指諸侯、百官。(59)稱　舉。(60)祥光　瑞氣。(61)揔　即「總」。通「怱」。忽然。(62)休氣　和善之氣；瑞氣。(63)五老游河二句　《竹書紀年・帝堯陶唐氏》：「擇良日，堯率舜等升首山，遵河渚，有五老游焉，蓋五星之精也。」據說五老告知「河出圖」後，即化為流星入昴宿。後常以此為祥瑞。

【語　譯】您實有天生之德，舉措皆中，博達眾務，度量寬弘，思慮深遠。如參辰二宿不改變它們的出沒，而九星都仰望它們；又如日月不改易它的運行，而天地宇宙就得以澄清。往昔您未顯之時，隱藏龍鱗，收斂鳳翼。廣通典籍，卻能推尊只教一卷書的老師；勇氣凌雲，卻能屈處常人之下。辯事析理如天口田駢，而表面似不善言談；文章擅於雕飾，而寫成後又削滅草稿。在弱冠之年，初應徵聘，如司馬相如之客遊梁朝，聲名甚盛；進入宰執之府，則聲名自然遠播。隆昌末年，因盡力王事而開始顯達。建武之初，建立了振王室、存社稷的大功。功高而賞賜菲薄，業偉卻沒受酬報。僅有一馬可耕之田，而讓祿之志，愈加高遠；固守六百石的俸祿，不求增祿，因而得到大樹將軍的名號。等到執旄司州，魏軍不敢南侵，出兵樊、鄧二城，胡馬之塵很少在晚上揚起。只是那東昏侯，窮極凶殘，使衣冠禮制泯滅殆盡。不久之後，您就告旅誓眾，向王室獻謀略。揮動白旄令旗，而亂賊得以平定；敵人之鎧甲如魚鱗紛紛下脫，戰車如瓦礫分解；行使了上天的誅伐，而能禮待諸侯百官。豐偉之功、廣厚之利，無法稱說。也因為如此，祥瑞之光，忽然而至；和善之氣，充塞天下。這真應了五老遊於河渚，化飛星而入昴宿的瑞兆啊！

元❶功茂❷勳，若斯之盛，而地狹乎四履❸，勢卑乎九伯❹，帝有恧❺焉。輶軒❻萃❼止，今遣某位某甲❽等，率茲百辟❾，人致其誠❿。庶匪席之旨⓫，不遠而復⓬。

【章　旨】指蕭衍功高勳茂，理應受封，懇請他接受封賞。

【注　釋】❶元　大。❷茂　盛。❸四履　指國境四面足跡可至之地。《左傳・僖公四年》：「管仲對曰：『……賜我先公履：東至於海，西至於河，南至於穆陵，北至於無棣。』」履，所踐履之界。指得以征伐之範圍。❹九伯　九州之長。❺恧　慚愧。❻輶軒　輕車。指使者之車。❼萃　集。❽某位某甲　職位及人名之省略。❾百辟　指百官。❿人致其誠　人人表示其至誠之心。⓫匪席之旨　指蕭衍固讓進封之意。匪席，比喻心志堅定。《詩・邶風・柏舟》：「我心匪席，不可卷也。」⓬不遠而復　意謂固讓之意不行遠而回復受封。

【語　譯】您建立的大功盛勳是如此之多，而封地卻小於齊太公四履之地，地位卻低於九州之長，為此皇帝自感慚愧。於是使車聚集，遣使發書，今派某位某甲等，率領百官，人人獻上誠摯之心，希望您不要堅持推讓之心而能回心受封。

教

為宋公修張良廟教

【作　者】傅亮（西元三七四～四二六年），字季友，北地靈州（今寧夏靈武）人。東晉末，初為建威參軍，累遷中書黃門侍郎。入宋，遷太子詹事，封為建城縣公，入直中書省，專掌詔命，累遷尚書令。少帝失德，亮與徐羨之共行廢除，迎立文帝，加左光祿大夫，開府儀同三司，進爵始興郡公。元嘉三年因擅權被誅。原有集三十一卷，已散佚，明人輯有《謝光祿集》。

【題　解】本文是傅亮代宋公劉裕起草的關於重修張良廟的詔書。

傅亮追隨劉裕多年，備受寵幸，表策文誥多出其手。義熙十三年（西元四一七年）劉裕北伐關、洛，途次留城，慕張良之功業德澤，下詔令修張良之墓，以示毋忘文武功臣。劉裕是於義熙十二年冊封為宋公，故題為〈為宋公修張良廟教〉。「教」是古代一種文體，一般指諸侯王公之令。

本文有別於一味歌功頌德的同類文章，注重立意，兼及構思。先以管仲、伊尹、太公望作比，扼要點明張良的功業、德澤及其謀略之善。繼而回敘修廟緣起，並著重點明修廟的目的：「抒懷古之情，存不刊之烈。」文章避免了平淡與冗長的敘述，顯得簡捷而有起伏。

綱紀❶：夫盛德不泯❷，義存祀典❸。微管之歎❹，撫事❺彌深❻。張子房❼道亞❽黃中❾，照❿鄰⓫殆庶⓬。風雲⓭玄感⓮，蔚⓯為帝師。夷項⓰定⓱漢，大拯橫流⓲。固⓳已參軌⓴伊望㉑，冠㉒德如仁㉓。若乃交神圯上㉔，道契㉕商洛㉖；顯默之際，窅然難究㉗。淵流浩瀁㉘，莫測其端㉙矣。

【章旨】以管仲、伊尹、太公望作比，盛讚張子房的德義、功業及其胸襟氣度之淵深莫測。

【注釋】❶綱紀　古代主簿綜理一府之事稱綱紀。教皆由主簿宣讀，故先稱之。❷泯　滅。❸祀典　祭祀的典禮、制度。❹微管之歎　春秋時，管仲相齊桓公，稱霸諸侯，一匡天下。故《論語・憲問》有「微管仲，吾其被髮左衽矣」之歎，表達了孔子對管仲的無限讚美。❺撫事　追思往事。❻彌深　感受更加深切。❼子房　張良字。❽亞　僅次一等。❾黃中　黃，中和之色。喻內德之美。《易・坤》：「君子黃中通理，正位居體，美在其中，而暢於四肢，發於事業，美之至也。」❿照　光明。⓫鄰　接近；鄰近。⓬殆庶　近似（聖人）。《易・繫辭上》：「顏氏之子，其殆庶幾乎！」⓭風雲　風雲際會。指張良遇黃石公受書一類事。⓮玄感　暗相感應。猶冥感。《宋書・武帝紀》引文作「言感」。⓯蔚　盛貌。指學識盛廣，故為漢帝之師。⓰夷項　夷，消滅。項，項羽。⓱定　奠定。⓲橫流　混亂。局勢動盪。⓳固　本。⓴參軌　參，近。軌，跡。㉑伊望　伊，伊尹。望，呂望。㉒冠　首；第一。㉓如仁　《論語・憲問》：「桓公九合諸侯，不以兵車，管仲之力也。如其仁，如其仁。」㉔交神圯上　指張良與圯上老人神交事。《史記・留侯世家》：「良嘗閒從容步游下邳圯上」，遇一老父，衣褐，後受老父《太公兵法》。張良常習讀熟誦。交神，《宋書・武帝紀》引文及五臣本皆作「神交」。㉕契　契合；投合。㉖商洛　山名。四皓居於此。漢高祖欲廢太子而立趙王如意，呂后恐，問計張良，張良薦四皓以輔太子，顯示太子仁孝，太子得以固位，事見《史記・留侯世家》。㉗顯默之際二句　謂仕隱之間，其思慮卻十分深遠而難於探究。顯默，出仕、退隱。窅然，深遠貌。究，探究。一說：謂子房籌策運思之難測。㉘淵流浩瀁　《宋書・武帝紀》作「源流淵浩」。淵，深。浩，大。瀁，蕩瀁。㉙端　涯；邊際。

【語　譯】主簿宣讀：茂行修德是不會泯滅的，高義之人必名存於祭祀之典。孔夫子有「微管仲，吾其被髮左衽」的概歎，如今追思此事，感受更是深切。張子房的道德雖未到至美之境，但光耀近似於聖人。風雲際會，神靈暗相感應，因此學識淵博，而成為漢帝之師。又出奇計，夷滅項羽，奠定漢室，竭力挽救社會的動盪、混亂。他的功勞本可與伊尹、太公望並駕齊驅，而道德冠於群倫，超過了管仲之仁。又神交下邳圯上老人，得了《太公兵法》，思想與商洛山中的四皓相投合，借助四皓來輔佐漢室；出仕與隱退之間，他的思慮深遠而難以探究。他的胸襟度量極為廣闊，無人能測度其邊際。

塗❶次❷舊沛❸，佇❹駕❺留城❻，靈廟荒頓❼，遺像陳昧❽。撫事❾懷人，永歎寔深❿。過大梁⓫者，或佇想⓬於夷門⓭，游九京⓮者，亦流連於隨會⓯。擬⓰之若人⓱，亦足以云。可改構⓲棟宇，修飾⓳丹青⓴，蘋蘩行潦㉑，以時㉒致薦㉓，抒懷古之情，存㉔不刊㉕之烈㉖，主者施行㉗。

【章　旨】敘述修張良廟的緣起、目的及具體措施。

【注　釋】❶塗　通「途」。❷次　路過。❸舊沛　往昔的沛縣。今江蘇沛縣。❹佇　停留。❺駕　車馬。❻留城　張良封於留，稱留侯，其邑為留城，故址在今江蘇徐州沛縣東南。❼荒頓　荒廢；頹壞。《宋書・武帝紀》引作「荒殘」。❽陳昧　陳舊而暗昧。❾撫事　追撫遺跡。❿永歎寔深　《宋書・武帝紀》引作「概然永歎」。寔，同「實」。⓫大梁　戰國魏都。今河南開封。⓬佇想　久立以思。⓭夷門　大梁城東門名。這裡指當時的夷門監者侯嬴。他是信陵君名冠諸侯的設計者。事見《史記・魏公子列傳》。⓮九京　五臣本作「九原」，山名。春秋時晉國大夫墓地所在。⓯隨會　指晉大夫士會。因封於隨，故稱隨會。《國語・晉語八》：「趙文子與叔向游於九原，曰：『死者若可作也，吾誰與歸？』叔向曰：『其陽子乎？』文子曰：「夫陽子行廉直於晉國，不免其身，其知不足稱也。」叔向曰：「其舅犯乎？」文子曰：「夫舅犯見利而不顧其君，其仁不足稱也。」「其隨武子乎？」「納諫不忘其師，言身不失其友，事君不援而進，不阿而退。」」隨武子即隨會，是既仁且智的人。⑯擬　比。⑰若人　這些人。指上文的侯嬴、隨會。⑱改構　改建。⑲修飾　裝飾。⑳丹青　畫像。㉑蘋蘩行潦　蘋蘩之菜與路中的積水。此言苟有忠信，雖物之微者亦可薦於鬼神。《左傳・隱公三年》：「苟有明信，澗、溪、沼、沚之毛，蘋蘩、薀藻之菜，筐、筥、錡、釜之器，潢、汙、行潦之水，可薦於鬼神，可羞於王公。」蘋，池塘淺水中小草本植物。蘩，白蒿。菊科多年生草本植物。行，道路。潦，雨水。㉒以時　按時。㉓致薦　進獻。薦，進。㉔存　想念。㉕不刊　無可修改、永不磨滅之意。古代書用竹、木簡，有錯即可削去重書，稱刊。㉖烈　功業。㉗主者施行　《宋書・武帝紀》引文無此句。

【語　譯】途經沛縣，停車於留城。看到留侯的祠廟荒廢頹壞，遺像陳舊而暗昧。追撫遺事，懷想古人，惟有深深的長歎罷了。路過大梁的人，時有久立東門而懷念夷門侯嬴的；遊覽九原的人，也有流連於隨會之墓而懷想他大仁大智的。相比於侯嬴、隨會，張子房也足以稱道。因此應當改築棟宇，裝飾畫像。即使只有蘋蘩之菜、行潦之水，也要按時獻祭。這樣來發抒懷古的情感，想念張子房不可磨滅的功業。主持此事的人要按此辦理。

為宋公修楚元王墓教

【作　者】傅亮，見頁一七〇八。

【題　解】本篇約作於劉裕冊封宋公之後。

宋武帝自認為楚元王之後，所以要為楚元王修墓。此文力陳楚元王的德義，並比之於周宣王時的召伯、戰國時的信陵君，不但顯德於當世，而且遺留下來的豐功偉業，一直造福著後代，使子孫百代發達繁盛。至於劉裕究竟是否楚元王之後，雖有《宋書・武帝紀》記載，卻無世系旁證，難免有攀附高枝之嫌。

綱紀：夫褒賢崇德❶，千載彌❷光❸，尊本敬始❹，義隆❺自遠❻。楚元王❼積仁基德，啟❽藩❾斯境❿，素風⓫道業⓬，作⓭範⓮後昆⓯。本支⓰之祚，實隆⓱鄙⓲宗，遺芳餘烈⓳，奮⓴乎百世，而丘㉑封翳然㉒，墳塋㉓莫翦㉔，感遠存㉕往，慨然㉖永懷㉗。夫愛人懷樹，甘棠且猶勿翦㉘；追甄墟墓，信陵尚或不泯㉙，況瓜瓞㉚所興㉛，開元㉜自㉝本㉞者乎！可蠲復㉟近墓五家，長給㊱灑掃。便可施行。

【注釋】❶褒賢崇德　褒揚賢能、崇尚德澤。❷彌　越加。❸光　光耀。❹尊本敬始　謂尊崇先祖。❺隆　高。❻遠　古遠。❼楚元王　劉交。字游，漢高祖劉邦同母少弟。漢立，封於楚，都彭城。據《宋書・武帝紀》，楚元王交，乃劉裕先祖，故劉裕修楚元王墓。❽啟　開。❾藩　藩國。❿斯境　指彭城一帶。⓫素風　素樸的風尚。⓬道業　合乎大道的功業。⓭作　則。⓮範　典範。⓯後昆　後嗣；子孫。⓰本支　樹木的根幹和枝葉。引申為子孫昌盛的意思。⓱隆　盛。⓲鄙　謙詞。⓳遺芳餘烈　指遺留下來的道德功業。⓴奮　振起；發揚。㉑丘　墳墓。㉒翳然　樹木遮蔽貌。㉓墳塋　墳墓；墓域。㉔翦　除。㉕存　想念。㉖慨然　感慨。㉗永懷　長相思。㉘愛人懷樹二句　典出《詩・召南・甘棠》：「蔽芾甘棠，勿翦勿伐，召伯所茇。」召伯名虎，姬姓，周宣王時封於召，故名召伯。召伯曾輔助宣王征伐南方的淮夷，人民為了表達對他的思念之情，不隨便剪伐召伯曾憩息之樹下的甘棠。㉙追甄墟墓二句　事見《史記・魏公子列傳》：「高祖十二年，從擊黥布還，為公子置守冢五家，世世歲以四時奉祠公子。」漢高祖感念魏公子賢能，撥五戶人家專為公子守家，並令後世每年四季定期謹祭公子。追，思。甄，表；彰明。泯，滅。㉚瓜瓞　瓜一代接一代生長。此謂劉交與劉裕是遠祖和子孫的關係。㉛興　起。㉜開元　創始。㉝自　始。㉞本　根本。㉟蠲復　指免除賦稅或勞役。㊱給　供。

【語譯】主簿宣讀：褒揚賢能，崇尚德行，千載之下，越加光輝。尊崇祖先，其意義自古就極為崇高。楚元王積聚仁義，以德為本，在此地建立藩國，其素樸的風範，合乎大道的功業，可成為後世子孫的典範。子孫繁衍多福，使我們宗族昌盛，遺留下來的道德功業，振起於百代之下。然而楚元王的墓地，草木遮蔽，無人掃除。對著這種景象，感念遠祖，懷想先人，不禁感慨長思。後人思念召伯的美德，能推愛到他所憩息的樹，不隨便剪伐甜美的棠梨；思念前人的賢能，奉祠其墳墓，信陵君的聲名尚且永不泯滅。更何況楚元王與後代瓜蔓相連，是劉氏的根本呢！可就墓地附近，免除五戶人家的賦稅勞役，以使他們長久地灑掃墓地。便可照此實行。

文

永明九年策秀才文 五首

【作　者】王融（西元四六七～四九三年），字元長，祖籍琅邪臨沂（今屬山東）人。竟陵八友之一。少而警慧，博學多才，頗有政治抱負，為齊武帝所讚賞。著名的〈曲水詩序〉就是奉武帝之命而作，以文藻富麗為當時所稱頌。永明十一年夏秋間，齊武帝病重，蕭子良入侍醫藥，以王融等人為軍主。王融因武帝將死，欲立子良為帝，不果，未幾下獄死。

【題　解】永明九年〈策秀才文〉五首，是王元長代齊武帝所作的。

鍾嶸《詩品》把作為詩人的王融列為「下品」，也許是由於他的詩歌好用典事的緣故，但他的散文卻是駢文的名作。這些駢文不但辭藻華美，音律諧和，而且化用「六經」和漢代典事，不露痕跡，寫得典雅莊重，辭美淨練，在當時頗負盛名。

本篇策問五首，一問待士求賢，二問興農治本，三問刑獄寬緩之計，四問錢幣鑄造和流通，五問曆數明時。雖各有側重，卻都是治政的要害，可謂著眼大局，目光銳利，以古證今，著重應用，是一組風格凝重的議論文章。

其一

問秀才❶高第明經❷：朕聞神靈❸文思之君，聰明❹聖德之后，體道而不居❺，見善如不及❻。是以崆峒有順風之請❼，華封致乘雲之拜❽。或揚旌❾求士，或設簴❿待賢，用能敷化⓫一時，餘烈⓬千古。朕寅⓭奉天命，恭惟⓮永圖⓯，審聽⓰高居⓱，載⓲懷祇⓳懼。雖言事必史⓴，而象闕㉑未箴㉒，寤寐嘉猷㉓，延佇㉔忠實。子大夫㉕選名升學㉖，利用賓王㉗。懋㉘陳三道㉙之要，以光四科㉚之首，鹽梅之和㉛，屬有望焉。

【章　旨】以古代明王為榜樣，表達自己企盼賢才的誠摯心情。

【注　釋】❶秀才　才能優秀者。漢代以後成為舉士之科目。❷明經　明於經國之道者。至唐亦成為舉士的科目。❸神靈　神奇靈異。《史記・五帝本紀》記黃帝「生而神靈，弱而能言」。❹聰明　指有智慧。《書・堯典》：「昔在帝堯，聰明文思，光宅天下。」孔疏：「此堯身智無不知，聰也；神無不見，明也。以此聰明之神，智足以經緯天地即文也，又神智之運深敏於機謀即思也。」❺體道而不居　體悟大道，卻不居功。《老子・二章》：「是以聖人……功成而弗居。」❻見善如不及　看見善良的行為，好像唯恐趕不上似的。《論語・季氏》：「孔子曰：『見善如不及，見不善如探湯。』……」❼崆峒有順風之請　用黃帝往崆峒山向廣成子請教至道事。《莊子・在宥》：「黃帝立為天子十九年，令行天下，聞廣成子在於崆峒之山，故往見之，曰：『我聞吾子達於至道，敢問至道之精。吾欲取天地之精，以佐五穀，以養民人，吾又欲官陰陽，以遂群生，為之奈何？」……廣成子南首而臥，黃帝順下風膝行而進，再拜稽首而問曰：『聞吾子達於至道，敢問，治身奈何而可以長久？』」❽華封致乘雲之拜　用帝堯向華封人拜請乘雲至帝鄉事。《莊子・天地》：「堯觀乎華。華封人曰：『嘻，聖人，請祝聖人。』『使聖壽。』堯曰：『辭。』『使聖人富。』堯曰：『辭。』『使聖人多男子。』堯曰：『辭。』封人曰：『壽、富、多男子，人之所欲也，女獨不欲，何邪？』堯曰：『多男則多懼，富則多事，壽則多辱。是三者，非所以養德也，故辭。』封人曰：『……天下有道，則與物皆昌；天下無道，則修德就閒；千歲厭世，去而上僊；乘彼白雲，至於帝鄉；三患莫至，身常無殃；則何辱之有。』」❾旌　幡。據說舜時曾懸旌徵求善言。❿簴　懸掛鐘、磬的木架。據說大禹治天下，曾徵求賢士擊鼓擊鐘以言事。⓫敷化　普遍教化。⓬餘烈　餘業。⓭夤　敬。⓮惟　思。⓯永圖　經國之長圖。⓰審聽　審慎聽受。⓱高居　意指高居思危。⓲載　則。⓳祗　敬。⓴言事必史　古代有右史記言、左史記事。㉑象闕　宮廷的闕門。即象魏。㉒未箴　此言未有直言之士。㉓寤寐嘉猷　日夜思考善道。㉔延佇　翹首站立，以待忠貞誠實之士。㉕子大夫　指秀才。㉖選名升學　挑選秀才，升入太學。《禮記・王制》：「司徒論選士之秀者，而升之學，曰俊士。」㉗利用賓王　利於時用，以佐王道。《易・觀》：「觀國之光，利用賓于王。」㉘懋　美。㉙三道　國體、人事、直言。㉚四科　漢武帝元狩六年，以四科舉士，一德行高妙，志節清白；二學通行修，經中博士；三明達法令，足以決疑；四剛毅多略，遭事不惑。㉛鹽梅之和　鹽味鹹，梅味酸，都為調味所需。後用以比喻治理國政。《書・說命下》：「若作和羹，爾唯鹽梅。」

【語　譯】問列於高等明於經國之道的秀才：我聽說神異靈敏、有道德才能的君主，聰明睿智、神聖賢德的國王，都能夠體驗並實行大道，卻能功成勿居，看到善良的行為好像唯恐追趕不上似的。所以黃帝在崆峒山，順風膝行，向廣成子請教至道；帝堯向華封人拜請乘雲到帝鄉之術。有的揚幡以廣求賢士，有的設架置樂器以接待賢才，因而能夠教化當世，餘業傳留萬世。

我敬奉上天之命，謹慎地思考經國的長圖，審慎聽受，居高思危，日夜懷想敬懼不已。儘管有右史記言，左史記事，但宮廷闕門內未有直言之士，日夜思考治國的善道，翹首站立，以待忠貞誠實的人才。你們這些人，受到選拔提名，進入太學，利於時用，以佐王道。盛談國體、人事、直言三道的要領，來光耀四科所舉之士的前列。成為治理國政的人才，正是我所希望的。

其二

又問：昔周宣惰千畝之禮，虢公納諫❶。漢文缺三推之義，賈生置言❷。良以食為民天❸，農為政本❹。金湯❺非粟而不守，水旱有待❻而無遷❼。朕式照❽前經❾，寶❿茲稼穡⓫，祥正⓬而青旗⓭肅⓮事，土膏⓯而朱紘⓰戒典，將使杏花⓱菖⓲葉，耕獲不愆⓳，清甽⓴泠風㉑，述㉒遵無廢。而釋耒㉓佩牛㉔，相沿㉕莫反。兼㉖貧擅㉗富，浸㉘以為俗。若爰井㉙開制，懼驚擾㉚愚民；舃鹵㉛可腴㉜，恐時無史、白㉝。興廢之術，矢陳㉞厥謀。

【章　旨】指出農業為施政的根本，應如何改變廢棄農事傾向，以進一步發展農業生產，乃就此發問。

【注　釋】❶昔周宣二句　用虢公勸周宣王重農事。《國語．周語上》載：周宣王即位，不籍千畝，虢文公諫曰：「不可。夫民之大事在農，上帝之粢盛於是出……。」❷漢文缺三推二句　用賈誼說漢文帝躬耕以勸農事。《漢書．食貨志》：「文帝即位，躬修儉節，思安百姓。時民近戰國，皆背本趨末，賈誼說上曰：『……古之人曰：「一夫不耕，或受之飢；一女不織，或受之寒。」……』於是上感其言，始開籍田，躬耕以勸百姓。」三推，古代帝王為表示勸農，每年舉行一次耕籍之禮，掌犁推行三周，稱三推。後來歷代封建王朝，皆有親耕三推儀式。❸食為民天　即民以食為天。《漢書．酈食其傳》：「酈食其說漢王曰：『王者以民為大，而民以食為天。……』」天，依靠。❹政本　為政的根本。❺金湯　金城湯池的縮寫。喻城牆堅固、護城河深不可測。❻有待　指有粟以備急需。❼無遷　無遷徙流亡者。❽式照　仿照。❾前經　指前代帝王重視農業、親躬籍田之榜樣。❿寶　重視。⓫稼穡　農事的總稱。下種曰稼，收穫曰穡。⓬祥正　「農祥晨正」之省。農祥，房星（天駟）。晨正，晨時正中。謂正月初，房星現於南方，為農事之最佳時刻。⓭青旗　籍田之旗。⓮肅　敬。⓯土膏　土地的膏澤、肥沃。⑯朱紘　冠飾。即冠冕上的紐帶，由頷下挽上而繫在笄的兩端。⑰杏花　杏花開，則始種百穀。⑱菖　菖蒲。水草，草之先生者，於是始耕。⑲愆　延；失。⑳清甽　同「清畎」。清澈的田溝。㉑泠風　和風。藉以養苗成穀。㉒述　明述其義。㉓釋耒　廢棄耕田之耒具。㉔佩牛　指賣牛買劍。《漢書・龔遂傳》：「民有帶持刀劍者，使賣劍買牛，賣刀買犢，曰：『何為帶牛佩犢！』」㉕沿　同「沿」。㉖兼　兼并。㉗擅　專。㉘浸　浸淫；漸漸地。㉙爰井　變革均田制度。爰，易。井，井田。㉚擾　煩。㉛舄鹵　即鹹鹵。土地含有過多的鹽鹹成分。㉜腴　膏腴。㉝史白　史起和白公。古代為渠引水灌田的水利專家。㉞矢陳　直陳。

【語　譯】又問：從前周宣王即位，不籍千畝，虢公便進諫。漢文帝廢缺皇帝親耕的三推儀式，賈誼便進言勸說。實在是因為食是百姓的依靠，農業是治政的根本。金城湯池之固，沒有糧食就不能防守；水旱之災只要有了糧食，百姓就不致遷徙流亡。

我遵照前代帝王的制度，極其重視農業生產，當正月房星現於南方的最佳時候，就豎立籍田青旗，敬事農畝，土地肥沃滋潤，戴冕繫著朱帶，親自主持祀典。將在杏花、菖蒲開花時，不失時機地耕種、收穫；使田溝儲滿清水，禾苗吹著和風，明述遵循古法，不輕易廢棄。但當今有些人廢棄農具，賣牛買劍，已相沿成風，不能像古代那樣重視農業。專富大家，兼并貧困小民，漸漸已成流俗。假若變易均田，開創新制，怕會驚擾愚民百姓；鹽鹹之地可成為膏腴之田，又恐怕現在已沒有史起、白公那樣治水灌田的人物了。何者該興，何者該廢，請直陳你的主張。

其三

又問：議獄緩死①，《大易》②深規。敬法卹刑③，虞《書》茂典④。自萌俗澆⑤弛⑥，法令滋彰⑦，腓石少不冤之人⑧，棘林⑨多夜哭之鬼。朕所以明發⑩動容，昃食⑪興慮，傷秋荼之密網⑫，惻夏日⑬之嚴威。永念畫冠⑭，緬追⑮刑厝⑯，徒⑰以百鍰⑱輕科，反行季葉⑲，四支⑳重罰，爰㉑創㉒前古。訪游禽於絕澗㉓，作霸秦基㉔，歌雞鳴於闕下，稱仁漢牘㉕。二途㉖如爽㉗，即用兼通㉘，昌言㉙所安，朕將親覽。

【章旨】嚴法苛刑，則民有冤獄；法令寬緩，則姦民蠢動。如何寬猛相濟，兼而用之，是本策文的中心議題。

【注釋】❶議獄緩死 謂君子用誠信之德來審議訟獄，寬緩死刑。《易・中孚》：「澤上有風，中孚，君子以議獄緩死。」孔疏：「中信之世，必非故犯過失為辜，情在可恕，故君子以議其過失之獄，緩捨當死之刑也。」❷大易 指《周易》。❸卹刑 慎用刑罰。《書・舜典》：「欽哉欽哉，唯刑之卹哉。」卹，憂。❹茂典 盛大法則。❺澆 薄。❻弛 廢。❼法令滋彰 法令更加明細。《老子・五十七章》：「法令滋彰，盜賊多有。」❽肺石少不冤之人 《周禮・大司寇》：「肺石達窮民。」肺，「胏」的誤字。肺石，赤石。古時設在朝廷大門外，人民可站在上面鳴冤。❾棘林 古代斷獄的處所。李周翰引《春秋元命苞》曰：「樹棘槐，聽訟於其下。」❿明發 以夜待明。《詩・小雅・小宛》：「明發不寐，有懷二人。」⓫昃食 過時吃飯。表示勤於政事。《書・無逸》：「(文王)自朝至于日中、昃，不遑暇食。」昃，太陽偏西。⓬秋荼之密網 荼至秋則花葉繁密。以喻刑法苛細。《鹽鐵論・刑德》：「昔秦法繁於秋荼，而網密於凝脂。」⓭夏日 喻刑法威嚴可畏。⓮畫冠 古時在罪犯的衣冠上，繪畫特殊顏色或標誌，以象徵五刑，表示懲戒。李善注引《墨子》：「畫衣冠，異章服，謂之戮。」⓯緬追 追思。⓰刑厝 刑具放置起來不用。李善注引《紀年》曰：「成康之際，天下安寧，刑錯四十餘年不用。」⓱徒 但。⓲百鍰 罰金數。鍰，古代重量單位，一鍰或說六兩。《書・呂刑》：「其罰百鍰。」⓳季葉 衰敗之際。⓴四支 指墨、劓、宮、割四種刑罰。㉑爰 於是。㉒創 始。㉓訪游禽於絕澗 用董閼于守趙上地以嚴刑峻法治民事。《韓非子・內儲說上》：「董閼于為趙上地守。行石邑山中，澗深，峭如牆，深百仞，因問其旁鄉左右曰：『人嘗有入此乎？』對曰：『無有。』曰：『嬰兒、痴聾、狂悖之人嘗有入此者乎？』對曰：『無有。』『牛馬犬彘嘗有入此者乎？』對曰：『無有。』董閼于喟然太息曰：『吾能治矣。使吾治之無赦，猶入澗之必死也，則人莫之敢犯也，何為不治？』」韓非、商鞅皆用此為治。㉔作霸秦基　為秦稱霸打下基礎。㉕歌雞鳴於闕下二句　漢文帝四年，淳于意有罪被逮，緹縈隨父入長安，上書請入身為官婢，以贖父刑，使得自新。帝悲其意，為除肉刑，意得免。事見《史記・倉公列傳》、《漢書・刑法志》。又《列女傳》記緹縈感父得罪而困時，曾歌〈雞鳴〉、〈晨風〉之詩。㉖二途　指輕重、寬峻二刑法。㉗爽　差。㉘即用兼通　指寬猛相濟，兼而用之。㉙昌言　善言。引申為直言無所隱諱。《書・大禹謨》：「禹拜昌言，曰：『俞。』」

【語　譯】又問：君子以誠信之德審議訟獄，將極刑寬緩，這是《易經》的重要規定。尊重法律，謹慎用刑，這是《書經》的盛大法則。自從民俗澆薄、綱紀廢弛後，法律條文層出不窮，赤石上面缺少不冤之民，棘樹林下常有含冤夜哭之鬼。我之所以夜以待旦，憂形於色，每天太陽偏西時才吃飯，思慮政事，是因為擔心刑法像秋荼那樣苛細，又像夏日那樣威嚴可畏。我多麼懷念唐堯畫衣冠而民不犯法，成康藏置刑具而不用的年代啊！但以百鍰之金贖罪的輕判，倒反在衰世實行，四刑重罰，卻創始於前代。董闕于探訪禽獸於絕壁深澗，制訂峻法，使人不敢犯法，終為秦國霸業打下基礎；緹縈女為救父在闕下唱〈雞鳴〉之歌，漢文帝感動廢除肉刑，漢史上人稱其慈仁。寬猛二途，似有不同，但就其用途而言，則彼此兼通。有直言國家適於何種治策的，我將親自觀覽。

其四

又問：聚人曰財❶，次政曰貨❷。泉流表其不匱❸，懋遷通其有亡❹。既龜貝❺積寢❻，緡繈❼專用，世代滋多❽，銷漏❾參❿倍。下貧無兼辰⓫之業⓬，中產闕⓭溶歲⓮之貲⓯。惟瘼卹隱⓰，無捨矜歎⓱。上帝⓲溥臨⓳，賜朕休⓴寶，命邛斜㉑之谷，開㉒而出銅。且有後命㉓，事茲鎔範㉔，充㉕都內之金，紹圜府㉖之職。但赤側㉗深巧學之患，楡莢㉘難輕重之權。開塞㉙所宜，悉心㉚以對。

【章　旨】指出錢幣鑄造和流通，是國家財政大事。應如何謹防偽鑄，並使之不妨害流通，是本策文的中心問題。

【注　釋】❶聚人曰財　指財富可以聚集眾人。《易·繫辭下》：「何以守位？曰仁，何以聚人？曰財。」孔疏：「何以聚集人眾，必須財物，故言曰財也。」❷次政曰貨　指教民求取資用的財物，是〈洪範〉八政的第二政，故稱次政。《書·洪範》：「八政，一曰食，二曰貨。」孔疏：「八政者，人主施政教民有八事也。一曰食，教民使勸農也。二曰貨，教民使求資用也。」❸泉流表其不匱　指貨幣流行如泉就表示不匱乏。《漢書·食貨志》：「故貨寶於金，利於刀，流於泉，布於布，束於帛。」如淳注：「流行如泉也。」匱，乏。❹懋遷通其有亡　指藉貿易以通有無。懋遷，通「貿遷」。亡，同「無」。❺龜貝　龜甲貝殼。古代以之作貨幣。❻積寢　廢棄。❼緡繈　穿錢的絲繩。此指銅錢。❽滋多　增多。❾銷漏　銷磨缺漏。❿參　同「三」。⓫兼辰　兩日。⓬業　財產。⓭闕　同「缺」。⓮洊歲　再歲。即隔年。⓯貲　用。⓰惟瘼卹隱　思考民間疾苦，憂心百姓痛苦。⓱矜歎　哀矜嗟歎。⓲上帝　上天。⓳溥臨　普臨。⓴休　美。㉑邛斜　蜀中山名。㉒開採　開採。㉓且有後命　還有後來的命令。《左傳·僖公九年》：「齊侯將下拜。孔曰：『且有後命——天子使孔曰「以伯舅耋老，加勞，賜一級，無下拜！」』」㉔鎔範　鑄錢的模型。㉕充　實。㉖圜府　太公為周所立之職掌錢幣的官署。㉗赤側　亦作「赤仄」。漢時以赤銅鑲邊的錢幣。㉘榆莢　指莢錢。《漢書·食貨志》：「漢興，以為秦錢重難用，更令民鑄莢錢。」莢錢，其形如榆莢。㉙開塞　取捨。㉚悉心　盡心。

【語　譯】又問：財物是用來聚集人眾的，施政的第二重要事項為貨物。古人說錢幣流通如泉水，表明不應使財貨缺乏，要貿易往返，互通有無。古代的貨幣已經廢棄，銅錢得以專用。用錢的年代一長，銷磨缺漏減薄三分之一或一倍。貧苦之家，沒有可以維持隔日生活的財產；中產之家，缺少隔年的費用。思此民瘼，憂心百姓痛苦，不禁哀憐嗟歎起來。上天廣臨下民，賜給我美好寶物，使得在邛斜山谷，開採出銅。並且有後來的命令，讓工人用模具鎔鑄錢幣，充實都城內的金庫，繼承管理錢幣的官署的職責。但是赤銅鑲邊的錢幣，姦邪不法之徒易於偽鑄，深為可患，榆錢則又輕重難以權衡得當。究竟如何取捨才適宜，請盡心對答。

其五

又問：治曆明時❶，紹❷遷革❸之運；改憲❹勑❺法，審刑德❻之原。分命❼顯於唐官❽，文條❾炳❿於鄒說⓫。及嵎夷⓬廢職⓭，昧谷⓮虧方⓯；漢秉素祇之徵⓰，魏稱黃星之驗⓱。紛爭⓲空軫⓳，疑論無歸⓴。朕獲纂㉑洪基㉒，思弘至道㉓，庶㉔今日月休徵㉕，風雨玉燭㉖，克明㉗之旨弗遠，欽若㉘之義復還，於子大夫何如哉？其驪翰㉙改色，寅丑㉚殊建，別白㉛書之。

【章旨】每個朝代都有自己制定的曆法。天文曆數與政治有著密切關係，本策文正是徵詢此方面的意見。

【注釋】❶治曆明時　修治曆數以明天時。《易·革》：「象曰澤中有火，革，君子以治曆明時。」孔疏：「天時變改，故須曆數。所以君子觀茲革象，修治曆數以明天時也。」❷紹　六臣本作「昭」。❸遷革　朝代變遷，帝王革命。❹憲　曆法。❺勑　整飭。❻刑德　刑罰與德化。刑為陰，德為陽。《史記·龜策列傳》：「明於陰陽，審於刑德。」❼分命　分別命令。指堯命羲仲等分掌四時方域之職，以觀測星象，判定季節，制作曆法。❽唐官　堯之官。❾文條　文章條理。❿炳　明。⓫鄒說　五臣注謂鄒衍說天五勝曆數之事。⓬嵎夷　傳說中日出之處。⓭廢職　謂夏羲和湎淫廢時亂日。⓮昧谷　傳說中日入之處。⓯虧方　失其方位。⓰漢秉素祇之徵　《史記·高祖本紀》載：劉邦未稱帝時，曾夜經大澤。澤中前有大蛇當路，劉邦拔劍斬蛇。後人來至蛇所，有一老嫗夜哭，人問嫗何哭？嫗曰：「吾子白帝子也，化為蛇，當道。今者赤帝子斬之。」秉，執。祇，神。徵，應。⓱魏稱黃星之驗　指魏氏將興，乃有黃星見於楚宋間，後果應驗。黃星，古以為瑞星。《三國志·魏志·武帝紀》：「初，桓帝時有黃星見於楚、宋之分，遼東殷馗善天文，言後五十歲當有真人起於梁、沛之間，其鋒不可當。」⓲紛爭　爭議紛紜。⓳軫　乖戾。⓴疑論無歸　六臣注：「謂律曆五行日月之理，紛諍其事者甚多，而疑論竟無所指歸。」㉑纂　繼。㉒洪基　偉大的基業。指帝業。㉓至道　妙道。㉔庶　幸。㉕休徵　吉祥的徵兆。㉖玉燭　春為青陽，夏為朱明，秋為白藏，冬為玄英，四氣和調之玉燭。㉗克明　能發揚偉大的德性。《書·堯典》：「克明俊德，以親九族。」㉘欽若　敬順。《書·堯典》：「乃命羲和，欽若昊天。」㉙驪翰　黑、白色的馬。《禮記·檀弓上》：「夏后氏尚黑，大事斂用昏，戎事乘驪，牲用玄；殷人尚白，大事斂用日中，戎事乘翰，牲用白。」驪，黑色的馬。翰，白色的馬。❸❶別白　分別明白。

❸⓪寅丑　古人以十二支與十二個月相配。建寅月為正，則今農曆正月。建丑月為正，則今農曆十二月為正月。

【語　譯】又問：修治曆數，闡明天時，以顯示改朝換代的天命；修改整飭曆法，以審察陰陽刑德之政的本原。分別命官觀察天象，制作曆法，顯耀於唐堯之治；曆數之說，鄒衍說得最輝煌動聽。直到羲仲荒廢了掌管日出之地嵎夷的職守，和仲失去所掌日落之地昧谷的方位；漢帝有殺死白帝的徵兆，魏王有黃星出現的應驗。爭議紛紜，各種說法互相乖戾，疑惑之論無所指歸。我繼承宏大基業，想要弘揚妙道，希望日月出現吉祥的徵兆，風調雨順，四時和暢。不但能接近發揚德性的宗旨，又能恢復敬順上天之義，這對於你們來說，又有什麼樣的意見呢？風俗是尚黑還是尚白，建寅還是建丑為正，請分別明白地書寫出來。

永明十一年策秀才文五首

【作　者】王融，見頁一七一三。

【題　解】永明十一年〈策秀才文〉五首是王元長代齊武帝所作的。

齊武帝於永明元年（西元四八三年）登基，至永明十一年去世。在位期間，有心圖治，朝政比較嚴明，境內外十幾年沒有戰事，南朝民眾得以休養生息，生產有所發展。

本篇策文五首，或述武帝勤政憂民，卹貧緩賦；或述因才授官，整頓朝政；或述精選州吏縣官，建樹美政；或述提倡農戰，富民重教；或述遣將守邊，意欲北伐。在歌功頌德同時，研究對策，加強南齊實力。可惜齊武帝於是年去世。齊明帝接位後，實行暴政，亂殺無辜，致內亂大起，不到七年，就被蕭衍滅掉。這樣，本文雖沒產生多少實際的效用，但它援古證今，立言不苟，已為後人類似體裁的創作開了法門。

其一

問秀才：朕秉❶籙❷御天，握樞❸臨極❹，五辰❺空撫❻，九序❼未歌。至於思政明臺❽，訪道宣室❾，若墜❿之惻⓫每勤，如傷⓬之念恆軫⓭，故卹貧緩賦⓮，省繇慎獄⓯，幸四境無虞⓰，三秋⓱式稔⓲，而多黍多稌⓳，不興兩穗之謠⓴，無褐無衣㉑，必盈㉒〈七月〉之歎，豈布政㉓未優，將罷民㉔難業㉕？登爾㉖於朝，是屬宏議㉗，罔㉘弗同心，以匡㉙厥辟㉚。

【章旨】述永明帝自登極以來，勤政憂民，卹貧緩賦，省傜慎獄，又逢豐年新歲，糧食成堆。但境內無頌德之民謠，卻難免有無衣無褐的感歎。故希望秀才發表高論宏議，匡正君主。

【注釋】❶秉　執。❷籙　圖籙。是巫師或方士製作的一種隱語或預言，常作為帝王受命的符驗和徵兆。❸樞　星名。北斗七星第一星。也稱天樞。❹極　八極。❺五辰　古代以五行分主四時。故稱春夏秋冬為五辰。《書・皋陶謨》：「撫于五辰，庶績其凝。」❻撫　順。❼九序　謂六府三事。六府指水、火、金、木、土、穀。三事指正德、利用、厚生。❽明臺　傳說為黃帝聽政之所。❾宣室　殿名。漢帝召見賢良之處，在未央宮中。❿若墜　如墜入火中。指生民塗炭。《書・仲虺之誥》：「有夏昏德，民墜塗炭。」注：「夏桀昏亂，不恤下民，民之危險若陷泥墜火，無救之者。」⓫惻　悲愴。⓬如傷　如有疾患而不加驚動。形容體恤人民極深切。《左傳・哀公元年》：「臣聞，國之興也，視民如傷，是其福也。」⓭軫　悲痛。⓮卹貧緩賦　憂貧人，寬賦稅。⓯省繇慎獄　減少傜役，謹慎刑獄。⓰無虞　無慮。指沒有戰事。⓱三秋　秋季的三個月。⓲稔　莊稼成熟。⓳稌　稻。⓴兩穗之謠　歌頌豐年之兆的歌謠。李善注引《東觀漢記》：「張湛字君游，為漁陽太守。勤民耕種，以致殷富。有百姓歌曰：桑無附枝，麥穗兩岐；張君為政，樂不可支。」㉑無褐無衣　沒有禦寒之衣。《詩・

國風・七月》：「無衣無褐，何以卒歲。」㉒盈 多。㉓布政 施政。㉔罷民 不從教化，不事勞作之民。罷，同「疲」。㉕難業 難成產業。㉖爾 汝。㉗宏議 高論。㉘罔 無。㉙匡 正。㉚辟 君。

【語譯】問秀才：我秉承天命符籙，駕御天下，以天樞星為準把握天時，下臨八方。但四時未順，六府三事未治。於是像黃帝聽政明臺，如漢帝訪妙道於宣室殿，視民若墜於火，每每悲愴不已；視民如受了傷，常常深切哀念。所以憂貧人、緩賦稅，減少徭役，謹慎刑獄。幸好四境沒有戰事之慮，三秋莊稼都已成熟。然而稻黍豐收，沒有百姓作兩穗之謠以歌頌；百姓衣食有缺，就必定多《詩經・七月》「無衣無褐」的喟歎。這難道是施政不當，還是愚頑惰民難成事業呢？將你們召上朝廷，是希望大家能發出高論宏議，無不同心合德，來匡正你們的君主。

其二

又問：惟王建國❶，惟典❷命官，上葉❸星象，下符川嶽❹。必待天爵❺具修，人紀❻咸事。然後沿❼才受職，揆❽務分司。是以五正❾置於朱宣❿，下民不忒⓫；九工⓬開於黃序⓭，庶績其凝⓮。周官三百⓯，漢位兼倍⓰。歷茲以降，游惰⓱寔⓲繁⓳。若閒冗⓴畢㉑棄，則橫議㉒無已，冕笏㉓不澄，則坐談彌㉔積。何則可修，善詳㉕其對。

【章旨】因才授官是帝王立國施政的一大舉措，但從古至今，冗官閒職，愈演愈烈。如何加以澄清整頓，請秀才詳審對答。

【注釋】❶惟王建國 君王建立國家。《周禮・天官》：「惟王建國，辨正方位。」建，立。❷典 常。指制度。❸葉符合。❹下符川嶽　謂九卿象河海，三公象五嶽。❺天爵　自然的爵位。《孟子・告子上》：「仁、義、忠、信，樂善不倦，此天爵也。」❻人紀　為人之道。❼㳂　同「沿」。因。❽揆　度量。❾五正　按呂向注，此指少昊以鳥名為官名所設立的五種官職。❿朱宣　少昊之號。⓫忒　差。⓬九工　即九官。傳說虞舜置九官，即伯禹作司空，棄為后稷，契作司徒，皋陶作士，垂為共工，益作朕虞，伯夷作秩宗，夔為典樂，龍為納言。見《書・舜典》。⓭黃序　指虞舜之時。舜即位，改正朔，以土承火，色尚黃。⓮庶績其凝　才能成就各種功績。《書・皋陶謨》：「撫于五辰，庶績其凝。」庶，眾。績，功績。凝，成就。⓯周官三百　指周設官三百。《禮記・明堂位》：「虞氏官五十，夏后氏官百，殷二百，周三百。」⓰漢位兼倍　秦立百官，漢因循不革，自佐史至丞相共十三萬三百八十五人。今云兼倍，略言之耳。⓱游惰　游蕩懶惰。這裡指官位空設，官職不明。⓲寔　實。⓳繁　多。⓴冗　散。㉑畢　盡。㉒橫議　肆意議論。㉓冕笏　古代官吏之服飾。此指官吏職事。㉔彌　益。㉕詳　審。

【語　譯】又問：受命之王建立國家，根據國家制度任命賢良為官，上符星象，下合山川河嶽。一定等到自然的爵位完全修好，為人之道俱已遵循，然後按才能授予官職，度量事務，分人管理。因此少昊氏設置五正官，百姓就沒有差錯；虞舜建置九官，各種功績才能成就。傳說周代設官三百，漢代官位是其兩倍。從此以後，遊蕩怠惰的官員就愈來愈多。假如盡除冗官閒散之職，那就會引起無休止的肆意議論；假若官吏職事不加澄清整頓，那麼成日坐而空談之風便會因而益盛。究竟應取法什麼而加以施行，請妥善審慎對答。

其三

又問：昔者賢牧❶分陝，良守共治❷，下邑❸必樹其風，一鄉可以為績❹。至有日撫鳴琴❺，日置醇酒❻。文而無害❼，嚴而不殘❽，故能出入於阽危❾之域，躋❿俗於仁壽之地。是以賈誼有言：天下之有惡，吏之罪也⓫。頃深汰⓬珪符⓭，妙簡⓮銅墨⓯，而春雉未馴，秋螟不散⓰。入在朕前⓱，湊其智略⓲，出⓳連城守，闕爾無聞⓴。豈薪槱㉑之道未弘，為網羅之目㉒尚簡。悉㉓意正辭，無侵㉔執事。

【章　旨】從前有許多良吏的生動故事，如今嚴格挑選刺史、縣官，卻是政績平平，對策該如何，為本策問之重心。

【注　釋】❶賢牧　賢明的治民之官。這裡指周公和召公，分別主管陝以東和陝以西。❷良守共治　漢宣帝勵精圖治，曾說：「與我共治者其唯良二千石乎?」良二千石即賢良的太守。❸下邑　小邑。此指魯之下邑武城，孔子弟子言偃治之，有弦歌之聲。❹一鄉可以為績　此指桐鄉，漢朱邑為桐鄉嗇夫，廉潔不苛，死後人為其起冢立祠。❺旦撫鳴琴　春秋末魯國人宓不齊，字子賤，曾為單父宰，相傳其身不下堂，鳴琴而治。事見《呂氏春秋・察賢》。❻日置醇酒　謂曹參無為而治。《漢書・曹參傳》記：曹參代蕭何為相國，日夜飲酒，卿大夫以下吏及賓客，見參不事事，來者皆欲有言，而參輒飲以醇酒，如又欲有言，復飲，醉而復去，終莫得開說。❼文而無害　雖守法卻不害於人。《漢書・蕭何傳》：「蕭何，沛人也。以文毋害為沛主吏掾。」師古注：「害，傷也，無人能傷害之者。」❽嚴而不殘　雋不疑為吏，嚴肅而不凶殘。事見《漢書》本傳。❾阽危　危險。阽，近邊欲墜之意。❿躋　登。⓫賈誼有言三句　典出賈誼《新書・大政上》：「君能為善，則吏必能為善；吏能為善，則民必能為善矣。故民之不善也，吏之罪也。吏之不善也，君之過也。」⓬汰　淘汰。⓭珪符　帝王諸侯所執的長形玉版。上圓或尖，下方，表示信符。這裡指刺史。⓮妙簡　善於選擇。⓯銅墨　銅印墨綬。這裡指縣令。⓰春雉未馴二句　五臣注引《東觀漢記》載：魯恭為中牟令，是時郡國螟傷苗稼，而獨不入中牟。河南尹袁安聽說，疑不實，使仁恕椽肥親往觀。親與恭俱坐桑下，有雉過，止其傍。傍有兒童，親曰：「何不捕之?」兒曰：「雉方育之也。」親乃曰：「所以來者，察君之跡爾。蟲不犯境，一異；化及鳥獸，二異；童子有仁心，三異也。」⓱入在朕前　指在朝中為官時。《漢書・吾丘壽王傳》：「詔賜壽王璽書曰：『子在朕前之時，知略輻湊，以為天下少雙，海內寡二。及至連十餘城之守，任四千石之重，職事並廢，盜賊從橫，甚不稱在前時，何也?』」⓲湊其智略　才智謀略若車輪之歸於轂。⓳出　出任。⓴闕爾無聞　謂政績闕如，不聞令名。㉑薪槱　堆積木柴，點火燒起，用它祭祀天神。此處喻廣收人才。《詩・大雅・棫樸》：「芃芃棫樸，薪之槱之。」毛萇曰：「山木茂盛，萬人得而薪之。賢人眾，國家得用蕃興也。」㉒網羅之目　《文子》曰：「有鳥將來，張羅而待之。得鳥者，羅之一目。今為一目之羅，無可得鳥。」此處以捕鳥喻得人才。㉓悉　盡。㉔侵　犯。

【語　譯】從前賢能的周公、召公分管陝地，出色的郡守與漢宣帝共同治理天下，小城武城經言偃治理就一定可以樹立好的風氣，朱邑管理桐鄉一鄉可以做出功績。甚至有整日彈琴，每天以好酒待人，卻能有卓著政績的。蕭何循守文法但不害於人，雋不疑嚴厲而不凶殘，所以能夠救人出危險的領域，使百姓進入仁義和壽考的境地。所以賈誼才說：「天下有罪惡，是官吏的罪責。」近來審慎汰選刺史，善擇縣令，但春天的雉鳥尚未馴服，秋天的螟蟲便無法驅散。一般臣吏在朝廷中為官時，才智謀略輻湊不絕；一旦出守城邑，就政績闕如，不聞令名。難道是國家蓄積人才之道還不夠弘大，還是招納人才的途逕尚嫌疏略？請盡意正辭回答，無須擔憂侵犯了有關執事之臣。

其四

又問：朕聞上智利民，不述於禮❶。大賢彊❷國，罔❸圖惟舊。豈非療飢❹不期於鼎食❺，拯溺❻無待於規行❼。是以三王❽異道而共昌，五霸❾殊風而並列❿。今農戰不修⓫，文儒⓬是競，棄本⓭殉⓮末⓯，厥弊⓰茲多。昔宋臣以禮樂為殘賊⓱，漢主比文章於鄭衛⓲，豈欲非聖⓳無法，將以既道⓴而權㉑。今欲專士女於耕桑，習鄉閭以弓騎㉒。五都㉓復而事庠序㉔，四民㉕富而歸文學。其道奚若㉖，爾㉗無面從㉘。

【章　旨】政治的重點因時制宜，殊途同歸。在民俗棄本逐末的情況下，主張使百姓專注於農戰，富民而後重教，以此策徵詢意見。

【注　釋】❶上智利民二句　《史記・商君列傳》記商鞅之言：「是以聖人苟可以彊國，不法其故；苟可以利民，不循其禮。」❷彊　同「強」。❸罔　無。❹療飢　即止飢。《詩・陳風・衡門》：「泌之洋洋，可以樂飢。」鄭玄注：「泌水之流洋洋，然飢者見云，可飲以㾏飢。」㾏，音義與「療」同。❺鼎食　列鼎而食。指貴族的奢侈生活。❻拯溺　救溺。❼規行　循規蹈矩的意思。❽三王　夏、殷、周三代之王。❾五霸　齊桓、晉文、秦穆、楚莊、宋襄。❿列　六臣本作「烈」。⓫修　理。⓬文儒　指講究詩書禮樂的儒家學者。⓭本　指農業。⓮殉　求。⓯末　指文儒。⓰弊　弊端。⓱昔宋臣句　此指墨翟之主張。《荀子・樂論》：「樂也者，和之不可變者也；禮也者，理之不可易也。……墨子非之，幾遇刑也。」⓲漢主句　此指漢宣帝之說。《漢書・王襃傳》：「上曰：『不有博弈者乎，為之猶賢乎已！辭賦大者與古詩同義，小者辯麗可喜。譬如女工有綺縠，音樂有鄭衛，今世俗猶皆以此虞說耳目，辭賦比之，尚有仁義風諭，鳥獸草木多聞之觀，賢於倡優博弈遠矣。』」文章，這裡指辭賦。⓳非聖　否定聖人之道。⓴既道　既行其道。㉑權　權宜。㉒弓騎　騎射。此指備戰。㉓五都　指臨淄、宛、洛、邯鄲、成都。㉔庠序　古代學校之稱。㉕四民　指士、農、工、商。㉖奚若　何若。㉗爾　汝。㉘面從　指當面順從而退有異言。

【語　譯】又問：我聽說上智之人求利於民，不遵循於禮；大賢之人只求強國，不考慮舊法。豈不就像救治飢餓的人不必等待豐盛之食，拯救溺水者不必講求規行矩步。所以夏、商、周三王的治道不同，卻一樣昌盛；春秋五霸的風格不同，卻並稱於世。而今農業戰備不加修治，而只醉心於文章儒學的競爭，捨棄本業，追逐其末，各種弊端愈來愈多。從前墨翟否定禮樂，視禮樂為殘害人民之物；漢宣帝把文章辭賦比作淫靡的鄭衛之音，難道是想否定先聖之道而不行先王之法？實在是要既按其道又實行權宜之計啊！而今要使男女專注於農耕蠶桑，使鄉閭之民眾習武備戰；五都恢復繁榮就會重視學校教育，士農工商四民富裕而後就會歸向禮樂。這種做法怎樣？希望你們不要當面順從，卻退有異言。

其五

又問：自晉氏不綱❶，關河❷蕩析❸，宋人❹失馭❺，淮汴❻崩離❼。朕思念舊民❽，永言❾攸❿濟，故選將開邊⓫，勞來⓬安集⓭，加以納款⓮通和，布德⓯修禮，歌〈皇華〉⓰而遣使，賦〈膏雨〉⓱而懷賓。所以關洛⓲動南望⓳之懷，獯夷⓴遽㉑北歸之念。夫危葉㉒畏風，驚禽易落㉓，無待干戈㉔，聊用辭辯㉕，片言而求三輔㉖，一說而定五州㉗，斯路㉘何階㉙，人誰或可？進謀誦㉚志，以沃朕心㉛。

【章　旨】晉宋以降，社會離亂，齊武帝遣將守邊，安定百姓。在此基礎上，意欲通過談判遊說，平定北齊五州，究竟該如何談判？誰可當此重任？請秀才獻謀建言。

【注　釋】❶不綱　失去紀綱。❷關河　此泛指一般山河。❸蕩析　動盪離散。也指分崩離析。❹宋人　宋帝。❺失馭　喻亂。❻淮汴　二水名。❼崩離　分崩離散。❽舊民　指晉宋離亂之民。❾永言　永，長。言，語助詞。❿攸　所。⓫開邊　開拓邊境。⓬勞來　勸勉；慰勞。⓭安集　居者安，散者集。⓮納款　指接受投誠。⓯布德　施行德政。⓰皇華　〈皇皇者華〉之簡稱。《詩・小雅・皇皇者華》：「皇皇者華，于彼原隰。」〈毛序〉說此詩是「君遣使臣也」。⓱膏雨　在此用以指〈下泉〉之詩。《詩・曹風・下泉》：「芃芃黍苗，陰雨膏之。」《左傳・襄公十九年》：「范宣子為政，賦〈黍苗〉。季武子興，再拜稽首曰：『小國之仰大國也，如百穀之仰膏雨焉。』」膏雨，滋潤作物之及時雨。⓲關洛　關指秦地，洛指洛陽。⓳南望　齊都在南，故云。⓴獯夷　中國古代少數民族名。漢稱匈奴。㉑遽　疾速。㉒危葉　指秋木之葉。因易於凋落，故稱。㉓驚禽易落　鳥之驚擾，聞弦乃落。《戰國策・楚四》：「有間，鴈從東方來，更羸以虛發下之。」㉔干戈　此指誅伐。㉕聊用辭辯　謂稍用修辭辯論即可安定國家。㉖三輔　指西漢治理京畿地區的三個職官。三輔所轄地區亦稱三輔。㉗五州指豫、青、徐、兗、冀五州。是當時北齊據有之地。㉘斯路　此路。指詞辯之路。㉙階　因。㉚誦　述。㉛沃朕心　沃灌我心。《書・說命》：「啟乃心，沃朕心。」疏：「當開汝心所有，以沃灌我心，欲令以彼所見教己未知，故也。」後指臣下向皇帝獻謀建議為沃心。

【語　譯】自從晉朝失去紀綱，山河動盪，分崩離析；宋帝失勢，又使淮汴地區分崩離散。我想到晉宋離亂之民，常念有所救濟，所以挑選將領，開拓邊境，勸勉百姓，使居者安，散者集，加上對戎狄接受其投誠，互通和好，布揚恩德，按禮相待，歌唱〈皇華〉而派遣使者，賦誦「膏雨」而懷柔來賓。所以北方關洛之民起了南望齊國之念，獯夷地處北方也競有歸化之意。秋葉畏怕風吹，驚鳥容易墜落，不必等待運用武力，稍用說辭，便可安定國家。片言就可求三輔要地，一遊說便可以平定北齊五州。這種辭辯談判如何進行？誰可當此重任？請獻計謀並敘述你的意見，以沃灌我心。

天監三年策秀才文 三首

【作　者】任昉，見頁一七〇三。

【題　解】本文是天監三年（西元五〇四年）任彥昇為梁武帝所寫的三則策文。文章就三方面設問：開國之初如何使國用不匱，百姓能家給人足？怎樣能使人矢心於學，好學明經？如何使行政不失，國家長治久安？表達了梁武帝求賢才以立國的思想。因為是捉刀之筆，所以文章全用梁武聲氣，寫得典雅莊重，條暢有理，出入經史，古為今用。

其一

問秀才：朕長驅❶樊❷鄧❸，直指商郊❹，因藉時來❺，乘此歷運❻。當扆❼永念，猶懷慚德❽。何者？百王之弊❾，齊季❿斯甚。衣冠禮樂⓫，掃地無餘⓬。斲雕⓭刓方⓮，經綸⓯草昧⓰，採三王⓱之禮，冠履粗分⓲；因六代⓳之樂，宮判⓴始辨。而百度㉑草創，倉廩㉒未實。若終畝㉓不稅，則國用靡㉔資㉕，百姓不足，則惻隱㉖深慮。每時入芻藁㉗，歲課㉘田租，愀然㉙疚懷㉚，如憐赤子㉛。今欲使朕無滿堂之念㉜，民有家給之饒；漸登九年之畜㉝，稍去關市㉞之賦。子大夫當此三道㉟，利用賓王㊱，斯㊲理何從，佇㊳聞良說。

【章旨】在百廢將興之際，如何輕徭薄賦，而又能使國用不匱，百姓家給人足？以此問賢士大夫以謀良策。

【注釋】❶長驅　長途驅馳。❷樊　春秋周京都轄邑。一名陽樊，今河南濟源西南。❸鄧　春秋蔡地。今河南偃城東南。❹商郊　殷商都城之郊。此指南齊都城建康（今南京）。梁武帝此處自比周武王，以齊東昏侯比商紂，故以齊京比商都。❺時來　時機來到。❻歷運　天運。❼扆　指帝王宮殿上設在戶牖之間的屏風。❽慚德　愧德不如人。《書・仲虺之誥》：「成湯放桀於南巢，惟有慚德。」❾弊　六臣本作「敝」。❿季　末年。⓫衣冠禮樂　衣冠，指制度。禮樂，指軌儀。⓬掃地無餘　言如掃地而淨，一無餘者。⓭斲雕　五臣本作「雕斲」。斫去文飾。亦謂斲理雕弊之俗。⓮刓方　指改變前人做法。刓，削方木。《楚辭・九章・懷沙》：「刓方以為圜兮，常度未替。」⓯經綸　整理絲縷。引申為處理國家大事。⓰草昧　蒙昧。原始未開化狀態。此指國家草創、秩序未定之時。⓱三王　夏、殷、周三代之王。⓲冠履粗分　意謂禮制粗略分定。⓳六代　黃帝、堯、舜、夏、殷、周。⓴宮判　指不同的用樂等級。《周禮・春官宗伯》：「正樂縣之位，王宮縣，諸侯軒縣，卿大夫判縣，士特縣，辨其聲。」㉑百度　百事。此指各種制度。㉒倉廩　貯藏米穀的倉庫。㉓終畝　地畝盡耕。㉔靡　無。㉕資　財。㉖惻隱　內憂於心。㉗芻藁　餵牲口的乾草。㉘課　國家徵收規定數額的賦稅。㉙愀然　淒愴貌。㉚疚懷內懷負疚之心。㉛赤子　嬰兒。㉜滿堂之念　謂帝王欲使全國百姓皆得安樂的思想。李善引《說苑》：「古人於天下也，譬一堂之上，今有滿堂飲酒，有一人獨索然向隅泣，則一堂之人皆不樂也。」㉝九年之畜　九年的儲蓄。《禮記・王制》：「國無九年之蓄，曰不足。」㉞關市　關隘和市集。古人員物資聚集之地。《周禮・天官・大宰》：「七日關市之賦。」疏：「王畿四面皆有關門，及王之市廛二處。」㉟三道　國體、人事、直言。㊱利用賓王　利於時用，以佐王道。《易・觀卦》：「觀國之光，利用賓于王。」㊲斯　此。㊳佇　久立等待。

【語譯】問秀才：我長驅直入樊城、鄧城，又指向商郊，於是藉此時機，乘此天運，而君臨天下。但當我背靠屏風上朝時常思考，尚感有愧於德，不如他人。為什麼呢？歷來帝王的弊端，以齊末最為厲害。制度禮儀，已如掃地而淨，一無餘者。現在雖然斲削雕飾，改變舊法，如整理絲縷般來處理國家草創時期的各種問題，採用夏、商、周的禮制，讓禮樂制度粗略分定，因襲黃帝、堯、舜、夏、殷、周的音樂，使帝樂和卿大夫之樂初作分辨。但各種制度剛剛創立，倉廩未予充實，假若田畝盡耕而不收賦稅，國家開支就沒有資財；假如百姓不能富足，則又深憂於心。每當定時收取餵牲口的乾草，按年份定額徵農業稅，常感淒愴負疚，憐民如同愛嬰兒一般。而今要使我不為全國百姓的安樂而操心，讓百姓能家家富足，漸次發展，使國家有豐富的儲備，再約略減去關市的賦稅。秀才們應當恭行國體、人事、直言三道，有利於時用，以佐王道，這一方面我當如何做？我佇立以待，希望能聽到諸君精闢的見解。

其二

問：朕本自諸生❶，弱齡❷有志。閉戶自精❸，開卷獨得❹。九流❺七略❻，頗常觀覽；六藝❼百家❽，庶非牆面❾。雖一日萬機❿，早朝晏罷⓫，聽覽之暇，三餘⓬靡⓭失。上之化下，草偃風從⓮，惟此⓯虛寡，弗能動俗⓰。昔紫衣⓱賤服⑱，猶化齊風⑲，長纓鄙好，且變鄒俗⑳，雖德慚往賢㉑，業優前事㉒。且夫搢紳㉓道行，祿利然也。朕傾心駿骨㉔，非懼真龍㉕。輜軿㉖青紫㉗，如拾地芥㉘，而惰游㉙廢業㉚，十室而九。鳴鳥㉛蔑㉜聞，〈子衿〉㉝不作。弘獎㉞之路，斯既然矣。猶其寂寞㉟，應有良規㊱。

【章　旨】梁武帝本身好學，又求賢若渴，但雖經獎勸，荒廢學業的情況仍十室有九，為此問賢士大夫使士人傾心於學的良方。

【注　釋】❶諸生　儒生。❷弱齡　少年。❸閉戶自精　關門讀書，精益求精。❹開卷獨得　開書卷而獨得其趣。《宋書．陶潛傳》：「年來好書，偶愛閒靜，開卷有得，便欣然忘食。」❺九流　戰國時的九個學術流派：儒家、道家、陰陽家、法家、名家、墨家、縱橫家、雜家、農家。❻七略　漢劉歆所撰中國最早的圖書目錄分類著作。即輯略、六藝略、諸子略、詩賦略、六書略、術數略、方技略。原書已失傳，但班固《漢書．藝文志》依七略分類，可見其概略。❼六藝　此指儒家的六經。❽百家　先秦諸子，舉其成數言百家。❾牆面　如面牆而立，目無所見。喻不學無術。❿一日萬機　指帝王政務繁忙，每天要處理成千上萬件事情。同「日理萬機」。⓫早朝晏罷　早朝而遲遲乃退。⓬三餘　冬者歲之餘，夜者日之餘，陰雨者時之餘。⓭靡　無。⓮草偃風從　語出《論語．顏淵》。喻民從上之教化。六臣注：「言上之化下，如草之偃臥，必從於風。」⓯惟此　帝自謂其好學精神。⓰俗　時俗。⓱紫衣　紫色之衣。後為貴官之服。⓲賤服　賤者之服。⓳猶化齊風　尚且改變齊國的風氣。《韓非子．外儲說左上》：「齊桓公好服紫，一國盡服紫。當是時也，十素不得一紫。桓公患之，謂管仲曰：『寡人好服紫，紫貴甚，一國百姓好服紫不已，寡人奈何?』管仲曰：『君欲止之，何不試勿衣紫也?謂左右曰：「吾甚惡紫之臭。」』於是左右適有衣紫而進者，公必曰：『少卻，吾惡紫臭。』公曰：『諾。』於是日，郎中莫衣紫；其明日，國中莫衣紫；三日，境內莫衣紫也。」⓴長纓二句　用鄒君服纓、斷纓以改風氣事。《韓非子．外儲說左上》：「鄒君好服長纓，左右皆服長纓，纓甚貴。鄒君患之，問左右，左右曰：『君好服，百姓亦多服，是以貴。』君因先自斷其纓而出，國中皆不服長纓。」㉑德慚往賢　德行薄於前賢。㉒業優前事　帝業優於前代政事。齊武帝主張以儒學化下民。㉓搢紳　插笏於帶間。古時仕宦者垂紳搢笏，因稱士大夫為搢紳。㉔傾心駿骨　喻愛惜賢才。《戰國策・燕策》：「郭隗先生曰：『臣聞古之君人，有以千金求千里馬者，三年不能得。涓人言於君曰：「請求之。」君遣之，三月得千里馬；馬已死，買其骨五百金。返以報君，君大怒曰：「所求者生馬，安事死馬，而捐五百金！」涓人對曰：「死馬且買之五百金，況生馬乎！天下必以王為能市馬，馬今至矣。」於是不能期年，千里馬至者三。』今王誠欲致士，先從隗始；隗且見事，況賢於隗者乎？豈遠千里哉？」駿骨，喻賢才。㉕非懼真龍　不像葉公那樣害怕真龍。《新序・雜事五》：「葉公子高好龍，鉤以寫龍，鑿以寫龍，屋室雕文以寫龍。於是天龍聞而下之，窺頭於牖，施尾於堂。葉公見之，棄而退走，失其魂魄。五色無主。是葉公非好龍也，好夫似龍而非龍者也。」㉖輜軿　輜車、軿車，都是有障蔽的車，為貴官所乘。㉗青紫　漢制，丞相、太尉皆金印紫綬，御史大夫銀印青綬，三府官最崇貴。後亦稱貴官之服為青紫。㉘地芥　地上小草。喻容易得到的東西。㉙惰游　懶散不事生產。㉚廢業　荒廢學業。㉛鳴鳥　此指鳳凰。天子聖明，士人勗勉，則天下太平，鳳凰現。㉜蔑　同「蔑」。無。㉝子衿　《詩經》篇名。《詩・鄭風・子衿》：「青青子衿，悠悠我心。」〈毛詩序〉以為此詩乃刺亂世、學校廢之作。㉞弘獎　大力勸勉、獎勵向學。㉟寂寞　寂靜無聲。指沒回響。㊱良規　良好的建議。

【語　譯】問：我本來是個儒生，年少時即有志於學。關門讀書，精益求精。打開書卷，而別有心得。九流七略，經常閱覽；六藝百家，也不是一無所知。雖日理萬機，早朝往往遲退，在聽覽政事的餘暇，所有空餘的時間全部利用來閱讀。本來人民會受到君上之教化，如同風行草偃。只有我這種好學精神人們響應者甚少，不能改變時俗。從前齊桓公以紫衣為賤服，尚且影響齊國的風尚，鄒君鄙棄對長纓的愛好，也能改變鄒國的風俗。雖然我德行薄於前賢，但帝業尚優於前代政事。況且士大夫從政行道，為利祿所趨使罷了。而且我傾心於招納賢才，並非像葉公好龍那樣有名無實。青紫官服、輜軿之車，如拾地上雜草那樣容易獲得，只要好學，明於經術就可以。但懶散不事生產，放棄學業者，卻十家有九。士人不勗勉，因而鳳鳥無聞，諷刺學校荒廢的〈子衿〉詩篇也無人思作。大力獎勵向學的道路，已是如此展開，但還是這樣靜悄悄地沒有回響，秀才們應該有良善的建議才好。

其三

問：朕立諫鼓❶，設謗木❷，於茲三年矣。比雖輻湊❸闕下❹，多非政要❺，日伏青蒲❻，罕能切直❼，將❽齊季❾多諱❿，風流遂往⓫，將謂朕空然慕古⓬，虛受弗弘⓭。然自君臨萬寓⓮，介⓯在民上，何嘗以一言失旨，轉徙朔方⓰，睚眦⓱有違，論輸⓲左校⓳，而使直臣杜口⓴，忠讜㉑路絕㉒。將恐弘㉓長㉔之道，別有未周。悉意以陳，極言㉕無隱。

【章旨】述立諫鼓、設謗木以來的進諫情況，申明自己廣開言路的決心，希望忠直之臣為國家長治久安而盡所欲言。

【注釋】❶諫鼓　設於朝廷供進諫者敲擊用的鼓。❷謗木　古史傳說，堯立進善之旌、誹謗之木，政有缺失，民得書之於木。天監元年梁武帝下詔在公車府謗木、肺石旁各設一函，吏民欲議政欲自申，皆可投書函中。❸輻湊　亦作「輻輳」。車輻集中於軸心。喻人或物聚集一處。❹闕下　宮闕之下。後來上書於皇帝而不敢直指，但言闕下。❺政要　施政要務。❻青蒲　青色的蒲團，設在天子內庭中。❼切直　切中要害，直陳事理。❽將　抑。表選擇語氣。❾季　末年。❿諱　指避忌的事物。《老子‧四十九章》：「天下多忌諱而民稱貧。」⓫風流遂往　風俗流敗，往而不返。《淮南子‧本經》：「晚世風流俗敗，嗜欲多，禮儀廢。」⓬慕古　追慕古賢之志。⓭弘　弘揚。⓮萬寓　即萬國。寓，同「宇」。⓯介　特。⓰一言失旨轉徙朔方　漢建寧六年，蔡邕曾答漢桓帝詔問，章奏，帝覽而歎息，因起更衣，曹節於後竊視，悉宣語左右，事遂漏露。其為邕所裁黜者，皆側目思報。於是下邕洛陽獄。後有詔減死一等，與家屬髡鉗徙朔方，不得以赦令除。事見《後漢書‧蔡邕傳》。旨，宗旨。朔方，地名。今寧夏回族自治區靈武縣一帶。⓱睚眦　亦作「睚眥」。怒目而視。借指小怨、小忿。⓲論

輸　定罪而罰作勞役。⓳左校　官署名。大臣犯法，常遣送至左校勞作。⓴杜口　閉口不言。㉑忠讜　忠誠正直。㉒絕　隔斷。㉓弘　大。㉔長　長遠。㉕極言　盡言。

【語　譯】問：我豎立諫鼓，增設謗木，到今天已經三年了。近來雖然上書之人如車輻集於軸心那樣眾集宮闕之下，但所提建議多不是施政的要務。他們每日伏在青色蒲團之上，很少能直率地提出切中要害的意見。難道是齊國末年，多所忌諱，風俗流敗，往而不返？還是說我空言追慕古賢，虛心受物，卻不弘揚？但自從登上君位，以臨天下，獨居百姓之上，哪裡曾因為一番話違失我意，就使人輾轉流徙北方；或因小小怨忿，就把人定罪而轉送左校罰作勞役，以至於使得剛直之臣閉口不言，忠誠正直之人進言之路因而斷絕？我擔心國家弘大長遠之道有所不周。所以請盡意陳說，暢言而不必隱諱。

卷三七

表

薦禰衡表

【作　者】孔融（西元一五三～二〇八年），字文舉，魯國（今山東曲阜）人。是孔子的二十世孫。建安元年，被徵召入許，任將作大匠，後遷少府。開始時對曹操抱有期望，認為是「勤王將領」而表示衷心擁戴。後來發現曹操「雄詐漸著」，便事事加以反對，從而釀成悲劇，被曹操借故殺害，死時五十六歲。

【題　解】〈薦禰衡表〉作於建安初年。因為孔融與禰衡情投意合，對他寄予殷切的期望，所以敢於力陳己見，竭力抬舉，把禰衡才思敏捷、尚氣剛傲的特點描寫得淋漓盡致，字裡行間洋溢著熱烈誠摯的感情，可惜獻帝庸弱，不予任用。

文章寫得高雅雋永，別具一格。辭采飛揚，語勢強勁，用詞壯偉卻不浮豔，用意懇切卻不逼急。引古證今，恰到好處，是歷代薦表的佳作。

臣聞洪水橫流，帝❶思俾❷乂❸，旁求四方，以招賢俊❹。昔世宗❺繼統❻，將弘❼祖業，疇咨❽熙載❾，群士響臻❿。陛下⓫睿聖，纂⓬承基緒⓭，遭遇厄運⑭，勞謙日昃⑮。維岳降神⑯，異人⑰並出。竊⑱見處士⑲平原⑳禰衡，年二十四，字正平，淑質貞亮，英才卓躒㉑。初涉藝文㉒，升堂睹奧㉓。目所一見，輒㉔誦於口；耳所暫㉕聞，不忘於心。性與道㉖合，思若有神。弘羊㉗潛計㉘，安世㉙默識㉚，以衡準㉛之，誠不足怪。忠果正直，志懷霜雪。見善若驚，疾惡若仇。任座㉜抗行㉝，史魚㉞厲節㉟，殆無以過也！鷙鳥㊱累百，不如一鶚㊲。使衡立朝㊳，必有可觀：飛辯騁辭，溢氣坌㊴湧；解疑釋結㊵，臨敵有餘㊶。

昔賈誼求試屬國，詭係單于㊷；終軍欲以長纓，牽致勁越㊸。弱冠㊹慷慨，前代美㊺之。近日路粹㊻、嚴象㊼亦用異才擢拜臺郎㊽，衡宜與為比㊾。如得龍躍天衢，振翼雲漢，揚聲紫微，垂光虹蜺㊿，足以昭(51)近署(52)之多士，增四門之穆穆(53)。鈞天(54)廣樂，必有奇麗之觀(55)；帝室皇居，必蓄(56)非常之寶。若衡等輩，不可多得。〈激楚〉(57)、〈陽阿〉(58)，至妙之容，掌伎(59)者之所貪；飛兔、騕褭(60)，絕足奔放，良(61)、樂(62)之所急也。臣等區區(63)，敢不以聞。陛下篤慎(64)取士，必須效(65)試。乞令衡以褐衣(66)召見。若(67)無可觀采，臣等受面欺之罪。

【注釋】❶帝　指堯。相傳堯時洪水泛濫成災。❷俾　使。❸乂　治理。《書‧堯典》：「帝曰：湯湯洪水方割……下民其咨，有能俾乂。」❹賢俊　賢明俊傑的人才。❺世宗　漢孝武帝劉徹的廟號。劉徹在位時尊儒重賢，國力強盛。《後漢書‧

禰衡傳》作「孝武」。❻統　這裡指世代相繼的系統。❼弘　發揚廣大的意思。❽疇咨　猶調訪求。《尚書》中古帝語多用「疇咨……」的句式問政求賢，故後人多用作訪問、求教之意。❾熙載　弘揚功業。❿臻　至。⓫陛下　指漢獻帝。⓬纂繼。⓭基緒　猶謂基業。⓮厄運　困厄的命運。指漢末諸侯割據，天下大亂。⓯日仄　太陽偏西。《書・無逸》記周文王「自朝至於日中昃，不遑暇食」。⓰維岳降神　形容異才所生不凡。語出《詩・大雅・崧高》：「維岳降神，生甫及申。」⓱異人　神異的人才。⓲竊　自我謙稱。⓳處士　未仕的讀書人。⓴平原　郡名。位於山東省西北部。㉑卓躒　卓越超群。㉒藝文　指儒學六經、六藝等。㉓升堂睹奧　謂禰衡聰敏好學，初涉儒學，便能窺得堂奧。升堂，進入堂屋。《論語・先進》記孔子稱仲由：「由也升堂矣，未入於室也。」古人先入門，次升堂，最後入室。後用以比喻學習的幾個不同的階段。奧，屋的西南角。㉔輒　便。㉕暫　《後漢書・禰衡傳》引文作「蹔」。㉖道　古人指支配自然界與人類社會的一種永恆的力量。㉗弘羊　桑弘羊。漢武帝時任御史大夫。本傳稱他十三歲時，因潛心算計而拜為侍中。㉘潛計　一作「心計」。㉙安世　張安世。漢武帝時因善於默記被擢為尚書令。㉚識　記。㉛準　比較。㉜任座　戰國時魏文侯之臣。㉝抗行　高尚其行為。指任座直諫魏文侯以中山之地封賜兒子之事。㉞史魚　史鰌。春秋時衛國大夫，以正直敢諫著稱。㉟厲節　清厲其節操。㊱鷙鳥　鷹鸇一類的猛禽。㊲鶚　鵰屬猛禽。㊳立朝　指在朝廷上言事。㊴坌　聚積。㊵結　癥結。㊶有餘　指智謀有餘。㊷昔賈誼二句　漢文帝時匈奴為患，賈誼上疏稱「陛下何不試以臣為屬國之官以主匈奴？行臣之計，請必係單于之頸而制其命」。賈誼，西漢初政論家、文學家。屬國，漢代在邊郡設置的附屬國。詭，責。單于，漢時對匈奴君長的稱呼。㊸終軍二句　終軍在漢武帝時任諫大夫，武帝派他出使南越以說服入朝內附，終軍自請：「願受長纓，必羈南越王而致之闕下。」長纓，長的帶子。可用以捆綁人。㊹弱冠　古時男子年二十行冠禮表示成人，其時亦稱弱冠之年。賈誼、終軍慷慨言志時亦僅為二十多歲的青年。㊺美　讚美。㊻路粹　字文蔚。㊼嚴象　字文則。㊽臺郎　此指尚書郎。㊾比　類。㊿龍躍天衢四句　指受到重用，聲揚朝廷。天衢，四通八達的天上大路。雲漢，天河。紫微，星座名。三垣之一，由環繞北極星的紫微左垣（共八顆星）和紫微右垣（共七顆星）組成。虹蜺，彩虹。以上天衢、雲漢、紫微、虹蜺，均喻皇廷榮華之地。51昭　明。52署　府署。53四門之穆穆　四方之門，入者端莊盛美。《書・舜典》：「賓於四門，四門穆穆。」54鈞天　天的中央。據說是天帝遊居之處。55觀　景觀。56蓄　儲藏。57激楚　曲名。58陽阿　舞名。59掌伎　張本、《四庫全書・孔北海集》、《乾坤正氣集選鈔》作「賞伎」。60飛兔騕褭　均為古代駿馬名。《淮南子・齊俗》：「夫待騕褭、飛兔而駕之，則世莫乘車。」61良　指王良。春秋時晉國的善御馬者。62樂　伯樂。春秋時秦國人，善相馬。63區區　忠愛之意。64慎　審慎。65效　驗。66褐

衣　粗毛或粗麻織成的短衣。泛指貧賤者的服裝。㊼若　李善本無「若」字，六臣本作「必」，今據《乾坤正氣集選鈔》補。

【語　譯】臣聽說遠古洪水泛濫，帝堯想使人治理，便廣泛徵求四方各地，以便招納賢能俊士。從前世宗皇帝繼承皇統，意欲弘大祖宗功業，訪求振興國事的人，群英賢士響應而至。陛下聰睿聖明，繼承漢家基業，遭遇困厄之運，勤政謙恭，日仄無暇。因而山岳降下神靈，異才並出。我私下發現處士平原郡禰衡，現年二十四歲，字正平，質性佳美，貞正清亮，英明才識，卓越超群。初涉六藝經文，便能升入堂中，睹其精奧。雙目略一觀覽，便能誦讀於口；兩耳稍有所聞，便能銘記不忘。性情與大道契合，才思若有神助。桑弘羊的潛心算計、張安世的強於默記，與禰衡的才能相比，實在是不足稱奇的。禰衡忠義果敢，廉正直爽，心志純潔，如霜似雪。見到善事，如受驚而起表示欣喜；憎恨惡事，如同面對仇敵。任座高尚的行為，史鰌清厲的節操，可以說也無法超過禰衡吧！鷙鳥聚百頭，不如一頭鶚鶚。假如使禰衡在朝廷上發言行事，一定有了不起的作為：對答敏捷，馳翰騁辭，正氣蕩溢，積聚噴湧；解析疑難，辨釋癥結，面對強敵，智略有餘。

從前賈誼請求試著去治理屬國，以便責成縛繫單于的任務；終軍請用長纓，設法牽拘強悍的南越王歸順。這兩個人弱冠之時慷慨報國的行為，受到前代諸朝的讚美。近日的路粹和嚴象，也因優異才華被提拔為尚書郎，禰衡也應當受到同等的對待。如能似龍之騰躍天衢，展翅飛翔於雲漢，激揚美聲於紫微，垂曜光華於虹蜺，足以顯示近幸府署是那樣的賢士眾多，以增添皇室四門之士的盛美端莊。天帝的鈞天廣樂，必有奇異美麗的場面；皇宮內院，必蓄著非比尋常的寶物。像禰衡這樣的人才，是不可多得的。〈激楚〉之歌和〈陽阿〉之舞，是至為精妙的表演，為觀賞技藝者所愛好；飛兔之駿和騕褭之驥，是少有能勁足奔騰的良馬，是王良、伯樂所急於求取的。臣等心懷忠愛，怎敢不把這樣的人才報聞聖上。陛下誠摯審慎地選取人才，必須經過驗試。乞求讓禰衡以褐衣貧民的身分應召晉見。如果沒有可觀可採的才能，我願受當面欺君的罪責。

出師表

【作　者】諸葛亮（西元一八一～二三四年），字孔明，琅邪陽都（今山東沂水縣一帶）人。早年避難荊州，躬耕隴畝，自比管仲、樂毅。後佐劉備連吳拒曹，西取益州，建立蜀漢。備稱帝，拜為丞相。備卒，受遺詔輔劉禪。前後六次出師北伐曹魏，卒於軍中。

【題　解】蜀漢後主建興五年（西元二二七年），諸葛亮率諸軍北駐漢中，準備出師北伐，臨發，上此表給劉禪。表中反覆勸勉劉禪繼承劉備遺志，親賢臣，遠小人，陳述自己對蜀漢的忠誠和北取中原的堅定意志。語言懇摯周詳，意味深長，不務文采而文采自彰。〈出師表〉從此成為名篇。

臣亮言：先帝❶創業未半，而中道❷崩殂❸。今天下三分❹，益州❺罷弊❻，此誠危急存亡之秋❼也。然侍衛之臣，不懈於內，忠志之士，忘身於外者，蓋追❽先帝之遇❾，欲報之於陛下也。誠宜開張聖聽❿，以光⓫先帝遺德，恢⓬志士之氣；不宜妄自菲薄⓭，引喻失義⓮，以塞忠諫之路也。

宮中府中，俱為一體⓯，陟罰臧否⓰，不宜異同。若有作姦⓱犯科⓲及為忠善者，宜付有司⓳，論其刑賞，以昭陛下平明之理，不宜偏私，使內⓴外㉑異法也。侍中、侍郎㉒郭攸之、費禕、董允㉓等，此皆良實㉔，志慮忠純，是以先帝簡拔㉕以遺陛下。愚以為宮中之事，事無大小，悉以咨㉖之，然後施行，必能裨補㉗闕漏，有所廣益㉘也。將軍向寵㉙，性行淑㉚均㉛，曉暢軍事，試用於昔日，先帝稱之曰能，是以眾議舉寵為督。愚以為營中之事，悉以諮之，必能使行陣和穆，優劣得所也。親賢臣，遠小人，此先漢㉜所以興隆也；親小人，遠賢臣，此後漢所以傾頹也。先帝在時，每與臣論此事，未嘗不歎息痛恨於桓、靈㉝也。侍中㉞、尚書㉟、長史㊱、參軍㊲，此悉貞亮死節之臣㊳也，願陛下親之信之，則漢室之隆，可計日而待也。

【章　旨】反覆勸勉劉禪繼承先帝遺志，廣開忠諫之路，親賢臣，遠小人，以興漢室。

【注　釋】❶先帝　指劉備。❷中道　中途。❸崩徂　天子死稱崩，或稱殂。徂，通「殂」。❹三分　謂分為蜀、魏、吳三國。❺益州　蜀國所在地。漢置益州，今四川省及陝西、雲南兩省部分地區。❻罷弊　羸弱疲困。❼秋　時。❽追　追念。❾遇　禮遇；厚遇。❿聖聽　聖明的聽聞。⓫光　發揚廣大。⓬恢　弘。猶言發揚擴大。⓭菲薄　鄙薄。菲，薄。⓮引喻失義　稱引譬喻不合道理。⓯宮中府中二句　謂不論宮中的侍臣和府中官吏，都是蜀漢之臣，沒有親疏之別。可能此時劉禪已開始寵信宦官，故云。宮中，指皇帝的宮禁中的侍臣。府中，指丞相府所屬官吏。亦即政府中的一般官員。⓰陟罰臧否　指升降官吏，評論人物。陟，升。臧，善。否，惡。⓱姦　奸。⓲犯科　犯法。科，條律。⓳有司　有專職的官吏，各有專司，故云。⓴內　宮中。㉑外　府中。㉒侍中侍郎　皆皇帝親近的侍臣。㉓郭攸之費禕董允　郭攸之，南陽人。費禕，字文偉，江夏人。董允，字休昭，南郡人。三人都是具有才德的人，為諸葛亮所識拔，時郭攸之、費禕任侍中，董允任黃門侍郎。㉔良實　忠良篤實。㉕簡拔　選拔。㉖咨　同「諮」。詢問。㉗裨補　增益彌補。㉘廣益　增廣有益的意見。㉙向寵　襄陽人。劉備時為牙門將。劉備伐吳兵敗，獨寵營完好無損。劉禪即位，封都亭侯，為中部督，掌管宿衛兵。諸葛亮北伐時，上表後主，遷寵為中領軍。㉚淑　和善。㉛均　公平。㉜先漢　西漢。㉝桓靈　東漢桓帝及靈帝。兩人歷來被認為昏君，因用人不當，出現宦官專權局面，政治腐敗，造成了漢末大亂。㉞侍中　指郭攸之、費禕。㉟尚書　指陳震。㊱長史　指張裔。㊲參軍　指蔣琬。㊳貞亮死節之臣　堅貞忠直，能以死報國的臣子。

【語　譯】臣諸葛亮奏言：先帝開創帝業不及一半，卻在中途逝世。如今天下一分為三，益州羸弱疲困，這確是國家危急存亡的時候。然而侍衛之臣不懈怠於朝內，志向忠直之士捨身於前方，為的是追念先帝對他們的禮遇，而想向陛下報答先帝的恩德啊。實應廣泛聽取群臣的意見，以光大先帝遺留下來的美德，恢擴有志之士的勇氣；不應對自己妄加鄙薄，稱引譬喻，不合道義，以致堵塞忠直進諫的道路。

不論宮中的侍臣或府中的官吏，都是一朝之臣，升降官吏、評論人物，不應因人而有異同。若有為非作歹，觸犯法律以及忠直仁善的，都應交付相關職司以論定獎賞或刑罰，使得陛下公正明察的政治能昭明於天下，不應有所偏私，使對宮內和府中執法有所不同。侍中、侍郎郭攸之、費禕、董允等，都是忠良篤實之人，志向思慮忠直純正，因此先帝選拔他們以留給陛下。我以為宮中之事，無論大小，都要詢問他們，然後才付諸施行，這樣必能彌補朝政闕失，並且有所增益。將軍向寵，性行和善公正，精通行軍用兵之事，試用於往日，先帝曾稱讚他的才能，因此根據眾議，推舉為中部督。我以為營中之事，都可詢問他，這樣一定能使軍隊將士和睦，才能高或低的人各得其所。親近賢臣，遠離小人，這是先漢所以興隆的原因；親近小人，遠離賢臣，這是後漢之所以滅亡的原因。先帝在時，每和臣談論此事，未嘗不歎息痛恨桓、靈兩帝的昏庸。侍中郭攸之、費禕、尚書陳震、長史張裔、參軍蔣琬，這些都是堅貞忠直，能以死報國的臣子，希望陛下親近、信任他們，那樣的話，漢室的興隆，是指日可待的。

臣本布衣❶，躬耕於南陽❷，苟全性命於亂世，不求聞達❸於諸侯。先帝不以臣卑鄙❹，猥❺自枉屈❻，三顧臣於草廬之中，諮臣以當世之事，由是感激，遂許先帝以驅馳❼。後值傾覆，受任於敗軍之際，奉命於危難之間，爾來二十有一年矣❽！先帝知臣謹慎，故臨崩寄臣以大事也❾。受命以來，夙夜憂歎，恐託付❿不效，以傷先帝之明⓫。故五月渡瀘⓬，深入不毛⓭。今南方已定，兵甲已足，當獎帥⓮三軍，北定中原，庶竭駑鈍⓯，攘除⓰姦凶⓱，興復漢室，還於舊都⓲。此臣之所以報先帝而忠陛下之職分也。至於斟酌⓳損⓴益㉑，進盡忠言，則攸之、禕、允之任也。願陛下託臣以討賊興復之效；不效，則治臣之罪，以告先帝之靈。若無興德之言，則㉒責攸之、禕、允等咎，以章其慢㉓。陛下亦宜自課㉔，以諮諏㉕善道㉖，察納雅言㉗，深追先帝遺詔。臣不勝受恩感激。今當遠離，臨表涕泣，不知所云！

【章旨】陳述自己對蜀漢的忠誠和北定中原的堅定意志，並再三勸勉後主劉禪能追念先帝遺詔，諮善道，納雅言。

【注釋】❶布衣　平民。❷南陽　地名。《三國志・蜀志》引《漢晉春秋》說：「亮家於南陽之鄧縣，在襄陽城（今湖北襄陽）西二十里，號曰隆中。」❸聞達　揚名顯達。❹卑鄙　地位低微、識見鄙陋。❺猥　發聲詞。有乃字義。❻枉屈　委屈。指屈尊就卑。❼驅馳　奔走效勞。❽後值傾覆四句　漢獻帝建安十三年（西元二〇八年），劉備為曹操所敗，遣亮使吳，與孫權商約，共禦曹操於赤壁。至此時整二十年，劉備與亮相遇在敗軍之前一年，故合稱二十一年。❾故臨崩句　劉備病篤，召亮屬以後事，對亮說：「君才十倍曹丕，必能安國，終定大事。若嗣子可輔，輔之；如其不才，君可自取。」亮涕泣說：「臣敢竭股肱之力，效忠貞之節，繼之以死。」劉備又對後主說：「勿以惡小而為之，勿以善小而不為，惟賢惟德，可以服人……汝與丞相從事，事之如父。」事見《三國志・蜀志・諸葛亮傳》。❿託付　指劉備臨終託付。⓫明　神明。⓬瀘　金沙江。後主建興元年（西元二二三年），南中諸郡並生事變。三年，諸葛亮率軍南征，連戰皆勝。這年秋天，南方全部平定，因此出師北伐，無後顧之憂。⓭不毛　不生五穀之地。⓮獎帥　鼓勵、率領。⓯駑鈍　自謙才能平庸。駑，下等的馬。

⑯攘除　排除。⑰姦凶　此指曹魏。⑱舊都　指長安、洛陽之地。兩漢京都所在。蜀以漢統自承，故以攻取二地為還舊都。⑲斟酌　對事情度量它的可否，加以去取。⑳損　減少。㉑益　增加。㉒若無興德之言則　原闕，據《考異》補。㉓慢　怠慢。㉔自課　自試。㉕諮諏　詢問。㉖善道　良方。㉗雅言　正言。

【語　譯】臣原是一介平民，在南陽親自耕種田地，在亂世之中苟且保全性命，不求揚名顯達於諸侯之中。先帝不以臣為卑微鄙陋，乃屈尊就卑，三次到草廬之中來拜訪臣，拿當世之事詢問臣，臣因此感動激奮，便答應先帝為國奔走效勞。後逢我軍傾覆，受任於兵敗之際，奉命於危急艱難之時，到現在已二十又一年了！先帝知臣謹慎，所以臨終時把國家大事託付給臣。受遺命以來，早晚憂慮歎息，恐怕先帝的託付不能實現，而有損先帝的英明。所以五月渡過瀘水，深入不毛之地征伐。如今南方已經安定，兵甲已足，當鼓勵兵士，統率三軍，向北進軍以平定中原，願竭盡臣平庸的能力，排除姦凶，復興漢室，回到舊日的京都。這是臣報答先帝、效忠陛下的職責。至於斟酌度量、裁損增益，進盡忠言，則是郭攸之、費禕、董允的責任。希望陛下把討伐曹賊興復漢室的任務託付給我；如果不能成功，就治臣的罪，以告慰先帝神靈。如果沒有進獻增進盛德之言，就追究郭攸之、費禕、董允之的怠慢，以彰明他們的罪過。陛下也應向自己提出要求，向臣下諮詢治國善策，鑒察接納正直之言，深切追念先帝遺命。臣受了大恩不勝感激。今將遠離，臨表涕零，不知所云！

求自試表

【作　者】曹植，見頁一六三一。

【題　解】曹植〈求自試表〉作於太和二年（西元二二八年）。內容著重於闡述自己的軍事才能和為國報效立功的強烈願望。

曹植所以請求明帝加以重用，一是感到自己爵重祿厚而無功可紀。二是痛感天下尚有吳、蜀未克，作為臣子理當殺身靖亂，以功報主。三是年輕時曾跟從魏武帝東征西戰，目睹魏武神機妙算，希望自己像古代忠臣義士那樣為國捐軀。當然最主要是源於曹植自己不受重用，內心抑鬱的緣故。如本傳所說：「植常自憤怨，抱利器而無所施，上疏求自試。」

臣植言：臣聞士之生世，入則事父，出則事君❶；事父尚於榮❷親，事君貴於與❸國。故慈父不能愛無益之子，仁君不能畜無用之臣❹。夫論德❺而授官者，成功之君也；量❻能而受爵者，畢命❼之臣也。故君無虛授，臣無虛受。虛授謂之謬舉❽，虛受謂之尸祿❾，《詩》之素餐❿，所由作也。昔二號⓫不辭兩國之任，其德厚也；旦⓬奭⓭不讓燕魯之封，其功大也。今臣蒙國重恩，三世⓮於今矣。正值陛下升平⓯之際，沐浴⓰聖澤，潛潤⓱德教，可謂厚幸矣。而位竊⓲東藩⓳，爵在上列⓴，身被輕煖，口厭㉑百味㉒，目極華靡㉓，耳倦絲竹㉔者，爵重祿厚之所致也。退念古之受爵祿者，有㉕異於此，皆以功勤濟國，輔主惠民。今臣無德可述，無功可紀㉖，若此終年，無益國朝，將掛風人㉗彼己之譏㉘。是以上慚玄冕㉙，俯愧朱紱㉚。

【章旨】首先說明仁君不能畜無用之臣，而古代國君也以功勳量爵的道理。然後敘述自己沐浴聖恩，爵重祿厚，養尊處優的環境。最後點明自己「無德可述，無功可紀」，是多麼可悲的事。

【注　釋】❶入則二句　語出《論語．子罕》：「子曰：『出則事公卿，入則事父兄。』」入，指家居。出，指入仕。❷榮榮耀。❸興　興盛。❹慈父不能二句　語出《墨子．親士》：「雖有賢君，不愛無功之臣；雖有慈父，不愛無益之子。」畜，畜養。❺論德　考量德行。《禮記．王制》鄭注：「謂考其德行道藝。」❻量　猶今語估計之意。❼畢命　盡力效命。❽謬舉　錯誤選拔。❾尸祿　猶言尸位素餐。即居位食祿而不盡職。❿素餐　指吃白飯。《詩．魏風．伐檀》：「彼君子兮，不素餐兮。」⓫二虢　虢仲、虢叔，是王季（季歷）的兒子，周文王的弟弟。據《左傳．僖公五年》記載：他們都是文王的卿士；同時虢仲封東虢，虢叔封西虢。⓬旦　周公旦。武王殺紂，封周公旦於少昊之墟曲阜，是為魯公。⓭奭　召公奭。周武王封召公奭於燕。⓮三世　指魏武帝曹操、魏文帝曹丕、魏明帝曹叡。⓯昇平　國家太平。⓰沐浴　沈浸。⓱潛潤　漸漬。⓲位竊　謙稱所居之位。⓳東藩　指為雍丘王。⓴上列　指王爵。㉑厭　同「饜」。滿足。㉒百味　言佳肴之多且味美。㉓華靡　這裡指美色。㉔絲竹　管弦樂器。這裡指聲樂。㉕有　疑作「則」。即。㉖紀　記。㉗風人　《詩經》有十五國風，故以風人指詩人。㉘彼己之譏　才德與名位不相稱的譏刺。《詩．曹風．候人》：「彼己之子，不稱其服。」意謂彼人的德行，不能和他的尊貴衣服相配。己，或作「其」。㉙玄冕　王者的玄色禮冠。㉚朱紱　繫官印的紅色絲帶。

【語　譯】臣曹植進言：我聽說士人生活在世上，居家則侍奉父親，入仕則侍奉國君。侍奉父親重要的是使家庭榮耀，侍奉國君可貴的是使國家興盛強大。所以慈父不能寵愛無益的兒子，仁君不能蓄養無用的臣子。根據臣子的德行才幹來授予官職，才是成功的國君；估量自己的才能來接受爵祿，才是盡力效命的臣子。所以國君沒有平白無故授職的事情，臣子也沒有平白無故任職的道理。平白無故地授職，稱之為錯誤的選拔；平白無故地任職，稱之為居位食祿而不盡職，《詩經》諷刺素餐君子的詩就由此產生出來。從前虢仲、虢叔不推辭東虢、西虢的封地，是因為他們有崇高的德行，周公旦和召公奭不推讓魯、燕的封地，是因為他們有很大的功勞。而我承受國家的厚恩，至今已三代了，又遇上陛下治理下的太平盛世，沈浸於聖王的恩澤之中，深受聖王的恩惠和教化，已可說是萬幸的了。而又慚愧地位居東方諸侯，享受著王爵，身穿綢緞綾羅，口食山珍海味，眼觀天下美色，耳聽美妙聲樂，這都是因為爵祿厚重的緣故，才得以享用。回頭想想古代接受爵祿的臣子，就與我不同，他們都為國家建立過功勳，輔佐國君，恩惠施於人民。而今我無甚德行可說，也沒有功勞可以記載，如果這樣下去，直至暮年，不但無益於國家，還要受到詩人「彼己之子」的諷刺。對上有愧於自己所戴的玄色王冠，對下有愧於繫著的紅色綬帶。

方今天下一統，九州晏如❶。顧西尚有違命之蜀❷，東有不臣之吳❸，使邊境未得稅甲❹，謀士未得高枕❺者，誠欲混同❻宇內，以致太和❼也。故啟滅有扈而夏功昭❽，成克商奄而周德著❾，今陛下以聖明統世❿，將欲卒⓫文武⓬之功，繼成康之隆⓭，簡良⓮授能，以方叔、召虎⓯之臣，鎮衛四境，為國爪牙⓰者，可謂當矣。然而高鳥⓱未絓⓲於輕繳⓳，淵魚⓴未懸於鉤餌者，恐鉤射之術㉑或未盡也。昔耿弇不俟光武，亟擊張步，言不以賊遺於君父也㉒。故車右伏劍於鳴轂，雍門刎首於齊境㉓，若此二子，豈惡生㉔而尚死㉕者？誠忿其慢主㉖而凌君㉗也。夫君之寵臣，欲以除患興利；臣之事君，必以殺身靜亂㉘，以功報主也。昔賈誼弱冠求試屬國，請係單于之頸而制其命㉙。終軍以妙年使越，欲得長纓占其王，羈致北闕㉚。此二臣者，豈好為夸㉛主而曜㉜世俗哉！志或鬱結㉝，欲逞㉞其才力。輸㉟能於明君也。昔漢武為霍去病治第，辭曰：「匈奴未滅，臣無以家為！」㊱固㊲夫憂國忘家，捐軀濟難㊳，忠臣之志也。今臣居外，非不厚也，而寢不安席，食不遑味者，伏以二方㊴未尅㊵為念！

【章旨】指出天下尚有吳、蜀二方尚未攻克平定。從國君來說，應當繼承文、武、成、康的功業，統一國家；從臣子來說，更應當憂國忘家，捐軀濟難，以平定二方。

【注釋】❶晏如　安然。❷顧西句　謂西邊尚有抗命的蜀國政權。❸東有句　謂東邊尚有稱王的吳國。❹稅甲　解除武裝。稅，脫。❺高枕　形容心無慮念。❻混同　統一。❼太和　猶太平。❽啟滅有扈句　謂夏王啟消滅了有扈氏，天下都歸順於夏朝。事見《史記・夏本紀》。扈，夏代氏族之一。約在今陝西鄠縣。昭，明；顯著。❾成克商奄句　謂周成王在周公輔佐下平定管叔、蔡叔挾商餘民的叛亂。時奄國也一同起事，亦被平定。事見《史記・周本紀》。奄，古代氏族。約在今山東曲阜境內。❿統世　治世。⓫卒　終；完成。⓬文武　周文王、周武王。⓭隆　盛。⓮簡良　選擇賢良。⓯方叔召虎　喻禦蜀的曹真和防吳的曹休。方叔，周宣王卿士，曾輔佐宣王伐玁狁，後征荊蠻。召虎，周宣王卿士。曾輔佐宣王平定淮夷。⓰爪牙　這裡指勇力之臣。⓱高鳥　喻蜀。⓲絓　絆住。⓳輕繳　指繫在箭上的生絲繩。⓴淵魚　喻吳。㉑釣射之術　喻戰略戰術。㉒耿弇不俟光武三句　耿弇討張步，陳俊謂弇：「虜兵盛，可且閉營休士，以須上來。」弇曰：「乘輿且到，臣子當擊牛釃酒，以待百官，反欲以賊虜遺君父邪！」及出大戰，自旦至昏，大破敵軍。事見《東觀漢記》。㉓車右伏劍二句　謂雍門狄仿古時車右因左轂鳴而死之例，在齊、越兩國開戰前自刎，以激勵士氣。《說苑・立節》：「越甲至齊，雍門狄請死之。齊王曰：『鼓鐸之聲未聞，矢石未交，長兵未接，子何務死之，為人臣之禮邪？』雍門子狄對曰：『臣聞之，昔者王田於囿，左轂鳴，車右請死之。而王曰：「子何為死？」車右對曰：「為其鳴吾君也。」王曰：「左轂鳴者，工師之罪也，子何事之有焉。」車右曰：「臣不見工師之乘，而見其鳴吾君也。」遂刎頸而死。知有之乎？』齊王曰：『有之。』雍門子狄曰：『今越甲至，其鳴吾君也，豈左轂之下哉，車右可以死左轂，而臣獨不可以死越甲也。』遂刎頸而死。是日，越人引甲而退七十里。曰：『齊王有臣鈞如雍門子狄，擬使越社稷不血食。』遂引甲而歸。齊王葬雍門子狄以上卿之禮。」車右，古代衛士，以勇敢而多力者擔任。因坐於車右，故稱衛士為車右。㉔惡生　憎恨生。㉕尚死　崇尚死。㉖慢主　不敬重君主。㉗淩君　侮辱君主。㉘靜亂　平定動亂。靜，通「靖」。㉙昔賈誼二句　《漢書・賈誼傳》記賈誼〈陳政事疏〉曰：「陛下何不試以臣為屬國之官以主匈奴？行臣之計，請必係單于之頸而制其命。」㉚終軍三句　《漢書・終軍傳》：「南越與漢和親，乃遣軍使南越，說其王，欲令入朝，比內諸侯。軍自請：『願受長纓，必羈南越王而致之闕下。』軍遂往說越王，越王聽許，請舉國內屬。……軍死時年二十餘，故世謂之『終童』。」㉛夸　說大話。㉜曜　或作「燿」。炫耀。㉝鬱結　猶蘊結。情緒不舒暢。㉞逞　盡。㉟輸　委。㊱昔漢武四句　《史記・衛將軍驃騎列傳》：「天子為治第，令驃騎視之，對曰：『匈奴未滅，無以家為也。』」霍去病，漢武帝時征伐匈奴的名將。㊲固　同「故」。㊳濟難　解救危難。㊴二方　指吳、蜀兩國。㊵剋　同「克」。

【語　譯】如今天下一統，九州太平。但西邊還有違命的蜀國，東邊還有不肯稱臣的吳國，使得邊境不能解除武裝，謀略之士不能高枕無憂，面對這種情況，實在希望統一天下，以求得太平和順之世。所以夏王啟消滅了有扈氏，使夏朝的功績顯耀於歷史。周成王在周公輔佐下殲滅了商餘民及奄國，使西周的功德昭著於天下。而今陛下以賢明治世，將要完成周文王、周武王的功業，承繼周成王、周康王的盛世，選擇賢良，授職能人，任用像方叔、召虎那樣的輔佐功臣來鎮守四境，任用他們為國家武臣，可說是恰當的。但是高飛之鳥未能繫於箭絲，深淵之魚未能懸於鉤餌，恐怕釣術和射術都有不夠完善的地方。從前耿弇不等漢光武帝到達，便急著出擊張步，把張步打敗，說這是不把賊軍留待君父。所以車右聽到車轂鳴叫，便以失責而拔劍自刎，雍門子狄在與越國開戰前便在齊境內自刎而死。這兩位勇士哪裡是憎恨活而崇尚死呢？實在是憤恨不敬重君王、侮辱了君王的緣故。國君寵愛臣子，是希望臣子能為國興利除去禍患；臣子侍奉國君，定為平定動亂而獻出生命，以建功立業來報答君主。從前賈誼在二十歲時便求試典屬國的官職，請求出使匈奴，保證繫單于之頸而制其生死。終軍年紀輕輕便出使南越，請求投軍報國，要拿了長繩拘執南越王並把他親縛至北闕，等候君主的召見。這兩位大臣哪裡是喜歡在君主面前說大話而在世俗面前炫耀呢？那是因為內心情緒不舒暢，希望施展自己的才華智力，把自己的才能貢獻給明君啊！從前漢武帝給霍去病建造府第，霍去病辭謝說：「匈奴還沒有消滅，臣不以家事為念！」所以憂心國事而遺忘私家，為解救危難而獻出生命，這是忠臣的志向。如今臣在外藩，爵祿享受並不是不優厚，但是睡不安穩，食時不暇辨味，就是因為想到吳、蜀二方尚未平定的緣故。

伏見先武皇帝，武臣宿兵❶，年耆❷即世❸者，有聞矣。雖賢不乏世，宿將舊卒猶習戰也。竊❹不自量，志在授命❺，庶立毛髮之功❻，以報所受之恩。若使陛下出不世❼之詔，效臣錐刀之用❽，使得西屬大將軍❾，當一校❿之隊；若東屬大司馬⓫，統⓬偏師⓭之任。必乘危蹈險⓮，騁⓯舟奮驪⓰，突刃觸鋒⓱，為士卒先。雖未能擒權⓲馘⓳亮⓴，庶將虜其雄率㉑，殲其醜類㉒。必效須臾之捷㉓，以滅終身之愧，使名掛史筆，事列朝榮㉔。雖身分蜀境，首懸吳闕，猶生之年㉕也。如微才弗試㉖，沒世無聞㉗，徒榮其軀而豐其體，生無益於事，死無損於數㉘，虛荷上位而忝重祿㉙，禽息鳥視㉚，終於白首㉛，此徒圈牢之養物㉜，非臣之所志也。流聞㉝東軍失備，師徒小衄㉞，輟食忘㉟餐，奮袂㊱攘衽㊲，撫劍東顧，而心已馳於吳、會㊳矣。

【章旨】點明本文主旨：只要明帝下非常之詔，自己不論歸屬大將軍曹真，還是歸屬大司馬曹休，都將不顧艱險，出生入死，建功立業。由於聽說前方軍事失利，自己更覺心急如焚，身雖在雍丘，而心已馳往前線。

【注釋】❶宿兵　應作「宿將」。舊將。❷年耆　年老。❸即世　死亡。❹竊　謙稱自己。❺授命　同「效命」。付出生命。❻毛髮之功　謙詞。細微的功勞。❼不世　非常。❽錐刀之用　細微的作用。❾大將軍　指曹真。❿校　古軍制。五百人為校。⓫大司馬　指曹休。⓬統　統領。⓭偏師　全軍的一部分，指非主力。⓮乘危蹈險　履蹈危險。⓯騁　馳。⓰驪黑色馬。⑰突刃觸鋒　形容短兵相接的情狀。⑱權　孫權。⑲馘　指殺死敵人所割下的左耳。⑳亮　諸葛亮。㉑雄率　指大將。㉒醜類　猶言惡人、壞人。㉓須臾之捷　指在短時間便取得勝利。㉔朝榮　《三國志》作「朝策」。猶言國史。㉕猶生之年　意謂雖死猶生。㉖弗試　不用。㉗沒世無聞　語出《論語・衛靈公》：「子曰：『君子疾沒世而名不稱焉。』」㉘數　謂國家運數。㉙祿　即月俸。㉚禽息鳥視　如雀鳥那樣生活。㉛白首　白頭。表示年老。㉜圈牢之養物　指關在牢籠裡養的豬羊之類。㉝流聞　傳聞。㉞小衄　略略挫敗。據《魏志・曹休傳》：「太和二年，休督諸軍向尋陽，賊將（指周魴）偽降，休深入不利，退還。宿石亭，夜驚，士卒亂，棄甲兵輜重甚多。」㉟忘　當作「棄」。㊱奮袂　揮袖。㊲攘衽　拉開衣襟。㊳吳會　指吳郡、會稽郡。都屬吳國管轄。

【語　譯】我知道先武皇帝時的武臣舊將，年老而去世的，已有所聞。就是當今賢才並不缺乏，老將舊卒還熟習戰陣。我也不自量力，有志於獻出自己的生命，希望建立微不足道的功勞，以圖報答得到的恩典。假如陛下能夠下達非常之詔，令我貢獻出錐刀般細微的作用，派給西屬大將軍曹真，擔當五百人隊伍的頭目；或者東屬大司馬曹休，統領一支偏師。我一定履蹈危險，馳騁戰舟，奔騰戰馬，衝鋒陷陣，與敵人短兵相接，刀刃相碰撞，做士卒的表率。即使不能活捉孫權，殺死諸葛亮割下耳朵，也要親手抓獲敵人的大將，消滅他們的同伙。必定在短時間內取得勝利，以消除我平生的慚愧，使我的名字能垂於青史，事蹟載入國史。我就是身死蜀境，頭掛吳闕，還猶如活著一樣，名垂不朽。假如我微薄的才幹不得任用，終其身而名不稱於後世，徒地位尊榮生活優裕，活著既無益於國事，死去也無損於國家運數，白白地占據高位，羞愧地享受豐厚的俸祿，像禽鳥那樣生活，直到年老白頭，這只不過是關養於牢籠的豬羊之類而已，並不是我所願意的啊！傳聞東軍喪失戒備，士卒略有挫敗，我為之停膳棄食，揮動著袖子，拉開衣襟，心情激動，把持劍柄，向東遠望，而內心已飛馳到吳郡、會稽郡去了。

臣昔從先武皇帝，南極❶赤岸❷，東臨滄海❸，西望玉門❹，北出玄塞❺，伏見所以行師[6]用兵之勢，可謂神妙也！故兵者不可豫言[7]，臨難[8]而制變者也。志欲自效於明時，立功於聖世。每覽史籍，觀古忠臣義士，出[9]一朝[10]之命[11]，以殉國家之難，身雖屠裂[12]，而功勳著於景鍾[13]，名稱[14]垂於竹帛[15]，未嘗不拊心而歎息也。臣聞明主使臣，不廢有罪。故奔北敗軍之將用，而秦魯以成其功[16]，絕纓[17]盜馬[18]之臣赦，而楚趙[19]以濟其難。臣竊感先帝[20]早崩，威王[21]棄世[22]，臣獨何人，以堪[23]長久。常恐先朝露[24]，填溝壑[25]，墳土未乾，而聲名並滅。臣聞騏驥長鳴，伯樂昭其能[26]；盧狗悲號，韓國知其才[27]。是以效之齊楚之路[28]，以逞[29]千里之任[30]；試之狡兔之捷，以驗搏[31]噬[32]之用。今臣志狗馬之微功，竊自惟度[33]，終無伯樂韓國之舉[34]，是以於邑[35]而竊自痛[36]者也。夫臨博[37]而企竦[38]，聞樂而竊抃[39]者，或有賞音而識道[40]也。昔毛遂，趙之陪隸，猶假錐囊之喻，以寤主立功[41]，何況巍巍大魏多士之朝，而無慷慨死難之臣乎！夫自衒[42]自媒者，士女之醜行[43]也；干時[44]求進[45]者，道家之明忌[46]也。而臣敢陳聞於陛下者，誠與國分形同氣[47]，憂患共之者也。冀以塵霧之微，補益山海[48]；熒燭[49]末光，增輝日月。是以敢冒其醜而獻其忠，必知為朝士所笑。聖主不以人廢言[50]，伏惟陛下少垂神聽[51]，臣則幸矣。

【章　旨】說明自己早年曾跟隨先帝魏武帝出征，耳濡目染，培養了自己建功立業之志。希望明帝不廢有罪，不以智短識淺而不用，不以人廢言，庶幾報國之志得以實現。

【注　釋】❶極　至。❷赤岸　赤壁，在今湖北蒲圻。❸滄海　東海。❹西望玉門　《魏志·武帝紀》記載：建安十六年冬十月，曹操從長安北征楊秋，圍安定。安定在今甘肅鎮原，距玉門尚遠，故曰望。❺玄塞　即《魏志·武帝紀》之盧龍塞。今河北省喜峰口。此指建安十二年曹操征烏桓戰役。❻行師　一作「行軍」。❼豫言　當作「豫圖」。即預謀的意思。❽臨難　面對敵人。❾出　付出。❿一朝　形容短暫。⓫命　生命。⓬屠裂　謂被人分割。⓭景鍾　晉景公鐘。春秋時，晉將魏顆打退秦兵，功勳銘刻在景鐘上。⓮名稱　名譽。⓯竹帛　簡冊和帛書。指史書。⓰奔北敗軍二句　意謂任用敗將，可以轉敗為勝，獲得最後的成功。用秦國的孟明視和魯國的曹沫事。據《左傳》：秦穆公使百里奚子孟明視、蹇叔子西乞術及白乙丙將兵襲鄭。晉發兵遮秦兵於殽，虜秦三將以歸。後還秦三將，穆公復三人官秩。復使將兵伐晉，大敗晉人，以報殽之役。又據《史記·刺客列傳》：曹沫為魯人，以勇力事魯莊公，為魯將，與齊戰，三敗三北，魯莊公懼，乃獻遂邑之地以和，猶復以為將。齊桓公許與魯會於柯而盟。桓公與莊公既盟於壇上，曹沫執匕首劫齊桓公。公問：「子將何欲？」曹沫說：「齊強魯弱，而大國侵魯，亦已甚矣！今魯城壞，即壓境，君其圖之。」桓公乃許盡還魯之侵地，曹沫三戰所亡，盡復於魯。⓱絕纓　《說苑·復恩》：「楚莊王賜群臣酒，日暮酒酣燈燭滅，乃有人引美人之衣者。美人援絕其冠纓，告王曰：『今者燭滅，有引妾衣者，妾援得其冠纓持之，趣火來，上視絕纓者。』王曰：『賜人酒，使醉失禮，奈何欲顯婦人之節而辱士乎？』乃命左右曰：『今日與寡人飲，不絕冠纓者不歡。』群臣百有餘人，皆絕去冠纓而上火，卒盡歡而罷。居二年，晉與楚戰，有一臣常在前，五合五獲首卻敵，卒得勝之。莊王怪而問……，對曰：『……臣乃夜絕纓者也。』」⓲盜馬　《呂氏春秋·愛士》：「昔者秦繆公乘馬而車為敗，右服失而野人取之，繆公自往求之。見野人方將食之於岐山之陽，繆公歎曰：『食駿馬之肉，而不還飲酒，余恐其傷女也。』於是遍飲而去。處一年，為韓原之戰，晉人已環繆公之車矣，晉梁由靡已扣繆公之左驂矣，晉惠公之右路石奮投而擊繆公之甲，中之者已六札矣。野人之嘗食馬肉於岐山之陽者三百有餘人，畢力為繆公疾鬥於車下。遂大克晉，反獲惠公以歸。」⓳楚趙　秦繆公有赦盜馬事，趙則未聞，蓋以秦亦趙姓，故互文以避上秦字。⓴先帝　指魏文帝曹丕。㉑威王　指曹彰。諡號為威。㉒棄世　離世。㉓堪　可。㉔先朝露　朝露易乾。喻人死之速。㉕填溝壑　喻埋葬。㉖騏驥長鳴二句　據李注引《戰國策》謂：楚客謂春中君曰：昔騏驥駕車吳坂，遷延負轅而不能進。遭伯樂，仰長鳴，知伯樂為知己。參見今本《戰國策・楚四・汗明見春申君》。㉗盧狗悲號二句　《戰國策・齊三・齊欲伐魏》：「齊欲伐魏，淳于髡謂齊王曰：『韓子盧者，天下之疾犬也。東郭逡者，海內之狡兔也。韓子盧逐東郭逡，環山者三，騰山者五，兔極於前，犬廢於後，犬兔俱罷，各死其處。田父見之，無勞勸之苦，而擅其功。』」又六臣本劉良曰：「齊人韓國相狗於市，遂有狗號鳴，而國知其善。」㉘齊楚之路　言路遠。㉙逞　呈；表現。㉚任　用。㉛搏　攫取。㉜噬　嗑。㉝惟度　揣想。㉞舉　舉薦。㉟於邑　抑鬱。情緒悶塞不通之貌。㊱自痛　自悼。㊲博　局戲。用六箸十二棋。㊳企踵　舉踵而立。㊴抃　拊；拍手。㊵識道　懂得棋局路數勝負。㊶昔毛遂四句　《史記・平原君虞卿列傳》：秦圍邯鄲，趙使平原君求救，合從於楚，約於食客門下有勇力文武備具者二十人偕，得十九人，餘無可取者。毛遂前自贊於平原君。平原君說：「先生處勝之門下，幾年於此？」遂答：「三年了！」平原君說：「夫賢士之處俗，譬若錐之處囊中，其末立見。今先生處勝之門下三年，勝未有所聞。」毛遂說：「臣乃今日請處囊中耳！使遂蚤得處囊中，乃穎脫而出，非特其末見而已。」平原君竟與毛遂偕十九人。平原君與楚合從，日出而言，日中不決。毛遂按劍歷階而上說：「合從者為楚，非為趙也。」楚王說：「謹奉社稷以從。」陪隸，諸侯之臣。這裡指門客。㊷自衒　自我吹噓。㊸醜行　可恥的行為。㊹干時　求合於當時。㊺求進　求取名位。㊻明忌　大忌。㊼分形同氣　意謂骨肉之親。《呂氏春秋・精通》：「父母之於子也，子之於父母也，一體而兩分，同氣而異息，若草莽之有花實也，若樹木之有根心也。雖異處而相通，隱志相及，痛疾相救，憂思相感，生則相歡，死則相哀，此之謂骨肉之親。」㊽塵霧二句　李注引謝承《後漢書》楊喬：「猶塵附泰山，露集滄海，雖無補益，款誠至情，猶不敢嘿也。」塵霧，疑作「塵露」。㊾熒燭　螢燭；小燭光。㊿聖主不以人廢言　語出《論語・衛靈公》。51神聽　天子的聽聞。古以神為對天子尊敬之飾詞。

【語　譯】我從前跟隨先武皇帝，南到赤岸，東臨滄海，西望玉門，北出盧龍塞，親眼看到先武皇帝指揮行軍用兵的謀略，可稱得上是神機妙算了！所以，戰爭是不能預測的，面對敵人要隨機應變。我的志向就是要自我報效於明時，建功立業於聖世。每每閱覽史籍，看到古代忠臣義士，都能獻出自己短暫的生命，來為國家急難而殉職，身體雖然被人分割，功勳卻能著錄於鐘鼎，名聲能載入史冊，沒有不捶胸而長歎的。我聽說明君任用臣子，並不廢棄有罪之臣。所以逃奔敗北的將軍得到重用，秦國和魯國之君便成就了各自的功業；被拉去冠帶和偷盜國君馬匹的臣子，得到赦免，楚國和秦國之君便各自度過了自己的難關。我有感於先皇帝早逝，威王又離世了，我算是什麼人，難道能活得長久？我時常擔心會很快死去，被棄於溝壑，墳上的泥土還未乾，名聲已經從世上抹掉了。我聽說千里馬長鳴，伯樂知道牠的能耐；盧狗悲號，韓國知道牠的才能。因此，要走完齊楚那樣遙遠的路程，才能表現出駿馬行千里的良才；測試以狡兔那樣的快速度，才能證明良犬拼搏噬嚙的效用。而今我有志建立如狗馬幫助主人所建細微的功勞；私下揣想，到底沒有伯樂、韓國的舉薦，所以常常內心抑鬱，而私自痛心。如面對博局而舉踵站立，聽到音樂而偷偷拍手，或許有所謂知音或懂得棋局路數勝負的。從前毛遂是趙國平原君的食客陪臣，尚且用錐出囊中的比喻，以啟發主人而建立了功勳，何況我們堂堂魏國，朝廷人才濟濟，難道沒有激昂慷慨為國捐軀的臣子嗎？自我炫耀才能，自己給自己作媒，是士人女子的可恥行為；迎合時世，以求取名位的，是道家最大的忌諱。而我敢於向陛下陳說，是由於與國君有骨肉之親，憂患與共的緣故。希望能像微不足道的塵土那樣有補於泰山，像微不足道的露水那樣有益於滄海，又像微弱的燭光，也能稍稍使日月增輝。所以膽敢冒著出醜而表示自己的忠心，我知道這樣做，一定會為朝士們所恥笑。但聖明的君主不因人的地位卑微而不聽取他的建言，希望陛下能稍稍聽取我的意見，我就感到萬幸了。

求通親親表

【作　者】曹植，見頁一六三一。

【題　解】由於曹植長期不得參預朝政，才智無從發揮，心存怨恨不平，因於魏明帝（曹叡）太和五年寫成此表，要求允許諸王按時入京朝覲。曹植時年四十歲，為東阿王。如將他三年前要求自試的表放在一起看，則知要求明帝考慮親屬關係，發揮諸王才能，正是他一貫的主張。但曹叡並未理會曹植入朝獻才的心願，只就事論事，復詔推責下吏，但糾正了對諸王的苛酷法制，五年秋終於頒布召諸王朝的詔令。

此文說理明確，文詞剴切，直抒胸臆，怨而不怒。

臣植言：臣聞天稱其高者，以❶無不覆，地稱其廣者，以無不載；日月稱其明者，以無不照；江海稱其大者，以無不容。故孔子曰：「大哉堯之為君！惟天為大，惟堯則之❷。」夫天德之於萬物，可謂弘廣矣！蓋堯之為教❸，先親後疏，自近及遠。其《傳》❹曰：「克明❺峻❻德，以親九族❼，九族既睦❽，平❾章❿百姓⓫。」及周之文王，亦崇⓬厥化⓭。其《詩》⓮曰：「刑⓯於寡妻⓰，至於兄弟，以御⓱於家邦。」是以雍雍⓲穆穆⓳，風人⓴詠之㉑。昔周公弔管蔡之不咸㉒，廣封懿親㉓，以藩屏㉔王室。《傳》㉕曰：「周之宗盟㉖，異姓為後。」誠骨肉之恩，爽㉗而不離，親親之義，寔㉘在敦固㉙。「未有義而後其君，仁而遺其親者也㉚。」

【章旨】以天地、日月、江海喻君主；並引經據典，以古聖賢為例，說明君主自當寬大為懷，尤其要重視骨肉之親。

【注釋】❶以　用；因。❷孔子曰四句　語出《論語・泰伯》，原文為：「大哉堯之為君也！巍巍乎！唯天為大，唯堯則之。」意思是：堯真是了不得呀！他真高大得很呀！只有天最高最大，又只有堯能夠學習天。❸教　施行教化。❹傳　指《書・堯典》。❺克明　克，能。明，昭顯。❻峻　一作「俊」。大的意思。❼九族　古文學家以九族為同宗，即以自己為本位，上推四代（父、祖、曾祖、高祖），下推四代（子、孫、曾孫、玄孫），合稱九族。今文學家以九族為異姓親族，即父族四、母族三、妻族二。❽睦　親。❾平　一作「辯」。別的意思。❿章　章明。⓫百姓　百官族姓。⓬崇　尊崇。⓭化　教化。⑭詩　指《詩・大雅・思齊》。⑮刑　法。⑯寡妻　嫡妻。⑰御　治理。⑱雍雍　一作「雝雝」。和睦的樣子。⑲穆穆　肅穆恭敬。⑳風人　詩人。㉑詠之　指詠《詩・大雅・思齊》：「雝雝在宮，肅肅在廟。」㉒昔周公句　語出《左傳・僖公二十四年》。弔，傷。咸，和。㉓懿親　姻親。據章炳麟《左傳讀》說。㉔藩屏　為作藩籬屏障。㉕傳　指《左傳・隱公十一年》。㉖周之宗盟　周天子會盟諸侯。㉗爽　過失。㉘寔　同「實」。㉙敦固　樸實堅定。㉚未有義二句　意思是：沒有講「義」的人卻怠慢他的國君，沒有講「仁」的人卻遺棄他的父母。語出《孟子・梁惠王上》，句子順序有顛倒。

【語　譯】臣曹植進言：我聽說天之所以被稱為高，是因為沒有什麼地方不被覆蓋，地之所以被稱為廣，是因為沒有什麼東西不被負載；太陽月亮之所以被稱為光明，是因為沒有一處不被照耀；江河大海之所以被稱為大，是因為無不容納。所以孔子說：「唐堯做一個國君是多了不得呀！只有天最高最大，又只有唐堯去學習天、效法天。」上天惠及天下萬物，可以稱得上是廣大了。唐堯施行教化，先親後疏，由近至遠，《尚書》說他「能彰顯自己偉大的德行，使族人都親密地團結起來；族人和睦團結了，再考察百官中有善行者，加以表彰。」到了周文王的時候，他也推崇唐堯提倡的教化。《詩經》說：「以禮對待正妻，也以同樣的態度對待自己的兄弟，直至把國家治理好。」所以國人和睦恭順，使詩人唱〈思齊〉來歌頌。從前周公感傷管叔、蔡叔不與兄弟諧和，廣泛分封親戚為諸侯，用以作為周王室的藩籬和屏障。《左傳》稱：「周天子會盟諸侯，將異姓諸侯排在後面。」可見親骨肉的恩惠，即使有過失也不分離；親近親屬的道理，實在是樸實而堅固。孟子說：「沒有講『義』的人，卻怠慢他的國君的；沒有講『仁』的人，卻遺棄他的父母的。」

伏惟陛下，資①帝唐②欽明之德，體文王翼翼③之仁，惠洽④椒房⑤，恩昭⑥九親⑦。群臣⑧百僚，番休⑨遞上⑩，執政不廢⑪於公朝，下情得展⑫於私室。親理之路通，慶弔之情展，誠可謂恕己治人⑬，推惠施恩者矣。至於臣者，人道⑭

絕緒⓯，禁錮⓰明時⓱，臣竊⓲自傷也。不敢乃望交氣類⓳，修人事⓴，敘人倫㉑。近且婚媾㉒不通，兄弟永絕，吉凶之問㉓塞㉔，慶弔之禮廢，恩紀㉕之違，甚於路人；隔閡之異，殊於吳越㉖。今臣以一切㉗之制，永無朝覲㉘之望。至於注心㉙皇極㉚，結情㉛紫闥㉜，神明知之矣。然「天寔為之，謂之何哉㉝」！退省諸王，常有戚戚具爾㉞之心。願陛下沛然㉟垂詔㊱，使諸國慶問，四節㊲得展，以敘骨肉之歡恩，全怡怡㊳之篤義㊴。妃妾之家，膏沐㊵之遺㊶，歲得再通，齊義於貴宗，等惠於百司㊷。如此，則古人之所歎，〈風〉、〈雅〉之所詠，復存於聖世矣。

【章旨】先歌頌明帝有帝堯之德、文王之仁。接著敘述自己的苦悶和所受壓抑，最後希望明帝下詔，使王族得以盡禮於天子，骨肉親情得以重敘，展示了要求「親親」的文章主題。

【注釋】❶資　秉受。❷帝唐　帝堯。❸翼翼　恭慎的樣子。《詩・大雅・大明》：「惟此文王，小心翼翼。」❹洽　周遍。❺椒房　漢代后妃所住的宮殿，用椒和泥塗壁，故名。這裡用為皇后和后妃的代稱。❻昭　明。❼九親　九族。❽群臣　一作「群后」。指列侯。❾番休　輪番休息。❿遞上　依次入值。⓫廢　停頓。⓬展　布陳。⓭恕己治人　以如何對待自己去管理他人。恕，忖我以度於人。⓮人道　人倫之道。指至親之間的聯繫。⓯絕緒　斷絕聯繫。⓰禁錮　這裡指不得朝拜。⓱明時　猶言盛世。⓲竊　私下。⓳氣類　指有生命的人。此指同氣相求的朋友。⓴人事　這裡指親友交往之事。㉑人倫　人與人相處關係的準則。這裡指儒家倡導的君臣、父子、夫婦、兄弟、朋友關係的準則。㉒婚媾　嫁娶。㉓問　訊問。㉔塞　杜絕。㉕恩紀　恩情。㉖吳越　應作「胡越」。胡在北方，越在南方。喻相距甚遠。㉗一切　權宜。㉘朝覲　古代諸侯見天子之稱。㉙注心　傾心。㉚皇極　這裡指宮室。㉛結情　繫情。㉜紫闥　猶言天門。亦即帝居之所。㉝天寔為之二句　語出《詩・邶風・北門》。意思是：蒼天要這麼做，有何可說。㉞戚戚具爾　語出《詩・大雅・行葦》。戚戚，親熱的樣子。具，通「俱」。爾，通「邇」。近。㉟沛然 雨盛貌。此喻降恩澤。㊱垂詔 下詔。㊲四節 指立春、立夏、立秋和立冬。㊳怡怡 和順的樣子。《論語・子路》：「子曰：兄弟怡怡如也。」這裡指代兄弟。㊴篤義 深情厚誼。㊵膏沐 脂膏之類。㊶遺 贈予。㊷百司 百官。

【語譯】我想到陛下秉受了帝堯的光明德行，實現出周文王恭敬謹慎的仁愛，恩惠遍布後宮，德澤光照九族。使群臣百僚，輪番休整，依次入值。在朝廷上既不怠慢政務，個人心情又能在家中得到舒展。這樣臣子有機會親近親屬、處理私事，慶賀和弔唁的私情也得以表達，確實稱得上是以待己之心去治理他人，把恩惠德澤施與別人。至於作為臣下的我，天倫之間的聯繫已經斷絕，在光明盛世受到禁錮而不能朝拜，我私下感到深深的憂傷呀！我不敢奢望與志趣相投的朋友交往，不敢奢望處理正常的世事，不敢奢望理順親人之間的關係。近來，甚至連婚姻之親都不能溝通，兄弟情義長久斷絕，吉凶無人聞問，慶賀憑弔之禮也被廢止，我所得恩情之少，比路人還不如；隔閡之大，超過胡越。而按照現行各種制度，就永遠沒有去宮廷朝拜陛下的希望；我傾心於帝室，繫情於皇帝，也只有神明可以得知了。然而「蒼天要這麼做，又能怎麼辦呢」！退而反思各位諸侯，常有親熱友愛的心思和願望。希望陛下能夠沛然降恩下詔，使諸王四時之節得以致其慶賀聘問之禮於天子，以歡敘兄弟骨肉的恩情，成全兄弟手足的深情厚誼。至於妃妾之家，贈予膏沐之資，一歲二次，應該與貴戚、百官同等受惠。這樣，古人所詠歎的，風雅所歌頌的，都能在聖明當世再現了。

臣伏自惟省，豈無錐刀❶之用？及觀陛下之所拔授，若以臣為異姓，竊自料度，不後於朝士矣。若得辭遠遊❷，戴武弁❸，解朱組❹，佩青紱❺，駙馬、奉車❻，趣❼得一號❽，安宅❾京室，執鞭❿珥筆⓫，出從華蓋⓬，入侍輦轂⓭，承答聖問，拾遺⓮左右，乃臣丹情⓯之至願，不離於夢想者也。遠慕〈鹿鳴〉⓰君臣之宴，中詠〈棠棣〉⑰匪他之誡⑱，下思〈伐木〉⑲友生⑳之義，終懷〈蓼莪〉㉑罔極㉒之哀。每四節之會㉓，塊然㉔獨處，左右惟僕隸，所對惟妻子，高談㉕無所㉖與陳，發義㉗無所與展㉘，未嘗不聞樂而拊心㉙，臨觴而歎息也。

【章　旨】先說明自己才能不在當今朝士之下，可以為聖王出力效勞。再引《詩經》有關詩篇，說明君臣、親戚、兄弟、朋友情義之可貴。適度抒發了作者「抱利器而無所施」的人生感慨。

【注　釋】❶錐刀　喻細微。❷辭遠遊　意謂辭去王爵。遠遊，冠名。遠遊冠者，王侯所服。❸武弁　冠名。侍中所戴。❹朱組　赤綬。王侯繫佩玉或印章的紅色絲帶。❺青紱　青綬。青色印帶。❻駙馬奉車　都是官名。漢武帝時所設。駙馬都尉掌副車之馬，奉車都尉掌御乘輿馬。❼趣　疾。❽得一號　謂於駙馬、奉車得其一職。❾宅　居。❿執鞭　持鞭駕車。表示對某人的敬仰之意。⓫珥筆　謂侍從之臣插筆於冠側，以備記事。⓬華蓋　帝王或貴官坐車上的傘蓋。⓭輦轂　天子乘坐的車輿。這裡指天子。⓮拾遺　謂糾正帝王的過失。⓯丹情　衷心之意。⓰鹿鳴　《詩・小雅》的篇名。〈毛詩序〉曰：「〈鹿鳴〉，宴群臣嘉賓也。」其詩為：「呦呦鹿鳴，食野之苹；我有嘉賓，鼓瑟吹笙。」⓱棠棣　一作「常棣」。《詩・小雅》篇名。⓲匪他之誡　語出《詩・小雅・頍弁》：「豈伊異人？兄弟匪他。」並非出自〈常棣〉，可能是作者誤記。⓳伐木　《詩・小雅》篇名。〈毛詩序〉曰：「〈伐木〉，宴朋友故舊也。」⓴友生　語出《詩・小雅・伐木》：「嚶其鳴矣，求其友聲」、「矧伊人矣，不求友生？」㉑蓼莪　《詩・小雅》篇名。㉒罔極　無常。沒有定準。〈蓼莪〉詩云：「父兮生我，母兮鞠我。……欲報之德，昊天罔極！」㉓四節之會　指四季節日。漢魏時，節氣日親族相聚讌樂，有會節氣的風俗。㉔塊然　孤獨貌。㉕高談　高論。㉖無所　無可。㉗發義　闡述道理。㉘展　發舒。㉙拊心　搥擊胸膛。表示悲痛之至。

【語　譯】我私下省察自身，難道沒有錐刀般細微的用處？待看到陛下所提拔並授予官職的人，假若我是異姓外族，那麼料想也不會落後於當朝之臣。假如能辭去王爵，戴上武冠，解去繫印的紅色絲帶，繫上青色的印帶。不論是駙馬都尉，還是奉車都尉，只要盡快地得到其中一個職位，那我就能安居京都，為陛下持鞭駕車，插筆於冠側，以備隨時記事了。外出就追隨皇上的傘蓋，入內就服侍天子，準備回答聖王的諮詢，在左右提醒皇上的闕失，這是小臣衷心的最高願望，時時魂牽夢縈的。我最羨慕〈鹿鳴〉所描寫的君臣歡宴的融洽感情；其次也歌詠〈常棣〉，以兄弟並非外人的想法儆戒自己；再次想想〈伐木〉篇中所說，朋友故舊常來常往的道理，最後又懷有〈蓼莪〉篇所敘，為不能報答已故父母而感到的悲哀。每逢四季節日，正當大家親族歡聚讌樂之時，我卻孤單地一個人獨處，周圍只有奴僕，相對唯有妻子孩子，高談闊論時無人領會，闡述義理時不能對人充分發揮；每每聽到音樂就搥胸悲痛，拿起酒杯就仰天長歎。

臣伏以為犬馬之誠不能動人，譬人之誠不能動天，崩城❶隕霜❷，臣初信之，以臣心況❸，徒虛語耳！若葵藿之傾葉，太陽雖不為之迴❹光，然終向之者，誠也。臣竊自比葵藿，若降天地之施，垂三光❺之明者，實在陛下。臣聞《文子》❻曰：「不為福始，不為禍先❼。」今之否隔❽，友于❾同憂，而臣獨倡言❿者，何也？竊不願於聖代⓫，使有不蒙施之物；有不蒙施之物，必有慘毒之懷⓬。故〈柏舟〉⓭有天只之怨，〈谷風〉⓮有棄予之歎。伊尹恥其君不為堯舜。孟子曰：「不以舜之所以事堯事其君者，不敬其君者也⓯。」臣之愚蔽，固非虞伊；至於欲使陛下崇⓰光被⓱時雍⓲之美，宣緝熙⓳章明⓴之德者，是臣慺慺㉑之誠，竊所獨守。實懷鶴立企佇㉒之心，敢復陳聞者，冀陛下儻㉓發天聽㉔而垂神聽也。

【章　旨】先說自己不相信有哭倒城垣、六月降霜那樣的回天之力，但表明自己有葵花向陽的忠誠。然後再次引經據典，希望明帝重視對骨肉之親的關懷和照應。

【注　釋】❶崩城　《說苑・善說》：「華周杞梁戰而死，其妻悲之，向城而哭，隅為之崩，城為之阤。」❷隕霜　降霜。相傳戰國時，鄒衍事燕惠王，被人陷害下獄。鄒衍在獄中仰天而哭，時值炎夏，天忽然降霜。典出《初學記・卷二》引《淮南子》。❸況　比。❹迴　旋轉。❺三光　日、月、星，合稱三光。❻文子　老子弟子所作。或曰此人姓辛名妍，字文子，號計然，葵丘濮上人，為范蠡師。著有《文子》九篇。❼不為福始二句　意謂無論是得到福分還是招致災禍，都不率先為之。❽否隔　閉塞不通。❾友于　《論語・為政》：「子曰：《書》云：『孝乎惟孝，友于兄弟，施於有政。』」❿唱言　倡言。《國語・吳語》韋注：「發始為倡。」⓫聖代　聖世。⓬慘毒之懷　指有深切怨恨之情。⓭柏舟　《詩・鄘風》篇名。其詩有云：「母也天只，不諒人只！」⓮谷風　《詩・小雅》篇名。其詩有云：「將安將樂，女轉棄予！」⓯不以舜二句　出自《孟子・離婁》，意思是：不用舜服事堯的態度和方式來侍奉君主，便是對他君主的不恭敬。⓰崇　崇揚。⓱光被　言光照四海。《書・堯典》：「光被四表。」⓲時雍　和善。《書・堯典》：「黎民於變時雍。」⓳緝熙　光明。⓴章明　顯明。㉑慺慺　謹敬貌。㉒企佇　舉踵而望。㉓儻　或。㉔天聽　和下面「神聽」意思相同。天、神是臣下對帝王尊崇的飾詞。

【語　譯】我認為：像狗馬那樣的忠誠不能使人感動，像普通人那樣的忠誠也不能使上天感動。杞梁妻哭倒了城垣，鄒衍仰天大哭使炎夏降霜。對此，我起初是確信不疑，但相較於我親身的痛苦經歷，也只不過是空話罷了！像葵花豆葉那樣向日生長，雖然不能就此使陽光扭轉，但它自始至終向著陽光，也算是表達了自己的一片忠誠了。我私下曾自比向日而傾的葵花豆葉；而像天地那樣降福人間，像太陽、月亮、星星那樣播放光明，就在於陛下了。我聽說《文子》裡說過：「不搶先求福，也不首先招禍。」如今相互隔絕不通，兄弟都為之憂慮，而我獨先發表這番意見，這是為什麼呢？這是因為我不願看到當今聖世，會出現未受到聖王施恩的人；如有不受到施恩的人，必會產生深切怨恨的情懷。所以〈柏舟〉詩就發出了「母親啊！老天啊！為什麼不體諒人啊」的怨恨！〈谷風〉詩就發出了「你反而將我拋棄」的感歎。伊尹以他的國君不能成為堯舜而感到羞恥。孟子說：「不採用舜服事堯的態度和方式來侍奉君主，便是對他君主不恭敬的表現。」我生性愚蠢閉塞，確實不能與虞舜、伊尹相提並論。至於希望陛下崇揚光照四海、造福黎民的美行，宣揚光明昭著的盛德，這是我真實而恭敬的誠意，是我一個人私下堅守不移的。我懷抱鶴立舉踵而望的期待心情，膽敢再次陳述這些話，是希望陛下或許能夠俯聽我的意見。

讓開府表

【作　者】羊祜，字叔子，泰山南城（今山東費縣）人。能屬文，魏末任相國從事中郎。晉武帝立國後，頗有滅吳之志。而荊州時為晉、吳交界重鎮，晉武帝乃於泰始五年（西元二六九年）以尚書左僕射羊叔子都督荊州諸軍事，次襄陽，作滅吳準備。八年（西元二七二年），加羊祜車騎將軍，開府儀同三司，准其招納幕僚。羊祜自謙，以才德不足，上表堅辭。威寧初為征南大將軍，封南城侯。

【題　解】此表言辭樸實，感情真切，推賢讓能之衷情洋溢於字裡行間。而結構亦緊湊，頓挫有致，是公文表奏的上乘之作。此外，文章敘事、引證、言志三結合，脈絡聯貫緊密，駢散相間，使文不板滯，清朗可誦，更體現了建安以來散文的特徵。

臣祜言❶：臣昨出❷，伏聞❸恩詔❹，拔臣使同台司❺。臣自出身❻已來，適十數年。受任外內❼，每極顯重❽之地。常以智力不可強❾進，恩寵不可久謬❿，夙夜戰慄⓫，以榮為憂。臣聞古人之言，德未為眾所服，而受高爵，則使才臣不進；功未為眾所歸，而荷厚祿，則使勞臣不勸⓬。今臣身託⓭外戚⓮，事遭運會⓯，誡⓰在寵過⓱，不患見遺。而猥⓲超然⓳降發中⓴之詔，加㉑非次㉒之榮。臣有何功可以堪㉓之，何心可以安之？以身誤陛下，辱高位，傾覆亦尋㉔而至。願復守先人弊廬㉕，豈可得哉！違命誠忤天威㉖，曲從即復若此。蓋聞古人申於見知㉗，大臣之節㉘，不可則止。臣雖小人，敢㉙緣㉚所蒙㉛，念㉜存斯義㉝。

【章　旨】謙陳自己無功於國，卻由於機緣而蒙優祿的慚愧之情。

【注　釋】❶言　陳述；稟白。起首套語。❷出　出沐；休沐。古代官吏例假，漢代每五天一休沐。❸伏聞　俯伏聽命。古文書中下對上的謙稱。❹恩詔　帝王降恩的詔書。此指任命羊祜為開府的詔書。❺台司　即司徒、司空、太尉三公。三公可自設幕府。❻出身　出仕；作官。❼受任外內　羊祜外為荊州都督，內曾為中領軍，入值殿中。外，地方。內，朝廷。❽顯重　位顯權重。❾強　勉強。❿謬　謬妄。此指逾分。自非其才而處其位。⓫戰慄　形容惶恐不安。⓬德未為眾所服六句　語出《管子・立政》。才臣，有才之臣。進，進薦；進身。歸，依附。與上文「服」為同義互文。勞臣，有功之臣。勸，勉勵。⓭身託　寄身於。⓮外戚　帝王的母妻族。羊祜為景獻羊皇后之弟，故云。⓯運會　時運際會。⓰誡　警惕。⓱寵過　過分得到寵愛。⓲猥　謙詞。猶言辱。⓳超然　高超貌。⓴發中　由宮中頒出，由皇帝親自下令。㉑加　施予。㉒非次　不按尋常次序。㉓堪　任。㉔尋　不久。㉕弊廬　謙稱自己的祖屋。㉖天威　帝王的威嚴。㉗申於見知　語出《晏子春秋・內篇・雜上第五》。申，舒展。見知，受知遇；受重用。㉘節　風範；準則。㉙敢　自言冒昧之詞。㉚緣　憑藉。㉛所蒙　指所蒙受的大臣之職。㉜念　心。㉝斯義　這道理。指前文中的大臣之節。

【語　譯】臣羊祜稟白：臣昨天正好休假，聽到皇上恩詔，超拔我使我同於三司之儀。臣自出仕以來，才十幾年。受職任於地方或朝廷，每每高居顯要權重之位。我常以為我的才智能力不可以勉強仕進，所受恩寵不可長久逾分，日夜為此惶恐不安，深以榮耀恩寵為憂。我聽說古人有言，德行未為眾人所信服，而接受高官厚祿，那會使才能之臣不得進身；功績不到眾望所歸，卻受高厚的俸祿，那會使有功之臣得不到勉勵。如今我憑藉外戚的身分，遭逢了時運際會，要警惕的是自己被寵愛過分，而不擔憂被遺棄。沒想到竟然有辱天子越過有司直接由宮中降下詔命，加給我不合常情的榮耀。我有何功勞可以擔當這一職位，又有何心可以安於這一職位呢？以自身貽誤陛下事業、玷辱這一高位，失敗的惡果不久就會發生。到那時再想回去守護祖屋，又怎麼能夠呢！違背帝命確實將冒犯帝王的威嚴，曲己從命又是如此。聽說古人在受知遇之時就盡力舒展所學，大臣的風範則是力有不及則止而不為。我雖是小人，大膽地憑藉蒙恩所受的高位，心中卻仍深存這番道理。

今天下自服化❶已來，方❷漸❸八年，雖側席❹求賢，不遺幽賤❺，然臣等不能推❻有德，進❼有功，使聖聽❽知勝臣者多，而未達❾者不少。假令有遺德於板築❿之下，有隱才於屠釣⓫之間，而今朝議用臣不以為非，臣處⓬之不以為愧，所失豈不大哉！且臣忝竊⓭雖久，未若今日兼文武之極寵⓮，等宰輔⓯之高位也。臣所見雖狹，據今光祿大夫李喜⓰，秉節⓱高亮⓲，正身在朝；光祿大夫魯芝⓳，絜身⓴寡欲，和而不同㉑；光祿大夫李胤㉒，莅政㉓弘簡㉔，在公正色㉕。皆服事㉖華髮，以禮終始。雖歷㉗內外之寵，不異寒賤之家，而猶未蒙此選㉘，臣更越㉙之，何以塞㉚天下之望㉛，少㉜益日月㉝？是以誓心守節㉞，無苟進㉟之志。今道路未通，方隅㊱多事㊲，乞留前恩，使臣得速還屯㊳，不爾留連㊴，必於外虞㊵有闕，臣不勝㊶憂懼，謹觸冒㊷拜表㊸。惟陛下察㊹匹夫之志不可以奪㊺。

【章旨】以野有遺賢、朝有賢臣進一步申論自己不足以當開府之任的觀點，披露了「誓心守節，無苟進之志」的心跡。

【注　釋】❶服化　順服教化。即受晉統治。❷方　正。❸漸　至。❹側席　側身而坐，虛正席以待賢良。❺幽賤　隱居未仕的貧窮之人。❻推　推舉。❼進　進薦。❽聖聽　皇帝的聽聞。❾達　通達；顯貴。❿板築　築牆的用具。相傳殷傳說築於傅巖，武丁舉以為相，見《孟子・告子下》。後因以板築指隱遁之士。此喻地位低微的人。⓫屠釣　相傳周之呂尚曾屠牛於朝歌，垂釣於渭濱，後周文王舉以為師。此喻地位低微之人。⓬處　居；對待。⓭忝竊　非分地竊居其位。⓮文武之極寵　即最高恩寵。指被授車騎將軍、開府儀同三司之事。⓯宰輔　謂三公。⓰李喜　字季和，上黨人。少有高行，曾官僕射，年老退位，拜光祿大夫。⓱秉節　秉守節操。⓲高亮　高尚光明。⓳魯芝　字世英，扶風人。官鎮東將軍，徵光祿大夫。⓴絜身　修身。㉑和而不同　君子性行和平，卻不願苟同。語出《論語・子路》。㉒李胤　字宣伯，遼東人。官尚書僕射，轉光祿大夫。㉓莅政　服職任政。㉔弘簡　寬弘簡略。㉕正色　持嚴正態度。㉖服事　從事公職。㉗歷　受。㉘選　選拔。指選為開府。㉙越　超越。㉚塞　滿足；符合。㉛望　期望。㉜少　稍。㉝日月　喻指皇帝。㉞誓心守節　心中發誓，保持節操。㉟苟進　不按禮法陞官；以不正當手段求進。㊱方隅　邊境四隅。㊲多事　指吳未滅，常侵擾。㊳還屯　還歸駐地。即都督荊州諸軍事任上。㊴留連　阻滯；稽遲。㊵外虞　外患。㊶不勝　不盡。㊷觸冒　抵觸冒犯。㊸拜表　上奏章。㊹察　鑒察。㊺匹夫之志不可以奪　語出《論語・子罕》。奪，強取。

【語　譯】今天下自順服大晉教化以來，正到第八年，雖然側坐以待賢良，不遺漏窮困未仕的賢者，然而我等不能推舉有德之人，進薦有功者，使皇上的聽聞擴大，知道超過我的人如此之多，而未顯貴的卻為數不少。假使有德行的人遺留在板築之中，有才能的人隱匿在屠牛垂釣者之間，卻使朝中之人對任用我不以為是錯，而我居位於此也不以為慚愧，這種失誤豈不太大了嗎！況且我非分地竊居高位雖已很久，也未如今天這樣兼有文武的最高恩寵，等同於三公的最高職位。我的見聞雖狹窄，據今所見，光祿大夫李喜，秉守節操，高尚光明，在朝居身正直；光祿大夫魯芝，修身高潔，少有欲望，心性平和而不願苟同；光祿大夫李胤，服官任職，寬弘簡略，對於公事持嚴正態度。這三個人都從事公職到頭髮花白，始終合乎禮法。雖曾受恩寵歷任朝內朝外要職，卻與貧寒位賤之家沒有差別，他們至今還未蒙受此種選拔，而我卻又超越了他們，以後將拿什麼來滿足天下人的期望，稍有益於皇上的明德呢？因此心中發誓要保持節操，不應有苟且求進的意念。如今道路不通，邊境四隅，猶多侵擾，請求皇上停止恩詔，讓我得以速速還歸駐地，不這樣而讓我滯留於此，一定會對外患有所疏漏，我不勝憂懼惶恐，不怕冒犯皇上而鄭重地上此表章。希望皇上鑒察匹夫之志是不可強迫他放棄的。

陳情事表

【作　者】李密（西元二二四～二八七年），字令伯，一名虔，晉犍為武陽縣（今四川彭山縣東）人。年輕時曾從當時名儒譙周學習，以文學見稱。曾仕蜀漢，屢次出使東吳，東吳人很稱讚他的才辯。蜀亡後，晉武帝徵他為太子洗馬，逼迫甚緊。他以奉養祖母為由，上此表堅辭。武帝覽表，嘉其誠，准其所請。而李密於祖母去世，喪服期滿後，出任太子洗馬，後為漢中太守，因懷怨免歸，老死家中。

【題　解】〈陳情事表〉力陳他之所以不肯應徵，是由於祖母年邁多病，奉養無人，並不是自矜名節，另有所望。文章情真意切，感人至深，是作者僅存的一篇完整的文章，也是歷代陳情的代表作品。

臣密言：臣以險釁❶，夙❷遭閔凶❸。生孩六月❹，慈父見背❺；行年❻四歲，舅奪母志❼。祖母劉，愍❽臣孤弱，躬親撫養。臣少多疾病，九歲不行❾；零丁孤苦，至于成立❿。既無伯叔，終鮮兄弟⓫。門衰⓬祚⓭薄，晚有兒息⓮。外⓯無朞功⓰強近⓱之親，內無應門⓲五尺之僮⓳。煢煢⓴獨立，形影相弔㉑。而劉夙嬰㉒疾病，常在床蓐㉓。臣侍湯藥，未曾廢㉔離㉕。

【章　旨】歷敘自己的不幸遭際及祖母劉氏對自己的撫養之恩。

【注　釋】❶險釁　指命運坎坷險惡。險，坎坷。釁，禍兆。❷夙　早。此處指幼年時。❸閔凶　憂傷不幸之事。閔，通「憫」。憂傷。凶，指不幸的事。❹生孩六月　意謂生下來六個月剛懂得笑的時候。孩，小兒笑貌。❺見背　相棄。此為「死」之委婉語。❻行年　經歷過的年歲。❼奪母志　指強行改變了母親守節之志。即強迫母親改嫁。❽愍　憐憫。❾不行　走不了路。❿成立　成人自立。⓫終鮮兄弟　語見《詩・鄭風・揚之水》：「既鮮兄弟，維予與女。」鮮，少。此指沒有。⓬門衰　家門衰微。⓭祚　福。⓮息　子。⓯外　家外。⓰朞功　皆古代喪服名。朞，服喪一年。功，指大功小功。大功服喪九個月，小功服喪五個月。這裡的朞功，都是指比較親近的親屬。⓱強近　勉強接近。⓲應門　指掌客來開門之事。⓳僮　通「童」。⓴煢煢　孤單的樣子。㉑弔　慰問。㉒嬰　纏繞。等於說纏上了。㉓蓐　草墊子。也就是寢褥。㉔廢　停止。指不侍奉。㉕離　離開。

【語　譯】臣李密稟白：臣因命運坎坷險惡，幼年時即遭遇憂傷不幸的事。生下來六個月剛懂得笑的時候，慈父就棄我離去；過了四歲，舅舅強行改變了母親守節的志向。祖母劉氏，憐憫我孤苦幼弱，便親加撫育。我從小就多疾病，九歲還走不了路；孤苦零丁，直到成人自立。既無伯叔，又無兄弟。門庭衰微，福運淺薄，很遲才有兒子。家外無關係親密或勉強可以接近的親戚，家內又無應答開門的五尺僮僕。孤單地獨立於世，只有身形和影子互相慰藉著。而祖母劉氏早年纏上疾病，常在床蓐之上。我侍奉湯藥，不曾停止而離開。

逮奉聖朝❶，沐浴清化❷。前太守❸臣逵❹，察❺臣孝廉❻，後刺史❼臣榮❽，舉臣秀才❾。臣以供養無主❿，辭不赴命。詔書特下，拜臣郎中；尋蒙國恩，除⓫臣洗馬⓬。猥⓭以微賤，當⓮侍東宮⓯，非臣隕首⓰所能上報。臣具以表聞，辭不就職。詔書切峻⓱，責臣逋慢⓲；郡縣逼迫，催臣上道；州司⓳臨門，急於星火。

臣欲奉詔奔馳，則劉病日篤⑳；欲苟順私情，則告訴㉑不許。臣之進退，實為狼狽㉒。

【章　旨】敘屢次徵辟皆因祖母嬰疾在床，辭不赴命，而今詔命嚴厲急切，自己進退兩難，情境狼狽。

【注　釋】❶聖朝　指晉。敬詞。❷清化　清明的教化。❸太守　指犍為郡太守。❹逵　太守之名。❺察　選拔。❻孝廉　指善事父母，品行方正的人。漢武帝時始令郡國每年推舉孝、廉各一人，晉時仍保留此制。❼刺史　指益州刺史。晉代刺史是州的監察、軍事及行政長官。❽榮　益州刺史名。❾秀才　有優異才能之人，由各州推舉。晉時所謂秀才與後代所謂秀才的涵義不同。❿主　主持。此指主持之人。⓫除　任。⓬洗馬　即太子洗馬。太子的侍從官。掌圖籍，祭奠先聖先師，講經。太子出行則為先驅。⓭猥　鄙。謙詞。⓮當　得以；受。⓯東宮　指太子。因太子居東宮。⓰隕首　即殺身之意。隕，墜。⓱切峻　急切嚴厲。⓲逋慢　怠慢。指故意逃避，輕視命令。逋，逃避。慢，輕慢。⓳州司　州官衙門。⓴篤　深；重。㉑告訴　報告；訴說。㉒狼狽　形容進退兩難。

【語　譯】及至聖朝，沐浴在清明的教化之中。前任犍為太守逵，選拔我為孝廉，後來益州刺史榮，又推舉我為秀才。我因供養祖母之事無人主持，推辭而不受命。詔書特地下達，拜我為郎中；不久又蒙受國家恩榮，任我為太子洗馬。以我微賤之身，得以侍奉東宮太子，這不是我殺身所能報答的。而我都以表奏聞，推辭而不就其職。於是詔書急切嚴厲地斥責我故意逃避、輕視命令；郡縣官吏逼迫我，催我上路；州官衙門更派人臨門，急於星火。我想受詔為皇上效力，而祖母劉氏病情日重；想苟且順從一己私情，而申訴不得同意。我的進退，實在狼狽已極。

伏惟❶聖朝以孝治天下，凡在故老❷，猶蒙矜❸育❹，況臣孤苦，特為尤甚。

且臣少仕偽朝，歷職郎署❺，本圖宦❻達❼，不矜❽名節。今臣亡國賤俘，至微至陋，過❾蒙拔擢❿，寵命⓫優渥⓬，豈敢盤桓⓭，有所希冀。但以劉日薄西山，氣息奄奄⓮，人命危淺⓯，朝不慮夕。臣無祖母，無以至今日；祖母無臣，無以終餘年。母孫二人更相為命⓰，是以區區⓱，不能廢遠⓲。臣密今年四十有四，祖母劉今年九十有六。是臣盡節於陛下之日長，報養劉之日短也。烏鳥⓳私情，願乞終養。臣之辛苦⓴，非獨蜀之人士及二州㉑牧伯㉒所見明知㉓，皇天后土，實所共鑒㉔。願陛下矜愍愚誠，聽臣微志。庶劉僥倖，保卒餘年，臣生當隕首，死當結草㉕。臣不勝犬馬㉖怖懼之情，謹拜表以聞。

【章旨】表明自己辭不就職並非自矜名節，有所希冀，只是因要供養祖母以終其天年。於是懇求晉武帝憐憫自己的孝心，而恩准所請。

【注釋】❶伏惟　伏在地上想。敬詞。❷故老　元老舊臣。❸矜　憐憫。❹育　養。❺臣少仕偽朝二句　謂自己曾在蜀漢的郎署裡做過官。偽朝，指蜀漢。署，官署。❻宦　做官。❼達　顯達。❽矜　自誇。❾過　過分地。❿拔擢　提拔。⓫寵命　指拜洗馬等事。寵，恩榮。⓬優渥　優厚。⓭盤桓　徘徊不進。此處指故意不去做官。⓮奄奄　氣息短促將絕的樣子。⓯淺　不長。⓰更相為命　輪流替換著維持彼此的生命。即相依為命的意思。⓱區區　款款。此處指區區之心。即孝順祖母的私衷。⓲廢遠　指廢掉奉養而遠離祖母。⓳烏鳥　即烏鴉。據說烏鴉能反哺其親，所以常用以比喻人的孝道。⓴辛苦　辛酸苦楚。㉑二州　指梁州、益州。漢魏時只有益州，晉武帝才把原來漢中一帶分出，立為梁州。㉒牧伯　即刺史。上古一州之長稱牧，又稱方伯，故後來以牧伯稱刺史。㉓所見明知　所看見的、所明明白白知道的。㉔鑒　察。㉕結草　相傳晉卿魏武子有嬖妾，無子。武子病，命其子顆說：「一定要把她改嫁。」病重，又要寵妾為殉。及卒，顆把她改嫁，後顆與秦人戰，見一老人結草把秦力士杜回絆倒了，於是俘獲了杜回。夜中夢見老人自稱是寵妾之父，是來報答不殺其女之恩的。事見《左傳‧宣公十五年》。後來就以「結草」表示死後報恩。㉖犬馬　臣子對君上的自卑之稱。

【語　譯】我想聖朝以孝道來治理天下，凡是元老舊臣，尚且蒙受憐憫供養，何況我孤苦零丁，情形更為嚴重呢？而且我年輕時，曾在蜀漢郎署做過官，本就希圖做官求得顯達，不以名節自誇。如今我是亡國的卑賤俘虜，極為卑微鄙陋，過分地蒙受提拔，恩榮的詔命是這樣的優厚，我豈敢徘徊不進，有所希望。只因祖母劉氏如日近西山，已氣息短促，性命危險短促，早上不能預料晚上會怎樣。我沒有祖母，就不能活到今天；祖母沒有我，就不可能度過她的餘年。祖孫二人相依為命，因此區區之心不能廢止奉養而遠離祖母。我現在年齡四十四，祖母劉氏如今年已九十六。這樣，我給陛下竭盡志節之日還很長，而報答贍養祖母劉氏之日卻已短。烏鳥尚有孝順之情，請求皇上允許我奉養祖母，以終其天年。我的辛酸苦楚，非獨獨蜀地人士及梁、益二州刺史所眼見、所明白知道的，就是皇天后土，也實所共察。願陛下憐憫我的衷情，答應我卑微的心願。希望使祖母僥倖地得以終其餘年，這樣，我活著當殺身效忠，死了也當報答陛下厚恩。我不勝犬馬恐懼之情，鄭重地上表奏聞。

謝平原內史表

【作　者】陸機（西元二六一～三〇三年），字士衡，吳郡吳縣華亭（今上海松江）人。西晉著名文學家。出身世族，吳丞相陸遜之孫，吳大司馬陸抗之子。陸抗死，陸機領兵為牙門將。吳亡，家居勤學，十年不仕。晉太康末與弟陸雲同到洛陽，文才傾動一時，時稱二陸。太傅楊駿辟為祭酒。駿誅，又遷太子洗馬、著作郎。吳王晏出鎮淮南，以陸機為郎中令，遷尚書中兵郎，轉殿中郎。趙王倫輔政，以為中書郎。趙王倫失敗，齊王冏收他下獄，賴成都王穎解救得免。後遂附穎，穎表為平原內史，故世稱陸平原。大安初，穎與河間王顒起兵討長沙王乂，以陸機為後將軍、河北大都督，率軍二十餘萬人。戰於鹿苑，其軍大敗。司馬穎的宦官孟玖及其弟孟超誣陸機通敵，遂被殺，年四十三。陸機擅長詩賦及論文。原有集四十七卷，已散佚，後人輯有《陸士衡集》。

【題　解】本文是作者受命平原內史，到官後上給當時攝政的成都王司馬穎的表章。時在永寧初年。

陸機一生，在政治上沒有什麼成就。入洛以後，熱衷仕進，依附權貴，陷進「八王之亂」，終至成為犧牲品，是很可惜的。本文所流露的感激涕零，受寵若驚之情，足以證明他熱衷攀龍附鳳之懷。

但文章的文辭相當綺麗，用語多駢，變化抑揚，氣勢充暢，情感豐富，頗有感人的力量。有些句子如「春枯之條，更與秋蘭垂芳；陸沈之羽，復與翔鴻撫翼」文采斐然，雅俗共賞，決非一般應酬文字所能比擬。

陪臣❶陸機言：今月九日❷，魏郡太守遣兼丞張含齎板詔書❸印綬，假臣為平原內史❹。拜受祗竦❺，不知所裁❻，臣機頓首❼頓首，死罪死罪。

臣本吳人❽，出自敵國，世無先臣❾宣力之效，才非丘園❿耿介⓫之秀，皇澤廣被⓬，惠濟⓭無遠，擢⓮自群萃⓯，累蒙榮進⓰。入朝九載，歷官有六⓱，身登三閣⓲，宦成兩宮⓳。服冕⓴乘軒㉑，仰㉒齒㉓貴游㉔，振景㉕拔跡，顧㉖邈㉗同列。施重㉘山岳，義足灰沒㉙。遭國顛沛㉚，無節㉛可紀，雖蒙曠盪㉜，臣獨何顏㉝？俛首㉞頓膝㉟，憂愧若厲㊱。而橫為故齊王冏所見枉陷，誣臣與眾人共作禪文㊲，幽執囹圄㊳，當為誅始㊴。臣之微誠㊵，不負㊶天地，倉卒㊷之際，慮㊸有逼迫，乃與弟雲㊹及散騎侍郎袁瑜㊺、中書侍郎馮熊㊻、尚書右丞崔基、廷尉正顧榮㊼、汝陰太守曹武㊽，思所以獲免㊾，陰蒙避迴㊿，崎嶇自列(51)。片言隻字，不關其間(52)，事蹤筆跡，皆可推校(53)，而一朝(54)翻(55)然，更以為罪(56)。蕞爾(57)之生，尚不足吝；區區(58)本懷，實有可悲。畏逼天威(59)，即罪(60)惟謹(61)，鉗口結舌(62)，不敢上訴所天(63)。莫大之釁(64)，日經聖聽(65)，肝血之誠(66)，終不一聞。所以臨難慷慨(67)，而不能不恨恨(68)者，唯此而已。

【章　旨】稱述自己的出身和經歷，特別強調自己在太康末為朝廷所重的經過，及身陷趙王倫事件後的遭遇和痛苦。

【注　釋】❶陪臣　諸侯之臣於天子朝稱陪臣。陸機曾任吳王司馬晏郎中令，故稱。❷今月九日　不知確切年月。陸機被推為平原內史，約在永寧初（西元前三〇一年）。❸板詔書　指司馬穎任命陸機為官的詔書。當時凡王封拜官職稱為板官，時成都王司馬穎攝政，故稱板詔書。❹假臣為平原內史　穎以機參大將軍軍事，表為平原內史。❺祗竦　敬懼貌。❻裁　制。❼頓首　叩頭。舊時上表文章中的套語。❽臣本吳人　陸機是吳郡華亭（今上海松江）人，當時曾屬吳國，故稱吳人。❾先臣　指父祖。陸機祖父陸遜是孫吳的丞相，父親陸抗是孫吳的大司馬。所以出自敵國，沒有功勞於晉國。❿丘園　丘墟、園圃。這裡指隱居的地方。⓫耿介　正直；獨特。⓬廣被　遍布；豐沛。⓭惠濟　賜給恩惠。⓮擢　選拔。⓯萃　聚。⓰榮進　指陸機屢次被司馬氏提拔。⓱入朝九載二句　指入晉朝以來，歷官為祭酒、太子洗馬、吳王郎中、尚書郎中、殿中郎、著作郎。九年，言其大概。⓲三閣　謂祕書郎掌內外三閣經書。⓳兩宮　東宮及上臺。⓴冕　冠。㉑軒　車。㉒仰　高攀之意。㉓齒　列。㉔貴游　與貴族公子同遊。㉕振景　振起形影。指拔擢。與下「拔跡」義同。㉖顧　回顧。㉗邈　遠；超越。㉘施重　恩施之重。㉙義足灰沒　意謂從道義上說，我身如灰之滅，不足報。㉚遭國顛沛　指趙王倫篡位，遷帝金墉。

㉛無節　謂不能見危授命。㉜曠盪　空闊無邊。指蒙寬宥。㉝何顏　謂自慚。㉞俛首　低頭。㉟頓膝　跪拜。㊱厲　危。㊲橫為二句　意謂趙王倫簒位，齊王冏舉兵討倫，並臨陣斬首。齊王冏以陸機職在中書，九錫文及禪詔疑機參與此事，遂收機等九人付廷尉。賴成都王穎、吳王晏並救理，得減死徙邊，遇赦而止。禪文，禪位之詔。㊳囹圄　監獄。㊴誅始　謂先合誅。㊵誠　誠信。㊶負　欺騙。㊷倉卒　時間急促。㊸慮　擔心。㊹雲　陸雲。陸機弟。㊺袁瑜　字世都。㊻馮熊　字文羆。㊼顧榮　字彥先。㊽曹武　字道淵。㊾思所以獲免　謂以上六人初皆同坐，共思所以獲免之計。㊿陰蒙避迴　善注：「言密自蒙蔽，避迴冏黨。」(51)崎嶇自列　處境困難艱險，得自申列。(52)片言隻字二句　指與趙王倫沒有絲毫關係。陸機與吳王晏表曰：「憚文本草，今見在中書，一字一跡，自可分別。」(53)事蹤筆跡二句　指自己與趙王倫沒有糾葛，經得起推究校核。(54)一朝　一旦。(55)翻　反。(56)更以為罪　《晉書・陸機傳》：「趙王倫輔政，引為相國參軍。……倫之誅也，齊王冏以機職在中書，九錫文及禪詔疑機與焉，遂收機等九人付廷尉。賴成都王穎、吳王晏並救理之，得減死徙邊，遇赦而止。」(57)蕞爾　小貌。(58)區區　小。(59)天威　上天的威儀。此指帝王的威力。(60)即罪　就罪。(61)惟謹　謹慎小心。《論語・鄉黨》：「其在宗廟朝廷，便便言，唯謹爾。」(62)鉗口結舌　閉口不言。指不敢說話。(63)所天　指君王。(64)莫大之釁　謂不忠不孝之罪。釁，罪。(65)日經聖聽　謂日日經天子聽察。(66)肝血之誠　赤心誠實。(67)慷慨　悲歎失志。(68)恨恨　悲。志無所伸，但悲而已。

【語　譯】陪臣陸機陳述：本月九日，魏郡太守派遣兼丞張含執持板詔書及印綬，任臣為平原內史。臣敬懼地拜受，不知怎樣才好，臣機叩頭，死罪死罪。

臣原籍吳郡，出身於敵對之國，上世沒有先臣效力於朝廷，才能又比不上隱居丘園正直突出之士，但皇恩遍布，所施恩惠無遠不屆，將臣從群賢之中選出，累次提拔進用。入朝九年，歷任六種官職，身登三閣任祕書郎，官顯於東宮及上臺。戴著官帽，乘坐軒車，與貴族公子同遊，一再被拔擢，回顧自省，實在遠超越同僚。施恩可說重於山岳，就道義說，就算身體如灰飛滅，也不足以相報。等到遭逢趙王倫簒位之難，臣無見危授命的節操可記載，雖蒙寬宥，有何顏面？只有低頭跪拜，憂心慚愧，戒懼惶恐而已。然而橫遭故齊王冏冤枉誣陷，誣臣與他人共作禪文，幽禁拘執於監獄，認為理當先誅。臣心誠信，不欺天地，急促之間，擔心逼迫，便與弟陸雲及散騎侍郎袁瑜、中書侍郎馮熊、尚書右丞崔基、廷尉正顧榮、汝陰太守曹武，共思用以獲免之計。密自蒙蔽，避迴罔黨，處境困難艱險，希望得以伸冤。雖然片言隻字，都無關於趙王倫篡位；所有筆跡事蹤，也都經得起推究校核，但一旦反覆，更以此為有罪。渺小的生命，尚不足惜；區區胸懷，實有可悲。迫於帝王之威，只有謹慎小心地服罪，閉口不言，豈敢對君王申訴！不忠不孝的大罪，日經君王聽察，而赤誠的心，終究不能讓君王一聞。臣臨難悲歎失志，不能不悲恨的原因，只此而已。

重蒙陛下❶愷悌❷之宥，迴霜收電❸，使不隕越❹，復得扶老攜幼，生出獄戶❺，懷金拖紫❻，退就散輩❼。感恩惟❽咎❾，五情❿震悼⓫，跼天蹐地⓬，若無所容。不悟日月⓭之明，遂垂⓮曲照⓯，雲雨之澤，播及朽⓰瘁⓱。忘⓲臣弱才，身無足采，哀臣零落⓳，罪有可察。苟削⓴丹書㉑，得夷㉒平民，則塵㉓洗天波㉔，謗㉕絕眾口，臣之始望，尚未至是㉖。猥㉗辱大命㉘，顯授符虎㉙，使春枯之條，更與秋蘭垂芳㉚；陸沉之羽㉛，復與翔鴻㉜撫㉝翼。雖安國免徒㉞，起紆㉟青組㊱，張敞亡命㊲，坐致朱軒㊳，方㊴臣所荷㊵，未足為泰㊶，豈臣蒙垢㊷含吝㊸所宜忝竊㊹？非臣毀宗夷族㊺所能上報。喜㊻懼㊼參并㊽，悲慚哽結㊾。拘守常憲㊿，當便道(51)之官，不得束身(52)奔走。稽顙(53)城闕(54)，瞻(55)係天衢(56)，馳心輦轂(57)，臣不勝屏營(58)延仰(59)。謹拜表以聞。

【章　旨】稱述自己遇赦授職以後，惶恐涕零，喜懼參半的矛盾心理以及對君王的感激之情。

【注　釋】❶陛下　李善謂此指成都王。呂向認為指天子。❷愷悌　和樂平易。❸迴霜收電　喻天子寬迴，收其威勢。❹隕越　顛墜；跌倒。這裡比喻死亡。❺生出獄戶　謂活著走出牢門。❻懷金拖紫　亦作懷金垂紫。比喻做官而貴顯。金，金印。紫，繫印的紫色絲帶。❼散輩　指不除名爵的閒散之官。❽惟　思。❾咎　過失。❿五情　喜、怒、哀、樂、怨。⓫震悼　驚悸悲痛。⓬跼天蹐地　形容窘迫，無所容身。語出《詩・小雅・正月》。⓭日月　喻君。⓮垂　猶言俯。用為敬詞。⓯曲照　光的曲折照射。指恩澤無所不到。⓰朽　腐。⓱瘁　病。⓲忘　此謂不計。⓳零落　喪敗；衰亡。⓴削　除。㉑丹書　古時用朱筆紀錄的罪犯徒隸名籍。㉒夷　平。㉓塵　喻罪。㉔天波　喻天子恩澤。㉕謗　毀謗之言。㉖臣之始望二句　意謂當初未曾想到自己的罪行會如此得以洗刷。㉗猥　辱。謙詞。㉘大命　君王之命。㉙符虎　兵符。古代調兵遣將的信物。這裡指授內史之職。㉚垂芳　留下芳香。㉛陸沈之羽　喻作者。陸沈，無水而沈。喻隱居。羽，代指鳥。㉜翔鴻　飛翔的鴻雁。㉝撫　拍。㉞安國免徒　《漢書・韓安國傳》：「安國坐法抵罪……居無幾，梁內史缺，漢使使者拜安國為梁內史，起（徒）徒中為二千石。」㉟紆　繫；垂。㊱青組　二千石官職之印綬。㊲張敞亡命　張敞為京兆尹，殺人被罪，遂逃走。後冀州有賊，天子思敞，使討捕。敞隨詣拜為冀州刺史。事見《漢書・張敞傳》。㊳朱軒　古代王侯或朝廷使者所乘的紅漆車。㊴方　比。㊵荷　擔任。㊶泰　過。㊷垢　汙濁。㊸吝　恨惜。㊹忝竊　愧居官位。自謙之詞。㊺毀宗夷族　宗族毀滅。㊻喜　謂喜得內史。㊼懼　謂懼不勝任。㊽參并　雜半。㊾哽結　悲戚鬱積於心。㊿憲　法。(51)便道　猶即行。指拜官或受命後不必入朝謝恩，直接赴任。(52)束身　約束自己。(53)稽顙　以額觸地而拜。這裡表示請罪。(54)城闕　宮闕。帝王居處。(55)瞻　仰望。(56)天衢　天路。這裡喻指京師。(57)輦轂　君主所乘的車轂。借指君主。(58)屏營　惶恐貌。(59)延仰　抬頭仰望。

【語　譯】再次受到君王的仁愛寬赦，如霜消電滅一般收斂威勢，使臣免遭死難，重新得以扶老攜幼，活著走出牢門，身懷金印，垂掛紫色的絲帶，退居於閒散之官的行列。感念恩德，思考過失，內心有著無比的驚悸悲痛，窘迫不安，好似無所容身。不想君王似日月光明，光輝無所不照；如雲雨滋潤的恩澤，及於臣衰朽的病體。不計愚臣不才，身無足取之處；哀憐臣敗亡的境遇，所犯之罪可以照察。君王只要撤除定罪之書，降臣為平民，那麼君恩洗刷罪身如天波洗塵一般，將使毀謗之言絕於眾口，臣當初的希望，尚未到這一步。這次竟然承蒙君王之命，授予內史之職，使得春天乾枯的枝條，可與秋天蘭花同時散發芳香；使墜落塵埃的鳥兒，重與高翔的鴻雁一起振翅。即使是韓安國免罪，垂掛青色印綬；張敞出逃，重新得到紅漆軒車，比臣所受的恩惠，都不會勝過，這哪裡是蒙辱含恨之臣所應當忝居之官位？更不是臣毀宗滅族所能報答的。喜得內史，懼不勝任，喜懼雜半，悲戚和慚愧均鬱積於心。由於要謹守常法，應當立即出發赴任，不能束身奔向朝廷。只有向宮闕叩頭謝恩，仰望著京師，心念著君王，臣不勝惶恐仰望之至。就這樣恭謹地上表，以資聽聞。

勸進表

【作　者】劉琨（西元二七〇～三一七年），字越石，中山魏昌（今河北東南部）人。晉惠帝時，歷任司隸從事、著作郎、太學博士、尚書郎等職，封廣武侯。至西晉末代皇帝司馬業時拜并、冀、幽三州軍事都督。西晉亡後，東晉元帝稱制，封之為侍中太尉，後為石勒所敗，奔幽州刺史段匹磾，琨與子侄四人卒為所害。

【題　解】〈勸進表〉作於建興五年，亦即建武元年（西元三一七年）六月。西晉末年，「艱禍繁興」，整個北方戰亂相尋，外族掠地為寇。建興五年二月，劉曜攻陷晉西京，晉愍帝蒙塵，國家無君，百姓無主。當時司馬睿以丞相大都督據守江左，不久，受愍帝遺命受理萬機，群臣勸進，司馬睿再三辭讓。六月，劉琨率群臣上〈勸進表〉，司馬睿遂繼西晉之統，登極於建康，建立東晉皇朝。

文章以「勸進」為目的，先點明三皇五帝以來有繼統承業之制，天地應有饗，百姓應有君，在國家危難之時，「戚藩」、「宗哲」有責任定社稷之傾覆，續宗廟之祭祀。既而回顧晉朝初建時的強盛及其衰頹，扼要地描述了晉末懷、愍二帝時，外族入侵、艱禍繁興、國家欲墜之勢，並著重點明愍帝蒙塵，國家無主之日，正是戚藩、宗哲效命之時，從而表達了作者希望司馬睿登極繼統的願望。接著，作者又更換角度，稱揚司馬睿的德業神明，萬方歸服，祥瑞頻出，實乃扶危繼緒之君；又從宗法一面點明，只有司馬睿乃宣王之胤，眾望所歸，休徵已明，希望司馬睿以國家百姓為先，不宜拘謹於克讓之小行，「上以慰宗廟乃顧之懷，下以釋普天傾首之望」。最後，以晉呂郤立子圉為君以絕敵國之望的歷史事例，勸說司馬睿繼承帝業，固國人之心，絕敵人之望。

文章雖對元帝有不少溢美之辭，然而，作者面對的是風雨飄搖中的晉皇朝，希望聖明之君出來挽狂瀾於既倒，其心情是可以理解的。難能可貴的是，文中蘊含的憂國憂民情懷，令人不由聯想起作者「擊楫中流」的豪情。

行文不但蘊蓄著情感，氣勢流暢，且句式整齊，用典不多，但十分貼切，回敘簡潔明瞭，這是本文特色。

建興❶五年三月癸未朔，十八日辛丑❷，使持節散騎常侍、都督河北并冀幽三州諸軍事、領護軍、匈奴中郎將、司空、并州刺史、廣武侯臣琨，使持節侍中、都督冀州諸軍事、撫軍大將軍、冀州刺史、左賢王、渤海公臣磾❸，頓首死罪上書，臣琨臣磾頓首頓首，死罪死罪。臣聞天生蒸人❹，樹❺之以君，所以對越❻天地，司牧❼黎元。聖帝明王鑒其若此，知天地不可以乏饗❽，故屈其身以奉之；知黎元不可以無主，故不得已而臨❾之。社稷時難❿，則戚⓫藩⓬定其傾⓭；郊廟⓮或替，則宗⓯哲⓰纂⓱其祀。所以弘⓲振⓳遐風⓴，式㉑固㉒萬世，三五㉓以降，靡㉔不由之。臣琨臣磾頓首頓首，死罪死罪。伏惟㉕高祖宣皇帝㉖肇基景命㉗，世祖武皇帝㉘遂造區夏㉙，三葉㉚重光㉛，四聖㉜繼軌㉝，惠澤侔㉞於有虞㉟，卜年㊱過於周氏。自元康㊲以來，艱禍繁興，永嘉㊳之際，氛厲㊴彌昏，宸極㊵失御㊶，登遐醜裔㊷，國家之危，有若綴旒㊸。賴先后㊹之德、宗廟之靈，皇帝嗣建，舊物[45]克甄[46]。誕[47]授[48]欽明[49]，服膺[50]聰哲[51]，玉質[52]幼彰，金聲[53]夙振[54]。冢宰[55]攝[56]其綱，百辟[57]輔其治，四海想中興之美，群生[58]懷來蘇[59]之望。不圖天不悔禍[60]，大災薦[61]臻[62]，國未忘難，寇害尋興。逆胡劉曜[63]，縱逸西都[64]；敢肆[65]犬羊[66]，凌虐[67]天邑[68]。臣等奉表使還，仍[69]承西朝[70]以去年十一月不守，主上幽劫[71]，復沈虜廷[72]，神器[73]流離[74]，再辱荒逆[75]。臣每覽史籍，觀之前載[76]，厄運之極，古今未有。苟在食土之毛[77]，含氣[78]之類，莫不叩心[79]絕氣[80]，行[81]號巷哭。況臣等荷[82]寵三世[83]，位廁[84]鼎司[85]，承問[86]震惶，精爽[87]飛越[88]，且悲且惋[89]，五情[90]無主，舉哀[91]朔垂[92]，上下泣血[93]。臣琨臣磾頓首頓首，死罪死罪。

【章　旨】先點明三五以來繼統承業之制，然後回顧有晉一代盛衰之變，特別點出當時國家無君、百姓無主的艱危情狀，希望司馬睿繼統承業之願望已呼之欲出。

【注　釋】❶建興　晉愍帝年號（西元三一三～三一七年）。❷十八日辛丑　按：其年三月十八日為庚子日，十九日為辛丑日。❸磾　即段匹磾。東郡鮮卑人，晉懷帝時為左賢王、撫軍大將軍，征討石勒、劉曜，劉琨兵敗，自并州投奔段，結盟抗擊石勒，後匹磾懼琨圖己，遂殺琨。經幾年征戰，段為石勒所執，遇害。❹蒸人　眾民；百姓。❺樹　立。❻對越　對揚；報答頌揚。《詩・周頌・清廟》：「濟濟多士，秉文之德，對越在天，駿奔走在廟。」❼司牧　掌管；統治。❽饗　祭。❾臨　統管；治理。❿時難　當時的災難。指處於災難之中。⓫戚　親族。⓬藩　藩王。⓭傾　傾覆。⓮郊廟　宗廟。⓯宗　宗族。⓰哲　聖哲之人。⓱纂　繼承。⓲弘　大。⓳振　振揚。⓴遐風　逝去的風教。㉑式　用。㉒固　穩固；鞏固。㉓三五　三皇五帝。㉔靡　無。㉕伏惟　俯伏思惟。下對上的敬詞。㉖宣皇帝　指司馬懿。㉗肇基景命　始創晉朝國運。肇，始。基，始。景，大。㉘武皇帝　指晉武帝司馬炎。㉙區夏　諸夏之地。指中國。㉚三葉　三代。指宣帝、景帝、文帝。㉛重光　日光重明。喻後王繼前王之功德。㉜四聖　指宣帝、景帝、文帝、武帝。㉝繼軌　謂接繼前人之業。㉞侔　等同。㉟有虞　指有虞氏舜。㊱卜年　以占卜預測享國的年數。《左傳·宣公三年》：「成王定鼎于郟鄏，卜世三十，卜年七百。」㊲元康　晉惠帝司馬衷年號（西元二九一～二九九年）。㊳永嘉　晉懷帝司馬熾年號（西元三〇七～三一三年）。㊴氛厲　疫戾之氣。指災禍。氛，塵俗之氣。厲，邪惡；危險。㊵宸極　北極星。為眾星所拱，以喻帝位。㊶御　駕馭。㊷登遐醜裔　指懷帝被劉曜等所殺。永嘉五年六月，劉曜、王彌寇洛川，入京師，懷帝蒙塵。七年懷帝被殺。參見《晉書·卷五》。登遐，對人死去的諱稱，後專稱帝皇之死。醜，惡。裔，邊遠之地。亦指邊遠之民族。㊸綴旒　即「贅旒」。古旗幟下懸垂的飾物，用以喻國家的危墜。一說：指冕上下垂之珠。㊹先后　即先王。后，古代帝王或諸侯之稱。㊺舊物　先代的典章制度。㊻甄　彰明。㊼誕　生。㊽授　賦予。㊾欽明　敬謹光明。㊿服膺　守於胸懷。(51)聰哲　聰明睿智。(52)玉質　如玉的資質。(53)金聲　美好的聲譽。(54)振　遠揚。(55)冢宰　周代官名。《書·周官》：「冢宰掌邦治統百官，均四海。」此指丞相。(56)攝　掌握；統管。(57)百辟　百官。(58)群生　眾生；百姓。(59)來蘇　從疾苦之中，獲得蘇息。《書·仲虺之誥》：「徯予后，后來其蘇。」(60)悔禍　追悔所造成的禍亂。《左傳·隱公十一年》：「若寡人得沒于地，天其以禮悔禍于許。」(61)薦　重；一再。(62)臻　至。(63)劉曜　字永明，前趙劉元海之族子。於永嘉五年六月率兵攻陷京師洛陽，虜晉懷帝。建興四年（西元三一六年）攻陷長安，使晉愍帝蒙塵。大興元年（西元三一八年）劉曜即前趙皇帝位，後為石勒所殺，在位十年。(64)西都　指長安。洛陽淪陷後，眾奉愍帝即位於長安。建興四年，劉曜攻陷長安。(65)肆　縱恣。(66)犬羊　借指胡兵。(67)淩虐　侵侮暴虐。(68)天邑　大國之京邑。指長安。(69)仍　乃；始。(70)西朝　指長安愍帝政權。愍帝於建興四年出降，長安不守。(71)幽劫　拘禁。劫持被執。(72)復沈虜廷　指愍帝與懷帝一樣，蒙塵平陽。(73)神器　指天子符璽。(74)流離　流轉；離散。(75)荒逆　遠荒之逆賊。指劉曜。(76)載　事。(77)食土之毛　《左傳·昭公七年》：「封略之內何非君土？食土之毛，誰非君臣？」毛，謂土地長出的植物。(78)含氣　指有生命。(79)叩心　猶捶胸。(80)絕氣　指悲咽而接不上氣。(81)行　大道。(82)荷　受。(83)三世　指劉琨家三代，劉琨祖父劉邁任相國參軍，父親劉蕃任太子洗馬、侍御史。(84)廁　列；比。(85)鼎司　三公。琨曾為司空。(86)問　音訊。(87)精爽　指魂魄。(88)飛越　飛揚。(89)惋　哀惋。(90)五情　謂喜、怒、哀、樂、怨。(91)舉哀　指高聲號哭。(92)朔垂　北方邊陲。時琨在并州。(93)泣血　形容極其悲痛而無聲的哭泣。

【語　譯】建興五年三月初一癸未，十八日辛丑，使持節散騎常侍、都督河北并、冀、幽三州諸軍事、領護軍、匈奴中郎將、司空、并州刺史、廣武侯臣琨，使持節侍中、都督冀州諸軍事、撫軍大將軍、冀州刺史、左賢王、渤海公臣匹磾，頓首死罪上書。臣琨臣匹磾頓首頓首，死罪死罪。臣等聽說上天生養百姓，為他們立定國君，報答頌揚天地，掌管百姓。聖明的帝王，有鑒於此，知道天地不可以缺乏祭祀，所以屈身而奉祀天地；知道百姓不可以沒有君主，所以不得已而掌管、統治他們。國家時有危難，那麼至親的藩王會挽救它的傾頹；宗廟有可能傾覆，那麼宗族中聖哲之人會繼祀它的宗廟。以此來弘揚久遠的風教，使國家能穩固萬世，自從三皇五帝以來，沒有不是如此的。臣琨臣匹磾頓首頓首，死罪死罪。想當初高祖宣皇帝，始創國家基業，到了世祖武皇帝，才建立大晉，三代光輝相承，四帝先後相繼，恩澤可與有虞氏舜相提並論，而占卜所得的享國年數更超過了周朝。自元康以來，艱難禍亂相繼發生，永嘉之際，氛氣險惡，更趨昏昧，於是帝位失去駕馭力，使懷帝逝世於邊遠胡廷，國家的危難，有如旗幟下懸垂的飾物。仰賴先帝的盛德、宗廟的神靈，皇帝繼立，使先代的典章禮儀得以彰明。皇帝生而賦有敬明之德，懷有聰明睿智，如玉的資質，在少小之時即已表露；美好的聲譽，也早已遠揚。丞相掌握國家的綱紀，百官輔佐國家的治理，天下都嚮往聖朝復興的美妙前景，百姓都懷著獲得蘇息的希望。想不到上天不追悔已造成的禍亂，而再降下大災；國家尚未忘卻已遭逢的艱難，而胡寇的禍害又接著產生。逆胡劉曜，在西都長安縱恣放逸，竟敢縱恣胡兵，侵侮暴虐長安的百姓。臣等奉送表章的使者回來，才知道西朝長安在去年十一月失守之後，皇帝被幽囚劫持，又蒙塵虜廷，皇帝符璽流轉離散，又一次受辱於遠荒的逆賊。臣每每瀏覽史籍，考察前代之事，所遭厄運的程度，真是古今所未有。只要是食土地所產、有生命的人，沒有一個不捶胸悲咽而上氣不接下氣，在途路巷陌號哭的。何況臣一家三代蒙受帝王的恩寵，臣的職位列於三公，知道了這一音訊，無不震驚惶恐，魂魄飛揚，悲傷哀惋，五情無主，在朔方邊陲號哭，上下之人都悲痛泣血。臣琨臣匹磾頓首頓首，死罪死罪。

臣聞昏明❶迭❷用，否泰❸相濟，天命未改，歷數❹有歸❺。或多難以固邦國，或殷憂以啟聖明。齊有無知之禍，而小白為五伯之長❻；晉有驪姬之難，而重耳主諸侯之盟❼。社稷靡安，必將有以扶其危；黔首❽幾絕，必將有以繼其緒❾。伏惟陛下玄德❿通於神明，聖姿合於兩儀⓫，應⓬命代⓭之期，紹⓮千載之運。夫符瑞⓯之表⓰，天人⓱有徵⓲；中興之兆，圖讖⓳垂⓴典㉑。自京畿㉒隕喪，九服㉓崩離㉔，天下囂然㉕，無所歸懷㉖，雖有夏之遘㉗夷羿㉘，宗姬㉙之離犬戎㉚，蔑以過之。陛下撫寧㉛江左，奄㉜有舊吳，柔㉝服㉞以德，伐叛㉟以刑㊱，抗㊲明威㊳以攝不類㊴，杖㊵大順㊶以肅宇內。純化既敷㊷，則率土㊸宅心㊹；義風既暢，則遐方㊺企踵㊻。百揆㊼時序於上，四門㊽穆穆㊾於下。昔少康㊿之隆，夏訓(51)以為美談；宣王之興(52)，周詩以為休(53)詠。況茂勳格(54)于皇天，清輝(55)光(56)于四海，蒼生顒然(57)，莫不欣戴(58)，聲教(59)所加，願為臣妾(60)者哉！且宣王之胤(61)，唯有陛下，億兆(62)攸歸(63)，曾無與二(64)。天祚(65)大晉，必將有主，主晉祀者，非陛下而誰！是以邇無異言，遠無異望，謳歌者無不吟詠徽猷，獄訟者無不思于聖德(66)。天地之際既交，華裔之情允洽(67)。一角之獸(68)，連理(69)之木，以為休徵者，蓋有百數。冠帶(70)之倫，要荒(71)之眾，不謀而同辭者(72)，動以萬計。是以臣等敢考(73)天地之心，因(74)函夏之趣(75)，昧死以上尊號。願陛下存舜、禹至公之情(76)，狹巢、由抗矯之節(77)；以社稷為務，不以小行為先；以黔首為憂，不以克讓(78)為事；上以慰宗廟乃(79)顧(80)之懷(81)，下以釋(82)普天傾首(83)之望。則所謂生繁華於枯荑(84)，育豐肌於朽骨，神人獲安，無不幸甚。臣琨臣磾頓首頓首，死罪死罪。

【章　旨】稱揚司馬睿的德業神明，使萬方歸服，萬物順遂，實是扶危繼緒之君。又從宗法關係點明只有司馬睿乃眾望所歸，休徵已明，希望司馬睿以國家百姓為憂，出繼晉統。

【注　釋】❶昏明　指黑夜與白晝。❷迭　交替。❸否泰　本為《周易》兩卦名。後用以指命運的好壞、事情的順逆。❹歷數　上天所定帝王繼承的次第。❺歸　歸屬。❻齊有無知之禍二句　齊襄公十二年，公孫無知謀作亂，率眾襲公宮，殺襄公。後無知為齊人所襲殺。公子小白入齊，為桓公，任用管仲，而霸諸侯。參見《史記・齊太公世家》。❼晉有驪姬之難二句　晉獻公以驪姬為夫人，生奚齊，欲以為太子，即殺太子申生，譖二公子，重耳奔蒲，夷吾奔屈。後重耳得秦人之助，入而為晉文公，霸諸侯。事見《左傳・僖公四年》、《史記・晉世家》。❽黔首　庶民；平民。❾緒　緒餘。❿玄德　潛蓄於內的品德。⓫兩儀　天地。《易・繫辭上》：「是故易有太極，是生兩儀。」⓬應　順應。⓭命代　即命世。著名於世。《孟子・公孫丑下》：「五百年必有王者興，其間必有名世者。」⓮紹　續。⓯符瑞　祥瑞的徵兆。⓰表　顯；明示。⓱天人　天象與人事。⓲徵　證驗。⓳圖讖　即讖書，宣揚符命占驗的書。⓴垂　垂示；預示。㉑典　常道；準則。㉒京畿　京都所在地及其所轄行政區。㉓九服　古代天子所住京都以外的地方，按遠近分為九等，叫九服：侯服、甸服、男服、采服、衛服、蠻服、夷服、鎮服、藩服，見《周禮・夏官・職方氏》。㉔崩離　分崩離析。㉕囂然　憂愁貌。㉖歸懷　歸心。㉗遘　遭遇。㉘夷羿　夏有窮氏之國君因夏民以代夏政，後為家臣寒浞所殺。㉙宗姬　指周朝。姬姓國之宗。㉚犬戎　周時西北少數民族。攻滅西周，平王被迫東遷洛邑，建立東周。㉛撫寧　鎮撫安定。㉜奄　全。㉝柔　懷柔。㉞服　臣服；歸服。此指歸服者。㉟叛　叛亂。此指叛亂者。㊱刑　處罰之類。㊲抗　高；振揚。㊳明威　顯赫威靈。㊴不類　不善。《書・太甲》：

「予小子不明於德，自厎不類。」㊵杖　執持；依賴。㊶大順　指根據禮法準則，使達安定。《禮記・禮運》：「天子以德為車，以樂為御；諸侯以禮相與；大夫以法相序；士以信相考；百姓以睦相守；天下之肥也，是謂大順。」㊷敷　施布。㊸率土　謂境域以內。《詩・小雅・北山》：「率土之濱，莫非王臣。」㊹宅心　歸心。《書・康誥》：「汝丕遠惟商耇成人，宅心知訓。」㊺遐方　遠方。㊻企踵　踮起腳跟。形容嚮往之情。㊼百揆　百官。《書・堯典》：「五典克從，納于百揆，百揆時敘，賓于四門，四門穆穆，納于大麓。」㊽四門　指明堂四門之賓客。㊾穆穆　端莊恭謹貌。㊿少康　夏王相之子。禹的七世孫，有恢復夏朝之功。參見《史記・夏本紀》。51夏訓　夏書。52宣王之興　指西周宣王於周室有中興之功，因而《經・大雅・烝民》予以歌頌。53休　美。54格　感通。《書・君奭》：「格于皇天。」55清輝　清亮的光輝。56光照耀。《書・洛誥》：「惟公德明光于上下。」57顒然　仰慕貌。58欣戴　樂於擁戴。59聲教　聲威教化。《書・禹貢》：「朔南暨聲教。」60臣妾　男女奴隸。61胤　後代。62億兆　極言其多。63攸歸　歸附如水之就下。64曾無與二　意謂無有二心。65祚　福佑。66謳歌者二句　形容受人擁戴的盛況。《孟子・萬章上》：「堯崩，三年之喪畢，舜避堯之子於南河之南，天下諸侯朝覲者，不之堯之子而之舜；訟獄者，不之堯之子而之舜；謳歌者，不謳歌堯之子而謳歌舜。」徽猷，美善之道。67天地之際二句　謂天地交通，和諧一致，華夏與邊裔之情感亦已融洽。際，關係。華，華夏（之人）。裔，邊地（之民）。68一角之獸　相傳為麒麟類。其出現被視為祥瑞。《史記・孝武紀》：「其明年，郊雍，獲一角獸。」李善注引《春秋感精符》曰：「麟一角，明海內共一主也。」69連理　異根草木，枝幹連生。古代以為祥瑞之徵。《白虎通・封禪》：「德至草木，朱草生，木連理。」70冠帶　服制。引申為文明之稱，與後文「要荒」相對而言。71要荒　九服之要服、荒服。此泛指九服邊遠之地。72不謀而同辭者　指同為勸進者。73考　度；慮。74因　根據。75趣　趣向；意志。76存舜禹至公之情　謂應懷想愍帝以國相託的極其公正的情意。《呂氏春秋・去私》：「舜有子九人，不與其子而授禹，至公也。」禹亦欲禪位伯益，伯益避走。按：愍帝在建興五年（西元三一七年）曾以攝萬機、雪國恥託元帝。77狹巢由抗矯之節　指看小巢父、許由違命不從的節操。巢父和許由，相傳為唐堯時隱士，堯以天下讓巢父，不受；又讓許由，亦不受。參見《史記・伯夷列傳》及注。狹，狹隘。此處用如意動。抗矯，違逆；不從命。78克讓　能讓。《書・堯典》：「允恭克讓。」79乃　語首助詞。80顧　眷顧；眷念。81懷　情懷。82釋　消除。83傾首　側首；偏首。形容期望的神態。84荑　通「稊」。雜草名。結實，細小，可作飼料。

【語　譯】臣等以為晝夜交替出現，運氣的好壞也交相接替，晉的天命尚未改變，按照上天所定帝王承繼次第，帝位應有所歸屬。有時多災多難可以鞏固國家，有時深切的憂慮可以開啟聖主的英明。齊國有公孫無知的禍亂，而公子小白終成為五霸之長；晉國有驪姬的禍難，而公子重耳得以主持諸侯的盟會。國家失去安定，一定會有人救扶危難；百姓近於死亡邊緣，一定會有人使其世代相承繼下去。臣想陛下潛蓄的品德感通神明，聖明的姿容合於天地兩儀，順應五百年命世為王之期，紹續千載出一聖人的運數。符瑞的垂示，在天象、人事上都已有徵驗；復興的徵兆，在圖籍讖緯中已有所垂示。自從京邑淪喪以後，全國分崩離析，天下憂傷，無所歸心，即使如有夏一朝那樣遭受夷羿之亂，姬周那樣經受犬戎的攻毀，也不會超過如今的禍亂。陛下鎮撫安定江東，擁有整個舊日吳國的疆土，用恩德懷柔歸服者，用刑罰懲處叛逆之人，振揚顯赫的威靈，以懾服不善；執持禮法準則，以整肅天下。純厚的教化既已施布，境域之內就人人歸心；仁義之風教既已暢達，遠方之人就會企踵嚮往。百官承順於上，賓客恭謹於下。從前少康興盛，夏書引作美談；宣王復興，周詩用來頌歌。何況陛下眾多的功勳感通皇天，清亮的光輝照徹四海，天下眾生顒然仰慕，沒有一個不欣然擁戴，在聲威教化所及下，願為陛下奴僕的！況且宣皇的後代，只有陛下，萬眾歸服，始終沒有二心。上蒼福佑大晉，晉朝必將有主，主持晉朝祭祀者，不是陛下是誰呢！因此，近旁之人沒有異言，邊遠之人沒有異望，謳歌讚美之人，無不吟頌陛下美善之道，訴訟之人莫不懷想陛下聖明的德行。天地交通，和諧一致，華夏與邊裔的感情也和美信實。一角的靈獸，連理的樹木，成為美好徵兆的，大概有數百。冠帶文明之輩，要荒邊遠之眾，不約而同地說同樣話的，動輒以萬計數。因此臣等斗膽考量天地的意願，依據中國萬眾的趣向，冒死上皇帝尊號。願陛下存想舜禹禪位那種極其公正的情意，看小巢父、許由違命不從的那種節操；以國家社稷為要務，不把狹小之行放在首位；以天下百姓的苦難為憂，不做辭讓尊位的事；上可安慰宗廟祖先的眷顧情懷，下可消釋普天下人側首縈懷的期望。這正是所謂使枯死的萁草生出繁盛之花，使朽爛的骨頭長出豐潤的肌肉，天神世人皆獲安寧，無不幸運至極。臣琨臣匹磾頓首頓首，死罪死罪。

臣聞尊位❶不可久虛，萬機不可久曠❷。虛之一日，則尊位以殆；曠之浹辰❸，則萬機以亂。方今鍾❹百王之季❺，當陽九❻之會，狡寇窺窬❼，伺國瑕隙❽，齊人❾波蕩，無所繫心❿，安可以廢而不恤哉？陛下雖欲逡巡⓫，其若宗廟何？其若百姓何？昔惠公虜秦，晉國震駭，呂郤之謀，欲立子圉，外以絕敵人之志，內以固闔境之情。故曰：「喪君有君，群臣輯穆，好我者勸，惡我者懼⓬。」前事之不忘，後代之元龜也⓭。陛下明並⓮日月，無幽不燭⓯，深謀遠慮，出自胸懷。不勝犬馬憂國之情，遲⓰睹人神開泰⓱之路，是以陳其乃誠⓲，布之執事⓳。臣等各忝⓴守㉑方任㉒，職在遐外㉓，不得陪列闕廷㉔，共觀盛禮㉕，踴躍㉖之懷，南望罔極㉗。謹上。臣琨謹遣兼左長史右司馬臣溫嶠、主簿臣辟閭訓，臣磾遣散騎常侍、征虜將軍、清河太守、領右長史、高平亭侯臣榮劭，輕車將軍、關內侯臣郭穆奉表。臣琨臣磾等頓首頓首，死罪死罪。

【章　旨】以晉呂郤立子圉以絕敵人之志，固國人之情的歷史事例勸說司馬睿，以為尊位不可久虛，萬機不可久殆，應該繼統承業，以固國人之心，絕敵人之望。

【注　釋】❶尊位　指帝位。❷曠　荒廢；耽誤。❸浹辰　十二日。《左傳・成公九年》：「莒恃其陋，而不修城郭，浹辰之間，而楚克其三都。」❹鍾　當；適逢。❺季　末。❻陽九　指災荒年景和厄運。道家以天厄為陽九，地虧謂之百六。

❼窺窬　伺隙而動。窬，門邊小洞。❽瑕隙　弱點；間隙。❾齊人　平民；庶民。❿繫心　心有所寄託。⓫逡巡　遲疑徘徊；欲行又止。⓬惠公虜秦十一句　秦晉戰於韓原，秦獲晉侯，晉侯使郤乞告呂甥。呂甥曰：「君亡之不恤，而群臣是憂，惠之至也，將若君何？」眾曰：「何為而可？」對曰：「征繕以輔孺子，諸侯聞之，喪君有君，群臣輯睦，甲兵益多，好我者勸，惡我者懼，庶有益乎！」參見《左傳・僖公十五年》。圉，人名。即所謂「孺子」。輯穆，即「輯睦」。意謂和睦。⓭前事之不忘二句　《戰國策・趙一》：「前事之不忘，後事之師。」元龜，大龜。古代用於占卜，引申為可作借鑒的前事。⓮並　同；並列。⓯燭　照。⓰遲　期待。⓱開泰　亨通安泰。⓲乃誠　勸進之誠。乃，語首助詞。⓳執事　君王左右之人。此指君王本人。不敢直陳，以表尊敬。⓴忝　謙詞。有愧於。㉑守　據。㉒方任　一方之任。㉓遐外　遠方邊地。㉔闕廷　宮闕朝堂。㉕盛禮　盛大典禮。指登基典禮。㉖踴躍　歡欣奮起貌。㉗罔極　無極；無窮。

【語　譯】臣聽說帝位不可長久空缺，國家事務不可長久耽擱。空缺一日，那麼帝位會因而危殆；耽誤十二天，那麼國家事務會因此混亂。如今正當百王的末世，處於多災難、多厄運之際，狡猾的外敵伺機而動，窺伺我國的過錯漏洞，百姓隨波動蕩，心意無所寄託，怎能拋棄他們而不加愛恤呢？陛下只是遲疑徘徊，一味退讓，那對宗廟怎麼辦？對眾多百姓怎麼辦？從前晉惠公為秦所虜，晉國因此震動驚駭，呂甥、郤乞為此謀劃，欲嗣立子圉為晉君，對外以使敵人的意圖斷絕，對內可以使全境人民的情緒得以穩固。所以說：「失去國君而立新君，能使群臣和睦，讓喜歡我們的得到勉勵，厭惡我們的因而懼怕。」不忘以往的經驗教訓，乃是後來做事的借鑒。陛下的聖明並同日月，沒有幽暗之地不被照耀，深謀遠慮，出於胸懷。臣等無法道盡憂懷國事的衷情，期待看到人神安泰亨通的道路。所以陳述自己的衷誠，敷布於左右執事之人以轉達。臣等各自愧據一方之任，任職遠方邊地，不能夠在朝堂上參與朝臣之列，共同觀瞻即位大禮，歡喜興奮之情懷，南望無窮。鄭重地奉上此表。臣琨鄭重地派遣兼任左長史、右司馬臣溫嶠，主簿臣辟閭訓，臣匹磾派散騎常侍、征虜將軍、清河太守、領右長史高平亭侯臣榮劭，輕車將軍、關內侯臣郭穆奉表。臣琨臣匹磾等頓首頓首，死罪死罪。

卷三八

為吳令謝詢求為諸孫置守冢人表

【作　者】張悛，字士然，吳國人。曾任晉太子庶子。

【題　解】晉元康中，謝詢為吳令，上表請求為孫策、孫堅置守墓人，詔從之。此表即為張悛所代作。文章先徵引古代聖王賢君興廢繼絕的仁德舉措，並把晉皇列於眾賢之後，歌頌其柔服之義；繼而敘孫策、孫堅的功勳、德業，以為皆應在柔服之列，不能因其後人的不肖、曾與晉為敵，而廢孫策、孫堅之祀。文章條理清晰，論述合乎情理，頗有說服力。

臣聞成湯革夏而封杞❶，武王入殷而建宋❷；春秋征伐，則晉修虞祀❸，燕祭齊廟❹。夫一國為一人興，先賢為後愚廢，誠仁聖所哀悼而不忍也。故三王❺敦❻繼絕❼之德，春秋貴柔服❽之義。昔漢高受命，追存六國❾，凡諸絕祚，一時並祀❿。親與項羽⓫對爭⓬存亡，逮羽之死，臨哭其喪⓭。將以位嘗侔⓮尊，力嘗均勢，雖功奪其成，而恩與其敗。且暴興疾顛⓯，禮⓰之若舊⓱，殘戮之屍，乃以公葬⓲。若使羽位承前緒⓳，世有哲王，一朝力屈⓴，全身㉑從命㉒，則楚廟不隳㉓，有後可冀㉔。伏惟大晉應天順民㉕，武成止戈㉖。西戎有即序之人㉗，京邑開吳蜀之館㉘；興滅㉙加乎萬國，繼絕接于百世。雖三五㉚弘道㉛，商周稱仁㉜，洋洋㉝之美，未足以喻㉞。是以孫氏雖家失吳祚，而族蒙晉榮，子弟量才㉟，比肩㊱進取，懷金㊲佚服㊳，佩青㊴千里㊵，當時受恩，多有過望。

【章　旨】熱情頌揚晉朝興廢繼絕的仁義舉措及其對亡吳孫氏的寬宏大度，並比之於三王五帝、成湯武王。

【注　釋】❶成湯革夏而封杞　商湯革除夏命，封夏之後於杞。事見《史記・陳杞世家》。杞，國名。❷武王入殷而建宋　周武王入殷滅紂而封微子於宋。事見《史記・宋微子世家》。❸晉修虞祀　《左傳・僖公五年》：「晉滅虢……遂襲虞，滅之……而修虞祀，且歸其職貢於王。」❹燕祭齊廟　李善注引《傅子》曰：「樂毅伐齊，遂下齊七十餘城，置吏，屬燕為郡，而修齊之宗廟。」❺三王　指夏禹、商湯、周文王。❻敦　厚。❼繼絕　使行將斷絕的世系能繼續。《論語・堯曰》：「興滅國，繼絕世，舉逸民，天下之民歸心焉。」❽柔服　安撫賓服者。《左傳・宣公十二年》：「伐叛，刑也；柔服，德也。」❾昔漢高受命二句　意謂高祖劉邦定漢後，重建燕、趙、楚、齊等諸侯國，以繼戰國諸侯之祀。事見《漢書・高帝紀下》。存，保全。❿凡諸絕祚二句　《漢書・高帝紀下》：「詔曰：『秦皇帝、楚隱王、魏安釐王、齊愍王、趙悼襄王，皆絕無後，其與秦始皇帝守冢二十家，楚、魏、齊各十家，趙及魏公子無忌各五家，令視其冢，復亡與他事。』」祚，福；國運。⓫項羽　項籍，字羽，與劉邦爭奪天下，後為劉邦所敗。⓬對爭　互爭。⓭臨哭其喪　指臨喪而哭。《漢書・高帝紀下》：「灌嬰追斬羽東城……漢王為發喪，哭臨而去。」臨，降臨。以尊適卑曰臨。⓮侔　同；等；齊。⓯暴興疾顛　意謂突然興起，又很快隕墜。《國語・周語下》：「高伍實疾顛，厚味實臘毒。」⓰禮　禮待。⓱若舊　依舊。⓲殘戮之屍二句　《漢書・高帝紀下》：「灌嬰追斬羽東城……（高祖）乃持羽頭示其父兄，魯乃降。初，懷王封羽為魯公，及死，魯又為之堅守，故以魯公葬羽於穀城。」⓳前緒　以前的事業。⓴屈　竭盡。㉑全身　保全性命。㉒從命　順命；順服。㉓隳　毀壞。㉔冀　希望。㉕應天順民　意謂晉朝之確立，上應天命，下順民心。《易・革》：「湯武革命，順乎天而應乎人。」㉖武成止戈　指以止息干戈來成就武功。《左傳・宣公十二年》：「夫文，止戈為武。」武，軍事。用以止息干戈。㉗西戎有即序之人　指西戎有使者相繼往來。《書・禹貢》：「織皮崑崙，析支渠搜，西戎即序。」西戎，古代中國西北部的民族。即序，順從。㉘吳蜀之

館　被俘的吳蜀二主所住的館舍。㉙興滅　使被滅亡的國家興復起來。《論語・堯曰》：「興滅國，繼絕世。」㉚三五　三皇五帝。㉛弘道　弘揚大道。㉜稱仁　以仁德被稱道。㉝洋洋　盛大貌。㉞喻　比。㉟量才　衡量才能。㊱比肩　並肩。㊲懷金　懷揣金印。㊳侯服　古代稱離王城一千里以外方五百里的地區為侯服。《書・禹貢》：「五百里侯服。」㊴佩青　佩帶青綬。指任高官。《漢書・百官公卿表上》：「相國丞相，皆秦官，金印紫綬。」「御史大夫，秦官，位上卿，銀印青綬。」後世青、紫連用，以指高官。㊵千里　指州郡。《東觀漢記・卷二一》：「楊喬曰：『臣伏念二千石，典牧千里也。』」

【語譯】臣聽說成湯革除夏命，而封其後代於杞；武王克殷，而封微子於宋；春秋征伐，而晉軍不廢虞國廟祀，燕軍也祭祀齊國宗廟。一個國家因一人而興盛，但先賢卻因後世昏愚之君而廢祀，這實是仁聖之人所哀悼、所不忍於心的。所以三代的賢君饒有繼續絕世之宗的德行，春秋各國重視安撫賓服者的恩義。從前漢高祖受命，追封六國的後代，凡已斷絕國運的諸侯國，同時得以延續祭祀。高祖親身與項羽互爭存亡，項羽死後，漢高祖親臨其喪而哀哭。這正是因為兩人地位曾同樣尊崇，勢力也曾相當，雖然奪取了項羽已成之功，但對項羽的敗亡依然施以恩德。而且項羽突然興起，疾速隕墜，而高祖卻禮待他如同六國；屍身雖遭殘戮，卻仍以魯公之禮斂葬他。假令項羽繼承前有的事業，世有聖哲的君王出現，一朝力竭臣服於漢，保全身家而順命歸服，那麼楚的宗廟就不會被毀，可以希望有後祀。大晉朝上應天命，下順民心，完成軍事，而止戈興文。西戎有歸順的人民，京邑開設了吳蜀二主居住的館舍；興復的滅國超過萬國，延繼絕世之宗至於百代。即使如三皇五帝那樣弘揚大道，商周二代那樣以仁德被稱頌，這種盛大的美德，猶不足以拿來相比。因此孫氏雖失去了吳國，而家族卻蒙受大晉的榮寵，他們的子弟根據其才能，並肩進用，懷揣金印，就封遠方，身佩青綬，管轄千里之地。他們當時所受的朝廷恩寵，實在都超過了內心所冀望。

臣聞春雨潤木，自葉流根；鴟鴞恤功，愛子及室❶。故天稱❷罔極❸之恩，聖有綢繆❹之惠。追惟❺吳偽武烈皇帝❻，遭漢室之弱，值亂臣之彊，首唱❼義兵，先眾犯難❽，破董卓於陽人❾，濟神器於甄井❿，威震群狡⓫，名顯往朝⓬。桓王⓭才武⓮，弱冠⓯承業⓰，招百越之士⓱，奮鷹揚⓲之勢，西赴許都，將迎幼主⓳，雖元勳⓴未終㉑，然至忠已著。夫家積㉒義勇㉓之基㉔，世傳扶危㉕之業，進為徇㉖漢之臣，退為開吳之主，而蒸嘗㉗絕於三葉㉘，園陵㉙殘㉚於薪采㉛，臣竊悼之。伏見吳平之初，明詔㉜追錄先賢，欲封㉝其墓。愚謂二君，並宜應書。故舉㉞勞則力輸先代㉟，論德則惠存江南㊱；正刑㊲則罪非晉寇，從坐㊳則異世已輕。若列先賢之數，蒙詔書之恩，裁㊴加表㊵異㊶，以寵亡靈，則人望克㊷厭㊸，誰不曰宜！二君私奴，多在墓側，今為平民。乞差五人蠲㊹其徭役，使四時修護頹毀，掃除塋壟㊺，永以為常。

【章　旨】追敘孫策、孫堅禁暴救亂的卓著功勳及高義崇德，認為不能因後代不肖、曾與晉為敵而廢止前賢之祀。

【注　釋】❶鴟鴞恤功二句　謂鴟鴞顧惜同類養育、築巢之功，而愛同類之子及其室巢。《詩·豳風·鴟鴞》：「鴟鴞鴟鴞，既取我子，無毀我室。」鴟鴞，貓頭鷹。恤，憂；顧惜。功，事。此句反用《詩經》之意。❷稱　號稱。❸罔極　謂無窮盡、無邊際。《詩·小雅·蓼莪》：「欲報之恩，昊天罔極。」❹綢繆　纏縛。《詩·豳風·鴟鴞》：「迨天之未陰雨，徹彼桑土，綢繆牖戶。」此以鴟鴞作巢之苦喻周之先人鞏固江山的辛勞。❺惟　思。❻吳偽武烈皇帝　指孫堅。《吳志·孫堅傳》：「孫堅字文臺，吳郡富春人。」又：「權既稱尊號，謚堅曰武烈皇帝。」❼唱　同「倡」。倡導。❽犯難　冒險。❾破董卓於陽人《吳志・孫堅傳》：「堅移屯梁東，大為卓軍所攻，堅與數十騎潰圍而出……堅復相收兵，合戰於陽人，大破卓軍。」陽人，地名。在今河南臨汝西。⑩濟神器於甄井　《三國志・卷四六》注引《吳書》曰：「堅入洛，掃除漢宗廟，祠以太牢。堅軍城南，甄官井上旦有五色氣，舉軍驚怪，莫有敢汲，堅令人入井，探得漢傳國璽，文曰：『受命于天，既壽永昌』，方圜四寸，上紐交五龍，上一角缺。」濟，救。神器，即天子璽符。⑪群狡　指董卓之徒。⑫往朝　指漢朝。⑬桓王　孫策，字伯符，孫堅之長子。孫權稱尊號，追諡策為長沙桓王。見《三國志・吳志》本傳及《孫權傳》。⑭才武　有才幹武略。⑮弱冠　古時男子二十成人，行冠禮，故以弱冠為二十歲之別稱。⑯承業　繼承事業。⑰招百越之士　《漢書・高帝紀下》：「故衡山王吳芮與子二人、兄子一人，從百粵之兵，以佐諸侯，誅暴秦。」百越，即百粵。古民族名，散居江、浙、閩、越之地。⑱鷹揚　鷹之奮揚。喻威武或大展雄才。《詩・大雅・大明》：「維師尚父，時維鷹揚。」⑲西赴許都二句　《吳志・孫堅傳》：「建安五年，曹公與袁紹相拒於官渡，策陰欲襲許迎漢帝。」漢獻帝協九歲即帝位，建安五年年猶未及冠。建安元年（西元一九六年）曹操迎獻帝都許。⑳元勳　大功。㉑未終　未有結果。㉒積　聚。㉓義勇　見義勇為，此謂起義兵。㉔基基礎；根本。㉕扶危　匡扶危墜。指匡扶漢室。㉖徇　通「殉」。㉗蒸嘗　本指秋冬二祭，後泛指祭祀。㉘三葉　三世。指孫權、孫亮及孫休、孫皓三代。㉙園陵　帝王墓地。㉚殘　毀。㉛薪采　採薪者。㉜明詔　見於文字的詔命。㉝封　聚土作墳。㉞舉　列舉；論列。㉟力輸先代　指效力於東漢。㊱江南　長江以南地區。此指吳地。㊲正刑　以正典刑。㊳從坐　因孫皓牽連而處罪。㊴裁　淺。㊵表　明。㊶異　指與眾人不同。㊷克　能。㊸厭　通「饜」。滿足。㊹蠲　免除。㊺塋壟　墓地。

【語　譯】臣聽說春雨滋潤草木，往往自葉片流到根部；鴟鴞顧恤同類育子築巢的辛勞，因而愛護牠們的幼子以及室巢。所以上天號稱有無窮的恩賜，聖人則有造福後人的恩惠。追思吳國偽武烈皇帝，遭遇漢室微弱，適值亂臣強悍，而率先起義兵，先於眾人冒險起事，擊破董卓於陽人，挽救傳國寶璽於甄井，威望震懾眾多奸狡之徒，聲名顯於東漢王朝。桓王孫策有才幹武略，年在弱冠即繼承事業，招集百越才能之士，發揚威武宏大的力量，西赴許都，迎接幼主獻帝，雖大功未成，而極忠之心已表露無遺。家中積聚了見義勇為的根基，世代承傳著匡扶危墜的事業，進則為獻身漢朝的忠臣，退則為開創吳國的君主，然而祭祀絕於三代之後，陵墓毀於採薪之人，臣私下深為哀痛。臣恭敬地想在吳國平定之初，詔命追錄吳地先賢，欲修繕他們的陵墓。愚見以為孫堅、孫策二君，也應受詔命加土於其墓。若列舉功勞，他們曾效力於東漢；論到恩德，他們的恩惠已流存於江南；按刑而論，他們無晉朝敵寇的罪名；欲因牽連而處罪，他們隔世異代，罪已變輕。如列二君於先賢之數，受詔書之恩，稍加旌表，以使異於常人，尊崇二君的亡靈，那麼百姓的願望得以滿足，誰不說這是應該的呢！二君私屬的奴僕，多居於墓旁，今為平民。請求皇上允許差遣五人，免除他們的徭役，使他們四時修繕，以免墳墓傾頹毀敗，並清掃陵園，永遠以為常法。

讓中書令表

【作　者】庾亮（西元二八九～三四〇年），字元規，潁川鄢陵人。好老莊，善談論。年十六，東海王越辟為掾，不就。隨父琛避亂會稽，其風情雅量為元帝（時為鎮東大將軍）所重，即聘亮妹為太子妃。後王敦表為中領軍。明帝即位，以為中書監，亮上表固辭，帝納其言而止。在此之後，亮終代王導為中書監，至明帝臨崩時加亮給事中，徙中書令，受遺詔輔幼主成帝。後鎮將蘇峻、祖約反，亮出奔，推荊州刺史陶侃為盟主，擊滅峻、約。陶侃死，代鎮武昌，擬北伐，為人所阻未果。咸康六年（西元三四〇年）卒，追贈太尉，諡文康。

【題　解】本文當依《晉書》本傳，為庾亮讓中書監之表。文章先點出自己無德無功，僅憑自己為皇后之兄而加官進爵這一事實，進而列舉前後二漢抑制后黨或進用婚族對國家盛衰存亡的影響，以及西京七族、東京六姓敗亡身死的原因，綜合地考察專權外戚與在朝庶姓截然不同的結果，經過多層次的對比論述，道出了作者辭讓中書之職的理由，也說明了帝王昵近、偏私會給國家帶來的惡果。庾亮全身避害，能以國家存亡為慮，未雨綢繆，可謂是一個有識量之人，而其文章則真情流動，感人實深。

臣亮言：臣凡庸❶固陋❷，少無檢操❸。昔以中州❹多故❺，舊邦喪亂❻，隨侍先臣❼，遠庇有道，爰❽客❾逃難，求食而已。不悟❿徼⓫時之福，遭遇嘉運。先帝⓬龍興⓭，垂⓮異常之顧⓯，既眷⓰同國士⓱，又申⓲之婚姻⓳，遂階⓴親寵，累㉑忝㉒非服㉓。弱冠㉔濯纓㉕，沐浴㉖玄風㉗。頻繁省闥㉘，出總六軍㉙。十餘年間，位超先達㉚，無勞被㉛遇㉜，無與臣比。小人祿薄，福過災生，止足㉝之分㉞，臣所宜守㉟，而偷榮昧㊱進㊲，日爾一日，謗讟㊳既集，上塵㊴聖朝。始欲自聞，而先帝登遐㊵，區區微誠，竟未上達㊶。

【章旨】謙稱自己少無操守，憑藉姻親之寵而位超先賢，抒寫了那種憂惶災禍、欲讓賢而不得的焦躁心情。

【注釋】❶凡庸　平常；一般。❷固陋　見識鄙陋。❸檢操　操行；操守。檢，操行。❹中州　指洛陽一帶地區。❺多故　多變故。❻舊邦喪亂　指當時北方經歷石勒、劉聰、劉曜之亂，不久使晉室南遷。❼先臣　指亮父琛。永嘉初為建威將軍，過江後為會稽太守，徵為丞相軍諮祭酒。❽爰　於是；乃。❾客　旅居他鄉。❿悟　想。⓫徼　得到。⓬先帝　指中宗元帝司馬睿。⓭龍興　喻新王朝的興起。⓮垂　降下；俯。⓯顧　眷顧；關懷。⓰眷　器重。⓱國士　國中才能出眾之人。⓲申　重複；加重。⓳婚姻　指元帝聘亮妹為皇太子妃事。後明帝即位，立為皇后。事見《晉書．庾亮傳》、〈后妃傳〉。⓴階　憑藉。㉑累　多次。㉒忝　羞辱；有愧於。㉓服　事；職務。㉔弱冠　古男子二十而行冠禮，後以為二十歲之代稱。㉕濯纓　洗滌冠纓。此謂入仕。《孟子．離婁上》：「滄浪之水清兮，可以濯我纓。」㉖沐浴　置身其中而受惠。㉗玄風　此言皇帝道德之教化。玄，指玄德。㉘頻繁省闥　指庾亮先後任中書郎、給事中、黃門侍郎、散騎常侍等，見《晉書．庾亮傳》。省闥，宮中；禁中。省，官署名。古代尚書、中書、門下各官署皆設於禁中，因稱為省闥，後因作中央政府的代稱。闥，宮中小門。泛指宮中。㉙出總六軍　庾亮上此表前曾被王敦表為中領軍，統率軍隊。事見《晉書》本傳。總，統領。六軍，周制，天子有六軍，諸侯國三軍、二軍、一軍不等。後泛稱軍隊。㉚先達　先賢；前輩。㉛被　遭遇；受。㉜遇　厚待；禮遇。㉝止足　即知足知止。《老子》：「知足不辱，知止不殆。」㉞分　本分。㉟守　把握。㊱昧　貪。㊲進　指進爵。㊳讟　誹謗；怨言。㊴塵　汙損。㊵登遐　同「登假」。對人死去的諱稱。後專稱皇帝之死。《禮記・曲禮下》：「告喪，曰天子登假。」㊶達　通。

【語　譯】臣庾亮稟白：臣的才能平常，識見鄙陋，少時沒有高潔的操行。從前因中州多變故，舊國喪亂，隨侍先父，遠走以尋求有道者的庇護，於是逃避災難，而旅居他鄉，僅求維生罷了。不料得到一時的福分，碰上嘉美的機運。先帝創立新朝，給予我異乎尋常的關懷，既器重我如同國中才能出眾之人，又加我以婚姻之親，於是憑藉先帝的恩寵，多次愧任非比一般的職位。二十歲入仕，蒙受皇帝道德的教化。頻頻在朝中任職，又出為中領軍以統率軍隊。十餘年間，爵位超越了前輩，沒有功勞而接受厚遇，再也沒有人可和我相比。卑賤的人祿命微薄，福祿過多災禍就產生，知止知足的本分，是我所應當把握的，而我卻貪圖榮寵、貪於進爵，日復一日，毀謗怨言既已積聚，聖朝也因而受到汙損。正想把自己的情形上陳聽聞，而先帝卻駕崩了，因此我懇摯的心情，始終未能上達。

陛下❶踐祚，聖政維新❷，宰輔❸賢明，庶寮❹咸允，康哉之歌❺，實在至公❻。而國恩不已，復以臣領中書❼，則示天下以私❽矣。何者？臣於陛下，后之兄也。姻婭❾之嫌，實與骨肉❿中表⓫不同。雖太上⓬至公，聖德無私，然世之喪道，有自來矣。悠悠⓭六合⓮，皆私其姻者也。人皆有私，則謂天下無公矣。是以前後二漢，咸以抑后黨安，進婚族危。向使西京⓯七族⓰、東京⓱六姓⓲，皆非姻黨，各以平進⑲，縱不悉全⑳，決不盡敗。今㉑之盡敗，更由姻昵。臣歷觀庶姓㉒在世，無黨㉓於朝，無援㉔於時，植根之本，輕也薄㉕也，苟無大瑕，猶或見容。至於外戚，憑託㉖天地㉗，勢連四時㉘，根援扶疏㉙，重矣大矣，而財㉚居權寵㉛，四海側目㉜。事有不允㉝，罪不容誅㉞，身既招殃，國為之弊㉟。其故何邪？直由婚媾之私，群情之所不能免㊱，故率㊲其所嫌㊳，而嫌之於國。是以疏㊴附㊵則信，姻㊶進則疑，疑積於百姓之心，則禍成重闈㊷之內矣。此皆往代成鑒㊸，可為寒心者也！夫萬物㊹之所不通㊺，聖賢因而不奪㊻。冒親以求一才之用，未若防嫌以明公道。今以臣之才，兼㊼如此之嫌，而使內處心膂㊽，外總㊾兵權，以此求治，未之聞也，以此招禍，可立待㊿也。雖陛下二相(51)，明其愚(52)款(53)，朝士百寮，頗識其情，天下之人何可門到戶說(54)，使皆坦然(55)邪！

【章　旨】從外戚當權對於國家所造成的大禍害，及朝廷用人應避嫌等幾個方面，論述自己不受中書監一職的原因。

【注　釋】❶陛下　指明帝司馬紹。字道畿，元帝之長子。永昌元年閏十一月元帝崩，紹繼位踐祚，以王太妃（即庾亮之妹）為皇后。❷維新　指行新政。《詩・大雅・文王》：「周雖舊邦，其命維新。」維，發語助詞。❸宰輔　皇帝的輔政大臣。一般指宰相或三公。❹庶寮　即「庶僚」。眾官。❺康哉之歌　稱頌君明臣良，諸事安寧之歌。《書・益稷》：「（皋陶）乃賡載歌曰：『元首明哉，股肱良哉，庶事康哉！』」後因以「康哉」為讚頌時勢安寧之詞。❻至公　極公正。❼中書　此指中書監。為職官名，與中書令合掌機密。❽私　偏私。❾姻婭　亦作「姻亞」。婿父稱姻，兩婿互稱為亞。此泛指有婚姻關係的親戚。❿骨肉　至親。《呂氏春秋・精通》：「父母之於子也，子之於父母也……此之謂骨肉之親。」⓫中表　父親姊妹的兒女叫外表，母親的兄弟姊妹的兒女叫內表，互稱中表。⓬太上　謂天子。⓭悠悠　廣遠；無窮盡。⓮六合　天地四方。⓯西京　長安。此借指西漢。⓰七族　謂呂、霍、上官、趙、丁、傅、王七姓外戚。⓱東京　洛陽。借指東漢。⓲六姓　按李善注此指「章德竇后、和喜鄧后、安思閻后、桓思竇后、順烈梁后、靈思何后」六姓。⓳平進　按資歷進昇。⓴全　保全。㉑今　指西晉惠帝、懷帝之后族。㉒庶姓　指異姓與國無親者。㉓黨　親族。㉔援　攀祿；聯繫。㉕薄　淺薄。㉖憑託　憑藉；依託。㉗天地　喻天子、皇后。㉘四時　指春、夏、秋、冬四季。此喻諸王。㉙扶疎　即「扶疏」。枝葉紛披貌。喻宗族繁盛強大。㉚財　通「纔」。㉛權寵　有權勢而受皇帝寵幸之人。㉜側目　不敢正視之貌。《戰國策・秦一》：「妻側目而視，傾耳而聽。」㉝允　當。㉞罪不容誅　誅滅不足以抵償罪過。指罪大惡極。㉟弊　疲困。㊱免　赦免；寬容。㊲率　循。㊳嫌　疑。㊴疏　疏遠者。指與皇族無親者。㊵附　親附。㊶姻　有姻親關係者。㊷重闥　重重門闥。指宮中、禁中。㊸成鑒　已有的可作鑒戒的事。㊹萬物　宇宙間一切事物。此處指人。㊺通　通暢；通達。㊻奪　強迫改變。㊼兼　具；有。㊽心膂　心腹。喻要害之地。膂，脊骨。㊾揔　同「總」。執掌。㊿立待　即刻等到。(51)二相　指王敦、王導，皆曾為相。(52)愚　自謙、自稱之詞。(53)款　懇誠。(54)門到戶說　意謂逐門逐戶加以說明。(55)坦然　指內心平靜。

【語　譯】陛下登位，聖明之政得以更新，輔佐大臣賢能明達，眾多官僚盡皆誠信，於是有時勢安寧的頌歌，這實在是由於至公無私的緣故。然而對我的皇恩不止，又命我任中書監，這樣就等於明示天下人有偏私了。為何這麼說呢？我對於陛下來說，是皇后的兄長。姻親的嫌疑，實與骨肉中表之親不同。雖然天子至為公正，聖明之德沒有偏私，然而世上喪失大道，由來已久了。悠悠天下，盡皆是偏私各自姻親的人。人人皆有偏私之心，就說天下無公正之道了。正因如此，前後二漢，都因為貶抑皇后的族黨而得以安寧，進用姻親之族而使國家傾危。假使以前西漢七姓及東漢六姓外戚，都不是有姻親的宗黨，各自按資歷進昇，縱然不能全部得以保全，也決不至於盡皆敗亡。近來后族盡皆敗亡，更是由於姻親昵近所致。我依次考察世上與皇族無親的庶姓，他們在朝廷上沒有什麼親族，在當時沒有任何攀緣的對象，所依賴的根基，既輕弱又微薄，如無大的過錯，或許還能受到寬容。至於外戚，依憑帝、后之親，勢力跟諸王相結合，根部擴展枝葉茂盛，其勢力既重且大，才居於受皇帝恩寵而掌權的地位，就已使天下人不敢正視了。事情稍辦得不當，就會遭誅滅而不足以抵其罪，既招致自身的災禍，也使國家因而疲困。其中的原因是什麼呢？只因為姻親之偏私，是眾人心中所不能寬容的，因而循著他們的嫌惡之情，而對朝廷產生懷疑。所以與皇族疏遠者得以親附，眾人就信服，姻親得以進用，眾人就生疑。懷疑積聚於百姓心底，那麼災禍就形成於宮禁之中了。這都是以往歷代已有的鑒戒，真可令人為之寒心！世間萬民有不能通達的，聖人賢君就任由他，不勉強改變。冒偏私親戚的嫌疑而求任用人才，不如防止嫌疑不用，以明示公正之道。如今憑我這一點才能，又有這樣的嫌疑，而讓我內處朝廷要害之地，外執國家兵權，憑此來求得國家的安寧，是未曾聽說過的。如憑這一點來招致災禍，卻是可即刻等到的。即使陛下的二位丞相，明察我的懇誠之心，朝中百官士大夫，很了解我的實際心情，但對天下百姓，怎能逐門逐戶加以說明，使他們內心平靜，而沒有任何疑怨呢！

夫富貴寵榮，臣所不能忘也；刑罰貧賤，臣所不能甘❶也。今恭❷命則愈❸，違命則苦❹。臣雖不達❺，何事背時違上❻，自貽❼患責❽邪？實仰覽殷鑒❾，量己知弊，身不足惜，為國取悔❿。是以悾悾⓫，屢陳丹款⓬，而微誠淺薄，未垂⓭察⓮諒⓯。憂惶屏營⓰，不知所厝⓱。以臣今地，不可以進明矣。且違命已久，臣之罪又積矣。歸骸⓲私門⓳，以待刑書。願陛下垂天地之鑒，察臣之愚，則雖死之日，猶生之年矣。

【章　旨】指自己也有常人的思想、欲望，豈不欲富貴，但度己識量，不能居其位而壞國家大事，於是重申自己固辭不受的懇誠之心。

【注　釋】❶甘　甘願。❷恭　奉；奉行。❸愈　通「愉」。愉快。❹苦　憂苦。❺達　通達。❻上　皇上。❼貽　遺留。❽患責　患，禍患。責，譴責。❾殷鑒　本指殷滅夏，殷後代應以夏亡為鑒戒。後泛指可作鑒戒的前事。《詩・大雅・蕩》：「殷鑒不遠，在夏后之世。」❿悔　過錯。⓫悾悾　誠懇貌。《論語・泰伯》：「狂而不直，侗而不願，悾悾而不信，吾不知之矣。」⓬丹款　赤誠之心。⓭垂　俯；降。⓮察　考察。⓯諒　諒解。⓰屏營　徬徨。⓱厝　通「措」。安置。⓲歸骸　相當於「乞骸骨」。指辭官。⓳私門　家門。

【語　譯】富貴榮寵，是我所不能忘懷的；刑罰貧賤，是我所不情願的。今天我若接受詔命則可得到歡愉，違背詔命則會陷入憂苦。我雖然不達於事理，為何要背離時勢，違抗上命，自招禍患與譴責呢？實在是仰觀可資鑒戒的前事，衡量自己而知道這種弊端，自身是不足珍惜的，但卻會為國家造成過錯。因此心懷懇誠，屢次陳述我赤誠之心，而淺薄的心意，卻未蒙陛下察知諒解。於是憂懼惶恐，不知所措。以我如今所處境地，不可以再進升已很明確了。而且違抗詔命已久，我的罪過又增加了。請求辭官回歸家門，等待刑書到來。希望陛下能如日月之明，垂鑒於我，察知我的愚誠，那麼即使我死了，也猶如活著一樣。

薦譙元彥表

【作　者】桓溫（西元三一二～三七三年），字元子，晉譙國龍亢（今安徽懷遠）人。桓彝之子，明帝女婿。少有大志。初為琅邪太守，遷徐州刺史，繼為安西將軍荊州刺史。永和二年（西元三四六年）西伐後蜀，永和三年平蜀回師，進位征西大將軍，開府，封臨賀郡公。後又攻前秦入關中，以軍糧不足而退。永和十二年收復洛陽，屢請還都，為大族所反對。太和四年攻前燕到枋頭，受挫而還。太和六年十一月廢海西公，改立簡文帝，專擅朝政。死後由弟桓沖繼任。

【題解】此表約作於永和三年。桓溫此表抓住譙秀能居亂世而獨立，志操貞潔，堪為楷模這點，竭力加以薦舉，目的是希望改變頹敗的風俗。譙秀，字元彥，三國譙周之孫。性清靜，躬耕田園，不交於世。

本表固然自始至終透露出作者對譙秀的推崇、敬仰之情，但其恣肆、跋扈之意亦已在文中略見端倪了。

臣聞大朴❶既虧，則高尚之摽❷顯；道喪時昏，則忠貞之義彰❸。故有洗耳❹投淵❺，以振❻玄邈❼之風；亦有秉心❽矯❾跡❿，以敦⓫在三⓬之節。是故上代之君，莫不崇重⓭斯軌⓮，所以篤⓯俗訓⓰民，靜一⓱流⓲競⓳。伏惟大晉，應符御世⓴，運無常㉑通㉒，時有屯㉓蹇㉔，神州㉕丘墟，三方圮裂㉖。兔罝㉗絕響㉘於中林，白駒無聞於空谷㉙。斯有識㉚之所悼心㉛，大雅㉜之所歎息者也。

【章旨】言賢德忠貞之士，可以篤俗訓民以救時亂，而晉朝賢德忠貞之士湮沒不聞，令人痛惜。

【注釋】❶大朴　本真；本性。這裡是說上古社會時，人的本性都保持淳樸。而到後世則此種本性虧損了。《莊子》外雜篇中此類思想闡述甚多。❷摽　通「標」。風度；格調。❸彰　明。❹洗耳　指不願聽，不願問世事。晉皇甫謐《高士傳·許由》：「堯讓天下於許由……由於是遁耕於中嶽潁水之陽，箕山之下，終身無輕天下色。堯又召為九州長，由不欲聞之，洗耳於潁水之濱。」❺投淵　《莊子·讓王》：「舜以天下讓其友北人無擇。北人無擇曰：『異者後之為人也，居於畎畝之中而遊堯之門，不若是而已，又欲以其辱行漫我，吾羞見之。』因自投清泠之淵。」❻振　振揚。❼玄邈　高尚清遠。❽秉心　操心。❾矯　糾正。❿跡　痕跡。⓫敦　厚。⓬在三　稱執敬如事父、師、君。《國語·晉語一》：「民生於三，事之如一：父生之，師教之，君食之。」⓭崇重　尊崇推重。⓮軌　跡。指行為風氣。⓯篤　深厚。⓰訓　教誨。⓱靜一　安靜而精神專一。⓲流　移動不停。⓳競　爭逐。⓴應符御世　順應符瑞，統治天下。符，符命；符瑞。㉑常　長久。㉒通　通達。㉓屯　艱難。㉔蹇　窮蹙。㉕神州　指京都洛陽一帶。㉖圮裂　破裂；分裂。㉗罝　網。㉘絕響　斷絕聲響。喻無人才。《詩經》有〈兔罝〉，詩中有「肅肅兔罝，施於中林」，謂罝兔之人打樁之時猶能肅敬，則是人才盛多。㉙白駒無聞於空谷　喻賢才之少。《詩・小雅・白駒》：「皎皎白駒，在彼空谷。」白駒為賢人所乘。㉚識　識見。㉛悼心　痛悼於心。㉜大雅　指大才、高才。

【語　譯】臣聽說本真已經虧損，那麼高尚的格調就顯著了；大道喪失，時勢昏亂，那麼忠誠堅貞的節義就彰明了。所以有洗耳不問世事、投身清泠之淵，以振揚高尚清遠的風尚的；也有操持心志，矯正行跡，以敦厚敬事父、師、君的節操的。因此前代的君主沒有一個不尊崇推重這種做法，並用以篤厚風俗、教誨百姓，使百姓的流動、爭逐得以安靜、平息。為臣思慮：大晉朝順應上天符命而統治天下，國運未能長久通達，時有艱難窮蹙的情形，使京師洛陽一帶變成一片丘墟，天下三方分裂。恭恭敬敬在林中打樁捕兔的聲音聽不到了，在空谷中也無法聽到白駒的鳴聲。這種情況是有識之士所痛悼於心、大才之人所深深歎息的。

陛下❶聖德❷嗣興❸，方恢❹天緒❺。臣昔奉役❻，有事西土❼。鯨鯢❽既懸❾，思宣❿大化⓫。訪諸故老，搜揚⓬潛逸⓭，庶⓮武羅⓯於羿浞之墟，想王蠋⓰於亡齊之境。竊聞巴西⓱譙秀，植⓲操貞固⓳，抱德肥遯⓴，揚清渭波㉑。于時皇極㉒遘㉓道消㉔之會㉕，群黎㉖蹈㉗顛沛㉘之艱；中華㉙有顧瞻㉚之哀，幽谷無遷喬之望㉛。凶命㉜屢招，奸威㉝仍㉞逼㉟，身寄虎吻㊱，危同朝露㊲，而能抗節㊳玉立㊴，誓不降辱㊵，杜門㊶絕跡㊷，不面㊸偽廷㊹。進免襲勝亡身之禍㊺，退無薛方詭對之譏㊻。雖園綺之棲商洛㊼，管寧之默遼海㊽，方㊾之於秀，殆無以過。于今西土，以為美談。夫旌[50]德禮賢，化道[51]之所先；崇[52]表[53]殊節[54]，聖喆[55]之上務[56]。方今六合[57]未康，豺豕[58]當路，遺黎[59]偷薄[60]，義聲不聞，益宜振起[61]道義之徒，以敦[62]流遯[63]之敝。若秀蒙蒲帛之徵[64]，足以鎮靜[65]頹風，軌訓[66]囂[67]俗，幽遐[68]仰[69]流[70]，九服[71]知化矣。

【章　旨】突出譙秀出汙泥而不染的貞潔志操，強調徵用譙秀對於興盛晉朝教化的重大意義，這是本文的主旨所在。

【注　釋】❶陛下　指穆帝司馬聃。❷聖德　聖明之德。❸嗣興　指即位。嗣，接續。❹恢　恢弘。❺天緒　大業。❻奉役　奉命服役。❼西土　指蜀地。永和二年桓溫率眾西伐後蜀李勢，李勢面縛輿櫬而降。❽鯨鯢　喻凶惡之人。《左傳・宣公十二年》：「古者明王伐不敬，取其鯨鯢而封之，以為大戮。」此以鯨鯢喻李勢。❾懸　掛。此指平定蜀地。❿宣　傳布。⓫化　德化。⓬搜揚　訪求推舉。⓭潛逸　隱逸。⓮庶　希冀。⓯武羅　夏后羿之臣。《左傳・襄公四年》：「后羿自鉏遷於窮石，因夏民以代夏政。恃其射也，不修民事，而淫于原獸，棄武羅、伯因、熊髡、尨圉而用寒浞。寒浞，伯明氏之讒子弟……浞行媚于內，而施賂于外，愚弄其民，而虞羿于田。」⓰王蠋　戰國齊人。《史記・田單列傳》：「燕之初入齊，聞畫邑人王蠋賢，令軍中曰：『環畫邑三十里，無入。』以王蠋故。已而使人謂蠋曰：『齊人多高子之義，吾以子為將，封子萬家。』蠋固謝。燕人曰：『子不聽，吾引三軍而屠畫邑。』王蠋曰：『忠臣不事二君，貞女不更二夫，齊王不聽吾諫，故退而耕於野。國既破亡，吾不能存。今又劫之以兵，為君將，是助桀為暴也。與其生而無義，固不如烹。』遂經其頸於樹枝，自奮絕脰而死。」⓱巴西　巴地之西。古有巴國，秦漢以後設有巴郡。⓲植　樹立。⓳貞固　固守正道。⓴肥遯　隱居避世。㉑揚清渭波　喻譙秀能於汙水濁流中保持自己的高潔、清澄。揚，舉；翻起。清，清澄。渭，水名。水濁。《詩・邶風・谷風》：「涇以渭濁，湜湜其沚。」㉒皇極　王室。㉓遘　遇。㉔道消　大道淪喪。《易・否卦》：「君子道消。」㉕會　時候。㉖群黎　眾庶；黎民。㉗蹈　踏。㉘顛沛　傾覆；倒仆。㉙中華　中原；中國。㉚顧瞻　回視。《詩・檜風・

匪風》：「顧瞻周道，中心怛兮。」㉛幽谷無遷喬之望　指隱於深谷沒有出仕的希望。《詩・小雅・伐木》：「出自幽谷，遷于喬木。」幽谷，深谷。遷喬，遷往高處。指出仕。㉜凶命　惡命。指後蜀君主招致譙周的詔命。《三國志・卷四二》注引《晉陽秋》：「及李雄盜蜀，安車徵秀，又雄叔父驤、驤子壽辟命，皆不應。」㉝奸威　邪惡的威勢、威權。㉞仍　頻頻。㉟逼　逼迫。㊱吻　口。㊲朝露　早晨的露珠，陽光一曬即乾，以喻時間之短、情勢之危。曹操〈短歌行〉：「對酒當歌，人生幾何？譬如朝露，去日苦多。」㊳抗節　堅守節操。㊴玉立　喻堅貞不屈。㊵降辱　指貶抑其志，辱沒其身。《論語・微子》：「不降其志，不辱其身，伯夷叔齊與？」㊶杜門　閉門。㊷絕跡　遺棄世事。㊸面　面對。㊹偽廷　指後蜀李雄的朝廷。㊺龔勝亡身之禍　龔勝字君賓，以名節著。王莽篡國後，安車駟馬徵勝，恩禮有加，而勝稱病篤不領詔命。曰：「吾受漢家厚恩，無以報。今年老矣，旦暮入地，誼豈以一身事二姓，下見故主哉？」語畢遂不復開口飲食，積十四日死，死時年七十九。事見《漢書・王貢兩龔鮑傳》。㊻薛方詭對之譏　薛方字子容，「嘗為郡掾祭酒，嘗徵不至。及莽以安車迎方，方因使者辭謝曰：『堯舜在上，下有巢由。今明主方隆唐虞之德，小臣欲守箕山之節也。』使者以聞莽，說其言，不強致。」事見《漢書・王貢兩龔鮑傳》。詭對，指薛方引巢由為喻以對王莽使者，因他比王莽於堯舜，故王莽「說其言，不強致」。薛方此語遂為後人所譏。㊼園綺之棲商洛　東園公、綺里季、夏黃公、甪里先生四人於漢初逃隱商山之中。高祖召，不應。後高祖欲廢太子，呂后用留侯計，迎召前述四人，使輔太子。一日四人侍太子見高祖。高祖說：「羽翼成矣。」遂輟廢太子之議。此四人即所謂「商山四皓」。事並見《史記・留侯世家》、《漢書・張良傳》。㊽管寧之默遼海　管寧（西元一五八～二四一年），三國魏北海朱虛人。字幼安。漢末避亂依遼東公孫度，居遼東聚徒講學，黃初四年（西元二二三年）浮海返郡，文帝拜寧為太中大夫，明帝拜寧為光祿勳，皆辭不就。事見《三國志・卷一一》本傳。㊾方　比。㊿旌　表彰。(51)化道　教化之道。(52)崇　尊崇。(53)表　贊述；表彰。(54)殊節　獨特的節操。(55)聖喆　即「聖哲」。指具超凡道德才智之人。(56)上務　要務。(57)六合　天下。(58)豺豕　喻亂賊。(59)遺黎　遺民；亡國之民。(60)偷薄　輕薄；不厚道。(61)振起　振揚奮起。(62)敦　治。(63)流遯　耽樂放縱。(64)蒲帛之徵　指禮聘。《漢書・儒林傳》：「於是上（武帝）使使束帛加璧，安車以蒲裹輪，駕駟迎申公。」蒲，蒲車。以徵聘隱士。帛，束帛。古代聘問的禮物。(65)鎮靜　抑制；安定。(66)軌訓　使合法度、法則。(67)囂　輕狂；浮躁。(68)幽遐　邃遠；邊遠。(69)仰　敬慕。(70)流　流風；好的風氣。(71)九服　相傳古代天子所住京都以外的地方，按遠近分為九等，叫九服。多用以泛指天下諸侯。

【語　譯】陛下有聖明之德，接統繼位，正欲恢弘大業。臣從前奉命服役，出征西方蜀地。凶惡之人既成俘虜後，希望傳布盛大的教化。於是從元老舊臣那兒訪求賢能之人，訪求推舉隱逸之士，希冀在后羿、寒浞的故地訪到武羅那樣的人才，渴望在滅亡的齊國境內找到王蠋那樣的高士。臣聽說巴西之地有譙秀其人，樹立高潔的志操，固守正道，懷有美善之德，隱遯避世，在渭水濁波中能保持自己的清澄。那時王室正遇大道淪喪的時候，黎民處於傾覆倒懸的艱難中，回顧淪落的中原，有深切的哀痛；身處幽谷，而無出仕的希望。後蜀李雄屢下詔命招致，頻頻以威勢相迫，寄身虎口，危急如同晨露，而能夠固守節操，堅貞不屈，誓死不貶抑其志、辱沒其身，閉門遺棄世事，不向後蜀朝廷稱臣。進得以免除龔勝那樣亡身的禍患，退又無薛方那樣因以詭言相對而招致的譏諷。即使如東園公、綺里季棲身商洛深山，如管寧默然退居於遼東，比起譙秀來，大概也不能超過。直到如今，巴西蜀地，仍樂於稱道此事。表彰美德、禮待賢能，是教化之道的首要大事；尊崇表揚獨特的節操，是聖賢的重要事務。如今天下尚未太平，亂賊當道，蜀地黎民道行輕薄，正義之聲無從聽到，更應使有道義之人振揚奮起，用以敦厚已經變得耽樂放縱的弊俗。如譙秀能受到蒲車束帛的徵召，那就足可以抑制、安定頹敗的風氣，使輕狂、浮躁的習俗改趨向正軌，邊遠之地仰慕高尚之風，天下諸侯都臣服教化。

自解表

【作　者】殷仲文，以字行，東晉陳郡長平（今河南西華東北）人。官驃騎參軍，轉諮議參軍。桓玄代晉自立，以殷仲文為其姊夫，用為長史。晉安帝反正後，出其官為東陽太守，後因謀反被誅。有集七卷。

【題　解】殷仲文善屬文，為世所重，然而桓玄篡晉，他曾為佐，桓玄〈九錫策〉文亦出自其手。〈自解表〉作於桓玄敗後，晉安帝反正之初。此文首先以恰切比喻說明自己受制巨力、遭逼迫而列偽職的那種無可奈何的情形，繼而對自己不能忘身殉國、抵制桓玄篡位，而作〈九錫〉之文感到痛心疾首。表明自己賴鎮軍將軍劉裕的寬宏好德，得以保全首領，已無顏面顯居榮次，竭力要求解除自己的尚書職務。全文讀來感情充沛、真切，富有感染力。然而參照《晉書》本傳所記，殷仲文是自願前往投靠桓玄的，在桓玄手下頗為親貴；又生性貪吝，多納貨賄；為東陽太守前後，常感才不得用，怏怏不得志。由此可知，〈自解表〉固然如實表露了作者投靠桓玄的愧悔之心，但文中也不乏不實之辭。全文言語委婉，言約詞當，層次分明，為一精心結撰之作。

臣聞洪❶波振❷壑❸，川無恬❹鱗❺；驚飆❻拂野，林無靜柯❼。何者？勢弱則受制於巨力，質❽微則莫以自保。於理雖可得而言，於臣寔所敢喻。昔桓玄❾之世，誠復❿驅迫者眾。至於愚臣，罪實深⓫矣。進不能見危授命⓬，忘身殉國⓭；退不能辭粟首陽⓮，拂衣⓯高謝⓰。遂乃宴安⓱昏⓲寵⓳，叨⓴昧㉑偽封㉒；錫文㉓篡事㉔，曾㉕無獨固㉖；名義㉗以之俱淪㉘，情節㉙自茲兼撓㉚。宜其極法㉛，以判㉜忠邪。

【章　旨】抒寫自己受制巨力、備受驅迫的無可奈何之情，並以名義情節盡皆淪喪苛責自己，為後文作了必要的鋪墊。

【注　釋】❶洪　大。❷振　振蕩。❸壑　河谷；溝池。❹恬　安靜。❺鱗　魚類。❻飆　暴風。❼柯　樹枝。❽質　資質；稟性。❾桓玄　（西元三六九～四〇四年）晉譙國龍亢人。字敬道。桓溫之子，襲父爵為南郡公。初守義興，棄官歸。

安帝時為江州刺史，都督荊、江等八州軍事，據江陵。元興元年（西元四〇二年）舉兵東下，攻入建康，迫安帝禪位，建號楚，年號建始，旋改永始。劉裕起兵討玄，玄兵敗被執，斬於江陵。見《晉書・桓玄傳》。❿復　一再；反覆。⓫深　重。⓬見危授命　意謂看到國家危急而能獻出生命。《論語・子張》：「子張曰：『士見危致命，見得思義。』」⓭忘身殉國　捨身以從國事。司馬遷〈報任少卿書〉：「（李陵）常思奮不顧身，以徇國家之急。」忘身，捨身。⓮辭粟首陽　周武王克殷，伯夷、叔齊義不食周粟，隱於首陽山，採薇而食，以致餓死。事見《史記・伯夷叔齊列傳》。⓯拂衣　振衣。表示決絕之意。一般用以稱隱居。⓰高謝　超越世俗、謝絕塵世。⓱宴安　安逸。《左傳・閔公元年》：「晏安酖毒，不可懷也。」⓲昏　昏亂之朝。⓳寵　恩寵。⓴叨　貪。㉑昧　貪冒。㉒偽封　桓玄篡位後，曾封殷仲文為東興公。偽，僭偽。㉓錫文　即〈策楚王九錫文〉。㉔篡事　篡位之事。《晉書・桓玄傳》：「（玄）矯詔加其相國總百揆，封南郡、南平、宜都、天門、零陵、營陽、桂陽、衡陽、義陽、建平十郡為楚王，揚州牧領平西將軍豫州刺史如故，加九錫備物。」「百官到姑孰勸玄僭偽位，玄偽讓，朝臣固請，玄乃於城南七里，立郊登壇篡位。」又《晉書・殷仲文傳》：「玄〈九錫〉，殷仲文之辭也。」㉕曾　竟。㉖獨固　固守節操；堅持己見。㉗名義　聲名與道義。㉘淪　淪喪。㉙情節　節操。㉚橈　屈；失去。㉛極法　即極刑。最重的刑罰。㉜判　分。

【語譯】臣聽說洶湧的波濤振蕩溝壑，河川中就無安處的魚類；狂亂的暴風掠過原野，樹林就無安靜的枝條。這是為什麼呢？勢力單薄就會受巨力的制約，資質微弱就會無以自保。這在道理上雖可得以說明，但對我的情況而言，怎敢以此為喻！從前桓玄篡位之時，確實有眾多的人受到逼迫。至於我，罪孽實在深重。進不能見到國家危急就獻出自己的生命，捨身而從國事；退不能如伯夷、叔齊恥食周粟，遜逃於首陽山，隱居出世。就那樣安於昏亂之朝的恩寵中，貪戀偽朝的封爵；對〈九錫〉策文，篡位之事，竟沒能獨自保持節操；聲名大義因而都已淪喪，節操也由此盡失。理應加我以最重的刑罰，用以判別忠正與邪辟。

鎮軍臣裕❶，匡復❷社稷❸，大弘❹善貸❺，佇❻一戮於微命❼，申❽三驅❾於大信，既惠之以首領⑩，復引⑪之以縶維⑫。于時皇輿⑬否隔⑭，天人⑮未泰⑯，用⑰忘進退⑱，唯力是視⑲，是以僶俛⑳從事，自同全人㉑。今宸極㉒反正㉓，惟新㉔告始㉕，憲章㉖既明，品物㉗思舊㉘。臣亦胡㉙顏之厚，可以顯㉚居榮次㉛。乞㉜解所職㉝，待罪私門㉞。違謝㉟闕㊱廷㊲，乃心愧戀㊳。謹拜表以聞。

【章　旨】指自己賴鎮軍劉裕的寬宏善貸，得以保全首領，且得以效力幕府。如今皇極反正，自己無顏居其榮次，乞解尚書之職。

【注　釋】①鎮軍臣裕　在討伐桓玄過程中，劉裕曾被推為鎮軍將軍、徐州刺史、都督揚、徐、兗、豫、青、冀、幽、并八州諸軍事。事見《晉書・安帝恭帝紀》。劉裕（西元三五六～四二二年），南朝宋武帝，彭城人。字德輿，小名寄奴。後為東晉北府兵將領，後擊敗桓玄，以功封晉公。後統一江南，並兩次北伐。元熙二年（西元四二〇年）廢晉帝，建立宋王朝。見《宋書・武帝紀》。②匡復　匡正恢復。③社稷　土、穀之神。歷代封建王朝必先立社稷壇壝；滅人之國，必變置滅國的社稷。後因以社稷借指國家。④弘　弘揚。⑤貸　寬免。⑥佇　有停止之意。⑦微命　卑微之性命。⑧申　表明。⑨三驅　《易・比》：「王用三驅，失前禽。」意為三面驅禽，讓開一路，以示寬仁好生之德。⑩首領　頭頸。⑪引　延請。⑫縶維　本以絆馬足，拴馬韁，示留客之意。此用以指挽留人才。《詩・小雅・白駒》：「皎皎白駒，食我場苗；縶之維之，以永今朝。」⑬皇輿　皇帝的車輿。借指皇帝、朝廷。⑭否隔　閉塞不通。⑮天人　天與人。⑯泰　通。⑰用　因。⑱進退　去留。實指引退。⑲唯力是視　以是否盡力為著眼點。⑳僶俛　努力；奮勉。㉑全人　全德之人。㉒宸極　北極星。古代認為北極星是最尊之星，為眾星所拱，因此比喻帝位。㉓反正　由亂而治；由邪歸正。《公羊傳・哀公十四年》：「撥亂世，反諸正，莫近諸《春秋》。」後來凡還復本位，都稱反正。㉔惟新　即「維新」。《詩・大雅・文王》：「周雖舊邦，其命維新。」維、惟，語助詞。㉕告始　宣告開始。㉖憲章　典章制度。㉗品物　眾多事物。品，眾多。㉘思舊　懷舊。㉙胡　何。㉚顯　顯赫。㉛榮次　榮耀之位。㉜乞　求。㉝所職　即職掌之事。指職務。《晉書・殷仲文傳》：「玄為劉裕所敗……

至巴陵，（仲文）因奉二后投義軍，而為鎮軍長史，轉尚書。」前文所謂「引之以縶維」即指上述之事。時殷仲文為尚書。㉞私門　猶言家門。㉟違謝　離開；辭卻。㊱闕　指皇帝居所。㊲廷　朝廷。㊳戀　留戀。

【語　譯】鎮軍將軍劉裕，匡扶國家恢復社稷，大力弘揚仁善的寬免之道，對卑微的我不加殺戮，留我生路，示以誠信，既把我的頭頸恩賜給我，又挽留、延請我為官。那時天子視聽為臣下所閉塞，天道人事未得通泰，因而忘記了個人的去留，只以是否盡力作為著眼點，因此勉力從事國事，把自己等同於德行完美之人。如今皇上恢復帝位，宣告新政由此開始。典章制度既已明確，眾物都想使它們恢復舊觀。我怎能如此厚顏，顯赫地居於如此榮耀的位次！因此請求皇上解除我的尚書職務，在家中等待皇上治罪。辭離朝廷，內心慚愧而又留戀不已。鄭重地拜表上達聽聞。

為宋公至洛陽謁五陵表

【作　者】傅亮，見頁一七〇八。

【題　解】晉義熙十二年（西元四一六年）劉裕北伐姚泓，姚泓之將姚光以洛陽降，京師得以平定。安帝即遣劉裕兼同司空高密王司馬恢之修謁五陵（事見《晉書・安帝紀》）。此文是傅亮代劉裕為修謁五陵之事上達安帝的奏表。文章雖短，但熔記敘、描寫、抒情於一爐，特別是對舊日京師的頹敗蕭條景象、五陵幽淪荒頹的情狀的描寫，令人油然而生感憤之情。或是由於作者對此亦感憤繫之，故筆墨含情，與一般公文的呆板、矜持有所區別。

臣裕言：近振旅❶河湄❷，揚❸旍❹西邁❺。將屆❻舊京❼，威懷❽司❾、雍❿。

河流遄⑪疾，道阻且長⑫。加以伊洛⑬榛蕪⑭，津塗⑮久廢⑯，伐木通逕⑰，淹⑱引⑲時月。始以⑳今月十二日，次㉑故洛水浮橋。山川無改，城闕㉒為墟，宮廟隳頓㉓，鍾簴㉔空列；觀宇之餘，鞠㉕為禾黍；廛里㉖蕭條，雞犬罕音。感舊永懷㉗，痛心在目。

【章　旨】敘自己進兵中原，在途次過湍流、披榛蕪的艱難，也描繪了舊京洛陽建築頹隳、滿目荒蕪、人跡罕見的蕭條景象。

【注　釋】❶振旅　整頓軍隊。此指出兵。❷河湄　黃河岸邊。此指中原洛陽一帶。❸揚　舉。❹旍　同「旌」。旗幟。❺西邁　西進。邁，前進。❻屆　到。❼舊京　指洛陽。西晉首都。❽威懷　意謂威德並用。《左傳·襄公四年》：「戎狄事晉，四鄰振動，諸侯威懷。」❾司　司州。漢時以司隸校尉督察畿輔。三國、魏都洛陽，在畿輔置司州，治洛陽。晉相承。❿雍　雍州。古九州之一。今陝、甘一帶即屬古雍州。⓫遄　迅疾貌。⓬道阻且長　《詩·秦風·蒹葭》：「溯洄從之，道阻且長。」阻，險。⓭伊洛　伊水和洛水。⓮榛蕪　荒蕪。⓯津塗　渡口與道路。⓰廢　廢絕不通。⓱逕　同「徑」。⓲淹　久留。⓳引　拖延。⓴以　於。㉑次　到。㉒城闕　城樓。㉓隳頓　毀墜頹敗。㉔簴　同「虡」。支撐簨的兩根立柱。㉕鞠　育。㉖廛里　住宅、市肆區域的通稱。㉗永懷　長遠思念、懷想。《詩·周南·卷耳》：「維以不永懷。」

【語　譯】臣劉裕稟白：近日整頓軍隊，進兵黃河岸邊，高舉軍旗向西行進。將到舊京洛陽，威德並施於司、雍二州。但河流湍急，道路險阻而又遙遠；加以伊洛之地一片荒蕪，渡口道路久已廢絕，伐木疏通路徑，因而遲延了一些時日。本月十二日才抵達原來洛水的浮橋邊。山川沒有改變，而城樓卻變為丘墟；宮室宗廟毀墜頹敗，架鍾之柱徒然設列；其餘宮觀屋宇的舊址，已長出了禾黍；街巷住宅，蕭條荒涼，雞犬之聲，很少聽到。感念舊日京都，使人懷想不已，而滿目的荒涼，又令人為之痛心。

以其月十五日，奉謁❶五陵❷。墳塋幽淪，百年❸荒翳❹；天衢❺開泰❻，情❼禮❽獲申❾。故老❿掩涕，三軍悽慼；瞻拜⓫之日，憤慨⓬交集。行⓭河南太守毛脩之⓮等，既開翦荊棘，繕修毀垣，職司⓯既備，蕃衛⓰如舊⓱。伏惟聖懷⓲，遠慕⓳兼慰。不勝下情⓴，謹遣傳詔殿中中郎臣某，奉表以聞。

【章　旨】抒寫奉謁五陵時的所見、所感，並敘修繕、蕃衛情況，以慰帝懷。

【注　釋】❶謁　拜謁。❷五陵　李善注引郭緣生〈述征記〉：「北邙東則乾脯山，山西南晉文帝崇陽陵，陵西武帝峻陽陵，邙之東北宣帝高原陵、景帝峻平陵，邙之南則惠帝陵也。」❸百年　自西晉末至東晉安帝義熙年間，近百年，故稱。❹翳　障蔽。❺天衢　天路。比喻通顯之地。此指洛陽。衢，四通八達的大道。❻開泰　亨通安泰。❼情　拜謁之情。❽禮　祭祀之禮儀。❾申　明。❿故老　年老多閱歷之人。此指西晉遺民。⓫瞻拜　瞻仰；拜謁。⓬憤慨　悲憤與感慨。⓭行　兼攝。⓮毛脩之　字敬文。滎陽陽武人。劉裕平洛陽，以毛脩之為河南、河內二郡太守，戍洛陽。事見《宋書・卷四八》本傳。⓯職司　主管事務的官員。⓰蕃衛　屏蕃；捍衛。⓱如舊　如舊制。⓲懷　心。⓳遠慕　思念久遠。⓴下情　謙詞。指自己的心情或欲陳述的意見。

【語　譯】在該月十五日，拜謁五陵。墳塋幽隱淪沒，荒蕪障蔽已近百年；如今舊京亨通安泰，拜謁之情、祭祀之禮，得以申明。故舊遺老掩面流涕，三軍悽惻而傷感；瞻仰拜謁之日，悲憤之情、感慨之意交集於胸。而且行河南太守毛脩之等，已經翦除了四周荊棘，修復了頹毀的牆垣，主事官員已有安排，護陵守衛一如舊制。伏念皇上的內心，思念先祖，並欲慰安陵廟。臣無法道盡此時的心情，鄭重地派傳詔殿中中郎臣某，送表上達聽聞。

為宋公求加贈劉前軍表

【作　者】傅亮，見頁一七〇八。

【題　解】劉穆之（西元三六〇～四一七年），字道和，東莞莒人。博通群籍，好謀略。後入劉裕幕府，出謀劃策，對劉裕行事多所矯正，深為劉裕所倚重。義熙八年加丹陽尹，劉裕西討劉毅，穆之留守，有撫寧諸葛長民之功。義熙十年進位前軍將軍、丹陽尹，劉裕西伐司馬休之及義熙十二年北伐之時，皆總留守之任。義熙十三年病卒，追贈散騎常侍、衛將軍、開府儀同三司。劉裕上此表請求予以加贈，安帝重贈穆之侍中司徒，封南昌縣侯，食邑千五百戶。文章先敘穆之功勳，讚其識量，點明死時的追贈已很厚重，這對於加贈的要求，似乎有所阻礙，而作者卻能另闢角度，點明自己的功績中有穆之的一份功勞，以此提出加贈的要求。如此用筆，可謂曲折有致，這正是本文妙處所在。

臣聞崇賢❶旌❷善，王教❸所先❹；念功❺簡❻勞❼，義深追遠❽。故司勳❾秉❿策⓫，在勤⓬必記，德之休明⓭，沒⓮而彌著⓯。故尚書左僕射⓰前軍將軍臣穆之，爰⓱自布衣⓲，協佐義始⓳，內竭謀猷⓴，好勤庶政㉑，密勿㉒軍國㉓，心力俱盡。及登庸㉔朝右㉕，尹司㉖京畿㉗，敷㉘讚㉙百揆㉚，翼㉛新㉜大猷㉝。頃戎車遠役，居中作扞㉞，撫寧㉟之勳，實洽㊱朝野，識量㊲局㊳致㊴，棟幹㊵之器㊶也。方宣讚㊷盛化，緝㊸隆聖世，志績未究㊹，遠邇悼心㊺。皇恩褒述㊻，班㊼同三事㊽，榮哀㊾

既備，寵靈㊿已泰51。

【章　旨】追敘劉穆之嘔心瀝血，為軍國之事所作的努力，讚述其識量及功勳，點明皇恩浩蕩，對穆之追贈褒述已屬厚重。

【注　釋】❶崇賢　尊崇賢德。❷旌　表彰。❸王教　帝王的教化。❹先　首要的事情。❺念功　懷念功德。❻簡　選擇；分別。❼勞　功績。❽追遠　追思遠事。❾司勳　官名。《周禮》夏官之屬，主管功賞事務。❿秉　執掌。⓫策　記事之典冊。⓬勤　勤勞；勞苦。⓭德之休明　指德行美善光明。《左傳．宣公三年》：「德之休明，雖小，重也。」休，美善。⓮沒　通「歿」。⓯彌著　更加明顯。⓰左僕射　官名。漢獻帝始分置尚書僕射為左、右僕射，魏晉南北朝時置罷不定。⓱爰　語首助詞。無義。⓲布衣　指平民。⓳義始　禁暴救亂之始。⓴謀猷　也作「謀猶」。指計謀。《詩．小雅．小旻》：「我視謀猶，伊于胡底。」㉑庶政　各種政務。㉒密勿　即黽勉。《詩．邶風．谷風》：「黽勉同心，不宜有怒。」《韓詩外傳》「黽勉」即作「密勿」。㉓軍國　軍務與國政。㉔登庸　舉用。㉕朝右　位列朝班之右。㉖尹司　治理掌管。㉗京畿　京師附近地方。晉朝京師所在郡置尹。劉穆之於義熙八年加丹陽尹。見《宋書．劉穆之傳》㉘敷　布。㉙讚　奏。㉚百揆　百度。即眾多之政務。㉛翼　輔助。㉜新　更新。㉝大猷　大道。㉞戎車遠役二句　據《宋書．劉穆之傳》：劉裕曾於義熙八年（西元四一二年）西征劉毅，留穆之輔諸葛長民留守，諸葛長民有異謀，穆之予以撫定，後助劉裕加以誅滅。義熙十一年，劉裕西征司馬休之，穆之輔道憐留守，遷尚書右僕射、選軍將軍，領丹陽尹如故。義熙十二年，劉裕北伐，穆之輔劉裕世子留守，遷左僕射。戎車，兵車。此指軍隊。遠役，戍守邊遠之地。此指出兵征伐。捍，抵禦。㉟撫寧　鎮撫；安定。㊱洽　霑潤。㊲識量　識見度量。㊳局　曲。㊴致　至。㊵棟幹　喻擔當國家重任的人。㊶器　才能。㊷宣讚　弘揚贊助。㊸緝　和合。㊹究　窮；極。㊺悼心　痛悼於心。㊻褒述　褒揚；稱述。㊼班　列；位次。㊽三事　古稱三公為三事大夫。《詩．小雅．雨無正》：「三事大夫，莫肯夙夜。」此指贈劉穆之儀同三司。㊾榮哀　謂生榮死哀。㊿寵靈　恩寵。同「寵異」。51泰　厚重。

【語　譯】臣聽說尊崇賢能，表彰良善，是帝王教化首要的事情；懷念功德，分別勳績，其意義深刻在於追思遠事。所以司勳掌管記事典冊，凡是勤勞者必加記錄，使美善之德，在身後更加著明。原尚書左僕射前軍將軍臣劉穆之，出身於平民，早在義兵初起之時就已協助輔佐軍事，在內竭盡自己的謀略之能，在外勤於眾多的政務，勤勉於軍務國政，以至於心力用盡。及被舉用進入朝廷，掌理京師附近地區，陳奏眾多的政務，輔助更新軍國大道。不久臣率兵遠征，穆之留居京師擔任捍衛，鎮撫安定的功德，實霑潤了朝廷與鄉野之間，識見度量能曲盡事物之理，具有擔當國家重任的才具。正當弘揚贊助盛大的教化，光大隆興聖德之世之時，而志向功業卻未得完成，遠近之人為此皆痛悼於心。皇上對他加以褒揚、稱述，使他的位次同於三公，生榮死哀都已具備，而恩寵亡靈也已厚重。

臣伏思尋[1]，自義熙[2]草創[3]，艱患[4]未弭[5]，外虞[6]既殷[7]，內難亦薦[8]，時屯[9]世故[10]，靡有寧歲。臣以寡劣[11]，負荷國重[12]，實賴穆之匡翼[13]之勳。豈唯讜言[14]嘉謀[15]，溢于民聽，若乃忠規[16]密謨[17]，潛慮[18]帷幕，造膝詭辭[19]，莫見其際[20]。事隔[21]於皇朝，功隱[22]於視聽者，不可勝記。所以陳力[23]一紀[24]，遂克有成；出征入輔，幸不辱命。微夫人之左右[25]，未有寧[26]濟[27]其事者矣。履[28]謙[29]居寡[30]，守之彌固，每議及封爵，輒[31]深自抑絕[32]，所以勳高當年[33]，而茅土[34]弗及。撫[35]事永念，胡寧可昧[36]！謂宜加贈正司[37]，追甄[38]土宇[39]，俾忠貞之烈[40]，不泯[41]於身後[42]，大賚[43]所及，永秩[44]於善人。臣契闊[45]屯夷[46]，旋[47]觀終始，金蘭[48]之分[49]，義深情感，是以獻其乃[50]懷，布[51]之朝聽。所啟[52]上合[53]，請付外詳議。

【章　旨】言自己輔國有成，是與穆之的「匡翼之勳」分不開的，雖死之時已有所封賞，而功高當世，於情於理，應予加贈。

【注　釋】❶思尋　思索。❷義熙　晉安帝年號（西元四〇五～四一八年）。❸草創　初創。❹艱患　指桓玄之亂。❺弭停。❻虞　憂慮。❼殷　深重。❽薦　聚集。❾屯　艱難。❿故　指多變故。⓫寡劣　寡德、鄙弱。⓬國重　國家的重任。⓭匡翼　匡正翼助。⓮讜言　正直的話。⓯嘉謀　美善的謀略。⓰規　規勸；諫諍。⓱謨　謀劃。⓲潛慮　暗中謀慮。⓳造膝詭辭　謂近前個別獻策，出則偽言搪塞，不以實情告人。造膝，至於膝下。詭辭，詭辯之辭。《穀梁傳・文公六年》：「故士造辟而言，詭辭而出。」其注曰：「詭辭而出，不以實告人。」《風俗通義・過譽》：「禮，諫有五：風為上，狷為下，故入則造膝，出則詭辭。」⓴際　邊際。㉑隔　阻隔。㉒隱　隱沒。㉓陳力　施展才力。㉔一紀　十二年。㉕微夫人之左右　沒有這個人的幫助。微，無。夫人，指穆之。左右，助。《左傳・僖公三十年》：「微夫人之力不及此。」㉖寧　安定。㉗濟　成就；成功。㉘履　行。㉙謙　謙虛。㉚居寡　居處寡欲。㉛輒　往往。㉜抑絕　阻抑拒絕。㉝當年　往年。㉞茅土　謂受封為王侯。古代帝王社祭之壇以五色土建成，分封諸侯時，按封地所在方向取壇上一色土，以茅包裹，稱為茅土，給受封者在封國內立社。㉟撫　追。㊱昧　隱藏。㊲正司　指三公。㊳甄　彰明。㊴土宇　土地屋宅。㊵烈　業。㊶泯滅。㊷身後　身死之後。㊸賚　賞賜。㊹秩　俸祿。㊺契闊　勞苦；勤苦。《詩・邶風・擊鼓》：「死生契闊。」㊻屯夷　艱難平夷。偏指困厄。㊼旋　返回。㊽金蘭　兩人很投合。《易・繫辭上》：「二人同心，其利斷金；同心之言，其臭如蘭。」㊾分　情誼。㊿乃　如此。(51)布　陳述。(52)啟　奏。(53)合　符。

【語　譯】臣伏地思慮，從義熙大業初創以來，艱難憂患從未止息，外部的憂慮已很深重，內部的艱難又聚集，時勢艱難，世道多變，沒有安寧的歲月。臣憑著寡德鄙弱，擔負軍國重任，實是依賴了劉穆之匡正輔翼之功。豈只正直的話言、美善的謀略早已眾人皆知，說到忠貞的規諫、祕密的謀劃，暗中謀慮於帳幕之中，近前獻策，出又能不以實情告外人，不露出一點端倪。但事情阻隔不通於朝廷，功勞隱沒不聞達於皇上視聽的，卻不可勝記。正因如此，臣施展才力十二年，方能有所成就，出朝征伐，入朝輔政，得以僥倖不辱沒使命。如果沒有穆之的輔助，就不可能使軍國之事得以安定成功。穆之行事謙虛，為人寡欲，守身更是堅固，每每議及封爵之事，就往往深深遏止自己，拒絕封爵，因此功勳雖高於往昔眾人，卻未能受封爵位。追撫此事，時常在想，怎麼可以隱匿而不加言明！臣認為應該加贈劉穆之三公之位，追表所居土地屋宅，使忠貞的業績，在身死之後永不泯滅，恩賜所及，永遠使善人得到俸祿。臣經歷勤苦，遭時艱難，回顧與穆之交往的始末，同心投合的情誼，恩義深厚而情有所感，因此表明臣如此的心意，陳述給皇上聽聞。所奏如合皇上心意，就請交付外廷詳加商議。

為齊明帝讓宣城郡公表

【作　者】任昉，見頁一七〇三。

【題　解】蕭鸞，字景栖。據《南齊書·明帝紀》，鬱林王時，為鎮軍大將軍。隆昌元年（西元四九四年）他定謀廢鬱林王，立蕭昭文為帝。延興元年（西元四九四年）秋七月，詔以西昌侯鸞為驃騎大將軍，錄尚書事、開府儀同三司、揚州刺史、宣城郡公，加兵五千。蕭鸞使任昉具表以讓。但這年冬十月，進爵為王，不久即受禪登基。短時間內連廢兩帝，可見是久有其心，封宣城郡公而上表辭讓只是例行手續而已！但任昉此表文字精練典雅，用事準確，是讓表中的一篇佳作。

臣鸞❶言：被❷臺司❸召❹，以臣為侍中、中書監、驃騎大將軍、開府儀同三司、揚州刺史、錄尚書事，封宣城郡開國公，食邑❺三千戶，加兵五千人。臣本庸才，智力淺短。太祖高皇帝篤❻猶子之愛❼，降❽家人之慈；世祖武帝❾情等布衣❿，寄深同氣⓫。武皇大漸⓬，實奉⓭話言⓮。雖自見之明⓯，庸近⓰所蔽⓱，愚夫⑱一至⑲，偶⑳識㉑量㉒己，實不忍自固㉓於綴衣之辰㉔，拒違於玉几㉕之側，遂荷顧託㉖，道揚末命㉗。雖嗣君㉘棄常㉙，獲罪宣德㉚，王室不造㉛，職㉜臣之由。何者？親則東牟㉝，任惟博陸㉞，徒懷子孟㉟社稷之對，何救昌邑爭臣㊱之譏。四海之議㊲，於何逃責？且陵土未乾㊳，訓誓㊴在耳，家國之事，一至於斯㊵，非臣之尤㊶，誰任其咎㊷！將何以肅拜㊸高寢㊹，虔奉武園㊺？悼心失圖㊻，泣血㊼待旦㊽。寧容復徽榮㊾於家恥㊿，宴安(51)於國危？

【章旨】指自己受武帝臨終之託，而今國事頹廢至此，有罪之人，不敢再邀寵求榮！

【注釋】❶鸞　五臣注本作「公」。❷被　受。❸臺司　指中央政府機構。❹召　徵召。❺食邑　即采邑。古卿大夫封地。收其賦稅而食，故云。❻篤　篤厚。❼猶子之愛　如同親子之愛。猶子，如同兒子。蕭鸞是齊太祖蕭道成之弟道生之子。《禮記・檀弓》：「兄弟之子，猶子也。」❽降　給予。❾武帝　諱賾。高祖道成之長子。❿布衣　庶民之服。借指平民。⓫寄深同氣　意謂骨肉之親。《呂氏春秋・精通》：「父母之於子也，子之於父母也，一體而兩分，同氣而異息，若草莽之有花實也，若樹木之有根心也。雖異處而相通，隱志相及，痛疾相救，憂思相感，生則相歡，死則相哀，此之謂骨肉之親。」武帝曾受高帝遺囑，不殺諸弟，因謂「寄深同氣」。⓬大漸　病危。《書・顧命》：「嗚呼！疾大漸，惟幾。」⓭奉　受。⓮話言　臨終善言。⓯自見之明　自我了解的那種明察。⓰庸近　見識短淺。⓱蔽　蒙蔽；蔽塞不自見。⓲愚夫　愚蠢之人。⓳一至　長於一個方面。⓴偶　偶然。㉑識　識見。㉒量　度量。㉓自固　自求穩固。㉔綴衣之辰　指將崩之時。綴衣，帳幄。古君王臨終所用。《書・顧命》：「出綴衣于庭，越翼日乙丑，王崩。」㉕玉几　几案。《書・顧命》：「甲子，王乃洮頮水，相被冕服，憑玉几。」㉖顧託　臨終時的囑託。㉗道揚末命　宣布遺命。《書・顧命》：「皇后憑玉几，道揚末命。」道揚，同義疊用。意同「說」。末命，臨終遺命。㉘嗣君　指鬱林王蕭昭業。在位一年。㉙棄常　廢棄綱常。㉚宣

德　指宣德皇后。㉛不造　沒有成就。㉜職　只；惟。表示主要由於某種原因。㉝東牟　東牟侯劉興居。西漢宗室。㉞博陸　霍光為博陸侯，漢武帝遺詔所封。㉟子孟　霍光字。霍光受命輔昌邑王，昌邑王無道，霍光以太后命廢昌邑王。昌邑王曰：「聞天子有爭臣七人，雖無道不失天下。」光曰：「皇太后詔廢，安得天子！」並謝曰：「王行自絕於天，臣等駑怯，不能殺身報德。臣寧負王，不敢負社稷。願王自愛，臣長不復見左右。」事見《漢書・霍光金日磾傳》。㊱爭臣　諫諍之臣。㊲四海之議　普天下的眾多議論。㊳陵土未乾　陵墓之土未乾。此指齊武帝去世不久。㊴訓誓　遺訓誓命。㊵家國之事二句　指「鬱林負荷，棄禮之律」諸事。事詳《南齊書・鬱林王紀》。㊶尤　過錯。㊷咎　罪。㊸肅拜　直身肅容而微下手以拜。《周禮・春官・大祝》「九日肅拜」注：「但俯下手，今時撎（揖）是也。」㊹高寢　高帝陵之正殿。寢，古代帝王陵墓上的正殿（祭祀之所）。㊺武園　武帝之陵園。園，帝王墓地。㊻悼心失圖　哀悼於心而失去謀劃。《左傳・昭公七年》：「孤與其二三臣，掉心失圖。」或說悼即掉，搖，謂心搖撼不定而失其所圖（楊樹達說）。㊼泣血　極其悲痛而無聲的哭泣。《易・屯》：「上六，乘馬班如，泣血漣如。」㊽待旦　等到天明。《書・太甲上》：「先王昧爽丕顯，坐以待旦。」㊾徼榮　求榮。此指封宣城郡公。㊿家恥　與下「國危」，皆指鬱林王廢棄綱常而言。(51)宴安　安逸。《左傳・閔公元年》：「宴安酖毒，不可懷也。」

【語　譯】臣鸞稟白：受朝廷之召，以我為侍中、中書監、驃騎大將軍、開府儀同三司、揚州刺史、錄尚書事，封宣城郡開國公，食邑三千戶，加兵五千人。我本是平庸之才，智能淺薄。太祖高皇帝待我深篤如同親子之愛，給予家人般的慈祥；世祖武帝待我之情如同平民相交，寄予的信任過於同胞之親。武帝病重，我奉受了臨終善言的託付。雖然自知之明，是見識短淺的人難以做到的，但愚蠢的人難得在某方面做好了，也會偶然懂得度量自己。但實在不忍心在武帝將崩之時只顧自求穩固，在玉几之旁拒絕、違背武帝的意旨，於是接受武帝臨終時的囑託，宣布遺囑。雖然嗣君鬱林王廢棄綱常，獲罪於宣德皇后，但輔佐王室之所以沒有成就，主要是由於我的緣故。為什麼呢？我親如東牟侯劉興居之於漢室，職位如同博陸侯霍光之受漢武遺詔，而空然懷有霍子孟不負社稷的答對，不能止住昌邑王「有爭臣不失天下」的譏諷。天下議論紛紛，我到何處逃避責任？況且武帝陵墓之土都還沒乾，遺訓誓命猶在耳邊，而宗室國家大事，竟淪落到如此地步，這不是我的過錯，那還有誰來擔當這種罪過！我將憑什麼恭敬地向高帝陵寢的正殿跪拜，向武帝的陵園虔誠奉祀？

我因此日夜震悼於內心，而無心謀劃，悲咽哭泣，以待天明。難道還能在家恥之時再求榮寵，在國危之時耽於安逸嗎？

驃騎❶上將之元勳❷，神州❸儀刑❹之列岳❺，尚書古稱司會❻，中書❼實管王言。且虛飾寵章❽，委成❾禦侮❿，臣知不愜⓫，物⓬誰謂宜？但命輕鴻毛，責重山岳，存沒同歸⓭，毀譽一貫⓮。辭一官不減身累，增一職已黷⓯朝經⓰。便當自同體國⓱，不為飾讓⓲。至於功均一匡⓳，賞同千室⓴，光宅㉑近甸㉒，奄有全邦，殞越㉓為期，不敢聞命。亦願曲留㉔降鑒㉕，即垂㉖順許。鉅平㉗之懇誠必固，永昌㉘之丹慊㉙獲申㉚，乃知君臣之道，綽有餘裕㉛，苟曰易昭㉜，敢守難奪。故可庶心㉝弘㉞議，酌㉟己親物㊱者矣。不勝荷懼屏營㊲之誠，謹附某官某甲㊳，奉表以聞。臣諱誠惶誠恐㊴。

【章　旨】指自己無功不敢辱高位，黷朝典，懇請海陵王收回寵命。

【注　釋】❶驃騎　霍去病征匈奴有絕漠之勳，始置驃騎將軍，位在三公上。事見《漢書》本傳。❷元勳　首功。❸神州　揚州。❹儀刑　法式；作為模範。《詩・大雅・文王》：「儀刑文王，萬邦作孚。」❺列岳　並列的山岳。此指天下諸侯。❻司會　職官名。《周禮》天官之屬，主掌財政，相當於後世的尚書。❼中書　職官名。駐中書省，管理國家政事、詔令。❽寵章　因寵愛而賜以威儀、官位。❾委成　委任而責以成功。❿禦侮　指能抵抗外敵，捍衛國家。《詩・大雅・緜》：「予曰有禦侮。」⓫愜　恰當；合適。⓬物　人。⓭同歸　相同效果。⓮一貫　一事；同樣道理。⓯黷　輕慢。⓰朝經　朝廷的法典。⑰體國　即國體。意謂大臣是國家股肱。⑱飾讓　矯飾；謙讓。⑲一匡　納入正軌。匡，正。《論語・憲問》：「管仲相桓公，霸諸侯，一匡天下。」⑳千室　千戶。㉑光宅　廣有。《書・堯典・序》：「聰明文思，光宅天下。」㉒近甸　都城近郊。指宣城。蕭鸞被封為宣城郡開國公。㉓殞越　顛墜；跌倒。殞，通「隕」。《左傳・僖公九年》：「恐隕越於下，以遺天子羞。」㉔曲留　婉曲稽留。指暫停詔命。㉕降鑒　下視。《書・微子》：「降監殷民，用乂讎斂。」㉖垂　降；落下。㉗鉅平　羊祜，字叔子，陳留王立，封鉅平子。世祖晉武受禪，以祜都督荊州諸軍事，又為車騎將軍、開府儀同三司，祜上表懇辭。事見《晉書》本傳。㉘永昌　庾亮，字元規，東晉初為中書郎。明帝即位，以為中書監，亮上書讓，帝納其言。後封永昌縣開國公。事詳《晉書》本傳。㉙丹慊　內心的憾恨、不足。㉚申　表達。㉛綽有餘裕　形容非常寬舒，有足夠迴旋餘地。《孟子・公孫丑下》：「有官守者，不得其職則去；有言責者，不得其言則去。我無官守，我無言責也，則吾進退，豈不綽綽然有餘裕哉？」㉜昭　明。或說「昭」應作「與」。易與，意謂易相處（張元濟《梁書》校勘記說）。㉝庶心　眾民之心。㉞弘　大。㉟酌　度。㊱親物　親民。㊲屏營　惶懼貌。㊳某官某甲　官職之略。㊴誠惶誠恐　惶懼不安。古代奏章中的套語。

【語　譯】驃騎將軍是上將中有重大功勳者所擔任的官職，揚州是作為天下模範的諸侯之地，尚書過去稱為司會，中書管的則是出納君王之言。而且獎飾寵愛，而賜以威儀，委任並責以成功抵抗外敵，捍衛國家，我知道我是不合適的，誰會說我適宜做這種事呢？然而性命輕於鴻毛，職責重於山岳，對臣而言生與死同其所歸，毀與譽等同無別。辭去一職，不足以減輕自身的牽累，增任一職，將輕慢汙黷朝廷的法典。我應當把自己看作國家的股肱，不作矯飾辭讓。至於把臣的功勞比作匡正天下的管仲，受等同於千戶的賞賜，廣有都城近郊宣城，完全擁有全郡，即使到臣顛墜而死之期，也不敢受命。希望君王能婉曲稽留聖命，垂降帝王的明鑒，准許我的請求。如此，臣如同羊祜的誠懇必得鞏固，如同庾亮的憾恨得到表達，於是知君臣之道，進退綽然而有寬裕，如說我易相處，我將固守此志，難以強奪。這樣就可以聽取民眾的議論，而度量自己以親近於民了。我懷著萬分恐懼惶惑之誠，謹遣某官某甲，上表奏聞。臣鸞實在惶恐不安。

【作　者】任昉，見頁一七〇三。

【題　解】范雲，字彥龍。少多才辯，機警有識。後遇竟陵文宣王蕭子良，頗蒙識拔，常隨左右。曾官零陵內史、始興內史，終齊任假節建武將軍、平越中郎將、廣州刺史。曾遇梁武帝於竟陵王子良邸，很受器重。時雲為竟陵八友之一，與梁武帝居處相近。梁受齊禪，天監元年（西元五〇二年）拜雲為散騎常侍、吏部尚書，以佐命功封霄城縣侯，食邑千戶。范雲上表辭讓，指自己德、才、功皆不及賞，難當重任，於公於私皆「授受交失」。固辭而不得。後累遷至太子中庶子、尚書右僕射。天監二年卒，年五十三。《梁書・卷一三》有傳。

臣雲言：被尚書召，以臣為散騎常侍、吏部尚書，封霄城縣開國侯，食邑千戶。奉命震驚，心顏無措[1]。臣雲頓首頓首，死罪死罪。臣素門[2]凡流[3]，輪翮[4]無取；進謝[5]中庸[6]，退慚狂狷[7]。固嘗鑽厲[8]求學，而一經[9]不治；篆刻[10]為文，而三冬靡就。負書[11]燕魏，空殫[12]菽粟[13]；躡[14]屩[15]齊楚，徒失貧賤[16]。既而分虎[17]出守[18]，以囊被[19]見嗤[20]；持斧[21]作牧[22]，以薏苡[23]興謗。赭衣為虜，見獄吏之尊[24]；除名為民[25]，知井臼之逸[26]。百年上壽，既曰徒然[27]，如其誠[28]說，亦以過半[29]。亂離斯瘼[30]，欲以安歸。閉門荒郊，再離寒暑。兼以東皋[31]數畝，控帶[32]朝夕[33]。關外[34]一區[35]，悵望鍾阜[36]。雖室無趙女[37]，而門多好事[38]。祿微賜金[39]，而懽同娛老[40]。折芰[41]燔[42]枯[43]，此焉自足。陛下應[44]期[45]萬世，接統[46]千祀[47]，三千景附，八百不謀[48]。臣釁[49]等離心[50]，功慚同德[51]。泥首[52]在顏[53]，輿棺[54]未毀，締構[55]草昧[56]，敢叨天功[57]！獄訟[58]謳歌[59]，示民同志，而隆器[60]大名[61]，一朝揔集[62]，顧[63]己反躬，何以臻[64]此？正當以接閈白水[65]，列宅舊豐[66]，忘捨講之尤[67]，存諸公之費[68]，俯拾青紫，豈待明經[69]？臣雲頓首頓首，死罪死罪。

【章　旨】指自己德才皆不及賞，請求武帝不要因私恩授己「隆器大名」，使人誤以為不待明經即可俯拾青紫。

【注　釋】❶心顏無措　形容心情激動惶恐。❷素門　寒門。❸凡流　平庸之輩。❹輪翮　輪謂輪運之功，翮猶轉翼之用。此謂輔佐之能。❺謝　不及。❻中庸　用中的德行。儒家以此為最高道德標準。《論語・雍也》：「中庸之為德也，其至矣乎！」❼狂狷　狂者、狷者。《論語・子路》：「不得中行而與之，必也狂狷乎？狂者進取，狷者有所不為也。」❽鑽厲　鑽研勉勵。厲，通「勵」。❾一經　一種經書。鄒魯諺曰：「遺子黃金滿籯，不如一經。」❿篆刻　篆書、雕刻。意謂認真刻苦寫作。⓫負書　指擕書遊學。⓬殫　盡。⓭菽粟　指糧食。菽，大豆。⓮躡　踏。⓯屩　即「履」。草鞋。⓰徒失貧賤　意謂徒然改變貧賤而無以驕人。《史記・魏世家》：「子擊逢文侯之師田子方於朝歌，引車避，下謁。田子方不為禮。子擊因問曰：『富貴者驕人乎？且貧賤者驕人乎？』子方曰：『亦貧賤者驕人耳……貧賤者行不合、言不用，則去之楚越，若脫躧然。』」⓱虎　虎符。⓲出守　范雲曾出任建武將軍、平越中郎將、廣州刺史。⓳囊被　衣囊；衣被。漢時王吉父子皆好車馬衣服，頗為鮮明，然每次遷徙，囊橐之中不過是舊衣被。⓴嗤　笑。㉑持斧　諸侯有功，賜以斧鉞，得專征伐。㉒牧　牧守。㉓薏苡　植物名。屬禾本科，花生於葉腋，果實橢圓，果仁叫薏米，白色，可雜米中作粥飯或磨麵，又可入藥。《後漢書・馬援傳》：「初，援在交阯，常餌薏苡實，用能輕身省欲，以勝瘴氣。南方薏苡實大，援欲以為種，軍還，載之一車。……及卒後，有上書譖之者，以為前所載還，皆明珠文犀。」故有「薏苡明珠」一語，指因涉嫌而被誣謗。㉔赭衣為虜二句　漢周勃曾被誣下獄，出獄後說：「吾嘗將百萬軍，安知獄吏之貴也！」范雲曾因事入獄，事見《梁書・卷一三》本傳。

赭衣，古因犯所穿的赤褐色衣服。㉕除名為民　除其官爵，降而為民。㉖井臼之逸　操舂汲之事而以為逸樂。㉗徒然　空言。㉘誠　信。㉙過半　年過半百。天監元年上此表時，雲年已五十二。㉚瘼　病；痛苦。《詩・小雅・四月》：「亂離瘼矣，爰其適歸？」㉛東皐　田野或荒地之泛稱。㉜控帶　猶引帶。㉝朝夕　通「潮汐」。㉞關外　城關以外。㉟一區　一個有定界的區域。《後漢書・霍光傳》：「甲第一區。」㊱鍾阜　鍾山。指建康。為南朝京都所在。㊲趙女　趙地的美貌女子。善鼓瑟。㊳好事　指傾慕其才學之相知。㊴賜金　賜予黃金。㊵娛老　謂老人樂其晚景。疏廣得賜金歸，與鄉人日同歡娛。事見《漢書・疏廣傳》。㊶折芰　折菱葉以鋪地為坐席。芰，菱。《後漢書・郅惲傳》：「(鄭)敬字次都，清志高世，光武連徵不到。」注引《謝沈書》：「……同郡鄧敬因折芰為坐，以荷薦肉，瓠瓢盈酒，言談彌日，蓬廬蓽門，琴書自娛。光武公車徵，不行。」㊷燔　焚燒。㊸枯　乾魚。㊹應　順受。㊺期　遇。㊻統　綱紀。㊼祀　年。㊽三千景附二句　指受到諸侯一致的擁戴。李善注引《周書》：「湯放桀而歸於亳，三千諸侯大會，然後即天子之位。」又「武王將渡河，中流，白魚入於王舟，王俯取出，俟以祭，不謀同辭，不期同時，一朝會武王於郊下者八百諸侯。」㊾釁　五臣本作「亹」。隙。㊿離心　不同心。51功慚同德　指不能為梁王建功，故自感慚愧。同德，即同心同德。指心往一處想。52泥首　以泥塗首，表示自辱服罪。53顏　面。54輿棺　猶輿櫬。謂載棺以歸順，有請求治罪之意。55締構　營造；建構。56草昧　草創冥昧。57叨天功　貪取天的功勞。叨，通「饕」。貪。《左傳・僖公二十四年》：「竊人之財，猶謂之盜，況貪天之功，以為己力乎。」古代以皇帝為天子，因此「天功」也用作對皇帝功績的頌詞。58獄訟　訟事。有關財物之爭為訟，以罪名相訟為獄。59謳歌　歌頌。《孟子・萬章上》：「訟獄者，不歸堯之子而歸舜；謳歌者，不謳歌堯之子而謳歌舜。」60隆器　珍貴之位。61大名　珍貴之名。62揔集　聚集。63顧　考慮。64臻　至。65接閈白水　指范雲曾與梁武帝居處相近。閈，牆垣。白水，地名。在南陽。吳漢與漢光武帝同居白水鄉。66列宅舊豐　盧綰與漢高祖皆居豐邑。列宅，排列屋宅。豐，即「酆」。67忘捨講之尤　《東觀漢記・卷九》：「(光武帝)又過祐宅，祐嘗留上，須講竟，乃談話。及登位，車駕幸祐第，上謂祐曰：『主人得無去我講乎？』祐曰：『不敢。』」《後漢書・朱祐傳》有類似記述。68存諸公之費　《東觀漢記・卷一》：「(光武)後之長安，受尚書于中大夫盧江許子威。資用乏，與同舍生韓子，合錢買驢，令從者僦以給諸公費。」69俯拾青紫二句　《漢書・夏侯勝傳》：「勝每講授，常謂諸生曰：『士大夫病不明經術；經術茍明，其取青紫如拾地芥耳……』」青紫，古時公卿服飾，因借指高官厚爵。芥，小草。

【語　譯】臣雲稟白：受尚書台召見，以我為散騎常侍、吏部尚書，封霄城縣開國侯，食邑千戶。受命如此，使臣震驚，心情激動而惶恐。臣雲頓首頓首，死罪死罪。我出身於平常門第，乃平庸之輩，輔佐之能一無可取；進不及中庸君子，退則愧於狂狷之人。本來曾努力鑽研，自加勉勵求學，卻不能貫通一經；也曾認真刻苦著作，而歷經三冬文章卻不能完成。攜書遊學燕魏，徒然消耗糧食；踏著草鞋，遊走齊楚，徒然改變貧賤而無以驕人。不久分受虎符，出為刺史，因囊橐之中不過是舊衣被而受嘲笑；執持斧鉞，出任牧守，因車載薏苡而引來謗言。穿囚衣而為囚徒，見識到獄吏的尊貴；除去官爵而為民，了解了春汲的逸樂。上壽百歲，乃是空言，縱是說法可靠，也已過半。身遭離亂，以此為苦，希望能安然歸田。閉門於荒野，重歷寒暑。加上數畝荒田，為潮汐之海控引環繞，處於城外一隅，悵然想望鍾山。雖室中無趙地歌女，但門前卻多相知之人。俸祿只有微少的賜金，而日與鄉老同歡娛。折菱葉為席，燒魚乾為食，以此自足。陛下順應萬世之遇，接受千年的紀綱，三千諸侯如影歸附，八百岳牧不謀同至。我的過失在與陛下用心不同，以不能同心同德建立功業而自感慚愧。塗面之泥猶在臉頰，車載之棺猶未毀棄，陛下營造建構於此事業草創之際，我怎麼敢貪天之功勞！獄訟之事、頌揚之歌皆歸於陛下，天下百姓都顯示出共同的志向，而高貴的職位、珍貴的聲名，一朝之間聚集在我的身上，思慮自身，為什麼會這個樣子？正是因為我與陛下曾如吳漢與光武同居白水一樣，連牆居處，如盧綰與漢高祖同處豐邑那樣列宅而居，而陛下又如光武遺忘朱祐無禮的過失那樣待我，如光武保全同鄉賢者資用之費那樣待人，如此我輩取高官厚祿，又何須明經？臣范雲頓首頓首，死罪死罪。

夫銓衡❶之重，關諸隆替❷。遠惟則哲，在帝猶難❸。漢魏已降，達識❹繼軌❺，雅俗❻所歸❼，惟稱許郭❽。拔十得五❾，尚曰比肩❿。其餘得失未聞，偶察童幼⓫，天機⓬暫發，顧⓭無足算。在魏則毛玠⓮公方，居晉則山濤⓯識量⓰。以臣況之，一何遼落⓱！齊季陵遲⓲，官方淆亂，鴻都⓳不綱，西園成市⓴，金章(21)有盈笥(22)之談，華貂(23)深不足之歎(24)。草創惟始，義存改作。恭己南面(25)，責成(26)斯在。豈宜妄加寵私(27)，以乏王事，附蟬之飾(28)，空成寵章(29)！求之公私，授受交失。近世侯者，功緒(30)參差。或足食關中(31)，或成軍河內(32)；或制勝帷幄(33)，或門人加親(34)；或與時抑揚(35)，或隱若敵國(36)；或策定禁中(37)，或功成野戰(38)；或盛德如卓茂(39)，或師道如桓榮(40)；或四姓(41)侍祀(42)，已無足紀(43)；五侯(44)外戚，且非舊章(45)。而臣之所附(46)，惟在恩澤(47)。既義異疇庸(48)，實榮乖(49)儒者(50)。雖小人貪幸，豈獨無心？臣本自諸生，家承素業，門無富貴，易農而仕。乃祖玄平(51)，道風秀(52)世，爰(53)在中興，儀刑(54)多士，位裁元凱(55)，任止牧伯。高祖少連(56)，夙秉(57)高尚，所富者義，所乏者時，薄宦東朝(58)，謝病下邑(59)。先志(60)不忘，愚臣是庶(61)。且去歲冬初，國學之老博士耳(62)，今茲首夏(63)，將亞冢司(64)。雖千秋之一日九遷(65)，荀爽之十旬遠至(66)，方之微臣，未為速達。臣雖無識，唯利是視，至於虧名損實，為國為身，知其不可，不敢妄冒。陛下不棄菅蒯，愛同絲麻(67)，儻平生之言(68)，猶在聽覽，宿心素志(69)，無復貳辭(70)，矜臣(71)所乞(72)，特迴寵命(73)，則彝章(74)載(75)穆(76)，微物(77)知免(78)。臣今在假，不容詣(79)省(80)，不任(81)荷懼之至，謹奉表以聞。臣雲誠惶以下。

【章　旨】言自己識量才具不足以當銓衡之重，因私恩而無功受賞，實愧於心，希望武帝收回寵命，聽順自己繼承先祖隱逸之志。

【注　釋】❶銓衡　衡量輕重之器具。吏部尚書長於銓衡，掌綜核人物，選拔官吏。❷隆替　興廢。❸遠惟則哲二句　《書・皋陶謨》：「皋陶曰：『都！在知人，在安民。』禹曰：『吁！咸若時，惟帝其難之。知人則哲，能官人。……』」哲，指哲人。有智慧之人。❹達識　通達事理。❺繼軌　不斷湧現。❻雅俗　高雅之士和流俗之人。❼歸　譽；稱頌。❽許郭　指東漢許劭和郭泰。兩人皆以獎拔士人著名。《後漢書・許劭傳》：「故天下言拔士者，咸稱許郭。」❾拔十得五　謂僅得半數。《三國志・龐統傳》：「每所稱述，多過其才，時人怪而問之，統答曰：『當今天下亂，雅道陵遲，善人少而惡人多。方欲興風俗、長道業，不美其譚則聲名不足慕企，不足慕企而為善者少矣。今拔十得五，猶得其半，而可以崇邁世教，使有志者自勵，不亦可乎？』」❿比肩　並肩；相等。⓫童幼　猶言童年、童稚、幼童。⓬天機　天賦的悟性。⓭顧　但。⓮毛玠　《三國志・毛玠傳》：「毛玠，字孝先，陳留平丘人也。少為縣吏，以清公稱。」曹操稱之為：「此古所謂國之司直，我之周昌也。」時毛玠以雅亮公正著稱。⓯山濤　字巨源（西元二〇五～二八三年），晉河內懷縣人，名列竹林七賢，入晉為吏部尚書十餘年，甄拔人物，各為品題，人稱山公啟事。⓰識量　識見與度量。⓱遼落　此處指懸殊。⓲陵遲　衰頹。⓳鴻都　東漢宮門名。其內置學及書庫。《後漢書・靈帝紀》：「光和元年二月，始置鴻都門學生。」又《後漢書・儒林傳》：「及董卓移都之際，吏民擾亂，自辟雍、東觀、蘭臺、石室、宣明、鴻都諸藏典策文章，競共剖散。」⓴西園成市　西園，漢上林苑別稱。東漢末曾賣官鬻爵於西園，因言「成市」。㉑金章　官印。㉒笥　盛衣器。㉓華貂　漢侍中、中常侍等貴官以貂尾為冠飾。㉔不足之歎　晉代趙王倫篡位，侍中常侍九十七人，其中多小人，時人謠曰：「貂不足，狗尾續。」諷刺官位之濫。㉕恭己南面　《論語・衛靈公》：「子曰：『無為而治者其舜也與？夫何為者？恭己正南面而已矣。』」㉖責成　要求其成效，以成功相督責。《韓非子・外儲說右下》：「人主者，守法責成以立功者也。」㉗寵私　厚予私惠。㉘附蟬之飾　以黃金作蟬形之飾。此為常侍之冠飾。㉙寵章　因寵愛而賜以官位、威儀。章，章服，即官員的禮服。㉚功緒　功業。㉛足食關中　用蕭何事。《漢書・蕭何傳》：「蕭何轉漕關中，給食不乏，陛下雖數亡關中，蕭何常全關中侍陛下，此萬世功也。」後封酇侯。㉜成軍河內　用寇恂事。《後漢書・寇恂傳》：「乃拜恂河內太守，行大將軍事。光武謂恂曰：『河內完富，吾將因是而起。昔高祖留蕭何鎮關中，吾今委公以河內，堅守轉運，給足軍糧，率厲士馬，防遏它兵，勿令北度而已。』光武於是復北征燕、代。恂移書屬縣，講兵肄射，伐淇園之竹，為矢百餘萬，養馬二千匹，收租四百萬斛，轉以給軍。」光武即位，封雍奴侯。㉝制勝帷幄　用張良事。《漢書・張良傳》載高帝曰：「運籌策帷幄中，決勝千里外，子房功也。」後封留侯。帷幄，行軍帳幕。㉞門人加親　用鄧禹事。《後漢書・鄧禹傳》：建武元年正月，光武即位於鄗，使使者持節拜禹為大司徒。策曰：「……深執忠孝，與朕謀謨帷幄，決勝千里。孔子曰：『自吾有回，門人益親』，……百姓不親，五品不訓，汝作司徒，敬敷五教，五教在寬。今遣奉車都尉授印綬，封為酇侯，食邑萬戶，敬之哉！」㉟與時抑揚　叔孫通，秦國博士，西漢立，降漢，從弟子百餘人。中有二人不肯行，通曉之曰：「若真鄙儒，不知時變。」後為稷嗣君。㊱隱若敵國　指威重若敵國。用吳漢事。《後漢書・吳漢傳》：「帝時遣人觀大司馬何為，還言方修戰攻之具。乃歎曰：『吳公差強人意，隱若一敵國矣！』」後封廣平侯。㊲策定禁中　鄧騭字昭伯，鄧禹之孫。其妹為貴人，後立為和熹皇后。《後漢書・鄧騭傳》：「殤帝崩，太后與騭等定策立安帝。」永初元年，封為上蔡侯，食邑萬戶。㊳功成野戰　用曹參事。《漢書・蕭何傳》：「列侯畢已封，奏位次，皆曰：『平陽侯曹參身被七十創，攻城略地，功最多，宜第一。』」曹參於漢初因攻城略地之功封平陽侯。㊴盛德如卓茂　據《漢書・卓茂傳》稱，卓茂任濟州密縣令時，教化大行，道不拾遺。平帝時，天下大蝗，河南二十餘縣皆被其災，獨不入密縣界。光武即位，先訪求茂，乃下詔：「前密令卓茂，束身自修，執節淳固，誠能為人所不能為。夫名冠天下，當受天下重賞，故武王誅紂，封比干之墓，表商容之閭。今以茂為太傅，封褒德侯，食邑二千戶，賜几杖車馬、衣一襲，絮五百斤。」㊵師道如桓榮　據《漢書・桓榮傳》：桓榮少學長安，習歐陽《尚書》，曾事博士九江朱普，十五年不窺園，後教授徒眾數百人，雖常飢困而講論不輟，窮極師道，賜榮爵關內侯。事亦見《東觀漢記・卷一六》。㊶四姓　指東漢外戚樊、郭、陰、馬四姓。㊷侍祀　即侍祠；陪祭。㊸無足紀　時稱四姓子弟為小侯，非列侯，故後稱「無足紀」。㊹五侯　漢成帝河平二年，封舅王譚平阿侯、王商成都侯、王立紅陽侯、王根曲陽侯、王逢時高平侯，五人同日封侯，皆外戚，時人謂之五侯。㊺舊章　舊的規章。㊻附　依靠。㊼恩澤　《漢書》有〈外戚恩澤侯表〉，如帝舅后父等，都非以功受爵，而出於皇帝私恩，故稱恩澤侯。㊽疇庸　酬報功勞。疇，通「酬」。㊾乖　不合；不一致。㊿儒者　指有道德者。(51)乃祖玄平　范汪字玄平，善談玄理，晉時為吏部郎，徙吏部尚書，曾為徐、兗二州刺史。為范雲之六世祖。(52)秀　出。(53)爰　是。(54)儀刑　法式。以之為模範。(55)元凱　《左傳・文公十八年》謂：高辛氏有才子八人稱八元，高陽氏有才子八人稱八凱，後因稱皇帝的輔佐大臣為元凱。(56)高祖少連　曾官太子舍人，餘杭令。(57)秉　執；持。(58)東朝　太子所居稱東宮，也稱東朝。此指高祖少連只做過太子諮議郎、舍人一類官。(59)下邑　所居之邑。(60)先志　先祖隱逸之志。(61)庶　幸。(62)去歲冬初二句　永元初范雲為廣州刺史，因坐事廢，永元二年（西元五〇〇年）起為國子博士。63首夏　農曆四月。即孟夏。梁受齊禪。64冢司　此指宰相。65一日九遷　用車千秋事。《漢書・車千秋傳》：「武帝謂曰：『父子之間，人所難言也，公獨明其不然，此高廟神靈使公教我，公當遂為吾輔佐。』立拜千秋為大鴻臚。數月，遂代劉屈氂為丞相，封富民侯。千秋無他才能術學，又無伐閱功勞，特以一言寤意，旬月取宰相封侯，世未嘗有也。」66十旬遠至　荀爽，字慈明，獻帝即位，董卓輔政，復徵用，爽欲遁命，吏持之急，不得去。因復就拜平原相，行至宛陵，復追為光祿勳，視事三日，進拜司空。爽自被徵命及登臺司，九十五日。事見《後漢書・卷九二》本傳。67不棄菅蒯二句　《左傳・成公九年》引逸詩：「雖有絲麻，無棄菅蒯；雖有姬姜，無棄憔悴。」菅蒯，多年生草本植物，古人用以編席、鞋、繩索。68平生之言　謂與帝相知之時私下所承諾之言。69宿心素志　素願常志。70無復貳辭　意謂不違背平生承諾之言。71矜臣　五臣本作「徵臣」。不就徵召之臣。72乞　請；求。73寵命　加恩特賜的任命。74彝章　常則。75載　則。76穆　整肅。77微物　范雲自謂。78免　免咎責。79詣　到；赴。80省　尚書臺。81不任　不勝。

【語　譯】衡量選拔官吏的重要，關係到國家的興盛或衰頹。能遠思則為智慧之人，而在帝王尚且以此為難。漢魏以後，識見通達者不斷出現，雅俗共所稱賞者，只有許劭、郭泰兩人，選拔十個而得到五人，尚可說得失相等。許、郭之外，未聞得失如何，偶爾考察童稚之異，天賦的悟性雖會偶然激發，但這不足以稱數。在魏國則毛玠雅亮公正，在晉朝則山濤識高量深。拿我與他們相比，相差是多麼懸殊啊！齊末衰頹，王政混亂，鴻都學府沒了綱紀，上林苑成了賣官鬻爵之所，有金印滿笥的談論，卻興狗尾續貂的長歎。建國初始，當然應該有所改變，面南端坐而治，任官就要求他治事有成，怎麼能以私恩而妄加尊寵，而使帝王事業有所闕失，附上金蟬的冠飾徒然成為因寵愛而賜的章服！於公於私來推究，授與受兩者都有失誤。近代封侯者，功業高下不同，有的因在關中為軍隊供給糧食，有的是由於在河內為軍隊籌措裝備；像張良則是由於能運籌帷幄，決勝千里；像鄧禹則是由於能使門人更加親密的緣故；有的是因為能夠隨勢趨時，有的是由於威重若敵國；如鄧騭則是因宮中定策之功，如曹參則因攻城野戰之功；有的是德教盛如卓茂，或尊崇師道如桓榮；有的是四姓小侯陪王祭祀，這些已不足記述；五侯因是外戚而封，並非舊有的規章。而我所依靠的，只是您陛下的私人恩澤。不僅意義上異於酬報功勞，在榮耀上也實在不合於有道德的人。小人雖貪於寵幸，怎會無愧於心呢？我出身讀書之門，家承清素之業，門無富貴之親，改農而出仕。六世祖玄平，道德風範秀出於世，在晉中興之時，作眾人的模範，而位才不過輔佐之臣，外任不過州牧。高祖少連，平素秉性高尚，所富有者是義，所缺乏的是時機，為東宮太子從官，後告病回歸所居之邑。不忘祖先隱逸之志，愚臣以此為榮幸，且去年冬初，我只不過是個國子學老博士罷了，如今孟夏，我竟權位僅次於宰相，即使是車千秋一個月九次超遷，苟爽十旬而升遷至司空，比起我來，就算不上通達飛速了。我雖沒有識見，只看到利益，至於名有虧，於實有損，對國家或自身，都知道不可以，所以不敢妄然欺冒。陛下不遺棄菅蒯，愛之如同絲麻，倘若與陛下相知時私下承諾的話猶在耳目之間，則宿願素志，不敢違背平生承諾之言；如矜憫我之所求，特地收回寵命，那麼朝廷常典得以整肅，我得以免去咎責。我如今正處假期，不容我赴尚書臺，我不勝負懼之至，鄭重地上表奏聞。臣范雲誠惶誠恐於下。

為蕭揚州薦士表

【作　者】任昉，見頁一七〇三。

【題　解】蕭遙光，字元暉，齊太祖之次兄，始安貞王道生之後。與蕭鸞共謀事，及蕭鸞即位，為揚州刺史，後官至開府儀同三司，得以輔政。明帝即位，詔求異士，揚州刺史遙光表薦王暕及東海王僧孺（參見《南齊書．遙光傳》、《梁書．王暕傳》、《梁書．王僧孺傳》）。本表推薦二王，不是泛泛而談，而是抓住兩人的長處和特點加以渲染，寫得堂皇典正而不流於過分誇飾，且用典得當，文辭講究，令人信服。所以當時有「任筆沈詩」之稱。

臣王言：臣聞求賢暫❶勞❷，垂拱❸永逸❹，方❺之疏❻壤，取類導❼川。伏惟陛下道隱❽旒❾纊❿，信充符璽⓫，六飛⓬同塵⓭，五讓⓮高世，白駒空谷⓯，振鷺⓰在庭⓱，猶懼隱鱗⓲卜祝⓳，藏器⓴屠保㉑，物色㉒關下，委裘㉓河上㉔，非取製於一狐，諒求味於兼采。五聲㉕倦響，九工㉖是詢㉗，寢㉘議廟堂，借聽輿皁㉙。臣位任隆重，義兼家邦，實欲使名實不違，徽倖㉚路絕。勢門㉛上品，猶當格㉜以清談；英俊下僚㉝，不可限以位貌。

【章　旨】闡述求賢之重要，竭力頌揚齊帝的好賢與聖明，同時指明自己位高權重，有責任為國進賢，為下文「進賢」作了鋪墊。

【注　釋】❶暫　一時；短時間。❷勞　勞苦。❸垂拱　垂衣拱手。古代形容無為而治。❹逸　安。❺方　比擬。❻疏　疏通。❼導　引。呂向注：「通壤引川則溺者安，任賢用能則亂者理。」❽道隱　謂道幽隱而無名稱。《老子・四十一章》：「大音希聲，大象無形，道隱無名。」❾旒　古代帝王冠冕前後懸垂的玉串。❿纊　同「絖」。絲棉絮。用以塞耳，示不聽讒言。⓫符璽　古代帝王的印信。符，竹或銅製，用兩片合成。由兩方各執其一，用以驗信。璽，印章。《莊子・胠篋》：「為之符璽以信之。」⓬六飛　古代帝王用六馬駕車。飛，形容奔馳迅速。⓭同塵　同於流俗。《老子・四章》：「和其光，同其塵，湛兮似或存。」⓮五讓　五次辭讓。漢劉邦死，呂后專權。丞相陳平、太尉周勃殺諸呂，迎代王劉恆為帝。恆至長安，在群臣面前一再辭讓。向西讓者三，向南讓者再，共五讓。事見《史記・孝文紀》。⓯白駒空谷　喻野無遺賢。《詩・小雅・白駒》：「皎皎白駒，在彼空谷；生芻一束，其人如玉。毋金玉爾音，而有遐心。」⓰振鷺　喻賢士群集。《詩・周頌・振鷺》：「振鷺于飛，于彼西雝。」振，群飛貌。鷺，喻潔白之士。⓱庭　朝廷。⓲隱鱗　隱去的龍。鱗，龍蛇之屬。喻君子。⓳卜祝　占卜者及巫祝之人。⓴器　才器；本領。㉑屠保　屠者和傭保。伊尹曾為酒家傭保，太公曾屠牛於朝歌。㉒物色　訪求。李善注引《列仙傳》：「關令尹喜內學，老子西遊，先見其氣，知真人當過，物色而遮之，果得老子。」㉓委裘　君主委曲衣裘而坐，消閑自得。一般指君主任賢舉能。《呂氏春秋・察賢》：「天下賢主，豈必苦形愁慮哉？執其要而已矣……故曰堯之容若委衣裳，以言少事也。」㉔河上　河濱。晉葛洪《神仙傳》：「河上公者，莫知其姓字。漢文帝時，公結草為庵於河之濱。帝讀《老子經》頗好之，……有所不解數事，時人莫能道之，聞時皆稱河上公解《老子經》義旨，乃使齎所不決之事以問。」㉕五聲　即五音。古代以宮、商、角、徵、羽為五聲音階。㉖九工　即九官。傳說虞舜置九官：禹作司空，棄作后稷，契作司徒，皋陶作士，垂為共工，益作虞，伯夷作秩宗，夔作典樂，龍為納言。見《書・舜典》。㉗詢　問。㉘寢　止息。㉙輿皁　輿人與皁隸。㉚儌倖　同「僥倖」。此指以不正當手段取得官職的升遷。㉛勢門　有權勢之門，意同「高門」。㉜格　舉。㉝英俊下僚　意謂傑出人才沈淪在低下的官職上。語出左思〈詠史・鬱鬱澗底松〉。

【語　譯】臣始安王稟白：我聽說訪求賢人只是短暫的勞苦，而能無為而治，便長久安逸，可比之於掘開土壤，類同於導引河川。伏地思慮，陛下的大道蘊蓄於旒纊之內，誠信充滿於天下，如同符璽一般，雖六馬駕車而同於流俗，五讓帝位而德高於世。山谷無白駒之遺，白鷺群飛，集於朝廷。猶恐賢能之士隱匿於占卜巫祝之間，有治國本領的人隱藏於屠夫傭保之中，於是訪求老子於關下，垂問河上公於河濱。實不只從一隻狐身上取皮製裘，委實是從兼採眾味中追求美味。倦於以五聲聽治，而垂詢九官，止息朝廷卿相之議，而借聽輿人皁隸微賤之言。我居於重要職位，道義上兼具家族邦國之責，實想使名與實不相違離，使僥倖之路隔絕不通。高門居上品者，還當憑清談來推舉他，才質傑出而處低下官職者，選拔時不可以地位外貌加以限制。

竊見祕書丞琅邪臣王暕❶，年二十一，字思晦，七葉❷重光❸，海內冠冕❹，神清氣茂❺，允迪❻中和❼。叔寶理遣之談❽，彥輔名教之樂❾，故以暉映❿先達⓫，領袖後進⓬。居無塵雜⓭，家有賜書⓮；辭賦清新，屬言⓯玄遠⓰；室邇人曠⓱，物疏⓲道親。養素⓳丘園⓴，台階㉑虛位。庠序㉒公朝㉓，萬夫傾望。豈徒荀令㉔可想，李公㉕不亡而已哉！

前晉安郡侯官令東海王僧孺㉖，年三十五，字僧孺，理尚㉗棲約㉘，思㉙致㉚恬敏㉛，既筆耕㉜為養，亦傭書成學㉝，至乃集螢㉞映雪㉟，編蒲㊱緝柳㊲。先言往行㊳，人物雅俗，甘泉遺儀㊴，南宮故事㊵，畫地成圖㊶，抵掌㊷可述；豈直鼮鼠㊸有必對之辯，竹書無落簡㊹之謬！

暕坐鎮㊺雅俗，弘益㊻已多；僧孺訪對㊼不休㊽，質㊾疑斯在。並東序㊿之祕寶(51)，瑚璉之茂器(52)。誠言以人廢(53)而才實世資(54)。臨表悚戰，猶懼未允，不任下情(55)云云。

【章　旨】歷敘王暕卓越的理趣與素養，及王僧孺的理尚思致、好學博識，以為兩人皆世間至寶，可為世用。

【注　釋】❶王暕　字思晦，琅玡臨沂人。少而風神警拔，有成人之度。後授盧陵王友祕書丞，官至左僕射。❷七葉　謂自王祥以下至暕父曇首，凡七代。❸重光　冠冕不絕；後先相繼如日光重明。❹冠冕　喻受人擁戴、推許。❺神清氣茂　神情清俊，氣度俊茂。喻內在的美德和超人的才華。❻允迪　真正實踐。《書．皐陶謨》：「允迪厥德。」允，信。迪，導；實行。❼中和　中正和平之德。中，猶「忠」。和，剛柔相適。《周禮．春官．大司樂》：「以樂德教國子，中和祇庸孝友。」❽叔寶理遣之談　晉衛玠，字叔寶，年五歲，風神秀異，及長，好言玄理。琅邪王澄（平子），「有高名，少所推服，每聞玠言，輒歎息絕倒。故時人為之語曰：『衛玠談道，平子絕倒。』澄及王玄、王濟並有盛名，皆出玠下，世云：『王家三子，不如衛家一兒。』」玠妻父即為樂廣，有海內重名，議者以為『婦公冰清，女婿玉潤。』」「玠嘗以人有不及，可以情恕，非意相干，可以理遣，故終身不見喜慍之容。」見《晉書．衛玠傳》。❾彥輔名教之樂　《世說新語．德行》：「王平子，胡毋彥國諸人，皆以任放為達，或有裸體者。樂廣笑曰：『名教中自有樂地，何為乃爾也！』」樂廣，字彥輔，南陽淯陽人。❿暉

映　光彩照耀。⓫先達　先賢。⓬領袖後進　《晉書・裴秀傳》：「秀年十餘歲，有詣徽者，出則過秀。……時人為之語曰：『後進領袖有裴秀。』」《世說新語・賞譽》作「後來領袖有裴秀」。⓭居無塵雜　《三國志・吳書・劉基傳》引《吳書》：「基遭多難，嬰丁困苦，潛處味道，不以為戚……不妄交游，門無雜賓。」⓮家有賜書　《漢書・敘傳》：「班彪幼與兄嗣共遊學，家有賜書，好古之士，自遠方至。」賜書，皇帝賜與之書籍。⓯屬言　撰論。⓰玄遠　深奧難識。⓱室邇人曠　即室近人遠。語出《詩・鄭風・東門之墠》：「其室則邇，其人則遠。」曠，遠。⓲疎　即「疏」字。⓳養素　涵養其素性。嵇康〈幽憤詩〉：「志在守樸，養素全真。」⓴丘園　丘墟、園圃。《易・賁》：「賁于丘園。」《疏》曰：「丘謂丘墟，園謂園圃，唯草木所生，是質素之處，非華美之所。」後多指隱居之地。㉑台階　三星台。《後漢書・郎顗傳》：「三公上應台階，下同元首。」後因以台階指三公之位。㉒庠序　古代地方所設的學校，與帝王的辟雍、諸侯的泮宮等大學相對而言。後泛指學校。《孟子・梁惠王上》：「謹庠序之教。」㉓公朝　謂朝廷。㉔荀令　指荀顗之父荀彧。《晉書・荀顗傳》：「荀顗字景倩，潁川人，魏太尉彧之第六子也。幼為姊婿陳群所賞，性至孝，總角知名，博學洽聞，理思周密。魏時以父勳除中郎。宣帝輔政，見顗奇之，曰：『荀令君之子也。』」㉕李公　指李固之父李郃。《後漢書・李固傳》：「李固字子堅，漢中南鄭人，司徒郃之子也。……少好學，常步行尋師，不遠千里。遂究覽墳籍，結交英賢。四方有志之士，多慕其風而來學。京師咸歎曰：『是復為李公矣。』」㉖王僧孺　字僧孺，東海郯人，魏衛將軍肅八代孫，五歲讀《孝經》而有識，六歲能屬文。既長好學，家貧常傭書以養母，仕齊起家，後王晏子得元出為晉安郡，以僧孺補郡丞，除侯官令。事見《梁書》本傳。㉗理尚　意趣崇尚。㉘棲約　安於儉約。棲，同「栖」。安。㉙思　思慮；思理。㉚致　情致。㉛恬敏　恬靜敏達。㉜筆耕　以筆代耕。即靠文字工作來維持生活。《後漢書・班超傳》：「大丈夫無它志略，猶當效傅介子、張騫立功異域，以取封侯，安能久事筆研間乎？」㉝傭書成學　《三國志・吳志・闞澤傳》：「闞澤字德潤，會稽山陰人。家世農夫，至澤好學，居貧無資，常為人傭書，以供紙筆，所寫既畢，誦讀亦遍。」事亦見《梁書・王僧孺傳》。傭書，受雇為人抄書。㉞集螢　聚集螢火。車胤字武子，學而不倦，家貧不常得油，夏日用練囊盛數十螢火，以夜繼日焉。事見《晉書》本傳。㉟映雪　指藉雪的反光讀書。李善注引《孫氏世錄》：「孫康家貧，常映雪讀書，清介，交游不雜。」後遂用為勤學的典故。㊱編蒲　編蒲葉以供書寫，形容苦學。《漢書・路溫舒傳》：「溫舒取澤中蒲，截以為牒，編用寫書。」㊲緝柳　李善注引《楚國先賢傳》：「孫敬到洛，在太學左右一小屋安止母，然後入學，編楊柳簡以為經。」㊳先言往行　古人的言行。李善注引《周易》：「君子多識，前言往行，以畜其德。」㊴甘泉遺儀　李善注引胡廣《漢官制》：「天子出，車駕次第謂之鹵簿。長安時出祠天於甘泉，用之，名甘泉鹵簿。」❹南宮故事　《後漢書・鄭弘傳》：「弘前後所陳有補益王政者，皆著之南宮，以為故事。」此言王僧孺明於政事。㊶畫地成圖　在地上指劃，說明地理形勢。《漢書・張安世傳》：「(千秋) 還謁大將軍光，問千秋戰鬥方略、山川形勢，千秋口對兵事，畫地成圖，無所忘失。」㊷抵掌　也作「抵掌」。擊掌。《戰國策・秦策一》：「(蘇秦) 見說趙王於華屋之下，抵掌而談，趙王大悅。」㊸鼮鼠　鼠名，豹文鼠。鼨與鼮皆有斑彩，鼨小鼮大。李善注引摯虞《三輔決錄》：「竇攸舉孝廉為郎，世祖光武大會靈臺，得鼠，如豹文，熒熒光澤，世祖異之，以問群臣，莫能知者。攸對曰：『鼮鼠也。』詔問何以知，攸曰：『見《爾雅》。』詔案祕書，如攸言。賜帛百匹。」此用以稱王僧孺知識之廣博。㊹落簡　謂竹簡脫落。李善注引張騭《文士傳》：「人有於嵩山下得簡一枚，兩行科斗書，人莫能識。司空張華以問束皙，皙曰：『此明帝顯節陵中策文。』驗之果然。朝廷士庶皆服其博識。」㊺坐鎮　安坐而起鎮定的作用。㊻弘益　補益。㊼訪對　訪求應對。㊽休　止。㊾質　問。㊿東序　傳為夏代大學之稱。(51)祕寶　奇異之珍寶。以喻人才。(52)瑚璉之茂器　瑚、璉皆為古代祭祀時盛粟稷的器皿，因其貴重，常用以喻人有才能，堪當大任。(53)言以人廢　《論語・衛靈公》：「君子不以言舉人，不以人廢言。」(54)世資　世用；世之所資用。(55)下情　己情。

【語　譯】察識祕書丞琅邪臣王暕，年二十一，字思晦，七代冠冕相繼，而今如日光重明，深受天下人推許，神情清俊，氣度俊茂，誠信地實行中和之德。衛叔寶以事理寬解的談論，樂彥輔處名教中的悅樂，王暕兼而有之，所以他的光彩映耀先賢，可為後進者的模範。居處無俗流雜賓，家有皇帝所賜典籍；辭賦清麗新異，文章玄奧幽遠；居室相近，而人卻曠遠；與物相疏遠，與道卻相親。此人若涵養素性於丘墟園圃，則三公之位空無人居；若立身於學校、朝廷中，則萬眾傾慕仰望。豈如荀顗只使人可因而想起其父荀令君，如李固令人感到其父李公猶在而已呢！

前晉安郡候官令東海人王僧孺，年三十五，字僧孺，意趣愛好安於儉約，思理情致恬靜敏達，以筆代耕來維持生計，替人抄書而成就學問，以至於集螢火、映白雪攻讀，編蒲緝柳以為經。古人的言行，人物的雅俗，甘泉祠天所遺留的儀制，南宮所著錄的故事，畫地即成圖，擊掌而可述；豈只是對鼮鼠有明晰的辨識，對脫落竹簡上的蝌蚪書無識辨之誤而已呢！

王暕可安坐鎮定雅俗之人，於國補益已多；僧孺可應對不止，問疑在他。兩人皆是庠序中的珍寶，能人賢士中的重器。確實有因人廢言的情形，但他們的才能實在可為世用。臨表悚懼戰慄，猶怕所言有所未當，下情無盡。

為褚諮議蓁讓代兄襲封表

【作　者】任昉，見頁一七〇三。

【題　解】褚蓁字茂緒，永明中解褐為員外郎、義興太守，八年封巴東郡侯。建武末為太子詹事、度支尚書、領軍將軍。卒於永元元年（西元四九九年）。其父淵於建元元年（西元四七九年）進位司徒，封南康郡公，邑三千戶。及卒，蓁兄賁襲封，永明六年（西元四八八年）上表稱疾，讓封於蓁，蓁上此表讓封，大概當時未獲允許，直到永明九年，表讓討還賁子霽，詔方准許（事見《南齊書・卷二三》本傳）。本表文字簡潔，文辭偶對不甚講究，卻寫得相當簡捷有力。

臣蓁言：昨被司徒符❶，仰❷稱❸詔旨，許臣兄賁所請，以臣襲封南康郡公。

臣門籍❹勳蔭❺，光❻錫土宇❼。臣賁世載❽承家❾，允❿膺⓫長德，而深鑒止足⓬，脫屣千乘⓭，遂乃遠⓮謬⓯推恩⓰，近萃庸薄⓱。能以國讓，弘義有歸⓲。匹夫難奪，守以勿貳⓳。昔武始迫家臣之策⓴，陵陽感鮑生之言㉑，張以誠請，丁為理屈。且先臣以大宗絕緒㉒，命臣出纂傍統㉓。稟承㉔在昔，理㉕絕終天㉖。永惟情事，觸目崩殞㉗。若使賁高延陵之風，臣忘子臧之節㉘，是廢德舉，豈曰能賢㉙。陛下察其丹款㉚，特賜停絕，不然，投身草澤㉛，苟遂愚誠耳。不勝丹慊㉜之至，謹詣闕拜表以聞。臣誠惶誠恐以下。

【章旨】指兄長賁年長有德，以封爵相讓，於理有屈；而自己「出纂傍統」，也已無襲爵之理。從而聲明自己將守志不變，希望皇帝能「苟遂愚誠」。

【注釋】❶符　命。❷仰　敬詞。古代公文用語。❸稱　說。❹籍　通「藉」。憑藉。❺勳蔭　子孫借祖先功業而獲得官爵。❻光　廣。❼土宇　土地屋宅。❽載　則。❾承家　繼承家業。❿允　信。⓫膺　受；當。⓬止足　即知止知足。《老子・四十四章》：「知足不辱，知止不殆。」⓭脫屣千乘　意謂以千乘為脫屣。千乘，戰國時諸侯國。此指封郡公事。脫屣，脫鞋。喻看得很輕，不足介意。⓮遠　遠於己。⓯謬　錯誤地。⓰推恩　施恩於他人。《孟子・梁惠王上》：「故推恩足以保天下，不推恩無以保妻子。」⓱庸薄　平庸；淺薄。此指自己。⓲能以國讓二句　《左傳・僖公八年》子魚語：「能以國讓，仁孰大焉。」歸，歸屬。⓳匹夫難奪二句　意謂匹夫之志難以強取，將守志而不變。貳，改變。⓴武始迫家臣之策　武始，指張奮。張奮字穉通，父武始侯張純臨終勑家臣曰：「司空無功於時，猥蒙爵土，身死之後，勿議傳國。」奮兄根少被病，家丞翕上書奪詔封奮。光武詔奮嗣爵，奮稱純遺勑，固不肯受。帝以違詔勑收下獄，奮惶怖，乃襲封。事見《東觀漢記》張純本傳、《後漢書・張奮傳》。㉑陵陽感鮑生之言　後漢丁鴻父綝從光武征戰有功而封陵陽侯，及卒，鴻當襲爵，上書讓國於弟盛並遠逃離。與友人鮑駿遇於東海，陽狂不識駿，駿乃止而責讓，鴻感悟垂涕，乃還就國。事見《後漢書・丁鴻傳》、《東觀漢記・丁綝傳》及〈丁鴻傳〉。㉒絕緒　沒有子孫。㉓傍統　舊宗法稱始祖的嫡長為大宗，大宗無後，以傍支而承統系的，稱傍統。㉔稟承　承受；聽命。㉕理　名分。㉖終天　永遠如天。㉗崩殞　崩墜、隕越。此指內心淆亂。㉘高延陵之風二句　《左傳・襄公十四年》：「吳子諸樊既除喪，將立季札。季札辭曰：『曹宣公之卒也，諸侯與曹人不義曹君，將立子臧，子臧去之，遂弗為也，以成曹君。君子曰：「能守節。」君，義嗣也。誰敢奸君？有國，非吾節也。札雖不才，願附於子臧，以無失節。』固立之，棄其室而耕。乃舍之。」㉙是廢德舉二句　《左傳・隱公三年》：「宋穆公疾，召大司馬孔父而屬殤公焉，曰：『先君舍與夷而立寡人，寡人勿敢忘。若以大夫之靈，得保首領以沒，先君若問與夷，其將何辭以對？請子奉之，以主社稷，寡人雖死，亦無悔焉。』對曰：『群臣願奉馮也。』公曰：『不可。先君以寡人為賢，使主社稷，若棄德不讓，是廢先君之舉也，豈曰能賢？光昭先君之令德，可不務乎？吾子其無廢先君之功。』」㉚丹款　赤誠之心。㉛草澤　荒野之地。㉜丹慊　丹心；赤誠。

【語　譯】臣蓁稟白：昨天拜受司徒的符命，恭敬地傳述詔書的意旨，說是答應了我兄長賁的請求，將讓我襲封南康郡公。我們家族憑藉祖先功業而獲得官爵，廣受土地屋宅的恩賜。兄長賁按家世應當繼承家業，他年長有德，確應受任，卻深明知止知足的道理，視襲封南康郡公如脫履，於是錯誤地遠遠推恩於我，把襲封之恩近聚在平庸淺薄如我的身上。兄長賁能以封爵相讓，大義歸屬於他。然而匹夫之志難以強取，我將守志而不變。從前張奮迫於家臣之上書而襲封武始侯，丁鴻有感於鮑駿之言始受陵陽侯爵，張奮以懇誠相請求，丁鴻乃是於理有屈。況且先父因大宗沒有子嗣，命我以旁支繼承大宗統系。受命在前，名分就永遠斷絕了。長久思考這種情事，目光所及，使內心淆亂。假如讓賁發揚延陵季札讓國的風範，我丟掉子臧辭讓的節操，這是廢棄了先君有德的舉措，怎麼能算得上是賢德呢！希望陛下鑒察我內心的赤誠，特賜准我免受襲封，不然，我將投身荒野之中，苟且順遂我自己的心意。不勝赤誠之至，鄭重地前來帝闕，拜表以聞。臣誠惶誠恐於下。

為范始興作求立太宰碑表

【作　者】任昉，見頁一七〇三。

【題　解】竟陵王蕭子良，字雲英，齊世祖第二子，官至太傅，隆昌元年（西元四九四年）加殊禮，這一年薨，年三十五，追崇太宰（見《南齊書・蕭子良傳》）。范雲曾官齊朝，出入竟陵王府第，頗受蕭子良識拔。子良薨後，於齊明帝建武中，范雲上此表求立太宰碑，事未成（見《梁書・范雲傳》）。文章極力稱頌竟陵王子良的功勳德業，力求允立太宰碑，體現了作為故吏的那一份衷誠與眷念之情。文章寫得情辭懇摯，入情入理，頗有感人的力量。

臣雲言：原夫存樹風猷❶，沒著徽烈❷，既絕故老❸之口，必資❹不刊❺之書。而藏諸名山❻，則陵谷❼遷貿；府❽之延閣❾，則青編❿落簡。然則配天⓫之跡，存夫泗水⓬之上；素王⓭之道，紀於沂川⓮之側。由是崇師之義，擬跡於西河⓯；尊主之情，致之於堯禹⓰。故精廬⓱妄啟，必窮鐫勒之盛；君長一城，亦盡刊刻之美。況乎甄陶⓲周召⓳，孕育⓴伊顏㉑？

【章旨】用整齊的辭賦語言，極有條理地說明了鐫石勒碑的重要作用。

【注釋】❶風猷　風範道德。❷徽烈　美好的業績。❸故老　年老多閱歷之人。此指元老舊臣。❹資　憑藉。❺不刊　指無須修改，不可磨滅。古代文書刻於竹簡，有錯就削去，叫刊。❻藏諸名山　司馬遷〈報任安書〉：「僕誠以著此書，藏諸名山，傳之其人。」❼陵谷　《詩·小雅·十月之交》：「高岸為谷，深谷為陵。」❽府　藏文書之所。此作動詞，藏的意思。❾延閣　漢宮廷藏書處。❿青編　泛指古代記事之書。⓫配天　德配於天。漢郊祀高祖以配天。此指漢高祖。⓬泗水　河名。在山東省。漢高祖曾任泗水亭長。據酈道元《水經注》，其地有漢高祖廟，廟前有碑，為延熹十年所立。⓭素王　指孔子。⓮沂川　即沂水。在山東省，流經曲阜，李善注曰：「沂水南有孔子舊廟，漢魏以來，列七碑，二碑無字。」⓯崇師之義二句　《禮記·檀弓上》：「曾子怒曰：『商，女何無罪也！吾與女事夫子於洙泗之間，退而老於西河之上，使西河之民，疑女於夫子。』」西河，戰國魏地。今陝西東部黃河西岸地區，相傳子夏曾講學西河。然而就〈檀弓〉中曾子之見，則是批評子夏不宣揚孔子而突出自己，使人無以別之。⓰尊主之情二句　曹子建〈求通親親表〉：「伊尹恥其君不為堯舜。」《書·說命下》：「昔先正保衡，作我先王，乃曰：『予弗克俾厥后惟堯舜，其心愧恥，若撻於市。』」⓱精廬　寺觀。⓲甄陶　鍛鍊成器。引申為培養造就人才或推行教化。[19]周召　指周公旦與召公奭。[20]孕育　此言修養。[21]伊顏　指伊尹與顏回。

【語　譯】臣范雲稟白：察究那活著能樹立風範道德於世，死了則其美好業績更加顯明的人，他的事跡既已無聞於元老舊臣之口，必將借助不可磨滅的書籍而流傳下去。然而把書藏之於名山，則恐怕山谷變遷改易；藏之於延閣，又怕簡冊會脫落竹簡。如此就有記載高祖事蹟的碑，留存於泗水之上；孔子的仁義道德，紀錄於沂川之側的碑上。由此子夏尊崇老師的道義，而仿效其事蹟，講學於西河；伊尹因而尊崇君主的情意，而欲使自己的君主達到堯禹一樣的聖明境地。所以寺觀凡是落成開放，必定窮極鐫碑勒石之盛事；作為一城君長，也能享盡刻石立碑的美譽。何況那些推行教化如周公、召公，修養道德如伊尹、顏回的人呢？

故太宰竟陵文宣王臣某，與存與亡[1]，則儀刑[2]社稷；嚴[3]天配帝，則周公其人[4]。體國[5]端朝[6]，出藩[7]入守[8]。進思必告之道[9]，退無苟利之專[10]。五教[11]以倫[12]，百揆[13]時序[14]。若夫一言一行，盛德[15]之風；琴書藝業，述作[16]之茂。道非兼濟[17]，事止樂善[18]，亦無得而稱焉[19]。

人之云亡[20]，忽移歲序[21]；鴟鴞[22]東徙[23]，松檟[24]成行。六府[25]臣僚，三藩[26]士女[27]，人蓄油素[28]，家懷鉛筆[29]，瞻彼景山[30]，徒然望慕[31]。昔晉氏[32]初禁立碑，魏舒之亡，亦從班列[33]。而阮略[34]既泯故，首冒嚴科，為之者竟免刑戮，致之者反蒙嘉歎。至於道被[35]如仁[36]，功參[37]微管[38]，本宜在常均[39]之外。故太宰淵[40]丞相嶷[41]，親賢並軌[42]，即為成規。乞依二公前例，賜許刊立。寧容使長想九原㊸，樵蘇㊹罔識其禁；駐蹕㊺長陵㊻，輶軒㊼不知所適！

【章　旨】歷敘竟陵王的功勳德業及六府、三藩故地的臣僚士女對子良的懷念之情，懇求齊帝能照前人立碑舊例，賜許刊立太宰之碑。

【注　釋】❶與存與亡　謂人主在時與共治，不以主亡而不行其政令。《漢書・爰盎傳》：「盎進曰：『丞相何如人也？』上曰：『社稷臣。』盎曰：『絳侯所謂功臣，非社稷臣，社稷臣主存與存，主亡與亡。』」❷儀刑　法則；法式。❸嚴　尊。❹周公其人　其人如周公。指與周公同功。❺體國　治理國家。❻端朝　正威儀，臨朝廷。❼藩　藩鎮。此指子良曾出為刺史。❽守　掌管。指子良回朝為司徒，管理朝中事務。❾道　治國之道。❿無苟利之專　不苟且於私利而專擅其事。⓫五教　即五常。五種封建倫理綱常，謂父義、母慈、兄友、弟恭、子孝。⓬倫　理。⓭百揆　百度。⓮序　有序。⓯盛德　《易・繫辭上》：「日新之謂盛德。」疏：「其德日日增新，是德之盛極，故謂之盛德也。」⓰述作　傳承與創新。⓱道非兼濟　道非兼濟天下之大道。⓲樂善　以為善為樂。⓳無得而稱焉　找不出適當的言詞來稱說它。《論語・泰伯》：「齊景公有馬千駟，死之日，民無得而稱焉。」⓴人之云亡　指子良去世。《詩・大雅・瞻卬》：「人之云亡，邦國殄瘁。」人，賢士。此指子良。亡，死。㉑歲序　時令。㉒鴟鴞　鳥名。即貓頭鷹。《詩・豳風》中有〈鴟鴞〉一詩，據《書・金縢》、《史記・魯世家》載：周公在平定了管、蔡及淮夷之亂後，作此詩送給成王以明志。全詩以一隻母鳥的口氣，訴說她過去被鴟鴞抓走了小鳥，但仍經營巢窩，抵禦外侮，並抒寫了育子修窩的辛勤勞瘁和目前處境的困苦危險。李善注：「言成王未知周公之意類鬱林王之嫌子良，而周公有居攝之情由，子良有代宗之議，故假鴟鴞以喻也。」㉓東徙　指彼人厭惡而向東遷徙。《說苑》載：「梟與鳩相遇，鳩曰：『子安之？』梟曰：『我將東徙。』鳩曰：『何？』梟曰：『西方之人皆惡我聲。』……鳩曰：『子改鳴則可，不改子鳴，雖東徙，猶惡子也。』」㉔松檟　松與檟，皆可製棺。或植墓前。後以為墓地之代稱。㉕六府　子良曾為輔國將軍、征虜將軍、竟陵王、鎮北將軍、征北將軍、護軍將軍，為六府。㉖三藩　子良曾為會稽太守、南徐州刺史、南兗州刺史，是為三藩。㉗士女　成年男女。㉘油素　光滑的白絹。多用於書畫。㉙鉛筆　白鉛粉筆。用以塗改修飾。㉚景山　指墳墓。㉛望慕　仰慕；思慕。㉜晉氏　晉帝。㉝魏舒之亡二句　魏舒，字陽元，任城樊人。繼山濤後為司徒，卒於太熙元年（西元二九〇年），年八十二。魏舒因位在司徒，死後特賜立碑。班列，位次。㉞阮略　李善注引《陳留志》：「阮略字德規，為齊國內史，為政表賢黜惡，仕風大行。卒於郡。齊人欲為立碑，時官制嚴峻，自司徒魏舒已下，皆不得立。齊人思略不已，遂共冒禁樹碑，然後詣闕待罪。朝廷聞之，尤歎其惠。」㉟被　及。㊱如仁　《論語・憲問》：「子曰：『桓公九合諸侯，不以兵車，管仲之力也。如其仁，如其仁。』」如，乃。㊲參　同。㊳微管　《論語・憲問》：「子曰：『管仲相桓公，霸諸侯，一匡天下，民到於今受其賜。微管仲，吾其被髮左衽矣。』」㊴常均　平常禁令。㊵太宰淵　褚淵，字彥回，官至司空，死後追崇太宰。李善注：「褚淵碑，即王儉所制。」㊶丞相嶷　即豫章文獻王嶷，字宣儼，齊太祖第二子。薨贈丞相，南陽樂藹為建立碑，第二子恪，託沈約及孔稚珪為文。事見《南齊書・卷二二》本傳。㊷軌　跡。㊸九原　山名。《禮記・檀弓下》：「趙文子與叔譽觀乎九原。」在山西新絳北，也作九京，是晉卿大夫墓地所在，後世因稱墓地為九原。㊹樵蘇　採薪者。㊺駐蹕　帝王出行，途中停留暫住。㊻長陵　漢高祖墓，在今陝西咸陽東。亦蕭何曹參陪葬之所。李善注引《東觀漢記》：「和帝詔曰：高祖功臣蕭曹為首，朕望長陵東門，見二臣之壟感焉。」㊼輶軒　使車。

【語　譯】已故太宰竟陵文宣王臣某，主存與存，主亡與亡，是國家社稷的模範；尊崇帝王使德配天帝，他的功德如同周公。為國謀劃，立朝端正；出為刺史，入則掌管朝廷事務。進則思入告君王治國之道，退則不苟且於私利，專擅其事。五常得以有條理，百事因而有次序。至於一言一行，體現出盛德的風範，琴書技藝，著述豐茂，雖然非兼濟天下之大道，而凡事以為善為樂，已是無適當言詞來稱讚了。

太宰去世，忽忽已過不少歲月！令人厭惡的鴟鴞向東遷徙了，墓地的松檟也已成行。六府原來的臣僚，三藩的成年男女，人人蓄積了光滑的白絹，家家懷有書寫的粉筆，瞻望著太宰墳墓，徒然地仰望、思慕。從前晉皇才開始禁止立碑，司徒魏舒去世，也不過因其位次，而特賜立碑。而阮略亡故之後，首次觸冒嚴峻的科條，操辦此事的人竟然得以免於刑戮，促成此事的人反而受到誇讚歎賞。至如仁德普及於天下，功勞參同於管仲者，本應在平常禁例之外。已故的太宰褚淵、丞相嶷，論親論賢都相同，就可作為前有的規矩。請求陛下能依照二公前例，賜許為太宰子良刊石立碑。豈能讓人們只可長久想慕太宰之墳，而採樵之人不知禁伐；帝輿暫駐長陵，而使者之車卻不知蕭曹之墓在何處呢？

臣里閭孤賤，才無可甄❶。值齊網之弘，弛❷賓客之禁❸，策名委質❹，忽焉二紀❺。慮先犬馬❻，厚恩不答，而弊帷毀蓋❼，未蓐螻蟻❽，珠襦玉匣❾，遽❿飾幽泉。陛下弘獎⓫名教，不隔微物⓬，使臣得駿奔⓭南浦⓮，長號北陵⓯。既曲逢⓰前施⓱，實仰⓲覬⓳後澤⓴，儻驗杜預山頂之言㉑，庶存馬駿必拜之感㉒。臨表悲懼，言不自宣㉓。臣誠惶已下。

【章　旨】指自己受竟陵王厚恩，如今欲報無路，請求齊帝許立太宰碑，能使後人感受子良的遺風餘澤。

【注　釋】❶甄　造就。❷弛　寬鬆。❸禁　禁令。❹策名委質　《左傳・僖公二十三年》：「策名委質，貳乃辟也。」策名，名字書於策上，古者始仕，先書其名於策。委質，質附於主人。一說：質同「贄」。❺二紀　二十四年。一紀十二年。❻先犬馬　謂自己欲先犬馬而死，以報厚恩。李善注引《列女傳》：「梁寡高行曰：『妾之夫不幸早死，先犬馬填溝壑。』」虞貞節曰：「人受命於天而命長，犬馬受命於天而命短，妾之夫反先犬馬死矣！」❼弊帷毀蓋　破舊的帷蓋，以喻自己之死。《禮記・檀弓下》：「仲尼曰：『吾聞之也，弊帷不棄，為埋馬也；弊蓋不棄，為埋狗也。……』」❽蓐螻蟻　作螻蟻的蓐席。謂貧賤人之死。《戰國策・楚一》：「安陵君謂楚王曰：『臣願得以身試黃泉、蓐螻蟻。』」李善注引延叔堅《戰國策論》：「為王先，用填黃泉，為王作蓐，以御螻蟻。」蓐，陳草；賤草。❾珠襦玉匣　皆皇宗貴族的殮服。《西京雜記・一》：「漢帝送死皆珠襦玉匣。」襦，短衣。匣，形如鎧甲，以黃金為縷。❿遽　速；倉猝。⓫弘獎　弘揚獎勉。⓬微物　微不足道之輩；卑微之人。此處自指。⓭駿奔　急速奔走。⓮南浦　泛指面南的水邊。後用以指送別之地。此處指迎喪或送喪之所。⓯北陵　竟陵王葬所。⓰曲逢　曲意相迎逢。指同意。⓱前施　前所施恩。指允許送葬。⓲仰　望。⓳覬　希望。⓴後澤　遺澤於後。指立碑。㉑杜預山頂之言　《晉書・杜預傳》：「預好為後世名，常言高岸為谷，深谷為陵。刻石為二碑，紀其勳績，一沈萬山之下，一立峴山之上。曰：『焉知此後不為陵谷乎！』」㉒存馬駿必拜之感　司馬駿，字子臧，晉宣帝第七子，曾都督淮北、豫州、雍州、涼州等州諸軍事。及薨，泣者盈路，百姓為之樹碑，長老見碑無不下拜，其遺愛如此。事見《晉書》本傳。㉓宣　顯示。

【語　譯】我家門孤單微賤，才能無可造就，適逢齊朝禁網寬弘，不嚴格執行禁招賓客的禁令，於是書名於策，歸附故太宰，這樣很快的已過二十四年了。一直擔心自己先犬馬而亡，未能報答厚恩，但我尚未以破帷舊蓋包裹埋葬，以御螻蟻，而故太宰竟陵王卻斂以珠飾之襦、玉製之匣，倉猝以飾黃泉。陛下弘揚獎勉名教，不阻隔微臣，使我得以急奔南浦以送喪，長聲號泣於北陵。既已曲意允許送喪之事，實希望陛下能賜許立碑，倘若應驗杜預高岸深谷之言，或許可保存路過必拜司馬駿墓那樣的感人場面。臨表悲懼，言不自明。臣誠惶於下。

卷三九

上書

上書秦始皇

【作　者】李斯（西元前?～前二〇八年），楚國上蔡（今河南上蔡）人。荀況弟子。西元前二四七年入秦，先後任長史、廷尉、丞相等職，在秦統一六國和鞏固秦朝過程中，起過重要作用。後因趙高構陷，被秦二世腰斬于咸陽。

【題　解】本篇原載《史記・李斯列傳》，題目亦稱〈諫逐客書〉。客，指出身六國，為秦效力的客卿。秦逐客在秦王政十年（西元前二三七年）。起因是為秦修建灌溉渠的韓國人鄭國，被發現是間諜，秦宗室貴族由此認為六國入秦的人都靠不住，「請一切逐客」。李斯也在被逐之列。於是他便上書反對逐客，為秦王所採納。「乃除逐客之令，復李斯官，卒用其計謀，官至廷尉。」

本篇批駁「非秦者去，為客者逐」的錯誤觀點，能從統一六國這個戰略出發，提出對客卿不能一概排斥，應廣泛吸收和利用人才，以為秦國效勞的主張。文章正反對比，論證有力。文辭鋪陳排比，詞藻清麗整飭，被後人稱為「駢體的初祖」。

臣聞吏議逐客❶，竊以為過❷矣。昔穆公❸求士，西取由余❹於戎❺，東得百里奚❻於宛，迎蹇叔❼於宋，來邳豹❽、公孫支❾於晉。此五子者，不產於秦，穆公用之，并國二十，遂霸西戎。孝公❿用商鞅之法，移風易俗，民以殷盛，國以富彊，百姓樂用，諸侯親服⓫，獲楚、魏之師⓬，舉地千里，至今治彊。惠王用張儀之計⓭，拔三川之地⓮，西并巴蜀⓯，北收上郡⓰，南取漢中⓱，包九夷⓲，制鄢、郢⓳，東據成皋⓴之險，割膏腴之壤㉑，遂散六國之從㉒，使之西面事秦，功施㉓到今。昭王得范雎㉔，廢穰侯㉕，逐華陽㉖，彊公室，杜私門㉗，蠶食諸侯，使秦成帝業。此四君者，皆以客之功。由此觀之，客何負於秦哉！向使四君卻客而弗納，疏㉘士而弗用，是使國無富利之實，而秦無彊大之名也。

【章　旨】敘述秦穆公、秦孝公、秦惠王、秦昭王四君任用客卿，使秦富強的歷史事實，由此論證客卿的作用。

【注　釋】❶吏議逐客　這裡指秦的宗室大臣上書秦王說：「諸侯人來事秦者，大抵為其主遊間於秦耳，請一切逐客。」❷過　錯。❸穆公　秦穆公任好（西元前六五九～前六二一年在位）。春秋時五霸之一。❹由余　晉國人。曾在西戎任職，穆公設法使他投奔秦國，並採用他的謀略先後消滅十二個戎國，擴大了國土。❺戎　春秋時中國西部少數民族的統稱。❻百里奚　楚國宛人。曾任虞國大夫，晉滅虞後，把他作為陪嫁的奴隸送給秦國。他逃回家鄉，被楚國邊兵俘獲。穆公聽說他有才能，將他贖回，重用他為大夫。❼蹇叔　岐人。住在宋國，因百里奚的推薦，秦穆公用厚禮聘請他為上大夫。❽邳豹　即丕豹。晉國人，逃到秦國，被穆公任為大將。❾公孫支　字子桑。原為晉國人，後任秦大夫，為秦穆公謀臣。❿孝公　秦孝公渠梁（西元前三六一～前三三八年在位）。他任用商鞅變法，使秦國從弱國躍為西方強國。⓫百姓

樂用二句　百姓樂為國家效力，各諸侯國歸附聽命。⓬獲楚魏之師　指秦孝公二十二年（西元前三四〇年），商鞅率秦軍打敗魏軍，魏國割河西之地以求和。同年，又打敗楚國的軍隊。獲，俘獲；戰勝。⓭惠王句　惠王，秦惠文王駟（西元前三三七～前三一一年在位）。初號惠文君，至十四年改為惠王元年，秦稱王自此始。張儀，魏國人。曾為秦相，倡連橫，為秦統一六國起重要作用。⓮拔三川句　拔，攻取。三川之地，韓國的土地。今河南西北部地區。境內有黃河、洛水、伊水三條河流，故稱三川。入秦後改置三川郡。⓯巴蜀　當時的兩個小國。今四川東北部和西部。入秦後設置巴郡、蜀郡。⓰上郡　郡名。今陝西西北部。西元前三二八年，魏國以上郡十五縣獻秦求和。⓱漢中　今陝西西南和湖北西北部。西元前三一二年，秦攻占楚漢中六百里地，設置漢中郡。⓲包九夷　包，兼并。九夷，指當時楚國境內的少數民族。⓳制鄢郢　制，控制。鄢，楚地。今湖北宜城。郢，楚國都。今湖北江陵西北。⓴成皋　又名虎牢。今河南滎陽西北，古代軍事重地。㉑膏腴之壤　肥沃的土地。㉒從　同「縱」。㉓施　延續。㉔昭王句　昭王，秦昭襄王則（西元前三〇六～前二五一年在位）。范雎，魏國人。後入秦為客卿，西元前二六六至前二五五年，為秦昭襄王相。在秦統一六國的戰爭中，他提出了著名的遠交近攻策略。㉕穰侯　姓魏名冉。封於穰，故稱穰侯。㉖華陽　即華陽君。與穰侯同為秦昭王母宣太后弟。范雎說秦昭王把穰侯、華陽逐出秦國。㉗杜私門　限制私家的權力。㉘踈　同「疏」。

【語　譯】我聽說大臣們商定要驅逐客卿，我認為這是錯誤的。當年秦穆公徵求賢士，在西戎那裡得到由余，在東宛那裡得到百里奚，在宋國那裡迎來蹇叔，在晉國徵求到邳豹、公孫支。這五個人，不出生在秦國，但秦穆公任用他們并吞了三十國，終於稱霸西方。秦孝公採用商鞅的變法，改變落後的風氣習俗，百姓由此富裕充足，國家因此富足強大，百姓樂於為國效勞，諸侯歸附聽命，戰勝了楚國、魏國的軍隊，攻占了大片的土地，直到今天仍然安定強大。秦惠王採用張儀的連橫政策，攻克韓國的三川之地，西面吞并巴國、蜀國，北面收服魏國上郡之地，南面收取楚國漢中之地，兼并楚國境內許多少數民族，控制楚國鄢、郢兩地，東面占據虎牢的險要，割取肥沃的土地，瓦解了六國的合縱之約，迫使他們向西服從秦國，功績延續到今天。秦昭王得到魏國人范雎，撤棄穰侯，驅逐華陽君，增強王室的權力，限制私家的力量，逐個吞并諸侯，使秦國完成帝王大業。這四位國君，都是依賴客卿的功勞。從這裡看來，客卿有什麼地方對不起秦國呢！假如這四位君王拒絕客卿而不予接納，疏遠賢士而不加任用，那麼秦國就不會有富足的實質，也不會有強大的名聲了。

今陛下致昆山❶之玉，有和、隨❷之寶，垂明月之珠❸，服太阿❹之劍，乘纖離❺之馬，建翠鳳之旗❻，樹靈鼉❼之鼓：此數寶者，秦不生一焉，而陛下悅之，何也？必秦國之所生然後可，則夜光之璧，不飾朝廷；犀、象之器❽，不為玩好❾。而趙衛之女❿，不充後庭⓫；駿良駃騠⓬，不實外廄⓭。江南金錫不為用，西蜀丹青⓮不為采⓯。所以飾後宮、充下陳⓰、娛心意、悅耳目者，必出於秦然後可，則是宛珠之簪⓱、傅璣之珥⓲、阿縞之衣⓳、錦繡之飾，不進於前；而隨俗雅化⓴，佳冶窈窕㉑，趙女不立於側也。夫擊甕叩缶㉒，彈箏搏髀㉓，而歌呼嗚嗚快耳者，真秦之聲也。鄭、衛、桑間、〈韶〉、〈虞〉、〈武〉、〈象〉者㉔，異國之樂也。今棄叩缶擊甕而就鄭、衛，退彈箏而取〈韶〉〈虞〉，若是者何也？快意當前，適觀㉕而已矣。今取人則不然。不問可否，不論曲直，非秦者去，為客者逐。然則是所重者，在乎色樂珠玉，而所輕者，在乎民人也。此非所以跨海內㉖制諸侯之術也！

【章　旨】先以色樂珠玉為例，說明「非秦者去」是不可能的；再由物到人，批駁「為客者逐」的荒謬；最後抓住秦王急於統一六國的心理，指出只有取消逐客令，才能統一天下。

【注 釋】❶昆山 崑崙山。❷和隨 和，和氏璧。隨，隨侯珠。❸明月之珠 夜光珠。❹太阿 利劍名。相傳吳國歐冶子、干將鑄劍三把，其一名太阿。❺纖離 駿馬名。❻翠鳳之旗 以翠羽為鳳形裝飾起來的旗幟。❼靈鱓 即靈鼉。爬蟲類動物，似鱷魚，又名豬婆龍。皮可張鼓，聲音洪大。❽犀象之器 由犀牛角、象牙製成的器物。❾玩好 珍貴的玩賞之物。❿趙衛之女 當時認為趙、衛之地多美女。⓫後庭 即「後宮」。古代帝王后妃居住的宮室。⓬駃騠 駿馬名。⓭廄 馬房。⓮丹青 產於西蜀的一種顏料。⓯采 彩色。⓰下陳 指階下歌舞的美女。⓱宛珠之簪 以宛珠所嵌飾的簪。宛珠，宛地的珠。⓲傅璣之珥 傅，同「附」。璣，珠的一種。珥，婦女耳飾。⓳阿縞之衣 用齊國東阿產的絹帛製成衣裳。阿，地名。今山東東阿。縞，白色生絹。⓴隨俗雅化 隨著時代風尚的變化打扮得標緻時髦。㉑佳冶窈窕 裝扮入時，體態優美好看。㉒擊甕叩缶 甕、缶，日用瓦器。秦用作打擊樂器。㉓彈箏搏髀 箏，弦樂器之一種。髀，大腿。㉔鄭衛句 鄭、衛，指春秋末年流行於鄭國、衛國的民間愛情音樂，以悅耳著稱。桑間，原為地名，在衛國濮水之濱，今河南濮陽地區，相傳為男女青年聚會歡唱的地方。這裡指這個地方的音樂。韶、虞，相傳為舜樂。武、象，是表演作戰的樂舞曲。周武王時的樂曲稱武，樂舞稱象。㉕適觀 欣賞起來舒適愜意。㉖跨海內 統一中國。

【語 譯】如今陛下收羅崑崙山的玉，擁有和氏璧和隨侯珠，垂掛著夜光珠，佩帶著吳國的太阿名劍，乘坐著纖離駿馬，豎起用翠羽為鳳形裝飾起來的旗子，架設起豬龍皮做成的戰鼓：這幾樣寶貝，秦國不出產一樣，而陛下卻喜歡它們，這是為什麼？一定要秦國出產的東西然後可用，那麼夜光璧就不能用來裝飾朝廷；犀牛角、象牙製成的器物就不能作為玩賞之物。鄭、衛兩地的美女就不能充當嬪妃；駃騠那樣的千里馬就不能充滿外面的馬房。還有江南的銅錫不能為您所用，西蜀產的丹砂靛青不能用為顏料。所有用來裝飾後宮的寶物、侍奉君王的宮女，能使心意獲得歡娛、耳目得到愉悅的東西，一定要出產於秦國然後可用，那麼宛地出產的珠簪、綴有珠玉的耳飾，齊國東阿出產的絹帛製成的衣服，錦繡的裝飾，就不能進貢到您的面前；而那些隨著流行時尚不斷使自己打扮得標緻豔麗的趙國美女，也不能站立在您的身旁了。那叩打甕、缶，彈奏箏，並拍著大腿來當作拍子，邊唱歌，邊發出嗚嗚之聲，聽起來快意悅耳的，才是真正的秦國的音樂。鄭、衛、桑間的愛情曲，〈韶〉、〈虞〉、〈武〉、〈象〉等古樂，都是異國他鄉的音樂。而今丟棄打擊瓦器的音樂而吸收鄭、衛的情歌，放棄彈箏而採取〈韶〉、〈虞〉古樂，這樣做究竟是為了什麼呢？求得一時的痛快滿意，欣賞起來舒適愜意罷了。現在用人卻不是這樣，不問行不行，不管是非，非秦國的一律排斥，是客卿便一律驅逐。這顯然是看重女色、音樂、珠寶、美玉，而輕視黎民百姓。這並非是統一天下、制服諸侯的方法呀！

臣聞地廣者粟多，國大者人眾，兵彊者則士勇。是以太山不讓❶土壤，故能成其大；河海不擇細流，故能就其深；王者不卻眾庶，故能明其德❷。是以地無四方，民無異國，四時充美，鬼神降福，此五帝三王之所以無敵也。今乃棄黔首❸以資敵國，卻賓客以業諸侯❹，使天下之士，退而不敢西向，裹足不入秦，此所謂藉❺寇兵而齎❻盜糧者也。夫物不產於秦，可寶者多；士不產於秦，而願忠者眾。今逐客以資敵國，損民以益讎❼，內自虛而外樹怨諸侯，求國無危，不可得也。

【章　旨】先以地廣粟多、國大人眾、兵強士勇，作推理論證，再以三王五帝的強大，作對比論證，最後以逐客只能「益仇」、「資敵」收結全文。既用排比句以增強文章氣勢，又用富有哲理意味的比喻以加強文章的力度。

【注　釋】❶太山不讓　太山，泰山。讓，捨棄。❷明其德　明，顯示。德，德行。❸黔首　秦時對百姓的稱呼。❹業諸侯　使諸侯成就功業。業，作動詞用。❺藉　借。❻齎　給予；贈送。❼讎　同「仇」。指跟秦對立的國家。

【語　譯】我聽說土地廣闊的糧食多，國家大的人口多，武器精良，則兵士勇敢。所以泰山不捨棄土壤，才能成為天下的大山；河海不選擇支流，才能形成它的深度；君主不拒絕眾多的庶民，才能顯示他的德行威望。

所以土地本來無所謂東南西北，百姓本來無所謂異國，四時充實美滿，鬼神降臨幸福，這是五帝三王能夠無敵於天下的原因。而今丟棄百姓以資助敵國，拒絕賓客而成就六國諸侯的事業，使得天下的賢士，退而不敢向西走，停步不進入秦國，這就是通常所說的借兵器給敵寇，而送糧食給盜賊啊。那些不出產於秦國的物品，可稱得上寶貝的甚多；並非秦國出生的賢士，而甘願效忠秦國的也很多。而今驅逐客卿以資助敵國，減少人口而增加敵人的力量，對內使自己虛弱，對外又跟諸侯結了怨仇，如此下去，要想求得國家的安定，是不可能辦到的。

上書吳王

【作　者】鄒陽，漢文景時齊地人。漢興，諸侯王都自聘賢人治民。時吳王濞招納四方遊士，鄒陽與嚴忌、枚乘等便得以在吳為官，皆以文辭辯才著名。後客遊梁孝王門下，出謀劃策，頗為出力。《漢書・藝文志》著錄其文七篇，今僅存上吳王、上梁王二書，其文頗有戰國縱橫家的風采。

【題　解】吳王濞陰謀叛亂，鄒陽乃上此書諫阻他。首先借秦亡於「列郡不相親，萬室不相救」的歷史教訓，告誡應注意諸侯與中央朝廷的和睦，否則難免會招致「胡亦益進，越亦益深」的結局。繼言君主應修德行義，還應招致智謀之士，審慎謀議，暗勸吳王不要聽讒佞之謀。最後點出漢文入立，變權易勢，平叛勵治，國勢正盛，明確勸吳王審察新垣之過計，以免「周鼎復起於漢」，否則，吳之遺嗣，將不存於世。

文章婉曲、含而不露，但懇誠之意相當明顯。班固《漢書・鄒陽傳》說：「陽奏書諫，為其事尚隱，惡指斥言，故先引秦為諭，因道胡、越、齊、趙、淮南之難，然後乃致其意。」其才辯及用心良苦可見。

臣聞秦倚曲臺❶之宮，懸衡天下❷，畫地而人不犯，兵加胡越；至其晚節末路❸，張耳、陳勝連從兵之據❹，以叩函谷❺，咸陽❻遂危。何則？列郡不相親，萬室不相救也。今胡數涉❼北河之外，上覆❽飛鳥，下不見伏兔，鬥城不休，救兵不至，死者相隨，輦車相屬，轉粟❾流❿輸，千里不絕。何則？彊趙責於河間⓫，六齊望於惠后⓬，城陽顧於盧博⓭，三淮南之心思墳墓⓮。大王不憂，臣恐救兵之不專⓯，胡馬遂進窺於邯鄲，越水長沙⓰，還舟青陽⓱。雖使梁并淮陽之兵，下淮東，越廣陵⓲，以遏⓳越人之糧，漢亦折西河⓴而下，北守漳水，以輔大國㉑，胡亦益進，越亦益深。此臣之所為大王患也。

【章　旨】論秦之亡國，在於「列郡不相親，萬室不相救」，今諸侯不睦，對抗朝廷，就會給胡、越以可乘之機。

【注　釋】❶倚曲臺　倚，恃。曲臺，秦宮殿名。李善注引應劭曰：「始皇帝所治處也，若漢家未央宮。」❷懸衡天下　謂為天下確立法度。衡，此指法度。❸晚節末路　兩詞皆末世、末期之意。❹張耳陳勝句　張耳，大梁人。陳勝起蘄，以張耳為校尉，略定趙地。事見《史記・張耳陳餘列傳》。陳勝，字涉，陽城人。起義為王，號為張楚，西擊秦。事見《史記・陳涉世家》。從，同「縱」。南北聯合。據，援助。❺以叩函谷　叩，擊。函谷，秦關名。在今河南靈寶南。❻咸陽　當時秦之京城。❼涉　進入。❽覆　盡。❾轉粟　指轉運糧食。❿流　行。⓫彊趙句　趙幽王幽死，文帝立其長子劉遂為趙王，取趙之河間地立遂弟闢彊為河間王，至哀王無嗣，國除，趙王遂欲復還得河間之地。責，求。事見《史記・文帝紀》、《漢書・卷三八》。⓬六齊句　高后割齊濟南郡為呂台奉邑，又割琅邪郡封營陵侯劉澤為琅邪王。又惠帝二年（西元前一九三年），齊悼惠王入朝，呂后想把他鴆殺，後因獻城陽郡，尊魯元公主而得免。悼惠王六子因此怨恨惠帝、高后。望，怨恨。事見《史記・齊悼惠王世家》、《漢書・卷三八》。⓭城陽句　城陽王喜，父章、弟興居皆因誅諸呂有功，立為陽城王、濟北王。後喜嗣為陽城王，劉興居因謀反伏誅。濟北王城在盧博，此以地名盧博指興居被誅事。顧，眷念。事見《史記・文帝本紀》、《史記・齊悼惠王世家》。⑭三淮南句　淮南厲王謀反死，其三子繼為淮南、衡山、濟北王，皆望墳墓而念其父遭遷殺之事。思墳墓，指心懷怨恨。事見《漢書・卷四四》。⑮救兵之不專　指齊、趙、淮南、城陽皆以私怨宿忿，不會救漢，也因此不肯專救吳國。⑯越水長沙　越人由水路攻擊長沙。漢置有長沙國，與上文邯鄲對舉，意謂胡、越南北夾擊。⑰還舟青陽　還，環繞；聚集。青陽，地名。⑱廣陵　地名。今揚州一帶。⑲遏　斷絕。⑳折西河　折，截。西河，指黃河南北向的一段。㉑大國　應指趙國。此處「以輔大國」與前文「彊趙責於河間」相矛盾，實際上是以胡、越之人侵比趙、吳之反，以為漢完全可以分兵截擊，隱晦曲折地進諫吳王，故云「為大王患也」。

【語譯】我聽說秦國在曲臺之宮中，為天下確立法度，明定禁令，使百姓不敢違犯，並對胡越用兵；到了秦朝末年，張耳、陳勝聯兵為援，進攻函谷關，咸陽於是危急。為什麼會如此呢？是各郡縣不相親合、百姓不加救亡所致。如今胡兵屢次進入黃河河套之外，上盡飛鳥，下不見隱伏的野兔，攻城不休，而漢的救兵不至，死者相望，運輸之車前後相繼，輾轉輸送糧草，千里不絕於道。這是為什麼呢？強大的趙國求還河間之地，齊悼惠王的六個兒子怨恨惠帝與高后，城陽王喜眷念被誅的兄弟，淮南厲王的三個兒子心念父王的墳墓。大王雖不以為憂，我卻怕諸侯救援之兵會因私怨而不一心救漢存吳，而胡兵就將深入內地，窺視邯鄲；越人也將由水路進攻長沙，聚集舟船於青陽。即使梁國和淮陽的軍隊，南下淮水以東，越過廣陵之地，以斷絕越人的糧道，漢軍也截斷西河而南下，北面拒守漳水，以輔助趙國禦敵，但胡、越軍隊將更深入內地。這正是我替大王擔憂的事。

臣聞蛟龍驤首奮翼❶，則浮雲出流，霧雨咸集。聖王底❷節修德，則游談之士歸義思名❸。今臣盡知畢議❹，易精極慮❺，則無國不可奸❻；飾固陋❼之心，則何王之門不可曳長裾乎❽？然臣所以歷數王之朝，背淮❾千里而自致❿者，非惡臣國而樂吳民，竊高下風⓫之行，尤說大王之義。故願大王無忽⓬，察聽其至⓭。

【章　旨】說明諸侯國君也應有高風義行，如此，則智謀賢能之士必會雲從霧集。

【注　釋】❶驤首奮翼　指振作有為。驤，舉。奮翼，振翼。❷厎　磨礪；砥礪。❸歸義思名　歸義，歸服於仁義。思名，思慕名節。❹盡知畢議　知，同「智」。畢議，竭盡計議。❺易精極慮　變易精思，極盡謀慮。❻奸　同「干」。請求。❼飾固陋　飾，修飾；修整。固陋，識見鄙陋。❽何王之門句　意謂可以奔走於王侯權貴之門。曳，拖；牽引。長裾，長的裙裾。❾背淮　背，離。淮，鄒陽齊人，此以淮指齊。❿自致　自獻。致，給予。⓫下風　風向的下方。《孫子‧火攻》：「火發上風，無攻下風。」因喻下位或劣勢。此處意同謙遜，作謙詞用。《左傳‧僖公十五年》：「君履后土而戴皇天，皇天后土，實聞君之言，群臣敢在下風。」⓬忽　輕忽。⓭至　言之極。

【語　譯】我聽說蛟龍昂首振起，那麼浮雲便隨之流動，霧雨就全部聚集。聖明之君砥礪節操，修養德行，那麼遊說之士就會歸服仁義、思慕名節。如今我竭盡智能與計議，多方精思，極盡謀慮，那麼沒有一個諸侯國不可求告的；修飾自己識見鄙陋的心，那麼哪一個君王權貴之門不可奔走出入呢？然而我之所以經歷了幾代君王，又離開本國，自獻於吳，不是厭惡我的祖國而喜歡吳地百姓，是因為我認為大王謙遜的德行十分高尚，尤其對大王的仁義十分欣悅。所以希望大王不要輕忽我的言語，仔細察聽我的肺腑之言。

臣聞鷙鳥❶累百，不如一鶚❷。夫全趙之時，武力鼎士❸，袨服❹叢臺❺之下者，一旦成市，不能止幽王之湛患❻。淮南連山東之俠，死士盈朝，不能還厲王之西也❼。然則計議不得，雖諸、賁❽不能安其位，亦明矣。故願大王審畫❾而已。

【章旨】說明要為君主解憂患，一定要審慎謀劃，如無智謀，則不能達到目的。

【注釋】❶鷙鳥　猛禽，如鷹鸇之類。此處以喻諸侯。❷鶚　雕類。此處以比天子。❸夫全趙二句　全趙之時，趙國未分之時。趙國後分為三。武力鼎士，勇武而力能舉鼎之人。❹袨服　盛服。❺叢臺　戰國趙所築，在邯鄲城內。數臺連聚，故名。❻幽王之湛患　幽王，趙幽王友。湛患，深患。指趙幽王為高后幽死之禍。❼不能還句　淮南厲王長反叛被執，西流蜀地，中途不食而死。見《漢書・卷四四》。還，使動用法，即「使……還歸」之意。❽諸賁　專諸和孟賁。皆古時勇士。❾審畫　審，審慎。畫，謀劃。

【語譯】我聽說鷙鳥多至百數，不如一鶚。趙國尚未分裂之時，勇武而力能舉鼎之士，盛服集於趙國叢臺之下的，一時成為鬧市，卻不能阻止趙幽王被囚死的深患。淮南一國聯合崤山以東的豪俠，敢死之士充滿朝堂，卻不能使淮南厲王得以由流放的蜀地還歸。這樣看來，計議如不當，即使是專諸、孟賁，也不能使王位得以穩固，這也是很明白的了。所以希望大王只要能審慎地謀劃就好了。

始孝文皇帝據關入立，寒心銷志，不明求衣❶。自立天子之後，使東牟、朱虛東褒儀父之後❷，深割嬰兒王之❸。壤子王梁、代，益以淮陽❹。卒仆濟北❺，囚弟於雍❻者，豈非象新垣等哉❼！今天子新據先帝之遺業，左規山東❽，右制關中，變權易勢，大臣難知。大王弗察，臣恐周鼎復起於漢❾，新垣過計於朝❿，則我吳遺嗣，不可期於世矣。高皇帝燒棧道，灌章邯，兵不留行⓫，收弊人之倦，東馳函谷，西楚⓬大破。水攻則章邯以亡其城，陸擊則荊王以失其地，此皆國家之不幾⓭者也。願大王熟察之。

【章　旨】點明孝文入立，修德平叛，景帝繼位，變權易勢，國勢強盛，無危急之慮，希望吳王慎重地作全面的考慮。

【注　釋】❶始孝文皇帝三句　謂漢文帝入關而立，以天下多難，故常寒心戰慄，未明而起。❷使東牟朱虛句　東牟，指東牟侯劉興居。朱虛，指朱虛侯劉章。儀父，《左傳·隱公元年》：「公及邾婁儀父盟於蔑。」《公羊傳·隱公元年》：「儀父者何？何以名？字也。曷為稱字？褒之也。曷為褒之？為其與公盟也。邾婁之君也。與公盟者眾矣，曷為獨褒乎此？因其可褒而褒之。」此處儀父指齊哀王，他首舉兵欲誅諸呂。其嗣為齊文王劉則。❸深割嬰兒王之　《漢書·高五王傳》：「文帝憐悼惠王適嗣之絕，於是乃分齊為六國，盡立前所封悼惠王子列侯見在者六人為王。」六人中有的尚為嬰兒。❹壤子王梁代二句　壤子，愛子。一說：出土分給諸子稱壤子。文帝封子楫為梁王、參為代王、武為淮陽王，後梁王楫薨，徙武為梁王。❺仆濟北　指東牟侯劉興居後封濟北王，謀反被誅。事見《漢書·高五王傳》。仆，僵仆。❻因弟於雍　文帝弟淮南王劉長因謀反流蜀地，至雍不食而死。事見《漢書·淮南厲王傳》。雍，縣名。在今陝西鳳翔南。❼豈非句　意謂二國有像新垣平那樣的奸臣，勸王謀反。新垣，複姓。此指新垣平。《漢書·文帝紀》：「後元年（西元前一七九年）冬十月，新垣平詐覺，謀反，夷三族。」❽規山東　規，規略。山東，戰國、秦、漢時以崤山或華山以東為山東。❾周鼎復起於漢　指周鼎重現於漢。周鼎，周之九鼎。是皇權的象徵。❿新垣過計於朝　謂為吳計者，猶新垣平之言，周鼎終不可得。新垣平曾詐言「鼎在泗水中，臣望東北汾陰有金寶氣，鼎其在乎？弗迎，則不至。」（如淳《漢書音義》）過，誤。⓫高皇帝三句　滅秦後，劉邦王巴蜀，為漢王，就國時燒絕棧道，以防諸侯盜兵襲擊，也向項羽表示無東意。不久漢王出陳倉，略定關中，圍雍王章邯於廢丘，漢二年（西元前二〇五年），引水灌廢丘，章邯兵敗自殺。事見《史記·高祖本紀》。留行，停留；稽留。⓬西楚　項羽曾自封西楚霸王。後文「荊王」所指同。⓭幾　危險。意指此數事於國家皆無危險之慮，諸侯不當妄起邪意。

【語　譯】起初孝文皇帝控制關隘，入立為帝，因天下多難，寒心顫慄，傾盡思慮，天未明即起。自立為天子之後，遣東牟侯、朱虛侯去齊地褒揚齊哀王的後嗣，分齊地立悼惠王六子為王。封愛子楫為梁王、參為代王，增封子武為淮陽王。終於得以誅滅謀反的濟北王劉興居、囚禁弟淮南王劉長於雍地，豈不是因為有像新垣平那樣的奸臣勸王謀反嗎？如今天子剛據有先帝遺留的事業，向東規略崤山以東之國，向西控制關中之地，這種形勢的變更，大臣是難以測知的。大王您不加細察，我恐怕周鼎會重現於漢，新垣平錯誤的謀畫將重演於朝堂，那麼我們吳國的遺嗣，就不能生存於世上了。高皇帝燒毀棧道，水淹章邯，軍隊不稍停留，集合疲憊之卒，向東馳赴函谷關，大破項羽。用水攻，章邯因此亡去他的城郭，由陸路攻擊，項羽因而失去他的土地，這都說明國家不是輕易可得的。希望大王仔細加以明察。

獄中上書自明

【作　者】鄒陽，見頁一八五七。

【題　解】鄒陽客遊梁孝王門下，被讒下獄，因「恐死而負累」（《漢書．鄒陽傳》），遂於獄中上書自明。此文的寫作目的十分明確。但令人驚奇的是，作者沒有用大量筆墨直接為自己作辯解，而是從「忠信」這一角度，通過大量鋪排的歷史典事，說明君臣遇合，貴在相知的道理。並進一步指出，君主待臣，應「欲善無厭」，兼聽並觀，垂明當世，不應「惑於眾口」、「移於浮辭」，從側面動搖梁孝王對讒言的相信，間接地為自己作了辯解。作者所以如此，是考慮到梁孝王聽信讒言，下己於獄，正餘怒未息，且當時讒人尚得志在位，直說於事不利。班固說鄒陽「為人有智略」、「年八十，多奇計」，於此可見一斑。

文章多用典實，貼切相稱，內蘊不平之氣，氣勢連綿，委婉中不失亢直，體現了鄒陽「慷慨不苟合」的個性特徵。

清人劉熙載曾將鄒陽此文與〈鸚鵡賦〉相比，以為它「氣盛語壯」與「禰正平〈鸚鵡賦〉於黃祖長子座上，蹙蹙焉有自憐依人之態」者迥然不同。姚鼐《古文辭類纂》引李兆洛《駢體文抄》語，也謂其「迫切之情，出以微婉；嗚咽之響，流為激亮，此言情之善者也」。此文可看作鄒陽的代表作，其句式之整齊、典實之對偶，以及「是以」、「至夫」等詞之轉接，形式上已是駢體文的先聲。

臣聞「忠無不報，信不見疑」，臣常以為然；徒虛語耳。昔者荊軻慕燕丹❶之義，白虹貫日❷，太子畏之❸；衛先生為秦畫長平之事❹，太白食昴❺，昭王疑之。夫精誠變天地，而信不諭❻兩主，豈不哀哉！今臣盡忠竭誠，畢議願知❼，左右不明，卒從吏訊❽，為世所疑。是使荊軻衛先生復起，而燕秦不寤也。願大王孰察之。昔玉人獻寶，楚王誅之❾；李斯竭忠，胡亥❿極刑。是以箕子陽狂⓫，接輿避世⓬，恐遭此患也！願大王察玉人李斯之意，而後⓭楚王胡亥之聽，毋使臣為箕子接輿所笑。臣聞比干剖心⓮，子胥鴟夷⓯，臣始不信，乃今知之。願大王孰察，少加憐焉。

【章　旨】用眾多的歷史典事，說明己之忠信而下獄被囚的冤屈。

【注　釋】❶荊軻慕燕丹　荊軻，戰國末衛人。燕丹，燕太子丹。丹曾在秦為質，秦始皇待之不以禮，丹逃歸。當時秦蠶食諸侯，燕丹厚養荊軻，讓他去刺秦王，結果行刺沒有成功，荊軻被殺。見《史記·刺客列傳》。❷白虹貫日　白虹貫穿太陽。荊軻精誠感動天地，以致天上出現不平常天象。❸畏之　指畏荊軻不去。荊軻臨出發與秦舞陽等人事先約好同去秦國，卻遲遲未發。太子丹懷疑他不想去秦了。事見《史記·刺客列傳》、《戰國策·燕策》。❹衛先生句　衛先生，秦人。長平之事，秦將白起伐趙，在趙地長平大敗趙軍，打算趁勢滅趙，派衛先生說秦昭王增撥兵糧，被秦相應侯范雎從中破壞，事未成。下文「昭王疑之」即指此事（參見《史記·白起王翦列傳》、《戰國策·秦策三》）。❺太白食昴　金星運行到昴宿位置，遮住了昴宿，主趙地將有兵事。這也是說衛先生的精誠上達於天，以致天象有變。太白，金星。昴，星宿名。趙之分野。❻諭　明白。❼畢議願知　把計議說盡了，希望（大王）知道。畢，盡。❽吏訊　獄吏的審訊。❾昔玉人獻寶二句　春秋楚人卞和得一玉璞，先後獻給楚厲王、武王，都被認為是欺詐，被截去雙腳。楚文王即位，卞和抱璞哭於荊山下，楚王使剖璞加工，果得寶玉，稱為和氏璧。參閱《韓非子・和氏》、《新序・雜事》。誅之，同「刑之」。❿胡亥　秦二世名。二世即位，荒淫無道，李斯上書諫誡，胡亥不聽，反而聽信趙高誣陷的話，車裂李斯。事見《史記・李斯列傳》。⓫箕子陽狂　箕子，名胥餘。紂的叔伯，因封於箕，故稱箕子。紂荒淫昏亂，箕子諫而不聽，於是佯狂為奴。參見《史記・宋微子世家》。⓬接輿避世　接輿，傳說為春秋時楚國隱士，佯狂避世。《論語・微子》：「楚狂接輿歌而過孔子曰：『……。』孔子下，欲與之言。趨而避之，不得與之言。」⓭後　此處用如使動，把……放在後面。實際即是說不要那樣。⓮比干剖心　比干是紂之叔父，直言強諫，紂怒云：「吾聞聖人之心有七竅，信有諸乎？」遂剖出比干心。事見《史記・宋微子世家》。⓯子胥鴟夷　子胥，即伍員。春秋時楚人，其父兄皆被楚平王所害，因逃往吳國，輔吳王夫差攻楚、圍越。後夫差欲攻齊，伍子胥諫而不聽，被迫自殺，夫差以鴟夷革盛子胥屍而浮之江中。事見《史記・伍子胥列傳》。鴟夷，革囊。

【語譯】我聽說「忠誠沒有不受報答的，信實一定不會受懷疑」，我一直以為這是正確的；然而這只不過是虛語罷了。從前荊軻敬慕燕太子丹的義氣，答應前去刺殺秦王，白虹橫過太陽，而太子丹卻擔心他不去；衛先生替秦國謀劃長平軍事，金星遮掩了昴宿，而秦昭王卻懷疑他的謀劃。精誠已感動天地，而誠信卻不能使兩國之主明白，怎不令人哀歎！如今我竭盡自己的忠誠，說盡自己的計議，希望大王知道，而左右之人不加明察，最後竟聽從了獄吏對我的審訊，讓我被世人所懷疑。這樣即使荊軻、衛先生死而復生，而燕丹、秦昭王也不會醒悟、明白的。希望大王對此細加明察。從前玉人卞和進獻寶玉，卻被楚王截斷他的雙足；李斯竭盡忠誠，卻被胡亥處以極刑。因此箕子假裝狂癲，接輿避世隱居，是唯恐遭受這種禍患啊！希望大王明察卞和、李斯的心意，而不要像楚王、胡亥的偏聽，不要使我被箕子、接輿所嘲笑。我聽說比干因強諫而被剖心，伍子胥因直諫而革囊裹屍，我起始不以為信，直到如今才知道這是事實。願大王細加明察，能對我稍加同情。

語❶曰：「白頭如新，傾蓋如故。」❷何則？知❸與不知也。故樊於期逃秦之燕，藉荊軻首以奉丹事❹；王奢去齊之魏，臨城自剄，以卻齊而存魏❺。夫王奢、樊於期非新於齊、秦而故於燕、魏也，所以去二國、死兩君者，行合於志，而慕義無窮也。是以蘇秦不信於天下，為燕尾生❻；白圭戰亡六城，為魏取中山❼。何則？誠有以相知也。蘇秦相燕，人惡❽之於燕王，燕王按劍而怒❾，食以駃騠❿；白圭顯於中山⓫，人惡之於魏文侯⓬，文侯投以夜光之璧。何則？兩主二臣，剖心析肝相信，豈移⓭於浮辭哉？故女無美惡，入宮見妒；士無賢不肖，入朝見嫉。昔者司馬喜臏腳於宋，卒相中山⓮；范睢摺脅折齒於魏，卒為應侯⓯。此二人者，皆信必然之畫⓰，捐⓱朋黨之私，挾⓲孤獨之交，故不能自免於嫉妒之人也。是以申徒狄蹈雍之河⓳，徐衍負石入海⓴，不容身於世，義不苟取比周於朝㉑，以移主上之心。故百里奚乞食於路，穆公委之以政㉒；甯戚飯牛車下，而桓公任之以國㉓。此二人，豈素宦於朝，借譽於左右，然後二主用之哉？感於心，合於意，堅如膠漆，昆弟不能離，豈惑於眾口哉？故偏聽生奸，獨任成亂。昔魯聽季孫之說而逐孔子㉔，宋信子冉之計囚墨翟㉕。夫以孔、墨之辯，不能自免於讒諛，而二國以危。何則？眾口鑠㉖金，積毀㉗銷骨。是以秦用戎人由余，而霸中國㉘；齊用越人子臧，而彊威宣㉙。此二國豈拘㉚於俗，牽㉛於世，繫奇偏之辭㉜哉？公聽並觀㉝，垂明當世。故意合則胡越為昆弟，由余、子臧是矣；不合則骨肉為讎敵，朱、象、管、蔡㉞是矣。今人主誠能用齊秦之明，後宋魯之聽，則五伯不足侔㉟，三王易為比㊱也。

【章　旨】點明君臣遇合在於相知。君主應「公正兼聽」，發現並利用人才，否則難免會滋生奸亂。

【注　釋】❶語　俗語。❷白頭如新二句　謂相識到了白頭，仍如新結識一樣；偶遇停車而談，猶如多年舊識。傾蓋，指兩車緊靠著以致把車蓋擠歪了。❸知　相知。❹故樊於期逃秦二句　樊於期為秦將，被讒害而逃奔燕國，秦殺他全家，並用重金購買他的頭。荊軻前往刺殺秦王，樊於期自刎，讓荊軻用他的頭作為進獻禮物，以便荊軻能接近秦王。事見《史記．刺客列傳》。藉，借。奉，事；助。❺王奢去齊之魏三句　王奢，李善注引《漢書音義》：「齊臣也，自齊亡之魏，齊伐魏，奢登城謂齊將曰：『今君之來，不過以奢故也，義不苟生以為魏累。』遂自剄。」齊兵遂卻。❻是以蘇秦不信二句　蘇秦是戰國縱橫家。蘇秦曾先說秦、趙，沒被任用，又以合縱說燕文侯，文侯出車馬金帛，讓他去遊說諸侯。蘇秦終於成為縱約之長，並相六國。後來諸侯不信任他，唯燕國仍信任他，使他為相。事見《史記．蘇秦列傳》。尾生，《史記．蘇秦列傳》：「信如尾生，與子期於梁下，女子不來，水至不去，抱柱而死。」後以尾生指極守信用而被人信任的人。❼白圭戰亡六城二句　李善注引張晏《史記集解》曰：「白圭為中山將，亡六城，殆欲誅之，亡入魏。文侯厚遇之，還拔中山。」❽惡　詆毀；誹謗。❾燕王按劍而怒　怒，指對讒者發怒。❿食以駃騠　表示敬重蘇秦。駃騠，一種駿馬。⓫顯於中山　指因攻拔中山而顯貴。⓬魏文侯　名都。魏與趙、韓三家分晉後，至魏文侯始列為諸侯。⓭移　改移；改變。⓮昔者司馬喜臏腳二句　司馬喜，一作司馬憙。戰國時人，據說在宋受臏刑，後相中山。《戰國策．卷三三》曰：「司馬憙三相中山。」臏，膝蓋。此處指古代剔去膝蓋骨的一種酷刑。腳，小腿。⓯范雎摺脅二句　范雎是戰國時魏人。初隨魏國中大夫須賈出使到齊國。回國後，魏相魏齊懷疑范雎通齊，毒打范雎，以致脅斷齒脫，然後把他扔在廁所裡。後來范雎逃到秦國，為秦相，封為應侯。事見《史記．范雎蔡澤列傳》。摺，摧折；毀損。⓰畫　計畫。⓱捐　捐棄。⓲挾　持。⓳申徒狄蹈雍之河　申徒狄是商代人，諫君不聽，投水而死。《莊子．盜跖》：「申徒狄諫而不聽，負石自投於河。」狄先投入雍水後流入黃河，故曰「蹈雍之河」。

⑳徐衍負石入海　徐衍是周末人，惡世之亂，自殺。李善注引《論語讖》：「徐衍負石，伐子自狸，守分亡身，握石失軀。」㉑義不苟取句　謂按照道義不肯隨便採取結黨於朝的手段。比周，結黨。㉒故百里奚二句　百里奚之奚也作「傒」。原為虞大夫，晉獻公滅虞，虜奚，以為秦穆公夫人陪嫁之臣。奚以為恥，逃至宛，被楚人所執。秦穆公聞其賢，贖以五羖羊皮，後委以國政，稱五羖大夫。與蹇叔、由余等共助穆公成霸業。事見《史記．秦本紀》。㉓甯戚飯牛二句　寧戚是春秋時衛人，因家貧為人挽車。《呂氏春秋．舉難》：「甯戚飯牛居車下，望桓公而悲，擊牛角疾歌。桓公聞之，撫其僕之手曰：『異哉，之歌者非常人也。』命後車載之。」後桓公任之以國，用之不疑。事亦見於《晏子春秋．內篇問下第四》。飯，餵。㉔昔魯聽季孫句　季孫，即季桓子。《論語．微子》：「齊人歸女樂，季桓子受之，三日不朝，孔子行。」魯君聽信季孫，就等於是逐孔子。事亦見於《韓子．內儲說》、《史記．孔子世家》。㉕宋信子冉句　此事出處未詳。子冉，其人亦未詳。㉖鑠　鎔化。㉗毀　讒言。㉘是以秦用戎人二句　由余是春秋時人，其祖先為晉人，後入居戎地。戎人聽說秦穆公（繆公）賢明，派由余到秦國觀察，繆公知他賢能，用計迫他降秦。後由余替秦謀劃攻打西戎，使秦稱霸。事見《史記．秦本紀》。㉙齊用越人二句　此事出處未詳。子臧，人名。彊，使動用法。威宣，指齊威王、齊宣王。㉚拘　限制。㉛牽　牽制。㉜繫奇偏之辭　繫，束縛。奇偏之辭，一面之詞。㉝公聽並觀　公聽，公正地聽取。並觀，各方面都看，不單看一面。㉞朱象管蔡　朱，丹朱。堯之子，凶頑不肖，故堯沒傳位給他而禪位於舜。象，舜之後母弟。象與父母共謀，欲害死舜而不得。管蔡，指管叔、蔡叔。周武王之弟。武王滅商後，封紂子武庚於舊殷故都，讓管、蔡輔佐他。武王死，成王幼弱，周公攝政，管、蔡偕武庚反，周公殺死了武庚、管叔，流放了蔡叔。㉟侔　相等。㊱比　並列。

【語　譯】俗語說：「相識到了白頭，仍如新結識一樣；偶遇停車交談，猶如多年舊識。」為什麼呢？那是由於相知與不相知的緣故。因此樊於期逃離秦國來到燕國，把自己的頭借給荊軻用來促成太子丹刺殺秦王的事；王奢離開齊國而到魏國，登上城樓自刎而死，用以使齊軍退兵而保存魏國。王奢、樊於期並非對齊、秦二國如同新交，而對燕、魏二國如同故友，他們之所以離開齊、秦二國，而為燕、魏兩國之君效死，是因為他們的行為合於自己的意志，因而無限仰慕大義所致。因此蘇秦不被天下所信任，而成為燕國極守信用而受信任之人；白圭作戰丟掉中山國六座城池，而最後為魏國攻取中山。為什麼呢？實在是由於相知之故。蘇秦為燕國之相，燕國人在燕王面前毀謗蘇秦，燕王按劍而怒斥讒者，並殺了駿馬來款待蘇秦；白圭因取中山而顯貴，中山國人在魏文侯面前詆毀白圭，魏文侯卻以夜光之璧賞賜白圭。為什麼呢？兩主二臣，皆竭盡忠誠，互相信任，豈能為不實之詞所改移？所以女子無論美醜，進入後宮即遭妒忌；士人無論賢明或不肖，進入朝廷即遭嫉恨。從前司馬喜在宋國被砍去小腿，最後卻成為中山國宰相；范雎在魏國摧折了脅肋、折脫了牙齒，最後終於成為秦國應侯。這兩個人，都深信自己認為必然可行的計畫，捐棄朋比結黨的私欲，憑持孤高獨立的知交，所以自身不能避開嫉妒之人的讒害。也因此申徒狄投身雍水，流入黃河，徐衍抱石沈海，雖不為世俗所容，仍按照道義，不肯隨便採取結黨於朝的手段，用來改移國君的心意。所以百里奚乞食於道路，秦穆公以國家政事託付給他；甯戚在車轅之下餵牛，而齊桓公任命他為大夫。這二人哪裡是一直在朝為官，假借左右同僚的讚譽，然後兩位君主才任用他們的呢？兩心相感通，心意相一致，相互的信任，堅固如膠漆，如同兄弟般無法離間，怎麼會被眾人之口所惑亂呢？所以偏聽一面之詞會滋生奸佞，單獨信任某人則會產生混亂。從前魯君聽信季孫之說而放逐了孔子，宋君偏信子冉之計而囚禁墨翟。憑著孔子、墨翟的善辯，不能使自身逃脫讒毀諛佞之言，而魯、宋二國因此趨於危弱。這是為什麼呢？眾口一詞可以鎔化金石，積聚毀謗可以銷鎔人骨啊！因此秦國任用犬戎人由余，因而稱霸中國；齊國任用越國人子臧，而使齊威王、齊宣王一時強盛。這兩國哪裡拘泥於塵俗，被世俗所牽制，受一面之詞的束縛呢？公正地聽取意見，兼顧各個方面，其明察流傳於當世。所以心意相一致，那麼胡越之人可成為兄弟，由余、子臧之類就是；心意不相一致，那麼骨肉之親也會成為讎敵，丹朱、象、管叔、蔡叔就是。如今君主若真能施行齊、秦二國的那種明察，而把宋、魯二君那種偏聽偏信拋開，那麼五霸也不足以相提並論，而可與禹、湯、武三王並列了。

是以聖王覺悟，捐子之❶之心，而不說田常之賢❷，封比干之後❸，修孕婦之墓❹，故功業覆於天下。何則？欲善無厭也。夫晉文公親其讎而彊霸諸侯❺；

齊桓公用其仇而一匡天下❻。何則？慈仁殷勤，誠加於心，此不可以虛辭借❼也。至夫秦用商鞅❽之法，東弱韓魏，立彊天下，而卒車裂❾之；越用大夫種之謀，禽勁吳而霸中國，遂誅其身❿。是以孫叔敖三去相而不悔⓫，於陵子仲辭三公，為人灌園⓬。今人主誠能去驕傲之心，懷可報之意，披心腹，見情素⓭，隳肝膽⓮，施德厚，終與之窮達⓯，無愛⓰於士，則桀之猗⓱可使吠堯，而跖⓲之客可使刺由⓳。何況因萬乘之權，假聖王之資⓴乎？然則荊軻湛七族㉑，要離燔妻子㉒，豈足為大王道哉？

【章　旨】承上文進一步說明君主應「求善如不足」，如君主聖明，士就會萬死不辭，否則，士的下場往往是可悲的。

【注　釋】❶捐子之　捐，棄。子之，戰國時燕王噲之相。燕王噲聽信齊使蘇代之言，屬國於子之，子之南面行王事，三年國大亂，齊軍趁機而入。事見《史記・燕召公世家》。❷說田常句　說，通「悅」。田常，春秋時齊簡公之臣，殺簡公而立平公，相平公，五年，專國政。後來田氏代齊。事見《史記・齊太公世家》、《史記・田敬仲完世家》。賢，才能。❸封比干之後　據說武王伐紂後，曾封比干之子。❹修孕婦之墓　紂曾剖孕婦之腹，察看胎產。武王伐紂後，給被紂殺死的孕婦修墓。❺晉文公親其讎句　晉文公重耳為公子時，獻公使寺人披去殺重耳，斬去重耳的袖子。後來重耳歸國為君，晉臣呂甥、郤芮要殺重耳，寺人勃鞮謁見重耳告密，重耳得免於難。事見《史記・晉世家》、《國語・卷一〇》。讎，指寺人披（亦稱勃鞮）。❻齊桓公用其仇句　齊襄公死後，魯送公子糾回國，桓公小白由莒國先入。齊魯交戰，戰鬥中管仲曾射中桓公帶鉤。後來桓公以管仲為相，齊國遂霸。事見《左傳・莊公八年、九年》、《史記・齊太公世家》。仇，指管仲。一匡天下，使天下納入正軌。《論語・憲問》：「管仲相桓公，霸諸侯，一匡天下。」❼以虛辭借　借用空話之意。借，借用。❽商鞅　戰國衛人。

姓公孫名鞅，以封於商亦稱商鞅、商君。相秦十九年，輔秦孝公變法圖強。❾車裂　古代一種酷刑，用牛或馬駕車分裂人的身體。商鞅變法，損及貴族宗室利益，孝公死後，商鞅被處車裂之刑。見《史記・商鞅列傳》。❿越用大夫三句　春秋時越大夫文種，曾助越王句踐滅吳復國，並稱霸諸侯，後被迫自殺。見《史記・越王句踐世家》。種，文種。禽，同「擒」。⓫孫叔敖三去相句　孫叔敖是楚人，曾三次相楚莊王。《史記・循吏列傳》說他三次為相而不喜，因為知道是憑自己的才能得來的；三次免相也並不悔，因為知道並不是自己的罪所造成的。⓬於陵子二句　據《列女傳・卷二》載：楚王曾使者用重金請於陵子仲（終）任楚相，於陵子仲拒絕了，並帶著妻子逃走，為人灌園。⓭見情素　見，現出。情素，即真情實意。素，通「愫」。真情。⓮隳肝膽　肝膽塗地之意。隳，毀壞。⓯終與之窮達　始終與士同甘苦、共命運。窮達，窮蹙與通達。⓰愛　吝惜。⓱猲　同「狗」。⓲跖　盜跖。⓳由　許由。堯讓天下於許由，由恥而逃隱潁水之陽、箕山之下。堯又召由為九州長，許由洗耳於潁水之濱。見《史記・伯夷列傳》。⓴資　能力。㉑荊軻湛七族　即因荊軻一人而使七族被殺。湛，通「沈」。㉒要離燔妻子　要離是春秋時吳人。公子光殺吳王僚，僚子慶忌在衛，光使要離前往刺殺。要離為了能接近慶忌，請公子光偽加罪於他而燒死了他的妻子。燔，燒。

【語　譯】因此聖明的君主醒悟過來，捐棄子之那種用心，不喜歡田常的才能，封賞比干的後人，修葺被害孕婦的墳墓，所以功業遍於天下。這是為什麼呢？求善而無饜足之故。晉文公親近他的仇人寺人披而使國家強盛，得以稱霸諸侯；齊桓公任用他的仇人管仲而使天下納入正軌。這是為什麼呢？就是因為慈和的仁愛、真切的情意，實在地留在心上，這是不能借用空話來做到的。秦國採用商鞅之法，向東削弱韓、魏，一下子就成為天下強國，最後卻車裂了商鞅；越國用大夫文種的計謀，滅了強大的吳國而稱霸中國，最後仍誅殺了文種。因此孫叔敖三離相位而不後悔，於陵子仲辭卻三公之封，而替人灌溉園圃。如今君主果真能去除驕傲之心，懷著可以因功報答的想法，披露誠心，表現出真情實意，肝膽塗地，施布深厚的仁德，始終與士人同困厄，共顯達，對士人毫不吝嗇，那麼就可讓夏桀的狗向堯吠叫，盜跖的門客去刺殺許由了。更何況憑藉萬乘的權勢，依憑聖明君王的聲望呢？若能如此，那麼荊軻由於他一人而使七族坐死，要離為了刺殺慶忌而燒死妻子的事，又怎值得向大王道說？

臣聞明月之珠、夜光之璧，以暗投人於道，眾莫不按劍相眄❶者。何則？無因而至前也。蟠木根柢❷，輪囷離奇❸，而為萬乘器❹者，何則？以左右先為之容❺也。故無因而至前，雖出隨侯之珠❻、夜光之璧，秖❼足結怨而不見德。故有人先談，則枯木朽株，樹功而不忘。今天下布衣窮居之士，身在貧賤，雖蒙堯、舜之術，挾伊、管❽之辯，懷龍逢❾、比干之意，欲盡忠當世之君，而素無根柢之容，雖竭精神，欲開忠信，輔人主之治，則人主必襲❿按劍相眄之跡矣。是使布衣之士，不得為枯木朽株之資⓫也。

是以聖王制世御俗⓬，獨化於陶鈞⓭之上，而不牽乎卑辭⓮之語，不奪⓯乎眾多之口。故秦皇帝任中庶子蒙嘉⓰之言，以信荊軻之說，而匕首竊發⓱；周文王獵涇渭⓲，載呂尚⓳而歸，以王天下。秦信左右而亡，周用烏集⓴而王。何則？以其能越拘攣㉑之語，馳域外之議㉒，獨觀於昭曠㉓之道也。今人主沈諂諛之辭，牽於帷牆之制㉔，使不羈之士與牛驥同皁㉕，此鮑焦㉖所以忿於世而不留富貴之樂也。

臣聞盛飾入朝者，不以私汙義；砥礪名號㉗者，不以利傷行。故里名勝母，曾子不入㉘；邑號朝歌，墨子迴車㉙。今欲使天下恢廓㉚之士，誘於威重之權，脅於位勢之貴，回面㉛汙行以事諂諛之人，而求親近於左右，則士有伏死堀㉜穴巖藪㉝之中耳，安有盡忠信而趨闕下者哉？

【章　旨】說明君主應善於發現人才，不能偏聽獨任，以威權迫人，從而失去忠信之士。

【注　釋】❶眄　斜視。❷蟠木根柢　蟠木，屈曲的樹木。柢，樹根。❸輪囷離奇　兩者都是連綿字，盤繞屈曲的樣子。❹萬乘器　萬乘，指天子。器，服玩之屬。❺容　雕飾。❻隨侯之珠　據說隨侯曾救活過一條受傷的大蛇，後此蛇銜明珠一顆以謝，後世即稱為隨侯之珠，簡稱隨珠。《淮南子．說山》：「故和氏之璧，隨侯之珠，出於山淵之精。」隨，春秋時國名。❼秖　通「適」。❽伊管　伊尹和管仲。❾龍逢　關龍逢，夏代賢臣。桀無道，龍逢強諫，被殺。❿襲　因襲。⓫資　作用。⓬制世御俗　統理世事俗務。指治理天下。⓭鈞　陶工製陶器時放於模子下面能夠旋轉的工具。⓮卑辭　恭敬謙虛的話。⓯奪　指受影響而改變。⓰中庶子蒙嘉　中庶子，官名。太子屬官，職如侍中。蒙嘉，荊軻刺殺秦王前，贈蒙嘉重禮，蒙嘉替他在秦王面前講好話，荊軻因而得見秦王。見《史記．刺客列傳》。⓱匕首竊發　荊軻見秦王時，獻樊於期首級及燕督亢地圖，並為秦王展開地圖，從中拔出匕首，行刺秦王。見《史記．刺客列傳》。⓲涇渭　水名。都在今陝西省，涇清渭濁。⓳呂尚　姓姜，因祖先封於呂，因以為氏。呂尚釣於渭水，文王出獵而相遇，交談後，知其賢，同車而歸。後呂尚輔佐武王而有天下。事見《史記．齊太公世家》。⓴烏集　像烏鴉那樣猝然聚合。這裡指烏集之人，即素不相識的人，指呂尚。㉑越拘攣　越，超出。拘攣，沾滯；固執。㉒域外之議　即不受任何局限的議論。㉓昭曠　昭，光明。曠，寬廣。㉔帷牆之制　帷牆，指近臣妻妾。制，制約。㉕皁　同「皂」。牲口槽。㉖鮑焦　周時隱士。相傳因不滿當時政治，抱木餓死。㉗砥礪名號　指修身立名。砥、礪，都是磨刀石。砥細而礪粗，此處用作動詞。㉘里名勝母二句　曾子極孝，以為「勝母」（勝過母親）之名不順，所以不入。㉙邑號朝歌二句　墨子非樂，認為朝歌就是早晨唱歌之意。而早晨不是唱歌的時候，所以回車不入朝歌之邑。《淮南子．說山》：「墨子非樂，不入朝歌之邑。」朝歌，殷之故都。在今河南湯陰南。紂曾作樂叫「朝歌」。㉚恢廓　寬宏的樣子。㉛回面　掉轉臉孔。指改變態度。㉜堀　同「窟」。㉝藪　湖澤。

【語　譯】我聽說明月之珠、夜光之璧，乘著夜色在道路中投贈於人，眾人無不手按寶劍，斜視這些珠璧。為什麼呢？因為無緣無故就出現眼前的關係。屈曲的樹幹、樹根，盤繞彎曲，卻能成為天子的服玩之器，這又是為什麼呢？是因為左右之人已先對它加以形容之故。所以無緣無故地出現於眼前，即使是出現了隨侯之珠、夜光之璧，恰好足以構結怨憤而不足以受人感激。因此有人事先談及、安排，那麼即使是枯朽樹幹，也會有功而不被遺忘。如今天下屬於布衣而窮居的賢能之士，身處貧賤的環境，即使受有堯、舜那樣的法術，懷有伊尹、管仲那樣的辯才，具有龍逢、比干那樣的心意，想要為當代君主効忠，而平素沒有人為他形容介紹，那麼即使竭盡精神力氣，想向當世的國君展示自己的忠誠，輔佐他治理國家，君主必定仍舊會走上按劍斜視的老路。這就使布衣之士甚至得不到枯朽樹幹般的待遇。

因此聖明的君主治理天下，應該像陶工轉鈞一樣，自有權衡，而不被那些恭敬謙虛的言語所牽制，也不被眾口一詞所影響改變。所以秦始皇聽信中庶子蒙嘉的話，而相信了荊軻，使荊軻得以趁機抽出匕首行刺秦王；周文王獵於涇渭二水之濱，載著呂尚而歸，因而統一了天下。秦國因輕信左右之人而滅亡，周朝因任用不相識的人而一統天下。為什麼呢？是因為他們能夠超越拘謹、固執之見，放縱不受任何局限的議論，獨自認識到一條光明寬廣之路。如今的君主沈溺於諂媚阿諛之辭裡，受制於近臣妻妾的制約中，使豪放逸才之人與牛馬同槽，這正是鮑焦憤世嫉俗而不留戀富貴的原因啊。

我聽說盛裝進入朝堂之人，不會因私心而汙損道義；修身立名之人，不會因一己私利而損傷德行。所以地方名為勝母，曾子不肯進入；都邑號為朝歌，墨翟因此駕車返回。如今想使胸懷寬宏之士受威嚴重大的權勢所誘惑，被地位聲勢的尊貴所脅制，使他們改變自己的態度、汙損自己的行為，來奉事諂媚阿諛之人，而求得親近於國君，那麼胸懷寬宏之士只有屈身死於窟穴山澤之中了，哪裡還有竭盡自己的忠信而奔赴君王闕下的呢？

上書諫獵

【作　者】司馬相如（西元前一七九～前一一七年），字長卿，蜀郡成都（今四川成都）人。西漢著名辭賦作家。少時名犬子，後慕藺相如為人，改名相如。曾以入貲為郎。事景帝為武騎常侍。因景帝不好辭賦，而梁孝王來朝時帶了鄒陽、枚乘、莊忌等一批游說之士，於是託病去職，客游於梁。梁孝王死後，歸成都，得臨邛令幫助，與臨邛富人卓王孫女卓文君戀愛結婚，後得卓王孫資助，遂在成都買田宅為富人。武帝時，司馬相如受到推薦，獻賦於帝，被任為郎官。時漢武帝採納唐蒙建議，開通「西南夷」，相如兩度奉使巴蜀，曾提升為中郎將，施展了不錯的政治才能。後來，有人上書告他出使時受人賄賂，於是失官。歲餘復召為郎，後改孝文園令。復以病免官，家居茂陵，遂卒於家。武帝命人取其作品，得遺作〈封禪文〉。相如口吃而善著書，因家財富有，不慕官爵。司馬相如原集已經散佚，明人輯有《司馬文園集》，《漢書·藝文志》著錄其賦二十九篇，今存六篇。其賦廣博閎麗，卓絕於一代，使漢代大賦得以定型，對於以後揚雄、班固、張衡等人的創作都起了重大影響。

【題　解】〈上書諫獵〉是司馬相如在長楊宮狩獵，見天子「好自擊熊豕，馳逐壄獸」，因而上書諫阻。文章先用類比說明獸亦有軼才者，並描述受軼才之獸威脅的窮蹙、危險境地，然後，又深入一步，指出即使狩獵之時，萬安而無一險，馳騁大道之上，也不免會有萬一之變，申明不能以萬乘之重，輕冒萬一之險。最後以危險常「藏於隱微而發於人之所忽」之常理及「家累千金，坐不垂堂」的民間諺語相勸諫。文章運用了類比、比喻等手法，假設入情，分析入理，細緻入微，頗具說服力。

史稱司馬相如「與卓氏婚，饒於財。故其仕宦，未嘗肯與公卿國家之事，常稱疾閒居，不慕官爵。」《漢書·司馬相如傳》本文亦折射出司馬相如追求生活平穩、閒適的心態。

臣聞物有同類而殊能者，故力稱烏獲❶，捷言慶忌❷，勇期賁、育❸。臣之愚暗，竊以為人誠有之，獸亦宜然。今陛下好凌岨❹險，射猛獸，卒❺然遇軼才❻

之獸，駭❼不存之地❽，犯❾屬車❿之清塵⓫，輿不及還轅，人不暇施功，雖有烏獲、逢蒙之伎⓬，力不得用，枯木朽株盡為難矣。是胡、越起於轂下⓭，而羌、夷接軫⓮也，豈不殆哉！雖萬全無患，然本非天子所宜近也。

且夫清道⓯而後行，中路⓰而馳，猶時有銜橛之變⓱，而況乎涉豐草，騁丘墟，前有利獸⓲之樂，而內無存變⓳之意，其為害也不亦難矣！夫輕萬乘之重不以為安，而樂出萬有一危之塗以為娛，臣竊為陛下不取也。

蓋聞明者遠見於未萌，而智者避危於無形，禍固多藏於隱微⓴而發於人所忽㉑者也。故鄙諺曰：「家累千金，坐不垂堂㉒。」此言雖小，可以喻大。臣願陛下留意幸察。

【注　釋】❶烏獲　戰國時秦力士。與任鄙、孟說皆以勇力仕秦武王而至大官（見《史記・秦本紀》）。❷慶忌　春秋吳王僚之子。以快捷與勇力見稱。《呂氏春秋・至忠》：「吳王欲殺王子慶忌，而莫之能殺，吳王患之。要離曰：『臣能之。』吳王曰：『汝惡能乎？吾嘗以六馬逐之江上矣，而不能及。』」❸賁育　指孟賁、夏育二勇士。《戰國策・秦三》：「奔、育之勇焉而死。」奔，即賁。❹淩岨　淩，登。岨，同「阻」。險要。❺卒　通「猝」。❻軼才　才能超眾。❼駭　驚。❽不存之地、難以藏身之地。❾犯　進犯。❿屬車　皇帝的侍從車子。此處實際指皇帝聖駕。⓫清塵　車後揚起的塵埃。清，敬詞。⓬逢蒙之伎　逢蒙，古代善射者。《孟子・離婁下》：「逢蒙學射於羿，盡羿之道，思天下惟羿為愈己，於是殺羿。」伎，即技。指技巧、技能。⓭轂下　車下。即指身旁。轂，車輪中間車軸貫入處的圓木。此借指車。⓮接軫　即接近車子。軫，車箱底部後面的橫木。此借指車。⓯清道　清除道路。⓰中路　大道之中。⓱時有銜橛之變　謂車馬驟馳，或有車馬傾覆之禍。《韓非子・姦劫弒臣》：「無捶策之威，銜橛之備，雖造父不能以服馬。」銜，馬嚼子。橛，車之鉤心。⑱利獸　以獲獸為利。利，意動用法。⑲存變　考慮變故。存，想；考慮。⑳隱微　隱匿；細微。㉑忽　輕忽。㉒垂堂　處堂簷之下。

【語　譯】我聽說人或物有同屬一類卻有特殊才能的，所以就勇力應稱揚烏獲，就迅捷應數慶忌，就勇武必稱孟賁、夏育。我愚蠢暗昧，私下認為人確實有這種情形，就是獸類也應該如此。如今陛下喜好登臨險阻之地，射獵猛獸，猝然間遇上能耐超眾的猛獸，牠難以藏身而被驚起，直接進犯皇帝的從屬車輛，那時乘輿來不及調轉車轅，人們沒時間進行解救，即使有烏獲、逢蒙那樣的技能，他們的勇力也不得施用，因為枯槁的樹木、朽腐的樹根都成為行車的阻難了。這猶如胡越之兵出現於身旁，而羌、夷之人接近了車駕，豈不危險！即使是萬無一失，沒有禍患，這種事也不是天子所應當參與的。

而且清除道路而後行進，車馬在大道中馳騁，有時還會有傾覆的變故，更何況輾轉於草木茂盛之地，馳騁於山丘荒地之上，前有獵獲猛獸的歡樂，而內心無考慮變故的意念，如此因而造成禍害，也不是困難的了啊！輕視天子的尊貴地位，不考慮安全，冒著萬一的危險來追求娛樂，我私下以為陛下是不可以這麼做的。

大凡明察之人能見事於未萌生之時，而智者會避開危厄於尚未成形之際，禍難本就多隱藏於隱微處而突發於人所輕忽之時。所以俗諺說：「家有千金財產，不坐在屋簷下。」這兩句話說的雖是小事，但可從中明白大道理。我希望陛下能留意明察。

上書諫吳王

【作　者】枚乘，見頁一六一一。

【題　解】吳王濞密謀叛亂，枚乘於是上書諫阻，這是給吳王的第一次上書。全文幾乎全用比喻構成，以喻明理，耐人尋味。文中多為排偶句，又多韻語，有明顯的辭賦特點。

臣聞「得全❶者昌，失全者亡」。舜無立錐之地，以有天下；禹無十戶之聚❷，以王諸侯；湯武之土不過百里。上不絕三光之明❸，下不傷百姓之心者，有王術❹也。故父子之道，天性也❺。忠臣不避重誅以直諫，則事無遺策❻，功流萬世。臣乘願披腹心而效愚忠❼，惟大王少加意念惻怛❽之心於臣乘言。

【章　旨】表白自己欲「披腹心」、「獻愚忠」的誠意。

【注　釋】❶全　完備。指行為完美無瑕。❷聚　村落。❸不絕三光之明　指無日食月食，金木水火土等星又運行正常。古人以為日食等現象是上天對帝王的警告；日月星辰不發生異常現象，這是天下有道所致。三光，日月星。❹王術　王天下之術。❺父子之道天性也　語見《孝經・聖治》。這裡說「父子」，下面說「臣」，這是說父子君臣的道理是一樣的。❻遺策　失算。❼披腹心而效愚忠　此為臣子上言於帝王的自謙之詞。披腹心，指竭盡忠誠，盡所欲言。效，獻。愚忠，盡忠而不明事理。❽惻怛　惻隱；憐憫。

【語　譯】我聽說「行為完美無瑕的會興盛，行為不完美的必滅亡」。舜沒有立錐之地，而能擁有天下；禹沒有一個十戶人家的村落，而稱王於諸侯；商湯、周武所擁有的土地也不過方圓百里。上不缺少日月星辰的光明，下不傷害百姓之心的，可說是由於有稱王天下之術的緣故。故父子的倫常，是出於天然的本性。忠直之臣不躲避極重的誅罰而直言諫勸，那麼任何事都不會失算，功勛將流播萬世。我願竭盡忠誠，盡所欲言，希望大王稍加惻隱憐憫之心來看待我的諫言。

夫以一縷之任❶，係❷千鈞之重，上懸之無極之高，下垂之不測之淵，雖甚愚之人，猶知哀其將絕也。馬方❸駭，鼓❹而驚之；係方絕，又重鎮❺之。係絕於天，不可復結；墜入深淵，難以復出。其出不出，間不容髮❻。能聽忠臣之言，百舉❼必脫❽。必若所欲為，危於累卵❾，難於上天。變所欲為，易於反掌，安於泰山。今欲極天命之上壽❿，弊⓫無窮之極樂，究⓬萬乘之勢，不出反掌之易，居泰山之安，而欲乘累卵之危，走上天之難，此愚臣之所大惑也。

【章旨】通過比喻，以勢之難易、居身之安危勸諫吳王在這急迫之際，變所欲為。

【注釋】❶任　負擔。❷係　繫。❸方　正。❹鼓　擊鼓。❺鎮　壓。指加上重量。❻其出不出二句　意謂出得來與出不來，其間相差極微。隱喻能不能從災禍中逃出來，決定於今日，已經很急迫了。❼舉　舉動。❽脫　脫離災禍。❾累卵　堆疊起來的蛋。❿天命之上壽　天命，天所賦予的。上壽，指百歲以上。⓫弊　盡；享盡。⓬究　極；盡。

【語譯】以一線絲縷的承受能力，繫上千鈞的重量，上面懸於無盡的高處，下面低垂於不可測度的深淵，即使是很愚鈍的人，尚且知道哀歎這條絲縷將要斷絕。馬正驚駭，卻又擊鼓驚嚇牠；絲縷正要斷絕，卻又再加上重量。這樣，絲縷斷於空中，不可能再結起來；重物墜入深淵，難以再取出來。出得來與出不來，要馬上決定，不能稍有遲疑。如能聽取忠臣的諫言，則諸事必將免去災禍。一定要做所想要做的，那會比堆疊起來的蛋還要危險，比上天還要艱難。改變所想要做的，則比翻轉手掌還要容易，就會比泰山還要安穩。如今想享有天所賦予的百歲上壽，享盡無窮的極樂，使盡大國諸侯的權勢，不用翻掌那麼容易的方式，居於泰山一樣的安穩地位，而想登上累卵似的危險之地，走上天一樣的艱難途路，這是我所大為疑惑的。

人性有畏其影❶而惡其跡❷，卻背❸而走，跡逾多，影逾疾。不如就陰❹而止，影滅跡絕。欲人勿聞，莫若勿言。欲人勿知，莫若勿為。欲湯❺之滄❻，一人炊❼之，百人揚❽之，無益也，不如絕薪止火而已。不絕之於彼，而救之於此，譬由抱薪而救火也。養由基，楚之善射者也。去楊葉百步，百發百中。楊葉之大，加❾百中焉，可謂善射矣。然其所止，百步之內耳，比於臣乘，未知操弓持矢也❿。福生有基，禍生有胎，納⓫其基，絕其胎，禍何自來？

【章旨】用比喻說明處事應抓根本，要有遠見，勸說吳王應絕其禍胎，納基生福，不宜自招禍患。

【注釋】❶影 一本作「景」。❷跡 足跡；腳印。❸卻背 卻，倒退。背，反。❹陰 陽光照射不到的地方。❺湯 熱水。❻滄 冷。❼炊 燒。❽揚 以勺舀起沸水再傾下，使之散熱。❾加 施；予。❿然其所止四句 養由基只見百步之內，與我相比，他等於是未知操弓持矢者。⓫納 接納。

【語譯】有人生性害怕自己的身影、厭惡自己的足跡，便倒退著走，但足跡反而越多，身影反而越快。不如靠近陽光照不到的地方停下腳步，就會身影消失、足跡滅絕。想使人聽不到，不如不說。想使人不知道，不如自己不做。想使沸水變冷，一人燒水，即使百人揚水止沸，也是無用的，不如斷了柴薪，停了火而後可以止沸。不去斷柴火，而通過揚湯來挽救，那就譬如抱著柴薪去救火，永遠達不到目的。養由基是楚國善於射箭之人。離楊葉百步，百發百中。楊葉只是一丁點大而已，在這上面能百發百中，可算得上善於射箭了。然而養由基射箭的範圍，只限於百步之內，與我相比，養由基等於是未知操弓持矢的人啊。福的產生有其根基，禍的產生有其胚胎，安排生福的根基，斷絕產禍的胚胎，禍又從何而來？

太山之霤❶穿石，殫極之紌斷幹❷。水非石之鑽，索非木之鋸，漸靡❸使之然也。夫銖❹銖而稱之，至石❺必差；寸寸而度之，至丈必過；石稱丈量，徑❻而寡失。夫十圍之木，始生而蘖❼，足可搔❽而絕，手可擢而抓❾，據其未生，先其未形。磨礱❿砥礪，不見其損，有時而盡；種樹⓫畜養，不見其益，有時而大；積德累行，不知其善，有時而用；棄義背理，不知其惡，有時而亡。臣願大王孰計而身行之，此百世不易之道也。

【章　旨】用一連串比喻勸諫吳王要注意小節，積德累行，不做棄義背理之事。

【注　釋】❶霤　屋簷水。此指由山上下注的水。❷殫極之紌斷幹　意謂盡於井梁之綆，可以斷榦。極，屋梁。此指井梁。紌，通「綆」。汲水的繩子。幹，通「榦」。也指井梁。❸靡　通「摩」。摩擦。❹銖　古代量名。一兩的二十四分之一。❺石　一百二十斤。❻徑　直接。❼蘖　樹木被伐後新長出來的嫩芽。❽搔　抓；撓。此指用足趾撓。❾擢而抓　擢，拔；揪。抓，用手取物。指抓到手。❿礱　磨。義同「砥礪」。⓫樹　動詞。栽。

【語　譯】泰山下流之水，久了會滴穿石頭；繞於井梁之井繩，久了可以截斷井梁。水不是穿石之鑽，繩不是斷木之鋸，乃是逐漸摩擦使它們如此的。如果一銖銖地稱，到一石就一定會有誤差；一寸寸地量，到一丈也一定會有盈縮；以石、丈為單位來稱量，則直接而少有差錯。十圍大的樹木，是從嫩芽開始生長的，當時腳可撓它而使它斷絕，手可拔它而抓取它，因為這是在它未出生、未生長成形之前就這麼做。磨刀石日不見它磨損變薄，一定時候就會磨盡；栽種、養育樹木，平素不見它長大，到時方覺它已長成；積累小小的德行，平時不知道它的好處，到時才知道作用；廢棄道義，違背情理，而不知這樣是醜惡的，到時就會滅亡。我希望大王您能仔細考慮並且親身實行它，這是百世不變的道理。

上書重諫吳王

【作　者】枚乘，見頁一六一一。

【題　解】〈上書重諫吳王〉不同於〈上書諫吳王〉那樣的含蓄，連譬成篇。因為當時吳與六國以誅鼂錯為名，已舉兵西向，漢也已斬鼂錯以謝諸侯，所以〈上書重諫吳王〉目的明確，語言曉暢，已無必要含蓄地在暗中加以規諫。

文章首以秦漢相較：六國破滅，秦并六國，由於「地利不同，而民輕重不等」，而今漢之於秦，「地相什而民相百」，其強盛可知，以此勸諫吳王重骨肉之義，細察民之輕重、國之大小。接著點明漢已誅鼂錯以謝諸侯，已見吳之威望，擁有富庶之地的吳，應適可而止，不宜以卵擊石，自招禍患。最後一針見血地點出，如吳吞天下之心被漢察知，則吳之亡指日可待。如此披腹心之言，卻不為吳王接納。

文章中形勢分析合乎情理，說理曉暢易明，顯示作者用心良苦。而行文排偶特色鮮明，又多韻語，已具濃厚的辭賦色彩。

昔秦西舉胡戎之難❶，北備榆中之關❷，南距羌筰❸之塞，東當六國之從❹。六國乘信陵之藉❺，明蘇秦❻之約，厲❼荊軻之威，并力一心以備秦。然秦卒禽❽六國，滅其社稷❾，而并天下，是何也？則地利不同，而民輕重❿不等也。今漢據全秦之地，兼六國之眾，修戎狄之義⓫，而南朝⓬羌筰，此其與秦，地相什而民相百，大王之所明知也。今夫讒諛之臣為大王計者，不論骨肉之義，民之輕重，國之大小，以為吳禍，此臣所以為大王患也。

【章 旨】指明六國破滅，秦并天下，在於「地理條件不同，民眾多寡不同」，今漢朝與秦相較，「地相什而民相百」，為吳謀劃的讒諛小人，實是為吳招禍。

【注 釋】❶難 禍難。❷榆中之關 即榆林塞。榆中，戰國、秦榆中地，漢置榆中縣，屬金城郡。今屬甘肅省。❸羌筰 羌，古代西部少數民族。筰，古代西南地區的少數民族。❹六國之從 燕、趙、韓、魏、齊、楚六國合縱之力。❺乘信陵之藉 乘，利用。信陵，魏公子無忌號信陵君，嘗總五國卻秦。藉，憑藉；幫助。❻蘇秦 曾遊說秦國未成，後說趙王以縱約，使山東六國合縱制秦，縱約成，蘇秦為六國相。❼厲 振奮。❽禽 通「擒」。❾社稷 土穀之神。歷代王朝必先立社稷壇壝，如滅人之國，則必變置其社稷，因以社稷為國家政權的標誌。❿輕重 指多寡。⓫修戎狄之義 指修恩義以撫戎狄。⓬朝 使動用法。使……朝拜。

【語 譯】從前秦國西面克服胡人、戎狄的禍難，北面防守榆中關口，南面拒守防備羌、筰的要塞，東面擋住六國合縱的攻擊。六國利用信陵君的幫助，申明蘇秦的合縱之約，振奮荊軻的威靈，并力同心來抵禦秦國。然而秦國終於征服六國，滅了他們的社稷，而兼并天下，這是為什麼呢？那是地利的條件不同，而且百姓的多寡不等之故。如今漢朝據有整個秦國的土地，兼有六國的民眾，修恩義以安撫戎狄，使南面的羌、筰民族前來朝拜臣服，它與秦相比，土地十倍於秦，民眾百倍於秦，這是大王所知道的。今為大王謀劃的讒諛之臣，不辨骨肉情義、民眾多寡、國家大小，而為吳國招禍，這是我為大王憂慮的原因。

夫舉吳兵以訾❶於漢，譬猶蠅蚋❷之附群牛，腐肉之齒❸利劍，鋒接必無事矣。天下聞吳率失職❹諸侯，願責❺先帝之遺約❻，今漢親誅其三公❼，以謝前過，是大王威加於天下，而功越於湯、武也。夫吳有諸侯之位，而富貴於天子；有隱匿❽之名，而居❾過於中國❿。夫漢并二十四郡，十七諸侯，方輸錯出⓫，軍行數千里不絕於郊⓬，其珍怪不如山東之府⓭，轉粟西鄉，陸行不絕，水行滿河，不如海陵⓮之倉。修治上林⓯，雜以離宮，積聚玩好，圈守禽獸，不如長洲⓰之苑。游曲臺⓱，臨上路，不如朝夕之池⓲。深壁高壘，副以關城⓳，不如江淮之險。此臣之所為大王樂⓴也。

【章　旨】指出漢已斬鼂錯謝過，吳國威信大申，應得理即止，不宜以卵擊石，自取滅亡。又說明吳國雖為諸侯，卻富過天子，因而吳王應當知足而止。

【注　釋】❶訾　計量。❷蠅蚋　蒼蠅與蚊子。❸齒　當；觸。❹失職　失所；失其常分。指削地事。❺責　求。❻先帝之遺約　先帝，漢高祖。遺約，指原先封地之約。❼三公　秦謂丞相、太尉、御史大夫為三公。西漢以大司馬、大司空、大司徒為三公。多用以泛指輔佐國君掌軍政大權的最高官員。此指御史大夫鼂錯。❽隱匿　指避地東南。劉濞為漢高祖兄子，此歌頌他避地東南吳地的聲名。❾居　居處。❿中國　京師。⓫方輸錯出　方輸，四方貢輸。錯出，雜出；錯互而出。⓬郊　野。⓭山東之府　吳王之府藏。⓮海陵　地名。在今江蘇泰州，當時吳在此建有大倉。⓯上林　西漢天子苑囿。⓰長洲　在今江蘇吳縣西南。唐武后時置長洲縣，即以古苑長洲苑而得名。⓱曲臺　秦漢宮殿名。漢時作天子射宮，又立為署，置太常博士弟子。故自漢以來，有關禮制的著作，常以曲臺為名。⓲朝夕之池　即潮汐之池。指海。⓳關城　關隘城池。如函谷關。⓴樂　喜。

【語　譯】拿吳國之兵與漢朝軍隊相比較，猶如蚊蠅附著於群牛之身、腐肉觸到鋒利劍口一樣，鋒刃相接，吳必敗而無以成事。天下聽說吳國率領被削地的諸侯，希望追復先帝遺留的約定，如今漢帝自己誅殺了御史大夫鼂錯，為削地之過道歉，如此大王您的威信已流布於天下，而功勞也超過商湯、周武了。吳國有諸侯之尊位，卻比天子繁富殷實；有避地東南的好名聲，而居處卻遠勝於京師。漢合二十四郡，十七諸侯，四方貢賦錯雜而出，輸運之兵數千里不絕於野，它的奇珍異寶還不如吳國的山東府藏。向西轉運糧食於京師，雖陸路運行不絕，水路舟船滿河，也不如吳國海陵之倉積聚豐實。修治上林苑，其間雜以離宮，積聚玩好，圈養禽獸，仍不如吳國長洲的苑囿。遊賞曲臺，面臨苑路，不如吳國的大海。壁壘高深，配以關隘城池，不及長江、淮水之天險。這是我替大王高興的。

今大王還兵疾歸，尚得十半❶，不然，漢知吳有吞天下之心，赫然❷加怒，遣羽林黃頭❸循江而下，襲大王之都❹；魯東海❺絕吳之饟道❻；梁王❼飾車騎，習戰射，積粟固守，以偪滎陽，待吳之飢。大王雖欲反都，亦不得已。夫三淮南❽之計不負其約❾，齊王殺身❿以滅其跡，四國⓫不得出兵其郡，趙囚邯鄲⓬，此不可掩⓭，亦已明矣。今大王已去千里之國，而制於十里之內矣。張韓將北地⓮，弓高宿左右⓯，兵不得下壁⓰，軍不得太息，臣竊哀之，願大王孰察焉。

【章　旨】力勸吳王罷兵，以為形勢已對吳不利，否則，殺身滅跡之禍難以避免。

【注　釋】❶尚得十半　指尚有一半安全。❷赫然　怒貌。❸羽林黃頭　羽林，羽林軍。皇帝禁衛之軍。黃頭，黃頭郎，指水軍。❹都　指吳都廣陵。今之揚州。❺東海　東海郡。❻饟道　餉饋運送之道。❼梁王　即劉武。❽三淮南　淮南厲王長之三子：淮南王安、衡山王賜、廬江王勃。❾不負其約　指不負漢約，拒吳、楚。❿齊王殺身　《漢書・高五王傳》載：齊孝王將閭被膠西、淄川、濟南三國圍困，漢將欒布擊破三國之圍，聞齊初與三國有謀，將欲移兵伐齊，齊孝王懼而自殺。⓫四國　膠東、膠西、濟南、淄川王。起兵應吳楚之反，皆見誅。⓬趙囚邯鄲　趙王遂與吳、楚合謀起兵，漢使酈寄襲擊，趙王守邯鄲，相距七月。吳、楚敗，漢并力攻趙，趙王自殺。事見《漢書・高五王傳》。⓭掩　隱匿。⓮張韓將北地　張韓，張羽、韓安國。北地，指吳軍之北面。即張、韓率兵處吳軍之北以距吳。⓯弓高宿左右　弓高侯韓頹當屯兵吳軍左右。宿，止。⓰壁　軍壘。

【語　譯】如今大王罷兵速歸，尚能保得一半的安全，不然，漢帝若得知吳國有吞并天下之心，則必憤然發怒，派遣羽林水軍沿長江而下，襲擊大王的國都；魯國、東海郡截斷吳國運糧之道；梁王整頓車騎，教習戰射，積聚糧草固守，來進逼滎陽，等待吳軍飢餓的時機攻打。大王即使想返回都城，也不可能了。淮南三王定計，不負漢朝之約，齊王自殺，以消除他參與謀反的痕跡，膠東、膠西、濟南、淄川四國也不能兵出郡國以助吳，而趙王被圍困於邯鄲，這些不可隱匿的事實已很明確了。大王已離開方圓千里的本土，而受制於方圓十里之內。張羽、韓安國率兵處吳軍之北，弓高侯兵屯於吳軍周圍，使吳兵不得出營壘，軍隊得不到喘息之機，我私下為這種情況哀痛。希望大王仔細予以詳察。

詣建平王上書

【作　者】江淹（西元四四四～五〇五年），字文通，濟陽考城（今河南蘭考）人。歷仕宋、齊、梁三代。宋時曾為建平王劉景素屬官，被誣下獄，上書自白遂獲釋。乃從劉景素為鎮軍參軍，領南東海郡丞。以事觸犯景素，被黜為建安吳興令。入齊，參掌詔策，後拜中書侍郎、尚書左丞、御史中丞、祕書監侍中衛尉卿。入梁為散騎常侍左衛將軍，封臨沮縣伯，後官至金紫光祿大夫，改封醴陵侯。卒諡憲。江淹少孤貧，常砍柴養母。早年即以文章著名，晚年因高官厚祿，世故保守，所作詩文不如前期，時人謂之才盡。凡所著述，自編為前後二集，已佚，後人輯有《江文通集》。作詩善於模擬，然亦不乏蒼勁流麗之作。作賦與鮑照齊名。

【題　解】建平王即劉景素。江淹聞劉景素好士，乃投其幕下，時江淹已頗有文名，劉對他甚為器重。江淹血氣方剛，恃才傲物，為同僚所忌，他們以廣陵令郭彥文獲罪，辭連江淹，遂繫江淹於州獄。江淹在獄中寫了這封信，向劉景素陳訴自己的不白之冤。

文中首先說自己感懷鄒衍、庶女之蒙冤而感動天地，常廢卷流涕，而自己忠貞、信實卻被冤屈，覺「仁」「善」不可依恃，曲折地表達了希望劉景素不要忘記儒家「仁」「善」待人之道，同時也希望劉景素不要聽誣陷之詞，對自己的冤情作分析考慮。接著寫自己出身寒微，卻受到建平王的禮遇，自己一向恭謹從事，感恩圖報猶恐不及，並以歷史事例說明自己也是蒙受了冤屈。其中「涉旬月，迫季秋，天光沈陰，左右無色」的環境描寫，頗能烘托出了作者此時的悲傷心情；而「至於下官，當何言哉」的詰問，鏗鏘有力，「亦良可知也」的感慨，更發人深省。最後，寫眾人莫不浸沐仁義，而己獨遭冤獄對比強烈，因而引出希望建平王垂察冤情的要求。

此信飽含真摯的感情，陳訴了自己的不白之冤，分析入情入理，並列舉歷史上的實例，使人對他的冤屈深信不疑，語氣不卑不亢。建平王閱書當天即釋江淹出獄，而此文亦流傳於世。

昔者賤臣叩心，飛霜擊於燕地❶；庶女告天，振風襲於齊臺❷。下官❸每讀其書，未嘗不廢卷流涕。何者？士有一定之論，女有不易之行❹；信而見疑，貞而為戮。是以壯夫❺義士，伏死❻而不顧者，此也。下官聞仁不可恃，善不可依，謂徒虛語，乃今知之。伏願大王暫停左右❼，少加憐察。

【章　旨】說明自己忠貞、信實而被冤屈繫獄，希望建平王對己之冤情能加憐察。

【注　釋】❶昔者賤臣叩心二句　李善注引《淮南子》：「鄒衍盡忠於燕惠王，惠王信讒而繫之。鄒子仰天而哭，正夏而天為之降霜。」唐開元中徐堅《初學記・卷二》亦引《淮南子》，與李注相類。此事不見今本《淮南子》。《論衡・感虛》：「鄒衍無罪，見拘於燕，當夏五月，仰天而歎，天為隕霜。」叩心，捶胸。悲憤之狀。❷庶女告天二句　《淮南子・覽冥》：「庶女叫天，雷電下擊，景公臺隕。」高誘注：「庶賤之女，齊之寡婦，無子不嫁，事姑謹敬。姑無男有女，女利母財，令母嫁婦，婦益不肯，女殺母以誣寡婦，婦不能自明，冤結叫天，天為作雷電，下擊景公之臺。」❸下官　漢時郡國內屬吏對其長官及國主自稱臣，或稱下官。至南朝宋孝建中，始禁屬吏自稱臣，一律改稱下官。❹士有一定之論二句　語出《淮南子・原道》。高誘注：「士有同志，同志、德也。至其交接，有一會而交定，故曰有一定之論也。貞女專一，亦無二心，雖有偏喪，不復更醮，故曰有不易之行也。」❺壯夫　壯士；壯年之人。❻伏死　指為明冤伏劍而死。❼左右　近臣。

【語　譯】從前微賤之臣鄒衍捶胸哭冤，嚴霜盛夏飛落於燕地；貧賤寡婦向上天訴冤，狂風襲擊齊景公的樓臺。下官每每誦讀書中的這些記載，未嘗不掩卷流淚。這是為什麼呢？士人相交便確定不改，女性有不可改易的操守；信實而被懷疑，忠貞而被殺戮。因此壯夫義士，為了申明冤屈而蹈死不顧，就是這個緣故。我曾聽說慈仁、和善皆不可依恃，以為不過是空話罷了，如今才知道確實是如此。請求大王命屬吏暫時停止對我的訊問，對我稍加憐憫，瞭解實情。

下官本蓬戶桑樞❶之人，布衣韋帶❷之士，退不飾《詩》《書》以驚愚，進不買名聲於天下。日者，謬得升降承明之闕❸，出入金華之殿❹。何嘗不局影❺凝嚴❻，側身扃禁❼者乎？竊慕大王之義，復為門下之賓，備鳴盜淺術❽之餘，豫三五❾賤伎之末。大王惠以恩光❿，顧以顏色⓫。實佩荊卿黃金之賜⓬，竊感豫讓⑬國士之分矣。常欲結纓伏劍⑭，少謝萬一；剖心摩踵⑮，以報所天⑯。不圖小人固陋，坐貽⑰謗缺⑱。跡墜⑲昭憲⑳，身恨㉑幽圄㉒。履影弔㉓心，酸鼻痛骨。下官聞虧㉔名為辱，虧形次之。是以每一念來，忽㉕若有遺。加以涉旬月，迫季秋，天光沈陰，左右無色。身非木石㉖，與獄吏為伍。此少卿㉗所以仰天搥心㉘，泣盡而繼之以血也。下官雖乏鄉曲㉙之譽，然嘗聞君子之行矣：其上則隱於簾肆㉚之間，臥於巖石之下；次則結綬金馬㉛之庭，高議雲臺㉜之上；退則虜南越之君㉝，係單于之頸㉞。俱啟丹冊㉟，並圖青史㊱。寧當爭分寸之末，競錐刀之利哉㊲？下官聞積毀銷金，積讒磨骨。遠則直生取疑於盜金㊳，近則伯魚被名於不義㊴。彼之二子，猶或如是；況在下官，焉能自免！昔上將之恥，絳侯幽獄㊵；名臣之羞，史遷下室㊶。至如下官，當何言哉！夫魯連之智，辭祿而不返㊷；接輿之賢，行歌而忘歸㊸。子陵閉關於東越㊹，仲蔚杜門於西秦㊺，亦良可知也。若使下官事非其虛，罪得其實；亦當鉗口吞舌㊻，伏匕首以殞身。何以見齊魯奇節之人，燕趙悲歌之士乎？

【章　旨】說明自己感激建平王以禮相待的知遇之恩，表白自己思圖報恩之忠心。然後以歷史上士人遭不白之冤的例子作為實例，說明自己的冤屈。

【注　釋】❶蓬戶桑樞　編蓬草為門，以桑枝為門軸。《莊子・讓王》：「原憲居魯，環堵之室，茨以生草，蓬戶不完，桑以為樞。」❷韋帶　貧賤之人所繫的無飾皮帶。《淮南子・修務》：「則布衣韋帶之人過者，莫不左右睥睨而掩鼻。」❸承明之闕　指承明廬。漢承明殿旁屋，侍臣值宿所居。後因以入承明廬指入朝或在朝為官。《漢書・嚴助傳》：「君厭承明之廬，勞侍從之事，懷故土，出為郡吏。」❹金華之殿　即金華殿。漢殿名。在西漢未央宮。《漢書・敘傳》：「時上方鄉學，鄭寬中、張禹朝夕入說《尚書》、《論語》於金華殿中，詔伯受焉。」後作為宮殿之通名。❺局影　拘約身影。❻凝嚴　凝，凝重；端莊。嚴，整肅。❼側身局禁　側身，側過身子。指小心謹慎。局禁，拘謹。❽鳴盜淺術　鳴盜，雞鳴狗盜。此指賓客。語出《史記・孟嘗君列傳》。淺術，粗淺的技藝。❾豫三五　豫，參與；列入。三五，三辰五星。泛指星相天數。❿恩光　恩澤光耀。⓫顏色　面容；臉色。⓬實佩荊卿句　指自己深荷建平王知遇之恩。佩，受。荊軻黃金之賜，《史記・刺客列傳》：「太子日造門下，供太牢、具異物，間進車騎美女，恣荊軻所欲，以順適其意。」《索隱》曰：「軻與太子遊東宮池，軻拾瓦投龜，太子金丸進之。」⓭豫讓　春秋末戰國初刺客。曾事晉范氏及中行氏，無所知名，去而事智伯。趙襄子與韓魏滅智伯，豫讓改容謀刺襄子，為智伯報讎。曾言：「臣事范、中行氏，范、中行氏以眾人遇臣，臣故眾人報之；智伯以國士遇臣，臣故國士報之。」事見《戰國策・趙一》及《史記・刺客列傳》。⓮結纓伏劍　結纓，春秋時孔子弟子子路為衛大夫孔悝宰，舊太子蕢因悝而作亂，蕢子輒（出公）出奔，子路不從悝，蕢因使武士以戈擊子路，斷纓。子路曰：「君子死，冠不免。」結纓而死。因以喻慷慨獻身。事見《左傳・哀公十五年》、《史記・仲尼弟子列傳》。伏劍，以劍自刎。⓯剖心摩踵　剖心，剖心析肝；披肝瀝膽。摩踵，即摩頂放踵。指從頭頂到腳跟都磨傷。《孟子・盡心上》：「墨子兼愛，摩頂放踵，利天下為之。」⓰所天　借指帝王。《後漢書・梁統傳》：「妾得蘇息，拭目更視，乃敢昧死自陳所天。」⓱貽　取。⓲鈌　同「缺」。敗壞，毀謗。⓳墜　陷落。⓴昭憲　昭明之憲法。㉑恨　悵惘。㉒圄　囹圄。㉓弔　悲傷。㉔虧　損。㉕忽　意同「忽忽」。迷惘、失意之貌。㉖木石　喻無知覺、無情感之物。㉗少卿　漢將李陵，字少卿，天漢二年率五千兵出擊匈奴，戰敗投降。㉘槌心　捶胸。㉙鄉曲　即指鄉下。㉚簾肆　簾，竹簾。此指隱居家中。肆，住宿之處。㉛結綬金馬　結綬，繫結印帶。喻出仕作官。《漢書・蕭望之傳》言蕭育「少與陳咸、朱博為友，著聞當世。往者有王陽、貢公，故長安語曰：『蕭朱結綬，王貢彈冠』，言其相薦達也。」金馬，漢宮門名。〈西都賦〉曰：「承明金馬著作之庭。」漢武帝得大宛馬，鑄銅馬立於魯班門外，因稱金馬門。東方朔、主父偃皆待詔金馬門。《史記・東方朔傳》：「（朔）時坐席中，酒酣，據地歌曰：『陸沈於俗，避世金馬門。宮殿中可以避世全身，何必深山之中，蒿廬之下。』」㉜雲臺　漢宮中高臺名。《後漢書・陰興傳》：「後以興領侍中，受顧命於雲臺廣室。」明帝圖畫中興功臣三十二人於雲臺，即此。㉝虜南越之君　《漢書・終軍傳》：「南越與漢和親，乃遣軍使南越，說其王，欲令入朝，比內諸侯。軍自請：『願受長纓，必羈南越王而致之闕下。』」㉞係單于之頸　《漢書・賈誼傳》：「行臣之計，請必係單于之頸而制其命。」㉟啟丹冊　丹冊，即丹書。帝王頒給功臣的一種證書。《漢書・高惠高后文功臣表》：「申以丹書之信，重以白馬之盟。」啟，陳述。㊱青史　古以竹簡記事，故稱史籍為青史。㊲寧當爭二句　《左傳・昭公六年》：「錐刀之末，將盡爭之。」分寸之末，指細微。錐刀，喻細微。㊳直生取疑於盜金　直生，直不疑，南陽人。為郎，事文帝。其同舍有告歸，誤持其同舍郎金去，已而同舍郎覺，誣賴不疑，不疑不辯解，買金償。後告歸者至，而歸金，亡金郎大慚。事見《漢書・直不疑傳》。㊴伯魚被名於不義　指第五倫蒙受不義之名。《後漢書・第五倫傳》：第五倫，字伯魚，京兆長陵人。朝京師，得見光武帝。帝戲謂倫曰：「聞卿為吏，篣婦公，不過從兄飯，寧有之邪？」倫對曰：「臣三娶妻皆無父，少遭飢亂，實不敢妄過人食。」帝大笑。按：篣婦公（毆打岳父）、不過從兄飯，皆是不義之名。㊵絳侯幽獄　絳侯即周勃，周勃於漢初因功封絳侯，後誅諸呂安漢，又被誣謀反，下廷尉治罪。司馬遷〈報任少卿書〉：「絳侯誅諸呂，權傾五伯，囚於請室。」請室，大臣待罪之室。㊶史遷下室　指司馬遷被處腐刑後被推置蠶室。〈報任少卿書〉：「而僕又茸以蠶室，重為天下觀笑。」蠶室，受腐刑後所居溫密之室。㊷魯連之智二句　魯連即魯仲連，戰國齊人。高蹈不仕，喜為人排難解紛。遊於趙，秦圍趙急，魏使新垣衍請帝秦，魯仲連力言不可，會信陵君率魏兵至，秦軍卻走。平原君欲封魯連，魯連退而不受。後燕將據聊城，齊攻之歲餘不能下，魯仲連遺書燕將，聊城乃下。齊王欲賜爵，仲連逃隱海上。事見《戰國策・趙三》及《史記・魯仲連列傳》。㊸接輿之賢二句　接輿，傳說為春秋時楚國隱士，佯狂避世。《論語・微子》：「楚狂接輿歌而過孔子曰：『鳳兮鳳兮，何德之衰？往者不可諫，來者猶可追。已而，已而！今之從政者殆而！』」㊹子陵句　子陵即嚴光，會稽餘姚人。少有高名，與光武同遊學。及光武即位，隱身東越富春山，終身不仕。事見《後漢書・嚴光傳》。㊺仲蔚句　指張仲蔚隱身於扶風。李善注引《三輔決錄》注：「張仲蔚，扶風人也。少與同郡魏景卿隱身不仕，所居蓬蒿沒人。」按：扶風，地處西秦，故曰「杜門於西秦」。㊻鉗口吞舌　鉗口，猶閉口。《莊子・胠篋》：「鉗楊、墨之口。」吞舌，閉口不言。

【語　譯】下官本是居住在簡陋房子中的窮人，穿布衣、束皮帶之士，退身不能賣弄《詩》《書》來驚動愚民，進不能獲取名聲於天下。近日，陰差陽錯，得以升降承明廬、出入金華殿。何嘗不拘約身影，端莊整肅，側身而行，拘謹戒慎的呢？私下敬慕大王的高義，又成為大王門下的賓客，充當雞鳴狗盜那種技藝粗淺之輩的餘數，列入占星觀象那種低微薄伎的末位。大王惠賜我恩榮，又和顏悅色對我。實是蒙受了荊軻所受那樣黃金的恩賜、私心感懷著豫讓所許那樣國士的職分。常想慷慨獻身，伏劍而死，稍稍答謝大王之大恩於萬一；準備剖心析肝，摩頂放踵，以報效大王。沒想到我這個小人，見識鄙陋，徒然受人誹謗詆毀。行跡落入昭明的憲法，身影悵惘於幽深的囹圄。踐影傷心，鼻酸骨痛。下官聽說毀損聲名乃是最大的恥辱，毀損形體，是其次者。因此每一念至，恍惚若有所失。加以經過旬月，時近深秋，天光黯淡陰沈，左看右顧都沒什麼景象。自身並不是無知覺、無情感之物，而與獄吏為伴。這正是李陵仰天捶胸，淚盡而繼之以血的原因。下官雖缺乏鄉黨鄰里的稱譽，但也曾聽說君子應有的德行，最好就是閉門下簾隱居在家，臥於巖石之下，其次是授職於金馬門著作之庭，在雲臺之上高論治國之道；再其次是拘羈南越國的君主，繫縛匈奴單于的頸項。一一陳述勳績於丹書，並在史冊上記錄功業。難道應當爭奪追逐一分一寸的微末之利嗎？下官聽說毀謗積聚能銷蝕金屬，讒言積聚能銷磨骨肉。遠有直不疑蒙受盜金的懷疑，近則有伯魚負了不義之聲名。這二人，他們的遭遇尚且如此，更何況是我，哪裡能自免於冤屈呢！從前上將軍受恥辱，則有絳侯周勃被囚禁獄中這件事；名臣蒙羞辱，則有司馬遷被下蠶室這件事。至如下官，有什麼可說的呢！魯連是如此之智，辭讓爵祿而不回；接輿是如此之賢，步行歌吟而忘歸。嚴子陵閉門隱居於東越，張仲蔚關門遯隱於西秦，他們的用心實在也是可以推知的。假若下官事非虛構，實有其罪；就應當閉口不言，用匕首殺死自身，如何能再見齊魯奇風亮節之人、燕趙慷慨悲歌之士呢？

方今聖曆欽明❶，天下樂業。青雲浮雒，榮光塞河❷。西洎❸臨洮、狄道❹，北距❺飛狐、陽原❻，莫不浸仁沐義，照景❼飲醴❽而已。而下官抱痛圓門❾，含憤獄戶，一物之微❿，有足悲者。仰⓫惟大王少垂明白，則梧丘⓬之魂，不愧於沈首；鵠亭⑬之鬼，無恨於灰骨。不任肝膽之切⑭，敬因⑮執事⑯以聞。

【章　旨】說明天下樂業，人人浸仁沐義，唯有自己含冤繫獄，希望建平王明察冤情，使自己死而無所愧恨。

【注　釋】❶聖曆欽明　聖曆，指皇帝。欽明，指皇帝行事清明。❷青雲浮雒二句　指祥瑞之氣浮塞於洛河。青雲，青色雲氣。榮光，彩色的雲氣。青雲、榮光，古時皆以為祥瑞。雒，洛河。李善注引《尚書中候》曰：「成王觀于洛河，沈璧禮畢，王退俟，至于日昧，榮光並出幕河，青雲浮洛，青龍臨壇銜玄甲之圖吐之而去。」❸洎　及；到達。❹臨洮狄道　臨洮，地名。隴西之縣。漢置狄道縣，為隴西郡治。晉時臨洮為狄道郡治。狄道，縣名。漢置，屬隴西郡。因地居狄族而得名。晉改為武始縣。❺距　到。❻飛狐陽原　飛狐，縣名。漢為廣昌縣地，屬代郡，後漢屬中山國，後周大象二年於五龍城復置廣昌縣。隋仁壽元年改名飛狐。陽原，縣名。屬河北省。漢置，屬代郡，東漢廢。❼照景　照，指受光照。景，景星。雜星名，也稱瑞星、德星。《史記・天官書》：「天精而見景星。景星者，德星也。其狀無常，常出於有道之國。」❽醴　醴泉。❾圜門　即獄門。❿微　衰微。⓫仰　用於「惟」之前，表示恭敬。⓬梧丘　路中壟起的高地。《晏子春秋・雜下》：「景公畋於梧丘，夜猶早，公姑坐睡。而夢有五丈夫，北面韋廬，稱無罪焉。公覺，召晏子而告其所夢，公曰：『我其嘗殺無罪邪？』晏子對曰：『昔者先君靈公畋，有五丈夫來駭獸，故並斷其頭而葬之，命曰五丈夫之丘。此其地邪？』公令人掘而求之，則五頭同穴而存焉。公曰：『嘻！』令吏厚葬之。」⓭鵠亭　即鵠奔亭。在廣東肇慶南。相傳後漢何敞為交州刺史，行部宿鵠奔亭。夜半有一女子訴冤，謂路經鵠奔亭，被亭長龔壽殺害，埋屍樓下。敞翌日挖掘，果得屍，乃捕龔壽正法。事見晉干寶《搜神記・一六》。⓮肝膽之切　肝膽，喻真心誠意。切，急迫。⓯因　通過。⓰執事　百官。此指建平王之下屬。

【語　譯】如今聖上行事明鑒，天下人皆樂於從事本業。祥瑞的青雲浮於洛水，彩色的雲氣充塞於黃河。西達臨洮、狄道，北到飛狐、陽原，沒有一個不浸潤沐浴於仁義之中，受景星之明，飲醴泉之水的。而下官懷傷痛於獄門，含悲憤於獄戶。一物衰微，便值得悲憂，何況是人呢？敬請大王稍垂明察，那麼梧丘的遊魂，便無愧於埋首荒野；鵠亭的冤鬼，也無恨於骨化飛灰。心意不勝切迫，恭謹地通過大王的屬官向您報告。

啟

奉答勑示七夕詩啟

【作　者】任昉，見頁一七〇三。

【題　解】原題下李善注：「梁武詔昉曰：聊為七夕詩五韻，殊不近詠歌。卿雖訥於言，而辯於才，可即制付使者。」從文章內容看，李善所注已把寫作本文的緣起交代清楚了。

啟，是書函的一種。劉勰《文心雕龍・奏啟》：「至魏國箋記，如云啟聞；奏事之末，或謹密啟。」一般用來陳述事由，或有所陳請。

本啟首先稱揚梁武的卓越文思，再述自己見知於梁武，得隨侍左右，然而應答之作倉猝草率，鄙陋而頗感慚愧。由此可見，此啟是隨應答之作一起交付來使，以示謙虛的一篇說明文字。梁朝帝王多有文才，然而任昉此啟對梁武文才之過譽也是明顯的。

臣昉啟❶：奉勑❷并賜示七夕五韻。竊惟帝跡❸多緒❹，俯同❺不一❻，託情風什❼，希世罕工。雖漢在四世❽，魏稱三祖❾，寧足以繼想〈南風〉❿，克諧⓫

〈調露〉⑫？性與天道⑬，事絕稱言⑭，豈其多幸，親逢日暮⑮。臣早奉龍潛，與賈馬而入室⑯；晚屬⑰天飛⑱，比嚴徐而待詔⑲。惟君知臣，見於訥言⑳之旨；取求不疵㉑，表㉒於辯才之戲㉓。謹輒㉔牽率庸陋㉕，式㉖詶㉗天獎㉘，拙速㉙雖效㉚，蚩鄙㉛已彰。臨啟慚恧㉜，罔識所寘㉝。謹啟。

【注釋】①啟　陳說；告訴。②勑　詔命。③跡　行跡。謂功績。④緒　事。⑤俯同　俯，屈身；向下。同，參與；過問。⑥不一　非一。指多。⑦風什　指詩篇。風，詩。什，篇什。⑧四世　指漢武帝。謂漢文化昌明於第四世武帝時。⑨三祖　指魏武帝曹操、魏文帝曹丕、魏明帝曹叡三代。時文學繁盛。⑩南風　古詩名。相傳虞舜作五弦琴，歌〈南風〉：「南風之薰兮，可以解吾民之慍兮。南風之時兮，可以阜吾民之財兮。」（見《孔子家語・辯樂》）⑪克諧　克，能。諧，諧和。⑫調露　樂名。⑬性與天道　《論語・公冶長》：「子貢曰：『夫子之文章，可得而聞也；夫子之言性與天道，不可得而聞也。』」此處「與」作動詞。⑭絕稱言　絕，斷絕。稱言，稱說；陳述。⑮豈其多幸二句　意謂自己非常幸運，得以早晚見到皇帝。逢，遇。⑯臣早奉龍潛二句　指梁武帝在齊時，自己已得以承奉。奉，奉侍。龍潛，龍潛隱之時。賈馬，賈誼、司馬相如。入室，《論語・先進》：「由也升堂矣，未入於室也。」此處入室，指入室顧問、入室侍奉文學之事。⑰屬　適逢。⑱天飛　飛龍在天。指梁武帝登帝位。⑲比嚴徐而待詔　嚴徐，嚴安、徐樂，《漢書・卷六四》有傳。兩人皆以上書受到任用。待詔，漢代以才技徵召未有正官者，使待詔，有待詔公車、待詔金馬門等名目。如東方朔曾待詔金馬門。參見《漢書・公孫弘傳》、《漢書・叔孫通傳》。⑳訥言　言語遲鈍。《論語・里仁》：「君子欲訥於言而敏於行。」㉑取求不疵　《左傳・僖公七年》：「（楚）文王將死，與之（申侯）璧，使行，曰：『唯我知女，女專利而不厭；予取予求，不女疵瑕也。』」不疵，不以為瑕疵。㉒表　明示。㉓戲　戲謔。㉔謹輒　謹，謹慎。輒，則。㉕牽率庸陋　牽率，引領。庸陋，平庸淺陋。㉖式　用。㉗詶　通「酬」。報答。㉘天獎　天恩。㉙拙速　拙，拙笨。謙詞。速，快速；速度。㉚效　呈現。㉛蚩鄙　粗野拙鄙。㉜慚恧　慚愧。㉝寘　置。

【語　譯】臣任昉陳述：敬受詔命並賜示七夕詩五韻。私下以為皇帝功績遍於多種事情，既屈身過問政務甚多，又寄情於詩篇，以精巧而言，是歷代少有的。即使漢朝武帝，魏代三祖，哪裡足以如我皇之作能繼承〈南風〉之歌，能諧調〈調露〉之樂呢？皇上本性合於天道，難以稱說，臣是多麼幸運，早晚得以謁見皇上。臣早年在飛龍潛隱之時即承奉於前，得以如賈誼、司馬相如那樣入室侍從；晚年又適逢龍飛在天於後，能和嚴安、徐樂一樣待詔於宮闕。只有皇上了解臣，體現在說臣言語遲鈍的旨意上；取求任用不計較臣的缺點，表露於說臣擅長才辯的戲謔中。臣謹慎地努力運用自己的平庸與鄙陋的資質，以報答皇上的恩惠，拙劣的速成雖已表現，粗野鄙劣卻已顯露無遺。臨啟慚愧，不知如何容身。鄭重地陳述如此。

為卞彬謝修卞忠貞墓啟

【作　者】任昉，見頁一七〇三。

【題　解】卞彬，字士蔚，濟陰冤句人。《南齊書》稱他「才操不群，文多指刺」，宋時起家西曹主簿，入齊，除南海王國郎中令、尚書比部郎、安吉令、車騎記室，永元中（西元四九九～五〇一年）為平越長史、綏建太守，卒於官。晉卞壺（西元二八一～三二八年）乃彬之高祖，字望之，在有晉一朝官至尚書令。成帝初立，與庾亮同心輔政，勤於政事。及蘇峻稱兵攻京師，壺扶病力疾而戰，二子眕、盱，相隨赴賊，與壺同時戰死。晉贈壺侍中驃騎大將軍、開府儀同三司，謚曰忠貞，祠以太牢。

此啟是入齊後受賜重修卞壺墓，任昉為卞彬代作以上謝齊帝恩德。文章追述了高祖卞壺感人至深的忠君之行，感懷後世壺墓的幽淪、荒毀，發抒了「心有餘，力不足」之慨，因而對齊修卞壺墓，弘揚教義之舉，不勝感激。

文章條貫有理，行文簡潔，句式整齊，文中幾乎不用典事，使文章曉暢易明，這在當時文章中頗為少見，對於博學多才的任昉而言，更是難能可貴。

臣彬啟：伏見詔書，并鄭義泰宣敕，當賜修理臣亡高祖晉故驃騎大將軍建興忠貞公壼墳塋。臣門緒❶不昌，天道所昧❷，忠遘身危，孝積家禍❸。名教❹同悲，隱淪❺惆悵。而年世貿遷❻，孤裔淪塞❼，遂使碑表蕪滅，丘樹荒毀，狐兔成穴，童牧哀歌。感慨自哀，日月纏迫❽。陛下弘宣❾教義，非求效於方今；壼餘烈❿不泯，固陳力⓫於異世⓬。但加等之渥⓭，近闕於晉典；樵蘇之刑⓮，遠流於皇代⓯。臣亦何人，敢謝斯幸⓰！不任悲荷⓱之至，謹奉啟事以聞。謹啟。

【注釋】❶門緒　家門的世系。❷天道所昧　此指命運幽昧。❸忠遘二句　卞壼及二子眕、盱死國事，眕母撫二子屍哭說：「父為忠臣，汝為孝子，夫何恨乎！」徵工翟湯聞之而歎：「父死於君，子死於父，忠孝之道，萃於一門。」見《晉書．卞壼傳》。❹名教　以正名定分為主的禮教。《世說新語．德行》載樂廣曰：「名教中自有樂地，何為乃爾也。」此借指名教中人。❺隱淪　隱居之人。如翟湯者流。❻貿遷　變遷。貿，易。❼淪塞　沈淪抑塞。❽纏迫　糾纏逼迫。❾弘宣　弘揚、宣示。❿餘烈　遺留的功業。⓫陳力　施展才力。《論語．季氏》孔子曰：「求，周任有言曰：陳力就列，不能者止。」⓬異世　異代。指晉代。⓭加等之渥　加等，指加葬禮之等級。渥，優厚。⓮樵蘇之刑　樵蘇，打柴割草。《史記．淮陰侯傳》：「臣聞千里餽糧，士有飢色，樵蘇後爨，師不宿飽。」刑，刑戮。《戰國策．齊四》：「秦攻齊，令曰：『敢有去柳下季壟五十步而樵採者，死不赦。』」⓯流於皇代　流，傳。皇代，指齊代。⓰敢謝斯幸　謝，感激。幸，僥倖；幸運。⓱荷　承受。

【語譯】臣卞彬陳述：伏地接受皇上詔書，及鄭義泰所宣敕命，受賜修理臣之亡高祖晉原驃騎大將軍建興忠貞公卞壼的墳塋。臣家世系不昌隆，家運幽昧，忠君而遭遇身死之危，孝順而積聚家門之禍。名教中人同為悲歎，隱居之人也為之惆悵。且年代變遷，孤弱的後嗣沈淪抑塞，才使墓碑石表蕪沒堙滅，墳丘墓樹荒廢頹毀，狐兔築穴其中，童牧哀歌其上。感慨自傷，日月倏忽。陛下宣揚教化仁義，非求它的功效見於當今；卞壼遺留的功業不滅，本來是在前代貢獻其力。但加等封葬之優厚，近年不載於晉的典冊；而嚴禁在賢人墓地採樵刈草的刑戮，卻遠遠流傳於當代。臣乃何人，怎敢辭謝這樣的幸運！不勝悲傷之極，恭謹地奉送此啟以達聽聞。鄭重地陳述如此。

上蕭太傅固辭奪禮啟

【作　者】任昉，見頁一七〇三。

【題　解】原題下李善注引劉璠《梁典》說：「昉為尚書殿中郎，父憂去職，居喪不知鹽味，冬月單衫，廬於墓側。齊明作相，乃起為建武將軍驃騎記室，再三固辭，帝見其辭切，亦不能奪。」姚思廉《梁書・任昉傳》所記稍有不同，稱任昉「遷司徒刑獄參軍事，入為尚書殿中郎，轉司徒竟陵王記室參軍，以父憂去職。性至孝，居喪盡禮，服闋，續遭母憂，常廬於墓側，哭泣之地，草為不生」。又據《南齊書・鬱林王紀》、《南齊書・海陵王紀》載，鬱林王於武帝崩後遵遺詔進尚書左僕射西昌侯鸞為尚書令。海陵王立，鸞位至太傅。由此，本啟標題中之「蕭太傅」可肯定為蕭鸞，作者寫作本文的時間亦可確定，大約寫在齊武帝崩至隆昌元年（西元四九四年）之間。

文章首先感激「蕭太傅」對自己的識拔，繼而言明自己喪親的哀痛，以為不能無人主祭，不可虧教廢禮，所以不敢從命。

文章簡練樸質，但又情辭懇切，有別於一般多用典事、晦澀難解之文。

昉啟：近啟歸訴，庶諒❶窮款❷。奉被還旨❸，未垂哀察❹。悼心失圖❺，泣血待旦❻。君於品庶❼，示均鎔造❽，干祿祈榮❾，更為自拔❿，虧教廢禮⓫，豈關視聽！所不忍言，具陳茲啟：昉往從末宦，祿不代耕⓬，飢寒無甘旨之資，限役⓭廢晨昏之半，膝下之懽⓮，已同過隙⓯，几筵之慕⓰，幾何可憑⓱？且奠酹⓲不親⓳，如在⓴安寄？晨暮寂寥，闃㉑若無主。所守㉒既無別理㉓，窮咽㉔豈及多喻㉕？明公功格㉖區宇㉗，感通㉘有塗，若霈然㉙降臨，賜寢㉚嚴命，是知孝治所被，爰至無心㉛，錫類㉜所及，匪徒教義㉝。不任崩迫㉞之情，謹以啟事陳聞。謹啟。

【注釋】❶諒　信。❷窮款　窮迫之心。❸還旨　謂不許其辭。❹哀察　憐察。❺悼心失圖　謂因悲痛而失去主張。《左傳・昭公七年》：「嘉惠未至，唯襄公之辱臨我喪，孤與其二三臣悼心失圖。」❻泣血待旦　泣血，極其悲痛而無聲哭泣。《易・屯》：「上六，乘馬斑如，泣血漣如。」《禮記・檀弓》：「高子皋之執親之喪也，泣血三年。」待旦，等待天明。《書・太甲上》：「先王昧爽丕顯，坐以待旦。」❼品庶　眾人。賈誼〈鵩鳥賦〉：「品庶每生。」❽鎔造　鎔化改造。❾干祿祈榮　干，求。祈榮，祈求榮寵。❿自拔　自拔於眾，讓自己突顯於眾人之中。⓫虧教廢禮　虧，損毀。廢，廢棄。⓬祿不代耕　俸祿不足以代替耕種所得。指俸祿微薄。⓭限役　邊地關闕戍守之役。此指官事。⓮膝下之懽　指父母對幼孩之親愛。《孝經・聖治》：「故親生之膝下，以養父母日嚴。」懽，同「歡」。歡娛。⓯過隙　喻光陰迅速。隙，也作「郤」。《莊子・知北遊》：「人生天地之間，若白駒之過郤，忽然而已。」⓰几筵之慕　几筵，同「几席」。筵席。《荀子・哀公》：「君入廟門而右登自阼階，仰視榱棟，俛見几筵，其器存，其人亡。」後因稱靈座為几筵。慕，哀思；嚮慕。⓱憑　依恃。⓲奠酹　奠，祭奠。酹，以酒祭地。⓳親　躬親。⓴如在　好像祖先真的在那裡。《論語・八佾》：「祭如在，祭神如神在。子曰：『吾不與祭，如不祭。』」此處「如在」借指對父親的哀思。㉑闃　寂靜。《易・豐》：「闃其戶，闃其無人。」㉒所守　指服喪。㉓別理　別去之理。㉔窮咽　哀泣。㉕多喻　多加喻說。㉖格　至。㉗區宇　疆土境域。㉘感通　此有所感而通於彼。《易・繫辭上》：「易無思也，無為也，寂然不動，感而遂通，天下之故，非天下之至神，其孰能與於此。」㉙霈然　雨盛貌。《孟子・梁惠王上》：「天油然作雲，沛然下雨。」《初學記》引《孟子》作「霈」。㉚寢　止息。㉛孝治所被二句　謂孝治及於鄙野之無定心者。爰，語首助詞。無心，無定心者。㉜錫類　以善施及眾人。《詩・大雅・既醉》：「孝子不匱，永錫爾類。」㉝匪徒教義　非徒以教義為化。㉞崩迫　急切。

【語譯】任昉陳述：近日呈上啟事，陳訴歸鄉的心情，希望明公體諒我窮迫的心意。接到覆旨，得知明公未能憐察。我因悲痛已無主張，只有無聲地哭泣，以待天明。明公對於眾人，都施以相同的恩德，我若追求爵祿榮寵，再一次拔擢於眾人之中，將損毀名教，廢棄禮義，豈是考慮到名聲！所不忍講的，如今都陳述於此啟事之中：我從前出為小吏，俸祿不足以替代耕種所得，飢餓貧寒，沒有甘甜美味的資糧，為了官事常廢缺了大半晨昏定省的時間，父母親愛的歡娛，已如同白駒過隙而去，面對靈座所引起的哀思，怎足以依憑？而且祭奠不躬親從事，對先人的哀思又何可寄託？早晚寂寥無聲，寂靜得猶如無服喪主祭之人。服喪既無離去之理，窮迫哀痛又怎能多加說明？明公功德達於天下，能夠感通上天，如果能像霈然下雨一般降臨恩賜，賜下停止催我就任的命令，就更可以知道明公以孝治天下，影響及於鄙野之人，以善施及眾人，非僅以教義為化而已。不勝急切之情，鄭重地以書啟上達聽聞。謹此陳述。

卷四〇

彈事

奏彈曹景宗

【作　者】任昉，見頁一七〇三。

【題　解】曹景宗（西元四五七～五〇八年），字子震，新野人。少以膽勇知名，並有大志。建武二年（西元四九五年）為偏將，因擊魏有功，為遊擊將軍，後依附蕭衍，助蕭衍克建康，拜散騎常侍、右衛將軍，封湘西縣侯，遷持節都督郢、司二州諸軍事、左將軍、郢州刺史。天監元年（西元五〇二年）進號平西將軍，改封竟陵縣侯。二年十月，魏寇司州，圍刺史蔡道恭，時魏攻日苦，城中負板而汲。景宗望門不出，但耀軍遊獵而已。及司州城陷，即為御史中丞任昉所奏。梁武因景宗為功臣，不加究問。後官至侍中中衛將軍、江州刺史。任昉於天監三年（西元五〇四年）始為御史中丞，可見此彈事寫於任昉上任之初。

彈事，即彈劾官吏的奏疏，亦即彈章。六朝時常由御史中丞劾奏。〈奏彈曹景宗〉是就曹景宗徘徊觀望、貽誤戎機、緩救資敵，致司州陷落一事，奏彈曹景宗。文中以國家民生為慮，情緒激動，言辭激烈，忠直之情可見，不失為同類作品的代表之作。

御史中丞❶任昉稽首❷言：臣聞將軍死綏❸，咫步無卻❹，顧望避敵，逗橈❺

有刑。至乃趙母深識，乞不為坐❻；魏主著令，抵罪已輕❼。是知敗軍之將，身死家戮，爰自古昔，明罰斯在。臣昉頓首頓首，死罪死罪。

【章　旨】指出將軍死國事，有前無後；敗軍之將，則身死家戮，這是國家的常法。點出文章總綱，以引領全文。

【注　釋】❶御史中丞　官名。漢以御史中丞為御史大夫之佐。受公卿奏事，舉劾案章，責權頗重。❷稽首　古時所行頭至地的跪拜禮。《書・舜典》：「禹拜稽首，讓於稷契暨皋陶。」❸將軍死綏　語出《司馬法》。綏，退軍。《左傳・文公十二年》：「秦以勝歸，我何以報，乃皆出戰，交綏。」❹咫步無卻　指不能稍有退卻。咫，周時八寸為咫。❺逗橈　曲行而觀望。《史記・韓長孺傳》：「於是下（王）恢廷尉。廷尉當恢逗橈，當斬。」《史記集解》引《漢書音義》：「逗，曲行避敵也；橈，顧望。軍法語也。」❻趙母深識二句　《史記・趙奢列傳》：「趙使趙括為將，其母上書言於王曰：『括不可使將。』王曰：『母置之，吾已決矣。』括母因曰：『王終遣之，即有如不稱，妾得無隨坐乎？』王許諾。」坐，連坐。❼魏主著令二句　《三國志・魏書・武帝紀》（太祖）令曰：「《司馬法》『將軍死綏』，故趙括之母，乞不坐括。是古之將者，軍破於外，而家受罪於內也。自命將征行，但賞功而不罰罪，非國典也。其令諸將出征，敗軍者抵罪，失利者免官爵。」抵罪，因敗軍而受懲罰。

【語　譯】御史中丞臣任昉叩首陳述：臣聽說將軍會由於退軍而被處死，因為作戰時不能稍有退卻，顧望不前，避敵不進，曲行觀望，必將施以刑罰。至於趙括的母親識見深遠，請求自己不因兒子兵敗而連坐；魏太祖確立法令，敗軍抵罪，已屬輕罰。由此知道敗軍之將，自己被處死，家人也會因而受戮，自古以來，已有明確的刑罰。臣任昉頓首頓首，死罪死罪。

竊尋獯獫❶侵軼❷，暫擾疆陲，王師❸薄伐❹，所向風靡❺。是以淮徐❻獻捷❼，河兗❽凱歸❾，東關❿無一戰之勞，涂中⓫罕千金之費⓬。而司部⓭懸隔⓮，斜臨寇境，故使狡虜憑陵⓯，淹移歲月。故司州刺史蔡道恭⓰，率厲義勇，奮不顧命，全城守死，自冬徂秋，猶有轉戰無窮，亟摧醜虜。方之居延⓱，則陵降而恭守；比之疏勒⓲，則耿存而蔡亡。若使郢部⓳救兵，微接聲援⓴，則單于之首，久懸北闕，豈直㉑受降可築㉒，涉安㉓啟土而已哉！寔由郢州刺史臣景宗，受命致罰㉔，不時㉕言邁㉖，故使蝟結蟻聚㉗，水草有依，方復按甲盤桓㉘，緩救資敵，遂令孤城窮守，力屈㉙凶威。雖然，猶應固守三關㉚，更謀進取，而退師延頸，自貽虧衄㉛。疆埸㉜侵駭㉝，職㉞是㉟之由，不有嚴刑，誅賞安寘㊱？景宗即主㊲。

【章　旨】指出王師所向，魏軍披靡，而司州一部獨遭淪陷。雖地臨寇境，但憑蔡道恭的全城死守，曹景宗如不貽誤軍機，「緩救資敵」，戰役結局將截然相反。

【注　釋】❶獯獫　中國古代北方少數民族名。夏曰獯鬻，周曰獫狁，漢曰匈奴。此處以獯獫指魏。❷侵軼　突襲；包抄。《左傳・隱公九年》：「彼徒我車，懼其侵軼我也。」❸王師　帝王的軍隊。《詩・周頌・酌》：「於鑠王師，遵養時晦。」❹薄伐　攻打。《詩・小雅・六月》：「薄伐玁狁，以奏膚公。」薄，發語詞。❺風靡　隨風而傾倒。❻淮徐　指徐州。《書・禹貢》：「海岱及淮惟徐州。」❼獻捷　戰勝後進奉俘虜和戰利品。《穀梁傳・僖公二十一年》：「楚人使宜申來獻捷。捷，軍得也。」❽河兗　指兗州。《書・禹貢》：「濟河惟兗州。」❾凱歸　凱樂而歸。凱樂，同「愷樂」。慶祝作戰勝利的軍樂。《周禮・春官・大司樂》：「王師大獻奏愷樂。」❿東關　三國吳建興元年（西元二五二年）十月，諸葛恪會眾於東興（今安徽含山縣西南），更築東興堤，並於左右兩側傍山築兩城。一名東關，一為西關。同年十二月，恪以四萬兵力大敗魏七萬之師於東關。事見《三國志・吳書・諸葛恪傳》。⑪涂中　涂水流域。《三國志・吳書・三嗣主傳》：「晉命鎮東大將軍司馬伷向涂中。」⑫千金之費　《孫子・作戰》：「則內外之費，賓客之用，膠漆之材，車甲之奉，日費千金。」⑬司部　司州。⑭懸隔　相隔很遠，或相差很大。《史記・高祖本紀》：「懸隔千里，持戟百萬。」⑮憑陵　侵陵；逼迫。⑯蔡道恭　字懷儉，南朝南陽冠軍人。少寬厚有大量，後因功累遷至使持節右將軍司州刺史。天監初功封漢壽縣伯，進號平北將軍。天監三年，魏圍司州，道恭力疾守城，病歿。參見《梁書・蔡道恭傳》。⑰方之居延　漢武帝命李陵將步卒五千人出居延北行，後被匈奴圍困，力竭而降。事見《漢書・李陵傳》。⑱比之疏勒　耿恭，字伯宗，慷慨多大略，有將帥才。為戊己校尉，屯金蒲城。以疏勒城傍有澗水可固，乃引兵據有。七月匈奴復攻恭，恭募先登數千人直馳，胡騎散走，匈奴遂於城下擁絕澗水，恭於城中穿井十五丈，不得水。恭仰歎：「聞昔貳師將軍拔佩刀刺出，飛泉湧出，今漢德神明，豈有窮哉！」乃整衣向井再拜。有頃，水泉奔出。眾皆稱萬歲。乃令吏士揚水示虜，虜出不意，以為神明，遂引去。事見《後漢書・耿恭傳》。⑲郢部　郢州。⑳聲援　聲勢相通，互為援助。㉑直　只；僅。㉒受降可築　受降，指受降城。《史記・匈奴列傳》：「漢使貳師將軍廣利西伐大宛，而令因杅將軍敖築受降城。」因杅將軍即公孫敖。㉓涉安　指涉安侯於單。《漢書・景武昭宣元成功臣表》：「涉安侯於單以匈奴單于太子降。」《漢書・匈奴傳》：「軍臣單于死，其弟左谷蠡王伊穉斜自立為單于，攻敗軍臣單于太子於單。於單亡降漢，漢封於單為陟安侯。」㉔致罰　給予懲罰。㉕不時　謂不按時。㉖言邁　《詩・邶風・泉水》：「還車言邁。」言，助詞。無意義。邁，行。㉗蜎結蟻聚　喻人多而結聚在一起。蜎，即刺蜎。《說文》作「彙」。亦作「猬」。《爾雅・釋獸》：「彙，毛刺。」㉘按甲盤桓　按甲，指止兵。屯兵不進。按，同「案」。盤桓，留止不進。㉙力屈　力氣竭盡。㉚三關　指平靖關（西關）、武勝關（東關）、黃峴關（百雁關）。在今河南信陽南。《南齊書・州郡志下》：「泰始中，立州於義陽郡，有三關之隘。」㉛衂　即「衄」。失敗。㉜疆埸　國界。《左傳・桓公十七年》：「疆埸之事，慎守其一，而備其不虞。」㉝侵駭　指被侵襲、驚擾。㉞職　主要。㉟是　指貽誤軍機。㊱寘　用。㊲主　主腦。

【語譯】私下尋思魏軍來侵襲，暫時騷擾邊疆，帝王之師於是進討，軍鋒所指，所向無敵。因此從淮水、徐州傳來捷報，在兗州一帶奏凱樂而歸，使東關無交戰的勞苦，涂中少一日千金的耗費。而司州相隔很遠，側面面對敵寇之地，所以使狡猾的敵軍侵陵逼迫，歲月遷延久長。原司州刺史蔡道恭率領並激勵義勇之士，奮勇而不顧惜性命，保全城邑，以死相守，自冬至秋，仍轉戰不止，屢次摧挫敵寇銳氣。較之李陵出居延，則李陵投降而蔡道恭堅守；比之耿恭守疏勒，則耿恭得生而道恭辭世。假如郢州救兵，稍微以聲勢相援助，那麼魏主之首久已懸於北闕，哪會僅只如公孫敖築受降城抵禦、涉安侯投降因而開拓疆土而已呢！這實是由於郢州刺史臣景宗奉命出兵給予懲罰，卻不按時進軍，所以使魏兵如刺蝟、螞蟻一樣集結一起，有水草可依恃，而景宗又屯兵滯留不進，延緩救助就同於資助敵人，才使孤立之城死守窮蹙，在敵人凶威之下，力竭而敗。即使如此，也還應堅守三關，再圖謀進取司州，卻退軍到延頸，自取損傷敗亡。國界受到侵襲、驚擾，主要就是由於這樣的緣故，不施以嚴厲的刑罰，則誅罰賞賜的辦法何處可用？而景宗即是此事的罪魁禍首。

臣謹案：使持節都督郢司二州諸軍事、左將軍、郢州刺史、湘西縣開國侯臣景宗，擢自行間❶，遘此多幸❷，指蹤非擬，獲獸何勤❸，賞茂❹通侯❺，榮高列將，負檐裁弛❻，鐘鼎遽列❼，和戎莫效，二八已陳❽，自頂至踵❾，功歸造化❿，潤草塗原⓫，豈獲自已。且道恭云⓬逝，城守累旬，景宗之存，一朝棄甲⓭，生曹死蔡，優劣若是，惟此人斯⓮，有靦面目⓯。昔漢光命將，坐知千里⓰；魏武置法，案以從事⓱，故能出必以律，錙銖⓲無爽⓳。伏惟聖武英挺⓴，略㉑不世出㉒，料敵制變，萬里無差，奉而行之，實弘廟筭㉓，惟此庸固㉔，理絕言提㉕，自逆胡縱逸㉖，久患諸夏，聖朝乃顧㉗，將一車書㉘，愍彼司氓㉙，致辱非所，早朝永歎，載懷矜惻㉚，致此虧喪，何所逃罪，宜正刑書，肅明典憲，臣謹以劾，請以見事免景宗所居官，下太常㉛，削爵土，收付廷尉法獄治罪，其軍佐職僚偏裨將帥紲㉜諸應及咎者別攝，治書侍御史㉝隨違續奏。臣謹奉白簡㉞以聞。臣昉誠惶誠恐，頓首頓首，死罪死罪。臣昉稽首以聞。

【章　旨】譴責曹景宗位至列侯，功不及賞，本宜肝腦塗地以報國恩，卻違命緩救，致司州之民，遭故土淪落之辱。提出應削景宗爵土，並下刑獄治罪。

【注　釋】❶擢自行間　擢，拔擢。行間，行伍之間。❷遘此多幸　遘，遇。多幸，徼幸。《左傳・宣公十六年》諺曰：「民之多幸，國之不幸也。」❸指蹤非擬二句　《漢書・蕭何傳》：「今蕭何未有汗馬之勞，徒持文墨議論，不戰，顧居臣等上，何也？」上曰：「諸君知獵乎？」曰：「知之。」「知獵狗乎？」曰：「知之。」上曰：「夫獵，追殺獸者狗也，而發縱指示獸處者人也。今諸君徒能走得獸耳，功狗也，至如蕭何，發縱指示，功人也。」指蹤，指示蹤跡。擬，比擬。❹茂　豐盛。❺通侯　爵位名。即徹侯。《史記・李斯列傳》：「斯，上蔡閭巷布衣也，上幸擢為丞相，封為通侯。」❻負檐裁弛　負檐，即負擔。檐，通「擔」。責任。《左傳・莊公二十二年》：「赦其不閑於教訓而免於罪戾，弛於負擔，君之惠也。」弛，解除。❼鐘鼎遽列　古代富貴之家，列鼎而食，食時擊鐘奏樂。《左傳・哀公十四年》：「左師每食擊鐘。」《說苑・建本》：「累茵而坐，列鼎而食。」❽和戎莫效二句　謂曹景宗結盟異國無效，而女樂之賞賜已加。和戎，指與少數民族結盟。二八，指十六個歌舞伎。《左傳・襄公十一年》：「鄭人賂晉侯……凡兵車百乘，歌鐘二肆，及其鎛磬，女樂二八。晉侯以樂之半賜魏絳，曰：『子教寡人和諸戎狄，以正諸華。』」❾自頂至踵　由頭頂到腳跟。《孟子・盡心上》：「墨子兼愛，摩頂放踵，利天下而為之。」❿造化　指自然的創造化育。《莊子・大宗師》：「今一以天地為大鑪，以造化為大冶。」⓫潤草塗原　指犧牲性命。司馬相如〈喻巴蜀檄〉：「是以賢人君子肝腦塗中原，膏液潤野草而不辭也。」⓬云　語助詞。⓭棄甲　喻敗退。《左傳・宣公二年》：「睅其目，皤其腹，棄甲而復。」⓮惟此人斯　想想這個人。此人，指曹景宗。斯，句尾語氣詞。《詩・小雅・何人斯》：「彼何人斯？其心孔艱。」⓯有靦面目　臉上有愧色。靦，慚愧貌。《詩・小雅・何人斯》：「有靦面目，視人罔極。」⓰漢光命將二句　《東觀漢記・卷一》：「代郡太守劉興，將數百騎攻賈覽。上狀，檄至，帝知其必敗。報書曰：『欲復進兵，恐失其頭首也。』詔書到，興已為覽所殺。長史得檄，以為國家坐知千里也。」⑰魏武置法二句 《三國志》注引王沈《魏書》：「(太祖)自作兵書十萬餘言，諸將征伐，皆以新書從事；臨事又手為節度，從令者克捷，違教者負敗。」⑱錙銖 喻輕微、細小。六銖為錙。《韓非子・功名》：「千鈞得船則浮，錙銖失船則沈，非千鈞輕、錙銖重也，有勢之與無勢也。」⑲爽 差。⑳聖武英挺 聖武，聖明神武。英挺，英俊挺拔。㉑略 謀略。㉒不世出 非世人所能出。《漢書・蒯通傳》：「此所謂功無二於天下，略不世出者也。」㉓廟筭 由朝廷制定的克敵謀略。筭，同「算」。《孫子・計》：「夫未戰而廟算勝者，得算多也。」㉔庸固 凡庸鄙陋。㉕言提 用言詞再三叮囑。即言提其耳，提其耳以言。《詩・大雅・抑》：「匪面命之，言提其耳。」㉖逆胡縱逸 逆胡，此指魏軍。縱逸，恣縱放逸。㉗乃顧 眷念；眷顧。㉘一車書 指統一天下。《禮記・中庸》：「車同軌，書同文。」㉙愍彼司氓 愍，傷。司氓，司州之民。㉚矜惻 憐憫；哀惻。㉛太常 官名。為九卿之一，掌禮樂郊廟社稷事宜。㉜絓 牽連；絆住。㉝治書侍御史 官名，司論斷刑法之責。㉞白簡 古時彈劾官員的奏章。

【語譯】臣鄭重地查究：使持節都督郢司二州諸軍事、左將軍、郢州刺史、湘西縣開國侯臣景宗，擢拔於行伍之間，遇此機會，是多麼僥幸啊，他沒有指示野獸的蹤跡，追獲野獸也沒有什麼勤苦，而賞賜卻重於通侯，榮寵卻高於眾將，責任才卸下，而鐘鼎立刻排列於前；和戎狄結盟無甚功效，而女樂已受賞陳列。自頭頂至腳跟，所有功德都歸於自然化育之能，就是膏液潤野草、肝腦塗中原，豈能推辭？而且蔡道恭雖已死，城邑還固守達數旬；曹景宗活著，卻在一朝內棄甲退兵。活著的曹景宗，死去的蔡道恭，優劣差別竟然如此，想曹景宗此人，應面有慚色。從前漢光武帝命將征伐，能坐知千里之外勝負；魏武帝作兵書，能按它來用兵打仗，所以能依法則行兵出師，絲毫不會有差錯。臣想陛下聖明威武、英俊挺拔，所用謀略非世人所能定出，預料敵情，裁斷變故，相隔萬里，而無差錯，如奉命執行，實能弘大朝廷的謀略。只有這凡庸固陋之人，竟把朝廷一再的叮囑置之不理。自從胡虜恣縱放逸以來，已久為中原之患，聖朝眷顧百姓，打算統一天下，可歎那司州之民，淪落於敵手而受辱，早朝長歎，滿懷的哀憐苦痛，招致如此的損喪，景宗怎能逃其罪責？應當明正典刑，依法處置。臣鄭重地加以彈劾，請求以這件事免去景宗所居之官職，將罪名下達太常，削奪他的爵祿封地，收捕交付廷尉，依法令治罪。牽連而應予懲處的軍中所屬官佐、大小將領另行拘捕，由治書侍御史按他們所犯之事後續奏上治罪。臣恭謹地奉上彈章以上達聽聞，臣任昉誠惶誠恐，頓首頓首，死罪死罪。臣任昉拜表以上達聖聽。

奏彈劉整

【作　者】任昉，見頁一七〇三。

【題　解】原題下李善注引沈約《齊紀》：「整，宋吳興太守兄子也，歷位持節都督交、廣、越三州也。」任昉上此彈事時，劉整新任中軍參軍。任昉於天監三年（西元五〇四年）由吏部郎轉御史中丞、祕書監，六年出為新安太守，〈奏彈劉整〉文應寫於此期間。

〈奏彈劉整〉一文，彈劾劉整侵凌寡嫂、苛待孤姪之行。其中值得注意的是「謹案」至「臣謹案」一大段，似是根據劉整寡嫂的訴狀及相關婢僕的陳說改寫而成。這段文字歷敘叔嫂、子姪、婢僕之間的詬罵鬥毆、繪聲繪色，錢鍾書《管錐編》以為「頗具小說筆意，粗足上配《漢書‧外戚傳》上司隸解光奏、《晉書‧愍懷太子傳》太子遺妃書」。而黃侃《文選平點》對此評說：「細讀此篇，如觀《漢書‧趙后傳》，不知此等文字予今日法吏，不致矘目結舌否，此俗語所以斷斷不可為文也。」從語言角度看，似是俚俗口語，或有助於對中古語言的研究。

御史中丞臣任昉稽首言：臣聞馬援奉嫂，不冠不入❶；氾毓字孤，家無常子❷。是以義士節夫，聞之有立❸，千載美談❹，斯為稱首❺。臣昉頓首頓首，死罪死罪。

【章　旨】用「馬援奉嫂」、「氾毓字孤」兩典故開宗明義地提出「奉嫂」與「撫孤」兩大問題，起了引領全文的作用。

【注　釋】❶馬援奉嫂二句　《東觀漢記・卷一二》：「援外類倜儻簡易而內重，禮事寡嫂，雖在閫內，必幘然後見。」❷氾毓字孤二句　李善注引王隱《晉書》：「氾毓，字稚春，濟北人也。敦睦九族，青土號其家。兒無常母，衣無常主也。」字孤，撫養孤兒。《左傳・成公十一年》：「婦人怒曰：已不能庇其伉儷而亡之，又不能字人之孤而殺之，將何以終？」❸聞之有立　《孟子・萬章下》：「故聞伯夷之風者，頑夫廉，懦夫有立志。」❹美談　《公羊傳・閔公二年》：「魯人至今以為美談。」❺稱首　譽稱第一。

【語　譯】御史中丞臣任昉叩首陳述：臣聽說馬援奉侍嫂子，不加冠不入其室；氾毓撫養孤兒，家中無固定不變的小孩。因此仁義之士、貞節之人，聞此而立定志向，千年以來人們所樂於稱道之事，以此為第一。臣昉頓首頓首，死罪死罪。

謹案：齊故西陽內史劉寅妻范，詣臺訴，列稱：出適劉氏，二十許年，劉氏喪亡，撫養孤弱。叔郎整，常欲傷害、侵奪分前奴教子、當伯❶，並已入眾。又以錢婢姊妹、弟溫❷，仍留奴自使，伯又奪寅息逡❸婢綠草，私貨得錢，並不分逡。寅第二庶息師利，去歲十月，往整田上，經十二日，整便責❹范米六斗哺食❺，米未展送❻，忽至戶前，隔箔攘拳❼大罵，突進房中，屏風上取車帷❽準❾

米去。二月九日夜，婢采音偷車欄夾杖龍牽⑩，范問失物之意，整便打息逡。整及母并奴婢等六人，來至范屋中，高聲大罵。婢采音舉手查⑪范臂，求攝檢。如訴狀。輒攝整亡父舊使奴海蛤到臺辯問，列稱：整亡父興道，先為零陵郡，得奴婢四人，分財，以奴教子乞⑫大息寅。亡寅後，第二弟整仍奪教子，云應入眾，整便留自使，婢姊及弟，各准錢五千文，不分逡。其奴當伯，先是眾奴，整兄弟未分財之前，整兄寅以當伯貼⑬錢七千，共眾作田。寅罷西陽郡還，雖未別火食，寅以私錢七千贖當伯，仍使上廣州去。後寅喪亡，整兄弟後分奴婢，唯餘婢綠草入眾。整復云寅未分財贖當伯，又應屬眾。整意貪得當伯，推綠草與逡。整規⑭當伯還，擬欲自取，當伯遂經七年不返。整疑已死亡不迴，更奪取婢綠草，貨得錢七千。整兄弟及姊共分此錢，又不分逡。寅妻范云：當伯是亡夫私贖，應屬息逡。當伯天監二年六月從廣州還至，整復奪取，云應充眾，准雇借上廣州四年夫直⑮，今在整處使。進責整婢采音劉⑯，整兄寅第二息師利，去年十月十二日，忽往整墅停住十二日，整就兄妻范求米六斗哺食，范未得還。整怒，仍自進范所住，屏風上取車帷為質。范送米六斗，整即納受。范今年二月九日夜，失車欄子夾杖龍牽等，范及息逡，道是采音所偷。整聞聲仍打逡。

范喚問何意打我兒，整母子爾時便同出中庭，隔箔與范相罵。婢采音及奴教子、楚玉、法志等四人，于時在整母子左右，整語采音，其道汝偷車校具，汝何不進裡罵之？既進爭口，舉手誤查范臂。車欄夾杖龍牽，實非采音所偷。進責寅妻范奴苟奴列：嬢去二月九日夜，失車欄夾杖龍牽，疑是整婢采音所偷。苟奴與郎逡往津陽門糴米，遇見采音在津陽門賣車欄龍牽，苟奴登時欲捉取，逡語苟奴：已爾，不須復取。苟奴隱僻少時，伺視人買龍牽，售五千錢。苟奴仍隨逡歸宅，不見度錢⑰。並如采音、苟奴等列狀，粗與范訴相應，重覈⑱當伯教子，列「孃被奪，今在整處使」，悉與海蛤列不異。以事訴法，令史潘僧尚議，整若輒⑲略兄子逡分前婢貨賣，及奴教子等私使，若無官令，輒收付近獄測治，諸所連逮，絓應洗之源，委之獄官，悉以法制從事。如法所稱，整即主。

【章　旨】通過劉整寡嫂的訴狀、婢僕之陳說，敘述劉整侵凌寡嫂、苛待孤姪的情事。

【注　釋】❶教子當伯　二奴之名。❷溫　教子弟之名。從黃侃《文選平點》說。❸息逡　息，子。逡，寅子之名。❹責求。❺哺食　餵食。❻展送　發送。❼隔箔攘拳　箔，簾。攘拳，捋衣舉拳。❽車帷　車旁的屏蔽。❾準　當。❿夾杖龍牽　夾杖，蓋靭。馬身上的披甲韁繩絡頭之類。龍牽，蓋鞥。鞥，即馬轡也。⓫查　同「樝」。《玉篇》：「樝，斫也。」意為斜砍、斜削。⓬乞　給。⓭貼　賣。⓮規　規度；謀算。⓯夫直　工夫錢。⓰劉　此字似應作「列」。以下為采音之辭。⓱度錢　過錢。⓲覈　審覈；覈實。⓳輒　擅自。

【語　譯】臣慎重地查究：齊故西陽內史劉寅妻范氏，到御史臺訴訟，陳訴說：嫁給劉氏二十餘年，劉氏死後，撫養孤兒。叔郎劉整，常欲加手傷害，侵奪分家前的奴僕教子、當伯，並已歸為公眾所有。又將錢婢姊妹、教子弟溫，留給自己使喚，又侵奪劉寅兒劉逡之婢女綠草，私賣得錢，並不分錢給逡。劉寅第二庶子師利，去年十月，到劉整宅中住了十二日，劉整便向范氏要米六斗以為供養之需。米還未發送，劉整竟到門前，隔簾捋袖、揮拳大罵，並衝進房中，從屏風上取走車帷作為六斗米的抵償。二月九日夜，婢女采音偷走車欄、夾杖、龍牽，范氏向劉整探問失物，劉整便打劉逡，劉整和他的母親以及奴婢共六人，到范氏屋中，高聲大罵，婢女采音舉手斜劈范氏手臂，要求拘捕檢核。如訴狀所陳。即拘捕劉整亡父舊使奴僕海蛤到臺辯問，海蛤述稱：劉整亡父興道先為官零陵郡，得奴婢四人，分家財，把奴僕教子給大兒劉寅，劉寅亡後，第二弟劉整就奪取教子，說應入眾，但劉整便留下自己使喚，婢姊及弟，各當錢五千文，不分給劉逡，他的奴僕當伯，先是公眾奴僕，劉整兄弟未分家財之前，劉整兄劉寅以當伯貼錢七千，公用種田，劉寅罷西陽郡官還歸，雖未分伙食，劉寅以私錢七千贖當伯，就使當伯上廣州去。後劉寅喪亡，劉整兄弟後分奴婢，僅餘下婢女綠草入眾，劉整又說劉寅未出私錢贖當伯，又應入眾。劉整的心意是想要得到當伯，推綠草給劉逡，劉整計畫好在當伯還歸後，擬欲自取役使，當伯卻過了七年不返，劉整懷疑當伯已亡，不可返回，就又奪取婢女綠草，賣得錢七千，劉整兄弟及姊共分此錢，又不分給劉逡。劉寅妻范氏說：當伯是亡夫私錢所贖，應屬兒子劉逡。當伯於天監二年六月從廣州還歸，劉整又奪取當伯，說應充眾，抵當雇借上廣州四年的工錢，如今在劉整處役使。進而又責問劉整婢女采音，陳述：劉整兄劉寅第二子師利，去年十月十二日，突然到劉整家中停住十二天，劉整就向兄妻范氏要米六斗作為供養之需，范氏未能還，劉整發怒，就自己進范氏屋中，從屏風上取車帷作為抵押，范氏送去米六斗，劉整就接受。范氏今年二月九日夜，失竊車欄子、夾杖、龍牽等，范氏及子劉逡，說是采音所偷，劉整聽說即毆打劉逡，范氏問劉整何故打我兒，劉整母子那時便偕同走出中庭，隔簾與范氏相辱罵，婢女采音及奴僕教子、楚玉、法志等四人，此時在劉整母子左右，劉整告訴采音，說范氏講你偷了車校具，你何不進屋中罵她？結果進屋後交口相罵，采音舉手誤劈范的手臂。其實車欄夾杖、龍牽實非采音所偷。進而責問劉寅妻范氏之奴僕苟奴，苟奴陳述：孃在二月九日夜，失竊車欄、夾杖、龍牽，疑是劉整之婢女采音所偷。苟奴與公子劉逡去津陽門糴米，遇見采音在津陽門賣車欄、龍牽，苟奴登時想捉住采音，劉逡告訴苟奴：算了，不必再取。苟奴隱於僻靜處一會兒，等著看人買龍牽，賣得五千錢，苟奴就隨劉逡回家，不見交割賣得之錢。采音、苟奴所陳述之情狀，與范之訴狀相合，又審覈當伯、教子，稱「孃被侵奪，今在劉整處使役」，皆與海蛤所稱相同。以此事訴之於法律，令史潘僧尚議論，劉整如擅自略取兄子劉逡分前婢女出賣，及奴僕教子等私自役使，若無法令允許，就應收捕交付附近法獄量罪法治，各牽涉之人，理出應洗清之事由，皆交付獄官，都按法令加以裁制。如法令所稱，劉整即是正犯。

臣謹案：新除中軍參軍臣劉整，閭閻❶闒茸❷，名教❸所絕，直以前代外戚，仕因紈袴❹，惡積釁❺稔❻，親舊側目❼，理絕通問❽，而妄肆醜辭，終夕不寐❾，而妄加大杖❿。薛包分財，取其老弱⓫；高鳳自穢，爭訟寡嫂⓬，未見孟嘗之深心，唯斆⓭文通之偽跡。昔人睦親，衣無常主⓮，整之撫姪，食有故人⓯，何其不能折契鍾庾⓰，而襜帷⓱交質，人之無情，一何至此！實教義所不容，紳冕所共棄。臣等參議，請以見事免劉整所除官，輒勒外收付廷尉法獄治罪，諸所連逮，應洗之源，委之獄官，悉以法制從事。婢采音不款⓲偷車龍牽，請付獄測實，其宗長及地界職司，初無糾舉，及諸連逮。請⓳不足申盡，誠惶誠恐以聞。臣昉云云。

【章　旨】說明劉整身為官宦，卻苛刻無情、穢言惡行，實有違名教禮義，請求罷免其官職，並下刑獄治罪。

【注　釋】❶閭閻　泛指民間。《史記・蘇秦列傳》：「夫蘇秦起閭閻，連六國縱親，此其智有過人者。」❷闒茸　卑賤。賈誼〈弔屈原賦〉：「闒茸尊顯兮，讒諛得志。」❸名教　即禮教。《世說新語・德行》：「王平子、胡毋彥國諸人，皆以任放為達，或有裸體者。樂廣笑曰：『名教中自有樂地，何為乃爾也。』」❹紈袴　細絹製成的褲。指富貴人家的子弟。《漢書・敘傳》：「數年，金華之業絕，出與王許子弟為群，在於綺襦紈袴之間，非其好也。」❺釁　用血塗於器物上以祭。此指罪過。❻稔　穀物熟曰稔。此指積久。❼側目　怒恨。《漢書・楚元王傳》：「時恭顯許史子弟侍中諸曹，皆側目於望之等。」❽通問　互相問候。《禮記・曲禮上》：「叔嫂不通問。」❾終夕不寐　李善注引謝承《後漢書》：「或問第五倫曰：『公有私乎？』對曰：『吾兄子嘗病，一夜十往；吾子有病，雖不省視，而竟夕不眠。若是者豈可謂無私乎？』」按：作者此處以「終夕不寐」指姪，即劉逡。❿大杖　大的棍棒。《孔子家語・六本》：「舜之事瞽叟……小棰則待過，大杖則逃走。」⓫薛包二句　《後漢書・卷六九》：「安帝時汝南薛包孟嘗，好學篤行……弟子求分財異居，包不能止，乃中分其財，奴婢引其老者，曰：與我共事久，若不能使也；田廬取其荒頓者，曰：吾少時所理，意所戀也；器物取朽敗者，曰：我素所服食，身口所安也。弟子數破其產，輒復賑給。」⓬高鳳二句　《東觀漢記・卷一八》：「鳳年老執志不倦，聲名著聞，太守連召請，恐不得免，自言鳳本巫家，不應為吏，又與寡嫂詐訟田，遂不仕。」⓭斅　效法。《大戴禮・禮察》：「用法令為天下者，十餘年即亡，是非明斅大驗乎？」⓮昔人睦親二句　顏延年〈陶徵士誄〉：「睦親之行，衣無常主。」參見前文「家無常主」條注引。⓯食有故人　謂惡衣粗食，待姪苛刻。《西京雜記・卷二》：「公孫弘起家徒步為丞相，故人高賀從之，弘食以脫粟飯，覆以布被。賀怨曰：『何用故人富貴為？脫粟布被，我自有之。』弘大慚。賀告人曰：『公孫弘內服貂蟬，外衣麻枲，內廚五鼎，外膳一肴，豈可以示天下！』於是朝廷疑其矯焉。弘歎曰：『寧逢惡賓，不逢故人。』」⓰折契鍾庾　折契，毀棄債券，不再索債。即折券。《史記・高祖本紀》：「高祖每酤留飲，酒讎數倍。及見怪，歲竟，此兩家常折券棄責。」鍾，古容量單位。受六斛四斗，十釜為一鍾。《孟子・滕文公下》：「兄戴，蓋祿萬鍾。」《左傳・昭公三年》：「釜十則鍾。」庾，量名。十六斗為一庾。《左傳・昭公二十六年》：「粟五千庾。」⓱襜帷　車四旁的帷帳。《後漢書・蔡茂傳》：「敕行部去襜帷，使百姓見其容服，以章有德。」⓲不款　不服罪。⓳請　通「情」。

【語　譯】臣恭敬地認為：新任中軍參軍臣劉整，起自民間，出身卑賤，不受禮義的教化，僅以前代為外戚，憑藉是富貴子弟而出仕，惡行累積，罪過久聚，使得親朋故舊怒恨側目而視，理應斷絕叔嫂間的問候，而劉整卻以醜辭肆意漫罵其嫂；對自己親姪，竟施杖責。從前薛包分家財，自取其破舊老弱者；高鳳佯和寡嫂爭訟，以貶抑自己的德名，劉整未體會薛包那樣的深意，卻效法高鳳，將他佯與寡嫂爭訟行為弄假成真。過去的人敦睦親族，衣服沒有恆常的主人，劉整撫養姪子，惡衣粗食，為什麼不能毀棄一鍾一庾的債契，而以車之帷帳為質？人之無情，竟至於此！這實是教義所不能容忍，士大夫所同加唾棄的。臣等商議，請求根據此事罷免劉整所任官職，特地收捕交付廷尉量刑治罪。各牽連之人，應洗清之事由，交付獄官，皆按法制量刑治罪。婢女采音不供認偷車龍牽之罪，請求交付獄吏檢測求實。劉氏宗族之長及地方官吏，從未加以糾劾揭發，也與牽連案情者同罪。實情不能申述殆盡。誠惶誠恐以上達聽聞。臣昉陳述如此。

奏彈王源

【作　者】沈約（西元四四一～五一三年），字休文，吳興武康（今浙江德清）人。少年孤貧，篤志好學，遂博通群書，能屬文。曾仕於宋、齊二代。為「竟陵八友」之一。因助梁武帝蕭衍登基有功，為尚書僕射，封建昌縣侯。復遷尚書令，領太子少傅。後因事忤蕭衍，畏懼而卒，諡曰隱。原有集一百卷，已佚，明人輯有《沈隱侯集》。著有《宋書》、《齊紀》、《梁武紀》、《邇言》、《文章志》、《晉書》、《四聲譜》等，除《宋書》外，其他均已散佚。沈約名望很大，是齊梁文壇領袖。與謝朓、王融等共創「永明體」詩，講究聲律，注意對偶。他所創立的「四聲八病說」為格律詩的形成準備了條件，在中國詩歌史上具有重要意義。

【題　解】這是沈約任黃門侍郎兼御史中丞時所寫的奏彈文章。時當齊武帝之世。本文是因為出身世族的王源嫁女給家世寒素的滿璋之家而寫的彈劾文章。沈約強烈譴責這種有辱門第，婚配失序的行為，主張撤除王源官職，將其逐出士流。

齊武帝（西元四八二～四九三年）執政時，沈約剛過四十歲，仕途得意，開始發跡。同時又因他在文學上的突出成就而成為齊梁文壇上的領袖。史稱「竟陵八友」之一。所以在本文裡敢於指點朝野，評論世道，直言而不違。而對王源其人其事和王滿兩家宗族歷史的披露和指責，也毫不留情。最後提出來處置王源的辦法，也斬釘截鐵，如老吏斷獄一般。

沈約在文中表現出那種頑固的門第宗族觀念，跟他出身世居江東的世族有關。《晉書・周札傳》載錢鳳勸說王敦謀滅義興周氏云：「江東之豪莫強周、沈。」但是南方的世族在政治上很難與北來的高門相埒，而沈約一支祖輩起自軍功，尤其不受重視。所以他一方面對劉宋以來皇室逐漸重用寒人表示不滿，把寒人如王源輩視為小人。另一方面又作〈恩幸傳論〉，批評「憑藉世資，用相陵駕」、「凡厥衣冠，莫非二品」。

黃侃《文選平點》也說：「此篇與所撰〈恩倖傳〉牴牾。竊謂中正既設，上品無寒門之人；末俗愈訛，大明有離婚之禁。然而野麕之詩，但求吉士；河魴之詠，豈樂大邦！正使吞水生兒，成煙掩恨；以貴偶賤，亦又何嫌？」由此可知千餘年前沈約思想之偏頗。

給事黃門侍郎❶兼御史中丞吳興邑中正❷臣沈約稽首言：臣聞齊大非偶❸，著乎前誥❹，辭霍不婚❺，垂稱往烈。若乃交二族之和❻，辨伉合❼之義，升降窳隆❽，誠非一揆❾。固宜本其門素❿，不相奪倫⓫，使秦晉有匹⓬，涇渭無舛⓭。自宋氏失御，禮教彫衰，衣冠之族⓮，日失其序⓯，姻婭⓰淪雜⓱，罔計⓲廝庶⓳，販鬻祖曾，以為賈道⓴，明目腆顏㉑，曾無愧畏㉒。若夫盛德之胤㉓，世業㉔可懷㉕，欒郤之家，前徽未遠㉖，既壯而室㉗，竊貲㉘莫非皁隸㉙，結褵㉚以行，箕帚㉛咸失其所。志士聞而傷心，舊老㉜為之歎息。

【章　旨】引經據典說明男女婚配應當門當戶對，而劉宋以降，卻婚配失序，玷辱門第，甚至以婚配為生財之道，使志士故老為此傷心歎息。

【注　釋】⑳給事黃門侍郎　黃門侍郎，秦官名。漢沿置。因給事於黃門，故名。東漢并給事中與黃門郎為一職，故稱給事黃門侍郎，出入禁中，省尚書事。㉑中正　官名。陳勝為楚王時設中正。三國魏在各州郡置中正官，負責考察本州人才品德，分成九等，作為選任官吏的依據。至唐廢。㉒齊大非偶　《左傳・桓公六年》：「齊侯欲文姜妻鄭太子忽。太子忽辭，人問其故，太子曰：『人各有耦，齊大，非吾耦也。』」耦，通「偶」。配偶。㉓誥　告誡之文。㉔辭霍不婚　《漢書・雋不疑傳》：「大將軍霍光欲以女妻之，不疑固辭，不肯當。」㉕交二族之和　《禮記・昏義》：「昏禮者，將合二姓之好，上以事宗廟，而下以繼後世也。」㉖伉合　匹配結合。㉗窳隆　高低起伏貌。窳，六臣本作「窊」。㉘一揆　同一道理；一個樣。《孟子・離婁下》：「先聖後聖，其揆一也。」㉙門素　門第。㉚不相奪倫　《書・舜典》：「八音克諧，無相奪倫。」㉛秦晉有匹　《左傳・僖公二十三年》：「重耳至秦，秦伯納女五人，懷嬴與焉。奉匜沃盥，既而揮之。怒曰：『秦、晉匹也，何以卑我！』公子懼，降服而囚。」㉜舛　錯雜。㉝衣冠之族　指士大夫、官紳。㉞日失其序　《左傳・隱公十一年》：「周之子孫，日失其序。」㉟姻婭　姻婭，泛指有婚姻關係的親戚。婿父稱姻，兩婿互稱為婭。《詩・小雅・節南山》：「瑣瑣姻婭，則無膴仕。」㊱淪雜　混雜。㊲罔計　罔，無。計，慮。㊳廝庶　奴僕和平民。㊴販鬻二句　謂販賣祖先的門第聲譽獲利，一如商賈之道。㊵明目腆顏　明目，張目。腆顏，厚顏。㊶愧畏　《詩・小雅・何人斯》：「不愧于人，不畏于天。」㊷胤嗣；後代。㊸世業　前世之德業。㊹懷　懷想。㊺欒郤二句　《左傳・昭公三年》：「欒、郤、胥、原、狐、續、慶、伯，降在皁隸。政在家門，民無所依。」㊻既壯而室　壯，成年。室，娶妻成家。㊼貲　財。㊽皁隸　指低微之人。《左傳・襄公十四年》：「庶人工商，皁隸牧圉，皆有親暱，以相輔佐也。」《左傳・昭公七年》：「人有十等……皁臣輿，輿臣隸，隸臣僚，僚臣僕，僕臣臺。」㊾結褵　古代嫁女的一種儀式。女子臨嫁前，母親為她繫結佩巾，以示至男家後應盡力操持家務。《詩・豳風・東山》：「親結其縭，九十其儀。」《傳》曰：「母戒女，施衿結帨。」縭，同「褵」。張華《女史箴》：「施衿結褵，虔恭中饋。」後也指男女成婚。㊿箕帚　即箕箒。指家內灑掃之事。《國語・吳語》：「句踐請盟：一介嫡女，執箕箒以晐姓於王宮；一介嫡男，奉槃匜以隨諸御。」(51)舊老　即故老。年老多閱歷之人。《詩・小雅・正月》：「召彼故老，訊之占夢。」

【語譯】給事黃門侍郎兼御史中丞，吳興邑中正臣沈約叩首說：臣聽說鄭太子忽以齊國強大非自己匹偶的說法，顯名於前代文書之中，雋不疑不娶霍光的女兒，使他的功業得以流傳稱揚。至於和合二族之好，辨明匹配結合之義，高低貴賤，本來就不一致。本就該依據各自門第，不可亂了次序，使秦、晉結好，涇渭不相錯雜。自劉宋衰敗，禮教凋落衰頹，官紳士大夫日益失去婚配的次序，婚娶雜亂，不再計較是否廝役庶人，都販賣祖輩的門第聲譽，作為獲利的途徑，睜目厚顏，竟無一絲慚愧與顧忌。至於德行繁茂者的後代，有前代德業可以懷想，世家大族，他們前代的美善尚未遠離。男子既已成年而娶妻成家，所娶富女莫不是出身於低微的皁隸之輩，女子繫結佩巾出嫁，所嫁都門戶不相當。有志之士聞此而傷心，耆舊故老為此而歎息。

自宸歷御宇❶，弘革❷典憲❸，雖除舊布新❹，而斯風未殄❺。陛下所以負扆❻興言❼，思清漱俗❽者也。臣實儒品，謬掌天憲❾。雖埋輪之志❿，無屈權右⓫，而狐鼠⓬微物，亦蠹大猷⓭。風聞東海王源，嫁女與富陽滿氏。源雖人品庸陋，胄實參華⓮。曾祖雅位登八命⓯。祖少卿內侍帷幄⓰，父璿升采儲闈⓱，亦居清顯⓲。源頻叨⓳諸府戎禁，預班⓴通徽㉑；而託姻結好，唯利是求㉒。玷辱流輩㉓，莫斯為甚。源人身在遠，輒攝㉔媒人劉嗣之到臺辯問。嗣之列稱吳郡滿璋之相承，云是高平舊族，寵、奮㉕胤胄，家計溫足㉖，見託為息鸞覓婚。王源見告窮盡㉗，即索璋之簿閥㉘，見璋之任王國侍郎，鸞又為王慈㉙吳郡正閤主簿㉚，源父子因共詳議，判與為婚。璋之下錢五萬，以為聘禮。源先喪婦，又以所聘餘直納妾。如其所列，則與風聞符同㉛。竊尋㉜璋之姓族，士庶㉝莫辨，滿奮身殞西朝㉞，胤嗣殄沒，武秋㉟之後，無聞東晉，其為虛託，不言自顯。王滿連姻，寔駭物聽㊱；潘楊之睦㊲，有異於此。且買妾納媵，因聘為資，施衿㊳之費，化充床笫㊴，鄙情贅行㊵，造次㊶以之。糾慝㊷繩㊸違，允㊹茲簡㊺裁㊻。源即罪主。

【章　旨】揭出王、滿兩家連姻的來龍去脈，說明王源以嫁女圖利而買妾的鄙情醜行，為彈劾王源提供了充足的論據。

【注　釋】❶宸歷御宇　宸歷，天子歷數。御宇，統治天下。❷弘革　弘，大。革，改易。❸典憲　典章法制。❹除舊布新　《左傳·昭公十七年》：「冬，有星孛于大辰，西及漢。申須曰：彗所以除舊布新也。」❺斯風未殄　這種風氣還沒終止。殄，滅。《書·畢命》：「商俗靡靡，利口惟賢，餘風未殄，公其念哉！」❻負扆　天子朝諸侯，背扆南面而立，故稱負扆。扆，戶牖間畫有斧紋的屏風。《淮南子·齊俗》：「攝天子之位，負扆而朝諸侯。」❼興言　《詩·小雅·小明》：「念彼共人，興言出宿。」❽敝俗　陋習。《書·畢命》：「敝化奢麗，萬世同流。」❾天憲　朝廷的法令。《後漢書·朱穆傳》：「當今中官近習，竊持國柄，手握王爵，口含天憲。」❿埋輪之志　喻無所畏懼，敢於抨擊權貴。東漢漢安元年，選派使節八人，巡視各地，所選多知名之士，其中只有張綱一人年紀最輕，官職最低。七人受命出發，張綱才到洛陽都亭，即停車拆輪，埋於地下，說：「豺狼當路，安問狐狸！」即上書彈劾掌大權的大將軍梁冀，京師為之震動。見《後漢書·張皓傳附張綱》。⓫權右　權門右族；顯貴。《申鑒·政體》：「嘉守節而輕狹陋，疾威福而尊權右。」⓬狐鼠　喻仗勢作惡之人。李善注引應璩詩曰：「城狐不可掘，社鼠不可熏。」⓭大猷　大道。《書·周官》：「若昔大猷，制治於未亂，保邦於未危。」⓮冑實參華　作為有德祖輩之後代而享榮華。冑，後代。指王源。參，參與；享有。華，榮華。⓯雅位登八命　雅，王雅，字茂達，東海剡人。官至左僕射。《晉書·卷八三》有傳。八命，周代官秩自一命至九命凡九等，八命即官爵的第八等。即王之三公及州牧。《周禮・春官・大宗伯》：「以九儀之命，正邦國之位。一命受職……八命作牧。」後泛指高級官僚。⑯帷幄　宮室之帷幕。指王源之祖少卿常侍天子左右。⑰采儲闈　采，事。《書・舜典》：「亮采惠疇。」儲闈，太子居處的宮闈。即東宮。⑱清顯　清貴顯要之位。⑲叨　受。⑳預班　預，列。班，位次；等級。㉑通徹　通侯。原名徹侯，避漢武諱而改。㉒唯利是求　《左傳・成公十三年》：「余雖與晉出入，余唯利是視。」㉓玷辱流輩　玷辱，汙辱。流輩，同輩；同一流的人。㉔攝　逮捕。㉕寵奮　滿寵、滿奮。滿寵，字伯寧，山陽昌邑人。三國魏人，官至太尉，正始三年薨，謚曰景侯。子偉嗣。偉以格度知名，官至衛尉。見《三國志・魏書・滿寵傳》。滿奮，寵從孫。元康中仕至尚書令、司隸校尉。《世說新語・品藻》：「王夷甫云：『閭丘沖優於滿奮、郝隆，此三人並是高人，沖最先達。』」荀綽《兗州記》曰：「于時高平人士偶盛，滿奮、郝隆在沖前，名位已顯。」㉖溫足　溫飽富足。㉗窮盡　窮究。㉘簿閥　先代官籍，也指家世門第。《後漢書・韋彪傳》：「士宜以才行為先，不可純以閥閱。」㉙王慈　李善注引吳均《齊春秋》：「王慈，字伯寶，早有令譽，稍歷侍中、吳郡太守。」㉚正閤主簿　職官名。㉛符同　符合；一致。㉜尋　探究。㉝士庶　士族與庶族。從東漢開始，在統治階級內部逐漸形成的世家大族叫士族，不屬士族的即為庶族。㉞西朝　指西晉。㉟武秋　滿奮字。㊱寔駭物聽　駭，驚。物聽，世人聽聞。㊲潘楊之睦　潘岳、楊肇兩家的和睦。岳為肇女婿。潘岳〈楊仲武誄〉：「潘楊之睦，有自來矣。」㊳施衿　繫結衣帶。此指嫁女。《詩・豳風・東山》：「親結其縭，九十其儀。」《傳》：「母戒女，施衿結帨。」㊴床第　床席。㊵鄙情贅行　鄙情，鄙陋情事。贅行，醜惡的行為。㊶造次　輕易。㊷糾慝　糾，舉發。慝，邪惡。㊸繩　懲處。㊹允　當。㊺簡　彈奏之書箋。㊻裁　貶抑。

【語譯】自從聖朝統治天下，大力地改易典章法制，雖已革除舊習、播布新俗，但此種風氣尚未止息。陛下之所以臨朝，發布言論，是想清除陋俗啊。臣實是個懦弱之人，妄掌朝廷的法令，雖然存有抨擊權貴的志向，不會屈服於權門右族，但是暗中作惡的小人，卻也依然會銷蝕大道。風聞東海王源，嫁女與富陽滿氏，王源雖人品凡庸鄙陋，卻出身華族。曾祖王雅位登八命之高官，祖父少卿常侍天子左右，父璿升事東宮太子，也居清貴顯要之位。王源頻頻受諸府禁衛之任，列位通侯，而依託姻娶之交結，唯利是求，汙辱同流之人，沒比這更厲害的了。王源人身在遠地，就逮捕媒人劉嗣之到御史臺審辯察問。劉嗣之供說吳郡滿璋之家世，說是高平舊族滿寵、滿奮的後裔，家計溫飽富足，受託付替他兒子鸞尋覓婚嫁之人。王源被告知後窮加探究，即刻索取滿璋之的先代官籍，見滿璋之出任王國侍郎，他的兒子鸞又是王慈吳郡的正閤主簿，王源父子即共同詳細商議，決定與滿氏結為姻親。滿璋之送錢五萬，作為定聘之禮。王源原先喪妻，又以聘禮之餘值納妾，如其所列舉，則與所風聞的是相符一致了。私下探究滿璋之姓族，士族庶族無可辨明，滿奮身死於西晉，後嗣滅沒，自滿奮之後，無聞於東晉，滿璋之家世的虛假偽託，已不言自明。王、滿二族連姻，實在是駭人聽聞，潘、楊兩家之和睦，與此有異。且買妾納媵，假聘禮以為資本，將嫁女之費用，轉而充作床席之用，鄙陋的心情、醜惡的行為，輕率地做出來。舉發邪惡，懲處醜行，確如此彈章所裁定。王源就是罪首。

臣謹案：南郡丞王源，忝藉世資❶，得參纓冕❷，同人者貌，異人者心❸，以彼行媒，同之抱布❹。且非我族類❺，往哲格言❻，薰蕕❼不雜，聞之前典。豈有六卿❽之胄，納女於管庫之人❾；宋子河魴❿，同穴⓫於輿臺⓬之鬼？高門降衡⓭，雖自己作，蔑祖辱親，於事為甚。此風弗翦⓮，其源⓯遂開，點世塵家⓰，將被比屋⓱。宜寘以明科⓲，黜之流伍⓳，使已汙之族，永愧於昔辰；方媾之黨，革心⓴於來日。臣等參議，請以見事免源所居官，禁錮㉑終身，輒下禁止視事如故。源官品應黃紙㉒，臣輒奉白簡以聞。臣約誠惶誠恐云云。

【章　旨】鄭重提出處置王源的辦法。認為為了消除王滿連姻的惡劣影響，必須免除王源官職，並「禁錮終身」。

【注　釋】❶世資　由祖先家世而取得的特殊身分。❷纓冕　指官僚士大夫。❸同人者貌二句　《列子・黃帝第二》：「夏桀、殷紂、魯桓、楚穆，狀貌七竅皆同於人，而有禽獸之心。」❹抱布　懷著布幣，以買絲為由，男女非禮結合。布，幣。《詩・衛風・氓》：「氓之蚩蚩，抱布貿絲，非來貿絲，來即我謀。」❺非我族類　《左傳・成公四年》：「史佚之志有之，曰：非我族類，其心必異。」❻格言　至言。含有教育意義可作為準則的話。《三國志・魏書・崔琰傳》：「蓋聞盤于遊田，《書》之所戒；魯隱觀魚，《春秋》譏之；此周孔之格言，二經之明義。」❼薰蕕　薰，香草名。蕕，水草名。別名蔓于。其味惡臭。❽六卿　周代六官：冢宰、司徒、宗伯、司馬、司寇、司空。《書・周官》：「六卿分職，各率其屬。」❾管庫之人　掌庫藏的小官。《禮記・檀弓》：「所舉於晉國，管庫之士七十有餘家，生不交利，死不屬其子焉。」❿宋子河魴　皆喻貴族之女。《詩・陳風・衡門》：「豈其食魚，必河之魴；豈其取妻，必齊之姜。豈其食魚，必河之鯉；豈其取妻，必宋之子。」⓫同穴　《詩・王風・大車》：「穀則異室，死則同穴。」⓬輿臺　古代分人為十等，輿為第六等，臺為第十等。皆指地位低微之人。《左傳・昭公七年》：「人有十等……阜臣輿，輿臣隸，隸臣僚，僚臣僕，僕臣臺。」⓭高門降衡　陸雲〈答兄書〉曰：「高門降衡，修庭樹蓬。」衡，衡門；橫木為門。喻簡陋的房屋。⓮翦　除。⓯源　本源。⓰點世塵家　點，點辱。塵，塵汙。⓱將被比屋　被，及。比屋，連屋。指每家每戶。⓲寘以明科　寘，處置。明科，見於文字之科律。⓳黜之流伍　黜，黜退。流伍，同流之輩。⓴革心　洗心改過。㉑禁錮　禁止封閉，勒令不准作官，猶後世之永不敘用。㉒黃紙　指用黃麻紙書寫的彈章。

【語　譯】臣鄭重地認為：南郡丞王源辱憑祖先家世而取得特殊身分，得以置身官僚士大夫之間，貌同於人，而心與人異，用那行媒之禮，行那非禮苟合之事。且非我士族中人其心必異，先哲有至言警誡後人，香草不與惡臭之草相混雜，這也見於前代典籍。怎麼有六卿高官之後代，嫁女給掌庫藏之小吏；世家之女，死後與微賤者同穴的呢？高門世族俯就門第低微之家族，雖只是自己的行為而已，但輕蔑祖先，侮辱親族，沒有比這種事情更厲害的了，這種風氣若不加防止，則源頭從此而開，玷辱祖先，塵汙家族，將會遍及各家各戶。所以應按法律加以處置，把他逐出世族階層，使得已受玷汙之世族，永遠愧悔過去的時日；令正要結姻親之族黨，能洗心改過於來日。臣等互相商議，請求據目前之事免去王源所居官職，終生禁錮，立即下令禁止他任職治事，一如昔日規定。就王源官品而言，本應用黃紙書寫彈章，但臣即用白紙所書寫的彈劾書以上達聽聞。臣沈約誠惶誠恐，陳述如此。

牋

答臨淄侯

【作　者】楊修，字德祖，弘農華陰（今屬陝西）人。生於東漢末靈帝年間，太尉楊彪之子。好學能文，才思敏捷。建安中，舉孝廉，任郎中，後為丞相曹操主簿。是時軍國多事，修總知內外，事皆稱意。自太子曹丕以下，都爭與交好。楊修和曹植交誼很深，他為曹植積極謀劃，想幫助曹植取得太子地位。後來曹植失寵，曹操因楊修足智多謀，又是袁術外甥，恐有後變，遂藉故把楊修殺死。楊修原有集二卷，已散佚，今存七篇。

【題　解】曹植於建安十九年（西元二一四年）徙封臨淄侯。建安二十一年（西元二一六年），曹植二十五歲時給楊德祖寫了信。本文就是楊德祖給曹植所覆的信。

楊德祖是曹植的知己，也是政治上的親信，因此在信中能抓住要害，放言高論。作者既撇開來信所提到的建安作者恃才傲物的不良傾向不談，也不議論批評家是否需要有較高的文學修養這個問題，卻針對「辭賦小道」這個題目，從文學與政治的關係方面著眼，以凸顯曹植的辭賦文章超凡拔俗、一字千金、高不可攀的優異表現。認為與古詩之〈風〉〈雅〉無別，如「仲尼日月無得踰焉」。如果說曹植的「辭賦小道」論，是他不得志的違心之言，是他政治失意後的牢騷發洩，那麼楊德祖正是用文學政治不相妨害的論述，鼓勵曹植從事著述，通過著述來「銘功景鍾」、「書名竹帛」。認為揚雄的「壯夫不為」是過激之言論，而文章著述正是經國之大業，是可以千載留名的。楊德祖自稱不能像惠施和莊周的關係那樣成為曹植的知己，這是謙虛的話。事實上正是楊德祖這些推心置腹之論，才真正道出了曹植想說而不能說的話，同時也撫慰了曹植的抑鬱不平之氣。

此文寫得情意真切，感情豐富。作者一再自謙，正是為了解除曹植懷才不遇所帶來的痛苦，激勵曹植繼續發抒懷抱。因而千載之下，仍能使讀者感受到兩人的深厚情誼。

修死罪死罪❶。不待數日，若彌❷年載，豈由愛顧之隆❸，使係仰❹之情深邪？損辱嘉命❺，蔚矣其文❻；誦讀反覆，雖諷〈雅〉〈頌〉❼不復過此。若仲宣之擅漢表❽，陳氏之跨冀域❾，徐、劉之顯青豫❿，應生之發魏國⓫，斯皆然矣。至於修者，聽采風聲⓬，仰德不暇，自周章⓭於省覽⓮，何遑⓯高視⓰哉？

【章　旨】讚美曹植所贈予的一篇辭賦。說自己反覆誦讀，認為此文可與〈雅〉、〈頌〉比美，正如王粲、陳琳、徐幹、劉楨、應瑒揚名於世一樣，值得自己省覽學習。

【注　釋】❶死罪死罪　舊時臣下給君王寫信的一種通例。❷彌　終。❸隆　盛多。❹係仰　繫念仰慕。❺嘉命　嘉善之命令。這裡指來信。❻蔚矣其文　指文采華美。《易・革》：「君子豹變，其文蔚也。」曹植信中說，有辭賦一篇相贈楊修。❼諷雅頌　諷，誦。雅頌，《詩經》有〈風〉、〈雅〉、〈頌〉三部分組成。❽仲宣之擅漢表　指王粲往荊州避難。仲宣，王粲字。王粲十七歲時避難荊州，投靠劉表，寓於楚壤，故云漢表。擅，占有。❾陳氏之跨冀域　指陳琳為袁紹掌典文章。陳氏，指陳琳。陳琳曾為袁紹掌典文章，故云冀域。❿徐劉之顯青豫　指徐幹、劉楨二人，一顯於青，一顯於豫。徐幹昌於高密，故云青。劉楨遊於許京，故云豫。青，指青州。豫，指豫州。⓫應生之發魏國　應瑒發跡於魏國。應瑒是汝南南頓（今河南項南北）人。南頓靠近魏都許昌，屬魏國。以上幾句復述曹植來信中語：「昔仲宣獨步於漢南；孔璋鷹揚於河朔；偉長擅名於青土；公幹振藻於海隅；德璉發跡於大魏；足下高視於上京。」可以參看。⓬風聲　風氣；教化。《書・畢命》：「彰善癉惡，樹之風聲。」孔疏：「明其為善，病其為惡；立其善風，揚其善聲。」⓭周章　周旋舒緩之意。⓮省覽　考慮；鑒察。⓯遑　暇。⓰高視　居高臨下，超乎流俗。

【語　譯】楊修死罪死罪。等待沒幾天，就好像過了一年，豈不是因為受到您的眷愛顧念高厚，而使我繫念仰慕之情深呀？蒙您賜我美好的來信，寫得文采華美；再三誦讀，即使諷誦〈雅〉、〈頌〉也不能超過您的來信。就像是王粲獨被荊州劉表所看重，陳琳揚名於冀州，徐幹、劉楨顯耀於青州和豫州，應瑒發跡於魏國，他們都如此。至於我楊修，聆聽您的風教，仰慕您的德行，尚且不及，自當周旋於閱覽思考之中，何暇於傲睨世人呢？

伏惟❶君侯❷，少長貴盛，體❸發旦之資❹，有聖善之教❺。遠近觀者，徒謂能宣昭懿德❻，光贊大業❼而已，不復謂能兼覽❽傳記，留思文章。今乃含王超陳❾，度越❿數子矣。觀者駭視而拭目⓫，聽者傾首而竦耳⓬，非夫體通⓭性達，受之自然，其孰能至於此乎？又嘗親見執事⓮，握牘⓯持筆，有所造作⓰，若成誦在心，借書在手，曾不斯須⓱少⓲留思慮，仲尼日月無得踰焉⓳。修之仰望，殆⓴如此矣。是以對〈鶡〉㉑而辭，作〈暑賦〉㉒彌㉓日而不獻。見西施之容，歸增㉔其貌者也。伏想執事，不知其然，猥㉕使顧錫㉖，教使刊定㉗。《春秋》之成，莫能損益㉘。《呂氏》《淮南》，字直千金㉙。然而弟子箝口㉚，市人拱手㉛者，聖賢卓犖㉜，固所以殊絕凡庸也。

【章　旨】讚揚曹植辭賦文章之超凡拔俗，以為如《呂覽》、《淮南子》那樣可以一字千金，又如仲尼《春秋》般無法超越。

【注　釋】❶伏惟　俯伏思惟。下對上的敬詞，常用於奏疏或信函中。❷君侯　指曹植。❸體　同。❹發旦之資　發，周武王名。旦，周公名。資，資質；天賦。❺聖善之教　說明曹植有非同尋常的家教。《詩·邶風·凱風》：「凱風自南，吹彼棘薪。母氏聖善，我無令人。」聖善，明理而有美德。❻宣昭懿德　宣昭，宣揚光大。《詩·大雅·文王》：「宣昭義問。」懿德，美德。《詩·大雅·烝民》：「民之秉彝，好是懿德。」❼大業　偉大的事業。《易·繫辭上》：「盛德大業，至矣哉。」❽兼覽　兼顧博覽。❾含王超陳　兼含並超過王粲和陳琳作文的優點。❿度越　超過。⓫拭目　擦眼睛。表示期望殷切，急欲看到。⓬竦耳　傾聽。⓭體通　體性通達。⓮執事　舊時書信常以此敬稱對方。謂不敢直陳，故向執事者陳述。這裡指曹植。⓯牘　古代寫字用的木片。⓰造作　製作。這裡指寫文章。⓱斯須　猶言須臾、一會兒。⓲少　稍。⓳仲尼日月句　意謂仲尼簡直是太陽和月亮，沒有可能超越他。這裡指曹植的文章是無法超越的。《論語·子張》：「仲尼，日月也，無得而踰焉。」⓴殆　大概；恐怕。㉑鶡　〈鶡賦〉是曹植早期的作品。㉒暑賦　楊修的作品。㉓彌　滿。㉔增　六臣本作「憎」。㉕猥　猶言辱。謙詞。㉖顧錫　愛顧賜予。㉗刊定　猶編訂。刊，削。曹植給楊修的信中說：「文之佳惡，吾自得之，後世誰相知定吾文者邪？」似有請楊修刊定之意。㉘春秋之成二句　《史記·孔子世家》：「至於為《春秋》，筆則筆，削則削，子夏之徒不能贊一辭。」㉙呂氏淮南二句　李善注引桓子《新論》：「秦相呂不韋請迎高妙，作《呂氏春秋》，漢之淮南王聘天下辯通，以著篇章。成，皆布之都市，懸置千金，以延示眾士，而莫能有變易者。乃其事約豔，體具而言微也。」《呂氏春秋》之增刪賞賜事，又見《史記·呂不韋列傳》。㉚箝口　閉口。㉛拱手　兩手合抱，表示無能為力。㉜卓犖　卓絕出眾。

【語　譯】我想君侯，年少時生長在高貴興盛之家，身具武王、周公般的資質，又受到聖明美善的家教。遠近的旁觀者，只認為您能宣揚光大美好的德行，輔佐發展偉大的事業而已，不認為也能博覽傳記，留意文章。

而今您兼有王粲之才而超過陳琳，又越過諸位賢士。使旁觀者驚駭注視而忙擦眼睛，傾聽者低頭而細聽，如不是體性通達，受之於自然，怎能達到如此境界呢？我還親眼看到您手持紙筆，有所製作，好像是早已寫成默誦在心裡，借手寫出，竟無需一點思索考慮，就和仲尼一樣如同太陽月亮般無法超越。我對您的仰望，可以說就是如此。所以我面對〈鶡賦〉而怯退，創作〈暑賦〉竟日不敢獻上。如同眼見西施的美貌，回家來便憎惡自己的面貌那樣。伏念您不知其中的原委，因而承蒙您的謬愛，要我刊定您的大作。《春秋》撰成了，不能增減一辭。《呂氏春秋》、《淮南子》，一字值千金。這樣使得弟子們閉口，市人無法改動，實是由於聖賢卓絕出眾，確實跟平庸凡俗之作截然不同啊。

今之賦頌，古詩之流❶；不更孔公，〈風〉、〈雅〉無別耳❷。修家子雲，老不曉事，強著一書，悔其少作❸。若此仲山周旦之儔❹，為皆有諐❺耶？君侯忘聖賢之顯跡，述鄙宗之過言❻，竊以為未之思也❼。若乃❽不忘經國❾之大美，流千載之英聲❿，銘功景鍾⓫，書名竹帛⓬，斯自雅量⓭，素⓮所畜也，豈與文章相妨害哉！輒受所惠⓯，竊備矇瞍⓰誦詠而已，敢望惠施，以忝莊氏⓱！季緒⓲璅璅⓳，何足以云！反答造次⓴，不能宣備。修死罪死罪。

【章　旨】針對曹植來信所說「辭賦小道」之論，說明曹植文章與經國大業、千載名聲是不相妨害的。並且認為自己雖愛好諷誦曹植辭賦，但還不敢自比於曹植知己。

【注　釋】❶今之賦頌二句　指賦是《詩經》演變而來的。《詩》六義之中有賦一種。班固〈兩都賦序〉：「賦者，古詩之流也。」❷不更孔公二句　意謂曹植所著辭賦，雖未經孔子刪定，卻跟〈風〉〈雅〉無甚區別。曹植來信說：「今往僕少小所著辭賦一通相予。夫街談巷說，必有可采，擊轅之歌，有應〈風〉、〈雅〉；匹夫之思未易輕棄也。辭賦小道，固未足以揄揚大義，彰示來世也。」❸修家子雲四句　意謂與楊修同姓之揚雄，字子雲，漢成帝時任給事黃門，執戟以侍皇帝，職位卑下。他在《法言・吾子》中說自己「少而好賦」，又說這是「童子雕蟲篆刻……壯夫不為」。「一書」指《法言》，「悔其少作」就是「壯夫不為」。❹仲山周旦之儔　仲山，仲山甫。《詩・大雅・烝民》：「保茲天子，生仲山甫。」全首都在頌揚仲山甫的功德。周旦，周公旦。〈毛詩序〉：「七月，周公遭變，陳王業之艱難。」或說：仲山甫作〈周頌〉，周公作〈鴟鴞〉。儔，類。❺僁　古「愆」字。罪過；過失。❻鄙宗之過言　指揚雄「壯夫不為」之言。❼未之思也　《論語・子罕》：「未之思也，夫何遠之有。」❽若乃　轉語詞。❾經國　經世濟國。❿英聲　美好的名聲。⓫銘功景鍾　銘，記載；鏤刻。景鍾，六臣本作「景鐘」。景公鍾，春秋時晉景公所鑄之鐘，把功臣魏顆退秦師之勳銘於鐘上。後因以景鐘為褒功的典故。⓬竹帛　指史書之類。⓭雅量　寬宏的度量。⓮素　平素。以上幾句是針對曹植來信而說的。植書云：「吾雖薄德，位為藩侯，猶庶幾戮力上國，流惠下民，建永世之業，流金石之功，豈徒以翰墨為勳績，辭賦為君子哉！」⓯所惠　指曹植賜文章。⓰矇瞍　盲人樂師。《詩・大雅・靈臺》：「鼉鼓逢逢，矇瞍奏公。」《毛傳》：「有眸子而無見曰矇，無眸子曰瞍。」《鄭箋》：「凡聲，使瞽矇為之。」⓱敢望惠施二句　謂楊修自己豈敢望比惠施之德，以忝辱於莊周之相知！莊周喻曹植，惠施是莊周相知者，故引用。曹植來信曾說：「其言之不慚，恃惠子之知我也。」⓲季緒　劉表之子。官至樂安太守。曾著詩、賦、頌六篇。曹植說他的文才夠不上著作家的水準。⓳璅璅　言人品猥瑣。⓴造次　倉卒；急遽。

【語　譯】如今的賦頌，是由古詩演變而來的；雖未經孔子的刪削，卻與〈風〉〈雅〉無甚區別。從前我的本家揚子雲，年老不懂事理，勉強撰著一書，反悔他年輕時所作的辭賦。這樣說來，仲山甫、周公旦的作品，都是有缺點過失的嗎？您忽略古代聖賢的顯明事蹟，而轉述我同宗的過激言論，私下認為這是沒有深慮的結果。至於不忘經世濟國的偉大事業，流播千年美好的名聲，鏤刻功勳於景公鐘，記載名姓於史書之上，這都是來自您寬宏的度量，與平素修養的結果啊，哪裡會與辭賦文章相互妨害呢！每次接受所賜予的辭賦文章，我私下準備像古代盲人樂師那樣諷誦吟詠罷了，豈敢想望自己能像惠施那樣忝辱為莊周的知音！又如同劉季緒那樣人品猥瑣，何足以評論！倉卒覆信，不可能說得完備。楊修死罪死罪。

與魏文帝牋

【作　者】繁欽，據《三國志．魏書．王衛二劉傅傳》裴注引《典略》介紹：「欽字休伯，以文才機辯，少得名於汝、潁。欽既長於書記，又善為詩賦。其所與太子書，記喉囀意，率皆巧麗。為丞相主簿。建安二十三年卒。」

【題　解】這是繁欽任丞相主簿期間寫給魏文帝曹丕的一封信。

繁欽此信專寫鼓吹藝妓選拔中所發現的一位年少的唱歌天才。先描寫他歌喉的優美，再寫他在嚴峻的挑戰中，優游自如，聲音更加動人。最後寫同坐聽者無不為之感動流淚。作者提出，諸多歌唱高手，均不及此音樂奇才，所以要竭力推薦給文帝。

文章寫得清麗灑脫，刻劃細緻入微，不用一則典故而使音樂奇才的形象畢現。李善注云：「雖言過其實，而其文甚麗。」不妨當作一篇散文小品來讀。

正月八日壬寅，領主簿❶繁欽，死罪死罪。近屢奉牋，不足自宣。頃諸鼓吹❷，廣求異妓。時都尉❸薛訪車子❹，年始十四，能喉囀❺引聲。與笳❻同音，白上呈見，果如其言。即日故共觀試，乃知天壤❼之所生，誠❽有自然之妙物也。潛❾氣內轉，哀音外激，大不抗越❿，細不幽散，聲悲舊笳，曲美常均⓫。及與黃門鼓吹⓬溫胡迭⓭唱迭和，喉所發音，無不響應，曲折沈浮，尋變入節⓮。自初呈試，中間二句，胡欲慠⑮其所不知，尚之以一曲，巧竭意匱⑯，既已不能。而此孺子遺聲抑揚，不可勝窮，優遊⑰轉化，餘弄⑱未盡。曁⑲其清激悲吟，雜以怨慕⑳，詠北狄之遐征，奏胡馬之長思㉑，悽㉒入肝脾，哀感頑豔㉓。是時日在西隅，涼風拂衽㉔，背山臨谿，流泉東逝，同坐仰歎，觀者俯聽，莫不泫泣殞涕㉕，悲懷慷慨。自左驥、史妠、謇姐㉖名倡，能識以來，耳目所見，僉曰詭異㉗，未之聞也。竊惟聖體，兼愛好奇，是以因牋，先白委曲㉘，伏想御聞，必含餘懽；冀事速訖，旋侍光塵㉙，寓目㉚階庭，與聽斯調，宴喜之樂，蓋亦無量。欽死罪死罪。

【注釋】❶主簿　官名。漢以後中央各機構及地方郡、縣官府都設有主簿，負責文書簿籍，掌管印鑑，為掾史之首。繁欽時為丞相主簿。❷鼓吹　本為軍中之樂，出自北方民族。東漢邊將及萬人將軍始得有鼓吹。魏晉以後鼓吹甚輕，牙門督將五校皆得具鼓吹。❸都尉　都尉，官名。維持地方治安的官吏。❹車子　黃侃《文選平點》：「殆騶御之屬，而有斯絕技，異已。」❺囀　轉折發聲，這裡形容人聲宛轉。❻笳　古管樂器名。❼天壤　天地。❽誠　確實。❾潛　隱藏。❿抗越　高亢激越。⓫常均　平常的曲調。均，同「韻」。一說「均」指律調五聲。⓬黃門鼓吹　樂官。⓭迭　更替；輪流。⓮入節　切合節奏。⓯慠　同「傲」。⓰巧竭意匱　竭，盡。匱，乏。⓱優遊　悠閒自得。⓲弄　樂曲。⓳曁　及。⓴怨慕　怨恨；思慕。㉑詠北狄之遐征二句　六臣注：「〈北狄征〉、〈胡馬思〉，皆古歌曲，皆能喉囀為之。」遐，遠。㉒悽　悲傷。㉓頑豔　頑鈍；豔美。㉔衽　衣襟。㉕泫泣殞涕　泫泣，流淚。殞，墜。㉖左驥史妠謇姐　三人都是當時著名的樂人。㉗僉曰詭異　僉，皆；眾。詭異，奇特。㉘委曲　事物的原委、底細。㉙光塵　稱人風采的敬詞。㉚寓目　觀看。

【語譯】正月八日壬寅，主簿繁欽死罪死罪。近來屢次上書，意思尚未全部宣達。不久前諸鼓吹樂隊，廣為徵求歌舞藝人。那時都尉薛訪的車夫，只有十四歲，能發出宛轉悠長的音聲，與笳同音。稟白後晉見，果然和其所說的相同。當日便和大家觀看測試，才知天地所生，確有天然的精妙事物啊。隱藏的氣流在體內流轉，悲哀的聲音向外激盪，聲音大而不高亢激越，聲音細而不幽隱消散，聲音悲涼過舊笳，曲調美好勝過常曲。待跟黃門鼓吹溫胡相互更替輪流唱和，則歌喉所發之音，無不能如響應聲，曲折高低，樂曲改變也都符合節拍。從初次檢驗聽試，當中間隔二十天，溫胡想以驕傲的態度逼迫他顯露出有所不知，在一個曲子上勝過他，直到技巧用盡，思想匱乏，已沒有能力再唱新曲為止。但這小孩子還是餘音高低抑揚，沒有止境，悠閒自得而變化無窮，餘曲未盡。等他清越激盪，悲切吟唱，夾雜著幽怨思慕，詠唱起北狄遠征、胡馬長思，悲傷之情可侵入肝脾，悲哀之音可感動頑鈍和美豔者。當時正值日落西邊，涼風吹拂著衣襟，背靠青山，面臨溪流，泉水東去，同座者仰頭歎息，觀看者低首靜聽，無不流淚墜涕，悲痛慷慨。自從左騏、史妠、謇姐諸著名樂人以來，能知音者，耳聞目見，都說這孩子無比奇特，從未聽聞。我私下認為陛下興趣廣泛，喜好奇才，所以憑此書札，先稟白此事的原委底細。伏想陛下聽聞，一定含笑歡暢；希望事務盡早結束，命他盡快侍候大駕您在階上庭中觀賞，聆聽他的演唱，盛宴歡慶之樂，大概無可限量吧。繁欽死罪死罪。

答東阿王牋

【作　者】陳琳，字孔璋，廣陵（今江蘇揚州）人。東漢末為何進主簿，後避難冀州，依附袁紹。曾為袁紹作檄文，大罵曹操。後袁紹失敗，陳琳歸附曹操，曹操愛他的才，不咎既往，反命他作司空軍謀祭酒，管記室，草擬軍國書檄公文，後徙為門下督。建安二十二年卒於疫中。原有集十卷，已散佚，明人輯有《陳記室集》。陳琳為「建安七子」之一，以文章著名，擅長於章、表、書、記，辭藻雋美，筆力殊健。詩僅存四首，〈飲馬長城窟〉一詩，悲涼沈重，動人心魄。

【題　解】這是建安七子之一的陳琳寫給曹植的一封回信。牋即箋，是古時書信文體的一種，用以為對上級或尊長的書札。

曹植自太和三年（西元二二九年）十二月至太和六年（西元二三二年）二月為東阿王。其時陳琳已經離世。《文選》題作〈答東阿王牋〉，或許是《陳琳集》編訂時，正值曹植任東阿王期間。今《曹植集》載有〈報陳琳書〉殘句數則，語言華美宏闊，疑本文便針對該信加以答覆。

此信竭力讚美曹植的高才異稟，絕智美思。顯示出陳琳對後學的獎掖之心。全文比喻巧妙，辭采飛揚，的是佳作。

琳死罪死罪。昨加恩辱命，并示〈龜賦〉❶，披覽粲然❷。君侯❸體高世之才，秉青萍、干將❹之器。拂鐘無聲❺，應機❻立斷。此乃天然異稟❼，非鑽仰❽者所庶幾❾也。音義既遠，清辭妙句，焱絕煥炳❿。譬猶飛兔流星⓫，超山越海，龍驥⓬所不敢追，況於駑馬⓭，可得齊足？夫聽〈白雪〉⓮之音，觀〈綠水〉⓯之節，然後〈東野〉、〈巴人〉⓰，蚩鄙⓱益著。載⓲歡載笑，欲罷不能。謹韞櫝⓳玩耽⓴，以為吟頌。琳死罪死罪。

【注釋】❶龜賦　曹植有〈神龜賦〉，今存。❷粲然　明亮貌。❸君侯　指曹植。陳琳在世時，曹植曾為平原侯、臨淄侯。❹青萍干將　皆寶劍名。此指異才。❺拂鐘無聲　削鐘無聲，謂劍之鋒利。❻應機　適應時機。❼異稟　特殊的天賦。❽鑽仰　鑽研和敬仰。《論語・子罕》：「仰之彌高，鑽之彌堅。」❾庶幾　相接近。❿焱絕煥炳　焱，火焰。煥炳，明亮。⓫飛兔流星　飛兔，古駿馬名。《呂氏春秋・離俗》高誘注：「日行萬里，馳若兔之飛，因以為名也。」流星，比喻速度之快疾。⓬驥　千里馬。⓭駑馬　劣下之馬。⓮白雪　古曲名。傳說是師曠所作商調曲。⓯綠水　古曲名。⓰東野巴人　東野，下里之曲。巴人，曲名。與〈下里〉同為古代民間俚俗歌曲。宋玉〈對楚王問〉：「客有歌於郢中者，其始曰〈下里〉、〈巴人〉，國中屬而和者數千人。……其為〈陽春〉、〈白雪〉，國中屬而和者不過數十人。」⑰蚩鄙　粗野拙鄙。⑱載　語助詞。⑲韞櫝　指藏於匱中加以珍寶。《論語．子罕》：「有美玉于斯，匵而藏諸？求善賈而沽諸？」⑳玩耽　耽玩。研習欣賞至於專心忘我的境地。

【語　譯】陳琳死罪死罪。昨天蒙恩辱賜來信，並示以大作〈龜賦〉，開卷拜覽頗覺粲然生輝。君侯體兼超乎世俗的奇才，猶如持有青萍、干將般利器，削鐘無聲，當機立斷。這是上天賦予的特異稟性，並不是鑽研敬仰者所能及得上的。佳音高義已甚深遠，清辭妙句，更使文章光彩煥發。好像是飛兔的駿馬流星般疾馳，騰越群山，跨越江海，使駿馬猶不敢追趕，更何況是駑劣之馬，怎能與之齊驅並足呢？聆聽〈白雪〉的高雅之音，觀賞〈綠水〉的優美舞節，然後再聽〈東野〉、〈巴人〉的下等俗曲，則其粗野鄙俗愈是顯著。讀您的文章有歡有笑，想要停卻停不下來。謹將它珍藏在櫃中研習欣賞，以便日常吟頌。陳琳死罪死罪。

答魏太子牋

【作　者】吳質，字季重，濟陰（今山東定陶西北）人。以文才博通，為曹丕、曹植的知交。建安中，曾為朝歌（今河南淇縣）長，遷元城令。相傳曹丕立為太子，質有運籌之功。入魏，官至振威將軍，假節都督河北諸軍事，封列侯。明帝太和四年入為侍中，是年夏卒。原有集五卷，已佚，今存作品不多。

【題　解】曹丕被立為太子後，曾於建安二十三年（西元二一八年），寫給吳質一封信，內容陳述前一年魏郡在瘟疫災害的侵襲下，建安七子中的徐幹、陳琳、應瑒、劉楨一時俱逝，同時死去的還有王粲，以及死得更早的阮瑀。因而感歎年壽不永，盛宴難再。本文就是吳質收到來信後的覆函，全文充滿了傷感的情緒，與曹丕同悲共歎，反映出兩人心靈上的默契。

文章大量運用古今對比的手法來表述自己的情懷，先是通過古今人物對比，寫出逝世諸君的才華和特點，再直接抒懷，自歎衰邁。文章寫得清通而有情韻，立意仍與曹丕來信相應。

二月八日庚寅❶，臣質言：奉讀手命，追亡❷慮存，恩哀之隆❸，形於文墨❹，日月冉冉❺，歲不我與❻！昔侍左右，廁❼坐眾賢。出有微行之遊❽，入有管弦之懽❾，置酒樂飲，賦詩稱壽❿，自謂可終始相保，並騁⓫材力，效節⓬明主。何意數年之間，死喪略盡。臣獨何德，以堪⓭久長？陳、徐、劉、應⓮，才學所著，誠如來命⓯，惜其不遂⓰，可為痛切。

【章　旨】作者接著曹丕來信所言，一方面追述當年遊宴之歡，一方面痛悼陳、徐、劉、應諸賢的不幸離世。今昔對比，倍增傷感。

【注　釋】❶庚寅　紀日的干支。曹丕於建安二十三年（西元二一八年）二月三日寫信給吳質，吳質當即覆信。❷亡　指已經去世的徐幹、陳琳、應瑒、劉楨和王粲。❸隆　盛；多。❹文墨　文書寫作。這裡指曹丕的來信。❺冉冉　漸進貌。❻歲不我與　時不我待。❼廁　置；參加。❽微行之遊　隱藏身分改裝出遊。❾懽　同「歡」。❿稱壽　上酒曰稱壽。⓫騁　施展。⓬效節　猶效忠。⓭堪　承當；忍受。⓮陳徐劉應　指陳琳、徐幹、劉楨、應瑒。⓯來命　對來信所述的敬重說法。⓰不遂　志願未實現。

【語　譯】二月八日庚寅日，臣吳質陳述：捧讀來信，追念死者，憂慮倖存者，恩惠和哀思之深厚，體現在來信的字裡行間。日月漸漸消逝，歲月更不待人啊！從前我侍奉您，與諸位賢友同列。外出有微服之遊，入內有欣賞絲竹管弦的歡樂，擺酒宴飲，賦詩祝酒，自以為可以長久共事，一起施展各自的才能和力量，效忠於英明的主上，何曾想到幾年之間，便死喪得差不多了。我獨有何德行，可以活得久長？陳琳、徐幹、劉楨、應瑒，才能學識之突出，確如來信所說一樣，可惜沒有實現他們的願望，實在使人悲痛哀切。

凡此數子，於雍容侍從❶，實其人也。若乃邊境有虞❷，群下鼎沸❸，軍書輻至❹，羽檄交馳❺，於彼諸賢，非其任也。往者孝武❻之世，文章❼為盛，若東方朔、枚皋之徒，不能持論❽，即阮、陳之儔❾也。其唯嚴助、壽王❿，與聞政事，然皆不慎其身，善謀於國，卒以敗亡，臣竊恥之。至於司馬長卿稱疾避事，以著書為務⓫，則徐生⓬庶幾焉。而今各逝，已為異物⓭矣。後來君子，實可畏也。

【章　旨】作者論古說今，在對比中闡明死去諸賢——阮瑀、陳琳、徐幹各人的特點。最後以後生可畏作結。這也是曹丕來信的一個觀點。

【注　釋】❶雍容侍從　雍容，指容儀溫文。侍從，隨從帝王左右。❷有虞　有寇至。虞，臆度。《詩・大雅・抑》：「謹爾侯度用戒不虞。」❸鼎沸　比喻形勢紛擾動亂，議論紛紛。❹輻至　意同輻輳。車輻湊集於轂上，此喻軍書從各方面來到。❺羽檄交馳　羽檄，即羽書。軍事文書，插鳥羽以示緊急。交馳，交結。❻孝武　漢武帝。❼文章　指漢賦。❽若東方朔二句　東方朔，漢代賦家。有〈答客難〉、〈非有先生論〉、〈七諫〉等作品傳世。枚皋，枚乘的兒子。《漢書・藝文志》說他有賦一百二十篇。事見《漢書・枚乘傳》。不能持論，不能提出主張。「能」應作「根」。《漢書・嚴助傳》：「朔、皋不根持論，上頗俳優畜之。唯助與壽王見任用，而助最先進。」不根，沒有根據；不實在。持論，提出主張、立論。❾阮陳之儔　阮瑀、陳琳之匹。❿嚴助壽王　嚴助，據《漢書》本傳：「嚴助，會稽吳人，嚴夫子子也。……郡舉賢良，對策百餘人，武帝善助對，繇是獨擢助為中大夫。……後淮南王來朝，厚賂遺助，交私論議。及淮南王反，事與助相連，上薄其罪，欲勿誅。廷尉張湯爭，以為助出入禁門，腹心之臣，而外與諸侯交私如此，不誅，後不可治。助竟棄市。」壽王，即吾丘壽王，據《漢書》本傳：「吾丘壽王字子贛，趙人也。年少，以善格五召待詔。……後坐事誅。」⓫司馬長卿稱疾避事二句　據《漢書》本傳：「司馬相如字長卿，蜀郡成都人也。……其仕宦，未嘗肯與公卿國家之事，常稱疾閒居，不慕官爵。」又其妻對曰：「長卿未嘗有事也。時時著書，人又取去。長卿未死時，為一卷書，曰有使來求書，奏之。」⓬徐生　徐幹。曹丕來信稱：

「偉長著《中論》二十餘篇。」就一心著書來說，徐幹和司馬相如相類似。⓭異物　此指死亡者。

【語　譯】所有這些賢友，充當帝王左右的隨從，儀態溫文，確實表現出這些人的長處。至於邊境有事，群臣議論紛紛，軍書齊至，羽檄飛一樣來往，這對於那些賢友來說，就不能勝任了。從前漢武帝時，辭賦盛行，像東方朔、枚皋等人一般，不能提出主張的，是阮瑀、陳琳一類人。只有嚴助、吾丘壽王參與政事，然而都不能謹慎地保重自身，善於謀劃國事，最後都因而身敗名裂，我為他們感到可恥。至於像司馬相如一般稱病逃避國事，專門一心從事著書，徐幹跟他差不多吧。如今他們分別去世，已經成為異物了。青年才士後來居上，確實令人生畏。

伏惟所天❶，優游❷典籍之場，休息篇章之囿❸。發言抗論❹，窮理盡微❺，摛藻❻下筆，鸞❼龍之文奮❽矣。雖年齊蕭王❾，才實百之。此眾議所以歸高，遠近所以同聲❿。然年歲若墜⓫，今質已四十二矣，白髮生鬢，所慮日深，實不復若平日之時也。但欲保身勑行⓬，不蹈⓭有過之地，以為知己之累耳。游宴之歡，難可再遇；盛年⓮一過，實不可追。幸得下愚之才⓯，值風雲之會⓰，時邁⓱齒載⓲，猶欲觸匈奮首⓳，展其割裂⓴之用也。不勝慺慺㉑。以來命㉒備悉，故略陳至情。質死罪死罪。

【章　旨】作者在讚美曹丕的同時，感歎自己日漸衰邁，但仍願意為之甘效死力，見出兩人相契甚深。

【注　釋】❶伏惟所天　伏惟，俯伏思惟。下對上的敬詞。所天，六臣注向曰：「謂君屬太子也。」❷優游　悠閒自得。

❸囿　六臣本作「圃」。此「囿」和上句之「場」，均指講藝之處。❹抗論　爭論而不相上下。❺微　妙。❻摛藻　鋪張辭藻。❼鸞　鳳凰之類的神鳥。❽奮　振。❾年齊蕭王　曹丕〈與吳質書〉：「光武言：『年三十餘，在兵中十歲，所更非一。』吾德不及之，年與之齊矣。」光武曾被立為蕭王。❿同聲　一致肯定。⓫墜　墜物。⓬勑行　通「敕行」。修正自己的品行。⓭蹈　履行；實行。⓮盛年　壯年。⓯下愚之才　作者自謙之詞。《論語・陽貨》：「子曰：『唯上智與下愚不移。』」⓰風雲之會　形容好的際遇。⓱時邁　《詩・周頌・時邁》：「時邁其邦。」邁，巡行。⓲齒載　齒，年。載，通「耋」。老。⓳觸冒奮首　指甘冒鋒刃，拼死效勞。⓴割裂　指身首異處。㉑僂僂　恭敬；黽勉。㉒來命　對來信所述的敬稱。

【語　譯】伏念太子平生，悠閒自得於典籍的場所，休止棲息在文章的園囿中。發表不凡高論，窮盡了微妙的真理，下筆用辭，如鳳如龍的文章從此振起。雖說年齡和當年漢光武帝齊同，才能卻超過百倍。這是大家高度評價、遠近一致肯定的原因。然而年歲過去好像墜物一般的快，我吳質已經四十二歲了，白髮現於兩鬢，憂慮的事情日甚一日，實在不再像平時那樣了。只想保養身體，節制品行，不想踏入易犯過失之地，以成為知己的牽累。當年遊宴的歡樂，難以再遇；壯年一旦逝去，實在不能追回。我僥幸有下愚之才，又適逢好際遇，時去年老，還希望能冒鋒刃，爭死敵，表現我為國犧牲的用處。不勝恭敬之至。因來信很詳備，所以大略陳述我的一片至情。吳質死罪死罪。

在元城與魏太子牋

【作　者】吳質，見頁一九三五。

【題　解】本篇李善注引《魏略》說：「質遷元城令，之官，過鄴辭太子，到縣與太子牋。」則本文是吳質甫至元城任縣令時寫給曹丕的信。

元城，舊縣名，治所在河北大名東。它是一座古縣城，以戰國時為魏公子元食邑而得名。在吳質眼裡，元城雖地處中原，歷史悠久，卻又是形勢險惡而多忌諱；鄴人士女雖服習禮教，但也好為奇計，難以駕馭。

所以只能遵循法令條規謹慎行事。至於要使百姓安居樂業，並施以教化，則不是自己所能做到的，曲折地表達自己勉強赴任的心意。信的最後，作者列舉四個歷史人物的故事，明確提出自己不看重縣令之職，而思入朝為近臣的願望。全篇行文灑脫，典故運用自如，在古代書信體文中頗有特色。

臣質言：前蒙❶延納❷，侍宴終日，燿靈❸匿❹景，繼以華燈❺，雖虞卿入趙❻，平原入秦❼，受贈千金，浮觴❽旬❾日，無以過也。小器易盈❿，先取沈頓⓫，醒寤之後，不識所言。即以五日到官⓬，初至承前⓭，未知深淺⓮。然觀地形，察土宜⓯：西帶常山⓰，連岡平、代⓱。北鄰柏人⓲，乃高帝之所忌也。重以泜水⓳，漸漬⓴疆宇㉑，喟然㉒歎息。思淮陰之奇譎，亮成安之失策㉓。南望邯鄲，想廉藺之風㉔；東接鉅鹿㉕，存李齊之流。都人士女，服習㉖禮教，皆懷慷慨之節，包左車之計㉗。而質闇弱㉘，無以莅㉙之。

【章　旨】先追憶在鄴時受到的盛情款待，再敘述到元城後的所見所想。從地理形勢說到民情風俗，擔心自己不能稱職。

【注　釋】❶蒙　受。❷延納　接納。❸燿靈　指太陽。❹匿　藏。❺華燈　裝飾美麗的燭臺。❻虞卿入趙　虞卿是戰國的遊說之士，曾說趙孝成王，一見賜金百鎰，再見為上卿，故號為虞卿。事見《史記・平原君虞卿列傳》。❼平原入秦　秦昭王曾遺書平原君，說：「寡人聞君之高義，願與君為布衣之交，君幸過寡人，願與為十日之飲。」平原君遂入秦見昭王。事見《史記・平原君虞卿列傳》。❽浮觴　滿飲。❾旬　十日為一旬。❿盈　滿。⓫沈頓　酒醉後疲憊不振的樣子。⓬以五

日到官　意為五日後吳質到元城就任縣令。⑬初至承前　意為每事承前，無所改易。⑭深淺　猶善惡。⑮土宜　不同性質的土壤，適宜不同種類作物的生長。⑯常山　山名。即恆山，在山西渾源東。⑰連岡平代　岡，山脊。平代，代郡有平邑及代二縣。⑱栢人　應為「柏人」，古縣名。屬趙國。故城在今河北唐山市西。春秋時晉邑。漢置縣。《史記・張耳陳餘列傳》載：「漢八年，上從東垣還，過趙，貫高等乃壁人柏人，要之置廁。上過欲宿，心動，問曰：『縣名為何？』曰：『柏人。』『柏人者，迫於人也！』不宿而去。」⑲泜水　水名。即槐河。源於河北贊皇西南，東流入滏陽河。⑳漬　浸染。㉑疆宇　疆域。㉒喟然　長歎聲。㉓淮陰之奇譎二句　漢使韓信擊趙，信使窺伺，知趙相成安君陳餘，不用李左車之計。乃引兵來主井陘口，選輕騎二千持赤幟，從間道箄山而望趙軍。又使萬人先行背水陣。平旦，信建大將旗鼓出井陘口。大戰良久，信棄旗鼓走水上，復疾戰。趙軍空壁爭信旗鼓，箄山二千人入趙壁，拔趙幟，立漢赤幟。趙軍望之大驚，乃亂，敗。遂斬成安君泜水上。事見《漢書・韓信傳》。亮，信。失策，指成安君不用李左車言而敗。㉔南望邯鄲二句　邯鄲，趙國國都。廉藺之風，廉頗、藺相如，都是趙國賢臣良將，兩人都有大功於趙國，且有負荊請罪，將相言和的風範。事見《史記・廉頗藺相如列傳》。㉕鉅鹿　縣名。屬河北省。《漢書・馮唐傳》：「文帝曰：『吾居代時，吾尚食監高祛數為我言趙將李齊之賢，戰於鉅鹿下。吾每飲食，意未嘗不在鉅鹿也。父老知之乎？』」㉖服習　熟習。㉗包左車之計　《漢書・韓信傳》：「信、耳以兵數萬，欲東下井陘擊趙。……廣武君李左車說成安君曰：『聞漢將韓信涉西河，虜魏王，禽夏說，新喋血閼與。今乃輔以張耳，議欲以下趙，此乘勝而去國遠鬥，其鋒不可當。……今井陘之道，車不得方軌，騎不得成列，行數百里，其勢糧食必在後。願足下假臣奇兵三萬人，從間道絕其輜重；足下深溝高壘勿與戰。彼前不得鬥，退不得還，吾奇兵絕其後，野無所掠鹵，不至十日，兩將之頭可致戲下。願君留意臣之計，必不為二子所禽矣。』」成安君不用左車之計，致敗被斬。㉘闇弱　昏庸而懦弱。㉙莅　臨；到。此謂治理。

【語　譯】臣吳質陳述：日前蒙您接納，侍奉歡宴整日，太陽收藏起光芒，又點燃華麗的燭臺。即使是虞卿進入趙國，平原君進入秦國，接受千金之賜，宴飲十餘日，也無法超過。小的器具容易滿，很快便酒醉而疲憊困頓，睡醒以後，不知道酒醉時說些什麼話。便以五天時間到元城任縣令，初來任職，繼承以前的規矩，不知是好是壞。然而觀察地形，察看性質不同的土壤：西邊環繞常山，岡巒連著平、代兩縣。北邊鄰近柏人，便是漢高祖所忌諱的地方。又以泜水，浸蝕疆域，使人喟然長歎。想到韓信的奇計譎謀，實在是成安君的失策。南望邯鄲，嚮往廉頗、藺相如的高尚風格。東邊連接鉅鹿，想著李齊之類的賢將。都市男女，熟習禮教，都懷抱慷慨的節操，存有李左車的智謀。但我吳質平庸而懦弱，無法去治理他們。

若乃邁德❶種恩，樹之風聲❷，使農夫逸豫❸於疆畔❹，女工吟詠於機杼❺，固非質之所能也。至於奉遵科教❻，班❼揚明令，下無威福之吏❽，邑無豪俠❾之傑，賦事行刑❿，資於故實⓫，抑亦懍懍⓬有庶幾⓭之心。往者嚴助釋承明之懽，受會稽之位⓮；壽王去侍從之娛，統東郡之任⓯，其後皆克復舊職。追尋前軌⓰，今獨不然，不亦異乎？張敞在外，自謂無奇⓱；陳咸憤積，思入京城⓲。彼豈虛談誇論，誑燿⓳世俗哉！斯實薄⓴郡守之榮，顯左右㉑之勤也。古今一揆㉒，先後不貿㉓，焉知來者之不如今㉔。聊以當覲㉕，不敢多云。質死罪死罪。

【章旨】說自己雖不能使百姓安居樂業，並施以教化，卻能夠遵循法令條規謹慎行事。但離開鄴都外任非己所願，表述了自己願為太子左右執事的心意。

【注釋】❶邁德　勉行其德。邁，勤勉。《書・大禹謨》：「皋陶邁種德，德乃降。」❷風聲　風氣；教化。《書・畢命》：「彰善癉惡，樹之風聲。」孔疏：「明其為善，病其為惡；立其善風，揚其善聲。」❸逸豫　安樂。❹疆畔　田界。❺機杼　織布機。❻科教　科，科條；法令條規。教，教化。❼班　頒布。❽威福之吏　給人以幸福和懲罰的官吏。《書・洪範》：「臣無有作威作福玉食。」❾豪俠　強橫任俠。❿賦事行刑　《國語・周上》：「賦事行刑，必問於遺訓而咨於故實。」賦事，操持職事。行刑，執行刑法。⓫故實　足以效法的舊事。⓬懍懍　危懼貌。⓭庶幾　指好學而可以成材的人。

⑭往者嚴助二句　《漢書・嚴助傳》：「上問所欲，對願為會稽太守。於是拜為會稽太守。數年，不聞問。賜書曰：『制詔會稽太守：君厭承明之廬，勞侍從之事，懷故土，出為郡吏。會稽東接於海，南近諸越，北枕大江。間者，闊焉久不聞問，具以《春秋》對，毋以蘇秦從横。』」承明，承明廬。漢侍臣值宿所居之屋為廬，後因以入承明廬為入朝或在朝為官的典故。⑮壽王去侍從之娛二句　吾丘壽王年少時以善格五召待詔，拜侍中。後為東郡尉，復徵入為光祿大夫侍中。事見《漢書・吾丘壽王傳》。⑯前軌　前跡。指嚴助、吾丘壽王均曾離京外任，後來都官復原職。⑰張敞在外二句　《漢書・循吏傳》：「是時張敞為膠東相，與邑書曰：『明主遊心太古，廣延茂士，此誠忠臣竭思之時也。直敞遠守劇郡，馭於繩墨，匈臆約結，固亡奇也。雖有，亦安所施？足下以清明之德，掌周稷之業，猶飢者甘糟糠，穰歲餘粱肉。何則？有亡之勢異也。昔陳平雖賢，須魏倩而後進；韓信雖奇，賴蕭公而後信。故事各達其時之英俊，若必伊尹、呂望而後薦之，則此人不因足下而進矣。』」邑感敞言，貢薦賢士大夫，多得其助者。」⑱陳咸憤積二句　陳咸字子康。數賂遺陳湯，與書云：「即蒙子公力，得入帝城，死不恨。」後竟徵入為少府。事見《漢書・陳咸傳》。⑲誑燿　誑，欺騙。燿，迷亂。⑳薄　輕視。㉑左右　親信。㉒揆　尺度；準則。㉓貿　易。㉔焉知來者句　《論語・子罕》：「子曰：『後生可畏，焉知來者之不如今也。』」㉕覲　古代諸侯秋朝天子之禮。

【語　譯】至於勉行其德，布行恩惠，樹立良善風氣，使農夫安樂於田間，女工詠唱於織布機旁，本來就不是我所能做到的。至於遵奉法令條規，頒布宣揚朝廷政令，使下層沒有作威作福的官吏，城中沒有強横任俠的豪傑，履行公事，執行刑法，參照足以效法的舊事，也可說是小心危懼，有好學而希望成材的心意了。從前嚴助放棄任職朝廷的歡樂，擔任會稽郡守的官位；吾丘壽王離開皇帝侍從的歡娛，統領東郡為尉，此後他們都官復原職，回到京城。追尋歷史的軌跡是這樣，而如今偏偏不是如此，不是非常奇怪嗎？張敞在京外任職時，自稱無奇；陳咸發憤鬱積，千方百計立足京城。張敞、陳咸他們哪裡是空話大論，欺騙迷惑世俗的啊！他們實在是輕視郡守的榮耀，希望顯露作為帝王親信的勤奮罷了。古今有同一的準則，前後不會改易，怎能斷定後生的將來趕不上現在的人呢！聊且以所論作為我晉見之禮，不敢多說。吳質死罪死罪。

為鄭沖勸晉王牋

【作　者】 阮籍（西元二一〇～二六三年），字嗣宗，晉陳留尉氏（今河南尉氏）人。他的父親阮瑀是「建安七子」之一，他自己是「竹林七賢」之一。《晉書·阮籍傳》說他：「本有濟世志，屬魏、晉之際，天下多故，名士少有全者，籍由是不與世事，遂酣飲為常。」阮籍曾任步兵校尉，故人稱阮步兵。原有集，已佚，後人輯有《阮步兵集》一卷。

【題　解】 原題下李善注引臧榮緒《晉書》說：「鄭沖，字文和，滎陽人也，位至太傅。」（勸進時鄭沖為司空。參閱唐太宗《晉書·鄭沖傳》）又說：「魏帝封晉太祖為晉公，太原等十郡為邑，進位相國，備禮九錫。太祖讓不受，公卿將校皆詣府勸進。阮籍為其辭。」據唐太宗《晉書·文帝紀》，魏元帝景元元年（西元二六〇年）六月，進司馬昭為相國、封晉公，增十郡，加九錫。昭固辭。四年，重申前命，司空鄭沖率群官勸進，卒受命。又唐太宗《晉書·阮籍傳》載：「會帝（昭）讓九錫，公卿將勸進，使籍為其辭，籍沈醉忘作，臨詣府使取之，見籍方據案醉眠，使者以告，籍便書案，使寫之，無所改竄，辭甚清壯，為時所重。」阮籍所處之世，因「屬魏晉之際，天下多故，名士少有全者」，故好老莊，不拘禮教，「不與世事，遂酣飲為常」、「發言玄遠，口不臧否人物」。終年如履薄冰，全身避害。從種種跡象看，不滿司馬氏黑暗統治的阮籍為鄭沖作勸進晉王之牋，實由不得已，或即計出委屈求全，也是很有可能的。

文章意在勸進，內容不外乎歌功頌德。此時司馬昭之心，盡人皆知，而文末言「然後臨滄洲而謝支伯，登箕山以揖許由」，頗含義蘊；「至公至平，誰與為鄰」之類，則言語清新練達，新人耳目。

沖等死罪。伏見嘉命❶顯❷至，竊聞明公固讓，沖等眷眷❸，實有愚心。以為聖王作制，百代同風，褒德賞功，有自來矣。昔伊尹，有莘氏之媵臣耳，一佐成湯，遂荷阿衡之號❹。周公藉已成之勢，據既安之業，光宅❺曲阜，奄有龜蒙❻。呂尚，磻谿之漁者❼，一朝指麾❽，乃封營丘❾。自是以來，功薄而賞厚者不可勝數，然賢哲之士，猶以為美談❿。

【章旨】以伊尹、周公、呂尚功成受封的歷史典事，點明褒德賞功，自古已然，百代之後，無可例外。

【注釋】❶嘉命　指加司馬昭相國之位、九錫之禮的詔命。❷顯　盛貌。❸眷眷　專心一意的樣子。❹一佐成湯二句　一，一旦。阿衡，商代官名，是執政的大官。《書‧太甲》：「惟嗣王不惠於阿衡。」疏曰：「伊尹，湯倚而取平，故以為官名。」❺光宅　充滿；覆被。此處引申為據有。《書‧堯典‧序》：「昔在帝堯，聰明文思，光宅天下。」❻龜蒙　山名。即今山東之龜山、蒙山。《詩‧魯頌‧閟宮》：「奄有龜蒙，遂荒大東。」❼磻谿之漁者　《宋書‧郊祀志》：「王至於磻谿之水，呂尚釣於涯。」李善注引《尚書中候》，文與《宋書‧郊祀志》近似，但〈中候〉一篇已不見今本《尚書》。❽指麾　同「指揮」。❾營丘　地名。太公望封地，在今山東臨淄一帶。呂尚輔周滅殷，事見《史記‧周本紀》、《史記‧齊太公世家》。❿美談　樂於稱道之事。

【語譯】沖等死罪。伏見九錫冊封的詔命顯榮而至，私下聽說明公堅決推讓九錫之賜，沖等一心一意，實有愚誠之心。認為聖王創立禮制，百代風尚相同，褒揚德業，賞賜功勳，由來很久了。從前伊尹，不過是有莘氏的陪嫁臣隸罷了，一旦輔佐成湯，於是接受了阿衡的名號。周公旦憑藉已形成的形勢，依賴已安定的基業，據有曲阜，擁有龜山、蒙山之地。呂尚，不過是磻谿一個漁人罷了，一朝指揮周朝軍隊，結果因功被封於營丘。從此以後，功勞微薄而賞賜豐厚者不可計數，然而賢能明智之人，仍以此為可稱道之事。

況自先相國❶以來，世有明德❷，翼輔魏室，以綏天下，朝無闕政❸，民無謗言。前者明公西征靈州❹，北臨沙漠，榆中❺以西，望風震服❻，羌戎東馳❼，迴首內向❽，東誅叛逆❾，全軍❿獨剋。禽闔閭之將，斬輕銳之卒以萬萬計⓫，威加南海⓬，名懾⓭三越⓮，宇內康寧，苛慝⓯不作。是以殊俗⓰畏威，東夷獻舞。故聖上覽乃昔以來禮典舊章⓱，開國⓲光宅⓳，顯茲太原⓴。明公宜承聖旨，受茲介㉑福，允當㉒天人。元功㉓盛勳，光光㉔如彼；國土嘉祚，巍巍㉕如此。內外協同，靡愆靡違㉖。由斯征伐，則可朝服濟江，埽除吳會㉗，西塞江源，望祀岷山㉘。迴戈弭節㉙，以麾天下，遠無不服㉚，邇無不肅㉛。今大魏之德，光于唐虞；明公盛勳，超於桓文㉜。然後臨滄洲而謝支伯㉝，登箕山以揖許由㉞，豈不盛乎！至公至平，誰與為鄰㉟，何必勤勤㊱小讓也哉？沖等不通大體，敢以陳聞。

【章旨】論說司馬昭功業卓著，威服四夷，況又世有明德，開國光宅，理固宜然，於是勸司馬氏不必勤勤於小讓，該接受應有的封賞。

【注釋】❶先相國　宣帝司馬懿、景帝司馬師皆曾被魏冊為相國。參見《晉書·宣帝紀》、《晉書·景帝紀》。❷明德　完美的德性。《書·君陳》：「黍稷非馨，明德惟馨。」❸闕政　闕失之政。❹西征靈州　《晉書·文帝紀》曰：蜀將姜維又寇隴右，以帝行征西將軍，次長安。用計使姜維燒營而去。「會新平羌胡叛，帝擊破之，遂耀兵靈州，北虜震讋，叛者悉降」。靈州，州名。秦時為北地郡。❺榆中　縣名。屬甘肅省。戰國、秦榆中地。漢置榆中縣，屬金城郡。❻望風震服　望風，觀察氣勢。震服，震懾而歸服。❼羌戎東馳　羌戎，皆古代西北少數民族。東馳，向東驅馳。❽內向　向內歸服也。❾東誅叛逆　甘露二年（西元二五七年）五月，鎮東大將軍諸葛誕殺揚州刺史，以淮南作亂，請救於吳。司馬昭東征諸葛誕，於甘露三年斬誕。事見《晉書・文帝紀》、《三國志・魏書・諸葛誕傳》。❿全軍　使敵軍整個降伏。《孫子・謀攻》：「用兵之法，全軍為上，破軍次之。」⓫禽闔閭之將二句　吳諸葛誕被斬，吳將唐咨、孫曼、孫彌、徐韶等皆降。吳將朱異亦曾率兵援誕，萬餘軍隊被殲。事見《晉書・文帝紀》、《三國志・魏書・諸葛誕傳》。闔閭，春秋時吳國國君。此借指吳孫權。⓬南海　郡名。秦時置郡，三國吳置為廣州，是吳國南界。⓭懾　震懾。⓮三越　指吳越、南越、閩越。⓯苛慝　暴虐邪惡。《左傳・昭公十三年》：「苛慝不作，盜賊伏隱。」⓰殊俗　風俗不同。指邊遠之地。⓱舊章　舊日的典章制度。《詩・大雅・假樂》：「不愆不忘，率由舊章。」⓲開國　開國置官。指封晉公。⓳光宅　充滿；覆被。引申為廣泛據有。《書・堯典・序》：「光宅天下。」⓴顯茲太原　顯，榮顯；顯達。太原，魏帝以太原等十郡封司馬昭為晉公。事見《晉書・文帝紀》。㉑介　大。㉒允當　平允適當。《左傳・僖公二十八年》：「允當則歸。」㉓元功　大功績。㉔光光　光明顯耀。《漢書敘傳》：「子明光光，發跡西疆。」㉕巍巍　高大貌。㉖靡諐靡違　靡，無。諐，罪過；過失。古「愆」字。違，違離。㉗朝服濟江二句　指不戰而勝。朝服，穿著朝會的禮服。吳會，吳地名。即今蘇州。㉘西塞江源二句　有平定蜀地之意。塞，酬神。《韓非子・外儲說》：「殺牛塞禱。」江源，長江之源。望祀，遙望而祝祭。《史記・秦始皇紀》：「十一月，行至雲夢，望祀虞舜於九疑山。」岷山，在蜀地。㉙迴戈弭節　迴戈，指回軍。弭節，駐車。㉚服　歸服。㉛肅　敬肅。㉜桓文　齊桓公、晉文公，皆先後輔翼周室。㉝臨滄洲而謝支伯　滄洲，濱水之地。古稱隱者所居。支伯，即子州支伯。《莊子・讓王》：「舜讓天下於子州支伯，子州支伯曰：『予適有幽憂之病，方且治之，未暇治天下也。』」㉞登箕山句　《呂氏春秋・慎行》：「昔者堯朝許由於沛澤之中，曰：『……夫子為天子，而天下已定矣，請屬天下於夫子。』許由辭曰：『……。』遂之箕山之下，潁水之陽，耕而食。」此指司馬昭功成身退。㉟鄰　比。㊱勤勤　殷勤。

【語　譯】況且自先相國以來，世代皆有完美的德性，輔佐魏皇室，以安定天下，朝廷無闕失的政治，百姓沒有毀謗的言論。前不久明公西征靈州，北至沙漠，榆中以西，皆仰觀氣勢而震懾歸服，羌戎邊民驅馳向東，回過頭向內歸服魏室，東征誅滅叛逆，把敵軍完全殲滅。擒獲了吳主的屬將，斬殺的輕裝精銳的士卒可用萬萬來計數，威望加於南海，聲名震懾三越之地，天下安寧，暴虐邪惡再也不見於世。因此邊遠之地懾於明公的威望，東方夷人獻上樂舞。所以聖上觀覽往昔以來的典章制度，使明公建立晉國，廣據土地，榮顯於太原。明公應接受聖上之旨意，承受如此大的福祚，使天意人事平允適當。首功盛勳，光明顯耀如破姜維；居國享嘉美的福祚，高大有如晉原。內外協同一體，不會有過失、違離。憑此征伐，那就可以穿著朝服渡江，掃滅吳會之地，西面酬神於江水之源，遙望祭祀岷山。回軍駐車，以指揮天下，遠方之人無不歸服，近旁之人無不敬肅。魏室的功德，比唐虞光明顯耀；明公的盛勳，遠超於齊桓、晉文。然後來到濱水之地與支伯相遜讓，登臨箕山與許由相揖讓，豈不是一大盛事嗎！明公極其正直極其公平，誰可與之相比，何必殷勤辭讓呢？沖等不通達大體，冒昧地陳說以聞。

拜中軍記室辭隋王牋

【作　者】謝朓（西元四六四～四九九年），字玄暉，陳郡陽夏（今河南太康）人。與謝靈運同族，世稱小謝。少好學，有美名。年十九，為南齊豫章王太尉行參軍，後在隋王蕭子隆、竟陵王蕭子良幕下任功曹、文學等職，深得賞識，為「竟陵八友」之一。明帝時任驃騎諮議，掌中書詔誥，轉中書郎，出為宣城太守，故世又稱「謝宣城」。官至尚書吏部郎。因事被蕭遙光誣陷，下獄致死，年僅三十六歲。原有集十二卷，逸集一卷，已散佚，明人輯有《謝宣城集》。謝朓長於五言詩，其寫景抒情之作，清俊秀麗，頗多佳句。他是永明體詩之雄，所作新體詩講究平仄對仗，音韻和諧。

【題　解】謝朓在荊州任隋王蕭子隆文學時，二人頗為相得。後由於王秀之的讒言，謝朓被召至建康，他並不知自己會從此離開隋王府，至被任為新安王中軍記室，方於當日牋辭隋王。文章首先以一連串比喻來感懷現實與願望的相違，描述了自己被委以他任離開隋王府的悵惘心境，發抒了難捨故主的別離情感。繼之，說明希望再度效忠隋王，以報知遇之恩。文中蘊含的情感深切懇摯，而比喻、用典也生動貼切，對隋王蕭子隆的頌揚尤為得體。

故吏文學謝朓死罪死罪。即日被尚書召，以朓補中軍新安王記室參軍。朓聞：潢汙❶之水，願朝宗❷而每竭；駑蹇之乘❸，希沃若❹而中疲。何則？皋壤❺搖落❻，對之惆悵；歧路西東，或以嗚唈❼。況迺服義❽徒擁❾，歸志莫從，邈若墜雨❿，翩似秋蔕⓫。

【章　旨】感懷現實與願望的相違，用比喻描述了自己被召離開隋王府的悵惘心境與留戀故主的情感。

【注　釋】❶潢汙　低窪積水處。《左傳・隱公三年》：「苟有明信……潢汙行潦之水，可薦於鬼神。」❷朝宗　指百川歸海。《書・禹貢》：「江漢朝宗於海。」❸駑蹇之乘　駑，劣馬。蹇，跛足；行動遲緩。乘，車乘。❹沃若　形容馴順。《詩・裳裳者華》：「乘其四駱，六轡沃若。」❺皋壤　澤邊窪地。《莊子・知北遊》：「山林與？皋壤與？使我欣欣然而樂與？」❻搖落　凋謝零落。《楚辭・九辯》：「蕭瑟兮草木搖落而變衰。」❼嗚唈　悲哀氣塞。❽服義　奉行仁義。《楚辭・招魂》：「朕幼清以廉潔兮，身服義而未沫。」❾擁　抱也。❿邈若墜雨　謂自己如雨墜落高空，從此與天空遠離。潘岳《楊氏七哀詩》曰：「漼如葉落樹，邈若雨絕天。」⓫蔕　同「蒂」。郭璞〈遊仙詩〉：「在世無千日，命如秋葉蔕。」

【語　譯】故吏文學謝朓死罪死罪。即日受尚書所召，任我為中軍新安王記室參軍。朓聽說：低窪積聚之水，願歸入大海，而每每中途窮竭；低劣跛足的馬所駕車乘，希望如良馬馴順，而常中途疲弊。這是為什麼呢？澤邊洼地秋葉零落，對著它們令人惆悵；歧路在前，各往西東，令人因此悲咽氣塞。更何況徒然懷抱著奉行大王仁義的志向，還歸的心意無法得償，與大王乖離，遠如墜天之雨，又似翩然離樹的秋蔕。

朓實庸流，行能無算❶，屬天地❷休明❸，山川受納，褒❹采一介❺，抽揚❻

小善，故捨耒場圃❼，奉筆兔園❽。東亂三江❾，西浮七澤❿，契闊⓫戎旃⓬，從容讌語⓭。長裾日曳⓮，後乘⓯載脂⓰，榮立府庭⓱，恩加顏色。沐⓲髮晞⓳陽，未測涯涘⓴；撫臆論報㉑，早誓㉒肌骨。不悟滄溟未運㉓，波臣自蕩㉔；渤澥㉕方春，旅翮㉖先謝㉗。清切㉘藩房㉙，寂寥舊蓽㉚。輕舟反溯，弔影㉛獨留。白雲在天，龍門㉜不見。去德滋永㉝，恩德滋深。唯待青江可望，候歸艎㉞於春渚㉟；朱邸㊱方開，效蓬心㊲於秋實㊳。如其簪屨㊴或存，衽席㊵無改，雖復身填溝壑，猶望妻子知歸。攬涕㊶告辭，悲來橫集㊷。不任犬馬之誠。

【章　旨】訴說自己是凡庸之流，多蒙恩遇，未及返報，還望有朝一日，得以重逢。

【注　釋】❶行能無算　行能，品行才能。無算，不足稱道。❷屬天地　屬，當。天地，喻齊帝（下之「山川」喻隋王）。❸休明　美善。《左傳・宣公三年》：「德之休明，雖小，重也。」❹褒　褒揚。❺一介　一人。《書・秦誓》：「如有一介臣，斷斷猗，無他伎。」❻抽揚　抽，提拔。揚，稱頌。❼場圃　收穀物、種菜蔬之地。《詩・豳風・七月》：「九月築場圃。」❽兔園　漢梁孝王劉武的園囿。《史記・梁孝王世家》說劉武好宮室苑囿，築東苑，作為享樂和招納賓客的場所。《三輔黃圖・三》、《西京雜記・二》作「兔園」，後也稱梁園。故址在今河南商丘東。此指荊州隋王府。❾亂三江　亂，橫渡。《詩・大雅・公劉》：「涉渭為亂。」《疏》曰：「水以流為順，橫渡則絕其流，故為亂。」三江，古越地三條江的合稱，或指吳淞江、婁江、東江，或指北江、中江、南江，或指吳淞江、錢塘江、浦陽江，說法不定。《書・禹貢》：「揚州三江既入，震澤底定。」❿浮七澤　浮，漂流。七澤，古楚地諸湖泊，以雲夢澤最為有名。司馬相如〈子虛賦〉：「臣聞楚有七澤，嘗見其一，未覩其餘也。」⓫契闊　勞苦；辛勤。《詩・邶風・擊鼓》：「死生契闊，與子成說。」⓬戎旃　軍旗。此借喻軍旅。⓭讌語　閒語。⓮長裾日曳　鄒陽〈上書吳王〉：「飾固陋之心，則何王之門不可曳長裾乎？」長裾，長的衣襟。曳，拖拉。指朝夕出入隋王之門。⑮後乘　文學侍從之車乘。李善注引魏文帝〈與吳質書〉曰：「文學託乘於後。」⑯載脂　載，發語助詞。脂，用油塗車軸。⑰榮立府庭　榮，榮耀。府庭，指隋王府。⑱沐　洗。⑲晞　乾。⑳涯涘　邊際。㉑撫臆論報　撫臆，手摸胸口，有反省之意。論報，思欲報恩。㉒誓　發誓。㉓滄溟未運　滄溟，滄海。運，流動。㉔波臣自蕩　波臣，古人設想江海水族也有君臣，其中臣隸，稱為波臣。《莊子．外物》：「我東海之波臣也，君豈有斗升之水而活我哉？」蕩，動盪；遷易。㉕渤澥　即渤海。司馬相如〈子虛賦〉：「浮渤澥，游孟諸。」㉖翮　鳥之翅膀。此借指鳥。㉗謝　辭去。㉘清切　清冷。劉楨〈贈徐幹〉詩：「拘限清切禁，中情無由宣。」㉙藩房　指隋王府。㉚舊蓽　舊草房。與「藩房」相對應。指謝脁之住處。㉛弔影　形影相弔。㉜龍門　古楚郢都城門名。屈原〈九章．哀郢〉：「過夏首而西浮兮，顧龍門而不見。」此借指荊州城門。㉝滋永　滋，益；愈加。永，遠。㉞艎　船。㉟渚　水中陸地。㊱朱邸　朱戶之邸。指隋王之舍。㊲蓬心　心無主見；浮淺。《莊子．逍遙遊》：「今子有五石之瓠，何不慮以為大樽，而浮乎江湖？而憂其瓠落無所容，則夫子猶有蓬之心也夫。」㊳秋實　秋天結實之時。㊴簪屨　冠簪、屐履。㊵衽席　朝堂宴享時所設席位。《禮記．坊記》：「衽席之上，讓而坐下，民猶犯貴。」㊶攬涕　掩涕。㊷橫集　交集。

【語　譯】我實是凡庸之輩，德行才能都無足稱道，正當皇帝美善、隋王容人之時，褒揚、招羅一介之臣，提拔、稱頌稍有賢才的人，所以我從場圃捨棄了耕具，到王府奉事文學之事。東渡三江，西泛七澤，辛苦於軍旅，從容而閒語。長裾朝夕拖曳於王門，車軸塗油，跟隨遊覽，榮耀地立身於大王的府庭，承蒙大王和顏悅色相待。身受王恩，如沐陽光，不能測度所受大恩的邊際；撫心反思，欲報厚德，早已自誓，銘刻肌骨。沒想到滄海未曾流動，波臣先自動盪；渤海正當春天，而旅居之鳥卻要先行辭去。君王之府清清冷冷，我的居室寂寥無聲。眼看輕舟溯游返回，我卻獨自留滯，形影相弔，君王就像天上的白雲，我難以見到荊州城門，相去愈遠，思念愈深。只希望在春江可望之時，臨江渚以等候君王的歸船；在朱邸方開之際，奉獻浮淺之心如獻秋果之實。如果我的冠簪、屐履尚存，宴享的席位未改，即使我身已死，填埋於溝壑之中，還希望我的妻小能歸依君王。掩涕告辭，悲感交集。犬馬之誠心，不能一一盡述。

到大司馬記室牋

【作　者】任昉，見頁一七〇三。

【題　解】齊永元二年（西元五〇〇年）十二月，蕭衍率義兵攻克建康，東昏侯被殺。宣德皇后下令授蕭衍中書監、都督揚州諸軍事、大司馬錄尚書事、驃騎大將軍、揚州刺史。據《梁書．任昉傳》載：蕭衍與任昉同過竟陵王西邸，曾從容謂昉：「我登三府，當以卿為記室。」昉亦戲蕭衍：「我若登三事，當以卿為騎兵。」至此，蕭衍兌現前言，即以任昉為驃騎記室參軍。文中「昔承嘉宴，屬有緒言，提挈之旨，形乎善謔，豈謂多幸，斯言不渝」。即指此事。

本文即是任昉到任後，呈蕭衍以謝恩的書札。文章回顧多年來與蕭衍詩文切磋帶給自己的進益，並感激蕭衍多年來對自己的提挈之恩，對蕭衍之不忘所言感慨係之，又對自己任大司馬驃騎記室表示了禮貌的謙讓，當然，文中也不乏對蕭衍功德的頌揚。

文章很少用典，行文簡捷明快，與連篇用典如〈宣德皇后令〉者稍有不同。

記室參軍事任昉死罪死罪。伏承以今月令辰，肅膺典冊❶，德顯功高，光副四海，含生之倫❷，庇身有地。況昉受教君子，將二十年，咳唾❸為恩，眄睞❹成飾，小人懷惠❺，顧❻知死所。昔承嘉宴，屬有緒言❼，提挈❽之旨，形乎善謔❾，豈謂多幸，斯言不渝。雖情謬先覺❿，而跡淪驕餌⓫，湯沐具而非弔，大廈構而相賀⑫。明公⑬道冠二儀⑭，勳超遂古⑮，將使伊周奉轡⑯，桓文扶轂⑰，神功無紀，作物何稱⑱。府朝⑲初建，俊賢翹首⑳，維此魚目㉑，唐突㉒璵璠㉓。顧己循涯㉔，寔知塵忝㉕，千載一逢，再造㉖難答。雖則隕越，且知非報㉗。不勝荷戴㉘屏營㉙之至，謹詣廳奉白牋謝聞。昉死罪死罪。

【注釋】❶肅膺典冊　肅，敬。膺，受。典冊，指大司馬之封典。❷含生之倫　含生，有生命的。倫，類。❸咳唾　喻人的言論。《莊子・漁父》：「幸聞咳唾之音。」❹眄睞　顧盼；眷顧。❺小人懷惠　《論語・里仁》：「君子懷刑，小人懷惠。」❻顧　所以。❼緒言　發端之言。《莊子・漁父》：「曩者先生有緒言而去。」❽提挈　提攜。❾謔　戲謔。《梁書・任昉傳》：「始高祖與昉遇竟陵王西邸，從容謂昉曰：『我登三府，當以卿為記室。』昉亦戲高祖曰：『我若登三事，當以卿為騎兵。』」❿謬先覺　謬，誤。先覺，預先察覺。《論語・憲問》：「不逆詐，不億不信，抑亦先覺者，是賢乎。」⓫驕餌　驕君之餌。指自己仕齊助齊帝。餌，此指食物。⓬湯沐二句　《淮南子・說林》：「湯沐具而蟣蝨相弔，大廈成而燕雀相賀。」謂湯沐已備而自己並未如蟣蝨之相傷悼，大廈築成而自己恰如燕雀之相慶賀。前句指齊朝之亡，後句指梁之代興。⓭明公　指梁武。⓮二儀　天地。《易・繫辭》：「是故易有太極，是生兩儀。」⓯遂古　往古；上古。屈原〈天問〉：「遂古之初，誰傳導之。」⓰使伊周奉轡　指伊尹、周公只合為梁武執轡。伊周，伊尹、周公旦。奉轡，執馬嚼、韁繩。⓱桓文扶轂　指桓、文只配為梁武扶轂。桓文，齊桓公、晉文公。扶轂，扶持車轂。⓲神功二句　謂神奇的功勳無法紀述，造化萬物之績無能稱說。⓳府朝　大司馬府。⓴翹首　舉首。嚮往之貌。㉑魚目　魚的眼珠子。李善注引《雒書》曰：「秦失金鏡，魚目入珠。」又引《韓詩外傳》曰：「白骨類象，魚目似珠。」此任昉自謙之詞。㉒唐突　冒犯；亂闖。㉓璵璠　美玉名。《左傳・定公五年》：「季平子行東野，還，未至，丙申，卒於房。陽虎將以璵璠斂，仲梁懷弗與。」㉔循涯　循分。㉕塵忝　謙稱自己才不勝職。㉖再造　重新獲得生命。指恩德之重大。㉗雖則二句　指恩重，雖顛仆亡身，亦難以報答。隕越，顛墜；跌倒。《左傳・僖公九年》：「恐隕越於下，以遺天子羞。」此處指顛仆亡身。非報，不可報答。㉘荷戴　受恩感激。㉙屏營　惶恐。

【語　譯】記室參軍事任昉死罪死罪。伏聞明公於今月良辰敬受大司馬典冊，德顯功高，光耀覆被四海，使具有生命的人或動物，都安身有所。況且我受教於君子，將近二十年，一言一語就成為恩惠，一顧一盼就成為榮耀，小人感懷恩德，所以知道以死相報。從前奉受嘉宴，席間曾有預言，提攜之意，形於善意的戲謔中，哪裡想到我如此幸運，明公竟未曾忘記那些話語。雖然我確知明公必將發達，猶且沈淪於驕君的誘餌而仕齊，然而明公準備了湯沐之水，而我並沒如蟣蝨那樣臨禍傷痛，大廈構成，而我也歡欣慶賀如燕雀有歸。明公道德冠於天下，功勳超越往古，將使伊尹、周公執轡前行，齊桓、晉文扶持車轂，神奇的功勳無法紀述，化生萬物的功績無法稱說。大司馬府初建，賢能之人翹首神往，而我恰似魚目，混入美玉之中。想到自己安守本分，真正知道自己才不勝職，卻有千載一遇的機運，再生之德是難以報答的。即使顛仆隕身，也知是無法回報的，不勝感激惶懼之至。鄭重地到府廳奉牋謝恩，並上達聽聞。任昉死罪死罪。

百辟勸進今上牋

【作　者】任昉，見頁一七〇三。

【題　解】隨著南齊王室的日益衰敗，蕭衍崛起於政治舞臺。齊和帝中興二年（西元五〇二年）初，詔進蕭衍位相國，賜十郡為梁公，並備九錫之禮，蕭衍堅辭不就，公卿大臣由任昉執筆，上〈勸進今上牋〉，蕭衍方受詔命，此時為中興二年二月。百辟，百官；今上，當今皇帝，指蕭衍。但蕭衍此時尚未正式即位，所以此文的題目當是後來所加。

與已往的勸進文表相類，〈百辟勸進今上牋〉亦重在歷敘蕭衍的蓋世功勳，並兼及其道德高論、神武勇略、教化之功，以勸他接受封賞，所不同的或是本文更多一點作為文學故吏的希冀與情感。文章鋪排典事，比喻貼切，所頌揚的功業勳績及評論，大體與事實接近。

近以朝命蘊策❶，冒奏丹誠❷，奉被還命❸，未蒙虛受，搢紳顒顒❹，深所未達❺。蓋聞受金於府❻，通人❼之弘致❽，高蹈海隅❾，匹夫之小節。是以履乘石❿而周公不以為疑，增玉璜⓫而太公不以為讓。況世哲繼軌⓬，先德在民⓭，經綸⓮草昧⓯，歎深微管⓰。加以朱方之役⓱，荊河⓲是依，班師振旅⓳，大造⓴王室。雖累繭㉑救宋，重胝存楚㉒，居今觀古，曾何足云。而惑甚盜鍾㉓，功疑不賞㉔，皇天后土，不勝其酷㉕。是以玉馬駿奔，表微子之去㉖；金版出地，告龍逢之怨㉗。明公㉘據鞍㉙輟哭，厲㉚三軍之志，獨居掩涕，激㉛義士之心，故能使海若登祇㉜，罄圖效祉㉝，山戎孤竹㉞，束馬㉟景從，伐罪弔民㊱，一匡㊲靖㊳亂，匪叨㊴天功，實勤濡足㊵。且明公本自諸生㊶，取樂名教㊷，道風素論，坐鎮㊸雅俗，不習孫、吳㊹，遘㊺此神武㊻。驅盡誅之氓㊼，濟㊽必封之俗㊾，龜玉㊿不毀，誰之功歟？獨為君子(51)，將使伊、周何地(52)？某等不達通變，實有愚誠，不任悾款(53)，悉心(54)重謁(55)，伏願時膺(56)典冊，式副(57)民望。

【注釋】❶蘊策　蘊，崇；尊崇。策，策命。即封梁公加九錫之策命。❷丹誠　赤心；忠誠。❸還命　辭回、拒受策命。

❹顒顒　仰慕貌。《淮南子．俶真》：「是故聖人呼吸陰陽之氣，而群生莫不顒顒然仰其德以和順。」❺未達　不知其意。

❻受金於府　《呂氏春秋．先識覽》：「魯國之法，魯人為人臣妾於諸侯，有能贖之者，取其金於府。子貢贖魯人於諸侯，

來而讓不取其金。孔子曰：『賜失之矣，自今以往，魯人不贖人矣。』」原意指受金以贖人，此喻受九錫事。❼通人　知識淵博、通達情理之人。❽弘致　弘，大。致，情致；情趣。❾高蹈海隅　高蹈，隱避。海隅，海角；海邊。《莊子・讓王》：「舜以天下讓其友石戶之農……（石戶之農）以舜之德為未至，於是夫負妻戴，攜子以入於海，終身不反也。」❿乘石　帝王上車之墊石。《周禮・夏官・隸僕》：「王行，先乘石。」李善注引《尸子》記載，周公因成王年少，曾代為天子七年，「履乘石」。⓫玉璜　指半圓之璧。常以為佩飾。《宋書・符瑞志》：王至於磻谿之水，呂尚釣於涯，王下趨拜曰：「望公七年，乃今見光景於斯！」尚立變名答曰：「望釣得玉璜，其文要曰：『姬受命，昌來提，撰爾雒鈐報在齊。』」李善注引《尚書中候》與此同。此言呂尚對功成封齊並不辭讓。⓬繼軌　接繼前人之事業。⓭先德在民　謂先人施恩德於百姓。衍父蕭順之佐齊高帝，以功封臨湘縣侯，官至領軍將軍，丹陽尹。兄懿為豫州刺史。《左傳・襄公十四年》：「（欒）武子之德在民，如周人之思召公焉。」⓮經綸　指籌劃、治理國家大事。⓯草昧　幽昧。指原始狀態。⓰歎深微管　意指百姓感歎梁武先人之功德深於孔子「微管」之歎。突出梁武父兄之功。《論語・憲問》：「子曰：『管仲相桓公，霸諸侯，一匡天下，民到于今受其賜。微管仲，吾其被髮左衽矣。』」⓱朱方之役　指齊末崔慧景之亂，梁武帝兄蕭懿追斬慧景於丹徒一事。參見《南齊書・崔慧景傳》、《南史・梁宗室傳》。朱方，地名。春秋吳邑，今江蘇丹徒一帶。⓲荊河　指豫州一帶。《書・禹貢》：「荊河惟豫州。」平亂之時蕭懿任豫州刺史，此處即以荊河代蕭懿。⓳班師振旅　班師，還師；軍隊出征還歸。振旅，整頓軍旅。《書・大禹謨》：「班師振旅。」⓴大造　原意為大功、大成就。此用如動詞。意為成全。《左傳・成公十三年》：「秦師克還無害，則是我有大造于西也。」㉑累繭　墨子聞公輸般為楚設機以攻宋，即百舍重繭，往見公輸般，使楚不攻宋。事見《墨子・公輸般》、《戰國策・宋衛》及《尸子》。㉒重胝存楚　吳攻楚，申包胥「曾繭重胝，七日七夜，至於秦庭」。見秦王告急。秦發兵擊吳，楚得以保存。見《淮南子・修務》。㉓惑甚盜鍾　謂東昏侯之悖亂甚於盜鍾者。惑，昏亂。盜鍾，《呂氏春秋・不苟》：「范氏之亡也，百姓有得鍾者，欲負而走，則鍾大不可負，以椎毀之，鍾況然有音，恐人聞之而奪己也，遽揜其耳。惡人聞之可也，惡己自聞之，悖矣。」㉔功疑不賞　謂功高被疑忌而不予獎賞。《書・大禹謨》：「功疑惟重。」㉕皇天二句　皇天后土，天地。不勝，不能經受。酷，酷虐。指梁武之兄蕭懿被害事。㉖玉馬駿奔二句　玉馬急速奔走於宋，預示微子之去殷。《史記・宋微子世家》：「微子曰：『父有過，子三諫，不聽，則隨而號之；人臣三諫不聽，則其義可以去矣。』於是太師少師乃勸微子去，遂行。」㉗金版出地二句　傳說夏桀殺關龍逢後，地庭中出了金版書，以示關龍逢被殺之怨憤。李善注引《論語陰嬉讖》曰：「庚子之旦，金版剋書出地庭中，曰：臣族虐王禽。」宋均曰：「謂殺關龍逢之後，庚子旦，庭中地有此版異也。」㉘明公　指梁武。㉙據鞍　指出征。㉚厲　奮厲。㉛激　激厲；激發。㉜海若登祇　海若，傳說中的北海神。《莊子・秋水》：「於是焉河伯始旋其面目，望洋向若而歎。」後泛指海神。登祇，登山之神。《管子・小問》：「登山之神有俞兒者。」㉝罄圖效祉　罄，盡。圖，謀。效，獻。祉，福。㉞山戎孤竹　山戎，中國古代北方少數民族。孤竹，古國名。《史記・周本紀》：「伯夷叔齊在孤竹。」㉟束馬　包裹馬腳，以防跌滑。《管子・封禪》：「(齊桓公)西伐大夏，涉流沙，束馬懸車，上卑耳之山。」㊱伐罪弔民　討伐有罪之人，傷悼、哀憐其百姓。《書・大禹謨》：「肆予以爾眾士奉辭伐罪。」《孟子・梁惠王下》：「誅其君而弔其民，若時雨降。」㊲一匡　全部匡正。《論語・憲問》：「管仲相桓公，霸諸侯，一匡天下。」㊳靖　安；平定。㊴叨　貪。㊵濡足　李善注引《韓詩外傳》曰：「申徒狄非其世，將自投於河。崔嘉聞而止之曰：聖人，仁人，民之父母，今為濡足，故不救人，可乎?」濡足，指參與救人。㊶諸生　儒生。㊷取樂名教　即取樂於名教。《世說新語・德行》：「樂廣笑曰：『名教中自有樂地，何為乃爾也。』」㊸坐鎮　安坐而起鎮定作用。㊹孫吳　指《孫子》、《吳子》。㊺遘　成就。㊻神武　神明威武。㊼盡誅之氓　可盡誅之百姓。㊽濟　成。㊾必封之俗　可旌表之風俗。陸賈《新語・無為》：「堯舜之民。可比屋而封；桀紂之民，可比屋而誅者，教化使然也。」㊿龜玉　寶龜與寶玉，皆為國家重器。《論語・季氏》：「虎兕出於柙，龜玉毀於櫝中，是誰之過歟?」(51)獨為君子　指梁武堅辭九錫禮而有君子之行。(52)將使伊周何地　指梁武堅辭九錫之禮，將使伊尹、周公處於何地。伊周，伊尹與周公，商、周之功臣。(53)悾款　懇誠。(54)悉心　全心。(55)重謁　再一次請求。(56)時膺　時，及時。膺，受。(57)式副　式，用；以。副，稱；合。

【語　譯】近日因朝廷下達加公九錫之策，臣等冒昧上奏我們的赤誠。知被堅辭，不受九錫之禮，士大夫都仰慕盼望，不了解明公堅辭的深意。聽說在府庭接受黃金，是通達者弘遠情致的表現，避居海角天涯，是凡庸獨夫的微末節行。所以踩踏上車的墊石，而周公旦不以為疑慮，加半圓的璧佩，而太公望不加辭讓。何況明公世代聖哲，接繼前業，他們有恩德於百姓，在幽昧原始之時籌劃、整治，百姓所感恩德深於孔子「微管」之歎。再加上朱方之戰，完全依賴公兄豫州刺史，又還師整頓軍旅，有力地保護了齊皇室。即使如墨子滿腳厚繭趕來挽救宋國，申包胥腳上厚皮重重而使楚國得以保存，比之於今，又何足道哉。但東昏侯的惑亂比盜鍾者尤甚，功高被疑忌而不加賞賜，皇天后土，也不能承受這種酷虐。因此玉馬急遽奔馳，預示了微子去殷的事情；金版出於地庭，表示了關龍逢被殺的怨憤。明公上馬出征則停止哀哭，激勵了三軍的志氣；獨居則掩涕而泣，激揚了義士的心志。所以能使大海、高山之神祇，都想降福給明公，山戎、孤竹那些邊遠之民，都包裹馬腳，不畏艱險，如影相從，來討伐有罪，以哀憐百姓，匡正天下，平定禍亂。這不是貪天之功，實是明公辛勤救人的結果。且明公本是儒生，取樂於名教之中，道德高論，可以鎮定雅俗之風，不學《孫子》、《吳子》兵法，而成就如此神明威武的功業。驅策可盡誅的百姓，教而成就必可旌表的風俗，使得國家重寶，不致毀壞，這是誰的功勞呢？明公獨自堅辭九錫而顯出君子之行，將使伊尹、周公處於何地？我等雖不懂得通變之理，但實有忠誠，不勝懇誠，再一次竭誠請求，希望明公及時受九錫的典冊，以符合萬民的希望。

奏記

奏記詣蔣公

【作　者】阮籍，見頁一九四四。

【題　解】本文是一篇奏記，《晉書・阮籍傳》載：「太尉蔣濟聞其有雋才而辟之。」阮籍因詣都亭上此奏記。「初，濟恐籍不至，得記欣然。遣卒迎之，而籍已去，濟大怒。於是鄉親共喻之，乃就吏。後謝病歸。」本奏記在一定程度上體現了阮籍當時的思想。他幾次歸田，出仕僅「祿仕」而已，飲酒談玄，不問世事。聯繫當時魏晉易代、爭鬥複雜尖銳、人人自危的社會背景及阮籍個人的苦悶，其歸田「以避當塗者之路」的想法是可以理解的。

漢王充《論衡・對作》：「夫上書謂之奏，奏記轉易其名，謂之書。」奏記即把上陳之事，寫於簡牘之上，相當於後代的說帖。後來僚佐向長官、百姓向州郡上書，都叫奏記。

籍死罪死罪。伏惟明公以含一之德❶，據上台之位❷。群英翹首，俊賢抗足❸。開府之日，人人自以為掾屬❹。辟書❺始下，下走❻為首。子夏處西河之上❼，而文侯擁篲❽；鄒子居黍谷之陰❾，而昭王陪乘❿。夫布衣窮居韋帶⓫之士，王公大人所以屈體而下之⓬者，為道⓭存也。籍無鄒卜之德，而有其陋，猥⓮見採擢⓯，無以稱當⓰。方將耕於東皋⓱之陽，輸黍稷之稅，以避當塗⓲者之路。負薪疲病⓳，足力不強⓴，補吏之召，非所克堪㉑。乞迴謬恩，以光㉒清舉㉓。

【注釋】❶含一之德　即純一之德。❷上台之位　三公之上位。❸抗足　指抬起足跟。意同「企踵」。抗，高。❹掾屬　佐治的官吏。❺辟書　徵辟之書。❻下走　自謙之稱。同「僕」。《史記・自序》：「太史公牛馬走。」❼子夏句　子夏即卜商，據傳子夏曾講學於西河。西河乃戰國魏地，即今陝西東部黃河以西地區。《禮記・檀弓下》：「曾子怒曰：『商，女何無罪也！吾與女事夫子於洙泗之間，退而老於西河之上，使西河之民，疑女於夫子。』」❽文侯擁篲　指魏文侯禮賢子夏。擁篲，持掃帚。表示恭敬。❾鄒子句　李善注引劉向《別錄》曰：「鄒衍在燕，有谷，寒，不生五穀。鄒子吹律而溫，生黍。」❿昭王陪乘　指燕昭王在車子右邊陪侍鄒衍。陪乘，參乘，以示尊敬。⓫韋帶　皮質之帶。與上文「布衣」皆賤服。⓬屈體而下之　屈身而處其下。⓭道　指道德修養。⓮猥　猶言「辱」。⓯採擢　任用拔擢。⓰稱當　稱，合。當，擔當。⓱東皋　高地田野之泛稱。⓲當塗　當仕路。指執掌大權。⓳負薪疲病　指有病。《孟子・公孫丑下》：「孟仲子對曰：『昔者有王命，有采薪之憂，不能造朝。』」《禮記・曲禮下》：「君使士射，不能，則辭以疾，言曰：『某有負薪之憂。』」⑳足

力不強　足力不夠。㉑克堪　克，能。堪，任；受。㉒光　光大。㉓清舉　清正的選拔。

【語　譯】籍死罪死罪。伏想明公是憑藉純一的道德，據有了三公的上位。成群的英才翹首以盼，俊逸的賢士企踵以待。開府之日，人人自以為可為佐治的官吏。徵辟之書剛下，而我排在第一位。從前卜子夏住在西河之上，而文侯執帚示敬；鄒衍居處於燕地那黍谷陰寒之中，而燕昭王敬其德而在車右陪侍。那些穿著粗衣、窮居野處腰繫革帶之士，王公大人對他們所以屈身而自居於其下，是因為他們有道德修養。我沒有鄒衍、子夏的那種品德，卻有自己鄙陋之處，蒙您不以為辱而選拔我，而我實是不適合擔當這種官職。我將親耕於丘陵高地的南面，交納土地稅，以避開當權者仕進之路。我疲病交加，足力不夠，以我補官的徵召，不是我所能承當的。請求您收回錯加於我的恩德，用以光大您舉拔清正的名聲。

卷四一

書

答蘇武書

【作　者】李陵，字少卿，生年不詳，卒於西元前七四年。隴西成紀（今甘肅秦安）人，是西漢名將李廣的孫子，善騎射。武帝時為騎都尉，統兵五千，與匈奴貴族作戰，殺傷匈奴兵甚多，因無接應，戰敗投降。後一直在匈奴。

【題　解】漢武帝天漢二年（西元前九九年），李陵率五千步兵深入匈奴，與單于激戰，因眾寡懸殊不敵，將士戰死殆盡，自己被逼投降。

李陵在匈奴曾和後來被扣留的蘇武相見，並多次勸說蘇武降胡。蘇武和李陵平素雖友善，但在降胡這個原則問題上，絕不為李陵的遊說所動，表現出和李陵截然不同的氣節和情操。蘇武後來歷經九死一生的煎熬，光榮歸漢。李陵與之訣別，自慚形穢，唱出了「雖欲報恩將安歸」之語，表達出無可奈何而又自我解脫的悲苦之情。本文通過覆信的形式，以李陵口吻表現他在胡中的種種想法和感情。

李陵與蘇武的對比往還，情節曲折，故事性極強。歷代文人喜歡以此為題材，隨意敷演，渲染鋪張，恣意抒寫。這封信雖係假託，卻也揭露了漢朝最高統治者獨斷孤行、忠佞不分的現實。

文章既有敘事，也有描述和議論，寫得含蓄蘊藉，一波三折。摹擬李陵投降匈奴後的矛盾心理，更是如怨如慕，似泣似訴，恰到好處，逼真之至。「蘇子瞻謂齊梁小兒為之，未免大言欺人」（《古文觀止》評語）。

子卿❶足下❷：勤宣令德❸，策名❹清時❺，榮問休暢❻，幸甚，幸甚！

遠託異國❼，昔人所悲。望風❽懷想，能不依依❾？昔者不遺❿，遠辱還答，慰誨⓫勤勤，有踰骨肉。陵雖不敏⓬，能不慨然？

自從初降，以至今日，身之窮困，獨坐愁苦。終日無覩，但見異類⓭。韋鞲⓮毳幕⓯，以禦風雨；羶⓰肉酪漿⓱，以充飢渴。舉目言笑，誰與為歡？胡地玄冰⓲，邊土慘裂⓳，但聞悲風蕭條之聲。涼秋九月，塞外⓴草衰。夜不能寐，側耳遠聽，胡笳㉑互動，牧馬悲鳴，吟嘯成群，邊聲㉒四起。晨坐聽之，不覺淚下。嗟乎子卿，陵獨何心，能不悲哉！

【章旨】這是李陵給蘇武的覆信。一開始自然少不了對蘇武的讚許、感謝和恭維。然其重點則從所見所聞所感三方面述懷，並在異國邊地風情的描述中，訴說自己降胡以後悲涼孤獨的心境。

【注釋】❶子卿　蘇武字。❷足下　敬詞。古代下稱上，或同輩相稱都用「足下」。❸令德　美德。❹策名　出仕之稱。凡出仕者，君將其名寫在簡策上。❺清時　清平之世。指昭帝之時。❻榮問休暢　美好的聲譽到處傳揚。問，通「聞」。聲譽。休，美。暢，通。❼異國　這裡指匈奴。❽望風　遠望。❾依依　留戀的樣子。❿不遺　不遺棄。指蘇武歸漢後仍寫信給他。⓫慰誨　慰勞、教誨。⓬不敏　不達於事理。⓭異類　古代貶稱四方夷狄為異類。這裡指匈奴。⓮韋鞲　指皮衣。韋，皮革。鞲，古代的套袖。⓯毳幕　氈帳。毳，鳥獸的細毛。幕，帳幕。⓰羶　同「膻」。羊肉的氣味。⓱酪漿　用乳汁製成的半凝固食品。⓲玄冰　厚冰。冰厚故呈黑色。⓳慘裂　喻寒冷之極。慘，毒。裂，分。⓴塞外　指外長城以北。包括今內蒙古、甘肅和寧夏的北部及河北省外長城以外的地區。㉑胡笳　古管樂器。漢時在塞北和西域一帶流行。㉒邊聲　泛指胡笳聲、馬鳴聲、鼓吹聲等邊地特有的聲音。

【語　譯】子卿足下：您努力發揚自己的美德，在這太平盛世擔任官職，美好的聲譽到處傳揚，太好了，太好了！

遠離家鄉，寄身異國，這是古人感到悲傷的事。瞻望祖國，懷想久別的親友，怎能不使我依戀？先前承您不棄，從遙遠的地方回信給我，安慰教誨，親切誠懇，超過了至親骨肉。我雖然不達於事理，又怎能不感動呢？

自從當初投降，直到今日，一個人身處窮途困境，孤孤單單，憂愁苦悶，整天看不到別的什麼，只看見異族之人。皮製衣裳，毛氈帳篷，用來抵禦風雨；膻肉奶酪，用來充飢解渴。睜開眼來想與人談談笑笑，又有誰跟我同處歡樂呢？胡地冰積，厚得發黑，邊塞大地，寒極凍裂，只聽到悲哀蕭條的風聲。涼秋九月，塞外的草木都枯黃了。夜間不能入睡，側耳遠聽，胡笳的聲音此起彼落，牧馬悲壯地嘶鳴，悲吟長嘯連成一片，邊地特有的聲音，從四面八方響起。清晨坐起聽到這些聲音，禁不住流下了眼淚。唉！子卿啊！我竟是何等心腸，怎能不悲傷呢！

與子別後，益復無聊。上念老母，臨年❶被戮。妻子無辜，並為鯨鯢❷。身負❸國恩，為世所悲。子歸受榮，我留受辱，命也如何！身出禮義之鄉❹，而入無知之俗❺，違棄君親之恩，長為蠻夷❻之域，傷已！令先君之嗣❼，更成戎狄之族，又自悲矣。功大罪小，不蒙明察，孤負❽陵心區區之意。每一念至，忽然忘生。陵不難刺心❾以自明，刎頸❿以見志，顧國家⓫於我已矣⓬，殺身無益，適足增羞，故每攘臂⑬忍辱，輒復苟活。左右之人見陵如此，以為不入耳之歡，來相勸勉。異方之樂，秖⑭令人悲，增忉怛⑮耳。

【章　旨】敘述蘇武歸國後自己的不幸遭際和更加悲苦的命運。訴說漢廷寡恩薄德、恩盡義絕的惡果，不但斷絕了自己將功補過的區區之意，而且逼使自己忍辱苟活，在悲苦中了此一生。

【注　釋】❶臨年　上了年紀。❷鯨鯢　大魚名。長百尺，雄的稱鯨，雌的叫鯢。這裡比喻殺戮。❸負　背。❹禮義之鄉　指中國。❺無知之俗　指匈奴。❻蠻夷　古對邊疆少數民族的貶稱。❼先君之嗣　李陵自指。先君，已故的父親。嗣，子孫；後代。❽孤負　辜負。此謂漢武帝不察其區區報國之意，而誅殺其老母妻子。❾刺心　以刀刺心。❿刎頸　用刀割喉管。⓫國家　指漢王室。⓬已矣　止也。絕望之辭。⓭攘臂　奮臂；振奮精神。這裡指強打精神。⓮秖　同「祇」。⓯忉怛　內心悲傷痛苦的樣子。

【語　譯】我自從與您分別以後，就更加感到無聊。想念我的老母，上了年紀竟被殺害，妻兒沒有過錯，也同遭殺戮。我背負朝廷的恩德，為世人所惋惜。您回歸漢朝多麼榮耀，我留在胡地蒙受恥辱。這是怎樣的命運啊！我出身講禮尚義的地方，卻要適應這不講理的風俗，違棄君主和父母的恩德，終身處在這蠻夷的地區。傷心啊！致使父親的後嗣，成為夷狄的族人，這就更使自己覺得可悲了。我的功勞大而罪過小，卻不能得到皇上的清楚了解，辜負了我的一片心意。每想到這裡，忽然不知自己是否還活在世上。我並不難於以刀刺心來表明心跡，以刎頸來表明志節，但想到漢家朝廷對我已恩盡義絕，自殺不但沒有益處，正好增加羞辱，所以我常常勉強振作，強忍恥辱，總是又苟且活了下來。我周圍的親信看到我這樣，常常用一些不入耳的音樂來勸勉我。但這些異國的音樂，只能讓人悲傷，使我更加痛苦罷了。

嗟乎子卿，人之相知，貴相知心。前書倉卒，未盡所懷，故復略而言之。

昔先帝❶授陵步卒五千❷，出征絕域❸。五將失道❹，陵獨遇戰。而裹萬里之糧，帥徒步之師，出天漢❺之外，入彊胡之域。以五千之眾，對十萬之軍，策疲乏之兵，當新羈❻之馬❼。然猶斬將搴❽旗，追奔逐北❾，滅跡掃塵❿，斬其梟帥⓫，使三軍之士，視死如歸。陵也不才，希⓬當大任，意謂此時功難堪⓭矣。匈奴既敗，舉國興師，更練精兵，彊踰十萬。單于臨陣，親自合圍。客主⓮之形既不相如，步馬⓯之勢又甚懸絕⓰。疲兵再戰，一以當千，然猶扶乘創痛⓱，決命爭首⓲。死傷積野，餘不滿百⓳，而皆扶病⓴，不任干戈。然陵振臂一呼，創病皆起，舉刃指虜㉑，胡馬奔走。兵盡矢窮，人無尺鐵㉒，猶復徒首奮呼㉓，爭為先登。當此時也，天地為陵震怒，戰士為陵飲血㉔。單于謂陵不可復得，便欲引還。而賊臣㉕教之，遂使復戰，故陵不免耳。

【章　旨】追敘自己率五千步兵深入敵後，浴血奮戰的情景，並著重說明自己是在力量懸殊寡不敵眾，又被叛臣告密的情況下，被迫投降匈奴的。

【注　釋】❶先帝　這裡指已去世的漢武帝。❷授陵步卒五千　《漢書・李陵傳》：「陵對：『無所事騎，臣願以少擊眾，步兵五千人涉單于庭。』上（漢武帝）壯而許之。」❸絕域　遠國。❹失道　迷失道路。這裡指沒有按預定的日期與地點會合。❺天漢　六臣本作「大漠」。❻羈　繫住。以皮絡馬頭曰羈，這裡作訓練裝備講。❼馬　騎兵。❽搴　拔取。❾北　軍隊敗走。❿滅跡掃塵　像消滅痕跡、掃除灰塵一般地消滅敵人。形容殺敵之易。⓫梟帥　勇將。⓬希　少。⓭堪　勝；比。⓮客主　李陵為客，匈奴為主。⓯步馬　李陵是步卒，匈奴是馬騎。⓰懸絕　相差甚遠。⓱扶乘創痛　扶持；忍受創傷疼痛。⓲決命爭首　拼命爭先。⓳餘不滿百　餘兵不滿百人。⓴扶病　指百人之中扶持創痛，不堪作戰。㉑虜　敵人。中國古代泛指外族為虜。此指匈奴。㉒尺鐵　短兵器。如短刀、短劍。㉓徒首奮呼　空首奮擊，無復用冑。㉔飲血　飲泣。㉕賊臣　指管敢（據李善注）。《漢書・李陵傳》：「軍候管敢為軍旅侯，被校尉答之五十，乃亡入匈奴。於時匈奴與陵戰至塞，恐漢有伏兵，欲引還。敢曰：『漢無伏兵。』匈奴因大進新兵。陵戰蘭干山，漢軍敗，弓矢並盡，陵遂降。」

【語　譯】唉，子卿啊！朋友的交誼，可貴的是在了解對方的心志。前次給您的信寫得匆忙，沒有傾盡我的情懷，所以再大略地說說。當初先帝給我步兵五千人，出去征討遠方的匈奴，五位將軍迷失道路，沒有按期會合，只有我單獨遇到匈奴作戰。我帶著征戰萬里所需的糧草，率著徒步的軍隊，遠離大漢的國境，進入強胡的地方。以五千步兵，對抗敵人十萬大軍。指揮著疲憊困乏的步兵，抵擋著匈奴新裝備起來的騎兵，還能斬將奪旗，追逐敗走的敵人，就像清掃塵埃、消滅痕跡一般，斬殺他們的勇將，使全軍將士，個個視死如歸。我雖然沒有多大才幹，也很少擔當重任，卻覺得這時的功勞大得無可比擬。匈奴敗退後，便全國上下出動軍隊，再訓練精兵超過十萬。單于來到陣前，親自率兵四面包圍。敵我雙方的力量既不能相比，步兵與騎兵的聲勢又非常懸殊。我們疲勞的步兵再次投入戰鬥，無不以一當千，還扶持著忍著傷痛，拼死爭先。死傷的士兵積滿荒野，餘下的將士不滿一百，而且都帶著傷病，拿不住武器。然而當我振臂一呼，受傷重病的士兵都站了起來，舉起大刀揮向敵人，使敵騎調頭逃跑。刀劍拼光了，箭射完了，手中沒有一件武器，還是不穿甲冑奮力呼喊，爭先向前。當這個時候，天地都為我發怒，戰士都為我飲血吞淚。單于以為不能把我俘獲，便想引兵撤退。但是賊臣告密，唆使他再戰，所以我的失敗便不可避免了。

昔高皇帝以三十萬眾困於平城❶，當此之時，猛將如雲，謀臣如雨，然猶七日不食，僅乃得免。況當陵者，豈易為力哉？而執事者云云❷，苟怨陵之不死❸。然陵不死，罪也。子卿視陵，豈偷生之士而惜死之人哉？寧有背君親捐妻子而反為利者乎？然陵不死，有所為也❹。故欲如前書之言，報恩於國主耳❺。誠以虛死不如立節，滅名不如報德也。昔范蠡❻不殉會稽之恥，曹沫❼不死三敗之辱，卒復句踐之讎，報魯國之羞。區區之心，竊慕此耳。何圖志未立而怨已成，計未從而骨肉受刑，此陵所以仰天椎心而泣血也。

【章　旨】以漢高祖當年被困作對比，以歷史上范蠡、曹沫忍辱復讎為範例，表白自己並非偷生怕死之士，所以被迫投降而不死是「有所為也」之故。

【注　釋】❶平城　地名。在今山西大同東。漢高祖七年，高祖親往擊韓王信，至平城，被匈奴圍困了七天。❷執事者云云　指朝廷大臣們紛紛議論。❸不死　指不以身殉國。❹有所為也　指在適當時候為漢立功。❺故欲如前書之言二句　李陵前與蘇子卿書云：「若將不死，功成事立，則將上報厚恩，下顯祖考之明也。」❻范蠡　春秋末越國大夫。吳王夫差打敗越國，越王句踐被困於會稽山（在今浙江紹興東南）上，派人乞和。後來范蠡幫助越王句踐奮發圖強，終於滅亡吳國。❼曹沫　春秋時魯大夫。與齊三戰三敗。後魯與齊盟，曹沫持匕首劫齊桓公，迫使齊桓公全部歸還魯地。

【語　譯】從前高祖皇帝帶著三十萬大兵，被匈奴圍困在平城。當時猛將像雲一般多，謀臣如雨一樣的眾多，然而還是七整天吃不上飯，只不過免於當俘虜罷了。何況抵擋我的是十萬大軍，難道是容易對付的嗎？然而朝廷大臣紛紛議論，只是責怪我不為國殉職。那麼說來，則我不死是有罪的。子卿您看我李陵，難道是苟且偷生、吝惜一死的人嗎？難道會背離君親、拋棄妻子反為了求利嗎？我所以不死，是想有所作為啊！所以像前一封信說的那樣，等待機會向國君報恩。我實在覺得白白死去，不如建立名節，徒然使身名毀滅，不如報答國家的恩德。從前范蠡不死於被吳國困於會稽山的羞恥，曹沫不死於三次被齊國打敗仗的恥辱，終於為越王句踐復了讎，為魯國洗雪了恥辱。我私心羨慕這種做法。誰想到志向沒有達到而怨恨已經形成，謀略沒有實行而親人遭到殺害，這就是我仰天捶胸而哭出血來的原因啊！

足下又云：「漢與功臣不薄。」子為漢臣，安得不云爾乎？昔蕭、樊囚縶❶，韓、彭❷菹醢❸，鼂錯受戮❹，周❺、魏❻見辜，其餘佐命立功之士，賈誼❼、亞夫❽之徒，皆信命世❾之才，抱將相之具，而受小人之讒，並受禍敗之辱，卒使懷才受謗，能不得展。彼二子❿之遐舉⓫，誰不為之痛心哉？陵先將軍⓬功略蓋天地，義勇冠三軍⓭，徒失貴臣⓮之意，剄身絕域⓯之表⓰，此功臣義士所以負戟而長歎者也。何謂不薄哉？

且足下昔以單車之使⓱，適⓲萬乘⓳之虜⓴，遭時不遇㉑，至於伏劍不顧，流離辛苦，幾死朔北之野㉒。丁年㉓奉使，皓首而歸，老母終堂㉔，生妻去帷㉕，此天下所希聞，古今所未有也。蠻貊㉖之人，尚猶嘉子之節，況為天下之主乎？陵謂足下，當享茅土㉗之薦，受千乘之賞。聞子之歸，賜不過二百萬，位不過典屬國㉘，無尺土之封，加子之勤，而妨功害能之臣，盡為萬戶侯；親戚貪佞之類，悉為廊廟宰。子尚如此，陵復何望哉？

且漢厚誅陵以不死㉙，薄賞子以守節㉚，欲使遠聽之臣望風馳命，此實難矣。所以每顧而不悔者也。陵雖孤恩㉛，漢亦負德㉜，昔人有言：「雖忠不烈，視死如歸。」陵誠能安，而主豈復能眷眷㉝乎？男兒生以不成名，死則葬蠻夷中，誰復能屈身稽顙㉞，還向北闕㉟，使刀筆之吏㊱弄其文墨耶？願足下勿復望陵㊲。

【章　旨】先以漢興以來的功臣的種種遭遇，駁斥蘇武所說的「漢與功臣不薄」。繼以蘇武和奸佞之臣所受待遇的對照反襯，說明漢廷負德，小人得位。從而申述自己已經受到嚴重傷害，不可能歸漢了。

【注　釋】❶蕭樊囚縶　蕭指蕭何。樊指樊噲。《史記・蕭相國世家》：「相國因為民請曰：『長安地狹，上林中多空地，棄，願令民得入田，毋收藁為禽獸食。』上大怒曰：『相國多受賈人財物，乃為請吾苑！』乃下相國廷尉，械繫之。」又據《史記・樊酈滕灌列傳》：是時高祖病甚，人有惡噲黨於呂氏，即曰：「上一日宮車晏駕，則噲欲以兵盡誅滅戚氏、趙王如意之屬。」高帝聞之大怒，乃使陳平即軍中斬樊噲。陳平畏呂后，執噲詣長安。至則高祖已崩，呂后釋噲。❷韓彭　韓指韓信。彭指彭越。據《史記・淮陰侯列傳》：漢十年，陳豨反。淮陰侯陰使人至豨所，曰：「弟舉兵，吾從此助公。」信乃謀與家臣夜詐詔諸官徒奴，欲發以襲呂后、太子。淮陰侯舍人弟上變，告信欲反狀於呂后，呂后乃與蕭相國謀。呂后使武士縛信，斬之長樂鐘室。又據《史記・魏豹彭越列傳》：「人告梁王與扈輒謀反。捕梁王，囚之雒陽。上赦以為庶人，傳處蜀青衣。西至鄭，逢呂后從長安來，欲之雒陽，道見彭王。彭王為呂后泣涕，自言無罪，願處故昌邑。呂后許諾，與俱東至雒陽。呂后白上曰：『彭王壯士，今徙之蜀，此自遺患，不如遂誅之。』於是呂后乃令其舍人告彭越復謀反。遂夷越宗族。」❸葅醢　肉醬。這裡用作動詞，把人剁成肉醬。❹鼂錯受戮　鼂錯（西元前二〇〇～前一五四年）西漢潁川（今河南禹縣）人。

漢景帝時為內史，後遷御史大夫，曾先後上書主張重農貴粟，削諸侯封地以加強中央統治。西元前一五四年，吳、楚等七國謀反，以誅鼂錯為名。景帝為求七國罷兵，殺了鼂錯。❺周　周勃。劉邦的功臣，曾誅諸呂，迎立漢文帝。漢文帝時有人上書告周勃謀反，被逮捕治罪。事見《史記・絳侯周勃列傳》。❻魏　魏其侯竇嬰。他在漢景帝時任大將軍，平定七國叛亂有功，後來因灌夫罵丞相田蚡的事件論罪處死。事見《史記・魏其武安侯列傳》。❼賈誼　漢文帝時曾任太中大夫，後貶為長沙王太傅，又改為梁懷王太傅，鬱鬱而死。❽亞夫　周亞夫。西漢名將。景帝時為太尉，平定吳楚七國之亂，遷為丞相。後因其子私買皇家用物，下獄嘔血而死。❾命世　猶「名世」。聞名於世。❿二子　指賈誼、周勃。⓫遐舉　死的諱稱。⓬先將軍　指李陵的祖父李廣。⓭三軍　軍隊的統稱。⓮貴臣　指衛青。漢武帝元狩四年，大將軍衛青擊匈奴，命前將軍李廣出東道，因東道迴遠，迷失道，被衛青以軍簿對責欲治罪，李廣引刀自剄。事見《史記・李將軍列傳》。⓯絕域　遠國。⓰表外。⓱單車之使　指蘇武奉使入匈奴時隨從不多。⓲適　往。⓳萬乘　謂兵甲甚多。⓴虜　對匈奴的貶稱。㉑遭時不遇　指蘇武出使匈奴時，匈奴發生一宗謀反案件，牽連到蘇武的副使張勝。匈奴方面的衛律便藉口此事，扣留了蘇武等人。㉒伏劍不顧三句　指衛律召蘇武受辭，武謂：「屈節辱命，雖生，何面目以歸漢？」引佩刀以自刺。衛律驚，自抱持武。武氣絕，半日復息。乃徙武北海上無人處。使牧羝（公羊），羝乳乃得歸。武既至海上，廩食不至，掘野鼠去草實而食之。杖漢節牧羊，臥起操持，節旄盡落。事見《漢書・蘇武傳》。㉓丁年　壯年。㉔終堂　指母亡。㉕去帷　指妻改嫁。㉖蠻貊　古稱南方少數部族為蠻，東方部族為貊。這裡指匈奴。㉗茅土　古代帝王社祭的壇用五色土（青、赤、白、黑、黃）建成，分封諸侯時，取一種顏色的泥土用茅草包好，送給受封的人，作為分得土地的象徵。㉘典屬國　官名。始於秦，西漢沿置。掌管少數民族事務。成帝時并入大鴻臚。㉙厚誅陵以不死　指漢廷藉口李陵不為國家盡死節，而盡誅包括老母在內的李陵全家。㉚守節　指蘇武不降匈奴而終於歸漢。㉛孤恩　指李陵力屈而降。㉜負德　指漢誅陵母和全家。㉝眷眷　依戀貌。㉞稽顙　叩頭至地。顙，額。㉟北闕　天子所居之地。㊱刀筆之吏　獄吏。㊲勿復望陵　指勿復希望李陵歸於漢。

【語　譯】足下又說：「漢家對待功臣不薄。」您是漢家的臣子，哪能不這樣說呢？從前蕭何、樊噲被拘囚，韓信、彭越被剁成肉醬，鼂錯被殺，周勃、竇嬰被治罪，其他輔佐皇帝建立功勞的人，像賈誼、周亞夫等，都是真正聞名於世的傑出人才，懷有將相的才幹，但受到小人的讒害，都遭受殺戮或者貶黜的恥辱。終於使他們懷才受謗，才能不得施展。賈誼、周亞夫兩人不幸而死，誰不為他們痛心呢？我死去的祖父，功勞和才略天下聞名，節義勇敢在三軍中數第一，只是失去權貴的信任，被迫自殺在遙遠的異國他鄉。這些都是功臣義士拿著武器而長歎息的原因啊！怎麼能說漢待功臣不薄呢？

您過去帶著很少的人出使到擁有萬輛兵車的匈奴，碰到的時機不好，以至於拔劍自殺，不顧性命，流離顛沛，辛勤勞苦，幾乎死在朔北的荒野。您壯年奉命出使，鬚髮白了才回國，老母去世，妻子改嫁，這是天下罕聞古今所沒有的事。匈奴人尚且稱讚您的節操，何況是統治天下的君主呢？我以為您應當享有分封土地的賞賜，接受千輛車子的嘉獎。但聽說您回到漢家，受到的賞賜不過二百萬錢，官位不過是典屬國，沒有一尺土地的封賜，嘉獎您的辛勞，而那些妨害立功、陷害賢能的小人，都被策封為萬戶侯；皇帝的親戚和貪婪諂媚的小人倒都成了朝廷大臣。您尚且如此，我還抱什麼希望呢？

況且漢廷因我沒有拼死守節，便重加誅戮，您堅守氣節又賞賜微薄。如此而要使在遠方聽到這消息的臣子望風歸服，實在是太難了。這是我每一想到歸漢，卻又不為留在匈奴感到後悔的緣故。我雖然辜負漢家之恩，漢家對我也太缺德。前人有這樣的話：「忠臣即使不壯烈盡節，但也當視死如歸。」我誠然可以甘心盡忠死去，然而皇上還能顧念到我嗎？男子漢生不能成就功名，死後就葬身異國吧！誰還能回國來屈身叩頭，向著宮闕，讓那般刀筆吏舞文弄墨羅織罪名呢？希望您別再盼望我歸漢了。

嗟乎子卿，夫復何言？相去萬里，人絕路殊，生為別世❶之人，死為異域之鬼，長與足下生死辭矣。幸謝❷故人❸，勉事聖君。足下胤子❹無恙，勿以為念。努力自愛，時因北風，復惠德音。李陵頓首。

【章　旨】信的收尾語，寫作者在無可奈何的心境下，和蘇武作生離死別。

【注 釋】❶別世 另一個世界。指匈奴。❷幸謝 厚謝。❸故人 指任立政、霍光、上官桀等人。❹胤子 蘇武之子。武在匈奴時所娶胡妻所生之子。

【語 譯】唉！子卿，還有什麼可說的呢？相隔萬里，往來斷絕，道路不同。我活在另一個世界裡，死了做異國的鬼，永遠跟您生離死別不能相見了。希望轉告我的老朋友，勉力事奉聖明的君主。您在異國的兒子很好，請不要掛念他。望您盡力愛惜自己，時常藉著向北吹來的風，再帶給我好消息。李陵叩頭。

報任少卿書

【作 者】司馬遷，字子長，夏陽龍門（今陝西韓城）人。西漢史學家、文學家。其父司馬談，曾任太史令。司馬遷幼年曾受業於經學大師董仲舒、孔安國。二十歲後曾漫遊天下，考察風俗，採集傳說，收集資料。元封三年繼任太史令。天漢二年因替李陵辯護，得罪入獄，受腐刑。出獄後，任中書令。司馬遷忍辱發憤著成中國第一部紀傳體通史《史記》。《漢書・藝文志》載其賦八篇，今僅存〈悲士不遇賦〉一篇。另有〈報任少卿書〉一篇。

【題 解】這是司馬遷任中書令時，寫給朋友任安的一封覆信。

任安，字少卿，西漢滎陽人，出身貧寒，曾任大將軍衛青的舍人、益州刺史、北軍使者護軍等職。征和二年（西元前九一年）戾太子發兵殺江充等，他因受牽連被捕，不久被武帝所殺。這封覆信就寫於任安被捕以後。或說此信寫於太始四年（西元前九三年），任安第一次入獄時。

司馬遷因為替李陵辯護慘遭宮刑。出獄後，任中書令，實際上是以宦者的身分在內廷供職。所以當任安寫信給司馬遷，希望他能夠推賢進士之時，司馬遷鑒於對現實生活的認識和以往的沈痛教訓，以及所處的屈辱地位，遲遲不作回答。後任安因事下獄，司馬遷怕老友被殺，不及暢敘，才寫了這封覆信。可以說，這封長信是司馬遷在回顧了精神上難以形容的痛苦，經歷了許久的思想掙扎之後，才寫出這封出自肺腑的覆信的。

全篇在逐一說明任安所提意見和要求的過程中，曲折地表達了自己所受冤屈的不平之鳴。同時又引述許多境遇悲慘而德才不凡的歷史人物在文化事業上的突出貢獻，表明自己一心發憤著書，獻身學術的堅韌毅力和頑強精神。

全文雖長而脈絡清晰，層次井然而變化多姿，內容豐富而章法跌宕，把多種手法渾然融為一體，感人至深，是古代有數的奇文。

太史公❶牛馬走❷司馬遷再拜言。

少卿足下❸：曩者辱賜書，教以順❹於接物，推賢進士❺為務。意氣❻懃懃懇懇，若望僕不相師❼，而用流俗人之言。僕非敢如此也。僕雖罷駑❽，亦嘗側聞❾長者之遺風❿矣。顧自以為身殘⓫處穢⓬，動而見尤⓭，欲益反損⓮，是以獨鬱悒⓯而與誰語！諺曰：「誰為為之⓰？孰令聽之⓱？」蓋鍾子期⓲死，伯牙⓳終身不復鼓琴。何則？士為知己者用⓴，女為說㉑己者容㉒。若僕大質㉓已虧缺矣，雖才懷隨和㉔，行若由㉕夷㉖，終不可以為榮，適足以見笑而自點㉗耳。書辭宜答，會東從上來㉘，又迫賤事㉙，相見日淺，卒卒㉚無須臾之間，得竭至意㉛。今少卿抱不測之罪㉜，涉㉝旬月，迫㉞季冬㉟，僕又薄㊱從上雍㊲，恐卒然㊳不可為諱㊴。是僕終已不得舒憤懣㊵以曉左右㊶，則長逝者㊷魂魄私恨無窮。請略陳固陋㊸。闕然㊹久不報，幸勿為過。

【章　旨】此段為長信的引言。以自己身體殘廢為由，辭謝任安要他推舉人才的要求；因任安下獄，故寫此信，一吐心曲。

【注　釋】❶太史公　官名。即太史令。是司馬遷的官職。❷牛馬走　像牛馬那樣供人驅使。表自謙。❸足下　古人為表示對對方的尊敬，不直呼其名或其職，而稱足下。❹順　《漢書・司馬遷傳》引作「慎」。❺推賢進士　推舉賢才，引進士人。❻意氣　心意。❼若望僕不相師　好像抱怨我沒能遵照您的意見行事。望，怨。師，效法。❽罷駑　疲弱無用的駑馬。即自比才能低下。❾側聞　從旁聽到。自謙的說法。❿遺風　這裡是餘音的意思。⓫身殘　指身遭腐刑。⓬處穢　處於卑賤汙穢的境地。⓭尤　過錯。⓮欲益反損　本想做好事，反而把事情搞壞。⓯鬱悒　愁悶。⓰誰為為之　即「為誰為之」，替什麼人去幹這些事情。⓱孰令聽之　即「令孰聽之」。自己說了叫什麼人聽從。⓲鍾子期　春秋時楚國人。⓳伯牙　春秋時楚國人。善於彈琴，但只有鍾子期能聽懂。後來鍾子期死了，他就破琴絕弦，終身不再彈琴。事見《呂氏春秋・本味》。⓴用　指出力。㉑說　同「悅」。㉒容　作動詞用，修飾打扮。㉓大質　身體。㉔隨和　隨侯珠、和氏璧。都是天下的至寶。這裡喻高尚的才德。㉕由　許由。堯時輕視功名富貴的大賢人。㉖夷　伯夷。古人心目中品行高尚的典型。㉗點　同「玷」。自取汙辱。㉘東從上來　意為隨從皇帝從東方回來。據記載：太始四年（西元前九三年），漢武帝曾巡行到泰山、不其山，五月間回到了長安。或說此信寫於征和二年（西元前九一年），此年七月，因戾太子舉兵，漢武帝自甘泉宮（在長安西）回長安。如依後說則此句意謂：隨從皇帝往東來。㉙賤事　零碎的事情。謙詞。㉚卒卒　匆促。㉛得竭至意　能把內心的思想詳盡地告訴您。至意，最深的意思。㉜不測之罪　難以預測後果之罪。即大罪。征和二年（西元前九一年）七月，戾太子舉兵。任安曾接受過他的命令，故有不測之罪。㉝涉　經歷。㉞迫　近。㉟季冬　農曆十二月。漢代法律規定，每年十二月處決犯人。㊱薄　迫；接近。㊲雍　地名。在今陝西鳳翔南，那裡設有祭祀天神的高壇五時。漢武帝於太始四年十二月、征和三年正月，都去過雍。㊳卒然　猝然；突然。㊴不可為諱　死的婉辭。㊵懣　煩悶。㊶左右　指任安。謙詞。㊷長逝者　死者。指任安。㊸固陋　指閉塞淺薄的意見。㊹闕然　這裡指時間相隔很久。

【語　譯】太史公牛馬走司馬遷叩頭向您陳述。

少卿足下：前些時候，承蒙您寫信給我，教我謹慎地與他人交往，以推舉人才作為自己的任務。信中的用意和語氣都十分懇切，似乎責備我不採納您的意見，而把您的話看成如同世俗之見。我是不敢這樣的。我雖然才能低下，也曾聽到過品德高尚的人所傳留下來的風範。只不過考慮到自己的身體已經殘廢，地位又很卑微，一有舉動便要受人指責，本來想作點貢獻，反而會造成損失，因此我很苦悶，能跟誰去訴說呢！俗語說：「為誰做？讓誰聽？」鍾子期死去，伯牙便直到老死不再彈琴。為什麼？賢士為知己的朋友出力，婦女應為喜歡自己的人打扮。像我這樣的人，身體已經虧損了，即使才華像隨侯珠、和氏璧那樣珍貴，德行同許由、伯夷那樣高尚，終究也不能以此為榮耀，正好足以被人取笑，而自取汙辱罷了。您的來信是應當回答的，剛好侍從皇帝往東方巡狩回來，又忙於雜務，見面的機會愈來愈少，忙忙碌碌沒有片刻的空閒，可以詳盡地說明自己的心裡話。如今您已遭獲難以預測的大罪，再過一個月，就接近冬末，我又不得不跟從皇上前去雍地，深恐您突然遭到死刑。這樣我便永遠無法把我的憤慨告訴您，那麼死去的您就要永遠抱恨得不到回信了。請允許我簡略地表達自己的粗淺看法。長久不答覆，希望不要責備我。

僕聞之：「修身者，智之符❶也；愛施❷者，仁之端❸也；取與❹者，義之表❺也；恥辱❻者，勇之決❼也；立名者，行之極❽也。」士有此五者，然後可以託於世。而列於君子之林矣。故禍莫憯❾於欲利，悲莫痛於傷心❿，行莫醜於辱先，詬⓫莫大於宮刑⓬。刑餘之人⓭，無所比數⓮，非一世也，所從來遠矣。昔衛靈公⓯與雍渠⓰同載⓱，孔子適陳⓲；商鞅⓳因景監⓴見，趙良㉑寒心㉒；同子㉓參乘㉔，袁絲㉕變色。自古而恥之！夫以中才之人㉖，事有關於宦豎㉗，莫不傷氣㉘，而況於慷慨之士乎？如今朝廷雖乏人，奈何令刀鋸之餘㉙薦天下豪俊哉？僕賴先人緒業㉚，得待罪輦轂下㉛，二十餘年矣。所以自惟：上之㉜，不能納忠效信㉝，有奇策才力之譽，自結明主㉞；次之，又不能拾遺補闕㉟，招賢進能，顯巖穴之士㊱；外之，又不能備行伍㊲，攻城野戰，有斬將搴旗㊳之功；下之，不能積日累勞，取尊官厚祿，以為宗族交遊㊴光寵。四者無一遂㊵，苟合取容㊶，無所短長㊷之效㊸，可見如此矣。鄉者㊹僕常廁㊺下大夫㊻之列，陪外廷㊼末議㊽。不以此時引維綱㊾，盡思慮，今已虧形為掃除之隸㊿，在闒茸(51)之中，乃欲仰首伸眉，論列是非，不亦輕朝廷、羞當世之士邪？嗟乎！嗟乎！如僕尚何言哉！尚何言哉！

【章　旨】本段先以歷史上的具體事例來說明宮刑之人沒有資格推賢進士，再以自己過去的經歷說明刑餘之人不可能推賢進士。在懇摯的議論中透露出憤鬱不平之氣。

【注　釋】❶符　一作「府」。符信。❷愛施　對別人的愛護和施捨。❸端　端倪。❹取與　指取什麼、與什麼的意思。❺表　表現；標誌。❻恥辱　知恥為辱。❼決　先決條件。❽極　目標。❾憯　同「慘」。慘痛。❿傷心　心靈受傷。⓫詬　恥辱。⓬宮刑　即腐刑。中國古代五刑之一。⓭刑餘之人　在刑罰下得到餘生的人。即受過刑的人。⓮比數　同列。相提並論。比，並列。數，計算。⓯衛靈公　衛國的無道之君，名允。⓰雍渠　衛靈公的宦官。⓱同載　同乘一輛車。⓲孔子適

陳　孔子離開衛國往陳國去。據《史記・孔子世家》：「居衛月餘，靈公與夫人同車，宦者雍渠參乘，出，使孔子為次乘，招搖市過之。孔子曰：『吾未見好德如好色者也。』於是醜之，去衛。」孔子去衛，過曹、宋、鄭，遂至陳，居三年。⑲商鞅　衛國人。名鞅，亦稱衛鞅，戰國時著名政治家。⑳景監　秦孝公寵愛的宦官。㉑趙良　當時秦國的一個賢人。㉒寒心　這裡是警惕、戒懼的意思。㉓同子　漢文帝時的宦官趙談。司馬遷因避父諱，改稱他為「同子」。㉔參乘　陪乘。㉕袁絲　姓袁，名盎，字絲，漢文帝時官至太常，以敢於直諫聞名。㉖中才之人　才能平常之輩。㉗宦豎　這裡指宦官（太監）。豎，奴僕。㉘傷氣　挫傷志氣。㉙刀鋸之餘　指受過刑的人。這裡司馬遷自指。㉚緒業　未竟的事業。這裡指司馬談未完成的學術和事業。㉛待罪輦轂下　是在皇帝身邊做事的委婉說法。輦轂，天子的車輿。㉜上之　首先的意思。㉝效信　貢獻自己的誠實之心。㉞自結明主　以忠誠之心取得皇帝的信任。㉟拾遺補闕　做些別人遺漏的小事，以彌補事務中的欠缺。這是謙虛的說法。㊱巖穴之士　隱逸之士。㊲備行伍　成為軍隊中的一員。㊳搴旗　在戰鬥中拔取敵人的旗幟。㊴宗族交遊　指親戚朋友。㊵遂　成。㊶苟合取容　這裡指以苟且的行為迎合皇帝，暫時取得皇帝的寬容。㊷短長　小大。偏義複詞，這裡指小。㊸效　貢獻。㊹鄉者　從前。㊺廁　參與；夾雜。這是謙虛的說法。㊻下大夫　古代的官階。太史令官秩六百石，位為下大夫。也是謙詞。㊼外廷　外朝。漢朝官員分為外朝官（自丞相以下至六百石）和中朝官（大司馬、侍中、散騎常侍），太史令屬外朝官。㊽末議　微不足道的議論。也是謙虛的說法。㊾引維綱　援引國家的大法。意即按照國家大法辦些有益的事情。㊿掃除之隸　打掃汙穢的衙役。意即謙指自己地位低下。(51)闒茸　卑賤。這裡指下賤的人。

【語　譯】我聽說：「注意自身的修養，是有智慧的憑證；愛護和施捨人，是具有仁德的開端；不隨便取，不隨便給，是義的表現；以被辱為可恥，是勇敢的先決條件；留名於百世，是品行的最高境界。」士具備了這五個方面的品德，然後可以生存於世上，加入君子的行列了。所以災禍沒有比求索私利更慘的了，悲痛沒有比傷心更痛苦的了，行為沒有比辱沒祖先更醜惡的了，恥辱沒有比腐刑更大的了。受過刑罰的人不能與人並列而被人輕視鄙薄，並不是我們這一代如此，歷史上早就是這樣了。從前衛靈公與夫人出遊，讓宦官雍渠同乘一輛車，孔子感到恥辱，便跑到陳國去了；商鞅由宦官景監引薦而見秦孝公，趙良覺得這是汙點；宦官趙談陪漢文帝坐在車子，袁盎氣得臉色都變了。從古代起就把宦官看成是可恥的。一個才能中等的人，與宦官打交道，沒有不挫傷志氣的，何況是一個有遠大抱負、意志剛毅的人呢？現在朝廷上雖然缺少人才，怎麼會教一個受過宮刑的人去推薦天下的賢士呢？我依賴祖先的遺業，能戴罪服務於皇帝所住的京城，已經二十多年了。自己常想：對上，不能貢獻自己的忠誠，以奇妙的策略、才能、勇力而受到美譽，以取得皇帝的信任；其次，又不能諷諫補正，以彌補工作上的欠缺，招納賢才，選拔隱士；對外又不能當一名將士，攻城野戰，取得斬將拔旗的功勞；對下，不能積累平素一點一滴的功勞，取得高官厚祿，以使自己的祖先、親戚、朋友得到榮譽寵幸。這四個方面我沒有一項做到的，勉強迎合別人以獲得容身，沒有什麼貢獻，就可想而知了。過去我曾經充當下大夫的職務，參預外廷的討論。不在這個時候援引國家法律，盡心竭力，現在身體虧損，官職卑微，處在地位卑賤小人之中，而想抬頭揚眉，評論是非，不也太小看政府和當代名士了嗎？唉！唉！像我這樣的人還有什麼可說的呢！還有什麼可說的呢！

且事本末未易明也。僕少負❶不羈之行❷，長無鄉曲之譽❸。主上幸以先人之故，使得奏❹薄伎❺，出入周衛❻之中。僕以為戴盆何以望天❼，故絕賓客之知，亡❽室家之業，日夜思竭其不肖之才力，務一心營職，以求親媚於主上。而事乃有大謬❾不然❿者。夫僕與李陵俱居門下⓫，素非能相善也。趣舍異路⓬，未嘗銜盃酒⓭、接殷勤之餘歡⓮。然僕觀其為人，自守奇士。事親孝，與士⓯信，臨財⓰廉，取與義，分別有讓⓱，恭儉下人⓲，常思奮不顧身，以徇國家之急。其素所蓄積⓳也，僕以為有國士⓴之風。夫人臣出萬死不顧一生之計，赴公家之難，斯以㉑奇矣。今舉事一不當，而全軀保妻子之臣㉒，隨而媒孽其短㉓，僕誠私心痛之。且李陵提㉔步卒不滿五千，深踐戎馬之地㉕，足歷王庭㉖，垂餌虎口㉗，橫挑強胡。仰㉘億萬之師㉙，與單于連戰十有餘日，所殺過半當㉚，虜救死扶傷不給㉛，旃裘之君長㉜咸震怖，乃悉徵其左右賢王，舉引弓之人㉝，一國共攻而圍之。轉鬥千里，矢盡道窮，救兵不至，士卒死傷如積。然陵一呼勞㉞軍，士無不起，躬自流涕㉟，沬血㊱飲泣㊲，更張㊳空拳㊴，冒白刃，北嚮爭死敵者。陵未沒時，使有來報㊵，漢公卿王侯，皆奉觴上壽㊶。後數日，陵敗書聞，主上為之食不甘味，聽朝不怡，大臣憂懼，不知所出。僕竊不自料㊷其卑賤，見主上慘愴怛悼㊸，誠欲效㊹其款款㊺之愚，以為李陵素以士大夫絕甘分少㊻，能得人死力㊼，雖古之名將，不能過也。身雖陷敗，彼觀其意㊽，且欲得其當㊾而報於漢。事已無可奈何，其所摧敗，功亦足以暴㊿於天下矣。僕懷欲陳之，而未有路，適會召問，即以此指(51)，推言(52)陵之功，欲以廣(53)主上之意，塞睚眦之辭(54)。未能盡明，明主不曉，以為僕沮(55)貳師(56)，而為李陵遊說，遂下於理(57)。拳拳(58)之忠，終不能自列(59)，因為誣上，卒從吏議(60)。家貧，貨賂(61)不足以自贖(62)，交遊莫救，左右親近(63)不為一言。身非木石，獨與法吏為伍，深幽(64)囹圄(65)之中，誰可告愬者？此真少卿所親見，僕行事豈不然乎？李陵既生降，隤(66)其家聲，而僕又佴(67)之蠶室(68)，重為天下觀笑。悲夫！悲夫！事未易一二為俗人言也。

【章　旨】敘述昔與李陵的交往、李陵事件的始末及個人所受的不公待遇。

【注　釋】❶負　自恃。❷不羈之行　行為豪放，不受約束。❸鄉曲之譽　鄉里中的稱譽。漢以「賢良方正」為下層政治階梯。❹奏　奉；進獻。❺薄伎　小技。❻周衛　這裡指宮禁。❼戴盆何以望天　頭上頂著盆子，怎能看得見天？比喻自己一心營職，無暇他顧。❽亡　拋棄。❾大謬　大錯。❿不然　不是如所想的那樣。⓫俱居門下　指司馬遷和李陵都是能出入於宮殿門的官。李陵任過侍中，司馬遷為太史令，仍是宮廷的官職，所以說俱居門下。⓬趣舍異路　意謂兩人志向不同。趣舍，進取或退止；趨向或捨棄。⓭銜盃酒　即飲酒。⓮餘歡　很少的歡樂。⓯與士　和士人交往。⓰臨財　面對財物時。⓱分別有讓　指恪守長幼尊卑的禮節。有讓，有謙讓的品德。⓲恭儉下人　恭敬待人，節儉自處，甘居人後。⓳蓄積　指言行志向。⓴國士　國家棟梁之才。㉑以　已。㉒全軀保妻子之臣　只顧保全自身和妻子的臣子。㉓媒孽其短　把李陵的過失釀成大罪。媒，媒介。孽，釀酒的酒母。媒孽，比喻構陷釀罪的意思。㉔提　率領。㉕戎馬之地　指匈奴所居住之地。㉖王庭　匈奴君王所居住的地方。㉗垂餌虎口　意謂置身險地。垂餌，把食餌放在釣鉤上釣魚。㉘仰　向上看。這裡指仰攻。向高地進擊。敵人在北，漢軍在南，南低北高，所以說仰。㉙億萬之師　形容匈奴兵力之多。㉚過半當　指超過自己部隊一半的人數。㉛不給　來不及。㉜旃裘之君長　匈奴的君王。旃裘，匈奴人所穿的衣服。旃，同「氈」。㉝舉引弓之人　發動全部能拉弓射箭的人。㉞勞　慰勞。㉟躬自流涕　指戰士個個激動得流淚。㊱沫血　血流滿面。㊲飲泣　含淚強忍悲痛。㊳更張　拉開。㊴空拳　無箭的強弓。拳，《漢書》作「弮」。㊵使有來報　李陵派人回朝報告前線的情況。㊶奉觴上壽　這裡指歡宴祝捷。奉觴，舉杯。㊷不自料　不自量。㊸慘愴怛悼　都是悲戚、哀傷之意。形容極度悲傷。㊹效　獻。㊺款款　忠誠懇切貌。㊻絕甘分少　好的不要，該分到的少要。㊼得人死力　別人願冒死為之出力。㊽身雖陷敗彼二句　此二句或句讀為「身雖陷敗，彼觀其意」。㊾得其當　有抵罪的意思。這裡用如名詞。指足以抵罪之功。㊿暴　顯露。(51)指　通「恉」。同「旨」。(52)推言　論說；敘說。(53)廣　寬。(54)塞睚眦之辭　堵塞仇人誣陷的言詞。睚眦，怒目而視的小怨。(55)沮　毀謗。(56)貳師　貳師將軍李廣利。李廣利是漢武帝寵妃李夫人的哥哥。征和三年（西元前九〇年），武帝派李廣利為征匈奴的主力軍，命李陵為助軍。李陵被圍後，李廣利屯兵祁連，坐觀其敗。(57)理　負責訴訟刑獄之事的廷尉的簡稱。(58)拳拳　忠謹貌。(59)自

列 羅列；陳述。60吏議 法庭官吏判決的罪名。61貨賂 錢財。62自贖 自己出錢贖罪。漢朝法律規定，可以按價出錢贖罪。63左右親近 皇帝身邊的近臣。64深幽 囚禁。65囹圄 監獄。66隤 墜落；敗壞。67佴 相次；緊跟著。68蠶室 指像養蠶那樣密封的屋室。受宮刑之人須在這種嚴密而溫暖的屋子裡抵禦風寒。

【語 譯】況且事情的本來面貌是不容易明白的。我年輕時很自負，無拘無束，年長以後也得不到鄉里的好評。幸而皇上因為我的先人擔任史官的緣故，使我能有奉獻淺薄才能的機會，出入宮禁之中。我原以為戴著木盆怎能看得見天，所以謝絕賓客的相知交往，忘掉家中的私事，日以繼夜，竭盡忠心以效微力，一心做好本職，以求取皇帝的歡心。然而事情卻出乎意料之外。我跟李陵都任職於宮門內，平素並不是知交。彼此的努力方向和道路都不相同，也沒有一起喝過一杯酒相互談心取樂。但我看他的為人，確是一位突出的人才。他侍奉父母孝順，與朋友往來遵守信用，面臨錢財表現出廉潔，取物或給予他人講究道義，對待長幼尊卑能夠謙遜，恭敬待人，節儉自處，甘居人後。經常考慮的是如何奮不顧身，為挽救國家危急而貢獻自己的一切。他平時的言行志向，我認為已具備了一個全國推重的棟梁人才的風度。做一個臣子能夠冒死不顧自己的生命，投身於國家的急難之中，這已經是很難能可貴的了。今天行事一不妥當，而那些只顧保全自己和妻兒的大臣，便緊跟著構陷誇大他的缺點，我確實為這件事感到非常痛心。況且李陵所帶的步兵不超過五千人，深入匈奴的地盤，足跡到達匈奴單于的住處，就像置身在虎口引誘敵人，勇敢地向頑強的匈奴挑戰。向高地攻擊數以萬計的敵軍，跟單于連戰十餘天，殺死的敵人超過漢軍一半的數目，敵人搶救收屍都來不及，匈奴首領都感到驚恐，便命令左右賢王，盡數發動能拉弓射箭的人，傾國內全力圍困李陵的軍隊。李陵的軍隊轉戰千里，箭射光了，無路可走，救兵不到，兵士死傷者越來越多，甚至可以堆積起來。但李陵一旦號呼，慰勞孤軍，兵士沒有一個不掙扎著爬起來，流著眼淚，血流滿臉，強忍悲痛，拉開無箭的空弦，面對利刃，向著北面，爭與敵人死戰。當李陵尚未全軍覆沒時，派使者來報告戰況，漢朝的公卿王侯都舉杯向皇帝祝賀進軍的勝利。過幾天李陵戰敗，失敗的奏章給皇上知道了，皇上因而食而無味，上朝聽政心緒不悅，大臣憂慮懼怕，不知道該怎麼辦。我不自量卑賤的身分，看見皇帝悲傷痛心，實在想貢獻自己內心的一片忠誠，認為李陵對人向來寬容，好的不取，分東西取少的，能夠得到別人的充分信任，願意為他出死力，即使是古代的名將也超不過他。而今李陵雖然已經失敗被俘，觀察他的心意，大約是要爭取機會將功抵罪以報答國家的。當時的事情實在是出於無可奈何，他擊敗的敵人，功勞也足以昭著於天下了。我本來就想陳述這種想法，但沒有機會，剛巧碰到皇上召問，便把這種想法說了出來，舉例闡述李陵的功勞，想以此寬慰皇上的心情，堵住怨家乘機報復的壞話。意見還沒有完全講清楚，皇帝不深究我的本意，認為我毀詆貳師將軍，而為李陵關說，便將我交到法庭去審判。誠心誠意的忠心始終不能陳述，因而被判為欺君罔上的罪狀，終於聽從法庭的判決。由於家裡貧窮，沒有足夠的錢財可以用來贖免自己的罪責。朋友也不加救援，皇帝身邊親近的大臣也不為我講句公道話。人身不同於無生命的木石，獨自和執法官吏相處，深深囚禁在監牢之中，有誰可以訴說呢？這些都是您親眼看到的，我的所作所為和遭遇難道不是這樣嗎？李陵既然已經活著投降，家族的名聲由此敗壞，而我又被推置蠶室之中，為天下人看了嘲笑。可悲啊！可悲啊！事情不容易一件件地向世俗之人說明白啊！

僕之先❶非有剖符❷丹書❸之功，文史星曆❹，近乎卜祝❺之間，固主上所戲弄，倡優❻所畜❼，流俗之所輕也。假令僕伏法受誅，若九牛亡一毛，與螻蟻何以異？而世又不與能死節者，特以為智窮罪極，不能自免，卒就死耳。何也？素所自樹立❽使然也。人固有一死，或重於太山，或輕於鴻毛，用之所趨異也。太上❾不辱先❿，其次不辱身，其次不辱理色⓫，其次不辱辭令，其次詘體⓬受辱，其次易服⓭受辱，其次關木索、被箠楚⓮受辱，其次剔毛髮、嬰金鐵⓯受辱，其次毀肌膚、斷肢體⓰受辱，最下腐刑極矣！《傳》⓱曰：「刑不上大夫⓲。」

此言士節不可不勉勵也。猛虎在深山，百獸震恐，及在檻阱之中，搖尾而求食，積威約之漸也[19]。故有畫地為牢，勢不可入；削木為吏，議不可對[20]，定計於鮮[21]也。今交手足[22]，受木索，暴肌膚，受榜箠，幽於圜牆[23]之中。當此之時，見獄吏則頭槍地[24]，視徒隸則正惕息[25]，何者？積威約之勢也。及以至是，言不辱者，所謂強顏耳，曷足貴乎！且西伯[26]，伯也，拘於羑里[27]；李斯[28]，相也，具於五刑[29]；淮陰[30]，王也，受械[31]於陳[32]；彭越[33]、張敖[34]，南面稱孤[35]，繫獄抵罪；絳侯[36]誅諸呂[37]，權傾五伯，囚於請室[38]；魏其[39]，大將也，衣赭衣[40]，關三木[41]；季布[42]為朱家鉗奴；灌夫[43]受辱於居室[44]。此人皆身至王侯將相，聲聞鄰國，及罪至罔加[45]，不能引決自裁[46]，在塵埃[47]之中。古今一體[48]，安在其不辱也？由此言之，勇怯，勢也；強弱，形也[49]。審[50]矣，何足怪乎？夫人不能早自裁繩墨之外[51]，以稍陵遲[52]，至於鞭箠之間，乃欲引節[53]，斯不亦遠乎？古人所以重施刑於大夫者，殆為此也。夫人情莫不貪生惡死，念父母，顧妻子，至激於義理者不然，乃有所不得已也。今僕不幸，早失父母，無兄弟之親，獨身孤立，少卿視僕於妻子何如哉？且勇者不必死節，怯夫慕義，何處不勉焉？僕雖怯懦，欲苟活，亦頗識去就之分[54]矣，何至自沈溺[55]縲紲[56]之辱哉！且夫臧獲[57]婢妾，由[58]

能引決，況僕之不得已乎？所以隱忍苟活，幽於糞土之中而不辭者，恨私心有所不盡㊾，鄙陋沒世㊿，而文采不表於後世也。

【章　旨】本段先述史官身分之微，繼述腐刑程度之重，後述自己處汙穢而終不能死節自裁的隱衷；說明自己忍死苟活，是擔心文章不能流傳於後世的原因。

【注　釋】❶先　先人。❷剖符　用竹子作為信契，剖作兩半，皇帝與有關功臣各執其半，上刻有同樣的誓言，說皇帝永遠信用，不變其爵位。❸丹書　用朱砂把誓詞寫在鐵板製成的契卷上，放在金屬匣子裡，然後保存在石室之中。凡有剖符丹書的功臣，其後人有罪也可赦免。❹文史星曆　指文獻、史籍、天文、律曆之學。即指太史令所掌管的事情。❺卜祝　擔任占卜和祭祀之職的人。❻倡優　樂工伶人。❼畜　豢養。❽素所自樹立　指平素所從事的職業和所處的地位。❾太上　最上；第一位。❿不辱先　不使祖先受到汙辱。⓫理色　即情理、面子的意思。⓬詘體　即屈體。指長跪下拜。一說：指被捆綁之類。⓭易服　指換上罪人的衣服。古時罪人穿赭色囚衣。⓮關木索被箠楚　戴上刑具，遭受木杖、荊條的拷打。關，穿。木索，枷索。箠，杖。楚，荊木。⓯鬄毛髮嬰金鐵　剃光頭並以鐵圈束頸。嬰，纏繞。⓰毀肌膚斷肢體　古代對重犯人的殘酷的肉刑，如割鼻、割耳、黥面、剔去膝蓋骨等。⓱傳　這裡指《禮記》。⓲刑不上大夫　語見《禮記・曲禮上》：「禮不下庶人，刑不上大夫。刑人不在君側。」⓳積威約之漸也　謂長期的威力制約，漸漸地使猛虎馴服下來，而在籠子陷阱裡擺出一副搖尾乞食的可憐相。⓴畫地為牢四句　劃一方土地為牢房，人不敢進出；削一個木製的獄吏來審罪，不敢去對質。極言獄吏凶殘可怕。㉑定計於鮮　事先計畫得很明確。㉒交手足　手腳被捆綁。㉓圜牆　即監獄。亦稱圜土。㉔槍地　即搶地。一頭觸地。㉕正惕息　正容喘氣。形容恐懼。㉖西伯　周文王封號。伯，指方伯。古代一方諸侯的首領。㉗羑里　古城名。一作牖里，在今河南湯陰北。《史記・殷本紀》：「紂囚西伯羑里。」㉘李斯　戰國末年楚上蔡（今河南上蔡西）人。入秦後，助秦始皇當政。在秦統一中國後，官至丞相。秦二世胡亥時，趙高專政，誣蔑李斯造反，被腰斬於咸陽。㉙五刑　古代中國的五種酷刑。商周時指墨刑、劓刑、刖刑、宮刑、大辟。㉚淮陰　淮陰侯韓信，曾被封為楚王。㉛械　拘束手足的刑具。類似手銬腳鐐之類。㉜陳　故地在今河南淮陽。㉝彭越　字仲，昌邑（今山東金鄉西北）人。漢初建時功臣，封為梁王，後因人誣告謀反，下獄定罪。㉞張敖　張耳子。繼立為趙王，也因人誣告謀反而被劉邦逮捕下獄。㉟南面稱孤　即稱王。古代帝王坐北朝南，稱南面。孤，帝王自稱。㊱絳侯　漢初功臣周勃的封號。㊲誅諸呂　周勃誅殺呂祿、呂產諸人，平定了呂氏的叛亂，並迎立劉邦的次子代王恆為文帝。故權傾五霸。㊳請室　漢代囚禁有罪官吏的監獄。㊴魏其　漢景帝時大將軍竇嬰，平定七國之亂有功，被封為魏其侯。㊵赭衣　古代囚犯所穿的赤褐色的衣服。㊶關三木　指加在頸、手、足三處的刑具。㊷季布　楚國人。好任俠，初為項羽的將官，屢次追困劉邦。項羽失敗後，劉邦以重金懸賞捉拿，被迫藏匿於濮陽周氏。後與周氏計議，髡鉗（古代刑罰名，剃去頭髮叫髡，用鐵圈束頸叫鉗）為奴，賣身於當時魯國大俠朱家。㊸灌夫　潁陰人（今河南許昌）。漢初七國之亂，因平定吳軍有功，被封為中郎將，性剛直，親竇嬰。後因觸犯田蚡而被朝廷定罪處死。㊹居室　漢代少府所屬官署名。㊺罔加　受到法令的制裁。罔，同「網」。㊻引決自裁　即自殺。㊼塵埃　汙垢。此指被拘繫於監獄。㊽一體　一律；一樣。㊾勇怯四句　見《孫子兵法》，意為或勇或怯，或強或弱，要以客觀形勢為轉移。㊿審　明白；清楚。51縲墨之外　法律制裁之前。縲墨，木匠畫直線用的工具。喻規矩和法度。這裡指法律。52陵遲　同「陵夷」。衰落。53引節　死節。堅守氣節而自殺。54去就之分　取捨的界限。指捨生就死。55沈溺　陷身其中而不能自拔。56縲紲　這裡指監獄。57臧獲　古代對奴婢的賤稱。58由　同「猶」。59私心有所不盡　指內心想做的事尚未完成。60沒世　死後。

【語　譯】我的祖先並沒有建立剖符丹書那樣的奇功大勳，做的是掌管史籍、文獻、天文、曆法的工作，地位和占卜、祭祀之官差不多，這本來就是皇帝視同玩意兒的工作，當作樂師、優伶那樣來蓄養，被世俗人所看輕。假如我受法律懲罰而被殺，就像許多頭牛失去一根毛那樣，與死掉一隻螞蟻、螻蛄有什麼兩樣？而一般人又不會稱許我，把我和堅持節操而死的人相並列，只不過認為我是才智用盡，罪惡極大，無法解脫，不得不最後尋死。為什麼這樣說呢？平素的職務和地位決定了這樣的結果。每個人本來都要死亡，有的重於泰山，有的輕於鴻毛，因為死的歸向不同。最好的是不使祖先受辱，其次是不使自己本身受凌辱，再次是不因理虧而看人臉色受辱，再次是不被人用辭令申斥受辱，再次是彎腰長跪受辱，再次是換上赭色的囚衣受侮辱，再次是帶上木枷繩索遭木杖和荊條抽打而受辱，再次是剃去頭髮，以鐵圈束頸而受辱，再次是毀壞身體、斷四肢，受酷刑而受辱，最下等的是腐刑，可說是受侮辱到極點了！《禮記・曲禮上》說：「大夫以上官員犯法，可以不受刑罰。」這是說士的氣節不能不加以勉勵呀。猛虎居深山，百獸都震驚恐慌，等到老虎掉落陷阱，被關起來的時候，搖動尾巴可憐地乞求食物，這是因為人對虎所加的威力和約束，日積月累漸漸地把虎馴服下來。所以士的氣概，即使是劃地為牢房，勢必不肯進去；即使是木製的獄吏來審罪，根據情況也不願去對質，不必等到受欺凌侮辱，就應當及早明確地引身自決。現在我手腳受縛，帶上刑具，暴露肌體以受刑，挨鞭打，囚禁在監獄裡面。當這個時候，看到獄吏便叩頭，看到獄卒就心裡發慌，不敢喘氣，為什麼？這是長期施加淫威和約束的結果啊。人已到這種地步，說不受到汙辱，那是厚著臉皮說話，有什麼值得稱道的呢！況且西伯，是諸侯之長，被囚牖里；李斯，秦朝的丞相，受遍五刑；韓信，是楚王，在陳被捕而帶上刑具。彭越、張敖，都南面稱王，後來卻都下獄定罪；周勃用計消滅了呂氏亂黨，權力之大可凌駕五霸之上，結果也被關進大臣待罪之室；魏其侯，是大將軍，後來也穿上赭色囚服，頭和手足都戴上了鐐銬；季布改姓假裝奴隸，賣身於朱家；灌夫被拘留在少府所屬官署。這些人都是位至王侯將相，名聲傳揚國外，等到得罪而身陷法網，不能下決心自殺，而身處監獄中受辱。古今都是一樣的，哪能不受侮辱呢？由此說來，勇敢和怯懦是在權勢對比中形成的；剛強和軟弱是在具體情況下表現出來的，這是很明白的，有什麼值得奇怪呢？況且人不能在法律制裁之前自殺，以至志氣漸衰，到了繫罪受刑的時候，而想保持節操而死，這不是已經太遲了嗎？古人給大夫用刑特別慎重的原因便在這裡。大凡人本性沒有一個不貪生惡死的，想念父母、顧戀妻子兒女的。至於那些被正義的信念所激勵的人才不同，他們都有不得已的地方。我很不幸，父母早亡，也沒有兄弟，孤身一人，您看我對待妻兒的態度怎樣呢？況且勇敢者未必為名節而死，膽小者仰慕道義，什麼情況下不能勉勵自己為義理獻身呢？我雖然膽怯懦弱而想隱忍苟且活命，也很了解捨生取義的道理，怎會沈溺在監獄中而甘心受辱呢！而且奴隸婢妾尚能自殺，何況像我那樣不能制止自殺之念的呢？我苟且求活，在監獄之中而不輕生的原因，是擔心理想尚未實現，生怕含垢死後文章不能流傳於後世。

古者富貴而名摩滅❶，不可勝記，唯倜儻❷非常之人稱焉。蓋文王拘而演❸《周易》；仲尼厄❹而作《春秋》；屈原❺放逐，乃賦〈離騷〉；左丘❻失明，厥有《國語》；孫子❼臏腳❽，兵法❾修列❿；不韋⓫遷蜀，世傳《呂覽》⓬；韓非⓭囚秦，〈說難〉、〈孤憤〉；《詩》三百篇，大底⓮聖賢發憤⓯之所為作也。此人皆意有所鬱結，不得通其道⓰，故述往事，思來者⓱。乃如左丘無目，孫子斷足，終不可用⓲，退而論書策⓳，以舒其憤，思垂空文⓴以自見。僕竊不遜，近自託於無能之辭，網羅天下放失舊聞㉑，略考其行事，綜其終始，稽㉒其成敗興壞之紀㉓，上計軒轅，下至於茲，為十表，本紀十二，書八章，世家三十，列傳七十，凡百三十篇。亦欲以究天人之際㉔，通古今之變㉕，成一家之言㉖。草創未就，會㉗遭此禍㉘，惜其不成，是以就極刑㉙而無慍㉚色。僕誠以著此書，藏諸名山，傳之其人，通邑大都，則僕償前辱之責㉛，雖萬被戮㉜，豈有悔哉？然此可為知者道，難為俗人言也！

【章旨】列舉古代文獻典籍，說明聖賢發憤著書的原因。同時提出了《史記》的體例和寫作原則。所謂「究天人之際，通古今之變，成一家之言」，即是司馬遷史學的綱領。

【注釋】❶摩滅　同「磨滅」。消失不見。❷倜儻　卓越特出，才氣豪邁。❸演　推演。相傳周文王被紂拘禁於羑里後，推演《易經》的八卦為六十四卦，成為《周易》一書的主要內容。❹厄　困厄。這裡指政治上不得志。❺屈原　名平，楚之同姓，仕於懷王，後被讒放逐，乃作〈離騷〉，為辭賦之祖。❻左丘　指春秋時魯國史官左丘明。❼孫子　孫臏。❽臏腳　古代的一種肉刑。❾兵法　指《孫臏兵法》。世傳有此書，但失傳久。西元一九七二年四月山東臨沂銀雀山出土了該書的若干竹簡，現已整理出版。❿修列　逐條撰寫。⓫不韋　呂不韋。戰國末年大商人，秦莊襄王元年為丞相，秦始皇即位尊他為相國。始皇十年，因罪免職，被遷往蜀地，後自殺。⓬呂覽　《呂氏春秋》的簡稱。這是呂不韋的門客集體撰寫的一部雜家子書。⓭韓非　韓國貴族。曾屢諫韓王，韓王不從。其作品傳到秦國，秦王讀到〈說難〉、〈孤憤〉，大為讚賞，並在秦接見了韓非。到秦後，李斯嫉妒他的才能，被害於獄中。⓮大底　大抵；大致。⓯發憤　抒發內心的激憤。⓰通其道　行其道。指實現其理想。⓱思來者　讓未來的人了解己志。⓲不可用　不能被社會所任用。⓳論書策　論列闡述自己的見解，寫為書策。⓴空文　指與實際功業不同的文章。㉑放失舊聞　散亂失傳的文章。失，通「逸」。失散。㉒稽　求；探究。㉓紀　綱紀。這裡指線索、道理。㉔究天人之際　探究自然與人事的關係。㉕通古今之變　說明古今歷史發展的演變，尋找出歷代王朝興衰之理。㉖成一家之言　表達某些獨到的見解和政治理想。㉗會　恰巧；適逢。㉘此禍　指為李陵辯護而受宮刑的災禍。㉙極刑　重刑。㉚慍　惱怒；怨恨。㉛責　債的本字。㉜戮　這裡意指羞辱。

【語　譯】古代有不少人身處富貴而名聲卻很快消失掉，無法盡記，只有卓異不平凡的人才被稱道。西伯被囚，推演《周易》；孔子困窮，撰寫《春秋》；屈原流放，創作〈離騷〉；左丘明失明，便有《國語》；孫臏斷足，編著兵法；呂不韋貶謫到蜀地，世上才能流傳《呂氏春秋》；韓非被囚秦國，〈說難〉、〈孤憤〉才更有名；《詩經》三百篇，大抵都是聖賢發憤之作。這是因為人的內心長期抑鬱，不能實現自己的理想，所以追述過去的事情，讓未來的人了解己志。至於左丘明失明，孫臏斷足，始終不能被社會所任用，便退隱從事論述，闡明自己的見解，寫為書冊，以發抒自己的憤慨，想留下文章來自我表現。我不自量力，近來依靠拙劣的文辭，廣泛收集國內已經散失的故事和文獻，大略考證這些故事和文獻的事實，並綜理它的本末原委，以考察其中成敗興廢的道理。上自黃帝軒轅，下到現在，成為十表、十二本紀、八書、三十世家、七十列傳，共一百三十篇。也想藉此探究天地自然和人類社會的關係，貫通地說明古今歷史的變革，成為具有獨到見解的言論。還沒有寫完，就遭受到這件禍害，擔心這部書無法完成，所以受到重刑也隱忍而毫無怨恨流露出來。我若真能寫成這部書，藏在名山，傳給志同道合的人，流傳到大城市，那麼就算是補償了我先前受辱的舊債了，即使受到再多的羞辱，還有什麼悔恨的呢？然而這些話可以對智者解說，卻難以對世俗一般人講明啊！

且負下❶未易居❷，下流❸多謗議。僕以❹口語❺遇此禍，重為鄉黨❻所笑，以汙辱先人，亦何面目復上父母丘墓❼乎？雖累百世，垢彌甚耳。是以腸一日而九迴❽，居則忽忽若有所亡，出則不知其所往。每念斯恥，汗未嘗不發背沾衣也！身直❾為閨閤之臣❿，寧得⓫自引於深藏巖穴⓬邪？故且從俗浮沈，與時俯仰，以通⓭其狂惑⓮。今少卿乃教以推賢進士，無乃⓯與僕私心刺謬⓰乎？今雖欲自雕琢⓱，曼辭⓲以自飾，無益於俗，不信⓳，適足取辱耳。要之死日，然後是非乃定⓴。書不能悉意，略陳固陋。謹再拜。

【章旨】本段述作者在遭受宮刑的奇恥大辱之後，內心的無比幽憤和生活上的悲苦，以與篇首之言呼應。

【注釋】❶負下　負罪受辱的情況下。❷未易居　不容易處世。❸下流　這裡喻指地位低微卑賤。❹以　因。❺口語　指為李陵辯護。❻鄉黨　相傳周制以五百家為黨，一萬二千五百家為鄉，後因以鄉黨泛指鄉里。❼復上父母丘墓　指死後不能下葬在祖宗的墓地裡。❽腸一日而九迴　形容自己內心極端痛苦，愁思纏結。迴，同「回」。轉。❾直　簡直。❿閨閤之臣　指宦官一類的官職。閨閤，指宮禁。⓫寧得　哪能。⓬深藏巖穴　指退居歸隱。⓭通　抒發。⓮狂惑　《鬻子》：「知善不行者謂之狂，知惡不改者謂之惑。」通其狂惑，是作者的激憤之言。⓯無乃　豈不是。⓰刺謬　違異；完全相反。⓱自雕琢　自我修飾美化。指用推賢進士的行動來掩蓋自己的恥辱。⓲曼辭　美麗的詞句；動聽的話語。⓳不信　不能見信於人。⓴要之死日二句　即蓋棺論定的意思。

【語　譯】而且在負罪受辱的情況下，不容易處世，地位低微卑賤常會遭受誹謗議論。我因為說話而遭到這個災禍，更被鄉里人侮辱取笑，而使祖先也受到汙辱，我還有什麼臉面在死後歸葬父母親的墳地呢？即使是百代以後，汙垢也仍然很多，洗刷不清。所以愁腸一日而九轉，平常恍恍惚惚像是丟了什麼，出了門不知道往哪兒走。每次想到這種恥辱，冷汗不由得自背上滲出而溼透衣服！簡直像做了宦官一樣，哪能高潔地自己引身隱退，過著山居穴處的隱士生活呢？所以暫且隨波逐流，跟著時尚進退，抒發自己的狂妄迷惑。而今您居然教我要推舉賢才，恐怕跟我自己的態度和思想相違背吧！現在即使想用推賢進士的行動來遮蓋自己的恥辱，用好聽的話來自我解脫，也無益於世俗，不會取信於人，只會招來恥辱罷了。總要到死的那一天，然後是非才有定論。書信不能完全表達我的意思，所以大略說一些淺薄的意見。恭恭敬敬的再次向您叩頭。

報孫會宗書

【作　者】楊惲，字子幼，華陰（今屬陝西）人。司馬遷外孫。漢宣帝時為郎中，素有才幹，好交結英俊諸儒，名顯朝廷，擢為左曹。後因功，封平通侯，升中郎將，官至諸吏光祿勳。楊惲居官清廉，輕財好義，但自負而刻薄，好揭人陰私，人多怨恨。楊惲與太僕戴長樂失和，戴長樂被人告發，以為是他指使，遂上書告楊惲平時言語不敬，被免為庶人。楊惲失爵位，家居治產業，起室宅，以財自娛。友人孫會宗寫信勸誡，楊惲覆信不納。後又受讒陷詆毀，判為大逆不道，處以腰斬。

【題　解】楊惲被免為庶人後，安定太守孫會宗聽到朝廷眾臣對楊惲的非議，心感不安，便寫信告誡他：大臣廢退，應閉門思過；不應該像沒事人一樣，治產業、結賓客，聲譽在外。楊惲對此很不以為然，便寫了這封回信，加以辯解。在表面平靜、通達的言辭下，透露出滿腹牢騷和憤激之情。

楊惲此信是寫給一位好心朋友的，但楊惲又不同意這位朋友的意見，所以不能不採取委婉的口吻，正話反說、反話正說。例如他說自己「才朽行穢，文質無所底」，自我貶抑似一文不值，實際上是他自視甚高，常為自己的才能而洋洋得意。他說「已負竊位素餐之責久矣」，實際上是抱怨皇帝的無情，是對過去一段為官經歷的自我肯定。

楊惲此信不只是要反駁朋友的意見，還透露出鬱積已久的憤激之情。他說：「竊自念過已大矣，行已虧矣」，實際上是他對自己的被罷免表示抗議。所以他「酒後耳熱，仰天撫缶而呼嗚嗚」，正是他滿腹牢騷的一種無可奈何的宣洩。

據《漢書》記載，此信問世後，「宣宗見而惡之」，定他以大逆不道之罪，這正好說明楊惲此信與其說是對朋友規勸的反駁，不如說是向世俗權貴的公開抗議，充分顯示了作者傲岸不屈的個性、態度。誠如前人所說，此信「宛然外祖（司馬遷）答任安書風致」。

惲材朽行穢❶，文質❷無所底❸，幸賴先人❹餘業❺，得備宿衛❻。遭遇時變❼，以獲爵位。終非其任❽，卒與禍會❾。足下哀其愚矇❿，賜書教督⓫以所不及⓬，殷勤⓭甚厚。然竊恨足下不深惟⓮其終始⓯，而猥⓰隨俗之毀譽⓱也。言鄙陋之愚心，則若逆指⓲而文過⓳；默而自守，恐違孔氏各言爾志⓴之義，故敢略陳其愚，惟㉑君子察焉。

【章　旨】申述覆信的緣由，一方面感謝孫會宗殷切關照，不以罪臣為嫌；一方面不滿意他隨意附從世俗毀譽，褒貶不當，不能不辯。

【注釋】❶材朽行穢　才能低下，品行汙濁。❷文質　《論語・雍也》：「文質彬彬，然後君子。」此指道德修養與文才。❸無所底　沒有造詣；沒有成就。底，當作「厎」。致。❹先人　指父親楊敞官至丞相。❺餘業　指官宦事業。❻宿衛　住在宮廷裡擔任警衛的侍從人員。❼遭遇時變　指適逢霍氏謀反。楊惲事先聞知，因被封為平通侯。❽非其任　謙稱不能稱職。❾禍會　指戴長樂誣告而失去侯爵事。❿愚矇　愚昧。⓫督　正。⓬所不及　指認識不到的問題。⓭殷勤　殷切周到的意思。⓮惟　思；考慮。⓯終始　事情的本末、原委。⓰猥　隨隨便便地。⓱毀譽　毀謗。偏義複詞。⓲逆指　違背來信的旨意。⓳文過　掩飾錯誤。⓴孔氏各言爾志　《論語・公冶長》：「顏淵、季路侍。子曰：『盍各言爾志？』」作者引此表明自己不能不回信表明自己的觀點。㉑惟　表希望的語首助詞。

【語譯】我的才能低下，品行汙濁，無論道德修養還是文才，都沒有什麼成就。幸得依賴先人事業的餘蔭，才能夠擔任宮廷警衛官。又遭逢一時事變的機會，獲得爵位。終究不能稱職，最後遭到了災禍。您可憐我的愚笨，寫信教導我所認識不到的問題，殷切周到，情意深厚。但我遺憾您不能深刻認識事情的原委始末，而曲意聽從世俗對我的毀謗。我想表白自己淺薄低下的心意，那就好像反對來信之意而掩飾自己的錯誤；但沈默而不宣，又恐怕違背孔子關於各人說出自己志向的教導，所以冒昧地略略陳述自己的意見，希望有識君子明察。

惲家方隆盛時，乘朱輪❶者十人，位在列卿❷，爵為通侯❸，總領從官❹，與❺聞政事。曾不能以此時有所建明❻，以宣德化❼，又不能與群僚同心并力，陪輔❽朝廷之遺忘❾，已負竊位❿素餐⓫之責久矣。懷祿貪勢，不能自退，遂遭變故，橫被口語⓬，身幽⓭北闕⓮，妻子滿獄⓯。當此之時，自以夷滅⓰不足以塞責⓱，豈得⓲

全其首領⑲，復奉⑳先人之丘墓乎？伏惟㉑聖主之恩不可勝量。君子游道㉒，樂以忘憂；小人全軀，說㉓以忘罪。竊自念過已大矣，行已虧矣，長為農夫以沒世矣。是故身率妻子，戮力㉔耕桑，灌園治產，以給公上㉕，不意當復用此㉖為譏議㉗也。

【章　旨】略敘自身坎坷經歷。當年得君重用，無所建樹；如今遭罪，一心農耕，按時納稅，亦遭物議。在自責中表現出憤激和怨恨。

【注　釋】❶朱輪　紅色輪子的車。顯貴所乘。漢制二千石以上的官才能乘坐「朱輪」。❷列卿　諸卿。❸通侯　爵位名。本名徹侯，因避漢武帝劉徹諱改為通侯，也稱列侯。漢制，帝室同姓子孫封侯稱諸侯，異姓功臣封侯稱列侯。❹總領從官　負責管理所有侍從官。楊惲任光祿勳加諸吏，有管理侍從官和監察、彈劾群官的責任，所以說「總領群官」。❺與　參與。❻建明　對政事有所建議。❼以宣德化　宣揚主上的德政教化。❽陪輔　與群臣共同輔佐。❾朝廷之遺忘　皇帝有遺忘缺失之事。❿竊位　語出《論語・衛靈公》：「臧文仲其竊位者與！」這裡意謂無功而取得官位，又不能盡職。⓫素餐　語出《詩・魏風・伐檀》：「彼君子兮，不素餐兮。」這裡意謂白吃。即無功受祿。⓬橫被口語　意外地遭到誹謗、誣陷。指戴長樂告他對皇帝的不敬。⓭幽　拘留。⓮北闕　古代宮殿北面的門樓，這裡指皇宮內。⓯妻子滿獄　妻兒均被關押進牢獄。⓰夷滅　誅滅。⓱塞責　補償罪責。⓲豈得　哪裡想到。⓳全其首領　保全自己的生命。⓴奉　侍奉。㉑伏惟　敬詞。伏在地上思考。惟，思。㉒遊道　優遊於大道。㉓說　同「悅」。㉔戮力　努力；合力。㉕給公上　交給國家賦稅。㉖用此　因此。㉗譏議　譏謗非議。

【語　譯】我家正當興旺發達的時候，有資格乘坐紅色輪子車輛的有十人，我自己身居卿位，官爵是通侯，負責管理侍從官，參與政事討論。竟不能在那個時候對政事有所建樹，以宣揚主上的德政教化，又不能跟同僚們同心合力，共同輔佐匡正皇帝遺忘缺失的事情，承擔尸位素餐的責備已經許久了。由於懷戀祿位，貪圖權勢，不能早自引退，便遭到突然變化之事，意外地受人誹謗，自身被幽禁帝宮，妻兒都關進監獄。在那個時候，自以為誅滅不足以抵當罪責，哪裡能夠保全自己性命，再能祭祀祖先的墓地呢？我自思，聖主的恩德真是無可計量，君子優遊於大道，能夠快樂得忘記了憂愁；小人保全了性命，很容易忘掉昔日的罪責。我私下考慮，過失已經很大，德行已經虧缺，就長做農夫以至終年吧。所以帶領妻兒，努力耕作養蠶，灌溉田園，治理產業，用來繳納賦稅，沒想到反而因此被人譏謗非議。

夫人情所不能止者，聖人弗禁。故君父至尊親❶，送其終❷也，有時而既❸。臣之得罪已三年矣❹。田家作苦，歲時伏臘❺，亨羊炰❻羔，斗酒自勞❼。家本秦❽也，能為秦聲❾。婦趙女也，雅❿善鼓瑟。奴婢歌者數人，酒後耳熱，仰天撫缶⓫而呼嗚嗚⓬。其詩曰：「田⓭彼南山，蕪穢不治⓮，種一頃豆，落而為萁⓯。人生行樂耳，須⓰富貴何時？」是日也，拂衣而喜，奮⓱袖低昂⓲，頓足起舞，誠淫荒無度，不知其不可也。惲幸有餘祿，方糴賤販貴⓳，逐什一之利⓴。此賈豎㉑之事，汙辱之處，惲親行之。下流之人，眾毀所歸㉒，不寒而慄。雖雅知惲者，猶隨風而靡㉓，尚何稱譽之有？董生㉔不云乎：「明明求仁義，常恐不能化民者，卿大夫之意也。明明求財利，常恐困乏者，庶人之事也㉕。」故道不同不相為謀㉖，今子尚安得以卿大夫之制㉗而責僕哉？

【章　旨】作者寫務農生活中的自得之樂，以表達自己難言的苦衷。又說自己已經操商賈小人之事，再以士大夫的標準來要求就不合適了。

【注　釋】❶君父至尊親　古人認為君至尊，父至親。❷送其終　指為君、父服喪。❸既　盡。古制規定：臣為君、子為父服喪三年，除喪後就恢復平常生活，不再受服喪的限制。說明悲哀的時間是有盡頭的。❹臣之得罪已三年矣　指得罪削職已三年，已經可以不受臣禮的限制。❺伏臘　夏祭叫伏，冬祭叫臘。古代的兩個節日。❻炮　炙；烤。❼自勞　自相慰勞。❽家本秦　楊惲是華陰人，屬秦地。❾秦聲　秦地的音樂。指擊缶。❿雅　甚。⓫拊缶　擊瓦器。秦人擊瓦器以調節歌唱。⓬嗚嗚　秦人唱歌聲。李斯〈諫逐客書〉：「擊甕扣缶，彈箏搏髀，而歌呼嗚嗚快耳目者，真秦之聲也。」⓭田　勞作種植。⓮治　管理。⓯萁　豆莖。⓰須　等待。⓱奮　舉起。⓲低昂　上下擺動。⓳糴賤販貴　賤時買進，貴時賣出。⓴什一之利　十分之一的盈利。㉑賈豎　卑賤的商人。㉒下流之人二句　謂身處下流，為眾人毀謗攻擊的目標。歸，聚集。㉓靡　倒。㉔董生　董仲舒。㉕明明求仁義六句　引自董仲舒〈賢良對策〉之三，原文應為：「夫皇皇求財利，常恐匱乏者，庶人之意也；皇皇求仁義，常恐不能化民者，大夫之意也。」明明，即「皇皇」。亦即「遑遑」。急急忙忙的樣子。㉖道不同不相為謀　語出《論語・衛靈公》。㉗制　規矩。

【語　譯】凡是人的感情不能阻遏的事，聖人也不加以禁止。所以君主最尊貴，父親最親近，但為他們送終守喪，也有個終了的期限。我得罪君主而被罷黜，至今已經三年了。但我一心務農，勞作辛苦，每年一到冬夏祭祀的節日，便煮羊肉、烤小羊，痛飲美酒，自相慰勞。我是秦地人，能演唱秦地的音樂。妻子是趙地的女子，很善於彈瑟。奴婢會唱歌的也好幾個人，每當酒足耳熱的時候，便抬頭仰天，用雙手敲擊瓦盆，嘴裡發出嗚嗚的歌聲。歌詞是：「耕種在南山，荒蕪的田地不去治理。種了一頃豆子，豆子落光而全成了豆桿。人生不過是及時享樂罷了，等待富貴要到什麼時候？」這一天啊！微風吹拂著我的衣襟，欣喜無比，舉起衣袖，上下擺動；踏腳跳起舞蹈，確實是喜悅過度，沒有節制，不知道這是不對的。我幸好還有餘財，正可操起賤入貴出的買賣，追逐十分之一的利潤。這是商賈小人做的事，卑鄙汙濁的地方，我都親自去做。由於身處卑下，是眾人毀謗攻擊的對象，內心十分恐懼。即使是很了解我的人，也隨風而倒，哪裡還有稱讚我的呢？董仲舒不是說過：「急急忙忙追求仁義，唯恐不能教化民眾的，那是大夫們的思想。急急忙忙求取財利，唯恐自己窮困的，那是平民百姓的想法。」所以說，思想主張不同，便不必互相商議。我已經親自從事商賈小人的事了，如今您哪能以卿大夫的規矩來要求我呢？

夫西河❶魏土，文侯❷所興，有段干木❸、田子方❹之遺風，凜然❺皆有節槩❻，知去就之分❼。頃者❽足下離舊土❾，臨安定❿。安定山谷之間，昆夷⓫舊壤⓬，子弟貪鄙⓭，豈習俗之移人⓮哉？於今乃睹子之志矣！方當盛漢之隆，願勉旃⓯，無多談。

【章　旨】以尖刻的言辭譏諷孫會宗變得貪鄙了。

【注　釋】❶西河　戰國魏地名。在今陝西郃陽一帶。❷文侯　魏文侯。名斯。❸段干木　魏文侯時人。有賢名。文侯請他做魏相，不受。文侯尊他為師。❹田子方　魏人。魏文侯的老師。❺凜然　高遠貌。❻節槩　節操。❼分　界限。❽頃者　近來。❾舊土　故鄉。❿安定　漢郡名。故治在今寧夏固原。當時孫會宗在此任郡守。⓫昆夷　殷周時的一族。即西戎。⓬舊壤　舊地。⓭貪鄙　貪婪卑陋。⓮移人　變更人的志向。⓯旃　之焉的合音。

【語　譯】西河原是魏的土地，是魏文侯時興旺起來的。此地有段干木、田子方等賢者的遺風，人人有崇高的節操，懂得去就的界限。現在您離開故土，親臨安定擔任郡守。安定地處深山窮谷之間，是西戎舊地，他們的子弟貪婪卑陋，難道風俗習慣能夠改變人嗎？如今才看出您的志向了！正當漢廷興盛發達之際，願多勉之，不必多談了。

【作　者】孔融，見頁一七三九。

【題　解】這是一封請求曹操援救盛孝章的書信，寫得言辭懇切，氣度不凡，居然說動了三國霸主曹操，徵孝章為都尉。可惜制命未至，孝章已為孫權所害。

盛孝章，名憲，浙江會稽人，當時名士。孫策平定江東以後，妒忌盛孝章的名望，把他囚禁起來，處境十分危險。孔融素與孝章友善，擔心他不能免禍，於是寫了這封信向曹操求援。盛孝章的悲劇結局，恰好證明孔融預感的正確。

一封請求援救盛孝章的書信，自然要為盛孝章說話。但本文除了用少量篇幅說明孝章處境險惡和「九牧之人，所共稱歎」幾句讚美孝章之語而外，集中筆墨寫曹操救人之易，救盛孝章的意義之大：不僅可獲好賢之名，且有用賢之實，甚至可以「匡復漢室」，振興國家。這對於雄才大略的政治家，真是何樂不為啊！

作者孔融博學，有關求賢若渴的歷史掌故，信手拈來，運用自如，且意之所至，縱橫捭闔，盡意傾吐，使人感到淋漓酣暢，不能不服。

歲月不居❶，時節如流。五十之年，忽焉已至。公❷為始滿，融又過二。海內知識❸，零落❹殆盡，惟有會稽盛孝章❺尚存。其人困於孫氏❻，妻孥❼湮沒❽，單孑❾獨立❿，孤危愁苦。若使憂能傷人，此子不得永年⓫矣。

【章　旨】從歲月流逝的感慨，說到知交零落，再說到盛孝章被困吳國的情形，從而切入救援盛孝章的請求。

【注　釋】❶不居　不停留。❷公　指曹操。❸知識　知交朋友。❹零落　指死亡。❺盛孝章　三國會稽（今浙江紹興一帶）人。❻孫氏　指三國吳孫策。❼妻孥　妻兒。❽湮沒　喪亡。❾單子　孤單。❿獨立　獨自存活。⓫永年　長壽。

【語譯】歲月不停留，時光如流水。五十歲這個年齡，一下子就到來了。您剛滿五十，而我又已超過兩歲了。天下知心朋友活在世上的已不多，只有會稽盛孝章還健在。此人被孫氏囚禁，妻兒喪亡，孤單獨存，憂愁痛苦，處境危險。假如憂愁會損傷人的身體，那麼這個盛孝章便不能長壽了。

《春秋傳》❶曰：「諸侯有相滅亡者，桓公不能救，則桓公恥之❷。」今孝章實丈夫之雄也，天下談士❸，依以揚聲❹，而身不免於幽縶❺，命不期於旦夕❻，是吾祖❼不當復論損益之友❽，而朱穆所以絕交❾也。公誠能馳一介之使❿，加咫尺之書⓫，則孝章可致⓬，友道可弘矣。

【章旨】正面提出救援盛孝章的請求。先引《公羊傳》齊桓公救邢不得而以為恥的事，繼引孔子論損益之友和朱穆寫〈絕交論〉的事，用以激發對方，同時論述孝章之不凡和處境的危險，請求曹操恢弘友道，援救盛孝章。

【注釋】❶春秋傳　這裡指《公羊傳》。❷諸侯有相滅亡者三句　原文見《公羊傳・僖公元年》。當時齊桓公為諸侯之長，邢國被狄所困而不能救，致使邢國滅亡，公羊家認為《春秋》不明白寫出邢為狄所滅，這是為齊桓公隱諱，因為齊桓公應該引此事以為恥。❸談士　辯說學問之人。❹揚聲　發揚美名。❺幽縶　囚禁。縶，繫住。❻命不期於旦夕　謂生命危險，朝不保夕。不期，料不定。❼吾祖　指孔子。孔融是孔子二十世孫。❽論損益之友　見《論語・季氏》：「子曰：『益者三友，損者三友。友直、友諒、友多聞，益矣；友便辟、友善柔、友便佞，損矣。』」❾朱穆所以絕交　東漢朱穆曾寫過一篇〈絕交論〉，用以抨擊當時友誼淡薄、世態炎涼。❿馳一介之使　迅速派出一個使者。⓫咫尺之書　短信。古以八寸為咫。

⓬致　招致。

【語　譯】《春秋公羊傳》說：「諸侯有互相滅亡的事，齊桓公不能加以解救，那麼齊桓公就會感到羞恥。」如今盛孝章實在是男子漢當中的傑出人物，天下談論學問的人，都依靠盛孝章來顯揚自己的名聲，而盛孝章本人卻不能免於被囚禁，生命危在旦夕，如果不加以援救，那我的先祖當初就不必談論損益之友，而要像朱穆那樣寫〈絕交論〉了。您如果真能夠迅速派出一個使者，帶上簡短的書信去吳地，那麼一定能招致盛孝章，而使交友之道得以弘揚。

今之少年，喜謗前輩，或能譏評孝章。孝章要❶為有天下大名，九牧❷之人，所共稱歎。燕君市駿馬之骨，非欲以騁道里，乃當以招絕足也❸。惟公匡復❹漢室，宗社將絕❺，又能正❻之。正之之術，實須得賢。珠玉無脛而自至者❼，以人好之也，況賢者之有足乎！昭王築臺以尊郭隗❽，隗雖小才，而逢大遇，竟能發明主之至心，故樂毅自魏往，劇辛自趙往，鄒衍自齊往。向使❾郭隗倒懸❿而王不解，臨溺而王不拯，則士亦將高翔遠引，莫有北首⓫燕路者矣。

【章　旨】申說救援盛孝章的意義，在於招致賢士。孝章名高望重，影響甚大；招賢扶漢，正當其時。最後引燕昭王尊重郭隗以興國之事，進一步喻說這一番意思。

【注　釋】❶要　要之；總之。❷九牧　這裡指九州。❸燕君市駿馬之骨三句　典出《戰國策・燕策》。郭隗對燕昭王說：古時有位國君派人帶千金到國外買千里馬。到了那裡，千里馬已死，使者就用五百金買了那匹死馬的頭。天下人聽到這個消息，都認為國君很愛馬，結果不到一年就有人獻來了三匹千里馬。孔融舉此故事，乃為說明孝章縱然不是絕頂的賢才，但招致他可收到「好賢」的名望，賢人必將接踵而至。騁道里，跑遠路。絕足，跑得最快的馬。❹匡復　匡正；恢復。❺絕滅。❻正　匡正。❼珠玉無踁而自至者　語出《韓詩外傳》：「蓋胥謂晉平公曰：『珠出於海，玉出於山，無足而至者，好之也。士有足而不至者，君不好也。』」踁，同「脛」。足。❽昭王築臺以尊郭隗　《史記・燕世家》記載：燕昭王欲報齊國破燕之讎，讓郭隗推薦賢人。郭隗說：「王必欲致士，先從隗始；況賢於隗者，豈遠千里哉！」於是昭王築宮室而尊以為師。從此，樂毅、鄒衍、劇辛等人都聞風而集，燕國日益殷富強大，終於大破齊國。❾向使　假使。❿倒懸　比喻極端困苦。⓫北首　向北走。

【語　譯】現在的年輕人，喜歡謗議他們的前輩，或者有人能譏刺評議盛孝章。然而盛孝章在天下終究具有盛大的名望，他是廣為天下人所共同稱賞讚歎的。燕昭王買駿馬的骨骸，並不是為了要牠跑遠路，而是為了招致真正的千里馬。如今只有您才能匡救和恢復將傾的漢朝王室，宗廟社稷將要滅亡，也只有您能加以扶正。而扶正的辦法，實在是須要能夠得到賢能之士的幫助。明珠寶玉沒有腳而能來到人們眼前的原因，是因為有人喜愛他們，何況那些賢能之士是有腳可以行動的啊！燕昭王築宮室高臺以表示對郭隗的尊敬，郭隗雖然只是小有才能之人，卻受到如此厚待，終於能夠發揚明主燕昭王的真心誠意，所以樂毅從魏國前往燕國，劇辛從趙國來到燕國，鄒衍也由齊國前往燕國。假如當時郭隗處於極端困苦、行將溺斃之中而燕昭王不加拯救，那麼那些有知識有才能的人將會高飛遠走，就沒有一個會向北投奔燕國了。

凡所稱引❶，自公所知，而復有云❷者，欲公崇篤斯義❸也。因表❹不悉❺。

【章　旨】以希望曹操重視招賢作結，並照應前文，反覆申明救援之意。

【注　釋】❶稱引　對史事的援引稱述。❷有云　有所陳述。❸崇篤斯義　崇尚重視這番招賢納士的道理。❹因表　就盛孝章事表示我的意見。❺不悉　不一一盡言。悉，盡也。

【語　譯】這裡所敘述和引證的，自然是您所熟知的，我之所以又有所陳述，是希望您能推崇重視這番招賢納士的道理。我不過就盛孝章的事而表示自己的意見，不一一盡言。

為幽州牧與彭寵書

【作　者】朱浮，字叔元，沛國蕭（今江蘇蕭縣）人。幫助漢光武帝劉秀開創帝業，封為大將軍，授職幽州牧，駐守在薊城（今河北薊縣）。後因居功驕恣，被漢明帝賜死。事見《後漢書・卷三三》。

【題　解】朱浮在幽州任上，為籠絡人心，擴大勢力，曾羅致州中各族豪紳和王莽新朝遺臣故吏，擔任幕僚，並下令徵發所屬州郡倉穀，贍養這些人的家屬。當時漁陽（屬幽州）太守彭寵（字伯通，《後漢書》有傳）以為天下沒有完全安定，自恃有功於國，拒絕上交倉糧的命令。於是互相爭執，各不相讓，積怨漸深。朱浮便向朝廷密奏彭寵有不孝、不義、不忠之罪，受人貨賄，殺害友人，多聚兵穀，有不可告人的目的。彭寵風聞朱浮密告，大為震怒，拒不接受光武帝召他進京的詔命，並起兵攻打朱浮。朱浮便寫了這封信給彭寵，勸他收兵。

其實這是一封帶有聲討性質的公開信。作者撇開彭寵積怨起兵的原因不談，更諱言他對彭寵的密告，抓住彭寵草率起兵這一違法的軍事行動，掌握有理有利的時機，直斥對方，嚴正警告，顯得理直氣壯，氣勢凌厲，很有說明力。結尾「凡舉事，無為親厚者所痛，而為見讎者所快」二句，已成為後人處事所遵奉的原則。

蓋聞智者順時而謀，愚者逆理而動。常竊悲京城太叔❶以不知足而無賢輔，卒自棄於鄭也。

伯通以名字❷典郡❸，有佐命❹之功，臨民親職❺，愛惜倉庫❻，而浮秉❼征伐之任，欲權時救急❽，二者皆為國耳。即疑浮相譖❾，何不詣❿闕⓫自陳，而為滅族之計⓬乎？

【章　旨】一開始便以謀叛失敗的共叔段教訓對方，勸他不要逆理而動。然後指出對方和自己舉措雖不同，為國的目的卻完全一致。即便有誤解，也可面陳皇上，何必起兵冒天下之大不韙？

【注　釋】❶京城太叔　春秋時期鄭莊公的胞弟共叔段，受封於京（今河南滎陽），稱京城太叔。他不滿足於自己的封邑，在母親姜氏的支持下，陰謀奪取政權，終於失敗而出亡。事見《左傳·僖公元年》。❷名字　指聲望。❸典郡　任一郡的最高長官。指擔任漁陽郡太守。❹佐命　輔佐開國之君創業。西元二十三年更始帝劉玄派劉秀到河北鎮撫各州郡，漁陽太守彭寵於第二年遣屬下吳漢、蓋延、王梁等率兵歸附，又以軍糧資助劉秀圍攻邯鄲，所以說他有「佐命之功」。❺臨民親職　管理百姓、處理政事。❻愛惜倉庫　指彭寵以愛惜財力為由，反對朱浮徵發糧食的命令。倉庫，借指糧穀。❼秉　執掌。❽權時救急　指政權初建時須採取一些人心所急的權宜政策。❾譖　誣告。❿詣　前往。⓫闕　宮前門樓。借指皇帝居處。⓬滅族之計　指彭寵起兵造反要付出宗族覆滅的代價。

【語　譯】我聽說聰明的人會順應時勢的變化來謀劃，愚昧的人卻違背事理而輕舉妄動。常私下痛惜京城太叔因為不知足，又沒有賢良的人輔佐，終於自絕於鄭國。

您是個有聲望的地方長官，曾有輔佐皇上開國創業的大功，管理百姓，處理事務，愛惜國家庫存，而我執掌軍事上的職責，想的是鞏固大局，必須採取權宜救急政策，兩種不同的做法，目的都是為了國家。您就算懷疑我在說您壞話，為什麼不親自到朝廷裡去表白一番，而要起兵造反冒著宗族覆滅的危險呢？

朝廷之於伯通，恩亦厚矣，委以大郡❶，任以威武❷，事有柱石之寄❸，情同子孫之親。匹夫❹媵母❺，尚能致命一餐❻，豈有身帶三綬❼、職典大邦❽，而不顧恩義、生心外叛❾者乎？伯通與吏民語，何以為顏？行步拜起，何以為容？坐臥念之，何以為心？引鏡窺影，何以施眉目？舉措❿建功⓫，何以為人？惜乎！棄休令之嘉名，造⓬梟鴟⓭之逆謀，捐⓮傳世⓯之慶祚⓰，招破敗之重災。高論堯舜之道，不忍⓱桀、紂之性。生為世笑，死為愚鬼，不亦哀乎！

【章　旨】先以朝廷加恩之事實，正告彭寵不該生反叛之心，繼以一連串的反詰，嚴厲警告他不可外叛。最後從生死名譽和子孫後代著想，指出反叛的惡果。

【注　釋】❶委以大郡　指當時彭寵任漁陽（屬幽州）太守。❷任以威武　指當時彭寵身為大將軍。任，封。威武，這裡借指大將軍。❸事有柱石之寄　指朝廷委彭寵以國家的重任。柱石，棟梁。❹匹夫　普通男子。❺媵母　普通婦女。❻致命一餐　指以生命報答一飯之恩。致命，效命。❼身帶三綬　身兼三職。指彭寵任漁陽郡太守，封為建忠侯，又賜號大將軍。綬，繫印紐的絲帶。❽職典大邦　任重要都城的地方長官。漁陽是當時重要的地區。❾生心外叛　生反叛之心。❿舉措　所作所為。⓫建功　這裡指割據逞強。⓬造　做出。⓭梟鴟　貓頭鷹。借喻凶殘叛逆之人。⓮捐　棄。⓯傳世　傳代。⓰慶祚　福祉。⓱忍　矯正；抑制。

【語　譯】朝廷對您的恩德也算厚重了，委任您做大郡太守，賜號大將軍，把您當作國家棟梁來看待，感情如同自己的子孫那樣親切。普通男子和一般婦女，尚且要以生命來報答接受他人一頓飯的恩情，哪裡有身兼三職，執掌重要地區的長官，而不顧及皇上恩德，反生叛亂之心的呢？您跟屬下的官吏、百姓說話時，還有什麼顏面？日常舉止動作，還能擺出什麼儀態？白天晚上想想，怎麼對得起自己的良心？拿鏡子照自己的影像，臉面要往哪裡擱？所作所為只想要自己割據逞強，怎麼做人？真可惜啊！丟棄了美好的名譽，做出像貓頭鷹那樣凶殘的叛逆行為，拋棄了留傳給子孫的福祉，招致了破滅失敗的大災難。您口頭上高談堯舜的美德，實際上卻不肯糾正像桀紂那樣惡劣的品性。活著被世人所取笑，死去成為愚昧之鬼，不是很可悲嗎！

伯通與耿俠游❶，俱起佐命，同被❷國恩。俠游謙讓，屢有降挹❸之言，而伯通自伐❹，以為功高天下。往時，遼東❺有豕，生子白頭，異而獻之。行至河東❻，見群豕皆白，懷慚❼而還。若以子之功，論於朝廷，則為「遼東豕」也。今乃愚妄，自比六國❽。六國之時，其勢各盛，廓土❾數千里，勝兵❿將百萬，故能據國相持，多歷年所。今天下幾里？列郡⓫幾城？奈何以區區漁陽，而結怨天子⓬？此猶河⓭濱之人，捧土以塞孟津⓮，多⓯見其不自量也。

【章旨】先以對比的手法，以耿俠游反襯彭寵自矜功伐之不當；繼以「遼東豕」為喻，譏刺彭寵之可笑可悲。最後審時度勢，痛斥彭寵之愚妄。

【注釋】❶耿俠游　名況，扶風茂陵（今陝西興平）人。西漢末年為上谷郡太守。曾與彭寵一同幫助漢光武帝開國創業。後封為興義侯、大將軍。❷被　受到。❸降挹　退讓謙遜。❹自伐　自我誇耀。❺遼東　指遼東郡。今遼寧東南部。❻河東　今山西黃河以東地區。❼慙　通「慚」。❽六國　指戰國時除秦外的山東六國，即齊、楚、燕、韓、魏、趙六國。當時彭寵自號為燕。❾廓土　開疆闢土。❿勝兵　精兵。⓫列郡　各郡。⓬結怨天子　指與天子為敵。⓭河　黃河。⓮孟津　古代黃河的渡口。在今河南孟津。⓯多　只不過。

【語譯】您與耿俠游，曾一起幫助皇帝開國創業，同時受到朝廷的恩寵。俠游為人謙虛禮讓，常有自謙之語，而您卻自我誇耀，以為功勞為天下第一。從前，遼東有頭豬，生下了白頭小豬，主人以為很希罕，便想進獻給皇帝。走到河東，看到所有的豬都是白頭，自覺慚愧而返回。像您那樣的功勞，放在朝廷上與其他功臣評比一下，那不過是遼東豬罷了。而今您盲目狂妄，自比於戰國時代的六國諸侯。其實六國時，各有自己的勢力，開疆闢土數千里，精兵近百萬，所以能各據一方，互相對峙，經歷了許多年。如今的天下有多大？每郡又有多少城池？為什麼要以小小的漁陽，跟皇上為敵作對呢？這好像住在黃河邊上的人，手捧泥土去堵塞孟津這個渡口那樣，只不過顯示出他不自量力而已。

方今天下適定❶，海內願安，士無賢不肖，皆樂立名於世。而伯通獨中風狂走❷，自捐盛時❸，內聽驕婦❹之失計❺，外信讒邪❻之諛言❼，長為群后❽惡法❾，永為功臣鑒戒，豈不誤哉？定海內者無私讎，勿以前事自疑。願留意顧老母少弟。凡舉事，無為親厚者所痛，而為見讎者所快。

【章旨】說明當今天下統一，百姓願安定、士樂於立名的客觀形勢，希望彭寵不要內聽「失計」、外信「諛言」，做出親痛讎快的事來。

【注釋】❶適定　剛剛平定。❷中風狂走　胡作妄為的意思。❸自捐盛時　自絕於太平盛世。❹驕婦　指彭寵的妻子。彭寵接到朝廷調他進京的詔書時，他妻子勸他不要服從命令。❺失計　錯誤的策劃。❻讒邪　小人。❼諛言　奉承話。彭寵與左右親信商量是否應召的時候，也都勸他不要奉召。❽群后　諸侯。這裡指州郡地方長官。❾惡法　壞榜樣。

【語　譯】如今天下剛剛平定，人心希望安定，讀書人無論是高明的還是不高明的，都願意留名於世。而您獨胡作妄為，自絕於太平盛世。內聽妻子的錯誤策劃，外信小人的奉承恭維話。您這樣做，將為州郡地方長官樹立壞榜樣，永遠成為功臣們警惕的教訓，難道不是錯誤嗎？平定天下、為國做大事的人不顧私人的仇怨，請不必因為以前發生的事情而多疑了。希望多多地為您老母親和小弟弟著想。我們做任何事情，都不要使相親近的人感到痛心，而使敵對的人感到痛快。

為曹洪與魏文帝書

【作　者】陳琳，見頁一九三三。

【題　解】本文是陳琳代曹洪之作。寫作時間是建安二十年（西元二一五年）十一月五日。據《三國志‧武帝紀》：曹操於建安二十年三月西征漢中，七月攻破陽平關，斬將楊任，入漢中治所南鄭（今陝西漢中東）。十一月，張魯率其餘眾投降。當時，曹操的從弟曹洪（字子廉），任都護將軍，隨曹操西征漢中。因此本文雖係代筆，卻也充滿了武將的雄風，字裡行間透露出得勝之師的喜悅之情。

作者稟承曹洪旨意，一方面緊扣曹丕九月二十日來信，抒發讀信後的感想，提出自己的不同看法；另一方面又結合西征漢中，大破張魯的戰役，引經據典，歷數史載仁義之師，把魏軍的得道正義和張魯的無德無才，渲染得淋漓盡致，極具感染的力量。

需要說明的是，建安二十年，曹丕任五官中郎將，其時尚未立為太子，更未稱帝，可見本文題目係後人所擬。

十一月五日，洪白：前初破賊❶，情奓意奢❷，說事頗過其實。得九月二十日書❸，讀之喜笑，把玩❹無厭。亦欲令陳琳作報。琳頃❺多事，不能得為。念欲遠以為歡，故自竭老夫❻之思。辭多不可一一，粗舉大綱，以當談笑。

【章旨】作者模擬曹洪口吻，寫曹洪在曹操平定張魯以後，竭盡文思，致信曹丕。

【注釋】❶賊　指占據漢中郡的張魯。❷情奓意奢　形容獲勝之後志得意滿、情意激奮。奓，通「侈」。❸得九月二十日書　曹丕九月二十日的來信已佚，李善注引有殘句二則，其一：「今魯包凶邪之心，肆蠱惑之政。天兵神拊，師徒無暴，樵牧不臨。」其二：「今魯罪兼苗、桀，惡稔厲、莽，縱使宋翟妙機械之巧，田單騁奔牛之誑，孫吳勒八陣之變，猶無益也。」❹把玩　賞玩。❺頃　近來。❻老夫　曹洪自稱。本文實為陳琳代洪而作。李善注引曹丕〈陳琳集序〉曰：「上（指魏武帝曹操）平定漢中，族父都護（曹洪）還書與余，盛稱彼方土地形勢。觀其辭，如（胡克家《文選考異》：「何校『如』改『知』，陳同，是也。」）陳琳所敘為也。」

【語譯】十一月五日，曹洪稟白：先前決戰大破賊兵，意得志滿，敘說戰事言過其實。接到您九月二十日來信，讀後心喜顏笑，欣賞把玩不覺得厭倦。也想命陳琳作一回信。恰值陳琳當時多有公事，不能得空代作。想到使遠方的您感到歡欣，所以勉力竭盡老夫的文思。鄙辭繁多不可一一敘述，略舉大要，以此權當談笑。

漢中❶地形，實有險固，四嶽❷三塗❸，皆不及也。彼有精甲❹數萬，臨高守要，一夫揮戟，萬人不得進。而我軍過之，若駭鯨之決❺細網，奔兕❻之觸魯縞❼，未足以喻其易。雖云：「王者之師，有征無戰❽。」不義而彊，古人常有。故唐虞之世，蠻夷❾猾❿夏。周宣⓫之盛，亦讎大邦⓬。《詩》《書》歎載，言其難也。斯皆憑阻⓭恃遠，故使其然。是以察茲地勢，謂為中才處之，殆難倉卒⓮。來命⓯陳彼妖惑之罪，敘王師曠蕩⓰之德，豈不信然？是夏、殷所以喪⓱，苗⓲、扈⓳所以斃；我之所以克，彼之所以敗也。不然，商、周何以不敵哉？昔鬼方⓴聾昧㉑，崇虎㉒讒凶，殷辛㉓暴虐，三者皆下科㉔也。然高宗㉕有三年之征，文王㉖有退修㉗之軍，盟津㉘有再㉙駕之役，然後殪㉚戎勝殷，有此武功。焉有星流景集㉛，飆㉜奪霆㉝擊，長驅山河㉞，朝至暮捷㉟若今者也。由此觀之，彼㊱固不逮下愚㊲，則中才之守不然，明矣。

【章　旨】本段稱頌魏軍長驅直入漢中的赫赫戰功，可與唐虞、文王、武王諸賢相媲美。同時指斥張魯不堪一擊，才智不及下愚。

【注　釋】❶漢中　郡名。位於陝西南部，治所在南鄭。❷四嶽　東嶽泰山、西嶽華山、南嶽衡山、北嶽恆山。❸三塗　指太行、轘轅、崤澠三座大山。《左傳・昭公四年》：「四嶽三塗，……九州之險也。」❹精甲　精兵。❺決　衝決。❻兕　雌性犀牛。❼魯縞　魯地生產的細絹。❽王者之師二句　語出《漢書・嚴助傳》載淮南王安上書曰：「臣聞天子之兵有征而無戰，言莫敢校也。」❾蠻夷　古代泛指華夏中原民族以外的少數民族。❿猾　擾亂。《書・舜典》：「蠻夷猾夏，寇賊奸宄。」⓫周宣　指西周宣王靜。任用賢臣，北征玁狁，南征荊蠻、淮夷、徐戎，舊史稱為中興之君。⓬大邦　指西周政權。⓭阻　險阻。⓮倉卒　匆忙；急遽。⓯來命　指曹丕九月二十日的來信。⓰曠蕩　廣闊無邊。⓱夏殷所以喪　湯放桀，約在西元前十六世紀。周滅帝辛（紂）在西元前十一世紀。⓲苗　古代部族名。亦稱三苗。《書・大禹謨》：「帝曰：『咨禹，惟時有苗弗率，汝徂征。』禹乃會群后，……三旬，苗民逆命。」⓳扈　古國名。在今陝西戶縣一帶。《書・甘誓》：「啟與有扈戰於甘之野。」孔傳：「有扈，國名，與夏同姓。」⓴鬼方　殷、周時西北方部族名。居於岐山以西，汧水、隴山之間。㉑聾昧　愚昧無知。㉒崇虎　指崇侯虎。為古代崇國的首領，商紂之臣。㉓殷辛　殷紂王帝辛。㉔下科　下等。㉕高宗　殷王武丁的年號。史稱武丁為殷商的中興之君。曾伐鬼方，三年克之。㉖文王　周文王。《左傳・僖公十九年》：「文王聞崇德亂而伐之，軍三旬而不降。退修教而復伐之，因壘而降。」崇，崇侯虎。㉗退修　指把軍隊撤下來，重新整頓以增加戰鬥力。㉘盟津　同「孟津」。古地名。舊址在河南孟津東。㉙再　第二次。據《史記・周本紀》：武王九年，興師至孟津以觀兵，有八百諸侯相助，武王認為時機不成熟而歸。十一年十二月，武王聞紂昏亂暴虐，再次興師渡孟津，諸侯無助，遂有牧野之役而滅殷。㉚殪　滅絕。㉛星流景集　形容疾速。景，同「影」。㉜飆　狂風。㉝霆　劈雷。㉞長驅山河　謂所向無敵，占領大片土地。㉟捷　勝。㊱彼　指張魯。㊲下愚　這裡指鬼方等。此意謂張魯平庸無能，才智不及鬼方，否則憑險恃遠，哪能讓魏軍長驅山河、朝至暮捷呢？

【語　譯】漢中的地形，確實險阻堅固，四嶽三塗，都比不上。敵方有精兵數萬人，居臨高壘，扼守險要，只要一人揮動長戟，萬夫就無法前進。然而我軍通過這裡，就是駭突的鯨鯢衝破細網，狂奔的犀牛觸裂魯縞，也不足以比喻其容易。雖然有人說：「帝王的軍隊，只有征伐，不須血戰。」但是不行道義而逞強者，古時常有。所以唐堯虞舜之世，蠻夷異族竄擾華夏。周宣王的中興盛世，蠻夷亦與強大的周邦為仇。《詩》、《書》對此的慨歎與記載，說明戰勝蠻夷的艱難。這都是憑藉險阻、倚恃遙遠，所以他們能如此作惡為患。因此，察看這裡的地理形勢，可以說讓那些中等才能的人據守在此，大概也是難以迅速攻破的。來信中陳述他們妖邪惑眾的罪狀，敘述我軍浩蕩無邊的恩德，難道不是十分確實嗎？這就是夏桀、殷紂之所以喪亡，有苗、有扈之所以消滅，我軍之所以勝利，敵人之所以失敗的原因。如果不是這樣，商紂、周武的軍隊為什麼如此不成為勢均力敵的對手呢？從前鬼方蠻族愚昧作亂，崇侯虎讒邪凶頑，殷紂帝辛殘暴肆虐，他們三個都是才智下等的人。然而高宗尚有三年的征戰，周文王有退軍修德之舉，周武王有第二次駕臨孟津的役事，然後才能殲滅頑戎而戰勝殷商，獲有如此武功。哪有像今天這樣：如飛星經天，如日光匯集，如飆風狂奪，如雷霆轟擊，長驅直入而占領大片土地，早晨兵至而傍晚告捷的壯舉。由此看來，那張魯賊兵確實不及下愚之輩，即使中等才智之人的守備也不至於如此，是很明顯的啦。

在中才則謂不然。而來示乃以為彼之惡稔❶，雖有孫❷、田❸、墨❹、氂❺，猶無所救❻，竊又疑焉。何者？古之用兵，敵國雖亂，尚有賢人，則不伐也。是故三仁❼未去，武王還師；宮奇❽在虞，晉不加戎❾；季梁❿猶在，強楚挫謀。暨⓫至眾賢奔絀⓬，三國⓭為墟。明其無道有人，猶可救也。且夫墨子之守⓮，縈⓯帶為垣⓰，高不可登；折箸⓱為械，堅不可入。若乃距⓲陽平⓳、據石門⓴，攄㉑八陣㉒之列，騁奔牛㉓之權㉔，焉肯土崩魚爛㉕哉？設令守無巧拙，皆可攀附，則公輸㉖已陵㉗宋城，樂毅㉘已拔即墨矣。墨翟之術何稱？田單之智何貴？老夫不敏，未之前聞。

【章　旨】本段通過對曹丕來信的辯駁，說明敵方雖已惡貫滿盈，只要有賢士仁人在彼，尚不易攻破。

【注　釋】❶稔　事物醞釀成熟。❷孫　指曹丕信中所說的孫武。春秋時齊國人，著有《孫子兵法》。❸田　田單。戰國時齊國人，固守即墨城，用火牛陣大破燕軍。❹墨　墨翟。墨家學派創始人，主張兼愛、非攻，善機械之巧，曾止楚攻宋，有《墨子》五十三篇傳世。（按：曹丕信中稱宋翟。）❺氂　禽滑氂。墨子弟子。墨子為止楚攻宋，命禽滑氂率弟子三百人，助宋守城。❻救　拯治。❼三仁　指殷紂王時商朝的三位賢人微子、箕子、比干。據《史記‧周本紀》，周武王首次會師孟津，其時三仁尚在殷朝，武王還師。不久，三仁皆去，武王便二次興師。❽宮奇　指春秋時虞國大夫宮之奇。《左傳‧僖公五年》，晉獻公向虞君借路以伐虢國，宮之奇以「脣亡齒寒」的道理勸虞君拒絕晉國要求，虞君不聽。宮之奇率族人離開虞國之後，晉師滅虢，回師時亦滅虞。❾戎　征伐。❿季梁　春秋時隨國賢臣。《左傳‧桓公六年》，楚武王襲隨，依鬥伯比計，用疲倦的士卒蒙騙隨國少師以驕縱隨君，季梁勸隨軍修政以待。楚師遂退軍。⓫暨　及。⓬絀　貶斥廢退。⓭三國　指殷、虞、隨三國。⑭墨子之守　據《墨子．公輸》記載，公輸盤（或作般、班）為楚王造雲梯，將以攻宋。墨翟前往勸阻，解下腰帶為城牆，以小木札（或說筷）為樓櫓等守城之械，與公輸盤較量攻守之巧，結果公輸盤計窮。楚王亦被墨翟說服，遂罷攻宋之謀。⑮縈　迴繞。⑯垣　此指城牆。⑰箸　筷子。⑱距　通「拒」。⑲陽平　陽平關。在今陝西勉縣西。⑳石門　關名。在漢中郡的西部。㉑攄　布。㉒八陣　八種兵陣。李善注引《雜兵書》稱八陣為：方陣、圓陣、牝陣、牡陣、衝陣、輪陣、浮沮陣、雁行陣。㉓奔牛　指田單火牛陣縱放的牛。㉔權　權謀。㉕魚爛　魚的腐爛由內中開始。此喻張魯軍隊內部混亂。㉖公輸　公輸盤。㉗陵　升登。㉘樂毅　戰國時燕國名將。率軍伐齊，攻克七十餘城，只剩即墨和莒二城未克。

【語　譯】我認為中等才智之人守備漢中也不至如此迅速潰敗。然而來信卻認為敵賊張魯的惡戾已經形成，即使有孫武、田單、墨翟、禽滑釐，也是無可挽救，我又產生了疑問。為什麼呢？古人使用軍隊，敵方雖有動亂，如有賢士能人在其間，就不發兵征伐。所以三位仁人尚未離開殷國，周武王就收兵還師；宮之奇尚在虞國，晉國便不加征伐；季梁還在隨國，強大楚國的陰謀便受到挫折。及至眾位賢人奔亡廢退，三個國家便成為廢墟。這說明了一個國家即使無道卻有賢人，還尚可救治。況且有墨翟的守備之巧，環繞腰帶作為城垣，便高聳而不可攀登；折斷筷子作為守城之械，便堅固而不可突入。假若他們拒守陽平關的阻險，依據石門關的隘要，擺布各種兵陣的戰列，馳騁奔牛衝殺的權謀，哪裡肯像土堆崩潰、魚自行腐爛呢？假如守城據險並無巧拙之分，任何人都可攀援引附而上，那麼公輸盤已登上宋國的城牆，樂毅已經攻拔即墨啦。墨翟的守城之術怎能稱譽？田單的破燕之智怎能稱貴？老夫才思不敏，在這之前還沒有聽說。

蓋聞過高唐❶者，效王豹❷之謳；遊睢❸渙❹者，學藻繢❺之綵❻。間❼自入益部❽，仰司馬、楊、王❾遺風，有子勝❿斐然之志，故頗奮文辭，異於他日。怪乃輕其家丘⓫，謂為倩⓬人，是何言歟？夫綠驥⓭垂耳⓮於林坰⓯，鴻雀戢⓰翼於汙池⑰，褻⑱之者固以為園囿之凡鳥，外廄⑲之下乘⑳也。及整蘭筋㉑，揮勁翮㉒，陵厲㉓清浮，顧盼千里，豈可謂借翰㉔於晨風㉕，假㉖足於六駮㉗哉？恐猶未信丘㉘言，必大噱㉙也。洪白。

【章　旨】自言己被得勝之師所鼓舞，頗奮文辭，異於他日。並運用一連串比喻，說明自己決非假借他人之筆的平庸之輩。

【注　釋】❶高唐　春秋齊邑名。故址在今山東禹城西南，歌手緜駒曾居於此。❷王豹　春秋時衛國善歌者。曾居於淇水之濱。《孟子·告子下》：「昔者王豹處於淇，而河西善謳；緜駒處於高唐，而齊右善歌。」李善注：「此文當『過高唐者，效緜駒之歌』，但文人用之誤。」❸睢　古水名。在河南境內。❹渙　古水名。出河南陳留。李善注：「《陳留記》：襄邑，渙水出其南，睢水經其北。《傳》云：睢渙之間出文章，故其黼黻絺繡，日月華蟲，以奉宗廟御服焉。」❺藻繢　同「藻繪」。指具有文采飾物的禮服。❻綵　同「彩」。❼間　近來。❽益部　益州。當時漢中郡屬益州。❾司馬楊王　司馬，司馬相如。楊，楊雄。古書多作「揚雄」。王，王褒。以上三人均為漢代著名賦家，且均為益州人。❿子勝　李善注認為即戰國時學者告子。⓫家丘　東家丘。指孔丘。相傳孔子的西鄰不知孔子的才學，逕稱為東家丘。後喻輕看博學之士。⓬倩　借為請。因曹丕來信稱曹洪前次來信係他人代作。⓭綠驥　指綠耳和赤驥。古駿馬名，並為周穆王八駿之一，日行千里。⓮垂耳　形容駿馬抑鬱不得志的神態。⓯林坰　郊外的原野。⓰戢　斂。⓱汙池　園囿中的蓄水池。⓲褻　輕慢。⓳廄　馬棚。⓴下乘　下等馬。㉑蘭筋　馬目上筋名。李善注引《相馬經》：「一筋從玄中出，謂之蘭筋。玄中者，目上陷如井字。蘭筋豎者千里。」㉒勁翮　有力的鳥翼。㉓陵厲　同「凌厲」。意氣昂揚，奮起高飛的樣子。㉔翰　鳥羽。㉕晨風　猛禽。指鸇。㉖假　同「借」。㉗六駮　傳說中獸名。《爾雅·釋畜》：「駮如馬，倨牙，食虎豹。」㉘丘　東家丘。曹洪自嘲語。一本無「丘言」二字。㉙噱　大笑。

【語　譯】我聽說路過高唐的人，模仿王豹的歌聲；漫遊睢水、渙水的人，學習紡織華美的彩絹。最近來到益州，仰慕司馬相如、揚雄、王褒的遺采文風，也有了子勝勉力述作的志向，所以盡力奮揚文章辭藻，而與往日不同。但奇怪的是，您卻小看我如東家丘，還說我請人代作書信，這是什麼話呢？綠耳、赤驥在郊外原野垂掛著耳朵，鴻雁孔雀在蓄水池塘裡收斂雙翼，輕慢之人定會認為是園林苑囿中的凡鳥、外間馬棚的下等劣馬。等到牠們整飭蘭筋，奮揮勁翼，意氣昂揚，奮起高飛於青天浮雲之上，還顧流盼於千里山野，難道可以說牠們是借助於凶禽晨風的勁翼，借勁足於猛獸六駮嗎？恐怕您仍然不相信我的話，一定會放聲大笑的吧。曹洪稟白。

卷四二

為曹公作書與孫權

【作　者】阮瑀（西元？～二一二年），字元瑜，陳留尉氏（今河南尉氏）人。年少時曾就學於東漢著名學者蔡邕，頗得蔡邕的賞識。善解音律，能鼓琴。始為曹操司空軍謀祭酒，管記室，草擬書檄公文，後為倉曹掾屬。原有集五卷，已散佚，明人輯有《阮元瑜集》。阮瑀為「建安七子」之一，善作章、表、書、記，時與陳琳齊名。阮瑀也能詩，今存十二首，其中也有感人之作。

【題　解】阮瑀任職時曾隨大軍南征劉表、劉備，西征馬超、韓遂。這封信就寫在赤壁之戰後，魏軍「至譙，作輕舟，治水軍」的第三年，即建安十六年（西元二一一年）。

赤壁之戰奠定了魏蜀吳三國鼎立的局面，已經統一了北方的曹操暫時還沒有力量統一中國；只能等待時機。無論是從政治上還是軍事上著眼，曹操都不能不把政策的重點，放在籠絡孫權，破壞孫劉聯盟上。因命阮瑀以自己的名義致書孫權，以圖拉攏。

建安七子中，阮瑀和陳琳的章表書記寫得最好。本文雖然是為曹操捉刀，也寫得筆意開闊，論證翔實，談古說今，反覆勸誘，頗有感人的力量。這說明作者對曹操的戰略下過揣摩的功夫，也表現出作者高超的文辭表達能力。

離絕❶以來，于今三年，無一日而忘前好❷。亦猶❸姻媾❹之義，恩情已深，違異之恨，中間尚淺也。孤懷此心，君豈同哉？每覽古今所由改趣❺，因緣❻侵辱❼，或起瑕釁❽，心忿意危❾，用成大變❿。若韓信傷心於失楚⓫，彭寵積望於無異⑫，盧綰嫌畏於已隙⑬，英布憂迫於情漏⑭，此事之緣也。

【章　旨】自謂與孫權離絕三年來，並未忘記從前的友情和姻親之義。並以古代事例說明：心懷疑慮，自覺身危，是造成隔閡的主要原因。

【注　釋】❶離絕　指建安十三年（西元二〇八年）冬，赤壁之戰以後曹孫關係惡化，交往斷絕。❷前好　指交惡之前曹孫的友好關係。曹操曾表孫策為討逆將軍，封為吳侯；禮辟孫策弟孫權、孫翊，命揚州刺史嚴象舉孫權茂才；表孫權為討虜將軍，領會稽太守。❸猶　通「由」。❹姻媾　指互為婚姻，親上結親。曹操曾把姪女許配給孫策的幼弟孫匡，又為曹彰娶孫賁（孫堅兄子）之女。❺改趣　改變趣向、志向。❻緣　緣由。❼侵辱　侵凌和侮辱。❽瑕釁　玉石上的斑點和裂縫。比喻缺點和嫌隙。❾意危　自覺身危。❿大變　大變故。⓫韓信傷心於失楚　韓信為楚王，人告信有反意。高祖六年，劉邦廢除韓信的楚王名號，改為淮陰侯，韓信因此傷心失意。高祖十年，韓信被呂后捕殺。事見《史記・淮陰侯列傳》。⓬彭寵積望於無異　漢光武帝封彭寵為漁陽太守。彭自恃功高，欲帝以殊禮待之。及後見光武帝，帝臨之與群臣無異，又未封王，乃怏怏不樂，遂舉兵反叛。事見《後漢書・彭寵傳》。望，怨。⓭盧綰嫌畏於已隙　盧綰初被劉邦封為燕王，後與謀反的陳豨交通使節，互為照應。陳豨被斬後，其裨將供出燕王不忠事，劉邦派人多次徵召，盧綰不敢前往，後率眾逃亡匈奴。事見《史記・盧綰列傳》。⓮英布憂迫於情漏　英布被劉邦封為淮南王，後劉邦烹殺彭越，將肉醬分送諸王，英王大恐心疑，私下聚兵伺變。英布的中大夫賁赫上告英布謀反，劉邦派人核查，英布以為事已洩漏，遂起兵反叛。事見《史記・黥布列傳》。

【語　譯】自從我們斷絕往來，至今已有三年了，我沒有一天忘記過去的友好關係。這也是由於聯姻結親的情義，恩愛友情已深，而彼此違背相異的怨恨，在我們之間還很淺。我懷有這樣的心情，您難道不是這樣的嗎？常常觀覽古往今來的歷史，人之所以要改變趣向，或者是由於受到侵凌和侮辱，或者是由於有了過錯與嫌隙，心中忿恨而自覺身危，因而造成重大的變故。像韓信便傷心於失去楚國，彭寵積怨於沒有受到特殊的待遇，盧綰對於已造成的嫌隙心存疑忌畏懼，英布憂慮窘迫於陰謀洩漏，這些都是產生變故的緣由啊。

孤❶與將軍❷恩如骨肉，割授江南，不屬本州❸，豈若淮陰❹捐舊之恨？抑遏❺劉馥❻，相厚益隆❼，寧放❽朱浮顯露之奏❾？無匿張勝❿貸⓫故之變，匪有陰構⓬賁赫⓭之告，固非燕王、淮南之舋也。而忍絕王命，明棄碩交⓮，實為佞人⓯所構會⓰也。夫似是之言，莫不動聽；因形設象，易為變觀⓱。示之以禍難，激之以恥辱，大丈夫雄心，能無憤發⓲？昔蘇秦說韓，羞以牛後，韓王按劍，作色而怒，雖兵折地割，猶不為悔⓳，人之情也。仁君⓴年壯氣盛，緒㉑信所嬖㉒，既懼患至，兼懷忿恨，不能復遠度㉓孤心，近慮事勢，遂齎㉔見薄㉕之決計，秉翻然㉖之成議㉗，加劉備相扇揚㉘。事結舋㉙連，推而行之。想暢本心，不願於此也。

【章　旨】繼續申述與孫權的恩情，解除孫權的疑慮，表達自己要改變曹孫對立的立場，並希望孫權不要聽信讒佞小人和劉備的煽動挑撥。

【注　釋】❶孤　曹操自指。❷將軍　指孫權。❸割授江南二句　江南舊屬揚州，曹操把揚州治所遷到壽春（今安徽壽縣），承認孫權占有的江南不再受揚州所轄。本州，指揚州。❹淮陰　這裡指韓信。❺遏　阻絕。❻劉馥　時為曹操任命的揚州刺史，曾屢請伐吳。❼相厚益隆　指曹操對孫權的情誼益加厚重。❽放　仿；模仿。❾朱浮顯露之奏　指漢光武帝劉秀曾問幽州牧朱浮有關彭寵謀反事，朱浮乘機告密，加禍彭寵。❿張勝　燕王盧綰的部將。曾受盧綰之命出使匈奴，勸阻匈奴援助當時反叛的陳豨。張勝認為陳豨失敗對盧綰不利，反而勸匈奴援助陳豨。盧綰隱瞞了張勝反叛行為，加深了與劉邦的裂痕。⓫貸　寬免。⓬陰構　私下構陷。⓭賁赫　英布轄下的中大夫。曾向劉邦密告英布謀反。⓮碩交　石交。謂金石般朋友情誼。⓯佞人　搬弄脣舌的奸詐小人。⓰構會　挑撥離間。⓱似是之言四句　謂奸詐小人之言真假混淆，言語動聽，因形勢以製造假象，容易攪亂人們的視聽。⑱憤發　五臣本作「發憤」。⑲昔蘇秦說韓六句　謂蘇秦以合縱抗秦之策遊說韓王。據《戰國策・韓策一》：蘇秦說韓王曰：「臣聞鄙語曰：『寧為雞口，無為牛後。』今大王西面交臂而臣事秦，何以異於牛後乎？夫以大王之賢，挾強韓之兵，而有牛後之名，臣竊為大王羞之。」韓王忿然作色攘臂按劍仰天曰：「寡人雖死，必不能事秦。」⑳仁君　指孫權。㉑緒　順。㉒嬖　寵愛的人。㉓度　測度。㉔齎　持。㉕見薄　猶謂疏遠。㉖翻然　迅速而徹底地改變。㉗成議　已經確立的決定、主張。㉘扇揚　煽動。㉙釁　間隙；爭端。

【語譯】我與你的恩愛猶如骨肉，割江南之地與你，使之不再歸屬揚州，你怎會有像淮陰侯韓信那樣為失去楚王故地而產生的怨恨？我抑制劉馥伐吳的請求，以使我們之間的友情更加深厚，怎能仿效朱浮顯露彭寵陰謀那樣的密奏？你既沒有像盧綰那樣隱匿張勝而寬免故臣的變故，也沒有人像賁赫密告英布那樣地陷害於你，確實沒有像燕王盧綰、淮南王英布那樣的嫌隙。而你卻忍心拒絕王命，公然擯棄曹孫兩家金石般牢固的情誼，這實在是讒佞小人挑撥離間的結果。大凡貌似正確的語言，無不悅耳動聽；依據形跡而製造的假象，容易攪亂人們的視聽。明示對方以災禍和危難，激勵對方以奇恥大辱，大丈夫雄心豪氣，怎能不憤然勃發？從前蘇秦為合縱抗秦事遊說韓王，便用「做牛屁股」來羞辱韓王，使得韓王按著寶劍臉色驟變而怒氣衝天，即便是兵敗地損，也毫不後悔，這是人之常情。你正值年少力壯，血氣旺盛，聽從寵愛的小人，既懼怕禍患的降臨，又懷有被挑撥起來的忿怒怨恨之情，不能再思忖遠方的我的心意，考慮到最近的事態形勢，於是就懷著和我疏遠的決心，堅持改變我們先前友好的協議。加上劉備的煽動挑撥，使得我們之間的事端並起而嫌隙不斷，而且仍在繼續擴大。我想像將軍的本心，也不願使我們的關係變成這樣吧。

孤之❶薄德，位高任重，幸蒙國朝❷將泰❸之運，蕩平天下，懷集異類❹，喜得全功，長享其福。而姻親❺坐離，厚援生隙，常恐海內多以相責，以為老夫❻

包藏禍心，陰有鄭武取胡之詐❼，乃使仁君❽翻然自絕，以是忿忿，懷慚反側❾，常思除棄小事❿，更申前好，二族⓫俱榮，流祚⓬後嗣，以明雅素⓭中誠之效⓮，抱懷數年，未得散意⓯。昔赤壁之役⓰，遭離⓱疫氣，燒舡⓲自還，以避惡地，非周瑜水軍所能抑挫也。江陵⓳之守，物盡穀殫，無所復據，徙民還師，又非瑜之所能敗也。荊土⓴本非己分，我盡與君㉑，冀取其餘，非相侵肌膚，有所割損也。思計此變，無傷於孤，何必自遂㉒於此，不復還之？高帝設爵以延田橫㉓，光武指河而誓朱鮪㉔，君之負累㉕，豈如二子？是以至情，願聞德音。

【章　旨】述自己有「蕩平天下」之功，雖被天下人斥責為「包藏禍心」，也不忘「更申前好」，致力於曹孫二族的發展。同時說明赤壁之役是主動退讓，荊州之地也是主動割讓，希望得到孫權相應的回報。

【注　釋】❶之　猶「以」。❷國朝　對本朝的稱呼。❸泰　《易》卦名。有通暢安寧的意思。❹異類　指夷狄。❺姻親與下文厚援均指孫權。❻老夫　曹操自指。❼鄭武取胡之詐　據《韓非子．說難》記載：春秋時鄭武公欲取胡國，先把女兒嫁給胡君，然後又詢問群臣何國可以攻取？大夫關其思說胡國可以攻取，武公怒而殺之，並讓胡君感到鄭國對他的親近。從此胡君失去警惕，不加戒備，而武公乘機襲取了胡國。❽仁君　指孫權。❾反側　意謂作者憂思不得安眠。❿小事　指曹、孫嫌隙諸事。⓫二族　指曹、孫二族。⓬祚　福祚。⓭雅素　平素。⓮效　驗。⓯散意　指充分表達自己的志意。⓰赤壁之役　指建安十三年（西元二〇八年）曹操率兵二十餘萬南下，孫權和劉備聯軍五萬，共同抵抗。曹兵進到赤壁，小戰失利，退駐江北。孫、劉聯軍利用曹軍遠來疲憊，疾疫流行，不習水戰，後方又不穩定等弱點，用火攻擊敗曹操水師，孫權大將周瑜和劉備水陸並進，大破曹兵。赤壁之戰後，形成曹、孫、劉三國鼎峙的局面。⓱離　通「罹」。⓲舡　船。⓳江陵　今湖北江陵。赤壁之戰後，曹操留曹仁守江陵。曹仁和周瑜相持年餘，曹軍物盡糧絕，棄城，遷移百姓一同北撤。⓴荊土　荊州之地。係三國接壤之地，當時兵爭甚烈。㉑我盡與君　指曹仁棄城而走，其地入吳。㉒遂　遂志。㉓高帝設爵以延田橫　田橫，戰國齊田氏的後代。秦末天下大亂，田橫率五百人逃亡海島中。漢高祖即位，為免隱患，派人招引田橫，並說田橫如能前來，大可以封王，小可以封侯。事據《史記·田儋列傳》。㉔光武指河而誓朱鮪　朱鮪，東漢淮陽（今河南淮陽西）人。朱鮪初為劉玄的大司徒，曾勸劉玄殺死劉秀的哥哥。後來劉秀平定赤眉，圍攻洛陽，派岑彭說降朱鮪。朱鮪認為自己有罪而不敢投降。劉秀讓岑彭再次勸說，申明自己「建大事不忌小怨」。如果朱鮪投降，可保官爵。並對黃河發誓，表示決不食言。事見《後漢書·岑彭傳》。㉕累　罪。

【語譯】我以淺薄的德行，居於高位而肩負重任，幸賴國家時運即至，掃蕩叛逆，平治天下，讓夷狄懷德而來歸附，終喜獲得全功，永享其福。然而我們兩家姻親因此而離異，原本深厚的互相援護之誼產生了嫌隙，時常擔心海內人士多要用這件事來責備我，以為我包藏有禍害他人之心，暗中有像鄭武公襲取胡國那樣的陰謀，因而使你斷然與我絕交，我因此而忿忿不樂，心懷慚愧而輾轉不安，常想消弭你我之間的種種隔閡，重新伸張先前友好情誼，使曹孫二族共同顯榮，流傳福祚給後代子孫，以表明我平素內心誠意的可信，我抱有這種想法已有多年，一直沒能盡抒己意。先前的赤壁之戰，我軍遭受瘟疫，於是焚燒戰船自行回師，以避離惡劣之地，並不是周瑜的水軍所能抑遏挫敗的。江陵的守備，因物資耗竭糧食已盡，不便再繼續據守，才遷徙民眾一道回師，也不是周瑜所能打敗的。荊州原非我的屬地，我全部讓給你，並希望你能取得其餘荊州之地，這並非對我侵削肌膚，有所損傷。仔細思考這一變故，對我無所傷害，你何必在此事上自以為得志，不再還悔呢？漢高祖曾設置官爵以招引田橫，光武帝曾指著黃河而對朱鮪發誓，你所犯的罪過，哪裡能跟田橫、朱鮪相比呢？因此致書報以衷情，希望能聽到你美好的回音。

往年在譙❶，新造舟舡，取足自載，以至九江❷，貴欲觀湖漅❸之形，定江濱之民❹耳，非有深入攻戰之計。將恐議者大為己榮，自謂策得，長無西患❺，重以此故，未肯迴情❻。然智者之慮，慮於未形；達者所規，規❼於未兆❽。故子胥知姑蘇之有麋鹿❾，輔果❿識智伯⓫之為趙禽；穆生⓬謝病，以免楚難；鄒陽⓭北遊，不同吳禍。此四士者，豈聖人哉？徒通變思深，以微知著⓮耳。以君之明，觀孤術數⓯，量君所據，相計土地，豈勢少力乏，不能遠舉，割江之表⓰，宴安⓱而已哉？甚未然也。若恃水戰，臨江塞要，欲令王師終不得渡，亦未必也。夫水戰千里，情巧萬端，越為三軍⓲，吳曾不禦，漢⓳潛夏陽⓴，魏豹㉑不意。江河雖廣，其長難衛也。

【章　旨】希望孫權認清形勢，像歷史上的伍子胥、智果、穆生、鄒陽那樣，思慮深沈，通達權變；不要以為憑恃水戰，可以「長無西患」。

【注　釋】❶譙　縣名。今安徽亳縣。《三國志·武帝紀》建安十四年（西元二〇九年）：「三月，軍至譙，作輕舟，治水軍。」❷九江　郡名。時屬揚州，在今安徽淮河以南，瓦埠湖流域以東，巢湖以北地區。❸漅　漅湖。即今安徽巢湖。❹江濱之民　指沿江郡縣之民。據《三國志·吳主傳》：曹操擔心江濱郡縣被孫權略取，令百姓遷往內地，百姓恐慌，致使廬江等地十餘萬戶逃往江東。❺西患　指來自曹操方面的威脅。❻迴情　恢復友情的意思。❼規　規劃測度。❽兆　預兆。❾子胥知姑蘇之有麋鹿　吳王不用伍子胥之諫，子胥說：「臣今見麋鹿遊姑蘇之臺也。」意謂伍子胥已經預料到吳國將要滅亡。事見《漢書·伍子胥傳》。姑蘇，這裡指姑蘇臺。在今江蘇蘇州。❿輔果　又名智果。春秋時晉國的貴族。⓫智伯　名瑤，春秋時晉國智氏家族之長。據《戰國策·趙策一》：智伯與韓、魏圍趙於晉陽，趙國的謀臣張孟談陰見韓、魏之君曰：「臣聞脣亡則齒寒，今智伯帥二國之君伐趙，趙將亡矣，亡則二君為之次矣。」二君乃與孟談陰約，夜遣人入晉陽。智果見二君，說智伯曰：「二主色動而變，必背君矣，不如殺之。」智伯曰：「不可。」智果見言之不聽，出，便易姓為輔氏。智伯遂亡。

⑫穆生　西漢楚元王劉交的中大夫。劉交禮待穆生，為其專設甜酒於宴中。後來劉交的孫子劉戊繼位，怠慢穆生，且免去甜酒。穆生乃謝病免而去。其後劉戊與吳王謀反，穆生未遭禍難。事見《漢書・楚元王傳》。⑬鄒陽　西漢臨淄（今山東淄博）人。以文辯著名。初從吳王劉濞，劉濞謀反，鄒陽上書勸諫，不聽，鄒陽遂北投梁孝王。劉濞失敗，鄒陽免於禍。事見《漢書・鄒陽傳》。⑭以微知著　從事物變化的細微徵兆，便預知事情的演變及發展。⑮術數　權術謀略。⑯江之表　指長江以南地區。⑰宴安　安逸。⑱三軍　上、中、下三軍。是春秋時諸侯軍隊的常用建制。據《左傳・哀公十七年》，越王伐吳，吳在太湖傍水設防，越王以三軍潛涉，集中攻吳中軍而鼓之，吳軍大亂而敗。⑲漢　指韓信率領的漢軍。⑳夏陽　古縣名。故治在今陝西韓城南。㉑魏豹　指秦末魏王豹。據《史記・淮陰侯列傳》：韓信進攻魏王豹，豹置重兵扼守蒲坂津（今山西永濟西的黃河東岸），斷絕了臨晉（今陝西大荔）入山西的交通。韓信做出欲從臨晉強渡黃河的假象，卻從夏陽偷渡，襲取安邑（今山西夏縣西北），抄了魏軍的後路，結果魏王豹兵敗被俘。

【語　譯】前年我在譙縣，新造一些舟船，用來滿足自我乘載而已，以便到達九江郡縣，主要是想觀覽巢湖的形勝，安定長江沿岸的民眾罷了，並沒有深入貴地攻伐征戰的打算。但我擔心你的謀士會以江西百姓渡江入吳為己國之榮，自以為策略得當，可以從此消除來自西邊的戰禍，更因為這個緣故，使你不肯恢復舊情，重新事漢。然而智者的思慮，考慮到事情尚未顯形之時；通達者的規劃，規劃於未得事物預兆之時。所以伍子胥能預知姑蘇臺之墟將有麋鹿巡遊，輔果能預見智伯被趙軍擒殺；穆生稱病藉故辭去，因而免於楚王之難；鄒陽棄官北遊，因而沒有同遭吳王之禍。這四位人士，難道都是聖人嗎？只不過是能夠通達權變精思深慮，從微小的徵兆預見重大的事變罷了。憑著你的明智，審視我的謀略，衡量你所占據的地盤，比較我占據的地盤，難道是我的權勢不足力量不夠，不能遠征，而把長江以南割讓給你，自圖逸樂嗎？絕不是如此，你如果憑水戰的優勢，沿著長江堅守險要，想使王師最終不能渡江，這也未必能夠如願。水軍交戰千里之地，水戰的巧詐變化萬端，從前越國奮揚三軍，曾使吳國無法抗禦；漢軍暗渡夏陽，出乎魏王豹的意料。長江河道雖然寬廣，可是沿岸線長難以防衛呀。

凡事有宜，不得盡言，將修舊好而張形勢，更無以威脅重❶敵人。然有所恐，恐書無益。何則？往者軍逼而自引還❷，今日在遠而興慰納，辭遜意狹❸，謂其力盡，適以增驕，不足相動❹。但明效❺古，當自圖❻之耳。昔淮南信左吳之策❼，漢❽隗囂❾納王元之言，彭寵受親吏之計❿，三夫不寤，終為世笑；梁王⓫不受詭⓬、勝⓭，竇融⓮斥逐張玄⓯，二賢既覺，福亦隨之，願君少留意焉。若能內取子布⓰，外擊劉備，以效赤心，用復前好，則江表之任⓱，長以相付，高位重爵，坦然可觀。上令聖朝無東顧之勞，下令百姓保安全之福，君享其榮，孤受其利，豈不快哉？若忽至誠，以處僥倖，婉⓲彼二人⓳，不忍加罪，所謂「小人之仁，大仁之賊」，大雅⓴之人不肯為此也。若憐子布，願言㉑俱存，亦能傾心去恨㉒，順君之情，更與從事，取其後善，但禽劉備，亦足為效㉓。開設二者，審處一焉。

【章　旨】用歷史上正反兩方面事例，進一步闡明形勢，力勸孫權不要輕信離間之言，並具體提出曹孫聯手的條件，表明作者最終目的是「但禽劉備」。

【注　釋】❶重　威重。❷往者軍逼而自引還　指赤壁之役，曹操主動引退還師。❸辭遜意狹　言辭謙遜而意願微小。❹動　感動。❺效　學。❻圖　謀。❼淮南信左吳之策　淮南王劉安寵信左安，同他共計謀反策略，結果失敗。事見《史記・淮南衡山列傳》。❽漢　胡克家《文選考異》認為是衍文。❾隗囂　字季孟，西漢末天水成紀（今陝西隴城）人。王元是隗囂的大將。據《後漢書・隗囂傳》，王莽末年，隗囂據隴西起兵，初從劉玄，繼而歸屬劉秀，後從王元計，割據天水一帶，自稱兩州上將軍，最後被劉秀派兵打敗。❿彭寵受親吏之計　彭寵因不滿劉秀對自己的待遇，劉秀徵召，彭寵聽從妻子和親信吏屬之言，拒不應召，起兵反叛，後被手下人所殺。事見《後漢書・彭寵傳》。⓫梁王　梁孝王劉武。漢文帝之子。⓬詭　指公孫詭。任梁孝王的中尉。⓭勝　羊勝。梁孝王的謀臣。漢文帝時，袁盎反對立劉武為太子，劉武派公孫詭和羊勝刺殺袁盎及其議臣十餘人。景帝疑梁王指使，派人追查，並要逮捕二人，二人藏匿劉武宮中。後劉武接受韓安國的勸諫，逼公孫詭和羊勝自殺，自己入朝謝罪，才得以解脫。事見《史記・梁孝王劉武傳》。⓮竇融　字周公，西漢末年扶風（今陝西興平東南）人。⓯張玄　隗囂的說客。據《後漢書・竇融傳》，竇融據有河西，自稱河西將軍。劉秀即位，竇融決定歸順。隗囂派張玄前來遊說勸阻，竇融趕走了張玄。後竇融隨劉秀破隗囂，被封安豐侯，往涼州牧，又升為大司馬。事見《後漢書・竇融傳》。⓰子布　張昭的字。孫權手下的大謀臣，是東吳抗曹派的主將。⓱江表之任　管轄江東的重任。⓲婉　猶親愛。⓳二人　指張昭和劉備。⓴大雅　君子。對有德而有卓識者之稱。㉑顧言　睠然。即眷眷之意，念念不忘。㉒去恨　除去宿恨。㉓效　功勞。

【語　譯】凡事情總有適度舉措，這裡無法一一詳述。我希望重修舊好而發展我們各自的形勢，更沒有想通過武力威脅對方。但我擔心，擔心寫此書信不會產生好的效果。為什麼呢？先前我舉兵進逼而主動引退還師，如今我身居遠方而致慰問，語辭謙遜而意願輕微，若據此認為我實力耗竭，則恰好助長你的驕傲，不足以使你感動而回心。只要能懂得學習古人大義，你應當獨自認真思考何去何從。從前淮南王劉安輕信左吳的計策，隗囂採納王元的妄言，彭寵輕信親吏的謀劃，這三個人不悟大理，最後被世人恥笑；梁孝王劉武沒有容納公孫詭、羊勝，竇融斥退隗囂的說客張玄，二位賢人既能覺悟，福祿亦隨之而來，希望你對此稍加留意。假如你能在內部除掉張昭，對外進擊劉備，以此表明你的赤誠之心，用以恢復先前的友好，那麼江南的重任，便可永久託付於你，高官顯爵，前途寬闊可觀。這樣上可使朝廷免除顧慮江東的辛勞，下可使萬民長保安寧穩定的幸福，你享受其榮華，我亦得到利益，難道不是痛快的事嗎？如果忽視我的至誠之意，常處僥倖之心，寵愛張昭、劉備二人，不能忍心施加罪罰，這就是所謂「小人的仁慈，是對大仁的殘害」，遠見卓識的君子是不肯做這類事的。如果愛憐張昭，念念不忘而欲與他共存，那麼我也能真心消除對張昭的舊恨，依從你的心意，繼續讓他為你辦事，取重他今後做的好事，只要你擒獲劉備，也足以表現你的忠誠了。開列這兩條出路，請審慎選擇其一吧。

聞荊、揚❶諸將並得降者❷，皆言交州❸為君所執，豫章距命❹，不承執事，疫旱並行，人兵減損，各求進軍，其言云云。孤聞此言，未以為悅。然道路既遠，降者難信，幸人之災❺，君子不為。且又百姓，國家之有❻。加懷區區❼，樂欲❽崇和，庶幾明德，來見昭副❾。不勞而定，於孤益貴，是故按兵守次❿，遣書致意。古者兵交，使在其中。願仁君及孤，虛心⓫回意，以應詩人補袞之歎⓬，而慎《周易》牽復⓭之義。濯⓮鱗清流，飛翼天衢⓯，良時在茲，勖⓰之而已。

【章旨】闡明寫此書信的背景，並不是自己沒有進兵孫吳的理由和力量，而是要安定江南。再一次以史傳楷模和古訓來規勸孫權，不要失去聯曹抗劉的良機。

【注釋】❶揚 李善本作「楊」，據張本、楊本改。❷並得降者 指漢將得吳降將。❸交州 當時轄廣東、廣西及越南西部地區，治所在番禺（今廣州市）。當時的交州刺史孫輔認為孫權保不住江南，派使臣與曹操通好，被孫權發覺，即派兵囚禁了孫輔。事見《三國志・孫輔傳》。❹豫章距命 疑指當時豫章郡反叛孫權事。豫章，郡名。屬揚州。距，同「拒」。❺幸人之災 與「幸災樂禍」同義。❻國家之有 言吳之百姓亦為漢民。❼區區 形容其心懇切。❽樂欲 願求。❾副 輔助。❿次 泛指留止的處所。⓫虛心 寬心。指能容納眾善之言。⓬補袞之歎 《詩・大雅・烝民》：「袞職有闕，維仲山甫補之。」袞，古代王侯所穿繡有龍紋的禮服。職，通「適」。偶然。闕，缺破。⓭牽復 用《易・小畜・九二》「牽復，吉」之意。謂牽連反覆，指受人牽引指點而返歸正道，故本卦〈彖〉稱：「牽復在中，亦不自失也。」作者引用此典暗喻本信是對孫權的「牽復」。⓮濯 洗。⓯天衢 天空。⓰勖 勉。

【語　譯】我聽說荊州、揚州諸將都得到吳國的降者，都說交州刺史孫輔被你拘執囚禁，豫章之地又拒絕你的命令，不服指揮，加上瘟疫旱災同時發生，人口和士卒都減少折損，他們紛紛要求我進兵南下，所談大致如此。我聽到這些話，並不感到喜悅。既因道路相距遙遠，來降諸人之言難以全信，而幸災樂禍的事，君子是不屑為的。況且吳地百姓，亦是朝廷所有。我真心誠意地，願求雙方親善修好，希望賢德的將軍，能前來成為朝廷光明的輔佐之臣。不費大力而安定江南，對我更為有利，所以我屯兵駐守原地，發此書信向你致意。古時兩軍交戰，亦派使往來其中。但願你能像我一樣，謙虛寬心回轉情意，以應和詩人對仲山甫善於彌補帝王過失的讚歎，而慎重地審思《易》中所言「牽復」的深刻涵義。在清流中洗濯鱗甲，在廣闊天空中展開雙翅，良時佳期正在此刻，你要自勉而行呀。

與朝歌令吳質書

【作　者】曹丕（西元一八七～二二六年），字子桓，沛國譙（今安徽亳縣）人，曹操第二子。漢時曾為五官中郎將，曹操死後，嗣位為丞相魏王。不久迫使漢獻帝禪位，建立魏王朝，都洛陽。死後諡文帝。有《魏文帝集》。

【題　解】本文是曹丕寫給文友吳質的信。

吳質「以文才為文帝所喜」，在建安中期曾任朝歌（今河南淇縣）令，《三國志・王粲傳》注引《魏略》曰：「質出為朝歌長，後遷元城令。其後大軍西征，太子南在孟津小城，與質書曰：季重無恙……」可見此信寫於「大軍西征，太子南在孟津小城」，而質任朝歌令時。同時信中提到「元瑜長逝，化為異物」。未提及建安其他四子陳琳、王粲、應瑒、劉楨之逝。此四子同逝於建安二十二年（西元二一七年），元瑜逝於建安十七年（西元二一二年）。可見，本信當寫於建安十七年至二十二年之間。

文章不但寫出了作者對朋友的問候和思念之情，也表達了曹丕對舊日朋友歡聚的追憶和懷念，反映出作者對文學生活的愛好和嚮往。

文體雖屬書信，文章卻似抒情小賦，寫得意境深遠，文辭清麗。尤其是追述舊遊部分，更是有景有情，情景交融。作者既能用輕快的筆調寫出歡樂的景象、通暢的情緒，又能用清麗的文字描述悲愴的景象、感傷的情懷。而在今日初夏盛景，風和日暖，萬物更生的敘述中，又流露出淒冷的苦情。寫往日歡樂是為了襯托今日的悲愴。文有曲折，情有起伏；情真意切，文采翩翩，頗有感人的力量。

五月十八日，丕白。季重❶無恙？塗路❷雖局❸，官守❹有限，願言❺之懷，良不可任❻。足下所治❼僻左❽，書問致簡，益用增勞。

每念昔日南皮之遊❾，誠不可忘。既妙思六經❿，逍遙百氏⓫，彈棊⓬間設，終以六博⓭，高談娛心，哀箏⓮順耳。馳騁北場，旅⓯食南館。浮甘瓜於清泉，沈朱李⓰於寒水。白日既匿，繼以朗月。同乘並載⓱，以遊後園。輿輪徐⓲動，參從⓳無聲，清風夜起，悲笳⓴微吟，樂往哀來，愴然㉑傷懷。余顧而言，斯樂難常。足下之徒，咸以為然。今果分別，各在一方。元瑜㉒長逝㉓，化為異物。每一念至，何時可言！方今蕤賓㉔紀時，景風㉕扇物，天氣和暖，眾果具繁㉖。時駕而遊，北遵㉗河曲。從者鳴笳以啟路㉘，文學㉙託乘於後車。節同時異㉚，物是人非，我勞如何！今遣騎到鄴，故使枉道㉛相過，行矣自愛。丕白。

【注釋】❶季重　吳質字。時任朝歌（今河南淇縣）令。❷塗路　路途。❸局　近。❹官守　官吏職守。❺願言　睠然。即眷眷之意。❻任　當。❼治　六臣本作「理」。❽僻左　偏僻的地方。❾南皮之遊　指曹丕任五官中郎將時，曾與朋友們一起到南皮縣出遊。南皮，故城址在今河北南皮東北。❿六經　指《易》、《書》、《詩》、《禮》、《樂》、《春秋》。⓫百氏　諸子百家。⓬彈棊　漢魏時博戲。棊，「棋」的本字。彈棊，兩人對局，白黑棊各六枚，先列棊相當，更先彈也。其局以石為之。⓭六博　一作「博弈」。古代的一種博戲。共十二棋，六黑六白，兩人相博，每人六棋，故名。⓮哀箏　謂箏聲清越。⓯旅　眾。⓰朱李　紅色李子。⓱同乘並載　同坐一輛車，並排車騎前進。⓲徐　緩。⓳參從　賓從；侍從。⓴笳　古管樂器名。㉑愴然　憂傷貌。㉒元瑜　阮瑀字。㉓長逝　去世。㉔蕤賓　古樂十二律之一。位於午，在五月，故又為農曆五月的別稱。㉕景風　夏至後暖和的風。㉖繁　茂盛。㉗遵　循。㉘啟路　在前引路。㉙文學　這裡是官名。漢州郡及王國皆置文學，略如後世的教官。三國魏置太子文學。㉚時異　謂此時所遊不同前遊。㉛枉道　繞道。

【語譯】五月十八日，曹丕陳述。季重安好否？道途雖相近，但因職守的限制，眷念之心，實不堪當。足下治所地處偏僻，寫信問候益加增添憂思。

常想到當年在南皮的宴遊，實在無法忘懷。大家精研六經，隨意涉獵諸子百家，閒暇時設局彈棋，直至參以六博的遊戲。高談闊論，歡娛心志，又有悅耳的清越箏聲。或在廣闊的北場奔馳，或在南館狂食豪飲，把甜瓜漂浮在清泉之上，把朱李沈浸在寒水之中。太陽已經沈沒，還要在明朗的月光下夜遊。同乘車騎，並駕緩行，遨遊後園。車輪緩緩滾動，賓從也默默無聲。清風在月夜泛起，夾帶著幽微而悲切的笳聲。然樂盡悲來，憂傷占據我的胸懷。我回頭對大家說，此間快樂難以常在。你們諸位都贊同此話。如今果然相互離別，各在一方。元瑜已經長眠，化為地下塵土。每當想到這裡，何時再跟賓客重提此話呢！如今已是農曆五月，暖風吹拂，氣候變暖，各種果木枝繁葉茂。我仍按時出遊，駕車北往沿著河曲巡遊。從者鳴笳開路，太子文學的車駕隨後。但季節雖同，時代已變，事物照舊而人事已非，我的憂思如何得了！今派車騎使者到鄴城，特意命他繞道過訪。還望勉力而行，善自珍愛。曹丕表述。

與吳質書

【作　者】曹丕，見頁二〇三〇。

【題　解】本文作於建安二十三年（西元二一八年），是作者寫給摯友吳質的一封文情並茂的書信。

吳質字季重，魏濟陰（今山東定陶）人。比曹丕大十歲，從建安八年（西元二〇三年）起就遊於曹氏兄弟和建安七子間。在本文寫作的上一年，中原大疫，徐幹、陳琳、應瑒、劉楨，一時俱逝，除了這四人外，同年死去的還有王粲，阮瑀則死得更早，建安十七年謝世。曹丕在本文中與吳質追懷當年他們詩酒論交，脫略形跡的宴遊情景，也就是追憶文學史上所謂「鄴下文學集團」的盛況。遺憾的是年壽不永，盛事難再，撫今追昔，不勝感慨，一種難以抑制的今昔盛亡之感，充溢在這封傷逝懷舊的信中。

作者對亡友故舊，不僅整理他們的遺著，而且加以一一評論，這些知人論世的評語，與作者《典論·論文》中對建安七子的論述觀點一致，恰如其分。但本篇畢竟不是說理論文，而是夾敘夾議，在讀著他們的遺文中抒發感想，加深認識，充滿著更多的哀悼成分與感傷色彩。曹丕不愧為建安七子的知音，相契既深，論人論文，既有切至明辨之言，更有琴在人亡之痛。

二月三日，丕白。歲月易得，別來行復四年❶。「三年不見」，〈東山〉猶歎其遠，況乃過之❷，思何可支？雖書疏❸往返，未足解其勞結❹。昔年❺疾疫，親故多離❻其災，徐、陳、應、劉❼，一時俱逝，痛可言邪！昔日遊處，行則連輿❽，止則接席❾，何曾須臾❿相失⓫？每至觴⓬酌流行⓭，絲竹並奏，酒酣耳熱，仰而賦詩。當此之時，忽然不自知樂⑭也。謂百年己分⑮，可長共相保，何圖⑯數年之間，零落略盡，言之傷心！頃撰⑰其遺文，都⑱為一集，觀其姓名，已為鬼錄⑲。追思昔遊，猶在心目，而此諸子，化為糞壤⑳，可復道哉！

【章　旨】除了寫出作者對收信人吳質的思念之情外，還著重發抒作者對已逝故友的追念之意。

【注　釋】❶行復四年　快又四年。行，且；將。❷三年不見三句　《詩·豳風·東山》：「我徂東山，滔滔不歸……。自我不見，於今三年。」意謂分別三年，東山士卒還歎恨久遠，何況我們超過三年。❸書疏　書信。❹勞結　因思念之勞而鬱結於心。❺昔年　指建安二十二年（西元二一七年）。❻離　同「罹」。遭受。❼徐陳應劉　指建安七子中的徐幹、陳琳、應瑒、劉楨。徐幹字偉長，北海（今山東壽光）人。陳琳字孔璋，廣陵（今江蘇揚州）人。應瑒字德璉，汝南南頓（今河南相城北）人。劉楨字公幹，東平寧陽（今山東寧陽南）人。❽連輿　車子相連。❾接席　古人席地而坐。這裡說坐在一起。❿須臾　一會兒。⓫相失　指分離。⓬觴　酒杯。⓭流行　傳杯飲酒。⓮不自知樂　未覺當時快樂的可貴。⓯百年己分　謂自己原想人生都有百歲的希望。己分，自己分內所應得的。⓰何圖　何曾想到。⓱撰　編定。⓲都　凡；總。⓳錄　名冊。⓴化為糞壤　指死亡。

【語　譯】二月三日，曹丕陳述。光陰很容易消逝，分別以來快又四年了。「三年不見」，〈東山〉詩尚且歎恨時間久遠，何況已經超過三年，思念之情，如何能受得了呢？雖然書信往返，也不足以消解思念的煩勞和心中的鬱結。當年瘟疫流行，親戚故舊很多遭受災病，徐幹、陳琳、應瑒、劉楨，一下子都病逝離世，悲痛之情豈能言說啊！從前交遊相處，出門則車子相連，居止則同席而坐，哪有片刻分離？每當傳杯飲酒，管弦樂器同時奏鳴，酒足耳熱，仰首賦詩。每當這個時候，竟然並不覺得那時快樂的可貴。以為人生百歲應有自己分內所有的，可以長久地共同保全生命，何曾想到幾年之間，已凋零死亡得差不多了，說來真使人悲傷！近日編定他們的遺文，合成為一集，看他們的姓名，已登列在鬼簿上。回想當年的交遊情景，猶在心頭眼前，而上述各位賢友，已經化為塵土，還能說什麼呢！

觀古今文人，類不護細行❶，鮮❷能以名節自立。而偉長獨懷文抱質❸，恬淡寡欲，有箕山❹之志，可謂彬彬君子❺者矣。著《中論》二十餘篇，成一家之言，辭義典雅，足傳於後，此子為不朽矣。德璉常斐然❻有述作❼之意，其才學足以著書，美志不遂，良可痛惜。間者❽歷覽諸子之文，對之抆淚❾，既痛逝者，行自念也❿。孔璋章表⓫殊健⓬，微為繁富。公幹有逸氣，但未遒⓭耳。其五言詩之善者，妙絕時人⓮。元瑜書記翩翩⓯，致足樂也⓰。仲宣續⓱自善於辭賦，惜其體弱⓲，不足起其文。至於所善，古人無以遠過。昔伯牙⓳絕弦於鍾期，仲尼覆醢⓴於子路，痛知音之難遇，傷門人㉑之莫逮㉒，諸子但為㉓未及古人，自一時之儁㉔也。今之存者，已不逮㉕矣。後生可畏㉖，來者難誣㉗，然恐吾與足下不及見也。

【章旨】寫作者為故友整理遺著，並對他們的道德文章作了恰如其分的評價。

【注釋】❶類不護細行　大都不拘小節。類，率；皆。❷鮮　少。❸懷文抱質　文章和德行兩方面兼備。❹箕山　相傳是古代高士許由隱居的地方。這裡比喻徐幹有隱士的志願。❺彬彬君子　《論語・雍也》：「文質彬彬，然後君子。」彬彬，文質兼備的樣子。❻斐然　文采煥發的樣子。❼述作　闡述前人成說和創作。《論語・述而》：「述而不作。」這裡指作文章。❽間者　近來。❾抆淚　擦眼淚。❿行自念也　就想到自己（也快死）了。⓫章表　泛指奏章。⓬殊健　指文章氣勢的雄健。⑬遒　勁健。⑭妙絕時人　高妙超過了同時代的作家。⑮翩翩　形容風致、文采優美。⑯致足樂也　讀了使人感到十分快樂。⑰續　一作「獨」。⑱體弱　體骨孱弱。⑲伯牙　與下文鍾期都是春秋時楚國人。伯牙善於彈琴，只有鍾子期知音。鍾子期死後，伯牙就破琴絕弦，終身不彈。⑳仲尼覆醢　孔子聽到子路在衛國被斬成肉醬，非常哀痛，叫家人把食用的肉醬都倒掉了。事見《禮記・檀弓》。㉑門人　學生。㉒逮　及。㉓但為　只是；僅僅是。㉔儁　通「俊」。㉕不逮　不及。㉖後生可畏　是說青年有希望，令人敬畏。《論語・子罕》：「後生可畏，焉知來者之不如今也。」後生，青年。㉗誣　輕視。

【語譯】我觀察古今文人，大都不注意小節，很少能以名聲節操自立。但徐幹文章德行二者兼備，恬淡而少私欲，有隱逸的願望，可稱得上是文質兼備的君子了。創作《中論》二十餘篇，有獨特的見解，詞義典雅，足以傳給後世，這位賢友是可以流芳百世的。應瑒文采煥發而有著述的意願，他的才學可以著書，但美好的志願未能實現，實在非常可惜。近來遍覽諸位賢友的文章，面對這些遺文而揩拭眼淚，既痛念逝去者，也想到自己也將不久於人世。陳琳的奏章氣勢雄健，只是文章稍嫌冗雜。劉楨詞氣奔放灑脫，只是還不夠勁健，但他最好的五言詩，是當代人們所不能與之相比的。阮瑀的書牘、奏記寫得十分美妙，風致動人，讀後使人感到滿足快樂。王粲獨善於創作辭賦，可惜氣勢不足，風格纖弱，不足以提振他的文章。至於他的長處，那是古人也無法超過的。從前伯牙善於彈琴，只有鍾子期知音。鍾子期死後，伯牙就破琴絕弦，終身不彈。孔子聽到子路在衛國被斬成肉醬，就把家中食用的肉醬都倒掉了。這是哀痛知音難以遇見，悲傷其他弟子都比不上他。諸位賢友只是比不上古人，卻是當代的俊才呀！而今活著的人，都比不上他們。後生可畏，未來的年輕人是不能輕視的，但我擔心我與你是不能看到了。

年行❶已長大，所懷萬端，時有所慮，至通夜不瞑❷，志意何時復類昔日？已成老翁，但未白頭耳。光武❸言：「年三十餘，在兵中十歲，所更非一❹。」

吾德不及之，年與之齊矣❺。以犬羊之質，服虎豹之文❻，無眾星之明，假日月之光❼，動見瞻觀，何時易乎❽？恐永不復得為昔日遊也。少壯真當努力，年一過往，何可攀援❾？古人思秉燭夜遊❿，良有以也⓫。頃何以自娛？頗⓬復有所述造⓭不⓮？東望於邑⓯，裁書⓰敘心。丕白。

【章　旨】作者感慨年華易逝，志向意志也隨著時光的逝去而消磨。但作者提出了「少壯真當努力」的呼喚，在感傷情懷中透露出積極進取精神。

【注　釋】❶年行　即行年。年齡。❷瞑　合眼；入睡。❸光武　東漢光武帝劉秀。❹年三十餘三句　意謂活了三十多歲，在軍中過了十年，所經歷的已不止一事。即閱歷已很豐富。語出《東觀漢記》。❺年與之齊矣　年齡和他（光武）一樣大了。❻以犬羊之質二句　《法言・吾子》：「羊質而虎皮，見草而說（悅），見豺而戰，忘其皮之虎矣。」比喻裝作強大而內心虛怯。這裡是曹丕的謙詞，說自己德薄才疏，虛有其位。❼無眾星之明二句　謙詞。說只是仗著父親曹操的勢力作了太子，居於尊貴的地位。❽動見瞻觀二句　是說自己居於王位，一舉一動，是觀瞻所繫，拘束得很，什麼時候才能過上平易的生活呢。❾攀援　挽留；拉住。❿古人思秉燭夜遊　〈古詩十九首〉：「生年不滿百，常懷千歲憂，晝短苦夜長，何不秉燭遊。」秉，持；拿。⓫良有以也　誠然是有緣故的。⓬頗　少。⓭述造　指寫文章。⓮不　同「否」。⓯於邑　即嗚咽。⓰裁書　裁箋作書。即寫信。

【語　譯】年齡愈來愈大，心緒萬端，常有所思慮，甚至徹夜不眠，志向意氣什麼時候能再像當年？我已成為老頭子了，只是尚未白髮而已。漢光武帝說：「已經三十歲了，在軍隊裡待了十年，所經歷的已不止一事。」我的德行比不上他，但年齡跟他一樣。以犬羊的質地，蒙上虎豹文采的外皮，沒有眾星的明亮，只是假借日月的光輝，一舉一動都受人注意，什麼時候可以再過上平易的生活呢？恐怕永遠不能再有昔日那樣的遊樂了。

年輕時真應當努力，歲月一旦逝去，哪裡能拉得住？古人想要秉燭夜遊，誠然是有緣故的。最近以什麼方式來娛樂自己呢？還有很多著述創作嗎？向你所在的東方眺望而嗚咽歎息，裁箋作書敘寫我的心懷。曹丕陳述。

與鍾大理書

【作者】曹丕，見頁二〇三〇。

【題解】這是曹丕得到寶玉以後，寫給鍾大理的信。

鍾大理，就是鍾繇，字元常，潁川長社人，魏國初建，為大理（掌刑法的官），遷相國。《三國志・鍾繇傳》注引《魏略》曰：「後太祖征漢中，太子在孟津，聞繇有玉玦，欲得之而難公言。密使臨淄侯轉因人說之，繇即送之。太子與繇書曰：夫玉以比德君子，見美詩人。……」可知這封信就是曹丕在孟津小城的時候寫的。繇報書曰：「昔忝近任，並得賜玦。尚方耆老，頗識舊物。名其符采，必得處所。以為執事有珍此者，是以鄙之，用未奉貢。幸而紆意，實以悅懌。在昔和氏，殷勤忠篤，而繇待命，是懷愧恥。」

本文雖是書信體的形式，卻是一篇詠物小賦。描述古來人們為了爭奪珍寶美玉而演出了一幕幕的歷史悲喜劇，像虞、虢因貪晉之垂棘而致國亡，藺相如因護國寶而維護了國家的尊嚴。但曹丕並非發思古之幽情，而是以古證今，反襯他得到的良玉的價值之高，而得來卻不需付出代價，「不煩一介之使，不損連城之價」，這跟歷史故事形成對比，難怪曹丕在驚喜之餘，要情不自禁地鼓掌叫好了。

丕白：良玉比德君子，珪璋見美詩人❶。晉之垂棘❷，魯之璵璠❸，宋之結綠❹，楚之和璞❺，價越萬金，貴重都城，有稱疇昔❻，流聲將來❼。是以垂棘出晉，虞、虢雙禽❽；和璧入秦，相如抗節❾。竊見玉書，稱美玉白如截肪❿，黑譬⓫純漆，赤擬⓬雞冠，黃侔⓭蒸栗⓮。側聞⓯斯語，未覩厥狀。雖德非君子，義無詩人，高山景行⓰，私所仰慕。然四寶⓱邈⓲焉已遠，秦、漢未聞有良比也。求之曠年⓳，不遇厥真，私願不果，飢渴未副⓴。近日南陽宗惠叔稱君侯㉑昔有美玦㉒，聞之驚喜，笑與抃㉓會㉔。當自白書，恐傳言未審，是以令舍弟子建因荀仲茂㉕時從容喻鄙旨㉖。乃不忽遺，厚見周稱㉗，鄴騎㉘既到，寶玦初至，捧匣跪發，五內㉙震駭，繩窮匣開，爛然㉚滿目。猥㉛以蒙鄙之姿㉜，得覿希世之寶，不煩一介之使㉝，不損連城之價；既有秦昭章臺之觀㉞，而無藺生詭奪之誑㉟。嘉貺㊱益腆㊲，敢不欽承㊳！謹奉賦一篇，以讚揚麗質。丕白。

【注釋】❶珪璋見美詩人　珪、璋被詩人所讚美。《詩・大雅・卷阿》：「顒顒卬卬，如圭如璋，令聞令望。」圭，也作「珪」。圭、璋，都是古代玉製禮器。❷晉之垂棘　晉產美玉。垂棘，原指春秋晉產美玉之地，後借垂棘之璧以稱美玉。❸魯之璵璠　魯國美玉名。《左傳・定公五年》：「季平子行東野，還，未至，丙申，卒于房。陽虎將以璵璠斂，仲梁懷弗與。」注：「璵璠，美玉，君所佩。」❹宋之結綠　宋國美玉名。《戰國策・秦策》：「范睢獻書曰：『臣聞周有砥厄，宋有結綠，梁有懸黎，楚有和璞。此四寶者，工之所失也，而為天下名器。』」❺楚之和璞　楚國的和氏璧。春秋楚人卞和曾獻寶玉給楚王，楚王不識此璞玉的價值，反治罪卞和。事見《韓非子・和氏》。❻疇昔　往古。❼流聲將來　傳留於未來。❽是以垂棘二句　謂晉荀息曾以屈產之乘與垂棘之璧，假道於虞以伐虢，虞公許之，宮之奇曰：「虞不臘矣。」晉滅虢國。後又藉口滅虞國。事見《左傳・僖公二年》。❾抗節　堅持節操。秦王要挾趙國，獻出和氏璧。藺相如見秦王貪寶而無意割城，以計謀和勇氣使秦王意圖落空，完璧歸趙。事見《史記・廉頗藺相如列傳》。❿肪　特指動物腰部肥厚的油。⓫譬　比。⓬擬　意同「譬」。⓭侔　等同。⓮蒸栗　蒸熟的栗。用以喻栗黃色。⓯側聞　從旁聞知。謙詞。⓰高山景行　指崇高的德行。《詩・小雅・車舝》：「高山仰止，景行行止。」景行，大路。喻行為正大光明。止，語助詞。⓱四寶　指上面所提到的垂棘、璵璠、結綠、和璞四種美玉。⓲邈　遠。⓳曠年　多年。⓴飢渴未副　思良寶似飢渴，今猶未能如願。㉑君侯　指鍾繇。㉒玦　環形有缺口的玉。㉓抃　鼓掌。表示歡欣。㉔會　一作「俱」。㉕荀仲茂　荀宏字仲茂。時為太子文學。㉖鄙旨　指思得良玉之意。㉗周稱　指鍾繇的覆信。㉘鄴騎　當時鍾繇在鄴城，而曹丕在孟津。鄴騎指由鄴城來的車騎使者。㉙五內　五臟。泛指內心。㉚爛然　形容光采四射。㉛猥　謙詞。㉜蒙鄙之姿　愚昧鄙陋之人。㉝一介之使　一個使者。㉞秦昭章臺之觀　指秦昭王在章臺觀看和氏璧。㉟而無藺生詭奪之誑　藺相如見秦王無償趙城意，便假稱璧有瑕，請指示王。而後欲以璧碎身亡與昭王拚，秦昭王不得不作罷。以上均見《史記・廉頗藺相如列傳》。㊱貺　賜。㊲腆　豐厚。㊳欽承　敬受。

【語　譯】曹丕陳述：美玉可與君子的德行相比，珪、璋被詩人所讚美。晉國的垂棘，魯國的璵璠，宋國的結綠，楚國的和氏璧，價值過萬金，貴重逾都城，既稱頌於當時，又流傳聲名於未來。所以當垂棘離開晉國，虞、虢便要雙雙滅亡；和氏璧到了秦國，藺相如就有堅持節操的行為。我看到了記載美玉的玉書，稱讚美玉白得像肥厚的脂肪，黑得像純漆，紅如雞冠，黃如蒸熟的栗子。只從旁聽到這些話，尚未親見其形狀。我雖然不具備君子之德，亦無詩人之義，但對於崇高的德行，私心還是敬仰而羨慕的。然而四種寶玉已經相距遙遠，秦、漢以來也不曾聽說有良玉可與四寶相比。求之多年，沒有遇到真品，想要見到良寶的心至今仍未能如願，猶似飢渴不得滿足。近日南陽宗惠叔說你以前有塊美玉所製的玦，聽到這個消息既驚訝又喜悅，歡笑並鼓掌。當即寫信陳述，擔心傳聞之言不確切，所以派我弟弟子建託荀仲茂找機會慢慢把我的意思告訴你。你並不忽略我告訴你的心意，蒙你厚賜詳細的覆信。從鄴城來的車騎一到，寶玉初至，我手捧玉匣跪著打開，內心震驚，繩索解盡，玉匣已開，光采四射，滿目增輝。我以愚魯鄙陋之才，得以親見稀世珍寶，不勞一個使者，不損耗連城的代價；既有秦昭王在章臺所見的奇觀，卻無藺相如藉故奪回寶玉的欺誑。你珍貴的賞賜格外豐厚，豈敢不敬受！恭恭敬敬作賦一篇，以讚揚寶玉美麗的姿質。曹丕陳述。

與楊德祖書

【作　者】曹植，見頁一六二一。

【題　解】這是曹植給楊修的一封私人信件。楊修是太尉楊彪之子，博學多才，機智過人，頗受曹氏父子重用。但他與曹植的關係尤其密切，在曹丕與曹植爭立太子的事件中，堅決站在曹植一邊，後被曹操藉故殺掉。曹植與楊修這種非同尋常的關係，使得曹植在寫這封書信時，能夠放言無忌，暢抒胸臆，讀者從信中足以見出作者的思想、個性和才情。

曹植在信中說辭賦是小道，這只是與建功立業的大事相比而言，其實他還是相當重視文章的。信中他指出：當時的著作文章還有許多不足；作家應當有自知之明，虛心聽取意見以修改自己的文章；批評家要有較高的文學修養，同時又有創作實踐的體驗；文學鑒賞常常受限於各人的愛好和興趣，但也反對根據個人的好惡而妄加品評的惡俗。這些意見大抵有現實的依據，是有所感而發的，反映出曹植的文學主張。

植白❶：數日不見，思子為勞❷，想同之也。

僕少小好為文章，迄至於今二十有五年❸矣。然今世作者❹可略而言也：昔仲宣❺獨步❻於漢南❼；孔璋❽鷹揚❾於河朔❿；偉長⓫擅名⓬於青土⓭；公幹⓮振藻⓯於海隅⓰；德璉⓱發跡⓲於大魏⓳；足下⓴高視㉑於上京㉒。當此之時，人人自謂握靈蛇之珠，家家自謂抱荊山之玉㉓。吾王㉔於是設天網㉕以該㉖之，頓㉗八紘㉘以掩之㉙，今悉集茲國矣。然此數子猶復不能飛軒絕跡㉚，一舉千里也。以孔璋之才，不閑㉛於辭賦，而多自謂能與司馬長卿㉜同風㉝；譬畫虎不成，反為狗㉞也。前有書嘲㉟之，反作論盛道㊱僕讚其文。夫鍾期不失聽㊲，于今稱之㊳。吾亦不能妄歎㊴者，畏後世之嗤㊵余也！

【章旨】曹植志在政治，但又不否認自己對文學的熱愛。本段即表示自己對當時文學現狀的評價：建安諸子雖各有特色，但也不能沒有局限。並以陳琳為例，說明作家貴在自知，切忌自我吹噓。

【注釋】❶白　稟告；陳說。❷勞　病。❸二十有五年　曹植生於初平二年（西元一九一年），至建安二十一年（西元二一六年），正二十五歲。❹作者　創作文章的人。❺仲宣　王粲的字。❻獨步　謂一時無雙。❼漢南　漢水之南。指襄陽。❽孔璋　陳琳的字。❾鷹揚　如鷹之高飛遠揚。❿河朔　黃河以北的地方。此指冀州。⓫偉長　徐幹的字。⓬擅名　獨享盛名。⓭青土　指青州地區。徐幹是北海郡人。北海在古代屬於青州。⓮公幹　劉楨的字。⓯振藻　發揚文采。⓰海隅　指東部海邊。劉楨是東平寧陽人，寧陽邊齊，故曰海隅。⓱德璉　應瑒的字。⓲發跡　指人由微而得志顯身。⓳大魏　一作「此魏」。指魏都許昌。應瑒是汝南南頓（今河南項南北）人。南頓靠近魏都許昌。⓴足下　敬詞。此指楊修。㉑高視　居高臨下，突出流俗。㉒上京　首都。這裡指許都。建安元年九月，曹操奉獻帝遷都許。楊修之父楊彪為獻帝尚書令，後為太常，居許都。㉓人人自謂二句　喻指這些傑出的文士，皆懷才自負，等待著當政者的賞識和重用。靈蛇之珠，相傳古時隋侯曾救治一條受傷的大蛇，後大蛇從江中口銜明月珠報答他。荊山之玉，春秋時楚人卞和在山中發現一塊玉璞，先後獻給厲王、武王，都被認為是普通石頭，直到文王時，文王命人剖璞，才得寶玉，後人也稱作和氏璧。㉔吾王　指曹操。㉕天網　彌天之網。㉖該　包括；包羅。㉗頓　振。㉘八紘　八方大繩。地有八方，故用八紘。紘，繩。㉙掩之　指曹操極意羅致各地文學之士，無有遺漏。㉚飛軒絕跡　飛到極高極遠處，滅絕蹤影。軒，一作「騫」。指高飛。㉛閑　同「嫻」。熟練。㉜司馬長卿　司馬相如字長卿。漢武帝時辭賦家。㉝同風　風格相同。㉞畫虎不成反為狗　古代諺語。這句說陳琳妄自誇大，結果反而貽笑於人。㉟嘲　嘲謔。以玩笑的方式加以暗示。㊱盛道　極力稱說。㊲鍾期不失聽　謂鍾子期聽伯牙鼓琴，不會錯誤地領會他琴聲裡的寄意。鍾子期和伯牙皆春秋時楚國人。伯牙善鼓琴，鍾子期善聽，二人遂成知己。後鍾子期死，伯牙乃破琴絕弦，終身不復鼓琴。㊳稱之　譽之。㊴妄歎　妄加歎賞。㊵嗤　譏笑。

【語　譯】曹植稟告：幾天不見，思念得好苦，大概您也跟我一樣吧。

我從小就喜歡寫文章，到了今天，已經二十五歲了。對於當今作者，可以大略地說說：先前王粲稱雄於襄陽；陳琳如鷹高飛於冀州；徐幹獨享盛譽於青州。劉楨發揚文采於東海之濱；應瑒得志顯身於許昌；您不同凡響於許都。在這個時候，人人都懷才自負，把自己比作像擁有靈蛇的明珠、荊山的美玉那樣的罕世珍寶，等待著當政者的賞識和重用。我父王於是設下彌天大網以包羅，提振八方之繩以掩取，極意羅致文學之士，不使遺漏，如今差不多全部齊集在魏國了。但是上面提到的幾位文士的文學造詣，還不能高飛而一舉千里，達到最上乘的境界。像陳琳那樣有才能的人，並不熟練於辭賦，但他卻自稱能與司馬相如具有同樣的風格；這正像畫虎不成反為狗，妄自誇大，貽笑於人。不久前我有封信以玩笑的方式對他加以暗示，他反而寫文章極力稱說我稱讚他的作品，完全曲解了我的原意。像鍾子期那樣能準確領會琴聲裡的寄意，才能一直到今天還受人稱譽。我不能夠妄加歎賞，是因為擔心後人譏笑我啊！

世人之著述不能無病，僕常好人譏彈❶其文，有不善者，應時改定。昔丁敬禮❷嘗作小文，使僕潤飾之。僕自以才不過若人❸，辭不為也。敬禮謂僕：「卿何所疑難？文之佳惡，吾自得之，後世誰相知定吾文者邪❹？」吾常歎此達言，以為美談。昔尼父❺之文辭，與人通流❻，至於制《春秋》，游夏之徒乃不能措一辭❼。過此❽而言不病者，吾未之見也。

【章　旨】作者敘述和丁敬禮討論修改文章之事。寫出了作者虛懷若谷的胸襟和文學創作上的切磋之樂。作者認為，除《春秋》外，文章均需加工修改。

【注　釋】❶譏彈　譏刺批評。❷丁敬禮　丁廙字敬禮。建安中官黃門侍郎。他是曹植的摯友，後為曹丕所殺。❸若人　此人。指丁廙。❹文之佳惡三句　這三句另有一解：文章好壞，都歸於我，後世又有誰能知道我的文章是經您改定的呢。❺尼父　孔子字仲尼。死後人敬稱其尼父。❻通流　即「同流」。引申為混雜。❼至於制春秋二句　《史記・孔子世家》：「孔子在位聽訟，文辭有可與人共者，弗獨有也。至於為《春秋》，筆則筆，削則削，子夏之徒，不能贊一辭。」❽此　指《春秋》。

【語　譯】世人的著作不可能沒有缺點，我常喜歡人家對我的文章提出批評意見，有不妥之處，隨時改定。以前丁敬禮曾經寫過一篇小文章，要我幫他潤飾。我自以為才能比不上他，推辭不做。敬禮對我說：「您有什麼好疑慮的呢？文章的好壞，我自己心中有數，您的改訂對我總有好處，後代還有誰能夠比您更了解我而改訂我的文章呢？」我曾經感歎這句話為通達之言，可以作為文人作文的美談。從前孔子的一般文辭，可以與人共通，並不是獨特不可商量的，至於孔子編撰《春秋》，就是擅長文學的子游、子夏也無法加一句話。除《春秋》之外，要說文章沒有毛病的，我還沒有看到過。

蓋有南威❶之容，乃可以論於淑媛❷；有龍泉❸之利，乃可以議於斷割❹。劉季緒❺才不能逮❻於作者，而好詆訶❼文章，掎摭❽利病❾。昔田巴❿毀五帝、罪三王、呰⓫五霸於稷下⓬，一日而服千人；魯連⓭一說，使終身杜口。劉生之辯，未若田氏；今之仲連，求之不難，可無息⓮乎？人各有好尚，蘭茝蓀蕙⓯之芳，眾人所好，而海畔有逐臭之夫⓰；〈咸池〉⓱、〈六莖〉⓲之發⓳，眾人所共樂，而墨翟有非之之論⓴，豈可同哉！

【章　旨】論文學批評的態度：批評者要有相當的水準，同時要注意到人們的不同愛好；像劉季緒那樣自己夠不上著作家水準，卻喜歡信口雌黃，是作者深惡痛絕的。

【注　釋】❶南威　古代美女名。《戰國策・魏策》：「晉文公得南之威，三日不聽朝，遂推南之威而遠之曰：後世必有以色亡國者。」❷淑媛　美女。❸龍泉　應作「龍淵」。古代寶劍名。❹斷割　截斷和切割。引申為鋒利。❺劉季緒　即劉修。字季緒，劉表的兒子，官至樂安太守。曾著詩、賦、頌六篇。曹植說他的文才不夠著作家的水準。❻逮　及。❼詆訶　毀謗；斥責。❽掎摭　指摘。❾利病　優劣。偏指「劣」。❿田巴　戰國時齊國的辯士。⓫呰　詆毀。⓬稷下　地名。在戰國齊都城臨淄稷門。齊宣王時曾招攬許多學者在那裡設壇講學，展開辯論。⓭魯連　魯仲連。齊國高士。據載田巴曾在狙丘和稷下等地跟人辯論，他毀五帝，罪三王，一旦而服千人。但魯仲連對他提出指責，說敵軍壓境，國家處在危亡之秋。先生所發的這些議論，並不能救國家之急於萬一，不如閉起你的嘴巴為好。田巴從此果然閉口不言。⓮息　止。⓯蘭茝蓀蕙　都是香草名。⓰海畔有逐臭之夫　指愛憎好惡與常人相反之人。《呂氏春秋・遇合》：「人有大臭者，其親戚、兄弟、妻妾、知識無能與居者，自苦而居海上。海上有悅其臭者，晝夜隨之而弗能去。」⓱咸池　相傳為黃帝之樂。⓲六莖　相傳為顓頊之樂。⓳發　演奏。⓴墨翟有非之之論　墨子有〈非樂〉。

【語　譯】有南威那樣美麗的面容，才可以談論美女；有龍淵那樣鋒利的寶劍，才可以談論截斷和切割。劉季緒的文才比不上著作家的水準，卻喜歡隨意詆毀他人的文章，妄加指摘他人文章的缺陷。從前田巴在稷下跟人辯論，他誣蔑五帝，歸罪三王，詆毀五霸，一時間使上千人信服；但魯仲連對他提出指責後，他便終生不敢再開口。劉季緒的辯才比不上田巴；而當今像魯仲連的人物，卻不難找到，能不停止隨意詆毀的風氣嗎？人們的愛好是各有不同的，蘭茝蓀蕙的芳香，人人都喜歡，但海邊卻有喜歡臭味的人；〈咸池〉、〈六莖〉演奏起來，人人都高興，但墨翟卻提出「非樂」的理論，人們的愛好哪能相同呢！

今往❶僕少小所著辭賦一通❷相與❸。夫街談巷說，必有可采；擊轅之歌❹，有應風雅❺，匹夫之思未易輕棄也❻。辭賦小道，固未足以揄揚❼大義❽，彰示❾來世也。昔揚子雲❿先朝⓫執戟之臣⓬耳，猶稱壯夫不為⓭也。吾雖薄德⓮，位為蕃侯⓯，猶庶幾⓰勠力上國⓱，流惠下民，建永世之業，留金石之功⓲，豈徒以翰墨⓳為勳績，辭賦為君子哉？若吾志未果，吾道不行，則將采庶官⓴之實錄，辯時俗之得失，定仁義之衷㉑，成一家之言，雖未能藏之於名山，將以傳之於同好㉒。非要之皓首㉓，豈今日之論乎？其言之不慚，恃㉔惠子㉕之知我也。

明早相迎，書不盡懷。曹植白。

【章　旨】本段發抒懷抱：首先當「建永世之業，流金石之功」，其次則當「成一家之言」。

【注　釋】❶往　送往。❷一通　一份。❸相與　相贈。❹擊轅之歌　田野中人叩擊車轅而應拍的歌唱。這裡指民歌。❺風雅　指《詩經》中的國風和大小雅。此指風雅精神。❻匹夫之思未易輕棄也　指自己的辭賦雖如同匹夫之思，也不肯輕易捨棄。❼揄揚　宣揚。❽大義　大原則；大道理。❾彰示　昭示。❿揚子雲　揚雄。漢代著名辭賦家。⓫先朝　前朝。⓬執戟之臣　指揚雄在漢成帝時任給事黃門郎，執戟以侍皇帝，職位卑下。⓭壯夫不為　《法言・吾子》：「或問：吾子少而好賦？曰：然。童子雕蟲篆刻。俄而曰：壯夫不為也。」⓮薄德　謂資性低下。⓯位為蕃侯　蕃，通「藩」。建安十九年（西元二一四年）曹植受封為臨淄侯，因稱藩侯。藩侯，諸侯為國屏藩。⓰庶幾　猶言希望。⓱上國　諸侯對帝室的稱呼。⓲留

金石之功　把功績刻在鐘鼎和碑碣上。⑲翰墨　筆墨。喻創作文章。⑳庶官　百官。庶，疑作「史」。㉑衷　同「中」。㉒同好　志同道合的人。㉓要之皓首　如同說相約白頭到老。要，約。皓首，白頭。㉔恃　依靠。㉕惠子　惠施。戰國名家。他是莊周的知友，兩人常常辯論。後惠子死，莊周過其墓說：「自夫子之死也，吾無以為質矣，吾無與言之矣。」這裡以莊周自擬，以惠施比楊修。說正因為我們相知甚深，所以敢於在你面前如此大言不慚。

【語　譯】現在送去我年輕時所作辭賦一份相贈。我以為即使是街談巷語，也一定有可以採納之處；即使是叩擊車轅所唱的民歌，也會具備《詩經》風雅的精神，凡俗匹夫的情思，也不應輕易捨棄。辭賦是小玩意兒，確是不足以宣揚大道理，昭示於未來。從前揚雄是西漢成帝時的給事黃門郎，執戟以侍皇帝的小臣，尚且說大丈夫不屑寫作辭賦。我雖然資性低下，位不過臨淄侯，尚且希望為帝室效勞，為人民謀福利，建樹不朽的功業，把功績銘刻在鐘鼎和碑碣上，哪裡僅僅是把創作文章作為自己的功勳，以寫作辭賦為君子呢？假若我的志向不能實現，我的主張不能實行，那就採集史官的實錄，辯論世俗的是非得失，折衷於仁義，自成一家之說，雖不能永藏於名山，也可以傳給志同道合的朋友。你我若不是相約到白頭的至交，我哪會發今日這番議論呢？至於出語大言不慚，正是仗恃著您能像惠施了解莊周那樣的了解我啊。

明日早早相迎，信中不能完全表達我的衷懷。曹植稟白。

與吳季重書

【作　者】曹植，見頁一六三二。

【題　解】吳質，字季重，是曹植的文友，這封信寫於吳質任朝歌令四年時，即建安二十年（西元二一五年）或二十一年。

本篇第一部分鋪述宴會上的歡樂，表示對吳質的留戀和懷念。第二部分則談文章，說音樂，議政事。通篇讀來，充分顯現曹植的才思敏捷，富有熱情，個性突出，無所顧忌。全文辭藻華麗，除了開頭結尾是對收信人的讚美和勉勵外，中間關於宴會和懷戀的描寫，極盡鋪陳，幾同辭賦。不僅文辭華美，而且有氣魄有意境，反映了曹植年輕時的豪華生活和任性而行，不自雕勵的思想作風。

植白，季重足下：前日雖因常調❶，得為密坐❷，雖燕飲彌日❸，其於別遠會稀❹，猶不盡其勞積❺也。若夫觴酌❻凌波❼於前，簫笳發音於後，足下鷹揚❽其體，鳳歎虎視❾，謂蕭曹❿不足儔⓫，衛霍⓬不足侔⓭也。左顧右盼，謂若無人，豈非君子⓮壯志哉！過屠門而大嚼⓯，雖不得肉，貴且快意⓰。當斯之時，願舉泰山以為肉，傾⓱東海以為酒，伐雲夢⓲之竹以為笛，斬泗⓳濱之梓⓴以為箏；食若填巨壑，飲若灌漏卮㉑。如上言㉒，其樂固難量，豈非大丈夫之樂哉？

【章　旨】本段除開頭幾句客氣慰問語外，都在追述宴會上吳質馳騁才情、豪邁自恣的情狀，既反映了曹植與吳質的深厚友情，也說明曹植對吳質的讚美之情。

【注　釋】❶常調　調守土之官在一定時期內向執政者述職。❷密坐　親近共處。❸彌日　終日。❹別遠會稀　相隔很遠而少能聚會。❺勞積　憂鬱。❻觴酌　俱謂酒杯。這裡作動詞用。❼凌波　吳質〈答東阿王書〉：「臨曲池而行觴。」可知凌波指在池邊行觴。凌，六臣注本作「陵」。❽鷹揚　如鷹那樣高飛遠揚。❾鳳歎虎視　歎，歌。鳳歌，歌聲如鳳鳴。喻文章優美。虎視，喻勇武。❿蕭曹　蕭何、曹參。漢高祖、惠帝時的丞相。⓫儔　匹敵。⓬衛霍　衛青、霍去病。都是漢武帝時的名將。⓭侔　同「儔」。匹敵。⓮君子　一作「吾子」。指吳質。⓯過屠門而大嚼　比喻羨慕而不能得到，想像已得之狀而聊以自慰。⓰快意　樂意。⓱傾　盡。⓲雲夢　澤名。在今湖南、湖北之間。⓳泗　泗水。發源於今山東泗水縣陪尾山。⓴梓　一種質地細密的木料。㉑卮　圓形的酒器。㉒如上言　一本無此三字，似宜刪去。

【語　譯】曹植稟告，季重足下：前些時雖然因為您來京城述職，得以親近共處，但即使宴飲終日，對於離多會少的人來說，仍然不能完全紓解鬱積的憂思。至於在曲池邊行觴飲酒，後有簫笳奏樂，而足下如鷹鳥高飛遠揚般的神態威武，聲音如鳳鳴，雙眼似虎目，文武俱美，勇壯無比，可以說蕭何、曹參都不能與之匹敵，名將衛青、霍去病也不足以媲美。左看右視，旁若無人，難道不是您的豪情壯志嗎！經過屠宰場門口而大口咀嚼，即使實際上得不到肉吃，也為難得如此而感到痛快。當此之時，願高舉泰山以為肉，盡倒東海之水以為酒，砍伐雲夢的竹子做成笛，斬斷泗水之濱的梓木做成箏；食量之大好像能填滿大壑，飲酒之多彷彿灌注漏底的酒杯。這種快樂確實是難以估量的，難道不是大丈夫的快樂嗎？

然日❶不我與，曜靈❷急節❸，面❹有過❺景之速，別有參商❻之闊。思欲抑❼六龍❽之首，頓❾羲和❿之轡，折若木⓫之華，閉濛汜⓬之谷。天路高邈，良久無緣⓭，懷戀反側，如何如何？

【章　旨】本段慨歎時光短促，相會之難；用誇張的語言表達對吳質的思念之情。

【注　釋】❶日　一作「歲」。指時間。❷曜靈　太陽。❸急節　這裡指急速前進之意。❹面　見面。❺過　一作「逸」。奔。❻參商　二星宿名。參星在西，商星在東，兩星不能同時看見，此出則彼沒，因以比喻人分離不得相見。❼抑　按。馬馳則昂頭，抑其首，使不得行。❽六龍　傳說中為日神駕車的獸。❾頓　停止。❿羲和　神話中為太陽駕車的神。⓫若木　崑崙山上的神木，可遮蔽日光。〈離騷〉：「折若木以拂日。」⓬濛汜　古稱太陽休息的山谷。⓭良久無緣　一作「良無由緣」。

【語　譯】但是時間不等待我，太陽走得太快，見面時間那麼短促，如同掠過的影子一樣，分別後就很難見面了，就像參商二星永無相會之日。多麼想要按住六龍的頭部，制止羲和的轡繩，折斷若木的花枝擋住太陽使之回頭，封住濛汜的谷口不讓太陽沈入。天高路遠，實在沒有相會的緣分，懷念依戀，輾轉反側，怎麼辦啊怎麼辦？

得所來訊❶，文采委曲❷，曄❸若春榮❹，瀏❺若清風❻，申詠❼反覆，曠❽若復面❾。其諸賢所著文章，想還所治❿復申詠之也。可令憙事⓫小吏⓬諷而誦之⓭。夫文章之難，非獨今也，古之君子猶亦病⓮諸。家有千里⓯，驥而不珍焉；人懷盈尺⓰，和氏⓱而無貴矣。夫君子而⓲不知音樂，古之達論⓳謂之通而蔽。墨翟不好伎⓴，何為過朝歌㉑而迴車乎？足下好伎，而正值墨翟迴車之縣，想足下助我張目㉒也。又聞足下在彼，自有佳政。夫求而不得者有之矣，未有不求而自得者也。且改轍㉓而行，非良樂㉔之御；易民而治，非楚鄭之政㉕。願足下勉之而已矣。適對嘉賓，口授㉖不悉㉗。往來數相聞。曹植白。

【章旨】本段讚揚吳質書信文采斐然和他在朝歌任職的政績，說明文章寫作之難，同時由朝歌談到音樂，由音樂又談到為政。議論風發，頗有真情實感。

【注釋】❶來訊　來信。訊，書信相問訊。❷委曲　同「委佗」。佳麗美豔之貌，此用以指文采斐然。❸曄　盛貌。❹春榮　春花。❺瀏　流暢。❻清風　《詩・大雅・烝民》：「吉甫作頌，穆如清風。」《正義》：「以清微之風化養萬物，故以比清美之詩。」此乃用以指內容之佳。❼申詠　重唱。❽曠　明。指心情開朗。❾復面　重又見面。❿所治　這裡指朝歌。⓫憙事　猶言好事。⓬小吏　一作「小史」。指謄寫文件的小吏。⓭諷而誦之　朗讀背誦。背誦曰諷，以聲節之曰誦。

⑭病 難。⑮千里 指千里馬。⑯盈尺 指盈尺之璧。⑰和氏 卞和。此指和氏璧。⑱而 如。⑲達論 通達事理的言論。這裡指《荀子．解蔽》：「墨子蔽於用而不知文。」⑳伎 女樂。㉑朝歌 河南省縣名。鄒陽〈獄中上書〉：「邑號朝歌，墨子迴車。」意謂墨子提倡「非樂」，朝歌的地名就有歌唱之意，因此墨翟便掉轉車頭，不入朝歌。㉒張目 助長聲勢。㉓轍 車行軌道。㉔良樂 古代王良、伯樂，都是善相馬者。㉕楚鄭之政 《史記》記循吏，楚有孫叔敖，鄭有子產，而二國俱治，是不易之民也。㉖口授 口述而令人書寫。㉗不悉 不詳盡。

【語 譯】得到您的來信，文采斐然，美盛如春花，流暢如清風，反覆吟詠，心曠神怡，彷彿又親眼看到您一樣。至於其他朋友所寫的文章，料想您回到朝歌後，也會反覆吟詠的。也可以讓愛好文章的下屬官吏們諷詠背誦這些文章。文章寫作之難，不但今天如此，就是古代的君子也是感到頭痛的。家家都有千里馬，就不覺良驥珍貴；人人都擁有一尺多的璧玉，就不感到和氏璧貴重。君子如果不懂得音樂，古代通達事理的言論就批評為注重實用而不懂得文采。墨翟自己不喜歡女樂，為什麼經過名叫「朝歌」的地方要掉轉車子呢？足下喜歡女樂，恰好要去墨翟迴車的朝歌縣任職，料想足下會有意幫助我擴大我的主張吧。又聽說足下在那裡，自有美好的政績。天下事有追求而得不到的，沒有不追求而自然獲得的。況且王良、伯樂並非改道而行，才能駕馭良馬；楚國孫叔敖、鄭國子產並非易民而治，才能有那樣的美政。希望您好好努力吧。

現在我正有嘉賓在座，這封信是口授的，不一定能全面表達我的意思。願多多往來，互通音信。曹植稟白。

答東阿王書

【作 者】吳質，見頁一九三五。

【題 解】這是吳質寫給曹植的回信，當亦作於建安二十年或二十一年。曹植於太和三年（西元二二九年），徙封東阿，故又稱東阿王。後人故題此信為〈答東阿王書〉。

曹丕和曹植兄弟同室操戈，吳質卻是他們共同的朋友。《三國志・魏志・王衛二劉傳》：「吳質，濟陰人，以文才為文帝所善，官至振威將軍，假節都督河北諸軍事，封列侯。」

據《三國志・魏志・陳思王植傳》介紹，曹植既善屬文，又任性而行，不自雕勵，飲酒不節。本篇就是追憶作者和曹植當年共同宴飲之樂，描述他們樂舞不節，狂放不羈的生活。既感激曹植對他的知遇之恩，又讚美曹植的文思才情。全文既談文章，也說音樂。文辭華麗，用典恰當，意境開闊，同時也表達自己對政治的見解，透露出個人抱負不得舒展的憂鬱之情。

質白：信到，奉所惠貺❶，發函伸紙，是何文采之巨麗，而慰喻之綢繆❷乎！

夫登東嶽❸者然後知眾山之邐迤❹也；奉至尊❺者然後知百里❻之卑微也。自旋❼之初，伏念❽五六日，至于旬時，精散思越，惘若❾有失。非敢羨寵光❿之休⓫，慕猗頓⓬之富；誠以身賤犬馬，德輕鴻毛⓭。至乃歷玄闕⓮，排金門⓯，升玉堂⓰，伏⓱虛檻⓲於前殿，臨曲池而行觴⓳。既威儀⓴虧替，言辭漏渫㉑。雖恃平原養士㉒之懿㉓，愧無毛遂燿穎之才㉔；深蒙薛公㉕折節㉖之禮，而無馮諼㉗三窟㉘之效；屢獲信陵㉙虛左㉚之德，又無侯生㉛可述之美。凡此數者，乃質之所以憤積於胸臆，懷眷而悁邑㉜者也。

【章　旨】先讚美曹植文采斐然，再感謝曹植殷勤關照的情意，主要是申述自己蒙受曹植的知遇之恩，卻無毛遂、馮諼、侯嬴諸人的才德，而無以報答，因此內心不安而憂鬱。

【注　釋】❶惠貺　稱人餽贈的敬詞。這裡指曹植給吳質的信。❷綢繆　情意殷勤。❸東嶽　泰山之稱。❹邐迤　曲折綿延。❺至尊　極其尊重。❻百里　縣令所管轄的範圍。這是吳質自己的謙稱。❼旋　還。指吳質前從朝歌至鄴城，又從鄴返還朝歌時。❽伏念　同「服念」。反覆思考。❾惘若　失意貌。不知所以。❿寵光　恩寵榮耀。⓫休　美。⓬猗頓　春秋魯人。以經營畜牧鹽業，十年之間成為豪富，貲擬王侯。因發家於猗氏，故名猗頓，世稱陶朱猗頓之富。事見《史記·貨殖列傳》。⓭德輕鴻毛　形容品德低下。⓮玄闕　玄武闕，在漢未央宮北。⓯金門　金馬門之省稱。宦者署門，後稱官署。⓰玉堂　漢代殿名。階陛皆以白玉為之。⓱伏　憑；倚憑。⓲虛檻　鉤欄。隨屋勢高下曲折的欄杆。虛，五臣本作「櫺」。⓳行觴　行酒。依次敬酒。⓴威儀　禮儀。㉑漏渫　失度之意。㉒平原養士　戰國時趙國平原君趙勝善養士。㉓懿　美德。㉔毛遂燿穎之才　平原君門客毛遂曾自我推薦，出使楚國，脅迫楚王解救趙國的危難。燿，顯耀。穎，器物的尖端。毛遂自薦，脫穎而出的故事見《史記·平原君虞卿列傳》。㉕薛公　戰國齊孟嘗君。㉖折節　屈己下人，降低身分。㉗馮諼　孟嘗君門客。曾為孟嘗君出狡兔三窟之計以自保，使孟嘗君高枕無憂。事見《戰國策·齊策》。㉘三窟　三個洞穴。係指狡兔遇敵，可以輾轉逃避。後比喻人有多種避禍方法。㉙信陵　戰國魏信陵君。㉚虛左　古時乘車以左位為尊，空著以待貴賓，謂之虛左。㉛侯生　侯嬴。魏大梁（今河南開封）夷門監者。信陵君大會賓客。公子從車騎虛左位，自迎夷門侯嬴，侯上座不讓，以觀信陵君顏色。後信陵君救趙，用侯嬴計，盜兵符；侯嬴自殺以激勵公子。事見《史記·信陵君列傳》。㉜悁邑　憂鬱。邑，通「悒」。

【語　譯】吳質稟告：來信已收到，承蒙賜書，打開信函，伸展信紙，文采是多麼華麗，言辭之間是多麼情意殷勤啊！攀登過泰山，然後懂得群山的曲折綿延；事奉過最尊貴的人，然後懂得管轄百里之地的小吏卑賤輕微。自從鄴城返回朝歌，反覆思考了五六天，直至十來天，精神分散思想不集中，似有所失，不知所以。我不敢羨慕恩寵榮耀之美，也不敢羨慕猗頓那樣的富有；實在由於身價比犬馬還賤，品德比鴻毛還輕。而我竟得以走過玄武闕，推開金馬門，登上白玉堂，倚憑著前殿的欄杆，親臨曲池而依次行酒。卻又失去了應有的禮儀，說出過度的言辭。雖然我依恃著受到像平原君養士那樣的善行，卻自慚沒有毛遂脫穎而出那樣顯耀的才能；深深蒙受像孟嘗君那樣屈己下人的恩寵，卻沒有馮諼鑿三窟那樣的功勞；屢次獲得像信陵君那樣禮遇的恩德，卻又沒有侯嬴那樣值得讚揚的美行。以上幾項，正是我積憤於內心，深懷眷戀而憂鬱的原因啊。

若追前宴❶，謂之未究❷。欲傾海為酒，并山為肴，伐竹雲夢，斬梓泗濱❸，然後極雅意，盡歡情，信公子❹之壯觀，非鄙人❺之所庶幾❻也。若質之志，實在所天❼，思投印釋黻❽，朝夕侍坐；鑽仲父❾之遺訓❿，覽老氏之要言⓫；對清酤⓬而不酌，抑⓭嘉肴而不享，使西施⓮出帷，嫫母⓯侍側。斯盛德之所蹈⓰，明哲⓱之所保也。若乃近者之觀⓲，實蕩鄙心⓳。秦箏⓴發徽㉑，二八㉒迭㉓奏㉔，塤㉕、蕭激於華屋，靈鼓㉖動於座右，耳嘈嘈㉗於無聞，情踴躍於鞍馬㉘；謂可北懾㉙肅慎㉚，使貢其楛矢㉛；南震百越㉜，使獻其白雉㉝。又況權備㉞，夫何足視乎！

【章旨】敘述己志，以為守道讀經，實是明哲之舉。然樂舞和盛，亦足動心。

【注釋】❶前宴　指曹植和作者往日宴會。❷究　盡。❸欲傾海為酒四句　曹植〈與吳季重書〉有：「當斯之時，願舉泰山以為肉，傾東海以為酒，伐雲夢之竹以為笛，斬泗濱之梓以為箏，食若填巨壑，飲若灌漏卮。」此係重述曹植語。❹公子　指曹植。❺鄙人　郊野俗人。此自指。❻庶幾　表希望。《詩・小雅・車舝》：「雖無旨酒，式飲庶幾。雖無嘉殽，式食庶幾。」❼所天　指所尊敬的人，即曹植。❽投印釋黻　丟掉縣令之印和印綬。黻，通「紱」，繫印的絲帶。❾仲父　孔子字仲尼。❿遺訓　指儒家六經。⓫要言　指《道德經》五千言。⓬清酤　酒。⓭抑　止。⓮西施　古代越國美女。⓯嫫母　古代齊國醜女。⓰蹈　履；實行。⓱明哲　猶言明智。謂洞察事理。⓲近者之觀　指曹植所述飲宴之時。⓳鄙心　作者自稱。⓴秦箏　類似瑟的弦樂器。㉑徽　琴徽，繫弦的繩。㉒二八　指舞者十六人。㉓迭　更替；輪流。㉔奏　進。㉕塤　同「壎」。古樂器。㉖靈鼓　古樂器。《周禮・地官・鼓人》：「以靈鼓鼓社祭。」注：「靈鼓，六面鼓也。」一說：四面鼓。㉗嘈嘈　喧甚。㉘鞍馬　騎馬。㉙懾　震懼。㉚肅慎　古民族名，分布於黑龍江、松花江流域。《國語・魯語下》：「於是肅慎氏貢楛矢石砮，其長尺有咫。」㉛楛矢　用楛木做桿的箭。㉜百越　古稱江浙閩粵之地所居住的越族。㉝白雉　古以白雉為祥瑞之徵。李善注引《太公金匱》曰：「武王伐殷，四夷聞，各以來貢。越裳獻白雉，重譯而至。」㉞權備　孫權、劉備。

【語　譯】假如要追念昔日宴會，真是說也說不完。想要傾倒海水以為酒，合并山林出產以為肴，伐竹於雲夢以為笛，斬梓木於泗水之濱以為箏，然後能極盡高雅之意、歡娛之情，這確是公子宴飲的豪華場面，並不是俗陋之人所能希求的。說到我的心志，就在於所尊敬的人，常想辭去官職，以便朝夕陪坐左右；鑽研孔子的遺訓，流覽老子的要妙之言；面對美酒而不飲，停止嘉肴而不享用，使美女西施走出帷屋，讓醜女嫫母侍奉左右。這是大德之人所要實行的，也是明智者用來保身的。然而近日的宴飲壯觀，實在使我動心。秦箏彈奏，舞者編隊更替迭進，塤聲、簫聲激盪於華麗的堂屋，靈鼓敲響於座側，耳邊喧鬧，聽不到別的聲音，歡樂的情緒如策馬踴躍前進；簡直可以向北威懾肅慎，讓他們進貢楛矢，向南可以威震百越，讓他們貢獻白雉。何況孫權和劉備，有什麼值得重視的呢！

還治❶諷采所著❷，觀省英瑋❸，實賦頌之宗，作者之師也❹。眾賢所述，亦各有志。昔趙武過鄭，七子賦《詩》，《春秋》載列，以為美談❺。質小人也，無以承命❻。又所答貺，辭醜義陋❼。申之再三，赧然❽汗下。此邦之人，閑習辭賦，三事大夫，莫不諷誦❾，何但小吏❿之有乎！重惠苦言⓫，訓以政事；惻隱之恩⓬，形乎文墨。墨子迴車⓭，而質四年⓮，雖無德與民，式⓯歌且舞。儒墨不同，固以久矣。然一旅⑯之眾，不足以揚名；步武⑰之間，不足以騁跡。若不改轍易御⑱，將何以效其力哉？今處此而求大功，猶絆⑲良驥之足，而責以千里之任；檻⑳猨㉑猴之勢，而望其巧捷之能者也。不勝見恤㉒，謹附遣白答，不敢繁辭。吳質白。

【章旨】讚美曹植文章才華煥發，朝歌之大夫、小吏，無不諷誦，引為楷模。同時述說自己侷處朝歌，不得伸展大志的鬱悶。

【注釋】❶還治　回到治所（指朝歌）。❷諷采所著　指諷誦採納曹植所賜之文。❸英瑋　形容曹植詩文如出眾的美玉。❹實賦頌之宗二句　意謂曹植詩文是歷代賦頌的佳品，也是作者的楷模。❺昔趙武過鄭四句　《左傳・襄公二十七年》：趙武與諸侯大夫會。「鄭伯享趙孟于垂隴，子展、伯有、子西、子產、子大叔、二子石從。趙孟曰：『七子從君，以寵武也。請皆賦，以卒君貺，武亦以觀七子之志。』子展賦〈草蟲〉，趙孟曰：『善哉，民之主也！抑武也，不足以當之。』伯有賦〈鶉之賁賁〉。趙孟曰：『床笫之言不踰閾，況在野乎？非使人之所得聞也。』子西賦〈黍苗〉之四章。趙孟曰：『寡君在，武何能焉？』子產賦〈隰桑〉。趙孟曰：『武請受其卒章。』子大叔賦〈野有蔓草〉。趙孟曰：『吾子之惠也。』印段賦〈蟋蟀〉。趙孟曰：『善哉，保家之主也！吾有望矣。』公孫段賦〈桑扈〉。趙孟曰：『「匪交匪敖」，福將焉往？若保是言也，欲辭福祿，得乎？』」❻承命　接受命令。❼辭醜義陋　謙稱自己文章拙劣。❽赧然　羞愧而臉紅的樣子。❾三事大夫二句　意謂朝歌諸官賦閒家居者，都在諷誦傳習曹植的文章。三事，三公。大夫，六卿及中下大夫。此指休職致仕居朝歌者。❿小吏　指謄寫文件的屬吏。曹植〈與吳季重書〉：「其諸賢所著文章，想還所治復申詠之也。可令憙事小吏諷而誦之。」六臣本作「小史」。⓫苦言　良言。⓬惻隱之恩　同情、憐憫的恩情。⓭墨子迴車　曹植〈與吳季重書〉：「墨翟不好伎，何為過朝歌而迴車乎？足下好伎，而正值墨翟迴車之縣，想足下助我張目也。」據《淮南子・說山》，墨翟遊歷途經朝歌（紂時都邑，在今河南湯陰南），因為「朝歌」這名稱有「朝朝而歌」之意，跟墨翟的「非樂」主張相背，故掉轉車頭，不入朝歌。⓮質四年　言吳質任朝歌令四年。⓯式　既。⓰一旅　古以一旅為五百人。這裡喻指朝歌縣小，不足為揚名。⓱步武　六尺為步，半步為武，謂相距不遠。⓲改轍易御　喻必須離開朝歌另就高職，否則不能發揮自己的才力。這是回答曹植的話。曹植

〈與吳季重書〉：「且改轍而行，非良樂之師；易民而治，非楚鄭之政，願足下勉之而已矣。」似不同意他調離朝歌。轍，車行軌道。⑲絆　拘繫馬腳曰絆。⑳檻　關野獸的籠子。㉑猨　同「猿」。㉒恤　體恤；幫助。

【語　譯】回到治所諷誦您的文章，如觀覽省察稀世珍寶，確實是賦頌的宗主，作者的榜樣。諸賢俊所陳述，也各自表達了自己的志向。從前，晉國的趙武經過鄭國，鄭國七子都各自賦《詩》，《春秋》記載，傳為美談。我是淺薄之輩，無法接受您的命令。我的覆信，又是言辭拙劣、內容貧乏。您再三申教，我則羞愧得臉紅而流汗。這地方的人，經常習誦辭賦，縣內的官吏，無不諷誦，何止是好事小吏才能諷誦呢！再次領教良言，垂訓以治理之事；憐憫的恩情，表現在文章上。墨翟在朝歌掉轉車頭，而我在朝歌從政四年，雖然沒有德政給百姓，也使百姓既歌且舞。儒墨之不同，確已長久了。然而五百人的隊伍，不能夠名揚四海；幾步路之間，不能馳騁。假若不改弦易轍，調任他職，將如何效力呢？如今身在朝歌而想要求取大功，正好像是拘繫著駿馬的腳，而責令牠奔跑千里之遠；把猿猴關在籠子裡，而要求牠表現出靈巧快捷的才能啊。多承體恤，恭謹地附信陳述回答，不敢繁瑣言詞。吳質述。

與滿公琰書

【作　者】應璩（西元一九〇～二五二年），字休璉，是應瑒之弟，三國魏時汝南（今河南一帶）人。官至侍中，典著作。博學好屬文。明張溥輯有《應休璉集》。

【題　解】這是一封應酬性的書信，卻能寫得趣味盎然，典雅不俗。

這封信是應璩寫給滿公琰的。滿公琰是滿寵的兒子，名炳。他剛過訪應璩，應璩欲遣書致謝，而滿炳又派人來召璩，璩因「別事不得往，故為報」。

作者把滿炳來訪，比作信陵君親訪侯嬴、眷愛毛公，情意之深，又有過之。因而歡欣踴躍，極盡款待；

海味山珍，宴樂盡酣。最後說自己不能赴漳渠之會的抱憾之情。全文有敘述，有描寫；在敘述中穿插典故，而描寫又充滿想像，誇張又不失度地表達了作者的感激之情。

璩白：昨者不遺❶，猥❷見照臨❸。雖昔侯生❹納顧於夷門，毛公❺受眷於逆旅❻，無以過也。外嘉郎君❼謙下之德，內幸頑才❽見誠知己，歡欣踴躍，情有無量❾。是以奔騁❿御僕，宣命周求⑪，陽書⑫喻於詹何⑬，楊倩⑭說於范武⑮。故使鮮魚出自潛⑯淵，芳旨⑰發⑱自幽巷，繁俎⑲綺錯⑳，羽爵㉑飛騰，牙曠㉒高徽，義渠㉓哀激。當此之時，仲孺㉔不辭同產㉕之服，孟公㉖不顧尚書㉗之期，徒恨宴樂始酣㉘，白日傾夕，驪駒㉙就駕，意不宣展。追惟㉚耿介㉛，迄于明發㉜。適欲遣書，會㉝承來命㉞。知諸君子復有漳渠之會。夫漳渠西有伯陽㉟之館，北有曠野㊱之望。高樹翳㊲朝雲，文禽㊳蔽綠水，沙場夷敞㊴，清風肅穆㊵，是京臺㊶之樂也，得無流而不反乎！適有事務，須自經營㊷，不獲侍坐，良增邑邑㊸，因白不悉。璩白。

【注釋】❶遺　遺棄。❷猥　謙詞。猶言辱。❸照臨　光臨。指公琰來訪。❹侯生　侯嬴。據《史記・信陵君列傳》，魏公子信陵君廣納賢士，特地到大梁夷門拜訪侯嬴，並請侯嬴赴宴坐上座。❺毛公　《史記・信陵君列傳》：趙有處士毛公藏於博徒，薛公藏於賣漿家。魏公子欲見之，兩人自匿不肯見。公子聞所在，乃間步往。從此兩人遊甚歡。❻逆旅　客舍。迎止賓客之處。❼郎君　門生故吏稱長官或師門子弟。這裡指滿公琰。公琰父寵為太尉，璩嘗事之，故稱郎君。❽頑才　愚鈍之才。應璩自謂。❾歡欣踴躍二句　言滿公琰來訪，應璩歡欣雀躍之狀和體念到的無限情意。❿奔騁　意謂奔馳車馬。⓫宣命周求　意謂明令周求饌食，以給公琰。⓬陽晝　或作「陽晝」。《說苑・政理》：「宓子賤為單父宰，過於陽晝，曰：『子亦有以送僕乎？』陽晝曰：『吾少也賤，不知治民之術，有釣道二焉，請以送子。』子賤曰：『釣道奈何？』陽晝曰：『夫投綸錯餌，迎而吸之者，陽橋也，其為魚薄而不美。若存若亡，若食若不食者，魴也；其為魚也博而厚味。』宓子賤曰：『善。』」⓭詹何　楚人。古之善釣者。⓮楊倩　李善注引《韓非子・外儲說右上》以為係宋國鄉里中的長者楊倩。⓯范武　未詳。疑係古之善為酒者。⓰潛　魚止息處。⓱芳旨　美酒。⓲發　出。⓳繁俎　裝滿食品的杯盤。俎，古代祭祀、設宴時盛置牲口的木製禮器。⓴綺錯　縱橫交錯。㉑羽爵　爵形酒器。亦稱羽觴。㉒牙曠　伯牙、師曠。皆為古代著名樂師。徽，琴徽；繫弦的繩。這裡指琴弦。㉓義渠　古戎國名。㉔仲孺　灌夫字仲孺。據《史記・魏其武安侯列傳》記載，灌夫嘗有姊服，過丞相田蚡，蚡從容曰：「吾欲與仲孺過魏其侯，會仲孺有服。」灌夫曰：「將軍乃肯幸臨魏其侯，夫安敢以服為解。」㉕同產　同胞姊弟。㉖孟公　陳遵字孟公。《漢書・陳遵傳》：「遵耆酒，每大飲，賓客滿堂，輒關門，取客車轄投井中，雖有急，終不得去。嘗有部刺史奏事，過遵，值其方飲，刺史大窮，候遵霑醉時，突入見遵母，叩頭自白當對尚書有期會狀，母乃令從後閤出去。遵大率常醉，然事亦不廢。」㉗尚書　官名。漢成帝時設尚書員，群臣章奏都經過尚書，位雖不高，而權很大。㉘酣　盡情。㉙驪駒　黑色的馬。㉚惟　思。㉛耿介　這裡指不安。㉜明發　黎明；平明。㉝會　遇。㉞來命　謂公琰有使來也。㉟伯陽　老子字。㊱曠野　原野。㊲翳　障蔽。㊳文禽　有五彩花紋的鳥。㊴夷敞　平坦寬闊。㊵肅穆　清風貌。㊶京臺　楚國的高臺。㊷經營　謂處置。㊸邑邑　同「悒悒」。鬱悶貌。

【語　譯】應璩陳述：昨日承你不棄，駕臨來訪。即使是當年信陵君光顧接納侯嬴於夷門，眷愛訪求毛公於客舍，也沒有超過你的情意。我對外讚美你有謙遜的美德，對內慶幸愚才能得到真正的知己，歡欣雀躍，情意無限。所以指使僕役奔馳車馬，明令遍求饌食，如陽晝那般曉喻詹何釣魚之術，如楊倩那般解說范武的售酒。因而鮮魚出自深淵，美酒出自深巷，裝滿菜肴的杯盤，縱橫交錯，爵形酒杯飛快傳動，伯牙、師曠撥弦高奏鳴琴，義渠國的歌樂發出哀傷激越之音。在那個時候，灌夫也不推辭有親姊的喪服，陳遵也顧不得尚書的期約。只怨恨宴飲歡樂剛開始盡情，夕陽已經偏西，黑馬就駕將歸，歡情尚未盡展。追思心中不安，直至黎明。

剛想發信，恰遇來使，得知諸位君子還有漳、渠的聚會。漳、渠西有老聃的廟，北有無際的原野。高樹遮蔽朝雲，五彩的鳥遮蔽了碧綠的河水，沙場平坦寬敞，清風涼爽宜人，這是登臨楚國高臺的樂趣，能不流連而忘返嗎！恰有事務，須我處置。不能夠陪坐，心中很感不樂，因而奉告，不能詳盡。應璩陳述。

與侍郎曹長思書

【作　者】應璩，見頁二〇五七。

【題　解】這是應璩寫給朋友曹長思的信。曹長思大概當過尚書省的屬官，故稱他為侍郎。《三國志》無傳。

全文除開頭幾句寫作者對朋友的思念之情外，其餘都是作者覽古察今，追昔撫今的感慨言辭，表達作者的憤激之情和淡泊之志。先以王肅、何曾為例，說明人無老少都要有遠大的理想，但現實卻是「薄援助者，不能追參於高妙」，因而不得不「塊然獨處」。再以汲黯、何武為例，說明事出有因，聊以解嘲。然後和陳平、揚雄、陳遵作對比，看出自己才疏學淺，因而只能過「樵蘇不爨」的淡泊生活。最後以「皮朽者毛落，川涸者魚逝，春生者繁華，秋榮者零悴」四句富有哲理性的語言作結束，讓彼此在精神上得到安慰和滿足。

璩白：足下去後，甚相思想。叔田有無人之歌❶，闉闍有匪存之思❷，風人❸之作，豈虛也哉！王肅❹以宿德❺顯授，何曾❻以後進❼見拔，皆鷹揚❽虎視❾，有萬里之望❿。薄援助者，不能追參於高妙⓫，復斂翼於故枝，塊然獨處⓬，有離群之志。汲黯⓭樂在郎署⓮，何武恥為丞相⓯，千載揆⓰之，知其有由也。德非陳平，門無結駟之跡⑰；學非楊雄，堂無好事之客⑱；才劣仲舒，無下帷之思⑲；家貧孟公，無置酒之樂⑳。悲風起於閨闥㉑，紅塵㉒蔽於机㉓榻㉔。幸有袁生㉕，時步玉趾㉖。樵蘇不爨㉗，清談而已，有似周黨之過閔子。夫皮朽者毛落，川涸者魚逝㉘；春生者繁華，秋榮者零悴㉙，自然之數㉚，豈有恨哉。聊為大弟㉛陳其苦懷耳。想還在近，故不益言。璩白。

【注釋】❶叔田有無人之歌　《詩・鄭風・叔于田》：「叔于田，巷無居人。」于，往。田，打獵。巷，猶今里弄。❷闉闍有匪存之思　《詩・鄭風・出其東門》：「出其闉闍，有女如荼。雖則如荼，匪我思且。」闉闍，城外曲城的重門。亦泛指城門。存，想念。❸風人　詩人。這裡指《詩經》國風的作者。❹王肅　《三國志・魏志・王肅傳》：「肅字子雍。年十八，從宋忠讀《太玄》，而更為之解。黃初中，為散騎黃門侍郎。太和三年，拜散騎常侍。」「正始元年出為廣平太守，公事徵還，拜議郎，頃之為侍中，遷太常。」「後遷中領軍，加散騎常侍。」❺宿德　年老而有德望的人。❻何曾　據《晉書》本傳，何曾，字穎考，陳國人也，曾弱冠累遷散騎侍郎、給事黃門郎。❼後進　這裡指後輩。《論語・先進》：「後進于禮樂，君子也。」也用以泛指後仕。❽鷹揚　鷹之奮揚。喻威武或大展雄才。❾虎視　如虎之雄視。❿萬里之望　謂富貴。⓫薄援助者二句　意謂無親朋在朝廷任達官者，不能追求參與高妙之才的行列。意謂不能得高官。⓬塊然獨處　指索居無聊。塊然，孤獨的樣子。⓭汲黯　《漢書・汲黯傳》：「召黯拜為淮陽太守。黯伏謝不受印綬，詔數強予，然後奉詔。召上殿，黯泣曰：『臣自以為填溝壑，不復見陛下，不意陛下復收之。臣常有狗馬之心，今病，力不能任郡事。臣願為中郎，出入禁闥，補過拾遺，臣之願也。』」⓮郎署　官署。⓯何武恥為丞相　《漢書・何武傳》：「初武為九卿時，……多所舉奏，號為煩碎，不稱賢公。……哀帝亦欲改易大臣，遂策免武曰：『君舉錯煩苛，不合眾心，孝聲不聞，惡名流行，無以率示四方。其上大司空印綬，罷歸就國。』後五歲，諫大夫鮑宣數稱冤之，天子感丞相王嘉之對，而高安侯董賢亦薦武，武由是復徵為御史大夫。月餘，徙為前將軍。」何武立朝正直，嚴於執法。然「恥為丞相」則史所未載。⓰揆　測度。⓱德非陳平二

句　陳平家貧，好讀書。張負隨平至其家，家負郭窮巷，以席為門，然門外多長者車轍。事見《漢書・陳平傳》。結駟，用四馬並轡駕一車。⑱學非楊雄二句　楊雄，應作「揚雄」。「揚雄家素貧，嗜酒，人稀至其門。時有好事者，載酒肴從遊學。」事見《漢書・揚雄傳》。⑲才劣仲舒二句　《漢書・董仲舒傳》：「董仲舒，廣川人也。少治《春秋》，孝景時為博士。下帷講誦，弟子傳以久次相授業，或莫見其面。蓋三年不窺園，其精如此。進退容止，非禮不行，學士皆師尊之。」⑳家貧孟公二句　《漢書・陳遵傳》：「陳遵，字孟公，杜陵人也。……遵耆酒，每大飲，賓客滿堂，輒關門，取客車轄投井中，雖有急，終不得去。……始遵初除，乘藩車入閭巷，過寡婦左阿君置酒歌謳，遵起舞跳梁，頓仆坐上，暮因留宿，為侍婢扶臥。」㉑閨闥　小門。㉒紅塵　飛揚的塵土。㉓机　案。㉔榻　床。㉕袁生　應璩的朋友。㉖玉趾　敬詞。猶言貴步。㉗樵蘇不爨　有柴有草，無食為爨。李善注引《東觀漢記》：「太原閔貢，字仲叔，與周黨相遇，含菽飲水，無菜茹也。」㉘逝死。㉙零悴　凋零枯萎。㉚自然之數　大自然的客觀規律。數，六臣本作「歎」。㉛大弟　謂曹長思。

【語　譯】應璩陳述：自你離去以後，很是思念。叔外出打獵，詩人就有「巷無居人」的歌詠，一走出城門，詩人就有非我想念之人的喟歎，詩人的作品，哪裡是空談的啊！王肅憑著年老有德望而獲得高官，何曾以年輕後輩得到提拔，都是大展雄才如虎之雄視，可望得到富貴。沒有親友在朝廷任達官的，就不能追求參與高妙之才的行列，只能收攏翅膀棲留舊枝，孤獨無聊，抱持遠離群眾的志向。汲黯樂於身處官署，何武卻恥為丞相，千年以來測度此事，才知道此事是有來由的。才德不同於陳平，門前沒有長者的馬車；學識不如揚雄，堂上沒有喜歡研究學問的客人；才能低於董仲舒，沒有下帷講習的想法；家境貧窮過於孟公，沒有設宴備酒的樂趣。秋風起於閨門，飛揚的塵土遮蔽机案床榻。幸好有袁生時常來訪，柴草具備卻無食為爨，只有相對清談罷了，彷彿從前周黨訪問閔子一樣。皮腐朽則毛掉落，河乾枯則游魚死；春天裡萬物榮華，秋天時花卉容易凋落，大自然的規律，哪裡有什麼可怨恨的。聊且跟你訴說自己苦悶的情懷罷了。想你不久歸還，所以不再多說了。應璩陳述。

與廣川長岑文瑜書

【作　者】應璩，見頁二〇五七。

【題　解】這是應璩寫給廣川縣（故城在今河北景縣西南）縣令岑文瑜的書信。

當時，廣川縣正逢大旱，縣衙上下紛紛祈禱求雨，歷時十餘天，聲勢甚大卻無效應，作者有感於此，邊敘邊論，亦莊亦諧，不妨把此文看作一篇逢旱祈雨的小品文。

作者先述旱勢的嚴重，文辭誇張而不失真實之感；再述當時祈雨的種種形態，客觀上有揭露迷信的作用；最後發出感慨，為什麼禹湯祈禱應驗甚靈，而今祈求則神靈不應呢？把當今官吏的所謂「知恤下民」挖苦作弄了一番。最後說明要求得甘霖，長吏必須真正具備賢德精誠，使吏治肅清，方能感應上天。

璩白：頃者炎旱，日更增甚。沙礫❶銷鑠❷，草木焦卷❸。處涼臺而有鬱蒸❹之煩，浴寒水而有灼爛❺之慘❻；宇宙雖廣，無陰以憩。〈雲漢〉❼之詩，何以過此。土龍❽矯❾首於玄寺❿，泥人⓫鶴立於闕里⓬。修之曆旬，靜無徵效⓭，明勸教之術，非致⓮雨之備也。知恤⓯下民，躬自暴露⓰，拜起靈壇⓱，勤亦至矣。昔夏禹之解陽盱⓲，殷湯之禱桑林⓳，言未發而水旋流，辭未卒而澤滂沛⓴。今者雲重積而復散，雨垂落而復收，得無賢聖殊品，優劣異姿，割髮宜及膚，翦㉑爪宜侵肌乎？周征殷而年豐㉒，衛伐邢而致雨；善否之應㉓，甚於影響㉔，未可以為不然也。想雅思所未及，謹書起予㉕。應璩白。

【注　釋】❶沙礫　沙子和碎石塊。❷銷鑠　銷鎔。❸焦卷　枯萎。❹鬱蒸　阻滯煩悶。❺灼爛　燒爛。❻慘　通「懆」。憂愁。❼雲漢　《詩‧大雅》之一篇，是周宣王大旱祈雨之詩。❽土龍　土製的龍。古代用土龍來求雨。《淮南子‧說山》：「聖人用物，若用朱絲約芻狗，若為土龍以求雨，芻狗待之而求福，土龍待之而得食。」高誘注：「土龍致雨，雨而成穀，故得待土龍之神而得穀食。」❾矯　舉。❿玄寺　道場。⓫泥人　古代祈雨之物。⓬闕里　孔子授徒之所名闕里。這裡指孔廟。⓭修之曆旬二句　意謂祈雨十餘日，毫無效果，仍不降雨。⓮致　求。⓯恤　憂。⓰暴露　身立於日。⓱靈壇　祈雨壇。⓲夏禹之解陽盱　六臣注曰：禹治水，以身祈于陽盱於河，禹言未發而水治矣。⓳殷湯之禱桑林　《呂氏春秋‧順民》：「昔者湯克夏而正天下，天大旱，五年不收，湯乃以身禱於桑林，曰：『余一人有罪，無及萬夫。萬夫有罪，在余一人，無以一人之不敏，使上帝鬼神傷民之命。』於是翦其髮，鄽其手，以身為犧牲，用祈福於上帝，民乃甚說，雨乃大至。」⓴滂沛　雨水盛貌。㉑翦　同「剪」。斬斷。㉒周征殷而年豐　《左傳‧僖公十九年》：「秋，衛人伐邢，以報菟圃之役。於是衛大旱，卜有事於山川，不吉。甯莊子曰：『昔周饑，克殷而年豐。今邢方無道，諸侯無伯，天其或者欲使衛討邢乎？』從之。師興而雨。」㉓應　應驗。㉔影響　謂感應迅疾。㉕起予　《論語‧八佾》：「子曰：『起予者商也，始可與言詩已矣。』」起，發。予，我。

【語　譯】應璩陳述：近來乾旱炎熱，一天比一天厲害。沙石銷鎔，草木枯萎。身處涼臺卻有阻滯煩悶之心，沐浴冷水卻有焦爛之憂；宇宙雖然廣闊無際，卻沒有陰涼之地可以休息。〈雲漢〉一詩所描寫的大旱情景，也不能超過目前情景。土龍舉頭於道場，泥人鶴立於孔廟。舉行祭拜十餘天，仍無徵驗效應，說明規勸教育的方法，並非求雨的措施。懂得體恤百姓，親自立於陽光下，祭拜於祈雨壇，可謂勤勞至極。從前夏禹解救陽盱，殷湯祈禱於桑林，話未說而水回流，言辭未結束雨水就噴發。而今烏雲重重聚積又散開，雨水將落又收回，難道不是聖賢有不同的品類，做法優劣有不同的姿態，剃髮應當直至皮膚，剪指爪應當直至肌肉嗎？周征伐殷而獲豐年，衛討伐邢而求得雨；善惡的報應，極其迅疾，不能不這樣看啊！料想你的雅思未必會考慮到，恭謹地寫信提示。應璩述。

與從弟君苗君胄書

【作　者】應璩，見頁二〇五七。

【題　解】這是應璩寫給從弟君苗、君胄的信，信的主題是勸阻二弟出仕，並表達作者致仕歸隱的願望。李善注曰：「此書言欲歸田，故報二從弟也。」

應璩的書信和建安文人的書信一樣，寫得自然、灑脫，不事雕琢。文中既有對大自然的描摹，也有對官場汙穢的憎惡和批判，在不經意中流露出作者對人生意義的積極探求。雖然作者歸田的願望，不妨看作是老莊尋求逃遁和解脫的思想影響，但作者所說的「宦無金張之援，遊無子孟之資，而圖富貴之榮，望殊異之寵，是隴西之遊，越人之射耳」；卻是彼時遊仕求官的真實寫照，反映了作者憤激的感情。全文用典得當，感情逼真，是書信中的佳品。

璩報：間者北遊，喜歡無量。登芒❶濟河，曠❷若發蒙❸。風伯❹掃途，雨師❺灑道，按轡❻清路，周望山野，亦既至止❼，酌彼春酒❽。接武❾茅茨❿，涼過大夏⓫。扶寸⓬肴修⓭，味踰方丈⓮。逍遙陂塘⓯之上，吟詠菀柳⓰之下，結春芳以崇佩⓱，折若華⓲以翳⓳日。弋⓴下高雲之鳥，餌㉑出深淵之魚，蒲且㉒讚善，便嬛㉓稱妙，何其樂哉！雖仲尼忘味於虞韶㉔，楚人流遁於京臺㉕，無以過也。班嗣之書㉖，信不虛矣。

【章　旨】作者回顧北遊之樂，既能目睹壯觀，又能痛飲美酒，且逍遙吟詠，結芳折馨、弋射垂釣，無所不為，樂過前人。

【注　釋】❶芒　山名。❷曠　遼闊。❸發蒙　同「發矇」。撥開矇眼的事物。喻開拓眼界。❹風伯　《淮南子・原道》：「令雨師灑道，使風伯掃塵。」注：「風伯，箕星也。其象在天，能興風。」❺雨師　一說是二十八宿的畢宿。❻按轡　扣緊馬轡，使馬慢步前行。❼亦既至止　《詩・召南・草蟲》：「亦既見止，亦既覯止，我心則降。」亦、止，語詞。至，到。❽春酒　冬天釀酒，經春始成，所以稱春酒。❾接武　細步徐行。武，足跡。❿茅茨　茅草屋頂。亦指茅屋。⓫大夏　五臣本作「大廈」。⓬扶寸　形容甚小。古以鋪四指為扶，一指為寸。⓭肴修　肉脯。⓮味踰方丈　意謂精美食物擺滿一桌。方丈，這裡指一丈見方。⓯陂塘　蓄水的池塘。⓰菀柳　枝葉茂盛的柳樹。《詩・小雅・菀柳》：「有菀者柳，不尚息焉。」⓱結春芳以崇佩　集結芬芳的春花以充實自己的佩飾。崇，充。⓲若華　若木的華枝。⓳翳　蔽。⓴弋　用繩繫在箭上射。㉑餌　引魚上鉤的食物。㉒蒲且　人名。古楚國之善射者。㉓便嬛　同「蜎嬛」。人名。古代著名的釣者。㉔虞韶　舜時樂曲名。《論語・述而》：「子在齊聞《韶》，三月不知肉味，曰：『不圖為樂之至於斯也。』」㉕京臺　遊觀之處。㉖班嗣之書　《漢書・敘傳上》：「嗣雖修儒學，然貴老嚴之術。桓生欲借其書，嗣報曰：『若夫嚴子者，絕聖棄智，修生保真，清虛澹泊，歸之自然，獨師友造化，而不為世俗所役者也。漁釣於一壑，則萬物不奸其志；棲遲於一丘，則天下不易其樂。不絓聖人之罔，不齅驕君之餌，蕩然肆志，談者不得而名焉，故可貴也。今吾子已貫仁誼之羈絆，繫名聲之韁鎖，伏周、孔之軌躅，馳顏、閔之極摯，既繫攣於世教矣，何用大道為自眩曜？昔有學步於邯鄲者，曾未得其髣髴，又復失其故步，遂匍匐而歸耳！恐似此類，故不進。』嗣之行己持論如此。」

【語　譯】應璩報告：近日北遊，高興得無可估量。登芒山渡黃河，眼界大開，彷彿掀開蒙頭之物。風伯掃路除塵，雨師澆灑清道，扣緊馬轡讓馬緩行在清靜的路上，四望群山原野，既已到目的地，於是斟飲春酒。徐行於茅屋之下，清涼超過大廈。少量肉脯，美味踰越擺滿一丈見方的佳肴。逍遙池水之上，吟詠繁柳樹下，連結春花以充實自己的佩飾，折斷若木的花枝以遮蔽太陽。箭射高飛之鳥，誘餌釣出深淵之魚，蒲且稱善，便嬛說妙，多麼快樂啊！即使是仲尼聞《韶》忘掉肉味，楚人流連忘返於京臺，也不能超過啊。班嗣的覆信，確實不是虛假的。

來還京都，塊然❶獨處。營宅濱❷洛❸，困於囂塵❹。思樂汶上❺，發於寤寐❻。昔伊尹輟耕❼，郅惲投竿❽，思致君於有虞❾，濟蒸人❿於塗炭⓫。而吾方欲秉耒耜⓬於山陽⓭，沈鉤緡⓮於丹水⓯，知其不如古人遠矣。然山父⓰不貪天地之樂，曾參不慕晉楚之富⓱，亦其志也。前者邑人⓲，念弟無已，欲令州郡崇禮，師官授邑⓳，誠美意也。歷觀前後來入軍府⓴，至有皓首㉑猶未遇也。徒有飢寒駿奔之勞，俟河之清，人壽幾何㉒？且宦無金張之援㉓，遊無子孟之資㉔，而圖富貴之榮，望殊異之寵，是隴西之遊㉕，越人之射㉖耳。

【章　旨】作者自述厭惡京都喧囂，嚮往歸隱田居，並勸誡其弟不要貪圖富貴榮寵。

【注　釋】❶塊然　獨處貌。❷濱　近。❸洛　洛陽。❹囂塵　喧鬧多塵埃。❺汶上　汶水流域。在古齊地。汶，水名。《論語・雍也》：「季氏使閔子騫為費宰。閔子騫曰：『善為我辭焉！如有復我者，則吾必在汶上矣。』」❻寤寐　一作「夢寐」。❼伊尹輟耕　《孟子・萬章上》：「孟子曰：『否，不然；伊尹耕於有莘之野，而樂堯舜之道焉。非其義也，非其道也，祿之以天下，弗顧也；繫馬千駟，弗視也。非其義也，非其道也，一介不以與人，一介不以取諸人。湯使人以幣聘之，囂囂然曰：「我何以湯之聘幣為哉？我豈若處畎畝之中，由是以樂堯舜之道哉？」湯三使往聘之，既而幡然改曰：「與我處畎畝之中，由是以樂堯舜之道，吾豈若使是君為堯舜之君哉？吾豈若使是民為堯舜之民哉？吾豈若於吾身親見之哉？天之生此民也，使先知覺後知，使先覺覺後覺也。予，天民之先覺者也，予將以斯道覺斯民也。非予覺之，而誰也？」……。』」

❽郅惲投竿　《後漢書・郅惲傳》：「郅惲字君章，汝南西平人也。……（鄭）敬乃獨隱於弋陽山中。居數月，歙果復召延，惲於是乃去，從敬止，漁釣自娛，留數十日。惲志在從政，既乃喟然而歎，謂敬曰：『天生俊士，以為人也。鳥獸不可與同群，子從我為伊呂乎？將為巢許，而父老堯舜乎？』敬曰：『吾足矣。初從生步重華於南野，謂來歸為松子，今幸得全軀樹類，還奉墳墓，盡學問道，雖不從政，施之有政，是亦為政也。吾羊耄矣，安得從子？子勉正性命，勿勞神以害生。』惲於是告別而去。」❾有虞　虞舜。有，語詞。❿蒸人　眾人；百姓。⓫塗炭　比喻極端困苦的境地。塗，泥淖。炭，炭火。《書・仲虺之誥》：「有夏昏德，民墜塗炭。」⓬耒耜　上古時翻土農具。耜以起土，耒為其柄。⓭山陽　縣名。故城在今河南修武西北。因其地在太行山之南，故名。⓮緡　亦作「緍」。釣絲。⓯丹水　水名。在今山西境內。⓰山父　即巢父的別名。古隱士。⓱曾參不慕晉楚之富　《孟子・公孫丑下》：「曾子曰：『晉楚之富，不可及也。彼以其富，我以吾仁；彼以其爵，我以吾義，吾何慊乎哉？』」⓲邑人　鄉邑之人。⓳授邑　教授鄉邑。⓴軍府　將帥的幕府。㉑皓首　年老白頭。㉒俟河之清二句　逸詩語。等待黃河由濁變清，時間漫長，而人的生命非常有限，比喻期望之事無望或難於實現。語出《左傳・襄公八年》。㉓宦無金張之援　金日磾和張湯。《漢書・金日磾傳》贊曰：「……金日磾夷狄亡國，羈虜漢廷，而以篤敬寤主，忠信自著，勒功上將，傳國後嗣，世名忠孝，七世內侍，何其盛也。」《漢書・張湯傳》：張湯子張安世「子孫相繼，自宣、元以來為侍中、中常侍、諸曹散騎、列校尉者凡十餘人。功臣之世，唯有金氏、張氏，親近寵貴，比於外戚」。㉔遊無子孟之資　《漢書・霍光傳》：「霍光，字子孟，驃騎將軍去病之弟也。」㉕隴西之遊　《淮南子・齊俗》：「夫乘舟而惑者，不知東西，見斗極則寤矣。夫性亦人之斗極也，有以自見也，則不失物之情，無以自見，則動而惑營。譬若隴西之遊，愈躁愈沈。」㉖越人之射　《淮南子・說山》：「越人學遠射，參天而發，適在五步之內，不易儀也。世已變矣，而守其故，譬猶越人之射也。」高誘注：「越人習水便舟而不知射，射遠反直仰向天而發，勢盡而還，故近在五步之內。參猶望也。儀，射法。」

【語　譯】回到京都，獨居僻處。營建宅第於洛陽附近，困頓於喧鬧多塵之地。多麼嚮往汶水之上啊！可說是夢寐以求。從前伊尹停止耕種，郅惲拋棄魚竿，一心想使君主如虞舜，以拯救百姓於水深火熱之中。而我正想執持農具耕田於山陽，沈鉤垂釣於丹水，雖然明知遠不如古人。然而巢父不貪戀天地的樂趣，曾參不羨慕晉楚兩國的財富，也都表明他們的志向。前些時候鄉里同仁，一再考慮到吾弟的才行，要使州郡長官以隆重的禮儀聘他人幕府，為眾官之師，教授鄉邑，這誠然是美好的意願。但我每每觀察先後來到將帥幕府的人，直到年老白頭也還不能受到知遇。只有忍飢耐寒、四出奔波的辛勞，等待黃河變清，然而人的生命又有多長呢？況且求官者如沒有像金日磾、張湯那樣的後援，遊仕者沒有像霍光那樣的靠山，而妄想追求富貴的榮耀，渴望特殊的寵幸，就必定會像隴西人學游泳那樣愈急躁愈下沈，也像越人學遠射那樣，急於求遠卻僅得近罷了。

幸賴先君之靈，免負擔❶之勤❷。追蹤丈人❸，畜雞種黍，潛精墳籍❹，立身揚名，斯為可矣。無或遊言❺，以增邑邑❻。郊牧❼之田，宜以為意。廣開土宇❽，吾將老❾焉。劉杜二生❿，想數往來。朱明⓫之期，已復至矣！相見在近，故不復為書。慎夏自愛。璩白。

【章旨】作者明確表示歸田之志，潛心學術，並問候二位堂弟。

【注釋】❶負擔　背負挑擔。❷勤　勞。❸追蹤丈人　謂追隨荷蓧丈人，以種糧食養牲畜為田家樂。《論語・微子》：「子路從而後，遇丈人，以杖荷蓧，子路問曰：『子見夫子乎？』丈人曰：『四體不勤，五穀不分，孰為夫子？』植其杖而耘，止子路宿，殺雞為黍而食之，見其二子焉。明日子路行以告，子曰：『隱者也。』」❹墳籍　古代典籍。❺遊言　浮言。不切實用之言。❻邑邑　失志貌。❼郊牧　郊野。❽土宇　土地和屋宅。❾老　告老。❿劉杜二生　應璩的兩位朋友。⓫朱明　稱夏季。

【語譯】我有幸依賴祖先之靈，免除了背負挑擔的勞苦。我將追蹤荷蓧丈人的足跡，養雞種黍，潛心鑽研各種古代典籍，樹立自己的名聲，這樣就滿足了。不必浮言，徒增不樂。郊外的田地，應當在意照料。多開發土地和建造屋宇，我將要終老在那裡。劉、杜兩位朋友，想必經常往來。炎熱的夏季，已經再次來臨！會面的日子已經接近，所以我不另寫信了。小心炎夏多加保重。應璩陳述。

卷四三

與山巨源絕交書

【作　者】嵇康（西元二二四～二六三年），字叔夜，譙郡銍（今安徽宿縣）人。三國魏時的著名文學家、哲學家、音樂家。竹林七賢之一。少孤，聰穎好學，博覽群書，有奇才。官任中散大夫，世稱嵇中散。當時正是魏晉易代之際，曹氏與司馬氏鬥爭極為複雜，而他又與魏宗室通婚。他一面崇尚老莊，恬靜寡欲，服食養生，一面又剛腸激烈，與物多忤。在現實生活中鋒芒畢露，顯明臧否，公開聲言「非湯武而薄周孔」，反對司馬氏圖謀篡權。後因鍾會構陷，終為司馬昭所殺。著有《嵇中散集》十五卷，至宋代僅存十卷，今人輯有《嵇康集》。嵇康在哲學上頗受老莊影響，提出「越名教而任自然」之說，反對虛偽禮教。在文學上，他是正始文學的主要代表人物之一，與阮籍齊名，善為詩，尤長散文。

【題　解】山巨源，名濤（西元二〇五～二八三年），河內懷縣（今河南武涉西）人。愛好《老子》、《莊子》之學，名列「竹林七賢」。因與司馬懿有親戚關係，所以政治態度與嵇康相反。曾任晉朝吏部尚書、尚書右僕射等要職。曾經一意舉薦嵇康任尚書吏部郎，遭到嵇康嚴厲拒絕，並從此表示絕交。但是嵇康仍認為山巨源是可以信賴的人。他臨刑前曾告訴兒子嵇紹說：「巨源在，汝不孤矣！」這話可以看做含有託孤的意思。〈與山巨源絕交書〉是一封因政治態度根本不同而表示斷交的信，但並不意味著對人評價的突然改變，它也是一篇關於交友之道的好文章。全文舉事實、講道理，把訴說、批評、論證熔為一體，語言簡潔明快，多用對偶排比以增添氣勢，顯示出高度的文學修養。

康白❶：足下❷昔稱吾於潁川❸，吾常❹謂之知言❺。然經❻怪此意尚未熟悉於足下，何從❼便得之也？前年從河東❽還，顯宗、阿都❾說足下議以吾自代，事雖不行，知足下故⑩不知之。足下傍通⑪，多可⑫而少怪；吾直性狹中⑬，多所不堪⑭。偶⑮與足下相知耳！

【章　旨】分析已往只是言語的偶然共鳴，並不是志向情性相同的知交。全文從交情的基礎開論，主張交誼的基礎是相知，知深則交深，知淺則交淺，不知則無交，已為絕交埋下伏筆。「知」是文章主脈。

【注　釋】❶白　告白；敘說。是書信的套語。❷足下　古代下對上或者同輩之間，用來稱呼對方的敬詞。❸潁川　指代山巨源族叔山嶔，因為他曾任潁川太守。❹常　通「嘗」。曾經。❺知言　指深知我為人的話。❻經　常常。❼何從　從何。即從哪裡。❽河東　古地區名。漢代以前指今山西省西南部，因為黃河由北向南流經這裡。❾顯宗阿都　嵇康的二個朋友。顯宗是字，姓公孫，名崇，曾任尚書郎。阿都姓呂名安，字仲悌，很受嵇康讚賞，後來一同遭害。❿故　通「固」。本來。⓫傍通　廣通。指多知多識，與下文「直性狹中」相映。⓬可　認可；許可。⓭中　指心胸。⓮所不堪　所不能容納的。堪，容納。⓯偶　偶然；碰巧。

【語　譯】嵇康稟告：您以前向潁川太守稱說過我不願為官的志趣，我曾經認為這是很了解我的話。但是，又常常覺得驚訝，我的這番意見並未為您所熟知，您從哪裡得知的呢？前年，我從河東回來，顯宗和阿都告訴我說您曾打算推薦我來接替您的職務，事情雖然不曾實現，但是，可以證明您本來並不了解我。您見聞廣博，對人對事，認可的多，責怪的少；而我是直性子肚量狹，不能容納的也就多了。回想起來，我和您的相知不過是偶然罷了！

間聞足下遷❶，惕然❷不喜。恐足下羞庖人之獨割，引尸、祝以自助❸，手薦❹鸞刀❺，漫❻之羶腥。故具❼為足下陳❽其可否。

【章　旨】說明寫信的直接原因是對方自作主張要嵇康違背自己的志向去做官。

【注　釋】❶間聞足下遷　近來聽說足下升了官。間，近來。古時官職調動叫遷，一般都指升官。山巨源此時由尚書吏部郎升為大將軍從事中郎。❷惕然　恐懼憂慮狀。❸恐足下二句　《莊子．逍遙遊》：「庖人雖不治庖，尸、祝不越樽、俎而代之矣。」意謂各有崗位，不能越職代辦。羞，動詞，以庖人之獨割為羞恥。庖人，廚師。尸，指代表死者受祭的活人。祝，指負責稟告鬼神的人。樽、俎，分指盛酒和盛肉的器皿。嵇康批評山巨源勉強自己做不合心志的事情。❹薦　舉。❺鸞刀　刀環有鈴的刀。❻漫　沾汙。❼具　全面地；完整地。❽陳　陳述；陳說。

【語　譯】近來聽說您升了官，我卻因此恐懼憂慮而很不高興。就怕您以為廚師一個人動刀宰割是羞恥，努力引薦「尸」、「祝」來輔助自己，於是使他們不得不手舉鸞刀，從而沾滿了脂膏和血汙。所以，我要全面地為您分析這樣做行還是不行。

吾昔讀書，得并介❶之人，或謂無之，今乃信其真有耳！性有所不堪，真不可強。今空語❷同知有達人❸，無所不堪，外不殊俗❹，而內不失正，與一世同其波流，而悔吝❺不生耳！老子、莊周❻，吾之師也，親居賤職；柳下惠、東方朔❼，達人也，安乎❽卑位，吾豈敢短之❾哉？又仲尼兼愛，不羞執鞭❿；子文無欲卿相，而三登令尹⓫，是乃君子思濟物⓬之意也。所謂達能兼善而不渝，窮則自得而無悶⓭。以此觀之，故堯、舜之君世⓮，許由之巖棲⓯，子房⓰之佐漢，接輿之行歌⓱，其揆⓲一也。仰瞻數君，可謂能遂⓳其志者。故君子百行，殊塗⓴而同致，循性而動，各附所安，故有處朝廷而不出、入山林而不反之論。且延陵高子臧之風㉑，長卿慕相如之節㉒，志氣所託，不可奪也。

【章旨】引證歷史，說明古來賢哲志在濟世，不論得志還是失意，都堅貞不渝，身體力行。老子、莊子、柳下惠、東方朔、孔子、子文、堯、舜、許由、張良、接輿、季札、子臧、司馬相如和藺相如都是這樣的人。任何遭遇，都不能改變他們的志向。

【注釋】❶并介　指既能兼濟天下又能自得無悶的人。并，指兼善天下。介，自得無悶。❷空語　指說空話。即虛說、白說。❸達人　指深通事理的人。❹殊俗　不同於世俗。❺悔吝　吝、悔意同。❻老子莊周　道家主要人物。老子姓李名耳，也叫老聃，楚國苦縣（今河南鹿邑東）人。春秋時期重要的思想家，道家創始人。曾任周朝管理藏書的小官，著有《老子》一書，又名《道德經》，主張用「道」來解說宇宙萬物的演變。莊周，又稱莊子（約西元前三六九～前二八六年），戰國時期重要的哲學家，宋國蒙（今河南商丘東北）人。曾任蒙的管理漆園的小官，著有《莊子》一書，後又名《南華經》，繼承並發展了老子關於「道」的學說，成為道家主要經典之一。道家思想在嵇康時期十分流行。❼柳下惠東方朔　柳下惠，姓展名獲，字禽，春秋時魯國大夫，曾任掌管刑獄的官。因封邑是「柳下」，而死後諡號稱「惠」，所以，又叫柳下惠。他以講究貴族禮節著稱，有「柳下惠坐懷不亂」之說，很注重德行。東方朔（西元前一五四～前九三年），複姓東方，名朔，字曼倩，漢平原厭次（今山東惠民）人。漢武帝時，為中散大夫，陪侍皇帝談笑，從中表示一些勸諫，是西漢時著名的文學家。❽乎　相當於「於」，在。❾短之　以為它是缺點或批評他。❿仲尼兼愛不羞執鞭　孔子名丘字仲尼（西元前五五一～前四七九年），魯國陬邑（今山東曲阜東南）人。春秋後期的重要思想家、政治家、教育家，又是儒家的創始人。主張仁學，強調仁即愛人。「兼愛」本為墨子的理論，此指孔子所講的「仁愛」。「執鞭」出自《論語・述而》：「子曰：『富而可求也，雖執鞭之士，吾亦為之。』」⓫子文無欲二句　子文，姓鬥名穀，字於菟，楚國大夫。令尹是楚國官名，係掌管軍政大權的最高官職。《論語・公冶長》記載：「令尹子文三仕為令尹，無喜色；三已之，無慍色。」無欲，指沒有想要。登，指當上。⓬濟物　濟世；服務於社會。⓭達能兼善二句　此二句對文。《孟子・盡心上》：「古之人，得志澤加於民，不得志修身見於世。窮則獨善其身，達得兼善天下。」達，指發達、得志。渝，指改變。窮，指困苦、失意。悶，指苦惱。⓮堯舜之君世　堯和舜都是傳說中父系氏族社會後期部落聯盟首領。堯係陶唐氏，名放勳，傳位給舜。舜姓姚，係有虞氏，名重華。君世，即君臨天下，或統治天下。⓯許由之巖棲　許由是有名的避世者。相傳堯要讓王位給他，他就逃往箕山，堯請他擔任九州長官，他跑到潁水岸邊洗耳朵，表示不要聽這等話，立意不肯做官。巖棲，即居住在山巖上。⓰子房　即張良，字子房（西元前？～前一八六年），相傳是城父（今安徽亳縣東南）人，出身韓國王族。他輔助劉邦推翻秦朝，打敗項羽，創立了漢朝，是劉邦的主要智囊人物。⓱接輿之行歌　接輿是春秋後期隱世者，楚國人。《論語・微子》記載著他勸孔子避世的事：「楚狂接輿歌而過孔子曰：『鳳兮！鳳兮！何德之衰？往者不可諫，來者猶可追。已而！已而！今之為政者殆而。』」行歌，指邊走邊唱。⓲揆　準則。⓳遂　順遂。即實現。⓴塗　通「途」。道路。㉑延陵高子臧之風　延陵代稱季札，因為封邑在延陵（今江蘇常州），又叫延陵季子。他是春秋時期吳國國王諸樊的弟弟，多次推讓王位的繼承權，一直被後人稱頌。高，推崇；仰慕。子臧是春秋時期曹國公子，為促成曹成公接位當政，主動辭讓王位繼承權。據歷史記載，季札說過「札雖不才，願附於子臧，以無失節」的話。風，作風；氣節。㉒長卿慕相如之節　長卿是司馬相如的字（西元前一七九～前一一七年），蜀郡成都（今屬四川省）人，著名的西漢辭賦家。據《史記》記載，原名犬子，後敬慕藺相如而改名。藺相如是戰國時期趙國大臣，曾奉命帶和氏璧入秦，當廷力爭，使原璧歸趙。又在秦、趙二國君主在澠池（今河南澠池西）會談上，捍衛了趙國尊嚴。對同朝大臣廉頗能容忍謙讓，使他感悟，結成治國禦敵的知交。

【語　譯】我以前讀書，曾經看到過有既能兼濟天下又能自得無悶的古代賢哲，有人以為沒有這樣的人，如今終於相信的確是有啊！秉性所不能容受的，實在也不能夠勉強。現在空說虛談，都以為深通事理的賢哲，他們沒有什麼不能忍受的，外在不與世俗有所不同，而內心又不喪失信守的正道，能與全社會共同浮沈，並且不產生悔恨的心意！老子、莊周，都是我的老師，但都親身從事卑賤的職務；柳下惠、東方朔，都是深明事理的賢哲，卻都安心於低下的職位，我哪敢因而非議他們呢？還有，孔子主張博愛無私，就是去揮鞭駕車也不以為羞恥；楚國人子文並不想當大官，卻三次登上楚國最高長官令尹的寶座，這就是君子想要服務社會的心意啊。所謂得志就是能夠普遍地改善社會而不改變，失意潦倒也能夠堅守正道而不苦惱怨恨。按照這一思想去觀察歷史，堯和舜的治理天下，許由的隱居深山，子房的輔助漢朝，以及接輿唱歌勸說孔子，他們所遵循的準則都是一樣的啊。仰望這些賢哲，都稱得上是能夠實行自己志尚的人。所以說，君子儘管從事各種各樣的事業，所走道路雖然不同，但歸宿完全相同，都是順著自己的秉性而行動，各自依附在能得其安適的環境中，因而形成了置身朝廷就不輕易退出，而進入山林隱居也不隨便返回的理論。而且，延陵季子認為子臧辭讓王位是崇高的品格，司馬長卿敬慕藺相如的氣節而改名，凡是志向和氣節所寄託的，是任何外界力量都不能改變的啊。

吾每讀尚子平、臺孝威❶傳，慨然❷慕之，想❸其為人。少加孤露❹，母兄見驕❺，不涉經學❻。性復疏懶❼，筋駑❽肉緩❾，頭面❿常一月、十五日不洗，不大悶癢，不能沐也⓫。每常小便而忍不起，令胞⓬中略轉乃起耳。又縱逸來久⓭，情意傲散，簡與禮相背，懶與慢相成，而為儕類⓮見寬，不攻其過。又讀《莊》、《老》⓯，重增其放⓰，故使榮進之心日頹⓱，任實之情轉篤⓲。此由⓳禽、鹿，少見馴育，則服從教制；長而見羈⓴，則狂顧頓纓㉑，赴蹈湯火。雖飾以金鑣㉒，饗㉓以嘉肴，逾思長林而志在豐草也。阮嗣宗㉔口不論人過，吾每師之㉕而未能及。至性㉖過人，與物無傷，唯飲酒過差㉗耳！至為禮法之士所繩㉘，疾之如讎㉙，幸賴大將軍保持㉚之耳！吾不如嗣宗之賢，而有慢弛之闕㉛，又不識人情㉜，闇於機宜㉝，無萬石之慎㉞，而有好盡㉟之累。久與事接，疵釁㊱日興，雖欲無患，其㊲可得乎？

【章　旨】說自己自少散懶、放縱，又喜讀《老子》、《莊子》，不求富貴榮華，加上得不到有權勢的人保護，因而難免會遭禍患。

【注　釋】❶尚子平臺孝威　尚子平名長，字子平，西漢王莽時人。以堅決推辭權臣王邑的推薦，入山隱居著名。臺孝威名佟，字孝威，魏郡（治所在鄴，今河北臨漳西南）人。隱居武安山，採藥為生，終身不願為官，也是有名的隱士。❷慨然　感歎狀。❸想　想像。❹孤露　指幼年喪父。❺見驕　被驕寵。❻經學　指訓解或闡述儒家經典之學。❼疏嬾　粗疏懶散。嬾，即「懶」。是自謙之詞。❽駑　指無力。❾緩　指鬆弛。❿頭面　指頭。⓫不能沐也　不耐洗髮。能，通「耐」。指耐煩。沐，洗髮。⓬胞　通「脬」。膀胱。⓭縱逸來久　放縱安逸由來已久。縱，放縱。逸，安逸。來，以來。⓮儕類　朋輩。儕、類，二字同義連用。⓯莊老　《莊子》、《老子》的省稱。⓰放　放蕩而不拘禮法。⓱榮進之心日穨　追求榮華仕進的心思一天比一天衰退。榮，榮耀。進，仕進。即求官。穨，即「頹」。衰敗。⓲轉篤　更加深厚。轉，指進一步、更加。篤，深厚。⓳由　通「猶」。好似。⓴羈　本指馬絡頭，這裡是繫住。㉑狂顧頓纓　瘋狂地擺頭扯繩。顧，回頭。頓，扯拉。纓，套在馬頸上的皮帶。㉒鑣　即馬勒。與「銜」合用。銜在口內，鑣在口外。㉓饗　用酒食款待，這裡用作優待牲畜。㉔阮嗣宗　即阮籍，字嗣宗（西元二一〇～二六三年），陳留尉氏（在今河南省中部）人。曾任步兵校尉，生性曠達，蔑視禮教，與嵇康同列「竹林七賢」。在複雜的政治鬥爭中，以「醉酒」來保全自己。㉕師之　師法；效法。㉖至性　性情純厚。㉗過差　過度。差，失度。㉘禮法之士所繩　被禮法之士所糾查。禮法之士，指奉行當時禮教和法制的人，如何曾曾經指斥阮籍說：「卿任性放蕩，敗禮傷教，宜投之四裔。」四裔，指邊境。繩，糾查。㉙讎　通「仇」。㉚大將軍保持　指司馬昭（西元二一一～二六五年），河內溫縣（今河南溫縣西）人。字止之，繼父司馬懿、兄司馬師之後，任魏大將軍，日夜圖謀篡政，是極有權勢的人物。保持，保護。面對何曾的指責阮籍，司馬昭卻說：「此子素羸，卿其忍之！」加以寬容。㉛闕　通「缺」。失誤。㉜人情　人世的情況。㉝闇於機宜　不明時宜。闇，即「暗」。愚昧不明。機宜，時宜；時機。㉞萬石之慎　西漢石奮和四個兒子都官至二千石，一門顯赫，世稱石奮為萬石君。一家行事謹慎，有一回，大兒子石建奏事後，驚慌之極。他說：馬字包括尾巴，共有五點，只寫了四點，必將受到譴責，並要處死了！㉟好盡　喜愛出言盡意而不懂得避忌。㊱疵釁　過錯。疵，缺點。釁，破綻。㊲其　相當於「豈」、「難道」。

【語譯】每當我閱讀尚子平和臺孝威的傳記，總是感慨很深地仰慕他們，想像他們的為人處世。加上從小就失去父親，因而，被母親和兄長所寵愛，從來沒學過經學。生性卻又疏略而懶惰，筋骨衰弱，肌肉鬆弛，常常一月半月不洗頭，不十分悶癢，也不耐煩洗頭髮。經常忍著小便不肯起來解，一定要轉動膀胱，直到忍不住了才起來解。這樣的放蕩和懶散已經很長久了，以致性情高傲而又散漫，簡略與禮教相違背，而懶散與怠慢相互促成，卻得到同輩的諒解和寬容，不批評指責我的這些過失。而且研讀《莊子》、《老子》以後，更加增長了這種放蕩的行為，因而使追求榮華仕進的心思一天一天地衰退，放任本性的心情不斷地轉向深厚。這就如同鳥和鹿，自小受到馴服，就服從教練的控制；長大後才罩上馬絡頭，就瘋狂地擺頭扯繩，急得連大火和熱水也踩過去。就算給牠配上黃金的馬勒，拿最好的飼料去餵養，卻更使牠想念連綿的森林和嚮往茂盛的野草啊！阮嗣宗絕口不談論他人的過失，我總是效法他卻沒有能夠趕上他。他真性純厚，勝過普通人，與人相處從不加以傷害，只不過飲酒過度罷了！竟然遭到奉行禮法的人士的糾查，恨他像恨仇敵，幸虧依靠大將軍保護著他啊！我比不上嗣宗的賢能，卻有著怠慢鬆懈的缺陷，又加上不懂人情世故，不明瞭時宜，不具備萬石君那樣的小心謹慎，卻有喜歡出言盡意不顧避忌的弊病。長期接觸事務，必定一天接一天產生許多過錯，雖然一心希望沒有禍患，難道是可能的嗎？

又人倫❶有禮，朝廷有法，自惟至熟❷，有必不堪者七，甚不可者二。臥喜晚起，而當關呼之不置❸，一不堪也。抱琴行吟❹，弋釣❺草野，而吏卒❻守之，不得妄動，二不堪也。危坐❼一時❽，痺❾不得搖。性❿復多蝨，把搔⓫無已，而當裹以章服⓬，揖⓭拜上官，三不堪也。素不便書⓮，又不喜作書，而人間多事，堆案盈机⑮，不相酬荅⑯，則犯教傷義；欲自勉強⑰，則不能久，四不堪也。不喜弔喪⑱，而人道⑲以此為重，已為未見恕者⑳所怨，至欲見中傷㉑者，雖瞿然㉒自責，然性不可化。欲降心順俗，則詭故㉓不情㉔，亦終不能獲無咎㉕無譽㉖如此，五不堪也。不喜俗人㉗，而當與之共事。或賓客盈坐，鳴聲聒耳㉘；囂塵㉙臭處，千變百伎㉚，在人目前，六不堪也。心不耐煩，而官事鞅掌㉛，機務㉜纏其心，世故㉝繁其慮，七不堪也。又每非湯、武而薄周、孔㉞，在人間不止，此事會顯㉟，世教㊱所不容，此甚不可一也。剛腸㊲疾㊳惡，輕肆㊴直言，遇事便發，此甚不可二也。以促中小心㊵之性，統此九患，不有外難㊶，當有內病㊷，寧㊸可久處人間邪？又聞道士㊹遺言㊺，餌朮、黃精㊻令人久壽，意甚信之。遊山澤，觀魚鳥，心甚樂之。一行㊼作吏，此事便廢。安㊽能舍㊾其所樂而從其所懼哉？

【章　旨】說明如自己去做官，有七不堪，二甚不可，而本性又樂於遊山玩水，觀賞魚鳥，因而不能捨所樂而從事所懼之事。

【注　釋】❶人倫　指人和人之間的應有關係。❷自惟至熟　自己思考得很周詳。惟，思考。熟，成熟；周詳。❸當關呼之不置　管門人不斷地呼喚。關，門閂。當關者，即管門的人。置，放置。這裡是停歇的意思。❹行吟　漫步做詩。❺弋釣　射鳥垂釣。❻吏卒　官府中的辦事員和差役。❼危坐　古人坐與跪相似，臀部靠著腳掌，腰身端正稱為危坐，表示尊重對方。❽一時　指一個時辰，相當兩小時，泛指一段時間。❾痺　痲木。❿性　天生；生來。⓫把搔　指用手指抓癢。把，通

「爬」。長蝨和把搔在當時認為是風雅的。⑫章服　即官服。章，官級的標誌。⑬揖　拱手作禮，是一種表示禮敬的動作。⑭素不便書　一向不慣於寫書札。素，一向；本來。書，指寫函件。⑮堆案盈机　公函堆滿桌子。案，狹長的桌子。机，與「案」相似。⑯酬荅　指回函。荅，同「答」。酬、荅同義。即回覆。⑰勉強　十分努力；盡力。⑱弔喪　哀悼死者並慰問其家屬。⑲人道　人間道義。即社會風尚。⑳未見恕者　不曾給予寬恕的人。㉑中傷　傷害。中、傷同義。㉒瞿然　驚慌注視狀。㉓詭故　虛偽做作。㉔不情　不合常情。㉕咎　凶險。㉖譽　聲譽。㉗俗人　指熱衷功名利祿的人。㉘聒耳　充塞耳朵。即喧鬧之極。㉙囂塵　嘈雜而又骯髒。囂，喧鬧。塵，塵土。㉚千變百伎　各種技藝表演。㉛鞅掌　事情繁多。㉜機務　機密要務。㉝世故　指世上的一切事情。㉞非湯武而薄周孔　非，批評。薄，看輕。湯、武、周、孔，分指歷史四大名人。湯，又名成湯，甲骨文稱他為唐或高祖乙等名。本是商族首領，後任用名相伊尹，經過十一次出征，而成為當時強國。終於打垮夏朝，建立了商朝。武指周武王，姓姬名發。他繼承父親周文王的遺志，聯合各族，率軍東征。牧野（今河南汲縣北）一戰，擊潰商軍。終於消滅商朝，建立了西周王朝。周指周公，姓姬名旦，是周武王的弟弟，因封邑在周（今陝西岐山北），稱為周公。他曾輔助武王滅商。武王死後，成王年幼，由他攝政，為鞏固和完善西周政權作出重大貢獻。相傳他親自制禮作樂，創立了一系列典章制度。孔指孔子。他們都是歷史上分別稱為英明的君王或聖人。㉟會顯　必會顯露。㊱世教　指禮教。㊲剛腸　正直的心腸。㊳疾　痛恨。㊴輕肆　輕易地任情盡意。㊵促中小心　偏激而又狹窄的心胸。促，偏激。中，衷心；心胸。小心，指心胸狹窄。㊶難　災難。㊷內病　指生病。㊸寧　哪裡。㊹道士　指有道之士、深知道家養生術的人，而不是現今所說的道士。㊺遺言　傳留下來的話。㊻餌朮黃精　服食朮和黃精。餌，服食。朮、黃精，兩種中藥材，傳說長期服食，能夠令人長壽。㊼一行　一旦去。㊽安　疑問代詞。相當於「哪」、「哪裡」。㊾舍　通「捨」。放棄；拋棄。

【語　譯】而且人與人之間的關係有規定的禮制，政府機關的內部也有制定的法規，我自己思考得非常清楚，我有必定不能忍受的情況七種，很不應當的情況二種。睡眠喜歡晚起，可是管門人不斷呼喚而不休止，這是第一種不能忍受的情況。抱著瑤琴而漫步賦詩，在青青的草野或射鳥或垂釣，卻有小吏和差役守候在身旁，使我不能任意活動，這是第二種不能忍受的情況。必恭必敬地挺腰直坐很長時間，甚至麻木了也不能動動身子。加上生來全身長滿了蝨子，喜愛不停手地搔癢，卻叫我用嚴整的官服穿戴起來，恭恭敬敬地去拜見上級官員，這是第三種不能忍受的情況。向來不習慣寫函件，也不喜歡寫函件，但是，人世間事務多，公函堆滿了所有桌子，如果不及時回覆，就要違背禮教和傷害道義；如果下決心自己盡心竭力去做，又不能夠持久，這是第四種不能忍受的情況。不喜歡弔喪，但是，社會風尚很看重這一禮節，我已經被不肯寬恕的人們所怨恨了，甚至還有想傷害我的人，即使我驚慌地檢視反省，並且深深地自我責備，但是，一個人的生性是不可能改變的。想要降低心志順從流俗，卻又顯得虛偽做作而不合常情，也終究不能夠獲得沒有凶險也沒有聲譽這樣平靜的處境，這是第五種不能忍受的情況。不喜歡追名逐利的庸俗人，卻又不能不同他們一道共事。有時候，賓客滿堂，噪音像蛙鳴似的充塞耳際；喧鬧骯髒、種種庸俗的表演來到人們眼前，這是第六種不能忍受的情況。心情不能忍受煩擾，但是，公務繁多之極，機密要務牽掛著我的心，種種事務使我的思緒紊亂，這是第七種不能忍受的情況。並且，我常常非議成湯、周武王這樣賢能的君主，看不起周公、孔子這樣的大聖人，在世上還不停止這樣做，必定會顯揚出去，就會為禮教所不能容忍，這是第一種很不應當的情況。心腸正直，嫉惡如仇，輕易地盡情講直率話而不注意避諱，遇上事情立即發評論，這是第二種很不應當的情況。有著偏急而又狹窄的心胸，又共有這九種弊病，如果沒有來自外部的災難，就必定生內病，哪裡能夠長久地生活在人世間呢？我又聽到得養生之道的人所傳留下來的話說，長期服食朮和黃精兩種藥草能夠使人長壽康健，我是很相信的。遊山玩水，觀魚賞鳥，心情非常歡樂。一旦去當官，這樣的樂事便立即得放棄。哪裡能夠丟開自己所歡樂的事情而去從事所畏懼的事情呢？

夫人之相知❶，貴識其天性因而濟之❷。禹不偪伯成子高❸，全其節也；仲尼不假蓋於子夏❹，護其短也。近諸葛孔明不偪元直以入蜀❺，華子魚不強幼安以卿相❻。此可謂能相終始，真相知者也。

【章　旨】舉例說明人的交誼應當是互相理解志向，並支持他實現。

【注　釋】❶相知　相互理解。❷濟之　助他完成。❸禹不偪伯成子高　據《莊子》記載，禹登上王位，伯成子高立即放棄諸侯的身分，到山野去耕作隱居。禹曾經去看望他，不僅虛心地聽取他的議論，而且，也不勉強他改變心意。禹，姓姒，又有大禹、夏禹等名，夏朝的創立者。原是夏后氏部落首領，因奉舜指派治水，並取得成功，獲得擁戴，接受舜禪讓的王位。死後，又傳位給兒子。偪，同「逼」。❹仲尼不假蓋於子夏　假，即借。蓋，車蓋。古時張在車箱上用來遮陽避雨的設備，類似現今的傘。子夏，姓卜名商，字子夏，是孔子門人中較為出名的一個，但是，有吝嗇的缺點。據《孔子家語》載，孔子有一次要外出，下雨了，卻沒有車蓋。門人說子夏有車蓋。孔子說：子夏為人，吝嗇錢財。我聽說與人交友，應當引發他的長處，避開他的短處。這樣做了，交情才能長久。我並非不知道子夏有車蓋，擔心他不肯借，從而暴露他的缺點。❺近諸葛孔明句　諸葛孔明，複姓諸葛，名亮，字孔明（西元一八一～二三四年），琅邪陽都（今山東沂南南）人。三國時期著名的政治家、軍事家，是劉備建立蜀漢政權的實際決策者，也是傳說中最有智慧的人物。元直，姓徐名庶，字元直，三國時謀士。史載與孔明一起輔佐劉備。曹操拘捕了他的母親，因此，不得不離開劉備。臨行時，表示了「身在曹營心在漢」的不變決心。此時，劉備正準備向四川擴張。❻華子魚句　華子魚，姓華名歆，字子魚，魏文帝時任相國。幼安姓管名寧，字幼安，不願做官，二人係同窗好友。華歆曾向文帝推薦他，管寧聞訊，全家出海躲避。後返回，又下令封他為太中大夫，又堅決推辭而不接受。卿相，泛指高官。

【語　譯】人們之間的相互理解，以充分理解對方天性進而成全他為最寶貴。夏禹不強逼隱居山野的伯成子高改變心志，從而保全了他的崇高節操；孔子不開口向學生子夏借車蓋，從而回護了他吝嗇的缺點。近代諸葛孔明不拿進軍四川的舉動迫使徐元直放棄到曹操處救母，身任魏相國的華子魚也不拿做大官去勉強做隱士的好朋友管幼安。這些才是能夠稱為有始有終的真正的知心朋友啊！

足下見直木必不可以為輪，曲者不可以為桷❶，蓋不欲以枉其天才❷，令得其所也。故四民❸有業，各以得志❹為樂，唯達者❺為能通之。此足下度內❻耳！不可自見好章甫❼，強越人❽以文冕❾也；己嗜臭腐，養鴛雛以死鼠也❿。吾頃學養生之術⓫，方外榮華⓬，去滋味⓭，游心⓮於寂寞⓯，以無為⓰為貴。縱無九患⓱，尚不顧⓲足下所好者，又有心悶疾，頃轉增篤，私意自試，不能堪其⓳所不樂。自卜已審⓴，若道盡塗窮則已耳！足下無事㉑冤㉒之，令轉於溝壑㉓也！

【章　旨】運用比喻的手法，委婉地批評對方既然深知天性不可改變，卻為何迫我屈志作吏，置人於死地。這不是相知人所應做的。

【注　釋】❶桷　方形的屋椽，必須用直木做成。❷天才　指自然生成的性質。❸四民　即士、農、工、商四種從事不同職業的人。古代認為百姓只有這四種正當職業。❹得志　志願得以順遂。❺達者　同「達人」。深明事理者。❻度內　心意計度之內。❼自見好章甫　自己喜歡帽子。見好，指愛好。章甫，殷代冠名。❽越人　指越國人。古越國疆域有今江蘇省北部運河以東地、江蘇省南部、安徽省南部、江西省東部和浙江省北部，建都會稽（今浙江紹興）。傳說古越人斷髮文身，沒有戴帽的習慣。《莊子・逍遙遊》：「宋人資章甫而適諸越，越人斷髮文身，無所用之。」❾文冕　漂亮的帽子。❿己嗜臭腐二句　自己愛吃臭腐之物，就以死鼠餵養鴛雛。鴛雛，古代傳說的鳳鳥，也作「鵷雛」。語出《莊子・秋水》。莊子寫道：惠子在梁國為相，莊子去看望他。有人卻說莊子是來頂替惠子做宰相的。為此，莊子對惠子講了一番話。大意是：鴛雛是非梧桐不棲，非竹實不吃，非清泉不飲的神鳥。鴟（貓頭鷹）叼著一隻腐鼠，看見鴛雛飛過來，就大聲地發出威脅，以為是要來搶牠的腐鼠。如果以為我來搶宰相之位，那你就像鴟一樣以小人之心度君子之腹了。⓫養生之術　保養身體令人長壽的方法。嵇康有〈養生論〉，認為只要注意形神兼養，就可「上獲千餘歲，下可數百年」。⓬方外榮華　正要拋開榮華富貴。方，正在；正要。外，拋開；看輕。⓭去滋味　丟棄美味。去，丟棄。滋味，指美味。⓮游心　指心神遨遊或貫注於某種境界。⓯寂寞　指道家認為的清靜無聲的超然境界。⓰無為　道家主張的順應自然發展變化，而不能有所作為的思想。⓱九患　即上文所說的「必不堪者七、甚不可者二」。⑱顧　顧惜；眷戀。⑲其　那個。⑳自卜已審　自己已估量得很周詳。卜，估量；揣度。審，周詳；明晰。㉑無事　無故。㉒冤　枉屈。㉓轉於溝壑　輾轉深溝大谷之中。比喻置於艱難無望的境地。

【語譯】您看見筆直的木材必定不能用來做車輪，而彎曲的木料又不能用來做屋椽，大概是不想這樣來枉屈它們的自然性質，從而使它們得到切合自身的安排吧。所以，士、農、工、商四種人各有自己的職業，各以順遂自己的心意為樂事，唯有深明事理的人能夠透徹地明白這個道理。這是在您心意計算之內的啊！不能夠因為自己喜歡殷冠，就拿漂亮的帽子去強迫沒有戴帽習俗的越國人戴上；也不能夠因為自己愛吃臭腐的東西，就拿死的老鼠去餵養鳳鳥。我近來學習保養生命能夠長壽的方法，正要拋開榮華富貴，丟棄美味嘉肴，讓心神自由自在地遨遊於清靜無聲的世界，把順應自然變化不求作為的「無為」思想認為是最寶貴的精神寄託。即使沒有那九種禍患，尚且對您所愛好的榮華不感興趣，更何況又得了心悶的疾病，而且近來不斷加重，我自己考慮，實在不能夠承受那不樂意做的事情。自己已經思考得很周詳很明晰了，如果能夠這樣走到生命歷程的盡頭，也就算了！您無緣無故地勉強我去做官，實際上是置我於深溝大谷這樣的死地啊！

吾新失母兄之歡❶，意常悽切❷。女年十三，男年八歲❸，未及成人，況復多病。顧此悢悢❹，如何可言❺！今但願守陋巷❻，教養子孫，時與親舊敘闊❼，陳說平生❽，濁酒❾一盃，彈琴一曲，志願畢矣！足下若嬲❿之不置，不過欲為官得人，以益時用⓫耳！足下舊⓬知吾潦倒⓭麤疏⓮，不切事情⓯，自惟亦皆不如今日之賢能也。若以俗人皆喜榮華，獨能離之，以此為快，此最近之，可得⓰言耳！然使長才⓱廣度⓲，無所不淹⓳，而能不營⓴，乃可貴耳！若吾多病困㉑，欲離事自全，以保餘年，此真所乏耳㉒！豈可見黃門而稱貞㉓哉？若趣欲共登王塗㉔，期於相致㉕，時為懽益㉖，一旦迫之，必發其狂疾。自非重怨㉗，不至於此也！

【章　旨】根據家庭情況，決意做一個自由自在的平民百姓。自認為不是對方所希望的那種人，希望不要再逼我了。

【注　釋】❶失母兄之歡　母親和兄長已經先後故世的委婉說法。❷悽切　淒涼悲慘。悽，同「淒」。❸男年八歲　嵇康有一子，名嵇紹，官至侍中，此時才八歲。嵇紹十歲時，嵇康被害。❹悢悢　悲傷。❺如何可言　怎樣一一敘說呢。❻陋巷　指簡陋的小街巷。孔子曾極口稱讚最得意的門人顏回生活清貧而志尚高潔，其中有住「在陋巷」的話。見《論語·雍也》。❼敘闊　敘說別後之情。❽平生　平素；往常。❾濁酒　未曾精細加工的酒。即普通飲用的酒。❿嬲　糾纏。⓫時用　時局所用。⓬舊　久。⓭潦倒　頹放。⓮麤疏　粗略；粗心大意。⓯事情　指事的實際情況。⓰可得　可以。⓱長才　指優長之才，學識淵博，具有多才能者。⓲廣度　氣度廣大。⓳淹　通達。⓴營　營求；追求。㉑病困　又病又窘。病，疾病。困，困窘。㉒此真所乏耳　這是真正缺乏才能和度量。㉓見黃門而稱貞　見到宦官而稱其有貞節。黃門，宦官，宦官不淫亂，不是能貞，而是失去生理條件。㉔趣欲共登王塗　急於要我共登天子殿堂。趣，急。登王塗，指任職朝廷。㉕相致　招致。㉖時為懽益　時常歡聚而相互增益。懽，同「歡」。指歡悅。益，相益；相互增益。㉗重怨　很深重的仇恨。

【語　譯】我最近失去了母親與兄長，心情一直淒涼而又悲慘。女兒才十三歲，兒子只有八歲，都還沒有到達成年，況且又多病在身。考慮到這一切，真是悲傷，怎樣才能一一敘說呢！現在只想守在簡陋的小街巷，教育並撫養兒孫，經常與親戚朋友一起，談談離別之情，互相追述一生的活動，喝一杯酒，彈一曲琴，我所追求嚮往的全在這兒了！您這樣無休無止地來糾纏我，不過想為這一官職找到一個理想的人才，從而有利於時局的需要罷了！您早已知道我頹放不羈而又粗心大意，不了解世事的實際情況，自己想想，也的確都比不上現在那些賢能的人士。若說世俗的人都愛慕榮華富貴，而我唯獨能夠拋棄它們，並且認為它是最快慰的事，這才是最切近我的實際思想的，可算得上是知心之言啊！但是，如果讓才幹優長、氣度廣大而無所不通的人士做到不謀求富貴榮華的話，那才是真正可貴的啊！像我這樣又病又窘，一心想遠離世事達到自我保全，從而安享餘年的人，這才是真正缺乏才能和度量的了！難道能夠見到宦官而稱道他有貞節嗎？如果急於要我與您共同任職朝廷，期望招致我，時常歡聚並且互相增益，您一旦逼迫我就範，我必將爆發顛狂病。如果不是有著深重的怨恨，我想您不會做到這一地步的吧！

野人有快炙背而美芹子者❶，欲獻之至尊❷。雖有區區之意❸，亦已疏❹矣！願足下勿似之，其意如此。既已解❺足下，並以為別❻。嵇康白❼。

【章　旨】希望收信人不要疏遠於事理而強加於人，並表示與對方絕交。

【注　釋】❶野人句　田野農夫以曬背為最愉快的事，以芹子為最美的食物。野人，田野農夫。快，快意；暢快。炙背，指背曬太陽取暖。美，指以為美味。芹子，又名芹萍子，是低劣的蔬菜。❷至尊　最尊貴的人。代稱皇帝。❸區區之意　即眷眷之心。忠愛專一的心意。❹疏　相差極遠。❺解　解釋。❻別　分別。指絕交。❼白　告白；稟白。「某某白」是古時書信結尾的套語，與信的開頭語同。

【語　譯】田野農夫中有人認為曬太陽取暖是世上最舒適的樂事，而芹子又是最佳的蔬菜，就想將它們獻給最尊貴的皇上。雖然懷著一片忠愛專一的情意，但是，也實在太疏遠於事理了！希望您不要像他，我的心意就是這樣。既已向您作了解釋，並且以此信向您表示絕交。嵇康告白。

為石仲容與孫皓書

【作　者】孫楚（西元二一八～二九三年），字子荊，太原中都（今山西平遙西北）人。西晉文學家。楚才藻卓絕，爽邁不群，多所凌傲，故鄉曲少譽之。年四十餘，始參鎮東軍事，後任佐著作郎，轉參石苞驃騎軍事。因傲侮石苞，免官。征西將軍扶風王駿召為參軍，轉梁縣令，又遷升衛將軍司馬。惠帝初，官至馮翊太守。原有集十二卷，已佚，明人輯有《孫馮翊集》。

【題　解】這是一封代人寫的勸降書。以使對方自動投降為目的，以「勸」為手段，功夫全在「勸」上。既要說之以理，又要脅之以威；既要置身對方處境思考，又要比對方頭腦清醒，還要讓對方自行抉擇。全文氣勢奔放，態度十分自信，雖是居高臨下，恃強說弱，卻還能平等說理，雖有誇耀之詞，但也不失事實。論事從大處著眼，不枝不蔓，確是決策者應有的風度。作者多引經典成語和歷史掌故，是一篇風格典雅的優秀駢文。此外，文中對司馬氏集團頗多筆墨和稱頌，所謂魏皇幾乎可以看作晉帝，反映了當時的政治現實。為主將石苞代言，而只及一句，沒有放在突出的位置，反映作者對石苞的態度。

苞白❶：蓋聞見機而作❷，《周易》❸所貴；小不事大，《春秋》所誅❹。此乃吉凶之萌兆❺，榮辱之所由興❻也。是故許、鄭以銜璧全國❼；曹、譚以無禮取滅❽。載籍❾既記其成敗，古今又著❿其愚智矣！不復廣引譬類⓫，崇飾⓬浮辭⓭，苟以夸大為名⓮，更喪忠告之實。今粗論事勢，以相覺悟。

【章　旨】開門見山地指出君主必須掌握的真理：必須見機而行動，清醒認識力量對比。從而，擺出了觀察當時形勢的焦點。

【注　釋】❶苞白　白，告白；陳說。是書信套語。致信者用名而不用字，表示尊敬對方。❷蓋聞見機而作　察覺細微的跡象而迅速採取措施。蓋，發語詞。用在議論開頭。機，即「幾」。細微的跡象。作，發動；採取措施。《易・繫辭下》有「君子見幾而作，不俟（等待）終日」的話。❸周易　原名《易經》、《易》。相傳周代人所作。「易」含有變易（即窮究事物的變化）、簡易（即執簡馭繁）和不易（即不變、永恆）等三層意思，是儒家最主要經典之一。書分「經」、「傳」二部分：「經」主要是六十四卦和三百八十四爻並各有解說；「傳」包括解釋卦辭和爻辭的七種文辭。❹小不事大二句　《左傳・襄公八年》：「子展曰：『小所以事大，信也；小國無信，兵亂日至，亡無日矣。』」《春秋》，相傳是孔子據魯國史官編寫的《春秋》整理修訂而成。所載始自魯隱公元年（西元前七二二年），止於魯哀公十四年（西元前四八一年），計二百四十二年的歷史，是編年體史書。文字簡要，據說孔子把自己未能實施的政治思想表述在對事件和人物的褒貶之中，後世因而稱之為「春秋筆法」。誅，指責。❺萌兆　萌芽和先兆。❻所由興　從這裡面發展起來。❼是故許鄭句　這是指二個歷史事件。據《左傳》記載，楚國軍隊曾攻入許國，許國君主反縛含璧主動請降，感動了楚王，因而得到了寬恕，保全許國不致滅亡。此後「銜璧」成為投降的代名詞。又叫「面縛」。楚國軍隊又曾攻入鄭國，鄭國君主赤膊牽羊請降，也得到楚王的寬恕，使鄭國免遭滅亡之禍。這裡以「銜璧」兼指兩國請降的舉動。❽曹譚以無禮取滅　指二個歷史事件。晉文公重耳掌權以前，曾流亡國外。所經過都得到各國君主的禮遇。唯獨到曹國，遭到國君的輕薄。曹共公聽說他肋骨畸形，竟然在他洗澡的時候去觀看，從而結下怨恨。重耳回國掌了權，很快成為天下霸主，第一次軍事行動就是消滅曹國。另一件是齊桓公掌權以前，也曾流亡國外。路經譚國，國君不加禮遇。齊桓公回國掌權，唯有譚國不派專使祝賀，又一次失禮。當年冬天，齊桓公就消滅了譚國。❾載籍　指史書及有關著作。❿著　顯明。⓫譬類　譬，譬喻。類，同類。⓬崇飾　堆砌裝飾。⓭浮辭　虛誇不實的豪言壯語。⓮以夸大為名　用詩耀吹噓來做文章。夸大，誇耀；吹噓。名，文辭。

【語譯】石苞告白：足下想必聽說過，善於察覺細微的跡象而迅速採取措施，是《周易》這本經典所推崇的；力量小卻不服從力量大的，是《春秋》這本經典所批評的。這就是吉凶禍福的先兆，榮耀或恥辱藉以發生的溫床啊。正是這個緣故，春秋時期，許國和鄭國主動請降，獲得強敵的寬恕，從而保全了自己的國家；而曹國和譚國因為待人無禮，結怨強國而自取滅亡。史書已經記載了他們的成功和失敗，古今人們也都明瞭他們的聰明和愚蠢了！不再廣泛引證譬喻和類似事件，堆砌並裝飾虛誇不實的言辭，因為如果使用誇大的文辭，會更加喪失誠懇忠告的實情。現在大略地評論天下事的態勢，以便促使你醒悟。

昔炎精❶幽昧，厤數❷將終。桓、靈❸失德，災釁❹並興，豺狼抗爪牙之毒❺，生人❻陷荼炭之艱❼。於是九州絕貫❽，皇綱解紐❾，四海蕭條❿，非復漢有。太祖⓫承運⓬，神武⓭應期，征討暴亂，克⓮寧區夏⓯。協⓰建靈符⓱，天命既集，遂廓⓲洪基⓳，奄有⓴魏域：土則神州㉑中岳㉒，器㉓則九鼎㉔猶存，世載淑美㉕，重光㉖相襲㉗。固知四隩之攸同㉘，天下之壯觀㉙也！

【章旨】認為當前天下大勢是漢朝的必然解體和魏政權的代漢而勃興。

【注釋】❶炎精　漢朝命運的象徵。古代有一種以五行相生相剋，並且終而復始地循環變化來說明王朝興廢的說法。漢朝屬火，所以這裡叫作炎精。❷厤數　皇帝代代相傳的次序。厤，同「曆」。❸桓靈　漢桓帝，姓劉名志，在位二十三年。漢靈帝，姓劉名宏，在位二十一年，終被董卓所廢。二帝相繼信用宦官，政治腐敗，加速了漢朝的沒落。❹災釁　天災人禍。❺豺狼抗爪牙之毒　豺狼發威為害。豺狼，指亂臣賊子。抗，舉；張。❻生人　即「生民」。指百姓。❼荼炭之艱　指生活在泥淖炭火之中的危難境地。荼，通「涂」。即泥淖。❽九州絕貫　指天下散亂。九州，指全中國土地，原是相傳的上古行政區劃，但是，具體區劃說法不一。絕貫，即失去了有效的控制。貫，指穿錢的繩索。喻指由中央到地方的行政系統。❾皇綱解紐　法紀鬆懈。皇綱，國家法紀。解紐，扣結鬆散。❿蕭條　凋零而又冷清。⓫太祖　指曹操。字孟德，小名阿瞞（西元一五五～二二〇年），譙（今安徽亳縣）人，三國時著名政治家、軍事家和詩人。在世時，被封為魏王，其子曹丕代漢稱帝後，追尊為魏武帝，成為魏太祖。⓬運　指天命。⓭神武　指曹操具有神妙的武略。⓮克　完成；成就。⓯區夏　指華夏。即中國。⓰協　齊心協力。⓱靈符　神靈的符瑞。古時將某些現象附會成天意的象徵。⓲廓　開拓；擴張。⓳洪基　宏大的基業。⓴奄有　擁有。奄，包括。㉑神州　中國的別稱。㉒中岳　指嵩山。在今河南登封北。有三座高峰：東是太室山，中是峻極山，西是少室山。並有中岳廟、少林寺等名勝古跡。是著名五嶽之一。㉓器　指象徵皇權的器物。㉔九鼎　相傳大禹採用九州金屬鑄成的九個大鼎，用來象徵九州的土地。此後視為代表皇權的寶物，所以強秦為了它攻打西周，結果一個沈人泗水，其餘不知下落。這裡是泛稱。㉕世載淑美　世代出現賢良之士。載，語助詞，無義。淑，善良。㉖重光　喻指曹操兒子魏文帝曹丕又一次光輝普照。㉗襲　承襲；相繼續。㉘四隩之攸同　指四方歸心。四隩，指四方可居的土地。泛指天下各方。隩，通「墺」。攸，語助詞，相當於「所」。㉙壯觀　雄偉的氣象。

【語譯】不久前火的徵兆微弱而又幽暗，預示著漢朝的氣數行將終了。漢桓帝和漢靈帝相繼喪失皇帝應有的品德，以致天災人禍一并發作，豺狼們張牙舞爪地肆意殘暴，百姓陷入水深火熱的患難之中。於是，天下散亂，法紀鬆懈，四海之內是一片凋零淒慘的景象，不再為漢朝所擁有。魏太祖稟承天命，具有遠遠超越常人的武略，順應了這一期運，出征討伐暴亂，終於安定了中國。齊心協力創建靈符所顯示的事業，天命已經會集在身，於是很快開拓出宏大基業，擁有了魏國現在的疆域：論土地，就已經占領了我國中心地區和中岳一帶；論象徵皇權的寶器，九鼎仍保存著，一代接一代湧現出德才兼備的人物，光輝業績相接不斷。你必定明白，這就是四方歸心的天下最雄偉的景象啊！

公孫淵❶承籍❷父兄，世居東裔❸，擁帶燕胡❹，馮凌❺險遠，講武❻盤桓❼，不供❽職貢❾。內傲❿帝命⓫，外通南國⓬，乘桴滄流⓭，交疇貨賄⓮，葛越布於朔土⓯，貂馬延乎吳會⓰。自以為控弦⓱十萬，奔走足用，信能右折燕齊，左振扶桑，凌轢沙漠，南面稱王也⓲。宣王⓳薄伐⓴，猛銳長驅，師次㉑遼陽㉒而城池不守，桴㉓鼓一震而元凶㉔折首㉕。然後遠跡㉖疆場㉗，列郡大荒㉘，收離聚散，咸安其居。民庶㉙悅服，殊俗㉚款附㉛，自茲遂隆，九野㉜清泰㉝。東夷㉞獻其樂器，肅慎㉟貢其楛矢㊱，曠世不羈㊲，應化而至。巍巍蕩蕩㊳，想所具聞㊴。

【章　旨】實力強大的軍閥公孫淵三代經營遼東，憑仗雄厚的財力、兵力，雄霸一方，威脅周圍地區。但是魏軍一擊，城破身死。魏軍也就此安定了東北，宣揚了國威。

【注　釋】❶公孫淵　遼東襄平人（今遼寧遼陽）人。祖父公孫度以郡吏被董卓任命為遼東太守（轄境約當今遼寧省大淩河以東），乘漢末混亂，又自立為遼東侯平州牧。父公孫康接位後，曹操任命他為襄平侯左將軍。康死由他的弟弟公孫恭接位，魏文帝拜他為車騎將軍，封為平郭侯，承認他們有相對獨立自治地位，加以籠賂。公孫淵從公孫恭手中奪得權力以後，一邊接受魏明帝對他的任命，一邊與孫權來往，終於在魏景初元年（西元二三七年）自稱燕王。❷承籍　指繼承和依靠。❸裔　指邊遠地區。❹擁帶燕胡　這是描寫遼東與燕胡的地勢和關係。燕，指今河北省北部和遼寧省西部一帶。胡，泛稱北方。擁帶，猶襟帶。屏障環繞。❺馮淩　依仗。❻講武　指研究訓練軍事，籌備戰爭。❼盤桓　徘徊不進。這裡指等待時機，躍躍欲試的情狀。❽供　供奉；供送。❾職貢　指賦稅和貢品。❿傲　傲慢；不看重。⓫帝命　皇帝下的命令。此時皇帝是魏明帝。⓬南國　指孫權的吳國。因為在南方，故稱。同時，也是外交需要，有意不直指吳國。⓭乘桴滄流　指組織船隊出海。桴，木筏。此指船。滄，指海。⓮交疇貨賄　交易財物。交疇，即交易。疇，通「酬」。賄，指財物。⓯葛越布於朔土　指南方生產的葛布遍及北方地區。葛越，指用葛織成的布。是南方特產。布，分布。朔土，指北方廣大地區。⓰貂馬延乎吳會　指北方的貂皮、馬匹擴散到南方地區。貂，貂皮。延，擴散。吳會，指西漢設立的會稽郡。包括今江蘇省長江以南、茅山以東的地區，浙江省大部分和福建全省。東漢時分作吳、會稽二郡，合稱吳會。貂、馬是北方的特產。⓱控弦　拉弓。指代士兵。⓲右折燕齊四句　這四句所指的地理位置都是以遼東為基點。齊，指今山東省泰山以北黃河流域和膠東半島一帶。燕、齊都在遼東的右方。折，折服。扶桑，古國名。約當今天的日本國。振，振動。淩轢，欺淩；壓迫。沙漠，指北方。北方多沙漠。南面，即面南方。古代以朝南為尊，所以，古稱居帝王之位為「南面」。這裡指自立為燕王，與魏分庭抗禮。⓳宣王　指司馬懿。字仲達（西元一七九～二五一年），河內溫縣（今河南溫縣西）人。魏明帝時任大將軍，專朝政，打擊公孫淵的時候，官太尉。「宣王」是司馬炎追加的。⓴薄伐　討伐。薄，語助詞，無義。㉑次　指部隊進駐。㉒遼陽　縣名。指襄平。㉓桴　鼓槌。㉔元凶　首惡。指公孫淵。㉕折首　斬首。㉖跡　指足跡到達。㉗疆場　邊疆。㉘大荒　最荒遠的地區。㉙民庶　民眾。㉚殊俗　指不同習俗的國家。㉛款附　指主動歸心附屬。㉜九野　指九州土地。泛指中國各地。㉝清泰　政治清明而又社會安定。㉞東夷　古時對東方民族的稱呼。也稱「夷」。㉟肅慎　上古北方民族。住今長白山北，東臨大海、北至黑龍江中下游一帶，以狩獵為生。周朝時，曾向天子獻上自己的特產楛矢石砮（石製的箭鏃）。㊱楛矢　用楛木製成的箭。據載長一尺八寸。㊲羈　約束、控制。㊳巍巍蕩蕩　崇高廣大。孔子曾用「巍巍」贊頌堯帝，用「蕩蕩」贊頌舜帝。這裡隱含魏也具有堯、舜美政的意思。㊴具聞　一一都聽說了。

【語　譯】公孫淵繼承並且倚仗父兄的基業，世代盤踞東方邊境地區。迴抱環繞燕、胡一帶，依恃艱險和僻遠，熱衷於籌劃戰爭、等待時機，不向朝廷繳納賦稅和貢品。對內傲慢地不聽從皇帝的命令，對外私下溝通南方國家，組織船隊渡海，進行大規模貿易，竟然形成了南方葛越布遍及北方廣大地區，北方的貂皮、馬匹也紛紛到達吳、會一帶的局面。自以為擁有了十萬精兵，足夠發動戰爭，一定能夠向西割據燕、齊二地，向東威振海外扶桑之國，向北壓服沙漠地區，從而實現南面稱王的目標。但是，一旦宣王率領魏軍進行討伐，勇猛、精銳的部隊所向無敵地長驅直進，迅速進駐到公孫淵所在的遼陽城下，並且破城而入，進軍的鼓聲一響，首惡就被斬首。然後，繼續前進，足跡到達遙遠的邊界，行政區域設立到了最荒遠的地方，努力招收聚集原本流離失散的百姓，使他們都能夠安定地生活。從而民眾歡欣鼓舞，不同習俗的國家主動歸附，從這以後就更加興旺了，全國各地政治清明而又安定。東方民族獻來了他們獨特的伴舞樂器，北方民族送上了奇特的楛矢，就連久遠以來不願接受約束的民族和國家，也都響應大魏的教化，紛紛來到。這些崇高而又廣大的德政，想必你都一一聽說了吧。

吳之先主❶，起自荊州❷，遭時擾攘❸，播潛江表❹。劉備❺震懼，亦逃巴、岷❻。遂依❼丘陵積石之固，三江五湖❽浩汗❾無涯，假氣游魂❿，迄于四紀⓫。二邦合從⓬，東西唱和，互相扇動⓭，距捍中國⓮。自謂三分鼎足⓯之勢可與泰山⓰共相終始。相國晉王⓱，輔相帝室⓲，文武桓桓⓳，志厲⓴秋霜。廟勝之筭㉑

應變無窮，獨見㉒之鑒㉓，與眾絕慮㉔，主上欽㉕明，委以萬機㉖。長轡㉗遠御，妙略潛授。偏師㉘同心，上下用力，稜威㉙奮伐，罙入其阻㉚，并敵一向㉛，奪其膽氣㉜。小戰江介㉝，則成都㉞自潰；曜兵㉟劍閣㊱，而姜維㊲面縛㊳。開地五千，列郡三十，師不踰時㊴，而梁、益㊵肅清。使竊號㊶之雄，稽顙㊷絳闕㊸，球琳重錦㊹，充於府庫。夫虢滅虞亡㊺，韓并魏徙㊻，此皆前鑒之驗㊼、後事之師也！

【章旨】吳、蜀結盟對抗大魏、依仗天險、想三分天下。如今已攻滅蜀國，吳國更加孤單。

【注釋】❶吳之先主　指三國時吳國始祖孫堅（西元一五五～一九一年），字文臺，吳郡富春（今浙江富陽）人。少為郡縣吏，後任長沙太守。乘漢末軍閥混戰，起兵聲討董卓專權，從此擴大勢力。經過兩代人的努力，在江東建立了孫氏政權。次子孫權稱帝後，追尊他為武烈皇帝。❷荊州　占有包括今長江中下游、南至福建、兩廣以及越南北部、中部的廣大區域。古行政區域之一。轄境約當今湖北、湖南二省及河南、貴州、廣東、廣西的各一部分。長沙太守管區在其轄境內。❸擾攘　混亂而不安定。❹播潛江表　流竄到長江以南。潛，即「潛」。播潛，遷徙；流竄。這裡的「播潛」和下句「亦逃巴岷」，都是帶主觀色彩的說法，實際上是吳國在江南立國、蜀漢在巴岷創立。江表，泛指長江以南。因為在中原人士看來它在長江以外。表，指外面。❺劉備　字玄德（西元一六一～二二三年），涿郡涿縣（今屬河北省）人，三國時蜀漢的創立者。出身東漢遠支皇族，家貧困。東漢末起兵參加鎮壓黃巾起義，後在軍閥混戰中，信用諸葛亮，地盤得以不斷擴大。先後占領了荊州、益州和漢中，於西元二二一年稱帝，定都成都，國號漢。❻巴岷　巴，指巴郡，約當今四川省東部和湖北省西部。岷，指岷山，在今四川省北部，綿延在四川、甘肅兩省交界。巴、岷當時都屬益州。❼依　依靠。「依」字管領「丘陵積石之固，三江五湖浩汗無涯」十四字。❽三江五湖　三江，所指為今吳淞江、蕪湖與宜興之間的長江溝通太湖的河道以及長江下游，又稱南、中、北三江。五湖，說法不一，原意指太湖區域的眾多湖泊。❾浩汗　指水勢盛大。❿假氣游魂　指苟延殘喘。假，借；依憑。氣，氣息。游魂，指飄蕩無定的靈魂。⓫紀　十二年為一紀。⓬合從　戰國時期盛行合從連橫的外交戰略。即有闕國家聯合起來對付敵人的方法。這裡指力量較弱的吳、蜀漢二國聯合對抗曹魏。⑬扇動　慫恿；鼓勵。扇，通「煽」。⑭距捍中國　指對抗曹魏。距，通「拒」。拒捍，抵抗。中國，指魏。因為地處中原。⑮鼎足　指三足並立。鼎只有三足，以喻三方並峙，也就是三分天下的意思。⑯泰山　在今山東省中部，主峰叫玉皇頂，在泰安縣城北，山峰峻拔，雄偉壯麗，多名勝古跡。秦始皇、漢武帝等都曾登山舉行祭祀天地大典，很受古人敬奉。又名東嶽，是五嶽中最高的山。⑰相國晉王　指司馬昭，字子上（西元二一一～二六五年），司馬懿的兒子。繼父、兄任大將軍，專國政，景元四年（西元二六三年）任命為相國，咸熙元年（西元二六四年）進封為晉王。發兵伐蜀在西元二六三年，這裡係泛指。⑱帝室　即皇家。這裡指曹魏政權。⑲桓桓　形容威武。⑳厲　通「勵」。振奮。㉑廟勝之筭　指朝廷的重大決策。筭，通「算」。即謀略。《孫子兵法》很重廟勝之筭，把它擺在最重要的位置。㉒獨見　獨到的眼光。㉓鑒　洞察力。㉔與眾絕慮　謀慮超越了眾人。絕，超越。㉕欽對皇帝言行的敬稱。㉖萬機　指皇帝所處理的眾多日常事務。㉗轡　馬韁繩。㉘偏師　指全軍中所派出的一部分。㉙稜威威勢很盛。㉚罙入其阻　深入險要地區。罙，「深」的古字。阻，險阻；險要地區。㉛并敵一向　《孫子・九地》：「并敵一向，千里殺將。」曹操注謂：「并兵向敵，雖千里能擒其將也。」㉜奪其膽氣　謂挫敗敵軍士氣。㉝江介　江邊；沿江一帶。㉞成都　當時蜀漢的國都。約當今成都市。㉟曜兵　炫耀、顯示兵力。曜，通「耀」。㊱劍閣　即「劍閣」。地名。二旁山峰峻削如劍，十分險要。史載：當年伐蜀，兵分五路：其中一支由鄧艾率領，從陰平登上江介，擊潰敵人，致使蜀主劉禪派人請降；主要一支由鍾會率領，從斜谷進駐劍閣。㊲姜維　字伯約（西元二〇二～二六四年），天水冀縣（今甘肅甘谷東）人。本魏將，後歸蜀，深得諸葛亮信重。亮死後統領蜀軍，任大將軍。魏軍攻蜀，他堅守劍閣，因劉禪出降，被迫向魏將鍾會投降。㊳面縛　投降。詳前「許鄭以銜璧全國」注。㊴師不踰時　發兵伐蜀在景元四年十一月，當年就取得全勝。㊵梁益　泛指蜀漢屬地。梁指梁州，益指益州，在今四川省一帶。㊶竊號　指盜竊名號。具體指劉禪稱帝。㊷稽顙　古代的跪拜禮。行禮時，屈膝下拜，以額觸地，表示極度的悲痛或感謝。顙，額頭。㊸絳闕　指皇宮前的高大建築物，通常左右各一。泛指皇宮。絳，大紅色。㊹球琳重錦　泛指珍貴物品。球、琳，兩種美玉。重錦，優質的錦緞。㊺虢滅虞亡　虢、虞是春秋二個鄰國。據《左傳》記載，晉國為了吞并它們，假意向虞國借路去攻打虢國，虞國答應了。在消滅了虢國的回軍途中，晉軍乘機也消滅了虞國。此事被後代人看作沈痛的教訓。㊻韓并魏徙　韓國介於秦國和魏國之間，秦國吞并韓國，魏國也被搬遷了。秦始皇十七年滅韓，接著在二十二年滅魏。㊼前鑒之驗　前人所得到的證驗。亦即前人得到的教訓。

【語譯】吳國的開創者從荊州發起討伐董卓，利用混亂的時勢，流竄到了長江以外。劉備震恐，也逃往巴郡、岷山一帶。於是二國依憑高山多石的險固和三江五湖的汪洋無邊，像暫借一口氣飄蕩無定的靈魂，苟延殘喘，已經四十八年了。二國還聯合起來，一個在東方，一個在西方，互相呼應、鼓勵和挑動，以對抗中原魏國。自以為三分天下並立稱雄的局勢必定能夠同泰山那樣天長地久了。相國晉王司馬昭輔助魏帝，文才武略聲威赫赫，激勵自己的心志要像秋霜殺物、掃除一切。在朝廷上的重大決策，英明而又能根據形勢變化層出不窮，獨到的眼光洞察事物，思慮遠遠超越眾人，皇上聖明，將千頭萬緒的政務都委託給他。他把馬韁繩放得長長地進行遙控，祕密地授給將領們神妙的策略。於是派出的這一支軍隊同心一意，全軍上下一齊用力，威風凜凜地奮勇前進，一直深入到險要地區，集中兵力攻擊敵軍，使他們喪失士氣。在江邊只發動一次小戰鬥，蜀漢都城就聞風自動潰敗了；在劍閣只顯示了兵力的強大，蜀漢主帥姜維就自動投降了。為我魏國開拓疆域五千里，新設郡治三十個，出師不到一年，梁、益二州全境平定。從而使盜竊帝號的梟雄來到皇宮前，低心下氣地行跪拜大禮，他們所收藏的美玉錦緞充滿了我方的倉庫。古代發生過虢國被滅亡了虞國也接著被滅亡，韓國被吞并了魏國接著也被搬走的事，這些都是前代鑒戒的驗證、後代事情的榜樣啊！

又南中❶呂興❷，深覩❸天命，蟬蛻❹內向❺，願為臣妾❻。外失輔車脣齒之援❼，內有毛羽零落之漸❽，而徘徊❾危國，冀❿延日月。此猶魏武侯卻指河山以自強大⓫，殊不知物有興亡，則所美非其地也！

【章旨】吳國已是內外交困，眾叛親離，切不要因地形的優勢而心存幻想。

【注釋】❶南中　泛指嶺南及以外地區。❷呂興　據《三國志・吳志》記載，永安六年（西元二六三年）五月，交阯郡吏呂興殺太守孫諝，派人到魏國請求派太守和軍隊。事實上叛吳投魏事件常有發生，這次送書的二人原來都是吳國官吏。不過呂興是新近發生的事。❸覩　看到。引申為認識。❹蟬蛻　蟬從幼蟲長大時要脫殼，這就叫蟬蛻。蛻，指脫殼換新。❺內向　指心向魏國。作者以魏國之外為外。❻臣妾　西周、春秋時期，男奴隸叫做「臣」、女奴隸叫做「妾」，後用臣妾指稱「臣」，古代社會的君臣關係實際上也是主僕關係，所以臣子又叫皇帝為「主上」、「人主」。❼輔車脣齒之援　即脣亡齒寒的意思。輔，頰骨。車，牙床。二者互相依存。《左傳》記敘虢、虞二國關係時，曾引諺語說：「所謂輔車相依、脣亡齒寒者，其虞虢之謂也。」文章用語即出自於此。❽漸　指事物發展的開端。❾徘徊　猶豫不決。❿冀　企求。⓫魏武侯卻指句　魏武侯，姓畢名子擊，魏國第二代君主。一次君臣泛舟遊黃河，武侯指著黃河和高山說：「美哉！山河之固，此魏國之寶也！」沒有人接話。於是，著名的軍事家、政治家吳起站起來說：國家安定在於德政而不在於地形險要，如果您不修德行，那麼，連船上的人都成了您的敵人了！卻指，回指。

【語譯】又見南方呂興深深明白上天的意志，像蟬脫殼似的心向魏國，自願做臣屬。吳國在國外失去了脣齒相依的援助，在國內，毛羽開始脫落。國家很危急了，卻還猶豫不決，企求拖延時間。這就好像魏武侯指著高山大河自以為強大得很，一點也不明白事物有興旺和衰亡，所讚美的不應該是地勢啊！

方今百僚❶濟濟❷，儁乂❸盈朝，虎臣❹武將，折衝❺萬里，國富兵強，六軍❻精練，思復翰飛❼，飲馬❽南海❾。自頃國家❿整治器械⓫，修造舟楫，簡習⓬水戰。伐樹北山⓭，則太行⓮木盡，濬決河、洛⓯，則百川通流，樓船⓰萬艘，千里相望，自刳木⓱以來，舟車⓲之用，未有如今日之盛者也！驍勇⓳百萬，畜力待時，役不再舉⓴，今日之謂也㉑！

【章　旨】魏國人才濟濟，國富兵強，已為伐吳作好充分準備，有必勝的把握。

【注　釋】❶百僚　指眾多官員。❷濟濟　形容多而齊全。❸儁乂　指有傑出才能的人。儁，同「俊」。❹虎臣　喻指勇武之臣。與「武將」指英武之將同義。❺折衝　折還敵人的戰車。意為抵禦和擊敗敵軍。衝，衝擊軍陣的戰車。折，折還。❻六軍　據《周禮》規定，以一萬二千五百人為一軍。天子六軍，大國三軍，次國二軍，小國一軍。此以天子之軍自任。❼翰飛　指高飛。❽飲馬　讓馬喝水。❾南海　古郡名。轄境為今廣東省滃江、大羅山以南，珠江三角洲及綏江流域以東。此泛指吳國。❿國家　指朝廷。⓫器械　武器裝備。⓬簡習　選擇並訓練。⓭北山　泛指北方諸山。⓮太行　即太行山。綿延在今山西、河北兩省交界處。⓯濬決河洛　疏導黃河和洛水。濬，疏通。決，開導。河，黃河。洛，洛河。在今河南省西部，是黃河下游南岸的大支流。⓰樓船　有樓的大船。古代多用來作戰。⓱刳木　《易・繫辭下》有「刳木為舟」的話，意為用原木挖成獨木舟。此指人類造船之始。刳，剖挖。⓲舟車　據文意專指「舟」，「車」連帶而及。⓳驍勇　勇猛。⓴役不再舉　指伐吳戰爭不必有第二次了。役，兵役。再，第二次。㉑今日之謂也　就是說今日情況的啊。即謂今日。之，複指「今日」。表示強調。

【語　譯】當前百官眾多，傑出人才充滿朝廷，威武勇猛的將領能夠拒敵於萬里之外。國家富裕，兵強馬壯，全軍久經訓練，都是精兵強將，正想再一次發動大規模行動，要讓戰馬奔馳到南海去飲水。近日朝廷正整理製作武器裝備，打造船艦，選擇人員訓練水戰。在北部山區砍伐木材，以致連太行山的森林都採伐盡了，疏通黃河和洛河，從而使各條河道都暢流無阻礙，高大戰艦達一萬餘艘，艦隊綿延一千多里，可以說自從人類挖木造舟以來，不曾有過像今天這樣盛大的規模啊！勇猛善戰的部隊上百萬之眾，正積蓄力量等待著時機，一旦發動戰爭就不再作第二次打算，說的就是現在的形勢！

然主上眷眷❶，未便電邁者，以為愛民治國，道家❷所尚；崇城自卑，文王退舍❸。故先開示❹大信，喻❺以存亡，殷勤❻之旨，往使所究❼。若能審識❽安危，自求多福，蹶然改容❾，祇承往告❿，追慕南越，嬰齊入侍⓫，北面⓬稱臣，伏聽告策⓭，則世祚⓮江表，永為藩輔⓯。豐報顯賞，隆於今日矣！若侮慢⓰不式⓱王命，然後⓲謀力雲合⓳，指麾⓴風從㉑，雍、益二州順流而東㉒，青、徐戰士列江而西㉓，荊、揚、兗、豫，爭驅八衝㉔，征東甲卒㉕，虎步㉖秣陵㉗。爾乃㉘皇輿㉙整駕㉚，六師㉛徐征。羽檄㉜燭㉝日，旌旗㉞流星，游龍㉟曜路，歌吹㊱盈耳。士卒奔邁，其會如林，煙塵俱起，震天駭地，渴賞之士，鋒鏑爭先㊲。忽然一旦，身首橫㊳分，宗祀屠覆㊴，取誡萬世㊵，引領㊶南望，良㊷以寒心。

【章旨】敘說魏帝以仁厚寬大為懷，給吳國一個機會以便作出抉擇。吳國面臨兩種選擇和兩種前途，希望孫皓好自為之。

【注釋】❶眷眷 一心一意。❷道家 以先秦老子、莊子關於「道」的學說為中心的學術派別。魏晉時期很盛行，並深受佛教影響，與儒家學說相結合，主張愛惜人民。❸崇城自卑二句 史載：周文王得知諸侯崇侯虎政治腐敗，發兵征討，力戰一月未能破城。於是，文王自動退兵，進一步改善自己的政治教化以後，再去攻城。結果，不戰而降。崇城，指崇侯虎的城。自卑，指城自動降低。喻指自動投降。退舍，指退兵。舍，通「捨」。放棄。❹開示 開誠布公地表示。❺喻 曉喻；使明白。❻殷勤 誠懇深厚。❼往使所究 派去的使者所盡知的。往使，派去的使者。究，盡。❽審識 仔細謹慎地識別。❾蹶然改容 震驚地改變自己傲慢的態度。❿祇承往告 恭敬地承受送去的文告。祇承，秉承；敬承。祇，表示敬意。往告，指送去的文書中的告述。⓫追慕南越二句 據《漢書》所載，南越王新立，漢派嚴助前往宣示皇帝的意旨，讓南越王自動派遣兒子嬰齊到漢皇宮來做侍衛，實際上就是做人質。追慕，追隨仰慕。⓬北面 行臣下的禮節。與「南面」是皇帝之尊相呼應。⓭伏聽告策 敬聽皇帝的策書。伏，表敬詞。伏聽，敬聽。告策，指送去的信。⓮世祚 指世世代代傳承。祚，傳代；

傳承。⑮藩輔　指諸侯。說他們像籬笆那樣衛護著中央政權。⑯侮慢　侮辱傲慢。⑰式　遵從。⑱然後　這樣一來。然，這樣。後，以後。⑲謀力雲合　謀臣和武士會聚。謀，指謀士。力，指武士。雲合，指像雲湧似地會聚。極力形容其多。⑳靡　通「揮」。㉑風從　指像風吹一面倒似地服從。極力形容全軍齊心。㉒雍益二州句　東漢時，雍州轄境約當今陝西省中部、甘肅省東南部、寧夏南部以及青海省的黃河以南一部分。益州見前。二州地處黃河、長江的上、中游，在吳國西面，所以說順流而東。東，指向東前進。㉓青徐戰士列江而西　青，指青州。轄境約當今山東省東北部和河北吳橋等地。徐，指徐州。轄境約當今江蘇省長江以北部分和山東省東南部地區。二州位在吳國東北面，隔長江相對，所以說軍隊沿江排開陣勢，向西挺進。㉔荊揚兗豫爭驅八衝　荊，指荊州。揚，指揚州。轄境約當今安徽省淮河流域、江蘇省長江以南地區和江西、浙江、福建三省以及湖北、河南二省的各一部分。兗，指兗州。轄境約當今山東省西南部和河南省東部。豫，指豫州。轄境約當今淮河以北、伏牛山以東的河南省東部和安徽省北部地區。八衝，泛指要衝之地。㉕征東甲卒　指石苞自己率領的部隊。時石苞任征東將軍。㉖虎步　指像猛虎似地邁步。㉗秣陵　古縣名。治所在今江蘇江寧南秣陵關。西元二一二年，孫權從京口移治於此，並改名建業，移治今南京市。晉滅吳以後，又改名秣陵。㉘爾乃　於是。爾，這樣。㉙皇輿　指皇帝的專車。㉚整駕　整理啟程。㉛六師　即「六軍」。㉜羽檄　指緊急文書。古時緊急調動部隊的文書，用插上鳥毛來表示必須急速傳送。㉝燭　照耀。㉞旌旗　泛指一切旗幟。古代往往在上面畫著星辰。旌，古代一種綴旄牛尾於竿頭，下有五彩析羽，用來指揮或開道的旗幟。㉟遊龍　古時將高八尺以上的馬叫作龍。㊱歌吹　古代一種器樂大合奏。含鼓、簫、笳等多種，用來壯大聲威。㊲鋒鏑爭先　在刀口箭尖間奮勇爭光。鋒鏑，指在刀口箭頭上。如同說槍林彈雨一樣。鋒，指刀鋒、刀口。鏑，箭頭。㊳橫　意外。㊴宗祀屠覆　宗族被屠殺，祭祀被覆滅。宗，宗族。祀，祭祀。屠，屠殺。對「宗」而言。覆，覆滅。對「祀」而言。㊵取誡萬世　為萬代引為鑒誡。㊶引領　伸長頭頸。領，頭頸。㊷良　確實。

【語譯】而皇上殷切關注而沒有立即發動進攻的原因，在於認為愛民治國是道家所推崇的政治主張；以往崇侯虎守衛的城堡自動屈身請降，是由於周文王自動撤軍的結果。所以，開誠布公地向你表示最大的誠信，並讓你們明白事關生死存亡之理，我主這一番懇切心意，前去的使者是盡知的。假如能夠仔細謹慎地認清安全和危險的根源，親身尋求幸福的前途，驚覺地改變自己傲慢的態度，恭敬地承受送去的文告，追隨南越王派王子嬰齊到漢皇宮做侍衛的做法，向北面行禮而自我稱臣，敬畏地聽從皇帝的策書，那麼就能夠在江外地區世世傳承不斷，永久做一方諸侯。豐厚的報酬和突出的賞賜，將都在今日隆重實現！假如繼續傲慢而不遵從皇上的命令，這樣一來，謀臣和武士像雲湧似地會聚，各方聽從指揮順風而從，雍、益二州部隊順黃河、長江東下，青、徐二州戰士在長江對岸排開陣勢而向西挺進，荊、揚、兗、豫四州部隊爭著長驅各個要衝之地，而我征東將軍率領的士兵將猛虎似地挺進秣陵。於是，皇帝的專車整頓啟程，全軍徐徐前進，插著羽毛的緊急文書在陽光下閃耀著光芒，軍旗飛速往來像天際的流星，駿馬如龍，精美的馬具照耀了道路，鼓樂高奏，聲音充塞耳際。士兵奔馳，聚會時像漫無邊際的森林，煙霧和塵土一齊騰空而起，震天動地。渴望取得獎賞的官兵，冒著刀鋒箭尖奮勇爭光。你們忽然有一天身軀和頭顱意外地分開了，宗族遭屠戮，祠廟覆滅，成為後人萬代記取的教訓。我伸長脖子向南遙望，確實為你們痛心啊！

夫治膏肓❶者，必進苦口之藥；決狐疑❷者，必告逆耳之言❸。如其迷謬，未知所投❹，恐俞附❺見其已困，扁鵲❻知其無功也！勉思良圖，惟所去就❼。石苞白。

【章　旨】警告對方：時間不多了，希望能聽取忠告，早下決斷。

【注　釋】❶治膏肓　醫治不治之症。膏肓，指心鬲之間。是人體重要部位。《左傳》說：「疾不可為也。在肓之上、膏之下，攻之不可，達之不及，藥不至焉。」因以指不治之症。此指重症。膏，指心下微脂。肓，指鬲上薄膜。❷決狐疑　決斷猶豫之人。❸逆耳之言　不順耳卻是正確的話。❹投　投奔。❺俞附　又寫作「俞柎」、「逾跗」、「俞拊」、「俞跗」。傳說中古代黃帝時的名醫。他治病不用湯藥。❻扁鵲　戰國時期名醫。姓秦名越人，渤海郡鄚（今河北任丘）人。富有醫治的實際經驗，反對用巫術治病。後為秦武王治病，遭秦太醫令李醯妒忌而殺害。❼去就　取或不取，就或不就。

【語　譯】醫治深重之症的人，必定進用苦口而對症的藥物；而幫助猶豫的人作決斷，必定告知不順耳而正確的話。如果還是沈迷在錯誤思想之中，不知道應該走哪條路的話，那麼，連名醫俞附也認為病情已進入困境，名醫扁鵲也認為治病不再有效了！希望你們努力想出一個好主意，以決定自己何去何從。石苞告白。

與嵇茂齊書

【作　者】趙至，字景真，晉代郡（轄境約當今河北懷安、蔚縣以西、山西陽高、渾源以東的內外長城間地和長城外的東洋河流域）人。寓居洛陽，家貧，父以耕作度日。自幼以榮養父母為心，好學。論議精辯，才氣縱橫，深得嵇康等名流讚賞。但是，坎坷不得志，嵇康死後，遠赴遼西（古郡名，轄境約當今河北遷西、樂亭以東、長城以南、遼寧省松嶺山以東、大凌河下游以西地區），先後任郡計吏，幽州（漢武帝所置十三刺史部之一，轄境約當今河北省北部、遼寧省大部分和朝鮮大同江流域）部從事，以斷獄精審見稱。後至洛陽，知母早喪，以素願未能實現而慟哭嘔血死，時年三十七歲。

【題　解】趙至在赴遼西時，寫下這封給好友嵇茂齊敘離別和志向的信。嵇茂齊，名蕃字茂齊，嵇康兄子，曾任太子舍人，是趙景真好友。據嵇康子嵇紹說：當時有人誤以為這是呂安寫給嵇康的信，因而特地作了辨正。二說如今並存。所以，現存文獻作者署名趙景真，而信的開頭署「安白」，互相矛盾。呂安字仲悌，嵇康知友，嵇康因呂安訟獄牽連，鍾會乘機勸司馬昭殺害，二人一同遇難。這是一封寄相思的信，除了此類信所特有的離情別恨以外，還含有對旅途苦況的敘述，關於新處境的評論，抒志敘懷和關切對方，內容十分豐富。最後的結語，從「去矣！嵇生」開始共八句，前四句都用「矣」字結尾，後四句以「心」、「金」、「沈」、「欽」四字押韻，有類於〈離騷〉的「亂曰」，千言萬語凝聚起來是悲永離而勉堅志。這種堅持信念而百折不撓的心志，使這封信贏得了廣大讀者。本文的藝術性也很高。作者擅長組織對比，開頭以嘉遁者與被迫遠行的自己對比，起點高而又出人意外；接著以艱難的歷程和孤獨的處境與自己所謂的雄心大志構成鮮明對比，顯出社會的不公；然後是自己與朋友的境況對比，雖然榮辱升沈各不相同，但是懷著一般的痛苦。正是這些精心設計的對比，使人自然而然體味到正邪不兩立以及個人與社會間的深刻矛盾。此外雖遭迫害而不作女子般的啼哭，多的是大丈夫的悲憤；寫路上景物，雖艱苦，卻是豪邁廣大；敘心志，顯得慷慨激昂，壯志入雲，充分表現出一位寧折不屈的正人君子的坦蕩胸懷。全文字斟句酌，讀來琅琅上口，自然而去雕琢，全無矯揉造作之態，顯見作者是很善於駕馭語言的。

安白❶：昔李叟入秦，及關而歎❷；梁生適越，登岳長謠❸。夫以嘉遯❹之舉，猶懷戀恨❺，況乎不得已者哉？惟別之後，離群獨游❻，背榮宴❼，辭倫好❽，經迥❾路，涉沙漠。鳴雞戒旦❿，則飄爾⓫晨征⓬；日薄西山⓭，則馬首靡託⓮；尋歷⓯曲阻⓰，則沈思紆結⓱；乘高遠眺⓲，則山川悠隔⓳；或乃迴飆⓴狂厲㉑，白日寢光㉒；踦嶇㉓交錯，陵隰㉔相望；徘徊九皋㉕之內，慷慨㉖重阜㉗之巔，進無所依，退無所據；涉澤求蹊㉘，披榛㉙覓路，嘯詠㉚溝渠，良不可度。斯㉛亦行路之艱難，然非吾心之所懼也。

【章　旨】作者不得已而分別遠離，歷述沿途種種自然環境的艱難情況。

【注　釋】❶安白　呂安告白。❷昔李叟入秦二句　據《列子》所載，戰國初期哲學家楊朱曾南下到沛（今江蘇省西北端）地去，恰好老子向西到秦國去。在梁（今河南開封）地，楊朱見到老子。而老子站在路中央，仰天歎息，並說：當初我以為你可以教化，現在卻完全無望了！老子出函谷關以後，就仙去了。信中指的就是這件事，但是取意不同。李叟，指老子李耳。

先秦時著名思想家，詳〈與山巨源絕交書〉注。叟，對老年男子的敬稱。關，指函谷關。在今河南靈寶東北，是古時中原通往秦國的主要隘口。❸梁生適越二句　梁生，指漢代梁鴻。字伯鸞，扶風平陵（今陝西咸陽西北）人。家貧而博學，著名當世，但是，與妻孟光隱居霸陵山中，不願為官。曾因事路經洛陽，見宮殿奢華，憫百姓的勞苦，寫成〈五噫之歌〉。後在吳（治所在今蘇州）地定居。適，到；至。越，泛稱吳、越地方。岳，指洛陽近郊邙山。謠，指不配樂而唱。類似今天的「清唱」。這裡指朗聲吟〈五噫之歌〉。❹嘉遯　隱居遁世之意。遯，同「遁」。❺戀恨　眷戀和遺憾。❻游　通「遊」。指旅行、遠行。❼榮宴　指榮耀的社交。榮，榮譽。宴，宴會。❽倫好　同輩好友。❾迥　遙遠；漫長。❿戒旦　黎明時警人睡醒起床。⓫飄爾　形容迅捷的狀態。⓬晨征　凌晨就出發遠行。⓭日薄西山　黃昏時，太陽已接近西邊的山頭。薄，臨近；迫近。⓮馬首靡託　馬首沒有依託，不知前進方向。⓯尋歷　沿著。⓰曲阻　隱蔽曲折而又艱險的地勢。⓱紆結　屈曲悶鬱；悶悶不樂。⓲眺　遠望。⓳悠隔　悠遠而又阻隔。⓴迴飆　旋轉的風暴。㉑狂厲　形容風暴非常猛烈。㉒寢光　遮住光了。寢，藏；隱。㉓踦驅　同「崎嶇」。指地面高低不平。㉔陵隰　陵，指高地。隰，指低下的溼地。㉕九皐　廣闊深遠的沼澤。九，形容多而深長。皐，沼澤。㉖慷慨　感慨。㉗重皐　重疊的土山。皐，土山。㉘蹊　路徑。㉙披榛　撥開荊棘。披，撥開。榛，落葉的灌木式小喬木。此泛指荊棘。㉚嘯詠　吟詠；歌唱。㉛斯　這。

【語　譯】呂安告白：從前李老先生到秦國去，在函谷關發出深深的感歎；漢代梁君到越地去，登上洛陽近郊的邙山吟成〈五噫之歌〉。像這般崇高的避世舉動，還有所眷戀和遺憾，更何況不得已而遠行的人呢？分手以後，我離開同群獨自遠行，背棄了榮耀的社交活動，告辭了同輩好友，經歷漫長的路程，跋涉遼闊的沙漠。聲聲雞啼警示我及早起身，迅捷地冒著清晨的霧露出發；日落西山了，我還不知道要策馬向何處投宿；經歷曲折而又艱險的地勢，心情沈重得放不開；登高遠望，只見山川悠遠而又阻隔難通；有的時候，旋轉的風暴襲來，猛烈之極，連太陽也被遮住而露不出光芒，高低不平的地形相互交錯，土山和低窪地接連不斷，我在廣闊深遠的沼澤中徘徊觀望，又登上重疊的土山感慨自己的處境：想前進，看不見可以依託的地方；往後退，看不見可以停留的土地，不得不在沼澤中找出路徑，披荊斬棘尋覓出路，只落得站在溝渠邊上無可奈何地吟詠傷心的詩句，確實不能夠走過去。這就是遠行路上的種種艱難，但是，這還不是我心中最害怕的情況。

至若蘭茝❶傾頓，桂林移植，根萌未樹❷；牙淺弦急❸，常恐風波潛駭、危機密發。斯所以怵惕❹於長衢❺，按轡而歎息者也！又北土之性，難以託根；投人夜光，鮮不按劍❻。今將植橘柚❼於玄朔❽，蔕華藕於修陵❾，表龍章❿於裸壤⓫，奏韶舞⓬於聾俗⓭，固難以取貴矣！夫物⓮不我貴，則莫之與⓯，莫之與則傷之者至矣！飄颻⓰遠游之士，託身無人之鄉⓱，摠轡遐路⓲，則有前言之艱⓳；懸鞍陋宇⓴，則有後慮㉑之戒。朝霞啟暉，則身疲於遄征㉒；太陽戢曜，則情劬於夕惕㉓；肆目㉔平隰㉕，則遼廓㉖而無覩；極聽㉗修原㉘，則淹寂㉙而無聞。吁㉚其悲矣！心傷悴矣！然後乃知步驟㉛之士不足為貴也！

【章　旨】訴說得不到社會的賞識，置身於一個遼廓荒寂的地方，這種身心的孤獨才是最可傷悲的。

【注　釋】❶茝　即白芷。是香草。❷根萌未樹　根芽猶未萌發。萌，萌芽。樹，樹立。這裡意為發出。❸牙淺弦急　指一觸即發的狀態。牙，指弩機的發射部件。又叫弩牙。它鉤住弓弦，下連「懸刀」，即板機。發射時，只需一扳「懸刀」，牙就往下縮，所鉤住的弦立即彈出，從而有力地將矢射出。❹怵惕　戒懼。❺衢　四通八達的道路。❻投人夜光二句　如果無緣無故地突然向人丟給一塊璧玉的話，很少有人不是立刻手握劍柄，表示戒備的。夜光，指夜光璧玉。非常貴重。按劍，手握住劍柄。❼橘柚　二種生長在江南的常綠果樹。❽玄朔　指北方土地。❾蔕華藕於修陵　把水中的蓮藕栽在長長的高崗上。蔕，同「蒂」。指花或瓜果與枝莖相連的部分。這裡用作動詞。與上句「植」同義。生長。修陵，長而高的山崗。華藕本生長在水中，以喻矛盾不可能的。❿龍章　古代皇帝及高級官員穿的有龍形圖案的禮服。⓫裸壤　指沒有穿衣習慣而流行文身的地區。⓬韶舞　指韶樂。相傳是稱頌舜繼承並發揚了堯的德政的樂曲。後用來代表最高雅的音樂。⓭聾俗　據行文當與「裸壤」相對成文，那麼意思應是指不喜愛音樂習俗的地區。一般直接解釋為「聾者」，亦可。⓮物　與「我」相對。指外人。⓯與　同盟者；黨與。這裡作動詞用。成為同盟者；結交。⓰飄颻　飄蕩；飄泊。⓱無人之鄉　無朋友的地區。⓲揔轡遐路　把馬韁繩并在一起握住慢慢地行進。揔，同「總」。⓳前言之艱　指上文敘述的路上種種自然環境的艱難。⓴陋宇　簡陋房屋的屋簷。宇，屋簷。㉑後慮　指上文「蘭茝傾頓、桂林移植、根萌未樹，牙淺弦急」等情況。㉒朝霞啟暉二句　此句與上文「鳴雞戒旦則飄爾晨征」同義。遄，迅速。㉓太陽戢曜二句　此句文意與上文「日薄西山則馬首靡瞻」相似。戢，收斂。劬，勞苦。㉔肆目　縱目；放眼極目。㉕平隰　廣平的原野。㉖遼廓　廣闊無邊。㉗極聽　極力聽。㉘修原　漫長的高平、廣平的原野。意與上句「平隰」相近。㉙淹寂　靜默無聲。㉚吁　憂愁歎息聲。㉛步驟　謂驅馳行役。

【語譯】至於像蘭花香茝被折傾倒，桂樹移地新栽，它們連根芽都還來不及重新萌發；弩牙淺淺地鉤著繃緊的弓弦，最怕風波暗中爆發和弩機祕密地發射。這才是走在大道上都提心弔膽，拉住韁繩深深歎息的事情啊！而且北方土質寒冷，蘭桂很難生根；無緣無故地向人投擲璧玉，很少有人不立即手按劍柄加以戒備的。現在如果有人把南方的橘樹柚樹種到北方，把水中的蓮藕栽在長長的高崗上，穿著有龍形圖案的高級禮服到文身之國去，向聾子演奏古代最高雅的韶舞之樂，那麼必定很難得到人們的看重的！人們不看重我，就不與他們交往，不與他們交往，於是傷害我的人就來到了！一個飄泊無定的遠行人，寄身在沒有一個知交的地方，握著馬韁走在漫長的旅途上，就有前面所說的那許多自然環境的艱難；要是卸下馬鞍並掛在簡陋的屋簷下，停頓下來，那麼又會有後來所說的可怕的顧忌。朝霞一開始放出光輝，身體疲憊於急急忙忙的出發；太陽收斂了耀眼的光芒，卻又勞苦於保持夜間的戒慎；放眼平原和低地，竟是遼闊無邊什麼也沒有看見；極力靜聽廣闊的原野，竟是靜默無聲什麼也沒有聽到。唉！真是悲哀啊！心都要碎了！從此，才明白驅馳行役的人是不為人所看重的啊！

若迺顧影中原❶，憤氣❷雲踴❸，哀物悼世，激情風烈❹。龍睇❺大野，虎嘯六合❻，猛氣❼紛紜❽，雄心四據❾。思躡❿雲梯⓫，橫⓬奮八極⓭，披艱掃穢，蕩⓮海夷⓯岳，蹴⓰崐崘⓱使西倒，蹋⓲太山⓳令東覆⓴，平滌九區㉑，恢維㉒宇宙。斯亦吾之鄙願也！時不我與，垂翼遠逝，鋒鉅㉓靡加，翅翮㉔摧屈，自㉕非知命，誰能不憤悒㉖者哉？

【章　旨】訴說胸懷濟世的雄心壯志，卻為環境所限，得不到施展。

【注　釋】❶顧影中原　劉良注：「顧景，恐時不再來也。」有珍惜時日之意。迺，同「乃」。影，指日影。中原，指中原地區。❷憤氣　指激憤不平的意氣。❸雲踴　指像雲湧似地騰上心頭。❹風烈　像刮大風似地猛烈。❺睇　本意斜視，此指視。❻六合　天地四方，泛指天下。❼猛氣　英武勇猛的意氣。❽紛紜　多；旺盛。❾四據　占據四方。❿躡　踩；踏著。⓫雲梯　登天之梯。⓬橫　縱橫；逞意。⓭八極　指天地間八個極點，即最邊遠的地方。此指全天下。⓮蕩　指蕩平。⓯夷　剷平。⓰蹴　踢。⓱崐崘　同「崑崙」。傳說是神仙居住處。今西起帕米爾高原東部，橫貫新疆與西藏之間，向東延伸到青海境內，全長約二五〇〇公里。⓲蹋　同「踏」。⓳太山　即泰山。著名的「五嶽」之一。⓴覆　倒下。㉑九區　即九州。㉒恢維　廓大和維繫。即廓清。㉓鋒鉅　鋒利的鉤子。鉅，鉤子。㉔翮　長而硬的羽毛。㉕自　如果。㉖憤悒　忿怒而鬱結。

【語　譯】至於在中原地區凝視日影的移動，激憤不平的意氣像雲似地湧上心頭，憫念百姓、感傷時勢，激昂的情懷像大風似地猛烈。好像蒼龍掃視著廣闊的原野，猛虎咆哮在天地之間，英武勇猛的意氣旺盛，壯志雄心籠罩四方，只想踩著雲梯登上青天，縱橫於天地之間，破開艱難，掃除汙濁，震蕩大海，夷平高山，足踢高高的崑崙山，要使它往西倒塌，腳踏巍巍的泰山，命令它朝東傾覆，洗蕩全國，廓清天下。這也是我的淺陋的志願啊！然而，時局一直不給予我機遇，不得不拖著翅膀飛向遠方，鋒利的鉤子還沒有刺到身上，翅膀上的羽毛就已遭受摧殘而脫落了，如果不是明白自己命運的人，哪個能不忿怒而鬱結呢？

吾子植根芳苑❶，擢秀❷清流，布葉華崖，飛藻雲肆❸。俯據潛龍❹之淵❺，仰蔭棲鳳之林❻，榮曜眩❼其前，豔色餌❽其後，良儔❾交其左，聲名馳❿其右。翱翔倫黨⓫之間，弄姿⓬帷房⓭之裡，從容顧眄⓮，綽⓯有餘裕，俯仰吟嘯⓰，自以為得志矣！豈能與吾同大丈夫⓱之憂樂者哉？

【章　旨】指出好友身在富貴鄉中，儘管優閒自得，仍然不合大丈夫的情懷。

【注　釋】❶苑　畜養禽獸和種植花木的地方。❷擢秀　抽枝開花。擢，抽；拔。秀，禾類植物開花。此泛指開花。❸飛藻雲肆　飛揚的華采像雲似的湧出。❹潛龍　指潛伏而未升天的龍。❺淵　深泉。❻棲鳳之林　相傳鳳凰非梧桐不棲，因指梧桐之林。❼眩　眩耀；迷惑。❽餌　釣餌。此作動詞，意為利誘、引誘。❾儔　伴侶；朋友。❿馳　原意奔，此為響徹。⓫倫黨　指同類人。⓬弄姿　賣弄姿態。⓭帷房　有帷幕的房子。⓮顧眄　都是看的意思。此指左顧右盼。⓯綽　寬綽。⓰吟嘯　吟，吟詩。嘯，撮口發出長久而清越的聲音。當時流行的高雅的舉止。⓱大丈夫　有志向、有作為、有氣節的男子漢。

【語　譯】您好像植根在長著名花異草的芳香林園，抽枝開花在清澈的流泉邊，葉茂枝繁，鋪滿了長著鮮花的山崖，飛揚的華采像雲似的湧出。下面據守著潛伏蒼龍所居住的深泉，上面蔭庇著鳳凰停息的梧桐林，榮華富貴在前面迷惑著，美麗女子在後面引誘著，好朋友聚集在左邊，稱頌聲響徹在右邊。您在同伴們中間自由自在地飛翔，在下帷的室內賣弄姿態，從容不迫地左顧右看，不緊不慢地優閒適意，時而低首吟詩，時而昂頭歌嘯，自以為達到心願了！哪能和我一道，共同抒發男子漢大丈夫的憂愁和歡樂呢？

去矣！嵇生，永離隔矣！煢煢❶飄寄❷，臨沙漠矣！悠悠三千❸，路難涉矣！

攜手之期，邈❹無日矣！思心彌❺結，誰云❻釋矣？無金玉爾音，而有遐心❼。身雖胡越❽，意存斷金❾。各敬爾儀❿，敦履璞沈⓫。繁華流蕩⓬，君子弗欽⓭。臨書悢然⓮，知復何云⓯！

【章　旨】認為如今遠去將成永別，故把思念之情化作深深的祝福，願彼此都保持自己的氣節。

【注　釋】❶煢煢　形容孤零零的樣子。❷飄寄　飄泊旅居。飄，飄泊；飄零。寄，寄居；旅居。❸悠悠三千　漫漫的三千大千世界。悠悠，形容遙遠、廣大無邊。三千，本佛經語，是「三千大千世界」的省稱。「三千大千世界」原是古印度傳說的一個廣大世界的名稱，簡稱「大千世界」。即以須彌山為中心，以同一日月所照的四天下為一小世界，合一千小世界為一中千世界，合一千中千世界為一大千世界。三千大千世界極力形容佛教世界的廣大。此係借用。❹邈　渺茫而長遠。❺彌　更加。❻云　語助詞，此用於語中。也可用在語首和語末。❼無金玉爾音二句　《詩・小雅・白駒》：「毋金玉爾音，而有遐心。」意謂不要珍惜你的音信如珍惜金玉一樣，而有疏遠之心。❽身雖胡越　身分胡越，喻相隔遙遠。胡，代指北方。越，代指南方。❾斷金　《周易》：「二人同心，其利斷金。」意為如能齊心合力，連黃金也能切斷。此指二人心志相合。❿各敬爾儀　各自注重修飾儀態舉止。敬，注重；尊重；修飾。儀，儀態；舉止。⓫敦履璞沈　努力遵循純樸深沈的品德。敦，努力。履，履行；遵循。璞，純樸。沈，深厚。與下句「繁華流蕩」恰成對比。⓬繁華流蕩　繁榮華麗飄浮放蕩。隱指上文「翺翔倫黨之間，弄姿帷房之裡」等「自以為得志」的情狀。⓭欽　欽佩。⓮悢然　惆悵的樣子。⓯何云　即「云何」。云，說話。

【語　譯】別了！嵇君，這是永久的分離啊！孤零零地飄泊旅居，已經面對沙漠了！漫漫三千大千世界，道路多麼難走啊！握手相會的日子，已是遙遙無望了！思念的心情更加鬱結，誰有法子解脫呢？不要吝惜您的音信如同吝惜金玉一般，而有疏遠之心。你我雖然身分胡越，心裡共同存著足以斷金的情誼。望各自注重修飾儀態舉止，努力遵循純樸深沈的品德。繁榮華麗飄浮放蕩，是君子所不看重的。握筆寫信非常惆悵，不知道還要說些什麼了！

與陳伯之書

【作　者】丘遲（西元四六四～五〇八年），字希範，吳興烏程（今浙江吳興）人。幼聰慧，能詩文。在齊以秀才累遷殿中郎。蕭衍平建鄴，引為驃騎主簿，甚被禮遇。入梁，遷中書侍郎，待詔文德殿。時梁武帝作〈連珠〉，詔群臣繼作者數十人，遲文最美。後出為永嘉太守，在郡不稱職，被彈劾，帝愛其才，不予追究。天監四年中軍將軍臨川王蕭宏北伐魏，任為諮議參軍，領記室。時陳伯之在魏，率軍來拒，遲以書曉喻，伯之遂降。還都後拜中書侍郎，遷司空從事中郎，卒於官。原有集十一卷，已佚，明人輯有《丘司空集》。

【題　解】丘遲一生以文才著稱，寫下許多重要政治論文。天監四年（西元五〇五年）受任臨川王諮議參軍領記室，陳伯之與魏軍抵拒臨川王北伐，丘遲寫下了這封著名的勸降信，成為當時駢文的優秀之作。陳伯之，濟陰郡（轄境約當今山東荷澤附近，南至定陶，北至濮城地區）人。少貧賤，有勇力，累戰功，在齊官居冠軍將軍、驃騎司馬、魚復縣伯。齊亡投降梁朝，任安東將軍、江州刺史，後加號征南將軍，封豐城縣公。但是常持二心，不服從命令，終於率軍反梁，戰敗，逃往北魏，被封為使持節散騎常侍、都督淮南諸軍事、平南將軍、光祿大夫、曲江縣侯。天監四年梁朝北伐，陳伯之得丘遲所寫信，率軍八千歸降。卒官通直散騎常侍、驍騎將軍、太中大夫。顯然這一封勸降信，起了很大的作用。當時形勢是梁武帝剛從前朝南齊奪得政權，與北魏南北對峙，雄心勃勃地想一舉收復中原，再建漢族在全中國的統治，勸降對象陳伯之也有他自己的特殊情況。從南齊投梁，又反梁入魏，在反覆中可以看出他對於梁朝不能說無情，投身北魏完全出於無奈。他又是一個專重自己名利的南朝漢人，作為一名累建戰功的勇將，正是形勢所重視和爭取的人物。所以，作者不把他看作敵人營壘中的人，而只是自己人一時失足罷了！從這一點著眼，文章寫得很有特色和分寸，信中敘功與責過緊相結合，令人讀來，深感又愛又恨；把寬大之懷與求才之意相結合，使對方既感到關懷又覺得可以有所作為而有所自尊；把形勢的趨向與個人前途相結合，加以分析，顯示出一片代他謀出路的真心誠意，而不是旁觀者的勸說，更不是僅僅為了勸說者的利益，因此取得了很好效果。此文用典貼切，文采也很有情趣，值得細加體味。

遲頓首❶，陳將軍足下無恙❷，幸甚、幸甚❸。將軍勇冠三軍❹，才為世出❺，棄鷰雀之小志，慕鴻鵠以高翔❻。昔因機變化❼，遭遇❽明主❾，立功立事，開國稱孤❿，朱輪華轂⓫，擁旄萬里⓬，何其壯也！如何一旦為奔亡之虜⓭，聞鳴鏑而股戰⓮，對穹廬以屈膝⓯，又何劣邪！尋⓰君去就⓱之際，非有他故，直⓲以不能內審諸己，外受流言，沈迷猖獗⓳，以至於此。

【章　旨】歷敘陳伯之的昔日光榮業績和不光采的目前處境及其由來。

【注　釋】❶頓首　即叩頭。以頭叩地而拜，是古代九拜的一種。後常用在書信的開頭或結尾。❷無恙　指沒有疾病、災禍等可憂慮的事情。通常用作問好的話。❸幸甚幸甚　幸運得很啊！幸運得很啊！古時書信中表敬意的習慣語。❹勇冠三軍　勇武為全軍第一。三軍，軍隊的統稱。❺才為世出　指應世而生的傑出人才。❻棄鷰雀之小志二句　語出《史記・陳涉世家》，陳涉曾說：「燕雀安知鴻鵠之志哉？」鷰，同「燕」。鴻鵠，指「鵠」。即天鵝。翔，在天空盤旋。❼因機變化　指乘梁朝取代齊朝的機遇，背齊歸梁。因，憑藉；利用。機，時機；機遇。❽遭遇　指遭際、遭逢、幸運地碰上了。❾明主　稱頌梁朝開國皇帝蕭衍。❿開國稱孤　開國，指陳伯之任江州刺史，擁有一方土地。稱孤，指陳伯之封豐城縣公，位同王侯，可以稱孤道寡。孤、寡是王侯自謙之辭。⓫華轂　指用丹漆塗過的車轂。此與「朱輪」共同代稱華貴的座車。轂，車輪中心的圓木，周圍與車輻的一端連接，中有圓孔，可以用來插軸。⓬擁旄萬里　指受命遠征並揚威萬里。旄，指旗竿頭上裝飾有旃牛尾的旗。古時用來象徵權力和地位。⑬奔亡之虜　逃亡的俘虜。奔亡，即逃亡。虜，指陳伯之戰敗以後，逃亡投降北魏。⑭聞鳴鏑而股戰　聽到響箭而兩腿發抖。鳴鏑，即響箭。喻北魏發令。股戰，兩腿發抖，是害怕的表現。⑮對穹廬以屈膝　對著氈帳而跪拜。穹廬，是古代對游牧民族所居住氈帳的稱呼。屈膝，指跪拜。此指陳伯之投降北魏之事。⑯尋　採尋；詳察。⑰去就　指逃離梁朝投向北魏。⑱直　僅僅；只；唯獨。⑲猖獗　橫行無忌。

【語　譯】丘遲叩頭，陳將軍沒有疾病和不愉快吧，真是令人欣慰啊。將軍勇武是全軍之冠，也是應世而生的傑出人才，平生鄙視燕雀的瑣小志願，而仰慕鴻鵠在高天迴翔。以往乘著時勢而變更環境，得到了英明君主的信用，建立了功勳和事業，成為一方的主管而稱孤道寡，坐著華麗車子、擁有旃旗，統制萬里之廣，是多麼地雄壯啊！怎麼忽然變為逃亡的俘虜，聽到響箭便兩腿顫抖，對著氈帳而屈膝跪拜，又是多麼地鄙劣啊！探索考究您逃離梁朝而投向北魏，沒有別的緣故，只不過是由於不能在內心仔細地審察自己的情況，聽信了別人的流言蜚語，一時沈溺迷惑於其中而導致膽大妄為，才到了這般地步。

聖朝❶赦罪責功❷，棄瑕❸錄用，推赤心❹於天下，安反側❺於萬物❻。將軍之所知，不假僕❼一二談❽也！朱鮪涉血於友于，張繡剚刃於愛子，漢主不以為疑，魏君待之若舊❾。況將軍無昔人之罪，而勳重於當世。夫迷塗知反❿，往哲⓫是與⓬；不遠而復，先典⓭攸高。主上屈法申恩⓮，吞舟是漏⓯，將軍松柏不翦⓰，親戚安居，高臺未傾，愛妾尚在⓱。悠悠⓲爾心，亦何可言？

【章　旨】說明梁朝仁恕待人，不以缺點而廢黜人才，對您很愛護和懷念，所以，您留下的一切都完好無損。

【注　釋】❶聖朝　是對梁朝的頌詞。❷赦罪責功　赦免罪行只要求立功。責，要求。❸瑕　玉石上的赤色斑點，是玉的疵病。喻指人的缺點。❹赤心　真心誠意。❺反側　不安心的樣子。❻萬物　指眾人。❼假僕　借我的口。僕，第一人稱的謙稱。❽一二談　一一說來。❾朱鮪涉血於友于四句　此四句是兩兩交錯，據事當寫作：朱鮪涉血於友于，漢主不以為疑；張繡剚刃於愛子，魏君待之若舊。這是錯綜的修飾手法。朱鮪，在西漢末年反對王莽統治，被義軍首領更始將軍封為大司馬，守洛陽。建武元年（西元二五年）九月，漢光武帝劉秀派岑彭勸降。朱鮪說自己參與殺害劉秀兄長劉伯升，罪重不敢投降。劉秀表示舉大事不記小怨，朱鮪於是投降。涉，同「喋」。喋血，血流遍地。此指殺害。友于，《尚書》：「友于兄弟。」意指兄弟要友好，後截取「友于」二字代表兄弟。此指劉秀兄長劉伯升。張繡，襲擊曹操，流矢射中曹操長子曹昂，使曹操大敗。後重新投降曹操，官拜揚武將軍。剚刃，用刀刺入人體。此指流矢射中。愛子，指曹昂。曹丕追尊曹操為魏武帝，所以稱魏君，與漢主對應。若舊，像以前一樣。張繡襲擊曹操時，已經投降過曹操。❿迷塗知反　此與上文「沈迷猖獗」句呼應。塗，同「途」。反，通「返」。⓫往哲　已往的哲人。即古代智士賢哲。⓬是與　即「與是」。與，嘉許。⓭先典　先前的經典。《易．復卦》：「不遠復，无祇悔。」⓮主上屈法申恩　君主放寬法度而廣施恩典。主上，指梁武王帝蕭衍。屈法，指放寬法度。申恩，重申恩義。⓯吞舟是漏　喻法網寬疏。吞舟，指能吞舟的大魚。漏，指脫逃。⓰松柏不翦　指祖墳得到良好保護。松柏，墳墓的代語。翦，砍伐。⓱親戚安居三句　指親戚、家屬、財產都完好無損。⓲悠悠　思慮深長狀。

【語　譯】聖朝赦免人臣的罪過，而求其立功，不斤斤計較缺點而廣泛錄用人才，對天下人真誠相待，使人人都化除疑慮而感到安心。這是將軍所親知的，不必再由我來一一詳談的了！朱鮪曾經參預殺害漢光武帝的兄長劉伯升，張繡也曾經把刀刺進曹操長子曹昂身上，可是，漢光武帝不因此猜疑他，而魏武帝對待張繡還像以往一樣的好。更何況將軍並沒有這兩位古人所犯的罪責，而且還功勳赫赫，為當代所敬重。迷途知返，是古代賢哲所嘉許的；錯得不遠就回頭，是古代經典所稱讚的。皇上放寬法度重申恩義，連吞舟的大魚都讓牠逃脫網子，將軍祖墳的松柏完好無損，親戚也都安居樂業，高高的樓臺不曾毀壞，家中愛妾依然健在。您只要心裡仔細思量一下，還有什麼可說的呢？

今功臣名將，雁行❶有序，佩紫懷黃❷，讚❸帷幄❹之謀，乘軺❺建節❻，奉疆埸❼之任，並刑馬作誓❽，傳之子孫。將軍獨靦顏借命❾，驅馳氈裘之長❿。寧不哀哉？

【章　旨】指出功臣名將除您以外都得到了重用，您投靠北魏，是可悲的苟活偷生。

【注　釋】❶雁行　指文武百官，班次有序，如雁群飛行很有次序。❷佩紫懷黃　指身膺顯職的高官。紫，指紫色的印紐絲帶，用以結黃金印，古代叫紫綬。黃，指黃金印。即官印。紫帶金印，是列侯的標誌。❸讚　佐助。❹帷幄　指軍帳。帷，指圍在旁邊的簾幕。四面合起來像屋宇，所以叫「幄」。❺軺　原指古代輕小便捷的馬車，古代使者常乘之。❻節　符節，古代授予將帥，作為加重權力的標誌。❼疆埸　國界。❽刑馬作誓　古代有事結盟，殺馬歃血，立誓為信。刑，即殺。❾靦顏借命　厚顏偷生的意思。靦顏，慚愧的樣子。借命，暫借暫時的生命。❿驅馳氈裘之長　聽命於落後的北方民族首領，為他奔走效力。氈裘，指古代北方民族用獸毛等製成的衣服。驅馳，原指策馬疾馳，此指奔走效力。

【語　譯】如今朝中功臣名將，都井然有序，有自己的地位，佩帶紫色綬帶，懷著黃金印，佐助軍國的重大決策，乘坐使車，擁有符節，承擔守衛邊疆的重任，皇上都同他們殺白馬共同盟誓，封爵永傳子孫。唯獨將軍厚顏偷生，為落後的北方民族首領奔走效力。難道不是很悲哀嗎？

夫以慕容超之強，身送東市❶；姚泓之盛，面縛西都❷。故知霜露所均❸，不育異類❹；姬❺漢舊邦❻，無取雜種❼。北虜❽僭❾盜中原，多歷年所❿，惡積禍盈，理至燋爛⓫。況偽孽⓬昏狡，自相夷戮⓭，部落攜離⓮，酋豪猜貳⓯。方當繫頸蠻邸⑯，懸首藁街⑰，而將軍魚游於沸鼎⑱之中，燕巢於飛幕之上，不亦惑乎？暮春⑲三月，江南草長，雜花生樹⑳，群鸎㉑亂飛。見故國之旗鼓㉒，感生平㉓於疇日㉔，撫弦㉕登陴㉖，豈不愴悢㉗？所以廉公之思趙將㉘，吳子之泣西河㉙，人之情也，將軍獨無情哉？

【章　旨】指出北方各族政權都想占有中原，先後潰敗，您置身在危急之中，應當趕快回歸故國。

【注　釋】❶以慕容超之強二句　慕容超是南燕國的第二代君主，屢次騷擾東晉邊境。義熙五年（西元四〇九年）大掠淮北。三月，東晉劉裕舉兵北討，次年二月生擒慕容超，送京都建康（今南京）斬首於市。東市，原是漢代長安處決犯人的地方，後泛指刑場。❷姚泓之盛二句　姚泓是後秦國末代君主，占有陝西、甘肅、寧夏、山西一部土地。義熙十三年東晉劉裕率軍討伐，八月攻克長安，生擒姚泓，九月斬於建康。面縛，原指投降，但史實是生擒。西都，指長安，以東晉建都南京的緣故。❸均　均布。❹異類　異族。❺姬　周朝君主的姓，此代周朝。❻舊邦　指故國，北方中原地帶是周漢之故國。❼雜種　其他人種，涵義與「異類」同。❽北虜　古代指居住在北方的少數民族。虜，歧視他們的稱呼。❾僭　以下級冒用上級名義或超越本分。❿年所　指年數。⓫燋爛　意即下文「魚游於沸鼎之中」，比喻滅亡。燋，同「焦」。⓬偽孽　指北魏。它統一北方，遷都洛陽，與南朝對峙。此時魏宣武帝剛接位，就發生太保咸陽王謀反賜死的事。⓭夷戮　消滅；殺害。⓮攜離　分離。⓯猜貳　猜疑而懷有二心。⓰蠻邸　蠻夷在京師的館舍。⓱藁街　街名。西漢時，在首都長安城內藁街設有蠻夷邸，用來接待自鄰族和鄰國來的賓客。⓲鼎　古代炊器，用青銅製成，一般都是圓形，兩耳三足。⓳暮春　晚春。⓴雜花生樹　各種各樣的花開在叢生的樹上。㉑鸎　同「鶯」。指黃鶯。㉒故國之旗鼓　指這次梁朝由臨川王率領的北伐軍。故國，指梁朝。因陳伯之先前曾在梁朝擔任官職，故稱。㉓生平　指一生經歷。㉔疇日　即往日、以往。㉕弦　指弓弦。㉖陴　城上女牆。㉗愴悢　悲哀。㉘廉公之思趙將　廉公係指戰國時期趙國名將廉頗，與藺相如同朝。屢建戰功，趙孝成王時，曾任國相，封信平君。悼惠王接位以後，不得志、去投奔魏國。魏國不能用，同時趙數被秦軍所敗，因此，又想回到趙國為將，趙王也想任用他，卻由於有人從中作梗而沒有實現，以致老死楚國。趙將，即「將趙」。為趙國將軍。㉙吳子之泣西河　吳子係指戰國初期著名政治家、軍事家吳起。初仕魏，武侯派他負責西河（郡名，轄境約當今陝西省東部黃河西岸地區），後派人召回。臨行，吳起悲傷地說：君主如果的確信用我的話，我一定能夠使秦國得不到西河地區，現在聽信了挑撥誣蔑的話，西河地區不久必將屬於秦國了。後來，吳起投身楚國，西河果然為秦國占領。

【語譯】像南燕國慕容超那般強大，結果卻被綁到建康刑場處死；如後秦姚泓如此興盛，結果卻在西都長安被生擒活捉。從而說明了凡是霜和露所遍布的整個天地之間，都不可能讓異族繁育下去；周、漢故國所在之地，不能被別的種族占領。北虜以下犯上而盜據中原，已經好多年了，罪惡累累，災難滿身，理當滅亡。北魏偽政權昏庸而又狡猾，往往自相殘殺，各部族分崩離析，酋長們互相猜忌、各懷二心。正可以一舉消滅他們，使他們的首領在蠻邸繫頸待罪，把罪魁的頭顱懸掛在藁街示眾，而將軍處身在他們當中，就像魚在煮沸的鍋裡游，燕雀築巢在飛動搖蕩的帳幕上，不是很糊塗的嗎？晚春三月天，溫暖的江南大地眾草茂盛，各種各樣的花開滿枝頭，成群黃鶯到處飛鳴。您看到故國的軍隊浩浩蕩蕩而來，一定會更加思念以往在梁朝的歲月，手輕輕撫摸著弓弦，一步一步登上城樓的女牆，難道不會悲傷至極嗎？所以，著名的廉頗將軍思念返回趙國再度出任將帥，吳起得到召回的命令，而哀傷自己不能留下來以至於讓魏國西河地區不久淪為強秦所有，這都是人必有的感情，將軍難道沒有這樣的感情嗎？

想早勵良規❶，自求多福。當今皇帝❷盛明，天下安樂❸。白環西獻❹，楛矢東來❺；夜郎❻、滇池❼，解辮❽請職❾；朝鮮、昌海，蹶角受化❿。唯北狄⓫野心⓬，掘強⓭沙塞之間，欲延歲月之命耳！中軍臨川殿下⓮，明德茂親⓯，揔茲戎重⓰，弔民⓱洛汭⓲，伐罪秦中⓳。若遂不改，方思僕言。聊⓴布往懷，君其詳㉑

之！丘遲頓首。

【章　旨】說明梁朝皇帝聖明，天下四方歸往，正派出親弟率軍北伐，您得好好思考。

【注　釋】❶早勵良規　早作妥善的打算。勵，勉勵。良規，好的打算。規，打算。❷皇帝　指梁武帝蕭衍。❸安樂　安居樂業。❹白環西獻　指舜時西王母來獻白玉環的事。喻指西部民族歸附。❺楛矢東來　〈為石仲容與孫皓書〉有「肅慎貢其楛矢」。肅慎是中國東北部的古代遊獵民族，楛矢是用楛木製作的箭，是他們的特產。此喻指東北部民族。❻夜郎　古國名，戰國至漢時，主要在今貴州省西部及北部、雲南省東北、四川省南部和廣西北部。❼滇池　古滇國，在今雲南省滇池附近地區。❽解辮　解去髮辮採用漢人服裝。❾職　指貢品。❿朝鮮昌海二句　昌海，即蒲昌海。又名鹽澤。即今新疆東南部的羅布泊。蹶角，指以額角叩地。⓫北狄　即「狄」。古族名。中原人對北方各族的泛稱。此指與梁對峙的北魏。⓬野心　指放縱不服制伏的性子。⓭掘強　即執拗。⓮中軍臨川殿下　即中軍將軍揚州刺史臨川王蕭宏。殿下，是漢代以後，對太子、親王的尊稱。⓯明德茂親　顯著的道德和親密的關係。茂親，至親。指蕭宏是梁武帝之弟。⓰摠茲戎重　統領此項軍事重任。摠，同「總」。茲，即此。戎，軍事。重，指重任。此時蕭宏受委任為都督南北兗北徐青冀豫司霍八州北討諸軍事，統率梁軍北伐。⓱弔民　撫慰民眾。⓲洛汭　指洛水入古黃河處，在今河南鞏縣。汭，水的彎曲處。⓳秦中　指關中。⓴聊　姑且。㉑詳　猶言詳審。仔細考慮。

【語　譯】希望您趁早有一個好的打算，自己求取幸福的前途。當今皇上非常英明，天下百姓都能安居樂業。西方獻上了白玉環，東方送來了楛矢；夜郎和滇池的人都解散髮辮請求送上貢物；朝鮮和蒲昌海的人叩頭接受教化。普天之下，只有一個北狄民族生性狂野而拒不服從，執拗地生活在沙漠地區，妄想延續已經不長久的生命罷了！中軍將軍臨川王殿下德行卓著，又是皇上親弟，承擔了統領這次北伐的重任，要親自到洛陽一帶慰問淪陷的百姓，並討伐盤踞關中的罪魁。如果接信以後還是不肯改過，到遭困的時候一定會想起我現在所說的話。姑且為您盡吐胸懷，您好好地考慮吧！丘遲叩首。

重答劉秣陵沼書

【作　者】劉峻（西元四六二～五二一年），字孝標，平原（今屬山東省）人，南朝梁文學家、學者。生於秣陵縣，家貧好學，有「書淫」之譽。天監初年，為典校祕書，後任荊州戶曹參軍，因不能隨眾沈浮，始終不得志。居東陽（郡名，轄境約當今浙江省金華江、衢江流域各縣地）紫岩山講學，從學者甚眾。又曾注《世說新語》，明代人輯有《劉戶曹集》。

【題　解】劉峻曾著《辨命論》，主張「自天之命」，想用自然命定論反對佛教有神論。劉沼字明信，中山（郡名，今屬河北省）人。博學善文，初仕齊，入梁後，任秣陵令。他主張不由命而由人。二人書信往來，互相討論。所以本文題目有「重答」二字。因為劉沼當過秣陵令，所以敬稱之為劉秣陵。劉沼之文已佚，據劉孝標說，乃是寫成而未寄出，劉沼去世，才讀到信，作者還要寫信回答，是欲借此抒發悼念的深情。古代學者見解雖然不同甚至相反，但是彼此尊重，甚至建立了深厚友誼。

劉侯既重有斯難❶，值余有天倫之戚❷，竟未之致也❸！尋❹而此君長逝❺，化為異物❻，緒言❼餘論❽，蘊而莫傳。或❾有自其家得而示余者，余悲其音徽未沫❿，而其人已亡，青簡⓫尚新而宿草⓬將列⓭，泫然⓮不知涕之無從也！雖隙駟⓯不留，尺波電謝，而秋菊春蘭，英華靡絕。故存其梗槩⓰，更酬其旨⓱。

【章　旨】敘述得信的由來以及覆信的動機。

【注釋】❶劉侯既重有斯難　劉侯已經又有關於這方面的問難。劉侯，指劉沼。因當過官，所以客氣地稱呼「侯」。既，已經。重，又的意思。斯，即此、這。指關於「命」的探討。難，詰問。❷天倫之戚　指兄弟死了。兄先弟後是自然的次序，所以叫「天倫」。倫，次第。❸竟未之致也　一直沒有把信發送給我。竟，一直。未之致，即「未致之」。致，發送。❹尋　不久。❺長逝　永逝。即死亡。❻異物　指死亡的人。「鬼」的諱詞。❼緒言　已發而未盡之言。❽餘論　指尚未說完的言論。❾或　有人。❿音徽未沫　美好的聲音還未曾消失。徽，美好。沫，滅。⓫青簡　指寫了字的竹簡。⓬宿草　指墳墓上隔年的草。⓭列　指長成行列。⓮泫然　傷心流淚的情狀。⓯隙駟　指從縫隙看駟馬馳過，用來喻指光陰迅速。⓰梗槩　粗略；大要。槩，同「概」。⓱更酬其旨　再次回答他的意思。酬，回覆。

【語譯】劉侯已經又有關於這方面的問難，恰好碰上我有新喪兄弟的悲傷，一直沒有把信發送給我！不久，這位先生永遠地離開了，變成異物，以致開始說卻沒有說完的話，蘊藏著沒有能夠傳遞給我。有人從他的家裡找到了這封信，並送給我看，我悲傷他的美好聲音還未曾消失，但是人已經死去了，信上墨跡猶新，但是墓上隔年的草將長成行了，眼淚滾滾難以自止！雖然白駒過隙，光陰一去不復返，有如水波、電光很快消逝，但是，他的文章就像秋天的菊花和春日的幽蘭，鮮豔和芳香是不會滅絕的。所以保存信的大略，再度回答他信中之意。

若使墨翟之言無爽❶，宣室之談有徵❷，冀東平之樹望咸陽而西靡❸，蓋山之泉聞弦歌而赴節❹。但懸劍空壟❺，有恨如何？

【章旨】答覆來信，認為鬼神有徵。然摯友已亡，答於身後，悵恨無已。

【注釋】❶若使墨翟之言無爽　墨翟（約西元前四六八～前三七六年），相傳原是宋國人，是春秋戰國之際著名的思想家、政治家，墨家的創始人。人們尊稱為「墨子」，著有《墨子》一書。爽，差失。墨翟之言，指墨子關於周宣王殺杜伯的談話。

杜伯無辜被處死，臨死時，杜伯發誓：君王無罪殺我，如果死後沒有靈魂那也就罷了！如果有靈魂，三年後一定來報復！三年後，杜伯果然白日現身，射死周宣王。❷宣室之談有徵　「宣室之談」見《史記．屈原賈生列傳》。賈生即賈誼。孝文帝接見他，「坐宣室，上因感鬼神事，而問鬼神之本。賈生因具道所以然之狀」。「所以然之狀」，即所以這樣的情狀，也是認為有鬼神的。徵，徵驗。❸冀東平之樹句　「東平」指漢東平思王劉宇，甘露二年（西元前五二年）立。所封東平國轄境約當今山東濟寧，汶上、東平等縣，治所在無鹽（今山東東平東）。他的墓在無鹽，相傳他思歸京師，葬後，墓上松柏都向西傾倒。❹蓋山之泉句　這是一則神話傳說。據載臨城縣西南有蓋山，山上有舒姑泉，有一姓舒女子上山砍柴，所坐處只剩一灣清泉。她母親說：女兒性愛音樂，於是在泉邊奏樂，果然泉水湧流，並有紅鯉魚一對。以後，只要作樂，泉水就立即湧了出來。赴節，指迎合節拍。❺懸劍空壟　史載：延陵季子訪問晉國，順道拜訪了一位姓徐的人，這人很喜歡季子的佩劍而不好意思開口，季子卻看在眼裡記在心裡。等到從晉國返回，此人已死，季子為了實踐未曾出口的允諾，便把劍掛在墓地的樹上離去。作者以此表述對死者的情誼和尊敬。壟，墳墓。

【語　譯】如果墨翟講的話沒有差錯，漢文帝和賈誼在皇宮裡的談論有所驗證，但願東平王墓地的樹真的遠望咸陽而向西傾倒，蓋山的清泉聽到演唱就迎合節拍湧出地面來。我只能學習季札懸劍墓樹表達友情的做法，寫此信表示悼念，空懷一腔遺憾罷了！

移書讓太常博士 并序

【作　者】劉歆（生年不明，死於西元二三年），字子駿，後曾改名秀，字穎叔，沛（今江蘇沛縣）人，是皇族。他是西漢末年古文經學派的開創者、目錄學家、天文學家。一生繼承父親劉向，總校皇家藏書，寫成《七略》一書，是中國最早的目錄學著作，其主要內容保存在《漢書．藝文志》中。今文經學興於西漢，董仲舒把它和陰陽五行說相結合，鞏固了皇權。劉歆自稱發現了《周禮》、《左傳》、《毛詩》、《古文尚書》等古文經，並且了解它們在民間的傳授經過。因此建議為它們設立學官，結果遭到當時今文博士們的反對。王莽擅權後，立了古文經博士，篡位後，封劉歆為國師。後因參與謀殺王莽，事泄自殺。他的著作早已散失，今存明代輯的《劉子駿集》。

【題解】本文是劉歆為建立古文經學博士而批評今文經學博士的論文，這是一篇很激烈的學術論文，事實上，一種新見解的問世，總得為自己的生存而奮鬥，才有發展前途。移書是一種行於不相統屬的官署的公函。建平元年漢哀帝接受劉歆建議，命令他與五經博士討論這件事，但是，博士們不肯與劉歆討論。因此採取了書面發難的形式。讓，意為責問、批評。太常，是掌宗廟禮儀的官，秩中二千石，其屬官有博士，是學官，掌通古今史待問。這篇文章既是公文，又是學術論文，既論學術，又論政策。它宣告了古文經學向當時居統治地位的今文經學的挑戰，使它成為研究經學史和思想史的重要文獻。從論文中可以看出，這兩個學派以及其兩種經書，同出一源，本來是可以互相印證、補充的。但是，今文經學蔑視古文經，竭力排擠和誣蔑，於是，劉歆根據考古新發現和社會調查，發起論爭。作者信念堅定，全文充滿自信，然而在論述時，既尊重對方，又有嚴厲的批評。立論從經學的歷史著手，而不就事論事，從根基上說明了今文經僅是經學的一種，並且也不是最好的一種，古文經比它更接近源頭。再從古文經發現，說明它是實實在在的考古新發現，不是偽造的假古董。其次比較二者，證明了今文經之缺，正是古文經之長。第三從學術政策看，對於各家精華理宜兼收並蓄，也不能一味抑制古文經。這樣一來，結論很清楚：今文經獨霸局面隨著歷史的演進必然結束；而古文經登上學壇，勢在必行。文章結尾提出嚴重警告，給沈迷不醒者以當頭棒喝，也可以說耍了點手腕，當時皇上尚沒有這個意思。

本篇之序為編選者割《漢書》文為之（見《漢書‧卷三六‧楚元王傳》）。

歆親近❶，欲建立❷《左氏春秋》❸及《毛詩》❹、《逸禮》❺、《古文尚書》❻，皆列於學官。哀帝令歆與五經博士❼講論❽其議，諸儒博士或不肯置對❾。歆因移書太常❿博士，責讓之。

【章　旨】這是序言，意在說明寫移書的由來。

【注　釋】❶親近　當時劉歆任光祿大夫，是負責顧問應對的親近皇帝的官，所以自稱親近。下文又稱作「近臣」。❷建立　設立。❸左氏春秋　又名《春秋左氏傳》或《左傳》。儒家經典之一，相傳春秋時左丘明作。它多用事實解釋《春秋》，與《公羊傳》、《穀梁傳》完全用義理解釋有所不同。所記歷史比《春秋》多十七年，保存大量古代史料，文字優美、記事詳明，是一部史學和文學名著。❹毛詩　即古文《詩經》，相傳為西漢初毛亨和毛萇所傳。魏、晉以後，今文詩散失無傳，唯《毛詩》獨盛。❺逸禮　指《儀禮》十七篇以外的古文《禮經》。相傳有三十九篇，已佚。古文經學家認為漢武帝時與《古文尚書》一同發現於孔子住宅的壁中。❻古文尚書　亦稱《逸書》，是儒家經典《尚書》的一種。相傳漢武帝時在孔子住宅的壁中發現，較《今文尚書》多十六篇，因為用秦漢以前的「古文」寫成，故名。後來劉歆父親劉向又在皇家藏書中發現了這部《古文尚書》。現在都只存篇目了。以上四書，漢初以來都不設博士，因此，劉歆要求設立，使它們也成為官學。❼五經博士　漢武帝設立的學官，五經指《詩》、《書》、《禮》、《易》、《春秋》五種儒家經典。都是今文經。❽講論　研究討論。❾置對　給予對答。❿太常　官名，漢九卿之一，掌宗廟禮儀，兼掌選試博士。

【語　譯】歆身為負責應對顧問的親近官，要求為《左氏春秋》、《毛詩》、《逸禮》、《古文尚書》設立博士，列入官學。哀帝派我同五經博士共同研討這一提議，但是，諸位博士卻不肯給予對答。我因此送公函給太常屬下的博士，責問他們。

曰：昔唐虞❶既衰，而三代迭❷興，聖帝明王，累起相襲❸，其道❹甚著❺。周室既微，而禮樂不正，道之難全也如此！是故孔子憂道不行，歷國應聘❻，自衛反魯，然後樂正，雅頌❼乃得其所。修《易》序《書》❽，制作《春秋》❾，以記帝王之道。

【章　旨】帝王之道在上古存於人，到孔子則記載於書。

【注　釋】❶唐虞　唐，指堯，陶唐氏部落的首領。虞，指舜，有虞氏部落首領。❷迭　更替；輪流。❸累起相襲　接連不斷。累，屢次；接連。襲，繼承；相因。❹其道　指帝王之道。❺著　著明；顯著。❻歷國應聘　周遊列國，希望能夠得到重用。歷，遊歷。聘，任用。孔子為了推行自己的政治主張，曾經不辭勞苦，周遊宋、衛、陳、蔡、齊、楚等國家，始終得不到採納和任用。❼雅頌　以《詩經》內容分類的名稱，也是樂曲的分類名稱。雅樂是朝廷的樂曲，頌是祭祀宗廟的樂曲。據說經孔子整理後，《詩經》始秩然有序，不似以前之揉雜不分。❽修易序書　《易》即《周易》。《書》即《尚書》。修、序都是整理的意思。《周易》包括經和傳二部分，傳是為經所作的解釋，相傳為孔子所作。《尚書》相傳也由孔子編選而成。❾春秋　儒家經典之一，相傳孔子依據魯國史官所編的《春秋》整理修訂而成，是編年體的春秋史。

【語　譯】話說：古時候唐堯、虞舜衰微以後，隨著而來的是夏、商、周三代的相繼興盛，聖明帝王屢屢興起而接連不斷，帝王之道非常顯明。周朝統治趨於衰弱之後，禮儀音樂隨即離開了正軌，帝王之道的難以保全竟然到了這樣的地步！也由於這個緣故，孔子憂慮帝王之道得不到推行而去周遊列國，希望能夠得到重用，結果都落空了，最後從衛國返回家鄉所在的魯國，終於使音樂重新歸於正道，雅和頌也都獲得了它們應有的位置。同時，修訂《易經》，編次《尚書》，著作《春秋》，從而把帝王之道完整地記載了下來。

及夫子沒而微言❶絕，七十子❷卒而大義❸乖❹。重遭戰國❺，棄籩豆之禮❻，理軍旅之陣❼，孔氏之道抑，而孫吳之術❽興。陵夷❾至于暴秦，焚經書❿、殺儒士，設挾書之法⓫，行是古之罪⓬，道術⓭由此遂滅。

【章　旨】帝王之道及記載它的書遭受戰國摧殘以及秦皇的滅絕，終於蕩然無存。

【注　釋】❶微言　指涵義深遠精微的言辭。❷七十子　指孔子門下才德出眾的學生。「七十」係大約數字。❸大義　指有關《詩》、《書》、《禮》、《樂》諸經的要義。❹乖　違背。此指失去。❺戰國　指秦始皇以前各諸侯國連年混戰的時期，一般認為從周元王元年（西元前四七五年）至秦始皇二十二年（西元前二二五年）統一中國。❻籩豆之禮　泛指禮制。籩，竹製，用來盛果脯等。豆，木製，也有用銅或陶製的，用來盛虀醬等物。二者都是古代禮器，供祭祀和宴會之用。❼理軍旅之陣　重視軍事。理，治理；重視。軍旅，古代以二千五百人為軍，五百人為旅。陣，指行列之法。此指代軍事、戰爭。❽孫吳之術　孫，孫子，名武。吳，吳起。二人都是中國古代著名軍事家。他們的著作分別是《孫子兵法》和《吳子》二書。❾陵夷　衰頹。陵、夷，都是平的意思。❿焚經書　秦始皇三十四年（西元前二一三年）下令：除《秦記》以外的列國史記、不屬於博士官而私藏的《詩》、《書》等著作限期繳出，一并燒毀；有敢私藏和談論《詩》、《書》的處死，以古非今的滅族。次年，又將四百六十多名方士和儒生坑死在咸陽。這就是歷史上有名的「焚書坑儒」。⓫設挾書之法　指私藏書處死的法律。參見❿。⓬行是古之罪　指以古非今的滅族的法律。參見❿。⓭道術　專指道。即前所說的帝王之道。

【語　譯】到了孔子去世，那種涵義深遠的精微言論就不再有了，而那七十位傑出的學生亡故以後，有關《詩》、《書》、《禮》、《樂》各種經書的要義也都走樣了。又碰上戰國這個特殊時期，各國紛紛拋棄使用籩豆的禮制，忙於研究兵陣的組合，從此，孔子主張的帝王之道遭到了抑制，而孫武、吳起兵法不斷地興起。這一衰敗的趨勢發展到了殘暴的秦朝，竟然焚燒經書，坑殺儒生，設立了私家藏書者處死的法令，推行以古非今者滅族的規定。帝王之道從此滅絕。

漢興，去❶聖帝❷明王遐遠❸，仲尼之道又絕，法度❹無所因襲❺。時獨有一叔孫通❻略定禮儀，天下唯有易卜❼，未有他書。至於孝惠❽之世，乃除挾書之律，然公卿大臣絳、灌之屬❾，咸介冑❿武夫，莫以為意。至孝文皇帝⓫，始使掌故鼂錯從伏生受《尚書》⑫。《尚書》初出於屋壁⑬，朽折散絕⑭，今其書見在⑮，時師⑯傳讀⑰而已！《詩》始萌芽⑱，天下眾書往往⑲頗出，皆諸子傳說⑳，猶廣立於學官㉑，為置博士。在朝之儒㉒，唯賈生㉓而已！至孝武皇帝㉔，然後鄒、魯、梁、趙頗有《詩》、《禮》、《春秋》先師㉕，皆出於建元之間㉖。當此之時，一人不能獨盡其經，或為雅，或為頌，相合而成㉗。〈泰誓〉後得㉘，博士集而讚㉙之。故詔書曰：「禮壞樂崩㉚，書缺簡脫㉛，朕㉜甚閔㉝焉！」時漢興已七、八十年，離㉞於全經㉟，固以㊱遠矣！

【章　旨】漢朝建立以後，進行了艱難而又緩慢的恢復工作，幾十年來從無到有，但是，經書殘缺的狀況仍甚嚴重。

【注　釋】❶去　距離；離開。❷聖帝　同「明王」。皆指賢明君主。即堯、舜、禹、湯、周文王、周武王等。❸遐遠　遙遠。❹法度　指禮法制度。❺因襲　沿用和繼承。❻叔孫通　薛（今山東滕縣東南）人。曾任秦朝博士，後來投身項羽，最後歸附劉邦。初任博士、封稷嗣君。由於為劉邦創制朝廷禮儀立功，升任太常，後遷太子太傅。被認為漢代恢復朝廷禮儀的第一人，司馬遷稱讚他是「漢家儒宗」。❼易卜　指《周易》。因為是用來占卜的，所以這裡叫作易卜。❽孝惠　漢孝惠帝，名盈，諡號「惠」，是劉邦次子。西元前一九五至前一八八年在位，僅七、八年時間。❾絳灌之屬　絳、灌這些人。絳，即絳侯周勃。漢初功臣。生年不詳，死於西元前一六九年。沛（今屬江蘇省）人，年輕時以織蠶具為生，也充當治喪事的吹鼓手。秦末追隨劉邦起義，以軍功封為絳侯。後又跟從劉邦平定韓王信、陳豨和盧綰等叛亂，很受劉邦倚重。呂后專權，他與陳平、灌嬰等一起，平定呂氏叛亂，迎立文帝，安定了漢家政權。灌，即灌嬰。也是漢初功臣，生年不詳，死於西元前一七六年。睢陽（今河南商丘南）人，以販絲綢為業。後追隨劉邦起義，在韓信統率下，參加攻破齊軍、殺死項羽等大戰，封車騎將軍潁陰侯。這兩人都是出身低微，軍功卓著的武將。❿介冑　即甲冑。冑是頭盔，甲是衣甲。此用作動詞。意為披甲戴盔。⓫孝文皇帝　名恆，謚號「文」，劉邦第四子。在位十三年，是漢朝國勢穩定並上升的時期。⓬掌故鼂錯句　掌故，官名。負責精通以往的歷史事實以備皇上查問，是太常的屬官。鼂錯（西元前二〇〇～前一五四年），潁川（今河南禹縣）人，西漢著名政論家。初學申不害、商鞅的學說，隨著以文學任太常掌故，受派隨伏生學習《尚書》。回來後任博士，升為太子家令，深得太子信用。太子即位後，任御史大夫，對於制定政策很有影響。他的主要觀點有：重農輕商、納粟受爵以大力發展農業；募民充實邊塞地區以防止匈奴入侵；逐步削奪諸侯王國的土地以鞏固中央集權等，都切合時勢的需要而被一一採用。但是遭到激烈批評，吳、楚等七國以誅鼂錯為名發動武裝叛亂，結果，鼂錯遭到殺害。伏生，也稱「伏勝」。濟南（郡治在今山東商丘南）人，西漢今文《尚書》的最早傳授者。曾是秦朝博士，焚書坑儒時，藏書隱居。漢文帝時，派鼂錯向他學《尚書》，因此，西漢《尚書》學者都出自他的門下。今本今文《尚書》二十八篇，即由他的傳講而保存下來的。⓭尚書初出於屋壁　漢代，伏生把藏在屋壁中的《尚書》取了出來。⓮朽折散絕　因為所藏《尚書》是用繩索編連的竹簡，時間久了，繩索朽爛折斷，竹簡也朽爛散亂了。⓯見在　現在；還存在著。⓰師　指伏生。⓱傳讀　口傳背誦。因原書已經散亂無次序，傳授全憑伏生口頭背誦。⓲詩始萌芽　漢初最先傳授《詩經》者有齊、魯、韓三家，都是今文。⓳往往　處處。⓴諸子傳說　指孔子諸弟子所傳授的解說。㉑學官　主管學務的官員和官學教師。㉒在朝之儒　指能置身朝廷參與行政的儒生。㉓賈生　即賈誼（西元前二〇〇～前一六八年）。洛陽（今河南洛陽東）人。西漢著名政論家與文學家，當時敬稱為「賈生」。十八歲就有文名，通諸家之書，文帝召以為博士，隨後升任太中大夫。創議興禮、樂，削弱諸侯王勢力等新政，從而遭到周勃、灌嬰等元老的排擠，貶為長沙王太傅，遠離京城。後入京為皇帝愛子梁懷王的太傅，恰巧梁懷王意外墜馬而死。不久賈誼也悶鬱死去，終生未能盡展所學。㉔孝武皇帝　名徹，謚號「武」，在位期間使西漢王朝國力達到頂峰。㉕鄒魯梁趙句　「鄒、魯、梁、趙」原是秦以前國名，後用來泛指那些地區。大略說來，「鄒」和「魯」屬今山東省。「梁」約當今河南、陝西、山西三省相交的區域。「趙」約當今山西省中部、陝西省東北角以及河北省西南部。據記載，有鄒人慶忌學《詩》於浮丘伯，梁人戴勝學《禮》於后蒼，賈誼傳《左氏春秋》於趙人貫公等等。先師，指前輩師傳。如治《尚書》的伏生。㉖建元之間　指漢武帝建元年號期間，即西元前一四〇至前一三五年間。建元是漢武帝第一個年號。㉗一人不能獨盡四句　這是以《詩經》為例，一位《詩經》學者要麼研究「雅」，要麼研究「頌」，而不可能窮盡包括風、雅、頌的全本《詩經》。㉘泰誓後得　〈泰誓〉是《尚書》中的一篇。據載：漢宣帝時，河內女子得〈泰誓〉一篇，獻之。與伏生所誦合。㉙讚　此指解說。㉚崩　敗壞的意思。㉛簡脫　指少了竹簡，與「書缺」意同。㉜朕　秦始皇起為皇帝專用的第一人稱代詞。此指漢孝成皇帝。㉝閔憐　憐念。㉞離　距離；離開。㉟全經　指完整無缺的經書。㊱以　通「已」。

【語　譯】漢朝興起，距離古代的那些賢明的三皇五帝已經很遙遠了，而且孔子所傳述的帝王之道又滅絕了，因此，建立朝廷的禮法制度就沒有可以沿用繼承的依據。當時只有一位叔孫通大略地制訂出朝廷禮儀，而全國也只有占卜用的《周易》，除此以外，再也沒有其他的經書了。到了孝惠皇帝在位的時候，才宣布廢除關於私家藏書處死的法令，但是，權貴大臣像絳侯周勃、灌嬰這些人，都是披甲戴盔的武人，沒有誰會把這件事放在心上的。到了孝文皇帝，才派遣掌故官鼂錯去跟從伏生學習《尚書》。《尚書》當初從屋壁裡取出來，繩子朽爛，竹簡散亂，如今那部書還在，全靠當時經師憑記憶背誦罷了！到《詩經》開始出現，全國各地常發現一些書，都是屬於孔子學生有關經書的傳講，也都廣泛地為它們一一設立學官，任命了博士。但是，在朝廷裡參與行政的儒生，只有賈生一人而已！到了孝武皇帝在位，鄒、魯、梁、趙等地很有一些《詩》、《禮》、《春秋》的前輩師傅，都在建元年間出現。在這個時候，任何一位都無法單獨窮盡他自己所學的那部經書，有人能講「雅」這部分，有人能講「頌」這部分，只有合在一起，才能拼湊出一部完整而無殘缺的經書。〈泰誓〉這一篇是最後得到的，博士們聚集起來解說它。所以，皇帝詔書說到：「禮敗壞了，樂也毀壞了，經書殘缺，竹簡脫漏，朕很憂慮啊！」那時漢朝創立已經有七、八十年了，距離全本經書未毀之時，的確已經很久遠了啊！

及魯恭王❶壞孔子宅，欲以為宮，而得古文於壞壁之中：《逸禮》有三十九篇、《書》十六篇。天漢❷之後，孔安國❸獻之，遭巫蠱倉卒之難❹，未及施行。及《春秋左氏》，丘明所脩❺，皆古文舊書❻，多者二十餘通❼，藏於祕府❽，伏❾

而未發⑩。孝成皇帝⑪愍⑫學殘文缺，稍⑬離其真，乃陳發祕藏。校理舊文，得此三事⑭。以考學官所傳經，或脫簡⑮，或脫編⑯。博問人間⑰，則有魯國桓公、趙國貫公、膠東庸生之遺學⑱與此同，抑而未施⑲。此乃有識者之所歎愍⑳，士君子㉑之所嗟痛也！往者綴學之士㉒不思廢絕㉓之闕㉔，苟㉕因陋就寡，分文析字㉖，煩言碎辭。學者罷老㉗且不能究一藝㉘，信口說㉙而背傳記㉚，是末師㉛而非往古㉜。至於國家將有大事，若立辟雍㉝、封禪㉞、巡狩㉟之儀，則幽冥而莫知其原㊱。猶欲保殘守缺，挾恐見破㊲之私意㊳，而亡從善服義之公心㊴。或懷疾㊵妒，不考情實㊶，雷同㊷相從，隨聲是非㊸，抑此三學㊹，以《尚書》為不備㊺，謂左氏不傳《春秋》，豈不哀哉？

【章　旨】敘述先後發現三種先秦古經書和流傳於民間的古文經學，從而發覺現行今文經書的不完整。但是反而遭到抑制，受到學官的攻擊。

【注　釋】❶魯恭王　又作魯共王。名餘，漢景帝之子。初封淮南王，後徙封魯王，「恭」是諡號，史稱好治宮室。❷天漢　漢武帝年號之一，共四年，即從西元前一〇〇至前九七年。❸孔安國　孔子的後代，西漢經學家，漢武帝時任諫大夫。相傳他曾將孔子住宅中發現的古文，即孔壁古文，獻給朝廷。❹巫蠱倉卒之難　漢武帝時，女巫往來宮中，教宮人埋木偶祭祀免災。適遇帝病，江充言疾在巫蠱，因於宮中掘地搜查。充與太子據有嫌隙，遂誣稱在太子宮得木偶甚多。太子畏懼，捕殺江充，舉兵反，尋兵敗自殺。巫蠱，指那種以為用巫術詛咒及用木偶人埋在地下，就能夠加禍於人的迷信做法。❺春秋左氏二句《春秋左氏》又名《春秋左氏傳》、《左傳》等。作者左丘明，一說姓左，一說姓左丘，魯國人，約與孔子同時，是春秋時期重要的史學家。據說曾任魯國史官，兩眼失明。這部書為解說《春秋》而作。脩，通「修」。❻古文舊書　指用古文寫成的前代遺存的書。古文，指漢代通行隸書以前的文字，如大篆、小篆等。❼通　數量單位名稱。指成編的竹簡一卷。❽祕府　皇宮裡的藏書庫。❾伏　儲存收藏。❿發　打開。⓫孝成皇帝　名驁，字太孫，「成」是諡號。⓬愍　哀憐。⓭稍漸　漸漸。⓮三事　指新發現的三種古書，即《古文尚書》、《逸禮》、《左傳》。⓯脫簡　竹簡有脫漏。即文字有脫漏。⓰脫編　竹簡失去次序。今稱之為錯簡。⓱人間　民間；人世間。⓲魯國桓公趙國貫公膠東庸生之遺學　這三人都是前輩學者，傳古文經學。遺學，指傳下來的學說。⓳施　實施；推行。⓴慜　同「愍」。㉑士君子　指有學問有道德的人。㉒綴學之士　指做學問的人。㉓廢絕　指遭廢棄滅絕。即上文「微言絕」、「棄籩豆之禮」、「道術由此遂滅」等等。㉔闕　通「缺」。指所造成的殘缺。㉕苟　苟且；草率。㉖分文析字　分析文字。分，分析。文，原指獨體字。字，原指合體字，是以「文」為基礎組成的。也可理解為「文」、「字」都指文字。「分文」和「析字」可理解為同義。㉗罷老　勞累到老。罷，通「疲」。㉘一藝　即一經。六經亦稱六藝。㉙口說　指西漢經學當初只是口頭傳講。如伏生授《尚書》。㉚傳記　指上文「諸子傳記」。即記載孔門七十弟子深得六經要義的那些講授書。㉛末師　指以口授傳承的後代經師。如上文鄒、魯、梁、趙的《詩》、《禮》、《春秋》先師。他們都奉行今文經。㉜往古　指新發現的「古文舊書」。㉝辟雍　原是西周時天子設立的大學的名稱。東漢以後，多指天子祭祀的地方。㉞封禪　指天子祭祀天、地的典禮。天子登上泰山祭天叫「封」，在泰山南梁父山上祭地叫「禪」。㉟巡狩　指天子到諸侯處視察。㊱原　本原。此指本應具有的儀式。㊲見破　被揭露。㊳私意　即私心。㊴公心　公正之心。㊵疾　通「嫉」。㊶情實　事情的真相。㊷雷同　相同。㊸是非　此是動詞。表明是與非。㊹三學　指《古文尚書》、《逸禮》和《左傳》之學。㊺以尚書為不備　《文選考異》云：「當依《漢書》去『不』字。」據陸德明載：《尚書》百篇，孔安國以隸書寫孔壁古文，得五十九篇。

【語　譯】到了魯恭王拆毀孔子住宅，想用來建造自己的宮殿，卻意外地在拆開的牆壁中獲得了古文：《逸禮》有三十九篇、《尚書》有十六篇。天漢年間以後，孔安國把它獻了出來，卻碰上突然爆發不幸的巫蠱事變，來不及實施和推行。它和左丘明所撰寫的《春秋左氏》，全都是古文字寫成的前代舊書，多的有二十多通，都收藏在皇宮藏書庫裡，儲存著而不曾打開。孝成皇帝哀憐經學殘缺和經書缺漏，以致逐漸離開了真實面貌，於是下令打開塵封已久的藏書庫的藏書，從校勘整理舊書中，找到了這三種古書。拿它們來考究現今學官所傳講的經書，有竹簡脫漏的，有亂了次序的。廣泛地向民間查問，又發現有魯國桓公、趙國貫公和膠東庸生所傳下來的經學，與這三種古書相同，也被抑制而得不到推行。這正是有識之士所感慨哀傷，有知識有道德的人士所哀歎痛心的事情啊！以前做學問的人不去考慮經書遭受廢棄和滅絕所造成的殘缺，苟且地因陋就簡，一味拿那些殘缺的經書，咬文嚼字，非常煩瑣破碎。致使學習的人勞累到老也不能讀通其中任何一經，他們只相信口頭上的說解，而背棄孔子弟子關於諸經要義的傳講，只認為傳到現在的那些經師是對的，而前代古書都是錯的。一到國家準備舉行大典，如制訂辟雍、封禪、巡狩等禮儀，就覺得幽深渺茫，沒有誰知道它們的原先模式。已經到了這一地步，還是只求保住這種殘缺不全的經學，抱著唯恐被揭穿的私心，沒有從善服義的公正之心。有的懷著一肚子嫉妒，不考察事情的真相，只是盲目追隨，隨聲附和地議論是非，盡力抑制這三門經學，認為《尚書》已經完備，說《左傳》並非解說《春秋》，這難道不是很可悲的嗎？

今聖上❶德通神明❷，繼統❸揚業❹，亦愍此文教❺錯亂，學士❻若茲。雖深照❼其情❽，猶依違❾謙讓，樂與士君子同之❿。故下明詔⓫，試⓬《左氏》可立⓭不⓮。遣近臣⓯奉旨銜命，將以輔弱扶微⓰，與二三君子⓱，比意⓲同力，冀得廢遺⓳。今則不然⓴，深閉固距㉑而不肯試，猥以不誦絕之㉒，欲以杜塞餘道㉓，絕滅微學㉔。夫可與㉕樂成，難與慮始㉖，此乃眾庶㉗之所為耳！非所望於士君子也！

【章　旨】指責學官抵制詔書，不肯承認新發現的古文經學。

【注　釋】❶聖上　指漢哀帝。名欣之，字喜，「哀」是諡號。在位僅六年，史載愛好文辭，能說《詩經》大義。❷神明神祇；神靈。❸統　帝統。❹業　功業。❺文教　指經學教化。❻學士　指博士及學官。即上文挾私心肆意排斥古文經的人。❼照　明察；察看。❽其情　那些情況。即他們攻訐古文經的情況。❾依違　不明確表態，不依不違，模稜兩可。意即仍舊尊重這些學官，不明白給予批評。❿同之　共同研究它。⓫明詔　指皇帝的詔書。明，是對皇帝詔書的敬辭。⓬試　檢驗；研討。⓭立　指立學官。⓮不　同「否」。⓯近臣　近侍之臣。指劉歆自己。⓰輔弱扶微　扶持已經衰微的古文經。弱、微，均指未立學官的古文舊書。⓱二三君子　即諸位君子。二三，表不確定數。⓲比意　齊心。⓳廢遺　指遭廢棄而遺留的古文經書。⓴不然　不是這樣。㉑距　通「拒」。㉒猥以不誦絕之　隨便以不曾讀過為藉口而加以回絕。猥，苟且。以不誦，拿不曾讀為理由。絕之，拒絕它們。㉓餘道　遺留的帝王之道。㉔微學　衰微的經學。㉕與　「與之」的省略，意為同他們。下句「難與慮始」之「與」同。㉖慮始　考慮創新或謀求開創。㉗眾庶　眾百姓。

【語　譯】現今皇上的賢德通達神明，繼承道統，光大功業，也很憂慮這一經學教化混亂和學官這樣低劣的不正常現象。雖然明察其中的真相，卻還是包容謙讓地表示尊重，樂於和博士們共同研究。所以，頒發了聖明的詔書，下令鄭重研討《左傳》能否立學官的問題。並且派出近侍之臣帶著皇上的旨意，致力於扶持已經衰微的古文經，與諸位先生齊心合力，希望把遭廢棄而遺留至今的經學建立起來。可是，現在大家並不這樣做，反而緊緊地閉鎖，竭力地抵制，不願意參加研討，不負責任地拿一個不曾讀過的藉口加以回絕，企圖藉此堵住遺存的道術，滅絕衰微的古文經學。啊！能同他們歡慶成功，而不能同他們謀求開創，這是一般世俗的作風！我實在不希望具有學問道德的士君子也是這樣啊！

且此數家之事❶，皆先帝❷所親論，今上❸所考視。其為古文舊書，皆有徵驗，內外相應❹，豈苟而已哉？夫禮❺失求之於野❻，古文不猶愈❼於野乎？

【章　旨】從學術論證古文經書之可信。

【注　釋】❶數家之事　指劉歆欲為它立於學官的《古文尚書》、《逸禮》和《春秋左氏》。❷先帝　指漢成帝。❸今上　指漢哀帝。❹內外相應　出自祕府的古文舊書與流傳民間的魯國桓公等遺學相一致。❺禮　禮制。❻野　指鄙野之人。泛指民間。❼愈　勝過。

【語　譯】況且這幾家經學，都是前代皇帝曾經親自議論過，當今皇上也直接考察過的。它們都是古文字寫的古代舊書，都是有證據可供檢驗的，而且祕府所藏書能和外界流傳的古文經學互相吻合，難道只是偶然巧合嗎？人們常說，朝廷失去了禮法，可以到山村田野去尋求，古文舊書不比山村田野之言更為可信嗎？

往者，博士《書》有歐陽❶、《春秋公羊》❷、《易》則施、孟❸。然孝宣帝猶復廣立《穀梁春秋》❹、梁丘《易》❺、大小夏侯《尚書》❻，義雖相反，猶並❼置之。何則？與其過❽而廢之，寧過而立之。《傳》❾曰：「文、武之道❿未墜於地，在人：賢者志⓫其大者，不賢者志其小者。」今此數家之言，所以兼包大小之義⓬，豈可偏絕⓭哉？若必專己守殘，黨⓮同門⓯、妒道真⓰，違明詔，失聖意⓱，以陷於文吏之議⓲，甚為二三君子不取也！

【章　旨】從學術政策論證拒絕古文經書是錯誤的，是犯罪的行為。

【注　釋】❶博士書有歐陽　博士，指所設立的博士。歐陽，指歐陽生。名和伯，千乘（郡治在今山東高青東）人。是伏生的弟子，傳《尚書》學，西漢今文《尚書》「歐陽學」的開創人。❷春秋公羊　指傳講《春秋》的《公羊傳》。漢景帝時，齊人胡母生，字子都，任公羊博士。❸易則施孟　施，即施讎。字長卿，沛人。孟，即孟喜。字長卿，東海蘭陵（縣治在今山東蒼山蘭縣陵）人。二人皆受《易》於田王孫。❹孝宣帝猶復　孝宣帝，名詢字次卿。復，又。《穀梁春秋》，指傳講《春秋》的《穀梁傳》。漢宣帝愛好此書，徵江公孫為博士。❺梁丘易　梁丘，指梁丘賀。字長翁，琅邪（郡名，轄境約當今山東半島東南部）人，本從京房學《周易》，後改向田王孫學。❻大小夏侯尚書　大小夏侯，指夏侯勝及姪夏侯建。夏侯勝，字長公，東平（今山東省汶上附近）人。官至太子太傅，從夏侯始昌學今文《尚書》，又從夏侯生學，世稱「夏侯學」。他是西漢今文《尚書》「大夏侯學」的創始人。夏侯建則是西漢今文《尚書》「小夏侯學」的創始人。字長卿，官至太子少傅，從夏侯勝和歐陽高學今文《尚書》，世稱「小夏侯學」。❼並　一併。❽過　過失。❾傳　下文引語，今見《論語・子張》。是孔子弟子子貢說的話，可能是上文所說的「諸子傳記」之一。❿文武之道　指周文王和周武王所奉行帝王之道。⓫志　通「識」。認識。⓬大小之義　大義和小義。⓭偏絕　偏心地杜絕一方。⓮黨　偏護。⓯同門　指同出一個師門。⓰道真　指記述帝王之道真諦的古文舊書，即劉歆提倡的古文經學。⓱失聖意　違失聖上的旨意。劉歆在此給了一個違旨的大罪名。⓲文吏之議　即文吏們議罪。文吏，即刀筆吏。

【語　譯】以前，設置了博士的《尚書》有歐陽生、《春秋》有《春秋公羊傳》、《周易》有施讎和孟喜。儘管這樣，但是，孝宣皇帝又普遍設置了一批博士：《穀梁春秋》、梁丘賀《周易》和大、小夏侯《尚書》。他們的經義雖然有所出入，甚至相反，還是一併設立了博士。這是為什麼呢？這是因為與其錯誤地廢棄它們，還不如錯誤地加以設立。《論語》說：「文、武之道沒有完全墜落的時候，在人群中間，賢能的人認識它重大的主要的方面，不賢能的人只認得它細小的次要的方面。」現在立這幾家的議論，可以用來體現兼收大的方面和小的方面的涵義，難道可以片面地杜絕哪一方嗎？如果一定要固執自己的偏見而保守殘缺的今文經學，袒護同師門的學派，嫉妒保存帝王之道真諦的古文經學的話，那就必然違背皇上的詔書，違失皇上的旨意，從而墜入刀筆吏的議處，這是諸位先生所不應採取的做法啊！

北山移文

【作　者】孔稚珪（西元四四七～五〇一年），字德璋，會稽山陰（今浙江紹興）人，南朝齊文學家。出身世家，父孔靈產，曾任晉安太守和光祿大夫，有隱遁之心，解星象，好術數。德璋少有美譽，齊高帝在宋朝擔任驃騎將軍時，以其有文名而用為記室參軍，與另一文學家江淹對掌文牘奏記。到了齊代，官至太子詹事加散騎常侍。雖曾上書議政，但是不樂世務，好詩文，喜飲酒，住宅營建於山水之間。今有《孔詹事集》輯本一卷。

【題　解】本文採用了「移文」這種體式，具備聲討的意思。作者借北山之口表達出對利欲薰心，並把冒充隱士作為沽名釣譽手段的人的無限憤怒和極度鄙視。此人姓周，名顒，字彥倫，汝南（郡治在今河南上蔡西南）人。與孔德璋同時，是有名的學者。他音辭辯麗，出言不窮，善調四聲，開口成句，廣泛地涉及百家之學，尤長於佛經。官至中書郎兼著作，曾在鍾山西建隱舍，休假時就去居住。舊說他先隱北山，後應詔出任海鹽縣令，期滿後進京，過北山。舊說與本文相合，卻與史載不盡相符。本文以精到的語言技巧抒發出激越奔放的思想感情，採用擬人手法和多種對比手法，文辭鍾鍊而富有文采。擬人手法大到北山、列壑，小到一草一木一枝一穗，都有思想有感情有言論有行動。對比則如周子前後表現的對比，人情和山情的對比等都表現出相互映襯的作用。語句的對偶、字詞的對仗極盡技巧。讀時還要注意同中有異，異中有同的匠心安排。全文用韻，一章之中，每每通過換韻來展示層次，僅這一點就非一般人所能做到，但是在他寫來卻非常自然而不露出加工的痕跡。正因為如此，對文中詞性的變化，詞義的引申，都需要我們細加體味。

鍾山之英❶，草堂❷之靈❸，馳煙驛路❹，勒移山庭❺。

【章　旨】介紹移文作者，因為託物寫意，所以有這一筆文字。

【注　釋】❶鍾山之英　鍾山，即北山。英，精英；神靈。❷草堂　指周顒在鍾山所築的草堂寺。他遊四川，羨慕當地的草堂寺，回來後仿造而成的，並在此居住了一段時間。❸靈　神靈。❹馳煙驛路　像煙雲飛馳在官道上。驛路，驛馬傳遞官家文書所走的路。即官道。❺勒移山庭　在山前刻寫這一篇移文。山庭，山前。勒，刻。移，即下面的移文。以上四句，英、靈、庭三字押韻。

【語　譯】鍾山的精英，草堂寺的神靈，像煙雲飛馳在官道上，趕到山前去刻寫一篇移文。

夫以耿介❶拔俗❷之標❸，蕭灑❹出塵❺之想，度白雪以方絜❻，干青雲而直上❼，吾方知之矣！若其亭亭物表❽，皎皎❾霞外❿，芥千金⓫而不盻⓬，屣萬乘⓭其如脫，聞鳳吹於洛浦⓮，值薪歌於延瀨⓯，固亦有焉！豈期終始參差⓰，蒼黃翻覆⓱，淚翟子之悲⓲，慟朱公之哭⓳。乍迴跡以心染⓴，或先貞而後黷㉑，何其謬哉！嗚呼！尚生㉒不存，仲氏㉓既往，山阿寂寥，千載誰賞㉔？

【章　旨】敘說隱居山林避世要有真心、貞心，而不能有始無終。

【注　釋】❶耿介　指光明正大。❷拔俗　指超出世俗。❸標　風度；氣度。❹蕭灑　灑脫；毫無拘束。亦作「瀟灑」。❺出塵　超出塵俗；清高。❻度白雪以方絜　品德可以和白雪的潔白相比。度，量度；衡量。以，連詞。方，比方。絜，通「潔」。潔白；純潔。❼干青雲而直上　志向凌駕於青雲之上。干，上衝；凌駕。直上，喻指豪壯的志氣。此上四句以「想」、「上」二字押韻。❽亭亭物表　挺立於世俗之上。亭亭，形容挺身直立的狀態。物表，即世外。❾皎皎　潔白明亮。❿霞外　在雲霞之上。⓫芥千金　把千金視作小草。芥，小草。⓬盻　回顧。⓭屣萬乘　把萬乘視作草鞋。屣，草鞋。萬乘，代稱天子。周朝制度，王畿方千里，能出兵萬乘，是諸侯國所不能擁有的規格。⓮聞鳳吹於洛浦　《列仙傳》載：「王子喬，周宣王太子晉也，好吹笙作鳳鳴，遊伊、雒之間。」雒，同「洛」。洛浦，指洛水邊。此用來描寫隱者。⓯值薪歌於

延瀨　據傳說：蘇門先生（晉隱士孫登）遊於延瀨，看見一個人在採薪，便問道：您就這樣渡過終生嗎？採薪人答道：我聽說聖人無牽掛，只把道德放在心上，有什麼值得驚訝而哀傷呢？說完，就唱著歌走了。此用來描寫隱者。值，碰到。延瀨，長河。瀨，淺水流在沙上。此上以「外」、「脫」、「瀨」三字押韻。⑯終始參差　結尾和開頭不一致。⑰蒼黃翻覆　白色的絲可以染成青的，也可以染成黃的，顛來倒去，變化不定。《淮南子・說林》：「墨子見練絲而泣之，為其可以黃，可以黑。」練絲是煮得柔軟潔白的絲。⑱淚翟子之悲　如翟子之悲而流淚。翟子，即墨子。墨子姓墨名翟。⑲慟朱公之哭　如楊朱之哭而哀痛。《淮南子・說林》：「楊子見歧路而哭之，為其可以南，可以北。」楊子，即楊朱。戰國時哲學家，見趙景真〈與嵇茂齊書〉。⑳乍迴跡以心染　暫隱山林，但心仍不忘世俗。乍，暫時。迴跡，重歸山林隱居。心染，指心又為塵俗所吸引。㉑先貞而後黷　始初堅貞，旋即汙穢。貞，堅貞。黷，汙濁。此上以「覆」、「哭」、「黷」三字押韻。㉒尚生　指尚長。亦作向長。字子平，俗稱向平，是隱士。嵇康曾以他為榜樣。㉓仲氏　指仲長統，字公理，山陽高平（今山東金鄉西北）人。《後漢書・仲長統傳》：「統性俶儻，敢直言，不矜小節，默語無常，時人或謂之狂生。每州郡命召，輒稱疾不就。」㉔山阿寂寥二句　即山崗空寂靜默，無人賞問。此上四句以「往」、「賞」押韻。

【語譯】擁有光明正大而又超越凡俗的氣度，以及無拘無束而且超越塵世的思想，想來只有潔白的雪花才能夠比喻品德的純潔，而意氣的豪壯簡直要凌駕於青雲之上，這是我們所知道的真正隱士！至於挺立在塵世之外，潔白明亮比雲霞更具光采，視千金之財如同小草般不屑一顧，敢將天子之位看作草鞋而像脫掉鞋子般輕易地放棄，聽到洛水岸邊仙人在吹奏鳳鳴一般的笙樂，遇見採薪隱者在長長的淺水灘高歌抒懷，這確實是有的啊！哪曾料到有的人竟然前後參差而有始無終，蒼黃難定而反覆無常，令人像墨子般哀傷而流淚，像楊朱般痛哭而悲傷。一會兒避跡山林卻立即心向紅塵，初始堅貞不二而旋即隨波逐流，是多麼的虛偽啊！唉呀！尚生不存在了，仲氏已經逝去，山巒空寂靜默，千秋萬載還有誰來賞玩呢？

世有周子❶，雋俗之士❷，既文❸既博❹，亦玄亦史❺。然而學遁東魯❻，習隱南郭❼，偶吹❽草堂❾，濫巾❿北岳⓫，誘我松桂，欺我雲壑⓬。雖假容⓭於江皋⓮，乃纓情於好爵⓯。

【章　旨】轉入直接批評對象，周顒把隱居山林作為沽名釣譽的手腕，來到鍾山隱居。

【注　釋】❶周子　指周顒。❷雋俗之士　才智超越凡俗的人物。❸文　指有文采才情。❹博　指學識淵博。❺亦玄亦史　既通老莊幽玄之道，又文勝於質。《論語・雍也》：「文勝質則史。」❻學遁東魯　學習顏闔遁世於東魯。據《莊子》記載，魯君聽說顏闔是得道之人，就派使者帶著禮物去邀請他出來做官。顏闔不願做官，託辭逃走了。東魯，指魯。為了與下句「南郭」對文而稱東魯；又古人習慣以魯在東方。❼習隱南郭　向南郭子綦學習忘我遺世。《莊子・齊物論》：「南郭子綦隱機而坐，仰天而噓，荅焉似喪其耦。」隱機，憑几。此時南郭子綦已「吾喪我」，忘情於世而得道了。❽偶吹　陪吹。即摹仿著別人吹奏去冒充也會吹奏。源出「濫竽充數」的故事。❾草堂　即草堂寺。❿濫巾　指穿戴起隱士的服飾混充隱士。巾，隱者的頭巾。⓫北岳　即北山。⓬壑　山谷。⓭假容　指假裝隱士的模樣。⓮江皋　江邊的沼澤地。泛指隱者居住處。⓯纓情於好爵　情繫於好的爵位。纓，繫。好爵，好的官職。此章先以「士」、「史」二字押韻，隨著文意轉折，繼以「郭」、「岳」、「壑」、「爵」四字押韻。

【語　譯】當代有一位周先生，乃是超越凡俗的人才，既有文采，而又博學，既精通幽遠之道，又文勝於質。但是，他卻要學習魯國的顏闔逃避塵世，效法南郭子綦憑几而喪我遺世，在草堂寺裡冒充隱者，在北山上混穿逸士服裝，誘騙我們的蒼松綠桂，欺矇我們的白雲幽谷。雖然是這般地裝成隱士而遁跡在江邊草澤，但是依舊情繫於朝廷的高官厚祿。

其始至也，將欲排巢父❶，拉許由❷，傲百氏❸，蔑王侯，風情❹張日❺，霜氣橫秋❻。或歎幽人❼長往❽，或怨王孫❾不遊❿。談空空⓫於釋部⓬，覈⓭玄玄⓮於道流⓯。務光⓰何足比，涓子⓱不能儔⓲。

【章旨】寫周子初來北堂隱居，豪情逸志以為天下隱士沒有第二人。從這起，分階段寫周子的言行。

【注釋】❶排巢父　指勝過巢父。排，推開；推倒。巢父，相傳為堯時的高士。著名的隱者。他回絕堯的邀請，終生避世。❷拉許由　指勝過許由。拉，摧折；壓倒。許由，相傳為堯時的高士，與巢父齊名的隱者。堯也曾邀請他做官，也被回絕。❸百氏　諸子百家。泛指一切學派和學者。❹風情　風度神情。即氣概。❺張日　擋住了太陽。❻霜氣橫秋　落霜的氣氛充塞秋空。喻指神情嚴肅得像霜氣充塞秋空。❼幽人　即隱士。❽長往　指久離塵世。❾王孫　對貴族子弟的通稱。❿遊　指遨遊山林。即遁世。⓫空空　佛教詞語。佛教認為一切事物都沒有實體叫做空，而空也是假名，假名也是空，所以叫「空空」。⓬釋部　指佛經。釋，中國佛教對釋迦牟尼的簡稱。泛指佛教。⓭覈　考核。⓮玄玄　指道的微妙深奧。⓯道流　指道家學派。⓰務光　相傳是夏代隱者。湯伐桀得了天下，要讓給他，他就抱了大石投河。⓱涓子　相傳是齊國隱士。⓲儔　此章以「由」、「侯」、「秋」、「遊」、「流」、「儔」六字押韻。

【語譯】他初到北山的時候啊，一心想推開巢父，壓倒許由，傲慢地對待諸子百家，蔑視權貴王侯，氣概豪邁像要遮住了陽光，神情嚴肅像霜氣充塞了秋空。有時候感歎隱士們長期隱遁，有時候埋怨王孫公子不來幽隱。既善於談論佛經中「空空」的真諦，又擅長與道家探討「玄妙」的幽旨。著名的隱士務光哪裡比得上他，連涓子也不能夠同他匹敵。

及其鳴騶❶入谷，鶴書❷赴隴❸，形馳魄散❹，志變神動。爾乃眉軒席次❺，袂❻聳筵❼上，焚芰製而裂荷衣❽，抗❾塵容而走❿俗狀。風雲悽其⓫帶憤，石泉咽而下愴⓬。望林巒而有失，顧草木而如喪⓭。

【章　旨】形容周顒一得到皇上徵詔的命令，本相畢現，露出一副世俗之態。

【注　釋】❶鳴騶　指前呼後擁的隨從。騶，指騶從。本是古時達官貴人出門時前後隨從的騎士。❷鶴書　又名鶴頭書。字體名，其字形如鶴頭，古代皇帝詔書多用這種字體。此用以指稱詔書。❸隴　山隴。即山巒。❹形馳魄散　形態和精神很快散亂了。❺眉軒席次　在講席間揚起眉毛。軒，舉；揚起。席次，指講席間。❻袂　衣袖。❼筵　墊底的竹席。此指坐席。❽焚芰製而裂荷衣　焚毀撕裂了隱士服。芰製、荷衣，以香草幽荷縫製成的隱者服裝。❾抗　舉。此意為充分顯露。❿走騁；恣意表露。⓫悽其　即悽然。其，語助詞。相當於「然」。⓬下愴　流淌著悲傷。⓭顧草木而如喪　此章以「隴」、「動」二字押韻；「上」、「狀」、「愴」、「喪」四字押另一韻。喪，失。

【語　譯】等到那些前呼後擁的隨從騎馬進入山谷，帶著皇帝徵召的詔書奔赴山巒，他的形態便很快地走了樣，安靜的魂魄隨即散亂，心志改變了，精神動搖了。於是，得意洋洋地在講席間高高揚起眉毛，在坐席之上舉著寬大的衣袖，扯裂、燒掉了用芰荷製成的隱士服，恣意表露出塵俗的容顏和凡庸的舉止。風雲因此悽慘地帶著無聲的憤恨，石上流泉聲聲嗚咽，流淌著多少悲傷。看那林木蔥蔥的山巒也感到失望，環顧一草一木也似若有所失。

至其紐金章、綰墨綬❶，跨❷屬城❸之雄❹，冠百里❺之首，張英風❻於海甸❼，馳妙譽於浙右❽。道帙長殯❾，法筵久埋❿，敲扑諠囂⓫犯其慮，牒訴倥傯⓬裝其懷。琴歌⓭既斷，酒賦⓮無續。常綢繆⓯於結課⓰，每紛綸⓱而折獄⓲。籠張趙於往圖⓳，架卓魯於前籙⓴。希蹤三輔豪㉑，馳聲九州牧㉒。使我高霞孤映，明月獨舉㉓，青松落陰㉔，白雲誰侶？澗戶㉕摧絕㉖無與歸㉗，石逕荒涼徒延佇㉘。至於還飆㉙入幕，寫霧出楹㉚，蕙帳㉛空兮夜鵠㉜怨，山人㉝去兮曉猨㉞驚。昔聞投簪逸海岸㉟，今見解蘭縛塵纓㊱。

【章　旨】形容周顒出任地方長官以後，忙於公務而官聲日隆，但是，以往的一切全然丟棄，空留下隱居過的山林彌漫著一片孤寂。

【注　釋】❶至其句　漢代規定：萬戶以上的縣的首長叫令，俸祿一千石到六百石。俸祿相當於六百石以上者，都用銅印墨綬。這句說周子做了縣令。紐，佩帶。金章，銅製的官印。綰，繫帶著。墨綬，黑色的綬帶。❷跨　占有；占據。❸屬城　這一郡的下屬各縣。即屬縣。❹雄　即「長」。最大的。其時周顒任海鹽縣令。❺百里　代表縣級行政區。漢代以大約方百里為一縣。❻英風　英明的名聲。❼海甸　沿海地區。此指海鹽縣。❽馳妙譽於浙右　美譽傳揚於浙江北岸。馳，傳揚。妙譽，美好的聲譽。浙右，指浙江（今錢塘江）以北。古時以水之北為水右，水之南為水左。也代稱浙北一帶。❾道帙長殯　道書永遠被堆棄埋沒。道帙，指道家的書。帙，書套。殯，埋葬。此句與上文「覈玄玄於道流」對照。❿法筵久埋　講說佛法的坐席長久埋在灰塵之中。此句與上文「談空空於釋部」相對照。⓫敲扑諠囂　拷打犯人時爆發出的雜亂呼喊聲。⓬牒訴倥偬　辦理文書訟案十分繁忙。牒，指文牒、文書。訴，訴訟。倥偬，形容繁忙急迫。⓭琴歌　彈琴與嘯詠。⓮酒賦　飲酒和吟詩。琴歌酒賦代表當時清談家的雅趣。⓯綢繆　緊緊地束縛住。⓰結課　指總結考核官員政績，分出等級，決定升降。⓱紛綸　忙碌。⓲折獄　指判案。⓳籠張趙於往圖　蓋過以往張敞和趙廣漢的政績。籠，籠罩；包括。張，張敞。字子高，河東平陽（今山西臨汾西南）人。漢宣帝時，曾任京兆尹，直言敢諫，很有政績，是有名的能幹官員。趙，趙廣漢。字子都，涿郡蠡吾（今河北博野西南）人。漢宣帝時，曾任潁川太守，誅殺了地方強豪。後任京兆尹，執法不避權貴，也是有名的能幹官員。往圖，指歷史上的記載。圖，圖籍。⓴架卓魯於前籙　超越昔日卓茂與魯恭所創立的業績。架，跨越；超過。卓，卓茂。字子康，南陽宛（縣治在今河南南陽）人。西漢末任密縣縣令，用德化治理百姓，而不任用刑罰，得到百姓的愛戴，東漢光武帝賜給高貴的爵位。魯，魯恭。字仲康，扶風平陵（縣治在今陝西咸陽西北）人。東漢時任中牟縣令，以德化治理百姓而不任用刑罰著名，官至司徒。前籙，與「往圖」同義。即以前簿籍所記載的政績。籙，簿籍。㉑希蹤三輔豪　希冀趕上治理三輔的前代英豪。蹤，追蹤。三輔豪，指歷來治理三輔地區長官中的傑出者。三輔，漢代稱京兆、左馮翊、右扶風三地。當時有一句諺語說：「前有趙張，後有三王。」意為在歷任三輔長官中，趙廣漢、張敞、王尊、王章和王駿最有政績。㉒馳聲九州牧　聲譽遠播全國官吏之間。馳聲，馳名；揚名。九州，指全國各地。牧，古時對治民長官的稱呼。㉓舉　升。㉔落陰　蔭覆。陰，同「蔭」。㉕澗戶　指澗岸聳立如門。㉖摧絕　倒塌；毀壞。㉗無與歸　沒有人同他一道回來。意指周顒再也不回來了。㉘延佇　長久盼望。延，長久。佇，踮起腳來盼望。㉙還飆　旋風。㉚寫霧出楹　指早晨時間。寫，通「瀉」。吐。楹，廳堂前面部分的柱子。㉛蕙帳　指隱士的帷帳。表示高潔。蕙，香草。㉜鵠　天鵝。㉝山人　指居住山間的人。即隱士。㉞猨　同「猿」。㉟投簪逸海岸　指棄官隱遁海邊。投簪，喻指棄官遁世。這裡用了典故：西漢疏廣，字仲翁，東海蘭陵（今山東蒼山縣蘭陵鎮）人。擅長《春秋》，徵為博士。宣帝時任太子太傅，就任五年，就託病還鄉。被後人視為功成身退的典範。簪，古代達官貴人的冠飾，用來把冠固定在頭上。逸，隱遁。海岸，指蘭陵。因為其地接近海岸。㊱解蘭縛塵纓　指改節出仕。蘭，香花。長在幽谷，因此用作喻指隱士的服飾。塵纓，指塵世的服飾。纓，把帽子固定在頭上的服飾。又此章以「綬」、「首」、「右」三字押韻；「埋」、「懷」二字押韻；「續」、「獄」、「籙」三字押韻；「舉」、「侶」、「佇」三字押韻；「楹」、「驚」、「纓」三字押韻，共轉韻四次。

【語　譯】到了他身佩金色官印，繫帶黑色綬帶，成為同僚中的強者，縣令中的魁首，英名張揚於沿海地區，美好的名譽傳播在浙江北岸。從此道書一套又一套地永遠堆棄了，講佛法的坐席長久地埋在灰塵之中。拷打犯人的喧譁聲不停地干擾著他的思慮，文書和訴訟接連不斷地充塞著他的心懷。彈琴嘯歌已經斷了緣分，飲酒吟詩也無法再繼續。經常糾纏於考察政績以及評論優劣，每每為審判案件而忙碌不休。一心要蓋過以往張敞和趙廣漢的賢能名聲，超越昔日卓茂與魯恭所創立的業績。志在趕上治理三輔的那些前代英賢，使自己的聲名在全國的地方長官中傳揚。同時，卻也使得我北山高天上的雲霞孤零零地映照，皎潔的月亮冷清清地升起又西移，青松枉自蔭覆著山崖，白雲凝望著和誰做伴呢？如門的澗岸倒塌了，仍不見人歸來，石路荒蕪了，空自久久地盼望等候。等到迴風吹進了帷帳，霧氣又從廳堂前的楹柱邊冒了出來，蕙草製成的帷帳中空空無人，只聽見夜空裡天鵝聲聲怨唳，山中人離去了，招來清晨的猿猴陣陣驚啼。以前聽說過棄官隱遁海邊的佳話，如今卻看見放棄隱居而還俗利祿薰心的醜態。

於是南岳獻嘲，北壟騰笑❶，列壑爭譏，攢峰竦誚❷。慨遊子之我欺❸，悲無人以赴弔❹。故其林慙無盡，澗愧不歇，秋桂遣風❺，春蘿罷月❻。騁❼西山之逸議❽，馳東皋之素謁❾。

【章　旨】寫群山一齊嘲笑假隱士。

【注　釋】❶南岳獻嘲二句　南岳、北壟，泛指鍾山南北兩邊的高山。用以表示鍾山被假隱士欺矇。❷攢峰竦誚　群峰聳身嗤鄙。攢，聚集。竦，引長脖子並踮起腳跟。❸遊子之我欺　遊子欺騙我。遊子，指離家遠遊的人。這裡指周顒。離開隱居的山林，一去不返。我欺，即「欺我」。❹赴弔　前來慰問。❺遣風　把清風打發走。❻罷月　辭卻了月光，甘願無精打彩。❼騁　指快速傳揚。❽西山之逸議　指首陽山隱士的言論。相傳伯夷、叔齊二人隱居在首陽山，不肯做周朝的官。他們唱著這樣的歌：「登彼西山兮，採其薇矣！」表示終身不吃周朝的糧餉。❾馳東皋之素謁　快速傳揚東皋隱士的告語。馳，快速傳揚。東皋，指東方的水邊高地。素謁，布衣之士的告語。這裡用阮籍〈奏記詣蔣公〉中的話，「方將耕於東皋之陽，輸黍稷之稅，以避當塗者之路」。大意說正打算到東皋南邊去耕作務農，交上租稅，自食其力，來避開當權的人。又此章以「嘲」、「誚」、「弔」三字押韻，「敬」、「月」、「謁」三字押另一韻。

【語　譯】這樣一來，南面高山送來了嘲諷，北邊長嶺騰起了冷笑，處處山谷爭著譏刺，群峰聳身嗤鄙。感慨遊蕩的人欺騙了我，悲歎竟沒有人前來慰問。所以，山上的森林有著無窮無盡的羞慚，澗水潺潺，流著難以停歇的愧恥，秋天桂枝婉謝清風的搖曳而靜默不動，春日女蘿迴避了明月照撫而黯然失色。趕緊大力宣傳西山隱士由衷的言論，速速傳布東皋隱士真誠的告語。

今又促裝下邑❶，浪栧❷上京。雖情投❸於魏闕❹，或假步於山扃❺。豈可使芳杜❻厚顏，薜荔❼無恥❽，碧嶺再辱，丹崖重滓❾，塵❿游躅⓫於蕙路，汙淥池⓬以洗耳⓭？宜扃岫幌⓮，掩雲關，斂輕霧，藏鳴湍⓯，截⓰來轅⓱於谷口，杜妄轡於郊端⓲。於是叢條瞋膽⓳，疊穎⓴怒魄㉑，或飛柯㉒以折輪，乍低枝而掃跡：請迴俗士駕，為君謝逋客㉓。

【章　旨】描述假隱士乘官場得意，又想重遊山林以顯示清高，遭到北山的嚴詞拒絕。

【注　釋】❶促裝下邑　指周顒升了官，整裝離開海鹽縣，趕往京都健康。促裝，急忙整理行裝。下邑，與下句「上京」對稱。對於京都而言，縣是下邑；對縣而言，京都是上京。❷浪栧　放手搖槳，使船輕快地前進。栧，同「枻」。❸投　投向；向著。❹魏闕　原是宮門外懸布法令的地方，此指朝廷。❺或假步於山扃　又順道來叩北山的山門。或，又。假步，借路；順路前來。山扃，山門。即草堂寺的外門。❻芳杜　即杜若。是香草。❼薜荔　又名木蓮。❽無恥　不知羞恥。❾重滓　再次遭受汙穢。❿塵　塵汙。即汙染。⓫游躅　指隱士的足跡。⓬淥池　清池。淥，水清。⓭洗耳　指關於隱士巢父聽許由說堯要讓位給許由的話立即去洗耳朵的傳說。⓮扃岫幌　拉上山穴的窗簾。扃，關閉；拉上。岫，山穴。幌，帷幔；窗簾。這裡把山穴比作山的窗口。⓯鳴湍　發出響聲的急流水。⓰截　攔截；截住。⓱來轅　指前來的車。轅，本是車的一部分，此以部分代表全車。⓲杜妄轡於郊端　將妄自馳來的車馬堵在城郊。杜，堵。妄轡，指妄自前往的車馬。郊端，指城郊的邊緣。⓳叢條瞋膽　叢生的枝條膽氣怒發。瞋膽，指膽也發怒了。瞋，通「嗔」。⓴穎　草穗。㉑怒魄　魂魄發怒。㉒柯　樹枝。㉓為君謝逋客　「君」指北山神。逋客，逃亡的人。即周顒。作者認為周顒是從北山逃出去做官的。此章先以「京」、「扃」二字押韻，再以「恥」、「滓」、「耳」三字押另一韻，又以「關」、「湍」、「端」三字押又一韻，最後以「魄」、「跡」、「客」押第四韻。

【語　譯】而今又急忙忙地打點行裝離開縣城，飛槳擊水駛向京華。儘管一心奔向皇帝的殿堂，卻又順道來叩北山的山門。哪能讓芳香的杜若厚著臉皮，蜿蜒的薜荔毫無羞恥，碧綠的山嶺再次受辱，紅色的石崖重蒙汙穢，長著蕙草的山路上的逸士足跡遭到汙染，為了洗耳而弄髒了一池清水？應當拉上山穴上的窗簾，關上雲門，收回輕霧，藏起潺潺的急流泉，把前來的官車截攔在山口，將妄自馳來的車馬堵在城郊。於是叢集的枝條膽氣怒張，重疊的草穗憤火魄生，忽而飛來枝幹擊折了車輪，忽而長枝低掃以塗滅車跡：請庸俗的人迴轉車馬吧，我們替北山神靈，謝絕逃離隱居的人。

卷四四

檄

喻巴蜀檄

【作　者】司馬相如，見頁一八七五。

【題　解】檄是古代官府用來徵召、曉諭或聲討的文告。巴、蜀二郡分別約當今四川省的東部和西部，巴郡郡治在江州（今重慶市北嘉陵江北岸），蜀郡郡治在成都，是漢代西南邊區。司馬相如寫作此檄的背景如下：「相如為郎數歲，會唐蒙使略通夜郎、僰中，發巴蜀吏卒千人，郡又多為發轉漕萬餘人，用軍興法誅其渠率。巴蜀民大驚恐。上聞之，乃遣相如責唐蒙等，因喻告巴蜀民以非上意。」（《漢書・司馬相如傳》）此檄一是說明唐蒙奉使是去宣喻恩德，不是進行戰爭；二是批評唐蒙處置失當；三是責備巴蜀之民不能盡人臣之節。

告巴、蜀太守：蠻夷❶自擅，不討❷之日久矣！時侵犯邊境，勞士大夫。陛下❸即位，存撫❹天下，安集❺中國❻，然後興師出兵。北征匈奴❼，單于❽怖駭，交臂❾受事❿，屈膝請和。康居⓫西域重譯⓬納貢，稽顙⓭來享⓮。移師東指，閩越⓯相誅。右弔番禺⓰，太子入朝。南夷之君、西僰之長⓱，常效貢職⓲，不敢墮怠。延頸舉踵，喁喁然⑲皆嚮風慕義，欲為臣妾⑳。道里㉑遼遠，山川阻深㉒，不能自致。

【章　旨】敘說當前形勢是北西東南四方嚮風慕義，歸附漢朝。

【注　釋】❶蠻夷　古時統指中原以外四周的民族。❷討　征伐。❸陛下　指漢武帝。❹存撫　存恤撫養。❺安集　安居。❻中國　指華夏族、漢族的地區。❼匈奴　中國古民族之一。漢以前統治了大漠南北的廣大地區。漢初不斷南下侵擾，漢朝基本上採取了防禦政策。到漢武帝，才採取攻勢，多次進軍漠北，匈奴從此日趨衰落。❽單于　匈奴最高首領的稱號。全稱為「撐犁孤涂單于」。匈奴語「撐犁」是「天」，「孤涂」是「子」，「單于」是「廣大」。省稱為「單于」。❾交臂　兩手相交行禮，如拱手。❿受事　接受臣屬的地位。⓫康居　古代西域國名。約當今巴爾喀什湖和鹹海之間。⓬重譯　輾轉翻譯。⓭稽顙　古代一種跪拜禮。即屈膝下拜，以頭觸地。⓮享　進獻。⓯閩越　中國古代民族。秦漢時分布在今浙江省南部和福建省北部的部分地區。漢武帝元封元年東越王餘善反，漢發兵征討。其族人殺餘善投降。⓰右弔番禺　番禺是當時南越國的都城，用來代表南越國。弔，到。指派專使嚴助去責問，南越王於是派太子嬰齊到漢皇宮做侍衛。⓱南夷之君西僰之長　漢時有「西南夷」之稱。指分布在今甘肅省南部、四川省西部、南部和雲南、貴州二省一帶的少數民族。僰，古族名，西南夷之一。⓲貢職　貢品和賦稅。⓳喁喁然　眾口向上的樣子。形容眾人一心向慕。⓴臣妾　臣下；所屬。㉑道里　行程；路程。㉒阻深　阻隔。

【語　譯】告示巴、蜀兩郡太守：蠻夷自作主張，而沒有加以征伐的年月已經很久遠了！他們經常侵犯我國邊境，煩勞當地官員。今皇上登基以來，存恤撫養天下，使全國百姓安居樂業，然後派出軍隊。向北方征討匈奴，使單于恐懼驚慌，拱手聽從命令，跪下來求和。康居及西域諸國通過輾轉翻譯前來交納貢品，跪拜叩頭奉獻。調動軍隊指往東方，使得閩越自己殺死反漢的國王。派使者向右到了南越，使它的國王送太子到漢宮做侍衛。西南方各民族的首領經常送上貢品和賦稅，不敢有絲毫的鬆懈和怠慢。天下四方之人都伸長脖子踮起腳來仰慕漢朝的教化，一心一意要做它的屬下。只是由於路途遙遠，山水阻隔，不能自己到來罷了。

夫不順者已誅，而為善者未賞，故遣中郎將❶往賓之❷。發巴、蜀之士各五百人，以奉幣帛❸，衛使者不然❹，靡有兵革之事❺，戰鬥之患。今聞其乃發軍興制❻，驚懼子弟，憂患長老❼，郡又擅為轉粟❽運輸，皆非陛下之意也。當行者❾或亡逃自賊殺，亦非人臣之節❿也。

【章　旨】使者擅自召集動用軍隊，不是皇帝的意旨。

【注　釋】❶中郎將　官名。此指任中郎將的唐蒙。❷賓之　使之歸服。賓，服。❸幣帛　指作為贈禮的財物。幣，帛。❹不然　指意外事變。❺兵革之事　指戰爭。兵革，兵器衣甲的總稱。❻發軍興制　發動軍隊實行制裁。指唐蒙擅自依據發動軍隊的法規召集、動用軍隊，並且殺了那些反對的軍官。❼驚懼子弟二句　使子弟驚懼，使長老憂患。子弟，指年輕的一輩。長老，指年老的一輩。❽轉粟　輾轉輸送糧食。❾當行者　指徵調到出征的人。❿節　節操。

【語　譯】那些不服從的已經受到責罰，可是表現良好者還沒有進行獎賞。因此，派遣中郎將前往使之歸順。調發巴、蜀二地各五百名士兵，是用來攜帶禮品和衛護使者以防止出現意外的事變，並不會有戰爭的事端和流血的衝突。如今聽說使者居然擅自徵集軍隊，而且殺害反對這樣做的官員，從而，使年輕人感到震驚，使老年人為此憂傷，郡的長官又擅自為部隊輸送糧食，這所有的一切都不是皇帝的意旨啊。而在徵調到出征的人中出現了逃亡和自己傷殘自己的情況，這也不是做臣下應該具備的節操啊。

夫邊郡❶之士，聞烽舉燧燔❷，皆攝弓❸而馳，荷兵❹而走，流汗相屬❺，唯恐居後，觸白刃，冒流矢，議不反❻顧，計不旋踵，人懷怒心，如報私讎❼。彼豈樂死惡生，非編列之民❽，而與巴、蜀異主哉？計深慮遠，急國家之難，而樂盡人臣之道也！故有剖符之封❾、析珪而爵❿，位為通侯⓫，處列東第⓬，終則遺顯號於後世，傳土地於子孫，行事甚忠敬，居位甚安逸，名聲施⓭於無窮，功烈⓮著而不滅。是以賢人君子，肝腦塗中原，膏液潤野草，而不辭也！今奉幣役⓯至南夷⓰，即自賊殺、或亡逃抵誅⓱，身死無名，諡⓲為「至愚」，恥及父母，為⓳天下笑。人之度量相越⓴，豈不遠哉？然此非獨㉑行者之罪也，父兄之教不先㉒，子弟之率㉓不謹㉔，寡廉鮮㉕恥，而俗不長厚㉖也！其被㉗刑戮，不亦宜乎？

【章　旨】文章轉向說明臣民應盡的義務和遠大前程，以及巴蜀之民逃避義務的錯誤，並且分析了這種陋俗形成的原因。

【注　釋】❶邊郡　指處在邊境的郡。即邊疆地區。❷烽舉燧燔　烽、燧，古代邊防報警的兩種訊號。古代常在邊疆造烽火臺，隔一定距離造一座。發現敵人入侵，一臺舉火，其餘相繼連續舉火，把軍情傳向遠方。白天舉火叫烽，夜晚只看到煙，叫燧。燔，燒。❸攝弓　拿著弓箭。❹荷兵　扛著矛戟等武器。❺屬　緊跟著。❻反　通「返」。❼讎　通「仇」。❽編列之民　編入戶籍的人。❾剖符之封　指封以很有權力的官。符，古代朝廷傳達命令或徵調兵將所用的憑證，雙方各持一半，合驗為信。❿析珪而爵　指賞以貴爵。析，中分兩半。珪，玉石。爵，爵位。此作動詞用。把分作兩半的玉石作為賜予爵位及封地的憑證，也是一半收藏在朝廷，一半給予受封者。⓫通侯　爵位的最高一級。又名徹侯、列侯。⓬列東第　指居住在最好地區。列，排列在；居住在。東第，指帝城東面的第宅。係封侯者住宅區。⓭施　延續。⓮功烈　功績；業績。⓯奉幣役　擔任送禮物的勞役。⓰南夷　泛指夜郎等南方諸少數民族。⓱抵誅　抵罪受戮。⓲諡　古代在人死後對他的一生行事給予鑑定式的稱號。此引申為「叫做」。⓳為　被。表被動。⓴相越　相距；相超越。㉑非獨　非只；不只。㉒不先　不及早。

指平常沒有進行教育。㉓率 表率；楷模。㉔謹 嚴謹；認真嚴肅。㉕鮮 少。㉖長厚 敦厚。㉗被 遭受。

【語譯】邊疆地區的軍士，一聽說烽火舉了起來，狼煙點著了，立即都拿起弓箭飛馳，扛起武器急跑，汗流浹背地緊緊跟著隊伍，只擔心掉隊，頂著雪亮的刀鋒，冒著亂飛的羽箭，既不回看，也不轉身，人人都懷著一腔怒火，就像報私仇一樣。他們難道都是樂於送死而厭惡生存，不是一樣地編入戶籍的正式居民，和巴、蜀百姓不屬於同一位皇帝所管轄的嗎？只不過他們考慮得很長遠，急於趕往救助國家的危難，樂意盡一盡自己做臣下的職責和義務啊！所以，國家封給高官，賞給貴爵，級別在最高一級，住宅在最好地區，去世以後能留給後代一個很有名望的稱號，遺傳給他們賞賜到的土地，因此做事很忠誠恭敬，做官在位很平安逸樂，名聲永垂後世，功績顯著而傳揚不滅。由於這個緣故，凡是有才能有德行的人，就是肝腦流散在原野，脂膏鮮血浸潤著荒草，至死也不推辭為國家盡義務的啊！如今僅僅服勞役送禮物到南方少數民族去，就自己傷殘自己，或因逃走而抵罪受誅，人死了也沒有好名聲，只能叫它為「至愚」，連累父母也抬不起頭來，成為天下的笑柄。人與人對於思考問題所出現的差距，難道不是很遠嗎？但是，這不只是受徵召的人的罪過，父親兄長以前沒有及早進行教育，沒有認真做好年輕人的表率，因此，缺少廉恥觀念，這是風俗不淳樸厚道的結果啊！他們身遭刑罰，不就是必然的嗎？

陛下患使者❶、有司❷之若彼❸，悼不肖、愚民之如此，故遣信使❹，曉諭❺百姓以發卒之事，因數❻之以不忠死亡之罪，讓❼三老❽孝悌❾以不教誨之過。方今田❿時，重煩百姓⓫，已親見近縣⓬，恐遠所谿谷山澤之民不徧⓭聞，檄到，亟⓮下縣道⓯，使咸喻⓰陛下之意，無忽！

【章　旨】皇帝派專使前來說明和處理，要使所屬地區人人知曉。

【注　釋】❶使者　指中郎將唐蒙。❷有司　指二郡長官。❸若彼　像那種狀況。指擅自徵召軍隊和轉輸軍糧。❹信使　忠誠信實的使者。此指司馬相如自己。❺曉諭　明白地告知。❻數　列舉罪狀加以斥責。❼讓　責備。❽三老　掌握教化的地方官，選年老有道德的人擔任。西漢有鄉三老、縣三老、郡三老。❾孝悌　「孝弟力田」的簡稱，與「三老」一樣，也是掌握教化的地方官。❿田　通「佃」。耕種。⓫重煩百姓　以煩勞百姓為難事。⓬近縣　郡治附近的縣。⓭徧　通「遍」。遍及。⓮亟　立即；火速。⓯道　指有少數民族居住的縣。⓰咸喻　全都了解。

【語　譯】皇上憂慮到使者和地方官是那種狀況，傷痛不賢和愚笨的人又是這種狀況，所以，特別派遣忠誠信實的使者來到巴、蜀，明白地告示百姓關於徵發士兵事情的來龍去脈，並且借此對那些不忠誠而逃亡自殘的人的罪狀一一加以斥責，批評三老和孝悌諸官員沒有及時、認真地進行教導的過錯。當今正是農忙季節，難以煩勞百姓，使者已經親自到過附近各縣，擔心遠處山谷沼澤等荒僻地方的百姓不能人人皆知，檄文到達，要火速頒發到下屬各縣，讓大家都明白皇上的心意，切切不可忽視和怠慢！

為袁紹檄豫州

【作　者】陳琳，見頁一九三二。

【題　解】本篇是建安五年陳琳為袁紹征討曹操而撰寫的著名檄文。此文是寫給劉備等人，筆鋒卻對著曹操。

陳琳當時正避難冀州，袁紹使典文章。陳琳為袁紹聯合劉備、劉表以三面夾擊曹操的戰略意圖所鼓舞，奮思遣辭，下筆有神。文章不但詳述袁紹起兵的原委，列數曹操的劣跡醜行，而且喻古說今，申以大義，頗有號召的力量，是古代檄文中難得的佳作。但文中對袁紹的功德的頌揚，對曹操的人品的貶低，都有過分之處，不一定符合史實。

據《三國志・魏書・陳琳傳》載：袁紹失敗後，陳琳歸順曹操。曹操對陳琳提到這篇檄文，說：「卿昔為本初（袁紹）移書，但可罪狀孤而已，惡惡止其身，何乃上及父祖邪？」琳謝罪，太祖（曹操）愛其才而不咎。表現了曹操政治家的氣度。

全文按時間順序，邊敘邊議。緊扣非常之人、非常之事與非常之功，反覆論說，層層深入，最後發出號召。文章如江河咆哮，駿馬奔騰，有一股不可阻擋的氣勢和震懾人心的威力，頗有說服的力量。

左將軍領豫州刺史❶、郡國相❷守❸：

蓋聞明主圖危❹以制變，忠臣慮難以立權❺，是以有非常之人，然後有非常之事；有非常之事，然後立非常之功。夫非常者，固非常人所擬❻也。曩❼者強秦弱主❽，趙高❾執柄，專制朝權，威福由己，時人迫脅，莫敢正言，終有望夷❿之敗。祖宗焚滅，汙辱至今，永為世鑒。及臻⓫呂后⓬季年⓭，產、祿⓮專政，內兼二軍，外統梁、趙。擅斷萬機，決事省禁⓯。下陵上替⓰，海內寒心⓱。於是絳侯、朱虛⓲，興兵奮怒，誅夷逆暴，尊立太宗⓳。故能王道興隆，光明顯融，此則大臣立權之明表⓴也。

【章旨】歷敘史鑑，說明「明主圖危以制變，忠臣慮難以立權」的必要。為袁紹征討曹操的正義性質，提供理論和史實的根據。

【注釋】❶左將軍領豫州刺史　左將軍，指劉備。豫州，漢十三刺史部之一，轄境在今淮河以北的豫東、皖北一帶。當時劉備為左將軍，領豫州牧，屯兵於沛。刺史，一州之長，與州牧職同。陶謙曾表劉備為豫州刺史，其後曹操表劉備為豫州牧，此文稱刺史而不稱州牧，隱有貶曹之意。❷相　諸王封國的長官。❸守　一郡之長。❹圖危　對危急之境有所防範和考慮。❺立權　確立權宜之計。❻擬　擬度。❼曩　從前。❽弱主　指秦二世胡亥。❾趙高　秦二世時丞相，指鹿為馬，擅權獨斷，作惡多端，後殺胡亥。❿望夷　望夷宮。在今西安市西北，秦二世在此被殺。⓫臻　至。⓬呂后　名雉。劉邦妻，惠帝母。惠帝死後，呂后臨朝稱制，主政八年。⓭季年　末年。⓮產祿　呂產和呂祿。都是呂雉的姪子。呂產曾被呂后任為梁王、相國；呂祿曾被呂后任為趙王、上將軍。兩人並被分掌長安的南北二軍。⓯省禁　內省宮禁。⓰下凌上替　在下者駕凌於上，在上者被廢黜不起作用。替，廢。⓱寒心　痛心。⓲絳侯朱虛　太尉周勃和朱虛侯劉章。二人是誅滅諸呂、擁立漢文帝劉恆的主要人物。⓳太宗　此指漢文帝。⓴明表　顯明的表儀。

【語譯】左將軍兼豫州刺史、及各郡國的相守：

眾人皆知聖明之主對危急的發生有所防範，而及時制定應變之計，忠貞賢臣考慮到危難禍患而確立權宜的辦法，因此，有不同尋常之人，然後才能有不同尋常之事；有了不同尋常之事，然後才能創立不同尋常之功。這非同尋常的人和事，原本不是尋常之人所能測度的。從前，強大的秦朝卻由無能的二世皇帝君臨，致使趙高把持國柄，專擅朝廷大權，作威作福隨由己意，當時的賢人遭受迫害和威脅，沒有人敢仗義執言，終至有望夷宮的慘敗。嬴秦的祖先宗廟焚毀盡滅，莫大的恥辱延至於今，永遠成為世人的鑒戒。及至呂后專權的衰頹之年，呂產、呂祿專制朝政，內兼掌南北二軍，外統領梁、趙二國。專擅獨斷國家政務，在內省宮禁判決要事。居下位者駕淩於上，居上位者被廢黜不起作用，海內仁人莫不痛心。於是絳侯周勃、朱虛侯劉章，興起義兵表現他們的憤怒，誅戮平定逆呂暴臣，尊崇擁立文帝太宗。因而能使王道興盛昌隆，光大明耀顯赫和融，這便是大臣們在危難時採取權宜辦法的顯明榜樣呀。

司空❶曹操，祖父中常侍❷騰❸，與左悺❹、徐璜❺並作妖孽❻，饕餮❼放橫，傷化虐民❽。父嵩❾，乞匄❿攜養，因贓⓫假位⓬，輿金輦璧，輸貨權門，竊盜鼎司⓭，傾覆重器⓮。操贅閹⓯遺醜⓰，本無懿德⓱。僄狡鋒協⓲，好亂樂禍。幕府⓳董⓴統鷹揚，掃除凶逆㉑。續遇董卓，侵㉒官暴㉓國。於是提劍揮鼓，發命東夏㉔，收羅英雄，棄瑕㉕取用。故遂與操同諮㉖合謀，授以裨師㉗。謂其鷹犬之才，爪牙㉘可任。至乃愚佻短略㉙，輕進易退，傷夷㉚折衄㉛，數喪師徒。幕府輒㉜復分兵命銳，修完㉝補輯㉞，表行東郡㉟，領兗州㊱刺史。被以虎文㊲，獎蹴㊳威柄㊴，冀獲秦師㊵一剋之報。而操遂承資跋扈㊶，肆行凶忒㊷，割剝㊸元元㊹，殘賢害善。故九江太守邊讓㊺，英才俊偉，天下知名，直言正色，論不阿諂，身首被梟㊻懸之誅，妻孥㊼受灰滅之咎。自是士林憤痛，民怨彌重。一夫奮臂，舉州㊽同聲㊾。故躬㊿破於徐方(51)，地奪於呂布(52)。彷徨東裔(53)，蹈據無所。幕府惟強幹弱枝(54)之義，且不登(55)叛人(56)之黨。故復援(57)旌擐(58)甲，席卷起征，金鼓響振，布眾奔沮(59)，拯其死亡之患，復其方伯(60)之位，則幕府無德於兗土之民，而有大造(61)於操也。

【章旨】數曹操的奸雄本性，從他祖先的劣跡說起，述袁紹對曹操的恩德，則一一具體羅列。

【注釋】❶司空 漢代三公之一，曹操於建安元年十一月為司空。❷中常侍 官名。東漢由宦官擔任，侍從皇帝，傳達詔令和掌管文書。❸騰 曹騰，字季興。順帝時為中長侍大長秋，歷事安帝、順帝、沖帝、桓帝四朝，皆受寵愛。❹左悺 桓帝時為小黃門，後遷中常侍，封上蔡侯。❺徐璜　桓帝時為中常侍，封武原侯，恃寵驕橫，天下謂之徐臥虎。❻妖孽　本指怪異之事物。草木之類稱妖，蟲豸之類稱孽。此指曹騰、左悺、徐璜作惡多端，殘害人類，如同妖孽。❼饕餮　傳說中一種貪食的惡獸，比喻貪婪兇惡之人。❽虐民　殘虐人民。❾嵩　曹嵩，字巨高，為曹騰養子。靈帝時賣官，嵩以財貨得拜大司農、大鴻臚，官至太尉。❿乞匄　同「乞丐」。意指乞求。⓫贓　賄賂。⓬假位　占據不應占據的高位。假，《後漢書・袁紹傳》引此文作「買」。⓭鼎司　指三公的職位。⓮重器　喻國家社稷。⓯贅閹　閹，宦官。指曹騰。贅，假肉。指曹操的父親曹嵩係宦官曹騰的養子，是假相連屬。⓰遺醜　遺留下來的醜類。⓱懿德　美好的德行。⓲僄狡鋒協　僄狡，輕捷勇猛。鋒，銳而猛。《後漢書・袁紹傳》、《三國志・袁紹傳》作「俠」。指恃勇敢為。《三國志・武帝紀》稱曹操「少機警有權數，而任俠放蕩」。⓳幕府　將帥在戰地的營帳。此指主帥袁紹。⓴董　督。㉑凶逆　指肆虐宮廷中的宦官。何進被宦官所殺，袁紹領兵入宮盡殺諸宦官。㉒侵　侵淩。㉓暴　侮。㉔東夏　指中國東部地區。袁紹起兵討董卓，東部諸州郡紛紛響應。㉕瑕　瑕疵。此指無用庸才。㉖諮　商議。㉗裨師　偏師。據《三國志・武帝紀》，初平元年正月，州郡起兵征董卓，推袁紹為盟主，曹操行奮武將軍。㉘爪牙　喻武臣。㉙短略　疏於謀略。㉚傷夷　同「傷痍」。指傷亡慘重。㉛衄　猶挫折。據《三國志・武帝紀》，曹操率軍西進，遇董卓手下將領徐榮，戰不利，士卒死傷很多。㉜輒　就。㉝完　完備。㉞輯　收攏聚集。㉟東郡　郡名。屬兗州，治所在濮陽（今河南濮陽西南），東漢時轄十五城。㊱兗州　漢武帝十三刺史部之一，東漢時治所在昌邑（今山東金鄉西北），轄郡、國八，縣、邑、公侯國。據《三國志・武帝紀》，初平二年，袁紹表曹操為東郡太守，治東武陽（今山東朝城西）；初平三年四月，曹操領兗州牧。㊲虎文　飾有虎紋的戰衣。漢時虎賁將頭戴鶡冠，身著虎紋單衣。㊳蹴　成。㊴威柄　指八項威權。《後漢書・丁鴻傳》：「夫威柄不以放下。」李賢注：「威柄，謂《周禮》之八柄，即爵、祿、生、置、予、奪、廢、誅也。」㊵秦師　指春秋時秦將孟明等人所率之師。魯僖公三十三年，孟明襲鄭而敗於晉軍。文公二年，孟明領兵伐晉軍，又失敗而歸。秦穆公仍對孟明信任不移。次年，再次伐晉，一舉克勝，使秦稱霸西戎。事見《左傳》。㊶跋扈　橫行無忌；肆無忌憚。㊷忒　惡事。㊸割剝　掠奪殘害。㊹元元　平民百姓。㊺邊讓　字文禮，曾與孔融、王朗共為何進屬官，繼而任九江太守。後還家，恃才氣而不屈曹操，且多輕侮之言。曹操為兗州牧時，殺邊讓並滅其族。㊻梟　殺人而懸其頭於木上。㊼妻孥　妻子兒女。《三國志・武帝紀》注引〈曹瞞傳〉：「及在兗州，陳留邊讓言議頗侵太祖，太祖殺讓，族其家。」㊽舉州　全州。㊾同聲　同聲響應。㊿躬　身。(51)徐方　指徐州之地。初平四年，曹操征徐州牧陶謙，因軍糧饋乏而還。(52)呂布　字奉先。興平元年，曹操再次東征陶謙，呂布乘虛進兗州，自為兗州牧，占據濮陽，兗州郡縣紛紛響應，只有鄄城、東阿、范三城仍從曹操。曹操苦戰一年多，方收復兗州。53東裔　東部邊裔。54強幹弱枝　使本幹強壯，使枝葉柔弱。此以本幹喻君主，以枝葉喻陶謙、呂布。55登　成；助成。56叛人　指呂布。呂布曾助董卓為惡，後叛王允，又與陳宮、張超等共叛曹操。57援　執持。58擐　穿著。59沮　潰敗。60方伯　本指一方諸侯之長，此泛指地方長官。61大造　大恩。李善注引謝承《後漢書》曰：「操圍呂布於濮陽，為布所破，投紹，紹哀之，乃給兵五千人還取兗州。」

【語　譯】當今司空曹操，他的祖父是中常侍曹騰，和左悺、徐璜二人一起製造妖邪罪孽，貪婪無厭，放肆驕橫，傷害風化殘虐萬民。他的父親曹嵩，乞求宦豎領養，藉著賄賂買取官位，以一車車的金璧寶物，輸送到權貴家裡去，以竊取三公之位，顛覆國家社稷。曹操是宦官養子的醜陋兒子，本身並沒有什麼賢德。生性輕捷勇猛鋒銳任俠，喜好動亂而樂人禍殃。大將軍袁公督率威武勇士，盡除宦闈凶逆。繼而遭遇董卓專政，侵凌百官，暴侮朝廷。於是大將軍袁公提劍指揮軍隊，由東夏發布命令，收羅豪傑，去疵取賢，所以才和曹操共同商議，合力圖謀，並授予曹操偏師之軍。認為曹操是如同雄鷹猛犬般的人才，可任為武將。然而曹操愚蠢輕佻不善謀略，輕舉冒進又隨意退兵，傷亡慘重，多次損兵折將。大將軍袁公總是一再分撥精兵，遣命銳卒，讓曹操整編補充，使之完備，並且表薦曹操擔任東郡太守，又領兗州刺史。使操披上虎紋將服，獎助他的威武權勢，希望他能像秦國孟明那樣獲取一舉克勝的回報。然而曹操卻憑此資助而驕橫跋扈，肆意表現出他的凶惡之行，掠奪剝削平民百姓，殘殺賢良迫害善士。已故的九江太守邊讓，乃世之英才，俊逸瑰偉，天下聞名，言談耿直，容色端莊，論辯述說從不阿諛諂媚，卻被殺害而懸首於木，妻兒也受到毀滅的災禍。從此士人憤怒痛恨，庶民怨聲日重。一旦有個勇士奮臂反曹，全州便會同聲響應。所以曹操身敗於徐州陶謙，土地被呂布所奪，彷徨無依於東部邊境，沒有蹈足安身的定所。然大將軍袁公深明應強幹弱枝的道理，並且不願助成叛人之黨。所以再次親掌帥旗，身披鎧甲，動員全軍起兵討伐，金鉦戰鼓響聲雷震，呂布之眾逃奔敗亡，拯救曹操於瀕亡之禍，恢復曹操一方長官的職位，如此看來，大將軍袁公雖無大德於兗州百姓，卻有大恩於曹操。

後會鑾駕❶反旆❷，群虜寇攻。時冀州❸方有北鄙❹之警，匪遑離局❺。故使從事中郎❻徐勛就❼發遣操，使繕修郊廟❽，翊衛❾幼主❿。操便放志，專行脅遷⓫，當御⓬省禁⓭，卑侮王室，敗法亂紀，坐領三臺⓮，專制朝政。爵賞由心，刑戮在口；所愛光五宗⓯，所惡滅三族⓰；群談者⓱受顯誅，腹議者⓲蒙隱戮⓳。百寮⓴鉗口，道路以目㉑。尚書㉒記朝會㉓，公卿㉔充員品而已。

【章旨】敘曹操獨攬朝中大權，並直斥曹操挾天子以令諸侯的罪行。

【注釋】❶鑾駕　指漢獻帝的車駕。❷反旆　原指出師歸來，此指興平二年七月，獻帝離長安東歸，次年七月至洛陽。旆，旗幟的通稱。❸冀州　漢十三刺史部之一，境在今河北中南部、山東西端及河南北端，治所在鄴。初平二年七月，袁紹代韓馥為冀州牧。❹鄙　邊邑。❺匪遑離局　無暇遠離其部眾。遑，閒暇。局，部分。其時袁紹經常與盤據幽州的公孫瓚交戰。❻從事中郎　官名。是州刺史的佐吏。❼就　往。❽郊廟　帝王祭天地的郊宮和祭祖先的宗廟。此處指代宮殿等建築。❾翊衛　輔佐護衛。❿幼主　指漢獻帝。⓫脅遷　脅迫遷徙。指曹操遷徙獻帝都許事。⓬當御　當直；值班。此謂專權處理王事。⓭省禁　指皇宮重禁之地。⓮三臺　指三種重要的官職。李善注引應劭《漢宮儀》稱：「尚書為中臺，御史為憲臺，謁者為外臺。」⓯五宗　指上至高祖，下及孫子的五服內的親人。⓰三族　指父族、母族、妻族三個系屬的親人。⓱群談者　議朝政者。⓲腹議者　指口不言而心惡之者。⓳隱戮　借口他事而誅戮。⓴百寮　百僚。㉑道路以目　謂不敢言說，只能以眼神來表達情感。㉒尚書　官名。掌章奏文書。㉓朝會　諸侯或臣屬朝見君主。春見曰朝，時見曰會。㉔公卿　泛指百官。

【語譯】其後天子鑾駕返歸京都，受到眾叛軍攻擊。而當時冀州正遭受北方的侵擾，無暇離開救駕。所以派從事中郎徐勛前往傳命曹操，讓他繕修宮室宗廟，護衛漢家幼主。曹操隨即放縱心志，獨斷專行，脅迫遷都，在宮禁之中專權理事，輕賤侮辱王室，敗壞綱常法紀，兼管三臺的職權，獨攬朝中大政。賜爵封賞皆由己心，刑罰誅戮皆在己口；他所親近的光耀五宗，他所憎惡的滅絕三族；群聚議論的人受到公開的殺戮，心中有怨言的也會蒙受暗算處死。百官眾僚閉口不敢講話，道路相會只以眼色示意。尚書僅記朝會瑣事，公卿大臣只是充數的人員而已。

故太尉❶楊彪❷，典歷三司❸，享國極位。操因緣眥睚❹，被以非罪，榜❺楚❻參并，五毒❼備至，觸情任忒，不顧憲綱。又議郎❽趙彥，忠諫直言，義有可納，是以聖朝❾含聽，改容加飾❿。操欲迷奪⓫時明，杜絕言路，擅收立殺，不俟報聞⓬。又梁孝王⓭，先帝母弟，墳陵尊顯，桑梓松柏，猶宜肅恭。而操帥將吏士，親臨發掘，破棺裸屍，掠取金寶，至令聖朝流涕⓮，士民傷懷。操又特置發丘中郎將、摸金校尉，所過隳突⓯，無骸不露。身處三公之位，而行桀虜⓰之態。汙國虐民，毒施人鬼。加其細政⓱苛慘，科防⓲互設，罾⓳繳⓴充蹊㉑，坑阱塞路，舉手掛網羅，動足觸機陷㉒。是以兗、豫有無聊㉓之民，帝都有吁嗟之怨。歷觀載籍，無道之臣貪殘酷烈，於操為甚。

【章　旨】斥曹操殘害忠良，破棺掠寶的暴行。認為歷代無道之臣的貪殘酷烈，無過於曹操了。

【注　釋】❶太尉　官名。東漢時為三公之一，掌軍事。❷楊彪　字文先，興平元年任太尉。❸三司　同「三公」。中平六年，楊彪代董卓為司空，當年冬季又代黃琬為司徒。三司原作二司，據唐順之《文編．卷三七》改。❹眥睚　怒目而視。指怨憤。❺榜 通「搒」。指鞭打。❻楚 刑杖。❼五毒 指鞭、箠、灼、徽、纆五種刑罰。據《後漢記・卷二九》，建安三年，曹操以楊彪與袁術結姻，誣告彪欲圖謀廢帝，奏收楊彪下獄。由於孔融力阻，遂免。❽議郎 官名。掌顧問應對。❾聖朝 指漢獻帝。❿改容加飾 指漢獻帝聽從趙彥語而予以獎飾。⓫迷奪 迷亂。⓬不俟報聞 不待上報奏聞，便將趙彥殺害。事見《後漢書・皇后紀下》，趙彥曾為獻帝陳言應時對策，曹操憎惡而殺趙彥。⓭梁孝王 名劉武，漢文帝竇皇后子，漢景帝同母弟，居王位三十五年而卒。⓮聖朝流涕 李善注引《曹瞞傳》：「曹操破梁孝王棺，收金寶。天子聞之哀泣。」⓯隳突 毀壞。⓰虜 對惡人的蔑稱。⓱細政 繁瑣的政令。⓲科防 條律禁令。⓳罾 網。⓴繳 生絲繩。可以繫於箭上以射鳥。㉑蹊 小路。㉒機陷 設有簡易制動裝置的捕獸陷阱。㉓無聊 無所依賴以維生。

【語　譯】原任太尉楊彪，歷任三司要職，享有國家最高的地位。曹操因此對他產生怨恨，給他加上不實的罪名，鞭拷杖打並用，五種酷刑用遍，出於私情，放任惡行，不顧國家的憲章法令。又有議郎趙彥，忠正切諫言論耿直，其義多有可取之處，因此聖朝皇帝包容聆聽，深受感動而予以獎飾。曹操為了迷惑擾亂時主的明睿，杜塞斷絕臣下建言的途徑，擅自收捕趙彥並立即殺害，不等待向君主奏報。又有梁孝王為先帝同母之弟，墳墓陵寢尊貴顯赫，對於墳上的桑梓松柏，都應該肅穆恭敬。然而曹操率領軍將吏士，親臨陵園指揮挖掘，破開棺槨裸露屍骸，掠奪竊取金銀珍寶，致使聖朝皇帝哀泣流涕，吏士庶民悲痛傷懷。曹操又特設「發丘中郎將」、「模金校尉」，凡所經過的地方都遭受嚴重的毀壞，王公貴戚的遺骸殘骨無不盡被暴露。曹操身處於三公高位，行為卻露出夏桀之類惡人的醜態。汙辱君主，虐待萬民，毒政施於人鬼。再加上曹操繁瑣的政令苛刻慘酷，科條禁令交互並設，猶如網罾箭繳充斥蹊徑，深坑陷阱塞滿道路，使人舉手臂就要鉤到羅網，邁動雙腳就要觸踏機陷。因此，兖州、豫州有無所依賴的黎民，帝王都城有吁嗟憂愁的哀歎。遍覽歷代典籍，所記無道逆臣的貪婪殘忍酷暴狠烈，當以曹操為最厲害。

幕府方詰❶外姦❷，未及整訓，加緒❸含容，冀可彌縫❹。而操豺狼野心，潛包禍謀❺。乃欲摧橈❻棟梁，孤弱漢室，除滅忠正，專為梟雄❼。往者伐鼓❽北征公孫瓚❾，強寇桀逆，拒圍一年。操因其未破，陰交書命❿，外助王師，內相掩襲⓫，故引兵造⓬河，方⓭舟北濟。會其行人⓮發露，瓚亦梟夷，故使鋒芒挫縮⓯，厥圖不果⓰。爾乃大軍過蕩⓱西山⓲，屠各⓳、左校⓴，皆束手奉質㉑，爭為前登，犬羊殘醜，消淪山谷。於是操師震慴㉒，晨夜逋㉓遁，屯據敖倉㉔，阻河為固，欲以螗蜋㉕之斧，御隆車㉖之隧㉗。幕府奉漢威靈，折衝㉘宇宙，長戟百萬，胡騎㉙千群。奮中黃、育、獲㉚之士，騁良弓勁弩之勢。并州㉛越太行㉜，青州㉝涉濟、漯㉞。大軍㉟汎黃河而角其前，荊州㊱下宛、葉㊲而掎㊳其後。雷霆虎步㊴，並集虜庭。若舉炎火以焫㊵飛蓬㊶，覆滄海以沃㊷熛㊸炭，有何不滅者哉？又操軍吏士，其可戰者，皆出自幽、冀。或故營部曲㊹，咸怨曠㊺思歸，流涕北顧。其餘兗、豫之民，及呂布、張楊㊻之遺眾，覆亡迫脅，權時苟從。各被創夷㊼，人為讎敵。若迴旆㊽方徂㊾，登高岡而擊鼓吹，揚素揮㊿以啟降路，必土崩瓦解，不俟血刃。

【章　旨】敘述袁紹含忍寬容，曹操變本加厲，終至陰謀敗露。袁紹大舉興兵討伐，曹軍必敗之勢已成。

【注　釋】❶詰　責問；聲討。❷外姦　指公孫瓚。❸緒　餘。❹彌縫　此指彌補以往感情上的隙縫隔閡。❺禍謀　為禍的陰謀。❻橈　彎曲。❼梟雄　邪惡之徒的魁首。梟，惡鳥。❽伐鼓　擊鼓。❾公孫瓚　袁紹在北方的勁敵。當時據有河北大部分地區，並在易水之北修築易京城以自居。建安三年袁紹興兵圍攻公孫瓚。建安四年公孫瓚兵敗自殺。⑩陰交書命　指曹操暗自與公孫瓚書信，外稱助袁紹，內則乘虛襲擊。⑪掩襲　乘人不備突然襲擊。⑫造　到。⑬方　並。⑭行人　使者。此指曹操派往公孫瓚的使者。一說：指公孫瓚派往其子公孫續的使者，為袁紹所獲，故導致公孫瓚兵敗。事見《後漢書・卷一〇三・公孫瓚傳》。⑮挫縮　摧折失敗。⑯厥圖不果　《後漢書・袁紹傳》注引《獻帝春秋》：「操引軍造河，託言助紹，實圖襲鄴以為瓚援。會瓚破滅，紹亦覺之，以軍退，屯於敖倉。」果，結局。⑰蕩　掃蕩。⑱西山　指易京西邊的山區。時為張燕領導的黑山軍活動之地。《後漢書・公孫瓚傳》稱：瓚子續求救黑山諸帥，欲「傍西山以斷紹後」。⑲屠各　匈奴部落之一。時張燕軍中有數營屠各兵，公孫瓚戰敗，屠各殺其子公孫續。⑳左校　黑山軍首領的名號。《後漢書・袁紹傳》稱：初平四年六月，袁紹進擊左校、郭大賢、李大目諸軍，蓋袁紹滅公孫瓚後，又盡掃境內叛軍，遂定幽州。㉑質　留作保證的人或物。㉒震慴　震驚恐懼。㉓逋　逃亡。㉔敖倉　在河南滎陽東北敖山上，秦時即建有穀倉。㉕螗蜋　同「螳螂」。昆蟲名。㉖隆車　大車。㉗隧　道路。㉘折衝　折還敵方的戰車。意謂抵禦敵人。㉙胡騎　羌胡的戰馬。㉚中黃育獲　古時勇士中黃伯、夏育和烏獲。㉛并州　漢十三刺史部之一。轄境在今山西大部及內蒙、河北、陝西的一部分，時袁紹任其外甥高幹為并州刺史。㉜太行　山名。綿延山西、河北、河南三省邊界。㉝青州　漢十三刺史部之一。轄境在今山東北部，時袁紹任其子袁譚為青州刺史。㉞濟漯　濟水和漯水。均在山東省。㉟大軍　指袁軍主力。㊱荊州　指荊州牧劉表。時劉表與袁紹相互結好。㊲宛葉　均屬南陽郡，北鄰許都。事實上劉表並未進兵宛、葉。宛縣，在今河南南陽。葉縣，在今河南葉縣南。㊳掎　牽制。㊴雷霆虎步　形容袁紹主力軍聲威顯赫。㊵焫　燒。㊶飛蓬　草名。即蓬蒿。因其秋枯根拔，隨風飛卷而得名。㊷沃　澆。㊸熛　赤熾。㊹部曲　豪門大族的私人軍隊。㊺曠　久。㊻張楊　原作「張揚」，據《三國志・張楊傳》改。字稚叔，官至河內太守，大司馬。建安四年，曹操兵圍呂布，張楊遙造聲勢以助布。十一月，張楊被其部將楊醜殺害。㊼創夷　創傷夷害。㊽旆　旗。㊾方徂　並往。㊿素揮　白幡。

【語　譯】大將軍袁公當時正要聲討外姦，還來不及對曹操加以整飭訓戒，又格外推恩而含忍寬容，希望能夠彌補彼此裂痕。然而曹操懷有豺狼的野心，潛藏作禍的陰謀。他竟想摧折橈曲國家的棟梁，孤立削弱漢室朝廷，消滅忠良方正之臣，一心要成為奸惡強橫之人。不久前擊鼓北征公孫瓚，強敵凶狠忤逆，抗拒圍困一年之久。曹操趁公孫瓚尚未攻破，暗地與之通信，外稱輔佐王師，內裡卻助敵陰謀偷襲，所以領兵到達黃河，並聯戰船北渡。正好曹操的使者行為暴露，公孫瓚也被梟首誅殺，所以才使得曹軍的鋒芒受挫而收斂，曹操的陰謀未能得逞。繼而袁公大軍掃蕩西山、屠各、左校等各路賊兵，都自縛雙手奉質投降，爭為前鋒效命，那些喪家犬、離群羊般的殘存賊兵，也被消滅在山谷中。於是曹軍震慄驚慴，披星戴月倉猝逃遁，屯兵據守敖倉重地，依恃黃河的阻隔而以為險固，企圖以螳螂的腿臂，阻擋高車的通路。大將軍袁公承奉漢室的威武神靈，折退敵虜於天地之間，長戟勇士數以百萬，羌胡騎兵數以千群，奮發中黃伯、夏育、烏獲般的猛士，施展強弓勁弩般的強勢。并州之軍跨越太行山，青州之兵橫渡濟漯二水。袁軍主力渡過黃河而角力於曹軍前方，荊州劉表攻陷宛縣、葉縣而牽制於曹軍後方。以此雷霆、猛虎的聲勢，共同會集在曹虜之前。這就像舉著熾焰來燒飛蓬，翻倒滄海的水來澆灌燃燒的熾炭，哪有不被消滅的呢？況且曹操軍隊的吏卒將士，其中善於征戰的，都來自幽州、冀州。有的還是袁公舊營的私卒親兵，他們都怨恨久離親人而思念歸家，傷心流淚向北瞻望。其餘則是兗州、豫州的遊民，以及呂布、張楊遺留下來的徒眾，他們在呂布、張楊傾覆敗亡時被迫受脅，一時苟且依從。他們各自身受創痛傷害，人人視曹操為怨仇大敵。如果袁軍回轉旌旗並軍進征，登臨高崗而奏軍樂，舉起白旗以打開招降之路，曹軍必定土崩瓦解，不用血刃作戰即可獲勝。

方今漢室陵遲❶，綱維❷弛絕。聖朝無一介❸之輔，股肱❹無折衝之勢。方畿❺之內，簡練之臣皆垂頭搨❻翼，莫所憑恃。雖有忠義之佐，脅於暴虐之臣❼，焉能展其節？又操持部曲精兵七百，圍守宮闕❽。外託宿衛，內實拘執❾。懼其篡逆之萌因斯而作。此乃忠臣肝腦塗地❿之秋，烈士立功之會，可不勖⓫哉！操又矯⓬命稱制⓭，遣使發兵。恐邊遠州郡，過聽⓮而給與，強寇弱主，違眾旅⓯

叛。舉以喪名，為天下笑，則明哲不取也。即日幽、并、青、冀四州並進。書到，荊州便勒⑯見⑰兵，與建忠將軍⑱協同聲勢。州郡各整戎馬，羅落⑲境界，舉師揚威，並匡社稷，則非常之功⑳於是乎著。其得操首者，封五千戶侯，賞錢五千萬。部曲㉑、偏裨㉒將校、諸吏降者，勿有所問㉓。廣宣恩信，班㉔揚符㉕賞，布告天下，咸使知聖朝有拘逼之難。如律令。

【章　旨】敘當今漢家衰頹，曹操專權橫行，號召各路兵馬，共同圍殲曹操，以建立非常之功。

【注　釋】❶陵遲　衰落。❷綱維　綱的總綱和四維。此指法度。❸一介　一位臣僚。❹股肱　喻朝廷親信重臣。❺方畿　指京都之境。❻揖　垂下。❼暴虐之臣　指曹操。❽宮闕　天子所居之所。❾拘執　軟禁。❿肝腦塗地　形容竭忠盡力而不惜一死。⓫勖　勉。⓬矯　假託。⓭稱制　指行使皇帝的權力。⓮過聽　誤聽。⓯旅　助。⓰勒　統率。⓱見　同「現」。⓲建忠將軍　指張繡。其時屯兵守穰縣（今河南鄧縣），與劉表親睦。建安四年十一月，張繡從賈詡計降曹操。⓳羅落　布列。⓴非常之功　大功。㉑部曲　古代軍隊編制的單位。㉒偏裨　小將。㉓勿有所問　言不追究罪責。㉔班　同「頒」。㉕符　指朝廷發令的憑證。此喻信實可靠。

【語　譯】當今漢朝王室衰敗不堪，綱紀鬆弛，法度中絕。聖朝皇帝沒有一位臣僚可以擔當輔佐，親信重臣也沒有擊退敵軍的威勢。京畿之中，幹練的大臣都低頭喪氣而像垂下雙翼，無所憑靠依恃。即便有忠貞仗義的臣佐，也受脅於殘暴酷虐的逆臣，又怎能展示他們的高節？況且曹操私掌精兵親卒七百人，圍守皇家宮殿。對外託言值宿警衛，內裡實是拘禁囚執。擔心曹操由此產生篡位叛逆的企圖。這正是忠義之臣勇於獻身的時刻，是剛烈之士建功立業的良機，怎能不勉力啊！曹操又假託王命行使皇權，派遣使者興發兵丁。擔心邊遠州郡，錯誤地聽從他的命令而給予兵餉，使敵寇強壯而我主削弱，違背眾人的願望而助長叛臣的力量。做出喪失名節的舉動，被天下眾人所恥笑，這是英明賢哲的人所不取的。從今天起幽州、并州、青州、冀州四州的軍隊同時進發。檄書一到，荊州劉表便統率現有兵卒，與建忠將軍張繡遙相呼應共造聲勢。各州郡官員當整飭兵械戰馬，布列集結於各自境界，興舉義師奮揚軍威，共同匡扶江山，則非同尋常的大功就在此舉中顯揚。獲得曹操首級的人，賜封五千戶侯的爵位，並賞給銅錢五千萬。凡曹操的部曲士兵、偏裨將校，以及諸署官吏中投降的人，不予追究罪責。廣泛宣揚袁公的恩德仁信，頒布張揚可信的賞賜，遍告天下，使大家都知道聖朝君主有被拘禁脅迫的危難。以上如同法律條令。

檄吳將校部曲文

【作　者】陳琳，見頁一九三三。

【題　解】這是一篇招降書。約作於建安二十一年，是為尚書令荀彧代擬的。對象是吳國的將官、校官和部屬，目的是希望此文產生分化敵人，孤立孫權的作用。作者原是袁紹部下，曾為袁紹寫過聲討曹操的〈為袁紹檄豫州〉，文詞尖刻嚴厲，使得曹操含恨在心。後來袁紹失敗，陳孔璋投降曹操，曹操愛他的文筆，又加以任用。由此可見他這支筆的力量。本文在寫作上有兩點是很突出的。第一是重在擺事實，其中如講每次戰役都招致人才，用實效論證對敵政策，很有說服力。第二用典很妥貼，如列舉在南方割據勢力強大最後滅亡的三苗、夫差、吳王濞三例，恰與孫權情狀非常相似，讀來觸目驚心。又如「吠主」一語，都顯示出作者駕馭材料和語言的巧妙手腕。

年月朔日子❶。尚書令❷彧❸告江東❹諸將、校、部曲及孫權宗親❺、中外❻：

蓋聞禍福無門，惟人所召❼。夫見機而作，不處凶危，上聖❽之明也；臨事制變，困而能通，智者之慮也；漸漬❾荒沈❿，往而不反，下愚之蔽也。是以大雅⓫君子，於安⓬思危，以遠咎悔⓭；小人臨禍懷佚⓮，以待死亡。二者之量⓯，不亦殊乎？

【章　旨】先說明文告的作者和對象，接著提出「禍福無門、惟人自召」這一檄文的總觀點，也是雙方都接受的為人處世準則。

【注　釋】❶年月朔日子　這是代擬的文告，具體日期待定。朔，是一個月的初一。子，子時。❷尚書令　直接對君主負責總攬一切政令的首長。❸彧　荀彧，字文若，三國時謀士。建安元年（西元一九六年），建議曹操迎獻帝都許，得以專國政有功，不久，任尚書令直接對曹操負責。❹江東　吳國。當時把孫權統治的全部地區叫江東。❺宗親　指同母的兄弟。❻中外　中表兄弟。❼禍福無門二句　這是古之習語，亦見《左傳・襄公二十三年》，意思是禍福之來，都是人所自取。召，招致；導致。❽上聖　無所不通曉的人。❾漸漬　浸潤；逐漸受到感染。❿荒沈　迷亂沈溺。⓫大雅　大才；高才。⓬於安　居安。⓭遠咎悔　遠離咎悔。咎悔，災禍。遠，作動詞用。⓮佚　同「逸」。安逸。⓯量　度量；思量。

【語　譯】年月朔日子時，尚書令荀彧告示吳國諸位將軍、校尉和他們的屬下以及孫權的兄弟、中表兄弟們：諸位想必聽說過禍福的降臨不是從不同的門徑，而是人自己招致這句古訓。如果能夠準確地發現預兆從而及時採取行動，不使自己陷入凶險的境地，這是上等無所不通的人的英明；如果面臨事變能夠掌握適當的措施，能夠從困境中走出來，這是有智慧人的謀略；如果不斷沈浸在迷惑和昏懵之中，一直不想改正，這是下等愚昧人的受蒙蔽的眼光。因此，高才大賢能夠居安思危，使自己遠遠離開災禍；而無知小人即使災難臨頭卻仍然貪圖安逸，以致等待死神的到來。這兩種人的度量，不是非常懸殊嗎？

孫權小子❶，未辨菽麥❷，要領不足以膏齊斧❸，名字不足以汚簡墨❹。譬猶鷇卵❺，始生翰毛❻，而便陸梁❼放肆，顧行吠主❽。謂為舟楫足以距皇威❾，江湖❿可以逃靈誅⓫，不知天網設張，以在綱目⓬，爨鑊⓭之魚，期於消爛也。若使水而可恃，則洞庭⓮無三苗⓯之墟，子陽⓰無荊門⓱之敗，朝鮮之壘不刊⓲，南越之旍不拔⓳。昔夫差承闔閭之遠跡⓴，用申胥㉑之訓兵，棲越會稽㉒，可謂強矣！及其抗衡㉓上國㉔，與晉爭長，都城屠於句踐㉕，武卒散於黃池㉖，終於覆滅，身罄㉗越軍。及吳王濞㉘，驕恣㉙屈強㉚，猖猾㉛始亂㉜，自以㉝兵強國富，勢陵㉞京城。太尉帥師㉟，甫下滎陽㊱，則七國㊲之軍，瓦解冰泮㊳，濞之罵言未絕於口，而丹徒之刃㊴以陷其胸。何則？天威不可當，而悖逆㊵之罪重也。且江湖㊶之眾，不足恃也！

【章　旨】看孫權其人，觀歷史成敗，論證吳國力量不能抗拒王師。所舉三苗、夫差、吳王濞三例，都是據有東南，勢力強大，狂妄而失敗的，與孫權情勢很切近。

【注　釋】❶孫權小子　孫權字仲謀（西元一八二～二五二年），吳郡富春（今浙江富陽）人。三國時期，吳國的建立者，西元二二九至二五二年在位。小子，指年幼的人。❷未辨菽麥　是說他無知無識。菽麥，指五穀。菽，豆。❸要領不足以膏齊斧　連腰斬砍頭都不夠格。要，同「腰」。領，即頭頸。膏，指血肉汙染。齊斧，即利斧。❹名字不足以汚簡墨　他的名字也沒有資格來汙染判罪書。名字，古人有名有字，對人直呼其名為不敬，稱字為尊重，後來「名字」二字連用成詞，指人的姓名。這裡兩種理解皆可。簡，竹簡。簡墨，指刑書。❺鷇卵　剛出生的雛鳥。❻翰毛　長毛、硬毛。❼陸梁　跳走的樣子。❽顧行吠主　回看主人走來而亂叫亂咬。❾謂為舟楫足以距皇威　自以為依仗船隻可以抗拒天子的威力。謂為，相當於「說是」。距，通「拒」。抗拒。皇威，天子的威力。❿江湖　指長江、太湖等。意思是憑仗水網的地理優勢。⓫靈誅　神靈的征討。⓬以在綱目　已經在天綱的籠罩之中。以，通「已」。綱目，網的總繩和網眼。⓭鑊　釜。⓮洞庭　即洞庭湖。在今湖南省北部。⓯三苗　中國古代南方民族。又稱「有苗」。相傳居住在江、淮、荊州（今河南省南部至湖南省洞庭湖、江西省鄱陽湖一帶）地區。舜征三苗，把他們遷到三危（今甘肅敦煌一帶）。⓰子陽　公孫述的字。東漢扶風茂陵（今陝西興平東北）人。王莽時任導江卒正（蜀郡太守），後起兵，據有益州稱帝。建武十二年（西元三六年）被漢軍所破，被殺。⓱荊門　指荊門山。在今湖北宜都西北，長江南岸。隔江與虎牙山對峙，江水湍急。是入蜀的要道。建武十一年征南大將軍岑彭在這裡大破公孫述軍隊的防守，長驅入蜀。⓲朝鮮之壘不刊　漢武帝元封二年（西元前一〇九年）派左將軍荀彘等人率軍討伐朝鮮，朝鮮殺國王右渠投降。漢武帝把它的國家改編為四個郡：真番、臨屯、樂浪和玄菟。壘，軍壘。刊，鏟除。⓳南越之旍不拔　漢武帝元鼎五年（西元前一一二年）南越王呂嘉反漢，於是派樓船將軍楊僕去征討，平定了南越，把其土地改編成九郡。旍不拔，指要塞沒有攻下。旍，同「旌」。⓴夫差承闔閭之遠跡　夫差繼承闔閭的宏偉功績。夫差，春秋末期的吳國末代君主，西元前四九五至前四七三年在位。曾經南敗越軍，北破齊軍，聲威赫赫。西元前四八二年，在黃池與諸侯會盟時，與晉國爭做霸主。越國乘機進攻吳國。此後越軍再次進軍，終於滅亡了吳國，使夫差自殺。闔閭，夫差的父親，曾率軍滅亡徐國，攻破楚國，後被越王句踐打敗，重傷而死。遠跡，指闔閭軍隊的足跡曾遠至楚國都城。意即宏偉的功業。㉑申胥　即伍子胥。他在吳國的封邑叫申。曾幫助闔閭奪取王位，整軍經武，使國力不斷強大，後率兵攻破楚國。夫差繼位後，因勸說拒絕越國求和並停止進破齊國，而遭到疏遠，最後賜劍自殺。㉒棲越會稽　夫差曾率軍大破越國，把越王句踐圍困在會稽山上。棲越，指迫使越軍退居到。棲，居住。會稽，山名。在今浙江省中部紹興、嵊縣、諸暨、東陽之間。㉓抗衡　對抗；互不相下。㉔上國　春秋時期對齊、晉等中原地區諸侯國的稱呼。這是與吳、楚各國對比而言的。㉕都城屠於句踐　吳國都城在吳（今江蘇蘇州），被句踐所屠殺。㉖黃池　在今河南封丘西南，當濟水和黃溝交會處。吳王夫差與晉定公等諸侯在這裡會盟，史稱「黃池之會」。會上，吳晉爭做霸主，晉軍把吳軍打得大敗。㉗罄　盡；完。㉘吳王濞　劉邦的侄兒。封吳王。在封國內鑄錢、煮鹽，招納天下逃亡的人，積極擴張勢力。漢景帝採納鼂錯建議，削奪王國封地，劉濞感到威脅，於是設計以誅鼂錯清君側為名，聯合楚、趙等七國發動叛亂。不久兵敗，逃到東越被殺。㉙驕恣　驕橫放縱。㉚屈強　同「倔強」。強硬執拗；不服從。㉛狷猾　狂妄狡詐。㉜始亂　指為首發動叛亂。㉝以　以為。㉞陵　凌駕；超越。㉟太尉帥師　太尉，指周亞夫。漢景帝派他和大將軍竇嬰率軍擊破叛亂。㊱滎陽　郡名。轄境約當今河南省黃河南北的一部分區域。㊲七國　指吳王濞、膠西王卬、楚王戊、趙王遂、濟南王辟光、菑川王賢、膠東王雄渠。他們聯軍叛亂。㊳冰泮　冰一樣地破裂。形容極其容易。泮，破裂。㊴丹徒之刃　史載吳王兵敗，逃往丹徒投靠東越，東越接受漢中央政府要求，同意其派人刺死劉濞。㊵悖逆　狂悖忤逆。㊶江湖　指吳國。

【語　譯】孫權還是一個小孩，連豆麥也分不清楚，他的腰和頸子還不夠用來沾汙鋒利的刀斧，他的名字也沒有資格來汙染判罪書。譬如才出生的雛鳥，剛開始長出長而硬的毛來，就想任意蹦蹦跳跳，對著主子亂叫亂喊起來。荒唐地以為依仗船隻就完全能夠抗拒皇上的軍威，憑藉江湖險要就完全可以避開神靈的征伐，竟然沒有發覺彌天大網已經張開，自身已經在籠罩之下，如同沸鍋裡的魚，最後必將糜爛啊！如果廣大的水面可以依靠的話，那麼，洞庭湖上不會存在古代三苗族的廢墟，漢代公孫述也不會有荊門的慘敗，朝鮮國的壁壘不會被掃平，南越國的軍旗不會被拔掉。從前，夫差繼承了闔閭的宏偉功業，率領伍子胥精心訓練的士兵，一舉把越王句踐圍困在會稽山上，可以稱得上很強大了吧！等到他與中原等先進國家對抗，發展到與晉國爭奪霸主，不料，句踐乘機攻破吳國的京城，與此同時，吳國軍隊又在黃池大敗，最終導致國家滅亡，身死於越軍的圍攻。還有漢朝的吳王濞，驕橫放縱，狂妄胡為，最先連絡七國發動叛亂，自以為兵強國富，勢力超越了京城。天子派遣太尉周亞夫率領的軍隊，剛剛到達滎陽，七國叛軍立即冰消瓦解，吳王濞的罵聲還在口頭，但是，丹徒人的匕首已經刺進了他的胸膛。這是什麼原因呢？天子的軍威是不可抵擋的，狂悖忤逆的罪行是很嚴重的。何況吳國的人力，根本就不足以依仗的啊！

自董卓❶作亂，以迄於今，將三十載。其間豪桀縱橫❷，熊據虎跱❸，強如二袁❹，勇如呂布❺，跨州連郡❻，有威有名，十有餘輩❼。其餘❽鋒捍❾特起，鸇視狼顧⑩，爭為梟雄者⑪，不可勝數⑫。然皆伏鈇嬰鉞⑬，首腰分離，雲散原燎⑭，罔有孑遺⑮。近者，關中諸將⑯，復相合聚，續為叛亂，阻⑰二華⑱，據河渭⑲，驅率羌胡⑳，齊鋒東向，氣高志遠，似若無敵。丞相㉑秉鉞㉒鷹揚㉓，順風烈火㉔，元戎㉕啟行，未鼓㉖而破，伏屍千萬，流血漂櫓㉗，此皆天下所共知也。

【章　旨】歷敘近代群雄割據，被我軍逐一掃平的事實。

【注　釋】❶董卓　字仲穎，東漢隴西臨洮（今甘肅岷縣）人。本是涼州豪強，漢靈帝時，任并州牧。昭寧元年（西元一八九年），率兵進入首都洛陽，廢少帝，立獻帝。從此專斷朝政，殘暴縱恣，後又挾持獻帝遷都長安，自為太師，縱火焚燒洛陽周圍數百里。終為王允、呂布所殺。❷豪桀縱橫　英雄豪傑爭雄鬥勝。桀，通「傑」。縱橫，強橫。❸熊據虎跱　像熊那樣占據，像虎那樣聳立。據，盤據；占有。跱，聳立。❹二袁　指袁紹、袁術二兄弟。袁紹字本初，東漢末汝南汝陽（今河南商水縣西南）人。出身於四世三公的大官僚家庭，漢靈帝時，任司隸校尉。董卓專權時，他逃到冀州（今河北省中南部），號召起兵討伐董卓。後在各地軍閥混戰中，據有了冀、青（今山東省東北部）、幽（今河北省北部）和并（今山西省）四州之地，成為當時地廣兵多的割據勢力。建安五年（西元二〇〇年）在官渡（今河南中牟東北）被曹操打敗，從此一蹶不振，不久病死。袁術字公路，袁紹弟。初為虎賁中郎將，董卓專權時，逃到南陽（今屬河南省），後在揚州（今長江下游與淮河下游之間）割據。建安二年（西元一九七年）在壽春（今安徽壽縣）稱帝。後為曹操所破，病死。❺呂布　字奉先，東漢五原九原（今內蒙古包頭西北）人。擅長弓馬，有膂力，當時有「飛將」之名。初追隨并州刺史丁原，後殺死丁原投靠董卓，不久，與王允合謀刺殺董卓，任建威將軍，封溫侯，割據徐州（今山東省南部和江蘇省北部）一方土地。建安三年（西元一九八年）在下邳（今江蘇睢寧西北）為曹操打敗，受擒被殺。❻跨州連郡　指當時割據勢力所占地域的廣大。跨州，跨越州界。連郡，連片的郡。❼十有餘輩　十多人。輩，類。本表示多數，這裡相當於「個」。❽其餘　指其他小的割據。❾捍　通「悍」。強悍。❿鸇視狼顧　像鸇那樣注視，像狼那樣盯著。鸇，又名晨風。據載像鷂，青黃色，嘴像鉤子。⓫爭為梟雄者　「者」，上管自「其餘」起十四字。梟雄，魁首。⑫勝數　數也數不完。勝，有盡的意思。⑬伏鈇嬰鉞　接受刑罰，伏身刀斧之下。鈇，通「斧」。鉞，古代青銅製的兵器。圓刃或平刃，安裝木柄，用以砍斫。這裡都代表處死的刑具。嬰，觸犯。⑭燎　放火燃燒。⑮孑遺　遺留；餘剩。⑯關中諸將　指張魯、馬超等。詳下。關中，泛指函谷關以西的地區，沒有嚴格的界劃。⑰阻　指依據山形險要。⑱二華　指太華山和少華山。在今陝西華縣東南，太華山在少華山之東。⑲據河渭　憑藉黃河和渭水。⑳羌胡　羌，古代少數民族之名。東漢初，內遷到今陝西、甘肅一帶。胡，古代對北方和西方各族的泛稱。史載建安十六年（西元二一一年）張魯、馬超、韓遂、李堪、楊秋、成宜等人反對曹操，屯兵潼關。曹操率軍夜渡蒲阪津，據河西為營，在渭口大敗敵軍。㉑丞相　指曹操。建安十三年（西元二〇八年）六月任丞相。㉒秉鉞　表示握有生殺大權。鉞，兵器。這裡用作權力的象徵。㉓鷹揚　形容威武的樣子。㉔烈火　使火猛烈燃燒。㉕元戎　指大軍。㉖未鼓　沒有擊鼓下令衝鋒。㉗楯　大盾牌。

【語譯】自從董卓作亂朝政以來，到現在將近有三十年了。這中間英雄豪傑爭雄鬥勝，像熊一樣盤據，虎一樣聳立，強大如袁紹、袁術兄弟，勇猛如呂布，跨占州府連并郡縣，有軍威有名望的，有十多位。其他鋒芒顯露、強悍突起，像鷹鸇一樣注視、狼一樣盯著，爭著當魁首的，更是數也數不盡了。但是，他們全都伏身刀斧之下，不是砍頭就是腰斬，就像雲一樣消散，像原野燃燒一樣沒有一點遺存。最近，關中幾位將領又互相聚集起來，繼續發動叛亂。他們依據太華山和少華山，憑藉黃河和渭水，率領驃悍的羌胡民族子弟，一齊以鋒芒指向東方。士氣高昂，圖謀遠大，好像天下沒有人能夠抵擋了。曹丞相威武地親率大軍，勢如順風縱火，大軍才出發，還沒有下令衝鋒，叛軍就已破滅潰敗，躺在地上的屍體成千上萬，鮮血流成了河，把大盾牌都漂浮了起來。這是全天下都知道的事實。

是後大軍所以臨江而不濟者，以韓約①、馬超②逋逸③迸脫④，走⑤還涼州⑥，復欲鳴吠；逆賊宋建⑦僭號⑧河首，同惡相救，並為脣齒，又鎮南將軍張魯⑨負固⑩不恭⑪，皆我王誅所當先加。故且觀兵⑫旋旆⑬，復整六師，長驅西征，致天下誅。偏將⑭涉隴⑮，則建、約梟夷⑯，旍、首萬里⑰；軍入散關⑱，則群氐⑲率服⑳，王侯豪帥奔走前驅㉑；進臨漢中，則陽平㉒不守，十萬之師土崩魚爛，張魯逋竄，走入巴中㉓，懷恩悔過，委質㉔還降；巴夷王朴胡、賨邑侯杜濩各帥種落㉕，共舉巴郡㉖，以奉王職。鉦鼓㉗一動，二方㉘俱定，利盡西海㉙，兵不鈍鋒。若此之事，皆上天威明，社稷神武，非徒人力所能立也。

【章　旨】說明已經做好攻伐吳國的準備而沒有發動，是因為鎮壓西北叛亂更為急切，今已兵到敵除。

【注　釋】❶韓約　史書失載。❷馬超　字孟起，三國扶風茂陵（今陝西興平東北）人。出身涼州豪強家庭，東漢末，隨父馬騰起兵，後繼父領軍。建安十六年（西元二一一年）攻擊曹操，在潼關兵敗，還據涼州。後依附張魯，最後歸從劉備。❸逋逸　逃走。❹迸脫　脫身。❺走　逃跑。❻涼州　轄境相當今甘肅、寧夏、青海湟水流域和陝西的一部分，東漢時治所在隴縣（今甘肅張家川回族自治縣）。❼宋建　隴西（郡名，在隴山以西得名）人，聚兵枹罕（古縣名，治所在今甘肅臨夏東北），自稱河首平漢王，與馬超等一起反對曹操。❽僭號　自稱帝王名號。❾張魯　字公祺，沛國豐縣（今屬江蘇省）人。是天師道首領，初平二年（西元一九一年）率眾攻取漢中（郡名，轄境約占今陝西、湖北二省各一部分，東漢時治所在南鄭，今陝西漢中東），以教規治政，成為東漢末年比較安定的地區，政權持續約三十年。建安二十年（西元二一五年），曹操攻占漢中，他先逃後降，封為鎮南將軍、閬中侯。❿負固　指依仗巴山漢水之險固。⓫不恭　指不聽從天子的命令。⓬觀兵　檢閱軍隊以顯示軍威。史載建安十八年（西元二一三年），曹操征孫權，攻破江西營後就退兵。⓭旋旆　退兵。旆，同「旆」。泛指旌旗。⓮偏將　屬將。此指夏侯淵。他率軍討宋建，攻破枹罕，斬建於涼州。⓯隴　隴山，今六盤山南段的別名，在陝西隴縣西北，南北走向，山勢峻拔，是渭河平原與隴西高原的分界。⓰梟夷　即梟首。斬首高懸示眾的酷刑。⓱旍首萬里　軍旗和首級遠送萬里以外的漢朝京都。⓲散關　在今陝西寶雞西南大散嶺上，當秦嶺咽喉，扼川、陝交通要道，是古代兵家必爭之地。⓳氐　古代西部民族，居住在今陝西、甘肅、四川一帶，主要從事畜牧和農業。⓴率服　都順服。㉑王侯豪帥奔

走前驅　指氐族的各級大首領紛紛充當前導先鋒。㉒陽平　關名。㉓巴中　地名，當今四川省巴中地區。㉔委質　臣下向君主獻禮，表示獻身。㉕巴夷王朴胡句　史載建安二十年，七姓巴夷王朴胡、賨邑侯杜濩率巴夷賨民來歸附漢室，於是分巴郡為二，以朴胡為巴東太守，杜濩為巴西太守。巴，古族名和古國名，主要分布今四川省東部和湖北省西部。巴人，又名賨人。種，類。落，聚落。㉖巴郡　古郡名，轄境相當今四川省旺蒼、西充、永川、綦江以東地區。㉗鉦鼓　古代軍隊中的兩種指揮器具，鼓表示前進，鉦表示靜止。㉘二方　指西北方和西南方。㉙西海　郡名，轄境約當今居延海附近一帶。

【語譯】後來大軍之所以到了長江岸邊又不渡江進攻，這是由於韓約、馬超等人脫身逃走，奔回涼州，又一次大叫大嚷，打算叛亂；逆賊宋建盜取名號，自稱河首平漢王，與馬超等相互救援，脣齒相依；又有鎮南將軍張魯憑仗地勢險固而不聽從皇上命令，這批人都屬於皇上應當最先加以征伐的叛賊。因此權且在大江邊上顯示軍威就回師了，再次整頓大軍向西北地區一直前進，遵奉皇命進行討伐。部將渡越隴山，宋建、韓約立即被斬首示眾，軍旗和首級被送到萬里以外的京城；軍隊占領了散關，氐族各部完全順服，他們的首領們紛紛奮勇充當先鋒；推進到了漢中，陽平關迅速攻破，十萬敵軍土崩瓦解，張魯逃竄進入巴中，後來又懷念天子的恩德，追悔自己的過失，回身投降，向皇上獻上做臣下的忠心；巴族王朴胡、賨邑侯杜濩各自帶領自己的種族，一齊獻出巴郡，決心遵奉天子的命令。王師剛動，兩個方面就完全安定，獲取利益一直可以到達西海地區，但是，兵刃一點也沒有受損。像這些事實，都是上天的威明和國家的神武，不是僅僅靠人力就能夠做到的。

聖朝寬仁覆載，允信允文❶，大啟爵命❷，以示四方。魯及胡、濩皆享萬戶之封❸，魯之五子各受千室之邑❹，胡、濩子弟、部曲、將、校為列侯❺、將軍以下，千有餘人。百姓安堵❻，四民反業❼，而建、約之屬皆為鯨鯢❽，超之妻孥❾焚首金城❿，父母嬰孩覆屍許市⓫。非國家鍾⓬禍於彼，降福於此也，逆順之分不得不然。

【章　旨】解說對敵政策，先分順從和反叛，再論主次，賞罰分明，說到做到。

【注　釋】❶文　文德；教化。❷大啟爵命　大力頒賜封爵的任命。啟，施行。爵，指封侯。命，指帝王以儀物爵位賜給臣子的詔書，並以錫命次數定官的級別。這裡是一命。❸萬戶之封　有一萬戶人口的封地。即萬戶侯。❹千室之邑　有一千戶人口的封地。❺列侯　即侯爵。❻安堵　安居。❼四民反業　指士、農、工、商回家重新整治自己的職業。❽鯨鯢　雄為鯨，雌為鯢。喻指罪大惡極的人。❾妻孥　妻子兒女，相當於現在叫家屬。孥，指兒女。❿金城　郡名。轄境約當今甘肅蘭州以西，青海省青海湖以東的河、湟二水流域和大通河下游以東地區。治所在允吾（今甘肅永靖西北）。⓫許市　許城的街市。許，古縣名，在今河南許昌東，建安元年（西元一九六年）曹操奉獻帝遷都到此。黃初二年（西元二二一年）改名許昌。⓬鍾　匯聚；專注。

【語　譯】我們聖明的朝廷寬厚仁慈像天地那樣無私地覆載萬物，誠信而有文德，如今大力頒賜封爵的任命，向天下展示恩德。張魯和朴胡、杜濩都享受一萬戶土地的封賞，張魯的五位公子每人授予千戶的土地，朴胡和杜濩的子弟、部屬封為侯爵或將軍之職以下的有一千餘人。百姓安居，士、農、工、商都已經返回重新操持自己的職業，但是，宋建、韓約之流都是罪大惡極的人，應當處以重刑，馬超的妻子兒女已經在金城處死，父母以及小孩子也都臥屍在許都的街頭。並不是國家一定要將災禍都集中到那些人身上，而把福祿都賜給這些人啊！反抗與順從的結果之別，是不得不如此的。

夫鷙鳥❶之擊先高❷，攫鷙之勢❸也；牧野❹之威，孟津❺之退也。今者，枳棘❻翦刊❼，戎夏以清❽，萬里肅齊❾，六師無事。故大舉天師❿百萬之眾，與匈奴南單于呼完廚及六郡烏桓⓫、丁令⓬屠各⓭、湟中⓮羌僰，霆奮⓯席卷⓰，自壽春⓱而南。又使征西將軍夏侯淵⓲等，率精甲五萬及武都⓳氐羌、巴、漢⓴銳卒，南臨汶㉑、江㉒，搤㉓據庸㉔、蜀；江夏㉕、襄陽㉖諸軍橫截湘、沅㉗，以臨豫章㉘；樓船㉙橫海之師直指吳會。萬里剋期，五道並入，權之期命㉚，於是至矣。

【章旨】宣告後方西北已經平定，天下無事，可以專心東南，因此，五路發兵，決定攻克吳國。

【注釋】❶鷙鳥　指凶猛的鳥，如鷹之類。❷先高　指勢必先高飛。❸攫鷙之勢　下衝抓取是鷙鳥的態勢。攫，指用爪抓取。此為下衝抓取。❹牧野　古地名，在今河南淇縣西南。周武王率軍，會合西北、西南諸民族討伐紂王，在牧野決戰，商軍倒戈，紂王大敗，導致身死國亡。❺孟津　古渡名，在今河南孟縣南。周武王會合諸侯伐紂，曾在這裡主動回軍。❻枳棘　多刺的樹，比喻前文那些叛逆。❼刊　削除。❽戎夏以清　西北和中原都已掃清。戎，指西部民族。夏，華夏。以，通「已」。清，指清平。❾肅齊　恭順齊同。❿天師　天兵，自譽之稱。⓫烏桓　古代民族，本在東北，建安十二年（西元二〇七年）曹操遷烏桓萬餘落於中原，部分留居東北。⓬丁令　即「丁零」。古代民族，漢代主要分布於今貝加爾湖以南地區。⓭屠各　東漢時匈奴部落之一，雜居西北沿邊諸郡。⓮湟中　地區名，約當今青海省湟水兩岸，在漢代是羌、漢、月氏胡等族雜居區域。⓯霆奮　像迅雷奮起。霆，疾雷。⓰席卷　像席子卷起。⓱壽春　古邑名，屬九江郡，在今安徽壽縣西南。⓲夏侯淵　字妙才，三國譙（今安徽亳縣）人。隨曹操起兵，從征袁紹、韓遂，有勇名。建安二十年（西元二一五年）任征西將軍。⓳武都　郡名，轄境約當今甘肅、陝西二省各一部分，治所在武都（今甘肅成縣西）。⓴巴漢　指巴郡和漢中郡。㉑汶　汶江。即岷江。長江上游支流，在四川省中部。㉒江　長江。㉓搤　掐住。㉔庸　古國名，國都在上庸（今湖北竹山西南）。這裡泛指其地。㉕江夏　郡名，轄境約當今湖北、河南二省各一部分，治所在安陸（今湖北雲夢）。㉖襄陽　郡名，轄境約當今湖北省襄陽、南漳、宜城、當陽、遠安等縣地，治所在襄陽（今湖北襄樊）。㉗湘沅　即湘江和沅江。在今湖南省境內。㉘豫章　郡名，轄境約當今江西省，治所在南昌（今江西南昌）。㉙樓船　有樓的大船，古代多用來作戰。㉚期命　命盡之期。

【語　譯】鷙鳥進行搏擊必定先往高飛，然後下衝抓取，這就是牠捕物的態勢；周武王在牧野大顯軍威，先有孟津的自動回軍。如今荊棘已經剪除，西北和中原都已掃清，萬里恭順齊同，大軍安定無事。所以，大規模出動天兵有百萬之眾，與匈奴南單于呼完廚以及六郡烏桓、丁零、屠各，湟中的羌、僰一道，以迅雷卷席的氣勢，從壽春向南挺進；又派遣征西將軍夏侯淵諸將率領精兵五萬，以及武都的氐羌族、巴郡和漢中郡的勇士，向南推進到岷江和長江，據守住庸蜀一帶；駐在江夏郡和襄陽郡的部隊橫截湘江和沅江，推進到豫章郡；乘坐艦隊橫渡大海的部隊直搗吳郡和會稽郡。萬里之遙，按期到達，五路並進，孫權的命盡之期，此時就要到了。

丞相銜奉國威❶，為民除害，元惡❷大憝❸，必當梟夷，至於枝附葉從，皆非詔書所特禽疾❹。故每破滅強敵，未嘗不務在先降後誅，拔將取才，各盡其用。是以立功之士莫不翹足引領❺，望風響應。昔袁術僭逆，王誅將加，則廬江太守劉勳先舉其郡還歸國家。呂布作亂，師臨下邳，張遼、侯成率眾出降。還討眭固❻，薛洪、樛尚開城就化❼。官渡之役❽，則張郃、高奐舉事立功。後討袁尚❾，則都督將軍馬延、故豫州刺史陰夔、射聲校尉郭昭臨陣來降。圍守鄴城❿，則將軍蘇游反為內應，審配兄子開門入兵⓫。既誅袁譚⓬，則幽州大將焦觸攻逐袁熙⓭，舉事來服。凡此之輩數百人，皆忠壯果烈⓮，有智有仁，悉與⓯丞相參圖畫策，折衝⓰

討難⑰，芟敵搴旗⑱，靜安海內，豈輕⑲舉措也哉？誠乃天啟其心，計深慮遠，審邪正之津⑳，明可否之分，勇不虛死，節不苟立，屈伸變化，唯道所存。故乃建丘山之功，享不訾㉑之祿，朝為仇虜，夕為上將，所謂臨難知變，轉禍為福者也。若夫說誘甘言，懷寶小惠，泥滯苟且，沒而不覺，隨波漂流，與熛㉒俱滅者，亦甚眾多。吉凶得失，豈不哀哉？昔歲軍在漢中，東西懸隔，合肥遺守㉓，不滿五千，權親以㉔數萬之眾，破敗奔走。今乃欲當禦雷霆，難以冀㉕矣！

【章　旨】說明有才智的人認清大勢而紛紛投誠，受到信任和重用，應當成為你們的榜樣。

【注　釋】❶銜奉國威　遵奉天子的威命。❷元惡　首惡。❸大憝　大奸凶。憝，奸凶。❹所特禽疾　所要專門擒捉並痛恨的人。特，相當於「只」。禽，通「擒」。擒獲。疾，痛恨。❺翹足引領　踮起腳又引長脖子。形容仰慕的神態。❻眭固　袁紹重要部屬。❼就化　接受教化。指投降。❽官渡之役　這是一次在官渡進行的曹操擊潰袁紹的決定性戰役。❾袁尚　袁紹的幼子。❿鄴城　古邑名。在今河北臨漳鄴鎮東。建安十八年（西元二一三年），曹操進封魏王，定都於此。⓫入兵　迎納軍隊。⓬袁譚　袁紹的長子。⓭袁熙　袁紹的兒子。⓮果烈　果敢剛烈。⓯與　輔助。⓰折衝　把敵人的戰車擋回去。泛指抵禦敵人侵犯。⓱討難　討平叛亂。⓲芟敵搴旗　消滅敵人，拔取他們的戰旗。芟，即除去。搴，指拔取。⓳輕　輕易；隨意。⓴津　途徑。㉑訾　估量；限度。㉒熛　迸飛而出的火焰，俗叫火星。㉓合肥遺守　當時曹操征張魯，留張遼等率七千餘人屯合肥。㉔以　率領。當時孫權率十萬大軍圍攻合肥。㉕冀　想望。

【語　譯】丞相親身遵奉天子的威令，為民除害，其中首惡巨奸必須處死，至於如枝葉附幹的那些附從之人，都不是皇帝詔書所要特意擒捉並痛恨的人。所以，我們每當攻滅強敵，沒有一次不致力於先招降而後誅殺的，總是選拔良將和招取人才，讓他們能夠充分施展各自的才能。正因為這樣，凡是要建立功業的人沒有誰不是踮起腳來伸長脖子仰望風聲而積極響應的。以前，袁術妄自稱帝發動反叛，就在皇上征伐將要進行的時候，他的部下廬江太守劉勳首先帶領全郡回到朝廷這邊來。呂布作亂，朝廷派遣的軍隊剛到達下邳，張遼和侯成立即率領軍眾出城投降。回師討伐眭固，薛洪和繆尚就打開城門接受教化。官渡之戰，張郃和高奐發起投降從而立了大功。後來征討袁尚，都督將軍馬延、故豫州刺史陰夔、射聲校尉郭昭等人一到戰陣馬上投降。包圍鄴城時，又有將軍蘇游反正並做了內應，審配的姪兒審榮打開城門迎接部隊入城。殺了袁譚以後，幽州大將焦觸攻擊並驅逐了袁熙，發起投誠前來服從。共計這樣做的，多達幾百人，都是忠誠壯勇果敢剛烈，有智謀有仁義的，全在輔佐丞相，參與謀略軍國大事，抵禦敵人侵犯，討平叛亂、消滅敵人並拔取他們的戰旗，使四海之內既安定又平靜，他們這樣做，難道可以說是輕率的舉動嗎？這實是上天啟示了他們的心智，使他們能夠考慮到長遠利益，識別邪與正的途徑，明白是與非的分界，講勇敢而不去白白送死，重氣節而不濫充堅貞，屈和伸的變化，只憑正道在哪裏。所以，他們能夠創建像山一樣高的功勳，享受難以估量的封祿，早晨還是仇敵，傍晚已成為大將，這就叫做面臨災難懂得改變，把災禍轉變成為福利啊！至於那種為甜言蜜語所誘惑，貪圖小恩小惠，一味固執在只圖眼前、得過且過之中，甚至臨到滅亡也不醒悟，隨波逐流，像火花一樣瞬息消滅的人，也相當多。這兩種人對照，一吉一凶，一得一失，難道不是很可哀歎的嗎？往年我軍在漢中，東西方遠遠隔開，留在合肥的守衛部隊不到五千人，而孫權親自帶領數萬大部隊前來攻擊，結果潰敗逃走。如今卻想抵擋雷霆萬鈞之勢，那是難以想望的啊！

夫天道助順，人道助信，事上❶之謂義，親親之謂仁❷，盛孝章，君也❸，而權誅之，孫輔，兄也❹，而權殺之，賊義殘仁❺，莫斯❻為甚，乃神靈之逋罪❼，下民❽所同讎，辜讎之人，謂之凶賊。是故伊摯去夏❾，不為傷德，飛廉死紂⑩，不可謂賢，何者？去就⑪之道各有宜也！

【章旨】說明賢能的人擇主而事，孫權是一個必須拋棄的人。

【注釋】❶事上　服事尊上。❷親親之謂仁　親愛自己的親屬。上一「親」字是動詞。❸盛孝章君也　盛孝章，名憲，任吳郡太守，所以對吳人來說是君長。他被孫權殺死。❹孫輔兄也　孫輔，孫權堂兄，輔佐孫策有功，後來他認為孫權難以保存吳國，私下與曹操連絡。事被發覺，孫權把他幽禁起來。下句說「殺之」，是誇大之辭。❺賊義殘仁　殘害仁義。賊，傷害；毀壞。殘，殘害。❻斯　這。❼逋罪　逃亡的罪人。今叫逃犯。逋，逃亡。❽下民　百姓；民眾。由於上句「神靈」表示上天，所以這裡叫下民。❾伊摯去夏　伊摯，又叫伊尹。去夏，離開夏朝。而後去輔佐成湯攻滅夏桀，是有名的賢臣。❿飛廉死紂　飛廉為紂王而死。飛廉，又作「蜚廉」，是紂王的愛將。⓫去就　離開和投身。

【語譯】上天的規律是佑助順從天意的，人世的道理是維護忠厚誠信的，事奉尊上叫做義，愛護親人叫做仁，盛孝章是吳地人的君長，但是孫權把他殺害了，孫輔是孫權的哥哥，但是，孫權又把他殺死了。傷害義和毀壞仁，沒有比這樣做更嚴重的了，他已經是上天神靈追捕的逃犯，也是民眾共同的仇人，成為這種逃犯和仇人的人，就叫做凶殘惡賊。由於這一緣故，伊摯離開夏朝投奔成湯，不能算作傷害了品德，而飛廉為紂王賣命送死，又不能稱做賢德的人。這是什麼原因呢？離開或投奔都要合乎時宜啊！

丞相深惟江東❶舊德❷名臣，多在載籍❸。近魏叔英❹秀出❺高峙❻，著名海內；虞文繡❼砥礪❽清節❾、耽學❿好古；周泰明⓫當世俊彥⓬，德行脩明⓭。皆宜膺受⓮多福，保乂⓯子孫，而周、盛門戶⓰無辜被戮，遺類⓱流離，湮沒林莽⓲，言之可為愴然。聞魏周榮⓳、虞仲翔⓴各紹㉑堂構㉒，能負析薪㉓；及吳諸顧、陸舊族長者㉔，世有高位，當報漢德，顯祖揚名；及諸將校、孫權婚親㉕，皆我國家良寶利器，而並見驅迮㉖，雨絕於天㉗，有斧無柯㉘，何以自濟？相隨顛沒，不亦哀乎？蓋鳳鳴高岡，以遠㉙罻羅㉚，賢聖之德也。鸋鴂㉛之鳥，巢於葦苕㉜，苕折子㉝破，下愚之惑也。今江東之地無異葦苕，諸賢處之，信亦危矣。

【章旨】說明曹丞相深悉吳國眾多賢士及其艱難的處境。

【注釋】❶江東　吳國的根基。當時稱孫權控制的區域為江東。它原意指長江自蕪湖以下的南岸流域。❷舊德　指舊日以德行著稱的人。❸載籍　史冊。❹魏叔英　江東名士，事跡不詳。疑指東漢名臣魏少英，會稽上虞人。❺秀出　特出。❻高峙　高聳。❼虞文繡　江東名士，事跡不詳。❽砥礪　即磨練。❾清節　清高的節操。❿耽學　沈潛於學問。⓫周泰明　江東名士。⓬俊彥　才智過人的人才。⓭脩明　昌明。脩，通「修」。⓮膺受　享受；享有。膺，即受。⓯保乂　安養。⓰周盛門戶　周、盛兩家。周，指周泰明。盛，指盛孝章。門戶，指家族。⓱遺類　指子孫。因這兩家被孫權所殺。⓲林莽　喻指庶民、百姓。⓳魏周榮　魏叔英的兒子。⓴虞仲翔　虞翻，字仲翔，虞文繡之子。事孫權，能諫諍，屢遭遷逐，講學不倦。㉑紹　繼承。㉒堂構　喻指父祖的遺業。㉓析薪　省用古語。《左傳》記鄭子產說：古人有句話，「其父析薪，其子弗克負荷」。意為父親砍了柴，他的兒子不勝擔背。㉔長者　指顯貴的人。㉕婚親　妻族和親族。㉖迮　逼迫。㉗雨絕於天　雨落下地來無法再回到天上。㉘有斧無柯　有斧頭卻沒有柄，無法施為。㉙遠　遠離。㉚罻羅　捕鳥的網。罻，小網。羅，網。㉛鸋鴂　即鷦鷯。又名巧婦，是一種小鳥，嘴尖細如鑽，常用茅草編成巢掛在樹枝上面。㉜葦苕　蘆葦。㉝子　鳥卵。

【語譯】丞相深深考慮到江東地區以前有很多德行著名的人物和著名的大臣，往往都記載在史冊上。近代有魏叔英挺立特出，海內聞名；虞文繡不斷磨礪清高的節操，專心學問並愛慕古人；周泰明是當代英傑，品德和行為都很昌明。他們都應當享受幸福，並且安養子孫，可是，周泰明和盛孝章兩家無辜被害，子孫逃散，淪為尋常百姓，說到他們就令人十分悲傷。聽說魏叔英的兒子魏周榮和虞文繡的兒子虞仲翔各自都能夠繼承父祖的德業，擔負先人遺留的重任；在吳國的顧姓、陸姓兩個世族中的顯貴人物，世世代代享有高級官位，理當報答漢朝的恩德，從而榮宗耀祖並且揚名天下；至於諸位將官、校官以及孫權的親屬和妻族，也都是我們國家寶貴而又非常有用的人才，可是都受到驅逐和逼迫，像雨落到地上再也不能回到天上一樣，只有斧頭而沒有木柄，憑什麼來施展才能呢？一個接著一個受迫害被埋沒，不是很可哀痛的嗎？鳳凰之所以停在高高的山崗上鳴叫，是為了遠遠地離開捕獵者的羅網，這是賢良聖明之人的明智行為；鷦鳩這種小鳥把巢築在蘆葦上，一旦蘆葦折斷了，鳥卵也隨著跌碎，這是最笨之人的糊塗舉動。如今的江東與蘆葦沒有什麼差別，諸位賢者處身其中，實在是很危險啊。

聖朝開弘曠蕩❶，重惜民命，誅在一人，與眾無忌❷，故設非常❸之賞，以待非常之功，乃霸夫❹烈士❺奮命❻之良時也，可不勉乎？若能翻然❼大舉❽，建立元勳❾，以膺顯祿❿，福之上也。如其未能，筭量大小⓫，以存易亡，亦其次也。夫係蹄⓬在足，則猛虎絕其蹯⓭，蝮蛇⓮在手，則壯士斷其節。何則？以其所全者重，以其所棄者輕。若乃樂禍⓯懷寧⓰，迷而忘復⓱，闇大雅之所保，背先賢之去就，忽⓲朝陽之安⓳，甘折苕之末⓴，日忘一日，以至覆沒。大兵一放㉑，玉石㉒俱碎，雖㉓欲救之，亦無及已㉔！故今往購募㉕爵賞，科條㉖如左㉗。檄到，詳思至言㉘。如詔律令㉙。

【章　旨】交代這次征吳的對敵具體政策，為他們指明前途。

【注　釋】❶開弘曠蕩　廣闊寬大。❷忌　忌諱；怨恨。❸非常　不平常。❹霸夫　把持一定權力的人。❺烈士　指有志功業的人。❻奮命　振奮一搏。❼翻然　形容很快轉變。❽大舉　大規模的舉動。指殺死孫權。❾元勳　大功勞。元，大。❿顯祿　尊高顯貴的官爵。⓫筭量大小　筭量，即衡量。筭，同「算」。大，指力量大的一方。小，指力量小的一方。當時漢大吳小。⓬係蹄　預伏在山林中拘繫野獸的繩索。⓭蹯　獸的足掌。⓮蝮蛇　一種毒蛇。⓯樂禍　以禍為安樂。意為不識追隨孫權的危害。⓰懷寧　貪戀安寧。⓱復　返回。⓲忽　忽視。⓳朝陽之安　指上文「鳳鳴高岡以遠罻羅」，文句出自《詩經》：「鳳皇鳴矣，于彼高岡。梧桐生矣，于彼朝陽。」喻指投身漢軍才有安全。⓴甘折苕之末　以居折苕之末為快樂。折苕之末，即吹折的蘆葦的頂端。所指即上文「巢於葦苕，苕折子破」的慘劇。㉑大兵一放　大軍一旦發動進攻。因為這時候還沒有開戰。㉒玉石　指美玉和石塊。㉓雖　即使。㉔無及已　來不及阻止。已，止。㉕購募　懸賞徵求。㉖科條　指懸賞的規格條款。㉗如左　即如下。由於古文直行書寫，所以順序是從右到左的。㉘詳思至言　仔細思考這番最中肯、最誠心的話。㉙如詔律令　同「如律令」。是公文套語，意思是要求對方接到檄文後，如同按照法律辦事那樣來執行。

【語　譯】聖朝君主胸懷廣闊而又寬大，非常愛惜民眾的生命，誅殺的對象只在孫權一人，對眾官員沒有惡意。所以設立了不同於平常的封賞，等待著建立不同於一般大功的人，這正是握有一定權柄的人和有志於成就功業的人振奮拼搏的最佳時機，可以不盡努力去做嗎？如果有人能夠迅速轉變發起大規模舉動，從而建立了巨大功勳，享受到顯貴的官爵，這是最上等的福氣。如果做不到這樣，但是能衡量力量的大小對比，用投身漢營獲得生存來換取追隨孫權一同滅亡，也算是第二等的福氣。如果發覺絆繩纏住了腳，那麼猛虎立即會折斷腳掌而逃走，如果蝮蛇咬到手上，那麼，勇敢的人立即會斬斷自己的關節。為什麼呢？這是由於所要保全的部分很重要，而所不得不丟棄的部分便顯得輕微的緣故。如果竟然把禍難誤認為歡樂，一味貪戀安逸，沈迷而忘卻轉身，不識〈大雅〉中君子明哲保身的方法，違背前代賢人決定去就的道理，忽視鳳鳴高崗的安全，甘居於已經吹折的蘆葦的頂端，一天接一天地遺忘輕忽，一直到了隨著吳國覆滅。那時候，大軍一旦發動進攻，美玉和瓦石一齊粉碎，即使想挽救，也來不及阻止了！所以下令前往以爵祿懸賞徵求，其詳細條款如下。檄文一到，請仔細思考這番最懇切最誠心的話。此檄文如同詔書法令一般。

檄蜀文

【作　者】鍾會（西元二二五～二六四年），字士季，潁川長社（今河南長葛東）人。父鍾繇，東漢末為黃門侍郎。曹操專政，任司隸校尉，負責經營關中。曹丕稱帝代漢，任廷尉，遷太尉，是很有政治聲望的人物。鍾會自小聰慧苦學，很受名流稱賞，初任尚書郎，遷尚書中書侍郎，先後得到司馬師和司馬昭的賞識，成為掌管機密出謀劃策的智囊人物。司馬昭有意伐蜀，唯有鍾會一人贊同和支持。景元三年（西元二六二年），被任命為鎮西將軍假節都督關中諸軍事，進行籌備。景元四年，司馬昭下令伐蜀，五路並進，鍾會為主將。蜀平他以功封為司徒。第二年，因謀反被殺。

【題　解】魏元帝景元四年鍾會與鄧艾、諸葛緒等分五路進軍伐蜀。鍾會率主力至漢中，蜀將姜維拒守劍閣抵禦，鍾會於是寫了這篇檄文，告喻巴蜀軍民。這篇檄文的重點放在兩個方面：其一是歷述蜀國如何背恩反叛，其二是交代招降政策。作者居高臨下地告訴他們：要就投降，要就滅亡，蜀國根本沒有一戰的力量。

往者漢祚❶衰微，率土❷分崩，生民❸之命，幾於泯滅。我太祖武皇帝❹神武聖哲，撥亂反正，拯其將墜，造我區夏❺。高祖文皇帝❻應天順民，受命踐祚❼。烈祖明皇帝❽奕世❾重光❿，恢拓洪業。然江山⓫之外，異政殊俗，率土齊民⓬，未蒙王化，此三祖所以顧懷⓭遺志也。

【章　旨】說明伐蜀是三代先皇的遺願。

【注　釋】❶漢祚　漢朝的國統。祚，指國統或皇位。❷率土　《詩・小雅・北山》「率土之濱，莫非王臣」的「率土之濱」的省略語。指四海以內全部土地。❸生民　百姓。❹太祖武皇帝　即曹操。曹丕代漢建立魏朝，追尊他為武皇帝。❺區夏　指中國。❻高祖文皇帝　指曹丕。❼踐祚　指即皇帝位。踐，履的意思。❽烈祖明皇帝　即曹叡。❾奕世　繼代。❿重光　又一次光明。⓫江山　指魏國以外。即吳國和蜀國。⓬齊民　平民。⓭顧懷　眷顧懷念。

【語　譯】以前，漢朝的國統衰敗微弱，全國分崩離析，百姓的生存，幾乎滅絕。我朝太祖武皇帝神明英武智慧超群，掃除叛亂使天下政局回到正軌上來，拯救了那即將墜落的國運，締造了我們中國。高祖文皇帝響應天道，順應民眾的心願，承受上天的意志而登上了皇帝寶座。烈祖明皇帝接著上二代的功績又是光輝普照大地，開拓和發展宏大的事業。但是，在魏國以外的地區，政治不同風俗各別，因此，天下百姓，沒有能夠都沐浴皇帝的教化，這是三位先祖所以眷顧懷念而遺留下來的心願啊。

今主上❶聖德欽明，紹隆❷前緒❸，宰輔❹忠肅明允❺，劬勞王室❻。布政垂惠，而萬邦❼協和；施德百蠻❽，而肅慎❾致貢❿。悼彼巴蜀，獨為匪民⓫，愍此百姓，勞役⓬未已，是以命授六師，龔行天罰⓭，征西⓮、雍州⓯、鎮西⓰諸軍五道並進。

【章　旨】說明當今皇帝政治清明，萬方歸附，為了拯救巴蜀地區民眾生活於水火之中，下令派將軍征伐蜀國。

【注　釋】❶今主上　指魏元帝曹奐。❷紹隆　繼承而更為興盛。❸前緒　前代皇帝的事業。❹宰輔　輔政大臣。多指宰相。這裡專指司馬昭。他當時任相國封晉公，專國政。所以，作者特別加以表出。❺明允　賢明誠信。❻劬勞王室　辛勤為朝廷效力。劬勞，勞苦；勞累。❼萬邦　指眾諸侯國。❽百蠻　總指各少數民族。❾肅慎　中國古代少數民族。居住在今長白山和黑龍江一帶，從事狩獵，周朝時曾進貢當地特產用楛木做的箭和石製箭鏃，表示歸附。這裡用來形容少數民族歸附的盛況。❿致貢　送來了貢物。⓫匪民　指沒有成為當今皇上治下的百姓。匪，通「非」。⓬勞役　蜀國經常與魏國發生戰爭，為此不斷徵集人力和物力。⓭龔行天罰　恭敬地奉行上天的懲罰。龔，通「恭」。⓮征西　指征西將軍鄧艾，他率軍向甘松、沓中二道挺進。⓯雍州　指雍州刺史諸葛緒，率軍向武街、高樓二道挺進。⓰鎮西　指鎮西將軍鍾會，率軍從駱谷伐蜀。

【語　譯】當今皇上德行虔敬神明，繼承並隆盛前代皇帝的宏偉事業，相國忠誠恭敬賢明而又誠信，不辭辛勞地為朝廷效力。發布政令，普降恩惠，從而使得各地齊心和睦；對漢族以外的各種民族廣施恩德，就連遙遠的肅慎族也送來了貢品。只哀痛那巴蜀地區的民眾，唯獨沒有成為皇帝治下的幸福百姓，可憐他們迄今仍不停地忙於應付勞役。因此，發令給軍隊，要他們恭敬地奉行上天的懲罰，派遣征西將軍、雍州刺史、鎮西將軍等人由他們率軍組成五路挺進。

古之行軍❶，以仁為本，以義治之，王者❷之師有征❸無戰❹，故虞舜舞干戚❺而服有苗❻，周武有散財發廩表閭之義❼。今鎮西❽奉辭銜命❾，攝統戎車❿，庶⓫弘文告⓬之訓，以濟元元⓭之命，非欲窮武極戰，以快一朝之志。故略陳安危之要，其⓮敬聽話言。

【章　旨】正告巴蜀將士：伐蜀是為了救一方民眾，而不是好戰，所以，先向你們宣布具體對敵政策。

【注　釋】❶行軍　調動、發起戰爭。❷王者　指王天下的人。即天子。❸征　特指征討。意為討伐奸凶叛逆。❹戰　特指爭鬥。❺舞干戚　指在政事上修明禮樂文德。干戚，兩種武器。干是楯，戚是斧。古武舞有操之而舞者，稱干戚之舞。❻有

苗　中國古代南方民族。相傳舜征討有苗不順利，於是回軍修飭文教，結果有苗很快仰慕風教而臣服了。❼周武有散財句　周武王攻破商朝京城，就向民眾散發鹿臺倉庫的財物和鉅橋倉庫的存糧，並在車過殷賢人商容所居之處時表示敬意。❽鎮西　指鍾會自己。如此稱呼正看出此文可能是託人代筆的。❾奉辭銜命　遵奉皇上的命令。❿戎車　兵車。泛指軍隊。⓫庶　相當於「幸」，表希望的調語。⓬文告　以文德曉諭。⓭元元　百姓。⓮其　表示祈使的詞，相當於「應當」。

【語　譯】古時候調動軍隊進行戰爭，總是把仁愛作為根本，用大義治理軍隊，天子的軍隊只有征伐而沒有爭鬥。所以虞舜修明文德把兵器用來跳舞，使反叛的有苗族受感化而自動投降；周武王有散發紂王倉庫裡的錢財糧食救濟貧民和表彰賢人居住的地方的非常合宜的舉動。如今鎮西將軍奉皇上詔令，統率軍隊討伐蜀國，希望通過用文德曉諭，來拯救百姓的生命，並不是一味好戰而濫用武力，從而滿足自己的心意。因此，向你們大略陳述如何趨安避危的要點，希望能夠敬聽下面的話語。

益州先主❶以命世❷英才，興兵新野❸，困躓❹冀、徐之郊，制命紹、布之手❺。太祖拯而濟之❻，與隆大好❼，中更背違❽，棄同即❾異，諸葛孔明仍規秦川❿，姜伯約屢出隴右⓫，勞動⓬我邊境，侵擾氐羌。方國家多故⓭，未遑修九伐之征⓮也。

【章　旨】回顧歷史，指出魏於蜀國有扶危救困的恩德，但是蜀國背棄友好，以怨報德，早就應該討伐了。

【注　釋】❶益州先主　指劉備。字玄德，涿郡涿縣（今屬河北省）人，是漢朝遠支皇族，蜀國的創建者。幼時家貧，母子以織蓆賣鞋為生。東漢末，起兵參加鎮壓黃巾，後投靠荊州劉表，駐兵新野（古縣名，治所在今河南新野），得到諸葛亮等人的盡心輔佐，採取聯吳抗曹的外交軍事戰略，先後占有荊州、漢中和益州等廣大地域。於西元二二一年在成都稱帝，國號漢。因為中心在益州，所以稱益州先主。此時，他已去世，在位的是他兒子劉禪，即阿斗。❷命世　著名於當世。❸興兵新野　軍隊興起發動於新野。❹困躓　窘困受挫折。❺制命紹布之手　生命被紹、布所控制。紹，袁紹。布，呂布。劉備被黃巾打敗後，投靠公孫瓚，受派在冀州與袁紹軍隊作戰。後又脫離公孫瓚投靠徐州陶謙，屯駐小沛，被呂布打敗，連妻子也做了俘虜。後來又曾一度投靠袁紹。❻太祖拯而濟之　劉備為呂布所敗，曾去投靠曹操。曹操幫他擒獲呂布，救出妻子。❼大好　指任豫州牧。❽背違　指劉備後又脫離曹操依附袁紹的事情。❾即　接受。❿諸葛孔明句　諸葛孔明，名亮，琅邪陽都（今山東沂南南）人。是三國時期著名的政治家、軍事家。他制定了創建蜀國三分天下的基本戰略，主張聯吳抗曹和占有荊、益二州為基地，後來大體上按照這一部署進行並且得到了實現。劉備死後，他輔佐劉禪，一心想統一中國，曾五次出兵攻魏，爭奪中原。規，規劃；求取。秦川，泛指今陝西省和甘肅省秦嶺以北的平原地區。⓫姜伯約句　姜伯約，名維，天水冀縣（今甘肅甘谷東）人。原是魏國將領，諸葛亮看中他，逼使他投降，然後培養為接班人。諸葛亮死後，他任大將軍，統領蜀軍，曾經一再出兵攻魏。隴右，泛指隴山以西地區。約當今甘肅省六盤山以西，黃河以東一帶。⓬勞動　騷擾。⓭故　事情。⓮未遑修九伐之征　指蜀國犯下了必須受征伐的罪行，只是當時沒有空閒來進行罷了。遑，閒暇。九伐，指有九種情況是天子必須進行討伐的，如欺壓弱寡、殘害賢良和民眾等等。

【語　譯】益州的先主憑仗聞名於世的傑出才能在新野縣開始興兵，可是在冀州、徐州一帶遭受嚴重挫折而窘困無路，命運被控制在袁紹和呂布的手裡。幸虧我朝太祖及時伸手救助，才能重新興旺發展起來，開拓出新局面。不料中途卻突然改變和背叛，拋棄同心同德的朋友而去投靠以往離心離德的敵人，諸葛亮一味圖謀奪取秦川地區，而姜維又屢次向隴右地區出兵，從而騷擾了我國邊境，侵犯了我方氐羌等民族。當時朝廷多事，因此，來不及發動必須進行的天子征伐。

今邊境乂清，方內❶無事，蓄力待時，併兵一向❷。而巴、蜀一州❸之眾，分張守備❹，難以禦天下之師；段谷、侯和沮傷之氣，難以敵堂堂之陣❺。比年❻

以來，曾無寧歲，征夫勤瘁⑦，難以當子來之民⑧，此皆諸賢所共親見。蜀侯見禽於秦⑨，公孫述授首⑩於漢，九州之險，是非一姓⑪，此皆諸君所備聞也。明者見危於無形，智者規福於未萌，是以微子去商，長為周賓⑫；陳平背項，立功於漢⑬，豈宴安鴆毒⑭，懷祿而不變哉？

【章　旨】告誡對方：這次伐蜀，蜀必定滅亡，希望看清大勢，棄蜀投魏。

【注　釋】①方內　境內。②併兵一向　聚集兵力專指一個方面。即以全力攻蜀。③巴蜀一州　巴郡和蜀郡當時屬益州。④分張守備　分散展開防守。⑤段谷侯和二句　此指征西將軍鄧艾敗姜維於段谷、侯和二地。沮傷，灰心失望。堂堂，指軍容嚴肅壯盛的狀況。⑥比年　近來；連年。⑦征夫勤瘁　出征的士兵勞累病困。⑧子來之民　子女趨奉父母，不召自來叫「子來」。用來形容民心的歸附。⑨蜀侯見禽於秦　史載秦惠文君八年（西元前三三〇年）張儀為相率軍攻滅蜀國。禽，通「擒」。⑩授首　斬首。⑪一姓　指為一姓人所有。⑫微子去商二句　微子，名啟，是紂王的兄長，因封邑在微（今山東梁山縣西北），故名。由於親見朝政衰敗，而又屢諫不聽，終於脫離商朝，後來歸順周朝，封在宋地。⑬陳平背項二句　陳平，陽武（今河南原陽東南）人。初投靠項羽，任都尉，得不到重用。轉而投奔劉邦，成為劉邦創立漢朝的主要助手之一，封為曲逆侯。劉邦去世，呂后專政，他又與周勃等定計，誅殺諸呂，安定了漢家天下。⑭宴安鴆毒　安樂於劇毒而不覺醒。用來比喻置身於危急的蜀國卻不自知。宴安，安樂。鴆毒，一種能致人死地的劇毒。

【語　譯】如今邊境已經掃平並且取得安靜，國內安定而且沒有事故發生，可以積聚力量等待時機，集中兵力對付蜀國這一個方面。而蜀國只憑一個州的民眾，分散進行守護防備，是不能夠抵禦軍隊的；依靠在段谷和侯和戰敗後灰心失望的士氣，是不能夠抵抗嚴肅壯盛的軍陣的。近年來，蜀國民眾幾乎沒有一個安寧的年頭，出征作戰的士兵勞累病困，不能抵擋忠心擁戴魏朝的我軍，這一切都是諸君所共同親眼看見的。戰國時候，蜀侯被秦文公的軍隊擒獲，東漢初年，割據益州的公孫述被漢軍殺戮，天下險要的地方並不是一家一姓獨占的，這一切也都是諸位所一一知聞的。明察的人能夠在危險尚未成形的時候發現，聰明的人能夠在幸福尚未萌芽的時候求得。因此，微子脫離了商朝，長久成為周朝的諸侯；陳平背棄項羽，在漢朝建立了大功，難道能迷戀於毒藥、貪圖祿位而不隨著形勢改變嗎？

今國朝隆天覆之恩，宰輔弘寬恕之德，先惠後誅，好生惡殺。往者吳將孫壹舉眾內附❶，位為上司❷，寵秩❸殊異；文欽❹、唐咨為國大害，叛主讎賊❺，還為戎首❻，咨困偪❼禽獲，欽二子還降❽，皆將軍封侯，咨豫❾聞國事。壹等窮踧❿歸命⓫，猶加上寵，況巴蜀賢智見機而作者⓬哉！誠能深鑒成敗，邈然⓭高蹈，投跡⓮微子之蹤，措身陳平之軌，則福同古人⓯，慶⓰流來裔⓱，百姓士民安堵樂業，農不易畝⓲，市不迴肆⓳，去累卵之危，就永安之計，豈不美與⓴？若偷安旦夕㉑，迷而不反，大兵一放，玉石俱碎，雖欲悔之，亦無及也。各具宣布，咸使知聞。

【章旨】宣布皇上和丞相制定寬大重才的對敵政策，希望對方認清趨勢，抓住時機，及早歸降。

【注釋】❶吳將孫壹句　孫壹是吳國的江夏太守，專朝政的孫綝殺了他的二個妹夫，又派兵偷襲他。孫壹得知消息，就帶領部屬投奔魏國。內附，向內歸附。就魏國來說，魏國是內，其他都是外。❷上司　高級官位。魏任命孫壹為車騎將軍，封吳侯。❸秩　官吏的俸祿。❹文欽　揚州刺史前將軍文欽曾與毌丘儉舉兵反叛。❺讎賊　指接應反對司馬昭的諸葛誕。❻戎首　領軍之將。此指文欽因意見不同，被諸葛誕殺死。唐咨面對司馬昭軍隊圍攻，主動投降，封為安遠將軍。❼偪　通「逼」。❽欽二子還降　即文鴦與文虎，又向司馬昭投降，都封為將軍，賜爵關內侯。❾豫　通「與」。參與。❿踧　通

「蹙」。迫急。⑪歸命　回歸到正路上來。⑫見機而作者　視客觀情況的變化而採取行動的人。⑬邈然　遠遠地。⑭投跡　踩著。⑮古人　指前面所說的微子、陳平。⑯慶　慶賞幸福。⑰來裔　指後來的子孫。⑱易畝　改變田畝。⑲迴肆　改變市場。⑳與　通「歟」。語氣詞。㉑旦夕　很短的時間。

【語　譯】如今朝廷廣施像天那樣無處不覆蓋到的皇恩，輔政大臣弘揚寬大仁恕的恩德，先施恩惠然後進行誅殺，愛護生靈而厭惡殺戮。以前，吳國將領孫壹帶領部屬來歸附朝廷，賞給高官之位，厚祿異於常人；文欽、唐咨是國家的大禍害，是反叛皇上的仇敵，回歸以後還是讓他率領軍隊。唐咨是在走投無路時被擒捉的，文欽的兩個兒子回歸投降，都官居將軍又封給關內侯的爵位，唐咨而且依舊參與國家大事的計議。孫壹等人困窮急迫來投降，都能夠給予上等的恩寵，更何況巴蜀賢能智慧見機而作的人呢！如果能夠認清成功和失敗，超然採取高明的舉動，沿著微子的足跡走，投身到陳平已走過的道路，就能夠如同古人一樣享受幸福，福澤還能遺留給子孫後代，百姓也可以安居樂業，農夫不再被迫離開他的土地，商人不再被迫拋棄他的市場，遠離如同堆疊雞蛋搖搖欲墮的危險，去接受永遠安寧的安排，難道不是很美好的嗎？如果貪圖在蜀國僅有的短時間的安居，沈迷而不覺醒，那麼，大軍一旦發動攻擊，美玉和瓦石必將一齊粉碎，即使想反悔也來不及了。此檄各處公布，要使眾人都知道。

難蜀父老

【作　者】司馬相如，見頁一八七五。

【題　解】這篇與他的〈喻巴蜀檄〉有關聯。〈喻巴蜀檄〉在於穩定巴蜀，把它作為開發西南方的前進基地，本文則是對這以後經營西南方業績的大力肯定。由於此役耗費民力頗多，蜀郡父老多有怨言，作者於是寫了此文曉諭蜀民。難，詰責、駁詰之意。此文最可注意的有五點：第一，採用了假託人物的文學手法。如文中者老大夫、搢紳先生和使者都是虛構的形象，全文對話也是虛擬之辭，但是通過雙方的詰駁，易於說明此次奉使的重大意義。第二，強烈主張王天下的人必須有「懷生之物有不浸潤於澤者，賢君恥之」的精神，要實現「遐邇一體，中外禔福」的康樂世界，不能把中原和西南方分割開來。第三，強烈主張成大事的「固未有不始於憂勤，而終於佚樂者也」的艱苦奮鬥和犧牲精神。第四，強烈主張創業精神，敢於超越古人。第五，採用寫實的手法。作者是大辭賦家，擅長鋪張誇飾。但是，本文所舉事例與史書記載都大致符合，很少誇大之處，據《漢書》所載，作者的確受命出使西南方，「略定西南夷，邛、莋、冉、駹、斯榆之君皆請為臣妾，除邊關，邊關益斥，西至沫、若水，南至牂牁為徼，通靈山道，橋孫水，以通邛、莋（同文中之「筰」）。還報，天子大說」。

漢興七十有八載，德茂存乎六世❶，威武❷紛紜❸，湛恩汪濊❹，群生霑濡❺，洋溢❻乎方外❼。於是乃命使西征❽，隨流而攘❾，風❿之所被，罔不披靡⓫。因朝冉從駹⓬，定筰存邛，略斯榆，舉苞蒲，結軌還轅⓭，東鄉⓮將報，至于蜀都⓯。

【章旨】敘述自己作為使者成功地溝通了西南方民族以後，在返京途中，路經蜀都。這是文章的緣起。

【注釋】❶六世　指從當時漢武帝上溯至高祖劉邦已有六代：高帝、惠帝、高后、文帝、景帝和武帝。❷威武　指軍事上的勝利。❸紛紜　形容興盛的狀況。❹湛恩汪濊　隆恩廣遠。湛，濃厚深重。汪濊，形容深廣的狀況。❺霑濡　滋潤。❻洋溢　原意為滿而流了出來，此喻指恩德流布很廣很遠。❼方外　指國境之外。❽命使西征　漢武帝採納司馬相如的建議，拜他為中郎將，持節出使西南。征，遠行。❾攘　原指排除、擯斥，此可解作開拓、拓展。❿風　教化。⓫披靡　本指草木隨風伏倒的狀態，此喻使者所到之處都從服歸化。⓬朝冉從駹　冉族來朝見，駹族來臣服。冉、駹以及此下的「筰」、「邛」、「斯榆」、「苞蒲」都是西南方民族或是部落。⓭結軌還轅　結束行程而回轉車隊。結軌，結束了前行車跡。指回車。軌，車跡。還轅，回轉車轅的方向。轅，車轅。⓮鄉　同「向」。⓯蜀都　指成都。

【語　譯】漢朝的興起已經有七十八年了，隆盛的德澤存在於六代皇帝之中，軍功顯赫，深厚的恩德浩蕩無邊，一切生靈都得到滋潤和養育，更流布到了國境以外。因此，派遣專使向西方遠行，隨著使者的行進而不斷得到拓展，凡是漢朝風教所及的地方，沒有不立即服從歸化的。因而，使得冉族來朝見，駹族來臣服，平定了筰族，安撫了邛族，占領了斯榆族，取得了苞蒲族，然後，結束行程回轉車隊，向東返回以便上報皇帝，因而來到了蜀都。

耆老大夫❶、搢紳先生❷之徒二十有七人，儼然❸造焉❹。辭❺畢，進❻曰：「蓋聞天子之牧❼夷狄❽也，其義❾羈縻❿勿絕而已！今罷⓫三郡⓬之士，通夜郎⓭之塗，三年於茲⓮，而功不竟⓯，士卒勞倦，萬民不贍；今又接之以西夷⓰，百姓力屈，恐不能卒業⓱，此亦使者之累也，竊⓲為左右⓳患⓴之。且夫邛、筰西夷之與中國，並㉑也，歷年茲多，不可記已。仁者不以德來㉒，強者不以力并㉓，意者其殆不可乎！今割齊民㉔以附夷狄，敝㉕所恃㉖以事無用，鄙人㉗固陋㉘，不識所謂。」

【章　旨】敘述蜀都一批有身分的人士向使者批評開拓西南方的政策。

【注　釋】❶耆老大夫　指年高又有聲望的人。❷搢紳先生　居官有德的人。搢紳，官宦。先生，對有德行人的稱呼。❸儼然　恭敬嚴肅的情態。❹造焉　到來。焉，相當於「於此」。❺辭　推辭。即主客相見時的客套話。❻進　進言。❼牧　治民。❽夷狄　對少數民族的總稱。含輕視意。❾其義　指對夷狄的最合宜的政策的要義。❿羈縻　籠絡住而不使產生異心。

⓫罷　疲勞。此作動詞用。⓬三郡　指三蜀，即蜀郡、廣漢郡和犍為郡。相當於今四川省中部以及貴州、雲南二省各一部分。⓭夜郎　古國名。主要範圍在今貴州省西南部和北部。漢朝初年，與南越、巴、蜀有貿易往來。⓮茲　此。⓯竟　成。⓰西夷　西部民族。包括上段所提到的冉、駹、筰、邛等族。⓱卒業　完成事業。⓲竊　用來表示個人意見的謙詞。⓳左右　指使者。不直接稱本人，是對使者的敬詞。⓴患　擔憂。㉑並　齊等。㉒以德來　用恩德使他來服。㉓以力并　依仗武力來兼并。㉔齊民　平民。㉕敝　通「弊」。傷害。㉖所恃　所依賴的。指平民。㉗鄙人　自稱的謙詞。㉘固陋　見聞很少。這裡也是謙詞。

【語　譯】年高而有名望、居官而有德行的人士二十七人恭敬嚴肅地前來拜訪，寒暄以後，開口發表議論說：「聽說天子治理夷狄的政策要義是籠絡他們，不斷絕罷了！現今疲勞三個郡的士兵，去打開通向夜郎國的道路，已經有三年之久了，功業還是沒有成功，士兵勞苦而又疲倦，百姓也難以供給，現在還要接著開通西夷，民力都耗盡了，恐怕這一件事情是辦不下去的了，這也將是使者的累贅啊，我們為您擔心。而且，邛、筰西夷與中國是並肩齊等的，這種關係經歷的年月是這樣的久遠，以致記也記不清了。講仁義的人不用恩德去招徠他們，強有力的人也不用武力去兼并他們，料想大概沒有什麼必要這麼做吧！現今損害平民來使夷狄親附，傷害自己所依賴的百姓而去追求無用的西南夷，我們實在缺少見識，不知道是為什麼。」

使者曰：「烏❶謂此乎！必若所云，則是蜀不變服❷而巴不化俗也，僕❸常惡聞若說。然斯事體大❹，固非觀者之所覯❺也。余之行急，其詳不可得聞已。請為大夫粗陳其略。

【章　旨】指出當地士大夫的說法不對。我時間緊急，告訴你們一個大概緣由吧！

【注　釋】❶烏　相當於「哪裡」。是疑問代詞。❷蜀不變服　蜀人不改變服飾。意為蜀人原先也是夷人，衣服前襟向左掩，與中原人向右掩不同。❸僕　用於自己的謙詞。❹體大　事情的本體重大。❺覯　見。

【語　譯】使者回答說：「哪能這樣說呢！必定要像你們所說那樣，那麼，蜀人也就不會改變自己的服飾而巴人也不會改變自己的習俗了，我經常厭惡聽到這種說法。但是，這件事情的內涵非常深遠廣大，當然不是旁觀的人所能夠看清楚的。我的行程非常緊急，它的詳細情況不可能說給你們聽，就讓我為你們簡略地陳述它的要點吧。

「蓋世必有非常之人，然後有非常之事；有非常之事，然後有非常之功。夫非常者，固常人之所異也。故曰：非常之原，黎民懼焉，及臻❶厥成，天下晏如❷也。

【章　旨】說明非同一般的事業不能用常情來測度。

【注　釋】❶臻　到。❷晏如　安定的樣子。

【語　譯】「世上必定先有非同一般的人，然後才能有非同一般的事業；有了非同一般的事業，然後才能有非同一般的功績。所謂非同一般，當然是平常人感到怪異的啊！所以說：非同一般事業的始初，百姓是很害怕它的啊！等到它做成了，天下也就安定了。

「昔者洪水沸出❶，氾濫衍溢❷，民人升降移徙，崎嶇❸而不安。夏后氏慼之❹，乃堙洪塞源❺，決江疏河❻，灑沈澹災❼，東歸之於海❽，而天下永寧。當斯之勤，豈惟民哉？心煩於慮，而身親其勞，躬腠胝無胈❾，膚不生毛，故休烈❿顯乎無窮，聲稱浹⓫乎于茲。

【章　旨】追述大禹治水的盛美業績。

【注　釋】❶昔者洪水沸出　相傳中國上古時代曾有一次幾乎遍及全國的大洪水。沸出，滾滾湧出。❷衍溢　到處流淌，形容洪水極大。❸崎嶇　喻指處境艱難的情狀。❹夏后氏慼之　夏后氏是中國古代部落名稱，它的著名首領有禹及他的父親鯀，二人都曾帶領百姓治理洪水。禹是成功的英雄，因此，舜把皇位傳讓給了他。慼，憂傷。❺堙洪塞源　攔堵洪水，堵塞洪水之源。❻決江疏河　指疏通江河。江，指長江，河，指黃河。也泛指所有江河，二說都可。❼灑沈澹災　分散沈積的深水，使災患平靜下來。灑，分散。沈，深水。澹，安定。❽東歸之於海　把這些江河向東引流到大海。之，指江河。❾躬腠胝無胈　渾身長滿厚繭而沒有一塊白肉。躬，身體。腠，皮膚。胝，手足的厚繭。胈，白肉。❿休烈　盛美的功績。⓫浹　通「徹」。

【語　譯】「很早以前，洪水滾滾奔湧，泛濫漫衍，使得百姓四處爬高遷移，處境極其艱難而惶惶不安。這時候，夏后氏憂慮百姓，於是領導民眾攔堵洪水，堵塞洪水來源，疏通江河，分散沈積的深水，使災患平定了下來，又把江河向東引導到了大海，從此天下得到了永久的安寧。在那個時候，勤勞而又辛苦的難道只是老百姓嗎？不但要心中忙著想辦法，又要親身參加勞動，弄得自身手腳長滿厚繭，腿上連一塊白肉都沒有，皮膚上連毛也不長了，所以，他的盛美功績能夠顯揚於無窮盡的世界，名聲一直流傳到了現在。

「且夫賢君之踐位也，豈特委瑣喔齪❶，拘文牽俗❷，修誦習傳❸，當世取說❹云爾哉？必將崇論吰議❺，創業垂統❻，為萬世規。故馳騖❼乎兼容并包，而勤思乎參天貳地❽。且《詩》不云乎？『普天之下，莫非王土；率土之濱，莫非王臣❾。』是以六合❿之內，八方⓫之外，浸淫⓬衍溢，懷生之物有不浸潤於澤者，賢君恥之。

【章　旨】說明賢明天子以四海為念，以百姓為懷，自有不同於一般的偉大創舉。

【注　釋】❶委瑣喔躪　拘泥小節、器量狹小。❷拘文牽俗　為條文所拘束，為世俗牽著鼻子走。❸修誦習傳　依據所誦讀的書本，效法流傳的舊規。《漢書・司馬相如傳》作「循誦習傳」。❹當世取說　取悅於當時。說，通「悅」。❺崇論吰議　高明宏大的議論。吰，同「宏」。宏大。❻創業垂統　開創功業為後代留下繼承統緒。❼馳騖　四方奔走。❽參天貳地　比德於地叫「貳地」，與地一同比德於天叫「參天」。參，即三。❾普天之下四句　出於《詩・小雅・北山》。臣，臣僕。❿六合　指天地四方。泛指全天下。⓫八方　是東南西北四方和東南、東北、西南、西北四隅的總名。⓬浸淫　猶同浸漬、滋潤。

【語　譯】「況且賢明君主登上寶座，難道只是拘泥細碎小節、器量狹小，願受條文束縛，甘被世俗牽扯，依照讀過的書本，遵從遺傳的舊法，一味取悅於當時的人如此而已嗎？他必將提出高明的創見和宏大的理論，開創出一番事業，並且為後世留下王位繼承的統緒，成為千秋萬代效法的典範。所以，畢生致力於兼收並蓄，殷切追求與天地有同樣的恩德。而且，《詩經》不是說嗎？『所有為天覆蓋的地方，沒有不是天子的領地；四海之內的人民，沒有不是天子的臣僕。』因此，凡是宇宙之內，四面八方之外，處處都沈浸在天子的教化之中，一切有生命的物類，如果還有不蒙受天子恩德滋潤的話，賢明君主必定會感到羞恥的。

「今封疆❶之內，冠帶❷之倫，咸獲嘉祉❸，靡有闕❹遺矣。而夷狄殊俗之國，遼絕異黨之域❺，舟車不通，人跡罕至，政教未加❻，流風猶微，內之❼則時犯義侵禮於邊境，外之❽則邪行橫作，放殺其上❾，君臣易位，尊卑失序。父老不幸，幼孤為奴虜，係縲號泣⑩，內嚮而怨，曰：『蓋聞中國有至仁焉，德洋恩普⑪，物靡不得其所，今獨曷⑫為遺己？』舉踵思慕，若枯旱之望雨，戾夫⑬為之垂涕，況乎上聖又焉⑭能已？故北出師以討強胡⑮，南馳使以誚⑯勁越⑰，四面風德⑱，二方⑲之君鱗集仰流⑳，願得受號㉑者以億計。故乃關沫、若㉒，徼牂牁㉓，鏤靈山㉔，梁孫原㉕，創道德之塗，垂仁義之統，將博恩廣施，遠撫㉖長駕㉗，使疏逖不閉曶爽㉘，闇昧得耀乎光明㉙，以偃甲兵於此㉚，而息討伐於彼㉛。遐邇一體，中外禔㉜福，不亦康乎？夫拯民於沈溺，奉至尊之休德，反衰世之陵夷㉝，繼周氏之絕業㉞，天子之亟務也。百姓雖勞，又惡㉟可以已乎？

【章　旨】說明如今國內已經皇恩浩蕩，四方民族還很少沐浴風教，為求中外永久安寧，不辭勞苦四出用兵，功績卓著。

【注　釋】❶封疆　疆界；國界。❷冠帶　冠和帶，用來代表漢族人民。❸嘉祉　非常幸福。❹闕　通「缺」。❺遼絕異黨之域　遼遠隔絕居住異族的區域。遼，遼遠。絕，遠隔。異黨，異族。❻政教未加　行政和教化都還沒有到達。❼內之　接納他們。意指接納他們的貢物，同意成為附屬。❽外之　與「內之」相反。即不接納他們，當做外人。❾放殺其上　放逐或殺害他們的首領。❿父老不辜三句　老人無故而遭到殺害，兒童繩捆索綁淪為奴僕和俘虜，因而痛苦地哭喊著。父老，對老年人的敬稱。不辜，指無罪。幼孤，指幼小兒童。係縲，被人用繩索捆綁。⓫德洋恩普　恩德浩蕩，遍及天下。洋，洋溢。普，遍及。⓬曷　什麼。疑問代詞。⓭戾夫　凶惡狠毒的人。⓮焉　哪能；怎麼。疑問代詞。⓯強胡　泛指北方民族。此指匈奴。漢初以來匈奴常常南侵，到漢武帝，國力強盛，開始北伐匈奴，出現衛青、霍去病這樣的名將，打得匈奴一蹶不振。

⑯誚　責問。⑰勁越　強盛的越國。事指派嚴助出使南越，宣告天子的旨意，然後南越王派太子嬰齊到長安皇宮做侍衛，實際上是人質。⑱風德　宣揚德化。⑲二方　指胡和越。⑳鱗集仰流　游魚聚集攏來仰口吸水。比喻服從教化的殷切心情。㉑受號　接受漢天子賜予的爵號。㉒關沬若　在沬水和若水邊上設立起關卡。沬水今叫大渡河。若水即今雅礱江。都在今四川省內。㉓徼牂牁　在牂牁建立巡邊的兵站。徼，建立兵寨。牂牁，漢武帝元鼎六年（西元前一一一年）所設立的郡，轄境約當今貴州省大部分以及廣西、雲南的各一部分，是異族聚居地。㉔鏤靈山　鑿通靈山，設立靈道縣，隸屬越嶲郡。越嶲郡也是元鼎六年新設置的，轄境約當今雲南、四川兩省的各一部分。鏤，開鑿通道。㉕梁孫原　在孫水上游架起了橋梁。梁，原意是橋，這裡用作動詞，意為架橋。孫，即孫水。源出越嶲郡臺登縣而流入若水。原，源頭。㉖遠撫　安撫到了遼遠的地域。㉗長駕　控制到了遼遠的地域。㉘疏逖不閉曶爽　偏遠地區也不會隔絕黎明的光亮。疏逖，疏遠。即偏遠地區。曶爽，即「昧爽」。指黎明。㉙闇昧得耀乎光明　幽暗地區也能獲得陽光的照耀。㉚此　指中國。㉛彼　指西南夷。㉜禔　安寧。㉝陵夷　衰敗。㉞周氏之絕業　指周朝禮制遭秦而絕滅，漢代才開始逐漸恢復。絕業，指斷絕了的帝王之業。㉟惡　哪裡。疑問代詞。

【語　譯】「而今國境之內，衣冠人士都已經獲得了幸福，再沒有被遺忘的角落了。但是，夷狄那些不同習俗的國度，遼遠隔絕居住異族的區域，車船無法通行，人們極少到過，天子的政令和教化都還沒有到達，從中國傳出來的教化在這裡還很微弱，把他們接納進來，就會經常違犯禮義在邊境鬧事，不把他們接納進來，又在那裡胡作非為，放逐並弒殺自己的首領，任意顛倒君臣位置，搞亂了尊貴與卑賤的社會等級秩序。年老的無辜而遭掠殺，年幼的被繩捆索綁而淪為奴僕，在高聲哭喊著，他們面向內地抒發陣陣哀怨，訴道：『聽說中國有了世界上最仁慈的皇帝，恩德浩蕩，遍及天下，凡是有生靈的物類沒有不得到自己滿意的安排的。如今為什麼單單遺忘了我們呢？』他們踮著腳盼望著，就像大旱之年盼望著下雨那樣，連凶惡得絕滅人性的人見了也為他們流下了眼淚，更何況最聖明的皇帝又怎麼能不過問呢？所以，向北方發兵去征討強大的胡人，向南方派出專使奔馳到強勁的越國責詰越王，向四面宣揚德化，胡、越二方的君長更像游魚聚會一起仰口吸水那樣一心一意，希望得到中國皇帝賜予封號的君長多到上億。於是，關卡設置到了沬水和若水一帶，巡邊的兵站也建到牂牁，鑿開了經過靈山的通道，並在孫水上游架起了橋梁，從而開闢出傳播漢朝道德的廣闊道路，創立了以仁義治民的優秀傳統，將要普施無窮的恩澤，一直安撫駕馭到了最僻遠的地方，這樣一來，偏遠的地區再也不會隔絕而見不到黎明，一向在幽暗中生活的人們也能夠看到燦爛的光明。在我們這邊可以收藏衣甲兵器而永不再用，在他們那邊能夠停止討伐而不再受戰爭之苦。遠近共為一體，中外一齊享受和平幸福，這不很令人高興嗎？把百姓從水深火熱的黑暗社會中拯救出來，讓他們崇奉天子的美德，努力扭轉世道的不斷衰退，繼續曾經中斷了的周朝帝王之道，這正是天子所應當急切去做的最重大事務啊！百姓雖然受到勞累，但是又怎麼能夠停止下來呢？

「且夫王者❶，固未有不始於憂勤而終於逸樂者也，然則受命之符❷合❸在於此。方將增太山之封，加梁父之事❹，鳴和鸞❺，揚樂頌❻，上減五❼，下登三❽。觀者未覩旨，聽者未聞音❾，猶鷦䳟❿已翔乎寥廓⓫之宇⓬，而羅者猶視乎藪澤⓭，悲夫！」

【章　旨】指出批評者目光短淺，不懂得天子的遠大追求和所進行的崇高事業。

【注　釋】❶王者　指統一天下的皇帝，而不是局限於某一地區的首領。❷受命之符　指承受天命的憑證。❸合　理當。❹增太山之封二句　中國古代帝王認為一旦文治武功實現了太平盛世，就必須上泰山舉行祭天大典，下來後，又在梁父山舉行祭地大典，以向天地報告成功。也就是所謂「封禪」。增，加。指在前代封禪後，現在又能夠增加一次了。太山，即泰山。著名的五岳之一。梁父，泰山附近的山。❺鳴和鸞　車鈴有節奏地響著。和，掛在車前橫木上的鈴。鸞，掛在車架上的鈴。❻揚樂頌　飛揚起贊頌的樂歌聲。❼上減五　稱頌漢武帝的業績，連著名的五帝都比了下去，上到五帝之上。❽下登三　稱頌漢武帝的業績，連著名的三王也比了下去，超越了三王。❾觀者未覩旨二句　觀者、聽者，都指前來提意見的「者老大夫搢紳先生」。旨，宗旨。音，指音中之意。⑩鷫鸘　傳說中的五方神鳥之一，屬鳳凰一類。⑪寥廓　無限空廣。⑫宇　原指四方上下，此指天際、天空。⑬藪澤　長著水草的沼澤。

【語　譯】「而且凡是能夠一統天下的人物，當然不曾有過不是從憂心和勤勞開始，而後得以享受安逸快樂的，這樣就使承受天命的憑證理所當然地落到他的肩上。正要為泰山增添一次新的祭天大典，為梁父山增添一次新的祭地大典，車鈴有節奏地鳴響著，贊頌的樂歌四處飛揚，漢之功德高於五帝，超過三王。但是，觀看的人卻沒有看出其中的主旨，聽聞的人也未能聽出樂音中的涵義，就如同鷫鸘神鳥已經在無限廣闊的天空翱翔，而那網鳥的獵人還緊緊盯著長滿水草的沼澤，真是可悲啊！」

於是諸大夫茫然❶喪其所懷來❷，失厥所以進❸，喟然❹並稱曰：「允哉漢德！此鄙人之所願聞也。百姓雖勞，請以身先之❺。」敞罔❻靡徙❼，遷延❽而辭避❾。

【章　旨】敘述耆老大夫搢紳先生認識到錯誤，表示願意帶頭執行。

【注　釋】❶茫然　不知所措的神態。❷其所懷來　指他們帶來的批評意見。內容已見上文。❸失厥所以進　忘卻了他們業已準備好的進言。內容已見上文。厥，相當於「他們的」。❹喟然　感歎的樣子。❺以身先之　親自去帶頭執行。❻敞罔　失意的神情。❼靡徙　指動足想退的情狀。❽遷延　指慢慢地向後退。❾辭避　告辭並且退出。

【語　譯】於是諸位先生一副不知所措的神態，忘掉他們帶來的意見，也忘掉了他們已經準備了的進言，一齊感歎地說：「漢皇帝的功德，真是這樣偉大啊！這是我們最想聽到的事情啊。百姓雖然勞苦，請讓我們來帶頭執行。」於是失意地移動著雙腳，慢慢地卻步，告辭並退了出去。

卷四五

對問

對楚王問

【作　者】宋玉，見頁一五八五。

【題　解】宋玉為楚頃襄王的文學侍從之臣，常隨左右，備問對，但不涉及政事。本文以宋玉對楚王問的形式，寫了宋玉的孤高之情，間接地表現了宋玉在政治上不得意的怨懟之情。《新序・雜事一》也有關於宋玉對答楚王的記載，內容與此相同，只是「楚襄王」誤作「楚威王」。關於作者，後人多有疑其非宋玉之作，而為偽託之作。

楚襄王❶問於宋玉曰：「先生❷其❸有遺行❹與？何士民眾庶❺不譽❻之甚也？」宋玉對曰：「唯❼，然❽。有之。願❾大王寬其罪，使得畢其辭❿。客有歌於郢⓫中者，其始曰〈下里〉、〈巴人〉⓬，國中⓭屬而和⓮者數千人；其為〈陽阿〉、〈薤露〉⓯，國中屬而和者數百人；其為〈陽春〉、〈白雪〉⓰，國中屬而和者，不過數十人；引商刻羽⑰，雜以流徵⑱，國中屬而和者，不過數人而已。是⑲其曲彌⑳高，其和彌寡。故鳥有鳳而魚有鯤㉑，鳳皇上擊㉒九千里，絕㉓雲霓㉔，負㉕蒼天，翱翔乎杳冥㉖之上。夫蕃籬之鷃㉗，豈能與之料㉘天地之高㉙哉？鯤魚朝發㉚崑崙之墟㉛，暴㉜鬐㉝於碣石㉞，暮宿於孟諸㉟。夫尺澤㊱之鯢㊲，豈能與之量㊳江海之大哉？故非獨鳥有鳳而魚有鯤也，士亦有之。夫聖人瑰意㊴琦行㊵，超然㊶獨處。夫世俗之民㊷，又安知臣㊸之所為哉？」

【注　釋】❶楚襄王　又稱楚頃襄王。楚懷王之子，名橫，西元前二九八至前二六三年在位。❷先生　年長有學問的人。此是楚襄王尊稱宋玉。❸其　大概。❹遺行　失於檢點的行為。❺士民眾庶　意即眾多的士民。士民，士子和庶民。庶，眾。❻不譽　不讚譽。此是委婉之辭，實際上意謂大眾指摘其非。❼唯　答應聲。❽然　是的。❾願　希望。❿畢其辭　講完我的話。畢，完。⓫郢　楚國首都。在今湖北江陵。⓬下里巴人　楚國的民間歌曲，當時認為是流俗的音樂。⓭國中　城中。國，都城。⓮屬而和　意謂接續其聲而相應和。屬，連接。和，以聲相應和。⓯陽阿薤露　均為古代歌曲名。⓰陽春白雪　古代高雅的歌曲。⓱引商刻羽　指講究嚴正的樂律，有很高成就的音樂演奏。引商，謂引其歌聲，使輕勁敏疾而成商音。刻羽，謂使其歌聲低平而成為羽音。商、羽，為古代五音之二。刻，削減。⓲流徵　流動的徵音。徵，古代五音之一，其聲抑揚遞續。⓳是　所以。⓴彌　越。㉑鯤　大魚名。㉒擊　拍擊。㉓絕　穿過；超越。㉔霓　虹。㉕負　背靠。㉖杳冥　謂絕高遠之處。杳，高遠。冥，深。㉗蕃籬之鷃　處於籬笆間的鷃鳥。蕃籬，籬笆。蕃，通「藩」。鷃，小鳥。俗稱鵪鶉。㉘料　估計。㉙天地之高　天言高，地不言高，「地」字在修辭上稱為連及。㉚發　出發。㉛崑崙之墟　崑崙山腳。墟，山基。㉜暴　露。㉝鬐　通「鰭」。魚的背脊。㉞碣石　山名。在今河北昌黎。㉟孟諸　大澤之名。今已不存，故址在今河南商丘東北。㊱尺澤　小池。㊲鯢　小魚。㊳量　計量。㊴瑰意　不平凡的思想。瑰，不平凡。㊵琦行　奇偉的行為。琦，奇偉。㊶超然　高超的樣子。㊷世俗之民　指平凡的人。㊸臣　宋玉自稱。

【語譯】楚襄王問宋玉：「先生您大概有失於檢點的行為吧？為什麼眾多的士民如此地不讚譽您呢？」宋玉回答說：「嗯，是的。有這樣的事。希望大王能寬恕我的罪過，讓我能把話講完。有一個在郢都中唱歌的外鄉人，開始唱的曲子叫〈下里〉、〈巴人〉，城中接續其聲而應和的人有數千；他改唱〈陽阿〉、〈薤露〉，城中接續而應和的減為數百人；他再唱〈陽春〉、〈白雪〉，城中接續而應和的不超過幾十人；最後他拉長其聲，發出敏疾的商音，縮減其音，變為低平的羽音，再間雜以抑揚流盪的徵聲，城中接續而應和的，不過幾人罷了。所以他的歌曲越高深，應和的人就越少。所以鳥類之中有鳳凰，魚類之中有大鯤，鳳凰振翅而上達九千里高空，穿過雲霄虹霓，背靠青天，飛翔在絕高遠的天空之上。處於籬笆間的小鳥，怎麼能同牠來估計天的高度？鯤魚早晨從崑崙山腳下出發，牠的背脊露出在碣石山，晚上住宿在孟諸澤中。那些小池中的鯢魚，怎麼能同牠計量長江大海的廣大呢？所以不但鳥類中有鳳凰，魚類中有鯤魚，士人中也有特出的。聖人有不平凡的思想和奇偉的行為，高超獨立。那些平凡的人，又怎麼能了解我的作為呢？」

設論

答客難

【作　者】東方朔，字曼倩，平原厭次（今山東惠民）人。西漢文學家。漢武帝初即位，徵集天下人才，他上書自薦，「高自稱譽」，武帝以為奇。待詔金馬門，後為常侍郎，官至太中大夫，給事中。原有集二卷，已佚。

【題解】東方朔是個滑稽家，常在漢武帝面前調笑取樂，有時亦直言切諫，然武帝把他當俳優看待，在政治上並不重用他。據《漢書·東方朔傳》記載，他曾向武帝上書，陳述自己的農桑耕戰、富國強本之策，要求得到重用，但最後仍不被武帝所用，因而寫了這篇文章，發洩牢騷。

本文是一篇散文賦，用主客問答的形式表達自己的思想，道出自己懷才不遇的牢騷。構思巧妙，筆鋒犀利，頗有滑稽風趣。

這篇文章是東方朔作品中最為有名的一篇，宋朝洪邁譽之為「人中傑出」（《容齋隨筆·卷七》），後來揚雄〈解嘲〉、班固〈答賓戲〉、張衡〈應間〉等，從內容到形式都是模擬它的。

客難❶東方朔曰：「蘇秦❷、張儀❸壹❹當❺萬乘❻之主，而身都❼卿相之位，澤及後世。今子大夫❽修先王之術❾，慕聖人之義，諷誦《詩》《書》❿百家⓫之言，不可勝⓬記，著於竹帛⓭，脣腐齒落，服膺⓮而不可釋⓯。好學樂道之效⓰，明白⓱甚矣。自以為智能海內無雙⓲，則可謂博聞辯智矣。然悉力⓳盡忠，以事聖帝⓴，曠日持久㉑，積數十年，官不過侍郎㉒，位不過執戟㉓，意者㉔尚有遺行㉕邪？同胞之徒㉖無所容居㉗，其何故也？」

【章旨】此段假設有人詰難自己，如此好學樂道，盡心盡力，而不被朝廷重用，是什麼原因？

【注釋】❶難 詰問。❷蘇秦 戰國時東周洛陽（今河南洛陽東）人，字季子。初入秦勸說秦惠王吞并天下，不被用。後遊說燕、趙、韓、魏、齊、楚六國，合縱抗秦，為縱約長，佩六國相印，後縱約為張儀所破，他到齊國為客卿，與齊大夫爭寵，被刺死。❸張儀　戰國時魏國人，縱橫家，相傳與蘇秦同師事鬼谷子。秦惠文王十年（西元前三二八年）任秦相，封武信君。破壞蘇秦的合縱之策，遊說各國服從秦國。秦武王即位後，他離開秦國入魏，為相一年而死。❹壹　同「一」。❺當　遇到。❻萬乘　一萬輛兵車。此指有一萬輛兵車的大國。❼都　居。❽子大夫　此稱東方朔。子，古代對男子的敬稱。大夫，官位。東方朔曾官太中大夫。❾術　治術。❿詩書　《詩經》和《尚書》。此指儒家著作。⓫百家　諸子百家。⓬勝　盡。⓭著於竹帛　寫在竹簡和縑帛上。指著書。⓮服膺　存於胸中。膺，胸。⓯釋　放棄。⓰好學樂道之效　此言東方朔雖好學樂道，然至今地位卑微，此其效果。效，效果。⓱明白　清楚。⓲無雙　獨一無二。⓳悉力　盡力。悉，盡；畢。⓴聖帝　指漢武帝。㉑曠日持久　空費時日，持續長久。㉒侍郎　官名。武帝時由中郎中間分出，職主常侍皇帝左右，秩為比四百石。東方朔官為郎中。㉓執戟　郎中的別稱，職責為執戟殿下以行宿衛。㉔意者　料想。㉕遺行　失於檢點的行為。㉖同胞之徒　指親兄弟。㉗無所容居　沒有容身的地方。指東方朔官位小，俸祿少，連親兄弟也照顧不到。

【語譯】有客詰難東方朔說：「蘇秦、張儀一遇到萬乘之國的君主，就身居卿相的位置，恩德及於後代。現在您學習古代帝王的治術，嚮往聖人的道義，熟讀《詩》《書》和諸子百家的書，多到無法一一計算，寫在竹簡和縑帛上，到嘴脣磨破了，牙齒掉了，還是牢記在心裡，不能放棄。然而您地位卑微，這種好學樂道的效果，是很清楚的了。自認為智謀和才能在國內是獨一無二的，這可說是見聞廣博、辯才聰慧了。但是竭力盡忠，來侍奉聖明之主，空費時日，持續長久，積累數十年，而官不過是侍郎，位不過是執戟，料想您還有失於檢點的行為吧？連親兄弟也沒有容身的地方，這是什麼緣故呢？」

東方先生喟然❶長息❷，仰而應之曰：「是故❸非子之所能備❹。彼一時也，此一時也，豈可同哉？夫蘇秦、張儀之時，周室大壞❺，諸侯不朝❻，力政❼爭權，相擒以兵❽，并為十二國❾，未有雌雄❿，得士⓫者彊，失士者亡，故說⓬得行焉。身處尊位，珍寶充內⓭，外有倉廩，澤及後世，子孫長享。今則不然。聖帝⓮德流⓯，天下震慴⓰，諸侯賓服⓱。連四海之外以為帶，安於覆盂⓲。天下平均⓳，合為一家。動發⓴舉事，猶運㉑之掌，賢與不肖何以異哉？遵天之道，順地之理，物無不得其所。故綏㉒之則安，動之則苦㉓；尊之則為將，卑之則為虜㉔；抗㉕之則在青雲之上，抑之則在深淵之下；用之則為虎㉖，不用則為鼠㉗。雖欲盡節㉘效情㉙，安知前後㉚？夫天地之大，士民之眾，竭精馳說㉛，並進輻湊㉜者不可勝數。悉力慕之，困於衣食，或失門戶㉝。使蘇秦、張儀與僕㉞並生於今之世，曾㉟不得掌故㊱，安敢望侍郎乎？傳㊲曰：『天下無害，雖有聖人，無所施才；上下和同㊳，雖有賢者，無所立功。』故曰時異事異。

【章　旨】針對客的詰難，分析蘇秦、張儀之說得行於當時和當今無處施展才能以立功動的原因，說明時代不同則事勢不同的道理。

【注　釋】❶喟然　感歎的樣子。❷長息　長歎。❸故　通「固」。本來。❹備　悉；詳。❺壞　衰敗。❻朝　朝貢。❼力政　同「力征」。用武力征伐。❽兵　指戰爭。❾十二國　齊、楚、燕、趙、韓、魏、秦、魯、宋、衛、鄭、中山。❿雌雄　比喻高下、強弱。⓫士　此指能治國用兵的賢才。⓬說　指蘇秦、張儀的遊說之辭。⓭充內　充滿內室。⓮聖帝　指漢武帝。⓯德流　恩德流布。流，傳布。⓰震慴　震動恐懼。慴，恐懼。⓱賓服　歸順。賓，歸服；順從。⓲覆盂　翻過來放著的盂。⓳平均　齊一。⓴動發　發動；舉動。㉑運　轉動。㉒綏　安撫。㉓苦　勞苦。㉔虜　奴僕。㉕抗　舉。㉖虎　意即像虎一樣有威勢。㉗鼠　意即像鼠一樣潛行伏處。㉘盡節　盡心竭力，保全操守。㉙效情　獻納忠誠。情，誠。㉚前後　往前和退後。㉛馳說　遊說。㉜輻湊　聚集。㉝失門戶　指被殺戮，喪失家庭。㉞僕　自稱的謙詞。㉟曾　尚。㊱掌故　執掌禮樂制度等國家的舊制舊例，為小吏，秩僅百石。㊲傳　指古書上所記載的話。㊳和同　和睦同心。

【語譯】東方朔長歎一聲，抬頭回答：「這本來不是你所能詳知的。那時是那時，現在是現在，怎麼可以同等看待呢？蘇秦、張儀那時候，東周王室非常衰敗，諸侯國都不去朝貢，都以武力互相征伐而爭奪權利，用戰爭來擒捉對方，合并為十二個國家，強弱未分，獲得治國賢才的國家就強大，失去治國賢才的國家就滅亡，所以蘇秦、張儀的遊說得以施行於那時。他們身居於尊貴崇高的地位，珍珠寶物充滿內室，外有儲存糧食的倉庫，恩惠延及於後代，子子孫孫長久地享有。現在就不是這樣。聖明的皇帝恩德流布，天下震撼恐懼，諸侯都歸順。國內與海外如同衣帶相連般連成一氣，比翻過來放著的盂還要安穩。天下到處情形一樣，合成一家。發動、舉辦諸事，如同在手掌內轉動一樣容易，那麼賢與不賢如何顯示出差異呢？遵循上天的規律，順應大地的法則，萬物沒有不能得到其合適的處所的。所以安撫他就安定，擾動他就勞苦；尊崇他就讓他為將，輕賤他就讓他為奴僕；抬舉他就把他舉上天，壓抑他就把他貶到深淵之下；重用他就能使他像老虎一樣有威勢，不重用他就使他像老鼠一樣潛行低伏。雖然想要竭盡操守，獻納忠誠，哪裡知道該如何行動呢？天地這樣大，學道習藝之人這樣多，竭盡精力施展遊說，聚集而並進的，數也數不清。盡力思慕天子之德，欲效精誠，結果得不到衣食，有的甚至身遭殺戮，喪失家庭。假使蘇秦、張儀與我同時生活在當今之世，他們還得不到掌故之職，哪裡敢奢望做侍郎呢？古書上說：『天下沒有災害，即使有聖人，也沒有地方施展他的才能；上下和睦同心，即使有賢能之人，也沒有地方可以建立功勳。』所以說時代不同，事勢也就不同。

「雖然❶，安❷可以不務❸修身❹乎哉！《詩》曰：『鼓鍾于宮，聲聞于外❺。』『鶴鳴九皋，聲聞于天❻。』苟能修身，何患不榮！太公❼體行❽仁義，七十有二，乃設用❾於文、武，得信❿厥說；封於齊，七百歲⓫而不絕。此士所以日夜孳孳⓬，修學⓭敏行⓮而不敢怠也。譬若鶺鴒⓯，飛且鳴矣。《傳》曰⓰：『天不為人之惡⓱寒而輟⓲其冬，地不為人之惡險而輟其廣，君子不為小人之匈匈⓳而易其行。天有常度⓴，地有常形，君子有常行㉑。君子道㉒其常，小人計其功㉓。《詩》云：「禮義之不愆，何恤人之言㉔？」』『水至清則無魚，人至察則無徒㉕。』『冕而前旒，所以蔽明；黈纊充耳，所以塞聰㉖。』明有所不見，聰有所不聞。舉㉗大德㉘，赦小過，無求備㉙於一人之義也。『枉而直之，使自得之；優而柔之，使自求之；揆而度之，使自索之㉚。』蓋聖人之教化㉛如此，欲其自得之；自得之，則敏㉜且廣㉝矣。

【章旨】指出君子在無處施才立功的情況下，就要努力修養自身品德，行其正道，做到自得的境地。

【注釋】❶雖然　雖然這樣。❷安　怎麼。❸務　致力。❹修身　修養品德。❺鼓鍾于宮二句　《詩・小雅・白華》文。言有其中，必現於外。鼓鍾，擊鐘。宮，室。❻鶴鳴九皋二句　《詩・小雅・鶴鳴》文。九皋，九曲之澤。❼太公　指姜太公。姜姓，呂氏，名尚，字子牙。周文王時官太師，號太公望。武王即位，尊為師尚父。輔佐武王滅商。周朝建立後，封於齊。❽體行　親身實行。❾設用　施用。❿信　伸。⓫七百歲　自太公封於齊到西元前四〇四年田和篡齊，約七百年。歲，年。⓬孳孳　勤勉不懈。⓭修學　研習學業。⓮敏行　勉於修身。⓯鶺鴒　鳥名。體長約十八公分，冬天出現在原野，生殖期遷入山谷。常在水邊覓食昆蟲，尾羽常上下顫動。分布於中國東部及中部。⓰傳曰　從「天不為人之惡寒」至「何恤人之言」為《荀子・天論》文。⓱惡　厭惡。⓲輟　停止。⓳匈匈　喧譁之聲。⓴常度　一定的法度。㉑常行　一定的行為。

㉒道　行。㉓功　功效。㉔禮義之不愆二句　《詩經》無此兩句，當是逸詩。愆，過錯。恤，憂愁。㉕水至清則無魚二句　《大戴禮記・子張問入官》文。至，極。察，明察。徒，徒眾。指朋友。㉖冕而前旒四句　《大戴禮記・子張問入官》文。冕，天子至大夫這一類人所戴的帽子。旒，冕前邊垂著的一串串的小珠子。明，視力。黈纊，黃色的綿。充耳，塞耳。聰，聽力。㉗舉　用。㉘大德　大的好處。㉙求備　求全。㉚枉而直之六句　《大戴禮記・子張問入官》文。枉，曲。優，寬容。揆，揣度。索，求。㉛教化　教育感化。㉜敏　敏捷。㉝廣　宏大。

【語　譯】「雖然這樣，但怎麼可以不致力於修養品德呢！《詩經》說：『在室內撞鐘，聲音傳到外面。』『鶴在九曲之澤鳴叫，聲音上聞至於天。』假如能夠修養品德，何必憂愁不顯榮！姜太公親身實行仁義之道，到七十二歲時，才被文王、武王所用，得以施展他的學說；被分封在齊國，享國七百年而不滅。這就是士人為什麼日日夜夜勤勉不懈地研習學業，勤勉於修身而不敢懈怠的緣故。譬如鶺鴒，一邊飛翔，一邊鳴叫。《荀子》說：『天並不因為人討厭寒冷而停止它的冬季，地並不因為人討厭險阻而停止它的廣度，君子並不因為小人吵吵嚷嚷而改變他的行為。天有一定的法度，地有一定的形勢，君子有一定的行為。君子實行其一定的行為，小人計量他自己的功利。《詩經》說：「如果自己不違失禮義，何必擔憂別人說閒話呢？」』『水清到極點就沒有魚，人明察到極點就沒有朋友。』『冕前邊垂著旒，是用來遮蔽視線的；黃色的綿垂在耳邊，是用來阻塞聽覺的。』眼睛有看不到的東西，耳朵有聽不到的聲音。對人舉用大的長處，寬恕小的過失，這就是對人不要求完美無缺的意思。『邪曲的人使他正直，讓他自己找到自己本性所宜；寬容地對待他，讓他自己去尋求；揣情度理地誘導他，讓他自己去追求。』大概聖人的教育感化人就是這樣，要他們自己去尋得；自己尋得，那就既才性敏捷又事業廣大了。

「今世之處士❶，時雖不用，塊然❷無徒，廓然❸獨居，上觀許由❹，下察接輿❺，計同范蠡❻，忠合❼子胥❽，天下和平，與義相扶❾，寡偶❿少徒，固其宜也，子何疑於予⓫哉？若夫燕之用樂毅⓬，秦之任李斯⓭，酈食其⓮之下齊，說⓯行如流，曲從⓰如環，所欲必得，功若丘⓱山，海內定，國家安，是遇其時者也，子又何怪之邪？

【章旨】再次說明在國家無事時，難以施展才能；只有像樂毅、李斯等人那樣生逢其時，才能得志立功。

【注釋】❶處士　未做官的士人。❷塊然　孤獨的樣子。❸廓然　空虛的樣子。❹許由　上古高士。相傳堯要把天下讓給他，他聽說後，就跑到箕山隱居起來。堯又要讓他做九州長，他認為玷汙了他的耳朵，就到潁水濱去洗耳。❺接輿　傳說為春秋時楚國隱士，假裝發瘋而逃避現狀。因其迎孔子的車而歌，故稱接輿。❻范蠡　春秋時楚國宛（今河南南陽）人，字少伯。越國大夫。越為吳所敗後，代替越王句踐赴吳為人質兩年。回越後輔佐句踐刻苦圖強，終於滅亡吳國。認為句踐為人可與同患難，不能共安樂，離開越國到齊國，改名鴟夷子皮。到陶（今山東定陶西北），改名陶朱公，以經商致富。❼合　同。❽子胥　即伍子胥。名員，字子胥，春秋時楚人。楚平王七年（西元前五二二年），其父伍奢及兄伍尚被殺，他逃到吳國。幫助闔閭刺殺吳王僚，奪取王位。與孫武共同輔佐吳王闔閭伐楚，攻入楚都郢，因功封於申，又稱申胥。吳王夫差時，勸王拒絕越國求和，不聽。西元前四八四年，被吳王迫令自殺。❾相扶　相扶持。❿偶　合；相合的人。⓫予　我。⓬樂毅　戰國時中山國靈壽（今河北平山東北）人。樂羊的後代，好研習兵書。燕昭王任為上將，率兵伐齊，攻下七十多城，因功封於昌國（今山東淄博東南），號昌國君。燕惠王繼位，中齊國之反間計，以騎劫代之為將，他出奔趙國，被封於觀津（今河北武邑東南），號望諸君。後死在趙國。⓭李斯　戰國末楚國上蔡（今河南上蔡西南）人。荀況學生。入秦為秦相呂不韋舍人。因說秦王并六國，被秦王嬴政拜為客卿。不久官為廷尉。建議對東方六國採取各個擊破的政策，在秦始皇統一六國過程中，起了很大作用。秦統一六國後，任丞相。定郡縣制，下禁書令，統一文字。秦始皇死後，追隨趙高，偽造遺詔，殺胡蘇，立胡亥。後為趙高所忌，腰斬於咸陽市中。⓮酈食其　秦漢之際陳留高陽（今河南杞縣）人。家貧落魄，為里監門吏。獻計於劉邦，攻下陳留，封廣野君。楚漢戰爭中，遊說齊王田廣歸漢，已經定議，罷守戰之備。不料韓信聽從蒯通之計，乘機襲齊。

田廣以為被他所出賣，把他烹死。⓯說　遊說。⓰曲從　曲意聽從。⓱丘　大。

【語　譯】「當世那些未做官的士人，當時雖然不被重用，孤獨沒有朋友，空虛地一人獨居，但是看看前代的許由，想想後世的接輿，計謀如同范蠡，忠心如同伍子胥，在天下太平的時候，所行的是義，那麼他們缺少相合之人，朋友稀少，本就是應該的，你對我還有什麼可以懷疑的呢？至於燕國重用樂毅，秦國任用李斯，酈食其憑著口才說降齊國，他們的進言，像水流那樣暢行，君主聽從他們的意見，像圓環繞指一樣，他們所想要的一定能得到，功勞像大山一樣高大，因而天下安定，國家安穩，這是他們碰到了好時機，你又有什麼好奇怪的呢？

「語❶曰：『以筦❷窺天，以蠡❸測海，以筳❹撞鍾。』豈能通❺其條貫❻，考其文理❼，發其音聲哉？猶❽是觀之，譬由鼱鼩❾之襲狗，孤豚❿之咋⓫虎，至則靡⓬耳，何功之有？今以下愚⓭而非處士⓮，雖欲勿困⓯，固不得已，此適足以明其不知權變而終惑於大道⓰也。」

【章　旨】這段是東方朔全部答辭的總結，指出客不知權變，不明大道，乃下愚之人，不能非難東方朔。

【注　釋】❶語　指常言。❷筦　同「管」。竹管。❸蠡　葫蘆瓢。一說：蚌蛤。❹筳　小竹枝。❺通　通曉。❻條貫　系統。此指天上眾星的分布。❼文理　此指海水規律。❽猶　通作「由」。從。❾鼱鼩　又叫鼩鼱。形似小鼠，栗褐色。吻部較尖細，能伸縮，齒尖。棲息於平原、沼澤、高山和建築物中。捕食蟲類，但有時也吃種子和穀物。❿豚　小豬。⓫咋　咬。⓬靡　爛；粉碎。⓭下愚　最愚蠢的人。此指客。⓮處士　東方朔自指。⓯困　窘迫。⓰大道　大道理。此指知人論世的道理。

【語　譯】「常言道：『以竹管觀察天空，用葫蘆瓢測量海水，以小竹枝撞鐘。』這樣怎能通曉天上眾星的分布系統，測量出大海規律，使鐘發出聲音呢？從這點來看，就像鼱鼩襲擊狗，單隻小豬咬老虎，碰到就只有粉碎罷了，有什麼用呢？現在憑你這樣愚蠢的人來責難我東方朔，雖然想要不受窘，卻一定辦不到，只是正好能夠表明你不懂得變通而終究迷惑於知人論世的道理罷了。」

解嘲并序

【作　者】揚雄（西元前五三～西元一八年），字子雲，蜀郡成都（今四川成都）人。西漢著名的辭賦家、哲學家、語言學家。他的上代世業農桑，到他時家產不過十金，也不憂貧賤。他少即好學，博覽群書，口吃不能暢言，沈默好深湛之思。四十歲左右由蜀來到京師長安，大司馬車騎將軍王音奇其文雅，召為門下史，又把他舉薦給朝廷，於是揚雄待詔於承明殿。他連獻〈甘泉賦〉、〈羽獵賦〉等賦，被任為郎官，給事黃門。以後揚雄歷仕成帝、哀帝、平帝三世，未曾升職。到新莽時，因耆老久次轉為大夫，對王莽他曾抱過一些幻想，上過〈劇秦美新〉一文。不久，因受劉棻之案牽連，曾從天祿閣下投自殺，雖未死，以病免官。後復召為大夫。天鳳五年逝世。《漢書．藝文志》著錄其賦十二篇，今存全文和佚文者還略多於此數。原有集五卷，已佚，清嚴可均《全上古三代秦漢三國六朝文》輯有四卷，較為詳備。揚雄學宗儒家，也吸收了一些老子學說，曾仿《論語》作《法言》，仿《易經》作《太玄》。他的《方言》是研究古代語言的重要資料，〈訓纂〉對文字學也有相當大的貢獻。

【題　解】據《漢書．揚雄傳》，哀帝時，丁明、傅晏、董賢當權，賣官鬻爵，結黨營私。當時揚雄正仿《周易》而作《太玄》，淡泊自守，不汲汲於功名利祿，有人譏笑他無祿位，他因而作此文，稱之曰解嘲，意謂對別人的嘲笑進行辯解。文章以主客問答的形式，間接地揭露了當時外戚擅權，小人當道，競尚逢迎，排斥異己的現象，表明自己不肯同流合汙，因而專志著書，不求顯達的態度。

本文無論內容還是形式都是模仿東方朔〈答客難〉而作，但其文「弘緩優大」（摯虞《文章流別論》），「尚有馳騁自得之妙」（洪邁《容齋隨筆‧卷七》），文章首尾迴映周密，全文機體，極其圓活，劉勰贊其「迴環自釋，頗亦為工」（《文心雕龍‧雜文》）。

本文之序係蕭統割史傳所加。

哀帝❶時，丁❷、傅❸、董賢❹用事❺，諸附離❻之者，起家❼至二千石❽。時雄方草創❾《太玄》❿，有以⓫自守⓬，泊如⓭也。人有嘲雄以玄之尚白⓮，雄解之，號曰〈解嘲〉。其辭曰：

客嘲揚子曰：「吾聞上世⓯之士，人綱人紀⓰，不生⓱則已，生必上尊人君，下榮父母。析⓲人⓳之珪⓴，儋㉑人之爵，懷㉒人之符㉓，分㉔人之祿㉕，紆青拖紫㉖，朱丹其轂㉗。今吾子幸得遭明盛之世，處不諱㉘之朝，與群賢同行㉙，歷金門㉚上玉堂㉛有日矣。曾㉜不能畫㉝一奇㉞，出一策，上說㉟人主，下談公卿，目如燿星㊱，舌如電光㊲，一從一橫㊳，論者莫當㊴。顧㊵默而作《太玄》五千文㊶，枝葉扶疏㊷，獨說數十餘萬言㊸，深者入黃泉㊹，高者出㊺蒼天，大者含元氣㊻，細者入無間㊼。然而位不過侍郎㊽，擢㊾纔給事黃門㊿。意者(51)玄得無(52)尚白乎？何為官之拓落(53)也？」

【章 旨】假設客對自己進行嘲弄，藉以表現自己生不逢時，懷才不遇的思想。

【注 釋】❶哀帝 西元前七年至西元一年在位，名欣，漢元帝子定陶恭王康之子。初即位，躬行儉約，勵精圖治，罷黜王氏，重用師丹。然不久即寵幸董賢，漸致腐敗。❷丁 指丁明。哀帝母丁姬之兄，瑕丘（今山東兗州東北）人。哀帝即位，封陽安侯，為大司馬驃騎將軍，輔政。與孔鄉侯傅晏專權朝中，時號丁傅。哀帝死後，被王莽免官，遷歸故鄉。❸傅 指傅晏。哀帝皇后傅氏之父，哀帝即位後，封為孔鄉侯，與丁明同日而封，專權朝中，公然賣爵。哀帝死，被王莽免官，全家徙居合浦（在今廣東）。❹董賢 （西元前二二～前一年），雲陽（今陝西淳化西北）人，字聖卿。因貌美，為哀帝所寵幸，遷光祿大夫，賞賜鉅萬。二十二歲官至大司馬衛將軍，封高安侯。其父、弟及妻父等皆官至公卿，建第宅，造墳墓，費錢以億計。後為王莽所彈劾，畏罪自殺。❺用事 當權。❻附離 依附。離，附著。❼起家 從家中徵召出來授以官職。❽二千石 漢朝的九卿郎將及郡守尉的俸祿都是二千石，因稱郎將、守尉為二千石。❾草創 起稿。指開始寫作。❿太玄 亦稱《太玄經》。共十卷。體裁模擬《周易》，分為一玄、三方、九州、二十七部、八十一家、七百二十九贊，以仿《易》的兩儀、四象、八卦、六十四重卦、三百八十四爻等；內容則為儒、道、陰陽三家的混合體。全書以「玄」為中心思想，相當於《老子》的「道」和《周易》的「易」。⓫有以 有辦法。⓬守 保持。⓭泊如 淡泊的樣子。⓮玄之尚白 這是就《太玄經》而衍發出的調侃語，意謂玄為黑色，既以玄為得道，則人之修養亦如白染黑，如今尚白未黑，可見修養不到家，所以為官不得志。⓯上世 上古時代。⓰人綱人紀 為人們所取法的準則。綱、紀，皆準則之意。⓱生 做；為。⓲析 分。⓳人 指君主。⓴珪 通「圭」。為帝王諸侯所執的長形玉版，上圓或尖，下方。㉑儋 同「擔」。承受。㉒懷 懷藏。㉓符 古代朝廷傳達命令或徵調兵將用的憑證，用金、玉、銅、竹、木等為材料，上書文字，雙方各執一半，用時相合以為憑信。㉔分 分享。㉕祿 俸祿。㉖紆青拖紫 佩帶青色、紫色的印綬。比喻地位顯貴。紆，纏繞。青，青色的綬。漢制，九卿青綬。綬是繫在璽印環柄上的絲縧。拖，垂；曳。紫，紫色的綬。漢制，公侯紫綬。㉗朱丹其轂 比喻地位顯貴。漢制，公卿列侯及二千石以上的官，可乘朱輪的車子。朱、丹，都是紅色，此作使動用法。轂，車輪中心圓木。此代指車輪。㉘不諱 不忌諱。指皇帝政令寬大，臣子言行無所禁忌。㉙同行 同一行列。指同在朝為官。㉚金門 即金馬門。漢代未央宮的宮門旁有銅馬，故稱宮門為金馬門，天下被徵召之士，其中備皇帝顧問者，多在此待詔。㉛玉堂 官署名，相當於唐、宋的翰林院。㉜曾 竟然。㉝畫 謀劃。㉞奇 奇計。㉟說 與下句「談」兩詞為互文。遊說的意思。㊱目如耀星 目光閃爍如星。比喻眼光有神。㊲舌如電光　舌如閃電之光。比喻應對迅速。㊳一從一橫　指談鋒甚健，縱橫馳騁。從，同「縱」。㊴當　抵擋。㊵顧　反而。㊶五千文　五千個字。㊷扶疏　四散分布的樣子。㊸數十餘萬言　揚雄自作《太玄經章句》，此數目蓋指《章句》之字數。㊹黃泉　地底的泉水。㊺出　超出。㊻元氣　指天地未開闢前的一團混沌之氣。㊼無間　沒有間隙的東西。間，間隙。㊽侍郎　皇帝左右的侍從，擔任守衛殿門之職，地位不高，其秩僅為比四百石。㊾擢　升遷。㊿給事黃門　位次於將大夫，比一般侍郎官位高，供職在宮中。51意者　料想。52得無　莫非。53拓落　不得意的樣子。

【語譯】漢哀帝時候，丁明、傅晏、董賢當權，那些依附他們的人，剛從家裡被徵召出來就做二千石的大官。這時揚雄正開始寫作《太玄》，用以保持自己的節操，心境淡泊。有人嘲弄揚雄要想修養成玄黑，卻至今尚白，沒有祿位，揚雄對此進行解釋，稱為〈解嘲〉。文章說：

有客嘲弄揚雄說：「我聽說上古時代的人，人人有個立身處世的準則，他如不想有所作為也就罷了，果能有所作為，一定上則使君主尊貴，下則使父母榮顯。分君主的珪，承受君主賞賜的爵位，懷藏君主賜予的符信，分享君主頒給的俸祿，身佩青色或紫色的印綬，乘坐朱輪的車子。現在你有幸能碰上這聖明隆盛的時代，置身於沒有禁忌的朝廷，與賢人們同在朝為官，待詔金馬門，仕宦於玉堂也有一些時日了。竟然不能謀畫一個奇計，獻出一個計策，在上向君主遊說，在下向公卿談辯，眼光像閃爍的星星，口才敏捷，應對如閃電之光一樣迅速，辭鋒犀利，縱橫馳騁，論說的人都不能抵擋。反而默默地寫作五千字的《太玄》，辭采煥發如同樹的枝葉四散分布，獨自解說數十餘萬字，意蘊深邃處如同進入地底的黃泉，高遠如同超出青天之上，博大處如同宇宙混沌時的元氣，精微處如同進入沒有間隙的地方，但是官位不過是侍郎，升遷後也不過是給事黃門。想來要修養得『玄』，莫非還是白的吧？為什麼做官如此不得意？」

揚子笑而應之曰：「客徒欲朱丹吾轂，不知一跌❶將赤❷吾之族也！往昔周網解結❸，群鹿❹爭逸❺，離為十二❻，合為六七❼，四分五剖，並為戰國❽。士無常君，國無定臣[9]，得士者富，失士者貧，矯[10]翼厲[11]翮[12]，恣意[13]所存[14]。故士或自盛以橐[15]，或鑿坏以遁[16]。是故鄒衍[17]以頡頏[18]而取世資[19]，孟軻[20]雖連蹇[21]，猶為萬乘師[22]。今大漢左[23]東海[24]，右渠搜[25]，前[26]番禺[27]，後[28]椒塗[29]，東南一尉[30]，西北一候[31]。徽[32]以糾墨[33]，制[34]以鑕鈇[35]；散[36]以禮樂，風[37]以《詩》、《書》[38]；曠[39]以歲月，結[40]以倚廬[41]。天下之士，雷動[42]雲合[43]，魚鱗雜襲[44]，咸營[45]于八區[46]。家家自以為稷[47]、契[48]，人人自以為皋陶[49]。戴縰垂纓[50]而談者，皆擬於阿衡[51]；五尺童子[52]，羞比晏嬰[53]與夷吾[54]。當塗[55]者升青雲，失路[56]者委[57]溝渠；旦握權則為卿相，夕失勢則為匹夫。譬若江湖之崖[58]，渤澥[59]之島，乘鴈[60]集不為之多，雙鳧[61]飛不為之少。昔三仁[62]去而殷墟[63]，二老[64]歸[65]而周熾[66]；子胥[67]死而吳亡[68]，種[69]蠡[70]存而越霸[71]；五羖[72]入而秦喜，樂毅出而燕懼[73]；范雎[74]以折摺而危穰侯[75]，蔡澤[76]以噤吟而笑唐舉[77]。故當其[78]有事[79]也，非蕭[80]、曹[81]、子房[82]、平[83]、勃[84]、樊[85]、霍[86]則不能安；當其無事也，章句之徒[87]相與坐而守之，亦無所患。故世亂則聖哲[88]馳騖[89]而不足，世治則庸夫[90]高枕而有餘。夫上世之士，或解縛而相[91]，或釋褐而傅[92]；或倚夷門而笑[93]，或橫江潭而漁[94]；或七十說而不遇[95]，或立談而封侯[96]；或枉千乘於陋巷[97]，或擁篲而先驅[98]。是以士頗得信其舌[99]而奮其筆[100]，窒隙蹈瑕[101]而無所詘[102]也。當今縣令不請士，郡守[103]不近師，群卿不揖客[104]，將相不俛眉[105]。言奇者見疑，行殊者得辟[106]。是以欲談者卷舌[107]而同聲[108]，欲步者擬足而投跡[109]。鄉使上世之士，處乎今世，策[110]非甲科，行非孝廉[111]，舉非方正[112]，獨[113]可抗疏[114]，時道[115]是非，高得待詔[116]，下觸聞罷[117]，又安得青紫？且吾聞之：炎炎者[118]滅，隆隆者[119]絕。觀雷觀火，為盈為實[120]，天收其聲，地藏其熱。高明之家[121]，鬼瞰其室[122]。攫拏[123]者亡，默默[124]者存；位極者[125]宗[126]危，自守者身全。是故知玄[127]知默[128]，守道之極。爰清爰靜，游神之庭[129]；惟寂惟漠，守德之宅[130]。世異事變，人道不殊，彼我易[131]時，未知何如。今子乃以鴟[132]梟[133]而笑鳳皇，執蝘蜓[134]而嘲龜龍，不亦病[135]乎！子之笑我玄之尚白，吾亦笑子病甚，不遇俞跗[136]與扁鵲[137]也，悲夫！」

【章旨】針對客的嘲笑，列舉前世士人不同的遭際，說明仕途之是否通達並非因才能之高下而定，並以《周易》、《老》、《莊》之理闡明自己的處世之道。

【注釋】❶跌 失足。❷赤 使動用法。使……赤，意謂誅滅。因為被誅殺者必流血。❸周網解結 比喻周朝政教的敗亂。周，周朝。網，比喻政教。解結，散結。比喻政教敗亂。❹群鹿 比喻諸侯國。鹿，指在爵位者。❺逸 奔走。❻十二 十二國。指魯、衛、齊、宋、楚、鄭、燕、趙、韓、魏、秦、中山。❼六七 指齊、楚、燕、韓、趙、魏六國，加上秦為七國。❽戰國 戰爭之國。❾定臣 固定的臣子。❿矯 高舉。⓫厲 振奮。⓬翮 羽毛中的大莖。此指翅膀。⓭恣意任意。⑭存　止息。⑮自盛以橐　聯繫下文觀之，此當指戰國時范雎。范雎入秦，為避穰侯，藏於囊中。據李善注及《史記》。一說指伍子胥橐載過昭關。盛，裝入。橐，盛物的袋子。⑯鑿坏以遁　據《淮南子・齊俗》載，魯君派人持禮物去聘顏闔為相，顏闔竟穿後牆而逃。鑿，穿孔。坏，後園的牆壁。遁，逃走。⑰鄒衍　戰國時齊國臨淄（今山東淄博東北）人，陰陽家代表人物。深觀陰陽消息，提出「五德終始」說，把「五行」說附會到社會歷史變動和王朝興替上。又提出「大九州」說，認為中國為赤縣神州，只是全世界八十一州中的一州，每九州為一單位，稱「大九州」，有小海環繞；九個「大九州」又有大海環繞，再往外便是天地的邊際。其語「閎大不經」，人稱「談天衍」。歷遊魏、燕、趙等國，受諸侯尊重，燕昭王為其築碣石宮而師事之。著有《鄒子》四十九篇、《鄒子終始》五十六篇，今皆不傳。⑱頡頏　詭異。⑲取世資　意即為世所用。⑳孟軻　戰國鄒（今山東鄒縣東南）人。受業於孔子之孫子思的門人。遊說於齊魏等國，因主張不見用，退而與其弟子著書立說。繼承孔子的學說，兼言仁義，主張法先王，行仁政。提出「民貴君輕」說，勸告在位者重視人民。肯定人性本善，強調內心修養，對宋代理學家心性之說有很大影響。他被認為孔子學說的繼承者，有「亞聖」之稱。著作有《孟子》七篇。㉑連蹇　處境困難的樣子。㉒萬乘師　萬乘之國君主的老師。齊宣王、梁惠王都以師道尊孟子。㉓左　指東方。古以東方為左，西方為右。㉔東海　指會稽郡的東海。即今浙江省東部。㉕渠搜　古代西戎國名。其地即漢時的康居，在今新疆北部及中亞一部分地方。㉖前　指南方。㉗番禺　今廣州市。秦、漢時是南越王的都城。㉘後　指北方。㉙椒塗　北方國名。其地西漢時在漁陽郡的北界。漁陽郡轄地相當於今北平以東、天津以北及長城以南一帶地方。㉚尉　指都尉府。漢代在邊疆各郡，都設有都尉府管理軍事，負守禦鎮撫之責。㉛候　關隘上守望之所。㉜徽　綑綁。㉝糾墨　同「糾纆」。兩股線撚成的繩子叫糾，用三股線撚成的繩子叫纆。這裡泛指繩索。㉞制　制裁；控制。㉟鑕鈇　古代腰斬的刑具。鑕，刀砧。鈇，鍘刀。㊱散　指宣傳。㊲風　感化。㊳詩書　《詩經》、《尚書》。㊴曠　耗費。㊵結　構築。㊶倚廬　即「畸廬」。猶田廬、田舍。此指學舍。用沈欽韓說。一說：倚廬為居喪之用，則以上二句意為修喪制之禮，以示於人。㊷雷動　像雷震一樣。動，震。㊸雲合　像雲聚集一樣。㊹雜襲　紛紜眾多的樣子。㊺營　謀求。此指求官。㊻八區　八方。㊼稷　周族的始祖。傳說其母姜嫄踏巨人腳跡，因而有孕而生。因一度被丟棄，故名棄。善於種植農作物，為舜農官，封於邰，號后稷，別姓姬氏。㊽契　傳說中商族的先祖，帝嚳之子，其母簡狄吞玄鳥卵而生。因幫助禹治水有功，被舜任為司徒，掌管教化。賜姓子氏，封於商（今河南商丘南）。㊾皋陶　也作「咎繇」。傳說中東夷族的首領。偃姓。為舜之臣，掌管刑法。後被禹選為繼承人，因早死，未繼位。㊿戴縰垂纓　指士大夫的裝扮。縰，包髮的巾。古人先用縰包住頭髮，然後再戴帽子。纓，繫冠的絲帶子。51阿衡　指伊尹。名摯，原是商湯妻有莘氏女陪嫁的奴隸。後幫助湯伐夏桀，被尊為阿衡（宰相）。湯死後，孫太甲破壞商湯法制，伊尹把他放逐到桐宮。三年後，太甲悔過，又迎之復位。52五尺童子　指尚未成年的兒童。53晏嬰　字平仲，夷維（今山東高密）人。齊靈公二十六年（西元前五五六年），繼其父晏弱為齊卿，歷仕靈公、莊公、景公三世。以節儉力行，名享諸侯。54夷吾　管仲名夷吾，字仲，齊潁上人。初事公子糾，後相齊桓公。主張積財通貨，富國強兵，國力大振。幫助齊桓公以「尊王攘夷」相號召，使之成為春秋時第一個霸主。55當塗　當道。指當權得勢。56失路　指失勢。57委棄。58崖　岸邊。59渤澥　即渤海。60乘鴈　一隻鴈。乘，一。依王念孫說。李善以乘鴈為四鴈。61雙鳧　雙，王念孫說應作「隻」。隻鳧，一隻鳧。鳧，野鴨。62三仁　指微子、箕子、比干。《論語・微子》：「微子去之，箕子為之奴，比干諫而死。孔子曰：『殷有三仁焉。』」63墟　作動詞用。變成廢墟。64二老　指伯夷和姜尚。《孟子・離婁上》：「伯夷辟紂，居北海之濱，聞文王作，興曰：『盍歸乎來！吾聞西伯善養老者。』太公辟紂，居東海之濱，聞文王作，興曰：『盍歸乎來！吾聞西伯善養老者。』二老者，天下之大老也，而歸之，是天下之父歸之也。」65歸　歸附。66熾　興旺。67子胥　即伍子胥。68吳亡　吳王闔閭死後，其子夫差伐越，大破越軍。越王句踐求和，夫差不聽子胥之言，答應了越國的請求。後來又聽信讒言，逼子胥自殺。九年後，越國滅了吳國。69種　指文種。字少禽，楚國郢（今湖北江陵西北）人。越國大夫，與范蠡同輔越王句踐，屢獻奇計，滅吳後，不聽范蠡勸說而引退，後被句踐賜劍自殺。70蠡　指范蠡。71霸　稱霸。72五羖　指百里奚。他原為虞國大夫，晉獻公滅虞後，將他俘虜，並作為陪嫁奴隸送入秦國。後來，他逃出秦國，被楚人所抓。秦穆公聽說他很有才能，就用五張黑公羊皮把他贖回。穆公與他談論國事，大為高興，於是付之國政，號為五羖大夫。他與蹇叔、由余等共同輔佐秦穆公建立霸業。73樂毅出而燕懼　樂毅為燕昭王伐齊，大破齊。昭王死，惠王立，疑忌樂毅，派騎劫代他為將。樂毅怕回國被殺，就逃到趙國，趙封他為望諸君，用來威脅燕、齊兩國，惠王於是感到恐懼。74范雎　戰國時魏國人。初事魏中大夫須賈，因有私通齊國的嫌疑，被魏相魏齊派人鞭笞，打斷肋骨，佯死得免。後化名張祿，得王稽、鄭安平的幫助入秦。遊說秦昭王遠交近攻，加強王權，驅逐專權的秦相魏冉。秦昭王四十一年（西元前二六六年）任秦相，封於應（今河南寶豐西南），稱應侯。後因他所推薦的鄭安平、王稽，皆犯重罪，因而謝病歸相印，死於西元前二五五年。折摺，指折斷肋骨、牙齒。摺，摧折。75穰侯　即魏冉。戰國時秦國大臣。原為楚人，秦昭王母宣太后異父弟。秦武王去世，他擁立昭王，任相，封於穰（今河南鄧縣），號穰侯。五國合縱破齊後，加封陶邑（今山東定陶西北），富比王室。秦昭王四十一年（西元前二六六年），昭王改用范雎為相，他被罷免。後死於陶邑。76蔡澤　戰國時燕國人。曾遊說各國。秦昭王五十二年（西元前二五五年),秦相范雎因為攻趙不勝,漸被昭王疏遠,他勸說范雎辭退,被任為相國。獻計昭王攻滅西周,不久辭去相位,封為剛成君。居留秦國十多年。⑰以噤吟而笑唐舉 據《史記·蔡澤列傳》載,蔡澤曾請魏國相士唐舉給他看相,唐舉仔細看了他一會,就笑了起來,同他開玩笑:「我聽說聖人的相貌與眾不同,大概就是指你吧?」噤吟,下巴下垂經常閉不住口的樣子。⑱其 指天下。⑲事 指亂事。⑳蕭 指蕭何。沛(今江蘇沛縣)人。曾為沛縣吏。幫助劉邦建立漢朝。劉邦入咸陽,他收取秦政府的律令圖書,掌握了全國的山川險要、郡縣戶口及當時的社會情況。劉邦為漢王,封為丞相。楚漢戰爭中,留守關中,送兵運餉。對劉邦戰勝項羽、建立漢朝起了重要作用。論功第一,封酇侯。漢的律令制度,多為其制定。死於惠帝二年(西元前一九三年)。㉑曹 指曹參。沛縣(今江蘇沛縣)人。曾為沛縣獄吏。從劉邦起事,屢立戰功。漢朝建立,封平陽侯,曾任齊相九年。蕭何死後,繼任丞相,無為而治,一遵蕭何舊規,有「蕭規曹隨」之稱。死於惠帝五年(西元前一九〇年)。㉒子房 即張良。字子房,城父(今河南郟縣東)人。韓國貴族,秦滅韓後,他圖謀恢復韓國,結交刺客,在博浪沙(今河南原陽東南)椎擊秦始皇未遂,逃亡至下邳(今江蘇睢寧北)時,遇黃石公,得《太公兵法》。秦末戰爭中,歸劉邦,為重要謀士,獻策多被採納。漢朝建立,因功封留侯。死於高后三年(西元前一八五年)。㉓平 指陳平。陽武(今河南原陽東南)人。少時家貧,喜讀書,好黃老之術。秦末戰爭,初從項羽,任都尉。後歸劉邦,任護軍中尉,屢出奇計。漢朝建立,封曲逆侯。惠帝、呂后時歷任左、右丞相。呂后死後,與周勃合謀,誅殺諸呂,迎立文帝,任丞相。死於文帝二年(西元前一七八年)。㉔勃 指周勃。沛縣(今江蘇沛縣)人。少時以編織蠶箔及充當喪事中的吹鼓手為生。秦末從劉邦起事,因功為將軍,封絳侯。劉邦說他厚重少文。惠帝時,為太尉。呂后死,與陳平合謀,誅殺諸呂,迎立文帝,任右丞相。死於文帝十一年(西元前一六九年)。㉕樊 指樊噲。沛縣(今江蘇沛縣)人。少以宰狗為業。秦末隨劉邦起事,因功封賢成君。鴻門宴上,斥責項羽,脫劉邦之險。漢朝建立,因功封舞陽侯。因其妻呂須為呂后之妹,甚得呂后信任,死於惠帝六年(西元前一八九年)。㉖霍 指霍光。字子孟,河東平陽(今山西臨汾西南)人。霍去病異母弟。武帝時為奉車都尉。昭帝即位,他以大司馬大將軍受遺詔輔政,封博陸侯。昭帝死,迎立昌邑王劉賀;因其淫亂而廢之,又立宣帝。前後執政二十年,權傾內外。死於宣帝地節二年(西元前六八年),諡宣成。㉗章句之徒 分析古書章節句讀的人。指儒生。㉘聖哲 有超凡的道德才智的人。㉙馳騖 奔走。㉚庸夫 平庸的人。㉛解縛而相 指管仲。據《左傳·莊公九年》記載,公子小白(齊桓公)入齊即位後,擊敗魯軍。強迫魯國殺死與他爭奪君位的公子糾。輔佐公子糾的召忽自殺,管仲被囚。桓公本欲殺管仲,鮑叔牙推薦管仲有大才,因而桓公不殺管仲,並任以為相。㉜釋褐而傳 指傳說。《墨子·尚賢中》:「傅說被褐帶索，庸築乎傅巖，武丁得之，舉以為三公。」當是揚雄所本。釋，脫掉。褐，粗布衣服。傅，太傅，三公之一。殷商時沒有三公稱號，傳說為高宗武丁之相，「傅」是後人用典不慎。93倚夷門而笑　指侯嬴。據《史記・魏公子列傳》，侯嬴為大梁守門吏，被信陵君待為上賓。魏安釐王二十年（西元前二五七年），秦攻趙國首都邯鄲（今河北邯鄲），趙求救於魏，魏國害怕秦國，觀望不前。信陵君不得已，帶領門客前往，準備拚死。去向侯嬴辭別，侯嬴態度冷淡，不表示意見。信陵君走至半途，對侯嬴舉止疑惑不解，又轉回來見侯嬴，侯嬴笑著說：「我本來就知道你會回來的。」就為信陵君設謀，盜得兵符，並假託魏王命令奪晉鄙軍，前擊秦軍，解邯鄲之圍。夷門，魏國首都大梁（今河南開封）的東門。94橫江潭而漁　指與屈原談話的漁父。據《楚辭・漁父》言，屈原被放逐後，行於江邊，精神委靡。時江邊有一個避世隱身的漁翁，見屈原，怪而問之。漁翁勸屈原隨俗同流，全身遠害。江潭，江邊。漁，捕魚。95七十說而不遇　指孔子。《莊子・天運》：「孔子謂老聃曰：『丘治《詩》、《書》、《禮》、《樂》、《易》、《春秋》六經，自以為久矣，孰知其故矣，以奸者七十二君，論先王之道而明周、召之跡，一君無所鉤用。』」說，遊說。96立談而封侯　指虞卿。虞卿遊說趙孝成王，第一次見面，就賞賜給他黃金百鎰、白璧一雙，第二次就封他為趙國上卿。97枉千乘於陋巷　指齊桓公見小臣稷的事。齊桓公去見小臣稷，一天到他家裡三次，都沒有見到。別人勸阻桓公，但桓公認為不可以王位自驕，堅持要親自去見稷。枉，委屈。千乘，千乘之國的國君。此指齊桓公。陋巷，狹窄的街巷。98擁篲而先驅　指燕昭王禮遇鄒衍。據《史記・孟子荀卿列傳》，鄒衍到燕國，昭王擁篲先驅，請求作為弟子而受業，並為築碣石宮。擁篲，執帚。篲，笤帚。先驅，先行。執著笤帚後退，表示恐怕塵埃碰到客人身上，這是一種禮敬的儀式。99信其舌　指騁其口才。信，通「伸」。100奮其筆　指振筆而書，盡量寫作。101窒隙蹈瑕　意謂乘機，鑽空子。窒，堵塞。隙，空隙。蹈，踏。瑕，裂縫。102無所詘　沒有受到什麼挫折。詘，通「屈」。103郡守　一郡的最高長官。104揖客　對客作揖。意謂禮賢下士。揖，古代的一種拱手禮。105俛眉　低眉。指謙虛自抑。俛，同「俯」。106辟　罪。107卷舌　捲起舌頭。指默不作聲。108同聲　即人云亦云。109擬足而投跡　比量別人的腳印而踏下去。即亦步亦趨之意。擬，比量。110策　指射策或對策。漢代考試士子的辦法。射策由主試者出試題，寫在簡策上，分甲乙科，置於案上，應試者隨意取答，主試者按題目難易程度和所答內容定優劣，上者為甲，次者為乙。對策是士人對答皇帝寫在簡策上的有關政事、經義的問題。111孝廉　漢代取士的兩種科目名。孝，指孝子。廉，指廉潔之士。漢武帝時，令郡國推舉孝與廉各一人，後來合稱為孝廉。112方正　即賢良方正。指行為端方正直而有賢良的人。113獨　只。114抗疏　指向皇帝上書直言。抗，舉。115道　議論。116待詔　候命之意。漢代凡才技優異的徵士待詔於金馬門。117下觸聞罷　指上疏有所觸犯，遂被告知皇帝已知道上疏的事，卻不被任用。觸，觸犯。罷，罷而不用。118炎炎者　指火光。炎炎，火光旺盛的樣子。119隆隆者　指雷聲。隆隆，雷聲不絕的樣子。120觀雷觀火二句　從表面看，火光旺盛，雷聲震響，好像是飽滿充實的。盈，滿。121高明之家　意即富貴之家。122鬼瞰其室　鬼神窺望其屋室，伺其衰敗。從「炎炎者滅」至此共八句，是演繹《周易》「豐」卦之義而成。豐卦（䷶）震居上，震代表雷，就是「天收其聲」之意；離居下，離代表火，就是「地藏其熱」之意。這是旺盛不能持久，將要滅絕的象徵。豐卦還說：「豐（光大）其屋，蔀（遮蔽光亮）其家，闚其戶，闃（靜）其無人。」就是「高明之家，鬼瞰其室」之意，也就是說富貴人家要家破人亡。此說見清朝李光地《周易通論》。123攫挐　執持牽引。指執權用勢。124默默　不言不語。指恬淡自守。125位極者　指爵位很高的人。126宗　指宗族。原作「高」，據《文選考異》改。127玄　黑。此指謙退靜默。128默　指不求聞達。129神之庭　精神所居之處。130德之宅　指道德所居之處。131易　變換。132鴟　指鴟鵂。俗名貓頭鷹。133梟　一種惡鳥。134蝘蜓　壁虎。135病　毛病。136俞跗　傳說是黃帝時的良醫。137扁鵲　戰國時名醫。姓秦，名越人，渤海郡鄚（今河北任丘）人。學醫於長桑君，遍遊各地，擅長各科，醫名甚著。後因診治秦武王之病，被秦太醫令李醯妒忌殺害。

【語　譯】揚雄笑著回答：「你只是想要我乘上朱輪車，不知道一失足就會滅我全族！從前周朝政權崩潰，諸侯國爭相叛離，分為十二國，又合并為六、七國，天下四分五裂，並列為戰爭之國。士人沒有恆久的君主，國家沒有固定的臣子。得到賢能之士的國家就富強，失去賢能之士的國家就貧弱，士人像鳥舉翼振翅一樣，任意找尋安身之處。所以士人有的把自己裝進袋中，忍辱求仕；有的鑿通後牆逃跑，不願為官。因此鄒衍憑著學說詭異而為世所用，孟軻雖然處境困難，還是成為萬乘之國國君的老師。現在大漢朝東方到東海，西方到渠搜，南方達番禺，北方至椒塗，東南方一個都尉府，西北方一個關候。對輕罪之人用繩索加以綑綁，對重罪之人用死刑制裁；用禮、樂來宣揚，用《詩經》、《書》來感化；鼓勵人民耗費時日，構築學舍來讀書求學。天下士人像雷震一樣響應，像雲一樣聚集起來，就如魚鱗一樣密密麻麻，都從四面八方來謀求官位。家家都認為自己像后稷、契一樣賢能，人人都自認為像皋陶那樣有才，那些士大夫打扮而談說的人，都把自己比作伊尹；身不滿五尺的小孩童，都羞於把自己同晏嬰和管仲相比。當權得勢之人一步登天，青雲直上，而失勢之人則被棄之溝渠；早上掌握權力，就做卿相，晚上失勢就成為平民。譬如在江湖的崖岸，渤海的島上，一隻雁來聚不能顯出雁有增多，一隻野鴨飛走也不覺得有所減少。從前微子、箕子、比干三位仁人離開，殷都就變成了廢墟；伯夷、姜尚二位老人來歸附，周家就興旺起來。伍子胥一死，吳國就滅亡；文種、范蠡存在，越國就稱霸。五羖大夫百里奚進入秦國，秦穆公就高興；樂毅出走趙國，燕惠王感到恐懼。范睢因為被打折斷肋骨和牙齒，因此進入秦國而危及穰侯魏冉；蔡澤因為相貌醜陋而被唐舉所笑。所以當天下有亂事的時候，不是蕭何、曹參、張良、陳平、周勃、樊噲、霍光這樣的人就不能使它安定；當天下沒有亂事的時候，分析古書章節句讀的儒生一起坐著就能守住它，也沒有什麼可以憂患的。所以社會動亂，就是有超凡道德才能的人東西奔走還是不能成功；社會安定，就是平庸之人執政，也可以高枕無憂，綽有餘裕。前代的士人，有的解脫綑綁而為相，有的脫掉粗布衣服而成為太傅；有的背靠夷門而笑，有的橫舟江邊捕魚；有的遊說七十二君而沒有碰上明君，有的立談之間就被封侯；有的使千乘之國的國君屈駕到狹窄的街巷，有的使國君執帚先行。因此士人很能騁其口才，振其筆桿，能鑽漏洞而不受到什麼挫折。如今縣令不請士人，郡守不迎老師，眾卿不禮賢下士，將相不謙虛自抑。言論特異的被疑忌，行為特出的獲得罪名。所以想談論的都捲舌不言，待別人說了，然後才隨聲附和；想行動的人也要比量別人的腳印才踏下去。假使前代的士人，處在今世的話，如果對策不是甲科，品行不是孝廉，推舉不是賢良方正，那麼只能向皇帝上疏直言，有時議論政事的得失，高的不過受命待詔備諮詢，次一點如有所觸犯，被通知罷而不用，又怎麼能位至公卿呢？而且我聽說：旺盛的火光要熄滅，隆隆的雷聲要停止。從表面看，火光旺盛，雷聲震響，好像是飽滿充實的，但天收去了雷聲，地藏匿了火之熱。富貴的家庭，鬼神要窺望他們的家室，以待其衰敗。執權用勢的人滅亡，默然守道的人生存；爵位很高的人宗族危險，恬淡自守的人自身安全。所以知道謙退靜默，不求聞達，是守道之人的最高標準。於是淡泊無欲，才可遨遊於精神廣大之境；只有空虛淡漠，始能保住其道德品質。時世不同事物變更，但做人的道理沒有不同，假如讓古人與我互換一下所處的時代，那麼他們今天的情形到底如何，還不知道呢！現在你竟然拿鴟、梟來譏笑鳳凰，持壁虎而嘲笑龜、龍，不是有毛病吧！你嘲笑我想『玄』還是白的，我也笑你毛病很重，怕是沒有碰到俞跗與扁鵲這樣的良醫吧，可悲啊！」

客曰：「然則靡[1]玄[2]無所成名乎？范、蔡以下[3]，何必玄哉？」揚子曰：「范雎，魏之亡命[4]也。折脅[5]摺髂[6]，免於徽索[7]，翕肩[8]蹈背[9]，扶服入橐[10]。激卬[11]萬乘之主[12]，介[13]涇陽[14]，抵[15]穰侯而代之，當[16]也。蔡澤，山東[17]之匹夫也。顉頤[18]折頞[19]，涕唾流沫[20]，西揖[21]強秦之相[22]，搤其咽而亢其氣[23]，拊其背而奪其位[24]，時[25]也。天下已定，金革[26]已平，都於洛陽[27]；婁敬[28]委輅脫輓[29]，掉[30]三寸之舌，建不拔[31]之策，舉中國[32]徙之長安，適[33]也。五帝[34]垂典[35]，三王[36]傳禮，百世不易[37]；叔孫通[38]起於枹鼓之間[39]，解甲投戈[40]，遂作君臣之儀[41]，得[42]也。呂刑[43]靡敝[44]，秦法酷烈[45]，聖漢權制[46]，而蕭何造律[47]，宜[48]也。故[49]有造蕭何之律於唐虞之世，則悖[50]矣。有作叔孫通儀於夏殷之時，則惑[51]矣。有建婁敬之策於成周之世[52]，則乖[53]矣。有談范、蔡之說於金[54]、張[55]、許[56]、史[57]之間，則狂[58]矣。夫蕭規曹隨[59]，留侯[60]畫策，陳平出奇[61]，功若泰山[62]，嚮[63]若坻[64]隤[65]，雖其人之贍[66]智哉，亦會[67]其時之可為也。故為可為於可為之時，則從[68]；為不可為於不可為之時，則凶。若夫藺生[69]收功於章臺[70]，四皓[71]采榮於南山[72]，公孫[73]創業於金馬[74]，驃騎[75]發跡[76]於祁連[77]，司馬長卿[78]竊貲於卓氏[79]，東方朔割炙於細君[80]，僕[81]誠[82]不能與此數子[83]並[84]，故默然獨守吾《太玄》。」

【章 旨】言自己既不像范雎、蔡澤、婁敬、叔孫通、蕭何、張良、陳平等遇時，又趕不上藺相如、商山四皓、公孫弘、霍去病、司馬相如、東方朔等人，因而只能寫作《太玄》，以成己志。

【注 釋】❶靡 無。❷玄 《太玄》。此指著書立說。❸范蔡以下 指范雎、蔡澤以來的人，如蕭何、曹參等人。❹亡命 逃亡。此意指亡命之徒。范雎是從魏國逃到秦國以後才成名的。❺脅 肋骨。❻骼 腰骨。❼徽索 繩索。徽，繩索。范雎被打傷後，裝死，魏齊就叫人把他用蓆子捲起來丟到廁所裡，他因此有機會得以逃出魏國。❽翕肩 聳肩。翕，收斂。❾蹈背 叩擊背部。范雎鑽口袋時，聳肩躬背，因而旁人敲擊其背，使稍微伸直，便於鑽入袋中。蹈，通「掐」。叩，擊。❿扶服入橐 匍匐鑽入口袋。扶服，同「匍匐」。橐，口袋。此指范雎在逃跑途中躲避穰侯之事，不過范雎並沒有「入橐」之事，此當是作者誇張的說法。據《史記・范雎列傳》記載，范雎跟隨秦國使者王稽坐車由魏逃入秦國，中途遇見秦相魏冉。范雎知道魏冉專權，不喜秦國收納六國諸侯之客，怕被魏冉發現，就請王稽把他藏在車箱裡頭。⓫激卬 激怒。卬，同「昂」。⓬萬乘之主 指秦昭王。⓭介 離間。⓮涇陽 指涇陽君。秦昭王弟。⓯抵 當從《文選考異》作「扺」。攻擊。⓰當 恰當其時。⓱山東 泛指函谷關以東地區，即中原六國地區。蔡澤是燕國人。⓲顩頤 即顉頤，垂下下巴。顩，通「顉」。頤，下巴。⓳折頞 斷鼻梁，即俗所謂塌鼻梁。頞，鼻梁。⓴涕唾流沫 意即涕唾滿面，這是形容蔡澤的骯髒樣子。涕，鼻涕。唾，唾沫。沫，洗臉。㉑揖 拱手。此指謁見。㉒強秦之相 指范雎。㉓搤其咽而亢其氣 指蔡澤用言語對范雎要挾威脅。搤，同「扼」。掐住。咽，咽喉。亢，絕。㉔捬其背而奪其位 范雎為秦相後，使鄭安平伐趙，鄭竟投降了趙國。他任用的河東守王稽又因私自和東方六國勾結而被斬。按秦法，范雎當因舉人不善之罪滅三族。因此，秦昭王雖然寬容他，他還是惴惴不安。蔡澤抓住范雎這一心病，乘機進言，軟硬兼施，勸他退位。於是范雎稱病免相，昭王就拜蔡澤為相。事詳《史記・范雎蔡澤列傳》。捬，同「拊」。拍；撫。㉕時 時機；機會。㉖金革 武器。指戰爭。金，兵器。革，鎧甲。㉗都於洛陽 劉邦開始打算建都在洛陽。㉘婁敬 漢初齊人。漢高祖五年（西元前二〇二年），因戍隴西路過洛陽，建議劉邦建都長安，賜姓劉氏，號奉春君，後封關內侯。劉邦平城之圍被匈奴打敗後，他提出和親政策，又曾建議徙六國貴族後代及豪強大族十萬餘人充實關中，以削弱關東舊貴族豪強勢力。㉙委輅脫輓 扔下車前橫木，解脫輓車的繩子。委，丟下。輅，車前橫木，用以輓車。脫，取下。輓，同「挽」。指輓車的繩子。㉚掉 搖。㉛不拔 不能移動。指穩妥可靠。拔，移動。㉜中國 此指京都。㉝適 適時之務。㉞五帝 黃帝、顓頊、帝嚳、堯、舜。㉟垂典 傳下法則。㊱三王 夏禹、商湯及周之文王、武王。㊲易　改變。㊳叔孫通　薛縣（今山東滕縣南）人。曾為秦博士。秦末，先為項羽部屬，後歸劉邦，任博士，號稷嗣君。劉邦稱帝後，他訂立朝儀。後任太子太傅。漢朝的朝制典禮，都由他所定。㊴枹鼓之間　指戰場。枹，鼓槌。鼓，戰鼓。㊵解甲投戈　指戰爭結束，漢朝建立。解，脫下。投，丟下。戈，中國古代兵器，盛行於殷周，秦以後逐漸消失。其向前部分名援，援的上下都是刃，可用以橫擊、鉤殺。㊶遂作君臣之儀　據《史記・叔孫通列傳》記載，劉邦既定天下，登基稱帝，群臣飲酒爭功，喝醉了酒就狂呼亂叫，拔劍擊柱，劉邦深感憂慮。叔孫通就召集了許多儒生，明習君臣間的禮儀，使貴賤有差別，尊卑有次第。以後諸侯群臣朝見皇帝，或置酒會飲，都不敢喧譁失禮，這才顯示出皇帝的尊貴。儀，法度；標準。㊷得　得其時。㊸呂刑　呂侯是周穆王時司寇，穆王命其制定刑法，通告四方。今《書・呂刑》即記載其事。此用以指周代的刑法。㊹靡敝　敗壞。㊺酷烈　殘暴。㊻權制　權衡法律。㊼蕭何造律　據《漢書・刑法志》，漢朝建立後，蕭何搜集秦法，取其中適宜於當時情況的，制定律令九章。㊽宜　指合時宜。㊾故　如果。㊿性　錯誤。(51)惑　不明事理。(52)成周之世　周公輔成王的時代。成周，指西周初年的洛邑（今河南洛陽），周公輔成王時，曾築城於此，號為成周。(53)乖　失當。(54)金　金日磾，字翁叔。本為匈奴休屠王的太子，武帝時隨昆邪王歸漢，初沒為官奴，後為馬監，遷侍中，賜姓金。為人篤實忠誠，為武帝所信愛。與霍光、桑弘羊同受遺詔輔佐昭帝。封秺侯，卒諡敬侯。(55)張　張安世，字子孺，杜陵（今陝西西安東南）人。張湯子，昭帝時，任右將軍、光祿勳，封富平侯。後與大將軍霍光定策廢昌邑王劉賀，迎立宣帝，以功拜大司馬，領尚書事。金、張二人皆為顯宦，貴盛一時。(56)許　許廣漢，漢宣帝許皇后的父親，封昌成君。(57)史　史恭及其長子史高。史恭是漢宣帝的祖母史良娣之兄，宣帝年幼時，曾寄養於史恭家。恭死後，史高以舊恩封樂陵侯，官至大司馬車騎將軍。許、史二家都是外戚，權勢甚盛。(58)狂　神經錯亂。(59)蕭規曹隨　漢朝初建，蕭何為丞相，制定律令制度。何死，曹參繼任，舉事無所變更。規，規畫。隨，遵循。(60)留侯　指張良。(61)陳平出奇　陳平輔佐劉邦平定天下，曾六出奇計。事詳《史記・陳丞相世家》。(62)功若泰山　功勞如同泰山一樣高大。(63)嚮　指聲響。(64)坻　當從《文選考異》作「坁」。巴蜀之人稱山上突出而欲墜的崖石。(65)隤　崩。(66)膽　當從《文選考異》作「贍」。充足。(67)會　遇到。(68)從　順利。(69)藺生　藺相如，戰國時趙人。趙惠文王時，秦向趙強索和氏璧，他奉命帶璧入秦，當廷力爭，終使完璧歸趙。趙惠文王二十年（西元前二七九年），在澠池（今河南澠池西）之會上，挫敗秦王侮辱趙王之計，因功任為上卿。以國家利益為重，對廉頗容忍謙讓，終使廉頗悔悟，共成刎頸之交。(70)收功於章臺　據《史記・廉頗藺相如列傳》記載，藺相如帶璧入秦後，秦王在章臺接見他。秦王得璧後，並無意償付趙國十五座城。相如因以計索回璧，嚴辭斥責秦王。並派人從小道歸璧於趙，使秦國圖謀玉璧之事破滅。收功，取得功績。章臺，秦國宮殿名。71四皓　指秦漢之際的四位隱士，即東園公、綺里季、夏黃公、角里先生。皓，白髮人。72采榮於南山　據《史記．留侯世家》，秦始皇時，四皓避世，隱居於南山。漢高祖即位，徵召他們，他們都不肯出山。後來，高祖想廢掉太子劉盈，呂后用張良的計策，派人持太子的書信，卑辭厚禮，請他們出來輔佐太子，他們接受了這個請求，太子終於未被廢掉。采榮，採取榮譽，這是雙關語，榮本是草木之華，採取以作食物，但許多隱士的隱居是為了名譽。南山，今河南省商山。73公孫　公孫弘，字季，菑川薛（今山東滕縣南）人。獄吏出身，學《春秋》雜說。漢武帝初徵為博士，出使匈奴，不合帝意，被免歸於家。後再拜博士。元朔中，由御史大夫升任丞相，封平津侯。曾建議設五經博士。熟習文法吏事，用儒家學說解釋法令。外貌忠厚，內心忌刻，對於與己有私怨者總要暗中報復。74創業於金馬　據《漢書．公孫弘傳》載，漢武帝元光五年（西元前一三〇年），徵賢良文學，公孫弘被推薦赴京到太常對策。當時對策的有一百多人，公孫弘被錄取為第一。於是拜為博士，待詔金馬門。此處言公孫弘由待詔金馬門時開始創建了他的事業。75驃騎　指霍去病，河東平陽（今山西臨汾西南）人，衛青外甥。為人少言不泄，果敢任氣。年十八為侍中，善騎射，前後六次出擊匈奴，因功封冠軍侯，官至驃騎將軍。死時年僅二十四歲。76發跡　意即起家。77祁連　祁連山，一名南山，在今甘肅張掖西南。霍去病帶兵擊匈奴，曾深入祁連山，捕斬敵軍甚多。78司馬長卿　即司馬相如，字長卿，蜀郡成都（今四川成都）人。武帝時，因獻賦被武帝任為郎，曾奉使西南，後為孝文園令。工辭賦，文字華麗雕琢，成為漢魏以後文人賦體的模仿對象。79竊貲於卓氏　據《史記．司馬相如列傳》載，卓文君私奔相如，其父卓王孫，怒而不給一錢。相如就在臨邛開設酒肆，叫文君當鑪，自己著犢鼻褌，與酒保一起操作，給卓王孫難堪。卓王孫不得已，就分給文君奴婢百人，錢百萬及衣被財物。貲，財物。卓氏，指卓文君父親卓王孫。80東方朔割炙於細君　據《漢書．東方朔傳》載，有一次，漢武帝在三伏天賞賜群臣肉，主持其事的太官丞至晚不來，東方朔就獨自割肉而去。太官丞奏知武帝。第二天，武帝責問此事，令東方朔自責。朔就責備自己說：「朔來！朔來！受賜不待詔，何無禮也！拔劍割肉，壹何壯也！割之不多，又何廉也！歸遺細君，又何仁也！」武帝笑了，說：「讓你自責，你反自譽起來了。」又賞他酒一石，肉百斤，帶回去給他的妻子。炙，烤肉。細君，指妻子。

81僕　自稱的謙詞。82誠　確實。83數子　指藺相如、商山四皓、公孫弘、霍去病、司馬相如、東方朔。84並　並列。

【語　譯】客說：「倘然如此，那麼不著書立說就不能成名嗎？范雎、蔡澤以來等人，何必一定要著書立說呢？」揚雄說：「范雎是魏國的亡命之徒。被打斷肋骨和腰骨，因詐死出逃，才免於繩索綑綁，在逃跑途中，聳肩擊背，匍匐鑽入口袋。用言語激怒秦昭王，離間涇陽君與昭王的關係，攻擊穰侯取而代之，這是他恰好碰上機會。蔡澤是東方燕國的老百姓，下巴下垂，鼻梁凹陷，滿面都是鼻涕唾沫，向西去謁見強大秦國的相國范睢，用言語威脅要挾范睢，再撫背安慰范睢而奪了他的相位，這是時機湊巧。天下已經安定，戰爭已經平息，高祖定都在洛陽；婁敬扔下車前橫木，解脫挽車的繩子，搖動他的三寸不爛之舌，獻上了穩妥可靠的策略，把整個京都移到了長安，這是適時之務。五帝傳下法則，三王傳下禮儀，百代不變；叔孫通起於戰場之中，戰爭結束後，於是就制定了君臣間禮儀的標準，這是碰上時機。周代刑法敗壞，秦朝法律殘暴，聖明的大漢朝廷權衡法律，因而蕭何正式制定律令九章，這是合時宜。如果在唐堯、虞舜時代制定蕭何的律令的話，就是錯誤。在夏商時代制定叔孫通的君臣禮儀的話，就是不明事理。在周公輔成王時代獻上婁敬的策略的話，就是失當。向金日磾、張安世、許廣漢、史恭談論范睢、蔡澤之學說的話，就是神經不正常。蕭何規劃，曹參遵循，張良謀劃計策，陳平獻出奇計，他們的功勞像泰山一樣高大，他們的聲譽像山崩所發出的巨響一樣傳之廣遠，雖然是那些人有充足的才智，但也由於他們遇到了可以有所作為的好時機。所以在可以有所作為的時機做可做之事，就順利；在不可以有所作為的時候做不可做的事，就不會有好結果。至於藺相如在章臺取得功績，商山四皓在南山博取榮譽，公孫弘在金馬門開創了他的事業，霍去病起家於祁連山，司馬相如用不正當手段從卓王孫那兒取得財物，東方朔為他妻子割烤肉，我確實不能與這幾個人並列，所以我默默地獨自守住我的《太玄》。」

答賓戲 并序

【作　者】班固，字孟堅，東漢扶風安陵（今陝西咸陽東北）人。九歲能文，誦詩賦。十六歲左右入太學。後以父喪歸鄉里，居憂時，在其父班彪續補《史記》之作《後傳》的基礎上開始編寫《漢書》，有人因他私作國史告密，被捕入獄，其弟班超詣闕上書，方才得釋。積二十餘年之功，至章帝建初中，才大略完成《漢書》

這一史學巨著。明帝時任蘭臺令史，後升為郎。章帝時，為玄武司馬，常隨侍皇帝左右，曾參加討論五經異同的白虎觀會議，兼任記錄，負責把討論結果整理成《白虎通德論》。和帝永元元年大將軍竇憲奉旨遠征匈奴，班固被任為中護軍隨行，參與謀議。永元四年竇憲在政爭中失敗自殺，洛陽令對班固懷有私怨，羅織罪名捕其入獄，遂死於獄中。他留下的詩賦等作品有四十一篇。

【題解】班固才蓋當世，而章帝雅好文章，因而班固頗得寵幸。章帝每有巡狩，就獻上賦頌；朝廷每有大議，就使質難公卿。但官運不通，位不過郎。有感於東方朔、揚雄懷才不遇而作〈答客難〉、〈解嘲〉，因而模仿他們而作此文。

此文文辭之華麗超過〈解嘲〉，但其質樸則遠遠不及，至於其章摹句寫，處處仿效，猶如床上疊床，屋下架屋，是其缺點。但比起崔駰之〈達旨〉、張衡之〈應間〉、蔡邕之〈釋誨〉，則遠較為優。

永平❶中為郎，典❷校❸祕書❹，專篤志於儒學，以著述為業。或譏以無功，又感東方朔、揚雄自喻以不遭蘇❺、張❻、范❼、蔡❽之時，曾❾不折❿之以正道，明君子之所守，故聊復應焉。其辭曰：

賓戲⓫主人曰：「蓋聞聖人有一定⓬之論，烈士⓭有不易之分⓮，亦云名⓯而已矣。故太上有立德，其次有立功⓰。夫德不得後身而特⓱盛，功不得背時⓲而獨彰，是以聖哲之治，棲棲⓳遑遑⓴，孔席不暖，墨突不黔㉑。由此言之，取舍㉒者，昔人之上務㉓；著作㉔者，前列㉕之餘事耳。今吾子幸遊㉖帝王之世㉗，躬㉘

帶紱冕之服㉙，浮㉚英華㉛，湛㉜道德，矕㉝龍虎之文㉞，舊㉟矣。卒不能攄㊱首尾，奮㊲翼鱗，振拔㊳洿塗㊴，跨㊵騰㊶風雲，使見之者影駭㊷，聞之者響㊸震㊹。徒樂枕經籍書㊺，紆體㊻衡門㊼，上無所蒂㊽，下無所根㊾。獨攄意㊿乎宇宙之外，銳思(51)於毫芒(52)之內，潛神(53)默記，緪(54)以年歲。然而器不賈(55)於當己(56)，用(57)不效(58)於一世(59)，雖馳辯(60)如濤波，摛藻(61)如春華(62)，猶無益於殿最(63)也。意者(64)且運朝夕之策，定合會(65)之計，使存有顯號(66)，亡有美謚(67)，不亦優(68)乎？」

【章　旨】敘述賓客嘲弄主人之言，形容作者專心寫作，不務功名之狀。

【注　釋】❶永平　漢明帝劉莊年號。西元五八至七五年。❷典　主管。❸校　校勘。❹祕書　宮廷中的藏書。❺蘇　蘇秦。❻張　張儀。❼范　范雎。❽蔡　蔡澤。❾曾　尚。❿折　折服。⓫戲　嘲弄。⓬一定　固定。⓭烈士　指堅貞不屈的剛強之士。⓮分　名分；職分。⓯名　指求名。⓰太上有立德二句　《左傳・襄公二十四年》文。太上，最上。指上聖之人。立德，樹立聖人之德。⓱特　獨。⓲背時　違背時世。⓳棲棲　忙碌而不能安居的樣子。⓴遑遑　匆忙的樣子。㉑孔席不暝二句　孔子、墨翟四處奔走，從事講學傳道，到一個地方坐席還沒坐熱、煙囪還沒有燒黑，就又轉到另一個地方去了。形容忙於世務，到處奔走，無暇休息。孔，孔子。席，坐席。暝，同「暖」。墨，墨子。名翟，春秋戰國之際思想家，墨家學派的創始人；魯國人（一說宋國人），做過宋國大夫，死於楚國；主張兼愛、非攻、尚賢、尚同，反對儒家的繁禮厚葬，提倡薄葬、非樂。他的學說對當時思想家有很大影響，與儒學並稱「顯學」。突，煙囪。黔，黑色。㉒取舍　進取與退止。指觀時世而進退。李周翰說。㉓上務　最重要的事務。㉔著作　著書作文。㉕前列　指前賢。㉖遊　指生活。㉗帝王之世　像五帝三王時代那樣的盛世。㉘躬　身。㉙帶紱冕之服　三公、卿、大夫的服飾。帶，絲製的束在外衣的大帶。冕，禮帽。紱，據《文選考異》，為衍文。㉚浮　浮遊。㉛英華　草木之花，喻盛美之時。㉜湛　沈。㉝矕　披；覆蓋。㉞龍虎之文　指禮樂文章之盛。㉟舊　長久。㊱攄　伸展。㊲奮　振。㊳振拔　舉拔而出。振，舉起。拔，拔出。㊴汙塗　淺水而有汙泥之處。洿，不流動的濁水。塗，泥。㊵跨　超越。㊶騰　飛躍。㊷駭　詫異。㊸響　回聲。㊹震　驚懼。㊺枕經籍書　比喻沈浸在經書之中。枕，把……當作枕頭。籍，通「藉」。草墊。此作動詞，把……當作草墊。㊻紆體　屈身。紆，屈。㊼衡門　橫一木為門。比喻簡陋的房子。㊽蔕　同「蒂」。㊾根　根本。指援助。㊿攄意　抒發情意。51銳思　專心一意。52毫芒　細毛與麥芒。比喻極其細微。53潛神　猶專心。54緬　通貫。55賈　賣。56當己　猶知己。了解自己的人。57用　指才用。58效　顯現。59一世　一時。60馳辯　縱橫辯論。61摛藻　鋪張辭藻。62春華　春天的百花。63殿最　古代考核軍功或政績時，以上等為最，下等為殿。此指優劣。64意者　或許。65合會　指合於時勢之變，即下文「因勢合變，遇時之容」。容，《漢書》作「會」。66顯號　顯赫的名稱。67美謚　美好的謚號。謚，帝王、貴族、大臣、士大夫死後，依其生前事蹟給予的稱號。68優　優良；美好。

【語　譯】我在永平年間為郎，主管校勘宮廷中的藏書，專心一志於儒家之學，以撰寫文章為職業。有人譏諷我做此沒有成效，又有感於東方朔、揚雄寫文章表明自己因為沒有碰上蘇秦、張儀、范睢、蔡澤的時代所以不得志，這種說法還沒有用正確的道理折服他們，表明君子所應當堅持的操守，因此我寫了這篇文章姑且應對他們吧。文章說：

　　賓客嘲弄主人說：「聽說聖人有固定的論點，堅貞不屈的剛強之士有不能改變的職分，也只是為了名譽罷了。所以最高一等的是樹立聖人之德，其次是建立功勳。德不可能後於自身而獨自興盛，功勳不可能背離時世而獨自顯赫，所以聖哲之人治理天下，忙忙碌碌，不能安居，孔子的坐席也坐不暖，墨子的煙囪也燒不黑。從這點來說，觀察時世而進退，是從前人最重要的事務；著書作文，是前輩賢人的業餘之事罷了。現在你有幸生活在像五帝三王時代那樣的盛世，身穿官服，浮遊在盛美之時，沈浸在道德之中，身在我朝隆盛的禮樂文章之下很久了。但終不能伸展身體，振奮鱗翅，從汙泥之中舉拔出來，騰躍而至風雲之上，使看到的人見到影子也驚駭，聽到的人聽到回聲也震懼。但你只是以沈浸在經書之中為樂事，屈身在簡陋的房子中，在上面沒有可以援拔的人，在下面沒有支持你的人。獨自在宏大的天地之外抒發情意，在極其細微之處專注心意，潛心默默地著作，竟年累歲而不停。但結果你的才具就像器物無法賣給了解自己的人，才用也不能顯現於一時，雖然縱橫辯論猶如波濤滾滾，鋪張辭藻如同春天的百花那樣繁盛，但對於事功之優劣，還是毫無助益。或許你就姑且運用權宜之計，決定因勢變化之策，使自己活著有顯赫的名號，死後有美好的諡號，不是也很好嗎？」

主人逌爾[1]而笑曰：「若賓之言，所謂見世利[2]之華[3]，闇道德之實，守窔奧[4]之熒燭[5]，未仰天庭[6]而覩白日也。曩者[7]王塗[8]蕪穢[9]，周失其馭[10]，侯伯[11]方軌[12]，戰國[13]橫騖[14]，於是七雄[15]虓闞[16]，分裂諸夏[17]，龍戰虎爭[18]。遊說之徒，風颮[19]電激[20]，並起而救之。其餘[21]猋[22]飛景附[23]，霅煜[24]其間者，蓋不可勝載。當此之時，搦朽摩鈍[25]，鉛刀[26]皆能一斷，是故魯連[27]飛一矢[28]而蹶千金[29]，虞卿[30]以顧眄而捐相印[31]。夫啾[32]發投曲[33]，感耳之聲，合之律度[34]，淫䵷[35]而不可聽者，非〈韶〉[36]、〈夏〉[37]之樂也；因勢合[38]變，遇時之容[39]，風移俗易，乖迕[40]而不可通者，非君子之法也。及至從人[41]合之，衡人散之，亡命漂說[42]，羈旅[43]騁辭[44]，商鞅[45]挾三術以鑽孝公[46]，李斯奮時務[47]而要[48]始皇[49]，彼[50]皆躡[51]風塵之會[52]，履[53]顛沛[54]之勢，據徼[55]乘邪[56]，以求一日之富貴。朝為榮華[57]，夕為顦顇[58]，福不盈眥[59]，禍溢[60]於世，凶人且以自悔，況吉士[61]而是賴乎！且功不可以虛[62]成，名不可以僞[63]立，韓[64]設辨以激君[65]，呂[66]行詐以賈國[67]。〈說難〉[68]既遒[69]，其身乃囚[70]；秦貨既貴[71]，厥宗亦墜[72]。是以仲尼抗浮雲之志[73]，孟軻養浩然之氣[74]，彼豈樂為迂闊[75]哉？道[76]不可以貳[77]也。方今大漢灑掃[78]群穢[79]，夷[80]險芟[81]荒，廓[82]帝紘[83]，恢[84]皇綱[85]，基[86]隆[87]於羲[88]、農[89]，規[90]廣於黃[91]、唐[92]。其君[93]天下也，炎[94]之如日，威[95]之如神，函[96]之如海，養[97]之如春。是以六合[98]之內，莫不同源共流，沐浴[99]玄德[100]，稟[101]仰[102]太龢[103]。枝附葉著，譬猶草木之植[104]山林，鳥魚之毓[105]川澤，得氣者蕃滋[106]，失時[107]者零落[108]，參天地[109]而施化[110]，豈云人事之厚薄哉？今吾子[111]處皇代[112]而論戰國，曜[113]所聞而疑所覿[114]，欲從堥敦[115]而度[116]高乎泰山，懷氿濫[117]而測深乎重淵[118]，亦未至也。」

【章旨】以戰國時期與今時比較，說明戰國群雄爭戰，天下大亂，故韓非、商鞅等人能乘此時勢，建功立業，然亦有因此而喪身滅家者。當今天下太平，皇恩浩蕩，人民皆能蒙受皇家之德澤，毋須汲汲乎爭名求利。

【注釋】❶逌爾　舒適悠閒的樣子。❷世利　世間的功利。❸華　浮華。❹窔奧　室內幽深陰暗的角落。窔，屋的東南角。奧，屋的西南角。❺熒燭　微弱的燭光。熒，微弱的光。❻天庭　指天空。❼曩者　從前。❽王塗　天子的道路。此指政權。❾蕪穢　荒廢。❿馭　駕御。此指控制權。⓫侯伯　古代五等爵中第二、第三等的侯爵和伯爵。此指諸侯國。⓬方軌　并道。兩車並列而行。方，并。⓭戰國　戰爭之國。⓮橫鶩　縱橫交馳。鶩，奔馳。⓯七雄　戰國時期七個強大的諸侯國，齊、楚、燕、韓、趙、魏、秦。⑯虓闞　比喻奮怒如虎。虓，虎怒吼。闞，虎發怒的樣子。⑰諸夏　指中國。⑱龍戰虎爭　比喻群雄割據爭戰。⑲飈　暴風。⑳電激　像閃電那樣急疾。㉑其餘　指史書沒有記載的人。㉒猋　通「熛」。火焰。㉓景附　像影附身一樣。㉔霅煜　光明的樣子。㉕搦朽摩鈍　磨礪腐爛的、不鋒利的刀子。比喻不才之人都激厲奮發。搦，磨。朽，腐爛。摩，通「磨」。鈍，不銳利。㉖鈆刀　用鈆做的刀。言其不鋒利。此比喻才力微薄。鈆，同「鉛」。㉗魯連　即魯仲連。戰國時齊國人，立志高潔，不願做官，善於策劃，常周遊各國，為人排難解紛。秦軍圍攻趙都邯鄲（今河北邯鄲），他力言不可，說服趙魏大臣，不尊秦昭王為帝。齊國要收復被燕占據的聊城（今山東聊城西北），久攻不下，他就寫信給守城燕將，勸其撤退。齊王要封他官職，他就逃到海邊隱居起來。㉘飛一矢　指齊攻聊城事。齊攻聊城，傷亡慘重，久攻不下。魯仲連就寫了一封信，繫在箭上，射入城中。燕將看了信後，感到進退兩難，就自殺了。㉙蹶千金　指為趙退秦軍事。秦國攻打趙國都城邯鄲，趙求救於魏，魏勸趙尊秦昭王為帝，以換得秦退兵。魯仲連舌戰魏使新垣衍，說服趙魏兩國，打消尊秦為帝的想法。又逢魏國信陵君率救兵趕到，終於解了邯鄲之圍。平原君趙勝為此奉贈魯仲連千金，不受。蹶，拒絕。㉚虞卿　姓虞，不知其名，戰國時人。因進說趙孝成王，被任為上卿，故稱虞卿。主張以趙為主，合縱抗秦。後因拯救魏相魏齊，困於梁，窮愁著書，作《虞氏春秋》八篇，今已佚。㉛以顧眄而捐相印　秦昭王迫使趙王殺其相魏齊，魏齊出走趙國，因虞卿與他曾有過交往，就投奔虞卿。虞卿估計不能說服趙王，因而解相印，共同逃到魏國。顧眄，回視。眄，斜視。此指曾見過面。比喻點頭之交。捐，丟棄。㉜啾　指歌吟聲。㉝投曲　投合曲調。投，合。㉞律度　音律的法度標準。㉟淫䵷　不符合正聲的淫邪俗樂。㊱韶　傳說是舜所作的樂曲。㊲夏　即〈大夏〉。夏禹時的樂曲名。㊳合　應。㊴容　適宜。㊵乖迕　相抵觸。㊶從人　主張合縱的人。與主張連橫的人相對而言。糾合東方六國力量共同抵抗秦國，叫合縱。讓六國都事秦國叫連橫。㊷漂說　急速陳述其言。漂，快速。㊸羈旅　客居外地的人。羈，寄居的人。旅，旅客。㊹騁辭　發揮言論。㊺商鞅　戰國時衛國人。姓公孫，名鞅，因封於商，也稱商鞅、商君，又稱衛鞅。初為魏相公叔痤家臣，痤死，入秦。秦孝公六年（西元前三五六年），任左庶長，實行變法，不久升大良造。孝公二十二年（西元前三四〇年），因戰功封商（今陝西商縣東南）十五邑。他兩次變法，從而奠定了秦國富強的基礎。孝公死後，受貴族公子度等誣陷，被車裂而死。㊻挾三術以鑽孝公　商鞅見秦孝公，先遊說以帝道、王道，不被用。後遊說以霸道，大得孝公欣賞。挾，擁有。三術，帝道、王道和霸道。鑽，打動。孝公，秦國國君，西元前三六一至前三三八年在位，名渠梁。即位後，任用商鞅變法，從此秦國日益富強。㊼時務　當世的要事。指當時六國日益削弱，秦國日漸強大，有能力統一天下的形勢。㊽要　求。指求官。㊾始皇　即秦始皇。姓嬴名政，戰國時秦國國君。西元前二四六至前二一〇年在位。即位時年僅十三歲，政權掌握在太后和丞相呂不韋手上。親政後，任用李斯，經過十年時間，到西元前二二一年，消滅了東方六國，建立了中國歷史上第一個統一的中央集權的封建國家。稱皇帝，自己為始皇帝。實行了一系列改革，廢除封建制，實行郡縣制，分全國為三十六郡；統一法律、度量衡、貨幣和文字。但他鉗制文化，焚書坑儒；嚴刑苛法，徭役繁重。西元前二一〇年死於沙丘，第二年，即爆發了全國各地英雄豪傑紛紛起義。50 彼　指商鞅、李斯等人。51 躡　踩。52 風塵之會　指戰國的戰亂。53 履　踏。54 顛沛　指社會動亂。55 微　小道。56 邪　邪途。57 榮華　富貴榮耀。58 顦顇　瘦弱萎靡的樣子。59 眥　眼眶。60 溢　滿而外流。61 吉士　善人。62 虛　虛假。63 偽　欺詐。64 韓　指韓非。戰國末期法家的主要代表人物，出身韓國貴族，與李斯同師事荀況，斯自以為不如。曾上書建議韓王，不被用。為人口吃，不慣言辭，善於著書。西元前二三四年出使秦國，受到秦王政的重視，被李斯陷害入獄，第二年自殺。著作有《韓非子》。65 設辨以激君　韓非見韓國日益削弱，韓王安不用忠良，於是作〈孤憤〉、〈五蠹〉、〈說難〉等，秦王政見其書，很是看重。激，激發。66 呂　指呂不韋。戰國末年衛國濮陽（今河南濮陽西南）人。本是陽翟（今河南禹縣）大商人，在趙都邯鄲遇見在趙為人質的秦公子異人（後改名子楚），認為奇貨可居。因而入秦活動，使子楚立為太子。子楚繼位（即莊襄王）後，即以不韋為相國，封文信侯。秦王政年幼繼位，不韋主政，號稱「仲父」。食邑有藍田（今陝西藍田西）十二縣、河南洛陽十萬戶。門下賓客三千，家僮萬人。秦王政親政後，被免職，不久又被流放蜀郡（在今四川），途中自殺。67 行詐以賈國　據《戰國策・秦策五》載，呂不韋在邯鄲見到秦公子異人，回家問其父親：「做立國家之主這樣的生意，有多少倍的贏利？」其父回答：「不可勝數。」於是呂不韋就四處活動，到處遊說，終於使異人被立為太子，繼任為莊襄王。呂不韋因而被任為相國，封文信侯，食邑藍田十二縣。賈，買。68 說難　《韓非子》篇名。主要談遊說之道的艱難。69 遒　好；喜歡。70 其身乃囚　韓非到秦國後，遭李斯、姚賈的陷害，被下獄。囚，拘禁。71 秦貨既貴　呂不韋在趙見異人，說：「此奇貨可居。」秦貨，即指異人。72 墜　喪失。指呂不韋最後自殺而死。73 抗浮雲之志　堅持富貴如浮雲的志向。《論語・述而》：「不義而富且貴，於我如浮雲。」抗，舉。此指堅持。74 養浩然之氣　培養正大剛直之氣。《孟子・公孫丑上》：「我善養吾浩然之氣。」75 迂闊　不切實情。76 道　指做人的道德。77 貳　有二心。78 灑掃　指肅靖。79 群穢　指那些暴亂之人。80 夷　平。81 芟　刪除。82 廓　擴大。83 紘　網。84 恢　擴大。85 綱　提網的繩。此指網。紘、網，都比喻國家的政令、法度。86 基　根本。指國家的基業。87 隆　盛。88 羲　指伏羲。亦作宓羲、包犧、庖犧、伏戲，又稱犧皇、皇羲。神話傳說中人類的始祖，風姓。三皇之一。相傳他創制八卦，教民捕魚畜牧。89 農　指神農氏。傳說中三皇之一。相傳他制作耒、耜以興農業，嘗百草為醫藥以治疾病。⑨⓪規　規矩，指制度。⑨①黃　指黃帝。傳說中中原各族的共同祖先，五帝之一。少典之子，姓公孫，居軒轅之丘，故號軒轅氏。又居姬水，因改姬姓。國在有熊，故亦稱有熊氏。在阪泉（今河北涿鹿東南）擊敗炎帝，在涿鹿（今河北涿鹿東南）擒殺蚩尤。被擁戴為部落聯盟領袖，有土德之瑞，故號黃帝。⑨②唐　指唐堯。五帝之一，帝嚳之子，姓伊祁，名放勳。初封於陶，又封於唐，號陶唐氏。因其子丹朱不肖，傳位於舜。⑨③君　統治。⑨④炎　火。此指光照。⑨⑤威　震懾。⑨⑥函　包容。⑨⑦養　長養。⑨⑧六合　天地及四方。⑨⑨沐浴　浸身。此指受惠。⑩⓪玄德　指含蓄於內不表露於外的品德。⑩①稟　承受。⑩②仰　依賴。⑩③太龢　指太平。龢，古「和」字。⑩④植　通「殖」。生長。⑩⑤毓　養。⑩⑥蕃滋　繁衍滋長。⑩⑦失時　錯過時機。⑩⑧零落　凋謝。零，落。⑩⑨參天地　指天子之德可與天地相比。參，同「三」。天地為二，加上皇帝則為三。⑪⓪施化　施行教化。⑪①吾子　指賓。⑪②皇代　盛美的時代。⑪③曜　炫耀；光明。⑪④覿　見。⑪⑤堥敦　小丘。⑪⑥度　測量。⑪⑦氿濫　小泉。⑪⑧重淵　極深的泉。

【語　譯】主人舒適悠閒地笑著說：「像你這樣的話，就是平常所說的：只見到世間浮華的功利，而不清楚實在的道德，只會守著室內陰暗角落裡的微弱燭光，卻不曾仰觀天空而看太陽。從前王道廢亂，周天子失去掌控能力，諸侯國君并道而行，戰爭之國縱橫交馳，於是戰國七雄像怒吼之虎，分割中國，相互爭戰。遊說之人依仗著像急疾的暴風和閃電一樣的辯才，一同起來救諸侯國的危難。其餘名不見經傳，言辭如火焰飛騰，馳逐如影子附身一樣，光明閃耀，遊說於其間的人，大概記都記不完。當這個時候，不才之人都激厲奮發以求成功，就如不鋒利的鉛刀都能割斷物件一樣，因而魯仲連發一箭而下聊城，退秦兵而拒千金之贈；虞卿因為與魏齊有點頭之交而拋棄相印。歌吟之聲發於口而投合曲調，人耳聽來動聽，用音律的法度標準來衡量，卻淫邪而不值得欣賞，這不是〈韶〉、〈大夏〉之類的雅樂。根據時勢而應變，遭逢時勢得宜，但風尚移易，習俗改變，就與正道相抵觸而行不通，這不是君子之法。等到主張合縱的人糾合六國，主張連衡的人分散各國，有的逃亡在外急速陳述個人的主張，有的寄居外地發揮自己的言論，商鞅憑著帝道、王道、霸道三種學說而打動秦孝公，李斯闡發當世的要事而向秦始皇求官，他們都趁著這個戰亂的時機，趁著社會顛沛動亂的情勢，據小道乘邪途，來求得一天的富貴。但是早上還是富貴榮耀，晚上就瘦弱萎靡，福填不滿眼眶，禍反而滿溢於世，這樣的結局，那些凶惡的人尚且因此暗自後悔，何況是善良的人還會貪圖它嗎？而且功業是不可能憑虛假而成就的，名聲是不可能憑欺詐而確立的，韓非設立辯辭以激發君主，呂不韋施行欺詐的手段來做買國的生意。〈說難〉得到始皇的愛好，韓非自身就被拘禁；子楚當上秦王以後，呂不韋的宗族也就滅亡了。所以孔子堅持富貴如浮雲的志向，孟子培養他的正大剛直之氣，他們難道樂於做不切實情的人嗎？這是因為做人的道理是不可以有二心的。現在我們大漢朝肅清了那些暴亂之徒，削平險阻而刪除荒草，開擴國家政法，擴大皇朝法令，國家基業比伏羲、神農時代還要隆盛，制度比黃帝、唐堯時代還要廣大。統治天下，像太陽一樣光照，像神靈一樣震懾，像大海一樣包容，像春天一樣長養萬物。所以普天之下，沒有不團結如一，受皇上玄德之惠，享天下太平之福的。上下互相親附，譬如草木生長在山林，鳥魚養育在川澤，獲得生氣的就繁衍滋長，錯過時機的就凋謝。皇上之德與天地相并為三以施行教化，難道是常人所能議論恩德厚薄的嗎？現在你生活在盛美的時代而談論戰國之事，炫耀所聽到的而懷疑親眼看到的，想要從小丘測量泰山的高度，想要以小泉來測量深泉的深度，也不合至理啊！」

賓曰：「若夫鞅❶、斯❷之倫，衰周之凶人，既聞命矣。敢問上古之士，處身行道，輔❸世成名❹，可述❺於後者，默❻而已乎？」主人曰：「何為其然也？昔者咎繇❼謨虞❽，箕子❾訪周❿，言通⓫帝王，謀合神聖⓬。殷說⓭夢發於傅巖⓮，周望⓯兆動於渭濱⓰，齊甯⓱激聲於康衢⓲，漢良⓳受書於邳垠⓴，皆竢命㉑而神交㉒，匪詞言之所信，故能建㉓必然之策㉔，展㉕無窮之勳也。近者陸子㉖優游㉗，《新語》㉘以興；董生㉙下帷㉚，發藻㉛儒林㉜；劉向㉝司籍㉞，辨章㉟舊聞㊱；揚雄覃思[37]，《法言》[38]、《太玄》。皆及時君之門闈[39]，究先聖[40]之壺奧[41]，婆娑[42]乎術藝之場，休息乎篇籍[43]之囿[44]，以全其質而發其文，用[45]納[46]乎聖德[47]，烈[48]炳[49]乎後人，斯非亞[50]與？若乃伯夷[51]抗行[52]於首陽，柳惠[53]降志於辱仕[54]，顏[55]潛樂於簞瓢[56]，孔終篇於西狩[57]，聲盈塞[58]於天淵[59]，真吾徒之師表[60]也。且吾聞之：一陰一陽，天地之方[61]；乃[62]文乃質，王道[63]之綱[64]；有[65]同有異，聖哲之常。故曰：慎修所志，守爾天符[66]，委命[67]供[68]己，味道[69]之腴[70]，神之聽[71]之，名其舍諸！賓又不聞和氏之璧[72]，韞[73]於荊石[74]，隋侯之珠[75]，藏於蚌蛤[76]乎？歷世莫眂[77]，不知其將含景曜[78]，吐英精[79]，曠千載而流光[80]也。應龍[81]潛於潢汙[82]，魚黿[83]媟[84]之，不覩其能奮靈德[85]，合風雲，超忽荒[86]而躆[87]昊蒼[88]也。故夫泥蟠[89]而天飛者，應龍之神也；先賤而後貴者，和、隋之珍也；時暗而久章者，君子之真也。若乃牙[90]、曠[91]清耳[92]於管弦[93]，離婁[94]眇[95]目於毫分[96]；逢蒙[97]絕技於弧矢[98]，般輸[99]推[100]巧於斧斤[101]；良[102]、樂[103]軼[104]能於相馭，烏獲[105]抗[106]力於千鈞[107]；和[108]、鵲[109]發精於鍼石[110]，研[111]、桑[112]心計[113]於無垠[114]。走[115]亦不任[116]廁[117]技於彼列，故密爾[118]自娛於斯文。」

【章　旨】列舉前人事蹟，言人各有專長，都有志向，雖然途徑不一，但皆能傳名後世。自己之長在於著書作文，故默默於此，不思其他。

【注　釋】❶鞅　商鞅。❷斯　李斯。❸輔　輔助。❹成名　樹立名聲。❺述　傳述。❻默　指安靜無為。❼咎繇　亦作「皋陶」，舜時執掌刑法的大臣。❽謨虞　為虞舜謀劃。謨，謀劃。虞，指虞舜。此事詳見《書・皋陶謨》。❾箕子　商紂王的叔父，官太師，封於箕（今山西太谷東北），故稱箕子。紂暴虐無道，箕子諫不而聽，因而就裝瘋，被紂囚禁。周武王滅商後被釋放。❿訪周　為周朝謀劃。周，周朝。周武王向箕子詢問治國之道，其事詳見《書・洪範》。⓫通　通達。⓬神聖　指帝王。⓭殷說　殷朝的傳說。⓮夢發於傅巖　殷高宗武丁夢見聖人，名曰說，於是派人四處訪求，在傅巖找到了正在服版築之役的傅說，正與夢中所見相合。因而武丁以之為相，殷朝大治。事詳《史記・殷本紀》。發，興起。⓯周望　指姜尚。⓰兆動於渭濱　據《史記・齊太公世家》記載，姜尚釣於渭水之濱，周文王將要出去打獵，占卜的結果說：「獵獲的不是龍不是螭，也不是虎和羆，獲得的是霸王的輔佐。」周文王果然在渭水旁邊遇到了姜尚，大為高興：「吾太公望子久矣。」因號太公望，官太師。兆，占卜時，出現在龜甲或獸骨上的預示吉凶的裂紋。⓱齊甯　指甯戚。春秋時衛國人。因家貧為人挽車，至齊國，齊桓公拜之為上卿。⓲激聲於康衢　《說苑・善說》：「甯戚飯牛康衢，擊車輻而歌〈碩鼠〉。」激聲，激昂地歌唱。康衢，大道。⓳漢良　漢朝張良。⓴受書於邳垠　據《史記・留侯世家》載，張良在博浪沙（今河南原陽東南）謀刺秦始皇未遂，逃亡到下邳（今江蘇睢寧北），在下邳橋上遇到黃石公，黃石公授以《太公兵法》。垠，涯。㉑竢命　等待天命。㉒神交　與神靈相通。㉓建　呈獻。㉔必然之策　一定成功的謀略。㉕展　成。㉖陸子　即陸賈。漢初楚人，從劉邦定天下，有辯才。曾兩度出使南越，招諭南越王尉佗，授太中大夫。呂后當權時，因病免職。勸丞相陳平交結太尉周勃，共謀誅諸呂，立文帝。文帝即位後，復為太中大夫，以壽終。㉗優游　悠閒自得。㉘新語　陸賈撰，上下兩卷，十二篇，粗述存亡成敗之徵，劉邦稱善，號其書為《新語》。㉙董生　指董仲舒。廣川（今河北景縣西南）人。治《春秋公羊傳》，景帝時為博士。武帝時，賢良對策第一，拜江都相，因言災異事下獄。後再出為膠西相，告病免官家居。生平講學著書，推尊儒術，排斥百家，開以後二千多年封建社會以儒學為正統的局面。著作有《春秋繁露》等。㉚下帷　放下室內懸掛的帷帳。指教書。據《史記・董仲舒傳》，董仲舒為博士後，開館授徒，弟子以次相傳授，有的弟子沒見過他的面。他曾三年不觀舍園。㉛發藻　指著書作文。㉜儒林　儒者之林。意指學術界。㉝劉向　西漢經學家、目錄學家、文學家。原名更生，字子政，沛（今江蘇沛縣）人。漢皇族楚元王劉交四世孫。宣帝時任散騎諫大夫，用陰陽災異附會時政，屢次上書劾奏外戚專權。元帝時因反對宦官弘恭、石顯，下獄。成帝時，任光祿大夫，終中壘校尉。曾校閱群書，撰成中國最早的分類目錄著作《別錄》，另有《洪範五行傳》、《新序》、《說苑》、《列女傳》等著作傳世。㉞司籍　掌管書籍。漢成帝河平年間，受詔與子劉歆共同校勘宮中藏書。㉟辨章　分辨明白。㊱舊聞　過去的傳聞。㊲覃思　深思。覃，深沈。㊳法言　揚雄摹仿《論語》體裁寫成，尊聖人，談王道，宣揚儒家傳統思想。有晉朝李軌注的十三卷本和宋朝司馬光注的十卷本。㊴闈　宮中門。㊵先聖　古代聖人。㊶壼奧　比喻事理的精微深奧。㊷婆娑　縱逸貌。㊸篇籍　書籍。㊹囿　事物聚集之處。猶言淵藪。㊺用　功用。㊻納　接納。㊼聖德　指皇帝。㊽烈　功業。㊾炳　明亮。㊿亞　僅次一等的。此指次於傳說、姜尚等。(51)伯夷　商朝末年孤竹君的長子。相傳孤竹君遺命立次子叔齊為繼承人。孤竹君死後，叔齊讓位給伯夷，伯夷不肯受，叔齊也不願登位，兩人先後投奔到周。周武王伐紂，他們反對，認為臣不可伐君。武王滅商後，他們恥為周臣，逃到首陽山，後不食餓死。(52)抗行　堅持志向。(53)柳惠　指柳下惠。即展禽。春秋時魯國大夫。展氏，名獲，字禽，又字季。因食邑在柳下，諡惠，故稱柳下惠。在魯任士師（掌刑獄之官）。(54)降志於辱仕　柳下惠為士師，三次被罷免，但他不離開魯國。降志，貶抑志氣。辱仕，忍辱做官。(55)顏　指顏淵。春秋末魯國人，名回，字子淵，孔子學生。好學，樂貧安道，以德行著稱。死時年僅三十。後世儒家尊之為「復聖」。(56)潛樂於簞瓢　《論語・雍也》：「子曰：『賢哉，回也！一簞食，一瓢飲，在陋巷，人不堪其憂，回也不改其樂。』」潛樂，意謂自得其樂。簞，盛飯的圓形竹器。瓢，剖葫蘆做成的舀水器。(57)終篇於西狩　據《史記・孔子世家》，魯哀公十四年（西元前四八一年）春，西狩於大野澤，獵獲一頭麒麟，孔子歎息：「吾道窮矣！」因而作《春秋》，上起隱公，下訖哀公十四年，十二公，共二百四十二年歷史。狩，打獵。(58)盈塞　充滿。盈，滿。塞，充滿。(59)天淵　上至高空下至深淵。(60)師表　學習的榜樣。(61)方　猶道。規律。(62)乃　語首助詞，無義。(63)王道　儒家稱以仁義治天下為「王道」，與「霸道」相對而言。(64)綱　指事物的主體。(65)有　語首助語，無義。(66)天符　指天性。(67)委命　聽任命運支配。委，隨。(68)供　猶保全。(69)味道　體察道德。(70)腴　指美好的東西。(71)聽　聽察。(72)和氏之璧　據《韓非子・和氏》說，春秋時有個楚國人，名叫卞和。他在楚山發現了一塊玉璞，先後獻給楚厲王和武王，被認為是欺詐，被砍去雙腿。等到楚文王即位，卞和抱著璞在楚山下哭了三天三夜。楚文王派人把璞加工，果然得到一塊寶玉，因而稱為和氏璧。(73)韞　藏。(74)荊石　楚石。楚國又稱荊國。(75)隋侯之珠　《淮南子・覽冥》：「譬如隋侯之珠。」高誘《注》說，隋國國君隋侯見到一條大蛇受傷，就給牠敷上藥，為牠治傷，後來蛇就在江中銜了一顆大珠來報答他，因而就稱隋侯之珠。(76)蚌蛤　都是產於江河湖海中的有介殼的軟體動物。(77)眡　古「視」字。(78)景曜　光采；光焰。(79)英精　精華。(80)流光　流傳光明。(81)應龍　有翼的龍。(82)潢汙　低窪積水的地方。(83)黿　大鼈。(84)媟　欺侮。(85)靈德　神異之德。(86)忽荒　指天空。(87)躔　用足據持。(88)昊蒼　天空。(89)蟠　盤伏。(90)牙　指伯牙。相傳是春秋時人，以精於琴藝著名。據《樂府解題》載，伯牙學琴於成連先生，三年不成。後隨成連至東海蓬萊山，聞海水澎湃，群鳥悲號之聲，心有所感，乃援琴而歌，從此琴藝大進。據說〈水僊操〉和〈高山流水〉是他的作品。91曠 指師曠。春秋時晉國樂師，字子野。生而目盲，善彈琴辨音。92清耳 靜耳。指靜心傾聽。93管弦 管樂和弦樂，總指音樂。94離婁 又稱離朱。傳說中是黃帝時眼睛很明亮的人，能於百步之外，視秋毫之末。95眇 仔細看。96毫分 比喻極其細微的東西。97逢蒙 亦作逢門、蠭門。夏代善於射箭的人，向羿學射，技藝學成後，認為天下只有羿能超過自己，於是射殺了羿。98弧矢 弓箭。弧，木弓。99般輸 即公輸般。春秋時魯國人，班、般同音，又稱魯班。曾創造攻城的雲梯和刨、鑽等工具。歷代木匠尊之為「祖師」。100搉 專。101斤 斧頭。102良 指王良。春秋時晉國善於駕車的人。103樂 指伯樂。春秋中期秦穆公時人，以善相馬著稱。104軼 超越。105烏獲 戰國時秦國力士。據說能舉千鈞之重，與任鄙、孟說都因勇力為秦武王寵用，位至大官，年八十餘歲。106抗 舉。107鈞 古代重量單位，三十斤為一鈞。108和 指醫和。春秋時秦國的良醫。據《左傳．昭公元年》記載，他曾倡論陰、陽、風、雨、晦、明為六氣，認為六氣太過，可以引起各種不同的疾病。109鵲 指扁鵲。戰國時的名醫，原名秦越人，後在秦被刺殺。110鍼石 用於治病之石針。111研 即計研。又叫計然、計倪，相傳是春秋時葵丘濮上（在今山東淄博境內）人，姓辛字文子。南遊於越，范蠡師事之。112桑 指桑弘羊。洛陽（今河南洛陽東）人，出身商人家庭。漢武帝時，任治粟都尉，領大司農。主張重農抑商，推行鹽鐵酒類的國家專賣政策。武帝臨終，授御史大夫，與霍光共同輔佐少主。始元七年（西元前八〇年），與上官桀共謀廢昭帝而立燕王劉旦，事敗被殺。113心計 心算。114垠 邊際。115走 自稱的謙詞。意謂趨走之僕。116任 勝。117厠 參加。118密爾 安靜的樣子。

【語 譯】賓客說：「說到商鞅、李斯這類人，是周朝衰敗時的凶人，這我已相信你的說法了。那麼我大膽地請問，前代的士人，樹立己身之德而實行正道，輔助當世之君而成就不朽之名，可以傳述於後世的，難道只是默然無所作為嗎？」主人回答說：「怎麼會這樣呢？從前咎繇為虞舜謀劃，箕子為周武王所諮詢，言語通達於帝王之道，謀劃符合於神明之理。商朝傳說因武丁做夢而興起於傅巖，周朝姜尚因文王占卜而從渭水邊興起，齊國甯戚在大道上激昂地歌唱，漢朝張良在圯水岸邊得到兵書，這些人都是依賴天命而與神靈相通，不是靠言辭遊說而使人相信的。所以都能呈獻一定成功的謀略，成就無窮的功勳。近期的陸賈悠閒自得，《新語》因而得行；董仲舒下帷教書，在學術界著書作文。劉向掌管書籍，分辨明白過去的傳聞；揚雄深沈思索，著成《法言》和《太玄》。他們都來到了當時君主的宮門之下，窮究古代聖人學說的精微深奧，逍遙在學術道藝的場圃，休息在古書典籍的淵藪，以保全質樸闡發文采，因而其功用被皇帝接納，功業照亮後人，這些人難道不是僅僅次於傳說、姜尚他們嗎？至於伯夷在首陽山堅持不食周粟的志向，柳下惠為忍辱做官而貶抑志氣，顏淵在一竹筐飯、一瓢開水這樣的艱苦生活中自得其樂，孔子著《春秋》終止於哀公西狩獲麟時，他們的聲名都充滿於天地之間，真是吾輩學習的榜樣啊！而且我聽說：一陰一陽，這是天地的規律；又文又質，這是王道的主體；有同有異，聖哲之人經常如此。所以說：謹慎地修習你所立的志向，守住你的天性，聽任命運支配以保全自己，體味道德的美好，神靈是會聽察這一切的，聲名難道會捨棄你嗎？你難道沒有聽說過和氏之璧是藏在楚國的石頭中的，隋侯之珠是藏在蚌蛤裡的嗎？歷代都沒人看到它們，不知道它們將要含光焰，吐精華，經歷千載而傳其光明。應龍潛到淺水處，魚鱉就欺侮牠，沒有看到牠能夠振奮神異的品性，和合風雲，超越天空之上而躆跱太空。所以那些盤屈在泥中而飛騰上天的，是應龍這樣的神靈；原先卑賤而後高貴的，是和氏之璧、隋侯之珠這樣的珍寶；當時暗昧而長久顯明的，是君子這樣真正有才德的人。至於說伯牙、師曠對音樂靜心傾聽，離婁對細微之物仔細審視；逢蒙對於射箭有超群的技藝，魯班在木工活上有專門技巧；王良、伯樂在駕車、相馬方面有超人的才能，烏獲能舉起千鈞重物；醫和、扁鵲在石針上能展現精妙的技術，計研、桑弘羊心算能達於無邊無際。我沒有本事置身於他們的行列，因而安靜地在讀書作文這一行中自我娛樂。」

辭

秋風辭 并序

【作　者】漢武帝，見頁一六八三。

【題　解】據《漢武帝故事》，漢武帝到河東郡，祭祀后土神之後，大宴群臣，而作此文。此文未載寫作年代，逯欽立以為在元鼎四年（西元前一一三年）河東掘得寶鼎時。郭茂倩《樂府詩集》列入雜歌謠辭。作者首賦金秋景色，繼發胸中豪情，結尾發出人生短暫的哀思。

上❶行幸❷河東❸，祠❹后土❺。顧視帝京❻，欣然中流❼，與群臣飲燕❽。上歡甚，乃自作〈秋風辭〉，曰：

秋風起兮白雲飛，草木黃落❾兮雁南歸。蘭有秀❿兮菊有芳，攜佳人⓫兮不能忘。泛樓舡⓬兮濟汾河⓭，橫⓮中流兮揚素波⓯。簫鼓⓰鳴兮發棹歌⓱，歡樂極兮哀情多，少壯幾時兮奈老何？

【注　釋】❶上　皇上。指漢武帝。❷幸　皇帝親臨稱作幸。❸河東　河東郡。治所在安邑（今山西夏縣西北），轄境相當今山西沁水以西，霍山以南地區。❹祠　祭祀。❺后土　土神。❻帝京　指京師長安（今陝西西安西北）。❼中流　江河中央。❽燕　宴飲。❾黃落　草木葉黃而零落。❿秀　草木的花。⓫佳人　眾臣。⓬樓舡　有疊層的大船。舡，船。⓭汾河　又稱汾水。黃河支流。源出山西寧武管涔山，經太原南流到新絳西折，在河津入黃河，全長七一六公里。⓮橫　橫舟。⓯揚

素波 翻起白浪。⑯簫鼓 簫與鼓。簫，古稱排簫為簫，編排竹管為之，大者二十三管，小者十六管，長短不同，如鳥翼狀。⑰棹歌 船工行船時所唱之歌。棹，船槳。

【語　譯】皇上行幸河東郡，祭祀土神。回頭望長安，高興地泛舟中流，與群臣一起宴飲。皇上很是高興，就親自創作了一首〈秋風辭〉，歌辭說：

秋風吹起啊白雲飄揚，草木枯黃凋落啊大雁南飛。蘭草開花啊菊花香，攜帶我的眾臣啊不能相忘。漂浮樓船啊渡此汾河，橫舟河中啊翻起白浪。簫與鼓鳴響啊船工唱棹歌，歡樂到極點啊悲哀的情思也多，年輕力壯能有多少時啊老了怎麼辦？

歸去來

【作　者】陶淵明（西元三六五～四二七年），字元亮，入宋後更字潛。江州潯陽（今江西九江）人，為太尉長沙公陶侃的曾孫。少即博學善屬文。曾任州祭酒，不久辭歸，四十歲（西元四〇四年）起任鎮威將軍劉裕的參軍，第二年他就請任彭澤令，旋復解職歸田。入宋以後，不肯出仕，死後私諡為靖節先生。後人視之為「古今隱逸詩人之宗」。有集八卷傳世。

【題　解】本文是作者於東晉安帝義熙元年（西元四〇五年）十一月辭去彭澤縣令後初歸家時所作。正文前有序，敘述了他就職彭澤令和辭職的原因。序中說他自己共做了八十幾天官，為了到武昌去奔他妹妹的喪而棄官，但蕭統《陶淵明傳》卻說是因為稟性剛直，不願屈身事督郵而憤然去職的。據文中只說歸隱的樂趣，而絲毫不涉及奔喪的事來看，他在序中所說的棄官的理由大概是一種託辭。

作者在文中敘述了他歸家時和歸家後的情況，讚美了農村的自然景物，抒發了他辭官歸田的愉快心情和歸隱的樂趣，表達了他厭惡汙濁官場和不肯同流合汙的思想感情。

通篇文字清新樸實，不事雕琢，感情真摯自然。前人對此文有很高的評價，宋朝歐陽脩說：「晉無文章，唯陶淵明〈歸去來兮辭〉一篇而已。」

歸去來①兮，田園將蕪②胡③不歸？既自以心為形役④，奚⑤惆悵⑥而獨悲？悟已往之不諫，知來者之可追⑦。寔⑧迷途⑨其未遠，覺今是⑩而昨非⑪。舟遙遙⑫以輕颺⑬，風飄飄而吹衣。問征夫⑭以前路⑮，恨晨光之熹微⑯。乃⑰瞻⑱衡宇⑲，載⑳欣載奔。僮僕㉑歡迎，稚子㉒候門。三逕㉓就荒㉔，松菊猶存。攜幼入室，有酒盈罇㉕。引壺觴㉖以自酌㉗，眄㉘庭柯㉙以怡顏㉚。倚南窗㉛以寄傲㉜，審㉝容膝㉞之易安。園日涉㉟以成趣，門雖設而常關。策㊱扶老㊲以流憩㊳，時矯首㊴而遐觀㊵。雲無心㊶以出岫㊷，鳥倦飛而知還。景㊸翳翳㊹以將入，撫孤松而盤桓㊺。歸去來兮，請息交㊻以絕游㊼。世與我而相遺㊽，復駕言㊾兮焉求㊿？悅親戚(51)之情話(52)，樂琴書(53)以消憂(54)。農人告余以春兮(55)，將有事(56)乎西疇(57)。或(58)命巾車(59)，或棹(60)孤舟。既窈窕(61)以尋壑(62)，亦崎嶇(63)而經丘(64)。木欣欣(65)以向榮(66)，泉涓涓(67)而始流。善(68)萬物之得時，感吾生之行休(69)。已矣乎！寓形(70)宇內(71)復幾時！曷不委心(72)任去留(73)，胡為遑遑(74)欲何之？富貴非吾願(75)，帝鄉(76)不可期(77)。懷(78)良辰(79)以孤往，或植杖(80)而耘(81)耔(82)。登東皋(83)以舒嘯(84)，臨清流(85)而賦詩。聊(86)乘化(87)以歸盡(88)，樂夫天命復奚疑？

【注釋】❶來 語助詞。無義。❷蕪 荒蕪。❸胡 為什麼。❹以心為形役 使心志被形體所役使。以，使。為，被。形，形體。指身體。役，役使。❺奚 為什麼。❻惆悵 悲愁的樣子。❼悟已往之不諫二句 《論語・微子》：「楚狂接輿歌而過孔子曰：『鳳兮！鳳兮！何德之衰！往者不可諫，來者猶可追。已而，已而，今之從政者殆而。』」諫，止。意指挽救。追，指挽回、補救。❽寔 通「實」。確實。❾迷途 迷路。指出來做官。❿今是 今天是正確的。指決心歸隱。⓫昨非 昨天是錯的。指出任彭澤令。⓬遙遙 船漂流搖動的樣子。⓭輕颺 形容船輕快地行駛。颺，飛揚。⓮征夫 行人。⓯前路 前面的路程。⓰熹微 光線微弱。熹，同「熙」。光明。⓱乃 承接連詞。⓲瞻 望見。⓳衡宇 橫木為門的房子。比喻房屋簡陋。此指自家的房屋。⓴載 又；且。㉑僮僕 奴僕。僮，未成年的僕人。㉒稚子 幼小的兒子。陶淵明有五個兒子，這時長子儼十三歲，次子俟十一歲，三子份、四子佚均十歲，小兒子佟六歲。㉓三逕 李善注引《三輔決錄》說，漢朝蔣詡隱居時，在房前開了三條小路，只與羊仲、求仲兩人來往。後因以三徑指隱士居處的小路。逕，通「徑」。小路。㉔就荒 已經荒蕪。㉕罇 盛酒的器具。㉖觴 古代喝酒用的器具。㉗酌 斟酒。㉘眄 斜著眼睛看。㉙庭柯 庭院中的樹枝。柯，樹枝。㉚怡顏 使臉上現出愉快的神色。怡，愉快。此作使動，使愉快。㉛窻 同「窗」。㉜寄傲 寄託傲世之情。傲，同「傲」。㉝審 明白。㉞容膝 只能容下雙膝。形容住屋狹小。㉟園日涉 指每天在園中散步。涉，走到。㊱策 拄著。㊲扶老 手杖。㊳流憩 到處漫步歇息。流，周遊。憩，休息。㊴矯首 抬頭。㊵遐觀 遠望。㊶無心 無意。指自然而然地。㊷岫 山洞。此指山峰。㊸景 日光。㊹翳翳 陰暗的樣子。㊺盤桓 徘徊。㊻息交 停止交往。㊼絕游 斷絕交游。㊽遺 拋棄。㊾駕言 《詩・邶風・泉水》：「駕言出遊，以寫我憂。」這裡截取「駕言」二字，表示「駕車出遊」之意。㊿焉求 何求。(51)親戚 親人。(52)情話 知心話。(53)樂琴書 指喜歡撫琴讀書。據蕭統《陶淵明傳》，陶淵明不懂音律，但備有一張無弦琴，常常撫弄。(54)消憂 解除憂愁。(55)兮 當據《文選考異》刪。(56)事 指農事。(57)疇 田地。(58)或 有的人。(59)巾車 有布篷的小車。(60)棹 船槳。此作動詞用。(61)窈窕 深遠曲折的樣子。(62)壑 山溝。(63)崎嶇 高低不平的樣子。(64)丘 小山。(65)欣欣 草木茂盛的樣子。(66)向榮 滋長茂盛。(67)涓涓 水流細微的樣子。(68)善 羨慕之意。(69)行休 將要結束。行，將。(70)寓形 寄身。寓，寄。(71)宇內 天地間。(72)委心 隨心。(73)去留 行止。(74)遑遑 急急忙忙的樣子。

❼願　心願。❼帝鄉　天帝住的地方。即指仙境。❼期　希望。❼懷　盼望；思想。❼良辰　好時光。此指好天氣。❽植杖　把手杖插在地上。《論語・微子》：「子路問曰：『子見夫子乎？』丈人曰：『四體不勤，五穀不分。孰為夫子？』植其杖而耘。」❽耘　除草。❽耔　在苗根培土。❽皋　水邊高地。❽舒嘯　放聲長嘯。❽清流　清澈的流水。❽聊　姑且。❽乘化　隨著大自然的變化。❽歸盡　指死亡。

【語　譯】回家去吧，田園快要荒蕪了，為什麼還不回去？既然自己使心志被形體所役使，為什麼獨自悲愁而哀傷呢？覺悟到過去做錯了的已經不能改正，知道未來的還可以補救。確實說來誤入迷途還不算遠，知道今天是對的而昨天是錯的。船在水面上輕快地前進，清風吹拂著我的衣裳。向行人打聽前面的路程，恨這天色還不很明亮。看見了我家的房子，我高興得奔跑起來。僕人們高興地迎接我，孩子們等候在門口。院子裡的小路已經荒蕪了，松菊還長在那裡。牽著孩子們的手進入房間，桌上有滿罇的酒。拿起酒壺就自斟自飲，瞟著院子裡的樹木，喜形於色。靠著南窗，寄託自己的傲世之情，明白狹小的房屋也容易安適。每天到園子裡散步自成樂趣，大門雖有但常常關閉。拄著手杖到處漫步歇息，時時抬頭遠望。白雲自然而然地冒出山頭，鳥兒飛累了知道回巢。天色漸暗，太陽快要下山了，我還手撫孤松徘徊不去。回家去吧，讓我與世俗之人斷絕交游。世俗與我難以相合，我還駕車出遊尋求什麼呢？喜歡聽親人們的知心話，樂於撫琴讀書以消解憂愁。農人們告訴我已是春天了，將要到西邊的田裡去耕種。有的人套上有布篷的小車，有的人划著小船一隻。既有乘船經過深遠曲折的山溝，也有乘車經過高低不平的山丘。樹木欣欣向榮，泉水涓涓地開始外流。喜悅萬物適合時宜，感歎我的一生將要結束。算了吧！活在世上還能有多久！何不隨自己的心意自由自在地過活呢？為什麼這樣急急忙忙的，想要到哪裡去呢？富貴不是我的心願，成仙又是沒有希望的。很想在一個好天氣裡獨自出去遊玩，或者把手杖插在地上去除草培土。登上東邊高地放聲長嘯，面向清澈的流水賦詩作文。姑且隨著大自然的變化而了此一生，樂天安命，還有什麼可以懷疑的呢？

序

毛詩序

【作　者】子夏（西元前五〇七～前？年），卜氏，名商，春秋末晉國溫（今河南溫縣西南）人，一說衛國人。孔子學生，長於文學，曾為莒父宰。孔子死後，到魏國西河講學。李克、吳起都是他的學生，魏文侯也曾尊他為師。

【題　解】《詩經》是中國最早的一部詩歌總集，編成於春秋時代。大抵是西周初至春秋中葉五百年間的作品。本來只稱《詩》，據傳曾經孔子刪削、整理。漢代尊孔崇儒，將它奉為經典，故稱《詩經》。漢人傳《詩》的有魯人申培公、齊人轅固生、燕人韓嬰三家，都列於學官，是用漢代通行的隸書寫的，屬於今文學派。魯人毛亨和趙人毛萇所傳的《毛詩》最晚出，是用古文寫的，屬古文學派，未列於學官。到東漢，鄭玄作《毛詩箋》，學《毛詩》者漸多，齊、魯、韓三家就逐漸被廢棄了。原來四家詩都有序，現在只有〈毛詩序〉獨存。

〈毛詩序〉有大序、小序之分。列在各詩之前，解釋各篇主題的為小序。這裡選的是在〈國風〉中第一首〈關雎〉題下的序。第一段即為〈關雎〉的小序。自「風，風也」以下訖於末尾即為大序，是概論全部《詩經》的總綱。

〈毛詩序〉究竟為何人所作，歷來爭議頗多。鄭玄《詩譜》認為大序是子夏所作，小序為子夏、毛公合作。這裡仍按舊題為卜子夏。

本文確立了中國古代文學抒情言志的表現傳統，比較系統地論述了文藝與社會生活的關係，總結了詩歌的六種體裁與表現手法。它是中國詩歌理論的第一篇專論，在中國文學批評史上占有十分重要的地位，並對後代產生了巨大而深遠的影響。

〈關雎〉❶，后妃❷之德❸也，風❹之始也，所以風❺天下而正❻夫婦也。故用之鄉人❼焉，用之邦國❽焉。風，風也，教也。風以動❾之，教以化❿之。詩者，志⓫之所之⓬也，在心為志，發言為詩。情動於中⓭而形於言⓮，言之不足，故嗟歎之；嗟歎之不足，故永歌⓯之；永歌之不足，不知手之舞之，足之蹈之也。情發於聲，聲成文⓰謂之音。治世⓱之音安以⓲樂，其政和；亂世之音怨以怒，其政乖⓳；亡國之音哀以思⓴，其民困。故正㉑得失，動天地，感鬼神，莫近㉒於詩。先王以是經㉓夫婦，成孝敬，厚人倫㉔，美教化，移風俗。故詩有六義焉：一曰風㉕，二曰賦㉖，三曰比㉗，四曰興㉘，五曰雅㉙，六曰頌㉚。上以風化下，下以風刺上，主文而譎諫㉛，言之者無罪，聞之者足以戒，故曰風。至于王道衰，禮義廢，政教㉜失，國異政，家殊俗㉝，而變風、變雅㉞作㉟矣。國史㊱明乎得失之迹，傷㊲人倫之廢，哀刑政之苛㊳，吟詠情性㊴，以風其上，達㊵於事變㊶而懷其舊俗㊷者也。故變風發乎情，止乎禮義。發乎情，民之性㊸也；止乎禮義，先王之澤㊹

也。是以一國之事，繫一人之本，謂之風；言天下之事，形㊺四方㊻之風，謂之雅。雅者，正也，言王政之所由廢興也。政有小大，故有小雅焉，有大雅焉㊼。頌者，美盛德之形容㊽，以其成功告於神明㊾者也。是謂四始㊿，詩之志(51)也。然則〈關雎〉、〈麟趾〉(52)之化，王者之風，故繫之周公(53)。南，言化自北而南也。〈鵲巢〉(54)、〈騶虞〉(55)之德，諸侯之風也，先王之所以教，故繫之召公(56)。〈周南〉、〈召南〉(57)，正始之道(58)，王化(59)之基。是以〈關雎〉樂得淑女(60)以配君子，憂在進賢，不淫其色；哀(61)窈窕(62)，思賢才，而無傷善之心(63)焉，是〈關雎〉之義也。

【注釋】❶關雎　《詩·周南》篇名。為全書首篇。也是十五國風的第一篇。❷后妃　天子的配偶。❸德　品德。舊說〈關雎〉是讚美周文王的后妃太姒的德行的，這是曲解。其實這首詩描寫的是男主人公對一位美麗姑娘的戀歌。❹風　指《詩·國風》。❺風　教化。❻正　端正。❼鄉人　鄉裡的普通人。相傳周制以一萬二千五百家為鄉。據《儀禮·鄉飲酒禮》說，鄉大夫舉行鄉飲酒禮時，用〈關雎〉配樂。❽邦國　指諸侯國。據《儀禮·燕禮》說，諸侯舉行燕禮時，要歌〈關雎〉。❾動　感動。❿化　感化。⓫志　指內在的思想感情。⓬所之　所往。⓭中　內心。⓮形於言　表現在言語上。⓯永歌　長歌。永，長。⓰聲成文　五音配合成音樂，就像五色相配成文采。聲，指宮、商、角、徵、羽五音。⓱治世　太平之世。⓲以　而。⓳乖　乖戾；錯亂。⓴思　憂愁。㉑正　糾正。㉒近　超過。㉓經　常道。此作動詞用。㉔人倫　人與人之間的關係及應該遵守的行為準則。㉕風　詩歌的體裁。是地方樂歌，由文人採集、整理而成，有諷刺和教化的作用。㉖賦　詩歌的表現手法。鋪陳直敘之意。㉗比　詩歌的表現手法。即比喻。㉘興　詩歌的表現手法。即起興。是先說其他事物以引起所詠之辭，它兼有發端和比喻的雙重作用。㉙雅　詩歌的體裁。雅即正。談王政的興廢，是宮廷和京畿一帶所演唱的樂歌。㉚頌　詩歌的體裁。是周王朝（包括魯與宋）宗廟祭祀時用的樂舞詩歌，內容主要是歌頌祖先神靈。頌比風、雅的樂曲徐緩、板滯。㉛主文而譎諫　通過配樂的詩歌，委婉規勸。主文，主與樂之宮商相應。譎諫，委婉地進諫。指不直言，而是隱約其辭。譎，欺詐。指不直言。㉜政教　指刑賞和教化。㉝殊俗　風俗變異。殊，不同。㉞變風變雅　有了變化的風詩和雅詩。變與正相對而言，是指國家由盛變衰、世道由治變亂，而詩歌的內容也隨之變化。㉟作　起。㊱國史　王室的史官。他們負責採集詩歌並加以整理配樂。㊲傷　悲傷。㊳苛　苛刻。㊴情性　指情感。㊵達　通達。㊶事變　社會政治發生變化。㊷舊俗　指原來太平盛世的風俗。㊸性　本性。㊹澤　恩澤。㊺形　表現。㊻四方　指天下、全國。㊼政有小大三句　孔穎達《毛詩正義》解釋說：「王者政教有小大，詩人述之亦有小大，故有小雅焉，有大雅焉。小雅所陳，有飲食賓客，賞勞群臣，燕賜以懷諸侯，征伐以強中國，樂得賢者，養育人才，於天子之政皆小事也。大雅所陳，受命作周，代殷繼伐，荷先王之福祿，尊祖考以配天，醉酒飽德，能官用士，澤被昆蟲，仁及草木，於天子之政，皆大事也。」㊽形容　形態；情狀。清阮元認為頌是舞詩，則形容為舞蹈表現之情態。㊾神明　指神靈。㊿四始　即風、小雅、大雅、頌。〈關雎〉為風始，〈鹿鳴〉為小雅始，〈文王〉為大雅始，〈清廟〉為頌始。(51)志　當從《毛詩正義》作「至」。極點。(52)麟趾　《詩・周南》中最末一首詩。傳說麟的天性仁厚，不踩死生蟲，不踐踏生草，是仁德的象徵。(53)周公　周武王之弟。名旦，亦稱叔旦。因采邑在周（今陝西岐山北），故稱周公。幫助武王滅紂，武王死後，成王年幼，由他攝政。管叔、蔡叔聯合紂子武庚反叛，他帶兵東征，平定反叛。相傳他制禮作樂，建立了周朝的典章制度。(54)鵲巢　是《詩・召南》中的第一篇。〈小序〉認為是讚美夫人之德。(55)騶虞　是《詩・召南》中最末一篇。舊說謂寫田獵時不忍盡殺獸類，以讚美文王之化。傳說騶虞是一種義獸，不食生物。(56)召公　亦作邵公、邵康公。周代燕國的始祖，名奭。因采邑在召（今陝西岐山西南），故稱召公或召伯。佐武王滅商，被封於燕。成王時為太保，與周公分陝而治，陝以西由他治理。(57)周南召南　周公旦、召公奭共輔周王室，分陝而治，周公主東部，召公主西部，都是商代諸侯國南國的故地，因稱周南、召南。《詩經》中用以為篇名，其中〈周南〉包括〈關雎〉、〈葛覃〉、〈卷耳〉、〈樛木〉、〈螽斯〉、〈桃夭〉、〈兔罝〉、〈芣苢〉、〈漢廣〉、〈汝墳〉、〈麟之趾〉，共十一篇，大抵係今陝西、河南之間的作品。〈召南〉包括〈鵲巢〉、〈采蘩〉、〈草蟲〉、〈采蘋〉、〈甘棠〉、〈行露〉、〈羔羊〉、〈殷其靁〉、〈摽有梅〉、〈小星〉、〈江有汜〉、〈野有死麕〉、〈何彼襛兮〉、〈騶虞〉，共十四篇，大抵係今河南、湖北之間的作品。(58)正始之道　端正初始的大道。〈周南〉、〈召南〉共二十五首，都是用以端正家庭人倫關係的，是所謂人道由家擴充到國，由近及遠的始基。(59)王化　王業教化。(60)淑女　賢良的女子。(61)哀　思。(62)窈窕　嫻靜美好的樣子。(63)傷善之心　《論語・八佾》：「子曰：『〈關雎〉，樂而不淫，哀而不傷。』」思念淑女並不是貪慕其美貌，所以說沒有傷善之心。

【語譯】〈關雎〉，是讚美周文王的后妃太姒的美德的詩，是十五國風的起始第一篇，它是用來教化天下而端正夫婦之道的。所以它可以用於鄉里普通人，也可以用於諸侯國君。風，就是諷喻，教化的意思。用諷喻來感動人們，用教化來感化人們。詩是用來表示思想感情的，在心裡時叫做志，用語言表現出來就是詩。情感自內心產生就必定會表現在語言上，語言不足以表達，所以就會感歎；感歎不足以表達，所以就要放聲長歌；放聲長歌還不足以表達，那麼就會情不自禁地手舞足蹈起來。情感通過聲音表達出來，五音交互配合就叫做音樂。太平盛世的音樂安和而歡樂，反映當時的政治和順；動亂時世的音樂怨恨而忿怒，反映當時的政治乖戾；亡國之時的音樂哀傷而憂愁，反映當時的人民困窘。所以糾正政治的得失，打動天地，感動鬼神，沒有什麼能夠超過詩的。先王用這個來使夫婦關係正常，使父子長幼關係成為孝敬，使人與人之間的關係淳厚，使教化淳美，使風氣習俗變好。所以詩有六義：一叫做風，二叫做賦，三叫做比，四叫做興，五叫做雅，六叫做頌。上面用風來教化下面的人，下面用風來諷刺上面的人，通過配樂的詩歌，以隱約的言辭來委婉地規諫，說話的人不會獲罪，聽到的人能以此警戒自己，所以叫做風。至於周朝王道衰頹，禮義廢棄，刑政教化失常，諸侯各國自行其政，下民之家風俗變異，於是變風、變雅就產生了。王室的史官明白當時政治的好壞，悲傷人倫道德的廢棄，哀痛刑法政治的苛刻，於是抒發情感，以諷諫君主，這是使人通達社會政治的變化，因而懷念原來太平盛世的風俗。所以變風發自真實的情感，而不超越禮義的規範。發自真實的情感，是人的本性；不超越禮義的規範，是先王教化的恩澤。所以說一個諸侯國的事，表達作者一個人的本意的，就稱做風；說的是天下之事，表現天下四方的風俗的，就稱做雅。雅就是正的意思，說的是王朝政事之所以興廢的原因。政事有小有大，所以有小雅，也有大雅。頌，就是讚美天子、諸侯盛德的情狀，把成功之事告訴神靈。這就稱為四始，詩的至理都在其中了。既然如此，那麼從〈關雎〉到〈麟趾〉的教化，是王者之風，所以放在周公名下。所謂南，是說周王朝的教化自北至南。從〈鵲巢〉到〈騶虞〉的仁德，是諸侯之風，是先王用來教化人民的，所以放在召公名下。〈周南〉和〈召南〉是端正初始的大道，王業教化的根本。所以〈關雎〉以得到淑女匹配君子為樂，擔憂推薦賢人之事，而並不過分傾慕美色；以思念嫻靜美好的姑娘來表達思慕賢才的心情，並沒有淫邪的傷善之心，這才是〈關雎〉的本義。

尚書序

【作　者】孔安國，字子國，孔子後裔。受《詩》於申公，受《尚書》於伏生。整理成孔壁古文《尚書》，因而有古文《尚書》之學。武帝時曾官諫大夫，至臨淮太守。

【題　解】《尚書》原稱《書》，到漢代，漢人認為它是上古之書，因稱《尚書》。它是春秋以前歷代史官所收藏的政府重要文件以及政治論文的選編，可說是中國最早的一部歷史文獻。《尚書》在先秦時大約已有定本，但究竟成於何時，何人編定，由於資料缺乏，現已難以考究了。不過漢代學者大都認為是孔子整理編纂的。經過秦始皇焚書坑儒，經籍損失殆盡。漢文帝時，濟南伏生口授《尚書》，傳出二十九篇，用當時通行的隸書寫成，稱作今文《尚書》。到漢武帝時，魯恭王劉餘從孔宅壁中發現了很多用古文寫成的竹簡，其中就有《尚書》。當時，由孔子的後裔、治《尚書》的博士孔安國加以整理，比今文《尚書》多出十六篇，叫古文《尚書》。

在漢代，一直是今文《尚書》的天下，古文《尚書》雖在王莽時被列於學官，但到東漢光武帝時即被廢除，因而在漢代以後就漸漸散失了。到東晉元帝時，豫章內史梅賾向朝廷獻上孔安國作傳的古文《尚書》和這篇〈尚書序〉，較伏生的今文《尚書》多出二十五篇，又從伏生所傳的諸篇中，分出多篇，加上序，共五十九篇，四十六卷。唐初孔穎達奉唐太宗之命修《尚書正義》，就是根據這個本子。但是，經過後代學者的長期考證，特別是清人閻若璩《尚書古文疏證》一書的完成，證明其較伏生今文《尚書》多出的二十五篇以及這篇〈尚書序〉，全是偽造的！

不過，昭明太子編選《文選》時，尚未有人對其真實性提出懷疑，因而此處仍依舊題作孔安國。這篇序文首先略述了從上古文籍的產生至孔子整理五經的先秦文獻概要，接著介紹了古文《尚書》的由來以及自己整理的過程。

古者，伏羲氏❶之王❷天下也，始畫八卦❸，造書契❹，以代結繩❺之政，由是文籍生焉。伏羲、神農、黃帝之書，謂之《三墳》❻，言大道也；少昊❼、顓頊❽、高辛❾、唐❿、虞⓫之書，謂之《五典》，言常道也。至于夏、商、周之書，雖設教⓬不倫⓭，雅誥⓮奧義⓯，其歸⓰一揆⓱。是故歷代寶之，以為大訓⓲。八卦之說，謂之《八索》⓳，求其義也。九州⓴之志㉑，謂之《九丘》㉒。丘，聚也。言九州所有，土地所生，風氣㉓所宜，皆聚此書也。《春秋左氏傳》㉔曰，楚左史倚相㉕，「能讀《三墳》、《五典》、《八索》、《九丘》㉖」，即謂上世帝王遺書也。先君㉗孔子，生於周末㉘，睹史籍之煩文㉙，懼覽之者不一㉚，遂乃定㉛禮樂，明舊章㉜，刪《詩》為三百篇㉝，約㉞史記㉟而修㊱《春秋》㊲，讚《易》道㊳以黜㊴《八索》，述㊵《職方》㊶以除《九丘》，討論㊷《墳》、《典》，斷自唐、虞，以下訖於周。芟夷㊸煩亂，翦截㊹浮辭㊺，舉其宏綱，撮其機要㊻，足以垂世㊼立教㊽，典、謨、訓、誥、誓、命㊾之文，凡百篇。所以恢弘至道，示人主以軌範也。帝王之制，坦然㊿明白，可舉而行。三千之徒(51)，並受其義。

【章　旨】歷敘文字產生以後三皇五帝之書以及孔子編定五經的偉業，並著重談了孔子編纂《尚書》之過程及其目的。

【注　釋】❶伏犧氏　亦作宓義、伏犧、包犧、庖犧、伏戲。也稱犧皇、皇義。傳說中三皇之首，人類的始祖，風姓。傳說他制作八卦，並教民漁獵。❷王　君臨。❸八卦　即乾（☰）、坤（☷）、震（☳）、巽（☴）、坎（☵）、離（☲）、艮（☶）、兌（☱），由陰（⚋）陽（⚊）兩種符號組成。八卦最初是上古人們記事的符號，後被用為卜筮符號，逐漸神祕化。❹書契　文字。古代把文字刻在竹木板片或龜甲上，故稱。契，刻。❺結繩　文字產生前的一種記事方法。用繩子打結，以不同形狀和數量的繩結標記不同事件。❻三墳　三皇之書。但從秦漢到隋唐的書目從未提及，北宋有人偽造《三墳》一卷，自鄭樵以後，無一人相信。❼少昊　亦作少皞。名摯，字青陽。黃帝子，己姓，以金德王，又稱金天氏。傳說中東夷族首領，五帝之一。東夷族以鳥為圖騰，相傳他曾以鳥名為官名，設有工正和農正。春秋時的郯國自稱為其後代。❽顓頊　五帝之一。黃帝之孫，昌意之子，號高陽氏。相傳生於若水，居於帝丘（今河南濮陽東南）。年二十登帝位，在位七十八年。❾高辛　即帝嚳。五帝之一，號高辛氏。相傳為黃帝曾孫，居於亳（今河南偃師）。❿唐　指唐堯。⓫虞　指虞舜。⓬設教　設施教化。⓭倫　同「類」。⓮雅誥　雅正的辭誥。⓯奧義　深奧的意義。⓰歸　旨歸。⓱一揆　一個樣。揆，度。⓲大訓　重要的教導。⓳八索　古書名。歷代有各種不同的說法，此處認為是研究八卦理論的書。⓴九州　傳說中中國中原上古的行政區劃，說法不一。《書・禹貢》認為是冀州、兗州、青州、徐州、揚州、荊州、豫州、梁州、雍州。㉑志　通「誌」。記載事物。㉒九丘　據此所言，為九州的地理志。㉓風氣　指氣候。㉔春秋左氏傳　又稱《左傳》或《左氏春秋》。相傳是春秋時魯國史官左丘明所作，古人認為它是傳述孔子《春秋》的，故名。㉕左史倚相　楚靈王時的史官，名叫倚相。㉖能讀三墳五典八索九丘　見《左傳・昭公十二年》。這句是楚靈王對右尹子革講的話。㉗先君　子孫稱自己的祖先。因為孔安國是孔子的第十一世孫。㉘周末　孔子生於西元前五五一年，死於西元前四七九年，已經是春秋末期了。㉙煩文　指文字繁多雜亂。㉚不一　不能專一。指不分好壞而亂看雜書。㉛定　訂正。㉜舊章　舊時的典章制度。㉝三百篇　《詩經》原有三百一十一篇，其中六篇亡佚，存者三百零五篇。三百是舉整數而言。㉞約　簡約。㉟史記　指魯國的歷史記載。㊱修　撰寫。㊲春秋　編年體史書。起魯隱公元年（西元前七二二年），迄魯哀公十四年（西元前四八一年），共二百四十二年的歷史。敘事簡略，常以一字定褒貶，後世稱為「春秋筆法」。㊳讚易道　相傳孔子為佐助發揚《周易》之道而作〈十翼〉。即〈彖辭上〉、〈彖辭下〉、〈象辭上〉、〈象辭下〉、〈繫辭上〉、〈繫辭下〉、〈文言〉、〈說卦〉、〈序卦〉、〈雜卦〉。㊴黜 廢棄；退除。㊵述 記述。㊶職方 書名。《周禮‧夏官》有職方氏，掌天下之地圖。㊷討論 研究評論。㊸芟夷 削除。㊹翦截 刪削。㊺浮辭 虛飾多餘的語言。㊻機要 精義和要點。㊼垂世 流傳後世。㊽立教 樹立教化之軌範。㊾典謨訓誥誓命 《尚書》中文章的體例名稱。如〈堯典〉、〈皋陶謨〉、〈伊訓〉、〈康誥〉、〈牧誓〉、〈顧命〉等。㊿坦然 平直清晰的樣子。(51)三千之徒 據《史記‧孔子世家》，孔子有弟子三千人。

【語譯】 古代伏羲君臨天下的時候，開始制作八卦，創造文字，用來代替靠結繩記政事的方法，由於這個原因，文章典籍產生了。伏羲、神農、黃帝的書，叫做《三墳》，講的是大道；少昊、顓頊、帝嚳、唐堯、虞舜的書，叫做《五典》，講的是常道。至於夏朝、商朝和周朝的書，雖然設施教化與《三墳》、《五典》不相類似，但它雅正的辭誥與深奧的意義和《三墳》、《五典》的意思一個樣。因此歷代珍愛它，把它當作重要的教導。解說八卦的書，叫做《八索》，是探求天地萬物之義的。記載九州事物的書，叫做《九丘》。丘是聚集的意思。是說九州上所有的，土地上所出產的，氣候所適宜的，都彙記在這本書裡。《春秋左氏傳》提到，楚國的左史倚相，「能夠讀《三墳》、《五典》、《八索》、《九丘》」，就是說能讀前代帝王遺留下來的書籍。我的先人孔子，生活在周朝末期，看到史籍繁多雜亂，擔心看書的人不分好壞而亂看雜書，於是就訂正禮與樂，闡明舊時的典章制度，刪削詩歌而整理成三百零五篇的《詩經》，簡約魯國的史書而撰寫《春秋》，作〈十翼〉促進《易》道的發揚而廢棄《八索》，記述《職方》而廢除《九丘》，研究討論《三墳》和《五典》，從唐堯、虞舜時代截斷，以下一直到周朝。削除繁瑣雜亂的內容，刪掉虛飾多餘的言辭，提出其中的大綱，摘取它的精義和要點，能夠流傳後世並樹立教化規範的，典、謨、訓、誥、誓、命這些文章，共一百篇。是用來發揚大道，給君主做法式的。帝王治國的制度，很是清楚明白，可以拿出來施行。他的三千學生，都接受他的義理。

及秦始皇滅先代典籍，焚書坑儒❶，天下學士，逃難解散❷，我先人用藏其家書于屋壁。漢室龍興❸，開設學校，旁求❹儒雅❺，以闡大猷❻。濟南❼伏生❽，年過九十，失其本經⑨，口以傳授⑩，裁⑪二十餘篇。以其上古之書，謂之「尚書」。百篇之義，世莫得聞。至魯共王⑫，好治⑬宮室，壞孔子舊宅，以廣⑭其居，於壁中得先人所藏古文虞、夏、商、周之書及傳⑮《論語》⑯、《孝經》⑰，皆科斗文字⑱。王⑲又升⑳孔子堂，聞金石絲竹㉑之音，乃不壞宅，悉以書還孔氏。科斗書廢已久，時人無能知者。以所聞伏生之書，考論㉒文義，定其可知者，為隸古定㉓，更㉔以竹簡㉕寫之，增多伏生二十五篇。伏生又以〈舜典〉合於〈堯典〉，〈益稷〉合於〈皋陶謨〉，〈盤庚〉三篇合為一，〈康王之誥〉合於〈顧命〉，復出此篇㉖，并序，凡五十九篇，為四十六卷。其餘錯亂摩滅㉗，不可復知。悉上送官㉘，藏之書府㉙，以待能者。承詔㉚為五十九篇作傳㉛，於是遂研精覃思㉜，博考經籍，採摭㉝群言，以立㉞訓傳㉟，約文㊱申義㊲，敷暢㊳厥旨，庶幾㊴有補㊵於將來。〈書序〉，序㊶所以為作者之意，昭然㊷義見㊸，宜相附近㊹，故引㊺之各冠其篇首，定五十八篇㊻。既畢，會國有巫蠱事㊼，經籍道息，用不復以聞，傳之子孫，以貽㊽後世。若好古博雅㊾君子，與我同志㊿，亦所不隱也。

【章旨】言古文《尚書》之發現及自己編定及作傳之事。

【注　釋】❶焚書坑儒　秦始皇三十四年（西元前二一三年），博士淳于越反對郡縣制，要求根據古制，實行分封制。丞相李斯加以駁斥，並主張禁止儒生以古非今，以私學誹謗朝政。秦始皇採納李斯的建議，下令：除《秦記》、醫藥、卜筮、種樹書外，焚毀民間收藏的《詩》、《書》和百家書等；有敢談論《詩》、《書》的處死；以古非今的滅族；禁止私學，想要學法令的以吏為師。第二年，盧生、侯生等方士、儒生攻擊秦始皇。秦始皇使御史查究，將四百六十多名方士和儒生坑殺在咸陽。史稱此為「焚書坑儒」。❷解散　分解離散。❸龍興　比喻新王朝的興起。❹旁求　廣泛搜求。旁，廣。❺儒雅　博學的儒士。❻猷　道。❼濟南　漢濟南郡。治所在東平陵（今章丘西）。轄境相當今山東濟南及章丘、濟陽、鄒平等地。❽伏生　名勝。為秦二世博士。秦末，流亡在外。漢朝建立後，伏生回來搜求原來他暗藏在牆壁中的《尚書》，失掉了數十篇，只剩下二十九篇。他便以這二十九篇作為《尚書》教本，在齊魯之間教授門徒。❾失其本經　失去了他本來的經書。這與《史記·儒林列傳》所說不同。❿口以傳授　漢文帝時，聽說伏生能治《尚書》，想要徵召他。但這時伏生已經九十多歲，無法行動。於是便派太常掌故鼂錯前往，跟伏生學習《尚書》。⓫裁　只有。⓬魯共王　名餘。漢景帝第五子。初立為淮陽王，後徙為魯王。好治宮室苑囿狗馬，又好音樂。諡共。⓭治　指建造。⓮廣　擴大。⓯傳　漢代《論語》、《孝經》尚未列入經部，通稱為傳。⓰論語　是孔子弟子及其後學記錄孔子言行思想的一部書。共二十篇。⓱孝經　一部宣揚孝道和孝治思想的儒家經典。⓲科斗文字　中國古代文字的一體。因其頭粗尾細狀如蝌蚪而得名。⓳王　指魯共王。⓴升　登上。㉑金石絲竹　指各種樂器。金指鐘類樂器，石指磬類樂器，絲指弦樂器，竹指竹管樂器。㉒考論　考證論定。㉓隸古定　用通行的隸書寫定古文。㉔更　再。㉕竹簡　西漢時紙張尚未發明通用，因而書寫工具仍是竹簡。㉖復出此篇　指把伏生所合各篇重新分出。㉗摩滅　消失。摩，通「磨」。㉘官　官府。㉙書府　藏書之處。㉚承詔　接受詔令。㉛傳　解釋經義的文字。㉜覃思　深思。㉝採摭　擇取掇拾。㉞立　確定。㉟訓傳　訓，訓詁。傳，注釋。㊱約文　簡約文辭。㊲申義　申述經義。㊳敷暢　鋪敘發揮。㊴庶幾　希望。㊵補　裨益；好處。㊶序　敘述。㊷昭然　明白的樣子。㊸見　通「現」。顯現。㊹附近　附著接近。㊺引　取。㊻五十八篇　原為五十九篇。今把序拆散分置於各篇，剩下五十八篇。㊼巫蠱事　漢武帝征和二年（西元前九一年），武帝患重病，江充說武帝的病是由巫蠱引起的，因而在宮中掘地搜查。江充與太子據原有衝突，借此誣陷太子，在太子宮中掘出木人。太子大懼，又難以解釋，因而就殺了江充。武帝發兵追捕，太子也發兵抗拒，激戰五日，死者數萬人，後太子兵敗自殺。巫蠱，古人迷信，以為用巫術詛咒及把木偶人埋地下可以害人，稱作「巫蠱」。㊽貽　留傳。㊾博雅　淵博典雅。㊿同志　志向相同。

【語　譯】到了秦始皇毀滅古代典籍，焚書坑儒時，天下的文人，逃難離散，我的祖先因此把家中的書藏在房屋的牆壁中。漢朝建立後，開設學校，廣泛搜求博學的儒士，以闡明大道。濟南伏先生，年紀已經九十多了，失去了他本來的經書，因而用口傳授《尚書》，只有二十多篇了。因為它是上古時代的書，所以稱為「尚書」。孔子所定一百篇的內容，當世沒有再聽說的了。到魯共王時，他喜歡建造宮室，毀壞孔子的故居，用來擴大自己的宮室，在牆壁中得到了我祖先所收藏的古文字所寫的虞舜、夏朝、商朝、周朝時代的書以及《論語》、《孝經》等傳，都是用蝌蚪文字寫的。魯共王又登上孔子的廟堂，竟聽到各種樂器演奏的聲音，於是不再毀壞孔子的住宅，把書都還給孔家。蝌蚪文字廢棄已有很長時間了，當時沒有人能看得懂。我用我所聽說的伏生的《尚書》，考證論定文中的意義，確定那些能懂的，用通行的隸書寫定古文，再用竹簡謄寫，比伏生的《尚書》多二十五篇。伏生又把〈舜典〉與〈堯典〉合并，〈益稷〉與〈皋陶謨〉合并，三篇〈盤庚〉合并為一篇，〈康王之誥〉與〈顧命〉合并，現在把所合并的各篇重新分出，加上序，共五十九篇，成四十六卷。其餘那些前後錯亂，字跡消失的，不可能再知道了。全部送上官府，藏在官府的書庫中，以等待有才能的人來整理。又接受詔令給這五十九篇作注解。於是就精心研究，深入思考，廣泛地參考各種經籍，擇取掇拾眾人的說法，以確定訓詁注釋，簡約文辭，申述經義，鋪敘發揮書中的要旨，希望對將來能有所裨益。〈書序〉是敘述所以寫作每一篇文章之意的，它的意思是明白可見的，應該與本文放在一起，因而我把它們取出來各自放在每篇之首，確定為五十八篇。完成以後，剛好碰上國家有巫蠱之禍，愛好經籍之道停息，因而不再把它上報給皇上；就傳給子孫，以求留傳後世。如果喜歡古籍而淵博典雅的君子，有與我志向相同的，我也是願意公之於眾的。

春秋左氏傳序

【作　者】杜預（西元二二二～二八四年），字元凱，晉京兆杜陵（今陝西西安東南）人。曾官河南尹，度支尚書。咸寧四年（西元二七八年），任鎮南大將軍、都督荊州諸軍事，鎮襄陽。太康元年（西元二八〇年），率兵滅吳，因功封當陽縣侯。博學，多謀略，人稱「杜武庫」。著有《春秋左氏經傳集解》、《春秋釋例》和《春秋長曆》等。

【題解】孔子把魯史官所記《春秋》，按照他自己的正名分、寓褒貶的觀點，整齊書法，加以刪修，上起魯隱公元年（西元前七二二年），下迄魯哀公十四年（西元前四八一年），共計二百四十二年的歷史，是中國最早的一部編年體史書，但它文字簡略，意義隱晦，如果沒有傳記的敘述，很難看出有何意義。解釋《春秋》的有《公羊傳》、《穀梁傳》和《左傳》三傳。《公羊傳》和《穀梁傳》闡釋《春秋》的體例和微言大義，流於空疏。而《左傳》（亦稱《春秋左氏傳》或《左氏春秋》）多用事實解釋《春秋》，它的作者舊傳是孔子同時的左丘明，但現在一般認為是戰國初年人據各國史料編成的。是書起於魯隱公元年，終於魯悼公四年（西元前四六四年），比《春秋》多出十七年，其敘事更至於悼公十四年（西元前四五四年）為止。全書三十卷，比較系統地記述了春秋時代各國的政治、軍事、外交和文化等方面的事件。

原來《春秋》經文與《左傳》是分列的，杜預作《春秋左氏經傳集解》，把《左傳》的歷史記載，分年附在《春秋》後面，用它來解釋《春秋》。

本文全稱是〈春秋左氏經傳集解序〉，簡稱〈春秋左氏傳序〉。序文首先解釋《春秋》名稱之由來；又具體解釋了孔子修《春秋》的五例及左丘明作傳的三體。最後用問答體說明他之所以捨棄《公羊》、《穀梁》而專為《春秋左氏經傳》作集解的本意。又提出了一些自己關於孔子作《春秋》的時間、年代起迄及孔丘是否自稱「素王」等方面的看法。

「春秋」者，魯史記❶之名也。記事者，以事繫日，以日繫月，以月繫時❷，以時繫年，所以紀遠近、別同異也。故史之所記，必表❸年以首❹事。年有四時，故錯舉❺以為所記之名也。《周禮》❻有史官❼，掌邦國❽四方之事，達❾四方之志❿。諸侯亦各有國史，大事書之於策⓫，小事簡牘⓬而已。《孟子》⓭曰：楚謂之《檮杌》，晉謂之《乘》，而魯謂之《春秋》，其實一也⓮。韓宣子⓯適魯，見《易》⓰、《象》⓱與魯《春秋》，曰：「周禮⓲盡在魯矣。吾乃今知周公⓳之德與周之所以王也。」韓子所見，蓋周之舊典禮經也。周德既衰，官⓴失其守㉑。上之人不能使《春秋》昭明㉒，赴告㉓策書，諸所記注，多違舊章㉔。仲尼因魯史策書成文㉕，考其真偽而志㉖其典禮㉗，上以遵周公之遺制，下以明將來之法。其教之所存㉘，文之所害㉙，則刊㉚而正之，以示勸誡；其餘皆即用舊史。史有文質㉛，辭有詳略，不必改也。故《傳》㉜曰：「其善志㉝。」又曰：「非聖人，孰能修之㉞！」蓋周公之志，仲尼從而明之。

【章旨】言《春秋》名稱之由來及孔子作《春秋》的目的和意義。

【注釋】❶史記　史官所記的書。❷時　季節。❸表　標記。❹首　始。❺錯舉　交錯互舉。❻周禮　原名《周官》。也稱《周官經》，西漢末列為經而屬於禮，故名《周禮》。它是搜集周王室官制和戰國時代各國制度，添附儒家政治理想，增減排比而成的彙編。全書分〈天官冢宰〉、〈地官司徒〉、〈春官宗伯〉、〈夏官司馬〉、〈秋官司寇〉、〈冬官司空〉六篇。〈冬官司空〉早佚，漢時補以〈考工記〉。古文經學家認為周公所作，今文經學家認為出於戰國，也有人指為西漢末年劉歆所偽造。近人以周秦銅器銘文所載官制與此相參證，定為戰國時代的作品。❼史官　春官宗伯的屬官有大史、小史、內史、外史等。❽邦國諸侯國。❾達　以物相送。❿四方之志　指天下各諸侯國史書所記。志，記。⓫策　把許多簡編起來叫做策。也寫作冊。⓬簡牘　竹片和木板。⓭孟子　孟軻及其弟子萬章、公孫丑等著，共七篇。記載孟子的政治活動、政治學說以及他的哲學倫理思想等。到宋朝列入經部，為儒家重要經典之一。⓮楚謂之四句　此是引《孟子》之語而有所改動。《孟子·離婁下》：「晉之《乘》，楚之《檮杌》，魯之《春秋》，一也。」⓯韓宣子　即韓起。韓厥之子。晉悼公時為卿，後取代趙武執政，頃公時卒，諡宣子。⓰易　即《周易》。⓱象　指魯國歷代之政令。此楊伯峻說。⓲周禮　周朝的禮儀。⓳周公　指周公旦。⓴官　指史官。㉑守　職守。㉒昭明　光明。㉓赴告　死亡相赴，禍福相告。凶事叫赴，一般的事叫告。㉔舊章　原有的典章制度。㉕成文　已成的舊文。㉖志　記識。㉗典禮　典法禮儀。㉘教之所存　名教善惡之存在。㉙文之所害　文辭有害名教的地方。指文辭不能表達義理和寓褒貶。㉚刊　削除。㉛文質　文，指辭藻華麗。質，指言辭樸直。㉜傳　指《左傳》。㉝其善志　《左傳·昭公三十一年》文。志，記述。㉞非聖人二句　《左傳·成公十四年》文。聖人，指孔子。修，撰寫；著作。

【語　譯】「春秋」，是魯史書的書名。記事的方法，是把事件繫置在日期下，把日期繫置在月份下，把月份繫置在季節下，把季節繫置在年份下，它的作用是記載年月遠近，分別事之同異。所以史書記載，一定標記年份以為事之始。一年有春、夏、秋、冬四季，所以交錯互舉，取「春秋」二字，作為所記的書名。《周禮》裡有史官，執掌諸侯國及天下四方赴告之事，並把己國之事送達各國之史。諸侯國也都有它們自己的國史，大事寫在策上，小事不過寫在竹片和木板上罷了。《孟子》說：楚國叫做《檮杌》，晉國叫做《乘》，而魯國叫做《春秋》，其實是一樣的，都是史書的名字。韓宣子到魯國去，見到《周易》、《象》和魯國的《春秋》，說：「周朝的禮儀都在魯國了。我如今才知道周公的德行和周統一天下的原因。」韓宣子所看到的，大概是周朝的那些舊的典籍以及禮儀之書。周朝衰落後，史官失去他的職守。在上位的人不能使《春秋》褒貶勸戒鮮明，那些記錄生死禍福相告的策書，那些記錄注釋的東西，大多違背原有的典章制度。孔子根據魯史所記策書的舊文，考辨其真偽並記載其典法禮儀，對前用以遵循周公所遺留下來的制度，對後用以顯明將來的法則。其中有關名教善惡所存在之處，文辭有礙的地方，就削除並把它們改正，用來顯示勸勉告戒；其餘的就沿用舊史。史書之文有辭藻華麗的，有言辭樸直的，文辭有詳有略，這是不必改動的。所以《左傳》說：「《春秋》

善於記述。」又說：「不是聖人，誰能夠著作《春秋》！」周公之道，是孔子從而顯明了它。

左丘明❶受經於仲尼，以為經者不刊之書❷也。故傳或先經以始事，或後經以終義，或依經以辨理❸，或錯經以合異。隨義而發。其例之所重❹，舊史遺文❺，略❻不盡舉，非聖人所修之要故也。身為國史❼，躬覽載籍❽，必廣記而備言之。其文緩❾，其旨遠，將令學者原始要終❿，尋其枝葉⓫，究其所窮⓬。優而柔之⓭，使自求之；饜⓮而飫⓯之，使自趨之。若江海之浸⓰，膏澤之潤⓱，渙然冰釋⓲，怡然⓳理順⓴，然後為得也。其發凡以言例㉑，皆經國㉒之常制，周公之垂法㉓，史書之舊章；仲尼從而修之，以成一經之通體㉔。其微顯㉕闡幽㉖，裁成義類㉗者，皆據舊例而發義㉘，指行事㉙以正褒貶。諸稱「書」、「不書」、「先書」、「故書」、「不言」、「不稱」、「書曰」之類，皆所以起新舊，發㉚大義謂之變例㉛。然亦有史所不書，即以為義者。此蓋《春秋》新意，故傳不言凡㉜，曲而暢㉝之也。其經無義例，因行事而言，則傳直言其歸趣㉞而已，非例㉟也。故發傳之體有三㊱，而為例之情有五。一曰微而顯㊲：文見於此，而起義在彼。稱族，尊君命㊳；舍族，尊夫人㊴；梁亡㊵、城緣陵㊶之類是也。二曰志而晦㊷：約言㊸示制，推以知例。參會不地㊹，與謀曰及㊺之類是也。三曰婉而成章㊻：曲從義訓㊼，以示大順㊽。諸所諱避，璧假許田㊾之類是也。四曰盡而不汙㊿：直書其事，具文見意。丹楹51刻桷52，天王求車53，齊侯獻捷54之類是也。五曰懲惡而勸55善：求名而亡，欲蓋而章56。書齊豹盜57，三叛人名58之類是也。推此五體，以尋經傳。觸類59而長60之，附於二百四十二年行事，王道之正61，人倫之紀62備矣。

【章旨】此段解釋了左丘明既然為《春秋》作傳，而竟有有經無傳、有傳無經之情況的原因，並歸納出孔子作《春秋》的五例及《左傳》的三體。

【注釋】❶左丘明　春秋時魯國人。複姓左丘，名明。一說：姓左，名丘明。曾任魯太史，雙目失明。與孔子同時。著有《春秋左氏傳》及《國語》。❷不刊之書　不可刊削修改的書。刊，古代文書寫在竹簡上，如有錯就用刀子削去，故稱刊。❸辨理　辨明其道理。❹其例之所重　從此句至「非聖人所修之要故也」說明有經無傳之意。❺舊史遺文　指成文的舊史已經散佚，只存有零碎的策書。❻略　省略。❼身為國史　從此句至「究其所窮」說明無經有傳之意。國史，左丘明為魯國太史。❽載籍　書籍。❾緩　舒緩。❿原始要終　探究事物的起源和終結。要，求。⓫枝葉　指不重要的內容。⓬所窮　指根本。⓭優而柔之　從此句至「然後為得也」說明無經之傳的作用。優，寬容。⓮饜　飽。⓯飫　飽。⓰浸　浸潤。⓱膏澤之潤　指雨像脂膏一樣潤澤。⓲渙然冰釋　渙然開解，像春暖冰消的樣子。⓳怡然　喜悅的樣子。⓴理順　理論貫通。㉑其發凡以言例　從此句至「非例也」辯說傳之三體。例，義例。㉒經國　治理國家。㉓垂法　留下來的法則。㉔通體　指文章的整個體例。㉕微顯　顯明隱微。㉖闡幽　闡明幽暗。㉗義類　按照事義分類。㉘發義　發明經義。㉙行事　所行之事。㉚發　申發。㉛變例　即例外。相對於凡例而言。㉜凡　凡例。㉝暢　通。㉞歸趣　指歸趨向。㉟非例　不是褒貶之例。㊱發傳之體有三　即上面所講的發凡正例、新意變例、歸趣非例。㊲微而顯　言辭不多而意義明顯。㊳稱族二句　《左傳・成公十四年》文。此是《左傳》解釋《春秋》「叔孫僑如如齊逆女」句，僑如是奉魯成公之命去齊國迎接成公夫人的，因而稱其姓氏表示尊崇君命。族，姓。㊴舍族二句　《左傳·成公十四年》文。此是《左傳》解釋《春秋》「僑如以夫人婦姜氏至自齊」句，僑如是帶了魯成公夫人姜氏一起回到魯國的，單稱僑如，去掉他的姓氏，是為了尊重夫人的緣故。㊵梁亡　《春秋·僖公十九年》：「梁亡。」不寫滅亡它的國家之名。這是因為梁國是咎由自取。梁國國君梁伯愛好大興土木，百姓有怨言，就謊稱敵人來攻，役使百姓修築城池。一次，在宮廷外面挖深溝，梁伯謊稱秦國將要來攻打，以使百姓加緊勞作。不料百姓卻驚慌逃散，秦國乘機滅了梁國。㊶城緣陵　《春秋·僖公十四年》：「諸侯城緣陵。」齊國率領諸侯在緣陵築城，以便把受外族威脅的杞國遷到這裡來。但此處沒寫出諸侯國名，為什麼呢？是因為諸侯國沒有把緣陵修築好就走了，沒有善始善終。緣陵，在今山東昌樂東南。㊷志而晦　記載史實而意義不明顯。㊸約言　簡約其言辭。㊹參會不地　三個以上國家盟會，別國來，不稱所會之地。《左傳·桓公二年》：「特相會，往來稱地，讓事也。自參以上，則往稱地，來稱會，成事也。」這是解釋《春秋》「公及戎盟于唐。冬，公至自唐」句，公與戎在唐相會，單獨二人相會，那麼兩人相讓，誰也不肯為主人。因而這樣的相會，無論公往，或者他國來，都稱所會之地。如果有三國以上的盟會，必定有一國擔任主人，因而這樣的盟會，公往，就稱所會之地；他國來，就只稱會，不稱地名。㊺與謀曰及　《左傳·宣公七年》：「凡師出，與謀曰及，不與謀曰會。」這是《左傳》解釋《春秋》「公會齊侯伐萊」句，彼此共同想要伐某國，所以叫「及」。他國欲伐某國，而我只是帶兵跟從而已，所以叫「會」。㊻婉而成章　表達婉轉屈曲，但順理成章。㊼義訓　義例之解釋。㊽大順　指對君臣準則的絕對順從。㊾璧假許田　《春秋·桓公元年》：「鄭伯，以璧假許田。」鄭桓公為周宣王的舅父，因而賞賜給他祊（在今山東費縣東），讓他在天子祭泰山時，作為助祭湯沐之邑。周成王營建王城（今洛陽），有遷都之意，因而賜給周公許（今河南許昌南），作為魯君朝見周王時的朝宿之邑。鄭莊公見周王長久不祭泰山，因而祊沒有什麼用處，而且距國又遠，而許則比較近，就想用祊交換許田，為了使交易成功，鄭伯又加上玉璧作為額外的補償。但土地是天子所賞賜，諸侯不得擅自交換。出於顧全臣子之義《春秋》作了避諱，說成是借。㊿盡而不汙　直言其事，盡其事實，沒有迂曲。汙，通「迂」。(51)丹楹　《春秋·莊公二十三年》：「秋，丹桓宮楹。」丹，紅色。此指用紅漆漆柱子。桓宮，魯桓公之廟。楹，柱子。按禮制規定，天子諸侯的屋柱用微青黑色，大夫用青色，士用黃色，用赤色者為非禮。(52)刻桷　《春秋·莊公二十四年》：「刻桓宮桷。」刻，雕刻。桷，方形的椽子。禮制規定，天子宮廟之桷，斲而磨之，再加細磨；諸侯斲而磨之，不加細磨；大夫只斲不磨；士僅砍斷樹根而已。從天子到士，都不雕刻桷。(53)天王求車　《春秋·桓公十五年》：「天王使家父來求車。」天王，指周桓王。家父，周天子大夫之名。按禮制規定，諸侯不向天子進貢車與戎服，天子不私下向諸侯索取財物。(54)齊侯獻捷　《春秋・莊公三十一年》：「六月，齊侯來獻戎捷。」齊侯，齊桓公。禮制，諸侯國與邊境少數民族作戰勝利，只向周天子獻捷，諸侯國之間不得互相獻捷。這裡齊國向魯國獻捷，所以是非禮的。55勸　勉勵。56章　明顯。57書齊豹盜　《春秋・昭公二十年》：「秋，盜殺衛侯之兄縶。」齊豹為衛國司寇，與衛靈公兄公孟縶不和，因而齊豹帶頭起來殺掉公孟縶，想要獲得一個不畏強暴的名聲。孔子認為這是不義，因而在《春秋》裡不書齊豹的名字，而稱其為「盜」。這是想要求名而反沒有名的例子。58三叛人名　《春秋・襄公二十一年》：「邾庶其以漆、閭丘來奔。」又〈昭公五年〉：「夏，莒牟夷以牟婁及防、茲來奔。」又〈昭公三十一年〉：「冬，黑肱以濫來奔。」邾庶其、莒牟夷、邾黑肱帶了土地叛國奔魯，目的是為了生存，不求其名。他們三人都是小國大夫，本來是沒有資格列名於《春秋》的，但若不書其名以示懲罰，那麼貪婪之徒都將仿效而無所顧忌，故孔子特意在《春秋》裡記上他們的名字，以懲其惡。這是不想求名而反有惡名的例子。59觸類　遇上同類事件。60長　生。61正　正法。62紀　法度準則。

【語　譯】左丘明從孔子處接受了《春秋》經，認為《春秋》是不可刪削修改的書。所以他的傳有的記事比《春秋》早，有的敘事比《春秋》遲，以說明事件最終的意義；有的根據《春秋》而為它辨明道理，有的與《春秋》文雖不同而理則相合，都隨義之所在而為之發揮。傳中已有前例而經中重複提到的內容，是舊史中遺留下來的零碎的策書，則省略而不全部舉出來，因為這不是孔子所修的重點。左丘明身為魯國太史，親身涉獵各種書籍，一定廣泛地記錄和完備地述說。所以文辭舒緩，意義深遠，想要讓學習的人探究事件的起源和終結，沿著枝葉，探求其根本。傳文使學者感到安和寬舒，能夠自己去探索高深之義；滿足學者之所好，能自己奔趨求取其中精華。就像江河大海的浸漬，及時雨的霑潤，像春暖寒冰融化一樣，怡然心悅，理論貫通，然後就得到了進益。他所闡明的大略體例，都是治理國家的經常制度，周公留下來的法則，史書的舊有典章；孔子從而撰寫修改，而形成《春秋》的整個體例。它的那些彰顯隱微、闡明幽暗、翦裁分類的東西，都是根據舊例而發明經義的，指出其人所行之事的是非而考定褒貶。諸如說「書」、「不書」、「先書」、「故書」、「不言」、「不稱」、「書曰」之類，目的都是起新舊之例的不同，發明大義的，就稱它為變例。但也有舊史不書，而孔子即以為合宜的，這大概是《春秋》的新意。所以傳也不講凡例，而是委曲說明以求通暢。那些《春秋》沒有義例，只是根據行事而記載的，那麼傳就直言其指歸趨向，這不是褒貶之例。所以申發傳文的體例有發凡正例、新意變例、歸趣非例三個，而形成為體例的情況《春秋》中有五種。一是言辭不多而意義明顯：文辭出現在此，而義理則起發在另一端。稱姓氏，是因為尊崇君主之命；不稱姓氏，是為了表示尊重夫人；梁國滅亡以及諸侯築緣陵城這一類都是。二是記載史實但意義不明顯：簡約言辭以示法制，推尋其事而知道它的義例。三個以上國家盟會，別國來，不稱所會之地；參與謀劃討伐某國叫「及」這一類就是。三是表達婉轉，但順理成章：屈曲其辭以服從義訓，以表示對君臣準則的絕對順從。那些所諱避的事，像鄭莊公用祊田加玉璧交換許田這類就是。四叫做直言其事，盡其事實而沒有迂曲：直書其事，記載詳細以表現譏刺之意。魯莊公為桓公之廟紅漆柱子、雕刻椽子，周桓王向魯國索求車子，齊桓公向魯國獻其與戎作戰所獲的戰利品這一類就是。五是懲罰惡人而勉勵善人：追求名聲反而失去，想要掩蓋惡名反而明顯。書齊豹為盜，記下三個叛人的名字這一類就是。按照這五體，以尋求經傳中的文字，觸類旁通，附於二百四十二年時人所行之事，觀其善惡，用其褒貶，那麼王道的正法，人倫的法度準則也就完備了。

或曰：「《春秋》以錯文見義❶，若如所論，則經當有事同文異而無其義也。先儒所傳，皆不其然。」答曰：「《春秋》雖以一字為褒貶，然皆須數句以成言，非如八卦之爻❷，可錯綜為六十四❸也。固當依傳以為斷。古今言《左氏春秋》者❹多矣。今其遺文可見者十數家，大體轉相祖述❺，進不成為錯綜經文以盡其變，退不守丘明之傳。於丘明之傳有所不通，皆沒❻而不說，而更膚引❼《公羊》❽、《穀梁》❾，適足自亂。預今所以為異，專修丘明之傳以釋經。經之條貫⑩，必出於傳；傳之義例，總歸諸凡⑪。推變例以正褒貶，簡⑫二傳⑬而去異端⑭，蓋丘明之志也。其有疑錯，則備論而闕之，以俟後賢。然劉子駿⑮創通大義⑯，賈景伯父子⑰、許惠卿⑱，皆先儒之美者也。末有潁子嚴⑲者，雖淺近，亦復名家⑳。故特舉劉、賈、許、潁之違㉑，以見㉒同異。分經之年與傳之年相附，比㉓其義類，各隨而解之，名曰《經傳集解》。又別㉔集㉕諸例，及地名、譜第㉖、歷數㉗，相與為部，凡四十部，十五卷。皆顯其異同，從而釋之，名曰〈釋例〉，將令學者觀其所聚，異同之說，〈釋例〉詳之也。」

【章　旨】說明為什麼捨棄《公羊傳》、《穀梁傳》而專為《春秋左氏經傳》作集解的理由。

【注　釋】❶錯文見義　凡文辭不同的，一定表示具有不同的意義。❷爻　《周易》中組成卦的符號叫爻。「—」是陽爻，「--」是陰爻。❸六十四　《周易》有六十四卦。❹古今言左氏春秋者　研究《左傳》的。據《漢書・儒林傳》，西漢著名的有張蒼、賈誼、張敞、張禹、翟方進、劉歆，東漢有陳元、鄭眾、賈逵、馬融、許惠卿、服虔、潁容、延篤、彭仲博，曹魏有王肅、董遇等。❺祖述　繼承前人而加以陳說。❻沒　指隱沒。❼膚引　膚淺地引用。❽公羊　指《公羊傳》。亦稱《春秋公羊傳》或《公羊春秋》。專門闡釋《春秋》的微言大義。相傳為戰國時齊人公羊高所著，最初只有口頭流傳，漢初才成書。它是今文經學的重要典籍。❾穀梁　指《穀梁傳》。亦稱《春秋穀梁傳》或《穀梁春秋》。專門闡釋《春秋》的義例。戰國時穀梁赤著，初僅口頭流傳，西漢時才寫成書。體裁與《公羊傳》相近。❿條貫　條理系統。⓫凡　體制。⓬簡　選擇。⓭二傳　指《公羊傳》和《穀梁傳》。⓮異端　指不合《春秋》之義的說法。⓯劉子駿　劉歆。字子駿。後改名秀，字穎叔。劉向之子，沛（今江蘇沛縣）人。漢成帝河平年間，與父劉向共同總校群書。向死，歆為中壘校尉，繼承父業，整理六藝群書，撰成《七略》，對經籍目錄學貢獻極大。建議為《周禮》、《左傳》、《毛詩》、《古文尚書》等古文經設置博士，遭今文學派的反對。王莽執政，歆任國師。後因參與謀殺王莽事件，事洩自殺。⑯創通大義　劉歆治《左傳》，用傳文解經，經傳互相啟示，而章句義理，從此具備。創通，開創通達。⑰賈景伯父子　賈徽和賈逵。賈景伯，賈逵字景伯，東漢扶風平陵（今陝西咸陽西北）人。曾任侍中及左中郎將等職。明帝時，利用朝廷尊信讖緯，上書說《左傳》與讖緯相合，可立博士。章帝時，與治今文經學的李育相辯難，提高了古文經學的地位。著有《春秋左氏傳解詁》、《國語解詁》等。漢和帝永元十三年（西元一〇一年）死，七十二歲。賈徽，字元伯，賈逵父，受業於劉歆，習《左傳》、《古文尚書》、《毛詩》，著有《春秋條例》。⑱許惠卿　名淑，魏郡（治所在今河北臨漳西南）人。⑲穎子嚴　名容，字子嚴，陳國長平（今河南西華東北）人。博學多通，善《左氏春秋》，師事太尉楊賜。郡舉孝廉，公車徵，皆不就。漢獻帝初平年間，避亂荊州，收徒千餘人。劉表授以武陵太守，不肯應。著有《春秋左氏條例》。⑳名家　有專長而自成一家。㉑違　違背。㉒見　同「現」。㉓比　排比。㉔別　另外。㉕集　收集。㉖譜第　即「譜系」。記述宗族系統的書。㉗歷數　推算歲時節候的次序。歷，通「曆」。

【語譯】有人說：「《春秋》凡文辭不同的，一定表示具有不同的意義。如果像你所說的那樣，那麼經文中應該有事情相同而文辭不同但並不表示具有不同意義的情況。古代儒者所解釋的，都不是這樣的。」回答說：「《春秋》雖然用一個字決定褒貶，但都必須要有幾句話才能成文，不像八卦的爻一樣，一爻變則變，交互錯綜而形成六十四卦。所以應當根據傳文來決斷。古今之人研究《左氏春秋》的有很多了。現在遺留下來的文字可以見到的還有十多家，大體上都是輾轉繼承前人而加以陳說，進一步不足以交錯綜合經文以窮究其變，退一步不能嚴守左丘明的傳。對於左丘明的傳有講不通的地方，都隱沒不解說，而更膚淺地引用《公羊傳》和《穀梁傳》來解釋左丘明的傳，這正足以使自己錯亂起來。我現在之所以與前人不同，是專門遵循左丘明的傳來解釋《春秋經》。《春秋經》的條理，一定出現於《左傳》；而《左傳》的義例，也總歸之於《春秋》的體制。推尋變例以定褒貶，選擇《公羊傳》與《穀梁傳》的合理部分而除去它們不合理的說法，這大概也是左丘明的本意。如果有懷疑和錯誤的內容，就詳細論述而暫時闕疑，以等待將來的賢人解決。但是劉歆開創通達經文大義的方法，賈徽和賈逵父子、許惠卿，都是先代儒士中的傑出人物。最後有一個叫穎子嚴的，雖然比起劉歆、賈逵來較淺薄，但也因注《左傳》而自成一家。所以我特別舉劉歆、賈逵、許惠卿、穎子嚴四家的錯誤，以顯示出我與他們的同與不同。我把《春秋經》的年份分拆開來與《左傳》的年份相依附，排比它們的義類，各隨文解釋，命名為《經傳集解》。又另外收集各例，以及地名、譜系、曆數，事相同者共為一部，一共四十部，十五卷。都標明它們的異與同，從而加以解釋，命名為〈釋例〉，希望讓學者看看它所匯聚的內容，各種異同之說，〈釋例〉都有詳盡記述。」

或曰：「《春秋》之作，《左傳》及《穀梁》無明文。說者❶以為仲尼自衛反魯❷，修❸《春秋》，立素王❹，丘明為素臣❺。言《公羊》者，亦云黜周而王魯❻，危行❼言遜，以避當時之害，故微其文❽，隱其義。《公羊》經止獲麟❾，而《左氏》經終孔丘卒❿。敢問所⓫安？」答曰：「異乎余所聞。仲尼曰：『文王既沒，文不在茲乎⓬？』此制作之本意也。歎曰：『鳳鳥不至，河不出圖，吾已矣乎⓭！』蓋傷時王⓮之政也。麟鳳五靈⓯，王者之嘉瑞⓰也。今麟出非其時，虛其應⓱而失其歸⓲，此聖人所以為感也。絕筆⓳于獲麟之一句者，所感而起，固⓴所以為終也。」曰：「然《春秋》何始於魯隱公㉑？」答曰：「周平王㉒，東周之始王也；隱公，讓國㉓之賢君也。考乎其時則相接㉔；言乎其位則列國㉕；本㉖乎其始，則周公㉗之祚胤㉘也。若平王能祈天永命，紹㉙開中興㉚；隱公能弘宣㉛祖業㉜，光啟㉝王室，則西周之美可尋，文武之跡不墜。是故因其歷數，附其行事，采周之舊㉞，以會㉟成王義，垂法㊱將來。所書之王㊲，即平王也；所用之歷㊳，即周正㊴也；所稱之公㊵，即魯隱也，安在其黜周而王魯乎？子曰：『如有用我者，吾其為東周乎？㊶』此其義也。若夫制作之文，所以彰往考來㊷，情見乎辭，言高則旨遠，辭約則義微㊸，此理之常，非隱之也。聖人包周身之防㊹，既作之後，方復隱諱以避患，非所聞也。子路使門人為臣，孔子以為欺天㊺。而云仲尼素王，丘明素臣，又非通論㊻也。先儒以為制作三年，文成致麟㊼，既已妖妄㊽；又引經以至仲尼卒㊾，亦又近誣㊿。據《公羊》經止獲麟，而《左氏》小邾射不在三叛之數(51)，故余以為感麟而作，作起獲麟，則文止於所起，為得其實。至於反袂拭面，稱吾道窮(52)，亦無取焉。」

【章　旨】批駁先代儒士關於孔子作《春秋》的時間、《春秋》起迄年代以及孔子自認為素王等方面的錯誤觀點。

【注　釋】❶說者　解說《左傳》的人。❷自衛反魯　據《左傳》，事在魯哀公十一年冬（西元前四八四年）。反，回。❸修　修撰。❹立素王　漢魏諸儒都認為孔子修《春秋》第三年，即魯哀公十四年，西狩獲麟，麟為祥瑞之獸，只為有王道之人而至。現在麟是因為孔子作《春秋》而至，因而孔子自以為是素王。素王，意謂有王者之德而沒有實在的王位。❺素臣　素王之臣。❻王魯　以魯為王。❼危行　行為正直。危，正。❽微其文　隱微其文辭。❾止獲麟　《公羊傳》之經，終於魯哀公十四年春「西狩獲麟」。❿終孔丘卒　《左傳》之經，終於魯哀公十六年夏四月己丑「孔子卒」。⓫所　何。⓬文王

既沒二句　《論語・子罕》文。文王，指周文王。沒，死。文，指文王之道。茲，此。孔子自指。⑬鳳鳥不至三句　《論語・子罕》文。鳳鳥不至，古代傳說，鳳凰是一種神鳥，祥瑞的象徵，出現就是表示天下太平。河不出圖，傳說聖人受天命，黃河中就有神龜背負圖而出。⑭時王　當時的周王。⑮五靈　古代以麟、鳳、龜、龍、白虎為靈物。⑯嘉瑞　祥瑞。⑰虛其應　世有明君，故麟出以應其時，現在無明君，所以說虛其應。⑱失其歸　失去牠的歸宿。指麟被捕獲。⑲絕筆　停筆不寫。⑳固　通「故」。所以。㉑魯隱公　名息姑，惠公子。周平王四十八年（西元前七二三年）惠公死。太子軌年幼，因而以息姑攝政。在位十一年，被羽父所殺。㉒周平王　名宜臼，一作宜咎。幽王子。西元前七七〇至前七二〇年在位。幽王被犬戎所殺，他被申、魯、許等國擁立為王。為了躲避犬戎，遷都洛邑（今河南洛陽），是為東周。㉓讓國　隱公不是惠公嫡子，因太子軌年幼，暫時攝政。隱公十一年（西元前七一二年），大夫羽父請隱公殺太子軌，想以此當上太宰。隱公不同意，說要把君位讓還給軌。羽父因而進讒於軌，殺了隱公。㉔其時則相接　隱公即位時當周平王四十九年，平王在位凡五十一年，所以說相接。㉕其位則列國　爵是公爵，國是大國。列國，諸侯國。㉖本　根據；推本。㉗周公　周公旦。文王之子，武王之弟，封於魯，為魯國始祖。㉘祚胤　後代。㉙紹　繼承。㉚中興　由衰落而重新興盛。㉛弘宣　大力發揚。弘，大。㉜祖業　祖先所創立的功業。㉝光啟　光大發揚。㉞舊　指舊有的典章。㉟會　合。㊱垂法　留傳法則。㊲所書之王　《春秋》在隱公元年首句即是「春王正月」，此「王」即指周平王。㊳歷　曆法。歷，通「曆」。㊴周正　周朝的曆法，以夏曆十一月為正月。㊵所稱之公　《春秋・隱公元年》：「公及邾儀父盟于蔑。」㊶如有用我者二句　《論語・陽貨》文。其，恐怕。東周，在東方興周道。㊷彰往考來　彰明過去，考校將來。㊸微　隱微。㊹包周身之防　謂以忠信禮義等周遍其身作為防備。㊺子路使門人為臣二句　《論語・子罕》：「子疾病，子路使門人為臣。病間，曰：『久矣哉，由之行詐也！無臣而為有臣。吾誰欺？欺天乎！』」子路，名仲由，字子路，一字季路，春秋卞（今山東泗水縣東）人，孔子學生。比孔子小九歲，仕於衛國，為衛大夫孔悝邑宰，因不願跟從孔悝迎立蕢聵為衛公，被殺，事在西元前四八〇年。門人，學生。㊻通論　通達的議論。㊼致麟　致使麟出現。㊽妖妄　不真實。㊾引經以至仲尼卒　《春秋》本來終於獲麟，學者續加三年，至孔子死。引，延長。㊿誣　欺騙。(51)小邾射不在三叛之數　《左傳》之經，在「西狩獲麟」後，有「小邾射以句繹來奔」一條。小邾的大夫名射的，用句繹作禮物，叛離小邾，投奔魯國，應該是叛臣，和前面所講到的邾庶其、莒牟夷、邾黑肱三叛臣的罪相同，但因為事在獲麟之後，非孔子所書，所以不在三叛臣之數。(52)反袂拭面二句　《公羊傳》稱孔子聞獲麟，反袂拭面，涕沾袍，曰：「吾道窮矣。」袂，袖口。拭，揩。窮，不通。

【語　譯】有人說：「《春秋》寫作的時間，《左傳》和《穀梁傳》沒有明文記載。解說《左傳》的人認為孔子從衛國回到魯國，修撰《春秋》，自立為素王，左丘明則為素王之臣。解說《公羊傳》的人，也說孔子廢免周天子而以魯公為王，行為正直言語謙遜，以求避免當時的災禍，所以隱微其文辭，隱蔽其意義。《公羊傳》的經文結束於魯哀公十四年春西狩獲麟，而《左傳》的經文卻終於魯哀公十六年孔子死。大膽地請問何者為是？」回答說：「這跟我所聽說的不同。孔子說：『周文王死了以後，文王之道不在我這裡嗎？』這是他作《春秋》的本意。孔子感歎說：『鳳凰不飛來了，黃河也沒有圖畫出來了，我這一生恐怕是完了！』大概是哀傷當時周王的政治吧。麟、鳳、龜、龍、白虎等五種靈物，是帝王的祥瑞。現在麟出來的不是時候，感應成空，反被捕獲而失去牠的歸宿，這就是孔子為何感歎的原因。《春秋》停筆在『西狩獲麟』這一句，因為《春秋》是有感於此而作，所以也就以此作為結束。」問：「那麼《春秋》為什麼開始於魯隱公？」回答說：「周平王是東周的第一個王；魯隱公是謙讓君位的賢君。查考魯隱公即位的時間則與平王相接；講到他的爵位則是諸侯國；推求他的起始，則是周公的後代。如果平王能夠祈求上天給予長久的大命，繼承先王的事業，開拓中興大功；隱公能夠大力發揚祖先所創立的功業，光大發揚王室，那麼西周的盛業尚可尋求，周文王、周武王的業績不會喪失。所以根據它的年月時間，附上當時人所行之事，採用周朝舊有的典制，用來合成王者之義，為將來留傳法則。《春秋》所記的王，即是周平王；所用的曆法，即是周朝的曆法；所說的公，即是魯隱公，哪裡有廢免周王而以魯公為王這樣的事呢？孔子說：『假若有重用我的人，我大概要使文王、武王之道在東方的魯國復興吧？』這就是他興周之意。至於他寫作《春秋》的文辭，目的是為了彰明過去和考校將來。他的思想感情在文辭中表現出來，立言高，旨意就遠，文辭簡約，意思就隱微，這是常理，不是有意使其文辭隱微。至於孔子以忠信禮義等修養其身作為防備，等到寫好以後，才又隱諱其事以避免災禍，這是我沒有聽說過的。孔子生重病，子路讓學生稱臣，以君主之禮對孔子，孔子認為這是欺蒙上天。而現在說孔子自立為素王，左丘明是素臣，這不是通達的議論。先代儒士認為孔子作《春秋》三年，書寫成致使麟出現，這已經是不真實的了；又延長經文直到孔子死為止，這也是近於欺騙。據《公羊傳》的經文到獲麟為止，而

《左傳》中的小邾射不屬三叛臣之數，所以我認為孔子是有感於獲麟而作《春秋》，開始寫作是在獲麟那一年，而《春秋》經文到獲麟這一年為止，這可說是真實的情況。至於像《公羊傳》所說的孔子以袖掩面擦眼淚，口說我的道不通了，這種說法，我也不取。」

三都賦序

【作　者】皇甫謐（西元二一五～二八二年），字士安，幼名靜，自號玄晏先生，安定朝那（今甘肅平涼西北）人。年二十始力學，師事鄉人席坦，有志著述。中年患風痹疾，乃鑽研醫學。朝廷屢徵不就，一生不仕。著作有《帝王世紀》、《高士傳》、《逸士傳》、《列女傳》、《玄晏春秋》、《年曆》、《鍼灸甲乙經》等。

【題　解】左思寫成〈三都賦〉，不受時人重視。因想皇甫謐當時聲譽較高，就送呈皇甫謐。謐大為稱賞，因而為之作序，即是本文。

序文首先敘述了賦體的起源及其發展情況，認為在《詩經》中即已有賦的雛形，賦是詩的支派。作者以為賦發展到司馬相如、揚雄一輩，達到顛峰，但對他們恣情誇張、隨意虛構則頗有微辭。接下去介紹〈三都賦〉的結構、內容及思想傾向，並對其描寫真實、不重誇飾表示讚賞。本文實際上反映了皇甫謐的辭賦創作觀點。

玄晏先生曰：古人稱不歌❶而頌❷謂之賦。然則賦也者，所以因物❸造端❹，敷弘❺體理❻，欲人不能加也。引而申之，故文必極美；觸❼類而長之，故辭必盡麗。然則美麗之文，賦之作也。昔之為文者，非苟❽尚辭❾而已，將以紐❿之王教[11]，本乎勸戒也。自夏、殷以前，其文隱沒，靡[12]得而詳焉。周監二代[13]，文質[14]之體，百世可知[15]。故孔子采萬國之風[16]，正[17]雅[18]、頌[19]之名，集而謂之《詩》[20]。詩人之作，雜有賦體。子夏[21]序《詩》[22]曰：「一曰風，二曰賦[23]。」故知賦者古詩之流[24]也。至于戰國[25]，王道[26]陵遲[27]，風雅[28]寖頓[29]，於是賢人失志，辭賦作焉。是以孫卿[30]、屈原[31]之屬[32]，遺文[33]炳然[34]，辭義可觀。存[35]其所感，咸有古詩之意，皆因文以寄其心[36]，託理[37]以全其制[38]，賦之首也。及宋玉[39]之徒，淫文[40]放發，言過于實，誇競[41]之興，體[42]失之漸，風雅之則[43]，於是乎乖[44]。逮漢賈誼[45]，頗[46]節[47]之以禮。自時厥[48]後，綴文[49]之士，不率[50]典言[51]，並務[52]恢張[53]。其文博誕[54]空類[55]，大者罩天地之表[56]，細者入毫纖[57]之內。雖充車[58]聯駟[59]，不足以載；廣夏[60]接榱[61]，不容以居也。其中高者，至如相如[62]〈上林〉[63]、揚雄[64]〈甘泉〉[65]、班固[66]〈兩都〉[67]、張衡[68]〈二京〉[69]、馬融[70]〈廣成〉[71]、王生[72]〈靈光〉[73]，初極宏侈[74]之辭，終以約簡[75]之制，煥[76]乎有文[77]，蔚爾[78]鱗集[79]，皆近代辭賦之偉[80]也。若夫土有常產[81]，俗有舊風[82]，方以類聚，物以群分[83]。而長卿[84]之儔[85]，過以非方[86]之物，寄以中域[87]；虛張[88]異類[89]，託有於無；祖構之士[90]，雷同[91]影附[92]，流宕[93]忘反，非一時也。

【章　旨】敘述賦體的起源及其發展概況，並提出了自己對司馬相如等人的作品的看法。

【注　釋】❶歌　唱。❷頌　通「誦」。朗讀。❸因物　感物。❹造端　起始；發端。端，始。❺敷弘　鋪敘廣大。❻體理　合於事物的常理。❼觸　遇上同類事物。❽非苟　不但。❾尚辭　注重文辭。❿紐　聯繫。⓫王教　王者的教化。⓬靡　無。⓭周監二代　《論語・八佾》：「周監於二代，郁郁乎文哉！」周，周朝。監，借鑒。二代，夏、商兩朝。⓮文質　文采與質樸。⓯百世可知　《論語・為政》：「其或繼周者，雖百世，可知也。」百世，百代。⓰風　地方樂歌，因其有諷諫的作用，故稱。⓱正　辨正。⓲雅　一種詩歌體裁，內容主要是談王政的興廢，是宮廷和京畿一帶所演唱的樂歌。⓳頌　一種詩歌體裁。是周朝宗廟祭祀時用的樂舞詩歌，內容主要是歌頌祖先神靈。⓴集而謂之詩　據《史記・孔子世家》稱，孔子把三千多篇古詩，經過取捨刪汰，編成三〇五篇的《詩》，即後來所說的《詩經》。㉑子夏　卜氏，名商，春秋末晉國溫（今河南溫縣西南）人（一說衛國人）。孔子學生，長於文學，曾做過莒父（今山東莒縣）宰。孔子死後，到魏國西河講學。李克、吳起都是他的學生，魏文侯也曾尊他為師。㉒序詩　漢人認為《詩・大序》為子夏所作。㉓一曰風二句　〈毛詩序〉文。㉔流　支流；別派。㉕戰國　歷史時代之名。舊史以自周威烈王二十三年（西元前四〇三年）韓、趙、魏三家分晉，至秦始皇二十六年（西元前二二一年）統一中國為止，為戰國時代。現在多以西元前四七五年（周元王元年）至西元前二二一年為戰國時代。因當時各大諸侯國連年交戰，被稱為戰國，因而得名。㉖王道　指周天子的統治。㉗陵遲　衰落。㉘風雅　《詩經》中的〈國風〉、〈小雅〉、〈大雅〉。此指像〈風〉和〈雅〉這一類的作品。㉙寖頓　逐漸消失。㉚孫卿　戰國時趙國人，名況，時人尊稱他為荀卿。漢時避宣帝劉詢諱，改稱孫卿。年五十始遊學於齊，曾三為齊稷下學官祭酒，因遭人陷害而離開齊國到楚國，春申君用為蘭陵（今山東蒼山縣蘭陵鎮）令，後即安家於此。其學以孔子為宗，與孟子性善說相反，認為人性皆惡，重視環境和教育對人的影響，其門人最著名的有韓非、李斯。西漢經學多出於荀門傳授。著作有《荀子》，其中〈賦篇〉對漢賦的興起有一定影響。㉛屈原　戰國時楚國人，名平，字原。又自稱名正則，字靈均。初輔佐懷王，做過左徒、三閭大夫。主張聯齊抗秦，後遭靳尚等人的陷害，被放逐，作〈離騷〉。頃襄王時再度被放逐江南，因見國家無望，投汨羅江自殺。據《漢書・藝文志》記載，他有賦二十五篇。㉜屬　類。㉝遺文　遺留下來的文章。㉞炳然　明亮的樣子。㉟存　察。㊱寄其心　寄託其心意。㊲託理　依託義理。㊳制　體制。指〈風〉、〈雅〉中諷喻的傳統。㊴宋玉　戰國楚人，後於屈原，或稱是屈原弟子。曾事頃襄王，做過文學侍臣一類小官，後因受讒而被解職。《漢書・藝文志》著錄其賦十六篇。現在流傳的六篇作品中，僅〈九辨〉確認為他所作，其餘真偽尚難定論。(40)淫文　過度的文采。(41)誇競　競相誇大。(42)體　指〈風〉、〈雅〉之體。(43)則　準則。(44)乖　背離。(45)賈誼　西漢時洛陽（今河南洛陽東）人。年少即以文才超眾著稱。二十餘歲被漢文帝召為博士，不久升為太中大夫。後被權貴中傷，貶為長沙王太傅，又轉梁懷王太傅。因懷王墮馬而死，他自傷失職，抑鬱而死，年僅三十三歲。有賦七篇，今存四篇，以〈弔屈原賦〉、〈鵩鳥賦〉最有名。(46)頗　很。(47)節　節制。(48)厥　之。(49)綴文　連綴字句以成文章。指寫作。(50)率　遵循。(51)典言　常言。(52)務　努力。(53)恢張　擴展；張大。恢，擴大。(54)誕　大。(55)空類　指言不符實。(56)表　外面。(57)毫纖　比喻極細微的事物。(58)充車　滿車。(59)駟　四匹馬駕的車子。(60)廣夏　大屋。夏，高屋。(61)榱　椽子。(62)相如　即司馬相如。字長卿，蜀郡成都（今四川成都）人。景帝時為武騎常侍，因病免。武帝時先後任郎官、中郎將、孝文園令。有賦二十九篇，今存六篇，對當時及後世的辭賦創作有極大的影響。(63)上林　即司馬相如代表作〈上林賦〉，見本書卷八。(64)揚雄　字子雲，蜀郡成都（今四川成都）人。年少好學，博覽群書。漢成帝時任給事黃門郎。王莽時校書天祿閣，官為大夫。為人口吃，不能劇談，以文章名世。《漢書・藝文志》稱有辭賦十二篇，多為模擬司馬相如之作。(65)甘泉　即〈甘泉賦〉。見本書卷七。(66)班固　字孟堅，扶風安陵（今陝西咸陽東北）人。班彪之子。初繼續其父《史記後傳》的著作，被人告發私改國史，下獄。得其弟班超上書力辯，得釋，任蘭臺令史，遷為校書郎，典校祕書，並奉詔修史，歷二十餘年，成《漢書》。和帝永元元年（西元八九年）從大將軍竇憲出擊匈奴，任中護軍。後因竇憲擅權被殺，他受牽連，西元九二年死於獄中。(67)兩都　指〈兩都賦〉，見本書卷一。(68)張衡　字平子，東漢南陽西鄂（今河南南召南）人。兩度擔任掌管天文的太史令，精通天文曆算，創制了渾天儀和地動儀。天文著作有《渾天儀圖注》和《靈憲》。他又是漢代四大辭賦家、東漢六大畫家之一，著有詩、賦、銘、七言等三十二篇。(69)二京　即〈二京賦〉。見本書卷二〈西京賦〉、卷三〈東京賦〉。(70)馬融　字季長，東漢扶風茂陵（今陝西興平東北）人。安帝時任校書郎中，桓帝時為南郡太守。才高博洽，為世通儒，學徒千餘。盧植、鄭玄皆出其門。除注釋群經外，兼注《老子》、《淮南子》。另有賦、頌等二十一篇。(71)廣成　即〈廣成頌〉。(72)王生　指王延壽。字文考，一字子山，南郡宜城（今湖北宜昌）人。王逸之子。渡湘江時溺死，年僅二十餘歲。(73)靈光　指〈魯靈光殿賦〉。見本書卷一一。(74)宏侈　宏大浮誇。(75)約簡　節約簡易。(76)煥　鮮明。(77)文　文采。(78)蔚爾　茂盛的樣子。(79)鱗集　像魚鱗一樣聚集在一起。指辭藻密集。(80)偉　特異。(81)常產　固定出產之物。(82)舊風　舊有的風氣。(83)方以類聚二句　《易・繫辭上》之文。方，事。(84)長卿　即司馬相如。(85)儔　同輩。(86)方　地方。(87)中域　指中國。(88)虛張　誇飾。(89)異類　指禽獸蟲魚之類。(90)祖構之士　指後世效法的人。祖，仿效。構，造作。指寫文章。㉑雷同　隨聲附和。㉒影附　如影附身。㉓流宕　流浪。

【語　譯】玄晏先生說：古人把不歌唱而朗讀的叫做賦。那麼賦就是有感於物而開始寫作，極力鋪敘以合於事物的常理，想要使人不能有所增益。因此引申開來，它的文章一定很美；因為遇上同類事物而有所增長，它的辭藻也一定相當華麗。既然如此，那麼美麗的文辭，是由於賦而興起的。從前那些寫文章的人，不僅注重文辭就可以了，而是要以此聯繫王者的教化，以勸勉告誡為根本。在夏朝、商朝以前，那些文章已經不見了，不可能詳細了解它們的內容了。周朝是借鑒夏、商兩代的，其文章的文采與質樸的體裁，就是一百代以後，也是可以知道的。所以孔子採集很多國家的風詩，辨正雅、頌之名，匯集成一書而稱之為《詩》。詩人的作品中，摻雜有賦的體裁。子夏為《詩》作序說：「一叫做風，二叫做賦。」所以我們知道賦是古詩的支流。到了戰國時代，周天子的統治衰微了，像〈風〉、〈雅〉這一類的作品消失了，在這時賢明的人不得志，辭賦就興起了。所以荀子、屈原這些人，遺留下來的文章很輝煌，其文辭義理，一定有可看的東西。審察文中作者的感情，都有古詩之義，都是透過文辭來寄託他們的心意，依託義理來保全〈風〉、〈雅〉中那種諷喻的體制，這是賦中最好的。到了宋玉這一輩人，過度的重視文采而恣意發揮，言過其實，競相誇大之風興起，〈風〉、〈雅〉之體漸漸喪失，〈風〉、〈雅〉的準則，於是也就背離了。到了漢朝賈誼，他很能以禮節制。從這時以後，那些寫作的人，不遵循常言，都努力擴展張大。他們的言辭博而大，但言不符實，大的能把整個天地的外面都罩住，小的能夠進入極其細微的東西裡面。即使相連的幾輛車子，也不可能裝下；成排的大屋，也不可能放得下。其中上等的，就像司馬相如的〈上林賦〉、揚雄的〈甘泉賦〉、班固的〈兩都賦〉、張衡的〈二京賦〉、馬融的〈廣成頌〉、王延壽的〈魯靈光殿賦〉，開始極力使用宏大浮誇的言辭，最後表現出簡約的體制，文采鮮明，辭藻密布，都是近代辭賦中特別優異的。至於土地有固定的出產之物，習俗有舊有的風氣，事與物是按類相聚於一處，也是成群區分的。但是司馬相如這些人，錯誤地把不是本地的東西，放到中國名下；詩飾禽獸蟲魚等異類，把有的東西依託到不存在的東西上去；後世仿效他們的人，隨聲附和，如影附形，沈迷於此而不知回復，已經很長久了。

曩者❶漢室內潰❷，四海圮裂❸。孫❹、劉❺二氏，割有交❻、益❼；魏武❽撥亂❾，擁據函夏❿。故作者先為吳蜀二客⓫，盛稱其本土險阻⓬瓌琦⓭，可以偏王⓮。而卻為魏主述其都畿⓯，弘敞⓰豐麗⓱，奄有⓲諸華⓳之意。言吳、蜀以擒滅⓴比亡國，而魏以交禪㉑比唐、虞㉒，既已著㉓逆順㉔，且以為鑒戒㉕。蓋蜀包㉖梁㉗、岷㉘之資㉙，吳割荊㉚南之富，魏跨中區㉛之衍㉜，考分次㉝之多少，計殖物㉞之眾寡，比風俗之清濁，課㉟士人之優劣，亦不可同年而語矣。二國㊱之士，各沐浴㊲所聞，家自以為我土樂，人自以為我民良，皆非通方㊳之論也。作者又因㊴客主之辭，正㊵之以魏都，折㊶之以王道。其物㊷土所出，可得披圖㊸而校㊹；體國經制㊺，可得按記而驗㊻。豈誣也哉？

【章　旨】介紹〈三都賦〉的結構、內容及思想傾向。

【注　釋】❶曩者　從前。❷內潰　內亂。潰，毀壞。❸圮裂　分裂。圮，斷絕；毀壞。❹孫　指孫權。字仲謀，吳郡富春（今浙江富陽）人。東漢末，繼其兄孫策據江東六郡。漢獻帝建安十三年（西元二〇八年），和劉備聯合，在赤壁（今湖北蒲圻西北）大敗曹操，從此成三國鼎立之勢。黃龍元年（西元二二九年）稱帝於武昌（今湖北鄂城），國號吳，不久遷都建業（今南京市），是為吳大帝，在位二十四年，死於西元二五二年。❺劉　指劉備。字玄德，涿郡涿縣（今河北涿縣）人。漢景帝子中山靖王劉勝後裔。家貧，販鞋織席為生。東漢末起兵，參與鎮壓黃巾起義。先後投靠公孫瓚、陶謙、曹操、袁紹、劉表。後得諸葛亮輔佐，聯合孫權，大敗曹操於赤壁。因而占領荊州，又奪取益州和漢中。與魏、吳成鼎足之勢。西元二二一年稱帝，都成都，國號漢，年號章武。次年，在吳蜀彝陵之戰中大敗，第二年病死於永安（今四川奉節東），諡昭烈。❻交　指交州。為吳國所占，治所在龍編（在今越南河內東天德江北岸），轄境相當今越南北部一部分及廣西欽州地區、廣東雷州半島。❼益　指益州。治所在成都，轄境相當今四川折多山。雲南怒山及哀牢山以東，甘肅武都、兩當及陝西秦嶺以南，湖北鄖縣、保康西北，貴州除東邊以外地區。❽魏武　即曹操。字孟德，小名阿瞞，沛國譙（今安徽亳縣）人。靈帝中平元年（西元一八四年）以騎都尉參加鎮壓黃巾起義，遷濟南相。後起兵討董卓，建安元年（西元一九六年）迎獻帝都許（今河南許昌東）。先後擊滅袁術、袁紹、劉表，逐漸統一了中國北部。位至丞相、大將軍，封魏王。子曹丕稱帝，追尊為武帝。❾撥亂　治理亂世。撥，治理。❿函夏　全中國。此指中原。⓫吳蜀二客　指東吳王孫和西蜀公子。⓬險阻　艱險阻塞之地。⓭瓌琦　珍奇。⓮偏王　偏居一地為王。⓯都畿　京師及其周圍地區。都，京城。畿，京城管轄的地區。⓰弘敞　廣大寬敞。⓱豐麗　富饒美麗。⓲奄有　占有。奄，覆蓋。⓳諸華　指中國。⓴擒滅　蜀漢在西元二六三年為魏所滅，吳國在西元二八〇年為西晉所滅。㉑交禪　指皇位的推讓。西元二二〇年曹魏逼迫漢獻帝讓位，自己稱帝，建立魏國。而美其名曰「禪讓」。㉒唐虞　唐堯和虞舜，堯把君位讓給舜。㉓著　標明。㉔逆順　逆指吳蜀兩國，順指魏國。㉕鑒戒　引往事為教訓。㉖包　指統括。㉗梁　梁山。亦稱劍門山、高梁山，在四川梁山縣東北，與萬縣市接界。東西數千里，山嶺長峻，形勢險要。㉘岷　岷山，在四川松潘北，綿延四川、甘肅兩省邊境。為長江、黃河分水嶺，岷江、嘉陵江發源地。㉙資　財物。㉚荊　荊州。治所在漢壽（今湖南常德東北），轄境約當今湖北、湖南兩省及河南、貴州、廣東、廣西的一部分。㉛中區　指中原。㉜衍　豐饒。㉝分次　星之分野。古天文學說，把十二星辰的位置跟地上州、國的位置相對應。此指所占有的土地。㉞殖物　土地所出產之物。殖，生長。㉟課　考核。㊱二國　指吳國和蜀國。㊲沐浴　置身。㊳通方　通曉為政之道。方，道。㊴因　根據。㊵正　整飭；糾正。㊶折　折服。㊷物　物產。㊸披圖　打開地圖。㊹校　比。㊺體國經制　治理國家的制度。㊻驗　驗證。

【語　譯】 從前漢朝王室內亂，天下分裂。孫權、劉備二家，割據交州、益州；魏武帝治理亂世，占據了中原。所以作者先替東吳王孫和西蜀公子二客，大力稱道他們本地山川形勢的險峻奇異，可以憑此偏居一地為王。但卻替魏國先生述說其京師及其周圍地區的廣大寬敞及富饒美麗，表明可以占有中國的意思。談吳、蜀則以被消滅而比之於滅亡之國，談魏國則以皇位推讓而比之於唐堯虞舜，已經標明了誰逆天誰順命，而且又引之作為教訓。大概蜀國統括梁山、岷山的財物，吳國割據了荊州南部的財富，魏國跨有中原地區的豐饒，考察它們占有土地的大小，計算其土地上出產之物的多少，比較其風俗的淳樸和澆薄，考核其士大夫的優與劣，吳蜀兩國是不能與魏國相提並論的。吳蜀二國的兩位先生，都僅僅根據耳聞，自以為自己的國土為樂土，自以為自己的人民為善人，這都不是通曉為政之道的議論。作者又根據客與主人的言論，用魏都來糾正他們，用王者治國之道來折服他們。賦中所寫土地出產的物品，可以打開地圖來考校；治理國家的制度，也可以根據記載驗證。難道會是騙人的嗎？

思歸引序

【作　者】石崇，字季倫，西晉文學家。祖籍渤海南皮（今河北），生於青州，故小名齊奴。石崇年少敏慧，勇而有謀。二十歲任修武縣令。元康初年，出任南中郎將、荊州刺史。在荊州劫掠客商，遂致巨富，生活奢豪。後拜為衛尉，是依附賈謐的文人集團二十四友的成員。永康元年賈謐被誅，趙王司馬倫專權，石崇被趙王倫親信孫秀誣殺。

【題　解】晉惠帝元康年間，石崇任太僕卿，出為征虜將軍，監徐州諸軍事，鎮守下邳（今江蘇睢寧西北）。他在河陽（今河南孟縣西）有別業金谷園，思歸而作〈思歸引〉（見《藝文類聚．卷二八》，題〈思歸歎〉）。

此文為〈思歸引〉之序，作者描繪了自己在金谷園中優遊自在的生活，敘述了自己因何作〈思歸引〉的緣由。

余少有大志，夸邁❶流俗❷。弱冠❸登朝❹，歷位二十五年，五十以事去官❺。晚節❻更樂放逸❼，篤好林藪❽，遂肥遁❾於河陽❿別業⓫。其制宅⓬也，卻⓭阻長堤，前臨清渠，百木⓮幾於萬株，流水周⓯於舍下。有觀閣⓰池沼，多養魚鳥。家素習技⓱，頗有秦趙之聲⓲。出則以游目⓳弋釣⓴為事，入則有琴書㉑之娛。又好服食㉒咽氣㉓，志在不朽㉔，傲然㉕有凌雲之操㉖。欻㉗復見牽羈㉘，婆娑㉙於九列㉚，困於人間煩黷㉛，常思歸而永歎㉜。尋覽樂篇㉝，有〈思歸引〉㉞，儻㉟古人之情，有同於今，故制此曲。此曲有弦㊱無歌㊲，今為作歌辭，以述㊳余懷。恨㊴時無知音者，令造新聲㊵而播於絲竹㊶也。

【注釋】❶夸邁　超越。❷流俗　世俗的人。❸弱冠　指男子二十歲。古時男子二十成人，初加冠，因體還未壯，故稱弱。❹登朝　指做官。❺五十以事去官　據《晉書·石崇傳》，石崇為荊州刺史，後朝廷徵他為大司農，詔書未到，他就離開任所赴京，因而免官。❻晚節　晚年。❼放逸　放任自由。❽林藪　山林川澤。❾肥遁　隱居避世。❿河陽　在今河南孟縣西。⓫別業　即別墅。⓬制宅　造住宅。⓭卻　後退。⓮百木　百種樹木。言樹木種類之多。⓯周　圍繞。⓰觀閣　臺榭、樓閣。⓱技　指歌舞女藝人。⓲秦趙之聲　指秦地和趙地的歌曲。⓳游目　流覽顧盼。指觀賞風景。⓴弋釣　射鳥釣魚。弋，以繩繫箭而射。㉑琴書　指彈琴看書。㉒服食　指服食丹藥，道家的養生法。㉓咽氣　即導引。中國古代強身治病的一種養生方法。㉔不朽　不死。㉕傲然　高傲的樣子。傲，同「傲」。㉖凌雲之操　比喻高超的志氣。㉗欻　忽然。㉘牽羈　牽制。㉙婆娑　盤旋；停留。㉚九列　九卿之位，這時石崇為太僕。㉛煩黷　煩雜汙濁。㉜永歎　長歎。㉝樂篇　音樂書。㉞思歸引　琴曲名。相傳春秋時邵王聘衛侯之女，未至而邵王死，太子留之，拘之於深宮，思歸不得，因而作此曲，自縊而死。㉟儻 或者。㊱弦 指樂曲。㊲歌 指歌辭。㊳述 申述。㊴恨 遺憾。㊵新聲 新的樂曲。㊶絲竹 弦樂器和竹管樂器。此泛指樂器。

【語 譯】我年輕時有遠大的志向，超越世俗一般的人。二十歲時做官，做了二十五年，五十歲時因事退職。晚年更加喜歡放任自由，特別愛好山林川澤，就隱居在河陽的別墅裡。在那裡造住宅，後面為長堤所護，前面面臨清澈的渠水，各種樹木接近一萬株，流水圍繞在房子周圍。有臺榭、樓閣和水池，養了很多魚和鳥。家裡平素蓄養歌舞女子，很會演唱一些秦地和趙地的歌曲。我出外就專事觀賞風景、射鳥釣魚，入內就以彈琴看書作為娛樂。又喜歡服食丹藥和做導引功，目的是想長生不老，高傲地有很高超的志氣。卻忽然又受到牽制，停留在九卿之位中，被人間的煩雜汙濁所困，常常想要回家而長歎。翻閱音樂書，有一首〈思歸引〉，或者古人的感情，有與今人相同的，所以作了這首曲子。這首曲子有樂曲而沒有歌辭，我現在替它作歌辭，來申述我的心意。遺憾的是現在沒有了解我心的人，可命他創作一種新的樂曲而用樂器演奏出來。

卷四六

豪士賦序

【作　者】陸機，見頁一七七四。

【題　解】據《晉書》記載，齊王司馬冏輔佐晉惠帝恢復帝位後，自恃有功，頻頻授意朝廷給自己頒賜高官厚爵，驕恣放縱，沈湎酒色，不入朝見。陸機對司馬冏的這種態度深感不滿和憂慮，遂作〈豪士賦〉加以諷喻和規勸，但司馬冏並沒有幡然悔悟，終於為長沙王司馬乂以謀反的罪名誅殺。

這裡選錄的是〈豪士賦〉的序文。文章指出「立德」與「建功」的不同。「建功」憑藉外物，有待於時勢，帶有偶然性。所以「豪士」即便建立了功業，也不當居功自誇，富貴驕人。並列舉歷史事實闡明寵祿過度，權勢震主的危險性，認為作為「豪士」，「超然自引」，功成身退才是上策。否則，必然名列凶頑之目，身受刑辱之苦。文章反覆議論，極為痛快，足使驕王失魂喪魄，確實是篇辭理並茂之序。

夫立德❶之基有常，而建功之路不一。何則？循心以為量者存乎我，因物以成務者繫乎彼。存夫我者，隆殺❷止乎其域❸，繫乎物者，豐約❹唯所遭遇。落葉俟微風以隕，而風之力蓋寡；孟嘗遭雍門而泣❺，而琴之感以末。何者？欲隕之葉，無所假烈風，將墜之泣，不足繁哀響也。是故苟時啟於天，理盡於民，庸夫可以濟❻聖賢之功，斗筲❼可以定烈士❽之業。故曰才不半古而功已倍之，蓋得之於時勢也。

【章　旨】本段指出「立德」與「建功」的不同。說明「立德」以修養心性為基本，所以全在於自身；「建功」則憑藉外在條件，因此有待於時勢的道理，以作為下文的引子。

【注　釋】❶立德　樹立聖人之德。❷隆殺　厚薄；多少。❸域　身。❹豐約　盛衰。❺孟嘗遭雍門而泣　雍門，戰國齊人，名周。雍門周曾帶著琴去拜見孟嘗君，孟嘗君說：「先生彈琴也能使我悲傷嗎？」雍門周講了一些孟嘗君百年之後的淒涼景象，孟嘗君聽罷不禁長噓短歎，這時雍門周揮手一彈，孟嘗君的眼淚就撲簌簌地滾落了下來。❻濟　成就。❼斗筲　都是容量很小的量器。斗，容十升。筲，竹器，容斗二升。因用來比喻才識短淺，器量狹小的人。❽烈士　指剛正的、重義輕生的或積極從事建功立業的人。

【語　譯】樹立崇高品德的基礎有著經常不變的根本原則，而創建非常功業卻有著各種各樣的途徑。為什麼呢？修心養性作為基準的「立德」在於自身，而憑藉他物成就事務的「建功」，則關係著外在的環境。品德的高低決定於自身，功業的盛衰則只在於遭遇。枯黃的樹葉等微風一吹便隕落，其實風力並不大；孟嘗君碰上雍門周而泣涕漣漣，其實琴聲的感染很微弱。為什麼？將要凋謝的樹葉不必憑藉強大的風力，行將滾落的淚珠不需麻煩悲哀的琴聲。所以假若得天時而順民事，才能平庸的人也可以成就聖賢的功業，才智短淺的人也可以建立壯士的功勳，所以說才能不及古人一半，但建立的功勳卻成倍地超過古人，這大概就是得時遇勢吧。

歷觀古今，徼❶一時之功，而居伊周❷之位者有矣。夫我之自我，智士猶嬰❸其累；物之相物，昆蟲皆有此情❹。夫以自我之量，而挾非常之勳，神器❺暉其顧眄，萬物隨其俯仰，心玩居常之安，耳飽從諛之說，豈識乎功在身外，任出才表者哉！且好榮惡辱，有生之所大期❻；忌盈害上，鬼神猶且不免。人主操其常柄，天下服其大節❼。故曰天可讎乎？而時有袨服荷戟，立于廟門之下❽；援旗誓眾，奮於阡陌❾之上。況乎代主制命，自下財物者哉！廣樹恩不足以敵怨，勤興利不足以補害。故曰代大匠斲者，必傷其手。且夫政由甯氏❿，忠臣所為慷慨；祭則寡人，人主所不久堪。是以君奭⓫鞅鞅⓬，不悅公旦之舉；高平師師⓭，側目⓮博陸⓯之勢。而成王不遣嫌吝⓰於懷，宣帝若負芒刺於背⓱，非其然者與？嗟乎，光于四表，德莫富焉；王曰叔父，親莫昵焉；登帝大位，功莫厚焉；守節沒齒⓲，忠莫至焉。而傾側顛沛⓳，僅而自全。則伊生抱明允而嬰戮⓴，文子懷忠敬而齒劍㉑，固其所也。因斯以言，夫以篤聖穆親如彼之懿㉒，大德至忠如此之盛，尚不能取信於人主之懷，止謗於眾多之口。過此以往，惡㉓覩其可？安危之理，斷可識矣。又況乎饕大名以冒道家之忌㉔，運短才而易㉕聖哲所難者哉！

【章　旨】本段闡述即便建立了功勳也不應居功自誇、驕恣放縱的道理。並列舉歷史事實，說明人臣無論創建怎樣的豐功偉業，與國君如何親暱，一旦寵祿過度，權勢震主，必然會招致殺身之禍。

【注　釋】❶徼　同「邀」。求取。❷伊周　伊尹、周公。伊尹輔佐商湯孫太甲，並參與主持朝政。周公姬旦輔助武王滅紂，武王死後，成王年幼，周公協助成王處理國政。❸嬰　繞。❹物之相物二句　萬物都是察視外界情形而動，像昆蟲就是隨著季節氣候變換而出沒生息，冬眠春動。❺神器　王位。指君王。❻期　同。❼大節　關係存亡安危的大事。❽袨服荷戟二句　漢宣帝時，任章為替其父報讎，曾身著黑服，手執戟，在孝昭廟伺機暗殺漢宣帝，發覺後被殺。袨，黑色衣服。❾阡

陌　田間小道。❿政由甯氏　衛獻公時，大夫甯氏主持朝政，而衛獻公僅有祭祀宗廟的權力。⓫君奭　召公。⓬鞅鞅　內心不滿貌。⓭高平師師　高平，漢高平侯魏相。他代衛賢為丞相後，封為高平侯。師師，互相師法。⓮側目　嫉視。形容憤怒、嫉恨。⓯博陸　博陸侯霍光。⓰嫌吝　疑恨。⓱若負芒刺於背　霍光始立漢宣帝，陪同宣帝謁見高廟，宣帝內心極其懼怕霍光，好像有芒刺在背上的不自在。⓲沒齒　終身。⓳傾側顛沛　形容境遇危險。顛沛，傾覆；仆倒。⓴伊生抱明允而嬰戮　伊尹立太甲為王後，覺得不合適，把他流放到桐地。太甲偷偷地從桐地逃回，殺死了伊尹。伊生，伊尹。允，誠信。㉑文子懷忠敬而齒劍　文種輔助句踐平定吳國後，句踐卻聽信讒言，授劍給文種，讓文種自殺。文子，文種。㉒懿　美好。㉓惡　何。㉔饕大名以冒道家之忌　饕，貪戀。道家之忌，老子、莊子他們所忌諱的。《老子》有「富貴而驕，自遺其咎」之語。《莊子》有「功成者隳，名成者虧。孰能去功與名而還與眾人」的話。㉕易　輕視。

【語　譯】縱觀古今歷史，僥幸地獲取一時之功，而居伊尹、周公地位的人是有的。但若自以為是，即使賢明的人也要蒙受它的禍害；物與物之間互相輕視，連昆蟲都會有這種情形。以自我為是的度量而擁有非常的功勳，君王依照他的目光行事，萬物隨著他的心意俯仰。內心沈湎安逸之樂，耳朵灌滿阿諛之詞。如此怎能認識到功業在於自身之外，責任超出自己才能呢？況且喜歡得到榮譽，討厭受到恥辱，這種心理大家都一樣；忌恨他人得意，危害上級，鬼神也難免如此。君王掌握著生死予奪的權柄，天下群臣擔任著國家存亡的大事。所以說天子是可仇恨的嗎？但是時有身穿黑衣手持長戟的人，立在廟門之下企圖暗殺君王；時有人高舉旗幟，告戒眾人，在田野上起兵造反。更何況是代君王發布政令，以臣下的身分裁處萬事的呢！廣泛地樹立恩惠不足以抵償怨恨，勤勉地興辦有利的事業不能夠彌補禍害。所以說代替木匠砍斲木頭，必定要傷了他的手。況且朝政由大夫主持，忠臣要為之發憤，君王只管祭祀宗廟，君王自身也不能長久忍受。因此召公憤憤然不喜歡周公旦的舉動；魏相擔任丞相而師法霍光，卻怒恨霍光一家的權勢。而周成王對周公的猜疑怨恨也不能消除，漢宣帝懼怕霍光的威權如芒刺在背般的不舒服，不是這樣的嗎？唉！光耀四方的品德，沒有比周公、霍光更高尚的；君王稱他們為叔父，哪裡還有比這更親暱的？輔佐成王、宣帝登上王位，功業沒有比這更偉大的了；終身恪守臣道，沒有比他們更盡忠的了；但他們卻都處境危險艱難，只能保全自身而已。那麼，伊尹懷抱光明誠信而遭到殺戮，文種對句踐一腔忠敬卻飲劍身亡，這原本就是得其所歸。由此說來，篤信賢明溫和親密像周公那樣美好，品德高尚竭盡忠誠如霍光那樣盛大，尚且不能取得君王的完全信任，免於遭受眾人的流言誹謗。此外那些不如他們的人，哪裡見到過可行的呢？這樣看來，安危的道理就斷然可知了。又何況貪戀大名而冒犯道家的忌諱，只會施展微不足道的才能而輕視聖賢所認為難做的事呢！

身危由於勢過，而不知去勢以求安；禍積起於寵盛，而不知辭寵以招福。見百姓之謀己，則申宮警守❶，以崇不畜之盛；懼萬民之不服，則嚴刑峻制，以賈❷傷心之怨。然後威窮乎震主，而怨行乎上下。眾心日陊❸，危機將發，而方偃仰❹瞪眄❺，謂足以誇世。笑古人之未工，忘己事之已拙，知曩❻勳之可矜，暗成敗之有會❼。是以事窮運盡，必於顛仆❽，風起塵合，而禍至常酷也。聖人忌功名之過己，惡❾寵祿之踰量，蓋為此也。夫惡欲之大端❿，賢愚所共有。而游子⓫殉⓬高位於生前，志士思垂名於身後。受生⓭之分，唯此而已。夫蓋世⓮之業，名莫大焉；震主之勢，位莫盛焉；率意⓯無違，欲莫順焉。借使伊人⓰，頗覽天道，知盡不可益，盈難久持，超然自引⓱，高揖而退，則巍巍之盛，仰邈前賢，洋洋⓲之風，俯冠來籍⓳。而大欲⓴不乏於身，至樂無愆乎舊，節彌效而德彌廣，身逾逸而名逾劭㉑。此之不為，彼之必昧。然後河海之跡，堙㉒為窮流㉓，一簣㉔之釁㉕，積成山岳。名編凶頑之條，身厭㉖荼毒㉗之痛。豈不謬哉！故聊賦焉，庶㉘使百世少有寤云㉙。

【章　旨】本段指出要求得全身遠禍，只有讓權去勢，謝恩辭寵，「超然自引，高揖而退」，這樣既可使自己生前享受人生的最大快樂，身後也能德名遠揚。並點明寫本文的目的是為了使後人有所鑒戒。

【注　釋】❶中宮警守　中，中令。宮，宮禁。警守，警戒守衛。❷賈　招致。❸陊　崩塌；破敗。❹偃仰　驕傲貌。❺瞪眄　斜視貌。❻曩　從前。❼會　時機；機會。❽顛仆　傾倒。❾惡　厭惡。❿大端　重大的頭緒。⓫游子　此指為做官而奔走的人。⓬殉　通「徇」。追求。⓭受生　稟性。⓮蓋世　壓倒當世。⓯率意　任意。⓰伊人　這個人。此指有功業、權勢的人。⓱自引　自行引退。⓲洋洋　美盛貌。⓳來籍　將來的史籍。⓴大欲　男女飲食之事。㉑劭　美好。㉒堙　堵塞。㉓窮流　小流。㉔一簣　一筐土。㉕釁　罪過。㉖厭　通「饜」。飽；滿足。㉗荼毒　此比喻刑罰。荼，苦菜。毒，毒蟲、毒蛇之類。㉘庶　希望。㉙云　語助詞。

【語　譯】自身危殆是由於權勢太大，而不懂得讓權去勢以求得自安。禍患災害的累積始於太受君王的寵幸，而不知道謝恩辭寵以招致幸福。看到百姓將謀害自己，就發號施令要求嚴加守衛宮禁，以炫耀無德而獲得的威權。害怕眾人的不服，就用嚴刑峻法，去招來悲傷的怨憤。然後威勢大到了使君王畏懼的地步，怨恨在上下流行。人心日益險惡，危機行將發生，卻才正要驕縱傲視，以為他的權勢足以向世人誇耀。譏笑古人方法的不完善，卻忘記自己行事的笨拙，只知道過去的功勳可以自誇，不明瞭事業的成敗確有時機。因此一旦事窮運盡，就必然倒斃；風起則塵飛而合，後來的禍害通常極大。聖人警惕功名越過自己的能力，厭惡寵祿超出自己的才量，恐怕是為了這個吧。厭惡什麼或喜歡什麼這一種基本心理，無論賢或不肖都是有的。但游子營求的是生前的高位，志士思念的是身後的留名。人的稟性的分別，只是這點不同而已。建立超過當世一切人的功業，名聲沒有比這更大的了；讓君王感到畏懼的權勢，地位沒有比這更高的了；任何事都能夠如意辦成，沒有比這更順心的了。假使他能夠稍微瀏覽天道，懂得運盡不能增益，盈滿難以久持的道理，高超地自行引避，拱手作揖而身退，那麼巍巍功業就能遠超前代賢人，盛大的美名也可載在將來史冊的首位。而自身更能充分滿足人生的欲望，享受到人生的最大樂趣，而與前人不會有什麼出入。越效忠盡節，品德越光大；自身愈逸樂，而聲名愈美好。不能超然自行引退，必定貪戀榮位，看不清後果。然後河海似的功業，卻被遮蔽而變成了像小流一般；一筐土似的罪過，日積月累而成為山岳般的大罪，名字被編在史籍的「凶頑」條裡，身體飽受刑辱的苦痛，豈不大錯特錯嗎？所以姑且寫了篇賦，希望使後代人稍有悔悟。

三月三日曲水詩序

【作　者】顏延之（西元三八四～四五六年），字延年。南朝宋文學家。琅邪臨沂（今山東費縣東）人。少孤貧，好讀書，無所不覽。晉末為中軍行參軍。入南朝宋，舉博士，補太子舍人。少帝即位，任正員郎，兼中書，後出為始安太守。文帝時，入為中書侍郎，轉太子中庶子，領步兵校尉，賞遇甚厚。延之性激直，出言無所忌諱，其辭激揚，觸犯權要，遂出為永嘉太守。又因作詩辭意不遜，遂去職，屏居里巷七載。後復起為御史中丞、祕書監。孝武帝時，官至金紫光祿大夫。能詩善文，名冠當時，與謝靈運並稱為「顏謝」。原有集三十卷，已佚，明人輯有《顏光祿集》。

【題　解】南朝宋文帝劉義隆於元嘉十一年（西元四三四年）三月三日，為行「修禊」之俗，召會百官群僚在樂遊苑臨水行祭，以除不祥。當時江夏王劉義恭、衡陽王劉義季正要離京回歸各自的封地，於是也順便為他倆祭祀路神，設宴送行。宴會行將結束時，文帝詔命與會者賦詩言志。顏延年奉詔秉筆寫了這篇序。

由於這序是奉南朝宋文帝之命而作，因此它雖題名為「序」，實際是「頌」。文章一方面用了許多誇張的筆調恣意敘寫了文帝統治時的政治清明、國威遠震，周邊鄰國的國君紛紛派遣使者前來朝拜納貢，舉國上下呈現出一片和穆景象；另一方面敷敘了文帝為了報答天地哺育萬物之恩，滿足眾人渴望獲得恩惠的願望，而舉行「修褉」的盛大豪華的場面。

在寫法上，它雖名為「序」，用的卻全是賦體，敷張揚厲，開闔跌宕，確實是「錯采鏤金」、「雕繪滿眼」之作。

夫方策❶既載，皇王之迹已殊，鐘石❷畢陳，舞詠之情不一。雖淵流❸遂往，詳略❹異聞，然其宅天衷❺，立民極❻，莫不崇尚其道，神明其位，拓世貽❼統，固萬葉❽而為量❾者也。

【章　旨】本段說明歷代帝王都重視陳設歌舞，宴樂群臣，所謂「莫不崇尚其道」，以作為南朝宋文帝行「修褉」之俗的張本。

【注　釋】❶方策　史書。❷鐘石　鐘磬。古代樂器。用青銅製作的擊打樂器稱為鐘。用石或玉雕成的擊打樂器稱為磬。❸淵流　本源。❹詳略　論說。❺宅天衷　居住天下的中心地區。❻極　準則。❼貽　遺留。❽萬葉　萬世。❾量　限度。

【語　譯】史書中記載有關帝王的行事各不一樣，在樂器迭奏的宴會上所歌詠的情感也不相同。儘管古代帝王都有音樂宴會，由來甚久，對它的論說也各有不同，但是帝王居住在天下的中心地區，要建立起黎民百姓做效的行為準則，沒有不崇尚這宴樂之道，以敬守他的帝位，開拓事業，把基業傳給後世子孫，使江山萬代穩固，來作為目標的。

有❶宋函夏❷，帝圖弘遠。高祖❸以聖武定鼎❹，規同造物；皇上❺以叡文承歷❻，景屬宸居❼。隆周之卜❽既永，宗漢❾之兆在焉。正體❿毓德於少陽⓫，王宰⓬宣哲於元輔。晷緯⓭昭應，山瀆效靈，五方雜遝⓮，四隩來暨⓯。選賢建戚，則宅之於茂典⓰，施命發號，必酌之於故實⓱。大予⓲協樂，上庠⓳肆教，章程明密，品式周備。國容⓴眡㉑令而動，軍政象物而具。箴闕㉒記言㉓、校文、講藝㉔之官，采遺於內；輶車㉕朱軒、懷荒㉖振遠㉗之使，論德于外。赬莖㉘素毳㉙，并柯㉚共穗之瑞，史不絕書。棧山航海，踰沙軼漠之貢，府無虛月。烈燧㉛千城，通驛㉜萬里。穹居之君㉝，內首稟朔㉞，卉服之酋㉟，回面受吏。是以異人慕響，俊民間出㊱，警蹕㊲清夷，表裡悅穆。將徙縣中宇㊳，張樂岱郊㊴，增類㊵帝之宮，飭禮神之館。塗歌邑誦，以望屬車㊶之塵者久矣。

【章　旨】本段用誇張的手法敘寫宋皇朝的國力雄厚，聲威遠震。說文帝繼位以來，選賢用能，實行禮樂教化，致使鄰國國君靡然嚮風，紛紛前來歸順稱臣。並將打算遷都洛陽，封禪泰山，而這正是臣民盼望已久的事。

【注　釋】❶有　語助詞。❷函夏　居有中國。❸高祖　劉裕。❹定鼎　謂建立宋朝。❺皇上　指南朝宋文帝。❻承歷　承繼曆數；繼承帝王相繼之次序。❼宸居　帝位。❽隆周之卜　周成王曾占卜周室有七百年之久。❾宗漢　劉宋是漢代皇帝的後代，故云「宗漢」。❿正體　太子。⓫少陽　東宮。⓬王宰　時以江夏王、衡陽王為輔政大臣。⓭晷緯　日影和五星。⓮雜遝　眾多貌。⓯暨　到。⓰茂典　美好的國家憲章法令。⓱故實　足以效法的舊事。⓲大予　大予樂令，掌樂官。⓳上

庠　古代為貴族設置的大學。⑳國容　國家的禮制儀節。㉑眡　視。㉒箴闕　規諫君王的過失。指諫官。㉓記言　記錄君王的言語。指史官。㉔講藝　講論六藝。㉕輶車　使臣所乘之車。㉖懷荒　安撫荒遠地區。㉗振遠　威振遠方。㉘赬莖　朱草。㉙素毳　劉良云：「白虎也。」㉚并柯　連理樹。㉛烈燧　猛烈的烽火。㉜通驛　暢通的驛站。㉝穹居之君　指匈奴王。㉞稟朔　稟受正朔。指接受南朝宋王室頒布的曆法，歸服宋朝。㉟卉服之酋　南方少數民族首領。卉服，以草為衣。㊱間出　交替出現。㊲警蹕　帝王出入。左右侍衛為警，止人清道為蹕，用以戒止行人。㊳徙縣中宇　指遷都洛陽。㊴張樂岱郊　指封禪泰山。㊵類　祭祀。㊶望屬車　盼望皇帝駕臨。屬車，跟從皇帝出行的車駕。

【語　譯】劉宋居有中國，謀圖遠大。高祖以聖明勇武建立國家，規矩法度合乎大道；當今皇上叡智文明，承繼曆數，光輝地登上帝位。隆盛的周朝曾卜得享國長久，大漢福祚緜長之兆猶在於此。太子已確立而正在東宮進德修業，輔佐大臣已顯現出他們的才智。日月星辰明亮有序地應現，山河顯示神靈，寶物迭出。境內人物雜遝眾多，四方臣民蜂擁而來。朝廷依照國家憲章選拔賢才封建國戚，並參照前代君王的治國之道頒發政令，施行王命。大予樂令協調音樂，上庠從事教育。典章制度明瞭嚴密，品秩法式完備周全。百官都按號令揖讓進退，軍中政事則像虎豹般的凌厲威猛。宮中設立了規諫君王過失、記載君王言行、校理祕文、講論六藝的官員，用以對皇上進諫補闕；對外則有外交使節宣揚朝廷的仁德教化，安撫遠方之國，使之望風歸順。朱草、白虎、連理樹、雙穗稻這些象徵太平的祥瑞之物，紛呈迭現，史不絕書。外國使臣或翻山越嶺、或橫渡大海、或穿越沙漠前來朝貢物品，絡繹不絕，每月都有。報警的烽火相連千城，暢通的驛道直達萬里。北方的匈奴歸服朝廷，南方的酋長甘受官吏管束。因此，才能殊異的賢人仰慕德音，交替出現。天子出入警戒一派清平安定，國家內外歡欣和穆。將打算由金陵遷都到洛陽，準備設樂封禪泰山，增設祭祀上帝的祭壇，修治禮敬神祇的館閣。而黎民百姓則沿途歡歌，處處弦誦，老早就盼望著皇帝車駕的來臨了。

日躔胃維❶，月軌青陸❷，皇祇❸發生之始，后王布和之辰。思對上靈之心，以惠庶萌[4]之願，加以二王[5]于邁[6]，出餞戒告[7]。有詔掌故[8]，爰命司歷[9]，獻洛飲[10]之禮，具上巳[11]之儀。南除輦道，北清禁林，左關巖隥[12]，右梁[13]潮源，略亭皋[14]，跨芝廛[15]，苑太液[16]，懷曾山[17]。松石峻垝[18]，蔥翠陰煙，游泳[19]之所攢萃，翔驟[20]之所往還。於是離宮設衛，別殿周徼[21]。旌門洞立，延帷接枑[22]，閱水[23]環階，引池分席[24]。春官[25]聯事，蒼靈[26]奉塗。然後升祕駕[27]，胤[28]緹騎[29]，搖玉鑾[30]，發流吹。天動神移，淵旋雲被，以降於行所[31]，禮也。既而帝暉臨幄，百司[32]定列，鳳蓋[33]俄軫[34]，虹旗[35]委旆[36]。肴蔌[37]芬藉，觴醳[38]泛浮。妍歌妙舞之容，銜組樹羽[39]之器，三奏四上[40]之調，六莖[41]九成[42]之曲，競氣[43]繁聲，合變爭節。龍文[44]飾轡，青翰[45]侍御。華裔[46]殷至，觀聽騖集。揚袂風山，舉袖陰澤。靚裝藻野，袨服[47]縟川。故以殷賑[48]外區，煥衍[49]都內者矣。上膺萬壽，下禔[50]百福。帀筵稟和，闔堂依德。情盤[51]景遽[52]，歡洽日斜，金駕揔駟[53]，聖儀[54]載佇[55]。悵鈞臺[56]之未臨，慨酆宮[57]之不縣[58]。方且排鳳闕[59]以高遊，開爵園[60]而廣宴。并命在位，展詩發志，則夫誦美有章，陳信無愧者歟。

【章　旨】本段鋪寫了南朝宋文帝為報答天地養育萬物之恩而舉行「修禊」之俗和餞別二王的盛大而豪華的場面。讚美文帝有北定中原、統一全國的遠志宏圖，因而百官群僚頌美，詩篇有文采又有誠信。

【注　釋】❶日躔胃維　太陽行次於胃星之畔。躔，運行；居處。胃，星宿名。《禮記・月令》季春之月：「日在胃。」❷月軌青陸　月亮在東道運行。青陸，月亮運行的軌道。即青道。《漢書・天文志》：「立春、春分，月東從青道。」❸皇祇　天神和地祇。❹庶萌　眾人。❺二王　指江夏王義恭和衡陽王義季。❻于邁　于，語助詞。邁，前往。❼戒告　勸戒警告。❽掌故　官名。掌管禮樂制度等故事。❾司歷　主管天文曆法者。即天官。歷，通「曆」。❿洛飲　據說周公在洛陽營建成東都後，曾經依水流觴泛酒。⓫上巳　三月上旬的巳日。魏以後規定在三月三日。⓬巖陘　險峻的石阪。⓭梁　架橋。⓮亭皋　水邊的平地。司馬相如〈上林賦〉中有「亭皋千里，靡不被築」之語。故「略亭皋」有超過上林苑規模之意。⓯芝廛　芝田。種有芝草的田地。一說：指地名，今河南鞏縣西南四十里有芝田鎮，即其地。可備一說。⓰太液　池名。在今陝西長安西北。⓱曾山　高山。⓲峻垝　高峻貌。⓳游泳　指魚龍之屬。⓴翔驟　指鳥獸之類。㉑徼　巡邏；巡查。㉒枑　用木頭交叉製成以阻擋人馬的障礙物。㉓閱水　流水。㉔分席　讓水分流到座席之處。㉕春官　主管禮儀之官。㉖蒼靈　春神青帝。㉗祕駕　天子之車駕。㉘胤　引；帶著。㉙緹騎　護衛皇帝出行的騎兵。㉚玉鸞　玉製的車鈴。形如鸞鳥。㉛行所　即行在所。帝王所在的地方。㉜百司　百官。㉝鳳蓋　帝王儀仗用的鳳凰傘。㉞軫　停下。㉟虹旗　帝王儀仗用的旗幟。㊱委旆　安放旌旗。㊲肴蔌　菜肴。魚肉曰肴，蔬菜曰蔌。㊳醇　醇酒。㊴銜組樹羽　銜組，懸掛鐘磬的木架兩頭刻著的龍口含絲帶。樹羽，裝飾木架上的植立五采的羽毛。㊵四上　王逸《楚辭・大招章句》以為是指代、秦、鄭、衛四國的音樂。㊶六莖　樂曲名。㊷九成　多次演奏。音樂奏完一曲叫一成。㊸競氣　比賽音樂的美妙。㊹龍文　駿馬名。㊺青翰　刻有鳥形而塗以青色的船。㊻華裔　華，謂中國。裔，夷狄的總名。㊼袨服　黑色的衣服。㊽殷賑　殷實。富有貌。㊾煥衍　豐多流溢貌。㊿禔　安享。(51)盤　樂。(52)景遽　景，日之光。遽，疾。(53)摠馹　聚集馹馬。(54)聖儀　皇帝。(55)載佇　盤桓未去。(56)鈞臺　相傳夏啟曾在鈞臺（在河南禹縣南）祭祀神靈。(57)酆宮　周文王宮名。故址在陝西戶縣東。據說周康王曾在此召會諸侯。(58)縣　懸；懸鐘磬的支架。朝諸侯則設以樂。(59)鳳闕　漢代建章宮中的圓闕，因有銅鳳在其上，故名。(60)爵園　園名。在銅爵臺西。銅爵臺古址在今河北臨漳。

【語　譯】時值太陽行次於胃星之畔、月亮在東道運行的三月，天地生養萬物之時，正是君王布政施仁的日子。皇上出於應答上帝長養萬物的心意，來滿足百姓獲得恩惠的願望，加上江夏王、衡陽王將回到各自的封地，也理應為他倆設宴餞行，並對他倆作一番告戒。於是詔令掌管禮樂制度的「掌故」，和主管天文曆法的官員，籌備上巳日臨水行祭以除不祥的一應禮儀。打掃皇帝車駕將經過的南面大道，清除北面的苑囿。東面以險峻的石阪作關塞，在西面的潮水上架起橋梁。其範圍超過上林苑，跨越芝田，以太液池為御苑，四周環繞著高山。松樹山石峻險挺拔，水霧山嵐蒼青翠綠。魚兒時游時聚，鳥獸來往飛馳。供皇上外出遊處的離宮別殿，設置守衛，戒備森嚴。旌旗為門，相通而立，帷帳相接，拒馬相連。階除四周流水環繞，讓水流到座席前。掌管禮儀的春官四處張羅，春神青帝為前驅以清道護衛。然後皇上登上車駕，帶著警衛人員，搖響車鈴，吹奏管樂，天子如神靈在天移動，群臣似淵水旋轉、雲彩覆蓋一般簇擁，共同來到行在所，這是符合於禮儀的。然後皇上登上幄殿，百官排列站定，停下車蓋，放好虹旗。於是獻上各種美味的菜肴，斟上眾多甘甜的醇酒，能歌善舞的美女隨即紛紛登場，並陳設好鐘磬之類樂器。反覆演奏起「四上」、「六莖」等樂曲，急管繁弦，競相比美，合於變化，節奏緊促。駿馬馳騁，龍舟浮泛。滿山遍野都是前來觀光的中外士女，他們揚起的衣袖好像要撼動山嶽，遮蔽川澤，色彩豔麗的禮服把山川景色裝點得更加富麗明媚。因而都城之外殷實，都城之內豐富多采。皇上當享萬壽，臣下安受百福，參加宴會的百官群僚都分享到國家和平的歡樂，榮獲了皇上賜予的恩德。正當君臣盡情尋歡作樂的時候，太陽很快地就西斜了。於是侍衛立即給皇上備好車馬，可是皇上卻戀戀不捨，遲遲不肯起駕，慨歎自己未能像夏啟那樣在洛陽的鈞臺上祭祀神靈，也沒能像周康王那樣在酆宮召會諸侯，他將北定中原，準備在鳳闕或爵園舉行規模更為盛大的宴會。並且詔命與會的群臣賦詩言志。那麼眾人歌頌皇上的盛德，寫下美好的詩篇，表達心中誠信，絕不會言不由衷了。

三月三日曲水詩序

【作　者】王融，見頁一七一三。

【題　解】南朝齊武帝蕭賾於永明九年（西元四九一年）三月三日，在芳林園行「修禊」之俗，宴樂朝臣，並詔命與會者賦詩，王元長奉詔撰寫了這篇序文。

文章首先敘寫前代天子如何宴飲作樂，以作為齊武帝到芳林園宴樂朝臣的鋪墊。接著讚美了武帝、太子及宗室大臣，並透過對齊武帝歡宴朝臣的豪華場面的誇張鋪敘，竭力稱揚了齊王朝的隆盛。文藻富麗，聲律諧和，雖「詞涉比偶，而壯氣不沒」。因此深受時人稱賞，連外國使臣都十分欽佩，以為它可與司馬相如的〈封禪文〉相比擬，勝過顏延年的〈三月三日曲水詩序〉，從中可見出「齊王之盛」。這篇應制之文在當時還是有一定的影響。

臣聞出豫❶為象，鈞天❷之樂張❸焉。時乘既位❹，御氣之駕翔焉。是以得一❺奉宸❻，逍遙襄城❼之域；體元❽則大❾，悵望姑射❿之阿。然窅眇⓫寂寥⓬，其獨適⓭者已。至如夏后兩龍⓮，載驅⓯璿臺⓰之上；穆滿八駿⓱，如舞⓲瑤水⓳之陰，亦有饗⓴云，固不與萬民共也。

【章　旨】本段說明身為天子都要設樂遊玩，不過夏王啟、周穆王他們只是獨樂，並沒有與民同樂，以作為下文齊武帝行「修禊」之俗，宴樂朝臣的鋪墊。

【注　釋】❶豫　《周易》的卦名。取「逸豫」、「娛悅」之義，所以它的「象傳」中有「先王以作樂崇德」的話，謂先王效此卦象制作音樂以增崇其德，用以進獻上帝與祖宗。❷鈞天　指天上的音樂。❸張　演奏。❹時乘既位　《易・乾卦》之象辭曰：「大明終始，六位時成，時乘六龍以御天。」大明指日，六龍御日運行天空。時乘既位，謂六龍已備好，比喻天子得到了帝位。❺得一　《老子・三十九章》云「侯王得一以為天下貞（首領）」。❻奉宸　奉天；接受天命。❼襄城　縣名。屬河南省。相傳黃帝曾到過此地。❽體元　領悟效法天地之德。❾則大　即「則天」。以天為法。《論語・泰伯》有「唯天為大，唯堯則之」的話。❿姑射　《莊子・逍遙遊》中提到的山名。在汾水的北面。莊子認為堯拜見了姑射山的神人後，神志高遠地竟把天下都忘了。⓫窅眇　同「杳眇」。深遠貌。⓬寂寥　虛無貌。⓭適　善。⓮夏后兩龍　相傳夏啟曾駕馭著兩龍到瑤臺上祭祀神靈。⓯載驅　奔馳。載，發語詞。⓰瑤臺　有美玉裝飾的臺。⓱穆滿八駿　相傳周穆王（姬滿）乘坐「八駿」（八匹駿馬）前往瑤池宴請西王母。⓲如舞　馬飛奔貌。《詩・鄭風・大叔于田》有「兩驂如舞」的詩句。⓳瑤水　瑤池。神話傳說中神仙居住的地方。⓴饗　用酒食款待人。

【語　譯】臣聽說《周易》中有「豫」的卦象，「鈞天」這種天上的音樂就演奏了。六龍已備好，就要駕御著在元氣中飛行遠遊。因此，獲得正道而接受天命如黃帝，就到襄城之野逍遙遊戲；體法天地之德而以天為法像堯，就惆悵地去遙望姑射之山。但訪求那虛無深遠的「道」，只是他們的獨善。至於像夏王啟駕馭兩龍奔往瑤臺；像周穆王乘坐「八駿」聯翩飛往瑤池之南，都有宴饗，原本不與萬民同樂啊。

我大齊之握機❶創曆❷，誕命❸建家，接禮貳宮❹，考庸❺太室❻。幽明❼獻期，雷風通饗。昭華❽之珍既徙，延喜❾之玉攸❿歸。革宋受天，保生萬國。度邑⓫靜鹿丘之歎，遷鼎⓬息大坰之慚。紹⓭清和⓮於帝猷⓯，聯顯懿⓰於王表⓱。駿發⓲開其遠祥，定爾⓳固其洪業。皇帝體膺⓴上聖㉑，運鍾㉒下武㉓。冠五行之秀氣㉔，邁三代㉕之英風。昭章雲漢㉖，暉麗㉗日月，牢籠㉘天地，彈壓㉙山川。設神理㉚以景俗，敷文化以柔㉛遠。澤普氾而無私，法含弘而不殺。猶且具明㉜廢寢，昳晷㉝忘餐。念負重於春冰，懷御奔㉞於秋駕㉟。可謂巍巍㊱弗與㊲，蕩蕩㊳

誰名。秉靈圖㊴而非泰㊵，涉孟門㊶其何嶮！儲后㊷睿㊸哲在躬，妙善㊹居質㊺。內積和順，外發英華㊻。斧藻㊼至德，琢磨㊽令範㊾，言炳丹青㊿，道潤金璧。出龍樓(51)而問豎(52)，入虎闈(53)而齒胄(54)。愛敬盡於一人，光耀究(55)於四海。若夫族茂麟趾(56)，宗固盤石。跨掩昌姬(57)，韜軼炎漢(58)。元宰(59)比肩於尚父(60)，中鉉(61)繼踵乎周南(62)。分陝(63)流勿翦(64)之懽，來仕(65)允克施之譽。莫不如珪如璋(66)，令聞令望，朱茀(67)斯皇(68)，室家君王(69)者也。

【章　旨】本段用誇張的筆調盛讚南朝齊武帝、太子和宗室大臣。以為劉宋禪位於齊是順應天道，合乎民心。稱揚齊武帝能提倡文教德化，憂心國事，勤於治國；太子能不斷進德修業，孝敬父王；而宗室大臣更是殫心竭力地效忠朝廷。

【注　釋】❶握機　掌握統治天下的權柄。❷創曆　改正朔。古代改朝換代，新王朝「應天承運」，須重定正朔。❸誕命　大受天命。❹貳宮　天子禮待賢人的地方。❺庸　用。❻太室　帝王宣明政教的明堂的中央室。❼幽明　天地。❽昭華　玉名。傳說堯得舜後，就把昭華之玉贈給他。❾延喜　緯書說夏禹治水，開龍門，導積石，得玄圭，上刻「延喜之玉」。後遂以「延喜」代替美玉。❿攸　所。⓫度邑　相傳周武王滅商後，選擇邑都，到了鹿丘（即殷都朝歌的鹿臺與糟丘），歎息自己蒙受以臣伐君的不義之名。⓬遷鼎　相傳成湯得天下後，將把九鼎遷還到亳（今河南商邱），到了大坰卻深感慚愧，以為自己是以臣伐君而得天下。⓭紹　繼。⓮清和　清靜和平。⓯帝猷　帝王的品德。⓰顯懿　顯著的美德。⓱王表　帝王的儀表。⓲駿發　迅速傳播。⓳定爾　使您安定。爾，您。指君主。《詩．小雅．天保》有「天保定爾，亦孔之固」的詩句。⓴膺　當；受。㉑上聖　德才最高超的人。指齊高帝。㉒鍾　聚。㉓下武　周武王。姬姓，名發。周文王故世後，武王繼承其父文王遺志，聯合各部族，率軍東攻。牧野（今河南汲縣）之戰，取得大勝，遂滅商，建立西周王朝。㉔五行之秀氣　指人。《禮記・禮運》有「人者，……五行之秀氣也」的話。五行，水火金木土。㉕三代　夏商周。㉖雲漢　銀河。㉗暉麗　光明照射。㉘牢籠　包羅；囊括。㉙彈壓　制服；鎮壓。㉚神理　神道。㉛柔　安。㉜具明　到天亮。㉝昳晷　午後日影偏斜。㉞御奔　駕馭奔馬。㉟秋駕　駕馬的技術。㊱巍巍　高大貌。㊲弗與　不相干。㊳蕩蕩　廣大無際貌。㊴秉靈圖　秉執天子之位。即做皇帝。靈圖，天子之位。㊵泰　泰甚；過分。㊶孟門　山名。在山西省吉縣西。㊷儲后　太子。㊸睿　明智通達。㊹妙善　精美至善。㊺質　身體。㊻英華　神采優美。㊼斧藻　修飾。㊽琢磨　雕玉刻石。比喻修養品行。㊾令範　好典範。㊿丹青　繪畫用的顏色。它們不易退色，故用以比喻光明顯著。(51)龍樓　漢代太子宮門名。泛指太子所居之宮。(52)豎　宮中小臣。相傳周文王為太子時，每天朝見父王季歷三次。雞剛叫，文王就到父王的內室門外向內豎問候父王起居。這裡有以周文王比齊太子之意。(53)虎闈　國子學的別稱。國子學在虎門之左，故稱。(54)齒冑　指太子與公卿之子敘齒為次。形容其謙遜。(55)究　盡。(56)麟趾　指《詩・周南・麟之趾》。這是一首讚美公族子孫繁盛多賢的詩。(57)昌姬　周文王。姬姓，名昌。商紂時為西伯，亦稱伯昌。曾被商紂囚禁於羑里（今河南湯陰北）。(58)炎漢　漢朝。漢自稱以火德王，故稱。(59)元宰　宰相。(60)尚父　呂尚。善姓，呂氏，名望。周文王稱他為尚父，意謂可尊尚的父輩。他輔佐武王滅商有功，封於齊，成為周代齊國的始祖。(61)中鉉　指三公。鉉，扛鼎的器具。而鼎為三公之象，鼎以鉉舉，因以鉉指三公。(62)周南　《詩經》國風之一。〈毛詩序〉認為〈周南〉的教化，是「王者之風，故繫之周公」。所以此處以〈周南〉代指周公。(63)分陝　相傳周初周公、召公分陝而治。周公治陝以東，召公治陝以西。陝即陝西陝縣。後以「分陝」代指中央官員出任地方長官。(64)勿翦　周宣王時的召虎。輔佐宣王征伐南方的淮夷，頗有功勞。人民作〈甘棠〉一詩懷念他，其中有「蔽芾甘棠，勿翦（同剪）勿伐」之句。(65)來仕　前來任官職的人。(66)珪璋　皆古代玉製禮器。(67)朱芾　官員的服飾。代指禮服。(68)斯皇　即「皇皇」。輝煌。(69)室家君王　與君王親密得如同一家人。

【語　譯】我大齊皇帝掌握天下權柄，更換正朔，大受天命，建立家業，在貳宮接待禮遇賢士能人，於太室考核他們的才能。天地呈祥，陰陽和調。昭華之珍已經遷移，延喜之玉也有了歸處。受天命改宋為齊，維護撫養萬國，考慮建都，不再有鹿丘的恥歎；打算遷鼎，沒有像在大坰的慚愧。清靜和平之德能繼承帝王正道，明美的品質可連接帝王的儀表。盛德迅速播揚，引發遠方的祥瑞，上天保定，鞏固偉大的帝業。當今皇上具備最高超的德才，能像周武王那樣承繼先王的帝業。才氣遠冠群倫，英風超跨三代。文德與銀河同輝，聖明並日月相映，籠罩天地，覆蓋山川。設神道以昭化世風，布文化以懷柔邊遠。恩澤廣施，毫無偏私，政令寬厚，不亂誅殺。如此還勤於國事，廢寢忘食。憂慮治理朝政，心中有如負重履冰，兢兢業業；好像駕馭奔馬，不斷思考駕車的技術。可以說品德高大，不為自己，名聲廣遠，難以讚美。做君主而不過其分，登孟門又有何難！太子聰明通達，精美至善，性情和順，神采奕奕。修飾美德，鍛鍊品格。文采彪炳如丹青，道德浸潤似金玉。出東宮就向內豎問候父王起居，入國子監問字進學則與公卿之子敘齒為次。愛敬父王一人，光耀四海百姓。至於國親宗族，繁盛多賢，堅如磐石，遠勝文王，超過炎漢。宰相可與呂尚並肩，三公能繼踵周公。出任地方官的深受百姓的擁戴和歡迎，前來就職的肯定會獲得能施仁政的美名。他們無不是品德純潔如圭璋，名望美好傳四方；身穿的禮服很輝煌，與君王親密如同一家人。

本枝❶之盛如此，稽古❷之政如彼。用❸能免群生於湯火，納百姓於休和。草萊❹樂業，守屏❺稱事❻。引鏡❼皆明目，臨池無洗耳❽。沈冥❾之怨既缺，薖軸❿之疾已消。興廉舉孝，歲時於外府⓫，署行⓬議年⓭，日夕於中甸⓮。協律⓯摠章⓰之司，厚倫正俗；崇文⓱成均⓲之職，導德齊禮。挈壺⓳宣夜⓴，辯氣朔於靈臺㉑；書笏㉒珥彤㉓，紀言事於仙室㉔。褰帷㉕斷裳㉖，危冠空履㉗之吏；彯搖㉘武猛，扛鼎揭旗之士，勤恤㉙民隱㉚，糾逖㉛王慝㉜，射集隼㉝於高墉㉞，繳㉟大風㊱於長隧。不仁者遠，惟道斯行。讒莠㊲蔑聞，攘爭㊳掩息。稀鳴桴㊴於砥路㊵，鞠㊶茂草於圓扉㊷。耆年㊸闕市井㊹之游，稚齒豐車馬之好。宮鄰㊺昭泰㊻，荒憬(47)清夷(48)。侮食(49)來王(50)，左言(51)入侍，離身(52)反踵(53)之君，髽首(54)貫胸(55)之長，屈膝厥角(56)，請受纓(57)縻(58)。文鉞(59)碧砮(60)之琛，奇幹善芳(61)之賦，紈牛露犬(62)之玩，乘黃(63)茲白(64)之駟，盈衍儲邸(65)，充仞郊虞(66)。匭牘(67)相尋，鞮譯(68)無曠。一尉(69)候(70)於西東，合車書(71)於南北。暢轂(72)埋轔轔(73)之轍，綏旍(74)卷悠悠之旆(75)。四方無拂(76)，五戎(77)不距(78)，偃革(79)辭軒(80)，銷金罷刃。天瑞(81)降，地符(82)升，澤馬(83)來，器車出，紫脫華，朱英秀(84)，佞枝(85)植(86)，歷草(87)孳。雲潤星(88)暉，風揚月至。江海呈象，龜龍載文。方握河沈璧(89)，封山(90)紀石(91)。邁三五(92)而不追，踐八九(93)之遙跡。功既成矣，世既貞(94)矣，信(95)可以優游暇豫(96)，作樂崇德者歟。

【章　旨】本段敷張揚厲地敘寫了齊王朝在武帝舉賢授能、實行禮樂教化後所出現的昇平景象。說齊王朝野無遺賢，人民安居樂業，國力強大，聲威遠揚，致使周邊國家的君王紛紛遣使前來朝貢方物，而國內祥瑞之物也紛呈迭現。在這國家太平之時，武帝才行「修禊」之俗，以弘揚盛德。

【注　釋】❶本枝　樹木的根幹和枝葉。引申為本宗和支系的意思。❷稽古　稽考古道。❸用　因；以。❹草萊　山野採樵的人。❺守屏　守衛邊關的地方長官。❻稱事　勝任；稱職。❼引鏡　相傳東漢時，公孫述據益州稱帝，蜀人任永就假裝眼瞎。述被誅後，任永沐頭浴身，引鏡自照，說「清則目明」。❽臨池無洗耳　相傳巢父聽到堯想把天下讓給許由的消息，以為沾汙了自己的耳朵，遂「臨池水而洗耳」。❾沈冥　泯滅形跡。指隱士。❿藹軸　飢餓困病。⓫外府　州郡。⓬署行　考核官吏行狀的高下。⓭議年　議論年成的好壞。⓮中甸　京城之中。⓯協律　樂官。⓰揔章　禮官。⓱崇文　掌管文學的官。⓲成均　掌管學校的官。⓳挈壺　掌漏刻的官。⓴宣夜　掌天體學說的官。㉑靈臺　觀測天象的地方。㉒書笏　在手執的狹長板子上記事。㉓珥彤　拿赤管筆。指史官。㉔仙室　即東觀。宮中藏書和著書之所。㉕褰帷　撩起帷幔。東漢賈琮為冀州刺史，命人撩起車帷，以廣視聽。㉖斷裳　剪去過長的衣服。西漢朱博任琅邪太守，為改變吏治舒緩之俗，命屬官皆截斷過長之裳離地三寸。㉗危冠空履　鞋帽破敝。危、空，破敗。㉘彯搖　通「嫖姚」。輕捷貌。㉙勤恤　憂心憐惜。㉚隱痛。㉛糾逖　懲治。㉜王慝　指王身邊之壞人。㉝隼　凶猛的鳥。㉞高墉　高牆。《易・繫辭下》：「公用射隼于高墉之上，獲之，無不利。」隼喻惡人。㉟繳　射。㊱大風　凶猛的大鳥。相傳牠一飛過，總有大風伴隨，能毀壞房屋。此亦喻壞人。㊲讒莠　讒言；壞話。㊳攘爭　捋衣露臂的爭訟。㊴鳴桴　擊鼓。古人遇有偷盜之人則鳴鼓捉拿。桴，鼓槌。㊵砥路　平直的大道。㊶鞠　養。㊷圓扉　監獄。㊸耆年　老人。㊹市井　本指貿易之所。也作為市街的通稱。㊺宮鄰　皇宮附近。㊻昭泰　清明安泰。㊼荒憬　指荒遠的邊境。㊽清夷　清平。㊾侮食　南方食蛤的人。㊿來王　古代諸侯王定期朝見天子。(51)左言　與中國語言相左。指說外國語言的人。(52)離身　各有一半身體的人。(53)反踵　腳跟反向的人。(54)髽首　用麻捆紮頭髮的人。(55)貫胸　穿胸的人。(56)厥角　叩頭。(57)纓　套馬的皮革。(58)縻　束縛。(59)文鉞　寶物名。(60)碧砮　用青石製成的箭鏃。鮮卑族人視為珍寶。(61)奇幹善芳　異鳥名。(62)紈牛露犬　小牛和能飛食虎豹的狗。是遠國的奇獸。(63)乘黃　似狐狸的野獸。(64)茲白　像馬狀的動物。(65)儲邸　府庫。(66)郊虞　四郊山野。(67)匭櫝　裝寶物的匣子。(68)鞮譯　主管翻譯的官。(69)尉　都尉。官名。漢制凡邊疆各郡，除太守以外，都兼設都尉管理軍事，負守禦鎮撫之職。(70)候　邊境守望之所。(71)合車書　統一車道和文字。意謂天下一統。(72)暢轂　兵車。(73)轔轔　車行聲。(74)綏旍　戰旗。旍，同「旌」。(75)旆　旌旗。(76)拂　拂逆；違背。(77)五戎　泛指中國古代西部地區少數民族。(78)距　通「拒」。抗拒。(79)革　盔甲。(80)軒　戰車。(81)天瑞　指甘露。古人以為天降下甘露是天下太平的瑞兆。(82)地符　地上所出現的符契。古人認為這是人君受命的憑證。(83)澤馬　出自山野的神馬。(84)紫脫華二句　紫脫、朱英，瑞草名。秀，開花。(85)佞枝　草名。相傳這種草生長在帝庭階邊，若有佞臣入朝，就屈身指示。(86)植　生。(87)歷草　即「曆草」。本稱「蓂莢」，是一種祥瑞的草。相傳堯時有草夾階而生，隨月生死。每月朔日生一莢，至月半則生十五莢。至十六日後，日落一莢，至月晦而盡。若月小則餘一莢，以此確定日月之數，故稱「歷草」。(88)星鎮星（土星的別名）。相傳天下政局平定，鎮星則黃而多暉。(89)握河沈璧　相傳堯與群臣祭祀河神，並把璧玉沈入河中，從而獲得了龍圖，於是作《握河記》。後遂用為帝王祭河的典故。(90)封山　指封禪。是帝王祭天地的典禮。在泰山上築土為壇祭天，報天之功，稱封；在泰山下梁父山上闢場祭地，報地之功，稱禪。自秦漢以後，歷代帝王都把封禪作為國家大典。(91)紀石　刻石記號。(92)三五　指三皇五帝。(93)八九　七十二君。(94)貞　正。(95)信　實在。(96)暇豫　悠閒逸樂。

【語　譯】宗族繁盛如此，考古之政如彼。因而能使眾人幸免禍亂，讓百姓安逸和平。山野人民安居樂業，州牧長官盡心稱職。既沒有託言眼瞎的賢人，也沒有避世不仕的隱士。既無被埋沒的怨嗟，也不會有饑餓困病之苦。州郡裡年年歲歲舉薦孝廉賢才，京師內朝朝夕夕考察政績年成。協律、摠章之官排定次序，整飭風俗；崇文、成均之官誘導道德整頓禮教。挈壺宣夜之官在靈臺上預測氣候時辰，而史官則在仙室裡操筆記載天子的言語行事。揭起帷幔，剪去長衣的勵精圖治之官，鞋帽破敝的清廉之吏；身手輕捷，勇武威猛，扛鼎舉旗的赳赳武士；他們體恤民生疾苦，懲治朝中奸臣；射殺棲止在高牆上的鷙鳥，射死潛藏在隧道裡的惡禽。壞人遠去，大道實行。聽不到讒言壞話，也沒有攘臂爭訟，大道上很少鳴鼓捉賊，監獄裡長滿野草。老人沒有在市井上遨遊嬉戲，而小孩則擁有很多竹馬之類的玩具。皇宮附近清明安泰，荒遠邊境安靖太平。侮食前來朝見，左言進朝侍衛。離身反踵的國君，髽首貫胸的酋長，跪拜叩頭，請受管束。文鉞、碧砮之類的寶物，奇幹、善芳之類的珍禽，紈牛、露犬之類的玩好，乘黃、茲白之類的馬匹，盈溢京師府庫，充滿四郊山野。進貢珍寶的人絡繹不絕，主管翻譯的人應接不暇。東西南北設有尉、候守禦鎮撫，天下四方統一了文字和輪距。車道上沒有戰車轔轔的痕跡，天空中不再有悠悠翻卷的戰旗。四方沒有違背王命，五戎不再抗拒王師。盔甲戰車捨棄不用，利箭尖刀罷去銷毀。甘露降落，地符升騰，神馬來奔，瑞車湧出，紫脫著花，朱英開放。倿枝生，曆草長，青雲潤澤，鎮星輝煌，和風輕揚，月行正常。江海瑞象紛呈，龜龍被文出現。將祭祀河神，封禪泰山，刻石紀號，超邁三皇五帝的功業，緊跟七十二君的步伐。功業已建成，世局也平定，實在可以悠閒逸樂，演奏音樂，發揚盛德了。

于時青鳥司開❶，條風❷發歲❸，粵上斯巳❹，惟暮之春❺。同律克和❻，樹草自樂。禊飲❼之日在茲，風舞之情❽咸蕩，去肅❾表乎時訓❿，行慶動於天矚。

載(11)懷平圃(12)，乃睠芳林。芳林園(13)者，福地(14)奧區(15)之湊(16)，丹陵(17)若水(18)之舊。殷殷(19)均乎姚澤(20)，膴膴(21)尚於周原(22)。狹豐邑(23)之未宏，陋譙(24)居之猶褊(25)。求中和(26)而經處(27)，揆(28)景(29)緯(30)以裁基。飛觀(31)神行，虛檐雲構。離房(32)乍設，層樓閒起(33)。負(34)朝陽而抗殿(35)，跨靈沼(36)而浮榮(37)，鏡(38)文虹(39)於綺疏(40)，浸蘭泉於玉砌。幽幽(41)叢薄(42)，秩秩(43)斯干(44)，曲拂邅迴(45)，潺湲(46)徑復(47)。新萍(48)泛沚(49)，華桐發岫(50)，雜夭(51)采於柔荑(52)，亂嚶聲於綿羽(53)。禁軒(54)承幸，清宮(55)俟宴。緹帷(56)宿置，帟幕(57)宵懸。既而滅宿(58)澄霞，登光辨色。式道(59)執殳(60)，展軨(61)效駕(62)，徐鑾(63)警節(64)，明鐘(65)暢音。七萃(66)連鑣(67)，九斿(68)齊軌。建旗拂霓，揚葭(69)振木(70)。魚甲(71)煙聚，貝冑(72)星羅。重英(73)曲瑵(74)之飾，絕景遺風(75)之騎。昭灼甄部(76)，驅駿(77)函列。虎視龍超，雷駭電逝。轟轟隱隱(78)，紛紛軫軫(79)，羌(80)難得而稱計。爾乃迴輿(81)駐罕(82)，嶽鎮淵渟(83)。睟容(84)有穆(85)，賓儀(86)式序(87)。授几(88)肆筵(89)，因流波而成次；蕙肴芳醴(90)，任激水而推移。葆(91)佾(92)陳階，金匏(93)在席，戚(94)奏翹(95)舞，籥動邠詩(96)，召鳴鳥于弇州(97)，追伶倫(98)於嶰谷(99)；發參差(100)於王子(101)，傳妙靡(102)於帝江(103)。正歌(104)有闋(105)，羽觴(106)無筭(107)，上陳景福(108)之賜，下獻南山之壽。信凱讌(109)之在藻(110)，知和樂於食苹(111)。桑榆(112)之陰不居，草露之滋方渥(113)。有詔曰：「今日嘉會，咸可賦詩。」凡四十有五人，其辭云爾(114)。

【章　旨】本段說明芳林園的地理位置和結構布局，盡情描繪芳林園及其四周優美宜人的景色，鋪敘了齊武帝起駕前往芳林園的盛大儀仗，及其與群臣禊飲歡樂的豪華場面，並說明自己奉詔作序的緣由。

【注　釋】❶青鳥司開　青鳥，鳥名。立春開始鳴叫，到立夏停止。而立春、立夏是萬物生長之時，故云「司開」（主管生長）。❷條風　春風。❸發歲　一年開始。❹粵上斯巳　上巳。粵、斯，語助詞。上巳，三月上旬的巳日，魏以後規定在三月三日。❺惟暮之春　暮春，春季最末的一個月。即夏曆三月。❻同律克和　指陰陽調和。律，音樂的定音器。樂律有十二，陰陽各六。同，和。❼禊飲　古人於三月上旬的巳日（魏以後定在三月三日）臨水祭祀，宴飲行樂，以除不祥。❽風舞之情　《論語・先進》載曾晳語：「暮春者，春服既成，冠者五六人，童子六七人，浴乎沂，風乎舞雩，詠而歸。」謂在舞雩臺上吹吹風。此處指暮春出遊之情。❾肅　指威嚴的政命法令。❿時訓　及時的教訓。⓫載　發語詞。⓬平圃　神話傳說中的山名。在崑崙山上。指芳林園。⓭芳林園　南朝齊高帝（蕭道成）的舊宅，在清溪菰首橋東（今南京東北）。齊得天下後，為清溪宮。並在宮的東面築山鑿池，建成「芳林園」。⓮福地　安樂之地。⓯奧區　深奧的區域。即腹地。⓰湊　聚合。⓱丹陵　地名。相傳是堯的故鄉。⓲若水　水名。相傳是顓頊的家鄉。⓳殷殷　盛貌。⓴姚澤　相傳舜曾在雷澤（在山東定陶）垂釣，後來登為天子。因他姓姚，故稱姚澤。㉑膴膴　肥美貌。㉒周原　周，地名。在陝西岐山南。原，廣平的土地。㉓豐邑　江蘇沛縣豐邑。為漢高祖劉邦的故鄉。㉔譙　譙縣（今安徽亳縣），是魏武帝曹操的老家。㉕褊　狹小。㉖中和　中間；不偏不倚。㉗經處　建造。㉘揆　揆度；測量。㉙景　日影。㉚緯　行星。㉛飛觀　高臺。㉜離房　正房之外的房舍。㉝間起　間雜而起。㉞負　嚮。㉟抗殿　建立宮殿。㊱靈沼　周文王在他的離宮所營造的池沼，非常精美，好像是神靈所鑿，故稱。㊲榮　屋簷兩端上翹的部分。通稱「飛簷」。㊳鏡　裝飾。㊴文虹　虹霓。㊵綺疏　刻鏤著花紋的窗子。㊶幽幽　深遠貌。㊷叢薄　草木叢生的地方。㊸秩秩　清水流動貌。㊹干　通「澗」。㊺邅迴　徘徊；周旋不進。㊻潺湲　水流貌。㊼徑復　往復縈回。㊽蓱　白蒿。㊾沚　水中小島。㊿岫　山洞。這裡泛指山。(51)雜夭　桃花。(52)柔荑　初生的樹葉。(53)綿羽　文采絢麗的鳥。(54)禁軒　皇帝的車駕。(55)清宮　皇帝出遊所到的宮室。(56)緹帷　橘紅色的帳幕。(57)帟幕　帳篷中座上承塵的平幕。(58)宿　星宿。(59)式道　護衛皇帝出遊及還宮的侍從。(60)殳　古代的一種兵器。用竹竿製成，一端有棱。(61)展

軨　指駕車完畢後，從車軨左右四面查看，然後啟行。62效駕　試車。63鑾　車鈴。64節　馬鞭。65鐘　撞鐘。古代皇帝出行以撞左鐘為號。66七萃　七支精幹的隊伍。指皇帝的禁軍。67連鑣　兩騎並接。鑣，馬嚼子的兩端露出嘴外的部分。68九斿　九輛隨從護衛皇帝的車駕。69葭　同「笳」。樂器名。70振木　聲音搖動了林中的樹木。形容歌聲嘹亮。71魚甲　用蛟皮製成的鎧甲。72貝冑　以貝珠裝飾的頭盔。73重英　二重紅纓的矛。74曲瓂　車蓋伸出的彎曲雕飾。75絕景遺風　指駿馬。76甄部　長陣。77駔駿　馬健壯貌。也指駿馬。78轟轟隱隱　車行聲。79紛紛軫軫　眾多貌。80羌　發語詞。81輿　皇帝的車駕。82罕　旗名。83淵渟　像淵似的深靜不流動。84睟容　容貌溫和潤澤。85穆　和。86賓儀　賓客的禮節。87式序　按次序排列。88授几　給予端放食物或憑靠身體的矮腳小木桌。89肆筵　鋪上筵席。90醴　甜酒。91葆　用翠羽做的舞蹈道具。92佾　古代樂舞的行列。93金匏　鉦鐃和笙竽一類的樂器。94戚　斧頭。95翹　雲翹。樂舞名。96籥動邠詩　古代習俗，仲春時節要擿擊土鼓，歌詠邠詩，舉行迎暑節之禮。上巳節之後就將進入夏季，所以說「籥動邠詩」。籥，古代的管樂器。邠詩，《詩．豳風》中的詩。97弇州　山名。神話傳說，弇州山上有一種五彩的鳥，名叫「鳴鳥」，牠的聲音都合樂曲的節度。98伶倫　傳說黃帝時的樂官。99嶰谷　崑崙山北谷名。相傳黃帝命伶倫取嶰谷之竹製作簫笛等樂器。100參差　洞簫。即無底的排簫。101王子　傳說中的仙人王子喬。他善於吹笙，能奏出鳳凰的鳴叫聲。102妙靡　優美。103帝江　傳說中的神。祂的形狀像個黃皮袋子，紅似丹火，六腳四翼，混沌無面目，卻懂歌識舞。104正歌　行禮所奏的歌。105闋　終了。106羽觴　酒杯。形狀像馬雀，左右形似兩翼，故曰。107無筭　不定數量。筭，同「算」。108景福　大福。109凱讌　歡宴。110在藻　《詩經．小雅．魚藻》寫周王在鎬京宴飲的安樂，如「魚在在藻」，像魚兒藏在水藻叢中般的歡樂。111食苹　《詩．小雅．鹿鳴》寫貴族宴會賓客，其中有「呦呦鹿鳴，食野之苹」之句。苹，艾蒿。112桑榆　日所入之處。比喻日暮。113渥　厚；重。114云爾　句末語助詞。

【語　譯】於是青鳥鳴叫，萬物生長，春風駘蕩，一歲之始，三月上巳日，陰陽調和，樹草欣欣向榮。在這修禊宴飲的大好時光，大家都萌發了到野外遊玩的雅興。皇帝及時發布去除威嚴的訓令，對臣民施恩行惠出於皇帝的垂愛關心。嚮往平圃，眷念芳林。芳林園乃幽靜安樂的所在，是堯與顓頊的舊宅。它的殷實富有類似於姚澤，而肥美寬廣則超過了周原。於是覺得劉邦的故里豐邑不夠宏大，曹操的家鄉譙縣也嫌太狹小。尋求地處中心陰陽調和的地基建造，測量日影、五星來決定方位。臺觀高聳，彷彿非人工所造；屋簷凌空，好像與雲霓相連。側房突立，層樓間雜而起。建起的宮殿坐西朝東，屋簷上翹橫跨水面。綺窗上裝飾著虹霓的圖案，玉階前環繞著清香的泉水。草木繁茂，澗水清澈，溪流周旋曲折，溪水潺潺縈回往復。島上初生的白蒿隨風泛動，山上的梧桐剛剛開花，樹上綻放著鮮豔奪目的桃花，鳥兒唱著悅耳動聽的歌聲。車駕承蒙皇帝乘御，清宮等待著宴飲。於是連夜布置紅色帷帳，懸掛簾幕。不久星星隱去，天宇澄澈，紅日升起，開始顯現曉色。警衛手執兵器護衛著皇帝之處，侍從備好車駕，檢查完畢後開始啟程。車鈴徐搖以告行車節制，初曉之時敲響鐘聲，七支精幹的衛隊並駕行進，九輛護衛的車子齊驅緊隨。樹起的旌旗高聳入雲，拂擦虹霓；揚起的樂聲高亢嘹亮，搖動林木。身著魚甲、頭戴貝冑的衛兵似煙聚雲會，像星羅棋布。二重紅纓的矛和彎曲雕飾的車蓋，還有能追風逐影的駿馬，隊伍鮮明，騎士排列。車馬行進像龍騰虎躍，似風馳電掣，車聲轟轟隱隱，眾人熙來攘往，實在難以一一稱道。於是馬駐車停，像山嶽般的鎮靜，如泉淵似的不動。皇帝和顏悅色，賓客按品第排列。授給几案，鋪上筵席，沿著水流排定坐次；精美菜肴，芳香醇酒，隨著流水而依次取用。臺階前陳設著歌舞道具，座席上安放著樂器，伶人手持斧頭跳起〈雲翹〉之舞，拿著樂器吹響了〈豳風〉之詩。這美妙的樂聲彷彿是自弇州召來的鳴鳥歌唱，從嶰谷追回的伶倫的吹笛；又好像是王子喬的吹簫，如同帝江表演那麼優美。行禮的樂歌演奏完畢，而飲酒則不定數量，一醉方休。皇帝賞賜眾人大福，群臣恭祝皇上壽比南山。確信歡樂有如「魚在在藻」，深知和悅好像「食野之苹」。太陽不肯居留，草露也已霑潤。皇帝有詔說：「今日盛會，都可賦詩。」總共有四十五人。序辭如此。

王文憲集序

【作　者】任昉，見頁一七〇三。

【題　解】王儉，字仲寶，卒後諡文憲，琅邪臨沂（今山東臨沂）人。生時，父僧綽遇害，為叔父僧虔所養。他自幼勤學，手不釋卷。南朝宋明帝時娶陽羨公主，拜駙馬都尉。十八歲為祕書郎，歷任祕書丞、義興太守、太尉右長史等職。後輔佐南朝齊高帝即位，禮儀詔策，都出於王儉之手。以佐命之功封南昌縣公，遷升尚書左僕射，領吏部。南朝齊武帝時任侍中、尚書令，位終中書監。他長於寫文章，《隋書·經籍志》著錄有集六十卷，今存詩八首，文四十多篇，以《褚淵碑文》最有名。又精通目錄學，曾撰《七志》。他為人樂於獎掖後進，任昉就受他的賞識提攜而步入文壇，所以，當王儉去世後，任昉為了報答他對自己的知遇之恩，蒐集編次成《王文憲集》，並撰寫了這篇序文。

文章用夾敘夾議的手法，敘述了王儉的生平事跡、立身行事，尤其致意於他的長於鑒識人物，樂於獎掖後進，借以表達作者對這位前輩的懷念之情和感激之意。全文以駢體為主，間用散筆，在那個時代，這既不背時俗，又不同流俗，還是難得的。

公諱❶儉，字仲寶，琅邪臨沂人也。其先自秦至宋，國史家諜❷詳焉。晉中興以來，六世❸名德❹，海內冠冕❺。古語云：仁人之利，天道運行。故呂虔❻歸其佩刀，郭璞❼誓以淮水。若離翦❽之止殺，吉駿❾之誠感，蓋有助焉。

【章　旨】本段簡述王儉的家世，說明他是名門望族的後代。

【注　釋】❶諱　古人對君主、尊長輩的名字要避開不直接稱呼叫避諱。人死後書寫其名，名前稱諱，用以表示尊敬，這是為既沒者作書序的定法。❷家諜　家族世系的譜諜。❸六世　王覽、王導、王洽、王珣、王曇首、王僧綽。❹名德　德高望重。❺冠冕　帝王的帽子。這裡指居於首位。❻呂虔　三國時魏徐州刺史。他擁有一把寶刀，看相的說：只有做三公的才配佩帶。於是，呂虔就把此刀贈送給別駕王祥，以為他有做三公的才量。王祥臨終之前又把此刀送給其弟王覽，說王覽的子孫必定會發跡，真正配帶這把寶刀。❼郭璞　東晉著名文學家、訓詁學家。他博學多才、工詩善賦，精通訓詁及天文、卜筮之術。西晉末年，避亂南渡，曾在王導幕下任參軍。王導渡淮水時，讓郭璞為他占卜。卦成之後，郭璞說：「吉，無不利。淮水絕，王氏滅。」❽離翦　王翦與其孫王離。都是秦朝將軍。❾吉駿　王吉與其子王駿。在西漢都位至諫議大夫。此二人都有高尚的道德。

【語　譯】公名儉，字仲寶，琅邪臨沂人。他的祖先，從秦朝至劉宋，各朝的史書及王氏的家譜裡都有詳備的記載。晉朝中興以來，王覽、王導、王洽、王珣、王曇首、王僧綽六代都德高望重，位居海內第一。古語說：實行仁道的人有利於眾人，他家世代享受福祿猶如天道的運行一樣，永遠也不會絕滅。所以呂虔把他的寶刀贈給了王祥，郭璞占卜王氏家族將如同淮水一樣源遠流長。至於像王翦、王離祖孫兩代皆擔任將軍，制止殺戮；王吉、王駿父子倆皆位至諫議大夫，真誠感人，他們的仁德應是有助於後人吧。

公之生也，誕❶授命世❷，體三才❸之茂，踐得二❹之機。信乃昴❺宿垂芒❻，德精❼降祉❽。有一于此，蔚為帝師。況乃淵角❾殊祥，山庭❿異表，望衢罕窺其術⓫，觀海莫際⓬其瀾。宏覽載籍，博游才義。若乃金版玉匱⓭之書，海上⓮名山⓯之旨⓰，沈鬱⓱澹雅⓲之思，離堅合異⓳之談。莫不摠制清衷，遞為心極。斯固通人之所包，非虛明⓴之絕境，不可窮者，其唯神用者乎！然檢鏡㉑所歸，人倫以表，雲屋天構，匠者何工？自咸洛㉒不守，憲章㉓中輟，賀生㉔達禮之宗，蔡公㉕儒林之亞，闕典未補，大備茲日。至若齒危㉖髮秀㉗之老，含經味道之生，莫不北面㉘人宗㉙，自同資敬㉚。性託夷遠㉛，少屏塵雜㉜，自非可以弘獎風流，增益標勝㉝，未嘗留心。朞歲㉞而孤，叔父㉟司空簡穆公，早所器異。年始志學[36]，家門禮訓，皆折衷[37]於公。孝友之性，豈伊橋梓[38]？夷[39]雅之體[40]，無待韋弦[41]。汝郁[42]之幼挺[43]淳至[44]，黃琬[45]之早標[46]聰察[47]，曾何足尚[48]？年六歲，襲封豫寧侯，拜[49]日，家人以公尚幼，弗之先告。既襲[50]珪組[51]，對揚[52]王命，因便感咽，若不自勝。初[53]，宋明帝[54]居蕃[55]，與公母武康公主素不協，及即位，有詔廢毀舊塋，投棄棺柩。公以死固請，誓不遵奉，表啟酸切，義感人神。太宗聞而悲之，遂無以奪也。初拜祕書郎，遷[56]太子舍人。以選尚[57]公主，拜駙馬都尉。元徽[58]初，遷祕書丞。於是采公曾[59]之《中經》，刊弘度[60]之四部，依劉歆[61]《七略》，更撰《七志》[62]。蓋嘗賦詩云：稷契[63]匡虞夏[64]，伊呂[65]翼[66]商周。自是始有應務之跡，生民屬心矣。時司徒袁粲[67]，有高世[68]之度，脫落[69]塵俗，見公弱齡[70]，便望風推服[71]，歎曰：「衣冠[72]禮樂在是矣。」時粲位亞台司[73]，公年始弱冠[74]，年勢不侔[75]，公與之抗禮。因贈粲詩，要[76]以歲暮之期，申以止足之戒。粲答詩曰：老夫亦何寄，之子[77]照清襟[78]。服闋[79]，拜司徒右長史。出為義興太守，風化之美，奏課[80]為最。還，除[81]給事黃門侍郎。旬日，遷尚書吏部郎參選。昔毛玠[82]之公清，李重[83]之識會[84]，兼之者公也。俄遷侍中，以愍侯[85]始終之職，固辭不拜，補太尉[86]右長史。時聖武[87]定業，肇基王命，寤寐[88]風雲[89]，實資人傑。是以宸居膺列宿之表[90]，圖緯[91]著王佐[92]之符，俄遷左長史。齊臺初建，以公為尚書右僕射，領吏部，時年二十八。宋末艱虞[93]，百王澆季。禮紊舊宗，樂傾恆軌，自朝章國紀，典彝[94]備物[95]，奏議符策，文辭表記，素意所不蓄，前古所未行，皆取定俄頃[96]，神無滯用。太祖受命[97]，以佐命之功，封南昌縣開國公，食邑[98]二千戶。建元[99]二年，遷尚書左僕射，領選如故。自營部[100]分司，盧欽[101]兼掌，譽望所歸，允集茲日。尋[102]表解選，詔加侍中，又授太子詹事，侍中、僕射如故。固辭侍中，改授散騎常侍，餘如故。太祖崩[103]，遺詔以公為侍中、尚書令、鎮國將軍。永明[104]元年，進號衛將軍。二年，以本官領丹陽尹。六輔[105]殊風，五方[106]異俗，公不謀聲訓[107]，而楚夏移情。故能使解劍拜仇[108]，歸田息訟[109]。前郡尹溫太真[110]、劉真長[111]，或功銘鼎彝[112]，或德標素尚[113]，臭味[114]風雲，千載無爽[115]。親加弔祭，表薦孤遺。遠協神期，用彰世祀。時簡穆公薨[116]，以撫養之恩，特深恆慕，表求解職，有詔不許。國學[117]初興，華夷慕義，經師人表，允資望實[118]。復以本官領國子祭酒[119]。三年，解丹陽尹，領太子少傅，餘悉如故。掛服[120]捐駒[121]，前良取則，臥轍棄子[122]，後予胥怨。皇太子不矜天姿，俯同人範。師友之義，穆若金蘭[123]。又領本州大中正，頃之[124]解職。四年，以本號開府[125]儀同三司[126]，餘悉如故。謙光[127]愈遠，大典[128]未申。六年，又申前命。七年，固辭選任，帝所重違。詔加中書監，猶參掌選事。長輿[129]追專車之恨，公曾[130]甘鳳池之失。夫奔競之塗，有自來矣。以難知之性，協易失之情。必使無訟，事深弘誘。公提衡[131]惟允，一紀[132]于茲。拔奇取異，興微繼絕。望側階而容賢，候景風[133]而式典。春秋三十有八，七年五月三日，薨于建康官舍。皇朝軫慟[134]，儲鉉[135]傷情。有識銜悲，行路掩泣。豈直[136]舂者不相[137]，工女寢機而已哉！故以痛深衣冠，悲纏教義。豈非功深砥礪[138]，道邁舟航[139]，沒世遺愛[140]，古之益友！追贈太尉，侍中、中書監如故。給節，加羽葆[141]鼓吹[142]，增班劍[143]六十人，謚曰文憲[144]，禮也。

【章　旨】本段運用夾敘夾議的手法，敘述了王儉的生平事跡，表彰了他從事政治、識鑒人倫的才幹和禮讓謙遜的作風。指出王儉在主持選舉的十二年中，公正清廉，禮賢下士，為國家選拔了大量人才，因此深得朝廷的信任和士大夫的擁戴。

【注　釋】❶誕　大。❷命世　命世之才。指傑出的治世之才。❸三才　天、地、人。❹得二　深知善惡的幾微而能採取相應的行動。即執守中正之道。❺昴　星名。二十八宿之一。❻垂芒　散發光芒。相傳漢代丞相蕭何是昴星精降生。❼德精　德星。❽降祉　降福。相傳東漢陳寔帶領諸子姪去拜訪荀淑父子，於是德星為之聚集，太史上奏稱「五百里內必有賢人集焉」。❾淵角　像月形的額角。古人認為月是水積，故稱淵。❿山庭　像山高的鼻梁。⓫術　道路。⓬際　到達。⓭金版玉匱　古代的書名。⓮海上　東漢荀爽遭黨錮之禍，隱居海上，以著述為事，成《新書》百餘篇。此處以「海上」代《新書》。⓯名山　司馬遷〈報任安書〉中說自己寫成《史記》後可「藏諸名山，傳之其人」。此處以「名山」代《史記》。⓰旨　書旨。⑰沈鬱　含蘊深刻。⑱澹雅　清高典雅。⑲離堅合異　指名家公孫龍離堅白、合同異的學術觀點。⑳虛明　指心。㉑檢鏡　察鑑。㉒咸洛　咸陽、洛陽。指京都。㉓憲章　典章制度。㉔賀生　賀循。字彥光，博覽群書，尤通「三禮」，為東晉儒學宗師。㉕蔡公　蔡謨。字道明，博學有才辯，是東晉儒林中的大師。㉖齒危　指年事很高。㉗髮秀　頭髮已白。㉘北面　舊時君王見臣子、尊長見卑幼，都南面而坐，故以北面指向人稱臣或拜人為師。㉙人宗　為人所尊敬。㉚資敬　師事他如君父般的恭敬。㉛夷遠　簡易高遠。㉜塵雜　世俗之事。㉝標勝　高妙之事。㉞朞歲　一週年。㉟叔父　王僧虔。他是南朝宋齊間最著名的書法家，齊高帝與他比書法，問他：「誰為第一？」他答：「臣書臣中第一，陛下書帝中第一。」齊武帝即位升任侍中，永明三年去世，贈司空，諡簡穆。㊱志學　指十五歲。《論語‧為政》中有「吾十有五而志於學」的話。㊲折衷　調和兩者，取其中正。㊳橋梓　木名。相傳伯禽與康叔經商子指點，前往南山，「見橋木高而仰，見梓木實而俯」，回來告訴商子。商子說：「橋者，父道也；梓者，子道也。」從此伯禽、康叔才懂得做臣子的道理。㊴夷　平。㊵體　性情。㊶韋弦　韋，皮繩。比喻和緩。弦，弓弦。比喻急躁。相傳西門豹性急，因此佩韋以自緩，董安于性緩，所以佩弦以自急。㊷汝郁　東漢陳國人。五歲時，他的母親患病，不能飲食，他就抱著母親哭泣，也不飲食。母親大受感動，勉強為他飲食，並謊稱自己病已痊癒。汝郁看她氣色不好，又不肯食。宗族都很驚異，於是給他表字叫「幼異」。㊸挺　拔。㊹淳至　極其孝敬。㊺黃琬　東漢人。他很小就失去父母，為祖父黃瓊所養。建和元年（西元一四七年）正月發生日蝕。當時黃瓊為魏郡太守，梁太后詔問他所蝕多少，他倉卒間不知如何答覆。年僅七歲的黃琬在旁說：「日蝕之餘，如月之初。」㊻標　顯示。㊼聰察　聰明機靈。㊽尚　尊崇。㊾拜　授官。㊿襲　穿戴。(51)珪組　珪，諸侯所執持的長形玉版。組，用以繫印的絲帶。(52)對揚　對答稱揚。(53)初　當初。史傳文中追述往事時用的詞。(54)宋明帝　劉彧。南朝宋文帝劉義隆第十一子。始封淮陽王，後改封湘東王。西元四六五年即皇帝位。即位後，他認為王儉的嫡母武康公主，同太初巫蠱事，不可以作婦姑，將開塚別葬，因王儉的冒死請求，才沒有實施。宋明帝在位七年，廟號太宗。(55)蕃　古時建立諸侯是為了藩衛中央，所以稱諸侯封地為蕃或蕃國。(56)遷　調職。(57)尚　指臣娶國君的女兒為妻。(58)元徽　南朝宋後廢帝劉昱年號。西元四七二至四七六年，凡四年。(59)公曾　晉荀勗。字公曾，任祕書監，與中書令張華依據劉向《別錄》，整理錯亂，又得到汲冢竹書，親自撰寫編次成《中經》。(60)弘度　晉李充。字弘度，擔任著作郎，當時典籍混亂，李充刪除重複，以類相從，分為四部：五經為甲部，史記為乙部，諸子為丙部，詩賦為丁部。(61)劉歆　西漢古文經學家、目錄學家、天文學家。河平中（西元二八～三五年）受詔與父劉向總校群書，講六藝傳記，諸子、詩賦、數術、方技，無所不究。向死後，他繼承父業，撰成《七略》，包括：輯略、六藝略、諸子略、詩賦略、六書略、術數略、方技略。62七志　書目名。它分經典、諸子、文翰、軍書、陰陽、術藝、圖譜七志，附佛經、道經二類。其中圖譜一志，突破劉歆《七略》收書不收圖的舊例。原書三十卷（一說四十卷），已失傳。63稷契　傳說中舜時的兩個賢臣。64虞夏　虞，古部落名。相傳其首領為舜。夏，朝代名。相傳為禹所建立。65伊呂　伊，伊尹。商湯臣，名摯，是湯妻陪嫁的奴隸。後輔佐湯攻伐夏桀，被尊為阿衡（宰相）。呂，呂尚。相傳他在渭濱垂釣，周文王出獵相遇，遂同載而歸，並立他為師。他輔佐周武王消滅殷商，建立周朝。66翼　輔佐。67袁粲　字景倩。南朝宋順帝劉準即位，升任中書監司徒侍中。68高世　超脫世俗。69脫落　輕慢；不以為意。70弱齡　年少。71望風推服　觀察風度而推許佩服。72衣冠　古代士以上的服裝。引申為士大夫、官紳。73台司　指宰相、三公等高位。當時袁粲任中書監司徒侍中，所以說「粲位亞台司」。74弱冠　二十歲。75侔　齊等。76要　約。77之子　這個人。指王儉。78清襟　心靈。79服闋　古代喪禮規定，父母死後，服喪三年，期滿除服，稱服闋。闋，終了。80奏課　向皇帝上陳考查官吏的政績。81除　拜官授職。82毛玠　字孝先，三國時陳留人。年輕時為縣吏，以公正清廉著稱。曹魏時任尚書僕射，掌管選舉。83李重　晉人。操行殊異，身居要職，王戎稱其「識會」。84識會　能賞識人才，辨別是非。85愍侯　王儉父王僧綽。曾任侍中，卒諡愍侯。86太尉　當時蕭道成擔任太尉。87聖武　南朝齊高帝蕭道成。88寤寐　寤，睡醒。寐，睡著。89風雲　《易・乾》：「雲從龍，風從虎，聖人作而萬物覩。」後因以「風雲」比喻人的際遇。90宸居膺列宿之表　帝位得到五星列現的徵兆。宸居，北極星所在之處，指帝位。列宿，指五星現天，漢高祖得天下曾有此瑞應。表，標誌。91圖緯　記載術數瑞應的書。92王佐　輔佐天子的賢才。93艱虞　艱難憂患。94典彝　典章；法規。95備物　指朝廷應具備的儀仗、隨從之類。96俄頃　一會兒；頃刻。97受命　接受劉宋皇朝的讓位。98食邑　卿大夫的封地。收取封地的賦稅而食，故名。99建元　南朝齊高帝蕭道成的年號。西元四七九至四八二年，凡四年。100營部　漢獻帝建安四年，始設置左右僕射，以執金吾營部為左僕射，衛臻為右僕射。101盧欽　晉人。他任尚書僕射兼掌吏部時，依據實際才能選舉官吏，被稱為廉正公平。102尋　不久。103崩　古稱帝王死。104永明　南朝齊武帝蕭賾年號。西元四八三至四九三年，凡十一年。105六輔　本指漢代的京兆、馮翊、扶風、河東、河南、河內。這裡指齊都建康附近地區。106五方　四方及京師。107聲訓　公開教訓。108解劍拜仇　東漢人吳郡人許荊，他的姪兒許世曾經為了報仇而殺人，仇人也手執兵器想殺許世，正好碰上許荊。許荊就解下利劍，說自己願代許世而死。仇人說：「郡中都稱您是賢人，我怎敢侵辱？」說完就解下利劍離去。109歸田息訟　漢代韓延壽任東郡太守，有一兄弟倆爭田。韓延壽以為這是自己治政無方，遂閉門思過。兄弟倆得知後，肉袒謝罪，表示願意把田出讓，不再爭田。110溫太真　溫嶠。字太真，晉太原人。曾任丹陽尹。(111)劉真長　劉惔。字真長，晉沛國人，曾任丹陽尹。(112)功銘鼎彝　政績銘刻在鼎器上。(113)素尚　清廉高尚的情操。(114)臭味　氣味。(115)爽　差錯。(116)薨　古代稱諸侯死為薨。(117)國學　國家設立的學校。(118)望實　聲名與實際。(119)國子祭酒　掌領太學或國子監所屬各學的學官。(120)掛服　李周翰注云：三國魏時的裴潛在任兗州刺史時，曾製造一坐具，離任時，把它留掛在官舍。(121)捐駒　晉人王遜。任上洛太守時，把自家馬所生的駒捐獻給公家，說這是郡中所產，應歸還官家。(122)臥轍棄子　漢代侯霸任臨淮太守，政績卓著，頗得人心。將離任時，臨淮百姓或當道而臥，或故意拋棄孩子，以挽留侯霸繼續留任。(123)金蘭　《易・繫辭上》：「二人同心，其利斷金；同心之言，其臭如蘭。」後以「金蘭」比喻交友很投合。(124)頃之　不久。之，語助詞。(125)開府　開府建署，設置屬官。(126)儀同三司　援照三公成例。(127)謙光　謙遜禮讓的風度。(128)大典　指儀同三司的待遇。(129)長輿　晉和嶠。字長輿，由黃門侍郎，調任中書令。舊例，中書令與中書監同坐一輛車入朝。和嶠任中書令後，盛氣凌人，很不尊重中書監荀勗，獨坐專車入朝。(130)公曾　晉荀勗。字公曾，自中書監遷尚書令，人皆前往祝賀，他卻憤憤然地說：「奪走了我的鳳凰池，諸君還祝賀我？」鳳凰池，禁苑中的池沼。魏晉南北朝把中書省設在禁苑，掌管機要，接近皇帝，所以稱中書省為鳳凰池。中書監在西晉位尊於尚書令，所以荀勗有怨憤之言。(131)提衡　持物平衡。此比喻選任官吏公正得當。(132)紀　十二年。(133)景風　夏至後暖和的風。《淮南子・天文》說：「景風至，則爵有位，賞有功。」(134)軫慟　悲痛。(135)儲鉉　儲，指太子。太子被看作是君主之副。鉉，古代橫貫鼎耳以扛鼎的器具。而鼎是三公之象，鼎以鉉舉，故以鉉指三公。(136)直　僅僅。(137)相　擣穀時的號子聲。(138)砥礪　磨刀石。比喻給人好處。(139)舟航　橫渡大川的工具。用以比喻幫助人。(140)遺愛　遺留給後世的愛。(141)羽葆　用鳥羽裝飾的車蓋。葆，蓋。(142)鼓吹　樂隊。(143)班劍　裝飾著花紋的木劍。作為儀仗。(144)文憲　諡法說：忠信接禮叫文，博文多能稱憲。

【語譯】公出生就秉受治世的才能，包容天地人的美質，能知善惡幾微，遵循守中的做法。實在是昴星散發光彩，德星降臨大福。這兩顆星辰都是賢人之象，只要具備其一，就可蔚然成為帝王的老師。更何況他額角似月，呈現出不同尋常的祥瑞，鼻梁如山，顯示出特殊的骨相，彷彿眺望大道而難以窺見道路的盡頭，又好像觀覽滄海而不能測知波濤的深淺。他遍覽書籍，廣泛游學才義之士之中；至於《金版》、《玉匱》的典籍，《新書》、《史記》的要旨，含蘊深沈、清高典雅的思想，離堅白合同異之類的談辯，莫不囊括胸中，更相用心，這本來是博學鴻儒所能兼容并包的，並不是用心絕遠的境界。至於他不可窮盡之處，大概是神助吧！然察鑑他的歸向，人倫以他為表率，猶如高大壯麗的房屋自然構成，工匠又有什麼功勞呢？自從西晉喪亂，京都失守，典章制度，中道毀壞。駕循通達「三禮」，為禮學宗師，蔡謨專精儒學，是儒林之次，但仍有許多典章闕而未補，現在王公把它修補齊備。至於那些鬚髮皆白的老人，咀嚼經術的先生，莫不拜他為師，如同侍奉君父般的尊敬他。他秉性簡易高遠，少小時摒去世俗雜事，如果不是可以勸化風俗，增益大道的事情，未嘗留心。公出生一週年就失去父愛，叔父王僧虔早就很器重他，以為他是個賢才。十五歲時，家門的禮儀教訓就已向他取正。他的孝友之性，自天而成，哪裡是因見了橋梓後才知道呢？他的平正性情，不用憑藉佩帶韋弦而自得中正。汝郁年幼時表現出的淳孝至情，黃琬少小時顯示出的聰慧機靈，他們比起王公來，哪裡值得推崇？他六歲時，承襲父祖之業，封為豫寧侯。授官那天，家人以為他年紀還小，沒有事先告訴他。當接受珪組，報答稱揚皇恩時，他就感激嗚咽，好像經受不住。當初，宋明帝尚為藩王時，與王公的嫡母武康公主平素不合。登上皇位後，就下令毀壞王公嫡母的舊墳，投棄棺柩。王公以死堅決請求，誓不遵奉毀墳棄棺的詔令，所上表啟淒楚悲切，孝義感人動神。太宗知道後也憐憫他，終於依照他的請求，不再實施。開始，他擔任祕書郎，調任太子舍人。經過挑選，他得以娶公主為妻，擔任駙馬都尉。元徽初年，調職任祕書丞。於是他採摭荀勗的《中經》，刊削李充的四部，依照劉歆的《七略》，續撰成《七志》一書。曾經賦詩說：「稷契匡輔虞夏，伊尹、呂尚輔助商周。」從此開始有應合時務的跡象，而這正是百姓所寄望的心願。當時司徒袁粲，具有超越世俗的氣度，不關心俗務雜事，見到年少的王公的氣韻風度，便非常佩服，稱讚說：「士大夫的文明禮教就在這裡了。」當時袁粲地位僅次三公，而王公才二十歲，年齡和地位都大有懸殊，但王公卻可與他平起平坐，分庭抗禮。因而贈袁粲詩，以歲暮之期相約，反覆以「知足不辱」相勸戒，袁粲答詩說：「老夫還有什麼寄託呢，您已照明了我的心。」王公的生身母親去世，他三年服喪後，被任命為司徒袁粲的右長史。出任義興太守，風俗教化淳美，被考評為第一。召還京都，擔任給事黃門侍郎，過了十天，調任尚書吏部郎，參與選舉。從前毛玠的公正清廉，李重的擅長識鑒，而王公是兩者兼備。不久調任侍中。王公以為父親曾任此官，所以堅決辭謝而不擔任。補任太尉右長史。當時齊高帝平定戰亂，開始創立王業，朝思夢想能有成功的機會，實在需要憑藉人傑。所以帝位有五星現天的瑞徵，圖緯顯示著賢人輔佐的符應。不久，王公調任左長史。齊公初建百司臺署，以王公為尚書右僕射，兼管吏部，當時他年僅二十八歲。劉宋末年是個艱難憂患、風俗澆薄的社會，原有的典章禮樂紊亂崩壞，自朝廷的章程、國家的綱紀，法規儀仗、奏議符策、文辭表記，向來不曾留意，先前也未嘗施行，王公都很快選定，並運思神速，毫不疑滯。齊高帝即皇帝位後，以輔佐王命之功，封他為南昌縣開國公，食邑二千戶。建元二年，調任尚書左僕射，仍舊兼管選舉。自從營部開始擔任左僕射，盧欽以尚書僕射兼掌吏部以來，其聲譽德望所歸的，實在是王公一人。不久，王公上表請求解除吏部選舉的官職，皇帝下詔加侍中，又任命他為太子詹事，而侍中、僕射職務不變。王公堅辭不擔任侍中，後改任散騎常侍，其餘官職照舊。齊高帝去世，臨終任命王公為侍中、尚書令、鎮國將軍。永明元年，進號衛將軍。二年，以侍中、尚書令兼任丹陽尹。京都附近及各地風俗人情各不一樣，王公並沒有公開教訓，而遠近的民情卻無不從善如流。所以能使想復仇的人解下長劍而跪拜仇人，爭田的人出讓田地，不再爭訟。以前的丹陽郡守溫太真、劉真長，有的政績銘刻在鐘鼎，有的品德清廉高尚，王公與他們氣味相投，同類相感，千年以後也沒有不合。王公親自弔唁祭奠溫、劉，並上表舉薦他們的子孫，這既符合溫、劉在天之靈的心願，又以此標明了世代祭祀的禮儀。當時簡穆公去世，因為從小為其所撫養，所以王公對叔父的悲悼特別深長，於是他上表請求解除官職，回家服喪，但沒有獲得朝廷的許可。國子監剛剛開設，華夏與異族人民都欽慕國家的道義，作為人倫師表的經師，無論是聲望還是真才實學，都還要借重他。因此，王公又以侍中、尚書令的身分兼任國子祭酒。永明三年，解除丹陽尹的官職，兼任太子少傅，其餘官職不變。當王公離任丹陽時，他效法前代賢人，公私用物一無所取，丹陽郡百姓想要設法挽留他，都以他的離任而深感遺憾。皇太子不誇耀自己的天賦，遵守常人的行為規範，王公與他師友情誼非常融洽。王公又兼任本州大中正，但不久就辭去。永明四年，命他以衛將軍開府、儀同三司，其他官職如故。王公卻非常謙讓，不接受儀同三司的殊榮。永明六年，皇帝又重申讓王公享有儀同三司特權的命令。七年，王公堅決要辭掉尚書令，但皇帝沒有答應他的辭讓請求，並命令他擔任中書監，仍然要他參與掌管選舉事宜。王公的任中書監，足以讓獨坐專車的人覺得愧恨，使失去中書監的人心甘情願。追名逐利的人，自古以來就有。由於不易測知人性，要使特異人才不被遺失，並做到不發生爭訟的事，關鍵在於誘導。王公掌管選舉，公正得當，前後達十二年。取用奇異人才，恢復勢單力薄之人的地位，承續已經斷絕的後代，他親自站在正室旁的北階上接納賢人進朝，效法古人景風吹拂，就給有功德的人封賞授爵的做法，並把這作為國家的典章。三十八歲時，於永明七年五月三日在京都建康館舍去世。皇帝痛悼不已，太子、三公都深感傷心，認識的或不認識的都悲傷流淚。哪裡僅僅擣穀的不喊號子聲，紡織女工停止紡織而已呢！所以士大夫們無不深表傷痛，深明教義的人也心懷悲傷。難道不是因為他給人好處很大，幫助別人很多，才讓人深深緬懷？他真可稱得上有益的朋友啊！贈官太尉，侍中、中書監照舊。並授予符節，加羽葆、鼓吹，增加班劍六十人。其諡號文憲，是符合禮的。

公在物斯厚，居身以約。玩好絕於耳目，布素表於造次❶。室無姬姜❷，門多長者。立言必雅，未嘗顯其所長；持論從容，未嘗言人所短。弘長風流，許與氣類。雖單門❸後進，必加善誘，勗❹以丹霄❺之價，弘以青冥❻之期。公銓品人倫，各盡其用。居厚者不矜其多，處薄者不怨其少。窮涯而反，盈量知歸。皇朝以治定制禮，功成作樂，思我民譽❼，緝熙❽帝圖❾。雖張曹❿爭論於漢朝，荀摯⓫競爽⓬於晉世，無以仰摸淵旨⓭，取則後昆⓮。每荒服⓯請罪，遠夷慕義，宣威授指，寔寄宏略。理積則神無忤往，事感則悅情斯來。無是己之心，事隔於容諂⓰；罕愛憎之情，理絕於毀譽。造理常若可干⓱，臨事每不可奪。約己不以廉物，弘量不以容非。攻乎異端⑱，歸之正義。公生自華宗⑲，世務簡隔。至於軍國遠圖，刑政大典，既道在廊廟⑳，則理擅㉑民宗。若乃明練庶務，鑒達治體，懸然天得，不謀成心，求之載籍，翰牘㉒所未紀；訊之遺老，耳目所不接。至若文案㉓自環，主者㉔百數，皆深文㉕為吏，積習成姦。蓄筆削㉖之刑，懷輕重之意。公乘理照物，動必研機，當時嗟服，若有神道。豈非希世之雋民，瑚璉㉗之宏器？昉行無異操，才無異能，得奉名節，迄將一紀。一言之譽，東陵㉘侔於西山㉙，一眄之榮，鄭璞㉚踰於周寶。士感知己，懷此何極！出入禮闈㉛，朝夕舊館，瞻棟宇而興慕，撫身名而悼恩。公自幼及長，述作不倦，固以理窮言行，事該軍國，豈直雕章縟采而已哉！若乃統體必善，綴賞無地，雖楚趙群才，漢魏眾作，曾何足云！曾何足云！昉嘗以筆札見知，思以薄技效德，是用綴緝遺文，永貽世範，為如干秩㉜，如干卷。所撰《古今集記》、《今書七志》，為一家言，不列於集。集錄如左。

【章　旨】本段讚揚了王儉嚴於律己，寬厚待人的品格，以及他為朝廷制禮作樂、接待外賓等才能。並交代了自己所以要為王儉編次集子的緣由，是為了報答他對自己的知遇之恩。

【注　釋】❶造次　倉卒；急遽。❷姬姜　相傳黃帝姓姬，炎帝姓姜。後來周王室姓姬，齊國姓姜。姬、姜常通婚姻，因以為貴族婦女的美稱，或用以稱美女。❸單門　寒門。❹勗　勉勵。❺丹霄　天空。❻青冥　指青天。❼民譽　百姓讚揚。

❽緝熙　光明貌。❾帝圖　帝王的謀略。❿張曹　指東漢的張酺和曹褒。漢章帝詔令射聲校尉曹褒依漢舊儀，制定漢禮，太尉張酺上疏指責曹褒制定的禮樂有似異端之術。⓫荀摯　指晉朝的荀顗和摯虞。西晉初年，太尉荀顗奉晉文帝司馬昭之命制定新禮。到晉武帝司馬炎太康初年，尚書僕射朱整上奏請尚書郎審定。摯虞上表陳述所應增損條目凡十五事。⓬競爽　爭執。⓭淵旨　深意。⓮後昆　後代子孫。⓯荒服　遠離京都的地區。⓰容諂　諂媚之態。⓱干　犯。⓲異端　不正確的言論行事。⓳華宗　顯貴的宗族。⓴廊廟　朝廷。㉑擅　獨占。㉒翰牘　用來記事的筆、版。這裡指典籍。㉓文案　訴訟案卷。㉔主者　辦案人員。㉕深文　苛刻地援用法律條文。㉖筆削　修改文字。㉗瑚璉　古代祭祀時盛放粟稷的器皿。因為它們貴重，所以常用以比喻人有才能，堪當大任。㉘東陵　陵名。相傳為跖死之地。㉙西山　首陽山。在山西永濟。相傳商朝末年的伯夷、叔齊曾隱居於此山。㉚璞　未經雕琢過的玉。㉛禮闈　指尚書省。任昉曾任吏部郎中。屬尚書省。㉜秩　書套；書函。書一函為一帙。

【語　譯】王公待人寬厚，自己很節儉，不喜歡狗馬玩好，時常賑濟貧寒人的急難。他不貪戀美色，喜歡與寬厚長者交往。立言雅正，從不炫示自己的長處；議論政事，隨和從容，未嘗談論別人的缺點。扶助不拘流俗的風雅之士，並引以為同調。即便是出身貧寒的後生，他也一定循循善誘，勉勵他們進德修業，以達到迫及雲天的高遠境界。他選用的人才，都各得其所，各盡其才，擔任高官的不自尊自大，處於卑位的不怨天尤人。他立身行事，做到適可而止，從不跨越限度。朝廷在創立基業，平定天下之後，王公協助制定禮樂，以求得百姓對朝廷的讚美，宣揚皇帝的宏大計畫。即便漢代的張酺、曹褒對禮制的爭議考訂，晉朝荀顗、摯虞對新禮的爭執，也無法企及王公所制定的具有深意，成為後代子孫的法則。每當遠方國家或因請求罪過，或因仰慕道義，遣使來朝，王公總是能宣揚朝廷聲威，傳授皇帝旨意，確實顯示出他的才略。他深明義理，辦事能隨心所欲而不背離規矩，使得遠方國家深為感佩，心悅誠服地前來歸順。他既不自以為是，也不諂媚取容，不計個人恩怨，不顧榮辱毀譽。談到大道理，他表面上好像可以冒犯，而實際處理政事時則處處堅決果斷。自己節約卻對他人廣施財物，待人寬宏大量但不容胡作非為，批評不正確的言論行事，使它們歸向正道。他出身華貴，不甚留意時務，但他參與了軍務國政的策劃，法令典章的制定，這些既關係朝廷的大道，又是百姓所尊崇的政事。至於他的熟悉時務，明瞭治國體要，是得之於天賦，不必與人商議就已了然心中。這樣的道德才能既不見載古籍，也沒有聽老人們說過。至於像訴訟案卷的堆積環繞，辦案人員的更換數批，全是些苛刻周納的獄吏，長期形成的姦偽。有的竟然蓄意竄改、妄加增損法律條文。王公憑藉著理智鑒照人情，處理往往窮盡幾微。當時人無不讚歎佩服，以為他具備神妙莫測之道。他難道不是位世間少有的才士，像瑚璉那樣貴重的人才？我既無特別的操行，也沒有殊異的才能，有幸得以奉侍王公，將近十二年。承蒙他的片言讚譽，使得盜跖等同於伯夷、叔齊；一經他的垂顧，就使鄭國的璞玉超過周朝的傳國之寶。士人感激知己，永世難忘。我因擔任吏部郎中，經常出入尚書省，看到王公當年辦公過的房舍屋宇，對他仰慕之情油然而生，顧視自己今日的地位名聲，對他的知遇之恩感激不盡。他從小到大，不停地寫作詩文。他寫的文章，言理窮極為人之道，記事詳及軍務國政，哪裡僅僅雕章琢句、鋪設詞采而已呢！他的文章通體都好，無所不美，即便楚趙的群才、漢魏的眾作，與王公相比，哪裡值得稱道！哪裡值得稱道！我曾以文章承蒙他的賞識，想用自己微不足道的才能報效他的恩德，因此編輯他的文章，以永遠作為後世的範本，共編成若干函、若干卷。而他所撰寫的《古今集記》、《今書七志》，是一家之言，不列在本集內。蒐集編錄如左。